中国断代专题文学史丛刊

明代小说史

陈大康 著

人民文学出版社

图书在版编目（CIP）数据

明代小说史/陈大康著. —北京：人民文学出版社，2020
（中国断代专题文学史丛刊）
ISBN 978-7-02-015870-6

Ⅰ.①明… Ⅱ.①陈… Ⅲ.①小说史—中国—明代 Ⅳ.①I207.409

中国版本图书馆 CIP 数据核字（2019）第 268705 号

责任编辑　徐文凯
责任印制　徐　冉

出版发行　人民文学出版社
社　　址　北京市朝内大街 166 号
邮政编码　100705
网　　址　http://www.rw-cn.com

印　　刷　三河市博文印务有限公司
经　　销　全国新华书店等

字　　数　646 千字
开　　本　880 毫米×1230 毫米　1/32
印　　张　25.125　插页 2
印　　数　1—4000
版　　次　2007 年 4 月北京第 1 版
印　　次　2020 年 3 月第 1 次印刷

书　　号　978-7-02-015870-6
定　　价　69.00 元

如有印装质量问题，请与本社图书销售中心调换。电话:010-65233595

目 录

明代小说研究与文学遗产继承问题(序) …………… 郭豫适 1

导　言 ………………………………………………………… 1
第一编　明初的小说创作 ………………………………… 30
　　　　（洪武至洪熙四朝　1368—1425）
　第一章　战乱后的创作飞跃 …………………………… 35
　　第一节　《三国演义》与国家的分裂和统一 ………… 35
　　第二节　《水浒传》与元末的农民大起义 …………… 42
　　第三节　《剪灯新话》中的战乱图景 ………………… 50
　第二章　在传统约束下的选择 ………………………… 60
　　第一节　明初通俗小说的历史渊源 …………………… 60
　　第二节　采用改编手法的必然性 ……………………… 67
　　第三节　明初文言小说创作风格的变化 ……………… 76
　第三章　开辟方向的示范与规定 ……………………… 89
　　第一节　通俗小说内涵的规定 ………………………… 90
　　第二节　羼入诗文手法的运用及其原因 …………… 101
　　第三节　"教化为先"的传统的确立 ………………… 109
第二编　萧条与复苏 …………………………………… 118
　　　　（宣德至正德七朝　1426—1521）
　第四章　政治高压下的生存危机 …………………… 122
　　第一节　明初文学创作的概况与氛围 ……………… 123
　　第二节　小说发展停滞的政治原因 ………………… 131

1

第五章　传播环境对创作发展的制约……………… *143*
　第一节　通俗小说的发展与对传播载体的依赖性……… *143*
　第二节　明初的印刷状况与抑商政策的伤害…………… *153*

第六章　文言小说创作的复苏……………………… *166*
　第一节　先行复苏的原因与志怪小说…………………… *167*
　第二节　内容庞杂的逸事小说…………………………… *178*
　第三节　寓言小说与传奇………………………………… *188*

第七章　通俗小说创作复苏的预前准备…………… *200*
　第一节　说书艺人的贡献与话本的流传………………… *201*
　第二节　三大阻碍因素的变化…………………………… *211*

第三编　嘉靖、隆庆朝的小说创作　　*223*
　　　　（嘉靖、隆庆二朝　1522—1572）

第八章　通俗小说创作的重新起步………………… *229*
　第一节　连锁反应的开始………………………………… *230*
　第二节　《大宋演义中兴英烈传》的编创方式………… *238*
　第三节　"熊大木模式"及其意义……………………… *247*

第九章　渐与现实贴近的文言小说创作…………… *257*
　第一节　创作环境的进一步改善………………………… *257*
　第二节　重志怪轻传奇的创作格局及其成因…………… *267*
　第三节　逐渐贴近现实的逸事小说……………………… *278*

第十章　明代的中篇传奇小说……………………… *288*
　第一节　中篇传奇多羼入诗文的手法
　　　　　与小说观念的变迁……………………………… *289*
　第二节　中篇传奇小说内容的流变……………………… *299*
　第三节　明代中篇传奇小说的地位与意义……………… *315*

第四编　繁华与危机的双重刺激…………………… *328*
　　　　（万历、泰昌二朝　1573—1620）

第十一章　讲史演义的繁荣与公案小说的流行…… *335*
　第一节　万历朝讲史演义的创作概况…………………… *336*

第二节　面对矛盾的惶惑与尝试…………………… 347
　　第三节　明后期的公案小说………………………… 357

第十二章　《西游记》与神魔小说…………………………… 368
　　第一节　《西游记》作者的再创作…………………… 368
　　第二节　万历后期的神魔小说……………………… 378
　　第三节　神魔小说的崛起及其意义………………… 391

第十三章　《金瓶梅》与人情小说…………………………… 402
　　第一节　《金瓶梅》的成书与流传…………………… 403
　　第二节　创作直接反映现实的开始………………… 412
　　第三节　万历朝前后的色情小说…………………… 422

　　附录：关于《金瓶梅》作者考证………………………… 435

第十四章　文言小说的创作与小说选编本的流行………… 449
　　第一节　渐成时尚的笔记小说的编撰……………… 450
　　第二节　传奇小说创作传统的重新恢复…………… 464
　　第三节　专题性类书与小说合刻集………………… 477

第五编　明末的小说创作………………………………… 489
　　（天启、崇祯二朝与南明弘光朝　1621—1645）

第十五章　文人的参与及小说理论的总结………………… 493
　　第一节　明末小说创作的舆论环境………………… 494
　　第二节　小说理论的逐渐成熟……………………… 505
　　第三节　文人的推动与书坊扩大销路的努力……… 517

　　附录：
　　　明中后叶文言小说作者情况简表………………… 531
　　　明中后叶序、刻前代小说者简况………………… 537
　　　明中后叶官员、名士与通俗小说关系简表……… 540

第十六章　拟话本与编创手法的过渡……………………… 544
　　第一节　拟话本的形式特征及其蜕变……………… 546
　　第二节　过渡性拟话本的编创方式………………… 556
　　第三节　拟话本创作中的三大主题………………… 567

3

第十七章　时事小说的崛起与明末其他小说创作……… 580
　　第一节　时事小说的产生原因与归类标准………… 581
　　第二节　时事小说的特色与价值 ………………… 593
　　第三节　明末的其他小说创作 …………………… 602
结　　语………………………………………………… 614

明代小说编年史………………………………………… 621
明代小说编年史人名书名索引………………………… 753
小说史的叙述视角、叙述体例和叙述方法
　　——兼评陈大康《明代小说史》 ……………… 郭英德 770
后　　记………………………………………………… 783

明代小说研究与文学遗产继承问题(序)

郭豫适

(一)

陈大康教授的新著《明代小说史》即将出版,在评介此书以前,我想联系明代小说、明代文学研究情况,谈一点文学遗产研究的情况、问题和看法,跟同志们讨论。

新时期以来,在我国古代文学遗产研究中,明代文学研究颇受重视,而在明代文学研究中,明代小说研究又占有很重要的地位,可谓成绩斐然。为什么这些年来,明代文学创作(包括小说、诗文等)和文学理论的研究,会呈现出一种颇为热闹的百家争鸣的新气象呢?我想主要原因有两个方面,其一是明代小说、明代文学本身确实具有值得进一步扩大、加深研究的价值;其二是处于新的历史环境之下,学者们学术思想进一步活跃开放,感受和呼应着时代的脉搏、现实的需要。这两方面因素的结合,便促使明代小说、明代文学受到人们更多的关注和重视,驱动学者们对之开拓课题、更新视点、加深研究,随之也取得了超越以前的成就。

时代的脉搏和现实的需要是科学研究最大的驱动力,有些课题的提出,本身就是对于发展中的社会现实所作出的敏锐的感应。我这里举一个例子,就是本书作者前几年有关明代小说的一项研究,其结果就是《明代商贾与世风》一书的出版。该书以明代小说大量形象化的材料以及有关的明代史料为据,叙述研讨了明代商贾与世风这一历史现象和问题。我们知道,明代商贾的活动及其势力既是当时社会、政治、经济、文化诸因素综合作用下的产物,而商贾们的经济活动、生活方式、道德观念,连同他们逐渐发展起来的势力,又反过来影响和作用于当时的社会政治和思想观念。历来处于"士农工商"四民之末的商人,他们的社会地位空前提高,他们的成功和影响还促使社会上出现了弃农经商,乃至弃儒、弃官从商的现象。书中所描绘的既有明代商人遭受压制、挫折,艰难挣扎的痛苦,又有他们获得成功,发家致富的欢欣;既有他们万里行商的跋涉磨难,经济活动中的苦心经营,又有过去罕见的他们那种颇为特殊的生活遭遇和生活方式,包括他们那种游移无定的家庭生活以及复杂的婚姻关系;既有他们对封建纲常礼教和各种陈旧落后的规章制度、社会秩序、世俗观念的冲突和背离,又有他们舍命追逐财富、追求物欲所导致的见利忘义、狡猾奸诈、奢侈淫靡的腐败现象和消极影响等等。所以,我曾说这本有关明代商贾的社会生活和历史命运的书,"夸张点说,不妨看作是中国古代商人的成长史"。(参见拙文《〈明代商贾与世风〉序》,上海文艺出版社1996年5月版。)当然,巧妇难为无米之炊。《明代商贾与世风》之所以能够写成,其必要前提是明代社会生活有关的种种世相的客观存在。

  我们可以设想一下,假如没有时代社会经济中资本主义萌芽的出现,没有商业经济和商贾势力的发展,就没有社会生活和社会意识中出现的新的变化,例如鄙视商贾的传统观念的改变,以及弃农经商、弃儒从商乃至弃官从商等现象在实际生活和小说创作中的出现。又假如我们今天无视经济活动是社会生活中一种基本的活动,无视经济基础、经济力量对于人们生活和社会发展具有根本性的意义,假如我们今天不以经济建设为中心,不搞市场经济,也没有市场经济直接间接引发的社会生活、意识观念乃至文学观念的影响和变化,那么人们是否会那样自然而然地产生有关的历史的联想呢?学者们对明代小说乃至整个明代文学的关注就会较为薄弱,研究的兴趣或许也不会如此浓厚吧。

其实,从学术史上看,古代文化研究上成规模的突破性的研究动态的出现和研究成果的获得,一般地说往往是与一定的时代环境条件分不开的,是一定的现实需要和一定的历史文化自身价值相结合的体现。学术研究上这种结合的体现和实现,关键当然是在于研究主体——学者们研究观念的发展变化,而学者们研究观念的发展变化,又离不开他们生活于其中的现实生活、现实需要的触发和驱动。当然,这种结合必须有一个前提,即所研究的对象——某一历史文化自身确实蕴藏有足够丰富的矿藏,其固有的内容和价值足以引发后代学者对之进行发掘和探究;假若研究对象本身并无实在的客观内容,而学者仅凭自己主观随意的研究思想和方法,仅从自己个人主观愿望和兴趣出发,硬要去从中"发现"什么"新"的东西,例如近年有人从《红楼梦》里,又寻觅出耸人听闻的所谓隐藏于其中的"一部历史",什么"历史"呢?说是发现了曹雪芹和他的恋人合谋用丹砂毒杀了雍正皇帝![①] 那不过是一厢情愿、生拉硬扯地编造离奇故事,并非人们所说的以古鉴今,并非严肃的科学研究。

我国文学遗产丰富灿烂,历来为人民所喜爱。弘扬民族文化有助于振兴中华大业,这已成了人们的一种共识。但也有些人程度不同地存在着这样的怀疑:我们已经进入了全新的时代,古代文学跟我们存在着遥远的时代距离,它对我们还会有多少

---

① 《红楼梦》研究中前几年出版有霍国玲、霍纪平、霍力君著的《红楼解梦》,宣布他们姐弟研究《红楼梦》有了"新"发现。书中用红学索隐派的研究方法,研究出《红楼梦》"隐写一部历史","隐写了曹天祐与竺香玉合谋害死雍正帝的全过程。"(《红楼解梦》增订本第一集卷首《内容简介》,中国文学出版社 1995 年版)认为曹天祐就是曹雪芹,也就是小说中的贾宝玉,而"竺香玉"则是曹雪芹的恋人,也就是小说中的林黛玉。书中确认曹雪芹和他的恋人合谋用丹砂毒杀当今皇上乃是历史事实,林黛玉"竟是谋害雍正皇帝的元凶"云云。(同上)此说真是耸人听闻,其实所谓"历史",不过是索隐派新编的一个故事而已。

用处？个别人对此更是持明确否定的态度，断定历史上的东西对我们今天已成无益有害之物，既然早已过时，自然应当彻底抛弃，为何还要批判继承？典型的说法就是不久前有的青年作家、评论家公开提出的"断裂"论。①

　　学术文化研究表明，人们对于古代文化的认识和研究可能出现这种那种情况，有时可能会有曲折和失误，但是历史文化的传承和超越，这却是不以个人意志或兴趣为转移的客观的历史规律。我们上面提到的这些年来明代文学研究及其获得的成就，正说明了文学遗产及其研究具有现实的意义和价值。文化遗产的研究既不能完全脱离今天的现实，也不能完全脱离历史的实际，而历史和现实，即"古"和"今"在历史发展长河中客观存在的某种承续关系和联系，以及蕴藏于其中的规律或经验，有助于我们鉴往知来，对我们会有启发和教益，这也正是我国悠久、丰富的历史文化遗产具有永不衰竭的生命力量和研究价值的根本原因。要知道，我们的社会生活虽然会不断发展，思想观念也会不断更新，但优秀的文化遗产之所以不会失去其价值和意义，是因为"旧"和"新"，"古"和"今"，在事物的辩证发展过程中是割不断的。现在有人以狭隘的眼光把两者形而上学地割裂开来、对立起来，以为既然要建设"新"的文化，就必须抛弃"旧"的文化，不但古代文学遗产没有用处，就连现代文学的遗产也已经失去存在的价值。有人就公开说："鲁迅是一块老石头"。言下之意，鲁迅的遗产也早就应当抛弃了。这种"断裂"论，看似激进、

---

① 《北京文学》1998年第10期发表了《断裂：一份问卷和五十六份答案》和《备忘：有关"断裂"行为的问题回答》两篇长文，其中反映了一些60年代以后出生的青年作家的思想观点。有的说："鲁迅是一块老石头"，"对于今天的写作而言鲁迅也确无教育意义"；有的说："我就觉得他（引者按：指鲁迅）正是'乌烟瘴气乌导师'，误人子弟"；有的说："说我们是'喝狼奶长大的'，也许没错，但我们的自我感觉更像是一孤儿。如果说到'父亲'，也许是海明威、卡夫卡、博尔赫斯这样一些人，但他们从来不承认我们是他们的儿子。"如此等等。

革命,其实并非什么进步主张,而是偏激、浅薄之见,并不符合文化发展规律。古代文学遗产是历史的产物,有精华也有糟粕,所以需要批判继承;文学遗产研究工作者是人,是人当然也就会受到历史环境和各种主客观条件的限制,因而在获取正确结论、有益成果的同时,也可能存在这样那样的问题或错误,所以我们今天的研究更要注意研究的思想和方法,努力做到辩证评析、实事求是。但无论如何,对整个民族文化遗产及其研究价值,采取全盘否定的态度毕竟是不可取的,对待这类"断裂"论的观点和主张,自应疏导、批评,不应由于这些思想主张来自"新生代"就加以附和、恭维。自然,人们希望持此类观点的同志,能够通过有益的批评和讨论,特别是通过自己深入的研究和思考,自我化解"断裂"意识。我想,只要心平气和,实事求是,在批判继承祖国文化遗产、弘扬民族优秀文化这个问题上逐步获得共识,应当是可能的。

(二)

我国古代文化遗产源远流长,博大精深,只要认真耕耘,自可收获成果。以明代文学研究来说,近些年很有可喜的创获。就文学史类著述而言,我书架上随手就可以举出一些新著,如张炯、邓绍基、樊骏主编的十卷本《中华文学通史》第三卷(华艺出版社1997年9月版),其中明代文学部分,是刘世德等多位同志在原中国社会科学院文学三卷本《中国文学史》(1984年修订本)明代文学部分的基础上重新编写而成的,原著为十一章,新著为三十二章,其中有二十六章完全新写和基本新写,大量地扩充了原著未有或薄弱的篇幅和内容;如袁震宇、刘明今的《明代文学批评史》(上海古籍出版社1991年9月版),此书作为王运熙、顾易生主编七卷本《中国文学批评史》的第五卷,以十三章五十多万言的篇幅,独立成卷,力求丰富而又切实地展开了明代文学理论批评丰富多彩的面貌,其篇幅和内容显著地超过以往出版的文学批评史;如齐裕焜的《明代小说史》(浙江古籍出版社1997年6月版),这部列入《中国小说史丛书》约三十万言的明代小说史新著,以《明代小说与市民文化》作为全书首章,书中评述了明代小说新的时代特色,认为"明代小说的主流是表现市民阶层的情感和思想","明代小说是属于市民文学的范畴,与传统的士大夫文学有很大的不同"。又如陈书录的《明代诗文的演变》(江苏教育出版社1996年11月版),以五十多万言的篇幅,具体地论述了明代诗文演进的轨迹、特征和动因,值得提出的是著者在明代诗文研究方法上所作的新的努力,即把明代诗文创作和明代诗文评论结合起来研究,"开拓诗文创作与理论批评交叉思考的新路","把握文化心态与审美心态演变的内在规律"。这种颇有新意的研究方法和表述方法使这部著作形成了自己的特色。当然,这里所举的只是很少的几种文学史类著作,并不足以反映这些年来明代文学研究的全貌。

这些年来,我国明代小说、明代文学研究中新的开拓、新的创获,是许多学者共同的贡献。在这些学者中间,陈大康也是作出了自己的努力的一位。这些年来,他不断地发表一些论文,先后出版了有关的专著,其《通俗小说的历史轨迹》(湖南文艺出版社1993年1月版),是他在博士学位论文的基础上修订完成的,主要内容就是有关明代小说的研究;他的《明代商贾与世风》上面已经介绍过,该书提供了有血有肉、生动形象的历史画面,使今天的读者借此可以观察发生在我们这块土地上往昔的社会生活,鉴古察今,从中增长有关的历史知识并得到某些启发;他现在又向人们呈献出这部《明代小说史》,这更是他研究明代小说的一部辛苦耕耘、很费心力的著作。

陈大康这部《明代小说史》篇幅长达六十万言,是至今所见规模很大、内容丰富的一部断代小说史专著。全书除《导言》、《结语》,共安排为五编十七章,这五编是:《明初的小说创作》、

《萧条与复苏》、《嘉靖、隆庆朝的小说创作》、《繁华与危机的双重刺激》、《明末的小说创作》。各编正题之下系以所属王朝及公元纪年，使明代小说发展各个时期前后承续，在时间总体上保持了历史的连续性。由于篇幅较大，作者对明代小说发展过程中代表性作品，有关小说史的诸种情况和问题得以作出较为具体的叙述和讨论。应当说，从明代初年《三国演义》与国家的分裂和统一、《水浒》与元末的农民大起义，直到明代末年的时事小说，以及有关明末时事小说和其他小说创作的研讨，许多地方论述都较为完整、较为充分。这部著作的撰成固然离不开前人和时贤研究的基础和成果，而大康以个人之力编撰成如此规模的专著，诚属不易。

难得的是，作者对明代小说中若干尚未被学术界充分注意和研究的流派作品作了深入的探索，例如本书第三编第十章《明代的中篇传奇小说》就写得很好。本章专题探讨了明代中篇传奇多用羼入诗文的手法，从研究这一创作手法的运用切入，讨论了当时小说观念的变迁，研述了这些中篇传奇先后思想内容的流变，并阐释了中篇传奇在小说史上的地位与意义。本章对中篇传奇的研究，开掘颇深。作者在孙楷第先生过去对中篇传奇羼入诗文这一现象所作考察的基础上，经过自己一番更为深入具体的研究之后，对明代中篇传奇在明代小说史乃至整个小说史上的"过渡作用"作出了精深的分析和评论：

> 它典型地显示了小说创作中诗文羼入的由少到多，再由多到少的变化趋势，是小说体裁从糅杂趋于纯粹的重要的中介过渡；它的创作内容与世风的变化相一致，而多模仿前作但又逐渐增添独创成分的创作方式，则构成了明代小说编创手法演进过程中重要一环；它同时继承了唐宋传奇与宋元话本的创作传统，尽管表现手法常粗糙拙劣，但毕竟是在努力融合雅、俗两大系列，提供了介于两者之间的小说创作模式；它出现于市民阶层娱乐需求迅速增长之时，应急

式地填补了通俗读物阅读市场的空白,并促进了通俗小说的崛起与繁荣。

作者并从此获得了小说研究的一种思路:"在小说史上,某些创作无甚佳作,可是那些平庸之作构成的整体却具有承接以往、启迪后来的意义。"在大康看来,中篇传奇作为明代小说创作发展轨迹上的一个环节,只有从整体上把握其与前后创作的联系,方能对它在小说创作发展过程中的地位与作用作出切合实际的评价;也正是考虑到对中篇传奇作较深入的研究将有助于对古代小说流变过程作更全面的把握,所以他才在本书中将散见于各阶段的中篇传奇小说集中在一起作专章论述。本书对明代中篇传奇的研述,反映了作者对明代小说史上某些流派和现象作了很有价值的探索,也反映了他对中国小说史的研究具有独立的眼光和史识。

大康有关中国小说史以及如何编写这部明代小说史的认识和见解,集中地写在本书的《导言》里。《导言》第一句话就是"何谓明代小说史"？这个问题在一般读者看来似乎很明白清楚,并没有什么奥义可言,然而作者却作了认真的思索,意识到自己撰写这部断代小说史,"此概念的辨析关系到研究方向、内容与方法的规定",认为在"明代小说史"这句话里,"明代"是时代范围界定,关键词是"小说史",重点则应为"史"。接着便对这句话的丰富内涵逐层地进行了具体详尽的辨析。首先,关于论述内容。明代小说史论述的内容当然是明代的小说发展历程,但又不能绝对地拘囿于"明代"两字,因为其间某种规律、特点或在小说发展史上的地位与意义,"都须得与明代以前或以后的小说创作状况作联系、比较",方能得到清晰的显示。其次,关于研究对象。研究对象当然是小说,但"小说"一词也不可只作狭隘的理解,其含意应是指"小说创作",这样方能联系着与作品密切相关的"作家"。又,"作家作品的总和却无法与小说创作状况相等同,须知即使某阶段作家作品甚少乃至全无,它同样也是小说创作的一种态势"。就明代小说史而言,某种特殊阶段的"创作空白"也应使之进入研究视野,这是"史"的研究的需要。再次,关于时间顺序。作者提出,"应尽可能准确地按本来的时间顺序展示与小说有关的各事件、现象",认为编撰《明代小说史》"应对有明一代二百七十七年内的小说行进轨迹作更为准确的勾勒,对其独特的发展态势、规律与特点作更为精细的论述"。最后,关于整体史论。作者提出,"须得将与小说创作有关的因素视为一有机整体作把握",而重点是研述"作家作品与各事件现象之间的相互联系,以及它们与当时的整个文学创作乃至社会发展变化之间的联系"。

以上我只是将《导言》部分内容作扼要的叙述,但从这里即可见本书作者对小说史的编著提出的要求是很严格的。我看有些要求是提得过高了,实际上即便不是个人之力,恐怕也难以轻易做到。譬如说,"当涉及某一具体的作家作品或事件现象时,一般都应将它置于'竖'与'横'的交叉点上显示其价值与意义"。所谓"竖","是指考察它所受先前小说创作的影响,以及它对后来小说的推动作用";而所谓"横","则是指把握它与当时的小说创作以及时代环境之间的联系"。应当说,就小说史著作而言,这样的要求是有其一定的合理性、必要性的,问题是要真正做到,谈何容易。大康希望自己的著作尽可能具有较为精密的体系和较高的科学性,这是可以理解的。他在《导言》里提出了这样那样的种种要求,并不是自吹其著作就已经做到了。这主要反映了他对明代小说史的研究有着更高的期望,反映了他自己对学术研究的一种新的追求。学术研究要达到理想的完美的境界,需要人们去作不懈的追求,而迈向那个美好境界却是一个无尽的过程,需要学术界作无止境的努力。

1999年3月14日于半砖园

导　言

　　何谓"明代小说史"？此概念的辨析关系到研究方向、内容与方法的规定。显然，"明代"是对时代范围的界定，关键词是"小说史"，重点则应为"史"，而这里的"小说"其实是"小说创作"的简称。因此，所谓"明代小说史"就应该具有以下几个方面的内涵。

　　首先，论述的内容是明代的小说发展历程。但又不能绝对地囿于此，因为其间规律与特点，或在整个中国古代小说发展史上的地位与意义，都须得与明代前后的创作状况联系、比较后方能清晰地显示。

　　其次，研究对象是小说的发展历程，这意味着得将小说这一体裁从当时文学创作的整体中抽取出来作单独考察与分析。然而作单独考察与分析时，它毕竟仍然还是整体的组成部分之一，而且有的问题也只有在重新置于整体之中后，才能得到较全面、合理的解释。明代一些重要的小说家同时又是诗人或戏剧家，于是将小说与其他文学体裁创作的发展变化作恰如其分的比较、联系的必要性，也因此显得更为明显。同时还需强调指出的是，对于"小说"决不可只狭窄地理解为作品，从而再由此涉及相关作家。它的确切含意是指小说创作，这其中当然包含了许多作家作品，但所有作家作品的总和却无法与小说创作状况相等同，须知即使某阶段作家作品甚少乃至全无，它同样也是小说创作的一种态势。强调这一问题对明代小说研究尤为必要，因为明初《三国演义》、《水浒传》、《剪灯新话》之后，小说创作曾经历了长时期的停滞阶段。倘若只着眼于以实物形态出现的作品，

1

那么这片创作空白就无法进入研究视野，它的出现原因以及它对整个明代小说发展的影响自然也就得不到解释与说明，而若跃过此特殊阶段，明代小说史显然也就无完备性可言。

再次，是尽可能准确地按本来的时间顺序展示与小说有关的各事件、现象。倘若缺乏清晰的时间概念，或仅据多有颠倒错位的序列作臆测，其论述必然含糊，判断难免失误，而各事件、现象不依时间测度的纠缠混淆，也势必严重妨碍一些规律、特点的发现。《明代小说史》的任务并不是用一些明代的具体创作事例，证实已知的古代小说发展通则为不妄，而是应对有明一代小说行进轨迹作更为准确的勾勒，对其独特的发展态势、规律与特点作更为精细的论述。相应的，它在时间概念方面的要求也就更为严格，此时已不允许将明代只视为一个时间单位，从而将该阶段内的众作家作品或各事件现象作笼而统之的混讲式的论述。当然，将所有作家作品或事件现象排列成精确的时间序列只是一种理想，由于条件限制，总免不了要不断地遇见难以作准确判定的麻烦。这时就应力求在较小的时间范围内作框定，以免整个序列中发生过大的颠倒错位，前面所言"尽可能准确"即是此意。无论是准确推断或大致框定，以及继而将它们综合为一个尽可能逼近原样的有机整体都不是容易的事，可是如果没有这种准备工作为基础，明代小说史的研究又从何谈起？

最后，关于明代小说创作发展线索的梳理应是核心内容，而这又须得将与小说创作有关的因素视为一有机整体作把握。明代小说史固然要分析介绍作家作品与各事件现象，但研究与论述的重点，却应该是这些作家作品、事件现象之间的相互联系，以及它们与当时整个文学创作乃至社会发展变化之间的联系。换言之，考察重点是具有相对独立性的小说创作在各种错综复杂影响与约束下行进的历程，发展变化的动因、方式与它的各种表现形态及其过渡转换。因此，当涉及某一具体的作家作品或事件现象时，一般都应将它置于"竖"与"横"的交叉点上显示价值与意义。所谓"竖",是指考察它所受先前小说创作的影响,以及它对后来小说创作的推动作用;而所谓"横",则是指把握它与当时的小说创作以及时代、环境之间的联系。以这种方式确定具体作品的地位时,还须注意两个概念的区分,即作品的文学艺术价值与作品在小说发展史上的价值的区分,因为确有一些文学艺术价值并不高的作品,推动了当时小说创作的发展。倘若缺乏对上述两种概念的区分或忽略各种联系的把握,就会在不自觉中偏离展示明代小说创作发展的原有面貌及其特点与规律的目标。

以上辨析表明,我们的课题是一种在微观研究基础上的宏观研究,而它之所以在今日被提出并越来越受到人们的注意,则是中国古代小说研究不断深入的结果。中国古代小说的研究大致由三个部分的内容组成,或称之为层次:首先是资料考证性的基础工作,即钩辑相关的资料,考辨作者的生平经历、作品的成书年代、情节的本事源流以及各书的版本嬗变等;其次是作家作品研究,主要是通过对各文学要素的分析,探讨其艺术上的成败得失与评价其思想倾向;最后则是对各创作流派、整个小说创作的发展历程、特点与规律以及小说史上种种文学现象作综合性考察分析,这便是通常所说的宏观研究。对于这三部分的研究并不能作过于机械、绝对的界定,它们实是互为联系并互为依赖。宏观研究的顺利进行须得以前两个层次的充分准备为基础;反之,只有在后层次的研究中同样也能得到合理解释,先前的成果才算是通过了检验,得到了认可。中国古代小说的研究可以说是以一部宏观性研究的巨著,即《中国小说史略》为始端,但是这并不意味着上述三部分工作的逻辑顺序被打乱,因为在此书撰写前的长期的艰苦准备中,已经包括了前两个层次的研究。鲁迅先生在极其困难的条件下一身兼三任地完成了如此宏伟巨著,从而使古代小说有规律的运动状态图景第一次展现在人们的面前。然而,由于当时客观条件的诸多限制,这幅图画中的许多细节尚不清楚,从而妨碍了整体规律、特点以及发展趋势的更清晰明了的显示。于是从20世纪30年代开始,后来者展开了大体上互有分工的深掘式研究,简略者详之,阙略者补之。如孙楷第致力于古代小说的版本目录,赵景深钩稽整理二三流作品且注意梳理小说与戏曲之关系,阿英有意于孤本的发掘收集,又特偏重于晚清小说研究,胡士莹专治话本小说,孔另境则整理汇编有关的原始资料。这一代学者的功绩此处无法悉为列举,而学科开创者鲁迅先生及胡适、郑振铎等人的研究此时也在继续深入。这时,至少有关《三国演义》《水浒传》等那几部最重要的作品的第一层次的工作已经基本完成,而且一些作家作品的分析以及各人专攻领域的某种宏观考察也业已出现。建国以后,更多的学者进入了古代小说研究领域,虽然整理、考辨式的工作此时仍在继续进行,但是研究的重点却已由对作家作品的艺术与思想倾向的分析所取代。半个多世纪以来的研究成果赫然可观,进一步升华这些研究成果乃是必然的趋势,这就是最近十多年来宏观研究越来越受到重视的原因。而且,人们不仅要求从宏观上把握古代小说创作发展变化的走向以及其间的规律与特点,同时也进一步要求在对众多作家作品与各种相关事件现象作全面而具体的考察的基础上,了解这种走向与规律特点在不同历史阶段中的特殊形态及其成因。正是这种要求,使得诸如"明代小说史"这样的断代小说史的专门研究,开始成为十分现实的重要课题。

自"五四"以来,古代小说研究作为一门学科已有七十余年的历史,这期间取得的丰硕成果是小说通史以及各种断代小说史研究的不可或缺的基础,然而它也仅仅只能视为一种基础。之所以如此强调,是因为眼下已问世的一些小说史论著中时有不如人意处,其内容多为各作家作品分析或鉴赏的缀联组合,仿佛前辈学者在从资料考证到艺术、思想分析等方面基本上已有较详尽的研究或已有所涉及,于是现在只需按年代顺序与题材分类等对现有成果作综合整理，即可撰成一部小说史论著。这种对宏观研究误解的产生是因为思路已被凝固，在半个多世纪的第一、第二层次的研究过程中，人们已经习惯于只围绕具体的作家作品发表议论，而且往往还是分别单独地作考察与分析。然而，宏观研究却必须遵循整体大于部分之和的原则，即古代小说的整体并不等于历史上所有作家作品的简单叠加，它还应该包含构成整体的各部分之间的种种有机联系。宏观研究须得在微观研究进行到一定程度后方可启动，它不可能越过从小说发展进程中抽取出具体的作家作品作分析的阶段。这种抽取不可避免地要伤害甚至割裂具体的作家作品与小说发展整体间的筋络，随后的宏观研究就理应特别注意那些先前不得不暂时舍弃的种种联系，这方面的研究反过来也有助于更客观全面地分析评价各作家作品。此类情形在明代小说史上屡见不鲜，如书坊忠正堂老板熊大木的《大宋演义中兴英烈传》只是文集《精忠传》与其他史料的白话改写本，而将《五代史平话》全数抄入的《南北两宋志传》简直是剽窃的产物，它们得不到较高的评价似是天经地义的事。可是，如果将这些作品置于小说发展的实际进程中考察，便可发现原先的评价有所偏颇。当时，长时期地以抄本流传的《三国演义》、《水浒传》刚刚刊行不久，通俗小说受到广大群众的热情欢迎，然而文人们却囿于传统的偏见尚不屑于创作。就在那稿荒严重的青黄不接之时，熊大木的四部长篇小说相继问世，其迎合读者以期牟利的动机不必讳言，但是从嘉靖间仅有几部作品传播，到万历后期通俗小说创作初步繁荣的过渡阶段中，这些作品确曾起过壮大通俗小说的声势，并刺激后来者投身于创作的积极作用，它们在这期间不断地被翻版盗印，甚至有抄本传入宫廷的事实，也从侧面证实了这一点。这是把握与整体的联系后作出的评价，而由此角度切入进一步考察，则又可以发现在那半个多世纪的过渡阶段中，通俗小说创作由熊大木、余邵鱼、余象斗与杨尔曾等书坊主以及受书坊主雇用的下层文人主

5

宰的奇特现象,继此还可以生发出一连串值得深思的问题。在对"联系"作宏观把握之前,这类现象与问题一般难以进入研究的视野,而在今日,它们却应该是《明代小说史》必须认真探讨的重要内容。

上述分析表明,即使第一、第二层次的研究已十分充分完备,宏观研究时也仍然要遇上许多需要花大气力方能解决的新问题,而在实际上,我们所能凭借的基础却又不能用"理想"两字来形容,最明显的表象之一,就是七十余年来的研究成果并未曾覆盖有明一代的所有作家作品以及与小说创作有关的事件现象。这种情形在《中国小说史略》中即已存在。该书有关明清小说的论述所占比重最大,然而鲁迅先生恰对这一部分不甚满意,并在这种心情下写了一则"后记"与该书一起梓行:

> 其第十六篇以下,草稿则久置案头,时有更定,然识力俭陋,观览又不周洽,不特于明清小说阙略尚多,即近时作者如魏子安、韩子云辈之名,亦缘他事相牵,未遑博访。况小说初刻,多有序跋,可借知成书年代及其撰人,而旧本希觏,仅获新书,贾人草率,于本文之外,大率刊落,用以编录,亦复依据寡薄,时虑讹谬。惟更历岁月,或能小小妥贴耳。而时会交迫,当复印行,乃任其不备,辄付排印。

此非故作谦虚之语,而是一个严谨的学者在自道实情。鲁迅先生在极其艰难的条件下,仍然做到了"从倒行的杂乱的作品里寻出一条进行的线索来",[①]故而直至今日,《中国小说史略》依然是本学科中指导着无数后学的最重要的必读书籍。在鲁迅先生之后,众学者的共同努力使明清小说的研究继续深入。湮没已久的作品一一被发掘,相关的资料经钩辑也日渐丰盈,而对作品内容的理解与分析,也远远地超过了以往。这几十年来,中

---

① 鲁迅:《中国小说的历史的变迁》。

国古代小说,特别是明清小说的研究已经成为具有重大社会影响的学科,有关的论著、论文即便不能用"浩如烟海"比拟,却也确可形容为"堆积如山"。这些成果的获得是今日作宏观研究的必要前提,不能想象能跃越过它们而进行什么小说通史或各种断代小说史的论述。然而,对这些研究成果作归类分析在提醒人们,现在所能凭借的基础并不完美,其中最引人注目的问题之一,便是研究的分布状态极不平衡。清代小说研究的情形暂且不论,此处只考察明代小说研究的分布状况。20世纪上半叶明代通俗小说研究论文的数量与分布如下表所示[①]：

	1910—1919	1920—1929	1930—1939	1940—1949	合计
水浒传	0	19	32	28	79
三国演义	1	3	11	26	41
西游记	4	15	15	11	45
金瓶梅	1	3	20	2	26
封神演义	0	1	5	4	10
冯、凌及三言二拍	0	0	10	3	13
其他作家作品	0	6	20	7	33
合计	6	47	113	81	247

以上数据虽不能说毫无误差,但它基本上反映了建国前明代小说的研究概况。如上表所示,有关《水浒传》、《三国演义》、《西游记》与《金瓶梅》的论文分别占总数的31.98%、16.6%、18.22%与10.53%,共计77.33%,这意味着"四大奇书"是明代小说研究的重点,《水浒传》尤受重视。若加上《封神演义》与"三

---

① 根据于曼玲先生《中国古典戏曲小说研究索引》统计。

言"、"二拍"研究,其比例高达86.64%,至于"其他作家作品"一栏,实际涉及的作品仅是《杨家将演义》《英烈传》《列国志传》等13种。

关于明代文言小说研究,上半叶发表的论文甚少,仅有30年代华狷公《〈剪灯新话〉以后》(1931)、衣泉《谈谈〈剪灯新话〉〈剪灯余话〉》(1931)、赵景深《剪灯二种》(1934)与《笑林广记的来源》(1934)四篇,且基本集中在《剪灯新话》《剪灯余话》,覆盖面远不及通俗小说研究。

建国后五十一年里明代通俗小说研究论文的数量与分布则可见下表:[①]

	1950—1966	1967—1976	1977—1983	1984—1988	1989—1993	1994—2000	合计
水浒传	314	957	406	549	230	292	2,748
三国演义	205	28	137	326	254	408	1,358
西游记	101	13	140	171	157	225	807
金瓶梅	20	0	68	290	483	409	1,270
封神演义	13	0	7	9	15	10	54
冯、凌及三言二拍	80	0	67	142	102	143	534
其他作家作品	36	0	34	45	57	84	256
合计	769	998	859	1,532	1,298	1,571	7,027

[①] 对统计说明如下:1、1950—1991年的数据根据于曼玲先生《中国古典戏曲小说研究索引》统计,1992—2000年的数据则根据《中国古、近代文学研究》各期之索引,以及曼玲先生在《明清小说研究》上陆续刊出的《明清小说研究论文索引》统计。2、境外人士论述未包括在内。3、只统计研究作家作品的论述,即其他研究流派、理论等论述未包括在内,但这类论文数所占比例极小。下面关于文言小说统计的方式同此。

为了便于更清楚地考察,此处同时列上与上表各数字相对应的相对比例表:

	1950—1966	1967—1976	1977—1983	1984—1988	1989—1993	1994—2000	合　计
水浒传	40.83	95.89	47.26	35.83	17.72	18.59	39.11
三国演义	26.66	2.81	15.95	21.28	19.57	25.97	19.33
西游记	13.13	1.30	16.30	11.16	12.10	14.32	11.48
金瓶梅	2.60	0.00	7.92	18.93	37.21	26.03	18.07
封神演义	1.70	0.00	0.81	0.59	1.15	0.64	0.77
冯、凌及三言二拍	10.40	0.00	7.80	9.27	7.86	9.10	7.60
其他作家作品	4.68	0.00	3.96	2.94	4.39	5.35	3.64
阶段占总数比例	10.94	14.20	12.23	21.80	18.47	22.36	100.00

　　统计难免有误差,但是它们确能显示状态与发展趋势,略有增减无妨整体格局的把握(在相对比例表中,这样的增减只会引起小数点后几位的变化),即有意义性并非绝对地依赖于精确性。其次,各论述有质量高低、篇幅长短之别,但是它们在表中均只能显示为无差别的数字,此点在分析时须特别注意。即使如此,通过以上两表仍可看出各部作品在不同阶段受关注的程度以及研究覆盖面的情形,而表中那些数据的汇合,则又反映了明代通俗小说研究的整体格局与发展趋势。其中有几个事实是显而易见的:

　　一、自1950年至2000年共五十一年,其间含有"十年浩劫",各作品的研究在这非常时期内基本上都陷于停滞状态,惟有关于《水浒传》的论述超常地多(其实是集中于1975至1976年),原因人们都清楚,此处无需赘言。

二、前十七年论文数为769篇,年均45.24篇;后二十四年是5,260篇(表中分四个阶段排列以便观察比较),年均219.17篇,为前者的4.8倍强。数量的激增不仅表明了研究队伍的迅速扩大,同时也意味着明代通俗小说的研究受到社会前所未有的关注。

三、在这五十一年里,《水浒传》、《三国演义》、《金瓶梅》与《西游记》研究所占的比重分别为39.11%、19.33%、18.07%与11.48%,四者之和则为87.99%。很显然,"四大奇书"一直是明代通俗小说研究的重点,而且自1977年以来的四个阶段中,这四部作品研究所占比例之和分别为87.43%、87.20%、86.60%与84.91%,即基本保持平稳态势。但若细分,则可见《金瓶梅》研究所占比例在持续、醒目地增长,只是在最后一个阶段略有跌落,而相应的,另三书的研究在较长时期里略呈下降趋势,但在最后一个阶段稍有回升。

四、关于"其他作家作品"的研究极少,近年虽略呈上升趋势,但所占比重也仅为5.35%。据《中国古代小说百科全书》著录,明代通俗小说共161种(前者包括少量已佚或明清间难断代者),故表中"其他作家作品"一项中应含小说约150种,占明代通俗小说作品总数之93.17%,这与研究所占比例仅为5.35%形成极强烈的反差。

至于明代文言小说的研究,由于论文数太少难以分类说明,此处仅以一简单的统计表显示其研究状态:①

1950—1966	1967—1976	1977—1983	1984—1988	1989—1993	1994—2000	合计
3	0	7	10	13	36	69

---

① 表中数字并不包括有关文言小说论著中的文字,而据笔者所知,至2000年底,涉及明代部分的文言小说史论著仅有几部而已。

表中的数字虽是在不断递增,但它们又实在过于微小。这里还必须举出另一统计数据作对照,即据《中国文言小说书目》著录,明代的文言小说共有694种。当然,若依今日之眼光作评判,其中有许多并不能归入小说类,不过在另一方面,也有一部分作品并未被该《书目》著录。不管怎样,明代的文言小说终究是一个庞大的存在,几十年来研究所覆盖的范围与深入的程度都与此不甚相称。

概括地说,明代小说研究中,有关通俗小说的研究较多,而关于文言小说的研究却极少;而通俗小说,则又是有关"四大奇书"的研究甚多,关于其他作家作品的研究极少。这就是我们所能凭借的基础之现状。明代小说当然应该是明代通俗小说与文言小说的统称,它的发展显然不是从一个创作高峰直接跃至另一个创作高峰,而是一步一个脚印地逐次走完那蜿蜒曲折、上下起伏的路途。结论很清楚,即明代小说史研究虽是一种宏观研究,但在现有的实际条件下,它还必须包括对尚未被注意或未被充分注意的作家作品的第一、第二层次的研究。

这一工作先前没能得到重视有着多方面的原因。那一大批未被注意或未被充分注意的作品中,确实是平庸者居多,因而难以引起关注,有反动或色情之恶名者更不易进入研究者的视野。同时,研究者必然要考虑所选择的课题在自己学术生涯中的地位,或取或舍的决定常和那所获成果与投入的时间、精力的比值大小有关。与名著有关的各种资料由于前辈学者的辛勤耕耘已经相当齐备,可参考的论述又能够随时查阅,研究易于上手,成文也较为方便;可是对研究几为空白的作家作品来说,情形却正好相反,仅搜寻相关的资料就极费时费力,并且不能保证肯定能有相应的收获。另外,将研究的价值,甚至研究者本人的价值与被研究作品的价值挂钩的误解,也妨碍了这方面研究的进行,而这种误解一旦与研究难易的实际情况相结合,研究格局便更不可能以别样的面目出现。但在进行宏观研究的今日,这方面的研究已不可再回避,如果对那些作家作品始终是所知甚微,那么明代小说史的研究就必将严重地残缺不全。而且,在对小说的发展作整体考察时,那些作家作品显示出了舍此就无法对某些重要的文学历史现象作出合理解释的价值。明代小说创作呈现出不断成熟的趋势,可是人们常提起的却只是"四大奇书",以及"三言"、"二拍"等几部不多的作品。这种现象反过来有助于对明代小说发展的实际情形的理解,即至少在某些历史阶段,平庸之作迭出是小说创作演进的主要表现方式。如果只分别着眼于各具体的作家作品,就难以认识到它们在构成作品群后的整体作用与影响,从而妨碍对这一事实的把握:一些重大转换的完成并不是通过突变与渐进过程的中断,而主要是靠量的逐步积累才得以完成。平庸之作迭出同样是小说发展长链上的重要的中介过渡环节,从这一角度来看,那些群体的地位与意义就未必低于某些名著,而对其价值恰如其分的认定,显然又须得以各个别作品研究的综合为基础。

这类作品的群体影响还不止于此。平庸之作不断大量出现且确能广泛流传的事实,其实是与当时的社会氛围、创作的整体水平以及读者群的审美情趣等相适应的,而后者则构成了影响小说创作发展的重要制约因素。离开了对平庸之作所作的群体研究,我们对于当时的社会氛围、创作的整体水平以及读者群的审美趣味等就无法形成较为完整而具体的感受,同样,缺乏对那制约创作因素的全面把握,我们也无法对明代小说发展采取的形态、途径作出较为合理的解释。最后还应指出,平庸与卓越只是相比较而言且又互相依存,那众多的作品实际上是一个个中介环节,它们所形成的过渡阶段将平庸与卓越这两个对立的概念连接在一起。任何优秀巨著都不是凭空突兀产生的,它们的出现得有铺垫,作家们也需要有一个广泛地从正反两方面吸取前人创作中经验教训的过程。从这点来看,即使是优秀名著的研究,其实也不能全然脱离平庸之作的研究而独立存在。因此,宏观研究与微观研究相结合并不是口头上的空话,它确实需要花费相当的时间与精力去扎扎实实地从事艰苦的工作,只有在对那些作家作品及其相互关系基本上都有所了解之后,我们才能较顺利地进入对明代小说的发展作全面而具体的考察与分析的阶段。

一旦进入作整体考察与分析的阶段,一些似是悖于文学常理的现象就会出现在眼前。文学的发展规律告诉人们,凡能揭示时代本质、反映人们意愿的作品,一般都能在问世后迅速传播,如李白与杜甫的诗,苏轼与辛弃疾的词,关汉卿与王实甫的杂剧等都莫不如此。这些作家虽或有过种种不幸的遭遇,但至少都能欣慰地看到自己作品的传世。明代小说却不然,它最优秀的作品如《三国演义》、《水浒传》、《西游记》与《金瓶梅》等(其实清代的《儒林外史》、《红楼梦》也同样如此),从问世到广泛流传之间总有一个相当长的时间差,少则几十年,多则一二百年,仿佛伟大的小说家都命里注定无缘亲见自己作品的出版,而大量平庸拙劣、甚至淫秽之作反倒能随写随刊,广为传播。

文学的发展规律还告诉人们,优秀作品的问世往往会刺激创作的繁荣,但是明代小说史上却有着引人注目的反例。《三国演义》与《水浒传》问世后,通俗小说不仅未见繁荣,相反是出现了创作空白,它从突兀而起的高峰上跌落下来,而且竟然一直沉寂了近二百年。文言小说的创作也有类似的断层,只不过时间略短。有重大影响的优秀作品的问世,往往会推动新的创作流派的形成,这也是人们熟知的文学规律。明代通俗小说的创作也是如此,如它的第二个创作流派神魔小说,就是在《西游记》的影响下而形成。那些作者对此并不隐讳,有的在情节构思等方面还明显地模仿,甚至是干脆剽窃。然而,《西游记》问世于嘉靖后期,后来那约二十部神魔小说却集中地出现在万历三十年前后,前面所说的那条规律居然潜伏了半个世纪才肯发挥作用。

13

这还不是最突出的。通俗小说第一个创作流派是在《三国演义》影响下出现的讲史演义，可是从时间上看，它的形成与开山之作的问世竟相隔了约两个世纪！在考察上述两个流派的形成过程时，我们又可以观察到与众不同之处。在文学史上，新流派的产生一般都得力于功底深厚且有创见的文人，如韩愈、柳宗元之于古文运动，白居易、元稹之于新乐府等，可是明代通俗小说最初两个流派的形成，却首先应归功于集书卷气与铜臭气于一身的书坊老板。这些人对创作领域的主宰持续了相当长的一段时间，直到明末有较多的文人投身于小说创作之后，这一奇特的现象才逐渐消失。

文学贵在独创，可是明代小说的情形却又正相反。明初第一部文言小说集《剪灯新话》中，仿效前人的作品就占了不小的比重，在此之后，模拟之作更是随时可见。《三国演义》与《水浒传》是明代通俗小说之滥觞，它们都是据前人之作改编而成的作品，而且后来的创作也长时期地在改编正史、话本、戏曲与民间传说的圈子里徘徊。明代的一百余部作品基本上都属此类，等而下之者还整回整回地抄袭他人之作，直到明王朝即将灭亡时，才出现了少量文人独立创作的中短篇小说。当然，那些模拟或改编之作中并非没有作家独立创作的成分，而且从整体上看，独创的成分还呈现出了不断增强的趋势。可是在那约三个世纪的漫长岁月中，文学贵在独创的思想在小说领域竟一直未能占据主要地位，这情形不能不令人感到诧异。

倘若连同清代的小说创作一起考察，有些奇特的现象就显示得更为醒目。譬如自冯梦龙的"三言"问世以后，短篇小说的创作开始走向繁荣，从明天启年间到清康熙朝，作品总数已达六百余篇，其中较优秀者也不在少数。然而在随后的一百余年里，短篇小说却又突然消失得无影无踪。若在总体上观察明清通俗小说的数量分布，则又可以看到令人惊讶的不均衡：前期曾有过近二百年的创作空白，而明清时作品总数的一半，竟又密集于晚清那三十余年里。所有这些奇怪现象的汇合，使人感到自明以降，小说，特别是通俗小说成了一种很特别的文学体裁。罗列上述种种反常现象，决不是想证明文学的发展规律不适合于明清小说领域，但是同时又必须承认，文学发展规律在这个领域里似乎常要走样变形。究竟是什么原因造成了如此局面？对明代小说史研究来说，这是一个必须回答的问题。

这些奇特现象是对现有研究的一种责难，它们似在无声地发问，为什么在七十余年的研究中它们竟一直被搁置于一旁，其中有一些的存在甚至未被人们觉察。这一事实表明，并不是将研究具体的作家作品时形成的思想与方法移用于全体就可称为宏观研究，要切实地发现并解决问题，还须得经历一个拓广视野、更新观念、改进研究方法与扩建理论体系的过程。从只着眼于具体的作家作品到同时也关注各作家作品之间的联系，这是一种视野拓广与观念更新，而将研究范围由作家创作延展至作品传播，则更是上述奇特现象得到合理解释的必要前提。也就是说，我们的考察应该从作品的创作一直追踪到读者阅读后的反响，其中包括作品到达读者手中的方法与途径，而读者群体带有倾向性的反响，反过来又是制约后来创作的重要因素。所谓小说发展史，其实就是各相关因素的种种联系与相互作用交织在一起的有序的运动过程。

将作品传播问题归入小说史研究领域是出于实际的需要，有个典型的例子可以有力地证明这并非牵强的视野拓广。前面曾提到《西游记》与在它影响下形成的神魔小说流派之间有着约半个世纪的时间差，但前者虽问世于嘉靖后期，但它的首次出版却是在万历二十年（1592），而后者的形成则是在万历三十年（1602）前后，两相对照，那个令人诧异的时间差消失了。这事例同时也提醒我们，"问世"与"出版"这两个过去往往混同使用的概念，其实应该被严格区别。"问世"是指创作的完成，"出版"才

15

意味着作品开始在较多的读者中流传;前者表明小说史上增添了一部新作品,而惟有后者方能保证产生与该作品相称的社会反响,从而对后来的创作发生影响。就这个意义而言,在小说发展史的研究中,"出版"意义的重要性更甚于"问世"。

一旦将作品传播问题归入了小说史研究领域,这时需要把握的种种联系与作用就越出了我们现有的认知范围,而那些较为陌生问题的研究,对于更全面地了解小说发展的运动方式及其本质却是大为有益。明清两代小说传播的范围远远超过了以往,这是由于得到了当时正在不断发展的印刷业支撑的缘故。明清小说一般都是通过刻印成书后传世,它们难以像诗词赋曲那样仅靠口诵笔录也仍可广泛流传,对于篇幅宏大的通俗小说来说更是如此。过去论及小说的形式,人们总是习惯地指它的语言或表现手法,至于它离不开物质形式的事实因过于明显反被忽略了。然而,这却正是合理解释上述种种奇特现象的一把钥匙,而且在增加了这方面因素的考察之后,许多文学现象的成因与变化可以获得更为全面、充分的理解,尽管那些问题在过去已被认为是圆满地解决了。

主要依靠刻印成书的方式进行传播的特点,将从作家创作到读者阅读这一完整的过程明显地分成了两个阶段。前一阶段作家创作是一种精神产品的生产,以往的小说研究基本上集中于此;后一阶段作品经书坊刻印成书,并通过销售网络流向全国各地,这时它虽然仍是一种精神产品,但同时又是以实实在在的商品形态出现,而且只有经过流通到达读者手中时,精神产品的价值才能随着商品价值的实现而实现。明清小说的发展就可以看作是一种精神产品与商品相结合的不断再生产,而若将各部作品的创作与传播都置于那不断再生产的过程之中,那么又可以发现,其实就是在精神产品生产的同时,商品生产的因素往往已经或多或少地融于其间。明末凌濛初"二拍"的创作是一个较

16

典型的例子。尚友堂主人眼红于冯梦龙"三言"的"行世颇捷"①，他的要求是凌濛初编撰《拍案惊奇》的动因之一。"一试之而效"后，他又央求凌濛初编撰《二刻拍案惊奇》"谋再试之"②。"三言"的情形其实又何尝不是如此，冯梦龙自己也承认，他的创作中含有"应贾人之请"③的成分。明清色情小说的涌现是更突出的表现，杜濬曾对此概括道："盖自说部逢世，而侏儒牟利苟以求售，其言猥亵鄙靡无所不至。"④ 有些作家对此也直言不讳，情痴道人在《肉蒲团》的第一回里就公然宣称："近日的人情，怕读圣经贤传，喜看稗官野史，就是稗官野史里面，又厌闻忠孝节义之事，喜看淫邪诞妄之书"，而他写这部小说，就是"要世上人将银子买了去看"。在明清小说史上，色情小说将其商品性的一面表现得更为淋漓尽致。不过，相反的例外也同时存在。曹雪芹在《红楼梦》的卷首就声明："我这一段故事，也不愿世人称奇道妙，也不定要世人喜悦检读"。以小说史上那几位最著名的作家的才华，编撰一部乃至数部立时畅销的小说决无问题，一时的名利双收更不在话下。但是他们并不屑于赶时髦，而是另辟蹊径，苦心孤诣地追求着艺术的创造。当铜臭气在创作领域弥漫之际，惟有甘于寂寞、耐于清贫的作者那儿尚存一片净土，这正是他们的作品能够成为优秀巨著的先决条件。然而，这些作品毕竟是少数，而且它们的出版、传播以及对后来创作的影响都无法摆脱商品生产、流通法则的制约，因此从整体上看，我们还是得承认小说在明清时的既是精神产品，同时又是文化商品的双重品格。

明清小说一般都以商品形态出现，这是一个不那么令人舒服的事实，特别是看到小说史上许多不良现象的产生都与此相

---

① 即空观主人：《拍案惊奇序》。
② 即空观主人：《二刻拍案惊奇小引》。
③ 绿天馆主人：《古今小说序》。
④ 杜濬：《觉世名言序》。

关联时,不舒服的感觉就会变得尤为强烈。可是尽管如此,我们却不能对这属于本质性的特征取绝对否定的态度,相反倒是应该实事求是地承认,它对小说的发展也曾经起过十分积极的推动作用。

首先,它在最大范围内壮大了小说的声势,使它成为明清之际影响最大的文学体裁。书坊主的介入,改变了小说只有少量抄本传阅的状况,书贾们的长途贩运又使作品遍传四方。否则,闭塞会使许多潜在的作家根本想不到去撰写小说,即使去创作也难以总结以往的成败得失,这就可能会导致创作的萧条乃至空白的出现,明前中期的情形便是这方面最典型的例证。牟利思想的作祟确是创作的大敌,但是反过来如果作品都无法刊售,难以传播,那么小说也不可能迎来创作的繁荣。

其次,商品的供求法则不断地调节着读者与作者的关系。当供不应求时,书坊就采取种种措施刺激作者的创作以满足读者的需要,如明末时神魔小说与时事小说两流派的迅速形成就与此有很大关系。反之,当时势变化或读者兴趣重点转移而导致供大于求时,书坊就相应地改变择稿标准,以迫使作者变换创作题材。当然,各创作流派的崛起及其式微的原因,并不是都能被商品流通法则所涵括,但是其盛衰起伏,却确实是经由它的调节而显现。

再次,商业上的需要是推动小说理论发展的重要因素之一。评点与序跋是我国古代小说理论的主要阐述形式,而书坊主对这两者都积极支持,则是由于看到了它们具有招徕顾客功用的缘故,最先开小说评点先河者,其实也正是书坊主。书坊主刊印小说时,一般都乐意恳请名士评点或撰写序跋,目的是借其声望抬高作品身价,以便打开销路,而撰稿者也常借此机会分析总结作品的特点,从而为小说理论的发展增添了新的内容。通过这种点点滴滴的积累方式,我国古代的小说理论终于形成了较全面而又颇具民族特色的体系,它反过来又对创作产生了深刻的影响。

最后,商品生产、流通法则在客观上保护了小说的生存与发展。在历史上,封建统治者曾经几次严厉地禁毁小说,因为他们意识到小说广泛传播所产生的社会影响,已经危及自己的政治统治以及对思想领域的控制。禁毁使小说的发展遭到严重的伤害,但它却无法实现预期的目标,其中最直接的原因,便是遇到了竭力维护财源的书坊主的顽强抵制。封建统治者动用了国家机器,而书坊主则可以恃广大喜爱小说的读者为后援。封建统治者遭到的是双重的失败,他们既无法消灭广大群众喜爱的文学样式,也无法消灭能给书坊主带来丰厚利润的特殊商品。

当小说在明清时的双重品格被发现之后,对小说发展的研究就不能再囿于先前的方法与手段。以往的小说研究主要着眼于精神产品的生产,一般并不把商品交换、流通方面的因素考虑在内,于是与此相应的便是"社会—作家—作品"这样的研究模式,即将作家置于一定的时代背景中考察,并以此为分析作品的成败得失、思想倾向及其与社会种种联系的依据。这样虽然可以对一部作品作出较合理的分析,但由于撇开了传播过程以及传播对后来创作的影响,故而无法圆满解释小说的行进轨迹。于是,我们需要在从更广泛的角度去寻找推动或制约小说发展的主要因素的基础上,设计诠释功能更强的研究模式。这些因素有的存在于小说内部,有的则表现为小说与外界的关联,如果以能产生直接的、重大的且又持续的作用为标准,那么不可无视其存在的主要因素大体上是下列五种。

首先是作者。没有作者就不可能有作品,作者对小说的理解和认识,他们的创作动机、创作态度与创作水平直接决定了作品的思想艺术质量。这些道理是如此的显而易见,以至于无须再作赘述。

其次是书坊。它承担着小说的刊印与销售,是连接作者与广大读者的最主要的途径,这也是小说在传播方面异于诗词赋曲等其他文学样式的重大区别。那些文学样式所受的干扰相对较少,文学意义上演变的动因也就显示得较为清晰,可是小说须得在文学发展规律与商品交换、流通法则的共同支配下发展变化。利多售速是促使书坊主刊售小说的唯一动力,他们以经济尺度估量作品的内容与风格,并时刻敏锐地捕捉有关读者兴趣爱好及其变化的种种信息,对于来自评论界的贬斥与赞扬以及官方的禁毁与提倡,他们也总是基于利润得失的考虑而决定相应的对策。书坊主的择稿标准及其变化是影响一些创作流派盛衰的重要原因之一,某些趣味低下的作品的泛滥,他们也有着不可推卸的责任。为了争取更多的读者从而牟取更大的利润,书坊主还想方设法地降低书价,终于导致了"市井粗解识字之徒,手挟一册"① 这最广泛传播局面的形成,使小说在广大人民群众中扎下了根,可是他们又时常一味地追求节缩纸板,甚至妄作删改,并采用种种作伪伎俩,其结果则是世上流传着许多伪劣版本。当封建统治者出于政治上的考虑禁毁小说时,直接与之周旋、抗争并最终使该政策流产的也是书坊主,而其目的仍然是为了保证可观的利润的获取。功焉过焉,恐难作一言之判断,但不管怎样,书坊是影响小说发展的重要因素却应是毫无疑问的。

　　第三是伴随着小说创作一起发展的小说评论与理论。作家在创作时必然会遇到各式各样的牵制,而他自己对小说的地位、功用以及创作规律的理解,则是其具体动笔时所受到的最大制约。任何作家都无法超越自己所处的时代,其创作只能与当时的社会状态相适应,受到当时占统治地位的小说观的制约。如在嘉靖至万历前期,人们普遍地认为只有那些演述史实、教育百姓都以忠臣孝子义夫节妇为楷模,从而有裨风化的作品才有价值。这种狭隘的理解,导致了当时几乎只有将正史通俗化的讲史小说。自万历后期开始的李贽、袁宏道、冯梦龙等人在理论上积极提高小说地位的努力,对天启、崇祯年间通俗小说的迅速繁

---

① 《大清仁宗睿皇帝实录》卷二百七十六。

荣起了很大的促进作用。讲史演义一枝独秀的局面被打破,不少作家也开始理直气壮地创作,他们不再甘居附庸,或把小说看作是雕虫小技。晚清小说的创作也是这方面的典型例子。梁启超称小说为"吾中国群治腐败之总根源",并主张"今日欲改良群治,必自小说界革命始;欲新民,必自新小说始"①。晚清小说总的特点是政治说教多而艺术成就不高,而梁启超等人鼓吹的"小说界革命",特别是强调"政治小说为功最高焉"②,与这局面的形成有着密切的关系。当然,小说理论反过来也受到了创作的制约,后者是它存在的前提并每每促进了它的发展,当一些优秀巨著问世时更是如此,如使"传统的思想和写法都打破了"③的《红楼梦》。总之,当考察小说的发展及其动因时,不能不注意小说理论与创作之间互相依赖、制约与促进的关系。

　　上面所说的评论或理论,往往都出自较有声望的名士之手,但实际上每个欣赏作品的读者都会有自己的观感,只不过这些评论大多未见诸文字而已。以往的小说研究对一般的读者常较忽略,因为他们只是被动的接受者,其阅读只能在给定的范围内作选择,而且无论发表什么意见都不可能改变作品已有的面貌。然而,众多读者相同或类似的选择却会形成一种强大的社会要求与压力,这时整体意义上的"读者"便参与了小说发展方向的决定。创作发展的总趋势与读者要求的变化比较一致,但这里又有两种情形。随着社会生活向前发展,作者与读者的认识、情感与要求都会发生相应的变化,当两者大体一致时,创作就较为符合读者的要求,所谓"时势屡更,人情日异于昔,久亦稍厌,渐生别流"④,指的也就是这种情形。同时,也有读者群迫使作者创作时优先考虑他们要求的情况。这种几乎属强制性影响的施

---

① 梁启超:《论小说与群治之关系》。
② 梁启超:《译印政治小说序》。
③ 鲁迅:《中国小说的历史的变迁》。
④ 鲁迅:《中国小说史略》第二十七篇"清之侠义小说及公案"。

加,是通过书坊实现的。根据作品的销路可判断出读者好恶的书坊主并不是在将读者的呼声传给作者的同时,又促使作者以优秀的作品去引导、提高读者的审美趣味,而是唯利是图,以能否畅销为取舍书稿的唯一标准。在一些古代小说的序跋中,常可看到书坊主千方百计挖取畅销书稿的恳求,也可读到一些作者因自己作品难售于世的感叹。小说史上一些流派的兴起、繁盛与衰落,某些庸俗、色情作品的出现与泛滥,都与书坊主曲意迎合读者的口味相关联。不过,读者的好恶绝非是妨碍小说健康发展的消极因素,事实上一些优秀的作品如《三国演义》、《红楼梦》等,都是在抄本流传时得到了读者的好评,书坊主受此刺激后才去刊售牟利,而这些作品的刊行对后来创作的影响又是何等的巨大。尽管某些时候受世风影响浸渍的读者口味不值得称道,但是从长期的发展趋势来看,经过历代读者反复筛选而广为传世的作品确实都比较优秀。封建统治者禁毁小说时曾将成千上万的书籍与书板付之一炬,某些色情作品因此而失传了,可是统治者最惧恨的《水浒传》却反而是越传越广,"几于家置一编,人怀一箧"①。这证明广大读者的要求在总体上是健康的、合理的,而小说也全靠着读者的支持才能生存与发展。因此可以说,在影响小说发展的诸因素中,千百万读者的共同要求乃是最强大、最深远的力量。

除了上面提及的四种因素之外,考察小说的发展时还不能忽略封建统治者对它的态度和所采取的相应措施。这不仅是因为统治阶级的思想在一个社会里总是占统治地位的思想,而且还因为统治者可动用手中掌握的国家机器直接干预,他们的某些措施有时会对小说的发展产生极大的影响。清初时,中央政府曾经接二连三地颁布或重申禁毁小说令,并对作者、卖者、买者与读者分别规定了严厉的处罚,而此时满清统治者对小说的

---

① 《江苏省例藩政》。

严厉禁毁,这是清初后期近半个世纪里新问世的作品相当少的主要原因之一。当然,不管封建统治者的主观愿望如何强烈,禁毁又如何严厉,他们都无法消灭小说这一文学样式,但同时也必须承认,统治者的打击却能使小说创作在某些时候跌入萧条,发展变得迟缓,甚至是停滞不前。作为一个阶级而言,封建统治者对于小说的态度始终是鄙恶与竭力打击,但这并不等于在任何时候或他们的所有成员的立场均是如此,在明中后期,正德帝与万历帝就爱读小说,不少高官或名流对小说也是倍加赞扬。最先刊刻《三国演义》与《水浒传》,使之摆脱了仅靠抄本流传困境的,正是官方的印刷机构;而从理论上肯定小说的功用并努力提高其地位的,其实也正是统治集团中的某些成员。若没有这些因素,明代的小说创作就不可能走出长期的萧条状态而迅速地进入繁盛时期。

以上论述实际上是构造了一个明清小说在作者、书坊主、评论者、读者以及统治阶级的文化政策这五者共同作用下发展的研究模型。这五者都是社会生活的组成部分之一,并都与社会生活的其他部分有着千丝万缕的种种联系,突出地强调它们,则是鉴于其对小说发展的直接而持续的重大作用与影响。构造这一研究模型时,为了行文的方便而采取了这五者与小说发展关系的讨论方式,然而在实际上,这五个因素中的任何一个与其余四者都是交叉影响、互相制约,并不是各自分别地作用于小说的发展,而是结合在一起形成了一种合力作用。这里所说的"合力作用"有两层含意:其一,虽然在不同时期或不同条件下,五者所起作用的程度各不相同,但是对小说的发展来说,它所受到的乃是这五者的综合影响。其二,即使在着重讨论某一因素与小说发展的关系时,在这因素所产生的作用中,实际上也已经包含了其余四者对该因素的影响。这五种因素构成了一个相对独立的系统,它是我们考察分析明代小说,特别是通俗小说的主要研究模式,而相对地说,在明代小说中更需要着重考察的也正是通俗

23

小说。这是因为通俗小说传播的范围无论是从地域还是社会层次都远远超过了文言小说(较有影响的文言小说也都或先或后地改编成通俗小说),影响更为深广,同时也是因为由诉诸听觉的"说话"演变而来的专供案头阅读的通俗小说,乃是自明代才开始出现的一种新的文学样式。明代通俗小说发展的起伏详情,将在以下有关各章中作具体论述,而在这里对明代通俗小说编创手法演变的大趋势与特点作一扼要说明,则有益于以后各问题论述的具体展开。

在通常的文学理论讨论中,人们一般都比较注意作家的创作方法,即在作品中流露出来的、按照一定的观点反映和表现生活的原则,它涉及作家如何处理创作与现实的关系,按照什么样的原则来塑造艺术形象等问题。然而,这些讨论都有一个隐含着的前提,那就是被研究的作品,基本上都是作者独立地并直接地提炼、组织生活素材的产物。尽管反映生活的原则、方式各不相同,但是作家们在独立创作这点上却是无甚差别。可是在明代的通俗小说中,绝大部分的作品都已越出了这前提的限定范围。在很长的一段时期内,明代的小说家们都忙于对正史、话本、戏剧以及民间传说进行改编。他们中间确有不少人是想借此表达自己对现实生活的感受,但是在处理情节的发展、人物形象的塑造等问题时,又不得不屈从于原作的限制。在经历了长期曲折的创作实践过程之后,一些作家才逐渐意识到他们完全可以,而且也应该直接反映自己置身于其间的现实生活,只有当这种认识逐渐明确时,他们才慢慢地开始了独立创作的尝试。尽管此时明王朝已即将灭亡,而由改编转变为独创的演变过程,一直要到清乾隆朝《红楼梦》等一批成熟的、文人独立创作的长篇小说问世才告结束,但是明代作家们的探索,却是这一演变终于能顺利完成的重要基础之一。因此,宏观考察明代通俗小说的发展时,就必须去梳理与分析它的编创方式的变化,即它从改编转向独创的具体形态与途径,并探讨导致这一过程发生与变化的动因。

当考察明代通俗小说的改编或独创的性质时,首先得明确这两个概念的含意。所谓改编,是指作家在已有作品(体裁并不限于小说)的基础上进行创作,它又有下列几种形式:一、作家在结构设计、情节发展与人物形象塑造等方面均承袭原作,对它只是作适当的改写(包括将文言文译成俗语),甚至只是对原作的文字作缀连辑补。二、总体框架上(包括结构、情节、人物等)承袭原作(可以是某几部作品的组合),同时又根据自己的生活体验,改动原作的不合理处,并按生活本身的逻辑,对原作中粗糙或阙略处作深掘式的丰富。三、作品总体框架的设计、情节的发展与故事中的人物只有一部分是承袭原作,其余的都是作家根据自己对现实生活的感受所增添的新内容。以上只是原则上的分类,作家们的实际改编并不都是如此单纯,其作品往往可能是几种形式的综合交叉。至于独创,则是指作家创作时并不依傍前人的作品,而是直接从现实生活中概括提炼素材,独立地设计全书的结构,安排情节的发展与刻画人物的性格。显然,改编与独创是两种不同的编创方式,而由改编过渡到独创,则是创作逐渐成熟的重要标志。然而不能据此就认定,凡是独创的小说在思想上与艺术上都必然优于改编而成的作品,因为编创方式层次的高低与作品价值的大小并不是同一范畴内的问题。同时还应该指出,改编与独创这两者也不是绝对对立的。事实上,明清通俗小说中并不存在绝对纯粹的改编或独创的作品。即使是最简单的缀连辑补式的改编类作品中,多少也含有些作者独创的成分,而最成熟的独创作品如《红楼梦》,其间却仍可见到某些改编的痕迹。若将改编与独创视为两个端点,那么严格地说,没有一部作品能处于这个或那个端点之上,那些小说实际上都处于联系这两个端点的中介过渡阶段之中,只是它们对改编或独创的隶属程度各不相同,分别处于不同的位置而已。当一部作品中改编的成分占了优势而独创成分较少时,或独创的成分占优势而改编成分较少时,我们常称其为改编的或独创的作品。但这样称呼只是为了行文方便,并不是将作者的编创方式看作是纯粹的改编或独创。

在联系改编与独创这两个端点的中介过渡阶段中,各部作品都可有一个相应的位置,它们形成了一个序列,从而提供了从总体上把握通俗小说编创方式演变趋势的基础,而这些位置的大致确定,又依赖于对作品的结构设置、情节安排、人物形象刻画等各方面的研究。因此对编创方式的讨论,实际上也是对构成一部作品的各艺术要素的综合考察。一般地说,随着时间的推移,问世的作品越来越多,因而创作经验的积累日渐丰富,作家们在理论上对小说的地位、功用以及应该如何创作等问题的认识也不断地深化。这就使得通俗小说编创的发展呈现出这样的趋势:作品中改编的成分慢慢地减弱,而独创的成分却在逐渐增强。当然,并不能排斥某些超前或滞后现象的存在,但是这里的主要目的,则是在总体上描述与分析通俗小说编创方式演变的大趋势。若对明至清初的创作状况作归类分析,可以发现通俗小说的题材重点在逐步转移。最初讲史演义与神魔小说两类是大宗,但是它们显赫的地位随后又被时事小说与拟话本所取代,而在清初,包括才子佳人小说在内的人情小说则成了最重要的流派。题材重点的转移与编创方式的变化有着密切的关系。风行一个世纪的讲史演义与稍后出现的神魔类作品,大多是依据古本改编,清初的人情小说,基本上都属于不甚成熟的文人独创的作品,而处于两者之间的,则是明末的时事小说与拟话本。时事小说中既有依据诏旨、奏章、邸抄等编写的成分,也有应归于文人独创的对现实的描写,而拟话本刚出现时主要是收集、整理宋元以来的话本,后来又有许多据野史笔记改写的作品。随着拟话本作品的增多与作家创作技巧的日益娴熟,作品中改编的痕迹越来越淡,甚至还出现了一些纯属文人独立创作的中短篇小说。时事小说与拟话本,正是通俗小说编创方式由改编转至独创这演变过程的过渡形态。

题材以及编创方式的变化,又和作品与现实生活的贴近程度紧密相关。讲史演义叙述的是远离当时现实生活的古代帝王将相或英雄豪杰的故事,而神魔小说则是描写有关神仙佛祖或妖魔鬼怪的异闻。不能否认上述作品中某些也确有借古讽今或寓譬人世的含意,但是这两类小说前者是拘泥史实,后者则着意虚诞,除少数作品之外,其总倾向都是距离现实生活较远。后起的时事小说与当时重大政治斗争关系的密切自不必言,而与它同时出现的拟话本,则相当广泛且较深入地反映了明末社会生活的各个侧面。在列朝的军国大事与各种奇闻异述被改编殆尽,而动荡不安的现实生活越来越引起人们的关注时,作家们开始意识到丰富多彩的现实生活是取之不尽的创作源泉,他们一旦直面现实的人生,改编就不可能再是主要的编创方式,于是对独创经验的不断探索与总结,便成了明末清初时作家们的主要任务之一。

通俗小说创作中的这种变化并不是一个孤立的现象,它与明代后期整个文坛的变化互相联系着,而且几乎是同步发生。在嘉靖朝至万历朝前期,以李梦阳、何景明为代表以及以李攀龙、王世贞为代表的前后七子先后主宰文坛,盲目尊古、模拟剽窃的文风弥漫一时,依据古本改编的讲史演义也主要是出于这个时期。通俗小说创作的变化始于万历朝后期,从时间上看,这正与以袁宏道、袁中道为代表的公安派,以及以钟惺、谭元春为代表的竟陵派对拟古主义的猛烈批判相呼应。若是再联系到哲学领域,则又可以看到这些变化与王学左派的兴起互相平行。这一切对于通俗小说并非只有间接的影响与联系,因为他们的代表人物如李贽、袁宏道等人对于通俗小说的发展,特别是在摆脱旧来窠臼方面都作出过这样或那样的贡献。

无论是文学领域还是哲学领域,所有的这些变化归根到底都是由整个社会的变化所决定,作为文学样式之一的通俗小说自然也不例外。在明末的天启、崇祯两朝,明王朝遇上了空前的危机。建州的兴起使得边警频传,关内农民起义的烈火又处处燃烧,同时朝内宦官集团与东林党人的斗争也愈演愈烈。社会的急剧动荡犹如催化剂,加速了通俗小说由改编转向独创的进程,因为当作家们急欲描写激动人心的现实斗争时,就势必要挣脱一个世纪以来模仿、改编传统的羁绊,而这又意味着他们的独创意识的增强。这一事实又一次证明了社会存在决定社会意识的真理,但这真理决非现成的、可以随处简单套用的公式。马克思说得好:"在历史科学中,专靠一些公式是办不了什么事的。"① 我们应当在存在决定意识这一思想的指导下,对特定的研究对象作具体的分析。通俗小说是一个具有相对独立性的发展实体,而我们所要考察与研究的,正是它在发展过程中特有的问题及其所呈现的特殊规律。这一些无疑地都服从唯物史观对于社会生活的总解释,但是服从并不是等同,正如具体并不等于抽象一样,问题的切实解决还有待于实事求是的细致分析。

　　以上的论述可以概括为一句话,即通俗小说的创作态势随着社会生活的发展而变化,其变化方向也由此而决定。其实,包括通俗小说在内的整个明代小说的创作又何尝不是如此。进一步而言之,对于前面所构造的"明清小说在作者、书坊主、评论者、读者以及统治阶级的文化政策这五者共同作用下发展"的研究模型,同样不能用孤立、静止的眼光看待,因为这五种因素中的任何一种,均随着社会生活的发展而变化,所产生的作用力的大小也由此而决定。在一定哲学观念指导下的适合本学科特点的研究方法,是连接抽象的哲学观念与有待解决的具体实际问题的媒介,而我们所面对的,则是动态的研究对象与动态的研究模型。在这一认识的指导下尽可能地占有事实,进行梳理、排比

---

① 马克思:《哲学的贫困》。

与分析,从而方能重显(或接近)明代小说发展的原有面貌,并作出相应的解释。这是撰写《明代小说史》时所努力追求的目的,借用恩格斯的话来说,我们的工作应该是尽可能地"把历史的内容还给历史"①,它并不轻松,但确实值得一做。

---

① 恩格斯:《英国状况评托马斯·卡莱尔的〈过去与现在〉》。

第一编　明初的小说创作

（洪武至洪熙四朝　1368—1425）

小　引

公元1368年农历正月,朱元璋在应天府(今南京市)即皇帝位,是为明太祖,朱明王朝的统治由此开始。这时,陈友谅、张士诚、方国珍等南方割据势力已被消灭,而几个月后,大都(今北京市)也将被明军攻占,元顺帝逃往塞北,这意味着蒙元在全国范围内统治的结束。虽然西北、西南等地的易帜还需要再过几年,但那位开国君主毕竟可以开始将主要精力从杀伐征战移至巩固权力与治理国家方面。

经过元末二十多年的战争,人口减少与田地荒芜已成为农村的普遍现象。为了恢复凋敝的社会经济,朱元璋实行了移民垦荒、兴修水利、军队屯田以及解放工奴、简约商税等政策,而且这些措施也较快地收到成效。到了洪武二十六年(1393)时,全国的垦田总数增加了一倍,已恢复到北宋年间的水平,人口数超过了元世祖极盛时期,田赋收入也相应地大幅度增加。史家称其时"宇内富庶,赋入盈羡,米粟自输京师数百万石外,府县仓廪蓄积甚丰,至红腐不可食"[①]。此中会有溢美成分,但社会经济迅速地得到恢复与发展却应是实情。

巩固皇权与加强封建专制统治,也是朱元璋治国日程上的重要安排。当蒙元势力在各地被逐次扫荡后,为朱明王朝扫荡

---

① 《明史》卷七十八。

障碍的功臣便开始成了被扫荡的对象。尽管"蜚鸟尽,良弓藏;狡兔死,走狗烹"已是政治角斗场上人所共知的通则,但朱元璋铲灭功臣时的杀戮面之广,手段之惨烈,仍然使人大为吃惊。左丞相胡惟庸被加以私通日本、蒙古罪凌迟处死,因该案牵连,"坐诛者三万余人"①;不久又兴蓝党大狱,指大将军蓝玉谋为不轨,凌迟处死,"列侯以下坐党夷灭者不可胜数",朱元璋自己承认的数字是"族戮者万五千人"②。在杀戮功臣的同时,朱元璋又废除了有一千多年历史的丞相制度和有七百多年历史的中书、门下、尚书三省制度,将军政大权揽于一身,成了秦始皇以来最专制、最独裁的封建帝王,而且他还将这种专制与独裁定为世世不得变更的制度。在他撰写的《皇明祖训》中就可以读到这样的警告:后世若有谁胆敢试图变更,则"将犯人凌迟,全家处死"。

朱元璋是马上得天下的帝王,但这位原本只识干戈的开国君主却很懂得控制意识形态领域与巩固封建专制之间的关系。为此,他下令向全国臣民强行灌输程朱理学,并特别注意培养效忠于封建专制的知识分子。在登基后的第二年,朱元璋就指示中书省的大臣:"朕惟治国以教化为先,教化以学校为本",他要求除京师的太学之外,各府、州、县也都要设立学校,"延师儒,授生徒,讲论圣道,使人日渐月化,以复先王之旧"③。这样培养出来的知识分子是遍于全国的、维系封建伦理纲常的中坚力量,政府的各级官吏,也主要是在他们中间选拔,而方式则是以八股文取士。朱元璋和刘基制定了八股文程式,以四书五经中的内容命题,并只允许依据朱熹的注作解释。八股的体制固定呆板,甚至各段的字数多寡也有严格的规定。显然,八股取士制度不仅

---

① 《明史》卷三百八。
② 《明史》卷一百三十二。
③ 《明史》卷六十九。

是适应，而且还大大加强了思想文化方面的专制统治。朱元璋对付读书人的手段是恩威并施，恩者如物质方面的优待："师生月廪食米人六斗，有司给以鱼肉"①，秀才还可以减免田赋与徭役等；威者则是接连不断地兴起文字狱，放逐、监禁与处决了大批文士，因为他们对新王朝怀有二心或不恭顺，尽管那些罪名常常只是来自统治者的怀疑与猜测。恩也罢，威也罢，总之都是要逼士人驯服地走封建统治者所规定的道路，事实表明，朱元璋也确实基本上达到了这一目的。

朱元璋奠定了朱明王朝的统治基础，在他身后虽然发生过朱棣与建文帝争夺皇位的三年战争，但这并没有影响那些基本国策继续贯彻执行。社会由战乱走向统一与稳定，经济得到了恢复与发展，封建专制统治不断地加强，而文化氛围则日益肃杀阴冷，这便是大明朝最初几十年的总体格局，也正是在这样的环境中，我们所要讨论的明代小说开始了自己的发展历程。

从洪武朝到洪熙朝共是五十八年，在这半个多世纪里新问世的小说并不多。据目前所知，通俗小说只有《三国演义》、《水浒传》以及《隋唐两朝志传》、《残唐五代史演义传》与《三遂平妖传》等五部作品，文言小说则是《剪灯新话》与《剪灯余话》两部作品集，以及其他零星的若干作品。不过，其数量虽然不多，但它们在明代小说史上，有的甚至在中国小说史上都有着相当高的地位。《三国演义》与《水浒传》是我国最早的两部长篇小说，它们的影响可以说是不仅笼罩了整个明代通俗小说的创作，而且还一直延续到清代继续发挥作用。在小说发展史上，这两部优秀巨著的问世又意味着一种飞跃性转折的完成，即从以诉诸听觉为目的而编写的话本，演进至有意识地创作供案头欣赏的作品，其实将它们视为一种新的文学体裁诞生的标志也未尝不可。《剪灯新话》与《剪灯余话》的地位不及上两部作品，但明代文言

---

① 《明史》卷六十九。

小说的创作却由它们而开始。后来的作家多心悦诚服地奉之为楷模,或坦白地承认自己的创作只是在"效颦",或在为作品集命名时有意嵌入"剪灯"之类的字眼,以示其间的渊源关系。以上的考察表明了一个重要事实:本编将论述的不仅仅是明代最早出现的小说,它们同时又是对其后二百余年小说创作的形态与走向有着重大影响的作品。

　　撰写的作品能长时期地发挥影响,这样的作家无疑是天才,但同时也必须指出,努力继承数百年来小说创作的传统与充分汲取有益的经验教训,乃是他们之所以能获得成功的必要条件之一。倘若没有宋元话本以及相关的戏曲、传说的长期准备,那么就难以想象会有《三国演义》与《水浒传》的问世;至于《剪灯新话》与《剪灯余话》,它们在文题意境等方面都明显地显示出对唐宋传奇的规摹。这些作品既对后来的创作有着重大影响,同时它们自己又是先前小说创作影响下的产物。诚然,每个历史阶段的创作都应看作是古代小说漫长的发展历程中的一个中介环节,但它们的作用、意义与地位却是各不相同。就明初的作品而言,它们开辟了整个明代的小说创作方向,制约了其发展趋势,这种作用与地位,正是本编将着重讨论研究的内容之一。

　　最后还应指出两个事实。首先,明初小说创作的分布极不均衡,其主要作品基本上都完成于明王朝立国之初的十来年里。此现象将促使人们去考虑那些创作与元末明初社会大动荡之间的关系,尽管当时的许多作品并没有以这场波及全国的战乱为自己的题材。其次,那些作品虽然价值甚高,但它们在问世的当时却是流传不广,自然也无法产生与作品本身相称的社会影响。《剪灯新话》成书于洪武十一年(1378),但瞿佑亲作校订本的刊行却在永乐十九年(1421)以后,其间至少相距43年,而《剪灯余话》的刊刻,则要等到下个阶段的宣德八年(1433)。至于《三国演义》与《水浒传》,它们一直要到一个半世纪后的嘉靖朝才被刊刻,较广泛地流向社会。这同样也是一个值得深究的问题,而且它已非纯文学动因所能说明。由此可以得到一个重要启示,即研究小说的发展史,不能只限于作家、作品的分析,还须得考察各种外在的摄动力。否则,对于小说创作的行进轨迹,就必然无法得到较为合理的解释。

第一章　战乱后的创作飞跃

从元末百姓反抗蒙元的残暴压迫揭竿而起,到明王朝建立并在全国范围实现了实际的统治,国家经过了一个由统一到分裂,再由分裂到统一的过程,其间历时共三十余年。在这一历史阶段中,既有为推翻异族统治的民族战争,也有为争做"真命天子"的军阀混战,国家元气大伤,而百姓则饱尝颠沛流离之苦。可是对文学的发展来说,战乱却历来是兴奋剂与催化剂。没有秦楚间的战争,何以会有传颂千古的《离骚》?没有安史之乱,哪来李白、杜甫的不朽的诗篇?没有靖康之变,又怎会有陆游、辛弃疾的慷慨悲歌?而对元末明初的这场战乱来说,它在中国文学发展史上留下的最深的那道刻痕,则是小说创作的飞跃。

第一节　《三国演义》与国家的分裂和统一

"话说天下大势,分久必合,合久必分。"任何读者在翻阅《三国演义》时,那第一回的第一句话便会最先闯入他们的眼帘,然而它所引起的反响却会因读者所处时代或环境的不同而大有差异。和平环境中的读者或许会细数历朝历代的史实与此判语作印证,也可能轻蔑地讥之为历史循环论,急于阅读紧张情节的读者甚至可能将它一跃而过。生活在国家分裂、战乱不已时代的读者,其反应却要强烈得多。他们渴望国家统一与生活安定,亲身的经历使他们比其他任何时代的人都清楚,这"分"与"合"两个字看似简单,但它们却是残酷的历史进程的高度凝缩,是意味着千军万马的呼啸,惨不忍睹的杀戮,以及田园的荒芜和遍地的尸骨。对国家刚统一之际的读者来说,战乱的伤痕还在隐隐作痛,那句话自然就会引出他们沉重的感慨或悲伤的回忆。于是,"分久必合,合久必分"八字又会被反复咀嚼、玩味,因为这其中含有太多的血与火的内涵。这种反应也许已在作者罗贯中的期待之中,那部《三国演义》的问世,正是在一场全国性大战乱刚结束后不久。

在过去,人们曾对这样的问题感兴趣,即我国最早的长篇小说,为何恰恰是选择三国故事为题材。那时人们的回答,主要地都是从创作素材优劣的角度着眼。如胡适就曾解释说:"分立的时期,人才容易见长,勇将与军师更容易见长,可以不用添枝添叶,而自然有热闹的故事",因此"分立的时期都是演义小说的好题目"。[1] 他又将历史上各个分裂时代互作比较,指出三国鼎立之际的故事尤能引起作家的偏爱:

> 只有三国时代,魏、蜀、吴的人才都可算是势均力敌的,陈寿、裴松之保存的材料也很不少;况且裴松之注《三国志》时,引了许多杂书的材料,很有小说的趣味。因此,这个时代遂成了演义家的绝好题目了。[2]

其实,这并不是胡适一个人的看法,在他之前的冥飞就曾说道:"《三国演义》为历史小说之最佳者,盖三国时人才最盛,材料较各代为佳,占天然之优胜故也。"[3] 鲁迅在《中国小说史略》中则是这样评论:"盖当时多英雄,武勇智术,瑰伟动人,而事状又无楚汉之简,又无春秋列国之繁,故尤宜于讲说。"[4] 此言虽是就《三国志平话》而发,但移至《三国演义》也同样适用。以上的解释无疑有令人信服的一面,在分裂的时代里,确实"自然有热闹

---

[1] 胡适:《〈三国演义〉序》。
[2] 胡适:《〈三国演义〉序》。
[3] 冥飞:《古今小说评林》。
[4] 鲁迅:《中国小说史略》第十四篇"元明传来之讲史(上)"。

的故事",因此在情节安排、矛盾设置与人物形象塑造等方面,都可为长篇小说的创作带来很大的便利。然而,上述解释仍似嫌有不足。所谓给创作带来便利是相对而言的,只有当能为创作宗旨服务时,这类便利方能真正地显示出优势,而作家的创作宗旨,又并非是凭空产生。于是对于上述解释,必须还增入对作家因素的考量:罗贯中之所以选择三国故事为创作题材,重要原因之一便是他本人就生活在一个分裂、动荡的时代之中,并亲眼看到了国家是怎样地陷于分裂,然后又逐步地走向统一。

罗贯中,名本,字贯中,号湖海散人,杭州人,祖籍山西太原。罗贯中的生平事迹多不可考,明初贾仲明的《录鬼簿续编》中有"至正甲辰复会,别来又六十余年,竟不知其所终"之语,由此可知这位作家活动于元末明初之际。贾仲明又说他"与人寡合","遭时多故",明王圻《稗史汇编》卷一百三称其为"有志图王者"。据此推测,生活于元末社会动荡时的罗贯中为人倜傥不群,怀有创建一番事业的远大抱负,相传他曾为割据江苏一带的吴王张士诚的幕僚。后来罗贯中政治上的抱负未能实现,便专心致力于小说戏曲的创作,这并非是意气消磨的表现,而是在新的环境中变换了实现人生价值的途径。今存署名由他编著的小说有《三国志通俗演义》、《隋唐两朝志传》、《残唐五代史演义传》与《三遂平妖传》。此外,明代刊印的《水浒传》题署作者时也常有罗贯中之名,又有罗贯中为施耐庵"门人"的说法,[①] 有可能他也曾参与过《水浒传》的创作。具有这样经历的作家进行小说创作,他的作品又怎能不深深地烙上时代的印记呢?

所谓烙有时代的印记,并不意味着《三国演义》是在借对各个具体的历史人物或故事的描写,来反映元末明初那场战乱的现状。那两个时代毕竟相距一千余年,而且它们又各自有着庞杂的内容,蕴涵着互不相同的种种盘根错节的复杂关系,对此已

[①] 王道生《施耐庵墓志》中有"得识其门人罗贯中于闽"之语。

无法运用简单的影射、比拟的手法。事实也的确如此,无论怎样地牵强附会,都难以将对刘备或曹操形象的描绘说成是在影射朱元璋;在关羽与张飞身上,也很难看出有徐达、常遇春的影子,尽管在明代的民间传说中,这两对人物之间有着前身与后身的关系。与此相类似,虽然赤壁大战与鄱阳湖之战在各自的时代都有着决定性的意义,但将这两者互作比拟也总嫌不妥。罗贯中无意作这类简单的影射或比拟,然而阅读《三国演义》时,又确实可以感受到元末明初那场战乱的气息。这一现象其实也不难解释,那是因为作品写出了那两场战乱所共有的带有整体性或本质性的东西。

三国鼎立与元末明初这两个时代相隔一千余年,分别活动于其间的两组历史人物,以及他们所演出的大小事件的面貌也截然不同,然而从这两组形貌不同的历史人物与事件中,却可以抽象出极为相似的历史进程:首先,由于不堪残酷的剥削与压迫,出现了全国性的农民大起义,原先的庞大帝国也因此而崩溃。就这点而言,两者间的差别只是前一个帝国叫"汉",后一个叫"元",前一次农民起义军号"黄巾",后一次则称"红巾"而已。其次,在镇压与反抗镇压的过程中,出现了若干个并立的封建统治集团,全国处于分裂状态。三国时是魏、蜀、吴三家鼎立,前此还曾有过袁绍、袁术等势力的争霸;而元末时则出现了朱元璋、陈友谅、张士诚、方国珍、明玉珍等武装割据集团。最后,经过多年的杀伐争斗,又重新出现了全国统一的局面。这两个时代的历史进程是如此相像,它不能不使人怀疑,罗贯中是感慨于现实,才有意识地选择三国故事为自己创作的题材。

另有一事实能佐证上述怀疑的成立。在元末明初之前,中国历史上曾经有过七个分裂的时代,其中春秋战国时期的情况较为特殊,此处可暂且不论。项羽与刘邦的楚汉相争虽然接踵于秦末农民大起义之后,但这是两大集团的抗争,并非是群雄并立的局面,而由于异族入侵而导致的南北朝或宋、金对峙也是性质较特殊的分裂。因此，与元末明初情形相似的只有三个分裂时代，即三国鼎立与晋统一全国、隋末农民大起义后群雄纷争与唐统一全国、唐末农民大起义后的五代十国与宋统一全国。一旦明了这一点，就不能不注意到罗贯中创作的那三部讲史演义的题材。《三国演义》、《隋唐两朝志传》与《残唐五代史演义传》所描写的内容，恰恰是分别与上述三个分裂时代相对应。即使直到元末明初时为止，中国古代社会也已走过了漫长的历程，其间不知出现过多少引人注目的历史人物，也不知有多少惊心动魄的历史事件值得大书特书。然而，罗贯中讲史演义的创作却是始终紧紧抓住分裂的时代，而且又一而再，再而三地只是描写与元末明初模式相似的故事。这种现象显然无法用偶然的巧合来解释，它只可能是作者有意识选择的结果。

　　罗贯中的讲史演义不仅描写了旧王朝的分崩瓦解、群雄的并立与纷争以及国家的最后统一，同时还根据这种历史进程中各种纷纭复杂的现象，概括提炼出易使人窥其本质的典型人物与事件，而在这点上，《三国演义》显得尤为出色。读过这部作品的人谁也不会忘记曹操，作者将这位奉"宁教我负天下人，休教天下人负我"为人生哲学的乱世奸雄刻画得入木三分。曹操阴险狡诈，多疑且残忍，但同时又见识卓然，具有雄才大略，他已不是历史上真实的曹操，然而读者却愿意接受这个形象，因为作品在这方面的描写，反映了人们长期以来对于封建统治阶级本质面目的认识成果。将曹操简单地比拟或影射什么人显然并不恰当，不过这个形象确实可以帮助人们，特别是身处战乱的人们理解眼前的人和事。罗贯中对于这个人物的刻画其实也得益于他所经历的战乱。在那种非常的时期里，各种人物平时隐藏着的或无机会暴露的思想、品格以及性格的复杂性都会表现得淋漓尽致，因此罗贯中才可能在以往文学创作的基础上，凭借自己于战乱中获得的丰富的社会阅历与生活积累，将这一人物形象塑造得如此丰满而典型。

作品中与曹操相对立的人物是刘备,在第六十回里,作者还曾让刘备将自己与曹操作了一番比较:

> 今与吾水火相敌者,曹操也。操以急,吾以宽;操以暴,吾以仁;操以谲,吾以忠。每与操反,事乃可成。若以小利而失信于天下,吾不忍也。

这是对曹操与刘备行事处世差别的一种概括,同时也可看作是作者创作时贯穿始终的准则之一,即以互相对立、比照的原则来塑造这两个人物的形象。在小说中,作者几乎都是用浓笔渲染的方式来强调刘备的仁厚:对弃樊城后携民渡江的描写是歌颂他爱民如子,与民共患难;三顾茅庐的故事是赞扬他礼贤下士,求才若渴;拒绝将"必妨一主"的"的卢马"转赠别人是突出他决不做损人利己之事的美德;而时时不忘渲染徐州、新野、樊城等地百姓对他的爱戴,则是为了肯定与颂扬他所施行的仁政。在作品中,几乎曹操每有某类恶行,则必可找到刘备的一项善举与之相对应,为了使这种对比显得更为强烈,作者有时还作了过头的描写,结果反而给读者以"欲显刘备之长厚而似伪"① 的印象。在历史上并不曾有过小说所歌颂的那种"仁君",只不过封建统治人物的驭民术各有差异而已,因此在作品中,刘备这一人物也就无法体现出如曹操形象那般所具有的高度的艺术真实性。后者是对现实生活的概括提炼,揭示了封建统治者的本质面貌,而前者却是作家按照自己的理想,根据与曹操相对立的原则进行描写的产物。当然,严格地说这"作家"不只是指罗贯中一人,而是还应该包括先前曾参与三国故事形成的那些无名作者。就艺术创作而言,刘备形象的塑造并不很成功,然而它却显示出了另一种价值,即让人看到作者理想中的施行王道的仁君形象。这种理想其实是来源于封建时代百

---

① 鲁迅:《中国小说史略》第十四篇"元明传来之讲史(上)"。

姓们长久以来的渴望，而在战乱时期，这一渴望在残酷现实的刺激下又变得尤为强烈。曹操和刘备都是乱世英雄，对于他们来说，战乱是千载难逢的建功立业的机会，可是对于百姓来说，战乱带来的只是苦难与死亡。《三国演义》不愧是一部优秀的现实主义巨著，作者在讲述精彩曲折的故事与塑造叱咤风云的英雄人物的同时，并没有忽略向读者交代，战乱对于普通百姓究竟意味着什么。在故事刚展开不久的第四回里，就有一段揭露董卓暴行的描写：

  尝引军出城，行到阳城地方。时当二月，村民社赛，男女皆集。卓命军士围住，尽皆杀之，掠妇女财物，装载车上，悬头千余颗于车下，连轸还都，扬言杀贼大胜而回。于城门下焚烧人头，以妇女财物分散众军。

第六回叙述董卓强行迁都，尽驱洛阳百姓去长安时又这样写道：

  每百姓一队，间军一队，互相拖押；死于沟壑者不可胜数。又纵军士淫人妻女，夺人粮食；啼哭之声，震动天地。如有行得迟者，背后三千军催督，军手执白刃，于路杀人。

作者似是在冷静地作客观描写，但读者仍可感到一股令人窒息的血腥味扑面而来，而董卓的暴行，还只是长达数十年战乱的开端。从此之后，全国就再也没有一处宁静的田园，有的军阀部队是"但到之处，劫掠百姓，老弱者杀之，强壮者充军。临敌则驱民兵在前，名曰'敢死军'"；有些逃难的人群不幸正好陷身于混乱的交战之中，于是"百姓号哭之声，震天动地；中箭着枪，抛男弃女而走者，不计其数"。作品同时又描写了百姓遭受的另一种灾难：战乱毁灭了农田，携走了青壮年劳力，随之而来的便是全国性的饥荒的发生，"饿莩遍野"则是触目可见的惨状。这时的百姓只能"皆食枣菜"，或"剥树皮，掘草根食之"，死于饥荒的人不知有多少。然而在军阀眼中，那些百姓却是理应充任印证自己是真命天子的牺牲，董卓就曾声称："吾为天下计，岂惜小民哉！"

此处的"天下"当作争夺、独霸天下解,而其他的军阀,又何尝不是在按此准则行事呢。再广而言之,在中国历史上每次由"合"到"分",再由"分"到"合"的战乱年代里,各大小军阀的行径都是如此,他们同样都给百姓带来了巨大的灾难。元末明初时战乱的情形也不例外,而这正是罗贯中酝酿与创作《三国演义》的前期环境。

总之,《三国演义》与元末明初时的战乱有着密不可分的联系。这场战乱刺激了罗贯中创作欲望的萌生,促使他选择了三国故事为创作题材。这部作品对人物或事件的刻画与描绘,既是一种艺术创造,又是历史经验的可贵总结,同时也是对现实较为间接、曲折的反映,而作者在战乱中获得的丰富的社会阅历与生活积累,则保证了这一身数任的巨大的艺术工程的出色完成。完全可以说,没有元末明初的那场战乱,就不会有如此杰出的《三国演义》的诞生,而罗贯中本人,其实也正是这场战乱所培育的天才作家。

第二节 《水浒传》与元末的农民大起义

《三国演义》反映了天下由"合"到"分",再由"分"到"合"的历史进程,但对这一进程的开端,即那场轰轰烈烈的农民大起义却是稍作叙述便一笔带过。作者不满于农民起义可能是原因之一,不过如此处理也确实是为了服从创作整体格局的安排,因为作品的主旨是描写三国鼎立的历程。对此无须苛责,人们也不会感到缺憾,因为另有一部小说仿佛有意作补充似的,对农民起义的发生原因、历程与结局作了全面的描写,这部作品便是与《三国演义》几乎同时问世的《水浒传》。

《水浒传》是与《三国演义》齐名的优秀巨著,但其作者面目却不甚清晰。早在明代时,就曾有过三种不同的说法,它不仅见于明人的著述,而且也为现已知的明刊本的题署所证实。较早的刊本题作"钱塘施耐庵的本,罗贯中编次",①另一嘉靖刊本则题"施耐庵集撰,罗贯中纂修",即认为该书是施耐庵作罗贯中编,嘉靖时人郎瑛也持这种看法。②然而同为嘉靖时人,王圻与田汝成却认为此书纯为罗贯中所作。③明双峰堂刊本的题署则是"中原贯中罗道本名卿父编辑",全不提施耐庵之名。第三种说法认为施耐庵是作者,胡应麟的《少室山房笔丛》就赞同这种主张,明雄飞馆《英雄谱》中的《水浒传》署"钱塘施耐庵编辑",金圣叹删定的七十回本则题"东都施耐庵撰"。由此可见,明代人已是意见不一,但对作者的认定,却并未超出施耐庵、罗贯中两人,而在当代的学术界,一般多倾向于《水浒传》为施耐庵所作。

关于施耐庵其人,目前所知甚少,有一些材料的记载还互相抵触,或云其"讳子安,字耐庵。生于元贞丙申岁,为至顺辛未进士。曾官钱塘二载,以不合当道权贵,弃官归里,闭门著述,追溯旧闻,郁郁不得志,赍恨以终,……殁于明洪武庚戌岁,享年七十有五";④或云"施耐庵原名耳,白驹人。祖籍姑苏。少精敏,擅文章。元至顺辛未进士。与张士诚部将卞元亨相友善。……元亨以耐庵之才荐士诚,屡聘不至。……明洪武初,徵书数下,坚辞不赴。未几,以天年终";⑤而兴化施姓族谱则称其一世祖为施彦端,字耐庵,"元至顺辛未进士,高尚不仕。国初,徵书下至,坚辞不出。隐居著《水浒》自遣"。⑥这些文字记载互有出入,故而对此存疑者不少,但以上记载中有一点却是一致的,即施耐庵

---

① 此本未见,据高儒《百川书志》卷六"史部·野史"著录。
② 郎瑛:《七修类稿》卷二十三"三国宋江演义"。
③ 见王圻《续文献通考》卷一百七十七"经籍考·传记类",田汝成《西湖游览志余》卷二十五"委巷丛谈"。
④ 王道生:《施耐庵墓志》。
⑤ 《兴化县续志》卷十三"施耐庵传"。
⑥ 杨新:《故处士施公墓志铭》。

43

为元末明初时人,且主要是生活在元末,这也是当前学术界已作认定的共同看法。① 施耐庵同样是一位经历过战乱的作家,这对于理解《水浒传》的创作极为重要,因为他亲眼目睹甚至可能亲身经历了一场农民大起义的爆发与发展。

当然,元末农民大起义与《水浒传》所描写的梁山起义的情形不完全相同,其中最突出的差别,便是前者具有显著的反抗民族压迫的性质;从规模上来看,后者因仅限于山东一地的缘故,也缺乏前者那般的气势。然而,不管是现实中发生的还是小说中所描写的,它们毕竟都是封建时代的农民反抗地主阶级剥削与压迫的武装抗争,受到了相似的历史条件的制约,因而其具体面貌、模式或有不同,但在导致爆发的直接原因,义军由弱小到逐渐壮大的过程,其间的主张与策略以及最后的结局等方面,却可以归纳出一些共同的特点与规律。《水浒传》之所以能够成为描写农民起义的经典作品,这与作家本人就生活在农民大起义的时代有着极其密切的关系,在某种意义上可以说,这部小说中寄寓了作家对眼前现实的理解,其内容也应视为对该现实的一种非直接的艺术反映。

自《水浒传》问世后,社会上便开始流传着一句新的俗语,即"逼上梁山"。这一"逼"字生动而精炼地概括了各位英雄奔投梁山的过程,同时也显示了作者对农民起义发生原因的探寻与思考,作品中那一个个令人悲愤的故事,其实也是对诸如谁在逼、怎样逼、被逼后为何只能上梁山等问题的回答。在《水浒传》中,那些走上公开反叛道路的英雄们都有着自己迫不得已的原因与经历。武松冲破官府阻扰,杀了西门庆为兄报仇后,只是驯服地去吃官司;鲁智深为救金氏父女,打死了镇关西,其后寻找的出

---

① 个别学者对此持有异议。戴不凡曾撰《疑施耐庵即郭勋》之文,后张国光在《〈水浒〉祖本探考》中认为"施耐庵为郭勋门客之托名",然无材料证明,只是一种猜测。

路是皈依佛门,去五台山出家;林冲明知遭高俅陷害,但仍是忍气吞声地踏上了流放之途,还盼望日后能"挣扎得回来";至于梁山义军的首领宋江,开始时更是宁可坐牢流放,也决不肯上山入伙,因为那是"上逆天理,下违父教,做了不忠不孝的人"。然而,黑暗的封建势力并不就此罢休,而是非将他们置于死地而后快。那些英雄忍无可忍,退无可退,最后只好奋起反抗,成了公然与朝廷作对头的梁山好汉。作品生动地描绘了众好汉从忍耐到反抗的曲折过程,同时也精心勾勒了逼他们上梁山的恶徒的嘴脸。在中央政权里有高俅、蔡京那班把持朝政的奸佞;各州府有残害良民、搜括钱财的慕容彦达、高廉、梁中书等地方官僚;在社会基层有张都监、蒋门神、西门庆与毛太公等一帮贪官污吏、土豪恶霸;此外还有各级官府的差拨、役吏和各式各样的爪牙。作为个人来说,这些形象各是逼迫某个英雄上梁山的具体人物,而他们的全体又织成了从上到下、纵横交错的一张残酷压榨和迫害百姓的黑暗势力网。这是农民起义的根源所在,而且也正是这种迫害和反抗,使农民起义从零碎的复仇星火发展成了燎原之势。

《水浒传》以北宋末年为故事发生的历史背景,其实元末的情形又何尝不是如此,甚至那些反抗元朝统治的领袖人物,也都曾有过与梁山好汉颇为相像的经历。就拿朱元璋来说,他十七岁时"父母相继殁,贫不克葬","孤无所依,乃入皇觉寺为僧"[1],可是后来皇觉寺也遭乱军劫掠、焚毁,他无路可走,便参加了红巾军。张士诚本是"操舟运盐为业","常鬻盐诸富家,富家多陵侮之,或负其直不酬"。张士诚不堪忍受,最后终于率十八人反抗,"灭诸富家,纵火焚其居。入旁郡场,招少年起兵"[2]。方国珍原也是贩盐为生,后来被仇家诬陷为通匪。他不愿冤屈地遭

---

[1] 《明史》卷一。
[2] 《明史》卷一百二十三。

逮捕、杀戮,于是便一不做,二不休,杀了仇家,"与兄国璋、弟国瑛、国珉亡入海,聚众数千,劫运艘,梗海道"。① 明玉珍的情况与前三人有所不同。在乱世之中,明玉珍组织了一支地主武装自保乡里,然而有一天,他收到了红巾军领袖徐寿辉的一份最后通牒:"来则共富贵,不来举兵屠之。"在强敌压境的形势下,他选择了参加红巾军的道路,② 而这一经历很容易使人想起《水浒传》中某些朝廷军官遭梁山义军围困、追杀,最后迫不得已归顺山寨的故事。至于那个后来与朱元璋争夺天下的陈友谅是一个渔民的儿子,此人"少读书,略通文义","尝为县小吏",握掌兵权后又"好以权术驭下"。③ 这里当然不应作轻率的比拟,但是在陈友谅与《水浒传》中的宋江的身上,也确实多少可以看到一点共同的东西。如果将元末的农民大起义和小说中的梁山起义作比较,那么便可以看到,两者之间有着许多相似之处。这种相似首先应归于农民战争的普遍规律的作用,然而同样不可忽略的另一因素,是这部小说是出自一个生活在元明之交的作家之手,这也是一个可以用来解释作品后来为何要写梁山好汉全伙受招安的故事,而且还写得如此绘声绘色的原因。

在中国的封建社会里,农民起义的结局大致可归纳成三种模式:一是被镇压,一是受招安,另外一种便是农民义军领袖当上了新的皇帝,但这只是没有改变封建社会的生产关系和政治制度的改朝换代。既然归宿有三种形式,那么为什么施耐庵要为梁山义军选择受招安的结局呢?当然,首要的原因是史实与以往平话奠定的故事框架起了很大的限制作用。不过施耐庵在进行集大成式的再创作时,对已有的故事作了大量的改写与增补,又增添了不少新的内容,从这个角度来看,他若为梁山义军

---

① 《明史》卷一百二十三。
② 《明史》卷一百二十三。
③ 《明史》卷一百二十三。

选择别样的结局，也当是未可厚非的，更何况在《大宋宣和遗事》中，关于宋江受招安一事并没有展开，而只是极简略地提及："(张叔夜)前来招诱宋江和那三十六人归顺宋朝，各受武功大夫诰敕，分注诸路巡检使去也。"为了更全面、充分地解释上述问题，有必要排列若干史料以便作对比分析。首先考察正史中有关宋江受招安的记载：

> 宋江起河朔，转略十郡，官军莫敢婴其锋。声言将至，叔夜使间者觇所向。贼径趋海濒，劫巨舟十余，载虏获。于是募死士得千人，设伏近城，而出轻兵距海诱之战。先匿壮卒海旁，伺兵合，举火焚其舟。贼闻之，皆无斗志，伏兵乘之，擒其副贼，江乃降。①

在施耐庵生活的时代里，也发生过几起农民起义军受朝廷招安的事：

> 太祖欲留士德以招士诚。士德间道贻士诚书俾降元。士诚遂决计请降。江浙右丞相达识帖睦迩为言于朝，授士诚太尉，官其将吏有差。
>
> ……
>
> 行省参政朵儿只班讨之(指方国珍)，兵败，为所执，胁使请于朝，授定海尉。寻叛，寇温州。元以孛罗帖木儿为行省左丞，督兵往讨，复败，被执。乃遣大司农达识帖睦迩招之降。已而汝、颍兵起，元募舟师守江。国珍疑惧，复叛。诱杀台州路达鲁花赤泰不华，亡入海。使人潜至京师，赂诸权贵，仍许降，授徽州路治中。国珍不听命，陷台州，焚苏之太仓。元复以海道漕运万户招之，乃受官。寻进行省参政，俾以兵攻张士诚。士诚遣将御之昆山。国珍七战七捷。会

---

① 《明史》卷一百二十三。

士诚亦降,乃罢兵。

在《水浒传》中,梁山义军先是两赢童贯,俘虏了御前飞龙大将酆美,接着又三败高俅,并将他生擒活拿,完全是在屡败官兵、朝廷无奈的情况下,以胜利者的姿态接受了招安。但是历史上宋江接受招安时的形势却是兵败遭困,难以突围,并且副将又被俘虏,这里的胜利者是朝廷,而宋江投降才是出于无奈。由此可见,施耐庵在创作时仅取"招安"这一点,但具体的叙述并没有拘泥史实,而是严重地背离。创造最有利的条件再接受招安,作者的那些描写也是《水浒传》中的精彩篇章,而上面载列的后两条材料表明,这并不是施耐庵的闭门杜撰,它在元末的现实生活中可以找到依据。张士诚由于与朱元璋的矛盾而接受了元朝的招安,但他的接受招安,是在刚打败了元将杨完者之后。元顺帝在招安时曾派人给张士诚送去了御酒,这一细节被载入了正史,可见在当时是颇为轰动的事件,而在《水浒传》中,则可以读到作者对招安时御酒事件的着力渲染。与张士诚相比,方国珍接受招安的过程要曲折些,他曾先后三次投降元廷,每次都必是在打了大胜战之后,前两次还俘虏了前来讨伐他的元军主将。为了招安,方国珍曾派人去京城活动权贵,而招安后,他又率部去镇压另一支农民起义军,这一切也与《水浒传》中宋江在招安前去东京寻觅门路,招安后又率军镇压方腊义军的举动很是相似。

《水浒传》的创作始于元末天下大乱之时,生活在动荡社会中的施耐庵对于眼前正在发生的各种事件理应是关切与了解的,何况方国珍就活动在浙江、苏南一带,与施耐庵相距不远,而根据一些传说来看,施耐庵似还与张士诚有过个人的接触与联系。如一则传说称施、张二人"曾同事一老师,学习文事和武艺,……张士诚据苏州称王,施耐庵则参佐枢密,赞襄戎幕",后因遭猜忌,"终于施耐庵舍弃故人而去,到江阴一个大地主家作西

席"。① 另一则传说则言,张士诚曾亲自登门,请施耐庵出山相助,但遭到婉言谢绝:

> 元亨以耐庵才荐士诚,屡聘不至。迨据吴称王,乃造其门,家人不与见。士诚入内,至耐庵室,见耐庵正命笔为文,所著为《江湖豪客传》,即《水浒传》也。士诚笑曰:"先生不欲显达当时,而弄笔再遣,不虚縻岁月乎?"耐庵闻而搁笔,顿首对曰:"不佞无所长,惟持柔翰为知己。大王豪气横溢,海内望风瞻拜。今枉驾辱临,不佞诚死罪矣。然志士立功,英贤报主,不佞何敢固辞?奈母老不能远离,一旦舍去,则母失所依。大王仁义遍施,怜悯愚孝,衔结有日。"言已,伏地不起。士诚不悦,拂袖而去。②

当然,即使已有长久流传的历史,这一类传说也不能当作认定事实的依据,但它们都将施耐庵与张士诚联系在一起,其间却含有一定的可信成分,因为这两人毕竟生活于同一时期,同为兴化白驹场人,而且张士诚的经历、业绩,又与《水浒传》中的某些描写有相合之处。虽然张士诚未必对施耐庵怀有什么兴趣,但作为作家的施耐庵关注自己那位名声显赫的同乡的活动,却实是一件极合情理的事。《水浒传》中对宋江的刻画以及其他方面的一些描写,已违背了《宋史》中的有关记载,与《大宋宣和遗事》等作品的叙述也不甚符合,但它们与作家所生活的那个时代的人与事件倒有几分相似。对此现象唯一合理的解释,是施耐庵广泛地从眼前的现实生活中撷取了素材,经概括、提炼后融入了作品,而这与他创作时以正史、平话以及戏曲、传说等为重要基础的事实也并不矛盾。所谓施耐庵的再创作,其实就是将以上两者糅合为一体,而并非是对现成的描述、传闻等作简单的缀连组

---

① 引自王者兴《施耐庵与张士诚》,见江苏古籍出版社1984年8月版《施耐庵研究》。
② 《兴化县续志》卷十三"施耐庵传"。

合。正因为如此,作品中那位"暂在山寨安身"、"等候日后招安"的宋江,已不是北宋末年的那位历史人物,或是以往平话、戏曲所塑造的宋江,也不可简单地以元末揭竿而起的诸雄作比拟。虽然这其间确有某种有机的联系,但他已完全是一个独立的、具有明显个性又带有某些共性的艺术形象。

由以上分析可以看出,《水浒传》的创作与《三国演义》一样,也是与当时急剧动荡的社会形势有着密不可分的联系。没有元末的农民大起义,施耐庵未必会以梁山的故事为创作题材,甚至未必会萌生创作小说的欲望。作者又恰好生活在农民起义军所控制的区域内,有机会目睹农民起义的全过程。丰富的见闻与经历使施耐庵在创作时拥有了大量的生动素材,那些人物与事件又会影响到作家的生活,这便迫使他有心作更敏锐的观察、更深入细致的分析与思考。就这个意义而言,《水浒传》的创作可以看作是施耐庵曲折地反映现实的一种方式。如果换在平和的时代,《水浒传》的创作就很可能不会如此杰出,因为那时的作者不会再有施耐庵那样的对事件的了解,以及在特定的环境中才会产生的心境与激情。

第三节 《剪灯新话》中的战乱图景

《三国演义》、《水浒传》等作品由于元末明初战乱的刺激而诞生,它们都是长篇通俗小说,描写的内容也主要都是军国大事或英雄传奇故事,对于一般百姓的生活则是较少涉及。而且,罗贯中与施耐庵虽也有意地在作品中注入自己对眼前战乱的观察、感受与思考,但由于题材的限制,这部分内容都须得裹上历史的外衣,而且须与原有的历史故事有机地融为一体,即作家们只能以间接、曲折的方式来反映现实,这便是元末明初时通俗小说创作的总的状况。当时文言小说的创作也同样受到了战乱的刺激,但对题材的选择却似是有意在与通俗小说分工,其内容常是"远不出百年,近止在数载",① 作家所关注的也往往是平常百姓的颠沛流离与悲欢离合,明初瞿佑的文言小说集《剪灯新话》就相当集中地体现了这一特点。

　　瞿佑字宗吉,浙江钱塘人,明王朝立国那年,他只是个二十三岁的青年,也就是说他人生中最美好的一段时光,是在元末天下大乱到朱元璋统一全国的过程中度过的。这一经历是瞿佑从事小说创作的重要基础,他又较为早熟,十四岁时即已文名四播,当时的大文学家杨维桢就曾向瞿佑的叔祖瞿士衡称赞道"此君家千里驹也"。② 瞿佑在年轻时就对小说怀有浓厚的兴趣,他曾"编辑古今怪奇之事",辑成一本四十卷的《剪灯录》,③ 其后才有《剪灯新话》的问世。《剪灯新话》收有文言短篇小说二十一篇,它成书于洪武十一年(1378),④ 所谓"新话",显然是相对于前所辑之《剪灯录》而言。不过在这里也应指出,明代时就已有人否认瞿佑是《剪灯新话》的作者,较典型的是王锜的说法:

　　　《剪灯新话》故非可传之书,亦非瞿宗吉所作。廉夫杨先生,阻雪于钱塘西湖之富氏,不两宵而成。富乃文忠之后也。后宗吉偶得其稿,窜入三篇,遂终窃其名。此周伯器之言,得之审者。⑤

周伯器即周鼎,瞿佑去世时他二十七岁,且此言又据说是"得之审者",可见否认瞿佑为《剪灯新话》作者的说法在作品问世后不久便已出现了,不过杨维桢为作者之说也并无其他材料可证实。瞿佑在书首的序中说,"好事者每以近事相闻",待素材积累到一

---

① 瞿佑:《剪灯新话序》。
② 钱谦益:《列朝诗集小传》乙集"瞿长史佑"。
③ 瞿佑:《剪灯新话序》。
④ 书首序署洪武十一年(1378)六月,瞿佑永乐十九年(1421)《重校剪灯新话后序》也忆云:"是集成于洪武戊午,距今四十四祀矣。"但瞿佑作序前,该书曾一度"藏之书笥",书成似应更早。
⑤ 王锜:《寓圃杂记》卷第五"剪灯新话"。

定程度时，他"乃援笔为文以纪之"。此处的"相闻"或许不止是口谈，而是也包括了某些文字记录，这恐怕就是瞿佑的著作权遭到怀疑的原因。当然，这种怀疑并不能动摇《剪灯新话》为瞿佑所作的事实。明初的另一位小说家桂衡在为该书作序时，就明确地介绍了瞿佑的创作过程与创作宗旨："闻见既多，积累益富，恐其久而记忆之或忘也，故取其事之尤可以感发、可以惩创者，汇次成编，藏之箧笥，以自怡悦，此宗吉之志也"，当时的名士吴植、凌云翰在各自所作的序中也都有类似的叙述。这三人都是瞿佑的朋友，了解其创作过程，故所言当为无可置疑的事实。

瞿佑《剪灯新话》的创作是在编辑《剪灯录》之后，其开始时间估计是在明王朝建立前后，而从书中各篇作品所标明的故事发生时的纪年来看，它们中的绝大多数都是以元末明初时的社会大动荡为背景，① 由此不难看出这部文言小说集的创作与时代相平行的特点。《剪灯新话》中的作品都是短篇小说，篇幅短小有利于对现实生活的迅速反映，同时也不可避免地产生了其反映难以广泛、全面的局限。所幸的是，书中那些作品明显的侧重点各不相同，其整体组合多少可对上述局限有所弥补。瞿佑是个士人，他熟悉的也是本阶层的人物，因此书中各作品的主人公基本上都是书生，间或也有地主、官僚、妓女等别类人物，但作品对他们活动的描述与评定仍是从书生的视角出发。这一情形固然也可看作是本书的局限之一，然而它又有助于构成作品的另一重要特点，即相当集中地、且真实而细腻地表现了士人阶层在战乱期间的经历遭遇、价值取向、心态情绪乃至他们的感情生活，而在那特殊的历史环境中，士人对于动荡社会的许多方面的感受，其实也与广大百姓十分相近。

---

① 书中除卷二中《令狐生冥梦录》一篇未标明纪年外，其余最早纪年为元大德间，最迟为洪武七年，而半数以上作品的纪年为社会动荡最剧烈的元末至正年间。

相近的感受源于相似的遭遇。在《爱卿传》中,赵子急匆匆地赶回刚遭乱军蹂躏的故乡,但眼前的景象粉碎了他原先怀有的一丝希望:"投其故宅,荒废无人居,但见鼠窜于梁,鸦鸣于树,苍苔碧草,掩映阶庭而已。"原来,母亲死了,妻子为了抗拒乱军的强暴也自杀了。尽管赵子属"簪缨族",曾是"家赀巨万",可是面对家破人亡的惨变,他那满腔的悲痛以及对战乱的愤恨,又怎会异于一般的百姓。紧接在《爱卿传》后的《翠翠传》,则是描写了一对士人夫妻因战乱而被活活拆散,后来虽相见却又不得相聚的悲惨故事。金定与刘翠翠自幼青梅竹马,婚后更是感情笃厚。不久张士诚兵起,翠翠为其部将李将军强占为妾。为了找回妻子,金定紧随军队之后,遍历江浙二省,最后谎称是翠翠之兄,才总算见到妻子一面。李将军留下了这位"大舅",但平日却不允许"兄妹"俩相见,直到金定抑郁将逝时,才放翠翠前去作临终告别:"翠翠请于将军,始得一至床前问候,而生病已亟矣。翠翠以臂扶生起,生引首侧视,凝泪满眶,长吁一声,奄然命尽。"不久翠翠也殉情而死,他们得到的唯一宽慰,是不明底细的李将军将这"兄妹"俩相邻安葬。这则故事后来曾被好些小说家、戏曲家改编,流传极为广泛,而广大群众对它的喜爱经久不衰的原因,既是因为故事的缠绵悱恻、凄切动人,同时也是因为它歌颂了坚贞的爱情,揭露批判了战乱给人民带来的灾难。在这里,金定是否为士人其实已经没什么关系了。袁声在将这则故事改编为戏曲《领头书》时曾作自序云"亲至道场山,土人犹能指金、翠葬处;及过淮阴,父老传闻,其说较详。"由此可见,瞿佑《翠翠传》的创作是以当时的真实事件为根据,而并非是独居斗室时的向壁虚构。

在《爱卿传》与《翠翠传》的后半部分,作者都运用志怪手法来安排那两对夫妻的结局:或人鬼相会话别,或鬼魂团聚于黄泉。这样处理是对现实苦难中的人们的一种慰藉,而且它又使故事情节因此而更加曲折离奇。不过瞿佑在描写战乱中悲欢离

53

合的故事时,并没有片面地追求情节的曲折离奇,他还采用极其平实的手法作描写,《秋香亭记》便是其中较典型的一例。这则故事简单得几句话就可以概括:战乱拆散了热恋中的商生与采采,十年后国家重新统一,商生也终于找到了采采,然而此时采采已是他人之妻。用于故事叙述的话语并不很多,相比之下,倒是战乱结束后采采寄与商生的书简的篇幅显得较长些。信中倾诉不得已嫁人的苦衷时写道:

> 盖自前朝失政,列郡受兵,大伤小亡,弱肉强食,荐遭祸乱,十载于此。偶获生存,一身非故,东奔西窜,左右逃遁;祖母辞堂,先君捐馆;避终风之狂暴,虑行露之沾濡。欲终守前盟,则鳞鸿永绝;欲径行小谅,则沟渎莫知。不幸委身从人,延命度日,顾伶俜之弱质,值屯蹇之衰年,往往对景关情,逢时起恨。虽应酬之际,勉为笑欢;而岑寂之中,不胜伤感。……

战乱逼迫一个孤苦零丁的弱女子去作那撕裂心肠般的选择:想活下去就得嫁人,若忠于昔日的爱情则必死无疑。采采走了前一条路,而又有谁能对此加以谴责呢?"好姻缘是恶姻缘,只怨干戈不怨天",采采信末的这两句诗,其实也是代表当时许许多多被活活拆散的青年男女对战乱的控诉。在这则故事里,瞿佑没有添加任何浪漫色彩,也没有借用虚幻的鬼神力量为商生与采采硬设计一个大团圆的结局,他只是用平实的手法写出了一个当时随处可见的普通悲剧。然而也正因为如此,这篇作品反而更易引起当时读者的共鸣,显示出强烈的震撼人心的力量。

在这里,我们不妨围绕有关战乱的描写,将《剪灯新话》与《三国演义》作一比较。《三国演义》常用精炼的诗句或简约的叙述概括战乱的全貌及其给百姓带来的苦难,而此类描写在《剪灯新话》中也时常可见,如《华亭逢故人记》中"几年兵火接天涯,白骨丛中度岁华","沙沉枯骨何须葬,血污游魂不得归"等诗句便是。不过在具体描写上,《三国演义》侧重于从正面表现各次战争,勇将率军对垒争雄与谋士运筹帷幄斗智构成了作品的主要内容;瞿佑则擅长于讲述战乱时人们生活中时常可见的小故事,如百姓的颠沛流离、家破人亡或恩爱情人的悲欢离合等,作品中的主人公,也都是相当普通的小人物。观察角度的不同显示出两位作家经历、志向与兴趣等方面的差异,而将两书对照参看,正好可对战乱有一个比较全面完整的了解。

在战乱起因的解释方面,瞿佑与罗贯中表现出了某种程度的一致。《三国演义》在开篇处即言:"天下大势,分久必合,合久必分",这确含有历史循环论的意味,而瞿佑在《富贵发迹司志》一篇中,则借发迹司判官之口作了如下说明:

> 发迹司判官忽扬眉盱目,咄嗟长叹而谓众宾曰:"诸公各守其职,各治其事,褒善罚罪,可谓至矣。然而天地运行之数,生灵厄会之期,国统渐衰,大难将作,虽诸公之善理,其如之奈何!"众问曰:"何谓也?"对曰:"吾适从府君上朝帝阙,所闻众圣推论将来之事,数年之后,兵戎大起,巨河之南,长江之北,合屠戮人民三十余万,当是时也,自非积善累仁、忠孝纯至者,不克免焉。岂生灵寡福,当此涂炭乎?抑运数已定,莫之可逃乎?"众皆颦蹙相顾曰:"非所知也。"

战乱为何会发生?诸神的回答是"非所知也",它只是玄妙地取决于"天地运行之数",到一定时候世人就得遭受一次大劫难,而"众圣"只能预先推知其时间地点,就连他们也无力对"运数"进行干预。这里的"运数"似是在指某种客观规律,但瞿佑对它却无法找到正确的解释。

其实,瞿佑也不是对战乱的起因毫无觉察。作为一个努力反映现实的作家,他在作品中多次涉及与批判了当时社会的黑暗与不公,而这正是导致元末农民大起义与战乱爆发的重要原因之一。在《令狐生冥梦录》中,"家赀巨富,贪求不止,敢为不义,凶恶著闻"的乌老死后,由于其家人"多焚楮币,冥官喜之",竟然就可以还阳复活,而刚直之士令狐譔仅仅因为作诗谴责了这种贪赃枉法的现象,就被捉拿至地狱。虽然在故事的结尾冥王纠正了错案,但从令狐譔所说的"始吾谓贪官污吏受财屈法,富者纳贿而得金,岂意冥府乃更甚焉"等语来看,世上官场的腐败黑暗乃已是司空见惯的寻常事。在《太虚司法传》中,作者又用荒诞的手法隐喻当时的社会现实:善良人受尽折磨和痛苦,而妖魔鬼怪则四处横行肆虐。瞿佑是个士人,故而对人才选拔方面的黑暗与不公感触尤深,对现状愤懑而又无奈的心情,使他写下了《修文舍人传》。故事里的主人公夏颜是"博学多闻,性气英迈"之士,可是满腹学问与人品高尚所带来的却是"命分甚薄,日并暇给"。夏颜死后来到冥府,立即凭自身才华充任要职,而其命运之所以会陡然突变,是因为"冥司用人,选擢甚精,必当其才,必称其职"。夏颜生前死后遭遇的鲜明对照,已是对人世间现实的尖锐批判,但瞿佑行文至此,意犹未尽,于是又提笔洋洋洒洒地发了一番议论:

> 今夫人世之上,仕路之间,秉笔中书者,岂尽萧、曹、丙、魏之徒乎?提兵阃外者,岂尽韩、彭、卫、霍之流乎?馆阁摛文者,岂皆班、扬、董、马之辈乎?郡邑牧民者,岂皆龚、黄、召、杜之俦乎?骐骥服盐车而驽骀厌刍豆,凤凰栖枳棘而鸱鸮鸣户庭,贤者槁项黄馘而死于下,不贤者比肩接迹而显于世,故治日常少,乱日常多,正坐此也。

这番议论与刘基写于同时的《卖柑者言》十分相似,据此可知它代表了当时广大士人的普遍见解。社会的精华,即知识分子阶层对现实的愤懑与绝望,确是元帝国崩溃的重要原因之一,但瞿佑以为"治日常少,乱日常多"全都由此而来却是过于片面了,这正暴露他仅从士人角度观察战乱的局限。

表现士人在战乱期间的心态与动向,也是《剪灯新话》的重点内容之一。在书中,《天台访隐录》是很引人注目的一篇文字,但这不是因为它在艺术上有什么独创的新意,恰恰相反,它从头到尾都在亦步亦趋地对陶渊明的《桃花源记》作模仿照搬:徐逸上天台山采药,无意中发现了一个洞口,进去后方知里面是别有天地,并见到一群衣冠古朴、气质淳厚的村民。这些人在南宋末年时即避居于此,躲过了宋末元初以及元末明初的天下大乱。徐逸后来的经历,也完全同于《桃花源记》中的武陵渔父与刘子骥。一个才华出众的名士为什么会去对名篇作几乎只更换时代与地名的改写,而且还不见当时人对此提出批评?若联系改写的时代背景,就不难对这现象作出解释。这篇作品其实是表现了战乱中的士人对桃源乐土的向往,而这又是不可能实现的幻想,这种心情便只能游戏式地借模仿改写而发泄一二。此般心情人人皆有,故它引起的就只是共鸣而不是批评。在《三山福地志》中,元自实向神仙"乞指避兵之地",从而得以家境安康的描写,也同样是战乱时士人们这种心情的透露。欲求宁静的乐土而不可得,最后便只得逆来顺受,听任命运的摆布,这就是当时大多数士人的思想状况与处境。

然而,另有一些士人的态度却不同,他们将战乱看作是博取功名富贵的好机会。"苟慕富贵,危机岂能避?世间宁有扬州鹤耶?丈夫不能流芳百世,亦当遗臭万年。"这是《华亭逢故人记》中松江士人全、贾二子公然宣称的处于乱世之际的人生哲学。他们又自以为有经天纬地之才,安邦定国之策,曾作诗云:"四海干戈未息肩,书生岂合老林泉!袖中一把龙泉剑,撑拄东南半壁天",足可见他们是何等的自负。朱元璋与张士诚争雄时,全、贾二子站在张士诚一边,"自以严庄、尚让为比,杖策登门,参其谋议,遂陷嘉兴等郡。"然而,好景却是不长,"未几,师溃,皆赴水死。"如果全、贾二子不是站在张士诚一边,而是为朱元璋出谋划策,那么能否功成名就,如愿以偿呢?作者借贾子之口对此作了否定的回答:"夫韩信建炎汉之业,卒受诛夷;刘文静启晋阳之祚,终加戮辱。彼之功臣尚尔,于他人何有哉!"或以为此是影射朱元璋杀戮功臣之语,但是《剪灯新话》成书于胡惟庸等大案以及宋濂被流放诸事之前,影射之说并不能成立,这里作者所说的,其实是根据从历朝的血腥史实中总结出的经验教训而作的预言,后来它确实是不幸地应验了。

《剪灯新话》中绝大多数作品都在从不同的层次或侧面描写战乱中士人的经历,甚至可以认为,这部作品集是瞿佑在"士人与战乱"的总标题下进行的系列创作。在作者笔下,无论是想躲避战乱而不成、只得忍受命运的安排,还是积极参与,想借此博取功名富贵;对于后者,无论他们是站在胜者一方,还是落得失败的下场,他们的经历几乎无例外的都是坎坷痛苦。作者对于那些主人公的不幸是由衷地同情,但是却无法给他们安排更好的命运,作品中即使某些士人获得了欢乐,那也必定是变成鬼魂之后或置身于神仙世界之中。各篇作品中描写的汇集,可构成一幅较完整的画面,它显示了在战乱这一特定历史背景下整整一代士人的悲剧命运,而贯穿于其间的总纲,则是瞿佑在《富贵发迹司志》结尾处的那段议论:

> 普天之下,率土之滨,小而一身之荣悴通塞,大而一国之兴衰治乱,皆有定数,不可转移,而妄庸者乃欲辄施智术于其间,徒自取困也。

在战乱期间,个人的荣悴通塞与国家的兴衰治乱都显得变幻莫测,而瞿佑观察的结果,则是得出了宿命论的结论,《剪灯新话》的创作实际上正是围绕这一主题而展开的。

以上讨论的《三国演义》、《水浒传》与《剪灯新话》三部作品,在艺术形式与创作手法方面有着许多不同,其中最明显的差异,是前两者为通俗小说,而后者属文言系统;前二者是以叙事为主的长篇巨著,而后者是抒情意味很浓的短篇小说的汇集;前二者是典型的世代累积型的作品,而后者虽带有某些模仿前人的痕迹，但毕竟是文人的独立创作。若将《三国演义》与《水浒传》作比较，也同样可以发现许多差异。然而，这些作品却有着十分醒目的共同内涵。它们的内容或是直接从正面表现战乱，或是与战乱密切相关，它们的作者都经历了战乱的磨炼，其创作冲动因战乱的刺激而萌生，他们在战乱中所获得的生活感受和社会阅历虽不尽相同，但也都是各自创作得以顺利完成的可靠保证。概括地说，是战乱促成了这些优秀作品的诞生，而反过来，这些作品也使元末明初的战乱在小说创作中得到了不同程度的反映。

自小说这一文学体裁出现后，它的发展大致可以分为常态与非常态两种形式。常态是指和平环境中的创作，小说发展的大部分时间都应归于这种形态，此时小说的发展基本上是按创作的固有规律循序渐进式地向前推进；非常态是指战乱时期的创作，它在小说史上出现的次数是屈指可数，每次持续的时间相对说来也较为短暂，即使加上"山雨欲来风满楼"的前夜与战乱止息后的余波，其前后时间至多也就是半个世纪左右。在这段时期内，作品内容往往是异常地与当时的社会生活相贴近，创作也常会出现飞跃性的突破。就元末明初的小说创作而言，《三国演义》与《水浒传》的问世，标志着创作由诉诸听觉的话本到专供案头阅读的长篇小说的转折的完成，《剪灯新话》等文言小说的出现则结束了唐宋传奇之后约一个世纪的萧条沉寂。飞跃性突破的基础，是这之前长期的酝酿准备，如果没有战乱的降临，那么文学创作本身规律的作用也会使上述转折或迟或早地发生，而战乱则是加速了这一进程，并使转折的形态显得更理想完美，只有将长期的酝酿准备与战乱的刺激因素结合在一起分析，才能对明初小说创作现象作出较全面合理的解释。因此，在集中地考察了战乱刺激因素之后，明初那些作品与以往创作之间的关系，便理所当然地应该成为我们将着重讨论的内容。

第二章　在传统约束下的选择

　　明初的那些小说按其各自的性质可分别归入通俗小说与文言小说两大系统,前者主要有《三国演义》、《水浒传》等作品,后者则以《剪灯新话》、《剪灯余话》等作为代表,它们在与以往创作的关系方面有着明显的不同特点,同时也呈现出了某些共性。这里,我们将先围绕通俗小说进行讨论。

第一节　明初通俗小说的历史渊源

　　问世于明初的《三国演义》与《水浒传》,是我国文学史上最早出现的专供案头阅读而创作的通俗小说,对于这一事实,其实早在明代时人们就已作了认定,如万历年间的夷白堂主人杨尔曾就曾十分明确地指出:

> 一代肇兴,必有一代之史,而有信史,有野史,好事者丛而演之,以通俗谕人,名曰"演义",盖自罗贯中《水浒传》、《三国传》始也。①

稍后的冯梦龙在论及此事时则言:"暨施、罗两公,鼓吹胡元,而《三国志》、《水浒》、《平妖》诸传,遂成巨观。"② 比上述两人更早的余邵鱼,在解释自己创作《列国志传》的动机时,又曾有过这样一番说明:"奈历代沿革无穷,而杂记笔札有限,故自《三国》、《水

---

①　杨尔曾:《东西晋演义序》。
②　绿天馆主人:《古今小说序》。

浒传》外,奇书不复多见",① 即从作品传播的角度证明,《三国演义》与《水浒传》是最先出现的作品。其实,就连"通俗小说"这一称谓,也是随着《三国演义》的传世才逐渐为大家所熟用,这部作品最初的书名,就叫作《三国志通俗演义》,在小说史上,书名最先标明"通俗"二字的作品即是此书。不过,虽然"通俗小说"一词随着《三国演义》的传世而出现,专供案头阅读的通俗小说创作也由此而开始,然而在小说史上,"通俗小说"一词所指的范围却还要宽泛些,因为它将以诉诸听觉为目的的话本创作也包括在内,而《三国演义》、《水浒传》等与先前的话本创作又确实有着一脉相承的关系,也就是说,在明初之前,通俗小说的创作已经走过了一段漫长的历程。

自明以后,通俗小说多为供案头阅读的作品,而在这以前,它的主要形式却是话本,即供"说话"艺人演出用的底本。② 目前所知的最早的话本,是在敦煌发现的《庐山远公话》、《韩擒虎话本》、《唐太宗入冥记》等作品。与后来的宋代话本相较,这些作品的情节较为简单且不够集中,语言也不尽通俗,但它们却证明了话本至迟在唐代即已出现,同时也显示了宋代许多话本中散文韵文交错特点的渊源所在。段成式曾云:"予大和末因弟生日观杂戏,有市人小说",接着又借"说话"艺人之口介绍了二十年前的表演情形。③ 通过这段记载,可以知道"说话"在段成式之前已是常见的伎艺之一,这实际上是对当时通俗小说创作状况的简略透露,而那时正是唐传奇创作的黄金时代。由此又可以推测,在中唐时,唐传奇与通俗小说曾同时步入了较为繁盛的阶段,然而由于封建士大夫对通俗文学的鄙视以及唐末五代战乱的缘故,结果只有个别的唐代话本流传至今。

---

① 余邵鱼:《题全像列国志传引》。
② 某些"变文",即唐代寺院中"俗讲"的底本也可归入早期的通俗小说,变文对话本体制的形成曾起过不小的作用。
③ 段成式:《酉阳杂俎续集》四"贬误"。

在宋、元时期,"说话"伎艺更为发达普及,其盛况时为当时的文人所记载,如孟元老记云:

> 崇、观以来,在京伎艺:张廷叟,孟子书主张;……孙宽、孙十五、曾无党、高恕、李孝详,讲史;李慥、杨中立、张十一、徐明、赵世亨、贾九,小说;孔三传、耍秀才,诸宫调;毛洋、霍伯丑,商谜;吴八儿,合生;张山人,说诨话;刘乔、河北子、帛遂、吴牛儿、达眼五、重明乔、骆驼儿、李敦等,杂啦;外入孙三神鬼;霍四究,说"三分";尹常卖,"五代史";文八娘,叫果子。其余不可胜数。不以风雨寒暑,诸棚看人,日日如是。①

引文中的"棚",是"瓦肆"(即游艺场)中的一种用竹木架搭起来的演出场所,大者可容纳数千人,而"不以风雨寒暑,诸棚看人,日日如是"一语表明,听说书已是当时城市居民平日里最常见的娱乐形式之一。每天诸瓦肆中的各个看棚里都挤满了人,那些听众所涉及的社会阶层面的广泛不难想知,而据《武林旧事》、《梦粱录》等书的记载可知,当时连皇室也成了说书的热心听众,不过他们不必亲去瓦肆,而是将最出名的"说话"艺人召入宫中演出。都市是"说话"艺人较为集中的地方,同时在广大的乡村,也常常可见他们活动的踪迹。陆游《小舟游近村舍舟步归》诗云:"斜阳古柳赵家庄,负鼓盲翁正作场。死后是非谁管得,满村听说蔡中郎";刘克庄《田舍即事》诗亦云:"儿女相携看市优,纵谈楚汉割鸿沟。山河不暇为渠惜,听到虞姬直是愁。"乡村的百姓同样有娱乐的要求,城市的风气便顺势蔓延,于是在全国各地都可以见到凭"说话"以谋衣食的说书人的身影。

听众上自皇室下至平民,说书人的足迹又遍于各地的城镇与乡村,这是宋元时"说话"伎艺兴盛发达的标志之一,其另一标

---

① 孟元老:《东京梦华录》卷五"京瓦伎艺"。

志,是它内部的分工日趋严整与专业水准的不断提高。前面引自《东京梦华录》的文字详细地记载了北宋汴京众说书人的具体分工,他们都演说自己所擅长的某一类故事,"说话"伎艺内明显地出现了各种不同的专业分支。宋廷南渡以后,杭州城内说书分工格局也大抵如此,这可由《西湖老人繁胜录》中的记载为证。当时的说书种类繁多,耐得翁《都城纪胜》中的"瓦舍众伎"条则将它们总分为四家:

> 说话有四家。一者"小说",谓之银字儿,如烟粉、灵怪、传奇、说公案,皆是朴刀杆棒及发迹变泰之事;"说铁骑儿",谓士马金鼓之事;"说经"谓演说佛书,"说参请"谓宾主参禅悟道等事;"讲史书",讲说前代书史文传兴废争战之事。最畏小说人,盖小说者,能以一朝一代故事,顷刻间提破。

耐得翁将"说话"分为小说(即银字儿)、说铁骑儿、说经与说参请、讲史书四家,① 各家之下又可以分各种更细致的子目。"说话"伎艺萌生之初时并没有什么分工,只有当拥有了广大的听众,并且他们因口味不同而要求能作不同的选择时,分工的局面才会形成,这是因为说书人靠演出谋生,他们必须尊重听众的选择并调整自己演说的故事的类型;而当各种较狭隘的口味都拥有相当数量的听众时,"说话"伎艺的分工也就变得更为细致了。细致的分工使人们能较自由地根据自己的爱好选择所要欣赏的故事,这便吸引了更多的人加入了听众行列;同时,它又使各说书人能在较单一的类型内对演技作更深入的钻研,"说话"伎艺因此而变得更专业化。当然,各说书人并不是只固守自己的家数,他们已形成了本行业的组织,名曰"雄辩社",从而大家能时常聚集在一起切磋技艺、磨砺唇舌。同时,编撰话本与剧本的

---

① 自清代以来,学者们对耐得翁记载理解不同,四家之分法也互有出入。现从胡士莹先生之说,见《话本小说概论》第四章"说话的家数",中华书局1980年5月版。

"才人"们也有了自己的行业组织,名曰"书会"。这些"才人"有一定的文学修养,但门第卑微,职位不振,比较接近市民阶层,其职责之一是不断编撰出新的话本以供说书人演出。那些作品既包含了"才人"对世态的感慨,同时也较明显地显示出迎合市民趣味的色彩。有了话本编撰与演出的分工,而演出又有各家数乃至各子目等分支,这表明"说话"伎艺已发展到一个非常成熟的阶段,它与专供案头阅读的通俗小说的创作其实已只有一步之遥。然而,要跨过这一步却又十分艰难,因为这是两种欣赏对象与欣赏方式都有很大差别的艺术创造,而一旦能完成飞跃性的转折,以此为起点通俗小说便将进入一个全新的创作领域。

　　元末明初的战乱给百姓带来了巨大灾难,但对通俗小说的发展来说,它却提供了作飞跃性转折的契机,而转折完成的标志,则是《三国演义》与《水浒传》的问世,因为这两部巨著既是供案头阅读的通俗小说的开山之作,同时其创作又是以话本长期发展的成果为基础,它们身接性质各异的两端,故而称为飞跃性的转折。在这里,话本的长期酝酿准备起了极其重要的作用,那两部作品中也十分清晰地显示出了对话本的承袭痕迹。就《三国演义》而言,它所描述的故事的来源可以追溯得十分古远,如左慈、管辂、糜竺等人的故事,就与晋人干宝《搜神记》中的有关叙述大同小异,而干宝则曾介绍说,他书中的那些故事,是"缀片言于残阙,访行事于故老"[①] 的产物,可见西晋统一全国后不久,有关三国的故事就已开始在民间流传了。这些故事在流传过程中日见丰满,渐成体系,由前面所引的《东京梦华录》中的文字可知,到了北宋时已出现了"说三分"的专家霍四究,而在苏轼的《东坡志林》中,也有小孩听说三国故事,"闻刘玄德败,颦蹙有出涕者,闻曹操败,即喜唱快"的记载。历代"说话"艺人长期演说的积累,导致了元至治年间《三国志平话》刊本的出现。虽然

[①] 干宝:《搜神记序》。

这部话本是"文笔则远不逮,词不达意,粗具梗概而已",① 但它却是罗贯中撰写《三国演义》时参考的主要蓝本之一。

有关梁山好汉故事的发展形成过程也大抵如此。据周密《癸辛杂识续编》的记载,至迟在南宋时,这类故事已经"见于街谈巷语",而在罗烨《醉翁谈录》所列的"说话"目录中,也有"石头孙立"、"青面兽"、"花和尚"、"武行者"等名目。宋末元初出现的《大宋宣和遗事》可能只是"说话"艺人的详细提纲,但是它在大体上已经展示了《水浒传》中某些章节的原始面貌。这里也应该指出,罗贯中、施耐庵在创作时所参考的并不只是先前的有关话本,如元时就还有不少关于三国或水浒故事的戏剧在流行,据傅惜华的《元代杂剧全目》等资料可知,当时这类戏剧至少各有三十余种。此外,正史中的有关记载也是他们创作时必不可少的参考材料。不过相比之下,话本创作的积累乃是最重要的预前准备,它不仅是表现为对故事的人物、情节等方面材料的提供,而更重要的是《三国演义》与《水浒传》所代表的文学体裁,其实就是话本形式的蜕变,若让罗贯中、施耐庵自己凭空设计,恐怕他们也不会想到以这样的体裁来容纳如此丰富的历史内容。

前面的叙述表明,《三国演义》与《水浒传》属于世代累积型的作品,罗贯中与施耐庵都是在前人各种创作的基础上作了集大成式的改编,只是其改编方式各有不同。就《三国演义》而言,在它之前的《三国志平话》虽然只是梗概式的作品,但却已确定了整个故事的发展框架,罗贯中所做的工作,主要是使该框架中的内容变得更充实丰满,情节发展更为合理,人物性格的刻画也因此而更鲜明。如《三国演义》中"群英会蒋干中计"与"献密计黄盖受刑"都是篇幅不短的精彩故事,可是在《三国志平话》中,这两者却合为一则故事,而且总共只有六百余字而已。一般地说,《三国志平话》中的简略叙述,到了《三国演义》中便往往成为

---

① 鲁迅:《中国小说史略》第十四篇"元明传来之讲史(上)"。

情节曲折惊险的较长篇幅的敷演,而前者全书约为八万字,后者却是长达七十余万字,这一数字的鲜明对比,就已颇能说明其中的问题。施耐庵面临的局面较为不同,在他之前有关梁山英雄的传说,多为一个个相对独立的故事,即使是《大宋宣和遗事》,它虽是已将某些传说组合在一起,但并没有构成水浒故事的整体框架。于是施耐庵的首要任务,便是将那些相对独立的故事作恰如其分的组合,使之浑然一体。进行这一工作时,既要注意各故事的情节乃至细节在组合时不至于发生破绽错讹,同时又须得保持人物性格发展的连续性,简言之,必须体现出各故事之间合理的有机联系。《三国演义》与《水浒传》典型地代表了两种不同的改编方式,但此处也不能绝对地认为它们都是单纯地只取其一。事实上,罗贯中也须得将某些游离在外的故事组合进整体框架,而施耐庵面对的那些相对独立的故事,其实也都是具有较小框架的梗概,它们同样需要充实与丰满,如在《大宋宣和遗事》中,从智取生辰纲到宋江私放晁盖总共只有一千余字的篇幅,而施耐庵却把这些情节洋洋洒洒地写了五回多,约有三万字。也就是说,在理论上可以明确地区分这两种不同的改编方式,然而在作家的实际创作过程中,他们往往都是有侧重地将两者作综合运用。从整个明代小说的创作状况来看,实际上还存在着第三种改编方式,即或对原作作适当的辑补,或将文言小说改写为俗语,或将若干故事缀连成一部作品,总之是一种较原始粗糙的改编。这种改编方式的出现有经济方面急功近利的原因,同时也是因为那些作者无论是文学修养或社会阅历都远不如罗贯中、施耐庵的缘故。

改编与独创是两个互相对立的概念,何谓改编已如前所言,至于独创,则是指作家创作时并不依傍前人的作品,而是直接从现实生活中概括提炼素材,独立地设计全书的结构,安排情节的发展与刻画人物的性格。纵观明清通俗小说的发展史,可以发现其间有一个由改编逐步地过渡到独创的历程,然而我们不能据此就认定,凡是独创的小说在思想上与艺术上都必然优于改编而成的作品,因为采用何种方式创作与作品成就如何是两个需要分别回答的问题。不过若是从小说编创手法演进的角度来看,那么应该承认独创的层次要高于改编。于是这儿便产生了一个问题:罗贯中与施耐庵同处于社会激烈动荡的非常时期,个人的生活经历似也都坎坷不平;同时,《三国演义》与《水浒传》所取得的艺术成就又充分证明了他俩是天才的艺术大师,他们能冷静地观察、深刻地思索,概括、提炼与组织各种素材的艺术功底也十分厚实,可是为什么他们都选择了依据旧本的改编而没有去独立创作反映元末明初社会现实的作品呢?《三国演义》与《水浒传》几乎影响了整个明代的通俗小说创作,如果罗贯中与施耐庵不是采用改编的手法,而是去独立创作长篇小说,那么明代通俗小说的发展是否又会呈现出别样的态势呢?对《三国演义》与《水浒传》进一步的探讨,便将我们引向了两个必须回答的问题。

第二节 采用改编手法的必然性

目前有关罗贯中与施耐庵生活经历的材料寥寥无几,有些材料甚至还互相矛盾,因此在讨论他们为何采用改编的手法而未作独立创作时,就很难从特定的个人因素方面寻求答案。可是在另一方面,简单的排比就可以显现两个基本的事实:首先,同处于元末明初的两个伟大作家都采用了相同的编创方式,罗贯中其他几部作品也都是通过改编而写成的;其次,在《三国演义》与《水浒传》以后很长的一段时期内,通俗小说的作家们又都在不断地重复这一编创方式。事实表明,通俗小说是经过长时期的改编式创作之后,才逐渐步入了独创阶段,这意味着我们所面对的是一个带有某种必然性的历史现象,而不是什么人的个人意愿所能决定的。当通俗小说主要以话本形式存在时就已经拥有了广泛的听众,其中各个社会阶层的人物都有,而数量最广大的则是那些文化程度不高的普通百姓。进入以供案头阅读为目的的创作阶段后,通俗小说的欣赏者的组成状况基本未变。不能否认,士人也是它的重要读者群,并且他们的欣赏与称道对通俗小说社会地位的提高起了很大的不可替代的作用,然而通俗小说的主要阅读对象毕竟还是那些文化程度不甚高的一般群众。通俗小说作家对此情形十分清楚,他们之所以采用这种体裁进行创作,其目的也就是希望"庶使愚夫愚妇亦识其意思之一二"。[1] 虽然此时不识字的百姓并不能直接欣赏,然而由于作品在手,其他的读者就能为他们充任说书先生的角色,而且这样的讲述还可以随时随地地举行。欣赏者的队伍并没有减少,相反是在扩展,欣赏也比以前更为方便,既不必赶往闹市的勾栏,也无须在乡村苦等说书先生的到来。通俗小说创作之所以会发生由诉诸听觉到供案头阅读的飞跃性转折,其实也正是为了适应广大欣赏者的更进一步的娱乐要求,而以供案头阅读为目的的创作,也仍然须得尊重自己最主要的读者群的欣赏愿望。广大群众喜爱三国纷争、梁山好汉之类的故事,生活在元末明初战乱时代的百姓尤其如此;同时,他们的审美习惯又要求这些故事能有头有尾、情节完整,即希望将散见于各话本、戏曲或传说中的故事综合统一,这就在客观上要求有人承担这种集大成式的整理改编。就作者而言,他们创作的目的之一是寄寓对于社会生活的理解、评判或理想,并希望自己的思想能够广为传播;同时,他们也希望自己的作品具有劝善惩恶的功用,有补于世道人心。很显然,将广大群众熟悉喜爱的故事作为素材进行创作,无疑地更有助于那些目的的实现。读者要求与作者希望的结合是异常强大的力量,由于这种力量的驱使,才导致了世代累积型的《三国演义》与《水浒传》的问世。

---

[1] 熊大木:《大宋演义中兴英烈传序》。

就通俗小说创作演进规律的角度来看,罗贯中与施耐庵之所以会采用改编的方式进行创作,是因为他们在当时别无选择。《三国演义》与《水浒传》是我国文学史上最早的专供案头阅读的通俗小说,同时也是最先出现的长篇小说,但也正因为是最早最先,其创作难度也就相应地为最高。他们无法像后世的作家那样,创作时至少可有《三国演义》、《水浒传》等优秀巨著可作借鉴,也根本无法从评论家们有关作品成败得失的分析批评中得到启示。他们是从零开始,一切都得靠自己的摸索与尝试。对长篇小说的创作来说,结构设置、情节安排、人物性格的刻画及其连续性的保持,以及环境气氛的渲染烘托等等,这一切都不是容易解决的问题,更何况还得将它们融合为有机的整体,相当一部分的素材又得直接从社会生活中提炼概括,并作组织捏合。通俗小说步入以供案头阅读为目的的创作阶段后,并不可能立即就熟悉乃至驾驭这陌生领域中的各种规律与特点,大量的经验与教训都有待于在长时期的实践过程中逐渐摸索与积累,若此时立即要求有独立创作的长篇巨著问世,这显然是不现实的。其实就是在今日,尽管可供参考借鉴的优秀作品是不计其数,各种创作经验教训都已在理论上有了相应的总结分析,可是作家们从刚步入文坛到后来的成熟,一般都还是经过了由短篇到中篇,再由中篇到长篇的创作过程,这是因为面对各种创作规律与特点,他们仍然需要通过实践方能逐渐熟悉并驾驭。由此可见,在罗贯中、施耐庵的时代,独立创作长篇小说的条件尚不具备。从另一方面来看,虽然通俗小说走出了以诉诸听觉为目的的阶段,但它不可能一切都重新开始,而将以往获得的丰富的创作经验全都简单地抛弃。因此,它需要有一段反刍时期,以便通过仔细的咀嚼,将以往的丰富积累转化为服务于新阶段创作的养分,而改编则是实现这种转化的最适合的形式。不管罗贯中与施耐庵是否自觉地意识到了这一点,但他们的作品至少在客观上为上述转化创造了良好的开端。

最后还应指出,在将改编与独创这两种方式作比较时,古人的观念与今人并不一致。在我国古代,向来就有对已有的文学作品作不断地改编,在改编过程中不断地再创作的传统。如唐人元稹的《会真记》被金代的董解元改编为《西厢记诸宫调》,元代的王实甫在这基础上又改编成《西厢记》杂剧,而今日舞台上演出的,则是清初时金圣叹对王本《西厢记》改编后的定本。诸如此类的例子在文学史上屡见不鲜,在诗歌领域,这样的创作方式甚至还曾获得过"脱胎换骨"、"点铁成金"的美誉。既然所环绕的文学氛围如此,那么罗贯中与施耐庵的集大成改编式的再创作在当时并不会引起惊讶,相反是被认为非常正常自然的事。

  以上的分析展示了通俗小说演进过程中的一个重要现象。一方面是完成了由诉诸听觉到供案头阅读的飞跃性转折,这是突变;而在另一方面,又是一种渐进式的发展。导致突变的动力源于通俗小说发展本身的内部,而后一种渐进形式也同样适应了通俗小说继续发展的要求,正因为如此,这两种性质截然不同的演进方式便能和谐统一于一体。《三国演义》与《水浒传》问世于那突变与渐进相交叉的当口,罗贯中与施耐庵也只能在通俗小说以往积累的基础上,以及其发展规律所允许的范围内进行创作,而他们之所以被赞誉为天才作家,则是因为在诸多约束之下,其创造力的发挥几至极限,从而编撰出极优秀的作品的缘故。

  论述至此,很容易使人想起史学领域内的一个重要命题:"人们自己创造自己的历史,但是他们并不是随心所欲地创造,并不是他们自己选定的条件下的创造,而是在直接碰到的、既定的、从过去继承下来的条件下创造。"[①] 罗贯中、施耐庵的创作与通俗小说发展史之间的关系正是如此,而且这还不仅表现在供案头阅读阶段的步入与改编方式的采用等方面,其实就连创

---

① 马克思:《路易·波拿巴的雾月十八日》。

作题材的选择,他们也同样无法越出那"直接碰到的、既定的、从过去继承下来的条件"的约束。

　　前一章论述元末明初战乱与罗贯中、施耐庵创作之间的关系时曾经提及,由于当时历史现实的刺激,才使得三国与水浒故事备受作家的青睐。若从较大些的范围来看,那两部作品都属于讲史演义,故而鲁迅先生在《中国小说史略》中将它们同归于"元明传来之讲史"。① 相对于历史的长河,战乱毕竟是短暂的,从这个角度来看,在步入供案头阅读的阶段后,通俗小说创作中最先出现讲史演义似是偶然的。然而在《三国演义》与《水浒传》之后,最先出现的作品仍属改编型的讲史演义,这类作品又越出越多,其情状正如明末时可观道人所概括:

　　　　自罗贯中氏《三国志》一书,以国史演为通俗演义,汪洋百余回,为世所尚。嗣是效颦日众,因而有《夏书》、《商书》、《列国》、《两汉》、《唐书》、《残唐》、《南北宋》诸刻,其浩瀚几与正史分签并架。②

可观道人其实还没有遍列所有的讲史演义作品,但他的意思已说得比较明确,即讲史演义是明代通俗小说中最先形成,同时又是声势最为浩大的创作流派。从这一客观存在来看,对于罗贯中与施耐庵选择历史故事为创作题材就不能单纯地用战乱的刺激来解释,因为事实表明,在通俗小说创作重写起步的嘉靖、隆庆朝,那时并无战乱,但作家们首先选择的仍是讲史演义,而且,明代的通俗小说是经历了较长时期的讲史演义创作阶段之后,才逐次地扩及于其他的创作流派。罗贯中与施耐庵的创作相当于打开了一条必经路径的大门,而他们的《三国演义》与《水浒传》则是在一种偶然性与必然性的交叉点上问世的。

---

　　① 现在学术界一般将《水浒传》归于侠义小说。
　　② 可观道人:《新列国志叙》。

讲史演义是由宋元时"说话"伎艺中的"讲史书"发展而来,而宋元时"小说"、"说铁骑儿"与"说经"等其他三家也与"讲史书"一样盛行。这四家及其各子目在明清通俗小说中都可以找到相应的创作流派,可是在明初、中叶,作家们却都置其他三家而不顾,不约而同地独钟情于讲史,而且他们的创作又都程度不同地显示出了强调羽翼信史的特点。这一文学现象相当引人注目,当明清通俗小说发展近至尾声时,著名作家吴沃尧曾经试图对此现象作出解释。他写道:

  自《三国演义》行世之后,历史小说,层出不穷。盖吾国文化,开通最早,开通早则事迹多。而吾国人具有一种崇拜古人之性质,崇拜古人则喜谈古事。①

将原因归诸国人"崇拜古人"、"喜谈古事",这自然也是一种解释,但未免过于笼统,而且又仅是从读者角度出发的分析。实际上,作者方面的因素以及当时通俗小说创作所受到的各种制约乃是更为重要的原因。

首先,讲史演义的作者一般都是文人,而且主要是生活于社会下层的文人,尽管其中有相当一部分人是郁郁不得志,但他们仍然总是力图要实现自己的人生价值。古人历来认为实现人生价值的途径不外乎三条:"大(太)上有立德,其次有立功,其次有立言,虽久不废,此之谓不朽。"② 就拿最早的两位讲史演义作者来说,如前一章中所言,据说罗贯中是"有志图王者",施耐庵与张士诚集团似也有着某种联系,此外还有明代开国功臣有意请施耐庵出山的传说。③ 不管上述传说是否可靠,也不管罗贯中与施耐庵在"立德"、"立功"方面作过何种努力,总之最后他们都走上了"立言"的道路。历来的"立言"者全都是治经史,罗贯

---

① 吴沃尧:《两晋演义序》。
② 《左传·襄公二十四年》。
③ 见顾公燮《丹午笔记》中"施耐庵"条。

中与施耐庵虽然是最先将撰写长篇小说作为自己毕生事业的人,但他们毕竟还无法抗拒传统的强大影响,于是便很自然地将目光投向了历史。当然,元末明初战乱的刺激也是其间的重要原因。这两位作家也许曾有过正面描写当时的社会现实的念头,但是那时群雄割据,势力消长变幻莫测,置身于其中的他们要把握这幅混沌迷离的画面已属不易,概括提炼此时的现实生活并组织成规模巨大的小说更是难上加难,而用借古讽今的方式描写历史上类似的事件,却同样可以抒写自己对现实的感受与理解,并且还可避免因直接描写现实的政治事件而带来的种种麻烦。后来讲史演义的创作都无法摆脱《三国演义》、《水浒传》影响的笼罩,那时虽已不再具有战乱刺激的因素,但借古喻今的方式却仍然适用,而更重要的是那些作家也以"立言"者自居。在选择题材时便本能地倾向于讲史演义,认为能写出既向大众传授历史知识,同时又能教化人心的作品,实是功莫大于此也。

其次,在我国古代,人们观念中的小说与历史并无严格的区别也是一个重要的原因。那时,小说往往被认为是史书体例中的一种,因而常被收入史部杂传类,与耆旧、高隐、孝子、良吏、列女等传同列,直到宋时才开始有某些修史者将它们分别对待,但在一般人的心目中,小说与历史的界限仍然是混淆不清的。于是,小说又被人们称为逸史、稗史或野史,作家们也常称自己的作品是"正史之余"、"补正史之阙",总之都离不开个"史"字。当然,后来也有一些作家意识到了小说与历史在性质、作用上的不同,并力图在创作中表现这种差异,但总的来说,多数作家的创作仍是显示了他们自觉或不自觉地向史书靠拢的倾向。关于小说与历史关系的讨论一直持续到明清通俗小说发展的终点。晚清时夏曾佑在《小说原理》中写道:"小说者,以详尽之笔,写已知之理者也",而"史者,以简略之笔,写已知之理者也",认为两者之间只有"详尽"与"简略"的差别;另一位颇有影响的小说评论家邱炜菱则认为:"小说家言,必以纪实研理,足资考核为正宗;其余谈狐说鬼,言情道俗,不过取备消闲,犹贤博弈而已,固未可与纪实研理者絜长而较短也。"① 这一问题的持续讨论,说明它直到晚清时仍然是一个被人们关注的问题,而讨论的结果又如上面所引,这一问题还是未能得到解决。通俗小说的创作在后来出现了许多流派,其中不少作品还取得了相当高的艺术成就,可是即使如此,在明清小说的发展行将结束之时,一些小说理论家还是坚持认为只有"纪实研理,足资考核"的作品才属"正宗",描写其他题材的小说都不能与它"絜长而较短"。由此足见要求小说依附历史的传统与影响是何等的顽固与强大,也无怪乎在通俗小说在步入供案头阅读阶段的初期,作家们更是几无例外地都以历史故事为题材,并采取了羽翼信史的写法。于是,他们的作品就往往以这样的面貌出现在人们面前:"若说是正经书,却毕竟是小说的样子,子弟也喜去看,不至扞格不入;但要说他是小说,他却件件都从经传上来。"② 这是乾隆时小说理论家蔡元放对讲史演义特征的概括,但他作此评论的本意并不是批评,而恰恰是赞美。

  从人物形象塑造、情节线索安排以及结构布局设计等方面的叙事技巧来看,在通俗小说步入供案头阅读阶段初期出现的那些长篇小说也只能学习模仿史书。这些长篇小说的规模都比较宏大,其间人物众多,情节又曲折复杂,如何才能将众多的并且性格又各异的人物,以及头绪纷繁的故事熔铸于一部作品之中呢?每个作家在动笔时都会遇上这个问题,而对于那些早期的作家来说,由于没有可供直接借鉴的作品,这问题也就显得尤为严重。在通俗小说主要以诉诸听觉为目的创作阶段中,虽然"说话"艺人也有长篇的说书,但是他们留下的说话底本毕竟是

---

① 邱炜菱:《菽园赘谈·小说》。
② 蔡元放:《东周列国志读法》。

相当粗糙简略。长期以来,惟有各朝的正史才在不断地从正面描述各种涉及众多人物,且头绪又极其繁杂的重大事件,于是它们便成了那些早期作家在创作时可资直接借鉴的重要范本,而以历史故事为创作题材,那就更可以直接参照史书的叙事模式与处理技巧。事实也确实如此。如《三国演义》中事件之叙述与人物关系之处理,基本上"皆排比陈寿《三国志》及裴松之注",而"论断颇取陈、裴及习凿齿、孙盛语,且更盛引'史官'及'后人'诗";① 至于《水浒传》的前七十回,则基本上可看作是《史记》式的林冲列传、武松列传、宋江列传等的合集。这种情形其实也并非是讲史演义所独有,在后来出现的其他题材的作品中,也都可以明显地看出史书叙述方式对它们的影响。在另一方面,人们在阅读通俗小说时也经常以史书的叙事方式为标准进行评论,如"《水浒》胜似《史记》";②"《三国》叙事之佳,直与《史记》仿佛";③"《金瓶梅》是一部《史记》"④ 等都证明了这一点。在这样的环境氛围中,那些通俗小说作家,特别是创作刚步入供案头阅读阶段时的作家是很难作出别种选择的,而这种对历史题材的选择,又恰和当时以改编为主的编创方式相合拍。

综合以上所述,可以得出这样的结论:在明代以前,以诉诸听觉为主要目的的通俗小说创作已有了长期的大量的积累,元末明初战乱的刺激使它发生了质的飞跃,从此步入了以供案头阅读为目的的创作新阶段。以往的积累是发生质变的基础,同时也是影响后来通俗小说发展的重要的约束力量,于是至少在那新阶段的初期,通俗小说就只能以改编为主要的编创方式,以历史故事为主要的创作题材。《三国演义》与《水浒传》的问世,既标志着上述飞跃性转折的完成,同时也明显地让人看到以往

---

① 鲁迅:《中国小说史略》第十四篇"元明传来之讲史(上)"。
② 金圣叹:《读第五才子书法》。
③ 毛宗岗:《读三国志法》。
④ 张竹坡:《批评第一奇书金瓶梅读法》。

创作的积累对它们的制约,而由于这两部巨著是如此优秀成熟,于是它们的影响又几乎笼罩了整个明代的通俗小说创作。

第三节　明初文言小说创作风格的变化

对整个明代文言小说创作有着重大影响的作品,是明初瞿佑的《剪灯新话》与李昌祺的《剪灯余话》等作,而它们的出现及其所取得的成就,也同样是与以往的文言小说的创作积累有着密不可分的关系。万历时的胡应麟曾从史的观念出发,扼要地概括了文言小说的发展脉络:

> 凡变异之谈,盛于六朝,然多是传录舛讹,未必尽幻设语。至唐人乃作意好奇,假小说以寄笔端。……宋人所记,乃多有近实者,而文采无足观。本朝《新》、《余》等话,本出名流,以皆幻设,而时益以俚俗,又在前数家下。①

此处暂且不论胡应麟对《剪灯新话》等作的评价是否恰当,但他将文言小说的发展划分为六朝的萌芽期、唐传奇勃兴期、多近实而文采不足观的宋代以及自己所处的明代这四个阶段却是比较符合实际,而从史的角度作考察,又表明他多少有点意识到,明代的创作状况与以往文言小说的发展流变是相关联的。这确实是理解明初文言小说创作状况与特点的一把钥匙,因此这里有必要对明以前各个阶段文言小说创作的主要特征作一扼要叙述。

虽然文言小说的渊源可以追溯得很久远,但目前人们都认为它是发轫于魏晋南北朝时期。那时的作者大多并没有明确的创作小说的意识,作志怪者多将鬼神诸事当作实事记载,其意在于自神其教,而撰写志人小说的人则热衷于记录当时名士的俊

---

① 胡应麟:《少室山房笔丛》卷三十六"二酉缀遗(中)"。

言轶闻,虽然其间也不乏精彩的篇章,但那些作品毕竟或只是粗陈梗概,或仅为丛残小语。到了唐代,文言小说创作发生了重大变化,"虽尚不离搜奇记逸,然叙述宛转,文辞华艳,与六朝之粗陈梗概者较,演进之迹甚明,而尤显者乃在是时则始有意为小说",故而"其间虽亦或托讽喻以纾牢愁,谈祸福以寓惩劝,而大归则究在文采与意想",① 所谓"意想",则是指一种综合性的艺术创造力。从唐代传奇开始,小说正式形成了自己的规模和特点,我国现实主义小说的序幕也由此而揭开,特别是在中唐时,反映现实生活的作品占据了主要地位,即使是谈神说怪,作品中也往往洋溢着清新的社会生活气息。到了宋代,文言小说的创作状况又发生重大变化。其时理学盛行,并波及小说,因此作家创作时多强调劝戒,"以为小说非含有教训,便不足道";在内容方面,由于此时"讳忌渐多,所以文人便设法回避,去讲古事",② 反映现实生活的作品急剧减少,同时作家创作时"又欲以'可信'见长",即使志怪,亦复如此。这一些因素的影响,使宋代传奇形成了自己的风格,即"其文平实简率,既失六朝志怪之古质,复无唐人传奇之缠绵"。③ 及至蒙元入主中原,文言小说创作一蹶不振,其时似只有宋梅洞的《娇红记》才属传奇小说的正宗,此外尚有少量的笔记小说。这近一个世纪,可以说是文言小说发展历程中的一个断层。

　　文言小说在上述各个历史时期中发展的特点,对明初瞿佑、李昌祺等人的创作都有程度不同的影响,即使元代那近百年的萧条期也不例外。他们是紧接在断层之后的作家,因此尽管立志高超,却难免大病初愈似的步履疲软,诚如鲁迅所言:"文题意境,并抚唐人,而文笔殊冗弱不相副"。④《剪灯新话》等作在艺

---

① 鲁迅:《中国小说史略》第八篇"唐之传奇文(上)"。
② 鲁迅:《中国小说的历史的变迁》。
③ 鲁迅:《中国小说史略》第十一篇"宋之志怪及传奇文"。
④ 鲁迅:《中国小说史略》第二十二篇"清之拟晋唐小说及其支流"。

术表现方面确实偏于单薄柔弱,但作者有意规摹唐人却也同样是实情。当时的凌云翰在读了《剪灯新话》后,便不由自主地联想到唐传奇中的《长恨歌传》、《东城父老传》与《幽怪录》等作品,其结论则是:"乡友瞿宗吉氏著《剪灯新话》,无乃类是乎?"他还进一步指出,书中《秋香亭记》一篇,"则犹元稹之《莺莺传》也"。① 由此可见,那时的读者也已觉察到唐传奇对瞿佑创作的影响。

前一章已经叙及,《剪灯新话》中的多数作品直接描写了元末明初的战乱现实,如百姓的颠沛流离、家破人亡或恩爱情人的悲欢离合,该书还相当真实细腻地表现了士人阶层在战乱期间的经历遭遇、价值取向、心态情绪乃至他们的感情生活。那些篇章证实了瞿佑不只是在文题意境方面规摹唐人,他还努力地继承唐传奇中的现实主义创作传统,而揭开现实主义小说创作的序幕,正是唐传奇所取得的最辉煌的成就之一。当然,《剪灯新话》对社会现实的反映面并不够广泛,对战乱的反思也缺乏深度,不少篇章还给人以郁闷压抑的感受。不过对此并不必严加批评。因为作品毕竟是出自生活在一个特殊时代的不得志文人之手;相反,受到诸多局限仍能有意继承唐传奇的现实主义创作传统,他的这种努力倒是很值得称道。

明初反映社会现实的文言小说并不止于《剪灯新话》,陆容《菽园杂记》卷三著录的《虾蟆传》也是这样的较典型的作品:

> 洪武中,京民史某与一友为火(伙)计。史妻有美姿,友心图之。尝同商于外,史溺水死,其妻无子女,寡居。持服既终,其友求为配,许之。居数年,与生二子。一日雨骤至,积潦满庭,一虾蟆避水上阶,其子戏之,杖抵之落水。后夫语妻云:"史某死时,亦犹是耳。"妻问故,乃知后夫图之也。

---

① 凌云翰:《剪灯新话序》。

翌日,俟其出,即杀其二子,走诉于朝。高皇赏其烈,乃置后夫于法而旌异之。好事者为作《虾蟆传》以扬其善,今不传。

陆容只是作了简略的介绍,但故事里的那些人物,如史某的冤屈、其友的险恶与史妻的刚烈都仍然给人留下了深刻的印象。故事的发展几经曲折却又自然合理,它的貌似喜剧而实为悲剧的结局也颇能引起人们的思索。女主人公误嫁仇人的尴尬经历与发现后的悔恨,决然地杀死亲子却又怀着爱与恨激烈冲突的复杂感情,虽是获得最高封建统治者的褒奖,却又得去面对后半辈子的漫长而凄苦的人生旅途,这一些描写都经得起读者的反复咀嚼玩味。《虾蟆传》成功的关键之一,就在于它以闾阎间发生的新鲜故事为素材,直接地反映了明初的社会现实,若关在书斋中编造拼凑,是决不可能写出这样的动人作品的。《虾蟆传》的失传是很可惜的一件事,① 它与后来正统年间朝廷对小说的禁毁当有相当的关系,当年失传的作品也不只是《虾蟆传》,如曾名噪一时的桂衡的《柔柔传》也失传了。从这点来看,陆容的记载自有其珍贵的价值,因为它向人们证实,明初时也另有人在继承现实主义创作传统,写出了较为成功的作品。

及至明初后期,森严的文网已给人们的心理投下了巨大的阴影,作家创作时顾忌甚多,因而极难看到有直接反映明初社会现实的作品。古代的亡灵时常成了作品中的主人公,这虽可看作是现实主义创作传统影响的减弱,但却不能视为灭绝,因为作者的演述古事或谈神说鬼,往往是在隐晦曲折地反映现实人生,在这方面,李昌祺《剪灯余话》中的某些作品是较有代表性的例证。该书首篇《长安夜行录》叙洛阳巫马期仁夜行迷路,遇见唐代开元时鬻饼夫妇鬼魂的故事。鬻饼者妻讲述了她因美貌被宁王李宪强夺入府后,"即以死自誓,终日不食,竟日不言"的经过,

---

① 明末崇祯间,西湖渔隐主人所撰之《欢喜冤家》第七回"陈之美巧计骗多娇"所演故事与《虾蟆传》相同,但主人公已被另取姓名,某些情节也有改动。

要求巫马期仁为她撰文平反数百年来蒙受的冤屈,其夫又补充道,当时岐王李范、申王李㧑、薛王李业等诸王也都是"穷极奢淫,灭弃礼法"。巫马期仁闻言大为惊讶:"史称宁王明炳机先,固让储副,号称宗英,乃亦为是不道耶?"李昌祺写这篇小说并不是要去辨明史书记载的正误,这只要和当时的现实作一对照就不难明白。明初时朱元璋、朱棣都封过一些王,其中有些王就连史书也无法掩饰他们的残暴无耻。晋王朱济熿"进毒弑嫡母谢氏,逼蒸恭王侍儿吉祥",① 齐王朱榑"性凶暴,多行不法",② 代王朱桂"纵戮取财,国人甚苦",③ 谷王朱橞"夺民田,侵公税,杀无罪人",劝谏他的大臣也被凌迟处死。④ 李昌祺的作品虽是借鬼魂之口讲述古事,但对于现实却是有很强的针对性与批判性。在另一篇小说《青城舞剑录》中,李昌祺又借作品人物之口,道出了一番惊人的议论:

> 高祖为是三杰之目者,忌之之萌也,子房知之,萧何、韩信不知也,故卒受下狱之辱,夷族之祸,子房晏然无恙,……天下未定,子房出奇无穷;天下既定,子房退而如愚,受封择小县,偶语不先发,其知几为何如哉?诚所谓大丈夫也矣。

张良、萧何与韩信是建立汉王朝的三大功臣,后来张良功成身退,故能"晏然无恙",而继续握掌权柄的萧何、韩信却受到了"下狱之辱"或"夷族之祸",那时被关被杀的功臣其实也不止他俩。这些本属历史常识,但在明初却是犯忌的话题,因为朱元璋也与汉高祖一样地杀戮功臣,而且是有过之而无不及。李昌祺敢于在作品中涉及如此敏感的问题是要有点勇气的,由于这方面的内容太出格刺目,故而他只能借讲述古事来议政刺世,并且将议

---

① 《明史》卷一百十六。
② 《明史》卷一百十六。
③ 《明史》卷一百十七。
④ 《明史》卷一百十八。

论的重点落在张良功成身退上,以反喻的形式对现实作含蓄的批评。此外,在《何思明游酆都录》中,作者又描绘了一幅冥府的"惩戒赃滥"狱里施行酷刑的图景。罪犯"皆人间清要之官",而受刑的原因则是他们在生前"招权纳赂,欺世盗名,或于任所阳为廉洁,而阴受苞苴,或于乡里恃其官势,而吩咐公事"。这篇作品的外在形式是宋代人何思明游历幽冥世界的见闻,而隐含于其间的,却是作者对明初吏治已开始趋于腐败的批评。由上述作品的分析不难看出,反映与针砭现实是《剪灯新话》与《剪灯余话》的共同特点之一,然而前者故事的时代有相当一部分是"近止在数载",即使借谈神说鬼讽喻现实,故事发生的背景也仍然是元末明初;后者却不然,它的大多数作品叙述的是汉、唐、宋、元时的故事(其时距元亡已有半个多世纪),读者须得透过厚厚的历史外衣仔细玩味,方能体会到作者反映与针砭现实的苦心,并不像阅读《剪灯新话》那般可以较清楚地看出作者的宗旨所在。

  文言小说的创作题材开始由现实转向了历史,而可藉以考察这一演变趋势的另一坐标点,则是赵弼的《效颦集》。由作者所写的"后序"可知,该书结集于宣德三年(1428)二月,① 但在结集之前,书中的单篇作品已经"雅传于士林中",故而其创作时间应是在永乐末年与洪熙朝。也就是说,《效颦集》实为本阶段的最后一部文言小说集。从今传本来看,书中确也叙及明初人事,如上卷《何忠节传》等七篇为明初高士的传记,或颂其忠贞节义,或赞其清廉刚正,均为记实之文,严格地说并不能归为小说;下卷又有《泉蛟传》,叙述永乐间农夫烹食"泉蛟"而被索命的故事。其余的十八篇,即占全书三分之二以上的篇幅,全在演述古

---

① 赵弼"后序"署"宣德戊申二月乙丑",但书之上卷《张绣衣阴德传》已言及宣德八年事,故疑今传本为原本之增删本。"后序"称"编述传记二十六篇",今传本却为二十五篇(高儒《百川书志》也言二十五篇),其间差别,恐也是该书后来有所增删所致。

人古事。如秦代的李斯、赵高,汉代的司马迁、扬雄,唐代的杜甫、韩愈,以及宋代的王安石、岳飞、秦桧与贾似道等人,都先后在书中一一现身,而且作者又有意将这些古人置于仙界或阴间,作品的重点是评判他们生前的所作所为,并借虚幻的神灵的力量,褒奖忠义之士,严惩奸佞恶徒。劝善惩恶、宣扬因果报应之类成了《效颦集》中各作品的共同主题,作者竭力地要贯彻自己的这一创作意图,结果也就使各作品明显地带有情节单薄呆板而议论却特多的特点,读者所见到的,已不再是娓娓动听的感人故事。试图通过小说来点化人们去崇尚忠义、深恶奸佞,这于现实固然是并非无意义,但除了《续东窗事犯传》① 等个别篇章外,那些叙述古人古事或仙界冥府的作品距离现实生活实在是过于遥远。这样的创作与李昌祺的借叙古事而讽喻现实的《剪灯余话》已不能相提并论,与瞿佑的直接反映现实的《剪灯新话》更是不能相比。这三部文言小说集分别处于本阶段的始端、稍偏后的中点与末端,而从《剪灯新话》到《效颦集》,可以清楚地看到唐代(特别是中唐)传奇创作中那种现实主义精神的影响的逐渐削弱,以及宋代传奇创作中避近事而言古事的传统的影响在逐渐增强。

  对明初的文言小说来说,宋代传奇创作传统影响的逐渐增强不只是限于避近事而言古事方面,它的另一显著表现是作品中理学说教的意味渐趋浓厚。在明立国之初出现的那些作品中,理学说教的痕迹还较难得一见。如在《剪灯新话》中,诚然时有"暗室之内,造次之间,不可萌心为恶,不可造罪而损德也"②

---

① 《续东窗事犯传》接续前人关于秦桧东窗事犯故事,写书生胡迪读秦桧传,为岳飞被害不平,吟诗斥阎罗不公。阎罗捉其魂至地府,命其作文为自己骂鬼神辩护,又令其观看秦桧等奸佞在地狱受种种酷刑的情形,以及忠良所受之隆遇。胡迪心服,被放还阳。此篇故事在明代影响甚大,或被改编为通俗小说,或被小说选集《国色天香》等收录。
② 瞿佑:《剪灯新话》卷一《三山福地志》。

一类言语,也曾有人称赞此书"虽稗官之流,而劝善惩恶,动存鉴戒,不可谓无补于世",①但是这样评价,就连作者本人也不能同意。瞿佑论及自己的作品时说:"今余此编,虽于世教民彝,莫之或补,而劝善惩恶,哀穷悼屈,其亦庶乎言者无罪,闻者足戒之一义云尔",这里劝善惩恶的意义之所以未被突出强调,原因就在于他模仿志怪与传奇进行搜集素材与创作时,其标准是"其事皆可喜可悲、可惊可怪者"。② 其实,瞿佑何止只是未突出劝善惩恶,他笔下的那些爱情故事,简直就是在歌颂理学家深恶痛绝的逾墙钻穴之徒,而对忠厚积善之士偏命运多蹇的描写,又分明是在指责有司不公与阴德无报。有时,瞿佑也写妇女节烈一类理学家爱谈论的题目,不过具体的内容却绝对不合他们的心意。在《爱卿传》中,罗爱爱为抗拒乱兵凌辱而自杀,可算是个烈女,但她在嫁给赵六之前,却偏偏是个名妓;《翠翠传》中的刘翠翠在丈夫死后也殉情而死,这可算是节义,然而在这之前,她却已失身于李将军。显然,这些都是令理学家们尴尬与反感的故事。当时这样的作品并不只是出现在《剪灯新话》中,如前面提及的《虾蟆传》就也是如此:史妻为了替前夫报仇,义无反顾地检举后夫,可谓是刚烈之至,然而她决不是理学家理想中的人物,因为她已失节改嫁,还和后夫生了两个儿子。这一类作品的出现表明,在明立国之初的文言小说中,虽不能说毫无理学说教意味的存在,但它在创作中毕竟尚未占据主导地位。

到了永乐年间的《剪灯余话》,情况已发生了明显变化。据说,李昌祺是读了《剪灯新话》后,"惜其措辞美而风教少关"而著此书。因存有这般宗旨,故而作品传世后便有人极口称赞道:"其善可法,恶可戒,表节义,砺风俗,敦尚人伦之事多有之,未必

---

① 凌云翰:《剪灯新话序》。
② 瞿佑:《剪灯新话序》。

无补于世也。"① 有意借某些作品来"感发人之善心"与"惩创人之佚志",② 这是《剪灯余话》与《剪灯新话》之间的重要差别之一,这种差别固然也表现于劝善惩恶一类套话在作品中的频繁出现,但它更深刻地体现于对故事情节的安排与处理。就拿极引人注目的爱情婚姻题材的作品来说,不能否认李昌祺撰写的故事中确含有对青年追求爱情、幸福的同情,但他安排主人公的命运时,却又以符合儒教大义为标准。在《连理树记》中,贾蓬莱不屈于盗贼威逼,为了保全清白,毅然自刎于丈夫墓旁;在《鸾鸾传》中,赵鸾鸾在丈夫遭杀戮后,便背负丈夫的尸身一起投入了熊熊烈火;而《琼奴传》中的王琼奴受聘于徐家后,即使未婚夫被发配辽海,也誓死不愿改适富贵之家,丈夫被冤家谋害后,她办完丧事便"自沉于冢侧池中",俨然是一标准的烈女的形象。作者描写这类故事的目的或是为了称颂她们的忠贞,但从那些情节的设置中,却可以看到浓厚的封建正统意识的流露。不过,李昌祺也并不是篇篇作品都在图解封建伦理道德,正如前面所言,《剪灯余话》中也有不少作品是通过历史故事的叙述或幽冥世界的描绘,以达到曲折地反映与针砭现实的目的,在那些故事里,理学说教的意味相对说来就较为淡薄。对于这一点,其实与李昌祺同时代的人就已有所觉察,最先刊刻《剪灯余话》的张光启认为此书是"搜寻神异希奇事"与"敦尚人伦节义风"③ 并重,并非只偏重于后者;张光启的老师刘敬的见解要深刻些,他对这部小说集阐述"圣贤之学"表示肯定,但同时也指出作者是在借创作"以泄其暂尔之愤懑",④ 而所谓发泄愤懑,就是指前面已分析过的那些反映与针砭现实的内容。

及至本阶段的最后一部文言小说集《效颦集》,情况又发生

---

① 张光启:《剪灯余话序》。
② 刘敬:《剪灯余话序》。
③ 张光启:《剪灯余话序》。
④ 刘敬:《剪灯余话序》。

了进一步的变化,此时作者赵弼已将阐发儒学大义作为自己最主要的创作宗旨。该书上卷前四篇介绍了南宋末年文天祥、袁镛,元末郎革歹等三人以及明初何廷臣的事迹,而作品的核心部分是歌颂他们不屈于敌、以身殉国的忠义。紧接着的《玉峰赵先生传》等七篇,则是叙述了诸如恤贫救灾、居官清廉或以德报怨、兄弟让爵一类的故事,作者显然是在以孟子的"穷则独善其身,达则兼善天下"为标准设置主题与寻觅素材,赞颂那些人事迹的目的则是想为天下人树立学习仿效的楷模。在该书的中卷与下卷中,赵弼叙述了不少幽冥鬼神一类的故事,而他创作的动机,仍是不离宣扬忠孝节义。为了防止读者在阅读时产生误解,赵弼在"后序"中还特意围绕这一问题作了说明:

> 客有见者问曰:"子所著忠义道义孝友之传,固美矣,其于幽冥鬼神之类岂非荒唐之事乎?荒唐之辞,儒者不言也,子独乐而言之何耶?"予曰:"《春秋》所书灾异非常之事,以为万世僭逆之戒,《诗》存郑卫之风,以示后来淫奔之警,大经之中,未尝无焉。韩柳《送穷》、《疟鬼》、《乞巧》、《李赤》诸文皆寓箴规之意于其中,先贤之作,何尝泯耶?孔子曰:'不有博弈者犹贤。'予之所作,奚过焉?……其于劝善惩恶之意,片言只字之奇,或可取焉。"

赵弼也在"搜寻神异希奇事",其外貌似与瞿佑、李昌祺之作相类,但实质却大不相同。瞿佑、李昌祺描写神奇怪异故事时,或以幽冥世界反衬人世间的黑暗面,或借鬼神力量的胜利以抒发自己的理想,其着眼点仍在现实。当然,并不能说赵弼所写与现实全然不相干,但他描写幽冥鬼神故事却不是为了反映或讽喻现实,而是希望能通过它们对现实生活中的人们起一种鼓舞或威慑的作用,即希望在阅读此书之后,为善者愈发坚定做忠臣孝子节妇的信念,为恶者则悚然而惊,知奸佞之不可为。如在《蓬莱先生传》中,士人林孟章死后,其妻邢氏某次因病延请医生蒋某诊脉。蒋某见邢氏美貌,便说动了她改嫁给自己。可是两人成婚后,林孟章的鬼魂竟屡见于其家,而结果则是蒋某受祟而死。这篇作品的立意,显然是警告那些死去丈夫的妇女与败坏寡妇操守者不可妄为。在《续东窗事犯传》中,作者又描绘了人们在阴间受生前善恶之报的图景:那些"妒害忠良,欺枉人主"以及"贪污虐民、不孝于亲、不友兄弟、悖负师友、奸淫背夫、为盗为贼、不仁不义者",无不受到"或烹剥剞心,或挫烧舂磨"等酷刑的惩罚,而且他们还将"变为牛羊犬豕,生于凡世,使人烹剥而食其肉",生前作恶太甚者甚至是"万劫而无已"。至于忠臣义士,死后则是住在名为"忠贤天爵之府"的琼楼玉殿,那儿"云气缤纷,天花飞舞,鸾啸凤唱,仙乐铿锵,异香馥郁,袭人不散",而且这些人也将再现身于凡世,"生为王侯将相,黼黻朝廷,功施社稷"。赵弼对"因果报应"四字作了十分形象的图解,从而敦促读者作出一心向善而力戒作恶的选择。由于作者偏重于劝惩,故而各篇作品情节简单而议论却连篇累牍。赵弼曾将《效颦集》之作视为对瞿佑《剪灯新话》的模仿,这两者虽有某些形似之处,但其精神却是迥异。后来的高儒在《百川书志》中也曾将两书作过比较,得到的结论是赵弼之作"文华让瞿,大意迥高一步",即他也看到了两书间的差异,而所谓"大意",则无非是忠孝节义一类的宣扬,这种理学说教色彩浓厚的特点,又使得《效颦集》相对说来较易受到封建正统人士的赞许。

  明初文言小说创作中理学说教意味的逐渐增强,正与其避近而叙古的趋势相吻合。如果说,从唐传奇开始的现实主义创作方法在明立国之初曾对瞿佑等作家产生过重要影响,那么在本阶段结束时,宋传奇的影响已完全占据了统治地位。为什么会发生这样的变化?为了讲清楚这一问题,这里有必要转引鲁迅先生对宋传奇特征形成原因的分析:

    至宋朝,虽然也有作传奇的,但就大不相同。因为唐人大抵描写时事;而宋人则多讲古事。唐人小说少教训;而宋则多教训。大概唐时讲话自由些,不至于得祸;而宋时则忌讳渐多,所以文人便设法回避,去讲古事。加以宋时理学极盛一时,因之把小说也多理学化了,以为小说非含有教训,便不足道。①

宋传奇的出现正在唐代之后,它虽从唐传奇创作中汲取了不少养分,但特定的政治环境与文化氛围却使之形成了自己的特征,即"多讲古事"与"多教训"。对明初的文言小说创作来说,它同时受到了唐传奇与宋传奇的影响,但这两者各自影响的程度与强弱的变化,又为当时的政治环境与文化氛围的变化所制约。在明王朝立国之初,战乱尚未完全止息,这时的作家怀有一种急于反映苦难现实的创作冲动,明政府也还无力对包括小说创作在内的意识形态领域实行完全的控制,于是问世于此时的《剪灯新话》便较多地显示出唐传奇的影响。随着朱明王朝政治上统治的巩固,对意识形态的控制也逐渐加强,森严文网的威慑使文人们不敢随便议论时事,小说创作中相应地开始出现"多讲古事"的倾向;同时,封建统治者又将程朱理学抬至国教的地位,在这种情形下,小说创作自然要形成"多教训"的特点。《效颦集》是一部较典型的"多讲古事"与"多教训"的作品,而《剪灯余话》在某种意义上则可视为上述演变过程中的产物。上述分析表明,虽然可以笼统地说,明初的文言小说创作不可能越出唐传奇与宋传奇的影响,但这种影响并非是直接施加于其上,实际上它是经过了某种过滤或放大,而起过滤或放大作用的,则是当时的政治环境与文化氛围。

明初的通俗小说创作与文言小说创作呈现了不同的态势,但根据上述的分析,却也可作出相同的概括:从竖向考察,通俗小说与文言小说自唐代正式形成后,总要不断地继续向前发展,

---

① 鲁迅:《中国小说的历史的变迁》。

创作的积累越多,它们对后世创作的影响所包含的内容也就越丰富复杂,而不管是发生了飞跃还是转折,明初的通俗小说与文言小说其实都分别是各自的文学脉系在这影响力作用下的一种延伸;若从横向考察,那么明初的通俗小说与文言小说都是那个特定时代的产物,其创作都必定要受到当时的政治环境与文化氛围等因素的约束,先前的文学传统,其实也得与这种约束力相结合后方能发挥影响,正因为如此,明初的通俗小说与文言小说显示出了不同于唐宋话本或传奇的面貌与风格,也就是说,它们因此而具有自己的不可更替的时代特征。倘若撇开上述"竖"与"横"两个方面的考察,那么就很难对明初小说创作的态势作出较合理的解释。

对通俗小说与文言小说漫长的发展历程来说,明初四朝五十八年只能算是短暂的片刻,可是在这半个多世纪里,《三国演义》、《水浒传》与《剪灯新话》等作却是取得了相当高的成就,因而它们对于明代后来的创作乃至清代的创作,在许多方面都产生了十分明显的影响。显然,对于这种影响的考察应是本编的任务之一,因为只有综合了这方面的讨论分析,我们对于明初小说创作的地位与意义,才能有一个较全面充分的认识。

第三章　开辟方向的示范与规定

　　明初的小说创作取得了相当高的成就,可是它的两个组成部分,即通俗小说与文言小说的匹配却是不甚平衡。《三国演义》与《水浒传》的问世,标志着通俗小说完成了从诉诸听觉到供案头阅读的飞跃,而且它们本身又是极其优秀的巨著,在此之前没有任何一部作品可与之相提并论。文言小说的情形却不然。《剪灯新话》等作固然可归入优秀作品之列,但它们在实际上并没有达到唐传奇中不少优秀之作的水准,若与同时代的《三国演义》、《水浒传》的气魄相比,其文风更显得格外的纤弱。《剪灯新话》等作的问世确实结束了文言小说的近百年的萧条期,它们重开一代创作之风的功绩也不可抹煞,但通过上述的比较也不难看出,组成明初小说创作的这两部分对于后来创作的影响必然会有着轻重强弱的差别。明代的通俗小说创作基本上都以供案头阅读为目的,后来的作家在创作时也都自觉或不自觉地模拟《三国演义》与《水浒传》,即使在根据宋元话本等改编故事时,也须得从中学习改编的方法与途径,事实上他们若舍此则无所可取。可是,《剪灯新话》等作就无力形成这种几乎网罩全体的约束力,尽管它们的内容、形式或风格、特征在后来许多作品中也确实是痕迹清晰可辨,但它们毕竟只是人们学习、模仿的对象中的一种;在唐宋传奇被大量刊印、传播的明代中后期,这种情形便越发明显。在另一方面,《三国演义》与《水浒传》自嘉靖朝以后在社会各阶层中广泛流传,并很快地为大众所熟悉与喜爱。于是,人们开始以这两部作品为标准模式来评判后来的通俗小说作家的创作,这种来自广大读者的强烈要求,必然又使《三国演义》与《水浒传》对后来创作的影响变得更为强大。可是,文言小说只是在士人中流传,其圈子狭小,读者的呼声也就较为微弱。而且,文人的文化修养与欣赏水准相对较高,他们一般不会硬要以《剪灯新话》为楷模强律后来的创作,其评判作品的标准往往是抽象于对唐宋以来传奇创作的综合。同时还应指出,当某些作家将文言小说创作当作自娱遣兴的一种方式时,他们对于读者的反应甚至还可以根本不予理会。这样分析决不是想引导出《剪灯新话》等作对于后来的小说创作无甚影响的结论,相反,是在肯定它们具有相当影响的前提下,实事求是地指出这种影响的发挥受到了诸多限制,故而其地位远不及通俗小说中的《三国演义》与《水浒传》。由于这一缘故,本章的论述也就将较侧重于通俗小说方面。

第一节 通俗小说内涵的规定

通俗小说是各种书面文学中拥有最广大读者的文学体裁,而《三国演义》与《水浒传》不仅是通俗小说的开山之作,① 同时也是在明清两代影响最为深广的作品。几百年来,无论是贩夫市贾、田夫野老或妇人孺子,几乎无人不晓其中的人物与故事。虽然这两部作品以千百年前的朝代为故事背景,那些小说人物也是若存若亡,可是人们却"皎皎乎若亲至其人之庭,亲炙其为人,而更目睹其生平前后数十年之事"。② 尽管自明末以来,封建统治者曾一再下令禁毁《水浒传》等作,并明文规定了严厉处罚出版者与读者的法律条文,书籍与书板也不知烧毁了多少,③

---

① 自《三国演义》与《水浒传》开始,明代的通俗小说基本上都是为供案头阅读而创作的作品。为了行文方便,自本章起除另作说明的之外,"通俗小说"一词均是指供案头阅读而创作的通俗小说。
② 严复、夏曾佑:《国闻报附印说部缘起》。
③ 参见王利器所辑《元明清三代禁毁小说戏曲史料》。

可是行政高压手段却无法改变那"几于家置一编,人怀一箧"[①]的局面,其影响反而愈见深广,以至于在本世纪初时,梁启超对此作出了这样的概括与论述:

> 今我国民,绿林豪杰,偏地皆是,日日有桃园之拜,处处为梁山之盟,所谓"大碗酒,大块肉,分秤称金银,论套穿衣服"等思想,充塞于下等社会之脑中。……呜呼! 小说之陷溺人群,乃至如是![②]

梁启超过分地夸大了小说在政治方面的作用固然是失之偏颇,但是他关于《三国演义》与《水浒传》在人民大众中(即所谓的"下等社会")广泛流传并产生了巨大影响的说法却是完全符合实情的。

在《三国演义》与《水浒传》之前,还没有一部文学作品能激起如此巨大的社会反响,而在此之后,类似的现象在许多通俗小说的传播过程中却时常可见,尽管其范围与程度不尽相同。这是一个很值得研究的现象,但长期以来,人们对此作解释时所注意的重点,基本上都局限于作品的人民性,即体现了一定时代的人民的思想感情,表现了人民的鲜明爱憎,从而作品才受到了人民的喜爱欢迎。确实,《三国演义》揭露并鞭挞了封建统治者暴虐虚伪或制造祸乱的丑恶嘴脸,塑造并歌颂了一系列正面英雄人物的形象,这些都体现出了人民鲜明的爱憎感情以及要求国家统一、生活安定的愿望;而《水浒传》则是概括了广阔的社会生活,反映了"官逼民反"的严酷现实,揭示了封建社会中无数次农民起义的某些共同的特点与规律。正因为如此,这两部作品在明清两代乃至今日,一直为广大读者所喜爱。上述的分析有助于证明,具有人民性的作品(当然

---

① 《江苏省例》同治六年藩政"查禁淫词小说"。
② 梁启超:《论小说与群治之关系》。

在艺术上也必须感人）必定能广为流传,可是从这一命题出发,却无法演绎出流传的作品必定具有人民性的结论,它同样也无力解释,为何恶毒诋毁农民起义的《荡寇志》,曾经长时期地与《水浒传》一起在社会上传播,而在某些历史时期,为何一些色情作品又能渗透到社会的各个角落。在通俗小说史上,还有不少流传于一时的作品虽说不上如何反动或含有较多的色情描写,但也很难肯定它们具有怎样的人民性。事实表明,是否具有人民性只是对某些作品的流传范围、程度与时间长度有所影响,并不能将它当作无所不能的法则去解释通俗小说传播史上的种种现象。

其实,绝大多数通俗小说之所以至少都能流传于一时,其根本原因就在于它们通俗。这是自《三国演义》与《水浒传》问世以来明清两代一千多部通俗小说的共同特征,也是它们被如此命名的理由。诚然,自专供案头阅读的通俗小说诞生以来,还未曾有人对何谓通俗小说下过准确的定义,然而开创了这一文学新体裁的罗贯中与施耐庵,却以自己杰出的创作实践为示范,对通俗小说的内涵作了未成文的规定,而几百年来,作家们也在这两部小说以及后来其他优秀作品的影响下遵循着这些规定。于是,我们从通俗小说的传播现象入手,寻得了《三国演义》与《水浒传》对后世创作的最大影响所在,即这两部开山之作对新诞生文学体裁的本质特征作了界定。显然,若要作进一步的讨论,就还须得通过罗贯中与施耐庵的创作示范,去探讨约束后世作家创作的那些未成文规定的具体内容,而首先需要解决的问题,则是究竟何谓通俗小说。

在通俗小说创作渐呈繁荣状态的明万历朝时,已开始有人试图对通俗小说的内涵作出解释,而且他们的解释也是与通俗小说的传播现象相联系。袁宏道从读者接受的角度提出了这样的见解:

文不能通而俗可通,则又通俗演义之所由名也。①

陈继儒考察的角度与得到的结论都与袁宏道相仿:

> 往自前后汉、魏、吴、蜀、唐、宋咸有正史,其事文载之不啻详矣,后世则有演义。演义,以通俗为义也者。故今流俗节目不挂司马、班、陈一字,然皆能道赤帝,诧铜马,悲伏龙,凭曹瞒者,则演义之为耳。演义固喻俗书哉,义意远矣。②

若结合这两人的见解可以说得更明白些,他们的意思其实是说通俗小说是故事性强、易于流传、能被广大读者接受的小说。可是,广大读者为什么会乐意接受这一文学体裁呢?似乎是为了回答这问题,与袁宏道、陈继儒同时的酉阳野史便从小说的娱乐功用出发作了进一步的解释:

> 夫小说者,乃坊间通俗之说,固非国史正纲,无过消遣于长夜永昼,或解闷于烦剧忧愁,以豁一时之情怀耳。③

酉阳野史只着眼于娱乐的认识显然是较为片面,相比之下,朱之蕃的议论就较为周全:

> 演义者,其取喻在夫人身心性命、四肢百骸、情欲玩好之间,而究其极,在天地万物、人心底里、毛髓良知之内,……于扶持世教风化,岂曰小补哉!④

朱之蕃是明万历朝的状元,难怪他在读小说时也不忘世教风化,并以此为评判作品的标准。不过他的议论中包含着寓教于乐的观点,能以此来看待通俗小说,这在当时确可算是较为高

---

① 袁宏道:《东西汉通俗演义序》。或谓此序为假托袁宏道之名之伪作,但这并不影响此处的讨论,因为它毕竟代表了当时一部分人对通俗小说的见解。
② 陈继儒:《唐书演义序》。
③ 酉阳野史:《新刻续编三国志引》。
④ 朱之蕃:《三教开迷演义序》。

明的。

在明万历朝及其后,类似上述的那些议论还有不少,可是在其间却没有较全面准确的定义式的论述。对于后来的作家们来说,由于有《三国演义》、《水浒传》等优秀作品的示范在,他们的创作仍受到了通俗小说内涵规定的约束,有无明确的定义于此并没有造成怎样的妨碍。但是若要系统地考察《三国演义》与《水浒传》对后世创作的影响,那么就非得将这两部作品所确立的种种内涵规定逐一明确,并作出相应的分析,而且也只有从这两部作品所显示出的该文学体裁的特征出发,才能寻得何谓通俗小说这问题的答案。

最容易引起人们注意的,是通俗小说的文字浅显,它应该是"通俗"一词的重要内涵之一,倘若作品的文字佶屈聱牙、艰深难读,那就根本不可能被归入通俗小说之列。《水浒传》中的故事都是由白话口语写成,因此"无贤无愚,无不能读";① 而《三国演义》则是浅显的文言夹着些白话,是"文不甚深,言不甚俗","盖欲读诵者,人人得而知之"。② 语言的浅显消除了文化程度不甚高的读者在阅读方面的障碍与隔阂,这是《三国演义》、《水浒传》以及后来的通俗小说能在人民大众间畅通无阻的首要前提。在论及此问题时还必须作一说明,即白话相对文言来说自然是属于语言浅显,但反过来语言浅显并不就等同于白话。曾经有人认为"通俗小说"一词不够精当,建议改称为"白话小说",以便与"文言小说"作较严整的对应。然而,这样改换名称却极不妥当。首先,它妨碍了对通俗小说本质的理解,因为语言通俗(更不必说是白话)并不是通俗小说唯一的主要特征;其次,若以语言是否是白话为界定标准,就势必将一些重要的作品排斥在通俗小说之外,其中包括通俗小说的开山之作之一《三国演义》。

---

① 金圣叹伪托的"古本"《水浒传序》。
② 庸愚子:《三国志通俗演义序》。

严格地说,这部小说的语言应归于文言,而不是白话,但是它最初传世时的书名就叫着《三国志通俗演义》。中国文学史上第一部以"通俗"命名的小说即是此书,所谓"通俗小说"一词实际上也是由该书名演化而来。在明清两代的一千多部通俗小说中,类似《三国演义》那样用浅显文言写成的作品还有不少,若用"白话小说"一词取代"通俗小说",那就得将它们全都剔除出原有的行列,这不仅不符合通俗小说的实际发展状况,而且还势必给研究带来相当大的混乱。因此,通俗小说的这一主要特征只能称之为语言浅显,而不能十分绝对地将其语言说成是白话。

在肯定语言浅显为重要特征时还应指出,我们并不能仅凭此就判断一部作品是否属于通俗小说,如时下颇有些冠以"探索"之名的小说,其语言毫无疑问地是属于白话,文字也不算艰深,可是它却能使人连读数遍而不明其意,这样的作品显然不能归诸通俗(可是它们却能归入白话小说)。在另一方面,语言浅显的读物也并非就定能受到欢迎,正如梁启超指出的那样:"文之浅而易解者,不必小说,寻常妇孺之函札,官样之文牍,亦非有艰深难读者存也,顾谁则嗜之?"[①] 由此可见,通俗小说之所以能赢得读者,在社会的中下层广泛传播,语言浅显虽是必要的前提,却并非根本的原因,关于通俗小说内涵与特征的探讨,显然还不能就此而止步。

语言的浅显保证了读者即使文化程度不高,也能较顺利地读完全书。然而,语言只是一种表现工具,运用浅显的语言一样可以构成不同的艺术形式,表现不同的内容。倘若一部作品的艺术形式或内容与广大读者的欣赏习惯、趣味爱好不甚相符乃至抵触,那么它就决不可能畅行于大众之间,从而也就不可能被归于通俗小说。这意味着除了语言浅显之外,"通俗小说"这一概念的内涵中还包括了关于艺术形式与内容方面的规定。在这

[①] 梁启超:《论小说与群治之关系》。

里,广大读者的欣赏习惯、趣味与爱好成了极其重要的衡量尺度,而它们也不是凭空产生的。前面已曾论及,在《三国演义》与《水浒传》等通俗小说出现之前,听说书是广大群众日常生活中重要的娱乐活动,而说书在那数百年的发展过程中,又逐渐使广大群众养成了特定的审美习惯与趣味。在另一方面,自罗贯中、施耐庵开始的通俗小说创作,本来就与说书有着直接的渊源关系,而在完成从诉诸听觉到专供案头阅读的转折时,这两位作家显然又是在有意地尊重与适应广大群众的欣赏要求。将《三国演义》、《水浒传》的首创之功与后来作家的创作实践结合在一起作考察,由通俗小说所体现的那种符合群众欣赏习惯的艺术形式便可以归纳为以下几个方面:

首先,作品的体例格式为章回体。这一体例格式的最先确立者是《三国演义》与《水浒传》,后来明清两代一千多部通俗小说又相继沿用,因此它们也往往被称为章回小说。若追溯这一体例格式的来源,那么就又要论及说书。宋元说话人在演说长篇故事时,总要连续地讲上好些日子。为了吸引听众,他们往往是在每场临近结束时,故意在情节的关键处煞住,然后宣称"欲知后事如何,请听下回分解",即要大家在下一场演述时再来听讲。由于每场讲演的时间多少是固定的,因而每回故事的篇幅长短也大致相同。久而久之,广大群众也就熟悉并习惯了这种形式。我国最早的一些通俗小说往往都是根据平话,即说话人长篇说书的底本改编而成,对那些作家来说,采用章回体自然是顺理成章的事。① 后来的一些作家,一方面是出于对《三国演义》、《水浒传》等优秀巨著的模仿,同时也是出于对广大读者欣赏习惯的尊重,因此即使他们在独立创作而并非根据平话改编时,也仍然承袭了这一体例。这样,章回体便成了我国明清通俗小说的传统格式。

---

① 有些作品是分"则"而不是分"回",但这两者并无实质上的差别。

其次，是作品结构单纯，很少或几乎没有什么枝蔓。《水浒传》是逐个地分别描述各英雄被逼上梁山的故事，当着重介绍其中的某一个时，其他那些英雄的情形一般就要被暂时地置于一旁。《三国演义》虽是以头绪极为繁杂的三国鼎立局面的形成与结束为描写对象，但作者却能做到按时间顺序将重大的政治或军事事件逐个逐个地交代清楚。明清时的通俗小说一般都继承了这种情节发展线索比较清晰单纯的特点，而这一特点也是来源于说书。说书是诉诸听觉的艺术形式，说书人不可能在演出过程中停顿下来，让听众作仔细的思索与回味。因此，故事头绪纷繁是说书艺术的大忌，如果采用多线索的、几种矛盾冲突交叉发展的结构，那么台下那些无暇思索与回忆的听众，很快就会因陷入茫然的状态而感到索然无味。《三国演义》与《水浒传》继承了这一特点，而由于它们又处于被人模仿的开山之作的地位，因此这一特点在实际上是被强化了。结构单纯明显地具有线条清晰，容易为群众接受，同时也便于他们向别人转述的优点，但是若要较完整地反映广阔的社会生活面，它与多线索的、几种矛盾冲突交叉发展的结构相比就显得较为欠缺。虽然后一种网络式结构的作品在小说史上也曾出现过，如问世于清乾隆朝的《红楼梦》，但总的说来，通俗小说的结构一般都比较单纯。

再次，是故事的情节必须具有紧凑、连贯与完整的特点，并且带有传奇色彩。如果做不到这点，说书人在演说过程中就无法始终牢牢地抓住听众，同样，做不到这点的通俗小说也无法吸引读者。在这方面，《三国演义》与《水浒传》又是出色的典范。在前一部作品中，从书首的桃园结义直到卷终的三家归晋，书中的故事始终动人心魄，其间也几无冗长拖沓之处。《水浒传》对众英雄事迹的描写也是如此，如武松的故事就由景阳岗打虎、怒杀西门庆、醉打蒋门神、大闹飞云浦与血溅鸳鸯楼等情节连贯而下，其间波澜迭起，扣人心弦，直到武松上了二龙山，读者才稍稍地松了一口气，可是后面关于宋江的紧张曲折的故事又接踵而来了。许多通俗小说作者在这方面都比较自觉地学习、模仿《三国演义》与《水浒传》，因为他们明白这是自己的作品能否获得读者的重要关键。在明清通俗小说里，可以说是没有像西方罗曼·罗兰的《约翰·克利斯朵夫》那样的情节简单松散、但抒情味极浓，关于人生哲理的阐述也极多的作品，而造成这种现象的重要原因之一，就在于我们民族的欣赏习惯与他们不同。

第四，是白描手法的运用，即用最简单的笔墨，直接描写人物的行动与语言，不加烘托与渲染地勾勒出生动鲜明的人物形象，并由此体现人物活动的时代、环境以及该人物的心理与性格。虽然作者不作或极少作主观的、间接的叙述与评价，但他对生活的理解、对笔下人物的态度，已经蕴含在艺术形象的塑造中。这并不是说通俗小说作家在作品中就不发议论，相反，有些作家的议论还相当冗长，甚至是令人生厌。不过，这种议论一般是集中地出现在作品或故事的某一段落的开始与结束处，就像说话艺人往往要在"入话"中大发议论，阐明该故事究竟有何教育意义一样。然而在描述情节或塑造人物形象时，作家们却是一般不喜多发议论，而是采用白描手法。在《三国演义》与《水浒传》中，这方面的精彩例子是举不胜举，而在后来的作品中，白描手法的成功运用也是屡见不鲜，可是若要寻找像西方小说那样的有大段内心独白或心理分析的作品却不是那么容易。这种在艺术描写上显得精炼、集中、真切、传神并带着来自生活本身的说服力的白描手法，相当典型地显示出了我们民族文艺的传统与风格，而它的运用又正与通俗小说一般都要求结构单纯、情节紧凑的特点相适应。人民群众在历史的发展过程中形成了自己的欣赏习惯，它反过来又成了一种制约创作的强大力量，只有适应这种欣赏习惯而创作出的文学作品，才有可能在广大群众中扎下根。《三国演义》与《水浒传》就是这样的作品，上面所述的种种艺术形式上的特征，其实都是由它们最先确立，而这两部开山之作的巨大影响，又使其成为整个通俗小说创作的共同特点。

宋人郑樵论及《史记》对后来各朝史书的影响时曾说:"百代以下,史官不能易其法",此论断若移至《三国演义》、《水浒传》与后来通俗小说的关系,那么也是完全适宜的。

《三国演义》与《水浒传》还为通俗小说规定了另一重要内涵,那就是作品的内容必须为广大群众所喜闻乐见。这不仅表现于那两部作品所描写的三国或梁山英雄的故事早已在民间流传并受到欢迎,更重要的是作品中含有使广大群众感到熟悉与亲切的内容,尽管某些故事的具体情节可能会使人感到陌生。诚然,《三国演义》与《水浒传》中的主人公是帝王将相或英雄豪杰,其中有些人有时也被写得超凡入圣,异于常人,但总的说来,书中的大多数人物都具有普通人那样的喜怒哀乐的情感,是能被广大群众理解和接受的人物。在这点上,《水浒传》由于较广泛地描写了社会底层人们的生活面貌,因而表现得尤为出色。向来的正史,往往只着意载录祭祀典仪或军国大计,对于历史人物的日常举止、音容笑貌等则是很少涉及。在通俗小说出现之前,魏晋六朝时的志怪小说是荒诞不经者居多,志人小说中很多人的言行举止,即所谓"魏晋风度"也很难为一般人所理解。唐传奇虽比魏晋六朝小说前进了一大步,但它是"着意好奇,假小说以寄笔端",① 人们的日常起居常被认为是"俗事"而不录,社会下层的人物(与才子有关的妓女除外)也成不了作品中的主人公。然而,通俗小说却不仅不避"俗事",相反地还将其作为自己的重要内容之一。虽然这一特点是继承宋元时的说话传统而来,但作为书面文学来说,《三国演义》与《水浒传》却是作出了创造性的首开先例的贡献。这样的作品显然更能引起广大读者的共鸣,因为他们从中看到了自己生活的映射,同时也加强了对作品中的人物以及故事情节的理解与亲切感,据说就连袁宏道也

---

① 胡应麟:《少室山房笔丛》卷二十六"二酉缀遗(中)"。

曾经这样称赞《水浒传》："语语家常，使我捧玩不能释手者也。"① 当然，并不能说所有的通俗小说在这方面都表现得很出色，但是罗贯中与施耐庵为此而作出的努力，确实为后来许多作家所注意与光大。冯梦龙的"三言"与凌濛初的"二拍"是其中较为突出的代表，而且他们还有意识地将此上升为指导自己创作实践的理论。冯梦龙批评了认为通俗小说"恨乏唐人风致"的偏见，主张作品内容也应该适应广大群众的审美趣味，而不该停留于仅供少数"文心"者欣赏消闲的狭小圈子中；② 凌濛初反对创作中的片面追求"谲诡幻怪"的倾向，认为作家们应该以人们所熟悉的日常生活为主要描写对象。③ 这些主张的提出固然与晚明时市井百姓对文化娱乐要求的变化，以及当时通俗小说的编创方式开始从改编向独立创作过渡的大背景有关，但它们也确实是对《三国演义》与《水浒传》在这方面努力的继承与发展。到了清中叶《儒林外史》与《红楼梦》问世时，作品中已没有什么妖魔鬼怪或轰轰烈烈的厮杀场面，情节也不再离奇古怪，完全是概括自人们日常熟知惯见的生活。这些"采闾巷之故事，绘一时之人情"④ 的作品，更能使人们从中观照到自我，观照到自己周围的人与事乃至整个社会生活，从而使读者在欣赏作品的同时还伴随着对社会生活本质的思索，并引起了他们对人生真谛的追求。

总之，罗贯中与施耐庵并没有发表过严密系统的关于小说创作的理论见解，但是他们通过具体的创作实践，在实际上对通俗小说的内涵与特征作了诠释与规定。综合上面的分析，现在便可以用定义的形式来表述，那就是：通俗小说是以浅显的语言，用符合广大群众欣赏习惯与审美趣味的形式，描述人们喜闻

---

① 袁宏道：《东西汉通俗演义序》。
② 绿天馆主人：《古今小说序》。
③ 即空观主人：《拍案惊奇序》。
④ 谐野道人：《照世杯序》。

乐见的故事的文学作品。纵观明初到清末近六百年的通俗小说发展史,尽管各部作品的思想倾向与艺术成就各有差别,但是就整体而言,它们基本上都没有偏离这一轨道。因此,《三国演义》与《水浒传》在通俗小说发展史上的意义,不仅在于它们问世最早,成就亦高,更重要的是它们开创了专供案头阅读的通俗小说这一新的文学体裁,并以自身的创作为示范,对后来近六百年的通俗小说的发展作了形式与内容上的原则规定。

第二节 羼入诗文手法的运用及其原因

明初《三国演义》与《水浒传》的影响几乎笼罩了整个明清两代通俗小说的创作,可是在文言小说领域内,同一时期问世的《剪灯新话》与《剪灯余话》等作却没有起过类似的作用。这一现象并不难理解,因为在此之前五六百年的唐代,文言小说就已经形成了自己的规模与体制,而且从创作的实际情形来看,明初的瞿佑等人对小说创作的理解也还有混乱之处。如在《剪灯新话》中,首篇《水宫庆会录》就几无情节可言,作者只不过设计了一个机会,能让士人余善文在龙宫中撰写那华丽的上梁诗文;卷二中的《天台访隐录》虽是明显地表达了作者厌恶战乱的思想,但该篇实为一篇游记体的散文。李昌祺的《剪灯余话》的情形也是如此,其卷一中《月夜弹琴记》主要是叙述乌熙与宋人钟碧桃之魂的对话,作者撰写此篇的本意,既是要表彰节义,同时也是为了显示自己集句的才能,他先从八十一位唐宋诗人的一百六十首诗词中各抽取一句组装成二十首七律,继而又如法集成了首七绝(洪武初年著名诗人孙蕡撰写传奇《朝云传》[①] 也是意在显示集句才能),而卷四中的《至正妓人行》,除了篇首的序与篇末的

[①] 此篇名为笔者自拟。该篇叙孙蕡与宋苏轼妾朝云相遇故事,然篇中大段嵌入集句。详见弘治间黄瑜《双槐岁钞》卷一"朝云集句"条。

简短说明之外,通篇就是一首长诗。至于赵弼的《效颦集》,其上卷十一篇简直就像是史书中的传记,实在难以小说目之。这种体例驳杂的现象与当时小说概念在理论上尚未梳理清楚有着很大的关系,然而由于《剪灯新话》等作是明代最先问世的著名小说集,因此它们在这方面也对后来的创作产生了不小的影响。以往被归为明代文言小说的作品种数可以算得上是历朝之最,①在这庞大的作品群中,传奇、志怪、笔记、杂俎等,各种体裁无所不有,看似群体具备,其实是小说概念混乱已极。就是在同一部作品集内,也是既谈神说鬼,又叙逸事琐闻,或借小品以寓意,或就某事而发议论,作者往往并不着眼于情节的动人、人物形象的鲜明,甚至情节、人物的有无都不怎么在意,但他却以为自己是在撰写小说,而且当时的人们也确实将这类著作归为小说。②这种情形在明代中后叶表现得尤为严重,它已成为小说发展的一种障碍。从理论上认真梳理小说概念的工作正开始于此时,对该体裁认识混乱的刺激,显然也是其中的重要原因。指出这点并不是要将责任全归于明初的《剪灯新话》等作,但鉴于其广泛的影响,它们对于这种局面的形成是难辞其咎的。

明代后来有相当一部分文言小说在艺术形式方面还显示出了一种共同的特征,即在作品中夹杂了大量的诗词或赋、书一类的散文,而导致这一特征形成的重要因素,则是明初《剪灯新话》、《剪灯余话》等作的示范。为了更清楚地说明这一问题,此

---

① 据袁行霈、侯忠义所编《中国文言小说书目》作统计,明代文言小说计有694种,为历朝最多者,其他数量较多的各朝依序排列如下:清549种,宋361种,唐184种。

② 如万历间胡应麟《少室山房笔丛》卷二十八"九流绪论(下)"称:"小说家一类,又自分数种。一曰志怪:《搜神》、《述异》、《宣室》、《酉阳》之类是也;一曰传奇:《飞燕》、《太真》、《崔莺》、《霍玉》是也;一曰杂录:《世说》、《语林》、《琐言》、《因话》之类是也;一曰丛谈:《容斋》、《梦溪》、《东谷》、《道山》之类是也;一曰辩订:《鼠璞》、《鸡肋》、《资暇》、《辩疑》之类是也;一曰箴规:《家训》、《世范》、《劝善》、《省心》之类是也。"小说概念之混乱,由此可见。

处先列表显示《剪灯新话》的某些作品中出现的诗文以及该篇对故事的描述各自在篇幅上所占的比例:

篇名	含诗词数(首)	含散文数(篇)	全篇总字数	诗文类总字数	诗文类字数所占比例(%)	叙述故事字数	叙述故事字数所占比例(%)
水宫庆会录	9	1	1,713	748	43.67	965	56.33
联芳楼记	16	0	1,367	476	34.82	891	65.18
渭塘奇遇记	5	0	1,417	524	36.98	893	63.02
龙堂灵会录	6	0	2,368	935	39.48	1,433	60.52
秋香亭记	8	1	1,509	719	47.65	790	52.35

上表列出了《剪灯新话》中诗文篇幅所占比例超过30%的五篇作品。在诸种文学体裁中,小说的包容面最为广泛,作者在描述故事时可以将诗词赋曲等其他体裁的作品容纳在内。然而,诗词赋曲等作品的进入须得自然,并出现在适宜的场合,而更重要的是,它们的存在应服务于小说创作的目的,在诸如点明主题、渲染气氛、推动情节发展以及显示人物的气质与品格等方面起积极的作用。小说中适量地融入某些诗文类作品可起到较积极的作用,但其数量决不能多,否则必定会带来冲淡情节、妨碍人物性格刻画等各方面的恶果。那么,小说中插入诗文的篇幅比例究竟在多少以下才可能是"安全"的呢?这一尺度极难掌握,而且实际上也并不存在什么绝对的标准,不过根据对这类作品的阅读以及作相应统计时的感觉来判断,该比例如果超过了20%,潜在的危险就已多半转化成了实际的破坏。在上表所列的五篇作品中,瞿佑的主要精力似是集中于自己诗才的显露,于是作品情节的单薄与人物形象的苍白便成了不可避免的事,尤其是《秋香亭记》那篇,诗文类篇幅所占的比例已接近50%,仅凭这个数字,人们也不难想象这是一篇怎样的小说。

不过，瞿佑虽是首开在小说中高比例地插入诗文的风气，但《剪灯新话》中诗文篇幅比例超过30%的作品也就是上表所排列的那五篇，另有七篇虽也有诗文插入，但数量较少，而《三山福地志》、《金凤钗记》与《富贵发迹司志》等九篇作品中，则无任何诗文插入。这表明瞿佑尚注意多方采纳，并不以羼入诗文为效法的唯一格式。可是，这种大量羼入诗文的小说得到了当时文士们的赏识，于是它在《剪灯新话》之后又继续发展。在李昌祺的《剪灯余话》中就可以看到，全书二十一篇作品，篇篇都有诗文的插入，而且除了《何思明游酆都录》一篇外，其余的诗文篇幅比例全都超过了10%，至于该比例超过30%的作品也有十篇之多，是《剪灯新话》的一倍：

篇名	含诗词数(首)	含散文数(篇)	全篇总字数	诗文类总字数	诗文类字数所占比例(%)	叙述故事字数	叙述故事字数所占比例(%)
听经猿记	16	1	2,067	768	37.16	1,299	62.84
月夜弹琴记	30	0	4,087	2,210	54.07	1,877	45.93
连理树记	17	0	2,212	890	40.24	1,322	59.76
田洙遇薛涛联句记	12	0	3,525	1,251	35.49	2,274	64.51
鸾鸾传	10	2	2,694	1,023	37.97	1,671	62.03
武平灵怪录	9	0	2,271	920	40.51	1,351	59.49
洞天花烛记	9	2	1,957	1,124	57.43	833	42.57
泰山御史传	0	2	1,797	620	34.50	1,177	65.50
江庙泥神记	9	0	2,547	890	34.94	1,657	65.06
至正妓人行	1	0	1,524	1,232	80.84	292	19.16

上表所列作品中，有三篇诗文篇幅比例竟超过了50%，《至正妓人行》甚至只是一首长诗(但在中篇传奇小说《贾云华还魂记》中，诗文羼入的比例却不足20%)。这时作者主要关注的已是

诗文,而并非情节的描述。《剪灯余话》全书共 60,827 字,插入的诗文却有 17,424 字,约占 30%,书中的诗词共有 206 首,集中起来倒自可成一部诗集,全书篇幅与之相当的《剪灯新话》中,插入的诗词也只有 70 首。将两书结合在一起考察,便可知明初时《剪灯新话》在这方面是首开先例,而将这种样式的创作推至极端的则是《剪灯余话》。

小说中含有某些诗词本来并不是什么可怪异的现象,它的渊源其实还可以追溯得相当久远。在文言小说正式形成自己的规模与体制的唐代,传奇作品中就已是多半有诗。唐代是一个诗歌风行的时代,小说作家也都擅长吟咏,作品描述的又多是士人的风雅之事,他们逢情遇景便很自然地会触动诗兴,让作品中的人物吟诗赋词以抒情述怀。这种表现手法的运用恰当确实有益于人物感情的描摹与作品主题的突出。如唐人元稹《莺莺传》中"拂墙花影动,疑是玉人来"等诗篇,不仅是脍炙人口的佳作,而且它们在作品中对烘托抒情气氛、抒写人物情绪乃至创造意境都起了不小的作用,即已与情节的发展、人物形象的塑造有机地融为一体。然而,小说创作中融入"诗笔"并不等同于机械地羼入诗文,元稹比较注意这方面的分寸把握,并不嵌入可能导致情节松散的诗词,如叙及"张大喜,立缀《春词》二首以授之"或"张生赋《会真诗》三十韵"等时,都是仅提及诗词之名就一笔带过。在唐宋传奇中,《莺莺传》中诗文所占的比例为最高,元稹或可被视为此手法的始作俑者,而明初时的瞿佑、李昌祺进一步发展了这种形式,在小说中高比例地羼入诗文,但这些诗文的羼入,较明显地留下了镶嵌痕迹。

当追溯高比例羼入诗文手法的渊源时,还应注意到宋元话本的创作格局同样也是不可忽视的影响因素。宋元话本中也都含有诗,那是因为说话艺人要以此来显示自己"讲得字真不俗,记问渊源甚广",不过此时诗词出现的方式却不同于唐传奇,"因为宋小说多是市井间事,人物少有物魅及诗人,于是自不得不由吟咏而变为引证,使事状虽殊,而诗气不脱"。① 在宋元话本中,诗词的羼入相当频繁,其开篇引首、中间铺叙与临末断结都莫不有诗,而且它们所占的比例也较高。如仅1,397字的《柳耆卿诗酒玩江楼记》竟含10首诗词,韵文比重占36%;《西湖三塔记》全文4,057字,插入诗词23首,韵文比重约为30%。在宋元两代,话本创作十分繁盛,自年轻时便开始"编辑古今怪奇之事"②的瞿佑阅读话本并受其影响是很自然的事。话本中羼入诗文其实是模仿唐传奇的结果,而它反过来又为后来的文言小说创作提供了借鉴。这一文学现象再次证明,文言小说与通俗小说并非是互相隔绝的两大系统,它们互相影响,而且在发展过程中还时常会出现交合点。

对小说中多羼入诗文手法渊源关系的考察表明,这一现象并非突如其来,长期以来前人的创作示范与诗文插入比例的不断攀高,便是它的预前准备。瞿佑、李昌祺的创作使这一逐渐发展的文学现象令人瞩目地凸现,而纵观此后人们对《剪灯新话》与《剪灯余话》长时期的相继效仿,则可明白大量羼入诗文手法成为定式正是完成于瞿佑与李昌祺之手。不言而喻,一种定式的形成及其束缚力大小变化都是文人创作观念的一种反映,后者又与当时社会风气相适应。若忽略了这一角度的考察,就无法解释瞿佑与李昌祺何以采用多羼入诗文的手法。《莺莺传》高比例的羼入在唐宋传奇只属较偶然的尝试,而瞿佑独有意仿效它却非一时的心血来潮,其友桂衡对此还大加赞赏:"但见其有文、有诗、有歌、有词,……信宗吉于文学而又有余力于他著者也"③,即完全作为一种长处而充分肯定,他的传奇小说《柔柔传》想必也如此写来。钱谦益则言:"宗吉风情丽逸,著《剪灯新

---

① 鲁迅:《坟·宋民间所谓小说及其后来》。
② 瞿佑:《剪灯新话序》。
③ 桂衡:《剪灯新话序》。

话》及《乐府歌词》,多偎翠倚红之语,为时传诵。"①《剪灯新话》中的"多偎翠倚红之语"主要指羼入的诗文,故而钱谦益将《剪灯新话》与《乐府歌词》两书并列,而"为时传诵"则表明了当时士人读者群对它们的欢迎。这情形在正统七年(1442),国子监祭酒李时勉要求禁毁小说的奏章中也有反映:"不惟市井轻浮之徒",就连"经生儒士"也因嗜读《剪灯新话》等小说而"多舍正学不讲",且"争相诵习","日夜记忆"。在封建时代里,诗文是正统的文学,至于小说,一句"子不语怪、力、乱、神",②早已将它归诸文学之末流,一些作家在公开场合也常违心地将自己的创作称为雕虫小技。然而,借小说以显露诗才却似又可另当别论。永乐朝的状元曾棨阅读《剪灯余话》时,就没有因为它是小说而鄙薄,相反是"乃抚掌曰:'兹所谓以文为戏者非耶?'辄冠以叙,称其秾丽丰蔚,文采烂然。"③李昌祺的同年,时任翰林侍讲的王英读后则称:"昌祺所作之诗词甚多,此特其游戏耳。"④另一位同年,刑部主事刘敬则评论说:"此特以泄其暂尔之愤懑,一吐其胸中之新奇,而游戏翰墨云尔"。⑤据此,可以将李昌祺的创作观概括为"以文为戏",即创作传奇小说既可自娱、娱人,又可试笔逞才,时人读此书后虽也惊叹他博闻广见,但特别称赞的并非情节构思或人物形象塑造,而是"潄艺苑之芳润,畅词林之风月,锦心绣口,绘句饰章"。⑥与当时文坛风气相适应是小说创作大量羼入诗文的重要原因之一,而对瞿佑、李昌祺来说,除了显露诗才的动机之外,同时也含有当社会舆论鄙薄小说之时,借助正统文学之力,以较温和合法形式提高小说地位的意味。自瞿佑、

---

① 钱谦益:《列朝诗集小传》乙集"瞿长史佑"。
② 《论语·述而》。
③ 李昌祺:《剪灯余话序》。
④ 王英:《剪灯余话序》。
⑤ 刘敬:《剪灯余话序》。
⑥ 刘敬:《剪灯余话序》。

李昌祺之后,作品中"多羼入诗词"便成了明代初、中期文言小说创作的重要特点之一,"其甚者连篇累牍,触目皆是,几若以诗为骨干,而第以散文联络之者。"① 然而,尽管那些诗文倍受时人称赞,小说的地位在实质上并未被提高,反而是将其自身弄得文体混杂,体例不纯。

可是,这些体例混杂的作品却对明代文言小说的创作产生了不小的影响,当我们阅读明中叶的中篇传奇时尤可强烈地感受到这一点。那些作品篇幅比以往长得多,诗文羼入的比例也常更高,它们的创新之意却不多,情节构思基本上都是在模仿瞿佑的《联芳楼记》、《秋香亭记》与李昌祺的《贾云华还魂记》。较早出现的《钟情丽集》等作模仿得最为明显,但也含有某些不同,随后的作品也是基本骨干不脱俗套,同时又在模仿过程中渐渐显示出变化。这些变化多为适应市民口味出发,故而作品格调逐渐低下,文字也渐涉淫秽,而作品中大量诗文的插入,则正如曹雪芹所批评的那样:"不过作者要写出自己的那两首情诗艳赋来"。② 从这种模仿中可以看到明初的《剪灯新话》与《剪灯余话》对后来创作的影响,而在瞿佑与李昌祺的作品中,其实也有不少本来就是模仿而成的。瞿佑的《天台访隐录》是在模仿晋代陶渊明的《桃花源记》,《申阳洞记》在模仿唐代无名氏的《补江总白猿传》,《秋香亭记》则是在模仿唐代元稹的《莺莺传》,而李昌祺的《至正妓人行》是在模仿唐代白居易的《琵琶行》,《贾云华还魂记》则是在模仿元代宋梅洞的《娇红记》与明初桂衡的《柔柔传》。整篇的模仿尚不止这些,在其他各篇中,搬用前人作品中情节的现象也时常可见。当然,在这两部小说集中,并不是所有的作品都是模仿的产物,就明代的文言小说而言,模仿而成的作品也只是其中的一部分,但由于这些作品的地位与影响,模仿确

---

① 孙楷第:《日本东京所见小说书目》。
② 曹雪芹:《红楼梦》第一回。

可看作是明代文言小说创作过程中曾出现过的重要特点之一。

这种情形恰好与通俗小说创作中改编手法的运用相对应，在通俗小说中，最先出现的《三国演义》、《水浒传》等作是改编型的作品，在它们的影响下，改编而成的作品在后来又接连不断地问世，这种状况直到明王朝即将灭亡时才有所改变。改编与模仿是不同的概念，但它们的本质意义却有一致之处，在这点上，明代的文言小说与通俗小说也表现出了某些共同之处。

第三节 "教化为先"的传统的确立

明代文言小说与通俗小说的另一显著的共同之处，便是大多数作者都相当强调作品向读者灌输封建思想的作用。在上一章中已讨论了明初文言小说创作中理学说教意味逐渐增强及其对后来创作影响的问题，这里对此不再作赘言，而是着重考察通俗小说方面的情形。首先，自然还是先对通俗小说的开山之作《三国演义》与《水浒传》作讨论，然后再分析它们在这方面对后来创作的影响。

不能否认，《三国演义》在反映战乱给人民带来的苦难，表达人民渴望安定统一，以及《水浒传》在描述官逼民反的严酷现实时，都表现出了作品较强烈的人民性，但同样不能否认的是，由于时代与阶级的局限，罗贯中与施耐庵创作时也不可避免地怀着这样的强烈动机，即通过历史故事的讲述，向读者灌输忠孝节义等封建伦理思想。《三国演义》十分强调封建的正统观，着意渲染诸葛亮等人之忠，歌颂刘、关、张三人之义，并且不遗余力地斥责董卓、曹操、司马懿等人的不臣之心。《三国演义》在嘉靖元年(1522)首次被刊印，而被刊印的重要原因之一，就是人们重视它在这方面的功用：

> 史氏所志，事详而文古，义微而旨深，非通儒夙学，展卷间，鲜不便思困睡。故好事者以俗近语，檃括成编，欲天下

之人,入耳而通其事,因事而悟其义,因义而兴乎感,不待研精覃思,知正统必当扶,窃位必当诛,忠孝节义必当师,奸贪谀佞必当去,是是非非,了然于心目之下,裨益风教,广且大焉。①

经史只有"通儒夙学"阅读,而通俗小说却可以使"天下之人"为读者,而且是通过形象生动的故事使人们"悟其义","是是非非,了然于心目之下"。封建统治者正是看中了这一点,才率先刊出了《三国演义》。后来,又有不少人不断地宣传这一观点,如明末时的东山主人就写道:"倘鉴于此,人人顺时安命,不为邪说之所动摇,斯演义之益,岂不甚伟!"②

至于《水浒传》,作者虽痛恨贪官污吏,同情被逼上梁山的英雄,但他却又将忠于封建朝廷视为第一要义。在他笔下,不仅宋江等人是"望天王降诏,早招安,心方足",就连反抗较为坚决的阮氏兄弟也在唱着"忠心报答赵家官"之类的曲儿。明代的大涤余人曾对施耐庵作《水浒传》的动机作了分析,他写道:"自忠义之说不明,而人文俱乱矣。人乱则盗贼繁兴,文乱则邪说横恣,识者有忧之",这是施耐庵创作的大背景;"正史不能摄下流,而稗说可以醒通国"则是他采用通俗小说的形式的原因。从这两点出发,大涤余人又发挥道:

> 百年树人,匪伊朝夕。急则治标,莫若用俗易俗,反经以正经。……《水浒》惟以招安为心,而名始传,其人忠义也;施、罗惟以人情为辞,而书始传,其言忠义也。所杀奸贪淫秽,皆不忠不义者也。道揆法守,讵不相因哉?故能大法小廉,不拂民性,使好男疾贫之类,无以为口实,则盗弭矣。③

---

① 修髯子:《三国志通俗演义引》。
② 东山主人:《云合奇踪序》。
③ 大涤余人:《刻忠义水浒传缘起》。

稍后的金圣叹对作品的理解与这位大涤余人有所不同,他认为施耐庵对于梁山好汉并不是同情歌颂,而是憎恶:

> 彼一百八人而得幸免于宋朝者,恶不知将有若干百千万人思得复试于后世者乎?耐庵有忧之,于是奋笔作传,题曰《水浒》,意若以为之一百八人,即得逃于及身之诛僇,而必不得逃于身后之放逐者,君子之志也。而又妄以忠义予之,是则将为戒者,而反将为劝耶?

总之,施耐庵作《水浒传》的目的,是"所以诛前人既死之心者,所以防后人未然之心也"。① 在对作品的具体分析上,大涤余人与金圣叹分别代表了两种对立的观点,然而,这两种观点尽管是互相对立,其成立前提却是完全一致,即认为施耐庵创作《水浒传》的目的是向读者强调与灌输"忠义"思想。

通俗小说中的第一个创作流派是讲史演义。如果说《三国演义》与《水浒传》主要是通过具体的描写使人感受到"教化"在作品中的地位,那么后来讲史演义的作者与评论家则常常在作品的序跋中声明与强调"著书立言,无论大小,必有关于人心世道者为贵"② 的原则,并告诉读者,这类作品并非是只供人玩赏,他们读后应该在思想教育方面也有所收获:"篡逆乱臣贼子,忠贞贤明节孝,悉采载之传中,今人得而观之,岂无爽心而有浩然之气者"。③ "严华夷之防,尊君臣之分,标统系之正闰,声猾夏之罪愆",④ 或者"读其词,绎其旨,令人忠义勃勃"⑤ 等等,这些都是作者们对作品影响的期望,同时他们也希望作品能产生

---

① 金圣叹:《第五才子书施耐庵水浒传序二》。
② 《隋炀帝艳史凡例》。
③ 王黉:《开辟衍绎通俗志传序》。
④ 陈氏尺蠖斋:《评释东西两晋演义序》。
⑤ 陈继儒:《叙列国传》。

"使奸人顶上猛着一针"①的效果。类似的作品序跋举不胜举,这些作家与评论家的反复强调,使得讲史演义创作中的"教化为先"的原则给人留下了十分深刻的印象,而他们在阐述作品的教化意义后又常会加上"当与《三国演义》并传"②之类的话,即点明了通俗小说创作中这一原则的确立者。

随着时代的变迁与读者、作者兴趣的转移,在讲史演义风靡一时之后,通俗小说中的其他创作流派也相继登台。可是,尽管题材的重点发生了变化,但"教化为先"的原则却仍然被后来的作家们所遵循。继讲史演义之后,最先出现的流派是神魔小说,其间所述荒诞怪异,但作者的主观目的却常是"穷人天水陆之幻境,阐道德性命之奥旨",③希望"观者有感,愿为忠良,愿为孝友,莫谓天道人伦不孚"。④他们编创神魔小说,仍然是含有"于世道人心,不无唤醒耳"⑤的动机与期望。到了明末清初交替之际,时事小说与拟话本又盛行于世。时事小说与讲史演义有着直接的血缘关系,它自然是"忠"、"孝"两字不离口。撰写《魏忠贤小说斥奸书》的吴越草莽臣在序中就明确指出,他著此书的"立言之意",是歌颂"诸臣工之忠鲠,勇于击奸",以及惩戒"奸谀之徒缩舌,知奸之不可为";而编写《新编剿闯小说》的无竞氏则认为自己的作品可"用以激发忠义,惩创叛徒,其于天理人心,大有关系"。⑥拟话本虽然对当时社会生活面的反映极其广泛,但其要旨始终是劝善惩恶,以期"说孝而孝,说忠而忠,说节义而节义",⑦总之是"以通俗语言,鼓吹经传"。⑧清初时,才子佳人小

---

① 锦城居士:《孙庞斗志演义跋》。
② 陈氏尺蠖斋:《评释东西两晋演义序》。
③ 烟霞外史:《韩湘子全传序》。
④ 世裕堂主人:《新编东游记序》。
⑤ 李云翔:《封神演义序》。
⑥ 无竞氏:《新编剿闯小说序》。
⑦ 无碍居士:《警世通言序》。
⑧ 钟离睿水:《十二楼序》。

说风行一时,尽管那些作品明明是在描写情意缠绵的青年男女的恋爱,然而作者还是仍然强调他们的创作目的是为了教育读者,因为"情定由此而收心正性,以合于圣贤之大道不难矣"。①清中叶以降,又出现了狭邪小说与侠义小说,前者着重描绘优伶与妓女的故事,然而其创作宗旨之一却是"有关风化,辅翼世教,可以惩恶劝善,可以激浊扬清焉";②后者"极赞忠烈之臣,侠义之士",作品中"烈妇烈女、义仆义鬟以及吏役平民僧俗人等,好侠尚义者不可枚举",其内容则又可用四句话作概括:"善人必获福报,恶人总有祸临;邪者定遭凶殃,正者终逢吉庇。"③

到了清末时,世风大坏,局势动荡,中国面临着亡国的危机,此时又出现了以抉摘弊恶自命的谴责小说。这些作品"揭发伏藏,显其弊恶,而于时政,严加纠弹,或更扩充,并及风俗",④反复地向人们灌输这样的思想:"夫今日者,人心已死,公道久绝",而他们写揭发卑污苟贱之事的小说,则是可"伸大义于天下,使若辈凛乎不敢犯清议"。⑤而梁启超竭力宣扬的"今后社会之命脉,操于小说家之手泰半"⑥的论点,更是加剧了当时以小说谋取直接的政治功利的倾向。虽然这时的作者所强调的已不一定全是劝善惩恶,要读者们努力学做忠臣孝子义夫节妇,但他们中的许多人自以为只有靠他们的小说教育大众才能救中国,这实在是把创作中"教化为先"的思想推至极端。

综上所述,应当认为"教化为先"几乎是从明初的《三国演义》与《水浒传》直至清末的那些作品的共有特点,尽管它们在不同时期、不同流派中表现的方式并不一致。当然,不能绝对地认

---

① 天花藏主人:《定情人序》。
② 栖霞居士:《花月痕序》。
③ 问竹主人:《忠烈侠义传序》。
④ 鲁迅:《中国小说史略》第二十八篇"清末之谴责小说"。
⑤ 无名氏:《官场现形记序》。
⑥ 梁启超:《告小说家》。

为所有的明清通俗小说都是如此。曹雪芹在《红楼梦》第一回中曾称,他撰写此书的目的,是希望读者"当那醉淫饱卧之时、或避时去愁之际,把此一玩,岂不省了些寿命筋力?"其创作动机固然不能片面地理解为即是如此,但是这部作品没有将灌输某种教义为第一要旨却完全可以断定。另外,有些作者自称其创作目的是教育读者,但实情却未必如此。如有的淫秽小说作者这样宣称:"余将止天下之淫,而天下已趋矣,人必不受。余以诲之者止之,因其势而利导焉,人不必不变也"。① 说得似乎振振有辞,但作品津津乐道于床笫闺帏,足证这种声明全是一派鬼话。不过,那些不甚强调封建思想灌输的作品毕竟只是少数,因此还是应该承认,"教化为先"是明清通俗小说创作中的重要传统。

如前所述,通俗小说创作中"教化为先"传统的形成与确立,与它的开山之作《三国演义》、《水浒传》的率先示范有着极为密切的关系。这一传统的形成有其历史原因。在唐代时,传奇创作虽然"大归则究在文采与意想",但不少作品已含有"谈祸福以寓惩劝"② 的内容,如那最著名的《莺莺传》,作者写作的目的之一就是"使知者不为,为之者不惑"。宋时理学兴起,于是也相应地产生了"小说非含有教训,便不足道"③ 的观念。这些都是通俗小说创作中形成"教化为先"传统的预前准备,而从《三国演义》、《水浒传》开始的这一传统之所以能得以确立并不断强化,则又与当时的社会环境以及作者的思想状态有关。明太祖朱元璋登基伊始,便明确地宣布了他的基本国策:"朕恒谓治国之要,教化为先",因此他认为"致治在于善俗,善俗本于教化。教化行,虽闾阎可使为君子;教化废,虽中材或堕于小人"。④ 于是,有利于对各阶层民众实行精神奴役的程朱理学便被统治者定为

① 憨憨子:《绣榻野史序》。
② 鲁迅:《中国小说史略》第八篇"唐之传奇文(上)"。
③ 鲁迅:《中国小说的历史的变迁》。
④ 黄佐:《南雍志》卷一。

官方哲学,成为我国思想界的统治思想。清代的情形亦复如此,清初的康熙帝就曾宣称:要"正人心,厚风俗",就必须"崇尚经学"与"严绝非圣之书"。① 封建统治者甚至还开动了国家机器,向人们强行灌输程朱理学,这种巨大的压力是迫使通俗小说创作走上"教化为先"道路的外在因素。

在另一方面,从罗贯中、施耐庵开始,通俗小说的作者一般都是不甚得意的文人,困于场屋者居多,获有一官半职者极少,可是自幼接受的教育及其社会地位,却使他们很难摆脱程朱理学思想的羁绊。有些作者真诚地相信,撰写通俗小说的目的就应该是鼓吹经传,因为"经史之学,仅可悟儒流,何如此作,为大众慈航也"。② 另有些作者对社会现实有着种种不满与评判揭露,但是一涉及封建伦理纲常,却又总是毫不犹豫地加以维护,于是在他们的作品中,进步的精华与陈腐的说教往往是混杂在一起。正是上述的因素内外结合,使得"教化为先"的传统不仅能在通俗小说创作中得到确立,而且还使其能长时期地保持甚至强化。然而可悲的是,即使如此,通俗小说仍遭到了封建卫道士的斥责与仇视,时被禁毁。这是因为作家们在创作时,又须遵循艺术创作的原则,特别是那些杰出的作家,总是力图更深更广地概括现实,力图反映出时代的生活与人民的情绪。这些作品程度不等地批评了社会现实中的卑污与黑暗,揭露了某些封建统治者的残暴虚伪与奸诈贪婪,抨击了一些政治制度的不合理(如扼杀人才的科举制度),并正面歌颂了人民群众品行的高尚。尽管作者的主观愿望或仍是为了维护封建的政治统治与道德风化,但是广大读者却可由那些形象的故事得出自己的带有否定性的感受,而以上这一些,正是封建卫道士们所不能容忍的。

---

① 《大清圣祖仁皇帝圣训》卷之八"圣治"之三,转引自王利器所辑《元明清三代禁毁小说戏曲史料》。
② 睡乡祭酒:《连城璧序》。

最后还需要指出,《三国演义》与《水浒传》虽是"教化为先"传统的最先确立者,并对后来的创作产生了很大影响,但它们却不是作生硬说教或思想灌输的作品。修髯子论及《三国演义》的阅读时曾说:"人耳而通其事,因事而悟义,因义而兴乎感",因此"不待研精覃思",就能做到"是是非非,了然于心目之下"。[①] 也就是说,作品提供了感人的艺术形象与故事情节,使读者在欣赏过程中产生了共鸣,从而进一步由此观照自我与社会,并引起更多的思索,简言之,是通过寓教于乐的方式体现了作品的教育功能。明清通俗小说中能较好地做到这点的作品并不很多,不少作品往往只是在图解封建伦理道德,另有一些则常在矛盾冲突十分尖锐时,硬装上了违反人物性格与故事情节逻辑发展的,但却符合封建纲常的结局。对"教化为先"的强调已至极端,作品的教育功能被拔高到了不恰当的位置,通俗小说的创作也因此受到相当严重的伤害。这是罗贯中、施耐庵所未能想到的局面,当然,他们对此也无须承担责任。

至此,我们已讨论了明初小说创作的状况,也讨论了它与先前小说创作之间的渊源关系,以及它对后来创作的影响。总的来说,在洪武、建文、永乐与洪熙四朝五十八年中,新出现的小说并不多,然而在通俗小说中有《三国演义》与《水浒传》,文言小说中有《剪灯新话》与《剪灯余话》,这足以表明明初的小说创作已达到相当高的成就,也就是说,明代的小说创作是从一个良好的开端步入了自己的发展历程。若按常理推测,紧随其后的应是兴旺发达的景象,可是实际的情形却正相反,小说创作反而进入了长达一个多世纪的萧条期。这是因为创作并不纯然是作家个人的事,它要受到社会生活中诸多因素的制约,其实就是作家自己,又何尝不是时代的产物呢?就明代小说的发展而言,它得经过这长时期的几为空白的状态之后才慢慢地复兴,并逐步走向

---

① 修髯子:《三国志通俗演义引》。

繁荣,可是对明代小说史的研究来说,却不能因为创作的空白而相应地留下一段研究的空白,相反,该空白将引出许多很有价值的研究课题,而关于它们的具体探讨,则是下一编中的主要内容。

第二编　萧条与复苏

（宣德至正德七朝　1426—1521）

小　引

从宣德朝开始,明王朝的统治进入了相对稳定的时期。由于明仁宗实际在位时间只有九个月,因此明宣宗得以享有太平,在很大程度上应归功于他的祖父,即明成祖朱棣。自从起兵从建文帝手中夺得帝位以来,明成祖在二十余年里一直为巩固明王朝的统治而忙碌。他曾五次率军深入塞北大漠征讨蒙古各部落,减轻了来自北方的威胁;他将首都从南京迁到北京,以保证对北部、西部地区控制的加强,同时还为此建立了规模巨大的漕运体制;他组建了新的内阁,使之成为皇帝与官员之间的联系桥梁,从而弥补了明太祖取消宰相之后行政结构上的缺点;他六次派郑和率领庞大而威严的船队出访"西洋"诸国,并又采取了其他各种措施,使四方各国派使臣来"天朝"纳贡称臣。明太祖与明成祖打下的基础,使得明宣宗以及后几代君主能够较容易地维持着明帝国的统治。

明太祖与明成祖是创业者,他们经受过长期的军事、政治斗争的磨炼,对世风民情也较为了解。作为守业者,自明宣宗以下几代君主的情形却是大不相同。他们从小在宫中长大,接受着儒学以及各种相关的典章礼仪教育,为日后继承帝位作准备,除了明英宗愚蠢的亲征与明武宗荒唐的南巡之外,他们没有离开过北京,甚至不出皇宫的大门,因此对全国的实际情况十分隔膜,更何况其中好几个人都是小小年纪就当上了皇帝,他们很难理解需要处理的各种事件的意义。明宪宗与明孝宗登基时都只有17岁,明武宗是15岁,而明英宗则只有8岁,实际处理朝政的其实往往是文官集团与宦官集团。这两大集团相互争斗又互有联系,他们维持着国家机器基本正常运转的状况,同时也为自己攫取了巨大私利。在宣德、正统、景泰、天顺、成化、弘治与正德这六帝七朝的106年间,除了明英宗的被俘与复辟,以及初期汉王朱高煦与末期宁王朱宸濠的叛乱外,也不再有什么特别重大的事件发生。然而,就在这天下太平的表象之下,各种社会矛盾正在逐渐尖锐,吏治日见腐败,国力也越来越虚弱。另外还需提及的是,明初被封建统治者强行抑制的商人阶层,在这一百余年里极其缓慢却又异常顽强地逐渐恢复与发展自己的力量,它的势力的膨胀将在以后引起世风的急剧变化,从而影响到社会生活的各个方面。总之,这一历史时期是平静中孕育着不安定,若将嘉靖朝以后的情况与明初洪武、永乐年间相比,便可发现无论是在政治、经济或意识形态方面都发生了巨大变化,而从宣德朝到正德朝这一百余年,正是衔接那差异极大的两者的过渡阶段。

当然,自宣德以下七朝还各自有着具体的不同特点,史学家作研究时就未必将它们归为一个阶段。可是本书研究的对象是明代的小说发展,划分阶段的依据是小说创作的起伏态势,而在这一百余年里,小说创作呈现出一个显著的共同特点,那就是萧条。在这期间,文言小说创作自《效颦集》后长时期地几无新作出现,直到成化末年才有一部《钟情丽集》。弘治、正德年间,文言小说创作开始呈现复苏景象,但那时为数不多的作品中,其实有相当一部分只能视为"准小说"。通俗小说萧条的程度尤甚,据目前所知,这一阶段中的创作竟是一片空白。事实上,这段空白持续的时间还要长得多。《三国演义》与《水浒传》等作品约问世于洪武初年,而其后最先出现的通俗小说则是郭勋授意其门客撰写的《皇明开运英武传》。这部作品约成书于嘉靖十六年,与罗贯中、施耐庵的创作相距170年,而且,在整个嘉靖朝新出现的通俗小说也只有屈指可数的几部。因此可以认为,通俗小说创作的萧条期实际上长达近二百年。

这是明代小说史,甚至是中国小说史上的奇特现象。明初时《三国演义》、《水浒传》以及《剪灯新话》、《剪灯余话》的问世,表明明代小说是从一个很高的起点上开始自己的发展历程。如果参照其他文学体裁的发展规律,此后明代的小说创作应该迅速地日益繁荣才合乎情理,可是为什么我们面临的事实却恰恰相反呢?

明初那些作品的存在,足以证明造成这一局面的责任并不在于作者。即使供案头阅读的通俗小说是新出现的文学体裁,但最困难的开创性工作已经由罗贯中、施耐庵完成,而且像《三国演义》、《水浒传》那样规模宏大的长篇小说都能问世,撰写通俗小说不应再是特别艰巨的事。退一步说,在嘉靖、万历期间,出现了不少仅仅只是将已有的平话、史籍作缀联辑补式的通俗小说。这并不是什么高难度的工作,就连一些文化修养不甚高的书坊老板都能成为高产作家。因此,撰写通俗小说在作者创作能力方面并不存在问题。

责任同样不在于读者,他们并没有拒绝小说这一文学样式。正统年间,国子监祭酒李时勉在一份奏章中说,《剪灯新话》等作品传播后,人们是"争相诵习",甚至"经生儒士,多舍正学不讲,日夜记忆,以资谈论"。作为新兴文学体裁的通俗小说,尽管那些作品在长时期内未能出版发行,广大普通群众一时还无缘与之接触,但至少见到此书的士人们的反应是极其热情的。弘治年间庸愚子为《三国演义》作序时就提到,这部作品问世以来,士人们是"争相誊录,以便观览"。为了阅读,他们竟愿花这样大的气力抄录长篇巨著,自魏晋以来,似乎还没有一部小说能得到如此之高的荣誉,通俗小说能够赢得读者也是无可怀疑的。

既然作者有能力撰写,读者也喜爱阅读,那么为什么发展起点已经相当高的明代小说创作,突然又长时期地裹脚不前了呢？许多年来,明代小说史上的这段"空白"被有意无意地忽略了,特别是当人们将主要精力集中于研究具体的作家与作品时,这段"空白"也难以成为研究的对象。可是如果要考察整个明代小说的发展状况,对这段"空白"就不应该,而且也无法回避,因为这不仅会造成小说史研究的相应"空白",而且还会影响对明代小说整个发展线索的正确把握。

由于缺乏具体的作家和作品,对"空白"的考察显然不能搬用以往的小说研究方式,它迫使我们扩大研究视野,从更广泛的方面去探寻与筛滤与此相关的各种社会因素。正如任何历史现象的形成总有着多方面的原因一样,明代小说的发展之所以在本阶段处于长期停滞的状态,其实也是由社会的、政治的、经济的与文化的各种因素的综合影响所决定的,而本编的任务,则是找出那些重要的、有直接关系的因素逐一分析,并考察文言小说创作在本阶段末期开始的复苏。

第四章　政治高压下的生存危机

　　任何时代的小说创作都发生于一定的社会环境与政治氛围之中，并且不可避免地受到了它们的约束。这种约束始终是决定不同历史阶段小说创作特点的重要因素之一，如同样是传奇，唐人创作多描摹现实，"叙述宛转，文辞华艳"，"而大归则究在文采与意想"；① 然而宋人作品"大抵托之古事，不敢及近"，"其文平实简率，既失六朝志怪之古质，复无唐人传奇之缠绵"。② 文体同一而风格迥异，其原因正如鲁迅先生所分析："宋时则忌讳渐多，所以文人便设法回避，去讲古事。加以宋时理学极盛一时，因之把小说也多理学化了。"③ 不仅各个历史阶段小说创作特点的形成与这种约束力有关，而且从不同体裁的小说创作的盛衰起伏中，也同样可以看到这种约束力的有力影响。如论及唐传奇勃兴的原因时，中晚唐尤为盛行的"温卷"风气的促进作用便不可忽视："唐世举人，先借当时显人以姓名达主司，然后投献所业，逾数日又投，谓之'温卷'，如《幽怪录》、《传奇》等皆是也。盖此等文备众体，可见史才、诗笔、议论。"④ 唐传奇作者队伍的扩大与作品的渐多，显然与这种体现整个社会氛围的"温卷"风气有着很大的关系。宋代也有类似的例证。吴自牧的《梦粱录》与周密的《武林旧事》都曾记载了赵宋最高统治者对"说话"伎艺的喜爱，明时冯梦龙在整理编辑宋元话本时也写道："仁

---

① 鲁迅：《中国小说史略》第八篇"唐之传奇文（上）"。
② 鲁迅：《中国小说史略》第十一篇"宋之志怪及传奇文"。
③ 鲁迅：《中国小说的历史的变迁》。
④ 赵彦卫：《云麓漫钞》卷八。

寿清暇,喜阅话本,命内珰日进一帙,当意,则以金钱厚酬。于是内珰辈广求先代奇迹及闾里新闻,倩人敷演进御,以怡天颜。"①封建统治者的本意只是为了满足自己的娱乐需求,但其举措却含有倡导激励的意味,这对宋代话本创作的繁荣来说不啻是一种强刺激。此类例子尚有不少,这里不再一一赘列,而本章将要着重描述与分析的,恰是另一种完全相反的情形,即社会环境与气氛如果不是宽松鼓励,而是峻峭肃杀,那么小说创作就会在重压下举足不前。在这方面,本阶段的创作状况提供了自小说有史以来的第一个十分典型的例证。

第一节 明初文学创作的概况与氛围

本阶段的小说创作状况可以用两个字作概括,那就是"萧条"。现有的文献表明,专供案头阅读的通俗小说在这期间未曾有新作问世,诉诸听觉的话本或许出现过一些新作,但目前也没有表明它们曾经存在过的证据,这意味着本阶段通俗小说领域出现了长时期的创作空白;文言小说在本阶段前半期只是疏落地有几种,直到后半期才逐渐形成了创作复苏的态势。当然,创作萧条局面的形成是多种因素综合作用的结果,而其中最引人注目的,则是那时封建统治者对意识形态领域的严酷的高压控制。其实早在上一阶段,随着军事、政治形势的逐步稳定,这种严酷的高压控制业已开始并又不断地强化,那时的小说创作在实际上也已经受到了它的影响。若将那些作品按时间顺序作一排列,便可发现《三国演义》、《水浒传》与《剪灯新话》等重要作品都在入明后不久问世,而其后的作品则是寥寥无几。很显然,本阶段小说创作的萧条并不是突然发生的现象,因此我们的相关分析也应该从明初开始。

---

① 绿天馆主人:《古今小说序》。

明太祖朱元璋以武力统一了中国，他为了巩固朱姓王朝的统治与维护自己的帝王尊严，在立国后一批又一批地杀戮功臣，同时还处决、监禁或放逐了大批被认为是不甚驯服的文士。那些著文批评政治弊端或言及宫闱秘事的士人自不必说，有的人甚至仅仅因为在诗文中不慎用了"则"、"生"与"殊"等字而招来了杀身之祸，原来朱元璋将它们看作是"贼"、"僧"与"歹朱"，认为写这些字就是有意在影射、讥讽自己。朱元璋还钦定了《大诰》，规定有十条"罪状"是"罪至抄劄"，其中第十条便是"寰中士夫不为君用"，① 于是中国士大夫传统的"隐"的权利也被强权剥夺了。为显示皇权的绝对性与造成巨大的威慑力，明成祖朱棣在运用严酷手段进行统治方面也丝毫不亚于其父。当时的叶子奇在《草木子》中论及明初的政治气氛时写道："京官每旦入朝，必与妻子诀。及暮无事则相庆，以为又活了一日。"这一描述，很可以使我们体会到那时稍有触犯，刀锯随之的恐怖情景与氛围。虽然在蛮横、凶残、网罗面广与铲除彻底等方面，明初的文字狱尚不及清初，但那时的文网仍是十分森严可怖，足以使文士们噤若寒蝉。朱元璋虽是半辈子东征西讨，仅是粗通文墨，但却也在政治斗争的磨炼中懂得了"武定祸乱，文致太平"的道理，因而登基伊始，就定下了教化、善俗、致治的治国要策。他命令全国的府、州、县都必须设立儒学，并要求各地学校"一以孔子所定经书诲诸生"，其他的书则是"宜戒勿读"。② 对于科举考试的规定是"专取四子书及《易》、《书》、《诗》、《春秋》、《礼记》五经命题试士"，而且应试之文必须"略仿宋经义，然代古人语气为之，体用排偶，谓之八股，通谓之制义。"③ 以八股取士的制度不仅加强了思想和文化的专制统治，在文学领域也助长了形式主义

---

① 《明史》卷九十三。
② 黄佐：《南雍志》卷一。
③ 《明史》卷七十。

的恶性发展。一旦被伴以酷刑强力推行儒学的阴冷气氛所环绕,任何文学作品都必定要失去它原来应有的生气。在那样的时代里,不只是小说创作陷入了萧条状态,其他的传统文学体裁的创作也同样地不景气,明前期各种文学的优秀作品几乎都集中在元明两朝更迭之际,便是诸体裁的创作在入明以后逐渐步入发展停滞阶段的证明。很显然,将小说创作置于当时整个文学创作的背景下作考察,将有助于对它从高峰跌落至低谷的原因的探讨。

诗文是我国传统的、处于正宗地位的文学样式。在明之前,元代是诗文创作光彩黯淡的时期,其成就远不能与唐、宋时比肩,不过在元末天下大乱时,毕竟还出现了王冕、杨维桢等一些优秀的作家。入明以后,诗文创作并没有在这基础上健康地向前发展,相反人们看到的是著名的文坛领袖相继遭到迫害。被誉为"开国文臣之首"的宋濂算是其中的幸运者,朱元璋原打算将他处死,后因马皇后绝食相争才改判为流放。号称"吴中四杰"之冠的高启因赋诗与作《上梁文》触怒了朱元璋,竟被处于腰斩的酷刑。赵翼《瓯北诗话》论及高启时曾说,"有明一代诗人,终莫有能及之者",他的被杀是明代诗文创作的无可弥补的损失。其他的著名诗人也多未能逃脱厄运。苏伯衡被赐死,孙蕡与黄哲被杀,张羽与赵介在被捕入京途中,一自杀,一病死,瘐死狱中的则有王偁、谢肃、徐贲诸人,而以《白燕》诗名噪诗坛的袁凯,靠着机智地装疯才总算免遭杀害。明成祖统治时期的情形依然如此,方孝孺被杀时还株连十族,便是朱棣以严酷手段镇压不愿赋诗作文以歌功颂德的文人的典型表现。"见说炎州进翠衣,网罗一日遍东西。羽毛亦足为身累,那得秋林静处栖。"这首诗颇能显示当时文人在森严文网下惶恐、苦闷的心情,不过守仁因为写了这一首诗,也就难逃一死了。① 在那种令人窒息的僵

---

① 郎瑛:《七修类稿》卷三十四。

硬控制下,只有以杨士奇、杨荣、杨溥为代表的,将应制、称颂作为主要内容的"台阁体"诗派才能被认可容纳。该诗派自称词气安闲,雍容典雅,实际上是陈陈相因,极度平庸乏味,可是它由于适合当时的社会环境与气氛,从明初到中叶竟流行了一百余年。稍后的以李东阳为代表的茶陵诗派号称宗法杜甫,但主要是从音调法度着眼,其创作仍未脱台阁体气息。在那时,士人们先是专攻四书五经,学写八股文,对于其他的书则是按朱元璋"宜戒勿读"的训示置于一旁,以至于当时有《史记》、《汉书》、《文选》,"此三书熟其一,足称饱学"①的说法。当那些人靠八股文博取功名以后,他们便开始学写台阁体诗,互相应酬,以显示风雅。这样的风气弥漫于文坛之时,诗文创作又怎会有新鲜活泼的生气呢?

　　与小说有密切血缘关系的戏曲创作的发展,也出现了类似的行进轨迹。元代的杂剧与南戏曾经谱写了中国戏曲史上的辉煌一页,可是入明以后,戏曲创作也出现了长时期的萧条。对于戏曲这一文学样式,明代统治者并不是一概地排斥打击,只要作品有利于封建统治,他们就会由衷地欢迎。如朱元璋十分赞赏高明的《琵琶记》,并将它比喻为富贵人家不可缺少的山珍海味,其原因就是高明以"不关风化体,纵好也徒然"为创作宗旨,而且在剧中还宣扬了"子孝共妻贤"等封建的伦理道德观念。又如,当被封为藩王的儿子前往自己的藩所时,朱元璋也常常赏赐些词曲本,目的是借此陶冶他们的性情,消弭他们的政治野心,从而有利于封建统治的安定。可是在另一方面,对于那些可能有害于巩固封建专制统治的戏曲创作及其传播,朱明王朝一律给予极为严酷的打击。洪武二十二年(1389)三月十五日,朝廷颁布的榜文就警告道:

---

① 周晖:《续金陵琐事》下卷"书低"。

在京军官军人,但有学唱的,割了舌头。倡优演剧,除神仙、义夫节妇、孝子顺孙、劝人为善及欢乐太平不禁外,如有亵渎帝王圣贤,法司拿究。①

这并非只是口头上的恫吓,明初的司法机构确实在认真地执行朝廷的指示,如府军卫千户虞让的儿子虞端,仅仅是因为"吹箫唱曲",就被处以"将上唇连鼻尖割了"这样的酷刑,② 即使其父正担任正五品的军事要职也无法使他幸免。在明代还曾流传过这样的轶闻:"明太祖于中街立高楼,令卒侦望其上,闻有弦歌饮博者,即缚至倒悬楼上,饮水三日而死。"③ 该传说之真伪现已难考,但它与明初统治者的政策以及当时的社会气氛却是相吻合的。

永乐九年(1411)七月一日,朝廷又颁布了更为严厉的命令:

今后人民、倡优装扮杂剧,除依律神仙道扮,义夫节妇,孝子顺孙,劝人为善,及欢乐太平者不禁外,但有亵渎帝王圣贤之词曲、驾头、杂剧,非律所该载者,敢有收藏、传诵、印卖,一时拿送法司究治。奉旨:"但这等词曲,出榜后,限他五日,都要干净将赴官烧毁了,敢有收藏的,全家杀了。"④

只是因为吹箫唱曲就被处以"将上唇连鼻尖割了"的酷刑,而仅仅因为由于收藏、传诵或印卖"亵渎帝王圣贤之词曲、驾头、杂剧"的刊本,竟更要遭到满门抄斩的厄运。这种残忍野蛮的高压手段简直令人发指,然而在朕即国家、朕即法律的封建专制年代,特别是在明初那恐怖的氛围之中,却又被认为是理所当然的。明代人在载录这些榜文时还以赞赏的口气写道"国初法度

---

① 董含:《三冈识略》一"本朝立法宽大"。
② 顾起元:《客座赘语》卷十"国初榜文"。
③ 李光地:《榕树语录》卷二十二。
④ 顾起元:《客座赘语》卷十"国初榜文"。

之严如此,祖训所谓顿挫奸顽者。后一切遵循律诰,汤网恢恢矣"。①

与洪武年间的榜文相比,这次明成祖的命令有着明显的不同之处。首先,前者的禁令主要是对演出内容的规定,而这次则是扩至各种词曲刊本的印刷、销售、传诵与收藏诸方面,也就是说,那些可能导致传播的各个环节已被全部卡死。其次是处罚更为严厉。前一次对于违律者只是说"法司拿究",量刑则将根据具体情形而定,而永乐间的规定却是极干脆的"全家杀了"。两次榜文间的差异,显示了明初统治者对意识形态领域控制的不断强化,而对戏曲创作的题材内容作强制性的限定则是它们的共同之处,即只允许歌颂天子圣明、颂扬天下欢乐太平,或表彰义夫节妇、孝子顺孙,以及寓惩戒意义的神仙故事。超出此范围便是犯罪,必将遭到严惩。在这样的社会环境与氛围中,还怎能指望戏曲界会产生优秀的作品?于是很自然的,戏曲创作便从元代的繁盛,走向了自明初开始的萧条。投身戏曲的作家顿然锐减,正如后来的何良俊在《四友斋丛说》中所言:"祖宗开国,尊崇儒术,士大夫耻留意辞曲。"在很长的时间里,作品数量不仅相对说来不多,且带有浓重的说教色彩或粉饰太平的意味。《关云长义勇辞金》宣扬的是"人之有生,惟忠孝者为始终之大节";② 将刘盼春、李妙清的事迹搬上舞台,目的是表彰其"能守志,贞洁不污",③ "不泯其贞操,而为劝善之一端";④ 作《河嵩神灵芝庆寿》是为了"以答荷社稷河嵩之恩眷,以庆喜圣世明时之嘉祯";⑤ 而《吕洞宾花月神仙会引》的写成,纯粹是要"抑扬

---

① 顾起元:《客座赘语》卷十"国初榜文"。
② 朱有燉:《关云长义勇辞金引》。
③ 锦窠老人:《刘盼春守志香囊怨序》。
④ 朱有燉:《李妙清花里悟真如引》。
⑤ 全阳老人:《河嵩神灵芝庆寿引》。

歌颂于酒筵佳会之中,以佐樽欢畅于宾主之怀",① 即朝廷榜文所说的"欢乐太平"之意。在那一阶段中,得到官方舆论充分肯定的,则是如同邱濬的《伍伦全备记》与邵灿的《伍伦香囊记》这类图解封建伦理道德、着意宣扬忠孝节义的作品。戏曲创作萧条的局面,一直持续到正德年间才逐渐有所改观,从时间上看,这基本上与明代小说的发展处于停滞状态的阶段相吻合,而如前所言,就在这同一时期里,具有一千多年优秀传统的诗文,也沦落为颂圣、应酬的工具,它同样是在弘治、正德年间,才逐渐地恢复了生机。这三种文学体裁的创作都走过了一个经萧条至复兴的历程,其盛衰起伏在时间上的基本一致证明了一个事实,那就是封建统治者在文化思想领域的高压专制政策,给整个文学创作都带来了巨大灾难。

与供案头阅读的通俗小说有着直接的血缘关系的说书,在这一时期的发展也同样是异常艰难,其处境甚至还不如戏曲。封建统治者并没有禁止这种以诉诸听觉为目的的通俗小说的流行,就连最高统治者也时常要以听说书来消遣取乐,但他们对于说书人却是极端地贱视,这只要读读明人笔记中有关朱元璋与说书艺人关系的记载便可明白:

> 太祖令乐人张良才说平话,良才因作场,擅写省委教坊司招子,贴市门柱上。有近侍人言太祖,曰:"贼人小辈,不宜宠用。"令小先锋张焕缚投于水。②

张良才何罪之有,他只不过是按说书人的惯例,在演出前贴了一张海报而已,可是这也会招来绑缚手脚,投入河中活活淹死的酷刑。

另有一则关于朱元璋看说书艺人堕水为乐的记载,也颇能

---

① 全阳子:《吕洞宾花月神仙会引》。
② 顾起元:《客座赘语》卷六"平话"。

显示当时他们的地位与遭遇：

> 陈君佐，扬州人，善滑稽，太祖爱之。尝令说"一字笑话"，请俟一日，上许之。君佐出寻瞽人善词话者十数人，诈传上命。明日，诸瞽毕集，背负琵琶。君佐引之见上，至金水桥，大喝曰："拜！"诸瞽仓皇下跪，多堕水者，上不觉大笑。①

以说书艺人的生命来博得帝王的一笑，这种娱乐方式不用说是够残忍的，而说书艺人被如此贱视，其实也正反映出这类通俗小说在封建统治者心目中的地位的低下。

说书艺人不仅为封建统治者所贱视，同时他们说书的内容也受到了严格的限制。"亵渎帝王圣贤"的说书自然是要遭到严惩，而且演出时模拟帝王圣贤的口吻也在当禁之列。《大明律》曾经对戏曲的演出作过这样的明文规定：

> 凡乐人搬做杂剧戏文，不许装扮历代帝王、后妃、忠臣、烈士、先圣先贤神像，违者杖一百；官民之家，容令装扮者同罪。

毫无疑问，说书艺人在演出时同样不得违反此律。在后来的嘉靖、隆庆年间，王世贞的儿子王士骕就曾经因奴仆胡忠说平话时违反这一条而被关进了大狱：

> 凤洲有奴胡忠者，善说平话，酒酣辄命说列传解颐，每说唐明皇、宋艺祖、明武宗，辄自称"朕"，称"寡人"，称人曰"卿"等，自古已然。士骕携忠至酒楼说书侑酒，而间阎辄闻者辄曰："彼且天子自为。"以是并为士骕罪。②

当然，王士骕被捕入狱的原因并不止于此，不过由于他是高级官

---

① 都穆：《都公谈纂》卷上。
② 褚人获：《坚瓠集》辛集卷二"豪放贾祸"。

僚的子弟，于是后来在诸阁老的斡旋下，事情也就大事化小，小事化了了。但是通过这件事也可以看到，即使在封建统治者对文化思想领域的控制逐渐力不从心，社会气氛较为宽松的嘉靖、隆庆时期，说书犯律仍然是一个相当可怕的罪名。在明初时，如果一个平民百姓被坐实这一罪名，那么"全家杀了"的严惩恐怕是免不了的。

通过对明初时诗文、戏曲与说书等文学样式发展状况的考察，不难明白在当时阴冷肃杀的环境与氛围中，整个文学的创作都步入了低谷，在这样的大背景之下，作为文学样式之一的小说自然也不可能出现例外。

第二节　小说发展停滞的政治原因

在对整个文学创作的大背景有所了解后，我们可以开始将注意力集中于供案头阅读的通俗小说与文言小说。由于在嘉靖朝以前，专供案头阅读的通俗小说，如《三国演义》、《水浒传》等作品始终未能刊印传播，其影响还远不及说书，因此现在也就很难找到确凿的史料，以帮助了解当时的封建统治者对于它们的具体态度，不过至今犹存的一些传说，对于我们的考察却也有一定的参考价值。曾有一则传说云：《水浒传》作成后曾辗转流入禁中，朱元璋见而恶之曰："此倡乱之书也，是人胸中定有逆谋，不除之必贻大患。"他密令疆吏捕之，但兵至日，施耐庵已先夕遁去，莫知所终。这则里巷间流传的小说故事自然不能当作真实的史料看待，不过它所虚拟的朱元璋读了《水浒传》后的反应，却是相当合乎情理。在清人的笔记中，也有一则关于施耐庵、刘基与朱元璋关系的记载：

> 施耐庵，钱唐（塘）人，与刘青田相契。明太祖搜罗人材，刘归荐耐庵，命访之。适耐庵作《水浒传》甫竣，刘阅之，遂不言荐。报太祖曰："此人心思才力已耗尽于一部小说

矣,用之何益？"①

这则记载的真实性如何,现在已是难以确认,但是它所反映出的封建统治者溢于词色的鄙夷小说之情,却使人感到十分可信。为了巩固新建立的王朝与防止一切可能的思想方面的越轨,封建统治者正忙于实施教化、善俗、致治的治国要策,在全国大力推行儒学,于是孔子等圣贤关于小说的那些见解,自然也就被尊奉为金科玉律,统治者还通过行政命令、舆论约束等手段强制人们遵循,如"子不语怪、力、乱、神",② 又如"虽小道,必有可观者焉,致远恐泥,是以君子不为也"③ 等等。明初的封建统治者一方面以严酷的手段对意识形态领域高压控制,同时又在全国强力推行儒学,并将程朱理学钦定为官方哲学,文化思想界的这样的环境与气氛,正是《三国演义》、《水浒传》等已问世的作品在很长的时期内无法广为流传的重要原因之一,它也是在很长时期内没有新的通俗小说作品问世的重要原因之一。试想,当封建统治者严厉地要求人们除了四书五经等儒学著作之外,其他的书籍均"宜戒勿读"时,阅读为圣贤所鄙视的小说必定将遭受重重压力,更何况明初的那几部通俗小说都含有不少犯禁内容的描述。《三国演义》的作者虽然十分强调封建的正统观念,但是作品中嘲讽调侃帝王将相们的地方却也相当多,特别是东汉末年以及曹魏末年那几个帝王被描写得如此昏庸、无能与怯懦,下场又如此屈辱,这正是朝廷所严禁的"亵渎帝王"的内容;尽管《水浒传》中的宋江"忠义"二字从不离口,而且后来又接受了朝廷的招安,可是梁山好汉们却确确实实地在杀富济贫、攻州掠府,根本不将王法放在眼里,特别是那位李铁牛动不动就要抡起板斧,杀入东京去砍皇帝的脑袋,让晁盖当"大宋皇帝",宋江当

---

① 顾公燮:《丹午笔记·施耐庵》。
② 《论语·述而》。
③ 《论语·子张》。

"小宋皇帝"。这何止是"亵渎帝王",简直是公然宣传造反,封建统治者对此又怎能容忍。事实上,《三国演义》与《水浒传》在那时并没有刊印成书,广为传播,这是多种因素综合影响的结果,而其中之一,就是根据洪武与永乐年间那些朝廷榜文的规定,"敢有收藏、传诵、印卖"这些作品的人将有生命危险。

《三国演义》与《水浒传》自明初以来长时期地未能广泛传播,这便使小说发展进入了一种奇特的境地:一方面,罗贯中与施耐庵做了杰出的开创性工作,一种新的文学样式,即专供案头阅读的通俗小说业已诞生;但是在另一方面,对社会上绝大多数人,特别是原本可能成为小说作者的人来说,他们对于小说史上具有重大意义的这一事件却一无所知。前已提及,明代通俗小说的创作是在《三国演义》、《水浒传》影响的笼罩下逐步发展的,而在嘉靖朝以前人们一般无法接触到这两部作品,则意味着通俗小说的这条道路被长时期地切断了。这时的人们若要创作通俗小说,实际上就等于在从事使这一文学样式重新诞生的开创性工作,然而这一工作,是要在特定的历史条件下,由天才的作家才能完成的。很明显,这是本阶段几无新的通俗小说作品问世的重要原因。

文言小说创作同样是在劫难逃,尽管它在形式上似比通俗小说高雅些。在阅读瞿佑的朋友为《剪灯新话》所写的序言时,我们可以强烈地感受到这一点。凌云翰写道:"是编虽稗官之流,而劝善惩恶,动存鉴戒,不可谓无补于世。"虽肯定其劝善惩恶的功效,但肯定的前提却是认为作品属于地位低下的"稗官"之流。桂衡所写的序言说得更明白:

> 子厚作《谪龙说》与《河间传》等,后之人亦未闻有以妄且淫病子厚者,岂前辈所见,有不逮今耶?亦忠厚之志焉耳矣。余友瞿宗吉之为《剪灯新话》,其所志怪,有过于马孺子所言,而淫则无若河间之甚者。而或者又沾沾然置喙于其间,何俗之不古亦如是!

所谓"岂前辈所见,有不逮今耶"与"何俗之不古亦如是",表明小说在明初时所受到的非议与鄙视要比以往严厉得多,而"沾沾然置喙于其间"一语,则透露了当时封建正统人士对《剪灯新话》的抨击。这种强大的舆论压力,曾迫使瞿佑在作品完成后未能立即发表:"既成,又自以为涉于语怪,近于诲淫,藏之书笥,不欲传出。"① 后来,是在喜爱这部作品的读者的要求下,瞿佑才决定将《剪灯新话》公之于世,他还在书首的序言中发表了这样的议论:

> 客闻而求观之众,不能尽却之,则又自解曰:《诗》、《书》、《易》、《春秋》。皆圣笔之所述作,以为万世大经大法之也;然而《易》言龙战于野,《书》载雉雊于鼎,《国风》取淫奔之诗,《春秋》纪乱贼之事,是又不可执一论也。

这位瞿佑也实在胆大,他竟然采用以子之矛,攻子之盾的手法,以儒家典籍中的记载为例,证明圣贤们实际上也并非是"不语怪、力、乱、神",这在正统的卫道士眼中,实属大逆不道的恶行。瞿佑年少时即被颇为著名的文学家杨维桢所赞许,后更为世人誉为风情丽逸、学识俊迈。可是这位多才多艺的名士却是一生流落不遇,不仅只做过一些县级的教谕、训导之类的学官或周府右长史这样的低级官吏,而且在永乐间还因作诗蒙祸,被谪戍保安(今河北怀来一带)十年才得放归。经历如此坎坷,显然与他作《剪灯新话》种下祸根也不无关系。

这部《剪灯新话》也同样有一段坎坷的经历。由于种种原因,瞿佑完成这部文言小说集的创作之后,自己一直没有将它付梓刊行。永乐六年(1408),瞿佑被捕入狱,后被流放至保安。这是人生旅途上的一次沉重打击,何况瞿佑这时已是六十二岁的老人,而更使他痛心疾首的,是经过这次事变,耗费数十年心血

---

① 瞿佑:《剪灯新话序》。

写成的二十余种著作全都散失了。瞿佑后来一想起此事就黯然神伤:"自戊子岁获遣以来,散亡零落,略无存者。投弃山后,与农圃为徒。念夙志之乖违,怜旧学之荒废,书空默坐,付之长太息而已。间遇一二士友,求索旧闻,心倦神疲,不能记忆,茫然无以应也。"① 在散佚的各种著作中,瞿佑似尤不能忘情于《剪灯新话》,这可由他的朋友的叙述证明:"语及《剪灯新话》,云旧本失之已久,自恨终不得见矣。"② 其实,这部文言小说集并没有真正失传,当年瞿佑完成创作后,曾有"好事者"誊录,在世间辗转传抄,只不过"抄写失真,舛误颇多,或有镂板者,则又脱略弥甚"。③ 永乐十八年(1420)春天,胡子昂来到保安,并带来了一个使瞿佑喜出望外的消息:他在四川蒲江任知县时,曾从县学教官田以和那儿抄得一部《剪灯新话》。④ 尽管这部抄本"多鱼鲁亥豕之失",⑤ 但瞿佑仍然为重睹本以为已散佚的作品而欣喜异常。他在此抄本上"亲笔校正",并"特为旁注详明",⑥ 从此世上又重新有了一部《剪灯新话》善本,后来瞿佑之侄瞿暹刊印《剪灯新话》时,就以这部校订本为底本。虽然有过曲折的遭遇,但《剪灯新话》总算还能侥幸地流传至后世,至于瞿佑另一部文言小说集,即《剪灯录》四十卷却是永远地失传了。瞿佑校订《剪灯新话》时又念及此事,便特在卷末增写一段附语以略泄其惆怅之情:"昔在乡里编辑《剪灯录》前、后、续、别四集,每集自甲至癸分为十卷,又自为一诗,题于集后。今此集不存而诗尚能记忆,因阅《新话》,遂附写于卷末云。"一是失而复得,一是永远失传,这样的事实使人有理由相信,当年一定还有些作品甚至书名都

---

① 瞿佑:《重校剪灯新话后序》。
② 唐岳:《剪灯新话卷后志》。
③ 瞿佑:《重校剪灯新话后序》。
④ 胡子昂:《剪灯新话卷后记》。
⑤ 唐岳:《剪灯新话卷后志》。
⑥ 胡子昂:《剪灯新话卷后记》。

没留下,就已湮没于那沉闷压抑的氛围之中。

与《剪灯新话》齐名的文言小说集《剪灯余话》走过的路途也不平坦,它的作者李昌祺同样遇上了麻烦。据说,李昌祺读了瞿佑的《剪灯新话》后,"惜其措词美而风教少关",他以这样的认识为前提,才开始了自己的创作:"于是搜寻古今神异之事,人伦节义之实,著为诗文,纂集成卷,名曰《剪灯余话》。"① 照理说,既然创作动机是裨益于风化,那么书成以后就应该是坦然地公诸天下了。然而,实情却正相反:"既成,藏之书笥,江湖好事者,咸欲观而未能"。② 为何如此?环境使然也。用李昌祺自己的话来说,是"虑多抵牾,不敢示人",他甚至"亟欲焚去以绝迹"。③一些朋友在为这部文言小说集作序时,也常常从为李昌祺辩解的角度着笔,突出作品的教化功用。如李昌祺的同年罗汝敬针对"所载多神异,吾儒所未信"的批评,列举作品中的故事证明,"若布政公之所记,徵之事则有验,揆诸理则不诬","有关风化,而足为世劝者"。另一位同年,后任南京礼部尚书的王英则是这样叙述他作序的目的:"因书以序其端,俾世之士皆知昌祺才识之广,而勿讶其所著之为异也。昌祺所作之诗词甚多,此特其游戏耳。"他们虽然都赞扬了李昌祺及其作品,却又不得已用辩护人的身份说话,由此也不难看出小说在当时正统士人心目中的地位。

《剪灯余话》的公开刊行是在宣德八年(1433),即作品创作完成的十二年之后,而且不是李昌祺自己将书付梓,可是他却因该书的传播而大受其累:"同时诸老,多面交心恶之"。④ 景泰二年(1451)李昌祺去世。尽管他是朝野公认的"廉洁宽厚"⑤ 的

---

① 张光启:《剪灯余话序》。
② 张光启:《剪灯余话序》。
③ 李昌祺:《剪灯余话序》。
④ 王圻:《稗史汇编》卷八十五。
⑤ 《明史》卷一百六十一。

好官,但是当时以右佥都御史衔巡抚江西的韩雍,却拒绝将这位朝廷二品大员列入乡贤祠,而唯一的理由,就是因为李昌祺写过小说。韩雍的同僚叶盛曾在自己的著作中记载了这件事:

> 庐陵李祯字昌祺,河南左布政使,为人耿介廉洁,自始仕至归老,始终一致,人颇以不得柄而惜之。尝自赞其像曰:"貌虽丑而心严,身虽近而意止;忠孝秉乎父师,学问存乎操履;仁庙称为好人,周藩许其得体;不劳朋友赞词,自有帝王恩旨。"盖亦有为之言也。景泰中,韩都御史雍以告之故老进列先贤祠中,祯独以尝作《剪灯余话》不得与。……其《余话》诚谬,而所谓《至正妓人行》,亦太袭前人,虽无作可耳。①

叶盛对李昌祺的居官与为人都较为推崇,但他也认为写小说确实不是一件好事,因此他对韩雍拒列李昌祺于乡贤祠之举并无非议,而只是替李昌祺惋惜。这件事在当时与后来都引起了较大的反响。明代曾有些人为李昌祺打抱不平,如王圻就写道:"未知此公大节高明,安得以笔墨疵戏累之";② 张萱则将此事与王安石集三家诗不录李白相提并论,感叹"二李之遭王、韩,亦不幸矣"。③ 不过王圻、张萱都是距此事百余年后的嘉靖、万历时人,那时正是明代小说的创作逐步走向繁盛之际,他们的意见表示了人们对小说态度的改变。然而就是在这时,也还有不少人仍然坚持排斥小说的立场,如徐三重在《牗景录》就针对王圻等人的意见写道:"此语非是。士大夫立言垂世,不能端正风俗,乃作猥亵怪乱之语,以荡人志意,即其人身世无他,而于世教有舛,亦为名实之瑕。"在小说新作接连不断,相当多的显宦名士已成为小说欣赏者、赞扬者的万历朝,如徐三重这样的卫道士仍在

---

① 叶盛:《水东日记》卷十四。
② 王圻:《稗史汇编》卷八十五。
③ 张萱:《疑耀》卷五。

不遗余力地攻击小说，由此不难想知，在明前期，小说曾遭受过何等巨大的压力。正如成化时的陆容所言："李公素著耿介廉慎之称，特以此书见黜，清议之严，亦可畏矣。"① 这里所说的"清议"，指的就是来自封建卫道士的鄙视、仇视小说的社会舆论，而它之所以"可畏"，则是因为这是占据统治地位的思想，有强大的国家机器为后盾，从而能切实地决定一个人的生死荣辱。因此，难怪有人从李昌祺事件中得出了"著述可不慎欤"② 的教训，而这正是封建卫道士们所要达到的目的之一。拒列李昌祺于乡贤祠，这不仅是对作小说者的惩罚，同时也是对可能作小说的人的警告与威胁。

韩雍拒列李昌祺于乡贤祠并不是一桩孤立的事件，它是朝廷决心在全国范围内禁毁小说的背景下所发生的一个较典型的实例。这场禁毁运动始于国子监祭酒李时勉的提议。正统七年（1442）二月，李时勉在给明英宗的奏章中写道：

> 近有俗儒，假托怪异之事，饰以无根之言，如《剪灯新话》之类，不惟市井轻浮之徒，争相诵习，至于经生儒士，多舍正学不讲，日夜记忆，以资谈论。若不严禁，恐邪说异端，日新月盛，惑乱人心。乞敕礼部，行文内外衙门，及提调学校佥事御史，并按察司官，巡历去处，凡遇此等书籍，即令焚毁，有印卖及藏习者，问罪如律，庶俾人知正道，不为邪妄所惑。③

这是李时勉就任国子监祭酒后不久所写的奏章，他显然是一上任，就为经生儒士们"多舍正学不讲"，竟着迷于看小说的现象而感到惊骇。李时勉并没有夸大其词，其实曾棨在永乐末年为《剪灯余话》作序时就已指出：《剪灯新话》"率皆新奇希异之事，人多

---

① 陆容：《菽园杂记》卷十三。
② 都穆：《听雨纪谈》。
③ 顾炎武：《日知录之余》卷四"禁小说"。

喜传而乐道之,由是其说盛行于世"。李昌祺在自序中也说,他作品写成后,"索者踵至,势不容拒"。封建统治者对意识形态领域控制的逐渐强化,至少在这时还未能完全割裂人们对小说的喜爱,但是在国家培养人才的重地国子监,学生们也是如此地着迷于小说,这却是他们未曾料到的。李时勉立即想到了听任这种现象蔓延的严重后果,即各种有悖于儒学的"邪说异端"将由此而产生,且"日新月盛",它们必将使封建统治者教化、善俗、致治的愿望化为乌有。于是,他要求开动国家机器,各部门通力合作,不仅禁毁已出版的小说,并且还对印刷、销售、收藏等各个传播环节严格控制,所谓"问罪如律",其口气与永乐间朝廷榜文中"敢有收藏、传诵、印卖,一时拿送法司究治"完全一样。

明英宗很快就批准了李时勉的奏章,而李时勉则首先将那批国子监学生管教得规规矩矩:"时勉为祭酒六年,列格、致、诚、正四号,训励甚切。崇廉耻,抑奔竞,别贤否,示劝惩。……督令读书,灯火达旦,吟诵声不绝"。① 这位国子监祭酒虽然只能提出建议,而不能直接干涉其他政府部门的工作,但从过后没多少年发生的韩雍拒列李昌祺于乡贤祠的事件来看,各地也确实在认真地执行朝廷关于禁毁小说的决定。这里还需要补充一点,李时勉与李昌祺,以及为《剪灯余话》作序的曾棨、王英、罗汝敬、刘子钦等人都是永乐二年(1404)的进士,有同年之谊,这或许是他在奏章中只点《剪灯新话》之名而不提《剪灯余话》的缘故,② 不过根据韩雍在江西的举措,却可以明白李时勉奏章中那"《剪灯新话》之类"的提法,实际上已将《剪灯余话》也列入了禁毁范围之内。明末清初人黄虞稷《千顷堂书目》在著录瞿佑的《存斋类编》与《香台集》时加注云:"瞿佑又有《剪灯新话》。正统七年

---

① 《明史》卷一百六十三。
② 其实李时勉自己也曾为《剪灯余话》中的《至正妓人行》作跋,不过他并不赞成李昌祺撰写这样的文字,故而在《跋》中婉转地劝李昌祺"当以功名事业自期",在《跋》末又言"予故书其后,使观者知求公于其大,而不在此也"。

139

李时勉请禁毁其书,故与李祯《余话》皆不录。"这一记载证明,《剪灯余话》确在禁毁之列。其实,被禁毁的还远不止上述两书,李时勉奏章中"《剪灯新话》之类"一语的真正含意,应是指所有的小说。

  封建统治者强力推行程朱理学,迫使士人们潜心于儒家典籍的阅读与八股文的写作,而大批文士被处决、监禁与流放,这血的事实又迫使士人们总结出惨痛的教训,即言论与著述必须慎而又慎。如今朝廷再明令禁毁小说,在这种情形下,试问哪个士人还敢轻易涉足于小说创作领域?小说发展毫无疑问地受到了沉重打击,可是分别就文言小说与通俗小说而言,它们因此而受到的打击的程度是各不相同的。文言小说可以说是受到了致命的伤害。文言小说的作者都是文人,当他们惧于压力而不敢撰写小说,或本身就鄙夷小说而不屑于从事创作时,那就不会有新作品的问世。在另一方面,文言小说的读者基本上也全都是文士。在当时的社会环境中,他们或担心师长的呵责,或怯于社会舆论的压力,或惧怕司法机关的惩罚,或本身就瞧不起这类"不经之言",这些因素的汇合,便造成了一个基本上无读者的局面,这时即使有个别的桀骜不驯者敢于撰写小说,他也极难寻觅到知音。读者的欣赏历来是文学发展必不可少的重要动力,一旦某一类文学作品失去读者,那么它的衰落也就很快地随之而来。在本阶段的很长的时间里,封建统治者的高压控制使得文言小说基本上无作者,也基本上没有读者,它的创作萧条又怎么能避免呢?

  封建统治者的高压控制,同样也是对通俗小说的沉重打击。然而,从通俗小说发展的历史来看,这种打击还不至于造成致命的伤害。如在明末,意识到《水浒传》与当时农民起义之间联系的封建统治者,于崇祯十五年(1642)严令全国禁毁这部作品。可是,金圣叹批点的《水浒传》刊于崇祯十四年,其后又有二刻本,二刻的时间当在禁毁令下达之际或稍后。此外,雄飞馆将

《水浒传》与《三国演义》合刻为一部《英雄谱》,此书在崇祯末也连续再版。当时世上已有许多不同版本的《水浒传》在流传,但是上述二书不仅仍然出版,而且还需要重刻。这事实很可以说明,封建统治者的禁毁令对于通俗小说的发展虽有影响,却未能构成致命的伤害。清初的事实更能说明问题。在康熙二十六年(1687)、四十年(1701)、四十八年(1709)与五十三年(1714),以及雍正二年(1724)、六年(1728),清中央政府都严令全国禁毁小说。康熙帝曾亲自下旨道:"近见坊间多卖小说淫词,荒唐俚鄙,殊非正理,不但诱惑愚民,即缙绅士子,未免游目而盅心焉。所关于风俗者非细,应即通行严禁。"① 朝廷对撰写、印刷、销售、购买与阅读小说的人分别制定了具体的处罚办法,为了保证禁毁令切实贯彻,朝廷还警告负责查禁的官员,若有失职行为,也将受到处罚。然而,一次次的禁毁虽给通俗小说造成了巨大损失,却未能阻止它继续向前发展,正如后来乾隆帝自己所承认的那样,尽管在半个多世纪里没有间断过禁毁,可是社会上依然是"不但旧板仍然刷印,且新板接踵刊行","甚至收买各种,叠架盈箱,列诸市肆,租赁与人观看"。② 其后嘉庆帝也多次禁毁小说,可是他面对"市井粗解识字之徒,手挟一册"③ 的局面也只好徒唤奈何。相比之下,清廷的禁毁要严厉得多,计划与部署也相当周密,但即使如此,通俗小说仍在顽强地继续自己的发展历程。

"市井粗解识字之徒,手挟一册",这是个何等壮观的局面,它也是通俗小说能够抗御封建统治者压迫的力量所在。在这点上,通俗小说与文言小说显示出了很大的差别。后者只能在文士这狭小的圈子里传播,因而封建统治者能够较容易地用有效手段分别对作者与读者实行控制,造成文言小说发展的危机,可

---

① 《大清圣祖仁皇帝实录》卷二百五十八。
② 恭阿拉等:《学政全书》卷十四"书坊禁例"。
③ 《大清仁宗睿皇帝实录》卷二百八十一。

是他们却没有力量彻底斩断最广大的群众对通俗小说的喜爱。

  对明末与清初禁毁小说事实的简略考察可以帮助我们明白,封建统治者的高压控制对于通俗小说的发展还不是最根本的阻碍因素。否则,我们也即无法解释,当本阶段后期社会气氛较为宽松时,为什么文言小说创作自成化末年起就已开始逐渐复兴,而通俗小说新作品的问世却要再等上半个世纪。为了寻找通俗小说在此时长期处于萧条状态的根本原因,还有必要回到它的本质特点上作进一步的分析。

第五章 传播环境对创作发展的制约

如前一章所述,自明初以来封建统治者对意识形态领域的高压控制,使各种文学体裁的创作都跌入了低谷,其中供案头阅读的通俗小说在本阶段更是没有新作问世。这辽阔的旷野与《三国演义》、《水浒传》的创作高峰紧相毗连,其反差因此显得更为强烈。可是,对通俗小说后来的发展历程略作了解又可以知道,不管封建政府的禁毁措施如何严厉,通俗小说也总能顽强地生存与发展。压迫造成的伤害虽醒目易见,但自明末以降,创作都没有因这个原因而出现过中断。因此,本阶段通俗小说创作的长期空白,并不能只简单地归咎于封建统治者在文化思想界所实行的专制政策,事实上该状况的形成还涉及文学领域之外其他一些因素,但它们却又与通俗小说发展的基本特性紧密相关。

第一节 通俗小说的发展与对传播载体的依赖性

这方面的探讨不妨从一个极为简单的问题开始:当拿到一部通俗小说时,最先看到的是什么?很显然,这时最先看到的决不会是小说所描写的故事情节或人物形象,而仅仅是一本书,在通常情况下是一本印刷而成的书闯入了眼帘。这一事实是如此地直观与寻常见惯,以至于人们反而常常将它忽略了。然而,只要将通俗小说的发展历程与其他的文学体裁的情形作一对照,就可以发现这如此直观与寻常见惯的事实,对于通俗小说的发展与传播是何等的重要,因为物质载体问题的解决,在某种意上可以说是它生存与发展的先决条件。

在文学史上,通俗小说传播对印刷业的依赖性表现得特别强烈,别种样式的文学作品,一般并非定要刊印成书以后才能在世间广为流传,事实上早在印刷术发明以前,诗文创作已具有千余年的悠久历史。由于与音乐有着密切的联系,诗词的传播就显得更为捷便。如刘禹锡所写的《戏赠看花诸君子》,就是"其诗一出,传于都下",① 不胫而走,迅疾如风;而关于王昌龄、高适与王之涣的著名的"旗亭画壁"故事,也是一个很可以说明问题的例证。宋时柳词耸动天下,其实在柳永的《乐章集》成书之前,情形即已如此,而"凡有井水处即能歌柳词"之说,表明该局面主要是靠人们的口头辗转相传而形成的。大文豪苏轼《燕子楼》词传播的故事,更是一则既生动又很有说服力的例子:

> 东坡守徐州,作《燕子楼》乐章,方具稿,人未知之。一日,忽哄传于城中,东坡讶焉,诘其所从来,乃谓发端于逻卒。东坡召而问之,对曰:"某稍知音律,尝夜宿张建封庙,闻有歌声,细听乃此词也。记而传之,初不知何谓。"东坡笑而遣之。②

文中所谓夜闻于张建封庙的神怪内容可滤去不究,苏轼的词章为人们喜爱传诵却是历史上的真实情形。这里引此文所要强调的,是那首《燕子楼》从创作到全城哄传,其间无须刊印,甚至也不必誊录,而类似这样的例子,在我国诗歌发展史上并不鲜见。至于散文,它通常并不能像诗词般地咏唱,可是其传播也同样不以刊印成书为先决条件。如晋时左思作《三都赋》后,"豪贵之家竞相传写,洛阳为之纸贵。"③ 虽然在尚无印刷业的当时人们只有抄写一法,然而一篇散文的誊录毕竟是比较容易的事。其实,

---

① 孟棨:《本事诗·事感第二》。
② 曾敏行:《独醒杂志》卷三。
③ 《晋书》卷九十二。

就是在印刷业较为发达之时,誊录仍然是散文传播的重要途径,所以才会出现著名散文家的文集尚未编辑出版,而他们的某些杰作却早已传遍天下的现象。可是,若要通俗小说产生与作品本身相称的社会影响,那就离不开印刷成书的中介环节。① 一部作品少则十余万字,多则数十万字甚至上百万字,诗词般地咏唱断无可能,若非经过说书先生那般长期正规的训练,要生动而完整地转述故事内容便是极难做到的事。很显然,光靠誊录也无法使通俗小说广为传播,何况抄写一部篇幅巨大的作品又是何等麻烦之事。在通俗小说发展史上,曾有一些由于印刷环节的中断而致使作品无法传播的例子,其中长篇小说《歧路灯》与《大禹治水》的遭遇尤为典型。李海观的《歧路灯》在问世以后仅有几部抄本,它根本无法广传于世:

> 吾乡前辈李绿园先生所撰《歧路灯》一百二十回,虽纯从《红楼梦》脱胎,然描写人情,千态毕露,亦绝世奇文也。惜其后代零落,同时亲旧,又无轻财好义之人,为之刊行。遂使有益世道之大文章,仅留三五部于穷乡僻壤间,此亦一大憾事也。②

这则材料称《歧路灯》"纯从《红楼梦》脱胎"为臆测之语,因为李海观的创作始于乾隆十三年(1748),其时曹雪芹也刚开始撰写《红楼梦》不久。此外,关于李海观"后代零落"的说法也不准确,事实上其子李蘧为乾隆四十二年(1777)进士,曾官至江西督粮道,其孙李于潢也是个小有名气的诗人。不过,该记载说《歧路灯》在长时期内只有抄本传世却是实情,直到20世纪70年代末,这部作品全本的整理本才印刷出版。这时距李海观撰写《歧路灯》已有两个世纪,在那漫长的时间里,极少有人知道世

---

① 一些篇幅较大的文言小说集的情形同样如此,但本章对此暂不作论述。
② 《缺名笔记》。转引自蒋瑞藻《小说考证》卷八。

上还有这样一部思想与艺术方面均不见弱的长篇小说。

《歧路灯》被埋没了两百年后还总算有重见天日之时,可是另一部长篇小说《大禹治水》却是永远地失传了。今天我们只能通过徐承烈《燕居续语》的记载,知道在清初康熙间,曾经有过这样一部作品问世:

> 沈藤友先生,名嘉然,山阴人,以能书名。后入江南大宪幕中。尝病《封神传》小说俚陋,因别创一编,以大禹治水为主。按《禹贡》所历,而用《山海经》传衍之,以《真仙通鉴》、《古岳渎经》叙禹疏凿遍九州,至一处则有一处之山妖水怪为梗。……卷分六十,目则一百二十回。曹公栋亭寅欲为梓行,藤友以事涉神怪,力辞焉。后自扬返越,复舟于吴江,此书竟沉于水,藤友亦感寒疾,归而卒。书无副本,惜哉。

文中曹公栋亭寅是指曹雪芹的祖父曹寅,那时他正奉康熙帝的旨意,在扬州开办书局刊印《全唐诗》,捎带印一部小说是很方便的事。可是迂腐的沈嘉然却遵循"子不语怪、力、乱、神"的古训行事,竟谢绝了曹寅的好意,而最后终于造成了无可弥补的损失。由上述记载不难得出这样的结论:一部作品如果连抄本都没有,那么别说流传,就是连保存都随时可能会出现问题。这一结论对文言小说集也同样适用,明初瞿佑那部《剪灯录》四十卷未曾刊印,他被捕入狱与流放后,也就"散亡零落,略无存者",瞿佑后来念及此事,也只得"付之长太息而已"。[①]

很显然,通俗小说只有在广为传播时,才能产生与作品本身相称的影响,在这点上它与其他体裁的文学作品并没有差别,然而它要广为传播,却只能以刊印成书为主要手段,而不能像诗词赋曲那样有多种途径。且不说誊录一部数十万字的通俗小说是

---

① 瞿佑:《重校剪灯新话后序》。

多么不容易的事,一部作品就算是有几十部抄本,那又能供多少人传阅呢?刊本的情形就大不相同了。虽然明清时通俗小说的刊本一般都不标明印数,但是我们可以参考其他古籍的刊印情形作估计。如清初《南山集》案发生时,噶礼曾向康熙帝报告说:"《南山集》刻板,方苞收藏,苏州书肆印行三千余部。"① 通俗小说的读者范围显然要比《南山集》广泛得多,它的印数一般要更多一些。若再考虑到一人购买,数人乃至数十人传阅的因素,那么一部通俗小说刊行后的读者人数是相当可观的,何况一部影响较大的作品往往在差不多的时间内被多家书坊翻刻,而且以后又不断地再版,其读者面也就更为广泛。既然任何一部文学作品只有在广泛流传的过程中才能充分体现它的价值,展示它的生命力并激励或启迪后来作家的创作,那么在这个意义上可以说,通俗小说由于本身特点的限制,它的命运就不可避免地与印刷业紧紧地联系在一起,而且事实上也确实如此。

通俗小说的发展在停滞了近二百年后的重新起步是在嘉靖年间,作品数量开始明显增多是在万历朝,两朝时间跨度相当,但后者的作品总数却约是前者的十倍。明显差距的产生有着多种原因,而其中的重要因素之一,便是万历朝正是明代的印刷业得到长足发展的时期。晚清时的创作状况更能够说明问题。明清两朝的五百四十多年里,通俗小说作品共有一千余部,而其中几乎有一半是问世于晚清这三十年中。明清通俗小说在接近终点时能如此突飞猛进地发展,西方先进的印刷技术的引进是其必不可少的物质前提。同治十一年(1872),《申报》馆开始采用手摇轮转印刷机;光绪五年(1879),专门从事石印业务的点石斋成立;光绪二十四年(1898),上海印刷界开始采用欧式回转印机;光绪二十六年(1900),纸型技术又被引入。印刷新技术的相继引进,使得通俗小说的出版不仅较为容易,而且周期也大为缩

---

① 蒋良琪:《东华录》卷二十二。

短。以石印为主的上海书局在光绪二十一年(1895)这一年里,至少出版了十多种通俗小说,而商务印书馆仅是在光绪三十四年(1908),就接连推出了《海上繁华梦》《瞎骗奇闻》与《市声》等多部新作,若加上翻译小说,则共有五十余种。在靠雕板印刷的年代里,这样的出书速度是任何书坊或作者都不敢想象的。由以上所述可知,明清通俗小说史上两次势头迅猛的大发展,都有着印刷业的明显进步相伴随。当然,那两次大发展都是在多种因素的综合作用下而发生,印刷业的进步并非是唯一的决定因素,可是如果抽去这必不可少的物质前提,那么当时通俗小说的创作与出版就肯定不会有如此繁盛的局面。

一部通俗小说一旦被刊印成书,那么它就不再像抄本阶段只能在狭小的圈子内传阅,而作品有成千上万的刊本散布于世间,则不仅在书籍的数量上保证了广大读者能够读到作品,同时也由于成本较低而减少了传播时来自经济方面的障碍。如《红楼梦》最初是以抄本流传,"好事者每传抄一部,置庙市中,昂其值得数十金。"① 虽然人们用"不胫而走"一词来形容这部作品所受到的欢迎,然而数十两银子一部书的价格,毕竟是广大读者无法承受的。自从程伟元的萃文书屋刊印《红楼梦》以后,翻印者日多,书价也随之大幅度下降,这意味着读者数量将迅速猛增。在先进的印刷技术引入以后,书价还可以降至更低,印数则能够大量增加。在雕板印刷时,当书板刷印了几千部书以后就会因磨损而不能再使用,万历时余象斗之所以要重刻其叔祖余邵鱼撰写的《列国志传》,其原因就是"惟板一付,重刊数次,其板蒙旧",② 要继续满足广大群众的购买愿望,就非得重新雕板不可。铅印或石印在这方面表现出了巨大的优越性,如清末曾朴的《孽海花》在短时间内就连续翻印了15版。印数既多,书价又

---

① 程伟元:《红楼梦序》。
② 余象斗:万历三十四年(1606)三台馆版《列国志传》"识语"。

低,只有在这样的环境中,通俗小说才能充分地发展。

　　印刷业与通俗小说之间的关系并不只是局限于传播方面,实际上它还可以视为影响创作的因素之一。当一个作家创作时,他的首要任务固然应该是根据现实生活概括、提炼与组织素材,可是如果没有对已在世上流行的作品的创作经验的借鉴,那么创作的成功或在现有创作水准上作进一步的提高都将是异常困难的事。特别是当供案头阅读的通俗小说刚出现时,最初的那几部作品若不在世上流行,许多人甚至会不知道可以用这样的文学样式来反映生活与抒发作家的感受。通俗小说逐步壮大的正常流程,应该是最初的那几部作品在世上流行,接着便是新的作品在这影响的刺激下问世,随后它们又与已有的作品一起流行,刺激着越来越多的更后来的作家的创作。这一流程是一种扩散性的连锁反应,它只有在传播顺利的前提下方能正常地、不间断地进行,即须得有承担印刷的书坊的积极参与。若传播环节受阻,那么流程的进行便会程度不等地中断,在通俗小说的发展史上,这一类例子并不少见。如明代神魔小说的开山之作《西游记》约问世于嘉靖后期,而在它直接影响下形成的创作流派却出现于万历中期,其间有半个世纪的时间差,产生这种古怪现象的原因,就在于《西游记》问世后并没有在社会上传播,当时极少有人知道它的存在,直到万历二十年,世德堂才将这部作品首次刊出。随后,神魔小说作品便接连问世,其中有一些还相当明显地显示出袭取《西游记》的痕迹。在明代,崇道气氛最为炽烈当数嘉靖朝,这是《西游记》出现的背景,它本来也应该成为神魔小说流派形成的背景,而如今开山之作与流派形成之间半个世纪的时间差,正醒目地提示人们注意:一旦传播环节受阻,将可能给创作带来怎样的影响。

　　通过以上的分析可以明白,通俗小说的发展对于印刷业有着极大的依赖性,倘若印刷业尚未发展、普及到一定的水平,或者出版界对于刊印通俗小说尚无较浓厚的兴趣,那么通俗小说的处境就必定是十分艰难的。不幸的是,罗贯中与施耐庵在明初所遇到的正是这样一种局面,而且这种局面后来还持续了相当长的时期。

在王道生的《施耐庵墓志》里,有"及长,得识其门人罗贯中于闽,同寓逆旅"一语。这篇《墓志》是否后来人的伪撰,目前学术界尚有争论,但说罗贯中到过福建却是较为可信的。此公本来就是浪迹天涯之人,再加上他著有几部通俗小说,福建之行便更是情理中的事,因为福建(主要是建阳县的麻沙镇与书坊乡两地)自宋以来就是全国的刻书中心。在建阳生活并讲学过多年的朱熹曾经说过:"建阳版本书籍行四方者,无远不至",① 尽管数百年来几度遭到战乱与火灾的破坏,但是直到明代万历时,福建仍然在全国出版界继续保持着领先的地位。罗贯中在创作时曾经借鉴过的《三国志平话》,以及嘉靖、隆庆间熊大木、余邵鱼等人创作时所参考的宋元讲史平话就都是在福建出版的,在通俗小说创作重新起步、发展的嘉靖、万历年间,刊印作品种类与数量最多的地区,也仍然是福建。然而,从罗贯中的作品直到嘉靖、万历年间才得以广为刊印行世的情形来看,他的福建之行并不成功。这是因为在当时的条件下,要刊印诸如《三国演义》这样的长篇小说,实在是一件极其困难的事。

将一部作品付诸刊印,意味着它被投入了商品生产、流通渠道,于是它就得接受这方面的法则与规律的支配,至于它的艺术水准、思想倾向等文学方面的因素,只有在转化为可估量的经济价值后才会被考虑。因此,当任何一个书坊主在决定是否承接一部书稿的刊印时,他首先要做的事便是对刊印该书所需的时间以及投资数额作出大致的估测,以便确定日后能否获得利润以及所获利润的多少,而在明初时,这一估测的结果对《三国演义》的刊印极为不利。首先,这部作品篇幅宏大,它的刊印须得

---

① 朱熹:《建阳县学藏书记》。

花上很长的时间,这只要参照当时其他书籍刊印的情形便可以知道。如洪武七年(1374)所刊印的《宋学士文粹》,它全书为十二万二千余字,十个工匠化了五十二天才刻成,即平均每个工匠每天可刻二百余字。根据此速度推算,十个工匠刻八万字的《三国志平话》约花一个多月便可以完成,可是要刻七十万字的《三国演义》就得花上十个月。而且,在雕板之前须得有写工逐字地书写与校勘,而雕板之后还需要经过刷印、折叠、装订等几道工序,这部作品要刊印成书,前前后后总须得有一年的时间。这里还应该指出,在当时拥有十名刻字匠的书坊规模已不能算小,因为加上写工、刷印工、折工与装订工等的配备,大约总共有二三十人。然而,即使是这样规模的书坊,它一旦决定刊印《三国演义》,那么在这一年里其他别的生意就都不能承接了。其次,我们还可以对刊印这部小说的成本作一估算。在崇祯时,常熟的毛晋曾经按每刻百字给银三分的工价,广招刻工刻十三经与十七史。若按此工价作估算,七十万字的《三国演义》仅刻字费一项就需要投资二百余两银子。而且,每刻百字给银三分,是印刷业已经较为普及发达的明末时的刻书工价,若在刻工力量严重不足的明初,其工价恐怕还要更高些。除了刻书工价的投资外,写勘、刷印、纸张与装订等费用也都不是小数额,整个投资的总额则更为可观。倘若刊印成书后能有绝对把握收回投资并获得丰厚的利润倒也罢了,然而这方面的考虑偏偏也对《三国演义》极其不利。供案头阅读的通俗小说是首次问世,书坊在以前从未刻印过这种书。正因为是首次,所以谁也弄不清楚作品刊印之后会有多大的市场。总之,刊印《三国演义》所需的工时甚长,刊印成本又高,而且销路之有无还无把握。既然如此,"徒为射利计,非以传世也"[①] 的福建书坊拒绝刊印也就是理所当然的了。

[①] 谢肇淛:《五杂俎》卷之十三。

以上所述,都是按书坊收购书稿的出版方式进行讨论,而在古代,出版书籍实际上还有另一条途径,那就是自费出版,但是这条路罗贯中显然也走不通。《三国演义》的未能刊印早已表明,这位浪迹江湖的穷书生是掏不出大把银子的。因此尽管风尘仆仆地赶来福建,却终因囊中羞涩而毫无结果。这是罗贯中的悲剧,也是《三国演义》的悲剧,而在三百多年后,围绕着这部小说,类似的悲剧又重演了一次。清初时,毛纶、毛宗岗曾对此书重加修订,并逐回评点,但是毛纶在生前始终未能看到出书,其中的主要原因之一,就是"家无余资,未能便刻"。[1] 在封建时代里,不知有多少潜心著述的学者因躲不开出书难的厄运而抱憾终身,即使最后著作总算能刊印成书,那出版过程中又不知含有多少令人心酸的艰辛。或"鬻衣贷粟以资剞劂",[2] 或"遍走南北,乞资旧雨,方得付刊"。[3] 在印刷业较为发达、普及的明末清初时,这一类事尚且还在经常发生,那么在"书籍印板尚未广"[4] 的年代里,罗贯中无法将自己篇幅宏大的作品刊印行世实在是很寻常的事。

　　当然,文言小说在此时也会遇上同样的麻烦,不过相比之下,它们面临的障碍毕竟较易克服。《剪灯新话》与《剪灯余话》的篇幅都只有六万字左右,十个刻工在二十多天里就可以刻完。由于篇幅短小,刊印所需的投资也少得多,如刻字费就只需银十八两。更重要的是,这两部作品都为名士或高官所撰写,又有不少名士或高官纷纷赞誉,而且作品尚未刊印,就已是求观者日众,这些都是对日后销路的保证。即使书坊主出于某种考虑而拒收书稿,也自会有好事者出资刊印,如李昌祺的《剪灯余话》就

---

[1] 毛纶:《第七才子书总论》。
[2] 朱鹭:《颂天胪笔序》。
[3] 沈铭彝:《自靖录考略序》。
[4] 陆容:《菽园杂记》卷十。

是建宁知县张光启"命工刻梓,广其所传,以副江湖好事者观览",[①] 他还自题诗云:"笑余刻枣非狂僭,化俗宁无小补功",显然还很为自己的举动而得意。可是,通俗小说却难以得到这样一份幸运,即使有人愿意撇开种种偏见表示赏识,将作品刊印成书终究还是难以办到的事。

尽管《三国演义》与《水浒传》在明初未能刊印行世的憾事已经铸成,无可更改,但是我们这里不妨作下列的假设以便作进一步的探讨:如果罗贯中、施耐庵拥有足够的经费不愁自费刊印;如果某些富翁乐意解囊相助;如果有个书坊主肯不计利润,甘冒风险;总之,如果这两部开山之作在明初就已刊印行世,那么通俗小说的发展停滞了近二百年的状态是否就会因此而消失了呢?回答仍然是否定的。诚然,通俗小说的行进轨迹将与今日所看到的有所不同,但是它的发展态势却不可能发生根本性的改观。这是因为在当时,即使有人在《三国演义》、《水浒传》的影响下也撰写了通俗小说,那么他同样得面对难以出版这一沉重的打击。专供案头阅读的通俗小说业已出现,可是它生存与发展所必须的物质基础却没有相应地跟上,因为就明前期全国的印刷力量与销售状况而言,它还根本无法支撑通俗小说创作繁荣的局面。

第二节 明初的印刷状况与抑商政策的伤害

明初印刷力量的不足,主要表现于印刷工匠的极度缺乏,这从当时官方印刷机构的规模上就可以明显地看出。在明代,最大的印刷机构属于皇家,那就是由司礼监掌管的经厂。洪武年间,司礼监经厂拥有刻字匠一百十五名,裱褙匠三百十二名,印刷匠五十八名,共计五百余名。若按一个刻字匠每天可刻二百

[①] 张光启:《剪灯余话序》。

余字的速度推算，司礼监经厂一年至多也只能刻一千多万字。此外，其他一些政府部门如秘书监、钦天监以及六部等，也都各拥有印刷工匠，当时人数都不多。如国家最高学府国子监是较受重视的一个单位，《国子监续志》也自豪地声称："本监特设典籍一员，以掌书籍。又设印刷匠四名，以给其役，可谓重矣"。尽管已是"可谓重矣"，然而只有四名印刷工匠毕竟是不敷使用，因此难怪国子监印书，有时还得动员太学生参与写板、校勘，甚至直接动手刻字。根据以上资料推算，当时在京城服役的刻字匠总数不会超过二百人。政府部门印刷力量的不足，正是全国印刷力量单薄的缩影。洪武十九年（1386）朝廷规定，各地的工匠都必须分班轮流到京城去服役，方法是每三年一次，每次三个月。洪武二十六年（1393）时规定有所修改，即根据工种性质的不同，改为一年一班至五年一班不等，如对刻字匠的规定就是二年一班，而刷印匠则是一年一班。若按平均每年服役一个月的比例推算，在京城政府各部门服役的刻字匠人数应是全国总数的十二分之一。也就是说，明初时全国的刻字匠总共也只有二千余名，可是当时要刻的书又是何其之多。为了巩固封建统治的需要，朱明王朝首先急于出版以下三类书：总结历史经验，以图长治久安的大量御制、钦定、敕纂的书；基于政治、经济与军事上的目的而编纂的舆地志书；为配合封建思想、文化教育的四书五经等儒家典籍。正是鉴于印刷力量的严重不足，朱元璋才会于洪武元年（1368）八月"诏除书籍税"，[①] 希望能以此刺激印刷业的发展。在这种印刷力量严重不足、连封建统治者急需书籍的出版也未能得到充分保证的情况下，即使撇开那些作品脱不了"亵渎帝王圣贤"的嫌疑，书坊主的印卖有时得冒"全家杀了"的风险等因素不论，通俗小说也是难以顺利发展的。

在发现通俗小说的发展对物质生产的依赖性之后，我们的

[①] 龙文彬：《明会要》卷二十六。

探讨还不能就此结束。明初印刷业的落后,只能用来说明当时《三国演义》与《水浒传》何以未能刊印,以及它们未能刊印传播给通俗小说创作造成的损失。然而这却不能解释为什么书坊主们在本阶段一直没有对刊印通俗小说产生兴趣。明后期以及清代的通俗小说传播史证明,刊印通俗小说是一种很能赚钱的营生,不仅利润高,而且资金周转也快,凌濛初称之为"纸为之贵,无翼飞,不胫走",① 金缨的《格言联璧》则总结得更明确:书坊主若要"售多而利速",那么"卖古书不如卖时文,印时文不如印小说"。这种经营格局一直到清末仍是如此,这可以由康有为的诗作证:"我游上海考书肆,群书何者销流多?经史不如八股盛,八股无如小说何。"② 尽管明清两代的统治者屡屡禁毁,但是他们始终未能消灭通俗小说,其根本原因是他们无法斩断千百万群众的喜爱,而直接与政府周旋的,却是那些阳奉阴违、为追逐高额利润而不择手段的书坊主。就本阶段而言,自宣德朝以降,封建统治者对意识形态领域的控制已不如前半个多世纪,即洪武、永乐年间那般严厉,而且越往后,他们的控制越显得力不从心,社会气氛相对宽松的程度也在逐渐增加。在另一方面,古代的印刷业对于技术条件或生产规模都没有什么特别高的要求,其生产方式还相当原始、简单,所需的基本工具与材料无非是木板、刻刀、油墨、纸张之类。只要有资金投入,这样的生产水准的印刷业就能较快地普及或扩大其生产规模,而只要能获取到较高的利润,就一定会有相当的资金投入到这个行业中来。这一分析导致了一个问题:既然自明嘉靖朝开始一直到清末,刊印通俗小说始终是书坊主最重要的财源之一,那么本阶段的那些书坊主们,又为何迟迟不去开辟这条生财之道呢?这一问题若得不到合理的解释,我们就无法明白,为什么在明初以后的很长时

---

① 即空观主人:《拍案惊奇序》。
② 康有为:《闻菽园居士欲为政变说部诗以速之》。

期里,通俗小说仍然是继续地未被刊印,而如前所述,这已是当时通俗小说发展的重要障碍。

通俗小说若要刊印,它就必须以商品的形态出现在书坊主的手里。诚然,这些人的文化层次一般要高于其他行业的商人,与士人的交往也较为密切,但是尽管如此,他们毕竟还是商人,较文雅的谈吐并没有改变他们唯利是图的本性。后来的那些书坊主之所以刊印、销售通俗小说,其本意决不是为了它的发展与繁荣,他们只不过是受追逐高额利润的冲动的驱使罢了。譬如说,若认为尚友堂主人对于《二刻拍案惊奇》在通俗小说发展史上的地位与意义有着深刻的认识,那显然是荒唐的。那位书坊主对凌濛初的这部作品怀有浓烈的兴趣只有一个原因,那就是《初刻拍案惊奇》的畅销使他尝到了甜头,"一试之而效,谋再试之",① 而他刊印《初刻拍案惊奇》,也是因为眼红于冯梦龙"三言"的"行世颇捷"。② 其实,"三言"的创作、刊印与销售也与书坊主有着密切的关系,冯梦龙曾经十分坦率地承认,"因贾人之请"是促使他撰写"三言"的重要原因之一。③ 只要利润丰厚而且可靠,书坊主就舍得向刊印通俗小说投资。万历年间,苏州的舒载阳对《封神演义》的稿本就是"不惜重赀,购求锓行",④ 因为那时正是神魔小说风行之际,销路与利润都有可靠的保证。又如在清代,文光楼主人石振之获得《小五义》稿本后是赶紧借债,"急付之剞劂",⑤ 他深知在《三侠五义》风靡之际,推出它的续书一定会受到热烈欢迎。这样的例子在通俗小说史上是举不胜举。但是反过来,如果无利可图或者对销路没有把握,那么哪怕作品的文学价值再高,书坊主对它也将是不屑一顾。在了解

---

① 即空观主人:《二刻拍案惊奇小引》。
② 即空观主人:《拍案惊奇序》。
③ 绿天馆主人:《古今小说序》。
④ 舒载阳版《封神演义》"识语"。
⑤ 文光楼主人:《小五义序》。

了这种情况以后,我们就不难明白,为什么在明初以后的很长时期里,书坊主始终未去刊印通俗小说。刊售通俗小说确实可以赚钱,但它的前提是必须有相当一批既有阅读兴趣,又有购买能力的读者,否则,对销售无把握的书坊主决不会贸然地投资。通俗小说后来的传播史也证明,这样的读者群的出现,是推动通俗小说刊印的最初动力,尽管这一新财源的开辟在开始时还只是涓涓细流,但众书坊的蜂拥而上并各出奇招,便很快地使通俗小说的刊印成了不可阻挡的潮流。

那么,这样的读者群究竟是由什么样的人组成?它又形成于何时呢?这一问题的答案,显然已成了解释通俗小说为何在明初以后很长的时期内未能刊印的一个关键。

通俗小说发展的重新起步期是嘉靖、万历朝,对这时它在传播方面的特点的考察,有助于上述问题的回答。第一个特点是书价较高。如万历时舒载阳版的《封神演义》,书的封面上盖有"每部定价纹银贰两"的木戳。二两银子是当时购买一亩地的价格,若按万历时的平均米价计算,则可以购米三石有余,这又相当于六品官员一个月的官俸了,[①] 也难怪今人见此木戳会惊叹道:"明季至今相去不过三百余年间,而得书难易之悬绝有如斯也。"[②] 并不是这部《封神演义》卖得特别贵,如同出于万历年间的龚绍山版的《春秋列国志》,它的定价就是每部白银一两。这两部书的刻印格式完全一样,但是前者的字数为七十万有余,而后者字数仅及前者的五分之二,若按比例计算,那部《封神演义》还算是卖得便宜呢。不过,这部《春秋列国志》的定价虽然偏高了些,但总的说来也不能算相差很大,由此看来,当时各书坊的定价标准是差不多的。如此之高的书价,表明通俗小说在那时

[①] 明初时官员俸禄较高,但后来各朝递减,呈下降趋势。此处按成化七年(1471)的标准计算。

[②] 孙楷第:《日本东京所见小说书目》。

157

还不是一般人能够享受的奢侈品,只有相当有钱的人才会去购买它。

第二个特点是作品在刊印时被进一步通俗化。其实,通俗小说本来就已经很通俗了,即使用浅显的文言写成的《三国演义》略深一些,但一般人们也认为它"文不甚深",[1] 是"以俗近语騣括成篇"。[2] 可是万历时仁寿堂版《三国演义》的封面上,却印有"句读有圈点,难字有音注,地里有释义,典故有考证,缺略有增补,节目有全像"的广告,可见书坊主是有意以此招徕那些不会断句、不识难字,需要靠插图提高兴趣、帮助理解的读者。那时还有不少通俗小说的刊印甚至采用了上图下文的形式,犹如今日的连环画一般,其目的也是不言而喻的。这种将原已比较通俗的读物进一步通俗化的做法,其实在元末一些平话本的刊印时就已开始了。那些平话刊本还使用了大量习见的、笔划少的同音字,如用"司马一"代"司马懿",用"周余"代"周瑜"等。据此不难得出这样的判断:当时购买通俗小说的读者,主要是一些文化程度不高的人。上述两个特点的结合,表明嘉靖、万历时期购买通俗小说的主要读者群是由那些既相当有钱,同时文化程度又不高的人组成,若从阶层的角度划分,那么这最初的主要读者群应该是商人。旧时的书贾们在总结收购旧书的经验时曾指出:"山西各县,索为小说戏曲书籍之藏书地",因为山西历来商人多,他们购买了不少这类读物,"及其家既衰落,厂肆书贾,多往求之",[3] 如明万历版《金瓶梅词话》,就是民国初年在山西发现的。其实,在安徽的屯溪、歙县一带也发现过一些孤本小说,而明清时徽商的名气似乎还更大些。这些材料从侧面也证实了商人确为通俗小说的重要读者群。

---

[1] 庸愚子:《三国志通俗演义序》。
[2] 修髯子:《三国志通俗演义引》。
[3] 张涵锐:《琉璃厂沿革考》。

在通俗小说传播史上,商人这一读者群的地位十分重要。这些人对娱乐的需求,再加上他们的诱人的钱袋,使书坊主对刊售通俗小说产生了兴趣。书坊主在尝到甜头之后,又千方百计地降低书价,以争取更多的读者,从而获取更多的利润,如刊印时每半叶多印几行,每行多印些字以节缩纸板,或者干脆采用偷偷地删减原作,以及将一书拆为两部并另起书名等作伪手段。书坊主的推波助澜使通俗小说在社会上的传播变得更广泛、更深入,而这反过来又对通俗小说的创作产生了强烈的刺激。因此完全可以说,如果没有主要因商人的购买而形成的一定规模的市场,书坊刊售通俗小说的最初动力就会消失,通俗小说后来的创作繁荣与广泛传播的局面也就很难出现。

自从通俗类读物问世以来,商人就一直是它们的主要购买者,前面提及元末书坊刊印平话等书籍时,有意采用各种方法使它进一步通俗化,这其实就是为便于商人阅读而准备的。在历史文献中,有时也会有一些关于这方面的具体记载,如元末时的王行小时在商人家帮工,从而有机会接触许多通俗读物,而每天晚上,他又"为主妪演说稗官词话,背诵至数十本",[①] 若在士人家庭里,一般是不会购藏这许多通俗读物的。元末的情形如此,而自嘉靖朝以降,商人又是通俗小说的热情购买者。在那两个时期里,商人都是经济实力颇为雄厚的社会阶层,然而在明初以及明初以后很长的一段时期里,这个阶层却受到了沉重打击,成为被强压至社会底层的贱民。

明王朝刚建立时,它的经济基础十分脆弱。生产力原已遭到蒙元统治者的长期摧残,元末那二十多年的战乱,更使得人口减少与田地荒芜成为农村的普遍现象,由于社会财富分配而产生的各种矛盾也异常尖锐。严峻的形势迫使明政府花大气力改革旧的经济制度,努力恢复与发展生产。明初的统治者采取了

[①] 钱谦益:《列朝诗集小传》甲集"王教读行"。

种种措施,而明太祖朱元璋提出的"使男不废耕,女不废织,厚本抑末",① 则是其中的重要内容。所谓"厚本抑末",指的是过去许多朝代曾经实行过的重农抑商政策,即大力发展耕织相结合的自然经济,同时又抑制商业的发展。抑商是为了保证有充分的农业生产人口,因此如果农民"不务耕种,专事末作",那么这些去农就商的人就应被划为"游民",官府有责任逮捕他们。② 抑商同时也是为了防止商贾势力膨胀,与国家争利,扰乱封建的经济秩序。这一政策的贯彻,使明初的商业活动受到了极为严厉的控制。外出经商者必须经过官府的批准,领取官府签发的载明货物种类、数量以及道里远近的商引,虽然按规定是每引付银一钱,但是在具体办理的官吏的敲榨下,商人却要为此付出几十倍的代价。若经商无商引或经营地点、范围与商引所载不符,那么一旦被查获就难逃惩处,轻则是黥窜化外,重则是有杀身之祸。此外,工商业者要在城市里取得居住与营业的合法权利,也必须到官府去登记,即所谓占"市籍"。逃籍者随时有被逐、被捕的危险,而依法占籍,则又必须承担各种繁重的差役,不少人就因为不堪这沉重负担而宣告破产。

明初的统治者在严厉地控制商人经营活动的同时,还制定了许多带有歧视性的法令以压低他们的社会地位。如朱元璋曾在洪武十四年(1381)作出规定:"农家许着细纱绢布,商贾之家,止许着绢布;如农民之家,但有一人为商贾者,亦不许着细纱。"③ 并不是这位开国君主爱管平常的琐碎小事,而是"国家于此亦寓重本抑末之意"。④ 一直到正德年间,明政府还在重申"商贩、仆役、倡优、下贱不许服用貂裘",⑤ "商贾、技艺家器皿

---

① 宋濂:《芝园续集》卷四。
② 朱元璋:《明太祖宝训》卷四"戒奢侈"。
③ 田艺蘅:《留青日札》卷二十二"我朝服饰"。
④ 何孟春:《余冬序录摘抄内外篇》卷一。
⑤ 《明史》卷六十七。

不许用银"① 之类的禁令。虽然在正德时这一些禁令往往是成了一纸空文,但是在明初,以及明初以后很长的一段时期里,封建统治者在各方面采取的配套措施,确实将商人打入了与仆役、倡优、技艺、下贱同列的社会底层。

朱元璋用逮捕、抄家、流放等手段消灭了那些由元入明的富商巨贾,而从明初开始的抑制商业的政策又不仅从宏观上控制了经商的人数与范围,而且还使得商人们随时都感受到破产或迫害的阴影的逼迫。这些人中的大多数一般只是在为获得蝇头微利而奔波,他们当然也不大会有摸出二两银子去买部《封神演义》之类的豪举。这就是说,抑制商业政策的贯彻,使得我们前面所说的极重要的商人读者群很难形成,只有在等到商人的势力重新慢慢地壮大以后,书坊主们才会获得刊印通俗小说的最初动力。

商人读者群的难以形成,还只是抑制商业政策妨碍通俗小说正常发展与传播的一个方面。这一政策的执行,又必然导致商品流通渠道的不通畅,于是书坊与读者之间就会产生互相脱节的现象。如果缺少一个灵活、迅速的销售网络,那么即使各地希望购买通俗小说的读者已为数不少,书籍也难以顺利地通过各流通环节到达他们的手中,而这同样也要使书坊主失却刊印的兴趣。从明清通俗小说传播的历史来看,书坊一般只是在当地发售,而通俗小说之所以能够流向全国,则全是靠着一批不顾关河险阻地千里觅利的书贾。他们或是从外地批发一批通俗小说回到本地出售或卖与本地的书坊,或是携带了本地刊印的通俗小说到外地按价兑换成该地刊印的通俗小说,然后再运回本地,从而从中两次赚取地区差价。后来的封建统治者在禁毁通俗小说时,除了打击作者与书坊主之外,也总是不忘将这类从事贩运的书贾列为整肃的重点之一。如清代裕谦任江苏按察使时

---

① 《明史》卷六十八。

就曾发布文告宣称:

> 自到任以来,访闻苏城坊肆,每将各种淫书翻刻市卖,并与外来书贾,私行兑换销售,及钞传出货,希图射利,……经此次示谕之后,凡一应淫词小说,永远不许刊刻、贩卖、出赁,及与外来书贾私相兑换销售,……如敢不遵,及外来书贾携带淫书,在苏逗留,一经访闻,或被告发,定即委员严拿,照例治罪。①

道光十七年(1837)十月,苏州六十五家书坊签订了禁印小说的公约,其中第二条就是关于书贾的:

> 议得外省书友来苏兑换者,先将捆单交崇德书院司月查明,如有应禁书籍,即行交局销毁,只付纸价。倘匿不呈缴,及各坊私相授受者,俱照原价以一罚十,半归崇德书院充公,一半缴局充公,仍将原书缴局销毁。或外省书友不遵局议,请局发封,任凭局办。②

当通俗小说已经在广大读者之间扎下根时,谁也无法阻止它的流通,因此清代的这类禁令至多只能奏效于一时,后来甚至仅仅只是虚张声势地应付一下便算了事。但是在通俗小说刚刚出现时,情况却大不一样。虽然朱元璋登基伊始就"诏除书籍税",可这只是为了鼓励书坊多刊印那些有利于巩固封建统治的书籍,若谁胆敢收藏、传诵与印卖含有犯禁内容的读物,那是要被"拿送法司究治"的。同时,严格要求货目相符的商引制度,又使得偷偷贩运这类书籍成为十分危险的事,再加上抑制商业的政策已经使通俗小说失去了重要的市场,那些千里跋涉只为觅利的书贾,又怎会愿意去干这种既无利可图,又极有风险的事呢?总之,封建统治者抑制商业的政策,又导致了通俗小说传播

---

① 余治:《得一录》卷五。
② 余治:《得一录》卷五。

时不可缺少的区域性的销售网络无法形成,这同样也是本阶段通俗小说的发展长期地处于停滞状态的重要原因之一。

通俗小说由于本身的特点,不可避免地要通过商品生产、交换环节后才能成为广大读者欣赏的读物。在这个意义上可以说,通俗小说具有双重品格,它既是一种精神产品,同时也是文化商品。封建统治者对通俗文学鄙视乃至仇视的高压措施,扼杀了作为精神产品的通俗小说的发展,而他们抑制商业政策的执行,又直接阻止了以商品形式出现的通俗小说的传播。不能否认,在明初农业生产急需恢复与发展时,采取一定的措施保证农民全力耕稼是必要的,而且商业确实也只有在农业发展的基础上方能顺利发展。然而,出于传统的偏见与封建统治者的私利而长时期地对商业活动采取强行抑制的政策,这不仅不利于整个社会经济的发展,而且也破坏了文化思想界活跃繁荣的基础。在论及明末进步的社会思潮出现的原因时,史家们都把商业的发展与市民力量的相应壮大列为首要因素,而这也正是通俗小说创作在明末开始繁荣的重要背景。那时的商人与市民生动而复杂的生活,不仅为小说创作提供了极为丰富的素材,同时也是作品中蕴含的初步民主主义思想的来源之一。从这个角度来看,封建统治者抑制商业的政策对通俗小说发展造成的伤害,又不止是刊印与传播方面了。

在讨论通俗小说的刊印与传播时还应该指出一点,那就是由于书籍是能在意识形态领域产生重大影响的特殊商品,因而封建统治者对书坊的控制也就严于其他一般的商业部门。在明以前的元代就已开始实行书籍出版检查制度,那时公开出版一本书必须经过中央政府的批准。明人陆容曾说:"尝爱元人刻书,必经中书省看过下所司,乃许刊印",[①] 而叶德辉的《书林清话》则引蔡澄的《鸡窗丛话》对此作了具体介绍:

[①] 陆容:《菽园杂记》卷十。

> 元时人刻书极难,如某地某人有著作,则其地之绅士呈词于学使。学使以为不可刻则已,如可,学使备文咨部。部议以为可,则刊板行世,不可则止。

明代继续实行书籍出版检查制度。从崇祯间侯峒曾任江西右参议提督学政时重申"私刻之禁,屡奉申饬"① 来看,这一检查制度一直到明末时仍然存在,尽管它在许多地方已经是有名无实了。在《明史》中,还载有一份弘治年间许天锡要求加强对建阳书坊控制的奏章。那时曲阜的孔庙与福建的书坊接连遭火灾,许天锡认为"此番灾变,似欲为儒林一扫积垢",于是他要求派员前往福建整顿出版业:

> 宜因此遣官临视,刊定经史有益之书。其余晚宋陈言,如论范、论草、策略、文衡、文髓、主意、讲章之类,悉行禁刻。②

他的建议得到采纳,"所司议从其言,就令提学官校勘"。③ 嘉靖五年(1526),福建巡按御史杨瑞、提督学校副使邵诜又奏请"于建阳设立官署",以便能直接在全国的出版中心监控各书坊的刻书动态。朝廷很快就批准了他们的建议,"寻命侍读汪佃领其事"。④ 即使是四书五经这一类书,官府也严令各书坊完全按照官方出版的书籍翻刻,连格式也不得擅自改变。嘉靖十一年(1532),福建提刑按察司还特地就此事发出通告警告各书坊:

> 为此,牒仰本府着落当该官吏,即将发出各书,转发建阳县,拘各刻书匠户到官,每给一部,严督务要照式翻刻。县仍选委师生对同,方许刷卖。书尾就刻匠户姓名查考,再

---

① 侯峒曾:《侯忠节公全集》卷十七"江西学政申约"。
② 《明史》卷一百八十八。
③ 《明史》卷一百八十八。
④ 施鸿保:《闽杂记》卷八"麻沙书板"。

不许故违官式,另自改刊。如有违谬,拿问重罪,追板划毁,决不轻贷!①

从弘治年间到嘉靖初年,封建统治者接连采取了一系列的整顿书坊的措施,这实际上是意味着当时私人刻书业的发展与壮大,已经开始越出了官方的控制,而官方则力图将其重新纳入所谓刻正大古书以惠后学者的轨道。可以想见,明初及其后很长的时期内,书籍出版检查制度要严厉得多,各书坊一般也不敢越雷池一步。离不开印刷出版业支撑的通俗小说诞生于这样的年代,真可谓是生不逢时了。

---

① 此文告刊于嘉靖十一年(1532)建阳刻本《周易经传程朱传义》。转引自魏隐儒《中国古籍印刷史》。

第六章　文言小说创作的复苏

　　强大的阻力使明代小说的发展在本阶段长时期地处于停滞状态，但它并不是了无动静的一片死寂。既然世间已产生小说这一文学样式，那么就没有任何力量能够绝对地割断它与读者之间的联系，而丰富多彩的社会生活中一直不断地涌现出各种令人可喜可惊、可悲可愤的事件，在其刺激下也总会有人去提笔记载，或作渲染式的描述，只不过环境的恶劣，观念方面的障碍，以及缺乏优秀作品供参考借鉴等诸因素的约束，那些记载和描述一般都较为幼稚、粗糙，往往只能算是"准小说"式的作品。本阶段小说发展的停滞又并非是绝对的，其状态也不是始终一成不变。随着时间的推移与社会生活的发展，妨碍小说创作与传播的阻力在慢慢地减弱，故而在本阶段后期，小说与"准小说"作品呈现出逐渐增多的趋势，尽管它们的绝对数量并不多。从这一视角着眼，本阶段后期又可以看作是小说创作重新起步的条件逐渐成熟的时期，而正因为有了这一准备与酝酿，小说创作才能从嘉靖朝开始走出了长时期的萧条，逐渐步入正常发展的轨道。不过，称明代小说从嘉靖朝开始摆脱萧条状态是就总体而言，实际上文言小说与通俗小说的这一进程并不同步。前者在成化末年即已出现了复苏迹象，而后者一直要到嘉靖中期才出现了为数不多的几部新作品，其间存在着半个多世纪的时间差。这是因为文言小说创作复苏的条件成熟得较早，它也就先一步走出了萧条期。

第一节　先行复苏的原因与志怪小说

　　文言小说创作于本阶段后期开始复苏,从时间上看,它与通俗小说创作的复苏并不同步,然而这里出现时间差却又完全是合情合理的事。首先,正如前两章所述,封建统治者对意识形态领域的严厉控制,是文言小说发展陷于停滞状态的主要原因,它不像通俗小说那样特别地依赖于印刷业的普及与商业的繁荣,而后两者一直要到嘉靖朝才基本上不再成为障碍。经"土木之役"与"夺门之变"后,封建统治者对意识形态领域的控制已渐渐显得力不从心,曾被点名禁毁的《剪灯新话》在成化三年(1467)公然刊印行世,便是控制松动的表现之一,同时刊出的又有李昌祺的《剪灯余话》。成化间名士陆容论及李昌祺因著小说而不得入乡贤祠时曾感叹道:"(当年)清议之严,亦可畏矣",① 由此可以推知,此时的社会舆论对于《剪灯新话》这类作品也已表现出一定程度的宽容,尽管对它们的评价还只是"皆无稽之言也"。② 政治禁咒逐渐失去了魔力,久遭压抑的创作热情便重又勃发,虽然开始时还只是小心翼翼地作较生疏的试探。

　　其次,文言小说传播方面的困难相对于通俗小说要小得多。《三国演义》与《水浒传》在嘉靖年间刊行前只有抄本在少数人中传阅,不可能产生较大的实际影响,可是《剪灯新话》与《剪灯余话》等作在朝廷禁毁前已有刊本行世,还出现过李时勉所说的人们"争相诵习"的盛况。禁毁令的执行虽使《剪灯新话》等作的传播发生困难,可是却又有人巧妙地从那些作品集中抽出某些单篇,编入小册子后继续刊行,诚如当时曹安的《谰言长语》所言:"今《剪灯新话》、《余话》等一切鬼话,启蒙故事收之。"当禁毁令

---

① 陆容:《菽园杂记》卷十三。
② 陆容:《菽园杂记》卷十三。

到了已无法有力贯彻时,《剪灯新话》等作更是堂而皇之地再次公开出版,随之而来的自然又是大范围的传播。这对文言小说创作走出长期萧条状态无疑是一个推动与刺激,如问世于本阶段末的文言小说集《花影集》,就是陶辅在读了《剪灯新话》、《剪灯余话》与《效颦集》后,"较三家得失之端,约繁补略"[①] 而写成。有些作家虽不像陶辅那般坦言,但他们受影响而创作的痕迹仍灼然可见。可是明初那几部通俗小说在本阶段始终没有刊行,当然也无法在创作方面激起强烈的反响。

再次,拥有雄厚的历史积蓄也是文言小说创作较早重新起步的重要原因。自魏晋以降,文言小说已走过千余年的漫长历程,其间名篇佳作也不知有多少。这是文言小说进一步发展的厚实基础,也是推动后人投身创作的动力之一。《剪灯新话》等作遭禁时,苛严的社会舆论也不允许人们阅读先前的文言小说,如段成式的《酉阳杂俎》、陶宗仪的《辍耕录》等都被归于"君子弗之取"之类,理由是"多闻不能以阙疑,多识不足以蓄德故也"。[②] 许多作品只能以收藏了一二百年的宋版书,或抄本在很小的范围内流传,社会上绝大多数人无缘得见。如岳珂的《桯史》是"访求每恨未见其全者";[③] 洪迈的《容斋随笔》也"传之未广,不得人挟而家置";[④] 周密的《齐东野语》"传写既久,鱼鲁滋多";[⑤] 而李石的《续博物志》则是"在宋尝有板刻,而今罕传"。[⑥] 被列入子部小说类的作品几乎都有这样的遭遇,人们也时常感叹"每以不获一经目,迨今深置恨焉",[⑦] 这类感叹其实正表明,人们

---

① 陶辅:《花影集引》。
② 黄瑜:《双槐岁钞自序》。
③ 江沂:《桯史题记》。
④ 李翰:《容斋随笔序》。
⑤ 盛果:《齐东野语后序》。
⑥ 都穆:《续博物志后序》。
⑦ 顿锐:《侯鲭录序》。

在强压之下仍然继续保持着对小说的喜爱。上述书籍的纷纷刊行也始于成化年间,若以今日标准衡量,那些著作也只是含有某些小说或"准小说"式记载,但其传播却使长期被子曰诗云环绕压抑的人们惊喜地看到了一个新天地,随后便出现了一些模拟或仿效之作。祝允明在《志怪录自序》中承认,其创作受到洪迈著述的影响;陆采喜读苏轼的《艾子》,又自撰《艾子后语》,"纂而成编,以附坡翁之后";[1] 陆奎章则是自从读韩愈的《毛颖传》后,"居闲每欲效颦万一",[2] 于是便有《香奁四友传》的问世。虽然观念上的障碍或印刷条件的限制,使唐宋传奇中的许多优秀作品以及《太平广记》那样的大型作品集要到嘉靖年间才刊行于世,但此时刊行的前代笔记小说的刺激,确已使正在复苏的文言小说创作增添了活力。相比之下,专供案头阅读的通俗小说在历史积蓄方面要逊色得多,明初的《三国演义》、《水浒传》是它刚开始发展的起点。倘若没有适当的历史机遇与深厚的文学修养,一般人也很难再像罗贯中、施耐庵那样,在毫无借鉴的情况下完成由诉诸听觉到专供案头阅读的转换工作。

最后应指出,文言小说在本阶段后期的复苏,又与当时一部分人对小说态度的逐渐转变密切相关。正统朝时"君子弗之取"是普遍的舆论,可是到了弘治年间就有人公然做翻案文章。许浩尖锐地批评"是时国人或不取"[3] 的偏见;自称"每见小说,窃甚爱之"的侯甸甚至还直截了当地对孔子的小说观表示非议:"幽怪之事,固孔子所不语,然而使人可惊可异、可忧可畏,明显箴规而有补风教者,此博洽君子不可不知也。"[4] 若再早几十年,恐怕就没人敢说这类言语。不过,他们所赞许的小说主要还是指随笔记录见闻的短文,虽短小精悍,内容却相当驳杂,而当

---

[1] 陆采:《艾子后语序》。
[2] 陆奎章:《香奁四友前传序》。
[3] 许浩:《复斋日记序》。
[4] 侯甸:《西樵野记题记》。

时祝允明等人正是根据这类作品来讨论小说的起源与发展:

> 盖史之初为专官,事不以朝野,申劝惩则书。以后,官乃自局,事必属朝署出章牒则书。格格著令式,劝惩以衰。又以后,野者不胜,欲救之,乃自附于稗虞,史以野名出焉。又以后,复渐弛。国初殆绝,中叶又渐作。美哉!彬彬乎可以观矣。

祝允明主要活动于成化末年至嘉靖初年,这位著名文士所说的"国初殆绝,中叶又渐作"一语,也证明了自明初以来,文言小说创作确实经历了一个长期萧条的过程,直到本阶段后期才开始逐渐复苏。祝允明主要是从与历史关系的角度来考察小说的起源和发展,这的确抓住了中国古代小说发展过程中的一个关键问题。他指出,最初由于"事不以朝野,申劝惩则书",所以史书记载中含有小说类描述,可是"以后,官乃自局",于是这类描述便逐渐被排斥在史书记载之外。这些都是颇为中肯的论述,可是其后用"又以后,野者不胜,欲救之,乃自附于稗虞,史以野名出焉"来解释小说的起源就显得较为片面。这种局限性源于对小说地位与功用的片面理解,在祝允明的心目中,小说只是作为史家记载的附属物而存在,而当时大多数人也都持有类似的看法。文言小说创作在复苏时期的大量作品,就是基于"补正史之阙"的目的而问世,而且也正因为如此,它们一般都混杂在风土人情或典章故事一类的记载中。不过由于含有较生动的情节或具有明显的奇异色彩,它们还是较容易地被辨认与筛选。

文言小说创作明显地呈现复苏迹象是始于成化末年,在这之前,某些笔记中已出现了若干类似小说的记载,《马氏文钞》中的"石斗"条便是较典型的一例:

> 武清县民家石白与邻家碌碡,皆滚至麦地上跳跃相斗。乡人聚观,以木隔之,木皆损折,斗不可解,至晚方息。乡人怪之,以白沉于池中,碌碡坠深坑,相去各百余步。其夜碌

礧石臼复斗于池边，地上麦苗皆坏。秀才李廷瑞闻之，亟往观焉。斗犹不辍，乍前乍却，或磕或触，砰然有声，火星迸落，三日乃止。

历来志怪小说中的妖魅通常都由有血有肉的动物充任，间或也有植物，如老树成精一类，而"石斗"条却绘声绘色地描述了毫无生命的石臼与碌礧相斗的故事，这在志怪小说中可算是别出心裁的一例。不过，作者马愈并非有心要打破历来的格局，他甚至根本无意于撰写小说。在上述文字之后，马愈又各举唐宋典籍中一例，以证明此类事古已有之。原来，他是将传说中的怪事当作了"格物"的对象，并借此炫耀自己的博学。《马氏文钞》约出于天顺年间，① 比文言小说创作复苏期的开始早二三十年，因此它在某种意义上具有路标的作用，即提示人们注意，文言小说创作在经过长期的萧条之后，是通过格物致知、补正史之阙的途径逐步走向复苏。其实，就是在创作全面复苏之际，如"石斗"这样的作品仍占有相当比例。侯甸的《西樵野记》中也有这样的记载，如"骷髅诵经"：

江夏悟真寺一僧法名元仁。秋夕月朗，辄出门闲步。闻诵《华严经》声不绝，元仁谛听之，未得所在，怅然而归。次夕，令诸徒复诣声处。闻经声出自土中，即以曳杖划记。翌旦启壤，乃一骷髅，皮肉悉腐，独唇舌鲜润。元仁持归，以石匣韫之，外护藁穰，置于庑廊。至夜经声如故。观之者以亿计。未旬月，为客僧窃之而去。

与"石斗"条相似，这也是单纯地志怪，对社会生活几无反映，若无作者"题记"中的"自国朝迄今，其有得于见闻者，辄随笔识之"的声明，人们恐怕也无法揣知这是出自何时代人之手。弘

---

① 该书"李廷珪墨"条中有"至我朝又八十余年"之语，即景泰朝，书中最后纪年为"天顺己卯"即天顺三年，故知书约出于天顺年间。

治间人黄瑜曾言:"异端奇术必书,正大经也","言变必揆诸常,言事必归诸理,此予著述之志也"。① 这在当时是颇有代表性的见解,也是上述那些志怪类文字出现的原因。

当时也有一些志怪小说开始通过离奇的故事曲折地反映社会现实,尽管有些作者的本意仍只是搜奇猎异,但他们记载的传说在民间产生与流传的过程中,已被增入了生动的现实生活内容,而有的作者确实以有益于现实为撰写志怪小说的目的。祝允明曾明确宣称:"志怪虽不若志常之为益,然幽诡之事,固宇宙之不能无,而变异之来,非人寻常念虑所及。今苟得其实而纪之,则卒然之,顷而值之者,固知所以趋避,所以劝惩,是亦不为无益矣。"② 他正是从这方面肯定志怪小说存在的价值,至于这类作品"恍语惚说,夺目惊耳",从而使人们"喜谈而乐闻"倒是较其次的事。祝允明自己就撰写过不少志怪小说,其中《前闻记》里的《义虎传》是较有代表性的一篇:

荆溪有二人髫䯱交,壮而贫富不同。窭子以故宴安,无他技,独微解书数,妻且艳。富子乃设谋,谓言:"若困甚,盍图济乎?"窭告以不能故。富子曰:"固知也。某山某甲丰于赇,乏主计吏,觅久矣。若才正膺此耳。若欲,吾为若策之邪。"窭感谢,富子即具舟费并载其艳者以去。抵山,又谓言:"吾故未尝凤语彼,彼突见若夫妇,得无少忤,子一忤且不可复进。留而内守舟,吾若先容焉,计也。"窭从之,偕上山。富子宛转引行险恶溪林中,窭胼胝碎破,血出被踝踵不已。至极寂处,乃蹴而委之地,出腰钺斫之,陨绝。富子谓死矣,哭下山谓艳者:"若夫君啮于虎矣,若之何?"妇惟哭。富子又谓言:"哭无为,吾试同若往,检觅不见,乃更造计耳。"妇亦从之,偕上山。富子又宛转引行别险恶溪林中,至

---

① 黄瑜:《双槐岁钞自序》。
② 祝允明:《志怪录自序》。

极寂处,拥而求淫之。妇未答,忽虎出丛柯间,咆哮奋前,啮富子去,毙焉。妇惊定心念:"彼习行且尔,吾夫其果在虎腹中矣。"不怨客,转身而归,迷故途,顺途而哭。倏见一人步于傍问故,妇陈之。人言:"尔勿哭,当返诸舟可归,尔舟在彼。"遂导之返,见舟而灭,盖神云。妇登舟莫为计,俄而山中又一人哭以出,遥察之,厥雄也。妇疑骇其大鬼与,夫亦疑妇当为贼收矣,何独尚存哉。既相逼,果夫果妻也。相携大恸而苏,各道故。夫曰:"彼图淫若,固未淫若;图我死,固未死我,则我可置我憾也。"妇曰:"吾苦若死,若固不死;图报贼,贼固自得报矣,我憾亦何不可置邪?"于是更悲而慰,哭而笑,终归完于乡。

祝允明在篇末发表议论云:"视贼始谋时,何义哉,已乃以巧败,受不义之诛于虎,虎亦巧矣。非虎也,天也。使妇不遇虎,得理于人,而报贼且未必遂,遂且未若此快也。故巧而不足以尽,虎以义表焉可也。"这段议论透露了作者的创作动机:为贪图美色,"富子"竟设毒计谋害从小一起长大的朋友,这描写显然是对为富不仁以及道德堕落的世风的揭露与抨击,可是对"富子"的惩罚,却只能借"虎"(即"天"之化身)来施行;而文末"得理于人,而报贼且未必遂"一语,又隐约地透露了作者对当时吏治昏庸、不公的愤慨。虎与神的出现是作品中的重要关目,但其他内容却为人间言动,其中关于"富子"的奸诈、狠毒以及"婆子"夫妇劫后重逢庆幸心情的描述还十分细腻逼真,显然是全照现实生活写来。作者采用志怪笔法描述,是为了借助超现实的力量惩罚奸恶、伸张正义,同时也含蓄地表达了对世道不公的批判,因而此篇的思想意义与艺术成就也远非前面所引的"石斗"、"骷髅诵经"等作所能相比。

《义虎传》的故事也见于当时其他人的著作,如都穆的《都公谈纂》、沈周的《石田杂记》等。在当时,经常有一则故事同时为几种著述所记述的现象,而其内容又不尽相同。显然,那些作家都是在根据自己的耳闻在撰写,而有意识地从民间传说中撷取素材,特别是留意于含有生动社会内容的传说,则是文言小说创作在复苏时逐步走上正轨的迹象之一。如果进一步将《义虎传》与都穆、沈周的记述作比较,那么便可以发现都、沈两人的记述虽文字殊异,但内容却尽同,可是《义虎传》中除了一对夫妇遭人暗算,凶手被虎啮去这基本情节相同外,其余的都有较大出入。这三位作家生活于同时,且又都是苏州人,照理说他们听到的应该是同样的传说。对此较合理的解释,是都、沈的记述是传说的原样,而祝允明则作了加工与改写,如将谋害者由素不相识的舟子改为从小一起长大的朋友,其间的用意可以说是十分明显。加工后的描写更为细腻,篇幅也扩充了一倍,而这篇作品的出现,证明了有些作家创作时已突破简单地记载传闻的局限,开始有意识地对素材作提炼与捏合,这已是严格意义上的小说创作了。祝允明还写过些较完整、较细腻的志怪小说,如《语怪》中的《桃园女鬼》、《常熟女遇鬼》等。不过就当时整个文言小说创作来说,这类作品只有屈指可数的几篇,就是在祝允明创作的志怪小说中也只占很小的比例,大多数篇章仍属"丛残小语",其中相当一部分还是单纯地为志怪而志怪,其格调不甚高,迷信色彩也较浓重。这些不同类型、水准又高低参差的作品同时并存于一个人撰写的小说集中,其实也正是文言小说创作在开始复苏时的正常现象。

　　类似的作品集又有陆粲的《庚巳编》,其问世比《语怪》略迟几年,正接近本阶段终点。在陆粲笔下,有一些志怪且格物的记载,如"三足鳖"条言人食后,全身化为乌有,仅存头发与衣服冠履。记述此怪事后,作者又接连引述《尔雅》与《山海经》中的记载作考证,其状全同于前面提及的"石斗"条。同时,陆粲也创作了些情节完整、描摹细腻的小说,最典型的便是卷二中的《洞箫记》。该篇言徐鏊月夜吹箫,赢得神女青睐,于是两人便结合了。作品用相当大的篇幅描写人神结合后的日常生活,有意突出神女对徐鏊的痴情,然而徐鏊却打算遵母命而别娶。一念才动,神女已知,从此不复再来。故事本也可就此结束,但作者意犹未尽,又写了一段在断绝往来后,神女与徐鏊再次相会的情节:

> 小青衣遥见鏊,奔入报云:"薄情郎来矣。"堂内女儿捧香者、调鹦鹉者、弄琵琶者、歌者、舞者,不知几辈,更叠从窗隙看鏊,亦有旧相识呼者、微诟骂者。俄闻珮声泠然,香烟如云,堂内递相报云:"夫人来。"老人牵鏊使跪,窥帘中有大金地炉燃兽炭,美人拥炉坐,自提箸挟火,时时长叹云:"我曾道渠无福,果不错。"少时,闻呼卷帘,美人见鏊数之曰:"卿大负心,昔语卿云何,而辄背之!今日相见愧未?"因欷歔泣下曰:"与卿本期始终,何图乃尔。"

该篇的结尾与唐传奇《霍小玉传》有异曲同工之妙,颇有几分唐人遗韵,这实是作者有意借鉴甚至模拟的结果,而这段描写又使作品同时兼有志怪与传奇的色彩。然而,这样的作品却与"三足鳖"之类的记载并存于一集,由此可以推知,当时一些作者对小说创作的理解还并不十分清晰。

在《庚巳编》中,有不少篇章既志怪,同时又反映了当时的社会生活。如书中最后一篇《张御史神政记》,描写张昺任铅山知县时,在土地神启发下平反冤狱;又不顾阴报,砍巨树,灭妖孽,救出受蹂躏的妇女;还以毁祠相胁,令城隍五日内擒获食人之虎。张昺的政绩显然是被神化了,但作品所反映出的百姓渴望遇见清官的愿望,却相当可信。[①]又如卷二的《临江狐》叙人狐交合的故事,这在志怪小说中早已不是新鲜的题材,但过去的故事一般只限于两种套式:或狐加害于人,吸其真元;或狐真心恋人,一片痴情。《临江狐》则不然。在对人狐相遇作简单交代后,作

---

① 此篇非陆粲所作。陆粲于该篇末注云:"右《张御史神政记》,予弟子远作,录之以终吾编。"

者着重叙述的是"日久情密如伉俪"以后的事。狐将自己的生死秘密告诉了人:睡时有光旋绕身畔,"人能远立以口承其光而徐吸之,则彼得寿而吾祸矣"。谁知人当夜就依此行事,结果是狐死而人得长寿。作品问世的正德朝正是明代原较淳厚的世风开始逐渐沉沦之时,那时社会上许多人为了一己之利往往是不择手段,甚至不管对方是挚友还是至亲。人间的情状如此,于是相应地作者也就将旧题材写出了新意。

在《庚巳编》中,还有一类作品尤为值得注意,这里且先看其中的《守银犬》:

> 阊门一民家,忘记姓名,以开行为业。家蓄一犬,甚健,日卧一槛旁顷刻不离。日夜至其所者,辄噬之。家人相戒,莫敢犯。有商人至门,不知而近之,犬噬其股流血。商号呼骂其主,其主亦恶犬,谢曰:"君故勿怒,明日当烹之共食耳。"商归邸中,夜梦若有告之者,曰:"吾乃主人之父也,死若干年矣,有银数百两埋槛下,生时不及语吾子,子不知也。一念不忘,复生为犬,所以朝夕不去者,盖前此冥数,未可传于子,故守以待之耳,不意误犯君。彼必不见信,君幸往见之,令不吾杀也。"商竦然惊觉,即起奔诣其家,扣门,主出迎。商问:"犬安在?"则已被烹且熟矣。商人愧恨,具语以所梦,其主犹未信。商请验之,撤槛,果得一瓦钵,盛银四百余两。痛悔无及,乃哀其犬而瘗之。

作品以独特的情节构思成功地塑造了一个守财奴的形象,而本篇更重要的价值,却在于它准确而生动地描写了当时商人的生活、心态及其经营。自唐宋传奇以来,作品中的主人公历来是才子佳人或帝王将相一类,带有铜臭味的商人至多是偶尔出场充任陪衬性的配角,但《守银犬》却突破了这一传统格局。尽管作品中的种种描写,如商人至死牵挂着埋银,竟投胎为狗日夜守卫,以及儿子杀了是父亲后身的狗等等,都充满了对商人的鄙夷与嘲讽,但商人毕竟成了作品的主人公,而且篇中的人物全都是商人。这一类作品的出现,正与当时的社会现实相适应。从成化末年开始,明初时被强压至社会底层的商人在经过一百多年的顽强努力之后,又重新成为一股相当活跃的势力,并依仗着经济实力向社会生活的其他领域逐渐渗透,他们也必然地会开始在文学作品中占据一席之地。然而在士人的观念中,商人仍属于贱民,因此尽管创作时不得不注意到那些暴发户的存在,但后者在作品中还只能处于被鄙夷与嘲讽的地位。陆粲等作家确实还存有偏见,不过能敏锐地观察生活并及时地在作品中加以反映,却仍值得称道。

在弘治、正德年间,不少作家都感觉到了商人势力的开始崛起,因此在他们笔下或多或少地出现了一些涉及这方面内容的作品。就总体而言,其绝对数量不多,基调也与《守银犬》相似,但传统的志怪小说中引入了新鲜的内容,却给人以耳目一新之感,其中有的作品还颇为别致,如祝允明《语怪》中的《济渎贷银》:

> 济渎祠相传神通人假贷,前后事不一,漫志其概一二。祠有大池,凡欲假金者祷于神,以珓决之。神许则以契券投池中,良久有银浮出如其数。贷者持去贸易利市加倍。如期具子本祭谢而投之,银没而原浮其券,如人间式,亦有中保之人。若神不许,则投券入水,顷之券复浮还。牛马百物皆可假借投之,复出故不死也。尝有不能偿者,舍其儿以盒子盛之投入。俄顷盒浮起,视之,儿活于中无恙,盖神鉴其诚,闵而贷其债也。盒外湿而内中故干。其他类此故多。

述鬼神之事已是志怪小说中很平常的内容,但本篇所志之怪,却真的令人感到惊奇:神居然参与了人世间的商业金融活动。这位济渎神是公正的,他在借贷过程中没有丝毫的奸诈行为,而是与商人们平等地、按大家认可的通行手续办理借贷业务。同时,济渎神又十分仁慈,决不像人世间的高利贷主那般狠毒刻薄。很显然,是商业的逐步繁荣才使得诸神中冒出了一位全新的神祇,这表明商人们已不满足于向旧神祈福,而是根据自己的意愿与利益造新神,作家们则是及时地在作品中描述了现实生活中的这类新鲜事,给后人留下了一份珍贵的资料。

本阶段的志怪小说主要是出于弘治、正德这三十余年间,其内容不外是记神佛、妖精、物魅、幽冥、奇闻等事,作者创作的目的也多为陈祸福,申劝惩,宣扬封建伦理道德与因果轮回报应。在这些作品中,大多数是记录怪异的"丛残小语",但也出现了若干作者为寄寓感慨或针砭社会而精心编撰的情节完整、人物形象较为分明的杰作。这时期的创作在总体上是对六朝、唐宋以来传统题材与笔法的因袭模仿,但毕竟也出现了某些贴近现实生活、特别是及时地反映正在崛起的商人势力的作品,它们在一定的程度上显示了当时的时代特征。若联系嘉靖朝以后的创作就不难发现,这是一个具有突破意义的开端,而在后来它又终于成为明代志怪小说创作的重要特色之一。

第二节 内容庞杂的逸事小说

有较多的逸事小说出现,也是本阶段后期文言小说创作呈现出复苏迹象的表现之一。所谓逸事小说,主要是指明人笔记中的那些描述朝野掌故、里巷传说、民风习俗以及士流言行的作品,至于专门记录史实的文字,无论是事件的介绍还是人物的传记,都不应包括在内。不过在明人笔记中,逸事小说一般与记录史实的文字混杂在一起,而且数量较后者为少,要将它们筛选出来有时也不容易,因为有不少记述的性质似此似彼,又非此非彼,无论是归于前者或后者都不甚妥当。这一现象的产生是由那些笔记的成书方式所决定,纵观那些作者的自我介绍,可以发现他们的写作过程十分相似:或"遇事有可记,随笔记录";① 或"偶有所得,辄书漫志";② 或"每遇所见所闻暨所传闻,大而缥缃之所纪,小而刍荛之所谈,辄即钞录";③ 或"见先生嘉言善行,即笔于楮,或于载籍中间见异人异事,亦录之"。④ 那些作者其实并非是有心于创作,他们笔下之所以会出现被称为逸事小说的作品,只不过是其所见所闻或听到的传说本身具有较生动趣味的情节而已,他们载录的初衷还是想补正史之阙,故而上述两类文字便并存于一书之中。

然而,笔记中出现逸事小说类作品已是一大进步,须知在大量的有意补正史之阙者拘谨地描述历史事件与撰写人物传记之时,敢于顶着"人皆哂之"⑤ 的压力去记述琐事轶闻确还需要有点勇气。幸好,与读者长期隔绝的某些宋人笔记此时重又刊印行世,使那些作者得到了精神上的鼓励与支持,他们中的一些人如此著述其实正是受到了这些宋人笔记的影响。该影响可由当时人对宋人洪迈《容斋笔记》的评论为代表:"(是书)搜悉异闻,考核经史,捃拾典故,值言之最者必札之,遇事之奇者必摘之。虽诗词文翰、历谶卜医,钩纂不遗,从而评之,参订品藻,议论雌黄,或加以辩证,或系以赞豁,天下事为,寓以正理,殆将毕载。……可劝可戒,可喜可愕,可以广见闻,可以证讹谬,可以祛疑贰,其于世教未尝无所裨补。"⑥ 理由光明正大,既然古人可以这般理直气壮地著述,今人就为何不可?祝允明甚至还这样论述洪迈的作品与自己著述之间的关系:"若有高论者罪其缪悠,

---

① 许浩:《复斋日记序》。
② 陆深:《金台纪闻题记》。
③ 黄瑜:《双槐岁钞自序》。
④ 曹安:《谰言长语题记》。
⑤ 曹安:《谰言长语题记》。
⑥ 李翰:《容斋随笔序》。

而一委之以不语常之失,则洪书当先吾而废,吾何忧哉!"① 他虽然是就志怪内容而言,但这议论对于逸事小说也同样适合。

就观念上的障碍而言,逸事小说的创作条件似又优于志怪小说。对后来者来说,从"子不语怪、力、乱、神"的禁锢下挣脱出来需要更多的勇气,而逸事小说的作者却可以声称是在按圣人的教诲行事。陆深叙述自己创作《金台纪闻》的缘由时,第一句便是"孔子曰:多闻择其善而从之,多见而识之";② 陈沂为自己著述中内容辩解时则说:"虽有不伦,而取善之意不以人废,有信以终齿者,虽细亦书正,孔子所谓有所试之矣。"行笔至此,他意犹未尽,便又添上两句,以结束全文:"惜闻见不广,尚有望于同志焉",③ 即扯出孔子的旗号,号召大家都来从事这样的著述。事实也果真如此,自这些人重开在笔记中载录琐事轶闻的风气后,类似的著述便层出不穷,其数量之多远非以往的唐宋时可比。

由于此时的逸事小说是由记录史实的文字逐渐脱胎而来,因此它较偏重于真实性,即使某些轶闻在流传过程中被增添了虚构的内容,但作者撰写时却往往是忠实地根据耳闻而记录。对朝野轶闻的有意载录,使这些作品天然地具有贴近现实生活的倾向,且反映较为直接,不似志怪小说常借幽冥、神怪世界作曲折地反衬、隐喻。同时,逸事小说的作者多为有一定社会地位的文士,他们既能出入于官场,又有接触里巷传闻的机会,故而其作反映的社会生活面相当广泛,而他们的实录笔法,又能使人相当真实地领略当时的世态风貌。就涉及官场的文字而言,歌功颂德者自然不是少数,但其中含讽刺意味的描述却因揭示了庄严帷幕后的真相而尤为引人注目。此处姑举数例:

---

① 祝允明:《志怪录自序》。
② 陆深:《金台纪闻题记》。
③ 陈沂:《蓄德录题记》。

成化间,太监汪直用事,朝绅谄附,无所不至。其巡边地,所在都御史皆铠甲戎装,将迎至二三百里,望尘跪伏,半跪一如仆隶。揖拜之礼,一切不行。以是皆邀喜,遂得进升。有谚云:"都宪叩头如捣蒜,侍郎扯腿似烧葱。"奔竞之甚,良可叹也。①

　　松江钱尚书治第时,多役乡人,而砖甓亦取给于彼。一日,有老佣后至。钱责其慢,对曰:"某担自黄瀚坟,坟远故迟耳。"钱益怒,老佣徐曰:"黄家坟故某所筑,其砖亦取自旧冢中,无足怪者。"②

　　闽中一娼色且衰,求嫁以图终身,人薄之,无委禽者。乃决之术士,云年至六十当享富贵之养,娼不以为然。后数年,闽人子有奄入内廷者,既贵,闻其母尚存,遣人求得之,馆于外第。翌日出拜之,遥见其貌陋,耻之,不拜而去。语左右云:"此非吾母,当更求之。"左右观望其意,至闽求美仪观者,乃得老娼以归。至则相向恸哭,日隆奉养,阅十数年而殁。③

第一则描摹官场上阿谀奉承的风气。为了升官,堂堂都御史对一个得宠的太监竟出迎二三百里,而且跪拜如仆隶,毫无廉耻可言。第二则是官员以上对下的情景。钱尚书建造府第时不仅私征百姓,而且连砖甓也要他们自备,蛮横无理到了极点,而那老佣讥讽的对答则十分尖刻巧妙,令人叫绝。第三则描写得势的太监寻母的故事,但结局却颇出人意外。母亲接来后,因其貌丑而不认,等左右弄来了"美仪观"的老娼,他明知是假,却"相

---

① 阙名:《嵩阳杂识·诗讽》。
② 文林:《琅琊漫钞》。
③ 陆容:《菽园杂记》卷六。

向恸哭,日隆奉养"。作者寥寥数笔,就辛辣地将权势者的丑恶心灵暴露无遗:他寻母并非出于亲情天性,只不过是借以表现孝道,从而抬高自己名声的一种伎俩而已。

逸事小说中有相当一部分内容是关于里巷传闻的记述。百姓的日常生活中时常会发生一些越出常理或令人惊讶的事件,它们必然要引起街坊邻里的关注和议论,并以口传的方式向四方辐射。那些本来已带有奇异性的事件在传播过程中往往会被渲染得更为离奇,情节也逐渐变得愈发丰满曲折,于是它们引起了某些文士的注意,并被载入其著述。不过文士们载录时的选择标准不尽相同。有人较注意传闻的趣味性与传奇性,如以下两例:

> 城中有女许嫁乡间富室,及期来迎。其夕失女所在,盖与私人期而为巫臣之逃矣。诘旦,家人莫为计,姑以女暴疾辞,而来宾固已洞悉之矣。婿家礼筵方启,嘉仪纷沓,翘企以待。比逆者至,寂然。主人扣从者,皆莫能对。傧以袂掩口附耳告曰:"新人少出。"不觉一笑而已。①

> 苏城商人蔡某,尝泊舟京口,见一客长躯伟貌,须髯被腹,髭长数寸,蔽口。窃计其有碍饮食,乃邀入食肆以观之。客临食,脱帽,拔髻中二簪,绾其髭,插入两鬓,长歠大嚼,旁若无人。食已,谢去,曰:"感君厚情,何以为报。"令舟中取一木棍授之,云:"倘舟行有人侵侮,当以此示之,云胡子老官压惊棍在此,彼必退去。"后行江中,猝遇暴客,蔡如所言,果不犯而去。如是者再,始知其为暴客之渠魁,威信素行于人故也。蔡后死于九江,客闻之,赙以白金,遣人护丧至京口而去。②

---

① 祝允明:《猥谈·新人》。
② 陆容:《菽园杂记》卷八。

吉期已临,新娘却与人私奔不见了,男女两家是何等的狼狈与尴尬。在礼法森严的封建社会里,这是难得一遇的怪事,而祝允明记下此事,同时也是出于对"乡间富室"蒙羞的幸灾乐祸的心情。这种事的记录本身就是对封建礼法的一种冒犯,由此又可以窥见祝允明放浪不羁的一面。第二则故事也是在叙述生活中的奇事,作者叙述时有意无意地将"暴客之渠魁"描写为令人钦佩的侠义之士,而按照封建统治者的衡量标准,那强盗头子无论如何都不应得到这样的赞扬。这两则故事表明,对里巷传闻趣味性与传奇性的偏重,已使一些作家开始逐渐越出了占统治地位的封建思想观念的约束。当然,有意越出者还很少,对绝大多数(包括偶尔也写下略有越轨作品的人在内)来说,维护封建伦理纲常乃是天经地义的责任。他们撰写的作品或也带有趣味性与传奇性,但目的决不是单纯的搜奇猎异,而是借此宣扬忠孝节义或因果报应等思想,因而那些故事劝善惩恶的意味也较浓。在这点上,黄瑜的《双槐岁钞》显得较为典型,现试看该书中的二例:

  成化初,高邮卫有张百户者,备漕运差使,将过家料理,别雇小舟而行。渡湖,风作舟覆,仅获免。乃惩险,从湖堤陆行。至半途,望见一覆舟,浮沉波上,有人踞舟背,呼号救援,烟雾中了不可辨其为谁。张心怜之,呼岸傍小渔艇,俾往援,不肯。则解装出白金十星与之,乃行。援之至,则其子也,因候父而来,遭风溺者半日,出自水,尚振掉不能言者久之,稍迟,则葬鱼腹矣。①

  南京淮清桥女子黄善聪者,年十二,失母,有姐已嫁人矣。父贩线香为业,往来庐凤间,怜其幼且无母,又不可寄

---

① 黄瑜:《双槐岁钞》卷九"援溺得子"。

183

食于姐,乃令为男子饰,携之旅游者数年。父死,诡姓名为张胜。有李英者,亦贩线香,自故乡来,不知其女也,因结为火伴。与同寝食者逾年,恒称疾不脱衣袜,溲溺必以夜。弘治辛亥正月,与英偕还南京,已年二十矣。突然峨巾往见其姐。姐谓:"我本无弟,惟小妹随父在外,尔胡为来?"乃笑曰:"我即善聪也。"泣语之故。姐恶之,曰:"男女同处,何以自明?汝辱我家矣。"因拒不纳。善聪不胜其愤,谓曰:"妹此身却要分明,苟有玷污,死未晚也。"姐呼稳婆视之,果处子,始返初服。越三日,英来候,善聪出见,英大惊愕。归,怏怏若有所失,饮食顿减。英母忧之,以英犹未娶,乃求婚焉。善聪执不从,曰:"此身若竟归英,人其谓我何?"所亲与邻里交劝,则涕泣诉之。事闻三厂,勒为夫妇,且助其奁具。成婚之日,有歌之者,以为木兰复见于今日云。①

在第一则故事中,张百户舍金救人,结果恰好救起了自己的儿子,这种巧合离奇得令人难以置信。若按作者宣称的"可疑者阙之"② 的标准,这则故事本不该被载录,但它有助于证实"善有善报"之语不妄,作者就舍不得割爱了。第二则是发生在《双槐岁钞》成书前不久的真实故事,③ 它的传奇性主要在于黄善聪那几年女扮男装的经历,然而作者描写的重点,却是她回南京后对自己仍是处女的证实,以及申诉数年守节的苦心。如此安排重轻详略,表明了作者撰写的目的不是渲染黄善聪经历之奇,而是为了表彰她的贞节。不过,尽管作者对里巷传闻的态度是"不足为蓄德之助",就归入"可厌者削之"④ 一类,但他出于维护封建伦理纲常而载录的那些故事,仍或多或少地反映了当时的社

---

① 黄瑜:《双槐岁钞》卷十"木兰复见"。
② 黄瑜:《双槐岁钞自序》。
③ 见《明史》卷三百零一。
④ 黄瑜:《双槐岁钞自序》。

会风貌。如船家直到有人出银悬赏才愿意救人，单个的商人为了买卖顺利而合伙经营等等，这些作者不甚经意的描写，却也有利于我们对明代中叶世风的了解。

逸事小说中，还另有一类掇拾名人雅士在品行、言语、举止、性情等方面轶闻隽语的文字，其语言较精炼，篇幅也甚短小，在阅读各种笔记时，时常可以遇见。如沈周的《客坐新闻》中"胡忠安公格言"条记胡濙之言语云：

> 毘陵白司寇昂为进士时，往候乡先达大宗伯胡忠安公。谭间问处世之要。忠安曰："多栽桃李，少种荆棘。"

陈沂《蓄德录》叙周忱之政事云：

> 周文襄公巡抚江南时，尝去驺从，入田野间与村夫野老相语，问民间疾苦。每坐一处，使聚而言之，惟恐其不得尽。

王锜《寓圃杂记》称颂杨翥之雅量时写道：

> 杨先生翥为修撰，居京师。邻家有失鸡者，指其姓而骂。家人以告，先生曰："坊市中不独我一家姓杨。"又一邻居甚隘，雨至必从先生家出水，甚受其污湿之患。家人复告，先生解之曰："晴干日多，雨落日少。"

作者不详的《嵩阳杂识》中"傲睨"条关于何大复简傲的描写也属于这类文字：

> 何大复傲视一世。在京师日，每有燕席，尝闭目坐，不与人交一言。有一日，命隶人携圊桶至会所，手挟一册，坐圊桶上，傲然不屑。客散，徐起去。

这些描述并无"记言则玄远冷俊，记行则高简瑰奇"的品格，但其形却颇似《世说新语》，而且它们又有两个明显特点，其一是记载了明代的名人雅士的轶闻隽语，与时代基本平行，其二是它们散见于各种笔记之中，与志怪、杂述、考辨、议论等文字混杂在一起。此时"世说"类作品只有都穆的《玉壶冰》,但书中的内容止于元末,并不涉及明代的人和事,即与前面所述的特点相反。这种创作状况与《世说新语》刊行的情形有很大关系。据目前所知,南宋以后最早刻印《世说新语》的是明代的袁褧,时间在嘉靖十四年(1535),也就是说,这部著作在三四百年间一直是靠宋版或抄本流传,到明中叶时一般人已不大有机会读到它。当时各种笔记中偶尔出现几条形似《世说新语》的文字,其实都是作者受到了间接影响的结果。直接读到原著的人也有,都穆便是那极少数幸运者之一,所以他才会得到启发,撰写专叙名人雅士轶闻隽语的《玉壶冰》,而书中的某些文字,就是一字不差地抄自《世说新语》。自从袁褧刻印《世说新语》之后,又有数家翻刻,这部作品终于开始广为传播,创作方面的反映也随之而来,接连出现了何良俊的《语林》、李绍文的《明世说新语》、焦竑的《玉堂丛语》、曹臣的《舌华录》与郑仲夔的《清言》等模仿之作,可是在文言小说创作刚开始复兴的时候,还无法指望能有这样的创作局面的出现。

此时逸事小说中的笑话类作品也在前人著述的影响下而问世,最典型的便是陆采的《艾子后语》,由书名便可以知道此书是仿效托名苏轼的《艾子杂说》而写成。尽管陆采声称其创作"直用为戏耳,若谓其意有所寓者,则吾岂敢",① 但是该作品同样显示出《艾子杂说》的"嘲讽世情,讥刺时病"② 的特点。且看书中"认真"与"噬犬"两例:

> 艾子游于郊外,弟子通、执二子从焉。渴甚,使执子乞浆于田舍。有老父映门观书,执子揖而请。老父指卷中"真"字问曰:"识此字,馈汝浆。"执子曰:"'真'字也。"父怒,不与。执子返以告。艾子曰:"执也未达,通也当往。"通子

---

① 陆采:《艾子后语序》。
② 鲁迅:《中国小说史略》第七篇"世说新语与其前后"。

见父，父如前示之。通子曰："此'直'、'八'两字也。"父喜，出家酿美之者与之。艾子饮而甘之曰："通也智哉。使复如执之认真，一勺水吾将不得吞矣。"

艾子晨饭毕，逍遥于门，见其邻担其两畜狗而西者。艾子呼而问之曰："吾子以犬安之？"邻人曰："鬻诸屠。"艾子曰："是吠犬也，乌乎屠？"邻人指犬而骂曰："此畜生昨夜盗贼横行，畏顾饱食，嗫不则一声。今日门辟矣，不能择人而吠，而群肆噬啮，伤及佳客，是以欲杀之。"艾子曰："善。"

前一则故事巧妙地通过是否认"真"字的情节揭示了社会现状：老实认真的人四处碰壁，圆滑奸巧之徒却能左右逢源。篇末艾子似在夸奖通子之智与批评执子之认真，但联系通、执两人的不同遭遇，不难看出这是作者激愤的反语。后一则故事描写的吠犬很容易使人联想到现实生活中的官兵、差役一类人，他们对于盗贼或有权势者的为非作歹"嗫不则一声"，但遇见忠厚百姓却"群肆噬啮"。故事的寓意也很清楚：国家养这些人本是为了防害，结果他们自己反成了需要铲除的社会祸患。作品中邻人曰"杀"，艾子赞许曰"善"，这一态度已不只是讥讽尖刻了。陆采推崇苏轼"平日好以言语文章规切时政"，其撰写《艾子后语》，也是志在"附于坡翁之后"。从这创作意图出发，作品的内容就不可能不涉及时政，只不过作者以较委婉的形式来表达相当激烈的内容，并在序中说一些"若谓其意有所寓者，则吾岂敢"之类的话略作掩饰而已。有人曾批评此书"全为戏言，决无寓意。……书中文字均属游戏滑稽，内容浅薄"，这显然是过于轻率了。《艾子后语》对某些社会丑恶面的揭露与批判，体现了作品在思想意义方面一定的进步性，而且就文学角度考察，它也是当时逸事小说中的佼佼者。陆采并不像其他许多作者那样记录朝野轶事或里巷传闻，或至多在记录时作若干加工，使之更生动或更合情合理，他是在对社会现象作观察与思考的基础上，设计了那些寓言故事。陆采运用夸张、虚拟等艺术手法突出了社会某些弊端或丑恶面的愚蠢可笑之处,那些幽默风趣、寓庄于谐的故事虽非生活中所实有,但对于现实却有着相当强的针对性。就这点而言,陆采可算是走上了独立创作小说的正途。

第三节 寓言小说与传奇

在文言小说创作的复苏阶段,寓言小说也是诸作品中的一个重要门类,它们已有一定数量,且多带有传奇性,在实际上也可称传奇小说。这些作品基本上是作者独出机杼的创造,但在文言小说创作处于刚开始复苏的阶段,它们在立意、形式、情节、结构以及人物形象塑造等各个方面,都不同程度地显示出了模仿前人之作的痕迹,而模仿对象的选择取决于作者的创作目的,它往往是对当时的某种世态人情有着较强的针对性;与此相对应,作者在模仿过程中又常增入对现实生活的观察与感受,从而表现出自己的创造力。

萧韶撰写的《桑寄生传》[①]是此时较别致的一篇带有传奇性的寓言小说。此篇叙桑寄生由平民而遽登高位,最后终因溺于逸乐奢荡而卒,其立意与结构与唐人沈既济的《枕中记》有几分相似,篇中喜插入诗歌,却是《剪灯新话》、《剪灯余话》之遗风。当言及桑寄生后来的逸乐时,作者又特别强调沉溺女色的危害,意在批判当时渐至颓荡的世风。这篇作品篇幅不甚长,但作者描述时竟巧妙地嵌入近百个药名,显得格外别致。如叙桑寄生率兵出阵时,作者写道:

上大喜,赐穿山甲、犀角带,问:"何时当归?"曰:"不过

[①] 此文载于李诩《戒庵老人漫笔》卷四"药名传文"条。李诩称此文"乃余少时业师益斋赵公所校录者"(李诩生于弘治十八年),又称"观澜三十余卒,此传又其初年作",故知此文之出当在弘治末或正德初。观澜,萧韶之字。

半夏。"遂帅兵往,乘海马攻贼,大战百合,流血余数里。令士卒挽川弓,发赤箭,贼不能当,遂走,绊于铁蒺藜,或践滑石而踬,悉追斩之。惟先降者独活,以延胡索系之而归。

短短几句话中嵌入了许多药名,其他段落的描写也大抵如此,故而人以"足称工巧,殊可资玩"① 评论它。作者的创造力主要用于文字游戏而非情节构思、人物形象塑造未免有点可惜,不过即使是这样的文字,作者的撰写仍有针对性:"因其同邑有桑姓者,所行多不谨,故特为此传",② 即为申劝惩之大义而创作。

出于同时的《香奁四友传》也属"游戏翰墨"③ 一类,同样是模仿前人之作的产物。作者陆奎章对此并不讳言,甚至还详细地介绍了模仿的缘起与经过:

> 自韩子作《毛颖传》,俨然爵之,为人肆出奇怪。……居闲每欲效颦万一,以少解贪常嗜琐之陋。模拟之际,辄难于品题之物,将作复止。后览唐司空图为镜立《金㷡传》,窃谓其于镜意尚有遗,不揆作《金亮传》补之,而复取镜所牵联者并为立传,题曰《香奁四友》,以配文房之四焉。④

此处"四友"指金亮、木理、房施与白华,即镜、梳、脂与粉,每物各有一传。后来作者又为周准、齐铦、金贯与索纫,即尺、剪、针与线各立一传,于是前后两组各四篇,又分别称《四友前传》与《四友后传》。作者以拟人化手法描写以上八物,其形式则如为人立传。《白华》篇开始时这样写道:"受采先生白氏名华,字太素,蜀人也。族中咸托迹岩穴,其先本姓铅。"粉洁白光泽,为美容之物,故姓白名华,字太素,称受采先生;所谓蜀人、岩穴,是指它产

---

① 李诩:《戒庵老人漫笔》卷四"药名传文"。
② 李诩:《戒庵老人漫笔》卷四"药名传文"。
③ 徐淮:《题香奁四友传后》。
④ 陆奎章:《香奁四友前传序》。

于四川高山之上；而本姓铅，则是铅粉之意。该篇又接着通过与商代妲己、唐代杨贵妃等人的关系叙述白华的经历，引导读者得出白华虽"姿仪莹彻"，但"性颇轻浮琐屑"的结论。很显然，这已不是论物，而是在讽谕、批评社会上的某一类人。其余各篇的风格也是如此，故而当时人阅读后得到的强烈印象是"虽寓言于物，而实托义于人焉"。① 作者选择"香奁"为题立传，从而达到以物喻人的目的，构思与手法都相当精巧；其文笔摇曳多姿，各篇中排列了不少典故，而且穿插联缀也较自然妥帖。由此不难看出作者借文字以炫耀才学的动机，他的意图也确实实现了。书出之后，便有人称赞它"说理明白，遣辞高古"，"若春蚕作茧，随物成形"，甚至还恭维为"光前绝后"。② 陆奎章承认自己是"以文为娱者"，但又不甘心作品被人只当作游戏笔墨看待，于是又宣称："去其所以损者，以就其所以益者，则于纪纲之首、风化之端，尚亦有功焉。"③ 这种创作心态正与萧韶作《桑寄生传》相类似。

当讨论这个时期带有传奇性的寓言小说的创作时，马中锡的《中山狼传》不可不提及。这篇小说的情节人们都已很熟悉：东郭先生不分善恶，搭救了被追捕的中山狼，但中山狼却恩将仇报，要吃东郭先生，最后是杖藜老人设计杀死了狼，而东郭先生则在事实的教育下觉悟：

  丈人目先生，使引匕刺狼。先生曰："不害狼乎？"丈人笑曰："禽兽负恩如是，而犹不忍杀，子固仁者，然愚亦甚矣。从井以救人，解衣以活友，于彼计则得，其如就死地何！先生其此类乎！仁陷于愚，固君子所不与也。"言已大笑，先生亦笑，遂举手助先生操刃，共殪狼，弃道上而去。

---

① 邵天和：《香奁四友传序》。
② 徐淮：《题香奁四友传后》。
③ 陆奎章：《香奁四友前传序》。

作品融戏剧性、哲理性于一体,它以狼与东郭先生的生死存亡为背景,通过一系列变故迭出、扣人心弦的情节设置,在尖锐的矛盾冲突中,塑造了阴险残忍的中山狼与仁慈得迂腐可笑的东郭先生这两个鲜明典型的形象。很明显,作者写中山狼是为了揭露社会上那些贪婪凶残、忘恩负义之徒的本性,如此严肃的主题绝非游戏笔墨所能表现。曾有人认为此篇之作是为了讥刺李梦阳:"李空同与韩贯道草疏极为切直,刘瑾切齿,必欲置之死,赖康浒西营救而脱。后浒西得罪,空同议论稍过严。人作《中山狼传》以诋之。"① 这种故事背后的故事颇能引起人们的兴趣,但是将对社会上某一类人的批判局限为对某个特定人物的影射,反而会损害作品原有的意义。《中山狼传》并非是马中锡独立创作的作品,而是根据已有的故事传说改变而成的。以此为题材进行戏曲创作的又有康海、王九思及汪廷纳、陈与郊诸人。这说明社会上贪婪凶残、忘恩负义的行径时时可见,如果只是为了影射某个个人,那么并不会出现几个作家都选择同一创作题材的现象。

董玘的《东游记异》也是一篇寓言小说,问世的时间约与《中山狼传》相同,但作品对现实的批判却要激烈得多。这则故事着重描写了人屈服于兽的淫威,衣冠者流纷纷向一老狐吊丧的丑恶景象:

> 俄见旅进旅退,绳绳然来者尽衣冠也。拜起左右,咸与狐为礼。……一狐捧盘帛阶下,招曰:"吊客前!"吊者趋而前,人问姓名,曰:"某某。"若将以白于虎者。于是,诸吊者亦忘其为狐也。受帛而出,皆有德色。

人为什么甘心为一老狐吊丧?作者描绘这幅图景的目的又是什么?董玘在介绍时间地点时其实已作了很明显的暗示。故

---

① 阙名:《嵩阳杂识·诋诮》。

事发生的时间是正德五年六月,这正是以刘瑾为首的宦官集团即将覆灭的前夕,而狐穴所在地点,则是御城河旁的东华门。作者生怕人们还不理解,便又补充说道:"东华者,天子之禁门也。"作品结尾处则说:"积雾开,初日旭","狐穴隐灭",则是在喻指刘瑾集团的覆灭。董玘曾因反对刘瑾而被贬职,他对宦官集团的愤恨自不待言,然而作品的描述却有意引导读者思索这样的问题:"狐"何以能如此嚣张?朝中的达官显贵又为什么会拜倒在"狐"的脚下?尤其值得注意的是,作者还塑造了一只"白额虎"的形象,其身份是"上帝命之掌百兽焉"。这只白额虎是群狐的后台,谁不屈服于狐,它就吃谁。敢于塑造这样一个形象,董玘可算是够大胆的了。在作品即将结束时,董玘自己回答了上述问题,而其解释又显示了作者创作时思索的深度:

> 岂非雾塞昼冥,而虎与狐也,乘时跳梁,如《传》所谓"禽兽逼人,蹄迹交中国者",固其类也。不然,太阳在上,虽深山穷谷之中,彼虎与狐也,亦且隐伏而不敢出,矧禁门之侧耶?噫!是吾游之非其时也,而又何怪耶?

所谓"雾塞昼冥"是公然斥责现实的黑暗,而批判的矛头又直指以皇帝为首的整个封建统治集团,作者的眼光与勇气都极难能可贵。不过董玘无力改变这种现状,也看不到出路何在,于是便无奈地哀叹"吾游之非其时也"。就艺术构思而言,这篇作品未能脱前人之窠臼,应归入模拟一类。但董玘利用小说参与眼前政治斗争的做法,却显示出他对小说地位、功用认识的与众不同。这种类似的创作现象,在明代小说后来的发展过程中还将不止一次地出现。

本阶段末出现了著名的中篇传奇小说《钟情丽集》,它问世后也与当时的政治斗争发生了关系。由于小说的作者署"玉峰生",而邱濬曾以玉峰为号;邱濬是广东琼山人,而作品主人公辜辂是广东琼州人。于是有人认定邱濬是在借小说自叙少年时的风流经历:"观邱所著《钟情丽集》,虽以所私拟元稹,而淫猥鄙俚,尤倍于稹",①而邱濬一旦被坐实为作者,这位理学大师、内阁重臣也就名誉扫地了。这种说法曾为不少人相信,万历时吕天成的《曲品》与沈德符的《万历野获编》都认为邱濬后来写宣扬封建伦理纲常的《五伦全备记》,是为了掩盖其少年时曾撰《钟情丽集》而改过自新。明人笔记《听雨增记》甚至还将邱濬撰写这部艳情小说的原因说得活龙活现:"明丘文庄公之少也,其父为求配于土官黎氏,黎氏诮之曰:'是儿岂吾快婿耶?'不许。公作《钟情丽集》,言女失身辜辂。辜辂,广人呼狗音。他日黎得之,以百金属书坊毁刻,而其本已遍传矣。"②邱濬被写成心地狭隘、品质恶劣的无赖,但实际上他六岁时父亲即已去世,此说纯为凭空杜撰。当然也并不是所有人都相信邱濬为该书作者之说,与邱濬同时的陶辅在《桑榆漫志》中就写道:"噫!有是乎?意恐他人伪作"。陶辅的怀疑是有道理的。成化二十三年简庵居士的《钟情丽集序》称玉峰生为"弱冠之士",而邱濬此时是近七十岁的老翁,两者根本对不上号。《钟情丽集》会引起这桩公案须以两个事实为前提:第一,文言小说创作虽尚处于刚开始复苏阶段,但它在社会上已引起人们的相当的注意;第二,在士人心目中,撰写以男女恋爱为题材的小说是品格低下的行为。这桩公案不只是邱濬与他的政敌之间的个人恩怨问题,它实际上对所有敢于作小说者都会产生压力,可是与正统七年(1442)李时勉奏请禁毁小说时相比,其威慑力却已减弱了许多。在某种意义上可以说,邱濬是否为作者的这桩公案是明代小说发展过程中的座标点之一,它从一个侧面展示了小说在本阶段末期的处境、地位与影响,这也是尽管现在已弄清邱濬并非作者,但我们仍然

---

① 张志淳:《南园漫录》卷三"著书"。
② 转引自褚人获《坚瓠丁集》卷二"孙汝权"。万历四十八年刊本《风流十传》卷一《钟情丽集》后金镜之跋语也言此事,但其末又云:"余不敢证,姑志之以待观者。"

重视这桩公案的原因所在。《钟情丽集》之后,又有《如意君传》、《天缘奇遇》等作问世,它们大多是二万字左右的中篇传奇,语言较为通俗,内容又均是描写男欢女爱。在本阶段之后,又相继出现了些类似的作品,以至于在明代小说中形成了一个较为特殊的系列。关于这类作品将在下一编中作专章论述,而这里的讨论则转至本阶段即将结束时问世的文言小说集,即陶辅的《花影集》。

《花影集》中最迟的纪年为弘治十一年(1498),而正德十一年(1516)张孟敬已为该书作序,其完稿显然是在那十余年里,因此尽管是刊行于嘉靖初年,我们仍应将它置于本编中讨论。陶辅在该书引中自称,他早年耽读《剪灯新话》、《剪灯余话》与《效颦集》,"读而玩之",由激赏而至仿效,于是"较三家得失之端,约繁补略",写成这部作品。不过根据创作的实际情况来看,陶辅对《效颦集》似更欣赏,模仿的痕迹也更明显。《花影集》二十篇作品中,只有少数篇章才算得上是真正的小说,其余的或为夫子自道,或为史传实录,即使寓言寄托者,小说意味也不强,往往是作者借题大发儒学宏论。这种与《效颦集》很是相似的情形表明,当时作者的观念中的小说内涵仍然相当芜杂。不过,尽管那些作品不似或不甚似小说,它们却可以帮助我们了解作者的创作思想。如书中《退逸子传》一开始便这样写道:

> 退逸子者,姓鲍氏,名道,或称为抱道先生,其先乃邗之右族也。其为人也,刚而断,介而直,守理不挠,持正不惑。以人心推己心,以天理博物理。是以居官之际,忠以承上,仁以临下,礼以接众,谨以律己。……

作品还斥责了佞幸之徒"屈肱屏息"以"乞怜取气于人颜下"的奴颜媚骨,将"退逸子"狷介不群的孤高品格反衬得更突出。陶辅在应天指挥佥事任上时,曾因不苟合于时而自请退休,故而张梦敬在该书序中称此作为作者的夫子自道,这也是陶辅将《退逸子传》列为第一卷第一篇的原因。我国古代历来有以诗言志述怀的传统,而陶辅又将它直接搬用到小说创作中来,显示了当时人们对小说功用的另一种理解。虽然《花影集》中只有个别篇章称得上是严格意义上的小说,但它们恰都是出色的杰作。《心坚金石传》是一曲凄婉的爱情颂歌,在作品前三分之二的篇幅里,作者细致地描绘了李彦直、张丽容的相识、相爱与诗文酬答,人们阅读时很可能会以为又遇上了才子佳人故事的通共熟套。可是后来的风云突变却使读者明白这是作者的精心铺垫,于是这对情人硬被拆散、逼死的遭遇就更令人同情,也更能激起人们对蒙元统治者荒淫无耻、肆虐残暴的愤恨。作品结束时,作者又以奇特、浪漫的构想,进一步突出了男女主人公对爱情的忠贞不渝:

是夜,丽容自缢于舟中矣。阿鲁台怒曰:"我以美衣玉食,致汝于极贵之地,而乃顾恋寒贱,自弃厌生。"遂令舟夫剥去衣妆,投尸于岸下焚之。火毕,其心宛然无改。舟夫以足踏之,忽出一小人物如指大。以水洗视,其色如金,其坚如石,衣冠眉发纤悉皆具,脱然一李彦直也,但不能言动耳。舟夫持报阿鲁台,台惊曰:"噫!异哉。此乃精成坚恪,情感气化,不然乌得有此?"叹玩不已。众曰:"此心如此,彼心恐亦如此,请发李彦直之尸焚之。"阿鲁台允令焚之,果然心亦不灰,其中亦有小人物,与前形色精坚相等,然装束容貌则一张丽容也。阿鲁台喜曰:"予虽致二人于非命,所得此稀世之宝,若以献于右相,虽照乘之珠不足道也。"遂盛以异锦之囊,函以香木之匣,题曰:"心坚金石之宝"。

李彦直、张丽容的尸首焚烧后,各自炼出色如金、坚如玉的对方雕像,这奇特的构想可能是受了佛教中舍利子的启发,但用形象的精诚结晶刻画、歌颂男女主人公的坚贞不渝,却能起到震撼人心的作用,这则凄婉的爱情故事的结局也因得力于神奇浪漫的构想而猛地发出了耀眼的光芒。这篇小说后来既被改编成戏曲搬上舞台,又被改写成中篇通俗小说更广泛地传播,明末拟话本集《石点头》第四卷"瞿凤奴情愆死盖",也是套用陶辅的构想来处理男女主人公的结局。若非故事感人至深,《心坚金石传》对后来的文学创作决不可能产生如此之大的影响。

《花影集》中的《刘方三义传》也很脍炙人口,后来它被《情史》《古今闺媛逸事》《古今情海》与《玉芝堂谈荟》等多部著作收录,冯梦龙《醒世恒言》卷十"刘小官雌雄兄弟"也是据此改编而成,此外又有同题材的戏曲《彩燕诗》。该故事颇带有传奇性:刘方十二三岁时女扮男装,随父扶母丧还乡,途中父死,开酒店的刘叟无后,遂认刘方为子,后又收留携父母骨灰回乡的刘奇为子。刘叟夫妇死后,刘奇、刘方勤于业,成为一乡首富。最后结局是刘奇终于发现刘方是女子,两人结为夫妇。此段奇缘本来很可以写成委曲缠绵的爱情故事,但它在陶辅笔下却完全是另一番模样。且看刘奇向刘方"求婚"一节的描述:

> 奇曰:"若然,弟实为木兰,胡不明言?"方但倾首而已。奇复曰:"既不成兄弟,当为兄妹乎?或为夫妇乎?"又不答,惟含泣而已。问之再四,方徐曰:"若兄妹之,妾理应适人,妾父母之坟,永为寄托之柩矣。妾初因母丧,同父还乡,恐不便于途,故为男辨。既因父没,妾不改形者,欲求致身之所,以安父母之柩。幸义父无儿,得斯遗产。与兄遭遇,复是仁人。此非人谋,实蒙天合。倘兄不弃贱陋,使三家之后永续,三义之名不朽矣。"

刘奇与刘方经历、处境相同,几年来两人共同努力,又挣下偌大家业,他们之间有深厚的感情是不言而喻的事。可是刘方面对终身大事,竟丝毫不考虑感情因素,而决定选择刘奇,主要原因则是如果嫁给别人,"妾父母之坟,永为寄托之柩矣"。刘奇也是如此,他小心翼翼地向刘方试探着讨论婚嫁,所说的理由却是"不孝有三,无后为大",而他俩得继承包括义父在内的三家香火。好端端的一则极有传奇性、戏剧性的故事,在本该推向高潮时却突然翻腾出一股迂腐的酸味。对这煞风景的结局,可用张孟敬为《花影集》所作的序中的话来解释:

> 夫文词必须关世教、正人心、扶纲常,斯得理气之正者矣。不然,虽风云其态,月露其形,掷地而金玉其声,犹昔人所谓虚车无庸也。

受这创作宗旨的局限,故而当写到刘方还女儿家本来面目时,陶辅就不可能写出本来应该发生的感人的、情意绵绵的高潮,而只能生硬地搬出儒学说教匆匆收场。基于这一认识再读《心坚金石传》便可获得新的理解。一般的才子佳人小说多以有情人终成眷属为高潮与结局,故事着重描写的婚前的男欢女爱都是违反封建礼教的行径,封建卫道士们对这类作品深恶痛绝的原因也在于此。《心坚金石传》却不一样,作品最核心、最动人的情节是发生在"遣媒具六礼而聘之"与"事将有期"之后,即男女主人公是一对有父母之命、媒妁之言的即将成婚的夫妻。于是,李彦直与张丽容的贞烈便与逾墙钻穴之辈的山盟海誓有了根本的原则区别,而作者的本意则是要借此演述封建纲常中夫妻一伦的大义。《心坚金石传》与《刘方三义传》是《花影集》中最出色的作品,由它们也可以看出,张孟敬所说的"关世教、正人心、扶纲常"确实是较为准确地概括了陶辅的创作倾向。

在对本阶段末期文言小说创作复苏的情形分类逐一介绍之后,现在可以从总体上概括它的一些特点。由于是遭长期禁毁后的创作复苏,故而此时作家及其作品并不多,而他们的创作动机却又各不相同:有的较偏重实录,希望能以此补史家阙略;有的将自己的作品视为蓄德之助,意在裨补世教;有的借创作讥刺世事,寄寓感慨;有的则干脆是遇事可记,随笔录之。这种种不同的创作宗旨,表明了多数作家尚不能正确地理解小说的性质、功用与地位,因此这时故事情节完整、人物形象鲜明的严格意义上的小说只是少数,大多都是丛残小语式的对社会见闻的有选择的记录。不过尽管见解各不相同,作家们却一致地肯定小说的存在价值,这实际上是对朝廷正统七年(1442)颁布的禁毁小说令的一种否定,也正因为如此,文言小说的创作才会开始复苏。其次,此时的创作呈现为加速度发展的态势:一是作品增长的速度逐渐加快,成化末年时只有零星的几部,弘治年间则明显增多,而正德年间出现的作品的数量又超过了弘治年间;二是作品的质量迅速提高,这主要表现于作家从较单纯记录社会上的见闻,转至有意识地进行创作,因此越到后来,作品的小说意味越浓。而且,复苏时期的作品集如《语怪》、《庚巳编》、《花影集》以及优秀的单篇作品如《中山狼传》等,基本上都出现于本阶段即将结束之时。最后应引起注意的是复苏时期的作家构成。据目前所知,从成化末年到正德末年的三十余年里,曾涉足文言小说创作的近三十人中,至少有进士十三人、举人四人,无功名的沈周等七人也都是当时的名士。他们的鼓吹与倡导,显然是文言小说创作得以复苏并能较快地形成一定声势的重要原因。这些作家的地区构成也颇引人注目,至少有十五人,即一半以上是江苏人,而且又至少有十一人集中在苏州地区,其中包括最重要的作家如都穆、祝允明、陆粲等人。江苏,特别是苏州地区的经济、文化极为发达,重要的作家集中出现在这里,正表明小说创作的复苏并非孤立的现象,而是与当时当地社会生活的发展水准紧密联系,以后讨论通俗小说的创作繁荣时,我们还将看到这一现象的重演。

文言小说创作的复苏,对随后的通俗小说创作的重新起步也是一种刺激与推动。此时的文言小说为后来的通俗小说创作提供了大量的可供改编的素材,《钟情丽集》等作则为通俗、文雅相结合开辟了一条新路,而更重要的是,在长期禁毁之后,这些新出现的作品重新引起了人们对小说的关注与兴趣,并在一定程度上开始逐渐改变世人对小说的偏见。这种观念的改变,实际上也是在为通俗小说创作的重新起步创造一个较适合的环境。当然,通俗小说的重新起步乃至后来的繁荣,主要地还得靠自身条件的成熟,而由下一章的讨论可以看到,正当文言小说创作开始复苏之时,通俗小说创作已经是处于即将走出长期停滞状态的关口。

第七章　通俗小说创作复苏的预前准备

当文言小说创作已开始复苏,并有某些较为可观的作品问世时,专供案头阅读的通俗小说创作领域里却仍然是一片寂静。继明初《三国演义》、《水浒传》等几部作品之后,在很长的时期里一直无人从事专供案头阅读的通俗小说的创作,而根据目前已知的材料来看,后来最先出现的这样的作品应是约成书于嘉靖十六年(1537),由郭勋授意其门客撰写的《皇明开运英武传》。在这部作品之后,也不是立即又有其他的新作紧跟着问世,而是一直到嘉靖三十一年(1552)与三十二年(1553),才分别出现了由熊大木编撰的《大宋演义中兴英烈传》与《唐书志传通俗演义》,其后又有同为熊大木编撰的《全汉志传》与《南北两宋志传》。如果考辨、梳理明代各部通俗小说的问世时间并按序编制一张年表,那么一大块创作空白便醒目地呈现在人们眼前;而如果将熊大木的创作视为发展停滞期的终端,则又不难算出那时间跨度约为一百八十余年。与文言小说相比,通俗小说创作的复苏迟了半个多世纪。

通俗小说创作复苏迟于文言小说的原因如前一章中所分析:它对传播环境适应与否具有更大的依赖性,同时专供案头阅读的通俗小说又是一种新兴的文学样式,在小说创作受到压制,通俗文学尤遭鄙夷的年代里,人们一般并不具备重新发现这一文学样式的历史条件,而在未与《三国演义》、《水浒传》有所接触之前,许多潜在的作家也不知道可以运用这一体裁进行创作。通俗小说创作在嘉靖朝的重新起步也证实了上述分析的成立。那时较适合的传播环境已开始形成,而新问世的作品也正是在

《三国演义》与《水浒传》刊行的刺激下创作而成。不言而喻,各种有利因素并非是突如其来地出现,而是有一个逐步酝酿的过程。这一过程发生于本阶段的后期,也就是说,当文言小说创作复苏之时,通俗小说也开始了创作重新起步的预前准备。

第一节　说书艺人的贡献与话本的流传

明初那几部通俗小说或其故事内容的传播,是这预前准备的重要内容。当时虽然只有抄本,但它们在传阅过程中影响却在逐渐扩大,而这种新的文学体裁越来越受到人们关注的标志之一,则是庸愚子[①]在弘治七年(1494)所写的那篇《三国志通俗演义序》。这不仅是目前已知的最早论述《三国演义》特点和意义的论文,同时也是我国小说理论史上第一篇有关长篇通俗小说的专论。在本阶段中,直接与问世于明初的通俗小说有关的文字也只有这一篇。[②] 这篇序言不仅阐述了当时人们对于通俗小说,特别是讲史演义的见解,而且还透露了一些《三国演义》在刊印成书前的传播情况:

> 然史之文,理微义奥,不如此,乌可以昭后世?《语》云:"质胜文则野,文胜质则史。"此则史家秉笔之法,其于众人观之,亦尝病焉,故往往舍而不之顾者,由其不通乎众人。而历代之事,愈久愈失其传。前代尝以野史作为平话,令瞽者演说,其间言辞鄙谬,又失之于野,士君子多厌之。……(《三国演义》)文不甚深,言不甚俗,事纪其实,亦庶几乎史,

---

[①] 根据该序后的印章可知,庸愚子为蒋大器之号。蒋大器为浙江金华人,生平无考。
[②] 万历间龚绍山所刊《隋唐志传通俗演义》卷首有林瀚正德三年(1508)序,然人多疑此序为伪托。序中称"隋唐独未有传志,予每憾焉",但正德时已问世的讲史演义仅有三种,且均尚无刊本行世,因此该序所言,实际上是对万历时讲史演义创作、出版状况的描述。

盖欲读诵者，人人得而知之，若《诗》所谓里巷歌谣之义也。书成，士君子之好事者，争相誊录，以便观览。则三国之盛衰治乱，人物之出处臧否，一开卷，千百载之事豁然于心胸矣。

这篇序言解释了讲史演义产生的原因：人们渴望了解历史上丰富多彩的生动故事，可是正史"理微义奥"，"不通乎众人"，同时讲史话本虽通俗，却因为言辞"鄙谬"，内容又"失之于野"，于是"士君子多厌之"。正是在这一背景下，以上述两者为基础但又避免其缺陷的讲史演义便出现了，这是顺应人们要求而产生的新型文学作品。《三国演义》的重要特点之一是"文不甚深，言不甚俗"，故而能雅俗共赏，使人"一开卷，千百载之事豁然于心胸矣"。这一篇序还特别强调了讲史演义的教育功能。庸愚子指出，作者创作时应心存使"观者有所进益"之念，而读者欣赏作品时则应是"读到古人忠处，便思自己忠与不忠；孝处，便思自己孝与不孝"。对忠孝观念的鼓吹是封建时代的老生常谈，然而在当时，讲史演义在这个意义上得到肯定却是它广泛地流向社会的必要前提，同时也是一条最为捷便的途径。庸愚子的这一篇序言写于文言小说创作业已开始复苏的弘治年间，尽管当时尚未有新的通俗小说问世，但是这篇围绕《三国演义》讨论讲史演义的特点与意义的文字，却显然是通俗小说创作在重新起步前的重要理论准备之一。

庸愚子《三国志通俗演义序》中另一值得注意之处，是它透露了那部长篇巨著自明初问世到嘉靖元年（1522）刊印前的阶段中的传播情形："书成，士君子之好事者，争相誊录，以便观览。"很明显，《三国演义》在问世后的很长时期里一直只有抄本，其传播范围远不能与刊印成书相比，因而无法指望会产生与作品价值相适应的社会影响，对后来创作的刺激也必然极其微弱。然而，抄本的存在与流传却保证了在事隔近二百年后，《三国演义》终于还能刊印传世。关于《水浒传》在这期间的传播情形，目前尚未见确切可靠的记载，但从情理判断，似应同于《三国演义》，否则这部作品不大可能在嘉靖朝突然冒出了刊本。上述引文中"争相誊录"四字，生动地描摹了人们为《三国演义》的艺术魅力所倾倒的情景。尽管当时接触到这部作品的只是少数有幸者，但"争相誊录"的事实却是读者喜爱通俗小说的有力证明。正是在这种喜爱的推动下，《三国演义》与《水浒传》便会在各相关条件都已成熟的嘉靖朝先后刊印传世，从而使通俗小说创作在经过长时期的停滞状态之后，仍然是在这两部优秀巨著的影响的笼罩下重新起步，并沿着它们所开辟的方向向前发展。

显而易见，誊录《三国演义》与《水浒传》以及抄本的流传，都不大会越出"士君子"的圈子，一般大众与此多半无缘，然而决不可仅据此就得出这样的判断，即当时只有少部分士人才熟悉三国与水浒的故事。我们不可忘记，早在元代时就已出现了三国戏与水浒戏，而这里更值得注意的是说书先生关于这方面内容的讲唱，他们是使那些故事遍传城市与农村的功臣。徐渭的著述曾提及说书先生的活动，他在《吕布宅诗序》中写道：

> 布妻，诸史及与布相关者诸人之传并无姓，又安得有貂蝉之名？始村瞎子习极俚小说，本《三国志》，与今《水浒传》一辙，为弹唱词话耳。又山根一小砥，牧儿指为布妻捣衣石，以妄游客。

在正史中，吕布的妻子连姓什么都没有提及，她又何以会有"貂蝉"之名？徐渭认为，这是说书先生的创造，而由他的记载可知，三国与水浒的故事都有相应的弹唱词话。文末牧儿哄骗游客的描述相当有趣，徐渭似是想以此说明说书先生讲唱的影响，如果不是熟悉三国故事并为其所吸引，游客们又怎会对一块石头产生浓厚的兴趣。

有关水浒故事的讲唱也同样盛行，在这方面，钱希言有一段重要的记载：

词话每本头上,有"请客"一段,权做过(个)"德(得)胜利市头回",……即《水浒传》一部,逐回有之,全学《史记》体。文待诏诸公,暇日喜听人说宋江,先讲"摊头"半日,功父犹及与闻。今坊间刻本,是郭武定删后书矣。郭故附注大僇,其于词家风马,故奇文悉被铲剃,真施氏之罪人也。①

"头回"(引文中又称为"请客"、"摊头")是话本的主要形式特征之一,钱希言认为施耐庵创作时承袭了这一传统特色,因此作品每回前均有"头回"。武定侯郭勋刻印《水浒传》时删去了"头回",后来民间书坊又据郭勋刊本翻刻,原本不复得见,故而钱希言又批评郭勋"真施氏之罪人也"。文人创作时确实常有模拟话本的现象,明末的拟话本更是典型的例子,然而钱希言毕竟不很清楚约八十年前郭勋刻印的具体情形,因此就不能排斥另一种可能性的存在,即每回含"头回"的《水浒传》是说书系统内的词话本,而郭勋刻印时却另有所本。不管究竟是哪一种情形,郭勋刻印前讲唱水浒故事的盛行却是可以肯定,"文待诏诸公暇日喜听人说宋江,先讲'摊头'半日"便是证明之一,而且由这一记载又可以知道,那时并不只是一般的群众喜爱听水浒故事,不少士人也同样是热心的听众。

徐渭的《吕布宅诗序》约作于嘉靖后期,文徵明诸人空闲时喜听人说宋江则是嘉靖初年的事,但是讲唱三国、水浒故事风气的盛行,显然应是在本阶段内形成,然后才可能继续延伸到嘉靖朝。陆容的记载可以为此作证,他曾提到其家乡昆山一带流行一种"斗叶子之戏",形制是"一钱至九钱各一叶,一百至九百各一叶。自万贯以上皆图人形",叶子上画的又全是梁山好汉的图像,从万万贯呼保义宋江,千万贯行者武松,一直到二万贯小李广花荣,一万贯浪子燕青。这种"斗叶子之戏"又十分盛行,据介

---

① 钱希言:《戏瑕》卷一"水浒传"。

绍是"上自士夫,下至童竖,皆能之"。由此可见,至迟在成化年间,有关水浒的故事在苏州地区的百姓中已经相当普及。但这不是《水浒传》抄本流传的结果,而是说书先生讲唱影响下的产物,因为陆容接着只是说"盖宋江等皆大盗,详见《宣和遗事》及《癸辛杂识》"。① 后来徐复祚在《三家村老委谈》中也谈到"昆山纸牌"(即陆容所说的"叶子")与水浒故事的关系:

> 又问:"今昆山纸牌,必一一缀以宋江诸人名,亦有说欤?"曰:"吾不知其故。或是市井中人所见所闻所乐道者,止江等诸人姓氏,故取以配列,恐未有深意。"

称"市井中人所见所闻所乐道者,止江等诸人姓氏",其语间轻蔑之意不难体会,不过水浒故事在广大群众中的普及却也由此可见,而这显然应该归功于说书先生的讲唱。虽然由于缺乏确切可靠的资料,现在并不清楚那些说书先生讲唱的内容究竟是根据小说改编而成,抑或是说书系统内的代代相传,但是他们的讲唱使三国与水浒故事四处流传,这实际上也是在读者接受方面为那两部小说的日后刊印和传播作了较充分的准备。

在本阶段中,供案头阅读的通俗小说的创作一直处于停滞状态,可是综合明代人有关记载的介绍,却可以知道此时诉诸听觉的通俗小说的发展并没停止,其表现之一便是说书先生的数量众多,他们以讲唱小说故事为谋生手段,足迹又几遍于全国各地。如姜南曾经写道:

> 世之瞽者,或男或女,有学弹琵琶,演说古今小说,以觅衣食。北方最多,京师特盛,南京、杭州亦有之。②

正德、嘉靖时人田汝成提及杭州的说书艺人的活动时则说:"杭州男女瞽者,多学琵琶,唱古今小说、平话,以觅衣食,谓之

---

① 陆容:《菽园杂记》卷十四。
② 姜南:《芙塘诗话》卷二"洗砚新录·演小说"。

'陶真'。大抵说宋时事,盖汴京遗俗也",① 即明代的说书乃是宋元时说书的继续与发展。田汝成之子田艺蘅还曾从一个侧面介绍了杭州说书艺人活动的情形:

> 曰瞽先生者,乃双目盲女,即宋陌头盲女之流。自幼学习小说、辞曲,弹琵琶为生,多有美色,精伎艺,善笑谑,可动人者。大家妇女骄奢之极,无以度日,必招致此辈,养之深院静室,昼夜狎集饮宴,称之曰先生,若南唐女冠耿先者。②

引文描述的是嘉靖时的情形,但从田艺蘅接着所说的"今习以成俗"一语来看,这风俗应该是在本阶段就已开始慢慢形成。田艺蘅对此深不以为然,并批评道:"淫词秽语,污人闺目,引动春心,多致败坏门风",③ 但由他的描述却可以知道,听说书已成了当时"大家妇女"日常生活中必不可少的娱乐。杭州一带说书艺人演出的内容常是"若红莲、柳翠、济颠、雷峰塔、双鱼扇坠等记,皆杭州异事,或近世所拟作者也"。④ 杭州山湖秀丽,游客众多,于是说书艺人就演说与各名胜古迹有关的掌故轶闻以吸引听众。由此可以推测,当时各地的说书除了共同的传统节目(如三国、水浒故事等)之外,还都应该有自己的地方特色。

说书艺人们并不只是在各大城市中演出,在当时的小城镇乃至农村,也同样可以看到他们忙碌的身影。公安派代表人物之一袁中道在《寿大姐五十序》一文中曾写下这样一段文字:

> 姐于经史百家及稗官小说,少时多所记忆。曾与中郎及余至厅堂后听一瞽者唱《四时采茶歌》,皆小说琐事,可数百句,姐入耳即记其全,予等各半。

---

① 田汝成:《西湖游览志余》卷二十"熙朝乐事"。
② 田艺蘅:《留青日札》卷之二十一"瞽先生"。
③ 田艺蘅:《留青日札》卷之二十一"瞽先生"。
④ 田汝成:《西湖游览志余》卷二十"熙朝乐事"。

湖北省的公安县并非是通衢大邑,更何况袁中道幼时生活在农村,即公安县的长安里,可是这里照样留下了说书艺人的足迹。袁中道所追叙的虽是万历初年的事,但本阶段中说书艺人的活动情形也应大抵如此。那些说书艺人有的是长年累月地穿乡过镇,有的则是来自大都市,到各地作暂时性的巡回演出,如有个叫真六的北京盲艺人就曾来到河南,"居半月,为人说平话,获布五十匹"。① 在那时,说书的听众几乎遍于全国各地城乡,也几乎遍于全社会的各个阶层。前一章里曾提到张志淳诬指邱濬为《钟情丽集》作者一事,可是就连这位以封建卫道士自居的户部侍郎,在其著作中也无意地透露出自己曾是说书听众的信息:"幼听瞽者唱词,称寡人,不知其意。稍长读《孟子》,始知其解。"② 宫廷内也有说书艺人的活动。万历时沈德符论及郭勋为谋求晋升公爵而撰写小说《英烈传》时曾说:"(书成)令内之职平话者,日唱演于上前"。③ 第四章中叙述过明太祖朱元璋与说书艺人之间的关系,而沈德符的记载则表明,从明初到嘉靖朝,皇宫中一直有说书艺人的演出,所不同的是先前通常是临时地将民间艺人传唤至宫中,后来则干脆培训某些太监"职平话",这一专职的设立,显然是为了满足封建最高统治者频繁的娱乐需求。在弘治、正德年间,陶辅曾对说书发表过这样的见解:

　　　　往者瞽者缘衣食,故多习为稗官小说,演唱古今。愚者以为高谈,贤者亦可课睡。此瞽者赡身之良法,亦古人令瞽诵诗之义也。今兹特异,不分男女,专习弦管,作艳丽之音,唱淫放之曲,出入人家,频年集月,而使大小长幼耳贯心通,化成俗染。他时欲望其子女为节义之人,得乎?况其居宿

---

① 都穆:《都公谈纂》卷下。
② 张志淳:《南园漫录》卷七"称寡人意"。
③ 沈德符:《万历野获编》卷五"武定侯进公"。

不界,尤有不可胜言者。①

不难看出,陶辅将说书分成了健康与淫放两种。对于前者,他认为有一举数得之功效:"愚者以为高谈,贤者亦可课睡",而且又是"瞽者赡身之良法",故而颇表赞赏。对于后者,即所谓"作艳丽之音,唱淫放之曲",陶辅是甚表厌恶,可是由"今兹特异"一语可知,在他所生活的年代里,看到的正是这番景象。前面征引田汝成、田艺蘅父子介绍嘉靖朝说书盛况的记载时,我们曾推测在此之前说书已十分普及盛行,而如今陶辅"频年集月,而使大小长幼耳贯心通,化成俗染"的介绍则表明,这一盛况其实在弘治、正德年间即已出现,它的逐渐形成还可以向前追溯得更早。陶辅的议论可以看作是当时舆论的一种代表,而不管那些士人的态度是欢迎还是厌恶,有一事实却完全可以确定,即听说书在弘治、正德时业已成为社会上各个阶层所共同喜爱的一种娱乐方式。

不断地有新的作品问世,是本阶段后期诉诸听觉的通俗小说开始继续发展的另一种表现。这不仅有明人的记载可以为证,如田汝成介绍杭州说书艺人的讲唱内容时就曾指出,其中有一些是"近世所拟作者",② 即模仿宋元作品而创作的话本。晁瑮编撰的《宝文堂书目》中载录了不少话本单行本的书目,其中既有宋元旧本,同时也有明代人的新作。对所有作品逐一地作准确的时代判定并不容易,因为叙述明代故事的话本可肯定是明代人所作,而讲述明以前故事的作品也有可能出自明代人之手,或经过他们的改写。不过,依据话本的内容及其文字风格,对那些作品还是可以作一个大致的区分。胡士莹先生曾经依此原则仔细辨认,其结论是"共得(明代)话本二十六种,计存十七,

---

① 陶辅:《花影集》卷四《瞿吉翟善歌》。
② 田汝成:《西湖游览志余》卷二十"熙朝乐事"。

佚六、存佚不明者三"。① 统计结果与客观实际情形或许会有所出入,但也不会有很大的差距。《宝文堂书目》是嘉靖元年(1522)晁瑮及其子东吴的藏书目录,上述二十余种明代话本自然不可能问世于本阶段之后,其中相当一部分实际上是问世于本阶段后期。如《沈鸟儿画眉记》就是根据天顺间杭州发生的真实案件写成,② 后来冯梦龙将它改写为《沈小官一鸟害七命》收入《古今小说》卷二十六。又如《合色鞋儿》演说江西南昌府发生的一桩案件,该案件约为天顺间事或更早,③ 不过作者创作时又捏合进其他公案故事。此话本原作已佚,但通过冯梦龙《醒世恒言》卷十六《陆五汉硬留合色鞋》仍可了解其大概的风貌。至于后来被冯梦龙斥为"鄙俚浅薄,齿牙弗馨"④ 的《孔淑芳记》,则是根据弘治间杭州的民间传说写成,田汝成的《西湖游览志余》也载录了此传说,可见它确曾哄传一时。⑤ 这些话本估计多半是出自"书会先生"一类的文人之手,而由以上的几则介绍,又可以看出它们对宋元话本的贴近现实,具有浓厚的社会生活气息的传统的继承。

除了晁瑮《宝文堂书目》的著录之外,通过明人著作中的零星透露,我们还可以知道其他一些话本创作、流传的情形。如冯梦龙编撰的《警世通言》中的《苏知县罗衫再合》故事,就是根据明代人创作的唱本改编而成的,他在作品的结尾处对这点交代得很清楚:"至今闾里中传说苏知县报冤唱本。"又如前一章讨论文言小说创作时曾提及弘治间黄善聪女扮男装经商的故事,而

---

① 胡士莹:《话本小说概论》第十三章"明代话本的著录与叙录",中华书局1980年5月版。
② 其本事可参见郎瑛《七修类稿》卷四十五"沈鸟儿"条。
③ 据曹安《谰言长语》已载录此事推断。
④ 绿天馆主人:《古今小说序》。
⑤ 冯梦龙编辑"三言"时不录此篇,但它被收入《熊龙峰小说四种》,改题为《孔淑芳双鱼扇坠传》。

就在黄瑜的《双槐岁钞》记述这传奇故事的同时,又"有好事者,将此事编成唱本说唱,其名曰《贩香记》"。① 通过这则例子以及前面介绍的几篇明人新作可以看到,那时民间盛传的一些社会新闻不只是被士人写成了文言小说,它们同时也是书会先生编写新话本的素材。这些新话本的出现丰富了说书艺人的演出内容,而与时代相平行的特点显然又使它们更容易受到广大百姓的欢迎。

本阶段说书艺人的活动使通俗文学深入到社会的各个角落,这就在相当程度上减少了日后通俗小说传播时可能遇到的障碍,同时他们讲唱的故事,也直接为嘉靖朝以后供案头阅读的通俗小说的创作提供了大量素材。如万历间罗懋登撰写《三宝太监西洋记通俗演义》时曾经参考过《瀛涯胜览》、《星槎胜览》,而这部作品的"特颇有里巷传说"② 的特点则使人有理由相信,罗懋登创作时还应该另有蓝本,那就是早已在民间流传的描写郑和下西洋故事的"看场之平话"。③ 实际上,嘉靖、万历时新出现的通俗小说中绝大多数作品的创作,都不同程度地参考过宋元以来的长篇平话,而天启、崇祯年间冯梦龙"三言"、凌濛初"二拍"为代表的拟话本中,有相当大一部分作品是根据短篇话本改编而成的。

当讨论当时的话本创作时,还必须提及本阶段后期开始出现的中篇传奇。那些作品语言半文半白,介于文言小说与通俗小说之间;其篇幅比一般的文言小说长得多,但又远不能与嘉靖、万历问世的长篇通俗小说相比。中篇传奇的问世表明,因受话本盛行形势的感召,已开始有人为供案头阅读而创作小说,而这类作品在当时也被人们称作"话本",如在《刘生觅莲记》中就

---

① 冯梦龙:《古今小说》卷二十八《李秀卿义结黄贞女》。
② 鲁迅:《中国小说史略》第十八篇"明之神魔小说(下)"。
③ 钱曾:《读书敏求记》。

有这样一段描写:

> 放之入,乃金友胜,因至书坊,觅得话本,特特与生观之。见《天缘奇遇》,鄙之曰:"兽心狗行,丧尽天真,为此话者,其无后乎?"见《荔枝奇逢》,及《怀春雅集》,留之,私念曰:"男情女欲,何人无之。不意今者,近出吾身,苟得遂此志,则风月谈中,又增一本传奇,可笑也。"

此外,作品中又有"如是哉,如是哉,只此可作一番话本"等语。当时人们对概念的使用并不像今日这般严格,凡是讲故事的作品,似乎都可以冠以"话本"之名,而上文中忽称"话本",忽称"传奇",也正表明了当时人对《天缘奇遇》、《荔枝奇逢》与《怀春雅集》一类作品,在文言小说与通俗小说之间难以定位的困惑。然而,不管究竟该如何定位,中篇传奇的出现毕竟证实了话本对小说创作的影响,而它们后来也对通俗小说创作的重新起步起了一定的刺激作用。[①]

总之,说书与话本的流行是供案头阅读的通俗小说萌生与发展的重要基础,只是由于受到种种障碍的阻拦,供案头阅读的通俗小说一时还难以顺利发展。然而,只要前者处于生气勃勃的状态,后者就始终具有潜在的活力,而一旦时机成熟,这种潜在的活力必将喷发,以众多作品接连问世的形式展现在世人眼前。

第二节 三大阻碍因素的变化

封建统治者的高压控制、印刷业的落后与抑商政策的伤害,是造成通俗小说创作空白的重要原因,可是自成化朝以降,当文言小说创作开始复苏之际,那些阻碍因素也正在慢慢地向有利

[①] 关于这些问题,第十章集中讨论中篇传奇时还将具体涉及。

于通俗小说创作重新起步的方向转化。

首先应该提及的是印刷业的变化。成化年间,陆容曾扼要地介绍了明初至中叶时印刷业发展的概况:

> 国初书版,惟国子监有之,外郡县疑未有,观宋潜溪《送东阳马生序》可知矣。宣德、正统间,书籍印版尚未广,今所在书版,日增月益,天下古文之象,愈隆于前已。但今士习浮糜,能刻正大古书以惠后学者少,所刻皆无益,令人可厌。①

称"国初书版,惟国子监有之"恐言过其实,但明初时印刷业极不发达却是实情,所以朱元璋才会在洪武元年"诏除书籍税",其目的自然是想刺激印刷业的发展。可是,朱明王朝为了巩固自己的封建统治,对于书籍的印刷又规定了种种的约束与限制,以至于过了近一个世纪,即到了宣德、正统年间,人们所面临的仍然还是"书籍印板尚未广"的局面。据陆容介绍,印刷业的较快发展始于成化年间,但它是伴随着"能刻正大古书以惠后学者少,所刻皆无益"的现象而发生的。陆容并没有指明坊间究竟刊刻了哪些"无益"、"可厌"的书,不过根据明人的其他记载,却不难得知当时为正统士人所鄙夷的主要是以下两类书籍。第一是时文。成化年间,杭州通判沈澄因刻了一部时文而"甚获重利",② 于是各书坊纷起仿效。他们到各私塾去挑选秀才或童生所写的时文,每篇给二至三文钱的报酬,然后汇编出版。③ 后来,坊主又发展到刻印各省的试题汇编,颇似今日的《升学指南》与《高考试题集》。这些书籍遭到了当时一些士人的强烈反对,因为举子有此应试捷径,就不会再去潜心钻研儒学经典。要求

---

① 陆容:《菽园杂记》卷十。
② 郎瑛:《七修类稿》卷二十四"时文石刻图书起"。
③ 李诩:《戒庵老人漫笔》卷八"时艺坊刻"。

官府"将书坊刻行时文尽数烧除"① 的呼声可谓是接连不断,但是这主张却敌不过举子的欢迎与坊主的坚持。到明中叶时,虽然封建统治者仍然力图保持对文化思想领域的控制,不过毕竟已不像明初时那样腥风血雨般的严厉。于是,书坊主在逐利的本能的驱使下,同时又将兴趣转向了销路颇佳的话本与唱本,这就是陆容所说的"无益"、"可厌"的第二类书。这时先前曾被朝廷点名禁毁的《剪灯新话》、《剪灯余话》等作品均"各有刻板行世",② 还有不少话本与曲词的单行本也随着印刷业的发展而陆续刊印,其情状正如叶盛所言:

> 今书坊相传射利之徒伪为小说杂书,南人喜谈如汉小王光武、蔡伯喈邕、杨六使文广;北方人喜谈如继母大贤等事甚多。农工商贩抄写绘画,家蓄而有之。痴呆文妇,尤所酷好。③

叶盛还说:"故事书,坊印本行世颇多,而善本甚鲜。"④ 这事实一方面使人看到了书坊主急于牟利,匆匆刻就的情形,另一方面也说明了这一类书籍的读者主要是农工商贩等一般群众,因为只有他们在购书时,才不会像士人那样对于版本的精善有着种种的挑剔。当时的故事书中,有许多是据宋元时的话本或唱本而翻刻,同时也有不少是明代人的新作。尽管这些作品原本是书会先生为说书艺人演出而编撰的粗陈梗概的底本,但它们毕竟具有完整的故事情节,且人物形象已较鲜明,叙述的内容与生动活泼的语言也贴近普通百姓的日常生活。因此,在尚无通俗小说可供阅读的当时,这类作品对于一般大众便有了较高的观赏价值。书坊主将各种话本觅来刊刻发售显然是为了牟

---

① 何良俊:《四友斋丛说》卷三。
② 陆容:《菽园杂记》卷十三。
③ 叶盛:《水东日记》卷二十一。
④ 叶盛:《水东日记》卷十二。

利,可是如果没有印刷业的发展与封建统治者对意识形态领域控制的逐渐松动,特别是如果没有民众们阅读需求的日益高涨,书坊主们就不会有如此举动,因为在那样的条件下,刊刻话本并不是有利可图的财源。在本阶段后期,民众的阅读需求与书坊主的刊刻话本形成了互为刺激因素的良性循环,在某种意义上甚至可以说,陆容所批评的"所刻皆无益"的现象,恰恰是推动印刷业进一步迅速发展的重要原因之一。上述良性循环的形成,在物质生产与开辟市场方面为日后通俗小说创作的重新起步作好了准备,同时它也是已经接近这种创作复兴的门槛的标志。

据嘉靖时晁瑮的《宝文堂书目》、明末清初时钱曾的《述古堂书目》等书的著录可以知道,在嘉靖前流行的小说故事书中,像中篇传奇那般两万字左右篇幅的作品只是个别的,绝大多数都是数千字左右的、以一则故事为单元的话本单行本。由于篇幅短小,写刻刊印都较为方便,每一本的价格也显得较为低廉,再加上作品的内容又受到读者的欢迎,于是就很容易形成售多利速的局面,书坊主的热情自然也就相应地逐步高涨。《三国演义》、《水浒传》等作品从问世到出版曾经过了漫长的时间,而且它们后来的刊刻成书也并不是突然发生的事件,在这之前曾有一个数十年的准备阶段。这种准备以话本单行本的广泛刊行为表象,但它在实际上已包含了印刷业的发展、阅读市场的形成以及人们关于通俗文学的观念的转化等各种因素的逐渐成熟。一旦话本单行本的刊行能形成售多利速的局面,那么离明初那几部长篇通俗小说的刊印便只有一步之遥了。

到了嘉靖年间,印刷业更得到了进一步的发展。通过叶德辉《书林清话》卷七中记载的一则轶事,颇可窥见当时印刷业普及的盛况:

> 王遵岩、唐荆川两先生尝相谓云:"数十年读书人,能中一榜,必有一部刻稿;屠沽小儿,身衣饱暖,殁时必有一篇墓志。此等书板幸不久即灭,假使尽存,则虽以大地为架子,

亦贮不下矣。"又闻遵岩谓荆川曰:"近时之稿板,以祖龙手段施之,则南山柴炭必贱。"

王慎中与唐顺之均名属"嘉靖八才子"之列,又同是"唐宋派"的主要代表人物,能入他们之眼的书籍本来就不很多,因此面对如此滥刻书稿的现象当然更要发出辛辣的讽刺。可是通过这两位老先生的不满,我们却可以看到印刷业的普及与兴旺,否则滥刻书稿的现象根本就不会发生。嘉靖时的印刷业已远不是明初时的落后状况所能相比,经过近两百年,特别是成化朝以来的逐步发展,它终于在规模上与技术上完成了大量刊印通俗小说的准备工作,而通俗小说创作在长期停滞后的重新起步,也确实是从嘉靖朝开始的。

在本阶段后期,由于农业的恢复与人口的增加等各种因素的刺激,明初时遭到封建统治者有意抑制的商业也开始有了较迅速的发展,而大量的人口从农业中游离出来转而经营工商业,则是这方面最显著的标志之一。过去在重农抑商政策的严格控制下,"百姓安于农亩,无有他志",是"十九在田",可是到了后来,某些地区甚至出现了"以十分百姓言之,已六七分去农"[①]的现象。在江苏省,去农经商的现象似最为严重,如苏州地区就是"人生十七八,即扶资出商楚、卫、齐、鲁,靡远不到,有数年不归者";[②] 扬州府一带历来就有"喜商贾不事农业"的风俗,而到了明中叶以后,该地区更是出现了"田畯较贾十之一"的惊人现象;[③] 至于在"舟车会通,颇称津要"的徐州府,人们也为"往往竞趋商贩而薄农桑"。[④] 在其他各省,也同样出现了人们竞相经商的滚滚浪潮。如在江西省,那儿是"少壮者多不务穑事,出营

---

① 何良俊:《四友斋丛说》卷十三。
② 崇祯《吴县志》卷十。
③ 《古今图书集成·职方典》卷七百六十。
④ 顾炎武:《天下郡国利病书》原篇第十一册。

215

四方",① 福建省出现了"什伍游食于外"的景象,② 即经商者竟已占人口总数的二分之一;而在广东省,人们是"多务贾与时逐,北走豫章、吴、浙;西北走长沙、汉口;南走澳门"。③ 综合这些记载不难得出这样的结论,即弃农经商并非只出现于个别州府,它已是在特定历史条件下的全国性的普遍现象。封建统治者对于这一局面的出现并不是无动于衷,他们仍然想继续保持对商业活动的有效控制。成化末年,在兵部尚书余子俊的指挥下,北京城里曾进行过一次大搜捕:"凡遇寄居无引者,辄以为盗,悉送兵马司。一二日间,监房不能容,都市店肆佣工,皆闻风慝避,至闭门罢市者累日。"④ 这是封建政权与商贾势力的一次公开较量,尽管前者动用了军队、监狱等国家机器,商贾们也只是纷纷逃窜以求保全,可是他们各自的消极躲避却汇成了一股强大的反抗力量。大搜捕造成了全城"闭门罢市者累日",北京市的生活节奏与秩序顿时全都乱了套。这时封建统治者才吃惊地发现,此时社会生活的正常运转(甚至包括他们自己的生活需求),已经离不开越来越频繁的商品交换。面对全市罢市的压力,明政府只好无可奈何地收回成命,承认失败。这一事实充分地表明,虽然是有心于此,但是当时的封建统治者已经没有力量去束缚或阻碍符合历史潮流的商业的发展。

商业的迅速发展与商贾势力的急剧膨胀,对于人们的传统观念、思维习惯乃至生活方式都产生了极其巨大的冲击力,社会上的价值观念也不得不随之发生相应的明显变化。在这时,商贾再也不像明初那般是被强压在社会底层的贱民,他们不仅已能与缙绅乡宦列坐抗礼,甚至还进一步将手伸向了政界,或寻找政治代理人,或干脆捐钱自己当官。在世风渐变之际,就连有的

---

① 陈全之:《蓬窗日录》卷之一"江西"。
② 谢肇淛:《五杂俎》卷四。
③ 屈大均:《广东新语》卷十四。
④ 陆容:《菽园杂记》卷十。

仕宦人家也开始公然宣称:"经商亦是善业,不是贱流"。① 在经商人口特多的徽州等地区,观念与风气的变化之大更令人吃惊,如士人博取功名回乡,竟然不如商贾发财归来荣耀,因为那里的人们已是"以商贾为第一等生业,科第反在次着"。② 这种价值观念的变化是商业繁荣兴旺的产物,它反过来又推动着商业的进一步的迅速发展。前面已经提及,商人是通俗小说的极重要的读者群,特别是在通俗小说创作重新起步之际起了十分积极的推动作用,而本阶段后期商业的迅速发展与商业人口的急剧增加,则意味着有兴趣并有钱购买通俗小说的读者数量的不断扩大。同时,随着城市经济的日益繁荣,市民的力量也在迅速壮大,他们的娱乐要求既是通俗小说销路的保证,而且也同样是促进通俗小说发展的积极因素。

这时,商品流通领域的情形也发生了巨大的变化。追求利润的冲动,使得商人们不辞辛劳地活跃于都市或乡村,他们的往来穿梭,形成了全国性的商品流通、销售网络。当时的史料记载证实了这种变化,而在明人撰写的笔记与小说中,也时常可以读到许多有关那些穿乡过府的商人的生动故事。书籍销售、传播的情形并不例外。在很长的时期里,福建的建阳一直是全国的印刷中心,而据嘉靖年间的《建阳县志》所载,当时该县的崇化里(即今日书坊乡与麻沙镇一带)就是"比屋皆鬻书籍,天下客商贩者如织"。书市的盛况一直延续到清初,查慎行曾有诗云:"西江估客建阳来,不载兰花与药材。点缀溪山真不俗,麻沙村里贩书回";杭世骏也赋诗道:"书棚到处贪翻刻,俗本麻沙遍学堂。"正如他们所吟咏的那样,通过书贾的贩运,大量的书籍源源不断地从当时的印刷中心流向了全国的四面八方。在当时,除了福建的建阳之外,在江苏的苏州与南京,浙江的杭州以及首都北京等

---

① 凌濛初:《二刻拍案惊奇》卷二十九《赠芝麻识破假形　撷草药巧谐真偶》。
② 凌濛初:《二刻拍案惊奇》卷三十七《叠居奇程客得助　三救厄海神显灵》。

地,印刷业也都有较快的发展,那儿刊印的书籍也同样流向了全国各地。如1967年,在上海嘉定县发现了十三种成化七年(1471)至成化十四年(1478)北京永顺堂刊印的"说唱词话"本。据专家研究,这些"说唱词话"刊本是宣昶妻子的随葬品。宣昶曾于成化年间领乡荐选惠州府同知,后荐补西安府同知,无论其家乡还是任所都距北京有千里之遥,可是他们照样能读到北京出版的新书。很明显,这时如果有通俗小说刊印出版,它就能比较容易地通过那流通、销售网络传遍全国。综上所述,可知到了本阶段末期,无论是销路、市场还是流通网络,对于通俗小说来说,也都已不存在致命的障碍了。

与此同时,原先封建统治者对意识形态的严厉控制也开始出现了松动,那些话本、曲词能够公然刊印销售并能广泛传播正是这松动的表现之一。具有讽刺意味的是,封建统治者自己也同样有着娱乐的要求,特别是到了本阶段的后期,当这种娱乐要求与明初的种种禁令相抵触时,那些官员采取的态度往往是口头上拥护后者而实际上选择前者。就拿前面提及的成化年间永顺堂刊印的"说唱词话"来说吧,其中就很有一些是属于明初严禁的"亵渎帝王圣贤之词曲"。如《新刊全相唐薛仁贵跨海征辽故事》,词话在开篇处就借高丽国猛将盖苏文之口斥责唐太宗:"颇耐唐天子,贪财世不休,杀兄在前殿,囚父后宫愁。"又如《新刊说唱包龙图断曹国舅公案传》,二国舅贪图张氏美色,竟杀死其夫及三岁的儿子。其罪论法当斩,可是宋仁宗却率领满朝文武浩浩荡荡地来到开封府为皇亲求情。包公拒绝了宋仁宗的请求:"君王倒来和劝我,笑杀军民百姓人。"最后结局是包公扯碎了宋仁宗的敕书,斩了二国舅。再如《新刊全相说唱足本仁宗认母传》写包公直接断帝王家事,毫不客气地骂宋仁宗是"草头王",并直斥他"一朝天子行五逆,天下如何出孝人"。《仁宗认母》演说宫闱故事已是"亵渎帝王",而它的作者还走得更远,他是借宋代宫闱故事影射当时的纪太后与朱祐樘(即后来的明孝

宗),后者之事《明史》有载:

> 孝穆纪太后,孝宗生母也,……时万贵妃专宠而妒,后宫有娠之皆治使堕。柏贤妃生悼恭太子,亦为所害。帝偶行内藏,应对称旨,悦,幸之,遂有身。万贵妃知而恚甚,令婢钩治之。婢谬报曰病痞。乃谪居安乐堂。久之,生孝宗,使门监张敏溺焉。敏惊曰:"上未有子,奈何弃之。"稍哺饵饴密,藏之他室,贵妃日伺无所得。至五六岁,未敢剪胎发。时吴后废居西内,近安乐堂,密知其事,往来哺养,帝不知也。①

这段史实与《仁宗认母》叙述的故事何其相像,也无怪乎后来悼念纪太后之死时,大学士尹直所撰写的哀册中有"睹汉家尧母之门,增宋室仁宗之恸"② 之语。可是不管怎样,纪太后与明孝宗幼年的遭遇终究是宫闱秘事,而当时有人敢于撰写影射意味极浓的《仁宗认母》唱本并将它传播天下,正说明了本阶段后期封建统治者对意识形态领域控制的松动。在那些"说唱词话"刊本中,还有一种是直接批评当朝帝王的,那就是刊于成化十三年(1477)的《新刊全相说唱开宗义富贵孝义传》。尽管朱元璋的孙子建文帝是皇位争夺中的失败者,但他被批评为"重财轻命枉为君",毕竟是使封建统治者感到难堪的事。如果按明初洪武、永乐年间的条律作衡量,那么上述"说唱词话"刊本全都是违禁书籍。宣昶身为朝廷正五品官员,其妻却公然阅读这类犯禁的通俗读物,若是早五六十年,他们一家必将受到"全家杀了"的严惩,可是在成化年间,人们刊印、发卖、传诵与收藏这类"说唱词话"刊本却已成了司空见惯的寻常事,随着时代的变化,明初严厉的法令也终于成了明日黄花。

---

① 《明史》卷一百十三。
② 《明史》卷一百十三。

当研究那些"说唱词话"刊本时,还有一个问题不可不注意,那就是刊印它们的永顺堂,就开设在皇帝眼皮底下的北京城里。执法理应最严的北京尚且如此,全国其他地区的情形也就不难推知了。由此又引出另一个问题:北京是全国的政治中心,这里有着庞大的官僚集团,难道那许多官员对违法读物的公然刊印、发售都不闻不问?追究此问题所得的答案有点出乎意外,却又在情理之中,那就是官僚集团中的许多人对此现象非但不闻不问,而且他们本人就是明初法令的破坏者。事实上,正是由于他们的推动,说唱才开始在北京地区兴盛起来。宣德年间,都御史顾佐着力整顿吏风,其清政革弊的措施之一便是严禁官妓。这位都御史"刚直不挠,吏民畏服,人比之包孝肃",① 再加上顾佐的奏本已得到皇帝的亲自批准,因此一时间无人敢违抗此项禁令,官员们只得另换娱乐方式:"严禁官妓,缙绅无以为娱,于是小唱盛行。"② 这情形与前面所引的姜南之言,即说书人"北方最多,京师特盛"正相一致。由此看来,封建统治集团中的不少人甚至可以说是说唱文学的倡导者之一。

随着说唱艺术的兴盛普及,自然就会有"说唱词话"刊本的相应出现。可以设想,其内容的逐渐出格是后来才发生的事,而到了那时,若有什么都御史想出面干预也无济于事了,因为潮流已不可逆转,甚至连皇帝也都成了这类读物的爱好者:"史言宪庙好听杂剧及散词,搜罗海内词本殆尽。"③ 宪庙即明宪宗,成化是其年号,永顺堂之所以敢有恃无恐地刊印那些"说唱词话"刊本,显然与明宪宗的爱好不无关系,如果"搜罗海内词本殆尽"一语并非虚言,那么永顺堂的刊本也应该在明宪宗的御案上出现过。而且,这种爱好又并非是明宪宗所独有,"武宗亦好之,有

---

① 《明史》卷一百五十八。
② 沈德符:《万历野获编》卷二十四"小唱"。
③ 李开先:《张小山小令后序》。

进者即蒙厚赏,如杨循吉、徐霖、陈符所进,不止数千本。"① 看来明武宗比明宪宗走得更远,他的"有进者即蒙厚赏"的举措,必然导致近臣的努力寻觅,而寻觅的结果,则是进一步地刺激了书坊主刊印与书会先生编撰的积极性。这一推动力直接来自封建统治集团的最上层,其影响之大是不言而喻的。

明武宗不仅爱读各种"说唱词话"刊本,他也曾是通俗小说的热心的读者。在明人的笔记里,我们可以读到关于这位君主指名索取《金统残唐记》的记载:

>《金统残唐记》载黄巢事甚详,而中间极夸李存孝之勇,复称其冤。为此书者,全为存孝而作也。后来词话,悉俑于此。武宗南幸,夜忽传旨取《金统残唐记》善本,中官重价购之。肆中一部售五十金。今人耽嗜《水浒》、《三国》而不传《金统》,是未尝见其书耳。②

明武宗阅读的这本《金统残唐记》善本应该是一部抄本,因为刊本无论如何也不可能卖到五十两银子一部。即使宦官急于复命,愿意"重价购之",但是面对奉旨而来的骄横的宦官,书坊主索价时当然不敢过于放肆。而且,如果这部小说已经被刊印行世,那么也不可能在没多少年后就出现人们"未尝见其书",只是"耽嗜《水浒》、《三国》而不传《金统》"的现象。另外,据钱希言介绍说,这部小说是"载黄巢事甚详,而中间极夸李存孝之勇,复称其冤",此内容与倾向都与罗贯中明初时撰写的那部《残唐五代史演义传》相合,它们很可能是同书异名,而"后来词话悉俑于此"一语表明,问世于明初的这部作品虽未刊印行世,但毕竟传了下来,而且后来又有人将这部供案头阅读的通俗小说,改编成供说唱艺人演出使用的词话。不管上述的推测能否成立,但是

---

① 李开先:《张小山小令后序》。
② 钱希言:《桐薪》卷三。事又见《金陵琐事剩录》卷一"金统残唐"条:"武宗一日要《金统残唐》小说看,求之不得。一内侍以五十金买之以进览。"

此时书坊敢于公开出售,并且居然连皇帝也指名要阅读这部作品,若是在明初,这些都是不可想象的事。

在历史上,明武宗以常爱闹出些别出心裁的新花样而出名,半夜里突然要读小说多半也是他的一时心血来潮。然而,人的欲望与行动都必须在相应的社会环境中才可能产生,明初的帝王就不会有像他那样的举动,而且即使想阅读那类作品,恐怕宦官们也无处寻觅。明武宗并非是明代历史上唯一的阅读过通俗小说的帝王,在他之后,又有明神宗爱读《水浒传》,[①]其时阅读乃至赞赏通俗小说的显宦名士,更是不计其数。因此,明武宗的举动在某种意义上可以看作是一种新风气开始的标志。随着时代与社会的发展,封建统治集团中的相当一部分人改变了对待通俗文学的态度,而由于他们身份的特殊,这种改变在无形中又起了一种倡导作用。当然,对于通俗小说顽固地坚持鄙视、仇视态度的还大有人在,但是皇上夜读小说一事的传开,无疑地会使作者、读者以及书坊主们勇气大增,同时也必然会使那些封建卫道士的指责说教变得软弱无力。

总之,到了本阶段的末期,原先阻碍通俗小说发展的三大障碍或是已不复存在,或是影响已变得很小。既然道路业已畅通,于是通俗小说发展的新时期也就到来了。

[①] 刘銮:《五石瓠》卷六"水浒传"条云:"神宗好览《水浒传》。或曰,此天下盗贼萌起之徵也。"

第三编　嘉靖、隆庆朝的小说创作

（嘉靖、隆庆二朝　1522—1572）

小　引

　　正德十六年(1521)，明武宗的去世使明帝国面临了一个从未遇到的问题：死去的皇帝既没有儿子，也没有继子，他生前甚至没有对继位问题作过明确安排。以杨廷和为首的朝臣们找到了解决危机的办法。湖广安陆的兴献王朱厚熜被接来北京，登上了帝位，并于第二年改年号为嘉靖，他就是历史上的明世宗。明世宗在位四十五年，其时间之长在明代仅次于后来的明神宗。在这漫长的岁月中曾发生过不少大事，可是要找出明世宗的值得称赞的善举确是异常困难。他在登基之初就挑起了"议大礼"的争端，坚持要尊奉自己的父母为帝后，尽管他是作为明孝宗的继子才得以登基称帝的。于是，明世宗与坚决维护皇帝世系稳定性的朝臣们发生了尖锐的冲突，而结果则是反对派遭到了贬职、放逐，甚至被杖死。在某种意义上可以说，"议大礼"争端的解决标志了专制皇权的复兴，从此明世宗开始了长时间粗暴而专横的统治。他的欲求不管如何不合理也必须满足，而对他本人及其政策却不允许有任何的冒犯。在这期间，北方与西北方蒙古部落的入侵一直是接连不断，东南一带又屡遭倭寇的蹂躏，而朝中却是无恶不作的严嵩一伙把持朝政。明世宗后来的主要兴趣在于向神仙祈祷和觅取道家的秘方以期长生不死，他对于国家大事虽然仍是乾纲独断，但其决定却只是根据与少数佞臣的接触而作出。当时没有人敢公开地非议朝政，直到明世宗在位的最后一年,即嘉靖四十五年(1566)二月,才发生了海瑞上书的事件。这位耿直的户部主事在那份著名的奏章中直率地批评道:"陛下之误多矣,其大端在于斋醮","一意修真,是陛下之心惑,过于苛断,是陛下之情偏","陛下误举之,而诸臣误顺之,无一人肯为陛下正言者,谀之甚也","吏贪官横,民不聊生,水旱无时,盗贼滋炽,陛下试思今日天下,为何如乎?"① 不久,明世宗去世,继位的是他的儿子朱载垕,史称明穆宗。明穆宗在位仅五年半,他曾被封建史官称颂为节俭与仁厚,但实际上他一直过度地沉溺于个人的享乐之中,并未曾真正地管理过国家大事。

明世宗、明穆宗父子对中国的统治持续了五十年,这半个世纪正是明代历史发展的重要转折时期。此时各种社会矛盾的尖锐化与复杂化自不待言,而商贾与市民阶层力量又日益壮大,在社会生活中不仅成为一支极重要的经济力量,同时也开始成为一股重要的政治势力。以此为社会基础的新的思想观念萌生了,并迅速地发展与传播,自然也就不可避免地与正统的封建意识发生了激烈的冲突。在本阶段之后,明王朝还有七十余年的历史,而自万历朝以降的社会生活格局与弘治、正德朝以前的情形已大不相同,正是出于这一原因,我们才将本阶段视为重要的转折时期。

在这特定的历史条件下,明代的小说发展出现了重大变化,其中最显著的标志是通俗小说创作在经过长时期的停顿之后终于开始复苏。复苏的前奏是《三国演义》、《水浒传》等作品的刊印行世。这些小说在明初时即已成书,直到现在才总算结束了仅靠抄本在民间流传的历史,而最先刊印《三国演义》与《水浒传》的又竟是官方的印刷机构,这也是很使人感兴趣的现象。强烈的社会反响紧随着这两部优秀巨著的刊印而出现,民间书坊的纷纷翻刻又使它们传播得更为广泛,产生的影响也更为巨大。

---

① 《明史》卷二百二十六。

人们以惊喜的心情接受了通俗小说这一新颖的文学样式,尽管它在实际上已有了近两百年的历史。不过,此时人们对何为通俗小说的理解还较为狭隘,由于传统观念的局限,也由于问世于明初的那几部通俗小说基本上都是以讲述历史故事为内容,于是讲史演义在一时间几乎成为与通俗小说相等同的概念。理解上的误差对当时的通俗小说创作产生了严重的影响,从嘉靖朝到万历朝中期的半个多世纪里,新问世的作品中的绝大多数都是讲史演义,同时其成书方式也与《三国演义》、《水浒传》相仿,即据正史、平话、戏曲与民间传说改编而成,作家们也大多有着相当浓厚的按鉴演义、"羽翼信史而不违"① 的意识。于是,讲史演义不仅是通俗小说创作中最先形成的流派,而且那时的创作领域也基本上由它一统天下。当然,并不是没有以其他内容为题材的作品,如成书于本阶段末的《西游记》与《金瓶梅》。②这两部作品分别是神魔小说与人情小说两流派的开山之作,它们的问世也是明代小说发展史上的重大事件。然而,《西游记》与《金瓶梅》在本阶段还只是鲜为人知的秘籍,它们要经过数十年的等待后才被刊印传播,只有在那时,它们才开始对通俗小说的创作产生重大的影响。

在嘉靖、隆庆朝,新问世的通俗小说很少,而这不多的作品中,相当大的一部分又都出自书坊主之手。一直到万历朝的中后期,整个创作界的情形也仍然是如此,就这半个多世纪而言,几乎可以说是书坊主们主宰了通俗小说的创作。在明清通俗小说的发展历程中,惟有此时发生了这种现象,它虽很奇特,却也不难理解。《三国演义》、《水浒传》的刊印传世,使人们开始对通俗小说产生了浓厚的兴趣,并希望能读到更多的作品,可是此时

---

① 修髯子:《三国志通俗演义引》。
② 目前学术界关于《金瓶梅》成书年代的意见尚不一致,有的学者认为这部小说问世于万历初年。

一般文人尚不屑于从事这种新的文学样式的创作。于是,广大读者的迫切便与书稿的严重匮缺构成了一对尖锐的矛盾。书坊主熟知个中情形,且敏锐地意识到这是新的财源所在,他们又有一定的文化基础,在这特定的条件下便自己动手编撰作品。正因为如此,通俗小说既是精神产品同时又是文化商品的双重品格此时显示得尤为突出,当考察本阶段及至万历中后期的通俗小说创作时,我们决不可忽略这一特点。

嘉靖、隆庆朝时文言小说创作也颇为可观,此时虽然还称不上是繁荣,但与先前弘治、正德朝的复苏,却是有着明显的进步。文士们在笔记中记叙带有小说性质的琐事轶闻开始成为很普遍的寻常事,作者已无须像他们的前辈那样为自己的著作中夹入这样的文字而作申辩。《金姬传》、《娟娟传》、《辽阳海神传》等出色的传奇小说的问世,不仅表明了一些作家在有意识地进行小说创作,而且还使人们看到了他们的创作技巧已相当娴熟,作品的艺术水准实已超过了明初的《剪灯新话》、《剪灯余话》等作。很显然,弘治、正德时的创作复苏为本阶段创作的进一步发展提供了一个较好的基础,其实嘉靖初年的某些重要作家,本来就是先前创作复苏的积极推动者。不过,在追寻本阶段创作局面的成因时,我们不可忽视另一重要因素,那就是大量的明以前作品的刊印传播对创作的影响。此时被刊印的作品数量远胜于以往,其中著名的有《世说新语》、《太平广记》[①]与《夷坚志》等作。篇幅巨大的作品集之所以到这时才被刊出,显然是与印刷业的发达程度直接相关。明开国至此已有近二百年的历史,可是对当时的绝大多数人来说,他们却是第一次有机会较全面地接触唐宋时期的小说。那些作品一旦传播,自然也会对创作产生相当大的影响,如《世说新语》刊行后不久就有何良俊《语林》的创作与问世,便是这方面较典型的例证。此外,当时又有一些前代

---

① 除了刻印本之外,此时《太平广记》还有活字排印本行世。

小说选编本的编辑刊行,它们的出现在一定程度上解决了读者的欣赏需求与篇幅巨大的作品集购买或借阅都毕竟不易之间的矛盾。如《虞初志》选编了三十一种小说,其中绝大多数都是唐代传奇;《合刻三志》收录了前代小说八十种,[①] 而《古今说海》的规模要更大些,该书从汉唐至明代的稗官野史及唐宋人小说中,选书一百三十五种,共一百四十二卷。这些小说选编本往往显露了明人刻书时假托作者、妄制篇名的恶习,但它们的刊行无疑地增强了小说对当时社会以及文学创作的影响。

在嘉靖、隆庆朝,文言小说创作中还出现了一种新的动向,那就是有些文人开始编撰带有专题性的作品集。如《机警》汇编了历代有关应变神速、转败为功一类的故事,《虎苑》集中了从古到今的有关老虎的各种轶事传闻,《剑侠传》如其书名,是剑侠小说的专集,而《西湖游览志余》,特别是该书中"委巷丛谈"与"幽怪传疑"各卷,都是在讲述与西湖有关的各种故事和传说。那些作者编撰这类专题性作品集的目的不一,有的是出于兴趣,有的是想显示才学,有的则是借此摅愉其郁;他们的编撰方式也略有差异,最简单的是将以往的有关作品编在一起即成一书,有的却是从历代稗官野史乃至正史中搜寻素材,再加上耳闻之传说,分类撰述而成。当时这类书籍出现了不少,除前面提及的之外,尚有《丽情集》、《龙兴慈记》、《云林遗事》与《贫士传》等作,一时间编撰专题性的作品集似成了一种风气。它们的成批出现壮大了小说的声势,启迪了后来的《清泥莲花记》、《情史》与《古今谭概》等作的编撰刊行,并且还为万历朝后的小说创作提供了丰富的素材。

总之,无论是通俗小说还是文言小说,其情状都与前一阶段

[①] 《合刻三志》号称《虞初志》、《夷坚志》与《齐谐记》三书的合编,但书中只有小部分作品出自《虞初志》与《夷坚志》,而所收吴均《齐谐记》一种,又实当作《续齐谐记》。

大不相同。由于创作刚复苏不久,那些作品时常显露出明显的幼稚或粗拙,思想与艺术水准都有待于提高,但整个小说创作毕竟开始呈现出一种生机勃勃的景象与不可阻挡的势头,而正是在经过这半个世纪的准备之后,明代小说才终于步入了自己的繁荣阶段。

第八章　通俗小说创作的重新起步

在明清通俗小说发展史上,嘉靖元年(1522)是极为重要的一年,就在这一年里,近二百年来一直以抄本形式辗转流传的《三国演义》终于被刊印出版了。这一事实是根据庸愚子和修髯子两人的论述推断出的。弘治七年(1494)时,庸愚子在《三国志通俗演义序》中曾论及这部小说的传播情形,但只是说"士君子之好事者,争相誊录,以便观览",可见从明初到当时,一直都没有刊本行世。过了二十八年之后,修髯子在嘉靖元年所写的《三国志通俗演义引》中则言:"简帙浩繁,善本甚艰,请寿诸梓,公之四方可乎?"这就证实了至今犹存的嘉靖元年版的《三国志通俗演义》确为这部小说的第一个刊本,它实际上也是目前所知道的明清通俗小说的第一个刊本。在这之后不久,问世于明初的《水浒传》以及《平妖传》等作品也相继被刊出。对于明代通俗小说的发展来说,那些作品的刊行是意义极其巨大深远的事件,因为随着它们在大范围内广泛而迅速地传播,通俗小说长时期停滞不前的时代终于宣告结束了。于是,我们接着便看到了如下的图景:那些作品刊印行世后,其影响使得一些作家开始了通俗小说的创作,而这些人的作品,又与先前已刊行的通俗小说一起带动了更多的人加入了创作队伍,从而导致了更多的作品问世。这一过程的不断继续与扩大,犹如一粒粒子撞击了原子核,在释放能量的同时又产生了若干粒子去撞击其他的原子核,从而形成了以越来越大的规模不断地重复这一过程的连锁反应。通俗小说创作重新起步的嘉靖、隆庆朝,就可以看作是这样一种连锁反应的初始阶段,不言而喻,撞击"原子核"的第一粒"粒子",就是嘉靖元年刊出的那部《三国志通俗演义》。

第一节 连锁反应的开始

刊于嘉靖元年(1552)的那部《三国志通俗演义》有两个明显的特殊之处,它既是明清通俗小说作品以刊本行世的开始,同时这一刊本还有个显赫的出身地,那就是皇宫内的司礼监。[①] 历史似乎开了个玩笑,在兜了近两个世纪的圈子之后,最终又让当年压制通俗文学的封建统治者做了这件在通俗小说发展史上具有开创性意义的工作。不过,在当时也确实只有司礼监最有条件刊印这部篇幅巨大的作品,因为它具备任何书坊都无法与之相比的优越性。首先,在司礼监经厂专事刻书的工匠人数众多,而且工种也最为齐全,其中有裁纸匠 60 名,裱褙匠 293 名,折配匠 189 名,裁历匠 80 名,刷印匠 134 名,黑墨匠 7 名,笔匠 48 名,画匠 76 名,刊字匠 315 名,总计共有工匠 1,275 名。规模如此巨大的印刷机构,且不说在当时的中国,就是在整个世界范围内也可以说是独一无二的。上一编中曾经提及,一般的书坊刊印《三国演义》须得花将近一年的时间,可是如果将司礼监经厂的工匠集中起来突击赶印,那么尽管这部巨著的篇幅长达 24 本,2,150 页,他们也只须用十天的时间便能完工。其次,司礼监拥有极其广泛的书籍来源,因为它所管辖的特务机构东厂本来就肩负有在民间查访书籍的职责,如万历年间最终引起大狱的《忧危竑议》一书,就是经提督东厂太监陈矩查访而"获之以闻"。[②] 特务机构弄书的本领还可以由其他的事例证明,如万历

[①] 胡士莹先生在《〈中国通俗小说书目〉补》中为《中国通俗小说书目》所著录的嘉靖元年(1522)刊本《三国志通俗演义》作注云:"此明嘉靖间司礼监刊本也。"又,王重民先生在《中国善本书目》中也指出,商务印书馆影印的嘉靖元年刊本《三国志通俗演义》为司礼监所刊。

[②] 《明史》卷三百五。

时刘承禧家收藏的珍本秘籍甚多,并且当《金瓶梅》刚刚开始以抄本的形式在极少数文人间传抄时,他就已经弄到了全本抄本。若究其原因,他当时正担任锦衣卫千户一职恐怕也是个极重要的因素。因此,《三国演义》尽管是"善本甚艰",但司礼监要获取较好的抄本,显然远比一般的书坊方便得多。第三,司礼监是一个极有权势的皇家机构,对内,它拥有督理皇城内一应仪礼刑名的权力,并且还时常代拟圣旨或对阁臣的票拟文件作"批硃";而对外,它掌握的东厂又有侦查、缉捕与审办的大权。正因为如此,司礼监可以毫无顾忌地刊印通俗小说,不像后来某些书坊刊印这类书籍时还心有余悸,要小心翼翼地注明诸如"原刊南京齐府刊行"(杨明峰版《英烈传》)或"官版皇明全像英烈志传"(三台馆刊本)等字样,以按官版翻刻作为自己的护身符。① 第四,对司礼监来说,刊印一部《三国演义》的成本只能算是微不足道的小数,它决不会像民间的书坊那样,由于不清楚市场和销路的情形而顾虑重重,须反复地盘算风险的大小与经济上的得失。以上的分析表明,最先由司礼监刊印通俗小说,实在是很合乎情理的事。

  明末太监刘若愚在《酌中志》中提及司礼监刊印的那部《三国演义》时曾说,宫中的太监们于此书"皆乐买看"。据此判断,这一刊本似乎主要是在内部发行,传播的范围未必很广。然而,由周弘祖的《古今书刻》与晁瑮的《宝文堂书目》等书的著录可知,其后不久,至少武定侯郭勋与都察院都曾经分别刊印过《三国演义》与《水浒传》,前书并且还有金陵国学本。随着这些刊本的传播,《三国演义》与《水浒传》终于开始较广泛地流向社会,并很快引起了轰动效应。《三国演义》被赞誉为"据正史,采小说,证文辞,通好尚,非俗非虚,易观易入,非史氏苍古之文,去瞽传

---

① 书坊注明是按官版翻刻,除避祸的考虑之外,其中也含有招徕顾客的意味。

诙谐之气,陈叙百年,该括万事",①而《水浒传》似更受推崇:"嘉靖间,一巨公案头无他书,仅左置《南华经》,右置《水浒传》各一部。"②李开先在《一笑散·时调》中也写道:"崔后渠、熊南沙、唐荆川、王遵岩、陈后冈谓:《水浒传》委曲详尽,血脉贯通,《史记》而下,便是此书。且古来更无有一事而二十册者。倘以奸盗诈伪病之,不知序事之法、史学之妙者也。"崔铣、熊过、唐顺之、王慎中与陈束等人不仅位居高官,而且又都是当时的著名文士,虽然他们的评论较偏重于"委曲详尽,血脉贯通"等作文之法,但毕竟是在赞颂一部通俗小说,而热情的推崇与极高的评价来自巨公名士,自然也就更具有号召力。

封建统治者集团中的一部分人率先刊印、传阅并且称赞通俗小说,实际上等于为通俗小说的刊印与行世开了绿灯。同时,这些作品传播时所受到的热烈欢迎,又证明了它们是销路有保障的读物。于是,不再有顾虑的民间书坊便不甘落后地跟着纷纷翻刻,在等待了近二百年后,问世于明初的那些作品终于成了热门的畅销书。然而,不管引起的轰动有多大,我们也不能指望《三国演义》与《水浒传》刊行后就立即引出创作的热潮,因为从这些作品的传播到在它们行世的刺激下大量新作品问世,其间毕竟还需要有一段酝酿准备以及观念转变的时期。在本阶段的五十余年里,新编创问世的通俗小说只有屈指可数的几部,若按其刊出年代的先后,则目前所知的那些作品可以排列如下:

嘉靖十六年	皇明开运英武传	郭勋等撰
嘉靖三十一年	大宋演义中兴英烈传	熊大木撰
嘉靖三十二年	唐书志传	熊大木撰
嘉靖间	全汉志传	熊大木撰
	南北宋志传	熊大木撰

---

① 高儒:《百川书志》卷六"史部·野史"。
② 胡应麟:《少室山房笔丛》卷四十一"庄岳委谈(下)"。

| 嘉靖、隆庆间 | 列国志传 | 余邵鱼撰 |
| 隆庆三年 | 钱塘渔隐济颠禅师语录 | 沈孟柈撰 |

此处所列都是在本阶段内已经刊行的作品,故而约成书于本阶段末但尚未刊出的《西游记》与《金瓶梅》不在其内,关于这两部作品,后面将有专章论述。另外,此时还曾经出现过如洪楩编辑的《六十家小说》等话本的汇编本,不过书中所收多为宋元时的旧作,而且严格地说,话本也并不属于我们此处所讨论的为供案头阅读而创作的通俗小说。因此就目前所知,这五十余年间新刊出的通俗小说共有七种,涉及四个作者,而第一位作者与作品,则是郭勋与他的《皇明开运英武传》。

武定侯郭勋是嘉靖朝颇有名气的一个人物。在嘉靖初年"议大礼"事件中,郭勋百般迎合遭到群臣反对的明世宗,因而骤得帝宠,很是风光了一阵,后来则是因"挟恩宠、擅朝权、恣为奸慝致败",[1] 最后死于狱中。郭勋是个政客,但却又"颇涉书史",[2] 他曾经主持刻印过《三国演义》与《水浒传》,对这两部小说摆脱主要靠抄本流传的状态起了积极的作用。郭勋对于明代通俗小说创作发展的另一贡献,那就是他编撰(或授意门客编撰)了《皇明开运英武传》。不过,郭勋编撰这部作品的本意却不在于文学创作,而是纯粹出于政治上的目的,当时人郑晓曾记其事云:

> 嘉靖十六年,郭勋欲进祀其立功之祖武定侯英于太庙,乃仿《三国志》俗说及《水浒传》为国朝《英烈记》,言生擒士诚,射死友谅,皆英之功。传说宫禁,动人听闻。已乃疏乞祀英于庙庑。又言英本开国功臣,卒于永乐年间,以故不庙祀。而不知太祖定庙祀时固兼生死而论定矣。且英之封在

---

[1] 《明史》卷一百三十。
[2] 《明史》卷一百三十。

洪武十七年：论平云南功,大将颍川侯傅友德进封颍国公；副将蓝玉、仇成、王弼先封流侯者,与世嗣；偏俾都督佥事陈桓、胡海、郭英、张翼,兵兴以来屡效勤劳,今勋尤著,于是桓封普定侯,海东川侯,英武定侯,翼鹤庆侯。盖庙祀定后十六年,而英始侯也。①

郑晓为嘉靖二年(1523)进士,嘉靖十五年(1536)时任吏部考功郎中。他"谙悉掌故,博洽多闻",② 如上面引文中论证郭英封侯时间以驳斥所谓功大赏薄之说就十分有力,确为"习国家典故"③ 者,论述时所提及的郭勋编撰《英烈记》(即《皇明开运英武传》)一事,也应是相当可信的,因为这位正直不阿的官员此时正与郭勋同朝为臣。④ 不过,作品现传本中生擒张士诚的是"沐英"而非"郭英",说郭英"生擒士诚"恐是误记,至于"射死友谅",则是指第三十九回"陈友谅鄱阳大战"中的那段文字：

> 友谅的船且战且走,未及数里,那郭英、沐英、亮祖,又截住了来杀。两船将近,只见张定边拈弓搭箭,正射着郭英左臂,那郭英熬着疼痛,拔出了箭头,也不顾血染素袍,便也一箭,正中着陈友谅的左眼,透出后颅,顿时而死。……太祖鸣金收军,驻在江岸。众将各各献功,惟有郭英不说起射死友谅的事。朱亮祖见他不说,因对太祖细说："郭英一箭射死陈友谅,此功极大。"太祖大喜,称赞郭英一箭胜百万甲

---

① 郑晓：《今言》卷之一"九十二"。
② 《明史》卷一百九十九。
③ 《明史》卷一百九十九。
④ 有人认为《英烈传》并非郭勋(或其门客)所撰,如赵景深在《英烈传序》中写道："如果说是郭勋所作,那就是相信郎瑛《七修类稿》和沈德符《野获编》上的话,以为这书是郭勋表扬他的先祖郭英的功绩的。……沈德符以为射死友谅的该是郭子兴,郭勋冒功,说是郭英射的。但我们知道,郭子兴就是郭兴,跟郭英是亲兄弟,反正都是郭勋的祖上,郭勋又何必冒功呢?"若只有郎瑛与沈德符据传闻所作的记载,郭勋(或其门客)是否为作者确可怀疑,但现有郭勋同僚郑晓明确的记录,这种怀疑显然已无法成立。

兵,有此大功,并不自逞,人所难及。先令人取黄金百两,略酬今日不施逞的大德。

关于郭勋编撰通俗小说以谋取政治利益的经过,万历时熟悉明嘉靖以来各种朝野掌故的沈德符介绍得更为具体:

> 初,勋以附会张永嘉议大礼,因相倚,互为援,骤得上宠,谋进爵上公,乃出奇计,自撰开国通俗纪传名《英烈传》者,内称其始祖郭英战功,几埒开平、中山。而当时鄱阳之战,陈友谅中流矢死,本不知何人,乃云郭英所射。令内官之职平话者,日唱演于上前,且谓此相传旧本。上因惜英功大赏薄,有意崇敬之。……(勋)峻拜太师,后又加翊国公世袭,则伪造纪传,与有力焉。①

郭勋靠着编撰通俗小说达到了好几个目的。首先是其祖郭英得以配享太庙,这在封建时代可是一桩非同一般的重大事件,"太祖之庙侑享,则以血食寓襃扬,其报最重,其礼最隆矣"。②其次,既然祖先受到推崇,活着的子孙自然就可直接得益,于是接着便是郭勋"峻拜太师,后又加翊国公世袭"了。最后,借助这部小说的传播,郭勋又使天下百姓接受了他所伪造的历史,如嘉靖时人郎瑛论及陈友谅被射死一事时写道"英亦不大居功,故人不知也。独《英烈传》中明载"。③文中那"独"字证明,他之所以对此说笃信不疑,全都是因为读了《英烈传》的缘故。郭勋篡改历史,编撰通俗小说,先制造舆论,然后再实现自己的政治目标,确实是一个"桀黠有智数"④的人物。在明代,后来还发生过好几起将通俗小说当作政治工具的事件,而追溯其源,始作俑者却是郭勋。

---

① 沈德符:《万历野获编》卷五"武定侯进公"。
② 郑晓:《今言》卷之一"九十二"。
③ 郎瑛:《七修类稿》卷二十四。
④ 《明史》卷一百三十。

《英烈传》的创作可以看作是明代通俗小说发展史上的一个特例,然而它却相当充分地显示了《三国演义》与《水浒传》刊行后的影响力,以及当时人们对这种影响力的认识。对郭勋而言,"其配庙妄想,已非一日","当武宗朝,勋撰《三家世典》,已暗藏射友谅一事于卷中矣"。① 这表明郭勋早已懂得制造舆论的重要性,可是那部辑徐达、沐英与郭英三家世系勋代本末的《三家世典》,怎能像小说那般激起广大读者的兴趣,产生广泛的社会影响。因此,尽管郭勋煞费苦心地编辑、刷印与散发,但他毕竟未能借此而实现自己的目的。过后不久,郭勋刻印了《三国演义》与《水浒传》,从而他能比别人更清楚地了解通俗小说能广泛传播的特性及其影响力。受此启发,郭勋终于找到了实现蓄谋已久的目的的"奇计",即"乃仿《三国志》俗说及《水浒传》为国朝《英烈记》"。这次他成功了,而他的成功又使人们对通俗小说的影响力有了一次难忘的感性认识。

　　《英烈传》与郭勋的沉浮联在了一起,它虽然因此而获得了较高的知名度,但世人津津乐道的却多是围绕它问世经过的种种传闻。其实,倘若撇开那些外加的因素而单纯地从文学角度着眼,该小说也仍然是一部很值得注意的作品。《英烈传》出自较早刻印《三国演义》与《水浒传》的郭勋之手,证明了它的成书是那两部巨著刊行后的直接反响之一。而且,《英烈传》又是在通俗小说创作长期停滞后新出现的第一部作品,不管郭勋怀有怎样的目的,他毕竟做了一件有开创意义的工作,其首功不可没。若将这部作品的问世与当时通俗小说的传播形势相联系,那么它的开创性意义便可显示得更为明显。

　　明初即已问世的《三国演义》、《水浒传》等作品在嘉靖间刊印后,这种新型的文学样式,即专供案头阅读的通俗小说几乎是立即就受到了广大读者的欢迎。那些作品在一时间行世颇捷,

---

① 沈德符:《万历野获编》卷五"武定侯进公"。

生利甚厚,于是后来许多书坊便趋之若鹜,纷纷加入了刊印的行列。这一盛况可以由流传至今的各种刊本或著录推知,万历时的余象斗也写道:"《水浒》一书,坊间梓者纷纷",①"坊间所梓《三国》,何止数十家矣。"② 书坊主们惊喜地发现,通俗小说的刊售给他们开辟了一条新的生财之道,可是此时除了问世于明初的那几部作品之外,世上并无其他的通俗小说可供刊印。而且,众书坊的一哄而上地争印《三国演义》、《水浒传》等作,也终究会使市场逐渐趋于饱和。为了继续保持售多利速的局面,就必须寻得新的小说书稿。可是长期以来,一直遭到封建正统人士鄙弃的通俗小说在文学殿堂里毫无地位可言,尽管此时封建统治集团中的一部分人对它的态度已开始有所变化,甚至是表示赞赏,但是要文士们在通俗小说流行之初就冲破固执的传统偏见去从事创作,这毕竟还是很不现实的事。尽管直到万历朝才开始有较多的文士投身于通俗小说创作,但此时郭勋的编撰确实含有破除偏见的示范意义。

而且,这部小说又是明代的第一部以本朝史实为题材的讲史演义,它的出现有助于打破人们已有的或可能有的将讲史演义题材限定为古代的历史故事的狭隘理解。于是在随后的万历朝,先后出现了《承运传》、《续英烈传》、《于少保萃忠全传》、《戚南塘剿平倭寇志传》与《征播奏捷传通俗演义》等一批作品,它们都演述本朝的故事,其间或多或少可发现《英烈传》影响的痕迹。而且,这些作品所描述的故事与人们现实生活之间的距离越来越短,特别是那部《征播奏捷传通俗演义》,其内容已与时代相平行。时间概念方面的障碍被突破之后,作家们的笔触便可无所不至,天启、崇祯间描写眼前政治斗争与军事斗争的时事小说的崛起,显然也曾得益于此。当然,后来那些作品的问世,都有着

---

① 余象斗:《忠义水浒志传评林·水浒辨》。
② 余象斗:《批评三国志传·三国辨》。

各自的原因与机遇,但是它们排列后所显示的逐步发展的进程却在提醒我们,开创之功还是应该归于《英烈传》。通过上述考察,结论自不难得出:郭勋之创作动机固然可鄙,但是《英烈传》在明代通俗小说发展史上的地位与意义,却应该得到实事求是的肯定。

第二节 《大宋演义中兴英烈传》的编创方式

据目前所知,继《皇明开运英武传》之后问世的《大宋演义中兴英烈传》,是通俗小说创作重新起步阶段的第二部作品。通读这部描写宋代民族英雄岳飞故事的小说,留下的最突出的印象是作者熊大木的模仿意识。效颦于人是通俗小说创作重新起步阶段各作品的共同特点,在某种意义上甚至可以说是明代通俗小说创作的重要特点之一。后来的作家可仿效的对象随着作品的增加而越来越多,其编创水准也可随之而提高。不过对《大宋演义中兴英烈传》的作者熊大木来说,他创作时所能见到的专供案头阅读的通俗小说,却只有问世于明初的那几部作品。而且,既然他已选定以岳飞的事迹为创作题材,那么同样是讲述历史故事且又影响最大的《三国演义》,就很自然地成了主要的模仿对象。尽管在这部作品中,罗贯中为了情节的波澜起伏、故事传奇性的增强以及人物性格的刻画的需要等原因,不时地运用虚构、挪移、捏合等手法,并相当注意艺术典型的创造,然而《三国演义》在刚开始广传于世时,评论家充分重视与肯定的却恰恰是作品描述与正史记载相符合的一面。修髯子认为该书值得出版的重要原因之一正是它"羽翼信史而不违",[①] 庸愚子则认为作品最可称赞处是其"文不甚深,言不甚俗,事纪其实,亦庶几乎

---

① 修髯子:《三国志通俗演义引》。

史,盖欲读诵者,人人得而知之,若《诗》所谓里巷歌谣之义也。"① 这两人撰写的序言在嘉靖时被置于《三国演义》书首而一起流传,熊大木深受其影响是情理中事。当然,熊大木在编撰的实际过程中也意识到作品的描述不可能是——全依正史,但他却很希望人们相信自己编撰时确在遵循"羽翼信史而不违"的准则,故而还特别介绍说,其作品是"从王本传行状之实迹,按《通鉴纲目》而取义",② 就连各大段落的标题,也是"俱依《通鉴纲目》"。③

为了使自己的作品具有"亦庶乎史"的模样,熊大木对于《三国演义》收录了诏旨、奏章、书信等历史文献的做法极感兴趣,这格式不仅容易模仿,而且又可增强作品的史实感。然而,熊大木却不懂得,罗贯中这样处理时决不滥引,而是有较严格的筛选标准,被引入作品的文献通常具有为矛盾冲突激化或发生转折作铺垫、交代以及其他一些艺术功用,因而它们已成为作品的有机组成部分。熊大木则不然,他似乎是以多多益善为原则,插引的手法也多呆板生硬。在描述岳飞业绩的过程中,熊大木先后插入了这位民族英雄的二十一本奏章、三篇题记、一道檄文、一封书信与两首词,其中的大部分是作者的硬性镶嵌,与小说创作其实已无关系。熊大木可谓是见缝插针,但是一直写到岳飞在风波亭遇害,还是有几篇文献未及嵌入作品。这时,他就干脆以"岳王著述"为标题写道:

> 愚以王平昔所作文迹,遇演义中可参入者,即表而出之。有事不粘连处未入本传者,另录出于王之终章后,以便观览。

在这段文字后,熊大木又排列了岳飞的一本奏章、一篇题记

---

① 庸愚子:《三国志通俗演义序》。
② 熊大木:《大宋演义中兴英烈传序》。
③ 熊大木:《大宋演义中兴英烈传凡例》。

与三首诗。由此不难看出，熊大木在计划编撰时，就已决定要将《精忠录》载有的岳飞的所有文字全都插入自己的作品，而不是根据小说创作的实际需要，经筛选后再作引入。作品中还插入了许多帝王诏旨与别的大臣的奏章、书信等，若加上岳飞的这类文字，其数量总和相当可观，而这部《大宋演义中兴英烈传》总共也只有十八万余字。于是在某些章节中，诏旨奏章一类文字在篇幅上就占了很大的比例。如卷三"张浚传檄讨苗傅"一节中，插入了诏书一、檄文二与书信三，它们的篇幅在该节中约占40%，卷六"议求和王伦使金"一节中引录了李纲与胡铨的奏章各一本，其篇幅比例也约为40%，而在卷三"胡寅前后陈七策"一节中，这种比例甚至还超过了80%，实在是令人难以卒读。这位书坊主本来就拙于绘声绘色地讲述故事，叙事篇幅已相应减少，同时他又有意大量插入各种文献，这就更导致了两类文字比例的严重失调。作品的小说意味因此而单薄了许多，某些章节甚至已经不能再当作小说看待。

熊大木还想模仿《三国演义》创作中的另一种形式，即罗贯中频繁采用的"后人有诗叹曰"。很显然，若要充分运用这一形式，就必须具备两个前提条件。其一是熟悉历代的诗词创作，这样方能即景即情，随手拈来；其二是自己有赋诗填词的才华，从而能避免须有诗词之处却又无可征引的尴尬。在这个问题上，熊大木暴露了一个书商的文化底色，他对于诗词并非是一无所知，可是要做到信手引用或随口吟咏成章，却是心有余而力不足。因此，作品中虽有诗词的征引，但出现的频率远低于《三国演义》。卷一是叙述靖康事变，有关的诗词相对易得，熊大木便征引了十五首；卷八是对岳飞一生的业绩作总结，《精忠录》中有现成的诗词可供抄录，故而排列了十六首。其余六卷是对岳飞抗金故事的铺叙，其间较少有诗词出现。卷四与卷六都仅有三首，就是出现得最多的卷三与卷七，也都是只有七首而已，而且其中如苏轼的"水光潋滟晴方好"等诗的征引，实在是很牵强地塞入作品。不过不管怎样,熊大木的努力毕竟使他的作品在这一形式上多少有了点《三国演义》的模样,书坊主编撰小说时能够如此,已足可聊以自慰。

熊大木模仿的对象并不只是《三国演义》。在作品卷四"刘豫建都汴梁城"一节中,又可看到作者在用一段韵语描绘岳家军自洪州向湖广的进发。其词云:

> 马衔衰草树林黑,兵绕湾溪村路斜。越山岭则有林间野鸟迎人语,叫道:"不如尪尪归去么。"更有一般凄切处,声声叫道:"行不动也哥哥。"途中炎热行旅辛勤。

且不论此段韵文的词句是如何的鄙俚,也无须批评其描写与作者所要赞颂的岳家军的英锐之气是如何的不相称,我们在这里更关心的,是这种形容、渲染的方式来自何方。在当时流行的通俗小说中,《三国演义》未曾采用过这种格式,相反,《水浒传》中"有诗为证"的现象不甚多见,但它对运用成段的韵语作形容渲染却尤为擅长,如翻开作品的第一回,就先后有八段这样的韵语扑面而来,其后又是几乎每一回中都含有数段。熊大木在这方面无疑地是效法《水浒传》,但却又给人以画虎类犬之感,只要将两者的文字稍作对照,便立即可以看出它们之间极为明显的文野之别。而且,这一格式的文字在《大宋演义中兴英烈传》中一共也只有两段,与《水浒传》中大量频繁采用的情形根本无法相提并论。这表明熊大木虽有仿效的动机,却又苦于缺乏文学艺术的修养,其情状与征引诗词有相似之处,但是这类韵语却都得由作者自己一一构思写就,故而其数量也就越发少得可怜。

在作品中还可以辨认出熊大木对另一种形式的模仿,即二句式韵语的运用,如卷二"岳飞与泽谈兵法"一节中的"正是:都来三寸无情铁,透甲穿袍两命休";卷七"岳飞访道月长老"一节中的"正是:闻钟始觅山藏寺,到岸方知水隔村"。这一格式《三国演义》中未曾有,《水浒传》中则是难得一见,因此熊大木显然是从宋元话本中学来的。然而,二句式韵语的运用与前面所述的诗词、以成段韵语作形容一样,数量也是相当稀少,在整部作品中仅仅出现过四次,而在宋元话本中,数千字的短篇小说里就出现四五次实为非常平常的事。这种稀少状况的原因与前两种模仿相似,此处就不作赘述了。

能够注意到上述那种种格式,证明了熊大木对当时流行的通俗小说相当熟悉,而上面的分析则表明,这位作者在编撰作品时确实有意心摹手追,只不过他并不全然了解那些形式的艺术功用且又才华不逮,因此模仿在某些地方就表现得较为过分,有时则只现出淡淡的痕迹,其或浓或淡,又正构成当时一些书坊主编撰小说的重要特色。

在强调《大宋演义中兴英烈传》对已有作品的模仿时,我们也应该实事求是地指出,熊大木在编撰过程中确实有过自己的创造,《大宋演义中兴英烈传》以评点本的形式刊刻行世,就是一个极富开创意义的事件,因为中国通俗小说评点的历史即是由此而开始。不过,如果仔细追究起来,熊大木此举并不是纯粹的创造。在中国,对诗文经传进行评点注释早已有着悠久的传统,明中叶时各种评点本甚多,诚所谓"时尚批点,以便初学观览"。① 含批注的书籍销得动也销得快,熊大木决定将评点形式移植于通俗小说的灵感,显然是来源于他经营书坊时的经验积累。也就是说,他的创造性只表现在移植方面,其实质仍然是一种模仿,而嘉靖元年(1522)刊本《三国志通俗演义》中某些地方插入注释的做法,也很可能给熊大木以启发。在熊大木之后,评点小说渐成风气,并先后出现了李卓吾、金圣叹、毛宗岗、张竹坡等评点大家,评点也终于成为中国古代小说理论的重要组成部分。从这一角度作考察,尽管通俗小说的评点在萌生之初带有深深的书坊主的烙印,但熊大木的首创之功却是不可被轻视或

---

① 陈邦俊:《广谐史凡例》。

抹煞。

　　与通常意义上的作家相比，熊大木更重视作品的销路问题，而作为一个书坊主，他对各层次读者的水平、兴趣的了解也更为清楚。在编写《大宋演义中兴英烈传》时，熊大木对这部小说的阅读对象已有明确的考虑。作品的自序说得很清楚，其编撰目的是"庶使愚夫愚妇亦识其意思之一二"，意想中的主要读者则是那些"士大夫以下遽尔未明乎理者"。只有兼任作者的书坊主，才会在编撰作品时就如此重视传播环节的问题，也惟有他们才不鄙视"愚夫愚妇"，乐意向他们提供通俗读物，因为这类读者数量最为众多，形成了一个广阔的市场。然而，这些人虽有阅读历史故事的兴趣，其文化程度却多半只是初解识字而已。为了保证作品的畅销，就必须设身处地地为他们着想，事先逐一排除他们阅读时可能遇上的障碍。基于这种考虑，熊大木采用了双行夹批的形式，由于是在有关的字、词、句下直接加注，读者阅读时产生的疑难也就能得到最及时的解决。当然，为了证明熊大木的动机确实如此而并非我们的主观臆测，这里还有必要对那些双行夹批的内容作一个大概的介绍。

　　在《大宋演义中兴英烈传》中，双行夹批共约有一百五十余条，按其性质可大致分为以下五类：

　　一、注音释意。如"给"字下注曰："音移，[①] 哄也"；"六朝"下则注云："六朝谓吴、东晋、宋、齐、梁、陈也。"

　　二、解说人名地名。如对"康王"解释道："名构，乃徽宗第九子，韦贤妃所生"；"杭州"下则注云："时升为临安府"。这一类批注最多，占双行夹批的五分之二强。

　　三、注释名称或典故。如"婕妤"下注曰："婕妤，妇官也"；"浚有补天浴日之功"下则解释道："《列子》云：女娲氏炼五色石以补天阙；《淮南子》曰：日出扬谷浴于或也。"

[①] "给"字音"dài"，熊大木谓"音移"，实为误注，书坊主的文化水准由此可见。

四、为作品叙及的事件作注。如"桧大怒,奏高宗召俊、飞还朝"下注云:"桧此意使岳飞不得理兵事也";"令征剿叛将戚方"下则解释道:"时戚方陷广德军"。

五、介绍对某事件叙述的依据或出处。作者时以"出《通鉴》"、"出《岳飞行状》"等双行夹批表明自己对史书的忠实。与此相对应,书中偶尔也有"此一节与史书不同,止依小说载之";"此小说如此载之,非史书之正节也"一类的双行夹批。

以上前四类评注,全然是为读者阅读便利着想,而一些几属常识性的内容也要加注解释,正证明了熊大木计划中的主要阅读对象,确实是那些"未明乎理"但人数极为众多的读者群。熊大木对这一类注释极为重视,而且他并不是在作品完稿之后再来逐一斟酌何处应该加入双行夹批,事实上是在编撰过程中一写出读者可能感到疑难的词句,就立即随手注释。在正常的小说创作过程中,又有哪个作家会屡屡中断思路去考虑何处该加注释,惟有念念不忘扩大销路的书坊主才会采用这种奇特的编撰方式,这无疑地又可以证明,加入双行夹批在熊大木的整体规划中占有何等重要的地位。①

第五类评注涉及小说与史实的关系问题。熊大木编撰小说之时,世上流行的通俗小说基本上是讲史演义。这类作品的传播并非没有障碍,其中最重要的反对舆论之一,便是"小说不可紊之以正史"。② 虽然编撰的实践使熊大木认识到"史书小说有不同者","若使以事迹显然不泯者得录,则是书竟难以成野史

---

① 清江堂版《大宋演义中兴英烈传》中,偶尔出现几次"O……O"的格式,如"O按《通鉴》,冬十月秦桧矫诏下岳飞于大理狱O"。就它们的性质来看,完全应该属于双行夹批,而前后均以"O"隔开,显然是在提醒刻工雕板时将这类文字按双行夹批的格式雕刻。但刻工由于疏忽,却将这几条(连同前后的"O")误刻为正文。据此,可以推知原稿的样式,并得出熊大木在编撰过程中就已随时加入注释的判断。

② 熊大木:《大宋演义中兴英烈传序》。

之余意矣"，① 可是他无力且也无意与当时强大的反对舆论相抗衡。这位兼任作者的书坊主当然是从作品能否畅销的角度考虑问题：如果只依正史敷演，那么不仅写不成小说，而且广大读者会嫌其枯燥乏味而失去阅读的兴趣；可是如果正面与"小说不可紊之以正史"的舆论发生冲突，那么作品的传播也会受到阻碍。两难的境遇逼出了个"两全其美"的办法，即熊大木所声称的"小说与本传互有同异者，两存之以备参考"，② 这也是第五类双行夹批出现的原因。

为了加重作品的史的意味，熊大木又采用了另一种评注方式，那就是在整段的故事之后，加一段史论或将该段故事与史实相比较的评论，以及据正史对作品中提及的人与事作补充交代。书中这类评语约有四十条，史论性的占三分之一强，其中有一些指明了出处，如《纲目》断云"，"《宋鉴》断云"，或者是摘取明代人的议论，如"许浩曰"、"琼山丘氏(濬)曰"等，但还有不少却只是含糊地冠以"断云"、"论曰"等字样。其语句俚俗，议论也未见有甚高明之处，很可能它们并无出典，而只是熊大木的自撰。如叙及秦桧自金还朝被封为礼部尚书时，书中紧接着便有一段"评曰"：

> 那时为头差与金国讲和者，一边虽与他讲和，一边选任将帅，调取人马，屯守边境，伺便击之，还有克复中原之意。自秦桧回来首倡和议，专与金国解释旧日之仇。取回边上征进人马，抛弃中原与虏者，实由秦桧所谋也。

这种半文半白、似通非通的文字，断不会出自史书或著名文士的笔墨，它与硬要乔装成史学家模样的书坊主，倒是十分妥帖相称。

---

① 熊大木：《大宋演义中兴英烈传序》。
② 熊大木：《大宋演义中兴英烈传序》。

若依条数之多寡作判断,熊大木似乎更热衷于据正史对作品中提及的人和事作补充交代。不少内容与情节发展并无直接关系,对小说创作来说,即使是有直接关系的内容,也应该用倒叙、插叙或作品人物口中带出等手法,将它们融入作品而不露斧凿痕迹。其实在《三国演义》与《水浒传》中就有许多这样的例子,但熊大木在这方面却未作模仿。他本来就拙于文学创作,只习惯于平铺直叙,且又对摆出史学家的姿态更为偏爱,于是史实介绍类的文字便成段成段地插入。自以为是加重了作品的史的意味,客观效果却是故事叙述常被强行中断而显得文气不接。

熊大木在作品自序中特别强调"小说与本传互有同异者,两存之以备参考"。既然如此郑重地声明,那么作品中每遇此种情形就应该有所交代。然而,这一类评语偏偏极少,全书仅卷一中有一条而已。当叙及康王赵构于磁州骑泥马渡夹江时,熊大木于其后批道:

即今磁州。夹江旁有泥马庙,乃宋康王所建遗迹在焉。愚参考《一统志》,磁州并无夹江。及考相州,俱与此说不同。今依来本存之,以俟知音。

如果再加上双行夹批中的"此一节与史书不同,止依小说载之"等二条,作品中所谓"两存之以备参考"的批语总共也只有三条。该书的叙述如果只是偶尔偏离正史,此类批语自然是无须多加,可是实际上作品中时常采用小说家言,熊大木对此却是往往不作任何说明,如卷二中大刀关胜的大展神威,卷八中岳飞对道月长老的拜访等都是较典型的例证。在前一例中,作者还特地介绍说:"关胜乃昔梁山泊之徒,是骁勇,曾随童贯征方腊,多有战功",显然是想借《水浒传》的盛名扩大自己作品的影响;而后一例则是作品中最富传奇性的情节。当写到这两段极能引起读者兴趣的故事时,熊大木又怎肯煞风景地指出它们与史实全然相悖?

有时,熊大木纵然有心也无法加注。作品以胡迪游历地府,亲见秦桧受严惩、岳飞则享天恩为结尾。若以历史的真实为衡量标准,这结尾显然是毫无根据的无稽之谈。熊大木一直想以严谨的史学家的面目示人,此处若一加注,便立即会面对一个难以回答的问题:既然一再声称是努力按史实写成作品,那么又何以会出现如此怪诞的故事? 这里还应该指出,胡迪游历地府的故事并非是熊大木的创作,它实际上就是宣德间赵弼《效颦集》中的《续东窗事犯传》,而熊大木甚至不愿作什么改动,就直接将这则故事全部抄入自己的作品。在这里,我们又一次看到了熊大木的编撰与《三国演义》、《水浒传》的明显差异。那两部问世于明初的优秀巨著虽也或多或少显示出与《三国志平话》、《大宋宣和遗事》的渊源关系,但又与这两部作品有着本质的不同,罗贯中、施耐庵在各种民间传说、话本、戏曲以及正史记载的基础上,结合自己丰富的生活体验,进行了艰苦的综合性的再创作。熊大木既缺乏必要的文学艺术修养,又受牟利动机之驱使,于是他只能做一些简单的改写,或缀联辑补,或将文言译成白话,更甚者是经常直接抄录,而这样的编撰手法,正十分突出地显示出书坊主的编撰与正常的小说创作的原则差别。在嘉靖朝与万历朝前期,书坊主曾一度主宰了通俗小说的创作,而《大宋演义中兴英烈传》的编撰手法在当时又颇有典型意义,因此,若将这种编撰手法与作者的书坊主身份相结合,我们可以概括地将这样的创作现象称作为"熊大木模式",而对该模式的考察与分析,显然在本阶段的研究中应占有重要的地位。

第三节 "熊大木模式"及其意义

上节所分析的《大宋演义中兴英烈传》的编创方式,其实就是"熊大木模式"典型的表现形式之一,而若要进一步了解这种模式在通俗小说发展史上的地位与意义,就还得从这部作品的问世经过说起。大约是嘉靖三十年(1551)的某一天,建阳书坊清白堂主杨涌泉拜访了他的姻亲、书坊忠正堂主熊大木。这件事在当时根本不被人注意,然而它却是熊大木编撰通俗小说生涯的起点,因此也可以视为后来数十年间书坊主主宰通俗小说创作之滥觞。那位杨涌泉拜访时带了一本浙江出版的《精忠录》。此书叙述了岳飞的业绩,并收录了从南宋直至明代表彰岳飞的各种诰谕、表章与诗文。杨涌泉出于职业的敏感,意识到若将这部"意寓文墨,纲由大纪"①的文集改写为通俗小说,就一定能畅销于世,因为民族英雄岳飞的故事如同三国故事一样,一直为民间大众所津津乐道,但后者已有《三国演义》,而前者却无相应的通俗小说行世。或许是杨涌泉自己的文化程度尚拙于作书,于是他就去找"眷连"熊大木"恳致再三":"敢劳代吾演出辞话"。熊大木作了一番"才不逮班、马之万一,顾奚能用广发挥哉"②的谦虚后答应了他的请求,最后写成了《大宋演义中兴英烈传》。从这一过程来看,该作品的问世带有一定的偶然性,但纵观明代小说的发展历程,在通俗小说创作重新起步的当时出现这一类作品,而且又是由熊大木这类书坊主编撰而成,这其间却有着一定的必然性。

正如第一节中所言,《三国演义》、《水浒传》等作品在嘉靖间刊印后受到了广大读者的热烈欢迎,坊主们惊喜地发现了一条新的生财之道,然而此时除了问世于明初的《三国演义》等作之外,世上并无其他作品可供刊印。由于职业的关系,最清楚广大读者的阅读热情、稿荒的严重以及两者间的尖锐矛盾的是书坊主,为维护售多利速的生财之道,对这一局面最感焦虑的也是书坊主。倘若是别种行业的商人,那么不管销售形势是如何的供不应求、本低利高,一旦货源告罄,他们便只得徒唤奈何。书坊

---

① 熊大木:《大宋演义中兴英烈传序》。
② 熊大木:《大宋演义中兴英烈传序》。

主则不然。职业的需要使他们的文化水准远高于其他商人,其中有些人也确能编撰较粗陋的通俗小说。因此,既然此时文士们出于传统的偏见尚不屑于创作通俗小说,那么对利润的追逐便很自然地将本应只负责传播环节的书坊主引入创作领域充任作者角色,这也就是本阶段以及万历朝前期大部分通俗小说出自书坊主之手的原因。从这一角度考察,书坊清江堂主杨涌泉与书坊忠正堂主熊大木策划与编撰那部《大宋演义中兴英烈传》,便不能再视为一个纯属偶然的事件。

  杨涌泉与熊大木的策划大获成功。《大宋演义中兴英烈传》在刊刻后不仅是销售顺利,而且还风行一时,即使仅据至今尚存的刊本作统计,它在明代也至少先后被七家书坊翻刻,① 同时这部作品还有精美的抄本传入了皇宫。② 在当时的形势下,他们的尝试成功实是必然之事,而受此鼓舞,熊大木又接连编撰了《唐书志传》等三部作品。其后,又有一些书坊主开始仿效,他们或自己动手,或雇用下层文人编撰,在万历中后期文人逐渐重视并参与创作之前的数十年里,基本上就由书坊主主宰了通俗小说的创作。明前期诸条件的限制造成了创作上的青黄不接,于是明代小说的发展也就不可能避开这一特殊阶段,即使没有熊大木,也总会有别的书坊取代他的工作以解决严重的稿荒问题。现在,既然种种偶然因素的交集使熊大木成了始作俑者,我们也就不妨将这一特殊阶段的创作及其较独特的形态,概括地称之为"熊大木模式"。

  具体而言,"熊大木模式"具有两层含意。首先,它是指负责传播环节的书坊主越位,成为创作的主体,从熊大木开始到万历中期,他们几乎垄断了通俗小说创作领域。如果不是只

---

① 详见孙楷第《中国通俗小说书目》。
② 孙楷第《日本东京所见小说书目》论及《大宋演义中兴英烈传》时曾云:"余曾见法人铎尔孟氏藏一明抄大本。图嵌文中,彩绘甚工,虽不免匠气,的是嘉靖时内府抄本。则当时此书曾进御矣。"

孤立地考察作品而是同时又注意它的社会影响，那么从作家动笔到广大读者欣赏作品便构成了一个完整的过程，而创作与刊售则是该过程中最主要的两个既互相联系且又相对独立的环节。在通常情况下，在两者互相适应，处于一种动态平衡状态，但是在某些特殊的阶段，也会出现因某一环节异常薄弱而导致严重失衡的情景。在小说史上，也确实有过作者涉足出版业自办发行的事例，如清初的李渔，不过像他这样为维护自己作品的版权不遭侵犯而自办发行的现象毕竟较为罕见。小说发展的事实已经证明，全局性出版环节的解决并不是由于作家的干预或介入，而是得靠物质生产条件的改善与社会诸相关因素的综合影响，问世于明初的《三国演义》等作品到嘉靖年间方能刊出，便是这方面有力的例证。可是反过来，书坊主介入创作的现象在小说史上却不时可见，在嘉靖、万历时发生得尤为频繁、集中，故而能用"熊大木模式"来代指这引人注目的格局。

　　当出版环节扩张其功能以弥补创作领域的不足时，尽管书坊主暂时地拥有了作家的称号，或暂时地一身二任，但是他们的创作动机、文化水准与艺术品位都表明了这些人仍然还是书坊主，其编撰方式幼稚而粗糙，作品也有着易于辨认的形态，这便是"熊大木模式"的第二层含意。在数十年间，书坊主编撰通俗小说的手法并未有过太大的变化，熊大木是首开其风者，而他的第一部作品《大宋演义中兴英烈传》，则是对这种编撰方式的相当典型的示范。

　　"熊大木模式"形成于《大宋演义中兴英烈传》的编撰，这位书坊主后来的三部作品基本上也都是用这样的方式编撰成书。《唐书志传》的叙述一依《通鉴》，间亦采及词话、杂剧中的内容，如"秦王三跳涧"之类；《全汉志传》的编撰显然也是既依据史书，同时也参考如元代建安虞氏所刊的《全汉书续集》等平话；至于《南北宋志传》，熊大木自称是"依原成本，参入史鉴年月编定"，

"收集《杨家府》等传总成二十卷"。① 这里"收集"二字用得极妙,实际上他是抄袭。戴不凡先生曾经将该书中的《南宋志传》与《五代史平话》细加对勘,得出了如下的结论:

> 总起来看,两本之异同约有下面几点:(一)《志传》文繁;但是,《平话》中原文几乎全被《志传》抄进去了。(二)《志传》文繁之处,有不少是为了增叙打仗的热闹场面,但有时是为了介绍人物、情节,以及适应章回小说每回开头和结尾处的需要。(三)《志传》增加了像上举一百十四字的诏旨(以及奏表)全文之类。(四)它增加了"有诗为证",特别是周静轩的许多诗。

熊大木在抄袭的基础上略作改写,其改写时的心态也一见可知:增叙打仗厮杀的热闹场面是为了吸引读者;引用诏旨奏章之类是强调作品所述故事的真实性;而插入一些"有诗为证"则是想使通俗小说带上一点"雅"味。正如前面所述,引用诏旨奏章与插入"有诗为证"是模仿的产物,而熊大木如此看重这种形式,看来是为了作品能争取到士人的认可,这样既能增加读者的数量,又能获得更有影响的舆论支持。由戴先生的分析可以看出,熊大木的编撰手法在后来也并没有什么改变。这位书坊主在不长的时间内接连完成四部长篇小说的写作,他的编撰方式就是保证能以惊人的速度不断推出新作的必要前提之一,而通过这四部作品的编撰,以及它们传世后所产生的影响,"熊大木模式"也就基本定型了。

如第一节所列作品表所示,接连写成了《大宋演义中兴英烈传》等四部小说的熊大木,是本阶段内编撰通俗小说数量最多的一人,其作品占了表中所列的一半有余。这位书坊忠正堂的老板能成为本阶段名列首位的高产作家,与熊氏家族在出版界的

---

① 三台馆版《北宋志传》第一回前"按语"。

渊源与地位有着密切的关系。熊家是明代刻书中心福建建阳的三大刻书世家之一，这主要应归功于天顺年间的熊宗立，而嘉靖时熊大木的活动也增强了熊家刻书的影响。熊大木曾以编撰多种通俗小说而享誉于一时，可是目前我们对于这位作家却是所知甚少，仅能据后来余象斗所说的"昔大本（木）先生，建邑之博洽士也，遍览群书，涉猎诸史"① 等语，推知他是位具有一定的文化水准的书坊主。长期以来，甚至他的名与字也未能被人准确地知悉。以往有关小说史的论著都说他名大木，字鳌峰，又字钟谷，但根据《潭阳熊氏宗谱》却可以考知，过去的记载为误判，此人实是名福镇，字大木，号钟谷。② 一位多产作家的名、字、号在身后竟会混淆不清，这正从一个侧面反映了当时通俗小说地位的低下。

　　熊大木编撰《大宋演义中兴英烈传》等通俗小说的举动，使那些正在为书稿匮缺而发愁的书坊主们顿生醍醐灌顶之感。既然在短时期内觅得《三国演义》、《水浒传》那样的书稿已是不可能，而《大宋演义中兴英烈传》之类作品的编撰方式并不难模仿，它们刊出后同样能畅销于世，那么就不如自己动手以度过稿荒时期。于是在数十年间，不断地有书坊主步熊大木的后尘，其中最先迈步之人，则是与熊大木差不多是同时代人且又同乡的《列国志传》的作者余邵鱼。③ 与熊大木一样，这位通俗小说家也出身于建阳的刻书世家，而余家的刻书历史更为久远，可以一直追溯到北宋初年。叶德辉在《书林清话》中曾言"夫宋刻书之盛，首推闽中，而闽中尤以建安为最，建安尤以余氏为最"。从宋到明，

---

① 三台馆主人：《南北宋志传序》。
② 《潭阳熊氏宗谱》现由熊氏后人、建阳县书坊乡熊德留先生收藏，笔者在福建建阳作实地考察时曾有幸一见。关于熊大木字、名、号的辨正，详见拙作《关于熊大木字、名的辨正及其他》，载《明清小说研究》1991年第3期。
③ 关于余邵鱼本人的具体生平情况，我们现在已无从得知，仅能根据《列国志传》上"后学畏斋余邵鱼编集"的题署，推知其字或号为"畏斋"。

余家一直以刻书而著称于世,这一有利条件保证了余邵鱼在创作时可无后顾之忧,否则即使他再自负地说"继群史之遐纵者,舍兹传其谁归",① 那部《列国志传》也不可能迅速地刊刻与广传于世。余邵鱼是明后期重要的刻书家兼通俗小说作家余象斗的叔祖,由于《列国志传》在数十年间销路一直相当不错,经过多次翻印之后,到了万历三十四年(1606)时,余象斗又不得不开板重雕。②

《列国志传》同样也是一部属于"熊大木模式"的典型之作,就余邵鱼的身世与文化水准而言,他编撰小说手法与熊大木那几部作品相似实是不足为怪之事。可是余邵鱼自己很不愿意承认这也是一部将已有的话本、史籍等作简单的缀联辑补式的作品,为此他还煞费苦心地自我美化:

> 编年取法麟经,记事一据实录。凡英君良将,七雄五霸,平生履历,莫不谨按《五经》并《左传》、《十七史纲目》、《通鉴》、《战国策》、《吴越春秋》等书,而逐类分纪。且又惧齐民不能悉达经传微辞奥旨,复又改为演义,以便人观览。庶几后生小子,开卷批阅,虽千百往事,莫不炳若丹青。善则知劝,恶则知戒,其视徒凿为空言以炫人听闻者,信天渊相隔矣。③

余邵鱼在这里几乎将所有载录春秋战国史实的典籍全都一一开列出来,并宣称自己的作品与"其视徒凿为空言以炫人听闻者"相比是"天渊相隔",仿佛书中所述,均有出处。然而只要检阅作品,就可以发现事实并非如此,《列国志传》中的那些诸如"云中

---

① 余邵鱼:《列国志传引》。
② 余象斗《列国志传识语》云:"《列国》一书,乃先族叔翁余邵鱼按鉴演义纂集。惟板一付,重刊数次,其板蒙旧。象斗校正重刻全像批判,以便海内君子一览。"
③ 余邵鱼:《列国志传引》。

子进剑斩妖"、"秦哀公临潼斗宝"、"鲁秋胡捐金戏妻"与"孙膑下山服袁达"一类的故事,就是未见经传的民间传说。这些民间传说倒也不是未有出处,只不过它们多半是见于甚遭士人鄙视的宋元话本。如"云中子进剑斩妖"故事,就是根据《武王伐纣平话》中的"宝剑惊妲己"一节改写的。这段描写狐狸精的情节颇能吸引读者,于是便写入作品,但为了表明是"记事一据实录",所以《武王伐纣平话》一书又断然提不得。同样是为了吸引读者,余邵鱼又写上了"秦哀公临潼斗宝"一节。这则故事不仅不见于经传,而且情节设计也根本不合情理,正如后来可观道人所批评:"斗宝何名,哀公何时,乃能令南之楚、北之晋、东之吴,数千里君侯刻日麇至,有是理乎?"然而余邵鱼决不肯割爱,须知这则故事是"久已为闾阎恒谭"。① 作品中杂糅宋元话本内容处不少,语言也呆板粗拙,故而崇祯间冯梦龙才会将那段历史重又演述为《新列国志》。两书互作比较,其优劣便可立判,于是余邵鱼的《列国志传》便受到严厉指责:"铺叙之疏漏、人物之颠倒、制度之失者、词句之恶劣,有不可胜言者矣","此等呓语,但可坐三家村田塍上,指手划脚醒锄犁瞌睡,未可为稍通文理者道也。"② 这一批评固然不无道理,但批评者却不了解,余邵鱼在编撰时就有意识地将"不能悉达经传微辞奥旨"的一般群众列为主要的阅读对象,而并没有打算向雅士们提供无可挑剔的艺术珍品。那些故事内容虽未见于经传却能吸引广大的一般群众,"记事一据实录"又是十分响亮的口号。编撰时注重前者,宣传时突出后者,这自然会难免挂羊头卖狗肉之讥,余邵鱼硬摆出一副治学严谨的模样也确实有点滑稽可笑。然而,在通俗小说创作正开始重新起步之际,余邵鱼的手法在客观上却有着扩大通俗小说影响,减少其传播障碍的作用。这是评价该作品时不可忽略的因

---

① 可观道人:《新列国志序》。
② 可观道人:《新列国志序》。

素,如果不顾当时整个通俗小说的创作状况以及具体的历史环境,那么得出的结论就会显得较为偏颇。

其实,对凡属"熊大木模式"的作品都应作如是观。该模式是在《三国演义》、《水浒传》已经刊印传播,而后继书稿又严重匮缺的特定形势下出现的,即它的产生具有必然性。倘若没有熊大木、余邵鱼的作品问世,通俗小说在本阶段的五十余年里就几无新作可言,刚开始启动的创作连锁反应就又会出现较长时间的停顿。这虽是个虚拟的假设,却可使人明白那些作品值得肯定的价值与意义是什么。在当时,就已有充分肯定"熊大木模式"的舆论,当有人因为《唐书志传》"似有紊乱《通鉴纲目》之非"而认为"是书不足以行世"时,熊大木的朋友李大年就反驳说:"虽出其一臆之见,于坊间《三国演义》、《水浒传》相仿,未必无可取。且词话中诗词檄书颇据文理,使俗人骚客披之自亦得诸欢慕,岂以其全谬而忽之耶?"① 此议论不无可质疑之处,但那些作品不断地被翻印刻,甚至还曾传入皇宫,正证实了它在实际上已是占了上风的舆论。当然,文化素质与艺术修养的限制以及强烈的牟利动机,使得那些作品的质量都不高是无可否认的事实,然而就这点而言,其创作上的成败得失,却也有从正反两方面为后来的作家提供借鉴的作用,而熊大木等人首先明确地提出以广大的普通群众为主要读者,则又是重要的理论贡献。

通过对本阶段通俗小说作者的大致了解,我们已可发现这样两个重要事实。首先,那些作品中的大多数出自福建建阳,这意味着此时全国的出版中心同时也就是通俗小说的创作中心。虽然当时作品总的数量并不多,但却已明显地显示出此种迹象。随着创作的逐步的繁荣,两个中心合一的情况将越发引人注目。自万历后期开始,全国的出版中心逐渐移至经济更为发达的江浙一带,此时我们又可看到通俗小说的创作中心也发生了同步

---

① 李大年:《唐书志传序》。

的转移。上述史实表明,通俗小说的创作从重新起步时开始,即已充分地显示出它对来自出版业的支撑的依赖性。其次,本阶段中,主要是书坊老板在从事通俗小说的编写,除沈孟桦的身份现暂不清楚外,其余的六部中竟有五部是出自书坊主或至少与书坊主关系极为密切的人之手,此时若无郭勋编撰的《英烈传》,那么便可说是书坊主垄断了通俗小说的创作。这种现象的产生并不是偶然的,而且它还将持续几十年,其原因则在于通俗小说即是精神产品又是文化商品这双重品格的矛盾统一。一旦通俗小说以商品的身份进入流通渠道并获得成功,那么在供求法则的调节下,它的生产或迟或早会因受刺激而渐与流通的状况相适应,而书坊主的介入,则又加快了这一进程。总之,这是发展过程中的必经阶段,不能想象通俗小说的创作能够舍此而跃至繁荣。

第九章 渐与现实贴近的文言小说创作

在嘉靖、隆庆两朝五十余年里,读小说的士大夫日见增多,他们还时常发表各种观感和议论。这些观感和议论的汇合构成了本阶段小说创作的舆论环境,它必然地要对小说创作起着某种制约作用;同时,世上不断涌现出的或正在传播的前朝的小说以及明代新创作的作品,也强有力地影响着该环境的变化。若按时间顺序考察不同阶段的舆论环境,那么既可发现其间因循承袭的一面,同时更可以看到在不同条件下的发展变化,后者导致了它们各自的特点。入明后不久,特别是朝廷明令禁毁小说的正统朝以来,关于小说创作是一片斥责讨伐声,在弘治、正德朝,紧绷的气氛出现了某种程度的松动,一些作家也开始小心翼翼地申辩小说生存的权利,可是在本阶段,关于小说创作则是出现了几种意见平等地并存的局面,尽管它们经常是尖锐地对立,而嘉靖、隆庆朝的文言小说创作,就在这样的环境中发展并呈现出自己的特点。

第一节 创作环境的进一步改善

与上一阶段相比,嘉靖、隆庆朝时围绕小说创作的舆论环境显得更为宽松,但在当时,继续坚持鄙薄、诋毁小说立场的人却仍然大有人在,如先后曾任吏部、户部、兵部诸部尚书的王琼的见解,便是颇具代表性的一种意见:

> 昔司马迁罪废之余作《史记》,为万世史学之宗。后世山林隐逸之士有所记述,若无统理,然即事寓言,亦足以广

见闻而资智识,其所纪时事得于耳闻目击,有出于史册之所不载者,皆足以示劝惩而垂永久,是宜人见而爱,爱而传之于不泯也。然其所纪载,闻见或不实,毁誉或失真,甚至杂以诙谐之语,怪诞之事者亦有之矣。若是者虽传于世,读者何益焉。[1]

王琼批评的针对性很明确,他对成化、弘治以来各种笔记中时常含有小说故事或准小说内容的现象深表不满。原先士人的纪述不是考辨经史疑义,就是载录朝政典故,即使议论词章细故,也还不失风雅之道。可是如今目之所及,诸笔记多是"杂以诙谐之语,怪诞之事者亦有之矣",王琼自然不能容忍,而他的批评,又与弘治间陆容的"今士习浮靡,能刻正大古书以惠后学者少,所刻皆无益,令人可厌"[2] 的指责相同,只是此时"令人可厌"的现象远比以往严重。王琼不明白这是从小说被禁毁到创作逐步繁荣间必然会出现的中介过程之一,相反还想以"事核而词简,理明而论公,大而有关治道,小而切于日用,虽曰信手杂录,而举一事寓一理"[3] 为人们撰写笔记杂著的标准。这种迂腐的希望已是不可能实现,须知当时不少人对于小说的见解正恰恰与王琼相反。

嘉靖间,享有盛名的杨慎曾为著名的古小说《山海经》作注,其时某官僚皱着眉头说,这等书没空看,"吾有暇则观六经耳"。杨慎对此种论调大不以为然,于是便借用形象的比喻,对六经与小说等书之间的关系作了阐述:

> 六经,五谷也,岂有人而不食五谷者乎?虽然,六经之外,如《文选》、《山海经》,食品之山珍海错也。徒食谷而却

---

[1] 王琼:《双溪杂记序》。
[2] 陆容:《菽园杂记》卷十。
[3] 王琼:《双溪杂记序》。

奇品,亦村疃之富农,苛诋者或以为赢牸老羝目之矣。①

六经的至尊地位不可动摇,故将它比喻为人们不可离之一日的五谷,然而《山海经》等书也应有一席之地,于是杨慎又喻之为山珍海错,实际上是给予了小说极高的评价。这一见解并非杨慎所独有,如唐锦描述小说丛书《古今说海》影响之盛时称:该书编成后,"好古博雅之士闻而慕之,就观请录,殆无虚日,譬之厌饫八珍之后,而海错继进,不胜夫嗜之者之众也。"② 杨慎提出这比喻是嘉靖二十四年(1545),地点在偏远的云南,而唐锦则是嘉靖二十三年(1544)在东海之滨的上海发表类似的议论。论时间两人可称为同时,论地域他们却相距万里,于是那类似的比喻,便可看作是当时相当一部分人的共识。基于这种认识,杨慎尖刻地将鄙薄小说者称作为"赢牸老羝",而他的朋友刘大昌也不客气地批评说,"以为是齐谐夷坚所志,诙诡幻怪,侈然自附于'不语',不知已堕于孤陋矣。"③ 这里所谓的"不语",是指《论语》中的"子不语怪、力、乱、神"。刘大昌当然不可能去批评孔夫子,但他却断然地认定,人们是将这句话作了偏狭的理解。王稚登的见解与刘大昌类似,他将历来有关老虎的故事编成一部小说集,名曰《虎苑》,其理论依据便是:"夫六经圣人之人皆谈虎,谈虎奚害?"④

五谷也罢,山珍海错也罢,这类比喻的提出反映了当时欲提高小说地位者的思路,即在崇六经为尊的前提下肯定小说的价值,强调两者并不相悖,因此创作或阅读小说不仅没有违背,而且可以说是在根据圣人的教诲行事。唐锦阐述这一认识首先立论云:"夫博文博学,孔孟之所以为教也,况多识前言往行,乃为

---

① 杨慎:《跋山海经》。
② 唐锦:《古今说海引》。
③ 刘大昌:《刻山海经补注序》。
④ 王稚登:《虎苑序》。

君子蓄德之地者乎。"接着他又指出,"古今野史、外记、丛说、脞语、艺书、怪录、虞初稗官之流"中,有不少可以"裨名教、资政理、备法制、广见闻、考同异、昭劝戒"的内容。① 稍后的陈良谟则揭示了小说的不可取代的作用:六经虽是"垂鉴戒万世",但文深义微旨奥,一般人读不懂,读了也难以"警动其心",而小说却能通俗地宣传六经教义,使人易于接受,且有"终身不忘"之效:

> 夫经传子史所纪载尚矣,其大要无非垂鉴戒万世,俾人为善去恶而已。然其辞文,其旨深,其事博以远,自文人学士外甚少习焉。如《论》、《孟》小学之书,里巷小生虽尝授读,率皆口耳占毕,卒无以警动其心,而俚俗常谈一入于耳,辄终身不忘。何则?无徵弗信,近事易感,人之恒情也。②

陈良谟从教化与传播的角度论证了小说存在的必要性,同时的陈仕贤则从另一侧面论述了经史与小说关系,即经史的阐述或训诲只限于"宏纲要领",小说的描摹却能深入社会生活的"纤微肤末",从而帮助人们形象具体地领悟圣人的思想:

> 夫经载道,史载事,宣昭训典。斯明圣之述作,标准百世者也。然其旨极于宏纲要领,而纤微肤末未悉焉。故执翰操觚之士,或摭所见闻,摅其衷臆,自托于稗官野史以见志。要于君子之多识,庸有助焉,亦蓄德者所不废也。③

因此,尽管郎瑛的《七修类稿》中"以致奇怪诙谑之事,无不采录",陈仕贤却着眼其"扩问学,释疑惑,维世教,以昭劝戒,有风人之义"而大加赞赏。

在嘉靖、隆庆朝,还有不少文士虽不像杨慎等人那样给予小说以相当高的地位,但对王琼那般固执地反对也不以为然。

---

① 唐锦:《古今说海引》。
② 陈良谟:《见闻纪训引》。
③ 陈仕贤:《七修类稿序》。

他们认为小说可以而且应该存在,阅读也同样是开卷有益的事。文征明论及何良俊的《语林》时称:"此书特其绪余耳。辅谈式艺,要亦不可以无传也";① 顾春不顾"或有讶其怪诞无稽者"的批评而刻印了《拾遗记》,并深信"博洽者固将有取矣";② 出于同样的信念,谈恺完成了浩大的校刻《太平广记》的工程,其书首序中写道:"匪曰小道可观,盖欲贤于博弈云尔","庶几博物洽闻之士,得少裨益焉。"持此种意见的人士似占了多数,虽然他们对小说的地位与功用只是低调地肯定,但这与当年视小说为"邪说异端"而严厉禁毁毕竟已有天壤之别。这种舆论逐渐占了上风,人们欣赏或创作小说就不再有什么顾虑,不少人在新形成的风气影响下,也慢慢地改变了鄙薄小说的观念。嘉靖间名士杨仪在这方面可算是个典型,他起初是"凡编简中所载神仙诡怪之说,心窃厌之,一见即弃去,虽读之,亦多不能尽其辞";③ 后来这种偏见渐渐发生动摇,认为"岂可尽谓诞妄哉";等到进士及第、在京供职后,所交往的"世之大贤君子"经常讲述一些神怪异常之类的故事,最后杨仪自己也编撰了小说集《高坡异纂》。他自注云:"异纂者,琐屑谀谈,不足于立言云耳",④ 即自作低调处理,但从厌恶鄙弃小说到自己动手编撰,这变化不仅显示了新形成的风气对文士们的影响之大,同时也充分表明本阶段有关小说欣赏与创作的舆论环境,确实明显地不同于以往。

在学习借鉴汉魏六朝,特别是唐宋以来小说创作经验方面,嘉靖、隆庆朝的作家也比以往有着更优越的条件。由于舆论环境的逐渐宽松与印刷业的进一步发展,小说史上的一些重要作品在此时终于出现了明代刻本。原先它们已只有极少量的孤本

---

① 文征明:《语林序》。
② 顾春:《拾遗记跋》。
③ 杨仪:《高坡异纂序》。
④ 杨仪:《高坡异纂序》。

或抄本庋藏于民间,如今却成了许多文士的案头读物。较早重新行世的重要作品有南朝宋临川王刘义庆的《世说新语》,该书"记言则玄远冷俊,记行则高简瑰奇"①的特点,曾长期为人们所赞颂,而且它传世后仿效者甚众,如唐代王方庆之《续世说新语》,刘肃之《大唐新语》,宋代王谠之《唐语林》,孔平仲之《续世说》以及李垕之《南北史续世说》。可是南宋绍兴年间以后的四百年里,《世说新语》因未曾再刻而逐渐成为难得一见之书。于是相应地仿书消歇,惟有都穆的《玉壶冰》可算一部,也许是自恃孤本难见,他撰写时还放胆地直接抄录《世说新语》,公然据为己有。嘉靖十四年(1535),袁褧率先刊刻《世说新语》,并介绍说:"余家藏宋本,是放翁刊本。谢湖耕之暇,手披心寄,自谓可观,爰付梓人,传之同好。"② 家中久藏宋本,可是如今方才刊刻,若撇开当时的环境与条件,对此现象就无法作出解释,这其中自然也应包括"同好"者已增至相当数量的因素,而嗣后又有太仓曹氏重刻本与毛氏金亭刻本的问世,证明了单靠袁褧刻本已不能满足越来越多的"同好"的需求,当时人们观念的转变与小说地位的提高,由此也可窥见一斑。袁刻本行世后不久,何良俊完成了《语林》的编撰,这是《世说新语》重新广行于世后在创作上引起的第一个反响,它同时也标志着一度中断了四百年的仿效热潮将重又兴起。尽管那些仿效之作已无《世说新语》那般简约玄澹的韵味,"纂旧闻则别无颖异,述时事则伤于矫揉",③ 然而它们毕竟构成了明后期文言小说创作中的重要类别之一。

在嘉靖、隆庆朝刊出的前代小说集中,《太平广记》也是极重要的一部。这部大型的丛书"从六朝到宋初的小说几乎全收在内",④ 实际上是宋以前的古代小说总集。可是《太平广记》在

---

① 鲁迅:《中国小说史略》第七篇"世说新语与其前后"。
② 袁褧:《重刻世说新语序》。
③ 鲁迅:《中国小说史略》第七篇"世说新语与其前后"。
④ 鲁迅:《集外集拾遗·破〈唐人说荟〉》。

宋初与《太平御览》同时编成后,"言者以《广记》非后学所急,收板藏太清楼。于是《御览》盛传而《广记》之传鲜矣。"①《崇文总目》未著录该书,就连南宋的大学者郑樵也弄不清《太平广记》与《太平御览》之间的关系。或以为南宋时该书曾有过刻本,但即使如此,入明后它也已是罕见之书,且又"传写已久,亥豕鲁鱼,甚至不能以句"。②《太平广记》的继续不传可视为古小说传统在明前期暂时断绝的象征,如果该书,或者哪怕是它所载录的唐传奇中的那些优秀作品(其中有一些后来仅见于《太平广记》)一直能在世上传播,那么小说创作必会或多或少地受到刺激,一些潜在的作家也可能会受其影响而投身于创作。然而在那个时代,不仅小说创作遭到严禁,人们甚至就连阅读古人作品的机会也都被粗暴地剥夺了。当然,这里也应该客观地指出,印刷业的制约也同样是《太平广记》长期不广泛流传的重要原因,因此这部篇幅达五百卷之巨的作品集,须等到嘉靖时方能出现第一个明刻本,正如篇幅宏大的《三国演义》与《水浒传》只有在本阶段方刊刻传世一样。继嘉靖四十五年(1566)《太平广记》谈恺刻本的问世,很快地于隆庆二年(1568)又出现了活字排印本,万历间还有许自昌的大字本,随后又有冯梦龙编辑的节选本《太平广记钞》。各种版本的相继问世,证明了原先的障碍已基本消除,同时也显示了广大读者对这部宋代以前的小说总集的热烈欢迎。

宋人洪迈编撰的《夷坚志》,同样是直到嘉靖朝才出现第一个明刻本。这部宋代怪小说集大成式的作品集分初志、支志、三志与四志,每志又按天干顺序编为十集,共四百二十卷。洪迈自称:"《夷坚初志》成,士大夫或传之。今镂板于闽于蜀于婺于

---

① 谈恺:《太平广记序》。
② 谈恺:《太平广记序》。又,郎瑛《七修类稿》卷四十九记云:"海观张天锡,作文极敏捷,而用事多出杜撰。有人质之者,则高声应之曰:出《太平广记》。盖其书世所罕也。"此也可为该书至嘉靖时仍未流传之佐证。

临安,盖家有其书。"① 其语或有自夸成分,但该书在南宋时具有广泛影响却大抵可信。《夷坚志》的主要内容可概括为记妖炫怪、志异搜奇,其涉及面相当广泛芜杂,如人物逸闻、文献掌故乃至民俗方言、医药杂艺等类无所不载,从各个侧面生动地描写了宋代的社会生活,书中有些故事还直接地反映了宋时尖锐的社会矛盾与民族矛盾。在艺术方面,《夷坚志》中的不少作品叙事婉曲,描摹细腻,人物形象较为鲜明,语言也显得生动凝练。不过,洪迈在开始时创作态度较为严肃,强调"耳目相接,皆表表有依据者",② 后来却因为"急于满卷帙成编,故颇违初心",③ 以至于到后来出现了"妄人多取《(太平)广记》中旧事,改窜首尾,别为名字以投之",洪迈"亦不复删润,径以入录"④ 的现象。号称四百二十卷,其实书中某些内容与他书重复或径直截取他书。然而即使如此,《夷坚志》仍是一部上承《太平广记》,下启明清志怪小说的一部巨著,其后不久金元好问《续夷坚志》与元无名氏《湖海新闻夷坚续志》的问世,即已显示出该书对后代文言小说创作的影响。与《世说新语》、《太平广记》一样,《夷坚志》在入明以后也是长时期地未曾再刻,更不幸的是,这部篇幅宏大的作品集在明初时似已无全本传世。⑤ 然而即使是节本,明中期时有机会接触的人也已极少,所幸的是这种接触却成了引导某些作家走上创作道路的重要因素之一。如在上阶段末,陆粲《庚巳编》的体例与叙事方式就与《夷坚志》甚为相像,而撰有《志怪录》、《语怪》、《前闻记》等作品的祝允明,其创作受《夷坚志》影响

---

① 洪迈:《夷坚乙志序》。
② 洪迈:《夷坚乙志序》。
③ 洪迈:《夷坚丙志序》。
④ 陈振孙:《直斋书录解题·夷坚志》。
⑤ 张元济《涵芬楼刊夷坚志跋》称:"明杨士奇《文渊阁书目》虽有四部,然均注残缺"。

则更可直接以他自己的话为证。① 祝允明与陆粲是创作经长期萧条后开始复苏时的最重要的作家,仅就此而言,《夷坚志》对明代文言小说创作重新起步的推动作用已不可忽视。明版《夷坚志》首刊于嘉靖二十五年(1546),但并非全本,而是宋人叶祖荣五十卷本《新编分类夷坚志》的翻刻本。明后期广泛流传的就是这一节本,② 小说创作受其影响也表现得极为明显,如著名的"三言"、"二拍"就常从中撷取素材,特别是《二刻拍案惊奇》,全书三十九篇小说中,竟有十九篇在根据《夷坚志》中的故事作改编。

除了上述三部作品集之外,前代其他一些小说类著作在此时也纷纷梓行。有的是虽已有明刻本,但仍须再版,如张华的《博物志》在弘治十八年(1505)即已刊出,但从崔世节"思欲一见全书以广见闻者久矣"③ 一语来看,此刊本并不能满足传播的需求,于是在嘉靖十年(1531)又有新刻本行世。赵令畤的《侯鲭录》、岳珂的《桯史》等书再刻的情形也大抵如此。在入明后首次刊刻行世的前代小说中,又新增添了晋人葛洪的《西京杂记》、王嘉的《拾遗录》、唐人范摅的《云溪友议》、冯贽的《云仙杂记》、宋人王谠的《唐语林》等等,而更值得注意的是唐人传奇中的重要作品在本阶段初也开始行世。陆采于嘉靖初年编刊《虞初志》,④ 这部前代小说集不含杂录、丛谈一类文字,入选作品均

---

① 祝允明《志怪录自序》云:"昔洪野处《夷坚志》至于四百二十卷之富,彼其非有真乐在,则胡为不中辍而能勉强于许久哉!吾以此知吾书虽芜鄙,不敢班洪,亦姑从吾所好耳!若有高论者罪其缪悠,而一委之以不语常之失,则洪书当先吾而废,吾何忧哉!"
② 胡应麟《少室山房笔丛》卷二十九"九流绪论"称:"今传止五十卷,他不可考。"朱国桢《涌幢小品》则称所行者为五十一卷。
③ 崔世节:《湖广楚府刻本博物志跋》。
④ 《虞初志》卷一之《续齐谐记》末有跋语云:"是书亦罕得佳本,惟外舅都公家藏有之,命余锓梓以传焉。"都公即陆采的岳父都穆,据此知是书为陆采所辑刻。

为严格意义上的小说,而且除了南朝梁吴均的《续齐谐记》外,其他作品悉为唐人小说,唐传奇中的精品,如《莺莺传》、《霍小玉传》、《柳毅传》、《李娃传》、《南柯太守传》与《无双传》等都已收录在内。即使以今人的标准作判断,也不能不承认陆采编选眼光的高明,更何况该书又编于文言小说创作正在复苏之际,它在很大程度上改变了当时人们对唐传奇所知甚少的格局。鲁迅曾言:"迨嘉靖朝,唐人小说乃复出"。① 这些世上已久违了的优秀作品的刊刻与流传,无疑地是明代小说史上的重大事件,然而这并非意味着可以立即在与此同步的创作中寻得许多该事件影响的明显体现。事实上,这种影响往往需要经过一段潜伏性的酝酿期,通过复杂而曲折的途径后才会逐渐地发挥作用。具体地说,明代的小说创作是一个相对独立的发展实体,本阶段的文言小说创作须得在自己原有的基础上继续向前推进,而这基础便是明初以来长时期的创作萧条与随后的复苏。各单个作家写什么与怎么写看似带有相当的随意性,但其所汇合成的整体集合的发展,却在诸约束下行进于几乎别无选择的途径,它既受到来自创作内部的、在原有基础上逐渐形成的作家观念与水准的限制,同时也为外部的文化思想环境的影响所笼罩。前代名篇刊刻流传后产生的示范与启迪作用决不可忽视,然而再猛烈的催化剂,也须得等其药性扩散至内部或外部诸制约因素后方可始见功效;它固然已成为诸种制约创作因素中的新成分,但其示范与启迪作用发生的快慢、影响所及的宽窄与深浅,也都会受到其他约束因素犬牙相制关系的羁勒。本阶段文言小说的创作状况是证实上述论点成立的实例,或者反过来说,当我们以这样的观点考察本阶段文言小说创作的状况时,就能对其态势与特点作出较充分合理的解释。

---

① 鲁迅:《中国小说史略》第二十二篇"清之拟晋唐小说及其支流"。

第二节　重志怪轻传奇的创作格局及其成因

　　嘉靖朝时,唐传奇与六朝志怪都已有较广泛的传播,可是在它们所引起的社会反响中却可以明显地看到一种双重标准的存在。作为读者欣赏,人们大多偏爱唐传奇,故而它们行世后又不断地被收入各种丛书;但在创作领域里,多数作家却是更乐意描述志怪故事,其作品中很难看到唐传奇示范与启迪作用的体现,尽管他们并非无力辨别艺术水准的高下优劣。陆采的创作是一个极典型的例子。他辑刊的《虞初志》几乎可看作是唐传奇的专集,入选者又多为精品,这在当时编纂丛书者中可谓是独具慧眼。可是他创作的文言小说集《冶城客论》的面貌却迥然不同。全书含作品九十三篇,其中竟有六十五篇在讲述狐精、鬼神或道士作法一类故事,另外二十余篇虽未涉及幽冥灵怪,却也多半是社会上的奇闻异事,全书仅有一篇《鸳鸯记》略具传奇的规模。陆采的创作与他的编选恰成如此鲜明的对照,这实是很令人惊奇的。当时另一部著名的文言小说集,即杨仪的《高坡异纂》的创作情形也基本如此。全书三卷共收作品五十则,惟有卷下中的《娟娟传》[①]为传奇体,其余则均叙神怪异常之事。至于闵文振的《涉异志》,其内容一如书名所示,四十则故事全都在言神志怪。此外,当时不少并非志怪专集的笔记,如胡侍的《真珠船》、郎瑛的《七修类稿》、董谷的《碧里杂存》、徐咸的《西园杂记》等,书中也都或多或少地含有这一类故事,但传奇却是基本全无。
　　既然前代的传奇小说与志怪小说都已重新开始在世上流传,那么为什么此时的作家们大多都着眼于对后者传统的承袭,在他们的创作中很少显示出前者的影响呢?要解释这种情形,就得对此时志怪小说作家的创作宗旨有一个大概的了解。首先

---

① 该作品本无篇名,现暂以篇中女主人公名为题。

应该注意的是作者们在撰写时对实录性的强调。杨仪曾特地声明,他载录的那些故事都来自"世之大贤君子","其所言神怪异常之事,或本于父老之真传,或即其耳目之睹记,凿凿皆有依据。"① 当时许多作品在结尾处往往有关于故事来源的交代,以取信于读者,作者有时还复感意犹未尽,如陆采在《冶城客论》中"冷谦戏吴王"条的标题下又特地加注云:"仆少闻其说于外舅都公。及来金陵,遇张翁论其事甚确。"作者们对于那些怪异传闻的可靠性、真实性也常是深信不疑,其信念又有相应的理论作支持:"天地造化之妙,有无相乘,终始相循,梦想声色,倏忽变幻,皆至理流行,特其中有暂而不能久,变而不能常者,人自不能精思而详察之耳,岂可尽谓诞妄哉!"② 此情形与唐人有意为小说且注重文采、意想相距甚远,与六朝志怪的创作倒有几分相似,即"以为幽明虽殊途,而人鬼乃皆实有,故其叙述异事,与记载人间常事,自视固无诚妄之别矣。"③ 不过,当时一些作家虽然也将幽冥灵怪一类传闻当作实事记载,但他们并不是无区别地有异必录。胡侍嫌自己平日积累的素材"疵类实繁,鱼目混陈",他花了一番"采而择之"的工夫方编成《真珠船》一书;④ 杨仪编撰《高坡异纂》时也将品骘抉择视为必不可少的程序,"因以新旧所得,去其鄙亵凡陋荒昧难凭者十之五六"。⑤ 从创作的实际情况来看,他们择取的共同标准其实就是"可以俾名教、资政理、备法制、广见闻、考同异、昭劝戒"⑥ 而已,其中"俾名教"与"昭劝戒"则尤为人们所重视。

唐传奇作家着重的是文采与意想,所谓意想则是创造力的

---

① 杨仪:《高坡异纂序》。
② 杨仪:《高坡异纂序》。
③ 鲁迅:《中国小说史略》第五篇"六朝之鬼神志怪书(上)"。
④ 胡侍:《真珠船序》。
⑤ 杨仪:《高坡异纂序》。
⑥ 唐锦:《古今说海引》。

体现，因此在唐传奇中，虚构、夸张与捏合等艺术手法的运用俯拾即是，但这恰与嘉靖、隆庆时许多作家追求实录的宗旨不符；唐传奇中的名篇又多描绘缠绵悱恻的爱情故事，这样的题材当然是违背了"俾名教"与"昭劝戒"的标准。在本阶段初，王琼等人"事核而词简，理明而论公，大而有关治道，小而切于日用，虽曰信手杂录，而举一事寓一理"的主张，是代表正统的并占据上风的舆论，人们能冲破此观念去欣赏唐传奇已是难能可贵，但要自己直接动手创作传奇小说，那还需要待以时日。这情形正与通俗小说的状况相一致，士人们开始接受，甚至是乐意阅读《三国演义》、《水浒传》等作品，可是毕竟还无法立刻就越出传统的偏见去投身于创作。在文言小说创作刚开始复兴时，除了无缘接触唐传奇作品的因素之外，舆论环境的压力也是当时作家多撰写志怪小说的重要原因之一，只是那时观念上的阻力更大，而他们的创作对本阶段前期的作家也产生了不小的影响。此时创作领域中传奇不兴而志怪流行，正是人们对小说地位、功用理解的一种表现，倘若不改变对"史"的依附（即对实录的追求）状态，不摆脱以教化为主要创作宗旨的观念的羁绊，这种创作态势也难以改观。

本阶段志怪作品的数量不少，内容也五花八门，无奇不有，但其间共同特点的显示却又相当醒目，即各家记载所涉及的时间基本上不越出本朝范围，而且又较集中于洪武、永乐以及成化中至嘉靖初这两个阶段内。对此现象并不难解释：国初社会动荡，故事亦多，它们在代代相传的过程中又不断被添入许多神异色彩，文人撰写志怪小说时就很自然地以此为首选素材；成化以降，城市经济呈现出加速度发展的态势，里巷传闻则随着各种社会关系、社会活动的复杂与频繁而大量产生，文人们对载录同时代的异闻产生浓厚兴趣也是情理中事。因此，若滤去描写中的神怪色彩，通过这些作品很可以看到当时社会生活的某些侧面。如《冶城客论》中"施十三娘灵语"条叙施十三娘死后三月，又赴夫家显灵事：

> 一村大哄，其夫族有官知县者，往责之曰："汝鬼也，何为白昼作妖，吾将治汝。"鬼曰："叔公勿多言，自与皂隶、和尚了冤障去。"知县叱之："何不详言？"鬼笑云："吾言但恐公惧之耳。"因言："公宰邑时，有皂隶以小事被笞死。某寺僧颇富，公将游寺，其徒欲出银器相款。师不可，曰：'官府勿令见。'徒坚欲夸视，大陈玩好之物。公一见便坐僧以罪，取得之。师咎其徒，徒缢死。彼皂隶尚可缓，和尚已诉得理，目下取公偿命，公尚抵讳耶？"知县惭怖，忽忽而归，未三日死。鬼亦曰："夫家去，将往托生。"嘘唏而别。

知县自以为是官，便可以"正"压"邪"，在百姓前驱鬼以示威风。谁知鬼一身清白反倒是"正"，而当官的贪赃枉法早已属"邪"，结果是鬼当众将知县那些见不得人的丑事抖搂出来。其实，官员之贪鄙并不是什么秘密，只不过人们在权势的威压之下不便公开谈论而已，这恐怕也是作者陆采请鬼代言，以吐胸中愤闷之气的原因。《冶城客论》中的"铜将军"条也描述了一则很可玩味的故事：

> （张翁）又言其邻文生尝出行，得铜将军像于道边，怀归置床侧。中夜闻人呼云："某地某家有物，可往取之。"文大惊，求其人不得，亦不悟铜人怪也。翌夕又曰："某家门未阖，可急往。"乃悟其妖，以楮钱送至元（原）处，投水中曰："吾不能从神为盗，请别求解事儿。"因念必盗所遗者。明旦觇之，果一人购像于市，文不告之。

盗贼也有神，这可是历来志怪小说未曾提及的内容，它显然是在世风浇薄的背景下新冒出来的神祇。如果不是盗贼遍行且又屡屡得手，人们并不会幻想出盗贼在神的指点下行窃的情节，而盗贼身后一旦有了主使之神，他们本来就带有诡秘色彩的勾当便又蒙上了令人敬畏的光圈。故事中文生的态度很有典型意义,他内心实是鄙薄盗贼的行径,更不愿在神的指点下去行窃,但同时也不敢得罪盗贼,因而只是恭恭敬敬地焚烧楮钱将铜将军像送回原处,看见别人购买铜将军像也不敢声张。这则故事出现的背景是社会上恶势力的膨胀,人们只能做到洁身自好,却不敢去触犯。

在当时,许多志怪小说的主旨仍是劝善惩恶的老调,但其中有一些却颇能引起时人的兴趣,如徐咸的《西园杂记》卷下中记载了这样一则故事:

> 王晋溪琼未第时,读书僧舍。每夕僧于窗隙窥之,见红纱灯笼二在公左右,若有人持侍者,无间夕。心异之。公一日回家,数日复来,僧窥之,则无所见矣。明日,僧问公:"回家曾作何阴骘事?"公曰:"无。"僧固诘之,乃曰:"曾为某亲作一退婚书耳。"僧曰:"速改之!当告之故。"公即回,追前书毁之,复来谢僧,并询其故。僧绐以无他,但观公神色而知之耳。至夕,僧复窥之,二灯如故。明日,始述其事于公曰:"鬼神不可欺,恶念所当遏也。公后必远大,善自爱之!"后公官至大司马冢宰,通敏有才略,然卒以倾险取败云。

故事中的主人公王琼,就是本章开始时提及的那位批评小说创作的高级官员,他任吏部尚书时因遭弹劾几被杀,不久重又起用,任兵部尚书等职,最后死于任上。文中所谓"以倾险取败",是指王琼遭弹劾几被杀事,而未提及他重被起用,表明作品的写作与遭弹劾事件同步。此故事的产生多半与当时的政治斗争有关,它在宣扬劝善惩恶时,又与现实生活发生了联系,只不过这一联系显得较为肤浅。相反,郎瑛《续巳编》中"上梁日时"条虽以明初为故事发生的背景,但它却显示了明中叶后的时代特色:

> 诚意伯尝过吴门,中夜闻撞木声。以问左右,曰:"某人上梁也。"又问其家贫富及屋之丰俭,曰:"贫者,数楹屋耳。"

公叹曰：“择日人术精。”乃而又曰：“惜哉！其不久也。”左右问故，公曰：“此日此时上梁最吉，家当大发。然必巨室乃可，若贫家骤福，必复更置此屋，旺气一去，其衰可待也。”其后，家生计日裕，不数岁藏镪百万，果撤屋广之，未久遂贫落如故。

自正德、嘉靖以来，商品经济开始快速发展，有些人不几年内就成了暴发户，这便使得更多的人做起了发财梦。可是，许多人得到的只是蝇头微利，绷绷拽拽地度日，另一些人干脆遭到了破产的厄运，有些人迅速地发家又很快地败落，正像故事中描述的那家人，"不数岁藏镪百万"，但"未久遂贫落如故"。以往的经济生活未曾有过如此复杂而急剧的变化，人们对此感到迷惑，同时又迫切希望能得到解释。上述故事正是在这一背景下产生，它以"旺气"来解释发财或破产的原因：冥冥中有股神秘的力量在主宰着各人的财运，"旺气"的聚散来去则是神的意志的一种体现，至于请出明代的开国功臣刘基充任命运的解释人，显然是为了增强故事的权威性。其实，这则故事在上阶段末已开始在民间流传，陆粲的《庚巳编》对此已有载录，而郎瑛再次描述，更证实了它与不断发展的经济生活相适应。本阶段中绝大多数志怪小说的内容仍是传统的述神志异，故而那些体现了时代特色的作品更显出了新意，它们的数量虽不多，却代表了志怪小说在当时历史条件下的发展趋势。

如前所述，当时不少作家以撰写志怪小说为主，但此时毕竟也有传奇小说问世。自明初的《剪灯新话》、《剪灯余话》之后，传奇小说的创作已中断了许多年，在上阶段末，除了较通俗的《钟情丽集》等个别中篇传奇之外，《中山狼传》等作品虽有较强的传奇性，但实际上应归于寓言小说；嘉靖朝以降，按传统模式创作传奇小说的作家渐多，甚至还出现了一些传奇小说集。本阶段正是处于两者之间的过渡期，此时作品不多，文笔也较幼稚，但它们却具有重新振兴传奇小说创作的意义。由于传奇小说在这时尚未成为作家创作的重点,它们往往被收录在志怪小说集中,如陆采的《鸳鸯记》便是如此。这篇小说的情节比较简单,它以叙述秀才郑卿与施家大媳妇范氏相爱私通的经历为主要内容,篇中人物形象的刻画也并不鲜明,这在作家们刚开始学写传奇小说时恐怕是难免的现象,不过叙及郑卿与范氏交好时,陆采的描述倒也细腻生动:

> 两意酬洽,相与细话家事,遂及谈谑。卿曰:"一郎何往?"女曰:"出宿于郊。"卿曰:"谁与同处?"女笑曰:"江梅如友,孤月伴人,未论岑寂。"因调口:"奴(汝)婚未?妻颇好否?"卿曰:"即谢秀才之女也,貌本寻常,安敢望女郎仙姿。"女郎曰:"子岂念若人乎?"卿曰:"中心藏之。"女郎曰:"胡为而来哉?"卿曰:"我能为符立致其来。"女郎起染毫授卿,卿截小碧笺漫书两三字,焚之曰:"吾妻至矣。"问:"安在?"卿便指女郎云:"汝即其人也。"女郎大笑。

郑卿在言语中流露出对包办婚姻的不满,他与范氏的一见钟情,也是对封建礼教的一种反抗。以往传奇小说中的爱情故事都是描写未婚男女的恋爱,这篇作品却是以肯定的态度叙述男女主人公的婚外恋,而作者的大胆,只能用当时相应的社会风气来解释。《四库全书总目提要》称此篇小说"淫亵万状",主要就是指上述描写。这一批评并不符合实情,却也不难理解:持封建正统观念的士人对爱情小说已不能容忍,更何况是描写婚外恋。然而,作者对这一题材的选择却显示出当时创作的特点之一,即此时传奇小说的复兴并不只是对以往创作的简单模拟,作家们实际上已是在学习运用传奇小说的表现形式,以反映自己身边的现实生活。《鸳鸯记》最后结束时称"予兄亲闻其(指郑卿)面述甚悉",这与《冶城客论》中各篇结尾处注明出处的风格相一致,同时也显示出陆采企图将小说创作与实录相统一的取向。

杨仪《高坡异纂》中的《木生》篇叙述的故事的性质也同样如此,它也被收入了志怪小说集。后来人们将这篇传奇小说抽出以单行本刊行,取名为《娟娟传》。该作品以大部分篇幅叙述书生木元经因梦结缘,与娟娟成为恩爱夫妻的经过,而在结尾处则写道,木元经新婚不到一个月,就被召去督运皇木,接着又奔母丧,待他回京时,娟娟已因思念成疾而死。这篇小说情节奇幻,对新婚夫妻生离死别的描写也哀婉动人,作品后来能以单行本刊行,可见当时的读者们也颇欣赏它在艺术上的成功。杨仪在叙述故事时,十分具体地注明各情节发生的年月,其意似在强调故事的实录性,但在客观上却让读者明白了导致悲剧的主要原因:嘉靖帝登基后大兴土木建造楼阁园囿,木元经受命后被迫远行,这对恩爱夫妻才硬被活生生地拆散。《娟娟传》全篇仅两千字,却插入了八首诗,这也是作品引人注目的一个特点,而篇中的诗歌恰又显示出这种表现手法的渊源关系。篇末木元经在娟娟画像上所题诗的第一句便是"人生补过羡张郎",它无疑地是从唐人元稹《莺莺传》中"时人多许张(生)为善补过者"一语化出,可是从作品情节来看,无论是作者还是作品主人公木元经,他们所"羡"的并不是张生抛弃莺莺这种所谓的"善补过"的行为,而是他先前与莺莺的恋情。杨仪的创作虽受到《莺莺传》的影响,立意却正相反,篇末木元经通过在娟娟遗像上题诗抒发了自己惆怅、无奈的心情,这一情节安排,也表现出作者对男女主人公生离死别的深切同情。这首诗的第三句是"枕上游仙何迅速",它明显地又是从唐人沈既济的传奇《枕中记》化出。唐人的传奇小说在刊行之后,终于在明代作家中得到了呼应,《娟娟传》中多插入诗歌的手法,也正与《莺莺传》等唐人小说的表现方式一脉相承。不过,若与陆采的《鸳鸯记》相对照,又可以发现后者全篇并无一首诗歌插入。对于传奇小说创作中是否应该插入诗词的问题,《娟娟传》与《鸳鸯记》代表了两个不同的方向。明中叶传奇小说创作复兴以来，一些作家着意模仿唐人小说，采用《莺莺传》中多插入诗歌的手法，以此增强作品的韵味，特别是下一章将讨论的明中叶的中篇传奇，诗歌的插入在那里已到了登峰造极的地步；另一些作家则注重情节的设置与故事的叙述，诗歌的插入极少甚至全无。未采用叙事赋诗相结合的手法并不意味着对唐传奇创作传统的拒绝，因为他们描写现实生活的主旨实与唐人的创作精神相契合。

　　蔡羽的《辽阳海神传》也是一篇全无诗歌插入的传奇小说。这篇作品描述了商人程宰在辽东的奇遇。他经商失利，却有缘与一海神相恋，并在海神指点下屡获暴利，成为巨富。程宰在海神指点下发财，说穿了无非是利用地区、季节等因素造成的差价而贱买贵卖，或是囤积商品，哄抬价格。当时的商贾势力的膨胀，是这类故事出现的原因，它体现了商贾要求按照自己的思想观念重新塑造神的形象的愿望，同时又以神话色彩妆点了他们探寻经商规律的努力。清灵莹洁的海神竟俯身相就于满身铜臭味的商贾，这样的情节在历来的小说故事可是从来没有过，而且这篇以商贾为主人公的作品还描写得颇有情致，程宰与海神分手一段尤甚：

　　　　诸女前启："大数已终，法驾备矣。速请登途，无庸自戚。"美人犹执程手，泣曰："子有三大难，近矣。时宜警省，至期吾自相援。过此以后，终身清吉，永无悔咎，寿至九九，当候子于蓬莱三岛，以续前盟。子亦自宜宅心清净，力行善事，以副吾望。身虽与子相远，子之动作，吾必知之。万一堕落，自干天律，吾亦无如之何也。后会迢遥，勉之！勉之！"丁宁频复，至于十数。程斯时，神志俱丧，一辞莫措，但雪涕耳。既而，促行愈急。乃执手泣绝而去，犹复回盼再四，方忽寂然。于是，蟋蟀悲鸣，孤灯半灭，顷刻之间，恍如隔世。亟启户出现，但曙星东升，银河西转，悲风飒飒，铁马叮当而已。

言语传神生动,意境迷惘凄丽,这段描写即使置于唐传奇中也不见逊色,难怪时人要将作者蔡羽誉比为唐代的李贺,[①] 只是海神为何如此眷顾一商人,实是令人不解。蔡羽也清楚读者会产生这样疑惑,故而篇末一段专叙故事来历:先是听数人讲述此事,"犹疑信间",后来亲见程宰,细讯始末,方写成此篇。在篇末注明故事来源出处,是此阶段创作的风气,似是表明事乃实有,并非凭空杜撰,不少作家也确实是较忠实地记载耳闻目睹的事件。作为明代传奇小说杰作的《辽阳海神传》的情形与那些作品迥然不同,其撰写或有传闻为参考,但毕竟已纯为蔡羽的个人创作,在篇末注明出处虽一如他作,确实却已是作者故弄玄虚的手法。这篇小说问世后曾不断地被收入各种小说选本或类书,传播面极为广泛,凌濛初《二刻拍案惊奇》中的《叠居奇程客得助 三救厄海神显灵》一篇,基本上就是这篇小说的白话翻译。自嘉靖朝以降,以商贾为正面的主人公的小说渐多,而蔡羽的《辽阳海神传》则可谓是始作俑者。

作者佚名的《保孤记》以往极少被人提及,但其实却是本阶段较重要的一篇传奇小说。嘉靖二十七年(1548),阁臣夏言遭严嵩陷害被杀,这是轰动朝野的一件大事,而《保孤记》则是叙述夏言死后其遗腹子的离奇经历:他出生后屡被暗算,亏得义仆忠心护卫才免遭毒手,在长大成人后终于回夏家认祖归宗,其间之曲折,与历史上"赵氏孤儿"的故事颇有几分相似。由于整个过程复杂而曲折,作者似将主要注意力置于头绪的梳理,并力求交代清楚,而且又特意一一注明各事件发生的时间,在篇末则写明故事来源是"叙州府同知周宗正叙其事",给人以实录始末的印象。然而,作品的内容却与《明史》的记载不甚相符,但也不是毫

---

① 《明史》卷二百八十七。

无依据。①《保孤记》在本阶段传奇小说中的重要性并不在于它的艺术成就,实际上全篇文笔朴实,不甚讲究文采,人物形象刻画、气氛渲染等方面都显得较为逊色,作品的传奇性全靠该遗腹子经历之离奇来体现。可是若要考察明中叶后传奇小说创作从无到有,从作品稀少到逐渐繁多的过程,这篇小说却可起路标的作用,它表明除了一些作家从模仿唐人小说或《剪灯新话》等作开始传奇小说创作之外,另有一些人却是以实录为起点,选择现实生活中比较复杂曲折的事件作描述,而作品经过敷演增饰乃至一定的虚构后,逐渐变成了传奇小说。类似的作品又有载于田汝成《西湖游览志余》的《阿寄传》,它就是人们都较熟悉的《醒世恒言》中《徐老仆义愤成家》的本事。就情节而言,此篇可算是篇幅较短的传奇小说,但它也可以视为人物传记,故而又被《明史》与《浙江通志》收录。《阿寄传》与《保孤记》均以事件本身的曲折而引起人们的阅读兴趣,作者描述时都较为拘谨,并没有展开充分的想象以丰富情节,也较缺乏生动的细节描写。只要将《阿寄传》与《徐老仆义愤成家》略作对比,便可以发现前者留下了多大的发掘余地,可是凌濛初在改编《辽阳海神传》时,所做的工作基本上只是将文言翻译成白话。本阶段的这两类传奇小说显示出了明显差异,可是随着创作的发展,它们又逐渐地合二而一。万历间宋懋澄的《负情侬传》是带有实录性的作品,与《阿寄传》相似,但作者的创作手法已相当老练,故而冯梦龙将它改编为《杜十娘怒沉百宝箱》时,对于情节与细节都没作很大的改动,最显著的变化则是文言译成了白话。这真可谓是殊途同归,不过在本阶段,这两类传奇小说尚不可混同言之。

---

① 《明史》卷一九六云:"言始无子。妾有身,妻忌而嫁之,生一子。言死,妻逆之归,貌甚类言。且得官矣,忽病死。言竟无后。"

第三节 逐渐贴近现实的逸事小说

在嘉靖、隆庆朝,逸事小说的创作状况基本上同于上一阶段,但由于自成化、弘治以降,世风日下,到正德、嘉靖朝情况更为严重,故而有些逸事小说的批判性也就甚于以往,如胡侍的《真珠船》卷一中的"奉承御史"条便很能使人看到这一点:

> 弘治甲子,山东乡举,某御史监试,偶阅一卷,顾左右曰:"此卷虽佳,但文体颇古,恐不利会试耳。"某布政侍坐,辄起拱手曰:"实是忒古。"御史讶曰:"公初未尝阅此卷,何以知其古?"布政惶恐对曰:"大人说他古,必定是忒古了。"御史为之启齿,左右无不匿笑。

这则故事与第六章中提及的都御史跪迎汪直的描述有相类之处,但后者的场合毕竟还有点特殊。那时权势熏天的汪直对不合心意者或撤或关或杀,强大的压力是导致许多官员阿谀奉承的重要原因,而胡侍描写的故事却发生于正常的环境之中。所谓"忒古"这类丁点小事本来谁都不会在乎,布政使却也要极力迎合,至于自己是一省最高行政官员的身份或事情的是非曲折如何,他都根本不予考虑,甚至迎合之语脱口而出,已成为本能的条件反射。阿谀奉承之风弥漫于整个官场,使上司高兴成了为官的最高要则,国家的法制、圣人教诲的立身之道都得为此让路,而当庞大的官僚结构如此运转时,它的腐朽性也就暴露无遗了。

又如郎瑛《七修类稿》卷三十二中有这样一条记载:

> 弘治初,钱塘安溪山多虎患,县令猎人捕之。一日而获三虎,县令献于镇守。镇府喜,加以美言奖之,然令实贪墨者焉。时有府办俞鸣玉,善谑,戏作诗嘲曰:"虎告使君听我歌,使君比我杀人多。时君若肯行仁政,我自双双北渡河。

这则故事正好可与前面胡侍的记载对照阅读。前者写下属以巴结上司为能事,后者则写被巴结的上司不顾"实贪墨者"的事实而"美言奖之",随后的提拔、推荐自然也是意料中的事。上下沉瀣一气,各得实利,而"使君比我杀人多"一句,透露了广大百姓被推至苦难中的事实。虽然两则故事都以弘治朝为背景,但作者都是有感于嘉靖朝的现实而撰写,实际上此时吏治之腐败更甚于以前,正因为如此,那些作品批判的对象与嘲讽的意味也就更为明显。

本阶段的逸事小说多散载于各种文集之中,因此相比之下,专叙历代士人隽语轶事的《语林》(又称《何氏语林》)就显得十分醒目,它问世于嘉靖三十年(1551),距《世说新语》在明代的首刻本,即袁褧刻本刊行仅十六年。袁褧刻印《世说新语》后即赠送文征明一部,[①]文征明又正是《语林》的作序者,序言第一句就指出,《语林》是"类仿刘氏《世说》而作",后又称作者何良俊"雅好此书";何良俊在"言语"门的序中介绍创作宗旨时,也将两书之间的关系说得十分清楚:他认为《世说新语》仅以玄虚简远为标准,诠事选言过于偏狭,同时又担心"典籍渐亡,旧闻放失",于是就"披览群籍,随事疏记",对各种选材重加剪裁润色而写成此书,言中虽有批评,但同时也承认自己的作品"不得尽如《世说》"。《语林》的形式也明显地体现出《世说新语》的影响,全书共分三十八门,与《世说新语》相较,所不同者仅多出"言志"、"博识"二门;又仿刘孝标注《世说新语》之例,援引三百多种典籍对正文加以笺释,并注明出处。何良俊在形式方面也有自己的创造,每门之前他都撰有一篇小序,说明本门记事之宗旨,在有些条目之后还加有按语或辩证,这些文字已成为本书不可分割的重要成分。《语林》所记的内容起于两汉,止于宋元,共有二千七百余条,其素材虽采自历代典籍,但经作者取舍、剪裁、润色与按

---

① 文征明嘉靖十五年(1536)致袁褧信云:"《世说》定本,领赐尤感。"

一定次序编排之后,已形成统一风格,非杂抄众书者可比。这部作品专记古事旧闻,其内容本与现实并无关系,可是感叹"今习俗已甚漓矣"① 的何良俊,却通过对大量素材的筛选与编排,寄寓了自己对现实的感慨与批评。如"德行"门中记唐代徐晦云:

> 杨凭有客徐晦,素厚善。凭后得罪,姻友惮畏,无敢至者,独晦送至蓝田。故相权德舆言:"君送杨临贺诚厚,无乃为累乎?"晦曰:"晦自布衣时,杨临贺知我厚,方兹流播,宁忍无言而别?有如公异时为奸佞谮斥,晦敢自同路人乎?"德舆叹其长厚。

宋人王谠编撰的《唐语林》中也曾提及徐晦,但唯一的有关记载仅是"徐晦嗜酒"而已,可见何良俊是特意从其他典籍中筛选出此条,将徐晦不因朋友遭贬斥而远避的行为,列为应推崇的德行。何良俊编撰《语林》时,正值严嵩把持朝政,他肆意排斥打击异己,朝中文武百官却噤若寒蝉,不敢出面伸张公道,"姻友惮畏,无敢至者"的现象也屡屡发生,故而时人阅读这段描述时,不难从何良俊对徐晦德行的赞美中体会到作者借古讽今的意味。"德行"门中关于东汉人公沙穆卖猪的记载,也同样是在借称颂古人而批评现实:

> 公沙穆尝养猪,有病,使人卖之于市,云:"当告买者,言病,贱取其直,不可言无病,欺人取贵价也。"卖猪人到市即售,亦不言病,其直过价。穆怪问其故,赍半直追,以还买猪人。语以猪实有病,欲贱卖,不图卖者相欺,乃取贵直。买者言买卖约定,亦复辞钱不取。穆终不受钱而去。

卖猪者要贱售,而买猪者要贵买,这番争执与清人李汝珍《镜花缘》中"君子国"的景象倒有几分相似,可是在明中叶后的

---

① 何良俊:《四友斋丛说》卷之三十四"正俗一"。

市场交易中却是绝对看不到。相反,在何良俊所生活的南京与苏松地区,此时人们在交易中都是力图贱买贵卖,伪劣商品则是充斥于市场,正如叶权《贤博编》指出的那样:"今时两京为甚,此外无过苏州",奸伪货物种类之多举不胜举,且又防不胜防,卖者都是一旦出手,"转身即不认矣"。当时的读者阅读这则故事时,很自然地要与周围时时发生的事实互作对照,从而也就明白何良俊以古人的德行反衬现实丑恶的用意。何良俊的目的还不止于此,他在"德行"门的序言中曾强调"余所列都不遗于细小",而原因则是"察微知著,圣人所贵"。若不是民风淳厚以及人们以道德信义为立身之本,就不会发生公沙穆与买猪人为谦让而争执的事;反过来,若不是明中叶后许多人一切都以金钱为轴心盘绕旋转,将道德信义之类抛至九霄云外,那么现实生活中也不会出现伪劣商品泛滥的现象,而其泛滥程度,又正可以成为衡量社会道德沦丧的尺度。《语林》二千七百多条的记载中,有相当大一部分的情形类似于此,何良俊"不遗于细小"的目的,就是希望读者阅读时在方方面面都引起与现实的对比与联想,他也正是通过积少成多的方式,构成了对当时社会全方位的批判。在"侈汰"、"谗险"、"仇隙"、"政事"等门中,作者批判现实的思想常表现得更为强烈,有时他甚至还以按语的形式直接宣泄自己的不满情绪。

由于作者将着眼于现实作为编选原则之一,故而《语林》虽在叙述古人轶事,却也能使人窥见明代的时代色彩,新增设的"言志"、"博识"两门更是如此。何良俊在"言志"门的序中论及历代各人志向不一时曾说,"众言混淆,当取衷圣人",但该门中的内容却并非如此,许多隐逸之士或怀才不遇者之所好在山林风月,或诗文书画,他们因对现实不满而不愿与当权者合作,表现出主张个性自由的倾向。"博识"门的序一开始就引孔子告诫子贡的话:"女以予为多学而识之者与?非也,予一以贯之",接着又指出,后世对孔子的话作了片面理解,强调"约"而忽视

"博",但这两者应该"互相为用,不可废也。不然,则其告子贡者,语一足矣,其所贯者复何物耶?"从这一观点出发,何良俊通过各则故事力图解释一些当时人还不易理解的海内外事物,而"博识"门的增设,则与明中叶后海禁较松,西学东渐,人们渴望了解新知识的背景有关。至于其余的三十六门,其编排虽一如《世说新语》,似无新意,但内容也多与明代的社会生活或多或少地有着一定的内在联系。

　　言古事又着眼于现实,《语林》的这一特点在当时就引起人们的注意,曾有"元朗之志,在于法戒"[1] 的评论,不过这并非是何良俊编撰的唯一目的,否则径取明人之轶闻琐事岂不更直截了当?"世说"类作品的编撰从宋至明嘉靖时已断绝了四百余年,何良俊决意重新恢复这一创作传统,他不仅要填补该类作品中宋元两代内容的空白,而且还意在"贯综百代,统论千祀",[2]故而《语林》的内容又始于汉而止于元。何良俊最主要的目的仍在于文学,他也确实获得了成功。《四库全书总目》曾称赞《语林》"采掇旧文,剪裁熔铸,具有简澹隽雅之致",这其实也是该书问世以来人们的共同评论。《语林》三十卷刻印后,又分别有二十卷与四卷的节本行世,有人还将《世说新语》与《语林》的节本合刻为一书刊行。何良俊首开风气,明后期又不断地有人创作"世说"类作品,或偏重于记言,或偏重于记行,内容也开始涉及本朝,有的则为集中记载明代轶闻琐言的专书。它们形成了明中叶以后文言小说创作中的重要流派,而考察《语林》的地位与意义时,显然也应该将它对该流派形成与发展的作用包括在内。

　　几乎与《语林》同时问世的又有王稚登的《虎苑》,从全书分"德政"、"孝感"等十四门的编排体例来看,它显然也是受了刊行不久的《世说新语》的影响,只不过书中一百二十八条故事都围

---

[1]　陆师道:《何氏语林序》。
[2]　陆师道:《何氏语林序》。

绕老虎而展开。如"德政"门中写道,九江郡多虎患,宋均任太守后下令革除苛政,于是"虎相与东渡江";又如"孝感"门中第一条讲述杨香的故事:这位十四岁的小女孩看到父亲为虎所噬,就奋不顾身地冲上去与虎搏斗,救出父亲。由此可见,作者虽在说虎,主要目的却仍在劝讽世道。书中的故事均非王稚登的创作,他是从历代典籍中采录有关虎的记载,再分门别类,编成一集。嘉靖中期以来,围绕某一专题汇编(或适当改写)前人有关描写的作品集相继问世,似成了一种风气。王文禄将历代应对敏捷、遇事多谋善断的故事编成一书,取名为《机警》,他自述编纂动机云:"予生亦朴室,见事每迟,阅书史中应变神速、转败为功者,录以开予心云。"① 此书编于嘉靖二十五年(1546),比王稚登的《虎苑》还早七年。王文禄后又编撰《龙兴慈记》一书,所载均为神化朱元璋夺取天下经历的故事。这部作品集是王文禄据其母亲讲述而写成,②虽非汇编前人作品的方式,但也是一部专题性的作品集。当时专题性作品集中,文学性较强的有《剑侠传》,该集收录前代豪侠题材作品三十三篇,其中包括《虬髯客传》(改题为《扶余国主》)、《聂隐娘》、《昆仑奴》等唐传奇中的杰作。王世贞编撰此书是出于个人的感慨,③ 且非自己创作,但集中所收均为历代剑侠小说的精品,那些故事扑朔迷离又神秘莫测,剑客的侠肠义胆与锄暴除恶亦甚快人心,因此该书问世后屡被翻刻,它对明清两代的武侠小说的创作也起了一定的推动作用。田汝成的《西湖游览志余》集中描述有关杭州西湖的传说以及史实、

---

① 王文禄:《机警题记》。
② 王文禄《龙兴慈记题记》云:"自幼闻慈淑母氏言国初遗事,予虽幼,喜问,以故始末甚详。"
③ 王世贞《剑侠传小序》云:"余家所蓄杂说剑客甚夥,间有概于衷,荟撮成卷,时一展之以摅愉其郁。"余嘉锡《四库提要辨正》指出,此处"郁"系指王世贞对权奸严嵩陷害其父王忬至死一事不能忘怀,因思有剑侠一流人物出而"快天下之志"。

风俗,全书二十六卷又细分为十三个小专题,或记建都杭州的各朝帝王故事,或述偏安杭州的南宋王朝遗事,历代居杭的文士、僧道、妓女、书画家乃至医卜星相诸士,也都有专卷介绍。在该书中,记叙杭州街道桥衢沿革的卷二十一至二十五《委巷丛谈》最富小说意味,而卷二十六《幽怪传疑》则全为志怪传奇故事。那些小说故事除了少量为作者耳闻之外,其余都取材于前代的史传与笔记,它们编撰成书后又成了后世作家的素材库,如"三言"、"二拍",特别是专叙杭州故事的拟话本集《西湖二集》,都曾从中选取创作素材,或根据某篇增饰敷演,或将若干短小的相关记载缀连改写为情节曲折、首尾完整的短篇小说。杨慎的《丽情集》也是一部专题性的作品集,该书"采取古之名媛故事,间加考证而成者也。以缘情而靡丽故名之"。① 题材虽偏于纤弱,但也颇受一部分读者的欢迎。此外,顾元庆的专叙元末画家倪瓒故事的《云林遗事》、黄姬水的汇编历代安于清贫的高洁之士事迹的《贫士传》等等,也都是典型的按专题编撰的作品集。这类书籍便于读者集中地了解某一方面故事,它们的成批出现引起了人们对以往小说的兴趣,也壮大了小说的声势。那些编者虽然大多不是自己创作,但他们的工作对别人投身于创作却起了积极的刺激作用,后来万历间张应瑜的《杜骗新书》,冯梦龙的《情史》、《智囊》,梅鼎祚的《青泥莲花记》等作都是承袭此风而编撰,但手法似更老练,时代特色也显示得更为鲜明。

除上述专题性的作品集外,本阶段中期以后还出现了一些题材较广泛的前人作品的汇编本,其中陆楫编辑的《古今说海》较早问世。此书共有一百四十二卷,分说选、说渊、说略、说纂四部。与元末陶宗仪所编的《说郛》相比,《古今说海》具有选录的文字较为完整的优点,但编者对"小说"的理解一如前人,故而说略部所收的杂记家、说纂部所收的散录家与杂纂家等,在今日看

---

① 李调元:《丽情集序》。

来大多都不是小说。说渊部则不然,它集中收录了六十四篇传奇作品,除宋人两篇与明人两篇之外,其余多为唐人小说中的名篇。在传奇小说创作较少的当时,这对提高传奇作品在小说中的地位并扩大其影响,从而刺激传奇创作都起了重要作用。然而陆楫收录作品时往往裁篇别出,巧立名目,开始了明后期小说丛书编纂中"妄造书名而且乱题撰人"①的风气。王世贞编撰的《艳异编》是当时另一部著名的小说丛书,②此书现存四十五卷、四十卷与十二卷三种版本。该书内容采自古今志怪以及唐宋元明的传奇、笔记、杂说等作,四十卷本共收作品三百六十一篇,唐传奇中的精品几乎均被收录,同时也注意选择明代以来的作品。"艳"与"异"是作者选编的标准,即收录描写爱情与灵怪的作品,由于这两类内容涉及面较为宽泛,故又进而细分为十七部。可是该书选录作品主要从内容着眼,不甚注意文体和文学性,因而显得有些驳杂。在当时,某些小说丛书的刊刻带有明显的牟利动机是不可避免之事,而它们的销路看好,恰又表明社会上阅读小说的热潮正在兴起。当然,并非所有人都在计较商业性的盘算,如顾元庆就主要是出于文学方面的考虑。他从上阶段末即开始编撰《顾氏文房小说》,约到嘉靖十年(1531)或稍后才全部出齐。该丛书共收四十部作品,大多为六朝志怪、唐宋传奇以及一些笔记小说,但由于古人对小说概念的认识与今人不同,故也收录了一些有关地理、音韵学与文艺理论之书。接着他又编纂了《广四十家小说》,所收除少量前代的志怪与传奇之外,其余作品均带有野史、杂谈性质。顾元庆似是有意按不同的原则编纂这两套丛书,前者以纯文学的小说为主,后者则主要收录笔记小说,而且除《稗史》等四种宋元时人作品之外,另外三十六

---

① 鲁迅:《集外集拾遗·破〈唐人说荟〉》。
② 约刊于隆庆间的《艳异编》题"息庵居士"撰,也曾有过不题撰人的刊本。有人以为息庵居士即王世贞,有人则怀疑此书并非王世贞所辑。

种全为明代人所撰,其中相当一部分甚至就是正德、嘉靖年间人的作品。像这样与时代基本同步的特点,在当时各种丛书中尚不多见。此外,胡应麟在本阶段末曾编辑《百家异苑》,自称是"戏辑诸小说"而成,目的则为"作劳经史之暇,辄一批阅,当抵掌扪虱之欢"。① 编者只为自娱,并无商业上的考虑,此书虽因不曾刊刻传播而未对创作产生影响,但对历代小说的系统梳理,却为胡应麟后来在万历朝成为重要的小说理论家打下了坚实的基础。

前代小说的陆续刊印,各种丛书的编纂,特别是《太平广记》重又刊刻传播,到了本阶段后期,作家们在学习借鉴前人创作经验方面已了无障碍;尽管封建正统人士对小说仍持苛严的批评态度,但多数人却是表示宽容甚至是满怀阅读的热情。自明开国以来,小说创作还从未遇见过如此适合于生存与发展的环境,但在经历了明前期的长期停顿之后,创作还不可能立即就出现繁盛的景象。一方面,此时的作家只能在前一阶段文言小说创作复苏的基础上逐步地向前发展;在另一方面,一系列的理论问题不会随着环境的宽松就立即得到澄清,如究竟何谓小说等概念还须梳理,小说的地位与功用得经过实践以及相应的讨论之后方能逐渐辨明,创作经验尚待进一步积累与总结。这些问题若得不到一定程度的解决,小说创作也不可能出现繁荣。正由于上述原因,本阶段的小说创作并没有出现突飞猛进的态势。就大部分作家而言,热衷于撰写志怪小说与逸事小说的情形与上一阶段相似,但其中也有变化,如题材与内容与现实生活更为贴近就是可喜的进步。另外,有的作家开始了创作传奇小说的尝试,《语林》的问世则为明代文言小说增添了新的门类,而这两类体裁的创作在明王朝最后的七十多年里将吸引越来越多的作者。在某种意义上可以说,嘉靖、隆庆两朝是一个"量"的变化阶

---

① 胡应麟:《少室山房笔丛》卷三十六"二酉缀遗"。

段,无论是前代作品的陆续刊刻、舆论环境的逐渐变化还是创作的日益增多,都呈现出慢慢积累的渐进状态,逐年相较变化或不甚明显,可是半个世纪的积累却能使其首尾形成巨大的反差:首端正与复苏阶段的状况相衔接,而尾部却已临近繁荣的门槛。随着时间的推移与条件的成熟,韧性的量的积累终于显示出了巨大的力量,于是我们便在万历朝看到了文言小说创作的繁荣,而与此互为推动的通俗小说创作,也在此时开始步入了同样状态。

第十章　明代的中篇传奇小说

　　中篇传奇小说是按作品篇幅划分的一个流派,① 除首开风气的《娇红记》问世于元代外,其余都出现在明代,② 尤集中于明嘉靖朝前后。这些作品基本上都是在描写青年男女悲欢离合的爱情经历,表述形式主要是相当浅显的文言,与一般的文言小说或通俗小说都有所不同;其篇幅比通常的文言小说长得多,却又明显短于通俗小说,同样也是居于两者之间。目前篇幅在万字以上的中篇传奇小说尚存元代的《娇红记》,明永乐间的《贾云华还魂记》,成化末年的《钟情丽集》,弘治至万历间的《怀春雅集》、《龙会兰池录》、《双卿笔记》、《花神三妙传》、《寻芳雅集》、《天缘奇遇》、《刘生觅莲记》、《金兰四友传》、《李生六一天缘》、《传奇雅集》、《双双传》、《五金鱼传》、《痴婆子传》等十六种;原本已佚,但据原本改编的作品尚存的有《荔枝奇逢》;现知的已佚作品则有《柔柔传》(李昌祺《剪灯余话序》著录)、《艳情集》八卷、《李娇玉香罗记》三卷与《双偶传》三卷(以上三种高儒《百川书志》著录)。当年实际作品数应不止于此,若加上篇幅近万字者,叶德均先生所言"至少当在四十种以上"③ 并非夸张之语。

---

① 中篇传奇的划分很难有准确标准。由于目前所知篇幅最长的作品为三万余字的《李生六一天缘》,上限问题可谓是自然解决,而下限至今未有而且也很难有明确界定,不过近万字的传奇小说似应归入该流派。

② 清嘉庆时,陈球据明冯梦桢《窦生传》写成三万余言的小说《燕山外史》,但此篇形式为四六体骈文,与一般所说的中篇传奇相异,清初中叶时如此规模与形式的作品也仅此一篇,故不列入本章论述范围。

③ 叶德均《读明代传奇文七种》,载《戏曲小说丛考》,中华书局1979年5月版。

中篇传奇小说的出现并不使人奇怪,当需表现的丰富内容已无法用短篇小说形式容纳时,篇幅扩增乃是必然之事,而从唐传奇繁盛到中篇传奇产生竟要花费五百余年时间,这一过程似乎过于漫长。更令人惊讶的是,当时各作品曾多有单行本流传,且又常被各通俗类书载录,影响甚为广泛,但盛行时间却较短暂。万历中期以后基本上不再有新作问世,清初以后已有的作品也都渐渐退出传播领域,乃至失传。这一行进轨迹在古代小说创作或传播史上都显得相当独特,而与文言或通俗小说相较,其形式上也常与其他作品群相异。这一较特殊的群体虽只是一度存在但却留下一连串问题:它缘何而攀至繁盛的巅峰,其后又突然悄然隐退?在古代小说创作的发展历程中,这一流派究竟起过何种作用,又应如何恰如其分地评判它的价值与地位呢?这些作品虽然并不全出于本阶段,其中有一部分的问世年代也只能作大概的估计,但将它们集中起来作专章论述,却有利于对该流派的研究。

第一节　中篇传奇多羼入诗文的手法与小说观念的变迁

最早对中篇传奇作整体考察的是孙楷第先生,他十分注意该流派创作中多羼入诗文的现象,并对其形式特点及其源流作了分析评论:

> 凡此等文字皆演以文言,多羼入诗词。其甚者连篇累牍,触目皆是,几若以诗为骨干,而第以散文联络之者。……其精神面貌,既异于唐人之传奇;而以文缀诗,形式上反与宋金诸宫调及小令之以词为主附以说白者有相似之处;然彼以歌唱为主,故说白不占重要地位,此则只供阅览,则性质亦不相侔。余尝考此等格范,盖由瞿佑李昌祺启之。……佑为《剪灯新话》,乃以正文之外赘附诗词,其多者至三

十首,按之实际,可有可无,似为自炫。昌祺效之,作《余话》,着诗之多,不亚宗吉。……自此而后,转相仿效,乃有以诗与文拼合之文言小说。乃至下士俗儒,稍知韵语,偶涉文字,便思把笔;蚓窍蝇声,堆积未已,又成为不文不白之"诗文小说"。而其言固浅露易晓,既无唐贤之风标,又非瞿李之矜持,……以文艺言之,其价值固极微,若以文学史眼光观察,则其在某一期间某一社会有相当之地位,亦不必否认。①

  孙先生指出明代中篇传奇小说的形式是"以诗与文拼合之文言小说",论其源流则是"盖由瞿佑李昌祺启之",并且既着眼于那些作品本身的价值,同时又将它们置于文学发展的过程中考察其地位。后来的学者都沿用上述结论,"诗文小说"之名也几乎成为中篇传奇小说的代名词。不过,孙先生的分析毕竟较为概括,对此似还可作三点具体的补充。首先,瞿佑、李昌祺作品的影响确实是"诗文小说"出现的重要原因,但元人宋远《娇红记》的示范似起了更大的作用。作此判断不仅是因为《娇红记》是文言小说史上第一部中篇传奇小说,就连李昌祺的创作也曾受其影响,更直接的根据则是明中后期的那些中篇传奇小说中既屡屡援引《娇红记》为典故,又在情节上多有模仿。其次,就总体而言,"其价值固极微"一语确为的论,但若具体评判,各作品的情况又有所不同。到明中叶时,才子佳人题材的小说创作已有悠久的历史,但青年男女依靠自己的力量顽强抗争并终于获得幸福的模式,却是由《钟情丽集》首先开创,就这点而言,它的价值并不能低估。第三,将诗文羼入的形式推至极端的《钟情丽集》实际上是"诗文小说"体制的最后确立者,而且这一手法在中篇传奇小说创作中的运用也并非一成不变。若要对中篇传奇小说的形式特征作较全面准确的把握,就首先得弄清下列问题:那

---

① 孙楷第《日本东京所见小说书目》,人民文学出版社 1981 年 10 月版。

些作品中诗文羼入的程度究竟如何？其状况发展过程中有否变化？与其他流派相较，其间又有何关联？特别是那些作者何以要采用这种表现手法，则更是令人关心的问题。在寻求答案之前，首先得有"度"的把握，为此下表对篇幅逾万字的作品作了统计，其最后两列的诗文篇幅比例与每千字所含诗词数显示了羼入程度，并使篇幅不一的作品可互作比较：

篇名	诗词数（首）	文数（篇）	全篇总字数	诗文总字数	诗文所占比重（%）	每千字所含诗词数（首）
娇红记	60	1	16,968	3,827	22.55	3.54
贾云华还魂记	49	3	13,800	2,726	19.75	3.55
钟情丽集	71	10	24,831	13,489	54.32	2.86
怀春雅集	213	3	24,599	10,696	43.48	8.66
龙会兰池录	63	6	15,116	7,811	51.67	5.65
金兰四友传	53	4	10,849	3,355	30.92	4.89
花神三妙传	39	10	22,427	6,705	29.90	1.74
双卿笔记	17	3	11,093	1,625	14.65	1.53
寻芳雅集	84	3	20,640	4,464	21.63	4.07
天缘奇遇	64	6	21,880	4,433	20.26	2.93
刘生觅莲记	101		29,641	6,327	21.35	3.41
双双传	63	9	16,032	3,783	23.60	3.93
李生六一天缘	100	3	33,885	6,464	19.08	2.95
五金鱼传①	105	6	15,294	4,766	31.16	6.87
传奇雅集	25	0	13,837	850	6.14	1.81
痴婆子传	1	0	10,736	28	0.26	0.09

---

① 《五金鱼传》现仅存载于《燕居笔记》的节本，另又存吴晓铃先生所藏的单行本残本。两相对照，节本的对应文字为3,896字（约为节本总字数四分之一强），残本为6,748字，按此比例推算，未删节的《五金鱼传》约为二万七千字。又，残本6,748字中，诗文数为2,138字，占篇幅比例的31.68%，与表中所列节本的篇幅比例31.16%几无差别，故节本篇幅比例仍可作参考。

表中各作品诗文羼入百分比多逾20%,其甚者还超过了故事叙述的篇幅。本表也显示了中篇传奇诗文羼入的发展状况,而要恰如其分地分析对这一表现手法的运用、变化及其成因,还需将该流派置于小说发展历程中作考察。

其实,在传统影响的笼罩下,小说史上创作状况的变化多为缓慢的渐进,中篇传奇多羼入诗文也并非突如其来的现象,其预前准备可追溯得相当久远,第三章第二节讨论明初瞿佑《剪灯新话》与李昌祺《剪灯余话》多羼入诗文手法时就已对此作过分析。瞿佑大幅度提高诗文羼入比例的尝试在前,而李昌祺则是示范性地首开无有诗文羼入不得言小说的风气,但他们的创作已不能与《莺莺传》相提并论,而受其影响又将小说创作中融入"诗笔"变为机械地羼入诗文者更是等而下之。中篇传奇的题材与《莺莺传》相类,其诗文的大量羼入,与那些作者特别推崇此作的关系显而易见,但从它们问世的时间来看,却可看出受《剪灯新话》与《剪灯余话》的影响更大。这两部作品曾遭朝廷禁毁,直到成化三年(1467)才重又刊行,随之而来的是大范围的传播。这对当时文言小说创作走出长期萧条状态无疑是推动与刺激,但大量羼入诗文的手法也因其影响而成为一种时尚,它们重刊后不久就有诗文羼入比例骤然猛增的《钟情丽集》的问世,其间的承袭关系在时间上也衔接得十分紧密。

中篇传奇之前的宋元话本创作中也已频繁地羼入诗词,入明后新问世的话本体制也一如其旧,如《风月相思》中插入诗词30首,文一篇,篇幅约占全文4,766字的38%。这篇叙述才子佳人故事的小说文言化程度明显高于一般的宋元话本,题材也与明代中篇传奇相似。其实,明中期中篇传奇作者也将自己的作品视为话本。《怀春雅集》篇首即云"聊将笔底风流句,付与知音作话扬",此处"话"即为"说话"之意;《刘生觅莲记》有"只此可作一番话本","待我如伤风败俗诸话本乎"等语,金友胜到书坊寻觅来"话本",则是指《钟情丽集》、《天缘奇遇》、《荔枝奇逢》及

《怀春雅集》;《花神三妙传》分十三节,每节又均如宋元话本有单句标题。这里的渊源关系常显现得较为明显,大量羼入诗词也正是表征之一。

长期以来前人的创作示范与诗文插入比例的不断攀高,已使大量羼入诗文手法成为定式,中篇传奇中的这一现象只是创作传统影响的表现而已。该传统的形成及其束缚力大小变化都是文人创作观的一种反映,后者又与当时社会风气相适应,① 它表明了人们心目中小说概念的混乱,而只要未被辨析分明,就必然还要继续发展。成化末年问世的《钟情丽集》将这种手法推至极端,作品中嵌入的诗词竟多达71首,另还有10篇书信一类的散文,诗文所占篇幅竟超过了对故事的叙述,然而作者却是有意而为之。当写到辜辂与瑜娘"尽出其所藏《西厢》、《娇红》等书,共枕而玩"时,作者借他俩之口道出了自己的见解:

> 瑜娘曰:"《西厢》如何?"生曰:"《西厢记》不知何人所作也。记始于唐,元微之尝作《莺莺传》,并《会真诗》二十韵,清新精绝,最为当时文人所称羡,《西厢记》之权舆,基本如此也钦。然莺莺之所作《寄张生》:'自是别后减容光,万转千愁懒下床。不为旁人羞不起,为郎憔悴却羞郎。'此诗最妙,可以伯仲义山、牧之,而此记不载,又不知其何故也。且句语多北方之音,南方之人知其意味者罕焉。"又问:"《娇红记》如何?"生曰:"亦未知其作者何人,但知其间曲新,井井有条而可观,模写言词之可听,苟非有制作之才,焉能若是哉。然其诸小词可人者一二焉,予观之熟矣。"

以诗文为文学正宗思想的浓烈,使故事叙述在某种程度上成了诗文的载体,逞才的手段,而这一处理在作品问世伊始就得到时

---

① 关于这方面的分析,详见第三章第二节。

293

人赞赏。简庵居士自称是"反复观之,不能释手。穷之而益不穷,味之而益有味,殊不觉乎手之舞之,足之蹈之也",但他欣赏的却只是作品中插入的那些诗文。"大丈夫生于世也,达则抽金匮石室之书,大书特书,以备一代之实录;未达则泄思风月湖海之气,长咏短咏,以写一时之情状。是虽有大小之殊,其所以垂后之深意则一而已"。① 直到万历年间,金镜尤称赞此作的原因仍是"词逸诗工,且铺叙甚好"。②

　　后来中篇传奇创作多囿于此格局。其后最先问世的《怀春雅集》在形式上完全模仿《钟情丽集》,羼入的诗文在篇幅上几与叙述故事的文字相等,而篇中竟含诗词213首,创下中篇传奇创作中另一最高记录。若以欣赏故事情节为主要目的,读完这篇作品就须得较有耐心,因为往往情节尚无甚进展,诗词已大量涌来,如主人公苏道春、潘玉贞在花园里相遇,在这样的场合与气氛中,作者并未着力描写他们的谈情说爱,而是让潘玉贞去题咏各种花卉的诗篇,且是一口气排列了十六首;这还不算完,因为苏道春不甘示弱,也接连吟赋了十六首。作者的目的是为了显示男女主人公的风雅(同时也想炫耀自己的诗才),但密密麻麻地三十二首诗排列在一起,既未推动情节发展,也无助于人物形象的刻画,其效果只是令人生厌与导致体裁不纯,可是作品中这种现象却是屡见不鲜。在小说开篇处,作者曾赋《鹧鸪天》一首,其上阕云:"百岁人生草上霜,利名何必苦奔忙。尽偿胸次诗千首,满醉韶华酒一觞";下阕中又有"聊将笔底风流句,付与知音作话扬"之句。细玩诗中意味,可推知作者为功名上不得意之人,故将创作视为实现人生价值之途径,而创作时又将"尽偿胸次诗千首"当作头等大事,故事的叙述倒在其次了。当然,并非所有作者都以"尽偿胸次诗千首"为目的,正如孙楷第先生所分

---

① 简庵居士:《钟情丽集序》。
② 金镜《钟情丽集跋》,载《风流十传》万历四十八年刊本。

析,有些只是"稍知韵语"的"下士俗儒",他们"偶涉文字,便思把笔;蚓窍蝇声,堆积未已,又成为不文不白之'诗文小说'",其中更有东拼西凑,多方抄袭者,如《传奇雅集》的许多诗词就辑自《娇红记》、《剪灯新话》、《剪灯余话》、《怀春雅集》与《天缘奇遇》。① 宁可抄袭也要保证作品中含有大量诗文,表明一部分作者已不是以显示风雅为主要目的,而是他们误以为羼入大量诗文乃是创作不可变易的格式。

然而,这种观念的误导并非只影响中篇传奇一家,当时各创作流派都程度不等地存在较多羼入诗或文的现象。短篇文言小说中,追慕前人之作"往往有诗"② 的《春梦琐言》,平均每千字含诗4.65首,而《花影集》也以多羼入诗文为重要的表现手法,下表所列六篇的羼入程度甚至超过了一般的中篇传奇:

篇名	诗词数(首)	文数(篇)	全篇总字数	诗文总字数	诗文所占比重(%)	每千字所含诗词数(首)
潦倒子传	12	0	2,382	611	25.65	5.04
梦梦翁录	10	0	2,127	744	34.98	4.70
邢亭宵会录	10	0	2,466	1,024	41.52	4.06
四块玉传	10	0	3,577	1,527	42.49	2.80
翟吉翟善歌	8	0	2,323	928	39.95	3.44
晚趣西园记	20	1	1,665	1,534	92.13	12.01

陶辅自称其"吐心葩,结精蕴"是效法瞿佑与李昌祺,③ 若无与时尚相适应的创作观为支撑,他并不会作出如此的选择。

通俗小说的状况也并不例外,第八章第二节中曾分析了嘉

---

① 详见陈益源《稀见小说〈传奇雅集〉考》,载《明清小说研究》1995年第2期。
② 沃焦山人:《春梦琐言序》。
③ 陶辅:《花影集引》。

靖间《大宋演义中兴英烈传》大量羼入诗文的手法，其时讲史演义的创作也大多如此，而下表的统计数据表明，稍后的神魔小说作家也同样无法摆脱这一影响：

篇名	诗词数（首）	文数（篇）	全回总字数	诗文总字数	诗文所占比重(%)	每千字所含诗词数（首）
西游记	18	0	5,470	1,211	22.14	3.29
三宝太监西洋记通俗演义	12	0	4,790	683	14.26	2.51
封神演义	7	1	3,083	820	26.60	2.27
韩湘子全传	9	1	5,152	869	16.87	1.75

如《西游记》第一回诗文羼入比例为22.14%，平均每千字含诗词3.29首，《封神演义》第一回的这两个数据则为26.60%与2.27。拟话本的创作亦复如此，早期的"三言"以及《西湖二集》尤为突出。因篇幅限制，下表从这四部拟话本集中各取三篇排列其相关数据以便考察：

篇名	诗词数（首）	文数（篇）	全篇总字数	诗文总字数	诗文所占比重(%)	每千字所含诗词数（首）
赵伯升茶肆遇仁宗(古)	19	0	4,258	764	17.94	4.46
众名姬春风吊柳七(古)	17	0	5,038	948	18.82	3.37
张古老种瓜娶文女(古)	23	0	6,659	1,217	18.28	3.45
钱舍人题诗燕子楼(警)	18	0	3,242	739	22.79	5.55

篇名	诗词数（首）	文数（篇）	全篇总字数	诗文总字数	诗文所占比重（%）	每千字所含诗词数（首）
一窟鬼癫道人除怪(警)	25	0	5,549	1,235	22.26	4.51
王娇鸾百年长恨(警)	28	1	8,920	2,414	27.06	3.14
苏小妹三难新郎(醒)	18	0	5,489	1,313	23.92	3.28
隋炀帝逸游召谴(醒)	22	3	6,476	1,474	22.76	3.40
吕洞宾飞剑斩黄龙(醒)	19	0	6,355	838	13.19	2.99
邢君瑞五载幽期(西)	23	0	6,656	1,123	16.87	3.46
月下老错配本属前缘(西)	26	1	7,593	1,248	16.44	3.42
洒雪堂巧结良缘(西)	38	3	9,804	1,731	17.66	3.88

中篇传奇篇幅较长，诗文羼入的绝对数量相应地易给人留下深刻印象，然而客观的比照却应依据相对比例。据以上诸表提供的数据判断，除个别作品如《钟情丽集》外，中篇传奇与当时各流派相较并无明显差异。自明初至明中叶，诗文羼入的比例不仅在上升，它在创作领域的覆盖面也越来越广。对此现象已不能用某一些作家的嗜好作解释，它已成为创作在形式上带有整体性的特点，而其蕴涵的实质则是当时人们普遍地未能对小说体裁的特性作准确的把握。

小说未被正名并取得应有地位之前，这一现象不可避免，但却不可能长久地持续。随着创作发展与经验积累，人们对小说作用、地位及其创作方式的认识逐渐深化,非小说创作所必需的诗文羼入自然就会相应减少;而创作的不断趋于通俗表明了读者范围的扩大及其文化层次的相应降低,他们关注于故事情节的叙述,而不像文士那般欣赏诗文的绮丽,这种巨大的需求也在迫使诗文羼入程度的日益降低。中篇传奇的考察价值之一便是该流派本身就已显示出这一趋势:元与明初时约占 20%,成化末至正德时遽升至 50% 左右,嗣后则又回落至 20% 上下,并且还继续下降,如《传奇雅集》仅为 6.14%,因篇幅未足万字而未列入表内的《丽史》①（7,271 字）为 13.56%,《如意君传》(8,521 字)为 6.54%,《古杭红梅记》(7,653 字)为 9.29%;相应的,每千字插入的诗词数在整体上也呈下降趋势,而万历间问世的《痴婆子传》只是篇末有七绝一首而已。

正如多羼入诗文并非中篇传奇的独家现象,下降趋势的出现也同样是小说创作的整体行为。而且,虽然万历中期以后中篇传奇基本已无新作品问世,但减少的趋势在其他流派的创作中仍在继续。天启、崇祯年间问世的讲史演义、神魔小说与前面列举的作品相较,诗文之羼入已大幅度减少,而创作一直延续到清乾隆间的拟话本,由于作品众多,其排列几可显示出连续的逐渐下降,而入清后更呈现出加速度发展态势。《十二楼》中《夺锦楼》与《奉先楼》都只有篇首一首诗,《豆棚闲话》共十二则故事,其中有十则毫无诗文的羼入。在清代小说中,多羼入诗文的现象已基本绝迹,即使被讥为"不过作者要写出自己的那两首情诗艳赋来"②的才子佳人小说,平均每千字所含诗词一般也只是一首左右。

诗文羼入的减少其实是创作整体水平提高进步在形式上的

---

① 《丽史》未见单行本传世,各种类书也未载录此篇,现仅见于福建图书馆所藏的《清源金氏族谱》。详参官桂铨《新发现的明代文言小说〈丽史〉》,该文附录《丽史》全文,载《文献》1993 年第 3 期。

② 曹雪芹:《红楼梦》第一回。

表现。虽然通俗小说创作在嘉靖时才重新起步,但万历中后期时作品已渐多,李贽、胡应麟、陈继儒等人探讨小说理论的工作也已开始。他们或为小说正名,肯定其作用与地位,或辨析小说创作特点,归纳其间规律,作家们则在认真总结自己或他人创作的成败得失。创造力的显示重点开始向塑造人物形象与安排情节转移,诗词逐渐地只在点明主题或烘托气氛时出现,而并非有意嵌入。这种因创作进步而引起的形式变化在其他方面也有所表现,如"头回"在话本中因商业需要而出现,早期的拟话本创作也模拟了这一形式,可是在诗文羼入下降的同时,非创作必需的"头回"也逐渐消失了。

  从《莺莺传》首开风气、宋元话本继承发扬、瞿佑与李昌祺着力推广一直到《钟情丽集》等中篇传奇推至极端,小说中诗文羼入比例呈不断上升趋势,嗣后渐又下降,入清后终于消失。该趋势超越各创作流派的界限,甚至不受文言小说与通俗小说区别的影响。这共约持续八百年的形式变化,是小说观念变迁的表征之一,而诗文羼入由多到少,又正表现出创作手法的不断进步。在诗文羼入数量的变化过程中,中篇传奇小说正处于攀至最高点然后又逐渐下降的转折关头,显示出一种过渡的作用。由于变化决定于小说观念的变迁,因此这种过渡作用并不会孤立地只体现于形式,它在作品的内容及其传播等方面也同样有着充分的表现。

第二节 中篇传奇小说内容的流变

  高儒《百川书志》著录《娇红记》等中篇传奇后曾言:"以上六种,皆本《莺莺传》而作,语带烟花,气含脂粉,凿穴穿墙之期,越礼伤身之事,不为庄人所取,但备一体,为解睡之具耳。"那些描写才子佳人恋爱故事的作品程度不等地表达了情感欲求以及情与理的冲突,这也几乎是所有中篇传奇共同的创作倾向。高儒的评价无疑地带有封建士大夫的偏颇,但它正确地指出了中篇传奇与《莺莺传》之间的渊源关系。这里所谓"本"者不仅是指形式承袭与题材相类,同时也包括了情节安排的模仿。不过中篇传奇在发展过程中,情节安排也不断地发生变化,下表则简明扼要地对此作了显示:①

篇 名	引用 崔张故事	条件			过 程					结 局					
		娇红记	有亲谊	寓居旦宅	丫鬟传递	生旦唱和	思念成疾	醉失佳期	生旦别离	婚前私合	小人拨乱	一男一女	一男多女	旦被抛弃	为情而死	进士及第	生任高官	辞官归乡	得道成仙
莺莺传			★	★★★		★★	★	★							
娇红记	★		★★	★★★	★★	★★			★★						
贾云华还魂记	★★	★		★	★★		★		★★★						
钟情丽集	★★			★	★★				★★★						
怀春雅集	★		★★★	★			★		★★★						
花神三妙传	★★														
双卿笔记			★★★	★			★		★★★						
寻芳雅集	★★		★★		★★				★★★						
天缘奇遇			★★		★★★				★★★★						
刘生觅莲记	★★														
双双传	★★		★★★	★★★	★										
李生六一天缘			★★		★★				★★★★						
五金鱼传			★★		★★				★★★★						
传奇雅集	★		★★★★		★★		★		★★★						

表中各作品重要关目相似处颇多,按时序排列的相邻作品更多是如此。有的情节设置贯穿始终,但由于模仿对象随创作发展不断丰富,故事格局也就相应地有所变化。发展过程中渐

---

① 《龙会兰池录》、《金兰四友传》与《痴婆子传》情况较特殊,不列表内。

变占据了多数,但同时也出现了若干情节设置的突变,这是世风与士人观念变化在创作中的反映,也是据以考察中篇传奇创作发展流程及其内涵变化的关键点。

与以往才子佳人小说模式相较,中篇传奇的开山之作《娇红记》[①]中就已出现重大突变。这篇叙述申纯与其表妹王娇娘爱情悲剧的小说前半部分一些情节,如一见钟情,诗简往来,王娇娘开始时恪守礼法,见申纯思念成疾后又以身相许等等,都显然是模仿《莺莺传》,但男女主人公性格却有所不同,特别是娇娘敢于主动约申纯夜半幽会,并以"复有钟情如吾二人者乎?事败当以死继之"相激励。申纯顾虑"不亦危乎"是因"钟情"而为娇娘设想,异于张生只以占有莺莺为目的,娇娘也因"钟情"而勇敢决断。在后半部分,这对恋人因家长不允与帅府逼婚双双以死抗争,既不同于《莺莺传》中莺莺被抛弃的悲剧,更异于据《莺莺传》改编而成的《西厢记》的大团圆,表现出强烈的反封建礼教的倾向。作者按照现实生活的实际情况安排了悲剧结局,但在作品结尾处却又写一对鸳鸯在两人合葬墓上飞翔,用寓意式的浪漫手法增添了情思与韵味,也借此表达自己对他们的同情与肯定,以美好的希望激励后来者,在明代中篇传奇小说中,那些男女主人公也确实常常以申纯与王娇娘为榜样。《娇红记》对《莺莺传》结局的改造顺应了广大读者的愿望,才子抛弃佳人的格局也就此被中篇传奇所抛弃。

入明后不久,即有两部模拟《娇红记》的作品问世,其中李昌祺的《贾云华还魂记》因收入《剪灯余话》而拥有较多的读者。不过李昌祺论及该篇的创作时没有提到《娇红记》,只是说"获见睦人桂衡所制《柔柔传》,爱其才思逸俊,意完词工,因述《还魂记》

---

① 万历时秦淮寓客编辑《绿窗女史》时将《娇红记》作者题为明代著有《戒庵老人漫笔》的李诩,再加上明代中篇传奇小说的情节、表述方式乃至篇幅多与《娇红记》有几分相似,故而当时人们常误以为后者也是明时人作品。

拟之。"①《柔柔传》今已失传,②但模拟它的《贾云华还魂记》与《娇红记》已甚为相似,居于两者之间的《柔柔传》在情节内容、体裁篇幅方面估计与它们都不会有很大差别。李昌祺只言《柔柔传》而不愿承认模仿《娇红记》的事实很可玩味,但小说在描写时却又留下了痕迹。作品中写道:"(娉娉)潜至其室,遍阅简牍,见有《娇红记》一册,笑谓苕曰:'郎君观此书,得无坏心术乎?'"娉娉对《娇红记》也十分熟悉,这可由她自己的话作证明:"第恐天不与人方便,不能善始令终,张琪、申纯足为明鉴。"就连娉娉身边的丫鬟福福也曾说出"流而为崔莺莺、王娇娜(娘)淫奔之女"一类的话。由此可见,李昌祺实际上是以作品中人物都熟悉《娇红记》为展开情节的前提,如果不是这篇小说在社会上已经广泛传播,作者也不可能作这样的设计。当然,更能证明李昌祺创作受《娇红记》影响的,是《贾云华还魂记》中的重要情节,如男女主人公一见钟情,互通诗简,娉娉先恪守礼法但终于又与魏鹏私下结合,以及魏鹏进士及第,求婚遭拒等等都与《娇红记》相仿。然而,从阅读此书被批评为"得无坏心术乎";王娇娘被斥为"淫奔之女"来看,李昌祺对这篇小说的不满显而易见,于是他在模拟时便对情节框架作了重要改动:首先,魏鹏与娉娉在未出生前,两家父母就已指腹为婚,这一改动显然是为男女主人公的私下结合寻找合法的依据,即在根本上并未违背礼法。其次,《娇红记》中申纯求婚遭拒绝的原因是朝廷有中表亲不得成婚的"法禁",后来其舅总算同意他们的婚事,可是由于帅府逼婚,终于造成了悲剧;《贾云华还魂记》中娉娉之母拒不履行婚约,却只是不

---

① 李昌祺:《剪灯余话序》。
② 由于作者本人的顾虑与印刷方面的困难,《剪灯新话》与《剪灯余话》在明初刊刻时都有一番周折,据此看来,作为单篇作品的《柔柔传》并未曾刊印行世,而只在小范围里流传。明中后期的中篇传奇小说常引用《娇红记》与《贾云华还魂记》中的情节,于《柔柔传》却无一语涉及,万历后各种小说合刻集也未收录,估计这篇作品在明中叶时已鲜为人知。

愿爱女远离身边，正是这一自私的盘算，致使后来娉娉忧郁身亡。作者通过这一情节表明，理屈在娉娉之母，那对恋人的正当要求值得肯定与同情。最后，《娇红记》的结局是男女主人公双双殉情而死，可是李昌祺写到娉娉死后，又加上一截"光明的尾巴"：娉娉借尸还魂，严格按封建礼法，以处子之身与魏鹏成亲，且后来魏鹏历居高官，娉娉也受诰封，所生三子也均列显官。这是在套用唐人传奇《李娃传》的大团圆结局，其用意则是进一步冲淡魏鹏与娉娉的爱情的反封建意味。《娇红记》肯定与赞扬了申纯与王娇娘的爱情，其悲剧结局突出了这种爱情与封建礼法的尖锐矛盾。李昌祺的不满正在于此，其改动显示了调和情与理的企图。可是既然在描写青年男女的爱情故事，作者就不得不在一定程度上肯定了情和欲的统一，承认这种统一与封建礼法的矛盾，而在作品的后半部分又特别强调情对理的服从加以匡正，结果实际上矛盾根本无法解决，作者最后只得先让贾云华死去，然后再借尸还魂，用虚幻的和谐解决现实的尖锐冲突。这一无奈的情节设计，既维持了一定的悲剧气氛，同时也表现出向大团圆喜剧结局的转化，而以此为开端，中篇传奇也不再描写悲剧故事。

李昌祺创作之时，正值明初统治者强力推行程朱理学，时代约束是出现上述改动的重要原因，但载有此篇的《剪灯余话》仍遭朝廷禁毁，很长时期内也不再有人去撰写中篇传奇。直到成化末年《钟情丽集》问世，七十年来中篇传奇创作的沉寂才被打破。在这篇描写辜辂与其表妹瑜娘爱情故事的作品中，前半部分情节与《娇红记》、《贾云华还魂记》几乎完全相似，但后半部分却迥然不同：瑜娘以死抗争父亲决定的婚事，辜辂在表祖姑帮助下携自杀未遂的瑜娘逃回琼山举行婚礼。官府判此婚姻为非法，瑜娘被其父领回幽禁，欲令其自裁。辜辂在表祖姑帮助下重又携瑜娘逃回琼山，再次举行婚礼。瑜娘之父无可奈何，只得承认他们的婚姻。这篇小说曾被封建正统士人斥为"淫猥鄙俚，尤倍于稹(指撰写《莺莺传》的元稹)",① 但实际上作品中并没有什么淫秽笔墨,作者对于在封建礼教禁锢下男女青年追求幸福时的心态把握得较为准确,刻画时又颇注意分寸,即使写到定情结合时,也尽可能地用蕴藉雅致的语言叙过,既无赤裸裸的描写,也未作过分的渲染,这与后来的《如意君传》、《天缘奇遇》等作简直不可同日而语。然而在封建正统士人眼里,只要语涉男女恋情,就逃脱不了"淫猥鄙俚"的恶谥,更何况辜辂与瑜娘还抗婚、私奔,举行了与封建礼仪相悖的婚礼。

　　赞扬敢于冲破封建礼法禁锢的忠贞爱情,肯定为争取婚姻自主而进行的抗争,这是《钟情丽集》的精华所在。尽管作品中许多重要关目在很大程度上都模仿前人之作,但作者的结局安排却是极为出色的创新。在漫长的封建社会里,青年男女为争取自由幸福而反抗封建礼教的事件几乎从未间断,以此为题材的各种文学作品也相应地层出不穷。在这些作品中,男女主人公结局的处理尤为引人注目,它不仅反映了当时、当地封建势力的相对强弱,而且还集中地表现出了作者的感情倾向与道德观念。就《钟情丽集》所模仿的那些作品而言,《莺莺传》中张生对莺莺始乱终弃,但却被赞为"善补过者",作者如此处理的目的是"使知者不为,为之者不惑";《西厢记》将原作改成生旦团圆的喜剧,其前提却是张珙须得进士及第,这一模式后来也常为才子佳人小说所袭取;《娇红记》则不然,申纯即使进士及第也仍然无法与娇娘结合,他们只是在殉情后才能化为鸳鸯一起翩翩于冢上;《贾云华还魂记》中娉娉之死完全符合生活发展的逻辑,然而作者于心不忍,又让她假尸还魂,在虚幻中演出了现实生活中不可能出现的喜剧。除《莺莺传》之外,后几部作品都肯定了青年男女对自由幸福的追求,但不管作者如何处理,他们都无法掩饰故事的悲剧性的实质。与此略作对比就可以看出,《钟情丽集》是

---

　　① 张志淳:《南园漫录》卷三"著书"。

写了一出真正的喜剧,男女主人公不靠鬼神,不靠中状元,而是完全凭借自己不屈不挠的抗争,终于迫使封建家长作出让步,承认他们婚姻的合法性。作品从正面充分地肯定了情和欲,瑜娘的《喜迁莺》有云:"欲使情如胶漆,先使心同金石";辜生的《菩萨蛮》则云:"不缘色胆如天大,何缘得入天台界。"旖旎的恋爱故事,典雅绮丽的风格与华美的辞藻中蕴含着激烈的反叛思想:"倘若不遂所怀兮死也何妨,正好烈烈轰轰兮便做一场。"这是对自明初以来程朱理学思想长期禁锢的逆反心理的尽情宣泄,它与正在蓬勃兴起的市民阶层的审美趣味相适应。明中叶时要求个性解放的思想正开始萌生,并对封建势力已有所冲击,这是作者之所以如此描写的背景,同时也是中篇传奇发展至此情节设置出现重大突变的动因。这样的结局在以往同类题材作品中难得一见,因为那时一般并不具备抗争胜利的条件;在这以后的百余年里,封建势力虽遭到越来越猛烈的冲击,但该题材作品的描写中却往往是"欲"重于情,似是有意从另一个极端来反对封建礼教的桎梏。若从这一流变过程作考察,就不能不对《钟情丽集》着力歌颂忠贞的爱情、不屈的抗争,以及格调始终较为高雅表示赞许。在其后的《荔枝奇逢》中,男女主人公同样是违抗父母之命私合、私奔,关键情节上的明显仿效既显示了《钟情丽集》对中篇传奇创作的影响,同时也证明了这类作品在当时社会氛围中出现并非是偶然的现象。

　　重开创作风气的《钟情丽集》在中篇传奇发展变化过程中承担了重要的承上启下作用,不再以女主人公名篇是形式变更之一,而其喜剧性结局更是情节设置的醒目突变,从此中篇传奇在篇尾再也不闻悲声。不过,适应读者欣赏口味的喜剧结局虽为以后诸作所承袭,男女主人公得以团圆的手段却难以得到当时多数作者与读者的认可,继《钟情丽集》后最先问世的《怀春雅集》的修正就典型地证明了这一点。该作在形式上对《钟情丽集》亦步亦趋地仿效,某些情节安排也一如才子佳人小说通共熟套。然而,作者对于《钟情丽集》后半部分辜辂与瑜娘采用自杀、私奔这类激烈的抗争手段极表不满,曾借作品人物之口批评说:"吾见私奔窃丽者,当加犯法之名"。于是,《怀春雅集》中便不再有辜辂与瑜娘那般私下已成实际上的夫妻,并两度私奔,激烈抗争的情节,而是极力赞颂潘玉贞为人冰清玉洁,苏道春每欲非礼时她均以计脱身。可是当男女主人公循规蹈矩地依封建礼仪下聘定亲后,作品的笔调便变了,取而代之的是对世俗享受和欢乐的歌颂。以往中篇传奇叙及性行为时的含蓄喻示开始变成了露骨渲染,潘玉贞"为情所困,乃藏生于内阁下十余日",以及两人白日里酒后于花园僻静处欢媾等描写,都是中篇传奇自问世后还从未有过的情节。作者特地为之辩解说,这对恋人"父母之命,媒妁之言"的手续完备齐全,小小的越轨只是增添了一段风流佳话,即所谓"正娶名婚者,莫作违条之论"。与《钟情丽集》相比,这篇小说中男女主人公的结合可谓是一帆风顺,只是苏道春进士及第后,邓平章曾欲以女妻之,才算是增添了一些曲折。作者通过顺利而平淡的故事进展,为年轻士人描绘了一幅理想的图景:既一见钟情、自由恋爱,又享有尚被容忍的风流乐事,再加上少年高第,此生可称得上是圆满无缺憾了。作品中另有一情节尤可注意,即潘玉贞的母亲正好撞见了青年人的私合,可是她并没有严厉苛责,而是赶紧"择吉完亲",为他们的纵情行乐披上合法的外衣。自《娇红记》以来,作品中父母辈的反对始终是青年男女感情发展的障碍,他们守护着自己的掌上明珠,同时也守护封建的伦理道德规范,抗争或悲剧的发生也往往由他们直接促成。《怀春雅集》开创了撤去这层障碍的故事模式,在以后的作品中,父母辈或是懵懵懂懂毫不知情,或是谅解同情乃至主动成全,或是干脆在故事中不见踪影。不过,既然情、欲与理、礼的冲突在明中后期的社会现实里日益尖锐,它在作品中的反映也相应地越发充分,只不过父母辈不再充任直接的执法者,那么其表现就主要靠男女主人公道德观念中的天人之战,而孰胜孰负则全在于作者自己的倾向。

于是,后来不少作者虽都承袭《钟情丽集》描写了大团圆的喜剧,但内容却显示出明显的分野:或欣赏辜辂与瑜娘的私合,创作时着意宣泄情欲;或虽同情青年男女自由恋爱,但更强调理的规范以作纠偏。借鉴、参考起点的相似毋庸置疑,作品内容却按作家各自价值观念向相反的方向跨出一大步,若合而观之,其总体则可视为明中后期人们观念中种种"情"和"理"冲突的形象再现。而且,若将那些作品与以往互作比较,则又不难发现另一明显不同之处:重风流者固然放纵地渲染一男多女的艳遇,而主张情服从理者也在津津乐道于符合封建礼仪的妻妾同堂。这一重大情节设置的突变表明,从《娇红记》开始的对一男一女专情恋爱的赞颂,至《钟情丽集》算是划上了句号。

从《娇红记》到《钟情丽集》,作者赞美的是男女主人公对感情的专一与坚贞不渝,对于他们婚前的私自结合则表示同情或谅解。然而在有些人看来,这却是不可容忍的错误,即使是两人业已定亲,也不应该有越轨的举动。在这种观念指导下,中篇传奇中便出现了强调理的规范以作纠偏的作品,《刘生觅莲记》则是其中的代表作。在这篇小说中,作者借女主人公孙碧莲之口所说的一段话尤可注意:

自思天下有淫妇人,故天下无贞男子。瑜娘之遇辜生,吾不为也;崔莺之遇张生,吾不敢也;娇娘之遇申生,吾不愿也;伍娘之遇陈生,吾不屑也。倘达士垂情,俯遂幽志,吾当百计喜筹,惟图成好相识,以为佳配,决不作恶姻缘,以遗话巴。

引文中提及的八人依次分别为《钟情丽集》、《莺莺传》、《娇红记》与《荔枝奇逢》中的男女主人公,作者对这些作品中恋人私自结合表示了强烈的厌恶,于是在他笔下,刘一春与孙碧莲多次相遇,互有爱慕之心,虽也私期暗约,但始终以礼相待,最后是明媒正娶,两人结为夫妻。在男女主人公感情循规蹈矩地发展过程中,"情"与"理"也不断地发生冲突,但占据上风的却始终是"理",刘一春甚至还有意识地将克服感情的冲动,当作修身养性的锻炼:"欲心固不可遏,然须于难克处克将去,使吾为清清烈烈丈夫,卿为真真贞女子,不亦两得乎?"春心的悸动严格地囿于父母之命、媒妁之言的框架中,作者也竭力将爱情与封建礼仪融为一体。然而,这两者在本质上却是不可调和的矛盾,若按封建礼仪行事,青年男女在婚前又何尝可以相识相爱,私自来往?依此推论,这篇毕竟是在描述爱情故事的《刘生觅莲记》就根本不应该去创作。作者也意识到这一问题,故而篇中孙碧莲才会对刘一春说道:"礼之至严者男女也,妾与君子略无夙夕之好,而吟风咏月,至倾腹吐心,是礼外之情也。吾二人行事,何异墙花露柳哉!"刘一春对此的回答是:"不然。情之至重者,男女也。生与卿已有半年之会,而守信抱负,绝寸瑕点污,是情中之礼也。吾二人心事,则如青天白日。"《刘生觅莲记》可以说是在这一观念指导下的产物,但作者竭力在封建礼仪划定的框架内为爱情寻觅一席之地,却又总感到融合之不易,于是在矛盾难解决之时请出神仙帮忙。小说一开始就安排了"知微翁"出场,让他宣示了"觅莲得新藕"的天机,于是刘一春与孙碧莲的相爱只是应天命完劫数,尘世中的任何礼法对此都只能无条件地接受。作者创作时有意追求典雅绮丽的风格,作品中那些琴挑箫引、月夜相会、携手假山、荷亭夜话等情节相当优美细腻地表现了青年男女的恋情,但这并不能掩饰作者思想境界的苍白与浅泛,而篇中过多诗文的铺陈,也影响了人物形象的刻画与情节的进展。不让男女主人公在婚前有越轨举动,这是作者据以讥《钟情丽集》等篇之处,但在作品的下半部,刘一春又和苗灵秀谈起了恋爱,最后则是与二美同谐花烛,他还得意地说:"吾当高筑铜雀,以锁二乔。昔日素有此志,今果然矣!"以往《娇红记》、《钟情丽集》等作品都在赞美一男一女对爱情的忠贞不渝,《刘生觅莲记》则以一夫多妻为荣为雅,两类作者思想境界的差异,由此也可以看出个大概。

《刘生觅莲记》对《钟情丽集》等篇思想倾向的"矫正"并非是孤立的偶然现象,大约在同时又有《双卿笔记》问世。这篇小说叙述华国文与妻妹张从互生爱慕之心,于是夫妻二人设计说服各自的父母,几经周折,最后终于将张从娶入家门。在作品中,作者尤其赞美对封建礼仪的恪守,当华国文欲行苟合时,张从就以死相拒:

> 生惨然感触,少抑其兴,谓从曰:"娘子顾爱之心见之吟咏,生已知之久矣,今又何故又拒之深也?"从因泣而告曰:"君乃有室之人耳,岂不能为人长虑耶?……君能以义自处,怜妾之命而不污之,此德铭刻不忘也。"生曰:"尧曾以二女妻舜,以此论之,亦姊妹同事一人矣,何嫌之有?"从曰:"彼有父母之命,可也。"

这篇小说既要写男女之爱,却又赞颂对封建礼仪的恪守,同时还宣扬一夫多妻的自然合理,其格调已与《钟情丽集》等篇相距甚远。作者在篇尾处声称此作是根据真实事件写成,"予得与闻,以笔记之,不揣愚陋,少加敷演,以传其美",但姐妹同嫁一夫的曲折经过读来却使人有牵强之感,其中不少情节看来是作者按照自己的人生理想作杜撰,他也知道读者未必信服,故而篇末诗中又强调"莫把微瑕寻破绽,且临皓魄赏团圆"云云。境界、格调与此相仿的中篇传奇又有《丽史》等作,这类小说将男女之爱消融于对封建礼仪的恪守,同时又宣扬一夫多妻自然合理,故而得到了一些封建士人的欢迎,疑思居士读了《刘生觅莲记》后就"抛书狂叫曰:是矣,是矣,人生有此一日,千劫后可无活也",并呕心沥血,将它改编成戏曲《想当然》。[①]

---

① 疑思居士:《想当然叙》。

《怀春雅集》、《刘生觅莲记》等作力图以封建礼教规范男女情爱,而大约出于同时且又同受《钟情丽集》影响的《寻芳雅集》、《天缘奇遇》、《李生六一天缘》等中篇传奇却以宣泄情欲为创作重点,倾向恰与前一类作品截然相反。《寻芳雅集》通篇都在描写"寻芳主人"吴廷璋的艳遇。他以游学为名住进王士龙的府第,乘主人领兵在外,几乎将王府的女性一网打尽:先与侍女春英、秋蟾等多人私通,接着又与王士龙之妾柳巫云勾搭成奸,最后则又与王士龙的两个女儿娇鸾、娇凤私合。篇中秽语时见,作者甚至还津津乐道地描绘吴廷璋与王氏姐妹二人同床纵欲的场景。从小说描写可以看出,作者对《西厢记》、《娇红记》相当熟悉,并以此为反对封建礼教束缚的依据:

> (吴廷璋)见几上有《烈女传》一帙。生因指曰:"此书不若《西厢》可人。"(娇)凤曰:"《西厢》邪曲耳。"生曰:"《娇红传》何如?"凤曰:"能坏心术,且二子人品,不足于人久矣,况顾慕之耶?"生曰:"崔氏才名,脍炙人口,娇红节义,至今凛然。虽其始遇以情,而盘错艰难,间卒以义终其身,正妇人而丈夫也,何可轻訾。较之昭君偶虏,卓氏当垆,西子败国亡家,则其人品高下,二子又何如哉。"凤亦语塞。

作者将自己的作品与《西厢记》、《娇红记》置于同列,但实际上《寻芳雅集》突出肯定的是"欲"而并非"情",它虽也反对封建礼教的束缚,但其性质却已迥然不同。而且,这部小说对"欲"的肯定已越出了反对封建礼教束缚的范围。吴廷璋引诱寡居在家的娇鸾已无道德可言,他同时又与娇鸾父亲之妾勾搭更是乱伦行为。在作者眼中,似乎一切伦理道德的规范都可不必顾忌,他还设计了这样的情节:娇凤起先是正色严词拒绝吴廷璋的非礼要求:"妾岂淫荡者耶?"可是不久她又与吴廷璋苟合,而且床笫间的污言秽语,颠姿狂态与荡妇并无甚差别。作者显然是想以此说明,道貌岸然者同样有情欲冲动,还不如将假正经的说教干脆抛弃,爽快地享受人生乐趣。

《天缘奇遇》作者的主张也与此相仿,描写则更露骨,特别是作品前半部分主人公祁羽狄的放荡淫乱已超出常人想象。此人先和一些良家女子勾搭成奸,后又入姑夫廉尚家,先后与他的三个女儿以及六个婢女偷合,同时还和其他一些妇女发生了性关系。更令人吃惊的是,作者描写祁羽狄对徐氏及其女文娥、松娘及其女晓云的奸淫时,竟毫无顾忌地赞赏这种乱伦行为,情欲的汹涌澎湃,已无任何道德堤防可以阻挡。后来,与祁羽狄有染者大多落难,作品下半部分主要描写祁羽狄考中榜眼后官职扶摇直上,不仅为父伸冤雪恨,而且救出众妇女后置妻妾十二房,号称"金台十二钗"。当位极人臣时,他又急流勇退,荣归故里,恣意享乐:

  生酒醒,但见玉人如砌,春雾冲帘,生心荡然,恣意纵欲。芳谏曰:"公非少年矣,愿当自惜。"生笑曰:"老当益壮,何惜之有!"自是淫乐无所不至。……或生少出,则各院明烛待之,香熏翠被,任生择寝;或生浴,则众妾环侍如肉屏;或天寒,必三妾共幔。生之家事,各有所司,生不与,惟吟风弄月,逍遥池鸟而已。

作者让这个色狼恶棍式的人物直至晚年仍享尽荣华富贵,最后又经仙人点化,与众妻妾一起修炼成仙。既恣情纵欲,又建功立业,而且还能得到仙人青睐。急流勇退,归乡享乐的情节设置首现于《怀春雅集》,而《天缘奇遇》又开创了得道成仙模式。封建士人腐朽的人生理想在祁羽狄身上得到了集中体现,这与《寻芳雅集》中吴廷璋的归宿完全一样,而他们劝诱女性时爱说的"青春不再,卿何自苦如此",则是宣扬及时行乐的典型语言。不过,《天缘奇遇》通过祁羽狄的经历展现了较广阔的社会状况,或多或少地反映了当时社会的黑暗与动荡的现实,与单纯地只描写男欢女爱者相较,似尚有可取之处。

与《寻芳雅集》、《天缘奇遇》同调的《李生六一天缘》问世较迟,该篇主人公李春华同样是多有艳遇,进士及第,最后与六房夫人一同乘鹤仙去,作者对于男女欢爱也时有露骨描写。这部小说中有一情节颇值得注意,即篇中惠芳劝小姐鸣蝉接纳李春华时说道:"苟郎君有吴生之行,穷通不改;小姐谐鸾、凤之缘,终始无亏,则妾虽不才,独不能法春英、秋蟾,以合二家之好乎?"吴生指吴廷璋,鸾、凤指王娇鸾、王娇凤姐妹,春英、秋蟾则是在他们之间扮演红娘角色的丫鬟,他们都是《寻芳雅集》中的重要人物。《李生六一天缘》的作者对这部小说不仅十分熟悉,而且在情节设置、人物刻画等方面还时有搬用。至于故事开始处仙人赠诗,预先暗示主人公一生中重大事件,其后主人公艳遇接连不断,做官后与权奸发生矛盾冲突,这期间救出众妇人后一一收纳,以及篇末辞官归里与众夫人同乐,小孤神从天而降接引成仙等等,这些重要关目全都搬自《天缘奇遇》,也难怪作品的篇名中嵌有"天缘"二字。该篇的整体框架甚至许多具体情节都与《寻芳雅集》、《天缘奇遇》十分相似,这并非偶尔的巧合,而是作者有意仿效的结果。其实,《李生六一天缘》创作过程中参考过的小说并不止于此,如开篇处李春华庙前吟诗,夜梦小孤神诉说嫁彭郎之冤并托其辨白于人间一节,情节乃至文字都是对《剪灯新话》中《鉴湖夜泛记》的明显因袭;李春华厚贿徐星士说命一节,则与《双卿笔记》中华国文贿赂命相术士诳骗其父母的情节极为类似。这部小说实际上是拼凑众多小说情节的"情节大全"式的作品,于是乎全篇长达三万多字,为明代中篇传奇小说之最长。不过,这篇作品中插入的诗文相对说来却不多,所占比例还不到全文的20%,表现出重视故事叙述的倾向。在这点上它明显地异于《钟情丽集》与《怀春雅集》,而与《寻芳雅集》与《天缘奇遇》却又正相仿。

将众小说情节作拼凑表明了作者编创手法的拙劣,然而这部小说中却也有独特的新内容,而且又极富很值得注意的时代特色。在以往中篇传奇小说中,男主人公几乎清一色地出自书香门第的才子,可是李春华却是盐商的儿子,而且他又继承父志经商,"获利甚殷",从而拥有了从事政治活动的资本。作者还有意将李春华的经商活动神化,在作品开篇处就让小孤神托梦指示道:"有当先富后贵,利早而名迟也。"明中后叶时,常有商人凭借经济实力攫取政治权力,作品中所写其实是对这一现状的概括,而以神谕的形式出现,则无疑是对商人势力崛起的充分肯定。自正德、嘉靖以降,世风日益浇薄,而所谓欲海横流,则集中地表现在人们对"货"与"色"的追逐上。在《寻芳雅集》与《天缘奇遇》中,吴廷璋与祁羽狄对女色都表现出了强烈的占有欲,可是作品对于钱财都没有怎么提及,而《李生六一天缘》中的李春华却是"货"、"色"占尽,而且次序是先"货"后"色"。在以商人为作品主人公这点上,《李生六一天缘》与嘉靖时的《辽阳海神传》相似,不过后者以商人的经营为主要内容,写程宰在神的指点下如何牟取暴利,前者则是遵循小孤神"先富后贵"的神谕,在发了财后去当官。两者都反映了当时商人的追求,而就概括出"先富后贵"的模式而言,《李生六一天缘》涵括的社会内容更丰富些。因此,这部拼凑以往各书情节的作品,在明代中篇传奇小说中仍有其独特的价值。

以上分析表明,明代中篇传奇小说的创作在《钟情丽集》之后开始分流,一些作者力图以"理"规范"情",《刘生觅莲记》可为其代表;另有些作者则竭力宣泄情欲,而不顾任何道德方面的约束,《天缘奇遇》在这点上表现得尤为突出,在此阶段更还出现了如《痴婆子传》一类专写性交的淫秽小说。① 不过严格地说,这些中篇传奇小说只能大致地分为两类,有的作品实际上是居于其间,即既宣泄情欲,又想强调封建伦理道德,力图集风流道学

---

① 《痴婆子传》等小说专写性交,已无男女恋爱一类描写,而且又与"诗文小说"相异,故而它们被置于第十三章第三节作集中分析。

为一体,其中《花神三妙传》表现得最为典型。这部小说前半部分描写白景云如何将赵锦娘、李琼姐、陈奇姐三表姐妹一一勾引到手的艳情事,叙述间秽语时见,甚至不厌其烦地详细描绘一男三女同床大被,云雨交欢,又如何惊动邻家女子,引起艳羡等情节。作品后半部分则格调一变。先是锦娘割股疗母,被旌为孝女;继而奇姐落入"贼兵"之手,自杀身亡,留下遗书表示对白景云忠贞不贰;接着又补写早年曾与白景云缔姻的曾徽音因双方父母欲解除婚约,两次绝食自杀,誓不改适他姓。最后,白景云与琼姐、徽音同谐花烛,并与锦娘继续保持婚外关系。既宣泄情欲,又张扬封建伦理道德,前者是作者有意迎合趣味不高的读者而写,但他又以为纲常不可动摇,故而后一部分内容也不得阙略。而且,作品中宣泄情欲的主体是男子,所谓张扬封建伦理道德,其实是要那些女子对淫荡的男子忠贞不贰。这一现象其实正是当时社会现实的一种反映,明中叶后,相当一部分士大夫口言圣人教诲,身行禽兽之事,他们将两者统一于一身,而对此美化的《花神三妙传》只是对这腐朽世风作了肤浅的反映而已。出于万历间的《五金鱼传》在这方面与此相类似,男主人公古初龙与华玉成婚后还贪恋其他美色,将祖上传下的金鱼先后分赠给另四位女子,华玉却说:"妻妾自古有之,吾奚妒焉。"于是古初龙"愈加雀跃",作品结局不仅是 大五美大团圆,而且古初龙还建功立业,官封武安郡王,五女均诰封夫人,后来六人一起肉身飞升,"数朵祥云旋绕而去"。这类作品风流与名教兼顾,作者的创造趣味、价值取向与人生理想,由此也不难推知。

最后还须指出,明中后叶中篇传奇小说中有一篇题材异于他作的作品,那就是描写男风的《金兰四友传》。"金兰四友"是指唐代号称"文章四友"的杜审言、李峤、崔融与苏味道,但篇中将苏味道改成苏易道。小说主要描写苏易道如何千方百计追求李峤的过程,其手法一如其他的才子佳人小说,如互送礼品、诗词赠答之类,即完全将李峤当作女性来写,同性恋中也讲究"忠贞"、同样有"吃醋"一类的情节。故事结局是四友皆荣华富贵,而作者创作目的则是"盖因忠信诚实,而著为后(世)之龟鉴"云云。就反映明中叶以来统治阶级日益腐化堕落的角度而言,这篇小说具有一定的认识意义,但作者以赞赏的笔法描写病态的男风,还称赞说"而心相孚,而德所被,实为罕见",这正暴露了他趣味的俗恶,明代中篇传奇小说中出现这样的作品,真可谓是走到末流了。

从悲剧转至喜剧,从男女钟情到一男数女纵欲,从不重功名变为高官厚禄,甚而肉身飞升,从炫才发展至图财,近二十部篇幅逾万字作品的排列,显示了中篇传奇内容变迁的趋向。可是纵观诸作,却很难读到对动荡的社会现实的反映,觉察不出作者对浇薄世风的抨击与对政治清明、社会安定的向往。作家们写来写去不外乎几个溺于情或欲的男女的悲欢,以及他们在花园亭阁的浅吟低唱。人物性格固定为几个呆板的模式,故事叙述则翻不出有限格套内各重要情节的排列组合。脱离现实的作家无法越出狭窄的创作思路,而此时形式更为通俗,内容又与现实生活紧密联系的通俗小说正在蓬勃兴起,于是中篇传奇这一流派终于在阅读市场的竞争中逐渐消亡。

第三节 明代中篇传奇小说的地位与意义

对形式、内容流变作梳理后,现在可进一步就流派整体性质对中篇传奇作进一步探讨。中篇传奇与一般文言小说最醒目的差别在于篇幅,而且,如果将小说中插入的诗文全都删除,多数作品的篇幅仍在万字以上,即诗文的羼入会导致篇幅的扩增,但它并非是根本的原因,语言的通俗化对篇幅变化的影响也大抵如此。因此,推动这些中篇传奇小说出现的最本质的原因,应该是表现丰富内容的需要。当然,若要更全面地解释,这里还必须回答一个问题:社会生活始终是丰富多彩、错综复杂,可是为什么中篇传奇小说直到元代才开始出现,在明中后叶才渐成气候呢?这一问题答案的寻找须得联系对小说发展进程的考察。

小说在魏晋南北朝时还处于雏形状态,那时的志人小说与志怪小说或只是残丛小语,或仅仅粗陈梗概,一直要到唐代,小说才正式成为具有独立品格的文学样式。自中唐以降,作品渐多,题材也较为广泛。为了适应表现丰富内容的需要,作品的篇幅明显地长于以往。然而这种增长毕竟只能以已有的小说发展状况为基础,其规模虽已远非先前粗陈梗概者所能相比,但长度超过三千字的作品却是难得一见。此外,唐传奇的创作甚受具有悠久历史传统的传记文学的影响,有的作家本人就是史官,他们均奉惜墨如金、寓褒贬于一字之间的表现方法为楷模,因此尽管唐传奇中有些作品所蕴涵的内容完全可敷演成长篇小说,作家们却将它们容纳于简短的体制之中。取得极高艺术成就的唐传奇在后来很长的时间里一直被视为仿效对象,而文言小说创作又经历了诸如六朝遗风复炽之类的盛衰起伏过程,因此在长时期内没有人试图以中篇小说形式去反映生活。

打破清一色短篇小说局面的力量并非来自文言小说创作领域,它实际上是得力于自宋开始繁盛起来的通俗小说创作。其时手工业、商业的发达,造成了都市的高度繁荣和城市人口的激增,在那些工商荟萃、人稠物穰的大都市中,为适应日益壮大的市民阶层文化娱乐的需要,"说话"伎艺开始迅速发展。说书艺人演出的底本经过一定的加工润色后刊印问世,即成为保存"说话"艺术风格的书面文学样式话本。这些作品多反映了丰富复杂的社会生活,其情节较曲折,细节描写也较详尽,故而篇幅也就极大地突破了以往小说只有二三千字的格局。"说话"伎艺中讲史演义作品的规模更为宏大,如《三国志平话》就长达八万余字。同时,中篇传奇小说的语言又比文言小说浅显,越是后出的作品通俗化程度也就越高,如《李生六一天缘》中"千不是,万不是,乃妾等不是"之类就已几乎等同于白话。因此,中篇传奇小说在当时常被人们视为话本的一种,甚至那些作者也是这样看待自己的作品。于是,话本的突破在先,中篇传奇小说篇幅的扩增也就顺势而成,不会再有观念上的障碍,其时间自然不可能早于元代。

中篇传奇的产生与发展与宋元话本有着密切关系,但那些作家同时又将自己的创作看作是"又增一本传奇"。他们对以往的传奇小说较为熟悉,元稹的《莺莺传》自不待言,唐宋传奇中的其他作品也常被提及。如《龙会兰池录》中"为龙女传书,洞庭君尤高其义"、"焉知玉箫不再合耶"、"但看将来有昆仑奴耳"等语,分别是将唐传奇中的《柳毅传》、《玉箫化》、《昆仑奴》当作典故运用;而《刘生觅莲记》中"则韩夫人之红叶,再流御沟何异也"一语,显然是在用宋传奇中《流红记》的故事作比喻。那些作家的创作自然也受到了唐宋传奇的影响,虽然其成就无法与之比肩,但从故事的编织、情节的描绘、人物的刻画等方面的情况来看,模仿的痕迹还较为明显。因此,唐宋传奇同样也是中篇传奇小说创作的源头之一。

那些作家有时将自己的作品称为"话本",有时又称为"传奇",判断游移不定的原因就在于中篇传奇确实兼有两者性质,它由雅、俗两大系列小说创作碰撞与融合而产生,并不可用排中律绝对地只取其一。若具体而论,中篇传奇明显地可分为元至明初以及明中后期两组。前者文字相当雅驯,是严格意义上的文言小说,其描写也较雅洁,但明初的禁毁小说中断了它们创作风格的延续与发展,而七十余年后中篇传奇重现于世时格调已明显不同。作品语言较浅显,越是后出的作品语言越通俗乃至粗俗,而且露骨的色情描写也越多。两组作品性质的相异,导致了它们读者群的不同:前者主要在较高雅的士人圈中传阅,范围较狭小,《柔柔传》在明中期即已失传便可视为一证明;后者由于通俗,读者面就大为增加。换个角度也可以说,正是较多读者的阅读需求,推动了明中后期中篇传奇小说的问世与传播;同样,他们兴趣的转移,则是该流派消亡的重要原因。

于是,我们的注意力又得从文学范围转至传播领域,其实,任何小说流派的研究都离不开对其传播的考察。作品只有到了读者手中才算完成了它的使命,只有在这时才能产生与作品相称的社会影响。对单部作品来说,从作家动笔到读者阅读可清楚地分为创作与传播两个阶段,但若就小说创作整体着眼,那么传播则是创作显示其意义并得以继续的前提条件,同时它对创作群体的走向也具有极大的约束力。作家创作时体裁、题材等选择是出于各种因素的综合影响,而前人之作及其流传状况的启发或刺激,以及对自己作品问世后境遇的估量在其中占据了极重要的地位,他们经验的获得也离不开对以往作品成败得失的总结。创作与传播实为不可分割的完整过程,所谓小说发展史其实就是众多作品该过程交融性的组合。如果小说研究只重创作而轻传播,那么许多现象都难以得到圆满解释,中篇传奇的兴亡正是这样的例证。

明廷正统年间的禁毁曾使小说创作陷于萧条状态,但此时说唱文学却因广大群众欣赏故事的愿望而盛行。[①] 说唱文学盛行的结果之一,便是话本唱本的刊行。"射利"是刺激书坊刊刻这类书籍的强大动力,读者面愈广泛,他们阅读愿望愈强烈,就意味着利润愈丰厚,而这又使书坊主们逐渐敢于去和政府的禁毁令抗衡。自成化年间起,商业开始加速度发展,城市日益繁荣,市民阶层迅速壮大。小说禁毁令已无法认真执行,《剪灯新话》、《剪灯余话》重又刊行,一些宋元话本单行本也在世上流传。然而,已有的作品并不能满足市民阶层日益增长的娱乐需求,而且生活于日趋复杂的社会的他们又开始要求能读到比短篇小说更为曲折复杂的故事,中篇传奇正是在这形势下应运而生。有些下层文人进入了小说创作领域,昔日所受的教育或会使他们

[①] 详见第七章第一节的介绍。

偏爱文言小说，但其创作毕竟主要是为市民阶层服务，市场供求关系便导致了向世俗化方向的发展，而已行世的话本与其他通俗文学读物则是现成的可供借鉴的材料。雅俗结合的中篇传奇语言的日趋通俗与诗文羼入的逐渐减少，都是为了便于主要读者群的阅读，前面论及的情节设置的突变，如悲剧变为大团圆的喜剧，封建时代被世俗社会认为是实现了人生理想的事件全都集中于男主人公一身等等，固然反映了作者创作格调的不高，但为满足符合市民娱乐要求的市场需要也在其间起了重要作用，至于作品的拼凑情节、粗制滥造，则明显反映出为利所驱的急迫心情。

嘉靖间，问世于明初的《三国演义》、《水浒传》开始刊行于世，广大读者在热烈欢迎的同时，也因受此刺激而产生了更迫切的阅读欲望。然而，此时文士们尚还未能冲破固执的传统偏见去从事创作，发现新的生财之道的书坊主则在为只有问世于明初的那几部通俗小说可供刊印而甚感焦虑。正如第八章所介绍，他们为追逐利润，甚至自己动手编撰作品。可是即使如此，从嘉靖元年(1522)到万历十九年(1591)的七十年里，现已知的新出的通俗小说仅有屈指可数的八部，而此时正是中篇传奇创作与传播的繁盛期，时间次序的排列显示出这一流派填补阅读市场空白的作用。当时各中篇传奇多有单行本行世，各种类书的载录更扩大了其声势。[①]《国色天香》载录了篇幅在万字以上的作品七种，《绣谷春容》则载录八种，而由万卷楼不久又重刊《国色天香》可看出，这些类书在当时相当畅销。

中篇传奇繁盛于通俗小说创作刚开始重新起步之际，它在一定程度上解决了阅读欲望热切而与阅读层次相适合的作品匮

[①] 可参见陈益源先生的《元明中篇传奇小说在中国文学发展史上的价值》（载《从〈娇红记〉到〈红楼梦〉》，辽宁古籍出版社1996年7月版），该文对各类书载录情况作了清晰详尽的梳理。

乏的矛盾,其畅销又使书坊主意识到潜在的广大市场的存在,从而乐意推动通俗小说创作的发展。中篇传奇对通俗小说创作的重新起步与繁荣起了积极的促进作用,它自己则因这一功用的实现而步入了消亡期。自万历二十年(1592)起,通俗小说创作呈现出加速度发展的趋势,至泰昌元年(1620)的二十九年里,新问世的通俗小说约有六十余种,不仅讲史演义类作品几乎覆盖了历朝各代,而且还出现了以《西游记》为代表的神魔小说、以《金瓶梅》为代表的人情小说等新流派。到天启、崇祯年间,又新有约八十种通俗小说行世,并增添了拟话本、时事小说等流派。无论对当时丰富多彩的社会生活反映的直接或广泛,人物形象刻画的生动传神与情节的曲折复杂,或是作品通俗程度,中篇传奇都不能望其项背,读者的选择也就不问可知。五湖老人曾说,与其阅读《双双传》等作品,"不若羹墙《梁山传》矣";① 欣欣子也埋怨《怀春雅集》、《如意君传》等作"语句文确,读者往往不能畅怀,不至终篇而掩弃之矣";② 即使对爱读《天缘奇遇》类作品的读者来说,也会发现《浪史》、《绣榻野史》等作中的色情描写更爽快尽兴。作为既是精神产品又是文化商品这双重品格的矛盾统一体,中篇传奇创作同时受到了文学与商品流通交换双重规律的制约,并在供求法则调节下或迟或早地渐与流通状况相适应,敏感地捕捉读者趣味变化的书坊丰的介入加快了这一进程,他们择稿标准的变换终于使中篇传奇创作的衰微与逐渐退出传播领域便成为不可避免之事。万历后不再有新作问世,其后《燕居笔记》虽载录甚夥,但实已是在传播领域的回光返照式的最后努力。

中篇传奇约从万历中期开始不再有新作问世,但它在创作领域留下的影响力却不可忽视,如《贾云华还魂记》曾被《西湖二

---

① 五湖老人:《忠义水浒全传序》。
② 欣欣子:《金瓶梅序》。

集》卷二十七的《洒雪堂巧结良缘》改写(又辑入《西湖拾遗》卷四十三),《警世通言》卷三十四《王娇鸾百年长恨》也有刻意改写《寻芳雅集》的痕迹,《欢喜冤家》第二、十、二十回亦分别抄袭了《寻芳雅集》、《钟情丽集》的情节和诗句。然而中篇传奇对后世小说创作最重要的影响,则是王重民先生论及《绣谷春容》所载这类作品时所指出的"直开后来才子佳人派小说之源"。[1] 清初时以天花藏主人的《玉娇梨》、《平山冷燕》为开端,出现了二三十部才子佳人小说。这些作品之所以在当时出现自有其历史原因,此处不赘,而在未对明代中篇传奇小说作较系统地研究之前,清初才子佳人小说由何发展而来的问题一直令人感到困惑。在寻觅其与以往创作的渊源关系时,人们往往追溯到唐传奇。这一见解无疑地有其正确的一面,清初的才子佳人小说也确实从唐传奇中汲取了养分,甚至在某些作品里也可以看到对唐传奇中一些情节的模拟。但若细辨,两类青年男女的爱情故事却又有所不同,其根本差异,就在于唐传奇中一般女主人公主要是以貌见长,而且她们往往是悲剧性的形象,即如《无双传》中的有情人终成眷属,但这只是靠外来力量的援助,而这种援助又是虚幻的、不真实的。可是清初才子佳人小说的结尾已是千篇一律的大团圆,在作品中很难寻觅悲剧的成分。鲁迅在考察这一问题时曾言:"察其意旨,每有与唐人传奇近似者,而又不相关"[2],这确实是非常精辟的论断。由前面的介绍可以知道,第一部中篇传奇小说《娇红记》仍还是悲剧结局,《贾云华还魂记》实质应是悲剧,但借尸还魂团圆的结局增添了喜剧色彩。《钟情丽集》中的男女主人公经过激烈的抗争之后终于结成美满婚姻,在此之后的中篇传奇小说反封建的意味大为减弱,而且它们都无例外地描写了生旦团圆的喜剧。据此不难得出这样的结论,即唐

---

[1] 王重民《中国善本书提要》,上海古籍出版社1983年8月版。
[2] 鲁迅:《中国小说史略》第二十篇"明之人情小说(下)"。

传奇中悲剧到清初才子佳人小说中千篇一律的喜剧,在其间承担转折任务的正是明代的中篇传奇小说。若增添这一环节作考察,那么看似断层式的跳跃便呈现出逐步演变的轨迹。才子佳人小说的创作直接承袭中篇传奇并有所变化,为进一步考察中篇传奇在其间的转折过渡作用,下列十六部清初才子佳人小说情节表以供比较:

篇名	才子家境 贫寒	才子家境 小康	才子家境 世家	条件 有亲谊	条件 寓居旦宅	交往过程 丫鬟传递	交往过程 生旦唱和	交往过程 思念成疾	交往过程 醉失佳期	交往过程 生旦别离	婚姻状况 小人拨乱	婚姻状况 私订	婚姻状况 长辈订	婚姻状况 婚前私合	婚姻状况 奉旨成婚	婚姻状况 一妻多妻	仕途 生中进士	结局 辞官归乡	结局 得道成仙
金云翘传							★		★		★						★	★	
玉娇梨	★				★	★			★	★	★	★					★	★	
平山冷燕		★				★				★	★	★			★	★			
春柳莺		★					★			★	★	★					★		
麟儿报	★									★		★			★		★		
玉支玑小传	★				★					★		★			★		★		
画图缘		★								★		★		★			★		
两交婚		★								★		★			★		★		
飞花咏小传		★								★		★			★		★		
定情人				★	★	★	★	★		★	★	★			★				
锦香亭		★								★					★	★	★		
情梦柝		★				★	★			★		★			★	★			
赛红丝		★								★	★	★		★	★				
吴江雪		★					★			★	★	★			★				
合锦回文传		★																	
宛如约			★			★				★	★		★		★	★			

结合中篇传奇情节表考察,从《莺莺传》到清初才子佳人小说的逐步演化过程就显示得相当清晰合理。中篇传奇在总体上是逐

步变化,但时有某些情节设置的突变,故而首尾差异甚大,若以《钟情丽集》作划分,那么前者情节与《莺莺传》类似处颇多,后者与清初才子佳人小说相衔接。才子佳人小说中一见钟情,诗简传递,才子与佳人别离、经一番曲折后进士及第以及最后生旦团圆(多与数美结成良缘)的通共熟套,其实就是承袭中篇传奇后期所形成的固定格式,只是原本只是时而出现的小人拨乱其间,现在已成为不可缺少的关目。才子佳人小说情节安排中异于以往的最醒目处,是婚前私合被坚决屏除,明理知礼的主人公似乎压根儿未曾思及越轨举动。那些作者又甚讲究"父母之命,媒妁之言",所谓"私订终身后花园"其实是对才子佳人小说的一种误解,而且即使私订,后来也往往得到长辈的首肯。另一不同处是才子不再均出生于世家,而多来自小康人家乃至是贫寒子弟,进士及第对他们的重要性也远甚于中篇传奇中的处理。清初统治者以强力提倡忠孝廉节、敦仁尚让,并厉禁"淫词琐语"是这类情节变化的背景,正如后期中篇传奇中的淫秽描写与当时浇薄世风相适应一般;同时,才子佳人小说的作者多为原本功名心极强,又因种种原因被迫放弃科举之途的失意文人,故而其作品常是"凡纸上之可喜可惊,皆胸中之欲歌欲哭","不得已而借乌有先生以发泄其黄粱事业"①,即让笔下主人公去实现自己在现实生活中已付诸流水的向往与追求,并以此发泄胸中郁愤的心情。创作可使这些作者自娱自慰,即所谓"泼墨成涛,挥毫落锦,飘飘然若置身于凌云台榭,亦可以变啼为笑,破恨成欢矣"②。为摆脱"谋食方艰"③的困境,作品中难免也有迎合某些读者的庸俗内容,但早年"笃志诗书,精心翰墨"④的生涯,又使他们很注重"理"对"情"的规范,甚至还认为其创作具有教育读者的功用,因

---

① 天花藏主人:《平山冷燕序》。
② 烟水散人:《女才子书序》。
③ 烟水散人:《女才子书序》。
④ 天花藏主人:《平山冷燕序》。

为"情定则由此收心正性,以合于圣贤之大道不难矣"①。

清初的才子佳人小说可谓是《刘生觅莲记》的继续发展,而中篇传奇中承接《娇红记》、《钟情丽集》但向宣泄情欲方向发展的《天缘奇遇》、《如意君传》与《痴婆子传》等作同样也有继承者,那就是明末清初的淫秽小说。五陵豪长为《绣榻野史》所作的"小叙"就视该作为仿效中篇传奇之作,"殆扩《如意》而矫《娇红》者";《浓情快史》中武媚娘读《娇红记》而情弦拨动,《桃花影》中魏玉卿读《如意君传》而思念淫欲,由这类描写不难窥见那些作品与中篇传奇间的渊源关系;至于交合时各类心理、姿态的描摹,也多本于《痴婆子传》等作而又大肆铺陈。若结合中篇传奇与其后的才子佳人小说、淫秽小说一起考察,可以发现尽管万历后期开始中篇传奇已退出创作领域,但《钟情丽集》之后"道学"与"风流"两类内容不仅在创作领域中继续发展,而且还成为其时相当风行的创作流派。就这点而言,中篇传奇在内容题材方面同样起了重要的过渡作用。

中篇传奇在戏曲创作领域同样引起了反响,诚如孙楷第先生所言,"流播既广,知之者众。乃至名公才子,亦谱其事为剧本矣"②。据目前所知,有八部中篇传奇被改编为戏曲二十四种,当时改编的实际数目显然并不止这些。中篇传奇中的人物往往仅有一男数女,他们的活动空间又基本不离花园楼阁,这些都便于故事被搬上舞台,但作品被改编的最重要的原因,则是它们的内容及其所表现出的思想倾向引起了剧作家们的兴趣。现存作品中,以改编《娇红记》的剧作最多,其中尤以孟称舜的《节义鸳鸯冢娇红记》著名。虽然孟称舜曾引汤显祖"师言性,而某言情"之语反驳"何事取儿女子事而津津传之"的责难,但他又试图将

---

① 天花藏主人:《定情人序》。
② 孙楷第:《日本东京所见小说书目》,人民文学出版社1981年10月版。

小说中激烈冲突的情与理统一于一体:"情与性而咸本之乎诚",① 并辩解说:"传中所载王娇、申生事,殆有类狂童、淫女所为,而予题之节义,以两人皆从一而终,至于没身而不悔也",故而是"两人始若不正,卒归于正","揆诸理义之文,不必尽合,然而圣人均有取焉,且世所难得者"。② 王业浩对此则作了具体说明:"阿娇非死情也,死其节也;申生非死色也,死其义也。两人争遂其愿,而合于理之不可移,是鸳鸯记而节义之也",并称赞以节义统一情与理的孟称舜是"邃于理而妙于情";③ 陈洪绶也称赞剧作中申纯、王娇娘"能于儿女婉娈中立节义之标范",并进一步提高其封建伦理道德的教育意义:"所以言乎其性情之至也,而亦犹之乎体明天子之广励教化之意而行之者也"。④ 至于本来就是理重于情的《贾云华还魂记》与主张情服从于理的《刘生觅莲记》,它们被改编成《洒雪堂》与《想当然》后受到封建士人欢迎实是意料中的事。

将小说故事搬上舞台时,剧作家的精磨细琢使之成为精巧的艺术品。疑思居士斥《刘生觅莲记》"语颇恶杂",便以"避俗、避肤、避肉麻"为标准,"每成一歌,则裂原传一纸,嚼付鼠尘",⑤ 尽管"人名、事境并无一字改易",但原本"一经点缀,俱为生动";⑥ 据《贾云华还魂记》改编而成的《洒雪堂》则是词曲"婉丽可歌","情节关琐,紧密无痕,插科亦具雅致";⑦ 孟称舜的《娇红记》更是"令娇、申活现","其摘词遣调,隽倩入神,据事而不幻,沁心而不淫,织巧而不露,酸鼻而不佻"。⑧ 中篇传奇被改编

---

① 孟称舜:《二胥记题词》。
② 孟称舜:《娇红记题词》。
③ 王业浩:《鸳鸯冢序》。
④ 陈洪绶:《节义鸳鸯冢娇红记序》。
⑤ 疑思居士:《想当然叙》。
⑥ 茧室主人:《〈想当然〉传奇成书杂记》。
⑦ 冯梦龙:《〈洒雪堂〉总评》。
⑧ 王业浩:《鸳鸯冢序》。

成戏曲主要是明后叶的事,由于那些剧作目前仅有五种被完整保存,故而不能对整个改编倾向作概括性的判断,但据现有材料看,这种改编似是突出了教化的作用。小说无论如何通俗,读者总非得识字不可,且通俗的程度又与士人的阅读参与成反比,而戏剧的词曲雅致,又直接以形象诉诸观众,它的欣赏面可以覆盖全民,教化功用的显示更为突出:"伶人献俳,喜叹悲啼,使人之性情顿易,善者无不劝,而不善者无不怒,是百道学先生之训世,不若一伶人之力也"。①

就中篇传奇描述的故事而言,它们因戏曲的流传而扩大了影响,可是那些作品本身却被戏曲分夺了欣赏者。然而,这些戏曲也只是兴盛于一时。现所知的二十四种戏曲中,明代(主要是明后期)作品就有二十一种、清时仅有二种,这使人有理由推测,入清后,将中篇传奇改编为戏曲的热潮已在消退;而这些剧本只有五种流传至今,则表明它们后来也大多不再流行。值得注意的是,这五种中改编《娇红记》就独占三种。明中后期的中篇传奇数量虽多,但无论艺术形式或思想内容都及不上它们的开山之作,只满足一时的阅读快感的创作无法持久流传,而连描述这类故事的戏曲都退出传播领域,流派意义上的中篇传奇可以说是彻底消亡了。

就单篇而言,多数中篇传奇后来被自然淘汰不足为惜,满篇恶俗者更是如此,但各中篇传奇所组合成的群体作用却不可忽视:它典型地显示了小说创作中诗文羼入的由少到多,再由多到少的变化趋势,是小说体裁从糅杂趋于纯粹的重要的中介过渡;它的创作内容与世风的变化相一致,而多模仿前作但又逐渐增添独创成分的创作方式,则构成了明代小说编创手法演进过程中重要一环;它同时继承了唐宋传奇与宋元话本的创作传统,尽管表现手法常粗糙拙劣,但毕竟是在努力融合雅、俗两大系列,

---

① 陈洪绶:《节义鸳鸯冢娇红记序》。

提供了介于两者之间的小说创作模式;它出现于市民阶层娱乐需求迅速增长之时,应急式地填补了通俗读物阅读市场的空白,并促进了通俗小说的崛起与繁荣。正由于承担了这么多的过渡作用,中篇传奇作为一个流派也就必定在小说史上不可能长久存在,然而对它的研究却提供了一种思路:在小说史上,某些创作流派无甚佳作,可是那些平庸之作构成的整体却具有承接以往启迪后来的意义,甚至某些转折过渡也由它们完成,倘若忽略这些环节,不少创作现象就难以解释清楚。中篇传奇正是这样的环节,只有从整体上把握与前后创作的联系,方能对它在小说创作发展历程中的地位与作用作出切合实际的评价;反过来,对中篇传奇较深入的研究也有助于对古代小说流变历程作更全面的把握,这也是本书将散于各阶段的中篇传奇小说集中在一起作专章论述的原因。

第四编　繁华与危机的双重刺激

（万历、泰昌二朝　1573—1620）

小　引

　　隆庆六年(1572)五月，明穆宗驾崩，六月，十岁的太子朱翊钧即位，是为明神宗。明神宗于次年改年号为万历，他是明代各朝中在位时间最长的帝王，而在这四十八年里，引人注目的历史事件也相继发生。先是张居正的当朝与"一条鞭法"等新政的推行，可是不久张居正去世后，这位生前备受明神宗推崇的"元辅张先生"竟戏剧性地遭到了籍没家产的处罚，还差点被断棺戮尸，新政也被废置不行。接着，又发生了当时世人关注的"国本"之争：明神宗欲以第三子朱常洵为帝位继承人，但大臣们遵循"无嫡立长"的祖训，毫不退让地坚持立长子朱常洛为太子的立场。明神宗最后不得已而屈服，但君臣间那场相持了十五年的争论已酿成了万历朝的极严重的政治危机。就在这一时期内，明政府在西北、东北、西南边疆几乎同时展开了三次军事行动：平定宁夏哱拜叛乱、派兵入朝平定倭乱与平定播州杨应龙叛乱。对于这"万历三大征"，既有人肯定它安定国家的意义，同时也有人批评是"好事喜功，穷兵殚财"，[①] 而这两种评论都各自有其道理。万历三十二年(1604)东林书院的建立也是明末历史上的重要事件，只是虽然当时东林党人业已卷入了激烈的斗争漩涡，但毕竟还没有产生在随后天启朝与魏忠贤集团对抗时那般巨大

---

① 谈迁：《国榷》卷七八。

的政治影响。另一需要提及的是关外努尔哈赤的崛起,到了万历末年,逐渐统一的女真各部已经形成咄咄逼人的气势。万历四十六年(1618),努尔哈赤以"七大恨"告天,控诉明朝对女真的迫害,正式向明朝宣战,而明政府却始终拿不出有效的对策,正如《明史》所言:"先后抚臣皆庸才,玩愒苟岁月。天子又万机不理,边臣呼吁,漠然不闻,致辽事大坏。"① 虽然此时辽东战况尚未构成致命的威胁,但却越来越成为明王朝的心腹之患,而在二十多年后,女真铁蹄终于驰骋中原,结束了大明朝的统治。

万历朝又是一个经济十分繁荣的时代,其初年张居正实行的清丈田亩与"一条鞭法"等新政,曾使国家财政收入大幅度增长,同时他又主张"省征发,以厚内而资商";"轻关税,以厚商而利农"②,即一反传统的"重农抑商"的思想而强调农商并重。明初时商贾们曾被强压至社会底层,经过一百多年的顽强努力,其势力已开始逐渐膨胀,此时则更是遇上了前所未有的释放能量的良好环境。随着生产力的发展、分工的扩大与劳动生产率的提高,商品生产出现较快的增长势头,市场也相应扩大。无数的商人不停歇地往来穿梭于各地,名目繁多的商品被运至各都市、集镇乃至穷乡僻壤。在此刺激下,新兴的集镇不断涌现,原有的都市愈加繁荣,而这又意味着市民阶层力量的迅速壮大。虽然后来张居正的新政被废而不行,但商品生产并未因此而减缓其发展速度,相反,它还猛烈地反抗来自封建统治者的掠夺与搜刮。当时许多地区都发生过较大规模的市民反矿监税使的斗争,在相当大的程度上抵制了封建统治者对工商业的摧残。这类斗争显示了市民阶层力量的壮大,而万历朝繁荣与危机的双重特点在这一问题上也表现得相当充分。

以商贾势力膨胀与市民阶层力量壮大为基础,万历朝时思

---

① 《明史》卷二百五十九。
② 《张太岳集》卷八《赠水部周汉浦榷竣还朝序》。

想界的活跃也远远地超出了以往,而其中最突出的则是李贽的异端思想的出现。李贽可以说是中国封建社会中最富于理论勇气与理论眼光的思想家,他受王学左派与佛学的影响,对程朱理学与一切伪道学进行了猛烈抨击。他不以孔子的是非为是非,认为"圣人不曾高,众人不曾低";他把封建统治阶级的"德礼政刑"斥为束缚人们思想和手脚的桎梏,要求自由发展人们的个性;他反对封建等级,提出"庶人与侯王同等"、男女在才智上没有差别的平等观点;他斥责道学家是"阳为道学,阴为富贵,被服儒雅,行若狗彘"的伪君子。李贽的思想具有极大的叛逆性与顽强的战斗性,而他关于文学随时代变化而发展的观点,也对当时弥漫于文坛的复古主义思潮以很大的冲击:

> 诗何必古《选》,文何必先秦。降而为六朝,变而为近体,又变而为传奇,变而为院本,为杂剧,为《西厢曲》,为《水浒传》,为今之举子业,大贤言圣人之道皆古今至文,不可得而时势先后论也。①

李贽基于文学随时代变化而发展的观点,将《水浒传》这样一部通俗小说称为"古今至文",认为它具有与《史记》相等的思想艺术价值,② 这就比嘉靖朝时唐顺之、王慎中等人仅从文笔委曲、脉络贯通着眼的称赞前进了一大步。从嘉靖朝到万历朝前期,复古主义思潮主宰了文坛,而此时的通俗小说创作基本上都是讲史演义,并且其编创手法又清一色地都是依据旧本改编,这两者之间显然有着密切的联系。因此,李贽对复古主义的批判,实际上是为通俗小说创作向题材多样化,以及面向现实等方向的发展在思想上清扫障碍,而他直接关于小说的论述,如对《水浒传》的批点、《忠义水浒传序》等,不仅继续阐述了这些观

---

① 李贽:《焚书》卷三。
② 据周晖的《金陵琐事》与梁维枢的《玉剑尊闻》记载,李贽曾将《水浒传》与《史记》等书并列为宇宙内五大部文章。

点,而且还推动了明代小说理论的发展。

在万历朝的四十八年里,小说,特别是通俗小说的创作面貌发生了非常大的变化,更准确地说,万历初期新出现的作品不多,情况与前一阶段相似,而从万历二十年(1592)开始,局面发生了明显的改观。就在这一年里,《西游记》第一次被刊印出版,而这部小说的刊印传世,很快地带出一批以神魔故事为题材的作品。就在这一年前后,《金瓶梅》的抄本开始在董其昌、袁宏道等名士之间流传。这部作品是明清人情小说的开山之作,但由于它要等到万历四十五年(1617)才被刊出,因此还没来得及像《西游记》那样对这一时期的创作立刻产生明显的影响。但不管怎样,这两部作品的传世意味着基本上由讲史演义一统天下的格局被打破。正当人们开始讨论小说创作是否应该严格拘泥史实的时候,着意幻诞怪异,只留下历史背景尚为真实的《西游记》以其成功的创作表明,这类限制是根本不必要的;而《金瓶梅》的写实主义则会引导人们去思考这样一个问题,创作的源泉或许不在于死的书本,而应该是丰富多彩的现实生活。同样是在万历二十年,李贽开始了对《水浒传》的批点。这不仅是以评点方式总结、阐发通俗小说理论的开端,同时也标志着一部分士人已开始从纯为娱乐欣赏的读者,转为推动通俗小说发展的热心人。在万历二十年的前一年,即万历十九年(1591),余象斗下定决心不再参加科举考试,从此专心经营印刷出版业。①这对于他本人恐怕是一个痛苦的抉择,但对通俗小说的出版与传播来说却是一大幸事。这位有心人编纂与印刷了多种作品,对通俗小说的发展作出了贡献。最后还需提及的是,袁宏道在万历二十年开始了对前后七子复古、拟古倾向的批判。他在答李子髯的诗中写道:"模拟成俭狭,莽荡取世讥";"当代无文字,闾巷有真诗"。

---

① 余象斗在《新锲朱状元芸窗汇辑百大家评注史记品粹》一书的书目中自叙道:"辛卯之秋,不佞斗始辍儒家业,家世书坊,锓笈为事。"

在一些不满于文坛现状的文士的推动下,文坛的风气从此有了改变,这种改变最终也影响了通俗小说的创作,促使作家们抛弃依据古籍、话本等改编的拐杖,逐步走上直面现实人生的创作道路。以上这些事件实际上是明末社会生活的走向正在逐渐发生重大转折的反映,而这些事件结合在一起,又有力地推动着通俗小说的创作。

统计数字或许可以更直观地说明问题。就目前所知,从嘉靖元年(1522)至万历十九年(1591)这七十年间,新出的通俗小说有八种,而在万历二十年(1592)至泰昌元年(1620)的二十九年中,却出了五十种左右,两相比较,后者新出作品的速率竟高出前者十余倍。就创作题材而言,万历初期时仍是讲史演义垄断天下,但从中期开始,出现了公案小说、神魔小说与人情小说等新的流派。同时,从讲史演义分化出来的,以当代史实为内容的时事小说已开始出现,最早的拟话本估计也产生于万历末年。就创作水准而言,《西游记》与《金瓶梅》可算是明代通俗小说创作的另一高峰,虽然关于这两部小说的作者与成书年代目前学术界尚有争论,但它们在万历朝开始较广泛地流传并对创作产生了深刻影响却是不争的事实。倘若梳理创作内容的变迁,则又可以看出它越来越贴近现实生活的趋势。讲史演义讲述的是历史上帝王将相的丰功伟绩,神魔小说在描述天界佛国灵事异迹,就内容而言都与现实生活较为遥远,但随着时间的推移,作品中曲折地反映现实与讽喻社会的成分在总体上却有所增加。公案小说直接取材于现实,但一则则小故事对社会生活的反映都较琐碎,而《金瓶梅》却是相当广泛而全面地反映了现实生活。作品增多了,题材扩大了,而书坊主们纷纷加入刊印的行列,又使通俗小说传播的范围相应地更为广泛。因此完全可以说,就在这二十九年里,通俗小说的创作已开始形成了初步繁荣的局面。

通俗小说创作之所以呈现出加速度发展的态势,与文人开始进入这一领域有着很大的关系。从嘉靖朝一直到万历初期，通俗小说的创作几乎全被书坊主所垄断，然而从万历中期开始，通俗小说的广泛传播及其社会影响的扩大，引起了文人对这一文学体裁的关注。其时流行的讲史演义中有相当一部分是出自书坊主或与之关系密切的下层文人之手，一些文士不满意它们的粗糙简陋，便着手重新编撰。更重要的是，由于其时作品已渐多，一些著名文士如李贽、胡应麟、谢肇淛、陈继儒等人开始从理论上对这一文学体裁进行探讨。他们或为小说正名，肯定其作用地位，或辨析小说创作特点，归纳其间规律。名士们在理论上对通俗小说的充分肯定，使它的地位迅速提高；创作经验的总结以及投身创作队伍的文士越来越多，又使通俗小说的艺术水准不断提高。

与通俗小说创作呈现加速度发展的态势相比，文言小说的创作则是在已有基础上稳步前进。由于复苏期的开始比通俗小说早了约半个世纪，万历朝时文言小说的创作在观念上已无重大障碍，作品不断增多，内容也表现出贴近现实生活的趋向。邵景詹的《觅灯因话》、钓鸳湖客的《鸳渚志余雪窗谈异》与宋懋澄的《九籥集》等作都是当时重要的文言小说集，其时不少作品已表现出内容与时代相平行的特色，而其中《负情侬传》、《珍珠》等篇尤为充分反映现实生活矛盾的杰作。与文言小说相关的另一重要事件是当时类书丛出，品种繁多，层次不等，其中《艳异编》、《汉魏丛书》、《国色天香》与《绣谷春容》等既收录了大量历代的文言小说，同时也含有较通俗的中篇传奇小说乃至话本小说。各种类书极为丰富的内容为通俗小说的创作提供了巨大的素材库，而它们的畅销、再版或扩充重编，正反映了广大群众的欢迎与阅读市场的迅速扩展，由这一侧面也可以看出小说在万历朝的声势。

万历朝是一个繁华的年代，又是大明朝危机四伏，终于走向灭亡的重要转折关头，而这两者的结合恰给小说的创作与发展提供了良好的外部环境。经济生活的繁华,特别是生产力的提高与商品经济的发达,使小说的印刷出版比以往任何时候都便利得多,它的传播也因销售网络的完善而畅通无阻;至于矛盾日益尖锐的社会生活则促使作家们将目光从故纸堆转向现实,逐渐明白这才是真正的取之不尽的创作源泉。没有繁华与危机的双重刺激,就没有现在所看到的万历朝的小说创作,而如果没有万历朝的创作为基础,那么在下一阶段,即大明朝最后的二十四年里,小说创作也不可能攀升至最为繁荣的高峰。

第十一章　讲史演义的繁荣与公案小说的流行

万历朝是通俗小说创作开始繁荣的年代,若要说得更准确些,那么这一时间划分应该是以万历二十年(1592)为界线。据目前已知的材料来看,在万历二十年以前基本上没有新的通俗小说问世,在社会上流传的主要是明初以及嘉靖朝创作的讲史演义,其中刊刻最多的是《三国演义》与《水浒传》,余象斗在《批评三国志传·三国辩》中所说的刊者"何止数十家",以及《水浒志传评林·水浒辩》中所说的"坊间梓者纷纷"足以证实这一点。从万历二十年到三十年之间,通俗小说开始有少量新作品问世,它们主要是《西游记》与在它影响下而创作的神魔小说,以及《百家公案》等公案小说。万历三十年(1602)以后,作品数迅速增加,其实所谓万历朝的通俗小说创作,实际上主要是指万历朝的后半期。

在这一期间里,通俗小说的第一创作流派讲史演义仍然是重要的作品群。从已知的材料来看,自万历三十一年(1603)《征播奏捷传通俗演义》问世后,各种讲史演义接踵而出,它们有的是对已在流行但又过于简陋鄙俗的作品重新改写编辑,有的则在叙述大明朝本朝的历史故事,甚至还出现创作与事件的发生基本相平行的个例。若加上明初以及嘉靖、隆庆时的作品,至少拥有二十五种小说的讲史演义是当时作品数量最多,影响也最大的创作流派。

在通俗小说的发展历程中,公案小说可以算是它的第二个创作流派。自万历二十二年(1594)安遇时编辑的《百家公案》问世后，余象斗于万历二十六年(1598)刊出了《皇明诸司廉明奇判公案传》，不久接着出版了续书《皇明诸司公案传》。在这些作品影响下，其后又陆续出现了一些公案小说集。这些作品在叙述故事时都伴随着法律知识的介绍，对后者的强调往往损害了作品的艺术性，然而它却为当时广大百姓所需要。尽管那些公案小说粗糙简陋且文体混杂，但从它们刊刻再版的情况来看，这类作品在当时也颇受读者的欢迎。

第一节　万历朝讲史演义的创作概况

万历朝长达四十八年，虽然在这一时期里讲史演义始终是通俗小说的重要创作流派，可是根据现存的作品来看，新问世的讲史演义要到万历三十年(1602)以后才开始出现。在前三十多年里或许也曾出版过某些新作品，可是今天既不见作品，又不见任何著录，这一时期里即使有新作问世，其数量也不会很多。因此，其时有否新作问世的猜测并不影响以下判断的成立，即万历三十年(1602)以后，新问世的讲史演义才开始以群体面目出现。于是，对万历朝讲史演义的研究就首先得从解释这样一个问题开始：为什么在明初的《三国演义》等作已刊行，熊大木那四部长篇小说也已在世上流行之后，讲史演义却没有紧接着就形成创作热潮？

要回答这一问题，有必要对已有的讲史演义的创作状况作一回顾与分析。若和历史的发展互作对照就不难发现，以往作家创作讲史演义时，他们的题材选择有着明显的一致趋向。明初的《三国演义》、《隋唐两朝志传》与《残唐五代史演义传》描写了中国历史上东汉末至西晋、隋唐之交与晚唐至北宋王朝这三个著名的由统一到分裂，再由分裂到统一的时代；嘉靖、隆庆间新出的讲史演义中，郭勋的《皇明开运英武传》展现了元末的天下大乱与朱元璋兼并群雄，建立明王朝的图景，余邵鱼的《列国志传》描写了春秋战国时的纷争与秦的一统天下,熊大木的《大宋演义中兴英烈传》讲述的是宋金对峙的故事,而在他的《全汉志传》中,楚汉相争以及西、东汉交替之际的混战厮杀则是重要的内容。至其时为止,除南北朝之外,中国历史上分裂的时代基本上已被写遍。如果说,罗贯中在撰写那三部历史小说时,题材的选择已包含了他对生活于其中的元明之际天下大乱的体验与喟叹,那么对嘉靖、隆庆时期的作家来说,他们在和平环境中以分裂的时代为创作题材,就纯粹是因为在特殊的历史条件下,事件繁多,英雄人物辈出,这样的作品写出来易于吸引读者,须知这时讲史演义的作者主要由书坊主在客串,他们当然要将作品能否畅销置于首要地位加以考虑。这些作品的传世无疑地为万历朝讲史演义作家提供了有益的创作经验,但同时也留下了一个难题:既然较易出故事的分裂时代基本上都已写遍,那么讲史演义的创作又该如何继续发展呢?

嘉靖、隆庆朝时讲史演义的产生又有其特殊的历史原因。《三国演义》与《水浒传》的刊行引起了广大读者阅读通俗小说的渴望,可是当时除明初已问世的讲史演义之外,并无新的作品可供刊印。熊大木与余邵鱼这两位书坊主为利所驱而涉足创作领域,这一时期的六部讲史演义中就有五部出自他俩之手,至于另一部《皇明开运英武传》,倘若郭勋不是为进公爵而借小说编造其祖郭英的功绩,就恐怕未必会去编撰这部小说,该作品的问世更带有偶然性。而且,熊大木等人的编撰既选择了较易编织故事的分裂时代,同时又有宋元时的讲史平话为改编的依据,这都给他们带来了很大的便利。要在不具备上述两个有利条件的情况下编撰讲史演义,一般的书坊主并无这样的功力,而讲史演义创作要进入正常的发展轨道,又离不开文学修养较高的文人的参与,可是这些人在短时期内还不可能改变鄙薄通俗小说的观念而投身于创作。于是在熊大木与余邵鱼之后,讲史演义的创作不得不进入了三十余年的沉寂时期。

万历三十年以后,讲史演义的创作开始进入较繁盛的时期,对它们的具体考察,也有助于证实上述分析的成立。若按其刊刻的时间顺序,那些作品可排列如下:

万历三十一年	征播奏捷传通俗演义	栖真斋名道狂客
万历三十三年	两汉开国中兴志传	?
万历三十四年	杨家府演义	秦淮墨客(纪振伦)
万历三十七年	三国志后传	酉阳野史
万历三十至	承运传①	?
四十年间	列国前编十二朝传	余象斗
万历四十年	西汉通俗演义	甄伟
	东西晋演义	雉衡山人(杨尔曾)
万历四十一年	于少保萃忠全传②	孙高亮
万历四十四年	云合奇踪	托名徐渭
	续英烈传③	空谷老人(纪振伦)
?	东汉十二帝通俗演义	谢诏
?	戚南塘剿平倭寇志传	?
?	胡少保平倭记	钱塘渔隐叟
?	东西晋演义	夷白主人(杨尔曾)重修

---

① 谭正璧《古本希见小说汇考》(浙江文艺出版社1984年11月版)论及此书时云:"为明万历间坊刻本,形式与余象斗所刻《八仙出处东游记》等相同,均上图下文,每半叶十行,每行十七字,疑为同时同地所刻"。据此,此书姑系于此。

② 清道光本序署"万历辛巳",现多据此定该书成于万历九年(1581),然书中"凡例"有"《续藏书》载于公事,系李卓翁搜求秘史,记事成篇,兹采十之二"之语,而《续藏书》刊于万历三十九年(1611);又,该书第六十九回又提及万历四十一年(1613)郎兆玉祈梦登进士事,本书成书上限可据此而定,故现暂系于此。详见拙作《四部明代小说成书年代之辨正》,载《社会科学》1995年第6期。

③ 该书秦淮墨客序中有"有明文长徐先生,负轶才,郁郁不得志,……著《英烈传》一书"之语。此处《英烈传》即指托名徐渭的《云合奇踪》,故本书之出,应在其后。

338

在以上各部作品的作者中，已明确得知有书坊主身份的有两人。一是出身于刻书世家的余象斗，他字仰止，一字文台，号三台山人。余象斗父亲余孟和的双峰堂是明中后叶著名的书坊，余象斗放弃举业继承父业后，刻书又多题三台馆。他编撰过《皇明诸司廉明奇判公案传》、《皇明诸司公案传》、《列国前编十二朝传》、《北方真武师祖玄天上帝出身志传》与《五显灵官大帝华光天王传》等多部通俗小说，编辑了小说选集《万锦情林》，还评点了《三国演义》与《水浒传》，并冠以"志传评林"的标题出版。此外，他还刊刻了其他通俗小说约二十种。有明一代，就数余象斗刻印的通俗小说为最多，在通俗小说即将步入繁荣之际，余象斗的编撰、评点与刊行在其间起了积极的推动作用，过去往往只从版本学的角度提及他似乎有欠公正。余象斗通俗小说领域的活动范围相当广泛，其编撰也比熊大木、余邵鱼辈略胜一筹。另一书坊主是杨尔曾，他字圣鲁，号雉衡山人，又号夷白主人、卧游道人，明万历时浙江钱塘人，曾著有讲史演义《东西晋演义》以及神魔小说《韩湘子全传》。杨尔曾还著有《图绘宗彝》与《海内奇观》，他的朋友陈邦瞻为《海内奇观》作序时写道："武林杨子，博雅多奇，虽生长湖山之会，而尤抗志天游之表，妙抒心灵，先穷目界，寄兴盘礴，假技丹青。灵山异境，略存仿佛；福地洞天，尽入形容。"由此可知，还以丹青妙手而著名于当时的杨尔曾，他文化层次也远较熊大木、余邵鱼等人为高。

在上面排列的作者中，号秦淮墨客与空谷老人的纪振伦也颇值得注意。他字春华，南京人或长期寓居南京者，虽然生平事迹不详，但在万历三十至四十年间，他一人就编撰了两部讲史演义，即《杨家府世代忠勇演义志传》与《续英烈传》，而且这两部小说又能较快地刊行于世。由此看来，他应是一位与书坊关系较为密切的下层文人。此外，栖真斋名道狂客、酉阳野史、甄伟、谢诏、钱塘渔隐叟、托名徐渭者以及编撰《承运传》与《戚南塘剿平倭寇志传》的那两位作者，也都可归于与书坊关系较为密切的下层文人一类。

至于《于少保萃忠全传》的作者孙高亮,他编撰这部小说的目的并非牟利,而是为了宣扬于谦的"精神德业"。孙高亮的先人是于谦的朋友,这层渊源关系是促使他创作的直接动机,而之所以采用通俗小说的形式,则是因为"盖雅俗兼焉,庶田夫墅叟,粉黛笄袆,三尺童竖,一览了了,悲泣感动,行且遍于四方矣"。正因为出于这一原因,孙高亮的创作态度也较认真,他"哀采演辑,七历寒暑"方才写成此书,而书成之后,他又请了当时杭州城的名宦林梓为书作序。① 根据种种迹象来看,孙高亮并不同于前面那些与书坊关系密切的下层文人。虽然在万历朝像孙高亮这样的文人参与讲史演义创作的仅有一人,但它却是层次较高的文人涉足通俗小说创作领域的先兆,在随后的天启、崇祯朝,这将成为相当普遍的现象。此外,为《于少保萃忠全传》作序的林梓是嘉靖四十一年(1562)的进士,历官刑部员外郎、延平知府与云南按察副使。通俗小说自嘉靖朝开始流行以来,除张凤翼、天都外臣与李贽曾为《水浒传》作序之外,林梓是为新问世的讲史演义作序的第一位高层人士。稍后,又有徐如翰为《云合奇踪》作序,他是万历二十九年(1601)进士,曾任边关兵备观察使。官宦名士已乐意为通俗小说作序,在随后的天启、崇祯朝则更是渐成风气,这表明万历后期开始,通俗小说在士人心目中的地位已是不断地上升。

若与嘉靖、隆庆朝讲史演义作者的情况作对照,不难看出万历朝作者队伍的整体水平要高得多,正是有这样的实力为后盾,讲史演义的创作在沉寂了三十余年后又继续向前发展。若不计杨尔曾重修的《东西晋演义》,万历朝最后的十四年里正好平均每年有一部讲史演义问世。在这些作品中,有三部是已有作品的续书。《三国志后传》之作是酉阳野史鉴于读者"观《三国演

---

① 本段中的引文均引自林梓的《旌功萃忠全传序》。

义》至末卷,见汉刘衰弱,曹魏僭移,往往皆掩卷不怿者众矣",于是就编撰关羽、张飞、赵云等人的后代扶助刘曜恢复蜀汉正统的故事,让读者"泄愤一时,取快千载"。① 空谷老人见《英烈传》盛行于一时,便"综建文、永乐故实,汇为续传",以便于读者"比而观之,始知相传仅数十年,其间一治一乱,较然悬绝",从而明了"盛衰顺逆之故,平坡往复之机"。② 此时的三部续书中,余象斗的《列国前编十二朝传》较为别致,这部小说不是按年代往后续述,而是向前倒推,即以已流行的《列国志传》为基础,描写春秋战国以前的从开天辟地到夏商两朝的故事。余象斗在该书的"识语"中写道:"斯集为人民不识天开地辟、三皇五帝、夏商诸事迹,皆附相诓传。固不佞搜采各书,如前诸传式,按鉴演义,自天开地辟起,至商王宠妲己止,将天道星象、草木禽兽,并天下民用之物,婚配饮食药石等,出处始制,今皆实考,所不至于附相诓传,以便观览云。"这三部续书都是欲借已有作品盛行之声势而传播,作者在选择题材时,显然对阅读市场的状况作过一番估算。对余象斗来说,他不仅想借《列国志传》之声势行销《列国前编十二朝传》,反过来又想借续书推销前者,因为他的三台馆刚刚重刊了余邵鱼的那部作品,于是在续书之末便又可读到这样一段文字:"至武王伐纣而有天下,《列国传》上载得明白可观,四方君子买《列国》一览尽识。"

在十四部小说中,又有四部是将已有的作品重写,即甄伟的《西汉通俗演义》、谢诏的《东汉十二帝通俗演义》、作者不详的《两汉开国中兴志传》与托名徐渭的《云合奇踪》。甄伟在《西汉通俗演义》的序言中写道:他阅读熊大木《全汉志传》的西汉部分,"见其间多牵强附会,支离鄙俚,未足以发明楚汉故事",故而便动笔重写,这也可看作是其他三部小说被重写的动因。熊大

---

① 酉阳野史:《新刻续编三国志引》。
② 秦淮墨客:《续英烈传序》。

木等人的作品在特定的历史条件下问世,其推动通俗小说发展的功绩不可抹煞,但书坊主的文化底色又使得其作品难免"牵强附会,支离鄙俚"之讥。那些历史故事重新被敷演为小说是迟早的事。万历朝只是重写运动的开始,在随后的天启、崇祯朝出现了冯梦龙的《新列国志》与袁于令的《隋史遗文》等作,而在清初,又有褚人获的《隋唐演义》与钱彩的《说岳全传》等作。早期的讲史演义中,除了《三国演义》,其余的后来全都被一一改写,有的还被多次改写。甄伟等人的改写相对后来的作品而言仍较简陋粗糙,但却有着特殊的意义,因为这是自通俗小说重新起步以来,文人在整体意义上开始参与创作的信号。甄伟的序言中又有"使刘项之强弱,楚汉之兴亡,一展卷而悉在目中,此通俗演义所由作也"之语,表明了他为普及历史知识而创作的动机,这与嘉靖、隆庆朝时书坊主强烈的牟利盘算有所区别,但甄伟等人也并不是毫无这方面的考虑,就拿上面这句话来说,又何尝不是一种帮助作品进入阅读市场的宣传广告呢?

到嘉靖、隆庆朝为止,已有的讲史演义基本上已将中国历史上分裂的世代写遍,唯一遗缺的是头绪较繁杂的魏晋南北朝时期,而万历时杨尔曾《东西晋演义》的问世补上了这一空白,酉阳野史的《三国志后传》则是描写了这一时期的部分故事。已无空白存在并不意味着其他的作家就须得改变创作题材,而且事实恰恰相反。大的分裂世代虽被写遍,却完全可以再作重写,如甄伟的《西汉通俗演义》与托名徐渭的《云合奇踪》等作就都是典型的例子。不过,此时较多的作者是开始将注意力至于范围较小或时间较短的分裂时期,或是取材于局部的战乱。秦淮墨客的《杨家府演义》描写了北宋时期的宋辽对峙,空谷老人的《续英烈传》与作者不详的《承运传》都叙述了明初南北两个政权大决战的全过程。如果以战乱为题材划分的标准,那么除了余象斗的《列国前编十二朝传》与谢诏的《东汉十二帝通俗演义》,其余作品全都该归入此类,而余象斗等人的那两部作品,其实也多少包含了一些描写战乱的内容。在战乱期间,军事、政治与外交等各方面的斗争都异常激烈,这类故事易于吸引读者,作品相对说来也较易编撰。纵观明清两代约百部讲史演义,它们多以战乱为创作题材,故而万历朝这些作家的选择并不令人感到奇怪。

不过,同样是描写战乱,万历朝讲史演义的面貌却异于嘉靖、隆庆朝。熊大木等人的创作或是将正史改写为白话,或是将宋元讲史平话作缀连辑补。诚然,万历朝有些作家的创作依然如此,可是至少对描述本朝史实的作者来说,他们却是既无正史可作依据,也无相应的平话可供改写,创作的难度远比以往大得多,而这一时期创作的整体水平高于嘉靖、隆庆朝在这方面也表现得尤为突出。就拿作者不详的《戚南塘剿平倭寇志传》来说,它固然也有不少对战场上厮杀场面或其他军事活动的直接描写,同时又力图反映战争对社会生活各方面的影响。当写到明军刘都督为贼兵流矢所中,箭疮不时攻发,疼痛殊甚,而面对戚继光的问安柬札又心甚惭愧,于是每夕必令妓乐满前,以消忧闷。就在这样的场景中,作者突然插入了刘都督滥杀无辜的情节:

> 忽有美姬歌曲,不觉泪下。刘都督大怒,喝令军士将此女子拿下,问曰:"吾今忧闷,正要汝等弹唱作乐,庶可忧解,汝胡得为此不祥之态乎?"姬曰:"愿乞一言而死。妾本仙居县民华长清之女,嫁与儒学生员吴道直为妻。未及半载而倭寇奄至,遂至所虏。义不受辱,贼乃拘系民舍。幸遇督府仁德,夺回至此,妾自以为出万死于一生,皆督府之赐也。语云:'恩我者与生我者同。'今见督府箭疮不时攻发,心独怜之,是以不觉泪下。愿督府体天地好生之德,悯妾年少孤身,置之度外,生死感激。"刘都督大喝曰:"何敢女子如此多言!"令刽子手将此女推出辕门外斩之。英娘诉哀甚切,刘都督不听竟斩之,可怜年少绝色女子死于非命。左右将佐有偷泪泣下者,莫敢劝救。……

时吴道直闻知刘都督杀一女子姓华氏，乃冒白刃，衡矢石，径至军营购求。军士问其来由，始知所斩女子即其妻也。放声大哭，死而复苏，乃访寻其尸首，敛殡郊外。复至辕门泣诉其事。刘都督大怒曰："辕门外有无故哭泣者，明示军法！"道直无奈何，乃舁榇归葬。……具告方伯，请讨复仇。方伯咸不以为意，乃诣戚参将，细诉其事。戚参将曰："书生果有才调，可置吾左右以备顾问，何如以一女子而丧平日之英雄耶？且亡者不可复存，死者不可复生。况草堂刘公所为之事，吾不能如其万一。事在以往，言之何益？"吴生含泪而出，径至妻墓，仰天大哭曰："妻为夫死，夫为妻亡，夫复何言！"以刀掘穴于左，自刎而亡。

明军平定倭寇是正义之战，但作者对明军将领并非一概唱赞歌，而是如实地写出了这场战争的复杂性。刘都督的蛮横凶残、英娘的委婉哀求、吴道直的悲痛欲绝与诉告无门，官场上的官官相护与正直将领的无力相助等，均一一描绘如画。文末又写道："戚参将闻知吴生此事，以故凡所夺回男女，必令人寻觅携去，不责偿也。民甚德之，咸欲立生祠以祝其寿焉。"由此可以知道，当时明军将被倭寇掳去的百姓夺回之后，竟要其家人拿钱来赎，而稍不如意竟还随意杀害，将领的贪婪与军纪的腐败都因这些文字而暴露无遗。能细腻地写出百姓在这场战争中所受到的双重灾难，足以显示作者的创作远高于嘉靖、隆庆朝的水准，而通过上述描写最后突出了戚继光革除弊政、造福百姓的功绩，这样安排也显示出作者艺术处理的高明之处。从小说的结构安排也可以看出作者的艺术匠心。这部作品的主旨是歌颂戚继光的抗倭业绩，可是这位主人公的出场却较迟，作者先是花了大量篇幅去描绘战争的态势：倭寇与海寇勾结作乱，海防前线却无力抗击，朝廷大臣们忙于互相倾轧，而主事者又昏愦怯懦。正是在这形势危急之际，戚继光受命平定倭乱，来到东南沿海前线，作品接着又一口气写了戚家军的十次大捷。前面有关形势危急的大量铺垫性描写并非赘语,它有力地反衬出戚继光叱咤风云、力挽狂澜的英雄气概。

万历朝的讲史演义在人物形象刻画方面也远胜于以往,大家熟悉的纪振伦的《杨家府演义》自不待言,而他的另一部小说《续英烈传》中也不乏精彩的篇章,如燕王朱棣召见道衍卜算便是其中一例:

> 燕王接了铜钱,暗暗祷祝了,又递与道衍。道衍就案上连掷了数次,排成一卦。因说道:"此卦大奇。初利建侯,后变飞龙在天。殿下将无要由王位而做皇帝么?"燕王听了,忽然变色,因此道:"你这风和尚不要胡说!"道衍又戏颠颠答道:"正是胡说。"也不辞王,竟要出去。燕王道:"且住!寡人再问你,除卜之外,尚有何能?"道衍笑道:"三教九流,诸子百家,无所不知,任殿下赐问。"此时天色寒甚,丹墀中积雪成冰。燕王因说道:"你这和尚,专说大话。寡人且不问你那高远之事,只出一个对,看你对得来否。"道衍又疯疯癫癫的道:"对得来,对得来!"燕王就在玉案上亲书两句道:"天寒地冻,水无一点不成冰。"书毕赐与道衍:"包含着水字,加一点方成冰字。"道衍看见笑了笑道:"这是小学生对句,有何难哉。"因索笔即对两句,呈与燕王道:"国乱民愁,王不出头谁是主。"燕王看见王字加一点是个主字,又含着劝进之意,心内甚喜,但要防闲耳目,不敢招揽。假怒道:"这和尚一发胡说,快出去罢。"道衍笑道:"去,去,去!"遂摇摇摆摆走出去。

朱棣欲起兵争夺皇位,决定前还想通过卜算探知鬼神意向,他被道衍说中了心思又不能承认,只得斥他为胡说;道衍借卜算而劝进,虽遭斥责却无须担惊受怕。一个是连声叱咤但毫无怒意,一个是陈述军机大事却故意疯疯癫癫,作者将这两个地位身份不同的人对话时,须论及但又不能说透的微妙心理刻画得活龙活现。在嘉靖、隆庆朝的讲史演义中,就根本读不到这类描绘生动的文字。

当肯定万历朝的讲史演义优于嘉靖、隆庆朝的创作时,这里所作的只是整体意义上的比较,并不是说每部作品都表现出明显的进步,事实上也不可能如此。如匆忙拼凑成书的《征播奏捷传通俗演义》,其面目与《大宋演义中兴英烈传》相差无几。这部小说号称百回,实际上各回文字甚短,显为勉强凑数;而且该书讲述平定播州之事,第一回却去从二百多年前的"朱太祖定鼎金陵"叙起,离题也实在过于遥远。作品的第九十九回是赞颂平播的诗篇,第一百回则是翰林的"川贵用兵议",这种将诗歌或历史文献集中置于作品之末的手法,也正是熊大木曾经运用过的。其实,万历朝的讲史演义通篇均为精彩之笔的实是少见,多数是确含有较生动的篇章,同时也常常显示出承接嘉靖、隆庆朝创作的痕迹。如《戚南塘剿平倭寇志传》的成功之处已如前所述,但作品中的败笔也不时可见。该书各节之描述并不均等,长者洋洋洒洒,短者如《宗提学游滴水岩》一节连标题在内仅129字,而且这段文字与正文并无关系。在万历朝的讲史演义中,像熊大木那般动辄大段插入诏旨、奏章等历史文献的现象已不多见,但又决不是销声匿迹,如上书《刘给事劾奏阮都堂》一节全文连标题1,869字,所插入的奏折与七律一首为1,242字,占三分之二强。而且,作者为了内容的丰满,有时还不顾实际需要地移植以往作品中的情节,如《舒兵备建宁善政》所叙述的舒春芳破案的故事,就与戚继光平倭并没有什么相干,可是作者照样描述得津津有味,而一查其究竟,却发现他其实是将《百家公案》第九回《判奸夫盗窃银两》原封不动地搬来,只不过将破案人换上了舒春芳的名字而已。

与嘉靖、隆庆朝相较所发现的承接的痕迹,又一次证明了创作只能在已有的基础上向前发展,而比较所发现的艺术上的进步,则更是明显的与主要的,倘若仍是熊大木那般书坊主在编撰而不是具有较好的文学修养的士人的参与创作,那么这种明显的艺术上的进步也不可能出现。文人们终于投身于这一领域需要整个舆论环境的改善相配合,这也是讲史演义为什么先是迟疑了三十余年,而在万历三十年后又很快形成一定规模的原因。文人的参与使讲史演义创作的水准有了显著提高,但他们在具体创作时,着眼点往往是题材的选择与如何进行艺术上的处理,并没有从方向的高度去考虑讲史演义创作的发展趋势。他们之中或许有人朦胧地感觉到这一问题的存在,但在当时的历史条件下,它还不可能被明确地提出,至于解决则更是有待于作家们在创作实践过程中的艰苦摸索。

第二节　面对矛盾的惶惑与尝试

从明初的罗贯中作《三国演义》一直到上述的这十四种作品为止,世上的讲史演义已有二十余部。只要与正史略作对照就可以发现,各朝的历史基本上都已经被覆盖了。若讲史演义的任务只限于以通俗的话语演述正史,那么它的创作道路该是快走到尽头,因为历史上毕竟只有那十几个已基本被写遍的朝代。在这样的创作形势下,讲史小说的创作与传统的按鉴演义观念的矛盾便开始凸现。广大读者热情地欢迎讲史演义,诚如明末时东山主人所言:"田间里巷自好之士,目不涉史传,而于《两汉》、《三国》、《东西晋》、《隋唐》等书。每喜搜览。"[①] 他们希望能不断地读到新作品,可是在历史上的朝代几被写遍的情况下,对深受按鉴演义观念束缚的作家们来说,要继续提供吸引人的新作品又谈何容易,因为采用这样的创作模式,他们只能在材料剪裁、详略调整、历史文献插入以及语言修饰等方面拥有自由度,很难充分展示想象力与发挥创造力。阅读需求与作家现状

---

① 东山主人:《云合奇踪序》。

的矛盾使讲史小说的创作面临着需要作出抉择的重要关头,按鉴演义的观念已经成为创作以新面貌生气勃勃地继续向前发展的主要障碍。可是,打破传统的力量并没有和阅读的需求同步出现,于是深受传统观念束缚的作家们虽或意识到矛盾的存在,但他们始终迟疑着,宁愿采取回避矛盾的处理方法,而将抉择权留与后人。

　　回避矛盾的方法之一,就是将以往的讲史演义重作改写。如甄伟因不满意熊大木的《全汉志传》"多牵强附会,支离鄙俚,未足以发明楚汉故事",于是又重写了《西汉通俗演义》;而谢诏的《东汉十二帝通俗演义》与作者不明的《两汉开国中兴志传》也都属于这类重新改写的历史小说,他们若非不满于熊大木的《全汉志传》,是决不会萌发改写念头的。甄伟明确说明自己是在据旧作改编,可是有的作品却有意冒充新作行世。如《云合奇踪》明显是以《皇明开运英武传》为底本,重新加以剪裁编辑而成,作品前徐如翰的序言却说这是徐渭"溯其从来,摭其履历,演为通俗肤谭而杂以诗歌赋调,辑为二十卷,析为八十则,有若《三国》、《水浒》,令人一见便解",[①] 仿佛这是一部全新的作品。进士出身的徐如翰未必会干这种无聊的事,他也很可能是受了书坊主的蒙骗,而后者此举以及伪称徐渭是小说作者,显然都是为了争取更多的读者。不过,并不能因此就否定《云合奇踪》应有的历史功绩。改编者在原作基础上融入了不少民间传说,有时则将原作一两句简略的交代敷演为大段的生动故事,有时又有民间对政治人物道德评价的添加,这些改动都使原作大为生色,而使《英烈传》故事真正推向民间的,其实也正是这部《云合奇踪》。

　　当这些作者改写已有的作品时,材料剪裁的得当、结构安排的合理与文字表述的雅驯自然是尤为注意之处,而由于文化修养远高于熊大木等书坊主,这类工作较好地完成对他们来说也

[①] 徐如翰:《云合奇踪序》。

并非难事。可是,当在改变原作"多牵强附会"的面目,力图使作品与正史记载严格相符时,他们却不免要踌躇再三,对"羽翼信史而不违"原则的遵循,使得历史真实与艺术真实关系的处理成了难以逾越的障碍。清人蔡元放在论及此问题时曾说:"小说是假的好做,如《封神》、《水浒》、《西游》诸书,因是劈空捏造,故可以随意补截,联络成文",而依正史敷演小说,"便只得一段一段,各自分说,没处可用补截联络之巧了,所以文字反不如假的好看"。① 由清代人仍在费力讨论历史真实与艺术真实的关系可以看出,这一问题确实在长期地困扰着讲史演义的作家们。

在嘉靖、隆庆朝,讲史演义的作者所做的工作只是依据正史或话本等类作简单的改编,然而即使如此,他们仍然无法越过如何处理历史真实与艺术真实关系的问题。总的来说,他们在理论上都较倾向于讲史演义的编撰应该是按鉴演义,可是在实际创作中却没有而且也无法严格地照此办理。《皇明开运英武传》在每则故事后注明了出处,似乎是够严谨的了,但它在演述中却夹入了郭英射死陈友谅之类的私货,而且这还是促使郭勋去编撰这部小说的最主要的动因。余邵鱼一本正经地声称自己是"编年取法麟经,记事一据实录",② 可是他在《列国志传》中照样写入了许多不仅史无记载,而且又荒诞不经的故事。在这个问题上,倒是熊大木值得称道,他根据自己的实际经验,明确地提出了这样的见解:

> 或谓小说不可紊之以正史,余深服其论。然而稗官野史实记正史之未备,若使的以事迹显然不泯者得录,则是书竟难以成野史之余意矣。

接着,熊大木又以史籍关于西施结局有不同说法为例论证

---

① 蔡元放:《东周列国志读法》。
② 余邵鱼:《列国志引》。

349

自己的观点:"质是而论之,则史书小说有不同者,无足怪矣。"①尽管熊大木立论的基础仍是须有历史文献记载,只是它们的记载不同给后人留下了选择的余地,但他这种近乎钻空子的议论,却表明其时某些人的认识已接近承认虚构在讲史演义创作中的合理性与必要性的门槛。熊大木的第二部作品《唐书志传通俗演义》对这问题的处理一如其前,他的朋友李大年曾批评这部小说"似有紊乱《通鉴纲目》之非",但同时又说:"虽出一臆之见,于坊间《三国志》《水浒传》相仿,未必无可取。且词话中诗词檄书颇据文理,使俗人骚客披之自亦得诸欢慕。岂以其全谬而忽之焉?"李大年从作品具有娱乐功用的角度出发,对《唐书志传通俗演义》表示了肯定,但同时又认为书中那些与史实不合的描写的存在是一种严重的不足,"致善观是书者见哂焉"。② 李大年实际上是将讲史演义创作中的艺术虚构作为尚可容忍的不足看待,虽未肯定虚构的正当地位,但与坚决主张严格地"羽翼信史而不违"者相比,毕竟也是一种进步。

通俗小说在嘉靖、隆庆朝还刚处于重新起步的阶段,作品也不多,再加上熊大木等人在创作实践中遇上这一问题时只求"变通"解决了事,对它并未作深一层的思考,而且即使要思考或阐述,书坊主及他们的朋友也并无此功力。因此,这一重大的理论问题只是接近于被提出而已,自然不可能得到深入而认真的讨论。对于力功后期文化修养较高的讲史演义作家来说,他们在创作之初就已意识到历史真实与艺术真实这对矛盾的存在,但是却无法给出明确的理论与实践相统一的解决。在那些改写已有作品的作家中,甄伟介绍自己创作时所说的一些话表明了他对解决这对矛盾的方法的认识。他认为讲史小说应该"言虽俗而不失其正,义虽浅而不乖于理",他自己的编写原则是"因略而

---

① 熊大木:《大宋演义中兴英烈传序》。
② 李大年:《唐书志传通俗演义序》。

致详,考史以广义"。① 这是两句颇可玩味的话语,"略"如何"致详",正史又何须再"考"? 其真实含意是创作时必然要增添一些正史记载之外的内容,但这种增添不是任意的附会,而是对正史记载作合乎情理的演绎的结果。在这里,那个"略"和"史"是不可动摇之主体,而内容的增添必须严格地以此为基础。倘若严格地遵循按鉴演义的主张进行创作,那么就应该如清人蔡元放所说的,是"有一件说一件,有一句说一句",② 其间并无任何的回旋余地,但这样也就写不成小说了,故而甄伟又说:"若谓字字句句与史尽合,则此书又不必作矣"。③ 甄伟没有明确肯定虚构在创作中的地位,不过他以"因略而致详,考史以广义"代替了按鉴演义的主张,为自己在创作中多少运用些虚构手法悄悄地开了方便之门,而在正史的编纂中,史家面对简略的史实也常采用踵事增华、悬想事势的手法,甄伟的见解与此相似,或是受此启发,自然不会受到世人的厚非。应该承认,面对历史真实与艺术真实之间的矛盾,甄伟的处理要比上一阶段的作家规范,认识也前进了一步,然而这对矛盾的根本解决的出路在于破除按鉴演义的束缚,干脆明了地肯定虚构在创作中的必要性。甄伟显然并不具备对传统质疑的眼光与勇气,不管其本意如何,实际上他还是回避了矛盾。

从前面所排列的这时期的讲史演义可以看出,其中有七种,即占总数一半的作品在演述本朝的史实。如果撇开刺激各作家选择这些题材的具体因素,那么这种创作倾向实际上可以看作是回避前述矛盾的又一种方法。在论及自己的创作方法时,那些作家也总是强调对史实的依循,创作《续英烈传》的纪振伦就曾作过这样一番宣言:

---

① 甄伟:《西汉通俗演义序》。
② 蔡元放:《东周列国志读法》。
③ 甄伟:《西汉通俗演义序》。

> 胸贯三长,而后可以定一朝之实录;识破千古,而后可以论一代之是非。故修史难,而读史亦匪易也。古学士擢身兰台,从容簪笔,得以伸其鸿才卓见于藜光之下。尝不幸而伏处山林,沉观世故,枚举缕述,时存披览,则野乘之流传,亦足为考古之先资也。①

其时明代的正史尚未修撰,自以为是"胸贯三长"、"识破千古"的秦淮墨客宣称他撰写的《续英烈传》"足为考古之先资",口气是何等地自负,这也等于是在表明讲史演义创作应该一依史实的主张。作品中诸情节描写基本上都有出处,而并非作者杜撰,就这点而言,秦淮墨客确实有可以自负的理由,然而他却未去理会有出处未必就等于是史实这层关系。如作品第二十九回"欲灭迹纵火焚宫,遵遗命祝发遁去",其内容荒诞离奇,无须查考就可以知道并非是历史真实:

> 忽一个老太监叫做王钺,跪下哭奏道:"万岁爷,今日事急矣。奴婢有事,不敢不奏。"建文帝道:"你有何事奏朕,快快说来。"王钺道:"昔年太祖未升遐之先,知奴婢小心谨慎,亲同诚意伯刘基,封了一个大箧子付与奴婢,叫奴婢谨谨收藏在奉先殿内,不许泄漏,只候壬午年万岁爷有大难临身之日方可奏知。今年已是壬午,奴婢又见燕兵围城。万岁爷进退无计,想是大难临身了,故不敢不奏知。"奏罢,涕泪如雨。建文帝听了,忙命取来。王钺因往奉先殿,同两个小近侍抬到御前。建文帝一看,却是一个朱红箧子,四面牢固封好,箧口用两个大铁锁锁好。锁门俱灌了铁汁,使人轻易偷开不得。建文帝见了大恸,道:"前人怎为后人如此用心!"因命程济打去了铁锁,将箧子开了一看,却无别物,只得为僧的度牒三张、袈裟三套、僧帽三顶、僧鞋三双,并祝发的剃

---

① 秦淮墨客:《续英烈传序》。

刀亦在内。度牒一张是应文名字,一张是应贤名字,一张是应能名字。又朱书于箧旁:"应文从鬼门出,其余从御沟水关而行,薄暮会于神乐观西房。"建文帝细看明白,再三叹息,向程济道:"你方才议及祝发,朕犹诧为奇异,不知太祖数年前早已安排及此。虽智者所见相同,然亦数也。"因对箧子再拜受命。

其后数回则言建文帝二十余年间东流西徙,正统五年(1440)六十四岁时决意东归,后被正统帝迎入大内,造庵以居,以居天年云云。作为小说故事,这几回文字颇为精彩,但若言史实,却很使人怀疑。所谓正统帝迎入大内,这段史实其实也很清楚:"按问,乃钧州人杨行祥,年已九十余,下狱,阅四月死。同谋僧十二人,皆戍辽东。"[①] 自称"胸贯三长","识破千古"的纪振伦不顾史实而偏要如此撰写,其目的可谓是十分清楚。不过,这些离奇的文字并非纪振伦的杜撰,他是依据史仲彬的《致身录》编撰,只不过敷演得更为详尽而已。由这一例子可以看出作者对历史真实与艺术真实矛盾的解决办法:他实际上是将事出有据偷换了历史真实这一概念,至于此"据"是否真实,他却有意无意地回避了。纪振伦的另一部小说《杨家府演义》其实也是如此写来,所谓"足为考古之先资",只是说给人听的口头宣言罢了。

孙高亮的《于少保萃忠全传》也采取了相同的编撰方法,他在作品的"凡例"中写道:"《皇明实录》载于公事俱摘大关系于国家者,兹采为骨","《我朝纲鉴》载于公事,俱史官书其不朽大业,兹采入集","《皇朝奏疏》出于公手裁,系公竭忠尽瘁之言,兹采入集"。如果仅依这些历史文献写作,确也可算是按鉴演义。可是孙高亮又继续写道:"《列卿传》载于公事,俱摘故老传闻,脍炙人口者,兹采入集","《苏谈》系吴民传颂公德,细微之行,彰彰口

[①] 《明史》卷四。

吻,兹采入集","《枝山野记》俱系公幼时举止不凡,信口成章事,兹采入集","《梦占类考》系于公在天有灵,士人祈祷必应异闻,兹采入集"。将后一类内容写入讲史演义,那与按鉴演义可谓毫不相干了。在这里,又一次看到了将事出有据对按鉴演义概念的偷换。

将本朝故事作为讲史演义创作题材有着阅读市场刺激的因素。自明成祖朱棣以下,历朝的统治者都对靖难之役的真相讳莫如深,于谦有天大功劳却被枉杀,胡宗宪是个有争议的人物,戚继光扫荡了倭寇却遭贬职,百姓们对这类故事一直怀有浓厚的兴趣,却又没有探明究竟的途径,各种里巷传闻多年来始终经久不衰。那些作品的问世及其明显的倾向迎合了读者们的需要,这其实也是文人通过通俗小说创作在表示对朝政的看法。若仅就创作而言,这类题材的确带来了便利。那些历史事件和人物与作者所处的时代相距不甚远,有关的史料、笔记以及里巷传闻极为丰富,它们的说法不一甚至互相矛盾也是常有的事,这一切都给作者编写演义时提供了充分的回旋余地,他们既可以生动而具体地描写,同时又可以言之凿凿地声称作品中的内容是事事有据,这种情形比描写几百年前乃至上千年前的历史故事时,所能依据的仅仅是些干巴巴的史料显然要优越得多。这种现象的出现,表明那些作者主观思想上还不想突破严格依据史实的框框,至少是还不愿公开地肯定虚构的合理性与必要性,但他们对于各种记载或传说作取舍时,却又相当注意对读者阅读兴趣的照顾而不甚在意所写内容是否确为史实,这就或多或少地表现出了对艺术真实的倾斜。

将这七部演述本朝故事的作品作一排列,还可以发现一个重要现象,即作品内容越来越接近作家所处的时代。《云合奇踪》写的是朱元璋与诸功臣开国的故事,《承运传》与《续英烈传》则演述建文、永乐之际的靖难之役,《于少保萃忠全传》写到了正统、景泰与天顺三朝,《戚南塘剿平倭寇志传》与《胡少保平倭记》

的故事背景已是嘉靖年间。至于《征播奏捷传通俗演义》，它与被描写的事件实际上已是相平行了。播州杨应龙之叛平定于万历二十八年(1600)，而这部作品在在万历三十一年(1603)就已刊出了。九一居主人曾称赞这部勉强凑为百回的作品是"言事论略，皆有根由实迹，……非抵虚架空者埒"，其理由是"悉同之蜀院台发刊《平播事略》，并秋渊路人《平西凯歌》、道听山人《平播集》来"。① 但是作者栖真斋玄真子自己却承认作品"未必言言中窍，事事协真"，不过他赶紧声明道，即便如此，"大抵皆彰善殚恶，非假设一种孟浪议论以惑世诬民"。② 然而，"彰善殚恶"的动机却不能抹煞虚构的存在，可见即使是描写相距不远，甚至是正在发展过程中的事件的作品，仍然不可能避开历史真实与艺术真实这对矛盾。

从艺术上看，《征播奏捷传通俗演义》是一部很拙劣的作品，但这部小说的问世向作家们展示了新的创作园地：描写与现实生活平行的重大事件，即编撰时事小说。不过，时事小说的大量出现有一个先决条件，那就是社会矛盾须演变到异常尖锐、激烈与复杂的程度，从而能紧紧抓住作家们的注意力并使他们产生一种紧迫感，同时，还必须是封建统治者对意识形态领域已无力作强有力的控制，从而使作家们创作时不至于产生危险感，时事小说的繁盛发生于稍后的明清鼎革之变前后的原因正在于此。不过，虽然那些时事小说在今人看来也是在演述古事，但对当时作家的具体创作来说，演述古事与描写眼前刚刚发生过的或正在发生的重大事件是并不相同的两码事。一旦作家的笔触转向现实，那么严格地说，他的作品已不再属讲史演义。时事小说的出现只是另外开辟了一块新的创作园地，它并没有为讲史演义的创作寻得新的出路。

---

① 九一居主人：《征播奏捷传通俗演义引》。
② 栖真斋玄真子：《征播奏捷传通俗演义后叙》。

那么,在列朝大事基本上被演述完毕的情况下,讲史演义创作的出路究竟何在呢?实际上只有一条路,那就是跳出按鉴演义的框框,突破粗线条地按序勾勒某朝各大事件梗概的写法,转为生动具体地集中描写历史上一至几个事件或人物。对于历史上重大事件的发展与结局的描写必须尊重史实,但作品中的人物却既可以是历史上确实曾有的,也可以是作者自己杜撰的。塑造这些人物形象与描述他们的经历遭遇时,作者应根据广泛占有的史料与自己的生活积累,进行必要的虚构与捏合,由此反映出那个时代的风貌与本质,同时也表达出作者自己对现实生活的感受与见解。其实,在这以前已有过这样创作的典范,那就是施耐庵的《水浒传》,可是嘉、万时期讲史演义的作者中,基本上没人朝这个方向去努力。

不过,虽然没人去作上述的努力,但却还是有人试图跳出按鉴演义的框框,自号为酉阳野史的作者便是一例。当大家都尊奉"教化为先"的原则时,他的见解却别具一格,认为通俗小说的作用不过是供人"消遣"与"解闷","以豁一时之情怀耳"。[①] 既然读者对《三国演义》中汉刘衰弱,曹魏僭移的结局都要愤叹扼腕,掩卷不怿,于是他就干脆编一本关羽、张飞、赵云等人的后代扶助刘曜恢复蜀汉正统的《三国志后传》。面对别人"书固可快一时,但事迹欠实"的诘难,他回答道:我写的是小说,谁叫你当正史去看的![②] 可是,讲史演义的创作不得违背、篡改重大史实应是个基本原则,违反此原则的作品自然不可能得到人们的欢迎。《三国志后传》问世后不久即被讥为"病人呓语,一味胡谈"。[③] 酉阳野史用篡改史实的方法去突破按鉴演义的框框,这尝试显然并不成功。

---

  ① 酉阳野史:《新刻续编三国志引》。
  ② 酉阳野史:《新刻续编三国志引》。
  ③ 张无咎:《重刻平妖传序》。

在这一时期里,纪振伦的《杨家府演义》是另一部值得注意的作品。杨家将的故事也是经过很长时间才最后定型的。宋人罗烨《醉翁谈录》中所记载的话本名目中有《杨令公》和《五郎为僧》,臧懋循的《元曲选》中收有《昊天塔孟良盗骨》和《谢金吾诈拆清风府》两本杂剧,而纪振伦编写时,还从熊大木的《南北两宋志传》中抄袭了不少有关章节。这种粗糙简陋的编写虽不是按"鉴"演义,而只是将已有的材料作简单的缀连辑补,但其实质仍是一样。可是《杨家府演义》却和那些粗线条地按序勾勒某朝各大事件的作品不同,它的情节比较集中地围绕一些人物展开,而其中一些人物和某些人的一些经历却不是历史上实有的。尽管这部作品的创作与按鉴演义在本质上并无很大区别,而且纪振伦只是作了简单的编辑,并没有展开他的合理想象,但这部作品多少偏离了按鉴演义的轨道,而由此发展下去,讲史演义的创作将会慢慢地出现一些重大的变化。在这个意义上可以说,《杨家府演义》使讲史小说创作的行进稍稍地拐了个弯,而作者本人很可能根本没意识到这一点,当然更不可能知道沿着这偏离的方向,会导致什么样的现象发生。

总之,一方面或继续宣称按鉴演义的主张,或以事出有据取代按鉴演义,但同时又尽可能地写入能引起读者兴趣的各种传闻,这是万历朝讲史演义作家们的共同倾向。虽然历史真实与艺术真实这对矛盾在本阶段并未能得到解决,但文人的参与创作使讲史演义在停顿了三十余年后重又开始发展,艺术水准也明显地高于以往。而且,对本朝故事的描写越来越贴近作家所处的时代,表现出创作转向现实的趋向。仅就这点而言,万历朝的作家们所取得的成就也不可小视。

第三节　明后期的公案小说

万历二十二年(1594),朱氏与耕堂刊出了明代第一部公案小说《包龙图判百家公案》。翻开这部作品所看到的第一篇文字，是宋人撰写的介绍包公生平的《国史本传》。其实，人们对于包公的事迹早已是耳熟能详，作者此举则是想增强小说的史的意味。这也难怪，当时流行的小说都是依据正史描写的讲史演义，人们也很难摆脱小说创作须依附正史的观念的束缚，这篇文字便成了必不可少的节目。可是，将书中的断案故事一则则读下去，那些山花木石之妖，鳞甲羽毛之怪一类的内容便扑面而来。这一题材的选择实际上已是在与讲史演义分道扬镳，尽管作者的本意也许并非如此。题材的选择已决定了作者无法再按鉴演义，须知在《宋史》的包拯本传中，有关他严格意义上的判案记载仅有"割牛舌"一则而已。当然，《百家公案》中另外九十九则故事也并非是作者毫无依据地杜撰，他描写的故事也有出处，只不过不是正史，而是话本、杂剧以及民间流传的各种故事。宋元话本中有公案这一专目，南宋短篇话本小说中现存两篇描述包公破案的故事，即《合同文字记》与《三现身包龙图断冤》；元杂剧现存的公案剧目有十九种，而演述包公故事的就占了十一种，其中关汉卿的《包待制三勘蝴蝶梦》、《包待制智斩鲁斋郎》更是脍炙人口的名作。很显然，这些作品中的包公形象与历史上真实的包拯已相距甚远。胡适曾对此现象作过分析："包龙图——包拯——也是箭垛式的人物。古来有许多精巧的折狱故事，或载在史书，或流传民间，一般人不知道他们的来历，这些故事容易堆在一两个人身上。在这些侦探式的清官中，民间的传说不知怎样选出了宋朝的包拯来做一个箭垛，把许多折狱的奇案都射在他身上。"[①] 在中国古代的民间传说与通俗文学中，"箭垛现象"时常可见，在清官形象的行列中包拯也并不是唯一的有幸者，不过若就所附会的故事的多寡而言，他确实是名列首位。

在世上流行讲史演义之际，安遇时另辟蹊径以包公破案故

[①] 胡适：《三侠五义序》。

事为题材,这多少表现出了一点创造精神,不过,他编撰方式的实质却与嘉靖至万历初期的讲史演义并无多大的差别,即也是依据世上已有的各类作品作整理式的编辑。除宋话本、元杂剧与民间传说之外,刊于成化年间的说唱词话显然也给了他很大启发。目前发现的成化年间的说唱词话共有十一种,而讲述包拯的故事就占了其中的九种。虽然这些作品中有关包拯故事的基本架构与宋元时相差无几,他仍然是不畏权贵,善断阴阳,然而却被进一步神化了。这位清官被写成是天上文曲星下凡,辅佐由赤脚大仙投胎转世的宋仁宗,而他一旦被神化,其相貌也就迥异于常人。"八分像鬼二分人"的包拯不为父亲所欢喜,将他当家中长工般使唤,此时又有太白金星变作算卦先生前来指点迷津。《百家公案》吸取了这些内容,并以《包待制出身源流》为题置于百回故事之首,它与成化年间说唱词话的承袭关系由此可见一斑。尤可注意的是,这篇文字在篇首诗歌之后,以这样一番话语为开端:

> 话说包待制判断一百家公案事迹,须先提起一个头脑,后去逐一编成话文,以助天下江湖闲适者之闲览云耳。问当下编话的如何说起,应云:当那宋太祖开国以来,传至真宗皇帝朝代,海不扬波,烽火无警,正是太平时节。治下九州之内,有个庐州合肥县,离城十八里地名巢父村,又名小包村。包十万生下三个儿子,包待制是第三子。降生之日,面生三拳,目有三角,甚是丑陋十万,怪之欲弃而不养,……

这纯然是说书人的口吻,而安遇时以此笔法展开其故事,则当与他以话本小说及说唱词话为主要编创依据不无关系。这位作者决心要将有关包公的故事作集大成式的编辑,因此搜寻素材的范围便超出了话本、杂剧与说唱词话等通俗文学作品,可是即使如此,他所占有的素材仍不足以完成预先定下的"百家"的目标。在这种情况下,安遇时便只能将一些原与包公毫无关系的作品略作改造，收入己作。如第七十六回"阿吴夫死不分明"原是《疑狱集》中韩滉的判案故事，而第七十七回"判阿杨谋杀前夫"则是取材于《折狱龟鉴》中张咏的事迹。硬将别人的故事附会在包公身上的最典型的例子，莫过于第五回"辨心如金石之冤"。这篇文字其实就是陶辅《花影集》中的《心坚金石传》，不过经过对勘可以知道，安遇时实际上是以当时流行的《绣谷春容》为抄录对象，除了将故事背景从元代改为可与包公挂上钩的宋代之外，只有个别处文字略作改动。《心坚金石传》讲述的是李彦直与张丽容的爱情悲剧，与破案本无关系，但安遇时在故事结束处加上了包公为他俩伸冤，将迫害者绳之以法的内容，这则故事就也算作"百家公案"之一了。

安遇时四处辑录拼凑，其作品也相应地简陋粗糙，各回篇幅则是明显地很不匀称，长者仅约二千字左右，短者每回仅七八百字，最短的第七十九回"勘判李吉之死罪"，连同标题在内也仅有一百八十字：

判：刁恶无情犯枉法，包公斩讫去奸民。
云：从前已谓长无事，自有刑条不顺情。

话说包公一日升厅，有一人告李吉在南门外打死人命。包公即差人前去勾唤李吉到来当厅理问。无辞承认是实，包公乃令枷送入狱。根勘明白后，唤诸吏云："李吉故肆杀人，合该死罪，便令押赴刑场处斩。"诸吏情知大罪合当申州理结，县属如何敢擅自结断？皆惊怕不敢说。包公不由吏说，亲写了案款，将李吉绑死号令四门。于是刁恶敛首，百姓安生矣。

上面所引的这断文字纯粹是一则素材，其实安遇时完全可以按"清官模式"将它敷演为曲折丰满故事，如李吉是恶霸劣绅，被害者为贫苦百姓，得了李吉贿赂的上司阻挠判案，包公不畏权贵依法处决李吉等等。看来安遇时并不具备自己进行创作的功力,他仅仅是将这则素材抄录汇辑而已,而这类情形在《百家公案》中又是屡屡可见。安遇时也有自己的发明,上引文字开首处的"判"、"云"即是。这部小说中的各则故事基本上都是以此格式开篇,不过若追本溯源,不难发现这是由话本的篇首诗脱胎而来,而其文字之鄙俚,又足以显示安遇时的文化修养。《百家公案》摆出了长篇小说的架势,但它实际上是百篇短篇小说素材的汇辑,内容较为杂乱,各回篇幅不一,书中统一之处当然也有,那就是篇首的"判"、"云"格式与多数篇末的"此亦可以为守节不终者之戒"一类的话语。这表明安遇时虽无创作之能力,但他脑海中小说创作应遵循"教化为先"原则的观念却倒是根深蒂固。不过,尽管这部作品的笔法相当幼稚粗疏,但它的叙事方式毕竟已明显异于《折狱龟鉴》一类的法家书,而是努力认同于话本小说,这对于明末公案小说流派的形成与发展都有十分重要的意义。

与耕堂的《包龙图判百家公案》刊行后三年,即万历二十五年(1597),万卷楼便刊刻了《包孝肃公百家公案演义》。此书实际上是前书的翻版,万卷楼的老板急于争利的举动,证实了《包龙图判百家公案》在当时的畅销,而这又意味着尽管如此粗糙简陋,但广大读者仍然十分欢迎讲史演义之外新出现的公案小说。福建的余象斗敏锐地抓住了这一机遇,编撰刊行了《皇明诸司廉明奇判公案传》。这部作品集一百零五则案件分人命、奸情、盗贼、争占等十六类编排,相当一部分内容是辑自各种案例书如《疑狱集》之类,而余象斗编辑时针对《百家公案》中故事多含神怪内容的现象,提出的"非如《包公案》之扑鬼琐神,幻妄不经之说"的主张尤可注意。[1] 当然,他并不可能彻底摈除作品中的神怪内容,如拐带类中的《黄通府梦西瓜开花》写黄在中"忽一夜梦见四个西瓜,一个开花",第二天他就遇见四个和尚,"新剃头绿似西瓜一般",结果查出其中一人是被用暴力拐来的妇女。这则故

---

[1] 余象斗:《皇明诸司廉明奇判公案叙》。

事显然应归于"幻妄不经之说"。不过,余象斗主观上减少神怪内容的意图毕竟应该肯定,而且这部作品集中纯为人间言动的故事也确实占了绝大多数。若从艺术方面着眼,那么余象斗的编撰则是与安遇时一样地粗糙简陋,甚至还明显地不如前者:安遇时虽在竭力拼凑,但那"百家公案"确实都是在讲述故事;余象斗则不然,书中坟山、婚姻、债负、户役、斗殴、继立、脱罪与执照等八类中各则居然都毫无故事情节,而只能读到一些状词、诉词或判词,而全书一百零五则中,毫无故事情节的竟有六十四则,占总数的60%强。如执照类的《汤县主告给引照身》全文如下:

　　江山县游扬状告为给引便照事:伏睹设关,将以搜口,文引不给,讥(稽)查难凭。身带赀本,前往南京生理。旅途往返,不无关津盘诘。告乞文引,以便照验,庶使奸细,不致混淆,商路程限,免为留难。上告。

　　汤侯即批云:秦关燕壁,路阻且长,倘非弃儒生,未有不苦于盘诘者。今游扬贸易江湖,非区区守故园而老者,与以执照。庶身有照,验关无留难矣。

《皇明诸司廉明奇判公案传》是余象斗编撰的第一部小说,他初涉创作领域,对于小说这一文学体裁的认识还较模糊,而在通俗小说创作重新起步的阶段,还尚未有人去将小说的性质、特点等诸问题辨析清楚,因此对于余象斗在作品中大量羼入判词、执照一类的文字,实是不必苛责。余象斗首先是个书坊主,考虑问题时的第一要素便是市场的需要,《百家公案》的畅销是刺激他自己动手编撰作品的重要因素,而从判词、执照一类文字大量羼入来看,他在分析畅销的原因时,确将广大读者对法律问题的关注置于了首位。不像《百家公案》那样多杂糅神怪内容,同时又新增添判词、执照一类文字,这表明余象斗的主观意识上是想编一本带有故事性的介绍司法常识的类书。在这本书之后,余象斗又编了部续书,即《皇明诸司公案传》,这足以证明《皇明诸司廉明奇判公案传》在刊行后同样也十分畅销。余象斗原先的估计并无错误,广大读者确实有了解法律常识的需求;这现象同时也表明,对希望阅读小说的读者来说,在那书稿匮缺的年代,即使作品中羼杂着判词、执照等非小说文字,他们仍然乐意购买。

在编撰第二部公案小说时,余象斗显然对读者状况作过一番分析,因为《皇明诸司公案传》的面貌已明显地异于《皇明诸司廉明奇判公案传》。首先是全书五十九则故事中,除个别的如《赵知府梦猿洗冤》之外,基本上已不再有因受神鬼启发而破案的情节,表现出作者对"幻妄不经之说"的进一步的排斥。同时,作品集中如《张主簿察石佛语》描写的是和尚凿地钻入石佛腹中,伪作佛语骗财,这类故事在客观上起了劝导人们不要轻易相信鬼神的作用。其次,虽然该书仍承袭法律文书体制,分人命、奸情、盗贼等六类,但作品集中所收均为纯粹的小说故事,判词、执照一类已一概不再独立成章,而只是作为情节发展的有机组成部分而存在。第三,作品素材多采自案例书的做法一如其旧,但改编时已能作较细致的铺叙描摹,注意故事的生动、曲折。第四,《皇明诸司廉明奇判公案传》一百零五则中,仅五则篇尾有作者所加的按语,这是他偶尔一用的形式;可是在《皇明诸司公案传》中,除了《王尚书判斩妖人》、《于县丞判争耕牛》、《崔知府判商遗金》三则之外,其余五十六则篇篇都有按语。① 由这四点变化可以看出余象斗编撰《皇明诸司公案传》的宗旨:他已明显地偏重于作品的文学性,同时并不打算放弃法律常识的介绍,而是力图将两者融为一体,因为读者对公案小说的欢迎,其实就是出于这两者结合的推动。

将篇尾按语固定为一种格式,这是余象斗编撰公案小说时的创造。追溯其本源,这很可能是受了《百家公案》中不少回结束时"此亦可以为守节不终者之戒"一类话语的启发,但余象斗

---

① 个别篇尾的按语未加"按"字。

却充分发挥了这种形式的作用。在《皇明诸司公案传》中,有的按语相当简短,如《彭理刑判刺二形》的篇尾仅言:"按:此二形之人,本为怪异,世亦时或有之,故记之以示慎守闺门之防。"这与《百家公案》中一些回末之语相差无几。同时,有的按语又相当长,如余象斗在《王尹辨猴淫寡妇》的篇尾就洋洋洒洒地写了五百多字。在这篇按语中,余象斗介绍了一位受朝廷旌奖的八十岁的老寡妇临终之语:"(寡妇)定须要嫁,决不可守节也!"接着,他又发表了这样一段议论:

  然人家往往多孀妇者,盖妇人廉耻未尽,心虽有邪,口却羞言。况夫初死,恩情未割,何暇及淫,历时未久,何知有苦,故多言守。既言之后,又难改悔,又守之后恐废前功,故忍耐者多,岂皆真心哉!岂独无血气乃绝欲哉!而家主多爱妇贞者,彼欲图名耳,又重担在人身,彼不知重耳。……况孀妇者,违阴阳之性,伤天地之和,岂有家有郁气,而吉祥骈集者乎?

当论及明后期的批判程朱理学扼杀人性的进步思潮时,人们动辄便是引用李贽、汤显祖的言论,他们一般都没有注意到就连余象斗这位社会下层的书坊主也持有类似的见解,而且他还将大胆议论写进了推向大众的通俗小说,向更多的人作宣传。余象斗持有这种见解自然很可能是受了当时进步的社会思潮的影响,但在这则"按语"中,他又列举了一些寡妇的悲惨境遇为例证,表明他结论的得出是源于对现实生活的观察。也许这样理解更为接近当年的事实:社会下层的百姓鉴于眼前的事实而萌发了反叛程朱理学的思想,思想家则是将这些模糊的、庞杂的与混乱的思想作整理与归纳,以集中、系统与尖锐的形式再诉诸社会,而连接思想家的理论与普通社会大众的中介环节,则正是余象斗这一类人。

在《皇明诸司公案传》中,像上述过长过短的按语并不多,不过利用按语发表自己见解，倒是余象斗常用的一种方式。按语在书中的另一重要作用是介绍法律常识，如《黄令判凿死佣工》讲述了这样一则故事：俞厥成的仆人连宗胁奸了主母，俞厥成后来就用酒将他灌醉，凿穿胁下，以开水灌烫至死。连宗之弟告到黄县令处，黄县令验不出伤痕，错引《洗冤录》，误判连宗之弟有诬告罪。余象斗在这则故事后加按语云：

> 按：此明是凿死，而检者未得其情，盖以方凿之时，即以滚水灌其伤处，故无血荫。此《洗冤录》中所未载，附之以补所未备。后之检伤者具详之。或曰：水灌虽无血荫，其皮肤必有热水皱烂之痕可辨。惟连宗刁奸主母，罪应当死，死不自冤。故检不出者，天理也。后人勿谓此计可掩伤而效尤之。是亦一见故错，记以待明者察焉。

又如《胡宪司宽宥义仆》与《左按院肆赦误杀》两案有类似之处，但判决不一。于是余象斗便在后一则的按语中分析案情异同，指出"故拟流罪，不得全宥，亦当情之议也"。全书共五十九篇按语，其中却毫无涉及对作品的艺术分析，这或可遗憾，但余象斗的本意就是借此介绍法律知识，而作品正文中已无判词、执照之类独立成章的现象，这与前书相比已是一大进步。

另外还应指出的是，《皇明诸司廉明奇判公案传》与《皇明诸司公案传》均为上图下文，可供娱乐的故事、法律知识的介绍以及它们的通俗的形式，这些都极有利于作品的畅销。受此刺激，编撰公案小说者日多，使这一题材的创作形成了新的流派。为了便于考察，现将明后期的公案小说一并排列如下：

万历二十二年	包龙图判百家公案	安遇时
万历二十六年	皇明诸司廉明奇判公案传	余象斗
？	皇明诸司公案传	余象斗
万历三十三年	新民公案	吴迁
万历三十四年	海刚峰先生居官公案传	虚舟生

?	明镜公案	吴沛泉
?	详刑公案	归正宁静子
天启元年	名公案断法林灼见	湖海散人清虚子
?	律条公案	托名汤显祖
天启、崇祯间	详情公案	?
?	神明公案	?
?	龙图公案	?

在余象斗的《皇明诸司公案传》之后虽又有九种公案小说问世，但细究其内容，互相重复者甚多。如《海刚峰先生居官公案传》共四卷七十一则，其中抄自《百家公案》十八则，《皇明诸司廉明奇判公案传》九则，《皇明诸司公案传》二则，另又抄自文言小说集《耳谈类增》十七则；又如《名公案断法林灼见》共四十则，录自《皇明诸司廉明奇判公案传》与《详刑公案》各二十则。其他各书也都程度不等地存在着这种现象，因此公案小说在一时间接连刊行了不少，但故事数目的实际增长并不多。书坊主们急于抢占公案小说的阅读市场，可是他们及其雇用的下层文人既无文学创作的能力，对现实生活中司法机构的运转详情与案例又并不十分了解，再加上历史上的精彩案件已被安遇时与余象斗筛滤过一遍，在无奈之中，他们便只能各处抄袭，另题书名刊印行世，而上图下文这种易于争取读者的形式，自然也被照样承袭了。孙楷第先生在论及公案小说时曾言："要之，书肆俗书，辗转抄袭，似法家书非法家书，似小说亦非小说，殊不足一顾耳。"[①]孙先生对公案小说的性质及当时刊刻情形的评判十分精当，但所谓"殊不足一顾"则是今人口吻，万历时的读者对这类作品还是极为欢迎，否则也不会出现书坊主们争相刊刻的景象。

在这类公案小说中，《律条公案》因首卷别出心裁的体例安排

---

① 孙楷第：《日本东京所见小说书目》，人民文学出版社1981年10月版。

而异于他书。此卷分"六律总括"、"五刑定律"、"拟罪问答"、"金科一诚赋"、"执照类"与"保状类"等六部分，内容则是简明扼要且条理清晰地介绍常用的法律知识。如"拟罪问答"中第一个问题便是"如人妻生一子，妾生一子，通房生一子，奸生一子，四子何以分家业？"其后又有一问题是"如妻因夫逃亡三年之外，告官司而改嫁。夫回告夺，给付何人？"这类百姓们在日常生活中会经常遇见的法律问题及其解答，编者一口气排列了四十四个。连同"六律总括"等其他五部分内容，《律条公案》的第一卷可称得上是"明代法律实用手册"了，对普通百姓来说，他们也确实需要这类读物以供参考，但这些内容夹在小说书内毕竟有些不伦不类。

《律条公案》的首卷体例从一个侧面反映了公案小说阅读市场竞争的激烈，书坊主如此别出心裁，目的就是为了能赢得读者的青睐，而这一事实同时又表明，公案小说之所以能风行一时，广大读者希望了解法律知识的需求是重要的推动因素。在这方面，它与略早形成的讲史演义流派的盛行于世具有相同之处：讲史演义之所以最先出现固然是囿于小说须依附正史的观念的束缚，而它能够广传于世，却是由于适应了广大百姓渴望了解历史知识的需要。在某种意义上可以说，通俗小说最初的两个流派的形成，实用的需要都在其间起了相当大的作用。从理论上说，小说创作须摆脱功利主义的目的方能健康地发展，但对于具有双重品格的这一文学体裁来说，传播环节的制约又使得这种纯粹的理想状态不可能出现，在它重新起步的初期更是如此。然而，尽管这一时期的作品在今日观赏价值极小，但它们对通俗小说从重新起步到逐渐走向繁荣却起了积极的推动作用。对实用需求的满足使这一文学体裁易于被大众所接受，而作品集中的不少故事，又成为后来小说家进行再创作的素材，他们写出的作品具有更强的可读性与娱乐性。当然，这并不意味着那时的小说不再具有双重品格，而只是经验丰富的作家们开始自觉或不自觉地将两者作巧妙地结合而已。

第十二章 《西游记》与神魔小说

当讲史演义创作停顿了三十余年后开始趋于繁盛之际,通俗小说的第二个创作流派神魔小说也在兴起。据目前所知,万历朝以前只有隆庆三年沈孟桦编撰的《钱塘渔隐济颠禅师语录》可归于神魔小说,而万历朝以后神魔类作品也不复多见。随后的天启、崇祯两朝新出的通俗小说明显多于万历朝,可是那时神魔类作品却只有三种;在整个清代,纯粹的神魔小说也仅仅是偶尔出现。虽然后来的通俗小说中写到妖魔鬼怪或神仙佛祖是很普遍的事,但这大多是其他创作流派中间出现的客串者。前瞻后顾可以得出一个明确结论,即万历后期是明清通俗小说史上神魔小说创作的鼎盛时期,短时间内神魔小说接连而出的现象在通俗小说史上可以说是绝无仅有。于是很自然地产生了这样一个问题:为什么神魔小说会集中地出现于此时?

要回答这一问题,就首先得从神魔小说的开山之作《西游记》说起。

第一节 《西游记》作者的再创作

万历二十年(1592),后来被称为明代"四大奇书"之一的《西游记》首次由南京书坊世德堂刊出。世德堂于万历二十年前后接连刊出《绣谷春容》、《唐书志传通俗演义》与《南北两宋志传》等小说,其意固然在于牟利,但也确实推动了通俗小说在南京地区的传播。当时在许多人的观念中,通俗小说的内涵几乎与讲史演义等价,或认为只有讲史演义才值得编撰与阅读,但对书坊主来说，赚钱的诱惑力足以抛甩传统观念的束缚。由于经营通俗小说的刊售，世德堂很清楚读者的阅读口味及其变化，乐意推出新鲜题材的读物以满足阅读市场的需求，有心留意于稿源的世德堂主人唐光禄也果然遇见了这样的机会，他购得《西游记》书稿，翻阅之后，"奇之，益俾好事者为之订校，秩其卷目梓之"。① 唐光禄正确地预见到《西游记》刊印后的畅销，但他当然并不可能知道，这一经营决策竟将引起通俗小说史上的神魔小说的崛起。

唐光禄所购之书稿并无作者题署，"不知其何人所为"，② 明清两代的《西游记》刊本或署朱鼎臣编辑，或只署华阳洞天主人校而不署作者姓名，或署丘处机撰，直到20世纪20年代，根据鲁迅、胡适两先生的考证，新出的铅印本《西游记》才署吴承恩著。此说后来一直为学术界沿用，但由于考证似尚欠周密，故而近年来也遭到有的学者有力的诘难。③ 不过，诘难只是指出将《西游记》的著作权归于吴承恩尚缺乏确凿的证据，目前材料的缺乏，尚不具备确凿地证明何人为《西游记》作者的条件，其中也包括不能排斥吴承恩为作者的可能性。在这种情况下，研究时

---

① 陈元之：《西游记序》。
② 陈元之：《西游记序》。
③ 章培恒先生《百回本〈西游记〉是否吴承恩所作》（载《献疑集》，岳麓书社1993年1月版）针对考证的原始依据，即天启《淮安府志》在吴承恩名下有《西游记》一书的著录，指出："天启《淮安府志》既没有说明吴承恩的《西游记》是多少卷多少回，又没有说明这是一种什么性质的著作，那又怎能断定吴承恩的《西游记》就是作为小说的百回本《西游记》而不是与之同名的另一种著作呢？要知道，在我国的历史上，两种著作同名并不是极其罕见的现象，甚至在同一时期里出现两种同名的著作的事也曾发生过。……大概比吴承恩大二十岁左右的安国就写过名为《西游记》的纪游之作，那么，又安知吴承恩的《西游记》不也是游记呢？"章先生又指出，吴承恩的《西游记》在清初黄虞稷的《千顷堂书目》中，被著录在卷八史部地理类，"倘若《千顷堂书目》的著录不误，那么，吴承恩的《西游记》乃是一篇通常意义上的游记，与安国的《西游记》属同一性质，换言之，它确是与小说《西游记》同名的另一部著作。"

径直称"《西游记》的作者"也许是最妥当的办法。

虽然目前《西游记》作者的面目尚不清楚，但经数十年来学者们对各种材料的钩辑、比勘与研究，对于这部小说的成书过程已可勾勒出较清晰的线索。唐太宗贞观三年（629），僧玄奘不顾禁令，偷越国境，在天竺诸国游历十七载，取回佛经六百五十七部。后来他口述所见，由门徒辩机辑录成《大唐西域记》，其后又有门徒慧立编撰的《大唐大慈恩寺三藏法师传》，为了神化玄奘，该书中穿插了不少神奇传说。有关玄奘取经的故事在民间传开了，而且在流传过程中内容越来越丰富，也越来越神奇。南宋时的《大唐三藏取经诗话》开始将各种神话与取经故事串联起来，形成情节较完整的文学作品，它在社会上很快地产生了广泛的影响。南宋诗人刘克庄在《释老六言十首》中有"取经烦猴行者"之句，并提及如来、老君、大鹏鸟、金毛狮子与青牛等形象，同时代的张世南在《游宦纪闻》卷四中也有"几生三藏往西天"、"苦海波中猴复行"等语，这些都是关于《取经诗话》社会影响的证明。到了元代时，取经故事已经基本定型，当时还出现了如吴昌龄《唐三藏西天取经》等不少杂剧以及与西游故事中人物有关的戏曲，作家们将西游故事点染入曲文也已是常有之事。

至迟到元末，已有一本《西游记平话》传世。《永乐大典》卷一万三千一百三十九"送"韵的"梦"字条下，载有《魏徵梦斩泾河龙》一篇，其情节与现通行本《西游记》第十回十分相似，其引书标题为《西游记》，文末有"正唤作魏徵梦斩泾河龙"一语，这段文字应该是辑录自《西游记平话》。约与此同时，朝鲜的《朴通事谚解》中，有一人称"买《赵太祖飞龙记》、《唐三藏西游记》去"之语，当另一人问为何买"那一等平话"时，回答是"《西游记》热闹，闲时节好看"。《朴通事谚解》中还有八条涉及《西游记平话》人物与情节的注，其中有一条介绍了闹天宫的故事，另一条则交代了取经部分的大致轮廓："法师往西天时，初到师陀国界，遇猛虎毒蛇之害；次遇黑熊精、黄风怪、地涌夫人、蜘蛛精、狮子怪、多目怪、红孩儿怪,几死仅免;又过棘钩洞、火炎山、薄屎洞、女人国及诸恶山险水,怪害患苦不知其几。"尽管《西游记平话》现在已经失传,但由尚存的资料可以推知,这部作品的内容比以往所有的取经故事都要丰腴得多,结构框架已经基本定型,情节安排也显示出明显的系统性,这就为后来小说《西游记》的再创作提供了坚实的基础。

框架的基本定型与情节安排已具备系统性,并不意味着小说《西游记》的再创作只需在文字方面作些整理编辑即可。若将残存于《永乐大典》中的《魏徵梦斩泾河龙》与小说相应的描写作一对照,就可以发现实际上小说作者是在《西游记平话》的基础上作了相当大的改动,而各种改动又大致可归纳为几种类型。首先是情节的丰满,如当泾河龙王听夜叉报告说,长安城中有一算卦先生"能知河中之事",依他卦算定可满载而归时,《平话》中对于龙王来到长安城只有一句话的交代:"龙王闻之大怒,扮着白衣秀士,入城中。"但在小说《西游记》中,仅这句话就敷演成一大段文字:

> 龙王甚怒,急提了剑,就要上长安,诛灭这卖卦的。旁边闪过龙子、龙孙、虾臣、蟹士、鲥军师、鳜少卿、鲤太宰,一齐启奏道:"大王且息怒。常言道:'过耳之言,不可听信。'大王此去,必有云从,必有雨助,恐惊了长安黎庶,上天见责。大王显隐莫测,变化无方,但只变一秀士,到长安城内,访问一番。果有此辈,容加诛灭不迟;若无此辈,可不是妄害他人也?"龙王依奏,遂弃宝剑,也不兴云雨,出岸上,摇身一变,变作一个白衣秀士。……

此后,对这白衣秀士的相貌衣饰,以及入长安城后看到的景象作者又有一番描写形容。这些叙述既细腻又可使情节缓缓展开。

其次是将情节改动得更为合情合理,并增添了细节描写。

在《平话》中,龙王第二次来找算卦先生时是这样描写:

> 老龙当时大怒,对先生变出真相。霎时间,黄河摧两岸,华岳振三峰,威雄惊万里,风雨喷长空。那时走尽众人,唯有袁守成巍然不动。

让龙王在长安城内显出本相闹个"黄河摧两岸,华岳振三峰"显然是不合情理,此时满城军民均难以生存,又怎可能会有后面的龙王与算卦先生的论理?于是小说作者完全重写了这一段:

> 他又按落云头,还变作白衣秀士,到那西门里大街上,撞入袁守诚卦铺,不容分说,就把他招牌、笔、砚等一齐摔碎。那先生坐在椅上,公然不动。这龙王又抡起门板便打,骂道:"这妄言祸福的妖人,擅惑众心的泼汉!你卦又不灵,言又狂谬!说今日下雨的时辰、点数俱不相对,你还危然高坐,趁早去,饶你死罪!"守诚犹公然不惧分毫……

若仅就这一段来看,其描写全无神怪色彩,完全是一幅地痞流氓在街头寻衅闹事的常见景象,而将龙王写成这般模样,则是作者出于心中对于权贵者极度蔑视的辛辣讽刺,改动的效果也就不仅仅是情节的合情合理了。小说作者对于不少细节也作了改动,如《平话》中,决意不按上天玉旨行雨的是龙王自己,但在小说中,却改成是"旨意上时辰、数目,与那先生判断者毫发不差,唬得那龙王魂飞魄散",此时是鰣军师献计:"行雨差了时辰,少些点数,就是那厮断卦不准,怕不赢他?"龙王果然按计而行。这一改动对于情节的发展并无多大影响,但却暴露了最高统治者的昏庸与君王身边奸佞小人献媚取宠,为点滴私利就不顾民情天意的丑恶嘴脸。

第三、小说作者在再创作时,常借题发挥,表达自己对人生的见解,并描述生活感受与抒发情怀。如平话《魏徵梦斩泾河龙》在开始处写道:

长安城西南上,有一条河,唤作泾河。贞观十三年,河边有两个渔翁,一个唤张梢,一个唤李定。张梢与李定道:"长安西门里,有个卦铺,唤神言山人。我每日与那先生鲤鱼一尾,他便指数下网方位,依随着一日下一日着。"李定曰:"我来也问先生则个。"

在小说《西游记》中,上述这段文字演述为洋洋洒洒的1,616字,篇幅为原文95字的17倍。在小说中,李定的身份被改为樵子,一渔一樵,正是典型的隐士面目,故而作者又称他俩是"贤人",是"不登科的进士,能识字的山人",并借张梢之口,发了一通议论:"我想那争名的,因名丧体;夺利的,为利亡身;受爵的,抱虎而眠;承恩的,袖手而走。算起来,还不如我们水秀山青,逍遥自在;甘淡薄,随缘而过。"接着,作者又让渔樵二人就山青与水秀究竟孰胜争论了一番。作者让他们争论的目的,则是突出无论山青还是水秀都远胜于尘世间争权夺利的思想。可以想见,作者的思想发展到这一境界,定然曾有过一番坎坷的经历。

最后,是文字的规范与雅化,以及文学色彩的渲染。这里不妨将龙王见算卦先生的文字作一比较。《平话》中是这样写道:

　　老龙见之,就对先生坐了。乃作百端磨问,难道:"先生,问何日下雨?"先生曰:"来日辰时布云,午时升雷,未时下雨,申时雨足。"老龙问下多少。先生曰:"下三尺三寸四十八点。"龙笑道:"未必都由你说。"先生曰:"来日不下雨,到了时,甘罚五十两银。"龙道:"好,如此来日却得厮见。"

小说作者在《西游记》中,对上述文字作了这样的改写:

　　龙王入门来,与先生相见。礼毕,请龙上坐,童子献茶。先生问曰:"公来问何事?"龙王曰:"请卜天上阴晴事如何。"先生即袖传一课,断曰:"云迷山顶,雾罩林梢。若占雨泽,准在明朝。"龙曰:"明日甚时下雨?雨有多少尺寸?"先生道:"明日辰时布云,巳时发雷,午时下雨,未时雨足,共得水三尺三寸零四十八点。"龙王笑曰:"此言不可作戏。如是明日有雨,依你断的时辰、数目,我送课金五十两奉谢。若无雨,或不按时辰、数目,我与你实说:定要打坏你的门面,扯碎你的招牌,即时赶出长安,不许在此惑众!"先生欣然而答:"这个一定任你。请了,请了。明朝雨后来会。"

两段文字互作比较,可以发现小说几乎对《平话》中的每一句话都作了改动,特别是原来诸如"乃作百端磨问"、"如此来日却得厮见"等明显带有说书人口气的话语,都被改成通畅明了的叙述。小说的文字要雅驯得多,所谓雅驯并不是用文言表述,而是标准的书面语言,并且将原作中急促、粗率的叙述,改为带有文学色彩的娓娓道来。如果将平话《魏徵梦斩泾河龙》中的每一句话都与小说中的相应描写作比较,那么自始自终都可以看到具有上述特点的改动。另有可注意处,是小说作者在对《平话》作改动时,还插入了大量的诗词类的韵文,它们同样也显示出作者改动的雅驯与富有文学色彩的特点。平话《魏徵梦斩泾河龙》一段总共为1,096字,小说作者改动时共插入了22段韵文,共1,436字,比原来全文的篇幅还要长。通过这些插入,读者可以感觉作者的博学多才,如叙及唐太宗与魏征对弈时,就较自然地用韵语的形式概括了《棋经》的要点插入点缀,又如写到龙王变成白衣秀士时,作者又插入这样一段韵文:"丰姿英伟,耸壑昂霄。步履端祥,循规蹈矩。语言遵孔孟,礼貌体周文。身穿玉色罗襕服,头戴逍遥一字巾。"外观完全是一位标准的温柔敦厚的儒雅君子,可是一与后面龙王的行径作对照,这段韵文的描绘便成了辛辣的讽刺。在明后期,貌似谦谦君子,但行为鄙俗乃至无赖者处处可见,因此小说作者讽刺的锋芒,决不是只指向泾河龙王一人。当然,并不是韵文的插入都一一恰到好处。如前所引,在叙述渔樵争论时小说作者插入了词10首与诗4首,相对于说明山青水秀间的隐居远胜于尘世上的争权夺利,这么多诗词的插入明显已超过了需要。多余的插入突出了作者显示诗才的动机,而在那个时代借写小说以炫耀才华,恰让人体会到作者创作时的那种怀才不遇的愤懑。

总之,若将平话《魏徵梦斩泾河龙》与小说《西游记》相对应的文字作比较,就明显地可以看出,小说作者的再创作使故事摆脱了原先作品的讲唱文学的格调,他丰富了作品的细腻描写与文学特色的渲染,使情节的发展既舒展又合情合理,原先简率呆板的人物对话变得生动活泼且符合特定的身份,人物形象的塑造则因有丰腴的血肉而凸现了各自的个性,给人以立体的感受。更重要的是,《平话》所讲述的纯粹是一则神怪故事,而小说《西游记》虽也描写神怪,但它们却有活生生的人情味,这种手法既贴近生活,又真幻参半,奇正相生,使人们感到熟悉而亲切,阅读时又被妙趣横生所吸引。两相比较,很容易看出小说作者再创作时的艺术功力,而正由于这些变化,作品的篇幅也明显地相应扩大了。小说《西游记》中与平话《魏徵梦斩泾河龙》相对应的文字共为4,691字,约为原先的三倍,这一比例的计算,也许有助于推测平话《西游记》的篇幅规模。

以上比较所归纳出的成功之处,同样也是整部《西游记》的艺术特色。经过上述改动,泾河龙王既表现出超自然的神性,同时明显地具有社会化的个性,其实小说中那种种神魔的形象也大多按这一方式塑造,而某些动物特性的融入,更令人拍案叫绝。如在孙悟空身上,变幻莫测的神通、不愿受任何束缚的个性就与猴子急躁敏捷脾性和谐地融为一体,在其他神魔身上(如猪八戒、牛魔王等)同样可以看到这种和谐的统一,他们也因此成为人们心目中难以忘怀的活生生的形象。"神魔皆有人情,精魅亦通世故",[①] 作者借此将仙界与尘世相衔接,而神仙佛祖们一旦不再与世俗生活相隔绝,那么作者对于他们的各种描绘都具有了现实的意义,那些善意的嘲笑、辛辣的讽刺与严峻的评判,

---

[①] 鲁迅:《中国小说史略》第十七篇"明之神魔小说(中)"。

其对象其实就生活在读者的周围。真中有幻，幻中亦有真，作者的愤世嫉俗与玩世不恭已熔铸于他的再创作之间，而这正是小说《西游记》与《西游记平话》风格上的最重要的差别。

由于《西游记平话》现仅存《魏徵梦斩泾河龙》一段，这里所作的只是片段的比较以及适当的演绎延伸。倘若参照《取经诗话》与其他戏曲、传说材料，又可以发现除上述种种差别之外，小说作者出于他再创作的整体意图，还对取经故事作了重大改造。在原先，所谓取经，自然是以唐三藏为主，孙悟空神通再广大也只不过是保护他前往西天的徒弟之一。可是如今在小说中，孙悟空成了作者用力最多的中心人物，作品一开始就描绘他的出身，在对大闹天宫故事作了尽情渲染后再引出取经一事；唐僧在取经途中能逢凶化吉，遍历劫难而终于无恙，主要也是靠着这位大徒弟忠心耿耿的护卫。于是，取经的主角唐三藏不仅在作品中退居于次要地位，而且他在作者笔下时而软弱胆怯、时而迂腐冬烘，时而又固执得不近情理，所经历的磨难有相当一部分就是因为他的性格弱点而招至，结果累得孙悟空一次次地费尽心机将他从魔掌下救出。这时，原先备受赞扬的圣僧便遭到讥讽与嘲笑，甚至是严厉的批判。随着人物刻画主次地位的根本改动，小说也不再是以宣扬佛教徒精神、歌颂虔诚教徒为主的故事。原先取经故事的浓厚宗教色彩被大为冲淡，作品中时不时地对神佛的调侃嘲讽，更使他们头上神圣的光圈闪烁着令人发笑的滑稽色彩，而这些处理恰恰正是读者们爱读《西游记》的重要原因。

当然，小说作者的再创作并非全为成功。如作品中韵文的插入，有的确实相当典雅，颇有意境，和小说情节进展互为映衬，可是其中铺张罗列，前后重复，甚至平庸乏味、格调不高者也有不少，若从作品结构着眼，相当大一部分韵文的插入其实是多余的。又如诙谐调侃、嘲讽讥刺是《西游记》的显著特色，也是作品吸引读者的重要原因，然而在有的场合，作者的诙谐调侃显得油滑庸俗，流于恶谑。至于情节结构的设置，作者如同制作"冰糖葫芦"似的将八十一难的故事逐个串联，倘若错乱次序重新组合也不会产生什么问题，这表明作者在长篇小说结构的把握上尚未能打破原有取经故事格局的局限。上述缺陷是客观的存在，不过与作者再创作的成就相比毕竟又属次要的一面。而且，估价《西游记》作者再创作的成就时，并不能仅根据作品本身的思想意义与艺术水准作评判，只有同时还将它置于小说创作发展历程以及当时的环境中考察，才能全面而完整地认识它的地位与意义。

《西游记》问世之际正是通俗小说创作重新起步的阶段，当时作品不多，成书方式也多为低层次的编撰，即以某种话本为底本，增添一些文字介绍人物与连接情节，或敷演某些热闹场面，或适应章回小说每回开头和结尾处的需要，此外便是插入诏旨奏表一类的历史文献，或若干诗词以供"有诗为证"之用。置身于简单的缀连辑补式的作品之间，《西游记》真可谓是鹤立鸡群，此情形也正等同于那位作者置身于靠编撰小说以牟利的书坊主之间一般。在当时所有的作品中，只有《西游记》回归于明初时《三国演义》与《水浒传》的创作方式，但那位作者的再创作却有着打破嘉靖、万历时缺乏生气的编撰模式的意义。稍作比较就可以发现，在决定题材与内容时，施耐庵与罗贯中所依据的材料都只有一个指向，他们无须选择，而且也别无选择。《西游记》作者的情况却不同，除了话本、杂剧以及传说中的神奇故事之外，他还面临着大量有关取经一事的正式文献。《旧唐书》里有着明确的记载，唐太宗李世民撰写的那些诏书敕文至今犹存，更何况玄奘自己还著有《大唐西域记》一书。若按当时普遍流行的关于小说创作的见解，他应该以正规的史料为改编的依据，而"以史籍的记载和唐太宗等人对玄奘的看法作为根据和出发点，那么创作出来的就只能是以艺术作品形式出现一部'高僧传'。它的主题内容必然是对于佛教和佛教徒的歌颂。"① 万历后期的神魔小说中确实有这样的作品,如朱星祚的《二十四尊得道罗汉传》的主要内容就是截取《高僧传》、《五灯会元》等佛教典籍,如此装配而成的作品自然也只能得到"殆不足以为小说"② 的评价。《西游记》作者并没有这样做,他选择了在话本、杂剧与民间传说的基础上进行艰苦的再创作的道路。惟有这样,他才可能充分展示自己的艺术才智,才可能在作品中融入现实的生活内容以及他对现实生活的感受与见解。

《西游记》的作者回到了通俗小说的起点,即《三国演义》与《水浒传》的编创方式,这样他的作品无论是艺术成就或与现实生活的贴近程度都远远超过了同时代的小说,同时《西游记》又具有开拓新题材的示范意义。这两者无论是哪一方面都给明后期通俗小说的创作者或编撰者以启迪,它们的结合更是对小说创作的发展具有深远的意义,而正是在《西游记》的直接影响下,神魔小说在万历后期迅速地崛起。

第二节 万历后期的神魔小说

万历二十年(1592),世德堂刊出了《西游记》,数十年来只能接触到讲史演义的读者们,几乎立即就为这部作品新颖的题材、生动的故事与诙谐幽默的风格所倾倒,而受此感染,通俗小说创作也很快地出现了相应的反响。继《西游记》之后最先问世的神魔小说,是万历二十五年(1597)刊行的《三宝太监西洋记通俗演义》。在这部小说中,罗懋登常常即情即景地发表一些针砭世风的议论:如第二十五回中的"这如今的人都是人面兽心",第五十

---

① 郭豫适:《论〈西游记〉》,载《中国古代小说论集》,华东师范大学出版社1992年2月版。

② 孙楷第:《日本东京所见小说书目》,人民文学出版社1981年10月版。

一回中的"满南京城里,倒少了座山虎?倒少了市虎?……那吃人不见血的,只怕还狠些",第八十五回中的"原来世情看冷暖,人面逐高低,都是顶冠束带的做出来"等等,批判锋芒所向并不是郑和下西洋时的明初,而是明后期的社会现实。罗懋登对题材的选择,更与当时国家面临的局势直接相关,故而其自序中有"今日东事倥偬,何如西戎即序,不得比西戎即序,何可令王、郑二公见,当事者尚兴抚髀之思乎"等语。从嘉靖朝到万历前期,南倭北虏给中国安全构成了重大威胁。东南沿海的倭患长期未能肃清,万历二十年(1592)日本丰臣秀吉远征朝鲜,并想进一步入侵中国,其时形势尤为危急。联系罗懋登创作的这一背景,便可以明白作品中有一些其实是有感于现实而作的描绘,如第十六回写到下西洋选将挂帅时,作者就让明成祖朱棣发了一通牢骚:"枉了我朝中有九公十八侯三十六伯,都是位居一品,禄享千钟,绩纪旗常,盟垂带砺,一个个贪生怕死,不肯征进西洋。"这是作者对嘉靖、万历时昏愦怯弱的当局的痛斥,他描写下西洋故事的原因则如鲁迅先生所言:"盖郑和之在明代,名声赫然,为世人所乐道,而嘉靖以后,倭患甚殷,民间伤今之弱,又为故事所囿,遂不思将帅而思黄门,集俚俗传闻以成此作"。① 罗懋登借创作既表示了对当时文臣武将的失望,同时也希望朝廷能奋发振作,重整海上雄风。

然而与《西游记》作者相比,罗懋登毕竟功力不逮,其作品显露出"侈谈怪异,专尚荒唐颇与序言之慷慨不相应",以及"文词不工,更增支蔓"等现象,② 而他编撰时最显著的特点,是杂取各书中材料或描写加以重新组合。作品中对西洋诸国的介绍,主要是依据马欢的《瀛涯胜览》与费信的《星槎胜览》,就连小说最后一回开篇处的那首长诗,也是搬自《瀛涯胜览》。罗懋登也

---

① 鲁迅:《中国小说史略》第十八篇"明之神魔小说(下)"。
② 鲁迅:《中国小说史略》第十八篇"明之神魔小说(下)"。

很注意从世上已有的小说中撷取种种描写糅杂入自己的作品,《西游记》则是首当其冲的对象。赵景深先生对此曾作过仔细的对比,并指出他"总爱偷袭,同时也爱改头换面来标新立异"的特点。①罗懋登采用这样的手法并不足为奇,他编撰《三宝太监西洋记通俗演义》之时,世上还只有较少的通俗小说在流传,而且它们成书的方式又多为据某种旧本作简单的缀连辑补,罗懋登遍取诸种,杂糅成书的手法与其相比还算显得较为高明。《西游记》被当作范本是值得注意的重要事件,它刊行五年后就有罗懋登的成书,足以证明这部优秀的神魔小说引起的创作反响之快;同时,罗懋登的小说又反衬出《西游记》作者再创作功力的深厚。

《西游记》与《三宝太监西洋记通俗演义》两部神魔小说在短短几年内先后刊行于世,它们都是一百回的宏篇巨著,前者更是优秀的杰作。新鲜的题材与神异的故事都有助于对阅读市场的占领,而从后来的各种神魔小说被诸书坊竞相翻刻的情况来看,广大读者确实是对新崛起的流派表现出了极大的热情,这同时也证明了敏感的书坊主并没有忽略能给他们开辟财源的创作新

---

① 赵景深先生在《三宝太监西洋记》一文中指出,除向达《论罗懋登著〈三宝太监西洋记通俗演义〉》中提及的《西游记》第四十六回中右先锋刘荫在在女儿国影身桥上照影有孕,误饮子母河水等是袭取《西游记》第五十三回唐三藏师徒们在子母河受灾的故事外,还有许多模仿抄袭之处:"金角大仙、银角大仙是袭用《西游记》里的金角大王、银角大王,羊角大仙是袭用《四游记》里的羊力大仙。《西洋记》第二十一回竟把魏征斩泾河老龙和唐太宗游地府的故事完全引了进去。惟师徒四众名称与《西游记》略异,猪八戒作朱八戒,沙和尚作渐来僧,这与引用八仙名一样,故意捏造出元壶子和风僧寿来,而把张果和何仙姑删去。……《西洋记》第二十八回里的吸魂瓶也是《西游记》里常用的玩意儿。第八十八回到第九十三回里的崔钰判官也是《西游记》中的人物。他如哪吒、韦驮等亦均见于《西游》《封神》,惟以前都说是白脸,而罗懋登却硬要写成'朱面獠牙'的,大约他总爱偷袭,同时也爱改头换面来标新立异吧? 第九十六回叙孙悟空把软水改成硬水,则是罗懋登自己的想象,犹之在《征西全传》里我们也能看到唐僧四众经过薛丁山的战场一样。又,《西洋记》里的马公公,相当于《西游记》里的猪八戒。猪八戒一遇危难,就要散伙,回到高老庄上去看他的老婆,马公公也是一样。"

动向。正因为受此刺激,其后各种神魔小说纷纷问世,虽然其中有不少现已无法得知准确的刊刻年代,但根据已有材料仍可对其成书时间范围作出估计,进而将这些作品作一个大概的排列:

万历二十年	西游记	吴承恩
万历二十五年	三宝太监西洋记通俗演义	罗懋登
万历三十年	北方真武玄天上帝出身志传	余象斗
万历三十一年	许仙铁树记	邓志谟
	萨真人咒枣记	邓志谟
万历三十二年	二十四尊得道罗汉传	朱星祚
?	吕仙飞剑记①	邓志谟
万历三十七年前	五显灵官大帝华光天王传②	余象斗
?	八仙出处东游记	吴元泰
?	西游记传	杨致和
?	唐三藏西游释厄传	朱鼎臣
?	南海观音菩萨出身修行传	朱鼎臣
?	牛郎织女传	朱名世
?	达摩出身传灯传	朱开泰
?	封神演义	?
?	三教开迷归正演义	潘镜若
?	天妃济世出身传	?
?	唐钟馗全传	?
泰昌元年	三遂平妖传	冯梦龙辑补

面对这十九部作品,应该承认神魔小说已经成为重要的创作流派,其规模超过了公案小说,而与原先最为风行的讲史演义相

---

① 邓志谟三部神魔小说均由余氏萃庆堂刊出,其时间应相隔不久,故此书暂系于此。
② 万历三十七年(1609)刊出的《新刻续编三国志》已提及此书,其刊出当在万历三十七年前。

381

并立。

从现有资料来看,在《西游记》与《三宝太监西洋记通俗演义》刊行后先领风骚的是余象斗,他从阅读市场的反响中看到了机会,于万历三十年(1602)刊出了《北方真武玄天上帝出身志传》(即《北游记》),其后不久又刊出了《五显灵官大帝华光天王传》(即《南游记》),后来这两书与吴元泰的《八仙出处东游记》以及杨致和的《西游记传》并为一书,取名为《四游记》刊行于世。余象斗确实是一位颇有眼力的出版家与小说编撰者,编撰《北游记》、《南游记》之类的小说,显然是为了借《西游记》的名声以助畅销,而这些作品将多种诸如八仙的故事、华光天王事迹等民间传说聚为一书,对于读者也确实颇有吸引力,可是若说到艺术成就,那么余象斗毕竟还是一个书坊主。描述真武玄天上帝出身及成道降妖故事的《北游记》是杂取《道藏》中《玄天上帝启示录》、《元洞玉历记》与民间故事拼凑而成,故而鲁迅先生批评说:"此传所言,间符旧说,但亦时窃佛传,杂以鄙言,盛夸感应,如村巫庙祝之见。"[①] 也许是多少有了点经验,在余象斗后来写成的《南游记》中,诸家神魔的争斗就较轰轰烈烈,有声有色,华光天王疾恶如仇的性格也刻画得较为鲜明。余象斗在编撰时,不仅不少情节是模拟《西游记》,而且将孙悟空也拉进故事中来,如卷四"华光三下酆都"写华光变成孙悟空模样去王母娘娘的桃园偷取仙桃:

华光入了园,上树打一看,果然好一树仙桃,连忙摘了五六颗便走。小厮醒来一看,却是猴孙脚迹。小厮连忙去报王母娘娘得知,说:"树上桃不见了五六颗,等我不着,其人去了,满地却是猴脚迹,莫非是齐天偷去,未可知也。"娘娘听罢,来日便去上表奏知玉帝,曰:"今年妾园中仙桃正

[①] 鲁迅:《中国小说史略》第十六篇"明之神魔小说(上)"。

熟,未摘献王,被花果山齐天盗去数颗吃。我主定夺。"玉帝见奏大怒,即传旨宣齐天到殿。玉帝问曰:"仙桃乃三千年开花,三千年结子,三千年成熟,才得此桃。朕未见面,卿怎敢偷金岳园仙桃去?"齐天曰:"半天下雨,不知来头。臣从三藏取经,一切贪心去了,何有盗心。此事不是小臣,恐其中有诈,未可量也。"

作品中还有华光天王与哪吒大战,与铁扇公主成亲,与孙悟空结为兄弟等情节,而故意与《西游记》中情节、人物连贯相通,显然是想借其之名招徕读者。在编撰故事时,余象斗还力图遵循当时的小说中应插入诗词的格式,可是他编撰的是神魔小说,不像熊大木等人编撰讲史演义时有他人现成的咏史诗可供搬用,于是便自己"吟咏",如《北游记》中的"飞沙一起石濛濛,抱头叫苦惨声纷。云散不闻番将语,惟见尸骸满阵中";《南游记》中的"妇人当自守闺春,安可失训去行香。不遇天王神通救,难免身辱洞房中"等等。此时,余象斗还特地写上一句"后仰止余先生观到此处,有诗一首"云云,以表明自己的著作权。对于如此鄙俗的顺口溜也要敝帚自珍,这位书坊主的文学修养如何也就可想而知了。

《东游记》的作者是吴元泰,但作品前却有余象斗所作的《引》,后者显然是作品编撰的策划者。这部小说演述八仙的故事,其中与龙王大战时火烧东海,移泰山填洋等描写颇为热闹,但作品结构拼凑的痕迹极为明显,"文言俗语间出,事亦往往不相属,盖杂取民间传说作之"。[①] 作者为弥补内容的单薄,竟又扯上了杨家将故事,将《杨家府演义》第三十二至第三十八回全都抄入己作。作品中描写齐天圣手持铁棒,英勇无比也颇可注意,其目的自然与《南游记》写入华光天王与孙悟空结为兄弟之

---

① 鲁迅:《中国小说史略》第十六篇"明之神魔小说(上)"。

类的情节相同。至于杨致和的《西游记传》,现在学术界一般认为这是百回本《西游记》的节本,也有怀疑是删割《西游释厄传》而成之书,其"文词荒率,仅能成书"。① 单就文学艺术角度着眼,以上几部作品谈不上有多少价值;然而若是考察小说发展的历程,那么应注意到当演述神魔故事的作品只有《西游记》与《三宝太监西洋记通俗演义》行世之时,余象斗编撰或策划推出的这几部小说增强了读者对神魔小说的注意与兴趣,并也刺激了后来的作家从事这一题材的创作。换言之,余象斗对于神魔小说流派的形成起了积极的促进作用,这正如他与公案小说流派的关系一样。

几乎与余象斗编撰与策划推出神魔小说相同时,福建建阳另有一位作家也在进行类似的创作,他就是接连编撰了《铁树记》、《咒枣记》与《飞剑记》的邓志谟。这三部神魔小说分别描写许逊、萨守坚与吕洞宾得道成仙及其后斩妖除魔、行善救难的故事,它们都不是作者独立创作的作品,而是依据旧本改编而成。早在正德年间,就曾有一本《许真君斩蛟记》行世,② 邓志谟自己则说是"考寻遗迹,搜捡残编,汇成此书",③ 他在交代《咒枣记》写作起因时又说:"余暇日考《搜神》一集,慕萨君之油然仁风,摭其遗事,演以《咒枣记》。"④ 至于有关吕洞宾的故事,民间更是早已盛传,舞台上也搬演过这类题材的戏曲,邓志谟只是"搜其遗事,为一部《飞剑记》"。⑤ 三部小说的编撰手法相同,这位作者所做的,其实就是将各种故事归于一书,经过筛选整理使

---

① 鲁迅:《中国小说史略》第十六篇"明之神魔小说(上)"。
② 董谷《碧里杂存》卷下"斩蛟"条云:宁王反时,金华知府邀士大夫入府议事,有一赵推官"袖中旧书一小编,乃《许真君斩蛟记》也"。
③ 邓志谟:《许仙铁树记》篇末语。
④ 邓志谟:《萨真人咒枣记引》。引文中的"《搜神》",并非是指干宝的《搜神记》,而应是流行于明后期的"搜神"类书,如《搜神广记》、《增补搜神记》与《三教源流搜神大全》之类。
⑤ 邓志谟:《吕仙飞剑记》篇末语。

之系统化,又增添若干情节,细节描写也较细腻,其文学色彩与余象斗编撰的作品相较要浓厚得多。在进行这一工作时,邓志谟将《西游记》作为自己的仿效对象,有时甚至还将《西游记》中的内容直接抄入自己的作品。在《咒枣记》第六回"王恶收摄猴马精,真人灭祭童男女"中,可以读到这样一段文字:

真人道:"未曾请表(老)者说,何为灵感?"那高老乃忽然垂泪道:"先生呵,那大王:感应一方兴庙宇,威灵千里佑黎民。年年庄上施甘露,岁岁村中落庆云。"真人道:"施甘露,落庆云,也是好意思,你却这等伤情烦恼,何也?"那高老跌足捶胸,哏了一声,道:"先生呵,虽则恩多还有怨,总然慈惠却伤人。只因要索童男女,不是昭彰正直神。"

真人道:"那神道要吃童男女么?"高老道:"正是。每年祭赛,要一个童男、一个童女,猪羊牲醴供献他。他一顿吃了,保我们风调雨顺;若不祭赛,就来为灾降祸。今年祭赛正轮到舍下。"真人道:"老丈有几位令郎?"高老捶胸道:"可怜,可怜!说什么令郎,羞杀我也。老拙今年六十三岁,舍弟今年五十九岁,儿女上都艰难。我五十岁上纳了一妾,生得一女,今年才交八岁,取名唤着一秤金。"真人道:"怎么叫做一秤金?"老者道:"我因儿女艰难,修桥补路,建寺立塔,布施斋僧,有一本帐目。到生女之年,却好用过三十斤黄金。三十斤为一秤,所以唤作一秤金。舍弟有个儿子,也是偏出,今年七岁,取名唤作高关保。"真人道:"这样取名有何意义?"老者道:"舍下供养个关王爷爷。因在关爷位下求得这个儿子,故名关保。不期今年轮到我家祭赛,不敢不献。故此骨肉之情难割难舍,先与小女舍侄们做个超生道场,故曰'预修亡人斋'者,此也。"

除个别字略有出入,这一大段文字都是搬自《西游记》第四十七回"圣僧夜阻通天水,金木垂慈救小童",这段文字前后的情节其实也是抄自《西游记》,只不过邓志谟在抄录时稍作了些删改。这一事实有力地证明了《西游记》对后来神魔小说创作的影响,同时也显示了《西游记》作者与后来那些作家艺术功力上的差距。

有意思的是,在余象斗《北游记》卷四"祖师河南收王恶"中,也可以读到萨真人惩戒王恶的故事:

> 却说有个萨真人,名首(守)坚,行医救民。一日来至河南,见一庙叫作都管庙,庙主姓王名恶,每年六月六日要地方人民备羊十牵,牛十牵,猪十只,酒十坛祭赛,如无行瘟害民。地方人民排作会首者一样,贫家俱典妻卖子,十分可怜。真人知此事,放一把火将庙烧了。王恶见真人神光出现,不敢抵敌逃去。

萨真人惩戒王恶的故事应该是较广泛地流传于民间,因此才会被不同的作家写入自己的作品,其描写又提供了比较依据。所谓要吃童男童女,明显是邓志谟为抄录《西游记》而作的添加,目的是更突出王恶的凶残,不过描述萨真人与王恶较量的文字,倒确实是他自己的创作。互作比较,余象斗的稚拙立见,他只是简单地写上一句"王恶见真人神光出现,不敢抵敌逃去",显然是缺乏艺术的想象力,无力使之丰满并绘声绘色地演述。邓志谟在《咒枣记》中则是将这句话敷演为一千余字的故事,既有两人激烈的斗法,又有细腻的心理活动描写,还有形容火烧庙宇情景的成段韵语的插入。余象斗是书坊主兼写小说,其长处在于能敏锐地发现读者阅读趣味的变化,但创作小说实在并不擅长,故而编撰《北游记》等作便使他发出"其劳鞅掌矣"[①] 的喟叹;作为服务于书坊的文人,邓志谟首先得服从书坊主牟利的目的,因而也会干些抄袭他人之作的事,但他毕竟具有一定的文学修养,这

---

① 余象斗:《八仙出处东游记引》。

恐怕就是两人作品差距的原因所在。

约在余象斗与邓志谟创作后不久,又有多种神魔小说问世,如朱鼎臣的《南海观音菩萨出身修行传》、朱名世的《牛郎织女传》、朱开泰的《达摩出身传灯传》与作者不明的《天妃济世出身传》以及《唐钟馗全传》等等。这些作品都是围绕人们熟悉的神祇,将各种民间传说较有条理地组织为小说,其艺术水准与余象斗或邓志谟相较则是在伯仲之间。在组织各种素材时,作家们免不了要有敷演增饰,而这种敷演增饰又越不出《西游记》的影响。如《南海观音菩萨出身修行传》卷四"善才领兵收妖"中,就可以读到青狮白象两怪又在作祟,混战中又有蜈蚣精、火焰山红孩儿身影的出没。这些描写的用意恐怕是为了引起熟悉《西游记》的读者的阅读兴趣,但恰也暴露了作者想象力的贫乏。

自《西游记》刊行以来的一二十年里,神魔小说接踵而出,然而纵观诸作,其成就虽轩轾不平,但总体上却都与《西游记》有着较大距离,所谓神魔小说流派已成声势,其实只是种类数量上给人的印象。那些匆匆编成的作品无论是艺术性或思想性都无法与《西游记》相比,其篇幅一般也不到五万字,严格地说只能算是中篇小说,与七八十万言的《西游记》相较,规模经营自然要轻巧得多。声势与水准恰成反比,直到万历朝即将结束之时,这一状态才因《封神演义》、《三教开迷归正演义》与《三遂平妖传》的问世而有所改变。

《封神演义》刊行时假托钟惺批评,据此可知其成书当在万历末年,甚至可能是天启年间。由于该书卷二有"钟山逸叟许仲琳编辑"的题署,故而学术界一般认为许仲琳即为作者,同时也有人认为作者是陆西星。不过,作品前李云翔序称,舒载阳所购的《封神演义》稿本"尚未竟其业,乃托余终其事",因此李云翔实为这部作品成书的重要人物。他在序中又说:"俗有姜子牙斩将封神之说,从未有善本,不过传闻于说词者之口";舒载阳在作品前的"识语"中也称"此书久系传说,苦无善本"。由此不难看出,这部小说也是据旧有平话以及民间传说改编而成,而《武王伐纣平话》则肯定是其中的一种。《封神演义》以商周易代为历史背景,但神魔故事却是书中的主要内容,其中斗法比宝的描写尤被突出,诚如鲁迅先生所言:"书之开篇诗有云'商周演义古今传',似志在于演史,而侈谈神怪,什九虚造,实不过假商周之争,自写幻想"。① 与余象斗、邓志谟等人的作品相较,《封神演义》作者的想象力既丰富又奇特:土行孙能穿地而行,雷震子能扇动肉翅飞翔,顺风耳与千里眼感知远方之事,哼哈二将鼻喷异光就能使敌将滚下马鞍,特别是两军对垒时各方施展的法力、抛出的法宝,更是光怪陆离、奇幻无比,这些都是很能引起读者浓厚兴趣的描写。然而,虽是叙述神怪故事,作品中也蕴含着现实的内容。如商纣王的暴虐,忠良被排挤迫害以及奸佞当道等等,或可看作是对现实政治生活不满的曲折表现,而商纣王的太子遭陷害以及宫闱之变等,与万历时朱常洛的太子身份长期得不到确定以及"挺击案"的发生等似也不无关系。尤可注意的是,作者有意将商、周写成是君臣关系,并让姜子牙一再以"天下者非一人之天下,乃天下人之天下"的主张号召诸侯"吊民伐罪",同时又生动地描绘了哪吒反抗父亲李靖的故事,这显然都是晚明进步思潮在作品中的反映。正是由于艺术上与思想上的这些成就,当人们论及明后期的神魔小说时,紧列于《西游记》之后的作品,便应该是这部《封神演义》。

现在虽然无法得知《封神演义》的具体创作过程,但有一点却可以肯定,那就是其作者深受《西游记》的影响并竭力效仿。在作品中可以看到这样一个例子:在第五十二回"绝龙岭闻仲归天"中,当写到闻太师伐西岐大败而逃,遇见一村庄时,作者来了个"有赞为证":

---

① 鲁迅:《中国小说史略》第十八篇"明之神魔小说(下)"。

竹篱密密,茅屋重重。参天野树迎门,曲水溪桥映户。道旁杨柳绿依依,园内花开香馥馥。夕阳西沉,处处山林喧鸟雀;晚烟出灶,条条道径转牛羊。正是那:食饱鸡豚眠屋角,醉乡邻叟唱歌来。

读者读到这儿难免好生奇怪,闻太师兵败粮绝之际,怎有闲情逸致去体会"好个所在"的诗情画意?若对照《西游记》第十八回"观音院唐僧脱难,高老庄大圣除魔",就可以发现其中的原因:作者写到这儿感到应该有段抒情的文字,但又无力创作,于是便干脆抄袭了。然而,这段韵语在《西游记》中正可使叙事与抒情融为一体,现在将它抄在闻太师败绩之处,实在是不伦不类。这个突出的例子醒目地将《封神演义》与《西游记》联在了一起,前者在故事的编织、情节的展开、气氛的渲染等各方面都表现出对于后者的因袭关系,然而作者终究功力不逮,神怪们在他笔下性格单一,故事情节多有雷同,许多场面流于程式,其语言也平板拖沓。尽管在神魔小说中它确实是较好的一部作品,但毕竟"较《水浒》固失之架空,方《西游》又逊其雄肆,故迄今未有以鼎足视之者"。[①]

《三教开迷归正演义》也是问世于万历末年的一部神魔小说,这部作品在开篇处即描述万历年间林兆恩与弟子宗孔、僧宝光、道士袁灵明兴三教盛会,创三教合一之说,欲以此祛邪除妖,破除世人痴顽。作者在卷首的"凡例"中开宗明义:"本传独重吾儒纲常伦理,以严政教,而参合释道,盖取其见性明心,驱邪荡秽,引善化恶,以助政教。"顾起鹤在为作品所作的"引"中称:"是传开迷心,归正路,欲以举世尽归王道之中,乃参三教而合一。"此语道出了作品的主旨,该书取名的原因也正在于此。作品以宗孔、宝光、袁灵明三人恐迷魂造祸世人,立志外游破迷为线索,

---

① 鲁迅:《中国小说史略》第十八篇"明之神魔小说(下)"。

让他们遍历金陵、苏州、嘉兴、杭州、扬州及北京诸地，一路降妖除魔，开启世人觉悟。宗孔等人也会些法术，但主要靠讲述道理，指点正道为主。作者在"凡例"中称："本传圈点非为饰观者目，乃警拔真切处则加圈，而其次用点。"他的圈与点，多加在宗孔等人以说教破除世人痴顽处。如第八回"戚情醉打滑里油，辛放争风尝寡醋"描写宗孔等人劝说辛放抛弃争风吃醋之念时，作者写道：

宗大儒说道："辛大哥，你却忘记昔日浑沌，今日伶俐太过了，反是我点化之差。你岂知道眼不见之处！就是你妻子，也难必他心是你心。"宝光道："色便是空，认真便就痴了。"灵明也劝道："世间最难忍果是欲心，最起争果是欲事，而最祸害果是争欲。惟不争，故无尤。俗语说：'睹必盗，奸必杀。'辛大哥且安心静思，争风吃醋没甚来由。"

作者于此处加圈，显然自以为是得意精彩之笔，可是观其三人所言，其实只是寻常的陈腐说教而已。在晚明世风浇薄之际，想靠此等话语就破除世人痴顽，那只是作者在纸上的一厢情愿的自我陶醉。然而，这些说教却被当作解决矛盾冲突的主要手段，作者对它的过于重视，导致了小说在艺术上的一个醒目特点，即大量（经常又是大段）的议论成为作品的重要组成部分之一，然而作者所能说出的"道理"实际上也就是那几条，因此说教的内容经常重复，令人生厌。在作品中也没有什么惊心动魄或扣人心弦的情节，作者只是随着主人公的游历缀连琐事，针对那些琐事发表议论，故而其自序云："传中浪游三吴齐鲁之区，见履人情物理之事，真实不妄；而慷慨以发宏议，实开诚布讽之私；杂以诙谐，乃驱睡魔，清白昼。"依主人公游历组织事件的叙述方式其实是脱胎于《西游记》，但因是直接描述各种人间琐事，故而对社会生活的反映较为广泛。这部作品的值得注意之处是所描写的妖魔已不同于以往神魔小说中的山精水怪，而多为违背封建伦理道德或社会生活准则的观念的化身，如好色迷、货利迷、忿怒迷、阿谀迷、忌妒迷等等，这种象征手法的运用，对于后来《扫魅敦伦东度记》的创作甚有影响。从反映生活与为现实服务的角度来看，潘镜若的创作为神魔小说开了一条新路，然而由于细小琐事的缀连与乏味说教的充斥，这部作品的可读性方面却是甚为逊色，恐怕也正是因为这个原因，后来的书坊主因着眼于销路而不再愿意翻刻，以至于它最后终于在中国本土失传。

　　本阶段的最后一部神魔小说是冯梦龙辑补的《三遂平妖传》。这部小说原为明初罗贯中所撰，本来就有较好的基础，但"开卷即胡员外逢画，突如其来，圣姑姑不知何物，而张鸾、弹子和尚、胡永儿及任、吴、张等后来全无施设，方诸《水浒》，未免强弩之末"。[①] 冯梦龙辑补时将其篇幅从二十回增至四十回，故事更曲折动人，人物形象丰满，语言也朴素流畅，幽默泼辣，终于使作品"始终结构，有原有委，备人鬼之态，兼真幻之长"。[②] 这部《北宋三遂新平妖传》的问世，标志着有较深厚文学修养的文人开始参与通俗小说的创作，然而对神魔小说流派来说，它的繁盛历程却快走到了尽头。在此以后，越来越多的文人进入创作领域，逐渐取代了书坊主的主宰地位，但他们的志趣却在于其他流派。后一阶段的神魔小说虽维持着较高的艺术水准，但作品数量却是寥寥无几。就这一意义而言，神魔小说可以说是万历朝的特色产品。

第三节　神魔小说的崛起及其意义

　　当将神魔小说作为创作流派考察时，我们自然应该注意到鲁迅先生对它兴盛背景的分析：

[①]　张无咎：《批评北宋三遂新平妖传叙》。
[②]　张无咎：《批评北宋三遂新平妖传叙》。

奉道流羽客之隆重,极于宋宣和时,元虽归佛,亦甚崇道,其幻惑故遍行于人间。明初稍衰,比中叶而复极显赫,成化时有方士李孜,释继晓,正德时有色目人于永,皆以方伎杂流拜官,荣华熠耀,世所企羡,则妖妄之说自盛,而影响且及于文章。①

先生之赅括极为精当。文中论述虽止于成化、正德两朝,但嘉靖、万历时崇道的势力似更为炽烈,至少也不逊于前朝,这就是明时神魔小说兴起的社会大背景。可是,神魔小说为什么不兴盛于通俗小说刚重新起步的嘉靖朝或万历朝前期,而偏偏是万历朝的后期呢?如果对上一节排列的神魔小说作品表及其作者作较仔细的了解,那么就可以发现《西游记》在万历二十年(1592)的刊出是极为重要的原因,而它之所以能成为万历后期作品数量最多的创作流派,则又是书坊主推波助澜的直接结果。

这里不妨先对那些神魔小说的作者、编辑者与推出者作一番简略的分析。首先应该提及的是书坊主直接参与创作,而余象斗则是个典型的例证。这位三台馆主人在讲史演义盛行之际刊印过《全汉志传》、《列国志传》等作品,自己还编撰了《列国前编十二朝传》;而《百家公案》刚在世上流行不久,余象斗又敏锐地抓住广大读者欢迎这类作品的机会,自己动手接连编撰与刊印了《皇明诸司廉明奇判公案传》与《皇明诸司公案传》,明末公案小说流派的形成,其实与他的活动有着很大的关系。当《西游记》与《三宝太监西洋记通俗演义》刚开始流行,尽管此时世上还只有二三部神魔小说,余象斗就已意识到这一新题材的作品对于占领阅读市场的意义,因此他接连编写了《北方真武玄天上帝出身志传》与《五显灵官大帝华光天王传》,并制定与

---

① 鲁迅:《中国小说史略》第十六篇"明之神魔小说(上)"。

实施了编纂《四游记》这样的丛书推向市场的计划。这种将创作与经营紧密结合的方针显然是大获成功,神魔小说的声势也顿时随之猛增。

万历后期神魔小说作者中,又有相当一部分是与书坊关系密切的下层文人。如罗懋登,现在仅知他字登之,号二里南人,曾著有传奇《香山记》,注释过邱濬的《投笔记》,并为高明的《琵琶记》、施惠的《拜月亭》与王实甫的《西厢记》作过音释。自己能创作传奇,表明罗懋登具有相当的文学造诣,而为一些著名传奇作注释与音注,则透露了他与书坊的密切关系,因为当时书坊常延请一些文人将名作通俗化,以便争取更广泛的阅读市场。由这一层关系又可以推断,此人在功名上并不得意,才会加盟于出版业施展其才华,而他最先受《西游记》影响创作《三宝太监西洋记通俗演义》,因而在神魔小说发展的历程中占有重要的一席之地。另一位重要的神魔小说作家是邓志谟,他字景南,又字明甫,号百拙生、竹溪散人、啸竹主人,江西饶州府安仁县人。邓志谟有较好的文学修养,清道光《安仁县志》称他"好学沉思,不求闻达","其人弱不胜衣,而胸藏万卷,众称'两脚书橱'"。邓志谟著述甚多,如有《古事苑》、《事类捷录》等等,编撰的《黄眉故事》、《白眉故事》也很畅销,另又著有《山水争奇》、《风月争奇》、《童婉争奇》、《梅雪争奇》、《蔬果争奇》、《花鸟争奇》等争奇小说。然而,这位曾被当时著名的戏曲家汤显祖称赞的"异才"在功名上却极不顺利,因家计所迫,"糊口书林",① 寓居于福建建阳书坊乡长达约二十年左右,一方面任刻书世家余氏的塾师,同时也借此机会发展自己的爱好,编撰各种通俗读物,他编撰的神魔小说《铁树记》、《咒枣记》与《飞剑记》以及其他九种读物也均由余氏书坊萃庆堂刊行。至于另一些神魔小说的作者,如吴元泰《东游

---

① 邓志谟:《与张淳心丈》。转引自吴圣昔《邓志谟经历、家境、卒年探考》,《明清小说研究》1993年第3期。

记》单行本出版时由余象斗作"引"并兼刊印发行人,可见他是应三台馆之邀而编撰,而杨致和、朱鼎臣、朱名世与朱开泰等人,观其作品之简陋粗率以及刊行之迅速,可以推测他们也是为书坊服务的下层文人。

当然,此时也有些作品并不是书坊主或为书坊主服务的下层文人所作,但它们的行世全得力于书坊主的大力推动。世德堂主人唐光禄是位颇有眼力的行家,他在世上并无什么神魔小说流传时毅然买下《西游记》的书稿(也许是抄本),并请人"为之订校,秩其卷目"[①] 后刊刻行世;苏州书林舒载阳眼红于各种神魔小说的行世颇捷,于是也"不惜重赀"地购求得《封神演义》的书稿加以刊行。增订《三遂平妖传》的冯梦龙虽不可归于为书坊服务的下层文人,但这位热心于通俗文学的人士与南京、苏州等地书坊主关系的密切,却是人们所熟知的。由以上简略的介绍不难看出,神魔小说流派的崛起,实与书坊主大有关系。

在中国古代小说史上,魏晋时曾出现过与明时神魔小说题材相类的短篇文言志怪小说,其作者或为文人,或为教徒,而创作动机是"意在自神其教","记经像之显效,明应验之实有,以震耸世俗,使生敬信之心。"[②] 可是明代万历后期的书坊主编辑出版神魔小说并不是出于虔诚的宗教信仰,他们的目的可以简明扼要地概括成两个字:赚钱。余象斗曾经说过这样一番话:

> 不佞斗自刊《华光》等传,皆出予心胸之编集,其劳鞅掌矣!其费弘巨矣!乃多为射利者刊,甚诸传照本堂样式,践人辙迹而逐人尘后也。今本坊亦有自立者,固多,而亦有逐利之无耻,与异方之浪棍,迁徙之逃奴,专欲翻人已成之刻者。袭人唾余,得无垂首而汗颜,无耻之甚乎![③]

---

① 陈元之:《西游记序》。
② 鲁迅:《中国小说史略》第六篇"六朝之鬼神志怪书(下)"。
③ 余象斗:《八仙出处东游记引》。

其实余象斗并没有资格指责别人,因为他自己同样是翻刻别人书籍的老手。不过从他的这一埋怨可以看出,当时神魔小说盛行于世,而各书坊纷纷推出这类作品的目的也只是"射利"。纵观嘉靖、万历时期通俗小说的创作,可以看到这样一个有趣的现象:当通俗小说刚重新起步时,讲史演义是大宗,而如前所述,新出的讲史演义的编写者主要是书坊主。到了万历后期,讲史演义仍然是重要的创作流派,但作者成分却发生了变化,其中相当一部分人是嫌以前书坊主编撰的作品"多牵强附会,支离鄙俚"的文士,而那些直接与广大读者接触,能敏锐地感觉到他们的口味与需求变化的书坊主,此时却已在忙着编撰神魔小说了。这种现象的出现,是通俗小说须得进入流通渠道,从而它又是商品的特性所决定。这一特性贯穿了通俗小说发展的始终,因此我们还将会遇见书坊主直接参与决定某些创作流派盛衰的情形。

书坊主与服务于书坊的下层文人之所以能编出那些神魔小说,世上正流传着许多神魔灵异等内容的话本、笔记以及民间传说是个先决条件,以书坊主们那点水平,很难指望他们独立创作出什么作品,而根据已有的材料编写,他们倒颇为在行。笔者在福建建阳县书坊乡实地考察时,发现余氏宗祠的遗址附近原先曾有座华光庙,有关华光大帝的种种传说曾在这一带流传应无疑问。这座就在眼前的华光庙,恐怕是使余象斗想到去编写《五显灵官大帝华光天王传》的直接因素,他只需根据那些传说,再参考某些记载便可编成此书。当然,这项工作对于没有什么艺术功底的书坊主来说自然不会很轻松,故而余象斗会有"其劳鞅掌矣!其费弘巨矣"的感慨。其他不少作品的成书过程也大抵如此,有的作者还干脆抄袭他作,如吴元泰编撰《八仙出处东游记》时抄袭《杨家府演义》。在这时期的神魔小说中,除了创作过程未经书坊主插手的《西游记》、《封神演义》等作品外,其余的都粗劣不堪,丝毫没有魏晋志怪小说隽永瑰奇的品格,"芜杂浅陋,率无可观"① 这八个字则是对它们最恰当的概括性的评价。

然而,在评价一部作品或一个流派在小说发展进程中的地位时,作品本身思想、艺术价值的高低并非是唯一的衡量标准,更重要的应是看它对后来小说的发展起了何种作用,何况万历朝的神魔小说中又确实含有如《西游记》这样优秀的巨著。当通俗小说创作重新起步不久、作品尚还不多时,神魔小说明显地起到了雄壮声势、扩大影响的作用,它有助于引起文化层次较高的文人的注意,或投身于通俗小说的创作,或关注、支持这一文学体裁的发展。冯梦龙是以"三言"而著称于世的通俗小说作家,可是据目前所知,他所编撰的第一部通俗小说则是《三遂平妖传》,即他是从一部神魔小说开始了自己的通俗小说创作生涯。又如《三教开迷归正演义》,书前有万历二十三年(1595)状元朱之蕃所作的序。朱之蕃历任翰林修撰、吏部右侍郎、协理詹事府事兼翰林侍读学士等职,他为这部小说作序时已是一位显赫的名士。自通俗小说这一文学样式诞生以来,还是第一次有这样一位高层人士为它的作品作序。而且,朱之蕃并不是泛泛而谈地将作品称赞一番,他在序中还针对通俗小说的特点与社会影响作了分析与概括:

> 演义者,其取喻在夫人身心性命、四肢百骸、情欲玩好之间;而究其极,在天地万物、人心底里、毛髓良知之内;其指摘在片言只字、美刺冷暖、浮沉深浅、着而不着之际;而其开悟,在棘刺微芒、红罐淡浓、有无渍入、知而不知之妙;其立名则若有若无,若真若假;其立言则至虚至实,至快至切;其震撼则崩雷掣,神鬼俱惊;其和婉则熏风膏雨,髓骨俱醉。称名小取,类大旨远,词文曲中肆隐。故言之者不觉其披却,而听之者不觉其神移。激则怒发冲冠,裂眦切齿;柔则

---

① 鲁迅:《中国小说史略》第十六篇"明之神魔小说(上)"。

心旷神怡,筋苏骨懈;嘲笑则捧腹解颐,胡卢雀跃;冷软则汗背颡泚,愧赧入地;讽婉则胆冷心碎,拍奋激昂。酒色财气之徒,不半字而魂消;淫奔浪荡之辈,聆片言而心颤。

尽管朱之蕃从"书关世教风化,则为作不徒作,作不徒作则可长久,可长久则又与世教风化相关,系于不朽"的观点出发进行评论,并有"《西游》近荒唐之说而皆流俗之谈,《水浒》一游侠之事而皆无状之行"等偏颇之言,但他认为小说是"称名小取,类大旨远",并指出了它潜移默化、寓教于乐的特性,这些都是正确的见解。这样一位人物肯定小说并从理论上作阐发,其事实本身就具有独特的意义,而朱之蕃的议论又恰恰是针对一部神魔小说而发。

神魔小说推动通俗小说创作发展的另一重要表现,是打破了讲史演义的一统天下的格局。至《西游记》刊刻时为止,嘉靖朝以来新问世的通俗小说几乎清一色地都是讲史演义,在人们的观念中,通俗小说与讲史演义基本上是两个等同的概念。神魔小说的崛起,特别是《西游记》等作的成功,是呼吁作家们挣脱按鉴演义束缚的最有力的号召。诚然,在神魔小说中也可以看到"史"的成分,如《西游记》与《封神演义》就分别以唐代与商周之际为故事发生的时代背景,陈玄奘、周武王等也确是历史上的真实人物,可是作品中有关他们的描写明显地与史实不符,而那些小说主人公如孙悟空、猪八戒之类,则纯为史无记载的虚构人物。尽管各神魔小说作品的成就互不相同,但那些作者却表现出一种共同的创作倾向,即不甚理会史书上如何记载,而是根据自己的需要敷演故事。一旦作家们发现完全可以超越因拘泥史实而遇到的种种羁绊掣肘时,那么无论天国还是尘世,远古或是将来,他们的想象力都可像插上翅膀似的从容地驰骋翱翔,这又必然会导致创作的题材、方法与技巧等从单调划一走向丰富多彩,通俗小说的理论格局也因此而发生相应的变化。当讲史演义风行之时,人们关注的只是作品中的人与事的真、假、虚、实,而这时不仅要对这些概念作更深入的讨论,而且还要研究异、幻、奇、正以及情、理、境与庄、谐、诞等众多概念及其相互错综复杂的关系,而这种理论上的研究,又必然反过来促进创作的发展。

当神魔小说的作家不是根据史书上的记载,而是自己的需要敷演故事时,他们的作品很自然地不再具有原先讲史演义的功能之一,即向大众传授历史知识。当时几乎所有的讲史演义作者都认为,让小说兼有历史教科书的功能是他们义不容辞的职责,这也是他们反复强调创作应忠于史实的重要原因之一。从作品产生的社会效果来看,他们在传播历史知识方面功不可没,但固执地要让小说同时肩负历史教科书的职责则有损于通俗小说本身的健康发展。神魔小说的实践,特别是《西游记》的成功,实际上是等于在作直截了当地宣布,小说就是小说,它应走自己独立发展的道路,根本不必肩负其他功能而蹒跚前行。在当时,也还另有人做过这方面的尝试,如酉阳野史就强调通俗小说的供人"消遣"与"解闷","以豁一时之情怀耳"①的功能。然而他的观念仍囿于讲史演义的题材束缚之下,其尝试却是在创作时违背、篡改重大史实,《后三国志演义》问世后遭到严厉批评自然是难免之事。这一比较从另一侧面说明,正因为越出了讲史演义的题材束缚,神魔小说才具有开辟新方向的示范作用。

神魔小说摆脱了按鉴演义的羁绊,这并不意味着创作从此就可以任意地胡编乱造。神魔小说中的某些作品确实有生硬编造故事的痕迹,但该流派优秀的代表作《西游记》却以成功的创作实践表明,作者肯定的是合理的虚构,这与随心所欲的胡编乱造是性质不同的两码事。当人们津津有味地欣赏孙悟空闹天宫、斗妖魔的故事时,恐怕除了儿童外,谁都知道这是想象、虚构的神话,但尽管如此,人们对那些故事的喜爱却世世代代地经久

---

① 酉阳野史:《新刻续编三国志引》。

不衰。这是因为它们在幻想的外衣中"包含有我们能够理解的现实的内容,具有某种社会批判的意义,而且这些浪漫主义的描写在作品所展现的艺术世界里是合乎逻辑的"。① 用古代文艺理论的术语来说,是合乎"情真"与"理真",即达到了艺术的"真",尽管它们并不符合历史的真实或生活的真实,即所谓"事赝"。在"事赝"这点上,合理的虚构与随心所欲的胡编乱造有相似之处,但在"情真"与"理真"方面,两者却有本质的差异。合理的虚构必须来自对现实生活的概括与提炼,并且还需受到现实生活的检验,而胡编乱造正与此相反。其实就是在神魔小说流派内部,只要将《西游记》与那些简陋粗劣的作品作一对照,也很容易地看出它们之间的这种差别。

神魔小说基本上都是有所依据改编而成的作品,其中也有依据话本者,更多的却是搜罗流传于民间的各种神话故事进行编撰。历史上的各种神话人物及其故事,在万历朝神魔小说所搭建的三教合一的大框架中都被安置于相应的位置,形成了后来在民间影响极大的庞杂的神的谱系。在某种意义上可以说,万历朝神魔小说的编撰,实际上也是对当时中国民间各种神话故事的一次大规模的整理,仅就这点而言,它也具有相当独特的意义。可是,若就编创手法而言,主要依据民间神话而改编的神魔小说与主要依据正史等而改编的讲史演义在本质上却无差别,它们都不是作者独立创作而成的小说。讲史演义与神魔小说是万历朝时主要的两个创作流派,这意味着当时通俗小说的创作在总体上还处于依据旧本改编的阶段。当然,若具体细辨,不同的作品在改编的程度上又有所差别。那时的讲史演义作家多追求羽翼信史,总是力图描写出历史上某朝某代的真实风貌,最好连细节也毫不走样。如果作品中出现明代人的生活痕迹,

---

① 郭豫适:《论〈西游记〉》,载《中国古代小说论集》,华东师范大学出版社1992年2月版。

那么这只是作者对历史细节缺乏了解,不自觉地以此填充的缘故,而绝非是他们原先的本意,因此其作品内容也就有意无意地与现实保持着相当的距离。神魔小说的作者编撰时却不必那么拘谨,由于没有羽翼信史的束缚,他们叙述神仙在尘世间周游时,很自然地以明代的社会生活为描摹对象,其中有些则是有意借作品以反映现实,如将神魔小说与社会小说合为一体的《三教开迷归正演义》。《西游记》更是这方面的杰作,虽然作者以叙述神魔故事为主,但读者欣赏时却常常能感受到作者对现实的讽喻。如作品中关于车迟国与比丘国的国王受惑于道士的描写,正是对自封为"灵霄上清统雷元阳妙一飞玄真君"的嘉靖帝的辛辣讽刺;车迟国中"四下里快手又多,缉事的又广",也正是对明代"缉事人四出,道路惶惧"的特务统治的写照;而里长不堪追比弃家出逃,更是明代独有的社会状况。当然,《西游记》还只能随着故事情节的发展,在适当的场景中出现一些反映现实的描写,而且这又往往是曲折与间接的,因为它毕竟是以叙述神魔故事为主的作品。由此可以看到,题材的限制使神魔小说不能直接而广泛地反映现实生活,拙劣的作者在创作中甚至使两者基本脱节,就这点而言,它与专叙历史故事的讲史演义又具有一致性。

最后应指出,神魔小说的兴起与读者的阅读需求也有很大的关系。他们在欣赏这一流派的作品时,不仅可享受阅读神奇故事而产生的愉悦,而且那些斩妖除魔的故事及其正义战胜邪恶的主题,也可使人们发泄对现实政治不满的愤懑。若联系同时流行于世的公案小说,其间的共同处则是不难发现的,读者们正是出于同样的原因,才乐意欣赏伸张正义、除暴安良的公案故事,所不同者是后者寄希望于清官,而前者是借神仙以消块垒。神魔小说,特别是《西游记》等优秀的作品长期以来一直拥有广大的读者,可是对于这个流派的创作来说,它在万历朝以后却步入了衰落期,其后虽然也曾经有人进行这一题材的创作,但作品零落稀疏，已无昔日的声势，紧随万历朝之后的天启、崇祯两朝的创作状况就与之形成鲜明的对照。若究其原因，则不外有三。首先，万历后期神魔小说的创作已将流传于民间且为人们熟悉喜爱的神话人物的故事搜罗殆尽，庞杂的神祇谱系也已基本排定，后来的作家再要撰写神魔小说，其创作空间已十分狭小。其次，在天启、崇祯两朝，阶级矛盾与民族矛盾极度尖锐，社会局势急剧动荡，在此大格局下，无论是作者还是读者，他们的注意力都移至对现实生活的关注，书坊主的出版热点也相应地随之改变。第三，从小说发展的进程来看，其总趋势是从改编逐渐迈至独立创作阶段，故事内容也随之从古代或天国移至现实的人世间，作为改编型作品的讲史演义与神魔小说迟早得将创作的中心地位让给直接描写现实生活的作品，天启、崇祯两朝的社会动荡则是加快这一进程的催化剂。其实在万历朝，直接反映现实生活的人情小说已开始有作品问世，该流派的开山之作自万历中期起已流传于社会，并产生了相当的影响，它就是被人们惊叹为"奇书"的《金瓶梅》。

第十三章 《金瓶梅》与人情小说

万历二十三年(1595)袁宏道致书董其昌,其中有几句话论及《金瓶梅》:"《金瓶梅》从何得来?伏枕略观,云霞满纸,胜于枚生《七发》多矣。后段在何处抄竟,当于何处倒换,幸一的示。"这段文字是目前所知有关《金瓶梅》的最早记载与评价,[①] 它虽简短,包含的信息量却相当丰富。首先,写信人与收信人都是万历朝极负盛名的文士,董其昌后来累官至南京礼部尚书,他又以擅于丹青而著称天下;袁宏道是公安派的领袖人物,他率先批判弥漫于文坛的复古主义思潮,"荡涤摹拟涂泽之病,其功伟矣"。[②] 这两位人物关于《金瓶梅》的议论,从一个方面证实文士们正开始成为通俗小说的重要的读者群。其次,"云霞满纸,胜于枚生《七发》多矣"一语表明,《金瓶梅》在流传之初就得到了著名文士的高度评价。联系袁宏道关于《水浒传》的"《六经》非至文,马迁失组练"[③] 的议论,又可以知道文士们不仅已成为通俗小说重要的读者群,而且其中一些享有盛名者还热情地欢迎这新兴的文学体裁,反过来他们肯定、赞扬性的评论又有力地推动了通俗小说在社会上的广泛传播。第三,袁宏道的信函表明,早在《金瓶梅》流传之初,人们就已经在饶有兴趣探究这样一个问题:"《金瓶梅》从何得来?"而直到今天,它仍然是小说史上引人注目的悬案。

[①] 袁宏道:《与董思白》。有的学者认为此信写于万历二十四年(1595)。
[②] 钱谦益:《列朝诗集小传》丁集中"袁稽勋宏道"。
[③] 袁宏道:《听朱生说〈水浒传〉》。

第一节 《金瓶梅》的成书与流传

袁宏道最先留下了关于《金瓶梅》的文字记载,但并非首先接触这部小说的文士,董其昌抄录《金瓶梅》显然在此之前,而且他还曾向朋友们介绍说:"近有一小说,名《金瓶梅》,极佳。"[1] 董其昌的抄本很可能是抄自王肯堂,后者又曾将书借与屠本畯抄录。[2] 王肯堂,字宇泰,号念西居士,金坛人,万历十七年(1589)年进士,历官福建参政、分守宁绍台道;屠本畯,字田叔,号汉陂,浙江鄞县人,历官两淮运司、辰州知府。这些名士抄录、阅读《金瓶梅》都在袁宏道之前。据当时人的记载,嘉靖至万历初年的文坛领袖王世贞拥有抄本的时间更早,且又是一部全本。[3] 由以上材料可以判断,自万历初年起,《金瓶梅》便以抄本的形式在一些著名文士间流传,尽管有人口头上也说些"天地间岂容有此一种秽书",[4] "决当焚之"[5] 一类话,但大家如此起劲地抄录与互相借阅,其赞叹之情不问可知。当时拥有《金瓶梅》抄本的还有刘承禧,这位武进士出身的锦衣卫千户生性好古玩书画一类,他的藏本据说是从徐阶家抄录而得。徐阶字子升,松江华亭人,历官礼部尚书、东阁大学士,是拥有《金瓶梅》抄本的文士中官阶最高的一个。其时家藏部分抄本的还有王稚登与文在兹,前者是王世贞的好友、著名诗人,后者则是万历间进士,曾在翰林院供职,他们也是当时颇有声望的文士。

---

[1] 袁中道:《游居柿录》卷之九。
[2] 见刘辉:《〈金瓶梅〉版本考》,载《金瓶梅成书与版本研究》,辽宁人民出版社1986年6月版。
[3] 屠本畯《山林经济篇》卷八云"王大司寇凤洲先生家藏全书",谢肇淛《金瓶梅跋》也称:"此书向无镂板,钞写流传,参差散失。唯弇州家藏者最为完好。"
[4] 薛冈:《天爵堂集》卷二。
[5] 袁中道:《游居柿录》卷之九。

此后,《金瓶梅》抄本的传播范围更广,且与袁宏道、袁中道兄弟多有直接或间接的关系。首先是袁宏道将从董其昌那儿抄得的部分抄本借给了谢肇淛,因后者借阅时间过长,他还特地写信催讨:"《金瓶梅》料已成诵,何久不见还也?"① 谢肇淛,字在杭,福建长乐人,万历二十年(1592)进士,官至广西右布政使,这又是一位对《金瓶梅》感兴趣的高层官员。谢肇淛从袁宏道那儿只能抄到作品的十分之三左右,后来他又从丘志充处抄得作品的十分之五。丘志充,字左臣,又字六渠,山东诸城人,万历三十一年(1603)进士,历官河南汝宁知府、山西右布政使,他显然只藏有半部《金瓶梅》抄本。后来,袁宏道终于抄得全本,他的弟弟袁中道据此也抄录了一部。万历三十八年(1610),袁中道入京赴试时将这部抄本借给沈德符抄录,三年后沈德符携《金瓶梅》抄本至苏州,冯梦龙读到这部奇书极为惊喜,"怂恿书坊以重价购刻",但被沈德符拒绝了:"一刻则家传户到,坏人心术,他日阎罗究诘始祸,何辞置对? 吾岂以刀锥博泥犁哉!"② 按常理推断,怂恿书坊以重价购刻的计划受阻后,冯梦龙自然也会像其他接触到抄本的人那样进行抄录。热心于通俗读物出版的冯梦龙与苏州诸书坊的关系极为密切,一旦他拥有了抄本,那么《金瓶梅》的刊刻行世就只是时间问题了。果然,尽管沈德符拒绝刊刻,万历四十五年(1617)时《金瓶梅》仍然在苏州刊刻面世,其名为《金瓶梅词话》。现在并不清楚《金瓶梅》的首刻本究竟是谁刻印,但冯梦龙的嫌疑相当大。从此时开始,这部奇书进入了刊本流传阶段。

　　《金瓶梅》虽然终于出版并广泛流传,但关于这部作品却有三个关键问题却一直有激烈的争论。首先是小说的问世时间。根据有关王世贞藏有《金瓶梅》抄本全本的记载,作品的成书显

---

① 袁宏道:《与谢在杭》。
② 沈德符《万历野获编》卷二十五"金瓶梅"。

然不会迟于王世贞去世的万历十八年(1590),若根据抄本在文士间流传的各种记载作分析,作品成书的下限实际上还可提前十年。至于成书的时间上限,一种意见认为是问世于嘉靖年间,沈德符就曾说过《金瓶梅》是嘉靖间大名士所著,主张作者为王世贞的人自然也赞同这一说法。另一种意见认为作品成书于万历十年(1582)以后,尤其是明史专家吴晗先生对"太仆寺马价银"一事作考证后,此说一度成为不可动摇之论。吴晗先生注意到作品第七回中有"朝廷爷一时没有钱使,还问太仆寺支马价银子来使"一语,并结合万历十年张居正死后明神宗肆无忌惮地向太仆寺支借的史实,得出了上述判断。① 然而细观吴晗先生所考之史实:太仆寺贮马价银始于成化四年(1468),但为数极微;隆庆二年(1568)定例卖种马之半,藏银始多;万历元年(1573)张居正当政时尽卖种马,藏银始达四百余万两。关于支借一事,吴晗也曾引《明史·食货志》中语云:"隆庆中……数取光禄太仆银,工部尚书朱衡极谏不听。"可是他以频频支借为被写入小说的前提,故而将作品成书上限定于张居正去世的万历十年。然而对于小说家写入作品来说,只要有这类事实发生过即可。实际上,不仅是隆庆年间已是"数取"太仆寺的马价银,其实早在嘉靖年间,挪借太仆寺马价银已成为度过财政困难的应急办法之一,而且动辄为数十万两银之巨。② 因此,《金瓶梅》的成书时间目前只能框定在嘉靖中后期至万历初年之间。

第二个问题是作者。万历四十五年(1617)版的《金瓶梅词话》前有欣欣子的序,说他的朋友兰陵笑笑生因"寄意于时俗",而"罄平日所蕴者,著斯传"。若据此序,《金瓶梅》的作者则应是兰陵笑笑生。《金瓶梅》究竟为何人所著,兰陵笑笑生又究竟是

---

① 详见吴晗《〈金瓶梅〉的著作时代及其社会背景》,载《论金瓶梅》,文化艺术出版社1984年12月版。
② 徐朔方先生曾从《明实录》中摘出有关嘉靖间支借马价银的史料,详见《〈金瓶梅〉成书新探》,载《论金瓶梅的成书及其他》,齐鲁书社1988年1月版。

谁的化名,这是长期以来人们一直感兴趣的问题。清康熙三十四年(1695),谢颐在为《金瓶梅》张竹坡评点本作序时,最先提出王世贞或其门人是这部小说作者的说法:"《金瓶》一书,传为凤洲门人之作也,或云即凤洲手。"此后,乾隆时《绘图真本金瓶梅》卷首的王昙的《金瓶梅考证》、顾公燮的《销夏闲记摘抄》等都附和这一说法。虽然在清代还有指认李卓吾、薛应旗、赵南星为作者的意见,但"王世贞说"较明显地占了上风。关于《金瓶梅》作者的争论一直持续到今日,并成为《金瓶梅》研究中的热点问题,而且除上述诸人外,又增添了李开先、屠隆、贾三近等多人,作者候选人总数已逾五十。然而,由于缺乏确凿的证据,又由于考证方法的缺陷,迄今为止,还没有一种能得到学术界的确认(详见本章附录)。

其实,早在《金瓶梅》以抄本形式在文士间流传时,人们就已讨论过它的作者问题。据目前所知,当时曾有过三种说法。沈德符曾介绍说:"闻此为嘉靖间大名士手笔,指斥时事。如蔡京父子则指分宜,林灵素则指陶仲文,朱勔则指陆炳,其他各有所属云。"[①] 袁中道的说法则异于沈德符:"旧时京师,有一西门千户,延一绍兴老儒于家。老儒无事,逐日记其家淫荡风月之事,以西门庆影其主人,以余影其诸姬。琐碎中有无限烟波,亦非慧人不能。"[②] 第三种说法则为谢肇淛在《金瓶梅跋》中所提出:"相传永陵中有金吾戚里,凭怙奢汰,纵欲无度,而其门客病之,采摭日逐行事,汇以成编,而托之西门庆也。"现在已无法判断究竟哪种说法符合实情,而且他们对于自己所说也并无把握,故而用了"闻"、"相传"之类的字眼。不过后世的考证者往往都采用沈德符的"嘉靖间大名士"之说,理由也显而易见,倘若作者是个默默无闻、史无记载的"绍兴老

---

① 沈德符《万历野获编》卷二十五"金瓶梅"。
② 袁中道:《游居柿录》卷之九。

儒",那么考证从何做起？在所有探究《金瓶梅》作者的人当中,明万历间沈德符等人距离这部作品成书的时间最近,然而他们的努力并无结果。另外还应注意的是,他们三人都未提及兰陵笑笑生,这对试图通过兰陵笑笑生考定作者的方法来说,也是一个不小的障碍。总之,直至今日,仍然无法知道《金瓶梅》的作者究竟是何人,而且在没有发现新的确凿的材料之前,也不具备弄清这一问题的条件。

第三个问题则是关于《金瓶梅》的成书性质。在相当长的一段时期内,这部作品曾被认为是小说史上第一部文人独立创作的长篇小说,但近年来不少学者对这一命题提出了质疑,他们根据对万历间《金瓶梅词话》的内容与风格作仔细辨析后指出,这部小说与《三国演义》、《水浒传》与《西游记》一样,也是世代累积型的作品。《三国演义》等作之前的《三国志平话》等平话至今犹存,其成书性质的判断毋庸置疑,但由于一直没有发现《金瓶梅词话》之前有类似的平话,学者们在作品中寻找内证以证实它是世代累积型的小说方面做了大量的研究。首先,他们指出作品中有大量可唱的曲、词、诗、赞、赋等韵文的存在,这是一切词话本小说的最显著的特点;这些韵文不仅独立成段地插入,同时还常夹在叙事的散文中。其次,作品中大量保留了说唱艺人演出时直接向听众发表对故事中人物或事件评论的形式,如常用"看官听说"一语引出评论,其中有的内容就是抄自《水浒传》;此外,诸如"评话捷说"、"安下一头,却表一处"之类说书艺人的口头禅也是屡见不鲜。同时,作品中还存在着"书外书",即说唱艺人演出时离开正在叙述的故事情节而随意加上的内容。这种只要场景相仿就可以原封不动地搬用"书外书",其实正是说唱者常用的套话。第三,除开头部分依据《水浒传》中西门庆与潘金莲故事改编外,《金瓶梅词话》中另有一些情节也是直接搬自话本小说一类的作品,学者们这方面的研究结果可以下表显示:

《金瓶梅词话》回数	抄袭对象
第一回	《刎颈鸳鸯会》
第一回、第二回、第一百回	《志诚张主管》
第二十七回	《如意君传》
第三十四回、第五十一回	《戒指儿记》
第四十七回、第四十八回	《百家公案》
第六十二回	《西山一窟鬼》
第七十三回	《五戒禅师私红莲记》
第九十回、第九十九回	《杨温拦路虎传》
第九十八回、第九十九回	《新桥市韩五卖春情》

从各种作品中大量采录,甚至一字不改地照抄,这也是说唱艺人丰富其演出内容常用的手法。第四,在《金瓶梅词话》中,无论是情节的安排、人物的描写或是时间的说明,都存在着大量的讹误错乱,这也很使人怀疑它是作家个人独立创作的作品,因为"无论哪一个笨拙的作家,也写不出如此众多的败笔"。①

认为《金瓶梅》是取材于现实生活的作家个人的独立创作的学者也自有其理由。首先,如果这部小说前也有大量有关的民间作品流传,今天不会一点也看不到这类作品的遗留。其次,《金瓶梅词话》确实含有某些宋元话本的故事,但作者为创作的需要对它们都或多或少作过改动,使其融入了作品。再次,作者确实吸取了许多他人的词曲等韵文,在表现形式上也常运用民间说书艺人的口吻,这正证明了作者平时爱好与留心搜集民间作品,并有意模仿受群众欢迎的平话这一艺术形式。第四,与《三国演义》等作相比,《金瓶梅词话》对人物和环境的细节描写远胜一筹,其语言与文章风格的个人创作的特点也很突出。第

---

① 刘辉:《从词话本到说散本》,载《金瓶梅成书与版本研究》,辽宁人民出版社1986年6月版。

五,由民间说话演变而来的长篇作品往往仍有若干大小段落连缀的痕迹,但《金瓶梅词话》的故事却是浑然一体。

在以上意见中,最有力的其实是第五条。《金瓶梅词话》的结构迥然不同于《水浒传》等作,它改变了以往史传式的各归各的分章专述或一人为主别人必为宾的写法,比较注意人物间的相互关系与作用,并由此表现人物的性格及其发展,从而使读者较直接地看到了由种种联系和相互作用交织而成的生活画面。尽管安排上粗疏不少,但却呈现出网络式结构的雏形,这种结构光靠世代积累恐怕是难以形成。如对施耐庵、罗贯中等人的创作来说,他们占有的粗糙而丰富的原始材料已大致配套成型,因而就很难打乱原有的骨架去重新设计与安排情节。尤可注意的是,《金瓶梅》第二十九回中有段西门庆让吴神仙给他家中人相面的情节,吴神仙对每个人都说了四句诗,暗示了他们的结局,而其中有些人的结局一直要到作品即将结束时才被描写交代,这证明作者确有全盘的计划安排。后来《红楼梦》第五回"薄命司"卷册的判词、"红楼梦曲"与"金陵十二钗"结局相联系的结构,显然是受到了《金瓶梅》中那情节的启发。

其实平心而论,"独创说"与"改编说"都有一定的道理,它们似乎都能成立,但又都因受到对方的阻挠而无法完全确立。这种两难的矛盾状态,只能用我们的研究方法还存在着缺陷来解释。长久以来,我们已习惯于运用形式逻辑的排中律作判断:要么是 A,要么非 A,两者必居其一。可是,排中律只适合于外延绝对明确的概念,它对于大量的亦此亦彼的事物与现象是无能为力的。在文学研究领域里,不少概念的外延恰恰是模糊的,有些概念甚至还根本无法定义(如美与丑)。在那些对立的概念之间,有着一连串亦此亦彼的事物与现象作为它们的中介过渡,而这些事物与现象因所含的"此"或"彼"的成分各不相同而处于这中介过渡阶段中的不同位置上。"改编"与"独创"这两个概念的关系也正是如此。

以往在讨论一部作品究竟应归于"改编"还是"独创"时,人们比较强调的是这两个概念互相对立的一面,然而,我们有时却更需要考虑它们之间的联系。这里所谓的联系有两层含意:首先,我们所讨论的古代通俗小说,并不存在绝对的"改编"或"独创"的作品,这两个概念只能在抽象的意义上才能明确分开。也就是说,那些作品在实际上都同时含有两种成分,只是它们之间的比例在具体的作品中互不相同而已。其次,"改编"与"独创"都是由作家如何处理创作与现实生活关系这一基本问题派生出来的两个概念,随着作家们对此认识的深化与经验的不断丰富,古代通俗小说的创作相应地经历了一个由改编逐步发展到独创的过程。抽象意义上的"改编"与"独创"分别是这一进程的起点与终点,而那些具体的作品则是分布于那过渡阶段中的一个个中介环节。就严格的意义上而言,没有一部作品能绝对地处于起点或终点,改编极笨拙者如熊大木,他的作品中也含有独创的成分,而成熟的文人独立创作的作品如《红楼梦》,也显示出了改编他人之作的痕迹。因此在讨论一部作品究竟是属于改编还是独创时,就必须将它置于整个通俗小说创作方法的演变过程中来考察,而且这种讨论实际上是在分析该作品中所含的改编或独创成分的多少。当改编的成分占优势时,我们就称之为改编而成的作品,反之则归于独创的作品。在通俗小说的发展过程中,前期的作品一般都可归于改编,后期的作品大多可归于独创,而通俗小说的创作由改编向独创的转变是一个逐步量变的过程,它不可避免地要经历这样一个阶段,即此时作品中改编与独创的成分平分秋色,以致我们无法简单地将那些作品说成是改编的或独创的,只能老老实实地承认,它们是由改编转向独创的过渡阶段的产物。围绕《金瓶梅》的"改编说"与"独创说"相持不下的状况,恰好证明了它正是这样的一部作品,它的作者力图独创,同时也在相当大的程度上受到长期以来的改编方法的束缚。既然是两种编创手法并用,那么也就不必定要突出其中一种而排斥另一种,还不如实事求是地承认它的中介过渡状态。

如前所言,《金瓶梅词话》是一部书坊拼凑不同抄本匆匆付刻的作品,其间错漏破绽处甚多,文字也较粗率。于是大约在崇祯间,又有一部《新刻绣像批评金瓶梅》问世。刘辉先生将此书与《金瓶梅词话》作仔细对勘后,对它们之间的差别作了扼要的说明:

> 只有到了《新刻绣像批评金瓶梅》,才由文人作家对词话本从回目到内容作了大量的修改工作。其修改写定的工作大致包括两方面的内容:一为删削与刊落;一为修改与增饰,而且以前者为主。修改写定者的着眼点与立足点,主要是改变民间说唱"词话"这一特征,譬如,对词话本的可唱的韵文部分,几乎刊落了三分之二,就是最明显的例证。经过这样的删削之后,面目大为改观:浓厚的词话说唱气息大大地减弱了,冲淡了;无关紧要的人物也略去了;不必要的枝蔓亦砍掉了,使故事情节发展更为紧凑,行文愈加整洁,更加符合小说的美学要求。同时,对词话本的明显破绽作了修补,结构上也作了变动,特别是开头部分,变词话本依傍《水浒》而为独立成篇。①

《新刻绣像批评金瓶梅》现在通常被称为"崇祯本",就其独立的文学价值以及适合阅读欣赏方面而言,它都胜于"词话本",再加上清初时张竹坡又对它作了批点,因此后来广泛流传并产生巨大社会影响的,也主要是"崇祯本"。然而,现在同样无法知道究竟是谁将《金瓶梅词话》修改加工为"崇祯本",有的学者认为是李渔,但此说也并未能得到确认。

对《金瓶梅》本体研究来说,作者不详与成书时间只能大致

---

① 刘辉:《〈金瓶梅〉版本考》,载《金瓶梅成书与版本研究》,辽宁人民出版社1986年6月版。

框定是个不小的缺憾,然而对小说发展进程的宏观研究来说,这种完备性与准确性的不足毕竟还只属较次要的方面,因为它并没有影响对作品的地位、意义以及对后来创作推动的考察。

第二节 创作直接反映现实的开始

《金瓶梅》是由小说中三个主要女性,即西门庆的小妾潘金莲、李瓶儿和通房婢女春梅的名字中各取一字而合成,它的开始部分第一回至第九回是对《水浒传》第二十三至二十六回中西门庆、潘金莲故事的改写,所不同的是武松未能立时杀死这两人,而是被递解至孟州,直至第八十七回他才被赦回乡,杀死潘金莲以报兄仇,但那时西门庆已纵欲过度而死。《金瓶梅》主要的故事情节,就发生于武松流配后至遇赦回乡前这段时间里。这部作品十分细腻地描写了西门庆一家的日常生活以及这个家庭的盛衰,在中国小说史上,这样的以家庭生活为题材的长篇小说还是第一次出现。作者的笔触始终不离西门庆及其家庭生活,但通过对西门庆家庭内发生的一系列事件,以及以西门庆为中心的各种社会活动,特别是西门庆一生的发迹变泰、兴衰荣枯的描写,展示了广阔的社会生活面。尽管作品以北宋末年为故事背景,但它所反映的是处于封建主义制度末世的明代社会的真实内幕。

作品的主人公西门庆原本是个开生药铺的破落户,由于他上通权臣,下揽无赖,巧取豪夺,恣意妄为,在短短的几年内,不仅腰缠万贯,而且还当官登堂审案。有了钱可以买官当,当了官又可以攫取更多的钱财,并在相当的范围内为所欲为,这就是富商恶霸西门庆的发家经历。在作品第五十七回里,人们可以读到西门庆的这样一段"名言":

<blockquote>咱闻那佛祖西天也止不过要黄金铺地,阴司十殿也要些楮镪营求。咱只消尽这家私广为善事,就是强奸了嫦娥,和奸了织女,掳了许飞琼,盗了王母的女儿,也不减我泼天</blockquote>

富贵。

西门庆为纳潘金莲为妾而毒死武大，又奸娶李瓶儿强夺花子虚的财产；收买流氓诬告蒋竹山赖债，并将他送进提刑所毒打；他还逼奸宋惠莲，设计陷害来旺儿，仗势打死宋仁……这一类令人发指的恶行在作品中随处可见。许多无钱无势的小人物悲惨地含冤而死，而依仗权势作恶多端的西门庆却享不尽荣华富贵。虽然作者只是客观地、不动感情地叙述那些事件，更没有提出批判与控诉，但这些描写毕竟暴露了封建社会的黑暗与罪恶，而正因为生活在这样的社会现实中，西门庆才会说出上述那段"豪言壮语"。

不过，《金瓶梅》中的西门庆已不是《水浒传》中的那种封建社会里传统的纯粹的流氓恶霸，他同时还是一个精明的暴发户式的富商。如果说，欺凌弱小，强取恶夺乃至谋财害命在漫长的封建社会中是屡见不鲜的寻常事，那么《金瓶梅》对西门庆财产迅速膨胀过程的描写则十分鲜明地显示出了晚明社会的时代特征。西门庆在作品中刚出场时，家产只是从父亲那儿继承来的生药铺，然而仅仅六七年光景，他就已拥有五家商铺与多处地产，资本总额高达约十万两银。西门庆扩充财富的方式有极其卑劣的一面，他先是接连娶孟玉楼、李瓶儿为妾，兼并了女方现成的商铺与巨额财富，接着又不惜以重金夤缘钻营，攀附权贵，精心地编织了一张复杂的关系网："东京蔡太师是他干爷，朱太尉是他卫主，翟管家是他亲家，巡抚巡按都与他相交，知府、知县是不消说"，后来西门庆自己还干脆在提刑院当了个掌刑千户。靠着与官府的勾结，西门庆就能攫取一般商人不敢想象的巨额利润。他买通了新上任的两淮巡盐御史蔡一良，从而能提前一个月支出官盐在湖州、南京等地发售，这一个月的时间差意味着巨额钱财的到手，而西门庆又立即用这笔收入在江浙一带采购绸缎等运回山东发卖。由于税官已被他收买，这批货物运回时又可偷税漏税，因此西门庆的这笔买卖便能轻而易举地"增十倍之利"。西门庆的缎子铺最初投入的资本只是一千两银子,但是到他临死前已膨胀至五万两,其中主要的奥秘就在于此。正是通过这些描写,《金瓶梅》对晚明社会中吏治腐败、贪赃枉法、官商勾结、钱权交易等屡见不鲜的现象作了尽情的暴露。

《金瓶梅》在通过西门庆发家历程展示当时政治腐败和社会黑暗的同时,也真实地塑造了一个新兴商人的形象,作品中的西门庆已不是封建社会中传统的富商大贾,他的经营明显地显示出明代后期的不同于以往的时代特征。西门庆五家商铺的货物经常是直接从产地采购,一人独占了原先一般由行商、牙行与坐贾三家分享的利润。他甚至还兼营加工业,有次买进一批本色丝后,就派人"领本钱雇人染丝,在狮子街开张铺面,发卖各色绒线",由这一描写可以看到西门庆的经营中已经含有前资本主义生产的成分。西门庆经商时还与没有股份的伙计拆帐分红,改变了当时常见的封建依附关系或每月领取定额工钱的办法,而一旦伙计的切身利益与经营的好坏挂钩,他们的积极性与责任心也就被充分地调动。这位精明的商人还明确地意识到加速资本周转与获取利润之间的关系,在他的观念里,金银"是好动不喜静的","也是天生应人用的"。根据这一理论,他从不干窖藏金银这类事,除了自己挥霍与贿赂各级官员之外,大部分的利润全都追加于经营的扩大,这些同样也是孕育于封建社会中新的经济因素。

作者将封建恶霸所具有的奸刻、狠毒与贪婪,富家子弟的浪荡无赖以及新兴商业资本家的精明等各种复杂因素统一于一体,故而他笔下的西门庆就既邪恶又生气勃勃,这一体现出鲜明时代特征的形象的塑造,是《金瓶梅》的艺术成就之一。作者在描绘其他人物时,也打破了以往小说中常见的单一性格的贯例,不是按类型化的人来演绎形象,也不将性格当作单纯的个人天性,而是同人物的生存环境、生活经历联系起来,写出了其中的复杂性。如潘金莲既狠毒淫荡,又聪明美貌,既刁钻凶恶,又伶俐敢为；而李瓶儿既有冷酷恶毒的一面，同时又有温顺多情之处。这种多元、立体化的性格显示，更使人感到真实可信，而它则是来自对现实生活的观察、提炼和概括。在《金瓶梅》中，作者描绘的人物多至百人以上，就其身份和社会地位来说，无论是皇帝与各级官吏，也无论是书生、医生、商人与伙计，还是地痞、无赖、娼妓、牙婆、和尚与道士，明代城市生活中三百六十行的各色人等，几乎全都尽揽在内，而其中最用力者，则是对市井人物的刻画。作者以西门庆及其家庭生活的描写为中心，将各式各样的人物组织成关系错综复杂的网络，而通过那些人物间的关系及发展变化，展现出了绚丽多彩而又活生生的晚明社会生活的风俗画卷。当《金瓶梅》还处于抄本流传阶段时，谢肇淛在为这部小说所作的跋中，就已对它广泛反映现实的特点赞不绝口：

其中朝野之政务，官私之晋接，闺闼之蝶语，市里之猥谈，与夫势交利合之态，心输背笑之局，桑中濮上之期，尊罍枕席之语，驵狯之机械意智，粉黛之自媚争妍，狎客之从臾逢迎，奴佁之稽唇淬语，穷极境象，駴意快心。譬之范公抟泥，妍媸老少，人鬼万殊，不徒肖其貌，且并其神传之。信稗官上乘，炉锤之妙手也。其不及《水浒传》者，以其猥琐淫媟，无关名理。而或以为过之者，彼犹机轴相放，而此之面貌各别，聚有自来，散有自去，读者意想不到，唯恐易尽。此岂可与褒儒俗士见哉？

这部作品在反映晚明的社会生活时，尤其以刻画人际关系间的世态炎凉见长。小说第三十回写西门庆生子加官，这是他家兴盛的顶点，作者写到此处插话道："谁人不来趋附？送礼庆贺，人来人去，一日不断头。常言'时来谁不来，时不来谁来？'正是：时来顽铁有光辉，运退真金无艳色。"可是等西门庆一死，他的妻妾、奴仆、朋友全都显出了另一副嘴脸与心肠。特别是那些曾竭力奉承巴结西门庆的帮闲子弟，昔日是胁肩谄笑，称功诵德,如胶似漆,如今则是视如陌路,唇讥腹非,乃至恩将仇报。所谓的"情义"全都随权势的有无、钱财的多寡而消长,透过那一幅幅世情冷暖的画面,人们看到的是冷酷、虚伪与自私,而且这不是个别人的或一时的表现,它们已汇合成整个社会与时代的特征。作者创作的主旨,就在于对封建社会末世的暴露,正如鲁迅先生所言:"故就文辞与意象以观《金瓶梅》,则不外描写世情,尽其情伪,又缘衰世,万事不纲,爰发苦言,每极峻急";而作者的暴露批判并不是靠枯燥的说教,他是通过具体生动故事,尤擅于以人物的神态、动作、语气使读者得到强烈的感受,故而鲁迅先生又称赞道:"作者之于世情,盖诚极洞达,凡所形容,或条畅,或曲折,或刻露而尽相,或幽伏而含讥,或一时并写两面,使之相形,变幻之情,随在显见,同时说部,无以上之"。① 不过,在这一展示过程中,作者同时也显露了自己对传统道德信心的丧失,因此在小说中时时可见那个社会的堕落和不可救药,但希望和理想的光辉却无一点闪现。

《金瓶梅》直接地,而且是广泛和深入地反映了作者自己生活于其间的社会现实,这是明代通俗小说创作中前所未有的创举。在它出版之前,世上流传的通俗小说主要是讲史演义与神魔小说,它们或叙述几百年甚至上千年前的史实,或描写天国仙境中虚无缥缈的故事,作品中虽也有作者有感于社会现实的寄寓,但终究因题材的限制,对于现实生活只能作间接、曲折的反映;在《金瓶梅》刊行后的天启、崇祯两朝,描写眼前的社会生活已是新兴起的拟话本与时事小说两大创作流派重要特征,而它们又是当时创作的主流。从通俗小说创作的发展趋势来看,其间起扭转方向作用的正是《金瓶梅》。这部作品以反映现实生活为主的题材选择为后来的作家开辟了广阔的创作原野,它围绕现实的日常生活展开故事,不再像以往的小说那样着重描写诸

---

① 鲁迅:《中国小说史略》第十九篇"明之人情小说(上)"。

如帝王将相、神仙佛祖一类非凡人物的非凡经历。崇祯间的凌濛初曾反对"所谓必向耳目之外索谲诡幻怪以为奇",而主张作家以"耳目之内,日用起居"为创作的重点,①这其实就是由《金瓶梅》的创作思想一脉相承而来。

《金瓶梅》的示范将历来注重传奇性的中国古典小说引入强调写实性的新境界,而古代评论家通过深入的分析,指出这部作品实际上还蕴含的创作应依赖于现实生活的理论主张。张竹坡曾写道:"作《金瓶》者,必曾患难穷愁,人情世故,一一经历过。入世最深,方能为众角色摹神也。"张竹坡接着又指出,强调创作对现实生活的依赖关系,并不等于说作者在作品中只能写自己经历过的事:"作《金瓶梅》,若果必待色色历遍,才有此书,则《金瓶梅》又必做不成也。何则? 即如诸淫妇偷汉,种种不同,若必待身亲历而后知之,将何以经历哉? 故知才子无所不通,专在一心也。"②"专在一心"是金圣叹评点《水浒传》时用过的术语,是指作家在观察的基础上根据生活发展与人物性格发展的逻辑悬想事势,把握人物的言行举止与精神面貌。这就是说,作家创作时不仅可以,而且必须在生活的基础上进行想象和虚构。将这两方面的内容结合起来,张竹坡便得出了这样的结论:"稗官者,寓言也。其假捏一人,幻造一事,虽为风影之谈,亦必依山点石,借海扬波。"③ 而且,虚构不同于胡编乱造,两者的区别在于是否"体贴人情天理",即是否符合生活的发展逻辑。由于《金瓶梅》"凡有描写,莫不各尽人情",所以它写的才能"恰如的的确确的事"。然而,这里也须同时指出,《金瓶梅》确实注重写实,但其细节描写却有缺乏提炼选择之不足,作者常醉心于对实际生活中偶然琐碎的现象的描绘。特别是作品有关性描写的部分同样也注

---

① 即空观主人:《拍案惊奇序》。
② 张竹坡:《金瓶梅读法》。
③ 张竹坡:《金瓶梅寓意说》。

重写实则是严重的缺陷,尽管有一部分的性描写与人物性格的刻画密不可分,但从总体上看,相当一部分的描写却是为性而写性,且又肆意铺张。虽然并不能以此抹煞小说取得的成就,但这毕竟暴露了作者在这方面欣赏趣味的低下,削弱了作品的美学价值,对于后来淫秽小说的一度泛滥也有着不可推卸的责任。

若从文学创作的目的出发,并与以往长篇通俗小说作一比较,那么《金瓶梅》在作品结构设置方面的进步也应得到充分的肯定。文学创作的主要任务是反映现实生活,而人类的社会生活始终是丰富多彩、各方面之间存在着种种联系和相互作用,它们交织而成的画面中一切都在运动、变化、产生和消失。要对此艺术地再现,就必须有一个支撑全体的结构,否则占有的生活素材再多,也难以写成一部文学作品。对在群众创作基础上由文人再创作的作品来说,被作家改编的故事在民间长时期的流传过程中已逐渐完整、配套成型,这时作家需要做的是进行一定的剪裁,对原有布局作适当调整以便突出主题,并使其结构布局显得更完整、更和谐与更统一,这就是说,他们再创作时只是以基本成型的结构为基础作适当修改。在《水浒传》中,作者分头叙述了林冲、晁盖、宋江以及武松、石秀等好汉被逼上梁山的经历,这些故事在书中的位置互相并列,其终点均指向聚义厅,因此《水浒传》的结构总的说来可称为"并联型"。《西游记》的结构却不同于此,它从第十二回唐僧辞别长安到书终取到真经,全书主要部分由唐僧师徒取经途中各种降魔伏妖的故事组成。每个妖魔基本上只在一个故事中出现,以至于这些故事都可以相对地独立成篇,它们颇像一个个糖山楂逐一地串在唐僧取经这根木条上,因此《西游记》可称之为"串联型"结构。若进一步细致地分析这两部小说结构,又可以发现它们并非只单纯地采用上述两种结构中的一种。《水浒传》的总体结构是并联型,但各好汉的经历则又由一个个事件组成,如林冲的故事就由结怨高衙内、误入白虎堂、遇险野猪林、风雪山神庙与雪夜上梁山等串联而成;《西游记》在前十二回中分别交代了孙悟空与唐僧各自的来历,表现为两条支线的并联,而各支线的结构则又为串联型。至于《三国演义》,它是以历史发展为线索,将东汉末年的分裂、魏、蜀、吴的鼎立以及三家归晋等各大事件串联起来,而具体描写各事件时,则分头叙述各方,取并联的方式,同样也是两种类型综合并用,只是它更侧重于事件的并联与串联。

并联型与串联型都抽象于具体的作品,其本身已不可再分解,故而是结构的基本单元。这种基本性还可进一步从哲学上解释:作家所描写的那些人物与事件,不仅有在空间中互相邻近的历史(这里所说的空间,不仅是指实物占有的位置,同时也包括人物、事件之间的相互关系),而且还有在时间上前后相继的历史。并联型便于侧重于前者的描绘,而着重表现后者时则是串联型,任何一部长篇小说的结构实际上都是这两种结构基本单元的不同方式的组合。《金瓶梅》之前的作品都采用了将两种结构基本元素作简单组合的方式,在这些作品中常可读到"一枝笔难说两家话"之类的套语,这是因为作家向读者提供一幅幅生活画面时,若比较侧重于空间上的展开性,就往往对时间的延伸性照应不周,而交代时间上的延伸性时,又常不能兼顾空间上的展开性。当作品采用将并联型与串联型作简单组合的结构时,所描写的人物或事件之间就容易缺乏有机的联系。如林冲与武松同是梁山上的重要头领,但我们除了间接地知道梁山首领们在一起大碗喝酒、大块吃肉、大秤称金银外,却看不出这两位好汉之间有什么联系。应该相信,作者的脑海中原有着较完整的生活画面,但他苦于没有适当的结构为支架将它表现出来,于是只好采取了分块逐一描绘的方式,让读者阅读后自己将它们作重新组合。可是就在分块描述时,人物或事件的许多有机联系被割裂了,重新组合成完整的画面也便成了不可能的事。作品结构的机械组合又必然导致它的不严密,如只要在写法上略作调整,林冲、武松等人的故事在作品中的位置就可以整个地互换,而《西游记》中大部分降魔伏妖的故事也可打乱重新排列。指出这些缺陷丝毫没有想贬低这几部优秀作品的意思,而只是想说明,通俗小说的作品结构也是经历一个发展的过程才逐渐趋于完善。

并联型与串联型机械组合的结构采用,与史传文学的影响有很大关系。自从司马迁精心设计了"传记体"与"互见法"的结构体系以来,史家总是以"列传"的形式描写历史人物所经历的重大事件,然后又将这些串联型的支线并列在一起,通过"互见法"来反映当时历史事件的全貌。史家把握的历史事件是动态的、网络式的,但他们详略不等地将其分叙于各历史人物的列传中,让读者自己借助互见法把这些历史事件还原为动态的网络式的原貌。通俗小说,特别是最先问世的讲史演义深受史传文学的影响,它们的结构设置除正史之外也别无借鉴,这便是经常可见将并联与串联作简单平行组合的结构体系的重要原因。然而,这样的结构体系毕竟无法将丰富多彩、浑然一体的生活画面完整地再现于读者面前,一旦创作题材由讲史、神魔转至描写日常生活中的世态人情,这一矛盾就显得尤为突出。受此刺激,作品的结构体系也会按文学创作的本身规律继续向前发展运动,而《金瓶梅》中的设置则在一定程度上解决了上述矛盾。那位作者显然已意识到现实生活中人物的性格及其发展主要是通过与他人的关系而表现,因而注意人物间的相互关系与作用,将他们交织在一起描写,这就比各归各的分章专述或一人为主别人必为宾的写法更接近生活的实际。如潘金莲因李瓶儿生了官哥儿便"常怀忌妒之心",屡屡加害,最后借助"雪狮子"逼死了他俩。虽然读者能清楚地分辨暗害者与被害者,但无法而且也无须弄清这事件中的主与宾,因为作者的本意就是同时展现潘金莲的狠毒与李瓶儿的懦弱。又如西门庆设计谋害来旺时,西门庆、来旺与宋惠莲的性格同时得到了展示,甚至潘金莲、孟玉楼等人也都各有表现。那些描写各人物性格、命运的线索不再机械地排列在一起,而是互相交叉扭结,表现为交织式的组合,其头绪虽多,但意脉连贯,情节之间蹊径相通,互为因果。在这样的结构体系中,作者不再像以往许多作品那样偏重于情节的曲折,而是注意通过各种人物经历、命运的交织描写,展现生活的复杂多样,他可以冷静地让笔下人物按现实生活的逻辑表现与发展自己的个性,哪怕是潘金莲丢了只红花绣鞋这样的小事,也可围绕找鞋、拾鞋、送鞋、剁鞋等情节层层扩展,掀起大小波澜,成为表现人物关系的绝好素材。

《金瓶梅》不仅全景式地描绘了西门庆一家的生活画面,它那以西门庆家庭为中心,并以这个家庭的广泛联系来反映社会的各个方面以及整个社会风貌的结构也历来受到评论家的赞叹。张竹坡曾指出:"《金瓶梅》因西门庆一分人家,写好几分人家","凡这几家,大约清河县官员大户屈指已遍,而因一人写及一县"。① 在第四十八回里他又批道:"且见西门之恶,纯是太师之恶也。夫太师之下,何止百千万西门?而一西门之恶已如此,其一太师之恶为何如也"。若结合第七十回中的批语,张竹坡实际上又指出,《金瓶梅》虽"止言一家",但作者通过对西门庆一家左右上下前后联系的安排,写到了"天下国家"。鲁迅先生对此则是作了极为精炼的概括:"著此一家,即骂尽诸色"。② 由上述称赞还可以看到,结构并不是单纯的作文技巧问题,它须得为表现主题服务,而且还涉及典型化原则。

当然,《金瓶梅》的结构也并非已完美周密,过多琐细现象的描绘显得芜杂拖沓,所表现的生活时常缺乏次序感与节奏感,人物举止与相互关系的发展也不尽合理。在作品结构体系的发展过程中,这样或那样的缺陷的存在恐怕难免,一直要到清乾隆年间《红楼梦》问世,才终于出现了精巧、和谐同时又规模宏大的网

---

① 张竹坡:《金瓶梅读法》。
② 鲁迅:《中国小说史略》第十九篇"明之人情小说(上)"。

络状结构。这是中国古代通俗小说中最完美的结构,独具匠心精心设计的曹雪芹固然是个艺术天才,但他也离不开对前人创作经验的借鉴,故而脂砚斋才会对《红楼梦》写下"深得《金瓶》壸奥"的批语。不再采用简单组合并联型与串联型的格套,而是努力地将这两种结构基本单元交织为初步网络型的结构,仅以此点观之,《金瓶梅》推动小说创作发展的意义已不可小视,更何况它还将小说创作由注重传奇性引入注重写实性的轨道。因此,尽管这部作品有着这样或那样的缺陷,它对于通俗小说创作发展的意义,却并不亚于这一文学体裁的开山之作《三国演义》与《水浒传》,这也是它一直受到人们高度重视的原因。

第三节　万历朝前后的色情小说

含有相当数量的性描写,这是《金瓶梅》的重要特点之一,鲁迅先生论及于此时曾云:"然亦时涉隐曲,猥黩者多。后或略其他文,专注此点,因予恶谥,谓之'淫书',而在当时,实亦时尚。"鲁迅先生接着又对此"时尚"作了介绍:

> 成化时,方士李孜僧继晓已以献房中术骤贵,至嘉靖间而陶仲文以进红铅得幸于世宗,官至特进光禄大夫柱国少师少傅少保礼部尚书恭诚伯。于是颓风渐及士流,都御史盛端明布政使参议顾可学皆以进士起家,而俱借"秋石方"致大位。瞬息显荣,世俗所企羡,侥幸者多竭智力以求奇方,世间乃渐不以纵谈闺帏方药之事为耻。风气既变,并及文林,故自方士进用以来,方药盛,妖心兴,而小说亦多神魔之谈,且每叙床第之事也。①

其实,早在《金瓶梅》问世数十年前的弘治、正德年间,这种

---

① 鲁迅:《中国小说史略》第十九篇"明之人情小说(上)"。

风气已弥漫于朝野,第十章中论及的《花神三妙传》、《寻芳雅集》、《天缘奇遇》等含有大量色情描写作品的接连而出,正是"风气既变,并及文林"的具体表现。在这些中篇传奇小说中,《如意君传》对性行为的描写与渲染显得尤为突出,可是相阳柳伯生在为这篇作品所作的跋中还赞叹道:"其叙事委悉,错言奇叙,比诸诸传,快活相倍",故而他"因刊于家,以与好事者"。《如意君传》在当时拥有的读者面还相当广泛,后来官至兵部侍郎的黄训就不仅读过,而且又写下了《读如意君传》的笔记收入《读书一得》,文中有"敖曹曰如意者,盖淫之也,武氏果有敖曹其人乎?可读武氏传,殆绝幸僧怀义者欤?不然,何伟岸淫毒佯狂等语似敖曹也。不曰怀义曰敖曹者,嫪毒之谓欤?"清人黄之隽在《唐堂集》中对《读书一得》的"随事立论,皆闳博正大"甚表推崇,但看到《读如意君传》后,尽管该文中有"言之污口舌,书之污简册,可焚也已然"等语,他却仍然大表惊讶:"此何书而读之哉!"这位黄之隽显然不了解,在明代中后期的社会气氛中,士大夫阅读《如意君传》这类作品实是很平常的事,他们并不以此为耻,甚者还自己创作。如被称为"文雅风流,不操常律"的胡汝嘉就是"所诸小说书数种,多奇艳,间亦有闺阁之靡,人所不忍言,如《兰牙》等传者,今皆秘不传。"①《兰牙传》等作品显然是色情小说,而这位胡汝嘉是嘉靖三十二年(1553)的进士,历官翰林编修、河南布政使参议,其身份也不可谓不高。皇上热衷于房中术,大臣在创作或阅读色情小说,在这样的社会环境中,淫秽读物接连而出是很自然的事,只是由于它们终究为正统的舆论所不容,也受到审美趣味健康的读者群的排斥,再加上清代历朝政府的厉行禁毁,今日能看到的这类作品已经为数不多了。不过,若对现存者作集中考察,仍可对万历朝前后色情小说的创作状况以及它们在小说发展历程中的地位与作用作一个大概的分析。

① 顾起元:《客座赘语》卷八"秋宇先生著述"。

在诸种色情小说中，题署为"吴门徐昌龄著"的《如意君传》是问世较早的一篇，它与《花神三妙传》等含有较多色情描写的中篇传奇一脉相承，但作品中淫秽内容却是大幅度增加。小说写武则天虽已七十高龄，但淫兴未衰，召伟岸雄健青年薛敖曹入宫，日日逞欲恣淫，通宵达旦。如意君为武则天对薛敖曹的爱称，她还因此改元如意。后来武则天年衰，薛敖曹离宫，先在武承嗣处，后悄然离去。武承嗣派人四处搜索，终不知其所在，"具由奏闻请罪，后惟悲叹而已"。该篇结束处则云："天宝中，人于成都市见之。羽衣黄冠，童颜绀发，如二十计人，谓其得道云。以后竟不知其所终。"在作者笔下，敖曹之入宫以及他对武则天的曲意奉承是出于无奈，叙述间对他也较表同情，并还特意加入敖曹伺机进言，以恢复唐社稷的情节：

> 敖曹曰："陛下既以许臣言臣当敢言。皇太子何罪，废为庐陵王，远谪房州，况闻比来改过自新。天下但谓陛下欲削唐社稷，臣恐千秋万岁后，吕氏之祸及矣。人心未厌唐，陛下宜速召庐陵王来付以大位，陛下高拱九重，何乐如之？"后有难色。敖曹曰："陛下如不从臣，请割去阳事，以谢天下。"遂起小匕首向麈尾欲自裁。后急争夺之，麈首已伤入半寸许，血流浒浒。后起用净帛拭干，以口呵之，且泣且骂曰："痴儿何至此也！"敖曹曰："臣之为儿，乃片时儿耳。陛下自有万岁儿，系陛下亲骨肉，何忍弃之？"后心动。敖曹自是每以为劝。后得梁狄公言，召庐陵王复为皇嗣。中外谓曹久秽宫掖，咸欲乘间杀之。及闻内助于唐，反德之矣。

这篇作品描写武则天的出身均参照史传，小说中的主要情节却于史无征，纯为虚构。作者对武则天的凶残与宣淫虽也有所揭露，但作品中三分之二篇幅却是在相当细腻地描写武则天与薛敖曹淫乱行为，而这些露骨的色情内容对后来的《金瓶梅》

等作都产生过影响。①

稍后于《如意君传》,又有撰者不详的《春梦琐言》问世。②这篇文言小说篇幅为三千余字,叙会稽富春人韩仲琏艳遇二树精李姐、棠姐的故事。作品开始处模仿陶渊明《桃花源记》的构思,但文辞与摹景却也隽美:

> 约数十余步,始出洞,则显敞豁达,连嶂如画。有一径似经行者,傍水绕山而行里余,蜂蝶纷纷,先后飞去,若迎尊者。进登一坂,忽闻一道香风。前瞻则山腹宽坦之所,林花红白相间,云蒸霞起。陟降三折,抵林下,松柏辛夷之类,交柯密郁,兰蕙芍药之属,凭岩罗生。二十步许而出林,见一院,树楥橘柚,绕篱而往,有屏门半开。

作者驾驭文辞技巧甚高,但作品的主要篇幅却是在着力描摹韩仲琏与李姐、棠姐的各种交合之态。明时人曾将这类淫亵描写誉为"妙随手而生,情循辞而兴",③ 作者与读者趣味同归庸俗,正是世风使然。

着力描摹男女交合之态的作品又有《素娥篇》,该篇亦未题撰人,系据唐人袁郊传奇小说集《甘泽谣》中的同名作品敷演而

---

① 刘辉先生曾将两书作详细比较,并在《〈如意君传〉的刊刻年代及其与〈金瓶梅〉之关系》(载《徐州师范学院学报》1987年第3期)介绍说:"如果细检《金瓶梅词话》,就会发现第三十七回有这样一句话:'一个莺声呖呖,犹如武则天遇敖曹'。这就清楚地告诉人们:在《金瓶梅》的成书过程中,是有意识地吸收了《如意君传》的故事细节描写。具体说来,《金瓶梅词话》的第十八、十九、二十七、二十八、二十九、五十、五十一、五十二、六十一、七十三、七十八、七十九等回的一些性描写大都由《如意君传》化出。或动作一样,同出一辙;或行为相似,共一模式;或具体描绘,一字不差;或大同小异,模仿痕迹甚浓。特别有几段文字,更是公开抄袭,如第二十七回'忽然仰身望前直一送'以下一段文字,则直接从《如意君传》移来,照录不误。类此者,在二十八、二十九、三十八、七十九回中还可以看到,毋需一一例举。"

② 《春梦琐言》书首沃焦山人序,内云:"或曰:是记嘉靖朝南宁侯之弟,私丁陵园事,内监胡永禧者所作也。"

③ 沃焦山人:《春梦琐言序》。

425

成,其问世时间大约在万历后期。这篇小说的情节极为简单:主人公素娥为花月之妖托胎于人间,生时有百花之香。武则天之侄武三思收罗天下美女,次第进御,而素娥遭众姬排挤竟未能近武三思之身。几经周折后,素娥终于成为武三思的宠姬,两人纵情恣淫,卜昼卜夜。后狄梁公排其户而入其室,因稔闻素娥殊色,再三请出之。素娥不见,隐身壁出语云:"吾乃花月之妖,梁公正人不敢见。"泄露真实面目后,素娥改容易道服,劝武三思同往终南山修炼,言罢飘然乘风而去。武三思死后,有人在罗浮山见他黄冠羽扇,已羽化成仙,其身旁丫鬟即为素娥。作品的情节与结局仍为通共俗套,而全书篇幅的百分之九十以上都在描摹素娥演示的四十三种性交姿势。每一势均有四字之名,如"掌上轻盈"之类,又配以图解,后缀诗词。在版式上,图与文字各占一半位置,直与春宫图录相等。然而,这类图与文字却被时人称赞为"拔山中之颖,带露淋描,凡夫眉睫流动,战取纵横,一法一势,尽态极妍",这部典型的海淫之作也被誉为"所发长行短行,清调清种,谐声叶律,工极才人之至,一段大奇事发泄殆尽"。①

鲁迅先生曾批评明末的色情小说"著意所写,专在性交,又越常情,如有狂疾",② 专演四十三势的《素娥篇》正可谓是这样的典型之作。其时,另有一些作品与上述几篇略有不同,淫秽描写虽也充斥全篇,但作者又为浓重的色情内容裹上了一层薄薄的因果说教的外衣,其中一时流行较广的有《绣榻野史》。③ 这篇作品篇首《西江月》云:"论说旧闻常见,不填绮语文谈。奇情

---

① 方壶仙客:《刻逸史素娥篇序》。
② 鲁迅:《中国小说史略》第十九篇"明之人情小说(上)"。
③ 王骥德《曲律》卷四云:"郁蓝生吕姓,讳天成,字勤之,别号棘津,亦余姚人。……勤之制作甚富,至摹写丽情衷语,尤称艳绝。世所传《绣榻野史》、《闲情别传》,皆其少年游戏之笔。"有些学者对《绣榻野史》是否为吕天成所作表示怀疑,但王骥德又称"(吕天成)与余文字交二十年,每抵掌谈词,日昃不休",所言当为可靠。

活景写来难,此事谁人看惯。都是贪嗔夜帐,休称风月机关。防男戒女破淫顽,空色人空皆幻。"一部色情小说声称"论说旧闻常见",可见其时淫秽之风已遍于朝野;所谓"防男戒女破淫顽"则是作者自称的创作宗旨。这部小说的内容大致如下:扬州秀才姚同心自号东门生,当貌丑的妻子魏氏病死后发誓要娶一美女。不久他与俊美的小秀才赵大里相奸,后又娶美貌的金氏为妻。金氏与赵大里互相钟情,东门生竟让他俩淫乱。因赵大里施春药使金氏下体受伤,又奸婢女赛红、阿秀,东门生决意报复,遂将赵大里寡母麻氏接至家中,麻氏嫁东门生,金氏归赵大里,四人淫乱无度。后来,麻氏因狂淫致死,金氏因纵欲骨髓流尽而亡,赵大里也得瘟病暴卒。作品结尾处是东门生梦见麻氏变为母猪,金氏变为母骡,赵大里变为公骡,前来诉说报应之苦。于是东门生猛然醒悟,削发为僧。篇末的《西江月》中有"毕竟变成猪骡,足见果报非虚"之语,东门生出家后题的匾额是"摩登罗刹"。这短短几句话的附缀,便算是表明作者是在"警世戒俗","要人都学好"。然而,与充塞全书且又笔墨刻露的淫秽描写稍作对照,便可知道《绣榻野史》虽也有几句劝戒的话语,但实际上仍是标准的宣淫之作;而文中"如今定请他去合薛敖曹比试比试"之语,又显示出《如意君传》对作者创作的影响。

与《绣榻野史》齐名的淫秽之作又有《浪史》,其题署为"风月轩又玄子著",但不知其真实姓名,作品之出约在万历后期。① 篇幅为四十回的《浪史》描述钱塘秀才梅素先一生的艳遇:这位风流无检的浪子先与王监生的妻子李文妃通奸,待王监生死后又娶其为妻;又与赵大娘及其女妙娘、婢女春梅淫乱;还入司农丞铁木朵鲁家,与其妻妾勾搭成奸。作品肆意铺叙性描写与《绣

---

① 又玄子《浪史序》中有"《西游》之放而博"之语。《西游记》首刊于万历二十年,而泰昌元年张无咎《平妖传序》已提及《浪史》,故是书之出,当在万历二十年至四十八年之间。

427

榻野史》相同,但却不再有一般色情小说在结尾处的曲意忏悔与因果报应的说教。作者公然标榜情欲至上,性描写的违情悖理也远远超过其他淫秽之作。作品中不仅有丈夫主动撮合妻子与宠奴滥交这类与《绣榻野史》中相似的情节,令人吃惊的是作者还津津有味地描写赵大娘苦劝女儿妙娘与自己的姘夫交媾:"有甚羞处?""一见才郎,遂丧名节,亦情之常也。"这位母亲当女儿与浪子性交时,居然还在一旁观赏。又如陈俊卿是浪子的堂妹,自幼被浪子的父亲抱养为继女,可是当她听说浪子的阳物巨大,竟恬不知耻地央求情人设法让自己冒名顶替尝试一回,与哥哥交合时居然还"情意浓厚,兴儿越发"。汹涌澎湃的情欲冲破了一切伦理道德的堤坝,而作者却还批评以往的小说"于情无当,总不如《浪史》之情而切也"。[①] 在许多色情小说中,浪荡的主人公在作品结尾处常得为自己的行为付出代价,以显示作者的劝戒之意,可是又玄子却决意让浪子有个好结果:

  这浪子也登黄甲,赐进士出身。浪子也不听选,告病在家受用。春夏秋冬,一年四季无日不饮,无日不乐。又娶着七个美人,共二个夫人与十一个侍妾,共二十个房头。每房俱有假山花台,房中琴棋书画,终日赋诗饮酒,快活过日,人多称他为地仙。

最后是浪子带着妻妾隐居于鄱阳湖,在已成仙的铁木朵鲁指点下,与众美女一起得道成仙。这一与中篇传奇《大缘奇遇》等作相似的构思,表明了作者情节设置的渊源所在。在这部小说中,也有一些对当时社会的批评,如浪子说道:"千古以来,未有今日不成世统",李文妃也说:"一人而蓄千金,则千人谋之;一人而蓄万金,则万人谋之。世态炎凉,不肖有势而进,贤才无势而退;不肖幸进而欺人,贤才偶屈而受辱。何不高蹈远举,省得在世味中走也。"这些言语表明了作者对当时世道的绝望,而他宣扬纵情于男女之欲,以躲避社会,其实也正是末世思想在创作

---

① 又玄子:《浪史序》。

中的一种反映。

《痴婆子传》也是万历时流传较广的一部色情小说,作品题署为"情痴子批校","芙蓉主人辑",作者的真实姓名生平均不可考。是书叙述痴婆子年轻时诸风流事:少女阿娜情窦初开,与邻妇打听得男女之事后与表弟慧敏一起尝试,又与家奴俊苟合。后来阿娜嫁与栾克慵,岁余后克慵外出游学,阿娜与家奴盈郎私通,又遭蠢奴大徒强奸。此后,阿娜先后与大伯克奢、公公栾饶、即空寺僧、小叔克饕、妹夫费生、戏班小旦香蟾、塾师谷德音诸人发生关系,最后事败后被丈夫逐出家门,此时阿娜年三十九。作品结尾处写阿娜被遣归后追悔莫及,"从母礼三宝,持珠服斋,俯首忏过","如是苦持三十年"。

《痴婆子传》中刻露的淫秽描写一如其他的色情小说,但篇中叙及阿娜情窦初开时的心理描写却是历来小说中所未见,且自然生动,合乎情理:

(阿娜)素习周诗,父母废淫风不使诵,乃予窃熟读而默诵之,颇于男女相悦之辞疑焉。始而疑,既而悟曰:若父与母耳,第彼私而此公,但不知所悦者作何状。夫狡童奚至废寝忘餐而切切于鸡鸣风雨之际,投桃报李之酬,邂逅相遇,适愿偕臧,一日三月之喻,何至缱绻若是。

十二三岁的女孩子对于男女间的情爱与性尚处于朦胧状态,却又十分敏感,但森严的封建礼教绝不允许这种正常的心理躁动。阿娜的父母像其他封建家长一样采取了隔绝视听,严密封锁的措施,而禁锢与防范却并不能消弭阿娜的好奇与心理躁动,反而使她去追求逆反补偿,作品中阿娜与表弟慧敏初试的描写并不可简单地以"淫亵"二字贬之,但阿娜确实是由此开始而跌入情欲的旋涡,从此一发不可收拾。

明代中后期的色情小说在张扬情欲方面大同小异,但各作品风格却也互相有别。《如意君传》在描写风流时杂以政事,《春梦琐言》摹亵状而逞文才,《绣榻野史》给淫秽故事裹上层因果报应的外衣,《浪史》赤裸裸地宣扬情欲高于一切,而《痴婆子传》既

429

叙述女主人公的淫行败节,同时也对封建末世的腐朽与丑恶作了尖刻的暴露与批判,也正因为这一点,这部小说与其他淫秽之作似不可等同而视之。与丈夫之外十二个男子有过性关系的阿娜确实是行为淫荡,可是她嫁到栾家后,与大徒的关系只能说是遭到强暴,与公公、大伯、小叔的交合也是出于无奈。大伯克奢以阿娜私奴相要胁:"尔其惠我,如不我私,吾将以言与弟。"阿娜不得已而相从,但事隔三十年后仍言"为克奢所挟,迄今恨之"。阿娜的公公先用强力奸淫了克奢之妻沙氏,还对这位儿媳声称"自我娶之,自我淫之";接着沙氏为"灭口"又协助公公强暴偶尔撞见的阿娜。阿娜控诉道:"翁污我,姆陷我,皆非人类所为!"可是她得到的回答竟是:"翁是至亲,今以身奉之,不失为孝。"至于小叔克饕烝嫂,竟是靠扬言揭发父亲爬灰丑事而得逞。一个所谓的封建礼仪之家,整日价闹出的竟是这等混账事。最后,阿娜与塾师谷德音的私情被告发,此时公公声称"仲子妻不端,子不幸也",克饕则言"罪在嫂,彼不足深罪",这些人根本没有资格指责阿娜,但却一个个都俨然是道貌岸然的卫道士。将阿娜逐出家门的那场景,与前面淫媳奸姊烝嫂的描写形成强烈的对照,作者也借此充分地揭露了这个封建家族的丑恶黑暗与道德沦丧。

当栾饶奸淫媳妇沙氏时,曾诵诗二句:"未承锦帐风云会,先沐金盆雨露恩。"这正是《如意君传》中媚娘和高宗之句,可为《痴婆子传》创作受该书影响之一证。在当时,《金瓶梅》也影响了一些色情小说的问世,典型之作便是《玉娇李》。此书今已失传,但据明人记载,还可了解其内容之大概。沈德符《万历野获编》卷二十五曾提及袁宏道对他的介绍:"中郎又云,尚有名《玉娇李》①者,亦出此名士手,与前书所设报应因果。武大后世化为淫夫,上烝下报;潘金莲亦作河间妇,终以极刑;西门庆则呆憨男子,坐视妻妾外遇,以见轮回不爽。"但袁宏道仅是耳闻,自己并未见到作品。后来沈德符从邱志充借得此书,一展卷,便惊骇其

---

① 谢肇淛《金瓶梅跋》中作《玉娇丽》。

"秽黩百端,背伦灭理"。虽然他对此书"笔锋恣横酣畅,似尤胜《金瓶梅》"表示赞赏,但毕竟读了首卷后便"弃置不复再展"。差不多同时的谢肇淛在《金瓶梅跋》中也说:"仿此者,有《玉娇丽》,然乖彝败度,君子无取焉。"值得注意的是,沈德符所记载的是万历三十四年(1606),其时《金瓶梅》还只是以抄本在世间流传,可是它对于创作已经开始产生了影响。

在万历朝及其以后,相继而出的色情小说甚夥,如托名唐寅的摭拾流行的小说中有关僧尼淫行之内容汇辑为一册的《僧尼孽海》,今已失传的《青楼传》,①专叙男风的《龙阳逸史》。有的作者还接连炮制这类作品,如古杭艳艳生先写了一部《玉妃媚史》,后又声称"若不屡工以写昭阳之趣,昭阳于九泉宁不遗恨君耶?"于是又写了部《昭阳趣史》。醉西湖心月主人则接连推出了《宜春香质》与《弁而钗》。那些作者既以描摹亵状宣泄低级趣味,同时又借此以牟利,最典型者如《怡情阵》,此书据《绣榻野史》稍作改写便刊行于世了。有些作品今日已仅存残本,如《词坛飞艳》现残存卷三第二十一回与卷四第二十二回,《钟情艳史》现残存第五十六至第六十回,这部小说很可能是中国小说史上篇幅最长的淫秽之作。② 还有些作品现虽见于著录,但已几不可见,如《百缘传》与《双峰记》,③肯定还会有一些淫秽作品连书

---

① 孙能传《剡溪漫笔》卷五云:"至于俗传《如意君》等传,及近日吴下《青楼传》所记松陵善战,尤污辱翰墨。赢秦一炬,焉可无也。"
② 阿英《小说闲谈》著录此书云:"回约万言,字小如蚁,且极工整,删改处甚多,系出一手,颇疑是原稿本子。约计此书,多则有百成万言,少亦不在八十万言下。淫秽书除《金瓶梅》外,当以此为巨制。"又云:"此书不知作于何时,然至迟当亦是清初作品"。
③ 阿英《小说闲谈》中《小说零话》著录:"北平某先生(傅惜华),藏有《百缘传》一种,最为孤本。书系明刊,演述淫秽故事一百则,各系一图,刊刻极精。惟主人甚秘此书,故知者不多,得见者犹少。"阿英又著录云:"刘大杰先生亦有孤本一种,书名《双峰记》。双峰者,两乳峰也。书盖以女性乳峰为中心,艺术地描写性心理,与一般淫秽之作不同。书亦明刊,图数十幅。"

名也未曾留下,在当时就遭到了时代与读者的淘汰。

崇祯元年(1628),凌濛初在《拍案惊奇序》中写道:"近世承平日久,民佚志淫,一二轻薄恶少,初学捻笔,便思诬蔑世界,广摭诬造,非荒诞不足信,则亵秽不忍闻,得罪名教,种业来生,莫此为甚。而且纸为之贵,无翼飞,不胫走,有识者为世道忧之,以功令厉禁,宜其然也。"文中的"承平日久,民佚志淫"是指色情小说产生的环境,而由"纸为之贵,无翼飞,不胫走",可了解到这类作品的泛滥程度,所谓"有识者为世道忧之",则是指出于维护封建伦理纲常而批判淫秽之作的社会舆论。如五湖老人针对"人函户缄,滋读而味说之为愉快"的现象,批评《痴婆子传》、《浪史》诸书"滥觞启窦,只导人慆淫耳";① 张无咎则痛斥那些淫秽之作为"如老淫土娼,见之欲呕"。② 张缵孙的《戒人作淫词》是一篇系统论述色情小说的文字,他既分析了这类作品流播的祸害:"使观者魂摇色夺,毁性易心","若夫幼男童女,血气未定,见此等词说,必致凿破混沌,抛舍躯命,小则灭身,大则灭家";同时还苦口婆心地劝说那些作者,"取古今来忠孝节义之事,编为稗官野史,未尝不可骋才,未尝不可射利","吾辈既以含齿戴发,更复身列士林,不思遏之禁之,何忍驱迫齐民,尽入禽兽一路哉?"当大明朝步入末世之际,世风之颓丧日益加重,几句批评或劝说又怎能挽狂澜于既倒? 其时也有人将凌濛初"以功令厉禁"的主张付诸实践,侯峒曾主持江西学政时就鉴于色情小说"迷乱心志,败坏风俗,害人不小",颁布禁令警告那些"刊刻淫秽邪僻之书"的"射利棍徒":"今后但有卖者,提调官即时严拿书坊,究问何人成稿? 何人发刻? 申解提学官将正身从重治罪,原板当堂烧毁;如系生员,革退枷示。"可是从明末时色情小说仍然接踵而出的情形看来,这类禁令并未能起到多大的实际效果。

---

① 五湖老人:《忠义水浒传序》。
② 张无咎:《新平妖传序》。

相反,那些淫秽之作的作者或其朋友却在广造舆论为色情小说辩解。华阳散人认为《如意君传》中的敖曹是唐王朝的功臣,不可以佞臣视之:"虽以淫行得进,亦非社稷忠耶?……由是观之,虽则言之丑也,亦足监(鉴)乎?"[1] 创作《浪史》的又玄子则声称:"《浪史》风月,正使无情者见之还为有情",而"情先笃于闺房,扩而充之,为真忠臣、真孝子,未始不在是也。"[2] 按其理论,要做忠臣孝子,首先得以读色情小说为开端。沃焦山人极口称赞《春梦琐言》的文字奇艳,认为有此足矣,不必再去计较内容如何:"五寸之管,一村之锋,至能动人者,实文之妙也乎哉!班马复生,亦不必猥亵损其辞矣!"他还讽刺说,"虽所谓真洁高逸之辈,未尝一回读,不神驰心移,情思萌动"。[3] 方壶仙客将对《素娥篇》的批评斥为"吾儒之见解也",他反驳说,"彼若美盼倩笑,逸诗何齿列焉?"[4] 为《绣榻野史》的辩解更妙:"余将止天下之淫,而天下已趋矣,人必不受;余以诲之者止之,因其势而利导焉,人不必不变也",[5] 即世间既然已是淫荡成风,那还不如干脆将淫荡之事说个淋漓痛快,再加上因果报应之说,或许还能将人心引上正路。这一理论后常为淫秽小说作者所引用,如《肉蒲团》的作者在第一回中就宣称:"凡移风易俗之法,要因其势而利导之","不如就把色欲之事去歆动他,等他看到津津有味时,忽然下几句针砭之语,使他瞿然叹息,……又等他看到明彰报应之处,轻轻下一二点化之言,使他幡然大悟"。这种歪理之所以会出现,甚至被相当一部分人所接受,这正可用《肉蒲团》中的一句话作解释:"风俗至今日,可谓靡荡极矣。"

色情小说流播世间,伤风败俗,危害极大,故而历来舆论谴

---

[1] 华阳散人:《如意君传序》。
[2] 又玄子:《浪史序》。
[3] 沃焦山人:《春梦琐言序》。
[4] 方壶仙客:《刻逸史素娥篇序》。
[5] 憨憨子:《绣榻野史序》。

433

责、当局禁毁都是理所当然之事。然而,这一群体也自有其独特的价值与地位。撇开反映特定历史时代的社会生活的认识意义不论,若仅就小说发展进程而言,它们对于编创手法的演进也曾起过一定的积极推动作用,这只要与万历朝时主要流行的讲史演义、神魔小说作一对比就可以看得很清楚。后两类作品不是叙述古事就是描绘仙境佛国,与现实生活都有着较大的距离;相应地,它们的创作方式也是依据平话、杂剧等已有之作的改编。与此相比,色情小说虽淫秽污臭,屠毒笔墨,其内容却是现实生活的展现。有的作者直接取材于自己身边的人与事,欣欣子《金瓶梅词话序》称兰陵笑笑生"罄平日所蕴者,著斯传",这包括书中的淫秽内容也并非作者任意编造,而是来自生活积累;《绣榻野史》篇末有"因此上有好事的,依了他的话儿做了一部通俗小传儿"之语,即作者是在据实事进行创作。着意选取现实生活中丑恶的一面铺叙固然显示了那些作者趣味的低下,但创作题材由古代或天国转至现实的意义并不可因此而抹煞。而且,作品叙述的淫秽之事在当时也并不是个别偶然的现象,而是弥漫于朝野的风气使然,就这点而言,作品反映的内容也具有一定的普遍意义,只不过作者津津有味的肆意铺张使其产生了极其恶劣的社会影响。这些作品的创作有时还显示出掺杂时事内容的特点。读过《玉娇李》的沈德符曾介绍说,在这部今已失传的作品中,"其帝则称完颜人定,而贵溪、分宜相构,亦暗寓焉。至嘉靖辛丑庶常诸公,则直书姓名,尤可骇怪。"[①] 憨憨子为《绣榻野史》作序论及作者创作动机时,也有"正史所载,或以避权贵当时,不敢刺讥,孰知草莽不识忌讳,得抒实录"之语。若仅就创作角度而言,那么还是应该实事求是地承认这是明代通俗小说中率先直接面对现实人生的创作流派。

由于是以独立创作的方式反映现实人生,那些作者在艺术

---

① 沈德符:《万历野获编》卷二十五"金瓶梅"。

形式方面的某些探索也给后来者留下了可供借鉴的样本,其中尤可注意者是《痴婆子传》。这部以浅显文言写成的小说一开始写燕筜客拜访"发白齿落,寄居陋巷"的上官阿娜,听她讲述年轻时的诸风流事。上卷结束时,阿娜称"今已日暮,未得罄予所言,明日当再过予以告",而下卷则以阿娜"昨与子言,未竟其说,今为子陈之"之语为开端继续讲述。作品以第一人称写成,这一体例的运用在中国古代小说史上实属罕见。由于是采用第一人称,作者就很自然地融入了主人公细腻的心理描写,而从"我"的视角叙述感受与体验,作品对栾氏封建家族黑暗的暴露与批判也因此显得更真实与更尖锐。《痴婆子传》的内容是阿娜的回忆,全篇采用倒叙的叙述方式。倒叙手法在近代较为流行,曾经有人认为这是从西方引入的写作体例,这种说法在《痴婆子传》面前显然是不攻自破了。

总之,色情小说是中国古代小说史上的特殊群体。这些作品因内容淫秽而不宜传播,但它们同时也是小说史研究中不可缺少的一个环节。明代通俗小说创作发展的总趋势,是从以改编旧作的方式描述历史或神魔故事出发,逐渐走上以独立创作反映现实人生的道路,而在这一过程中的转折之际,最先出现的人生写实的作品竟在着意描摹色情,这有点令人尴尬,却又是不可回避的事实。这现象表明了小说发展进程的曲折与复杂,以及文学规律的显现不可避免地要受到时代风尚的摄动。因此,决不可将色情小说从研究视野中抹去,更何况它们显示的有些价值与意义又是其他创作流派所无法提供的。

附录:关于《金瓶梅》作者考证

作者考证是《金瓶梅》研究中的热点之一,迄今为止,被怀疑为作者的已有王世贞、谢榛、徐渭、李开先、卢楠、王稚登、贾梦龙、贾三近、李先芳、田艺蘅、丘志充、薛应旗、赵南星、冯惟敏、沈自邠、沈德符、屠隆、刘九、汤显祖、王寀、陶望龄兄弟、李贽、冯梦龙、袁无涯、李渔、丁耀亢、唐寅等约五十人,然而均未能得到确认。面对人选的不断增多,有必要澄清局面。

一、考证缺乏可靠的前提

要考证一部作品的作者,必须找到距离该作品问世最近的有关说法,并检验其可靠性。关于《金瓶梅》的作者,明代人有五种说法:

1、屠本畯《山林经济籍》云:"相传嘉靖时,有人为陆都督炳诬奏,朝廷籍其家。其人沉冤,托之《金瓶梅》。"

2、谢肇淛《金瓶梅跋》云:"相传永陵中有金吾戚里,凭怙奢汰,纵欲无度,而其门客病之,采摭日逐行事,汇以成编,而托之西门庆也。"

3、袁中道《游居柿录》云:"旧时京师,有一西门千户,延一绍兴老儒于家。老儒无事,逐日记其家淫荡风月之事,以西门庆影其主人,以余影其诸姬。琐碎中有无限烟波,亦非慧人不能。"

4、沈德符《万历野获编》云:"闻此为嘉靖间大名士手笔,指斥时事。如蔡京父子则指分宜,林灵素则指陶仲文,朱勔则指陆炳,其他各有所属云。"

5、《金瓶梅词话》万历四十五年(1617)刻本欣欣子序首句云"窃谓兰陵笑笑生作《金瓶梅传》",末句又云"笑笑生作此传者,盖有所谓也";廿公《金瓶梅跋》首句云:"《金瓶梅传》为世庙时一巨公寓言"。

迄今为止,众多考证《金瓶梅》作者的论文中曾征引的各种史料无虑数百,但现知最直接的明代人的说法只有以上五种。它们可明显地分成两类,前四种都是当时名士所言,他们在《金

瓶梅》刊行前都接触过甚至誊录过抄本。四种说法互不相同,但从中却可得到三个可以肯定的推断:

1、在《金瓶梅》刊刻之前,明代人已议论过作品的作者问题,但各说各的,没有统一的结论。

2、没有出现统一结论的重要原因之一,是发表意见者对于自己所说都无把握,故而谨慎地用了"闻"、"相传"之类的字眼。

3、袁中道等四人都是当时交游甚广的名士,与他们之前的抄本拥有者有着直接或间接的联系,因此上述四种说法很可能含有当时或先前一些人的意见;如果未能包含其他人的说法,那更证明明代人关于《金瓶梅》的作者是众说纷纭,没有一致的意见。

上述五种说法中,第5种出现于刻本,它出现最迟,但最为现在考证者乐意相信,已成他们研究的基石。可是此说带来了两个疑问:

1、在刻本问世之前,那些议论《金瓶梅》作者的人中为什么没有一个提到"兰陵笑笑生"?他们追寻作者时不可能忽略如此重要的线索,也不会忽视提供此线索的"欣欣子"。

2、初刻本中"廿公"的跋十分肯定地声称:"《金瓶梅传》为世庙时一巨公寓言",如果抄本中已有此跋,或当时已有此明确的说法,为什么沈德符论及"此为嘉靖间大名士手笔"时还要很谨慎地用个"闻"字,而其他人还要发表诸如"绍兴老儒"、"金吾戚里"门客之类的意见?

推论只有一个,即当时流传的抄本中既无"欣欣子"的序,也无"廿公"的跋,它们都是首次出现于《金瓶梅》的初刻本,其中关于作者介绍的可靠性不仅未强于屠本畯、谢肇淛、袁中道与沈德符等人的说法,而且还很可能掺入书坊主作伪因素。从逻辑上说,如果考证以该序及跋中的说法为出发点,就必须首先论证其可靠性,可是考证者都有意无意地将这项不可或缺的工作省略了。现在考证基本上都从"嘉靖间大名士"出发,因为这类人多,

437

有各种资料可供搜寻,可创立各种新说;个别的以"绍兴老儒"为考证的起点,因为有个徐渭在,他毕竟有不少事迹言论可供比附;同时,谁都不愿意从"金吾戚里"的门客着手,因为承认这种说法,那就会因找不到材料而无法弄出任何考证。以上诸说出入如此之大,为什么以此说而非彼说为考证的前提?对于这个问题,谁都没有回答,实际上也根本无法回答。考证前提的可靠性得不到证实,尽管论者旁征博引、头头是道,这却像一座大厦装饰得花团锦簇,地基却有一条深深的裂缝,整个大厦自然也就摇摇欲坠,这就是目前《金瓶梅》作者考证整体现状的写照。

二、考证方法不科学

对已有的各种考证方法作归纳辨析,可以发现比较常用的方法约有以下十种。

一、取交集法

此法的操作在理论上可分为两步。首先是确立符合条件的规定或限制,如根据"嘉靖间大名士"的记载明确身份,根据"兰陵笑笑生"的署名确定籍贯等。寻得的内证,如作者须熟悉官场大场面,应通晓元明戏曲等,同样是在作规定或限制,对成书年代等方面的讨论也是如此。每个规定或限制都决定了一个集合,但它却相当庞大。操作的第二步是逐次取诸集合的交集。譬如说,"嘉靖间大名士"集合中人数颇多,"兰陵人"集合之大更为惊人,一旦取它们的交集,即兰陵籍嘉靖名士这个小集合,那么符合条件者便大幅度减少。不断取诸集合的交集,每取一次,范围便骤然缩小一次,直至用尽所有的规定或限制。

此法在实际操作中产生了不少问题,其中最严重的是各集合所属范围的边界难以明确或统一。如对"嘉靖间大名士",有人主张从严,入选者须得身居高位,名扬四海;有人却放宽条件,认为有相当的知名度即可。其实,这本来就是一个模糊的,即无法明确外延的概念,取严取宽均无必然成立的理由,论者的选择实际上是受他心中已选定的目标制约。又如"兰陵",目前是山东峄县与江苏武进两种解释并存,相应的集合也相距千里之遥。几乎每个集合的界定都有分歧,看起来是都在用取交集法,具体的内容却相差甚远,其结果当然是众说纷纭,莫衷一是。

恐怕没法使大家的标准整齐划一,而且即使如此,靠取交集法也不能明确考出作者。不断地取交集固然可使范围大幅度缩小,但目前的条件无法保证最终得到的那个小交集中只有一人入选。这就是说,此法可以帮助说明某些人或许很可能是作者,可是它无力证明唯一性,就像公安局可以根据逻辑判断将少数符合作案诸条件者列为侦讯对象,但决不能仅凭好恶就从中拉出一人毙掉一样。有些研究者也意识到唯一性有待证明(未意识到的也有,对此无须再作评论),于是试图借助其他方法以求解决。

二、诗文印证法

抄录、化用相当数量的话本、戏曲、诗文等文学作品,是《金瓶梅》的一大特点,它启发了一些研究者由此着手,在已缩小范围的基础上再作梳理、分析、印证,从而确定作者的唯一性。在这样的研究中,有两位作者候选人的呼声最高,影响也较大。第一是李开先,他的《宝剑记》被《金瓶梅》多次抄引或化用,他又是山东人,嘉靖八才子之一,其生平与思想也和所设想的作者吻合。通过对《宝剑记》与《金瓶梅》的深入分析、比较又可以发现,它们对《水浒传》改编的指导思想、人物形象的塑造、事件发展的描写、语辞的运用、行文的习惯以及对严嵩父子的影射等等均十分相似,"如同一辙",因此结论是:"可能只有一个,共出于同一作者的手笔"。第二位是屠隆。《金瓶梅》第五十六回的《哀头巾诗》与《祭头巾文》出自《山中一夕话》,那里这一诗一文的作者又

439

标明是屠隆。再结合籍贯、尚习、万历二十年前后的处境和心情、情欲观、文学基础与生活基础,以及与《金瓶梅》最初流传的关系等方面的考察,发现虽经多次筛滤,屠隆仍在最后的小交集中。于是由此得出结论:"屠隆就是《金瓶梅词话》的作者"。

两种说法各有道理,却又不可能都成立,它们的相持不下表明,诗文印证法至少在这里不能解决作者考证中的唯一性问题。其实,作品被抄引或化用与这些作品的作者就是小说的作者,这是两个未必有必然联系的独立命题,以为从前者的成立可推出后者的正确,实为逻辑上的误解,正是这误解使李开先说与屠隆说构成了悖论。不过,这两种主张都是付出艰苦劳动后才逐渐形成的,即使未能考定作者,那些发现与分析对小说本身的探讨以及对李开先、屠隆的研究都有不可抹煞的价值。与此相比,那种轻率地取李先芳、贾梦龙的一些诗文与《金瓶梅》中某些描写作不恰当的比附,是多么苍白无力,这种比附又怎能算是考证呢?

三、署名推断法

在发现《哀头巾诗》与《祭头巾文》出自《山中一夕话》时,论者对该书的题署也给予充分的注意。其卷一题:"卓吾先生编次"、"笑笑先生增订"、"哈哈道士校阅";卷三又题作"卓吾先生编次"、"一衲道人屠隆参阅"。这些题署备受重视,是因为"笑笑先生"与"笑笑生"只差一字,"哈哈道士"与为《金瓶梅》作序的"欣欣子"在命名上亦有相通之意,而该书卷首所载的屠隆的《一笑引》中又有"笑以心,不笑以颊,以不笑笑,不以笑笑乃可"之语,因此论者认为屠隆即为笑笑先生,也是笑笑生。然而,这个推断中有三个问题有待解决:以文中"笑笑"两字连用就认定屠隆乃笑笑先生理由尚嫌不足;即使笑笑先生确为屠隆的号,笑笑先生与笑笑生也不能理所当然地合二而一;即使笑笑先生与笑笑生同为屠隆的号,还是不能判定此笑笑生即为"兰陵笑笑生"。

在古代，人与号之间并非一一对应的映射，如清代的徐震与翁桂都以"烟水散人"为号写小说，显然不能因署名相同就把那些作品归诸一人。屠隆说未被普遍接受，这三个障碍作梗恐怕也是重要原因。

有的研究者根据"李笠翁先生著"的题署，以及图后正文前的词和第三十八回的眉批都以"回道人"落款，判定《金瓶梅》的另一版本系《新刻绣像批评金瓶梅》的写定者是李渔。这个发现与由此而来的推断直截了当地切入问题核心，分析也较有说服力，可是反驳者对此说提出了两个必须回答的问题。首先，《新刻绣像批评金瓶梅》初刻于崇祯年间，此时李渔究竟有无可能对此书作改评？其次，能否排斥后来书贾为牟利而盗用李渔名号作伪的可能性？这两个问题都不大好回答，李渔说一时也难成定论。

署名推断法是鉴定古代文献时常用的一种方法，但由于《金瓶梅》的情况比较复杂，在考证作者时，此法也无力承担确定唯一性的重任。

四、排斥法

排斥法是以否定他人成为作者的可能性的方式确定作者。有的研究者列出十二个作者候选人后逐一分析排斥，最后只剩王世贞一人岿然不动，于是便认定作者非王世贞莫属。然而细察其推断过程，却发现论者所定的标准大可商榷。如李贽等人是这样被排斥的：李贽"官小"，冯惟敏"功名官职都很卑"，李开先"官儿还不够大"，徐渭"没有做过大官"，这显然是将"做大官"视为创作《金瓶梅》的先决条件。这个标准成立与否很值得怀疑，而在排斥标准未被证明是正确时，又怎能指望其结果的正确呢？

除排斥标准外，前提可靠也是运用排斥法时必须具备的条件。就上述考证而言，其前提是这十二人中必有一个是作者。

但这是一个未被证明而且也难以证明的命题。引入性质不明的命题作前提，这做法本身首先就应被排斥。总之，前提真假不知，排斥标准又选择不当，这样得到的结果至多也只是增添一种很不可靠的假设。

五、综合逼近法

不少研究者在考证过程中虽侧重于某种方法的运用，但一般又大多综合采用其他方法以帮助确定作者。每种方法的正确运用都可达到一定程度的逼近，因此诸法并用也可称为综合逼近法。目前的各种考证结论大多是运用综合逼近法的结果，但其总体构成却呈多角冲突的形态。这一客观存在的事实，足以使人对运用综合逼近法能否解决唯一性问题产生怀疑。从理论上看，综合逼近法的实质是将若干不同方面的可能性叠加。举简单的例子来说，如果对某事物只需从两个方面考虑，每个方面又都存在着50%的可能性，那么将这两个50%叠加，能否得到100%即必然性呢？谁都知道这是行不通的。理解了这一点，就不难接受概率论中的一个命题：有限个可能性的叠加，至多会使可能性有所增大，但决不会加出个必然性。因此，即使运用综合逼近法，也仍然不可能明确考证出作者。

应该指出，尽管在运用上述各种方法时出现了一些偏差，产生了靠它们可解决唯一性问题的误解，但这些方法本身却没错，只要运用得当，还是可以，而且事实上也确实已经得出了一些有价值的结论。相比之下，另有一些方法被引入《金瓶梅》的作者考证就显得太不严肃了。

六、联想法

作跳跃性的判断是联想法的特征，而跳跃的助跳石则是论者的或许有那么一点理由的想象。跳跃的指向早在想象前就已规定，甚至考证的材料也是根据这指向寻找的。如某篇文章引述的贾三近的两句话均以"嘻"开头,有的论者便据此作跳跃性的联想:贾三近的"习惯"是"每当开口说话,总要先笑一声"。联想至此,又作一跃:"这样的人,是很容易被同僚们戏称为笑笑生的。"两个寻常的"嘻",在论者一跃一跃的思维中坐实为"笑笑生",而且人们还得到不知何时能兑现的保证:"终有一天定然会在贾三近的其他著作或朋友们文集里找到这三个字的"。又如,于慎行在《贾三近墓志铭》中写道:"公数为予言,尝著《左袨漫录》,多传闻时事,盖稗官之流,未及见也"。为何"未及见"?论者作联想道:"答案只有一个,就是《左袨漫录》中描写色情的内容太多"。其实,"未及见"的原因可以有许多,"只有一个"的只是论者规定的联想方向。果然,以前一联想为助跳石,新的联想又冒了出来:"《左袨漫录》是《金瓶梅》的最原始的初稿"。将没人见过,内容不明的《左袨漫录》断定为《金瓶梅》的初稿,这就是用联想法得出的惊人发现。预先设置的结论被想象证实了,但谁会相信它呢?

七、猜想法

猜想法在主观随意认定上与联想法相似,所不同的是它不靠材料的支持,也不经过分析论证就把猜想当作事实。例如有人读到王世贞《宛委余编》中"蔡太师家厨婢数百人,庖子亦十五人"的记载,就用不容置疑的口气说:"此蔡太师必是严嵩,必是为了计划写《金瓶梅》,收罗了不少有关严嵩家的具体材料"。如果有材料证实严嵩家厨婢庖子的人数与此记载相符,那么前一判断或许还能成立,但即使如此,也并不能断定这是在为写《金瓶梅》收集素材。可是论证不管这些,两个"必是"照样接连而出。论及为李瓶儿出丧的那套仪仗、路祭时论者又说:"名目之多,非小官僚所知",而王世贞之所以清楚,是因为他妻子或母亲死了,"有执事人记下详细丧事节目底本可作参考"。这些说法,全是毫无根据的猜想。所谓王世贞收集创作素材与参考执事人

443

的底本云云,都必须在他是《金瓶梅》作者的前提下才有可能发生。可是论者先靠猜想论证它们成立,反过来再证明王世贞是作者。先把有待求证的结论当作前提使用,然后再靠由此推出的判断来证明前提正确,似乎是讲了一堆道理,其实什么也没证明,只是硬将猜想当作事实而已。

八、破译法

有的研究者用猜谜语的方式来确定作者,因为他们深信作者"必然存在着使他的著作权为后人所认知的强烈愿望",是在"用暗示或影射的方式来表明自己的著作权"。既然作者已把自己的真名化作谜语,那么要发现他就只好靠猜谜的本领。基于这种认识,"兰陵"便不再是地名而成了谜面,峄县与武进和它都全无关系,而谜底则是一个姓氏。论证是这样猜的:荀子当过兰陵县令,后来又死在兰陵,葬在兰陵,"兰陵"当与荀子有关;荀子是赵国人,"兰陵"岂不就是在射一个"赵"字?作者肯定是借此通报自己姓赵。这思路之奇特令人惊叹,可是倘若事先没有"赵南星是作者"的成见,又有谁能猜出一个"赵"字来?恐怕连"兰陵"是谜面都不会发现。若作者果真如此设谜,他那"著作权为后人所认知的强烈愿望"又怎能实现呢?

九、索隐法

索隐法曾盛行于红学研究,近来虽未销声匿迹,但相信的人毕竟已不多。可是,最近它又在《金瓶梅》作者考证中重现,有人不仅靠它证实《金瓶梅》中某个人物即是现实生活中的某人,并且还进一步证明该人即是作者。王寀说就是这样的例子。在发现小说中的王三官名王寀,而明嘉、隆时确有人姓王名寀后,论者便设法将小说人物与现实中人合二而一。两人同名同姓,这条件似乎比红学中用索隐法有利,可惜证明却笨拙得多。在列举了王寀是例监出身,王三官是借银入武学;王寀在徐州任判官,位于知州、同知后列第三,故小说中的王寀又名三官;王寀任过序班,小说中有个汪序班,而汪与王同音等一堆理由后,论证惊叹"何其巧合如此",便认定两人实为一人。

接着,论证又将王寀经历与作者应具有的条件作比附,设法使王寀成为作者,其中年龄的印证尤为有趣。经推算加猜测,论者考出小说人物陈经济"生于嘉靖十三年","万历元年王三官约四十岁"。这些都成了论证的依据,而且"误差不超过十岁"。认定王寀为作者是所有考证中最骇人听闻的说法,它意味着这位作者竟一再赤裸裸、不厌其烦地描写自己母亲与西门庆的通奸,自己如何厚颜无耻地认西门庆为干爸爸,而两人又同嫖一个妓女。这就是用索隐法考证出来的恶果,对此也无须再发表什么评论了。

十、顺昌逆亡法

在阅读考证《金瓶梅》作者的论文时,有时可观察到这样的现象:一篇论文提出新说,不久便有反驳的论文出现,指出有些材料足以证明该说不能成立,并批评前文有意回避,或根本无视它们的存在。合乎自己论点则采用,并将文章做足;不合者则弃,只当没有看见,这种对待材料的顺我者昌、逆我者亡的态度,实为考证之大忌。也许,有些论者并非故意如此,他们或许只是未遍览材料而已。可是,未全面占有资料,又怎么可以贸然考证,创立新说呢?此为常识,人所共知,此处不赘。

最后还应提及,阅读各种考证论文时,在逻辑上可抽象出这样的三段论:

大前提:《金瓶梅》作者是"嘉靖间大名士"。

小前提:×××是"嘉靖间大名士"。

结论:×××是《金瓶梅》作者。

若将"嘉靖间大名士"换为"兰陵人"之类,这样的三段论还可见到不少。若说论者连最基本的逻辑都不懂,那未免太刻薄,可是懂逻辑却偏要如此推断,这又说明什么呢?

三、三难作梗,考证似应缓行

目前考证中有非科学方法的存在,也有经辛勤耕耘而取得的成果。正如不能满足于后者而小视前者的存在一样,也决不能因为有了前者而把已取得的成就也一笔抹煞。这些年来,不少学者在重视《金瓶梅》本身研究的基础上考证作者,而目的也是为了促进对作品的深入研究。尽管作者问题上的疑雾未能廓清,但他们所钩辑的丰富资料以及相应的整理、分析,不仅推动了《金瓶梅》其他方面的研究,而且对人们了解明代社会的政治、经济、民俗等都极为有益。为考证而考证决无可能达到如此境界,但其掺和却使作者考证的热度盲目升高。旧说之争论尚未有结果,新说又在相继冒出。在这种情况下,与其可能轰轰烈烈地离真相更远,倒不如暂且将它冷冷清清地搁置一下,这是因为就现在的资料(包括内证)来看,目前还不具备明确考出《金瓶梅》作者的条件。

考证《金瓶梅》作者的最首要前提,是确实存在那么一个作者,这好像是无须说明的废话,许多考证者也都视《金瓶梅》有个作者为天经地义之事,总是毫不犹豫地站在这基础上开始考证。结论各个相同,争论屡屡发生,除个别几个备知其间甘苦的先生外,他们没有,似乎也不愿去怀疑基础的牢固。然而事实却偏不如人意,因为这恰恰是一个有着深深裂缝的基础。

虽然《金瓶梅》为世代累积型作品的判断现在尚未成为定论,但对这种可能性不能视而不见。若《金瓶梅》属世代累积型,则其成书过程又有两种可能:有人作了罗贯中、施耐庵那样的集大成式的改编与再创作,他对于作者的桂冠应当之无愧;但另一种可能性似更大,即作品在流传过程中曾经不少人修订,而刊刻前最后一位改动者所做的工作又未必超过他的前人,称他为作者显然不妥。有的专家曾指出，《词话》本中可唱的韵文极多，又大量采录、抄袭他人之作，讹误、重复、破绽处也屡见不鲜，不像《新刻绣像批评金瓶梅》对作品中的人物、事件、结构乃至回目都作了较全面的润色、删改与增饰。将两者作比较后，就无法排斥前者尚未最后定型、并没有可称为作者的最后集大成式改定者的可能性。后者的情形正相反，有的研究者直接考证它的改定者，可谓是独具慧眼之举。然而目前的作者考证基本上都围绕着《金瓶梅词话》展开，如果不先排斥上述可能性，那么基础有裂缝的考证又怎能得出正确的结论？成书过程不明，作者踪迹难寻，此为考证之一难也。

除分析作品所得的内证外，目前考证《词话》本作者可依据的原始材料主要是屠本畯、袁中道、谢肇淛、沈德符等人的记载与欣欣子那篇序。作为考证的出发点，这些条件已嫌不足，但更严重的是它们还未必可靠。那些对作者问题产生过兴趣的明代文人在作品刊刻前就拥有抄本，所说自有一定的权威性，可是他们主张的"嘉靖大名士"、"金吾戚里"的门客、"绍兴老儒"等出入如此之大，今人究竟该以何说为准？又能有什么理由厚此薄彼？值得注意的是，那些意见又几乎同时发表，仿佛早在作品刊刻前就曾兴起过一阵小小的作者考证热，这些人大概不曾想到，当时的推测会给今日的考证带来多大麻烦。不过，他们的议论大多以"相传"之类表示不确定的字眼引出，把古人不敢肯定的判断当作考证的可靠前提全是今人所为，沈德符等人无须承担责任。同时，拥有抄本者均未提起欣欣子的序，而他们又互有来往谈论过《金瓶梅》，因此有些研究者提出此序是后来刊刻时才添入的。这个怀疑不无道理，若它能成立，那么所谓"兰陵笑笑生"也就成了虚构的神话，靠着它在峄县或武进人氏中找作者，又岂非是枉费精神？最原始的材料本已寡薄且又不可靠，它意味着已有裂缝的考证基础的崩坍，此为考证之二难也。

俗话说，凡事预则立。预者，事先之深思熟虑、筹划安排也，可行性论证当在其列。事若可行,则其投入可转化为相应价值,暂时的失败也可为后来的成功提供有益的经验教训;但若不可行,投入再多也不过是付诸流水。事先不作可行性考虑就匆促上马,付出了相应代价后才意识到成功的渺茫,这实在是很可惜的事。

在众多的考证《金瓶梅》作者的论文中,极少能看到有关可行性的议论,似乎这里根本不存在这种障碍,考证者都有着充分的信心和绝对的把握。然而,乐观的气氛淹没不了客观存在的问题,《词话》本究竟有无独创者或集大成式的创作者,这疑问使得作者考证从起步开始就被笼罩在巨大的阴影之中。确有这样一位作者的假设,是吸引人们前行的微弱的光,可是即使假设成立,这位作者能否考知仍是一大疑问。所谓考证,是遵循逻辑法则对已有的材料作由表及里、由此及彼、去伪存真的分析,它只能将本已客观存在、但未经分析不易觉察的的联系显化,而决不可能平空增添出什么新东西。因此要考证出作者,前提是他已被掌握的材料所涵括,在这基础上才能通过一系列的逻辑推理、判断寻得答案。问题正是出在前提上。譬如说,若作者如袁中道所言是"绍兴老儒",或谢肇淛所说的某"金吾戚里"的门客,那么指望史料、笔记对其创作有所记载恐怕是很渺茫的幻想。目前的考证分歧迭出,重要原因之一就是寻觅不到能坐实作者的材料。有些专家曾指出,《词话》本粗糙、错讹之处颇多,如果它确为某人创作或改定,其文化水准之不高当可判定。认定此人为史籍所记载且又必可考出,这未免有点一厢情愿。过去,欲考证冯梦龙为《金瓶梅》作者的举动曾被讥为是"掷光阴于虚牝",其实其他的作者考证又何尝不面临着同样的危险呢?考知的可能性无法确认,此为考证之三难也。

凡有一难,行进道路即可堵塞不通,又何况三难交夹。旧说未息,新说又起,旷日持久,未见确论,三难作梗当为主要原因之一,在它们未被解决之前,作者考证似以缓行为宜。

第十四章　文言小说的创作与小说选编本的流行

　　与通俗小说相似,万历朝的文言小说创作也呈现出前低后高的态势,但其原因却不尽相同。文言小说作者主要是高雅的文士,他们虽也感受到时代潮流的冲击,但要越出文言小说创作悠久的传统观念的束缚却并非易事,更何况还得时不时地面对反对小说的舆论为自己的创作辩解,因为文言小说的读者也主要是高雅的文士,他们的标准与要求在无形中约束着创作的发展变化。于是,作者本能地倾向于追求雅趣,既要叙事精妙,又要覃研理道,还要语言清微简远,总之是力图要让读者开卷琅然,心目沁爽。一时统治文坛的复古主义思潮也影响了文言小说的创作,从历代典籍、稗乘中撷取素材编纂成书的方式占据上风便是一个证明;而随着社会矛盾的激化与复古主义受到越来越猛烈的冲击,文言小说创作中也开始出现反映万历朝时代特征的作品。不过即便如此,文言小说毕竟未能显露出通俗小说那般明显的生气勃勃的姿态。已延续千年的旧有形式与语言的障碍,使文言小说与迅猛增长的市民阶层阅读需求之间横亘着一条鸿沟,而作者创作时本来也没有以他们为主要阅读对象。传播范围主要以士人圈为主的文言小说无法像通俗小说那样拥有极广大的读者群,其创作自然也难以像它那样显示出粗犷、强悍而旺盛的生命力。

　　小说选集的成批出现,是万历朝小说领域中的新气象。在这些作品集中,有的如同上一阶段那样是集中于某一题材,有的则是题材广泛、篇幅巨大的小说丛书,在这类小说选集中,《国色天香》与《绣谷春容》等作更值得注意,它们既收历代文言作品,同时又以载录语言浅显的中篇传奇为主,而且通俗的宋元话本,甚至还包含日常生活所需的各类文体,表现出明显的通俗化倾向。这些小说选集接二连三地刊刻行世已形成一股出版潮流,其基础则是广大读者的阅读热情,而由于常具有题材专一且又带有通俗化的特点,这类读物实际上还扩大了文言小说的读者面。万历朝小说创作的繁荣主要由通俗小说与文言小说的新作品张成,但小说选集的盛行,对于社会上鄙薄小说的观念的继续改变,以及对某些作家创作欲望的刺激与创作素材的提供也都起过重要作用,它同样也是本阶段小说创作繁荣局面形成的重要因素之一。

第一节 渐成时尚的笔记小说的编撰

要较准确地描述本阶段文言小说的创作概况,首先有必要了解那一时期的创作环境,而唐代段成式的《酉阳杂俎》在万历中期刊刻的经过,是颇能说明问题的一个事例。在介绍此事的起因时,校勘者赵琦美写下了这样一段话:

> 吴中廛市闹处,辄有书籍列入檐蔀下,谓之书摊子,所鬻者悉小说、门事、唱本之类。所谓门事,皆闺中儿女子所唱说也,或有一二遗编断简,如玄珠落地,间为罔象得之。美每从吴门过,必于书摊子觅书一遍。岁戊子,偶一摊见《杂俎》续集十卷,宛然具存,乃以铢金易归。①

文中"戊子"是指万历十六年(1588),赵琦美虽未提及这种局面形成于何时,但他的描述却使人知道,当时苏州闹市区有不少书摊子,所卖又都是供娱乐消遣的小说、门事、唱本之类,通俗

---

① 赵琦美:《酉阳杂俎序》。

文学读物至少在万历初年已深入社会基层,赵琦美的《酉阳杂俎》续集十卷也正是在这种书摊子上购得。此后,他从堂兄处借得录自俞质夫所藏宋刻本《酉阳杂俎》前集,"又为收《广记》、类书、及杂说所引,随类续补",校勘完成后他"每欲刻之,而患力不胜"。一直到万历三十五年(1607),得知此事的南京四川道监察御史李云鹄"欣然欲刻",《酉阳杂俎》才终于有明刻本行世。①其实,赵琦美未刻不只是财力不支,他在李云鹄表示愿大力相助时曾说出自己的顾虑:"子不语怪,而《杂俎》所记多怪事"。② 李云鹄的回答在当时也颇具代表性:"昔斫轮说剑,谑浪于蒙庄;佞幸滑稽,诙谐于司马。苟小道之可观,亦大方之不弃。况柯古擅武库于临淄,识时铁于太常,固唐代博古多闻之士,而所传仅此三十篇,忍使方平之麟脯,劈而不尝;茂先之龙炙,辨而弗咀哉!"③

《酉阳杂俎》明刻本刊印的经过表明,通俗文学在社会下层已开始广泛流传之际,鄙薄小说的传统观念在士人中仍具有相当大的影响。赵琦美购得续集,借来前集,又花大气力校勘辑补,其喜爱自不待言,可是若要出版公之于世,他却顾虑重重。李云鹄支持出版,出发点却是"小道之可观",另一隐约的理由则是此书为"博古多闻"之士所撰,寻觅不易,且又校勘已毕,若不刊行,实在可惜。他虽支持出版,但与上阶段杨慎等人尖刻地将鄙薄小说者称作"赢牸老羝",④ 或批评为"堕于孤陋"⑤ 相比,终究显得不那么理直气壮。倘若联系其时礼部尚书冯琦的《为

---

① 袁行霈、侯忠义《中国文言小说书目》据赵琦美序中"丁未"署年,著录为"明万历三十五年李云鹄刻本",然李云鹄序实署"万历戊申中秋日",即万历三十六年。
② 赵琦美:《酉阳杂俎序》。
③ 李云鹄:《酉阳杂俎序》。
④ 杨慎:《跋山海经》。
⑤ 刘大昌:《刻山海经补注序》。

451

尊奉明旨开陈条例以维世教疏》，不难明白这种倒退出现的原因：

> 近日非圣叛道之书盛行，有误后学，已奉明旨，一切邪说伪书，尽行烧毁。但与其焚其既往，不如慎其将来。以后书坊刊刻书籍，俱照万历二十九年明旨，送提学官查阅，果有神圣贤经传者，方许刊行；如有敢倡异说，违背经传，及借口著述，创为私史，颠倒是非，用泄私愤者，俱不许擅刊。如有不遵提学查阅，径自刻行者，抚、按、提学官及有司将卖书刊书人等，严行究治，追板烧毁，等因。奉圣旨，俱依拟着实行，……坊间私刻，举发重治，勿饶。

自万历朝以来，随着市民阶层的逐渐壮大，张扬个性、冲击封建伦理纲常的社会思潮日益活跃，万历二十九年(1601)朝廷严禁私刻是力图遏制该思潮的举措，而其时相当一部分小说宣扬的思想就是新兴社会思潮的组成部分之一，因此它同样适用于小说的创作与刊刻。就通俗小说传播的实际情况来看，一心牟利的书坊主并没有认真理会政府的禁令，赵琦美称苏州闹市区到处有出售通俗读物的书摊子，也证实了社会下层销售渠道的畅通。可是有关"不遵提学查阅"恫吓对于文士们却是相当实际的威胁，何况万历三十年(1602)时礼部又规定"用语必出经史，不得引用子书，及杂以小说俚语"，否则将"严行申饬，违者参究"。[①] 尽管上一阶段杨慎等人对小说的地位与功用已从正面作了较充分肯定，但在朝廷竭力控制知识阶层的思想动向之际，大多数士人的思想仍未能越出"子不语怪力乱神"、"果有神圣贤经传者，方许刊行"影响的笼罩；不过《酉阳杂俎》的终于刊行，又表明前人肯定小说的舆论毕竟也在发挥作用。在当时，莫是龙《笔麈》中关于小说的议论颇有代表性，他一方面声称："第如鬼

---

① 《大明神宗显皇帝实录》卷三百七十九。

物妖魅之说,如今之《燃犀录》、《暌车志》、《幽怪录》等书,野史芜秽之谈,如《水浒传》、《三国演义》等书,焚之可也",表现出对政府禁令的支持,但同时他又说,"经史子集之外,博闻多知,不可无诸杂记录。今人读书,而全不观小说家言,终是寡陋俗说。宇宙之变,名物之烦,多出于此。"其言貌似折中,实际上却是反对全盘否定小说,而随着时间推移,肯定小说地位与作用的主张的影响又在不断地逐渐增强。

前人的一些文言小说集在万历朝的整理校勘与刊行,正是这两种影响势力消长的表现之一。如张梦锡校勘整理了宋人刘斧的《青琐高议》,赵开美刊刻了宋代苏轼的《东坡志林》。胡震亨寻获南朝宋刘敬叔所著之《异苑》的经历与赵琦美觅得《酉阳杂俎》相似,也同样花了一番"证实讹漏"的功夫,① 此外,他还曾为晋人干宝的《搜神记》、五代人杜光庭的《录异记》作"引"或"题记",向人们介绍推荐这两部文言小说集。同时,有些前人的文言小说虽已有明刻本,本阶段仍有人不惜工本,再次刊行。其中,较著名的有许自昌所刻的大字本《太平广记》五百卷,王世懋刊行南朝宋刘义庆所著之《世说新语》,梅鼎祚校刻元人陶宗仪所编之《说郛》,杨宗吾刻祖父杨慎补注过的《山海经》以及俞安期刻唐人刘肃的《唐世说新语》与宋人李垕的《南北史续世说》等。王世懋刊刻《世说新语》时说"余幼而酷嗜此书,中年弥甚,恒著巾箱,铅椠数易,韦编欲绝",又说他原是"秘之帐中",后来"参知乔公见之,亟相赏誉,即授梓人。"② 杨宗吾则称,因距杨慎刻《山海经补注》已五十余年,"岁久板缺不传",而"嗜古好学者来乞,又苦抄录之艰,无以应",③ 于是又开雕重印。尽管有些人的出发点只是"嗜古好学",但供不应求局面的内涵意义毕

---

① 胡震亨:《异苑题辞》。
② 王世懋:《世说新语序》。
③ 杨宗吾:《山海经补注跋》。

竟是士人对这类作品的喜爱在日益增长。于是，入明后未有刻本的前人文言小说在万历朝相继刊刻行世，已有刻本者也因读者面的扩大而不断再刻，如张丑又刻《酉阳杂俎》，凌濛初又刻《世说新语》，后来还出现凌濛初用黄、蓝、朱三色套板印入三家评语的精美刊本等等。总之，到了万历后期，各种尚有传本在世间的前人文言小说已基本出齐，这不仅是小说在士人中影响迅速扩大的表现之一，而且它还意味着此时创作对已有传统的继承，至少在接触前人作品的方面已毫无障碍了。

前人作品出版的齐全，使一些并无意于创作的士人也开始涉足小说领域。梅鼎祚刻陶宗仪《说郛》时曾称："此书虽不尽雅驯，有可永日"，① 胡震亨为《搜神记》作"引"时，也对干宝"爱摭史传杂说，参所知见，冀扩人于耳目之外"的做法大表称赞。"摭史传杂说"是传统治学的方法之一，而受前人作品影响，万历朝有些原以治经传为本的士人也开始着手编纂以小说类文字为主的类书。马大壮采摭历代史籍中的怪异故事，编成《天都载》六卷。作者对小说故事怀有兴趣无可怀疑，但他毕竟是著名学者罗汝芳的门人，于是该书重要特点是附有考证，显示了以治学为主的编纂宗旨。虞淳熙的《孝经集灵》集中展示行孝得善报的故事，素材来源则是《孝经》等书。这位吏部稽勋郎中的本意显然是道德说教，但他编辑的毕竟是小说故事集。焦竑编撰的《焦氏类林》性质也类此。这位万历朝的状元博览群书，又坚持钩玄提要，日积月累，蔚然可观，于是便将采录的各书片段分五十九类编为一书，而时人称赞该书"搜百代之菁华，掇群书之芳润"时，特别推崇其"名理心宗，往往而在，指示历然"，② 即《焦氏类林》虽含小说性质，但对焦竑来说却是做学问的成果。焦竑之子焦

---

① 梅鼎祚：《答姚叙卿使君》。
② 李登：《焦氏类林序》。

周受此影响,也从《汉书》、《淮南子》、《公羊传》、《风俗通》、《酉阳杂俎》、《考工记》等前人史传杂书中采撷新颖之语,及闻见故事可资谈噱者编成一部《焦氏说楛》。这部作品集的内容未分门类,编纂略嫌粗糙。相比之下,施显卿的《古今奇闻类记》就显得较为精致,该书分天文、地理、五行、神佑、前知等十六门,均取材明人笔记及方志杂传,而且每条下均注明出处,摆出了严谨治学的架势,然而书中却是以怪异之事居多。曾校勘《水经注》、《文心雕龙》的朱谋㙔也加入了这一行列,他编纂的《异林》分四十二目,内容是选自群籍的古今中外人世间与自然界中各种奇闻异事,各条之尾,均注有出处,标明书名,即使是记奇叙异,也不失知名学者之风度。余懋学编纂《说颐》时更是动了一番脑筋,这部书共含三百五十二条,每条征引历代史传稗乘中相类或相反二事,且均有作者自拟四字标题,末又附以论断,颇有点化功夫格物致知的意味。

上述编纂者的本意可谓是有裨圣贤经传,然而编出的作品却可归于小说类。而且,若将这种编纂方法的采录标准略作变换,人们就可以读到道地的小说书。所谓变换采录标准,一是将被采录的书籍扩至小说,甚至只以小说书为取材对象;一是撷取小说意味浓厚的材料,或干脆就是小说。如陈继儒编纂《香案牍》时,就专从《列仙传》、《集仙传》等前代小说集中取材,罗列了自轩辕以下七十二神仙的故事。从书后王衡的跋可知,作者编纂此书非为治学,也无封建说教之意,目的只是为了消解朋友王衡病中的愁闷,而作书意在自娱与娱人,正显示出陈继儒对小说功用之一的认识。陈诗教编纂《花里活》的情形也是如此,他从各种典籍中摘出与花有关之故事按时间顺序排列,编成一部从三皇五帝直至明代的花故事大全,其编纂动机则是单纯地只为自娱:"余性爱看花,年来为病魔所困,不能出游。小庭颇饶佳卉,红紫纷敷,日与游蜂浪蝶相为伴侣,觉此中亦自有真乐,忘其身之委顿也。"① 在这类作品集中,蔡善继的《前定录》可谓是纯粹的小说书,该作虽已失传,但据《四库全书总目提要》的介绍可以知道,它的编纂只是将《太平广记》中"定数"一门及相关内容按序抄录而已。他人博览群书,费心钩辑,可是历时数年编成的只是带有小说性质的类书,而《前定录》倒是标准的小说选集。将上述作品排列,其起点是从治经史目的出发的钩辑群书,终点是小说选集的出现,蔡善继的工作最省力,却代表了一种方向,故而不宜简单地以"剽窃"二字加以批评。运用同样的编纂手法而代表另一发展方向的是由古代向当代靠拢,张凤翼编纂的《谈辂》便是这样的作品。这位万历间的名士从前代史书与小说中采录各种传闻轶事及议论,但该书之特色则是在前人所叙故事后附以近闻,如引《晋书》中晋人及难前壁间长出八尺巨手事后,又附以作者近闻妇人圃中采蔬时为地中长出长手所牵事。其怪诞与古人所载相类,但毕竟已是万历间的闾巷传闻,显露出现实的气息,而由此再向前迈出一步,那就是直接面对现实了。

从治经史到编小说选集是一个过程,上述作品都处在这中介过渡阶段之中是其共同点之一,尽管它们向两个终点的摆动倾向各不相同。另一共同点是那些编纂者都是当时较有声望的名士,焦竑、陈继儒更是名动天下;其中多数还是政府官员,爵显者如余懋学为南京户部右侍郎、蔡善继为布政使,朱谋㙔还是世袭镇国中尉的皇室成员,位卑者如施显卿,好歹也当过新昌县知县。若排列那些编纂者的籍贯,又可以发现其中江浙人士居多,文化发展的地域优势在这里也同样有着明显的表现。

采录历代典籍并分门别类编排的编纂手法其实是源于《世说新语》,李登序《焦氏类林》时曾说:"《世说》一书,超超玄致,吾士林雅尚旧矣",那些编纂者也都不隐讳他们的仿效,只不过上述作品偏重于搜奇载异,尚不能归于小说史上的"世说"系列。

---

① 陈诗教:《花里活序》。

曹徵庸曾言："嘉、隆以前，学者知有'世说'者绝少"，① 若不计属《玉壶冰》等抄袭他作之类，明万历朝以前这类作品只有一部何良俊的《语林》。在"世说"类作品的编撰从宋至明嘉靖时已断绝了四百余年时，何良俊重又恢复这一创作传统，既作出对采掇的旧文剪裁熔铸，使其显示出简澹隽雅之致的示范，同时还填补了该类作品中宋元两代内容的空白，而明代的人与事均未辑入，这又为后来的仿效者留下了相当大的创作空间。《语林》成书后，三十余年间在江苏、福建与江西等地都出现了翻刻本，它受欢迎的程度由此可见。李贽曾赞赏地作过批点，焦竑甚至还称赞它"简远幽邃，又在《世语》之上"。②

万历朝的一些士人纷纷开始了"世说"类作品的创作，证明了《世说新语》与《语林》行世后的影响之大。慎蒙编撰的《山栖志》是较早问世的一部，是书仿《世说新语》取材于史传与稗官野史，记六朝以来历代名士言动，内容偏重于隐逸山林，纵情诗酒一类。《山栖志》并没有分门类记叙，各条的编排也未按年代先后顺序。作者的编纂较嫌粗略，然而作品已叙及嘉靖朝杨慎、顾璘等人的事迹却是一个突破。由此开始，"世说"系列作品的取材不再限于前代人物，如在曹臣的《舌华录》中，明人的轶事隽语就占了一定的比例。"舌华"取意于佛经中的舌本莲华，此命名又与作者取材标准有关："所采诸书，惟取语不取事，即语涉鄙俚不甚佳者亦弃去，此舌华本意"，"所取在仓卒口谈，不取往来邮笔，以其乃笔华非舌华，即有佳音不录。"③ 这部作品从《世说新语》至元明清的史籍、笔记中撷取清言隽语，分慧语、名语、豪语、狂语等十八门编辑。如"名语"门论及范理、杨溥时云：

南杨在内阁，其子来京师，所过州县，无不馈遗，惟江陵

---

① 曹徵庸：《清言序》。
② 焦竑：《世说新语补序》。
③ 曹臣：《舌华录凡例》。

令范理不为礼。公异之,荐为德安守。或劝当致书谢,范曰:"宰相为朝廷用人,太守为朝廷捧命,一杨一范,私面何观?"

虽片言只语,却清楚地交代了事件经过,凸现了人物的风韵气质,同时也反映了当时的社会风貌与官场现状。以同样方式编撰成书的又有郑仲夔的《清言》,其叙述范围自汉魏至明嘉靖、隆庆朝,分类体例则全依《世说新语》,但编撰宗旨却有所不同:"《世说》在因事以傅言,其言精;《清言》在因言以徵事,其事核。《世说》之精,使人流想于片言;《清言》之核,期以示的于千古",① 即偏重于"言"且崇尚纪实。书中有相当一部分着力于描摹明代世态人情,有的还写得饶有风趣:

> 文征仲生年与灵均同,尝为图书,取《离骚》句"唯庚寅吾以降"。有一守自北方来,问人曰:"文先生前更有善画过之者乎?"或曰:"有唐伯虎。"问唐何名,曰:"唐寅。"守跃然起曰:"信然,信然。吾见文先生图书,曰'唯唐寅吾以降'。"闻者为之绝倒。

不知《离骚》为何物且又读白字,这位太守不学无术偏又附庸风雅的丑态暴露无遗。这则记载很容易使人产生联想:官至太守尚且如此,其他官员又当何如?后来《红楼梦》第二十六回写薛蟠将唐寅读作"庚黄"的故事,很可能就是受到这则记载的启发。

万历朝"世说"类作品在发展过程中显示出视野不囿于前代,同时也环顾本朝的特色,有的作品开始以叙述本朝名人轶事为主,甚至专叙本朝之事,如李绍文的《明世说新语》。李绍文认为《世说新语》门类精绝,无容增损,故而体例一如前书,而取材对象从明季正史、郡志、文集一直到稗官说部,据称不下千余家,

---

① 曹徵庸:《清言序》。

涉及的人物与社会生活面相当广泛。有些小说故事颇为生动，但原书中却往往被考证经史或杂记琐闻的文字所淹没，李绍文逐一筛滤，荟萃为一编。这部作品集前有"释名"一卷，详列书中人物名字、谥号、爵里，以便读者阅读，可是该书取材均未注明出处却是一个缺憾。焦竑的《明世说》也当是同类作品，但可惜业已失传，所幸的是他的《玉堂丛语》至今犹存。这部作品体例模仿《世说新语》，却不像李绍文那般拘泥不变，所分行谊、文学、语言等五十四类中，自立的门类多至六成。曾帮助俞安期刊刻《南北史续世说》的焦竑可算是万历朝最热衷于"世说"类作品的文士，[1]他回顾《玉堂丛语》编撰过程时写道，"自束发，好览观国朝名公卿事迹。迨滥竽词林，尤欲综核其行事，以待异日之参考"，"每有所得，辄以片纸志之，储之巾箱"，直到八十岁时才最后定稿。[2] 这部专题性"世说"类作品的内容集中于明初至万历朝翰林人物的言行："其官则自阁部元僚，而下逮于待诏应奉之冗从；其人则自鼎甲馆选，而旁及于征辟荐举之遗贤；其事则自德行、政事、文学、言语，而微摭于谐谑、排抵之卮言；其书则自金馈石室、典册高文而博采于稗官野史之余论。"[3] 故而时人盛赞其"宛然成馆阁诸君子一小史然"。[4]

　　焦竑是万历朝著名学者，但他在仕途上却很不顺利：先以忤权贵被贬官，后又因事落职，从此归乡闭户治学。也许由于这段经历，在《玉堂丛语》中时常可看到对权贵的讥讽、对时弊的贬抑和对世相的不满。如"刘主静"条云：

---

[1] 俞安期《南北史续世说序》称：安茂卿刻《南北史续世说》，事未竟而逝，他"痛良友之早逝，惜是书之久湮，遂载其蠹余，行求全本，冀足成之。既越三年，顷得之焦弱侯太史，始补其阙，订其讹，截其条落，遂成完书，亦艺林快睹矣。"

[2] 焦竑：《玉堂丛语序》。

[3] 顾起元：《玉堂丛语序》。

[4] 郭一鹗：《玉堂丛语序》。

459

>今制，东官官名多袭古，如庶子、洗马是也。景泰间，刘主静升洗马，兵部侍郎王伟戏曰："先生一日洗几马？"刘应声答曰："大司马业洗净，少司马尚洗，未净。"众闻之嚎然。

洗马为东宫掌管图籍之官，大、少司马分别为兵部尚书、侍郎的别称，其时王伟正趋奉权贵，他本想嘲谑刘主静，可是刘主静的"尚洗，未净"四字既不露痕迹地暗喻王伟有劣迹在身，同时也表达了与奸佞小人斗争的正气。又如"陈嗣初"条云：

>陈太史嗣初家居，有求见者称林逋十世孙，以诗为贽。嗣初留之坐，自入内手一编，令其人读之，则《和靖传》也。读至"终身不娶，无子"，客默然。公大笑，口占一绝以赠云："和靖先生不娶妻，如何后代有孙儿。想君别是闲花草，未必孤山梅树枝。"客惭而退。

这位林某见宋代种梅养鹤的林逋数百年来雅名不衰，便拉来认作祖先自抬身价，不料这恰恰暴露了自己的不学无术。陈嗣初不当面揭穿，只是让他读《和靖传》，而这恰是最有力而尖刻的嘲讽。自明中后期起，功名不就，四处招摇撞骗的所谓"山人"迅速增多，焦竑的描述则是对这种正在蔓衍的浮恶风气的批判。

在万历时"世说"类的作品中，本朝内容所占比例越来越高，这与当时讲史演义创作取材开始逐渐转至本朝史实完全同步。类似创作现象的同时发生，应有相同的文学以及社会的因素起作用于其间。在嘉靖朝至万历朝前期，主张复古的前后七子先后主宰文坛，盲目尊古、模拟剽窃的文风弥漫一时，而从万历三十年（1602）开始，袁宏道、袁中道为代表的公安派，以及以钟惺、谭元春为代表的竟陵派对拟古主义的猛烈批判渐成声势，文坛的这一变化自然也迅速地在小说创作领域中反映出来，而上述作者中的某些人，本来就是批判拟古主义的重要成员。若更进一步探究，那么万历中后期时社会矛盾的日益尖锐迫使作者们面对现实则是更深层的原因。

这种逐渐趋向现实的动向在另一种笔记小说,即杂俎、札记类作品中也有明显表现。自嘉靖朝以降,著述杂俎、札记的士人迅速增多,开始时多为治学心得的随笔,故而常载录古事,内容也偏重于格物、考证或议论。约在万历初年问世的《江汉丛谈》较明显地带有这种痕迹,这部介绍楚中古昔奇事的作品大量地引经据典,如上卷的"随珠"篇,就引《淮南子》言其出于山渊之精之说,以及隋侯见大蛇伤断,为其敷药而得蛇珠之报之传说,并征引《搜神记》、《隋志》、《三秦志》、《韵府》诸书中关于蛇池丘珠蚁桥等传说加以附会。《四库全书总目提要》称赞作者陈士元"持论皆极精确","引据赅博,论断明晰",然而从文学角度考察,其小说意味却十分淡薄。

一般地说,万历朝杂俎笔记类的作品内容都较驳杂,或讲论神鬼怪异,或叙述逸闻琐事,或评论诗文、考证典籍;寓言小品时见,议论考述铺陈,偶尔也有传奇纪事掺杂其间,诚所谓"体有所裁,必不斥意以束法;情有所纵,必不抑过以避格"。① 总而观之,它们又呈现出几个较共同的特点。首先是强调纪实性,意在补史乘之阙,故而或言"存故实,阐幽微,补逸漏,纠讹谬,托讽喻,考文辞",② 或言"该国史之所未暇,郡乘所不能备者"。③ 即使如王同轨《耳谈类增》所载多为正德至万历间市井传闻的奇诡幻怪之事,但由于是作者任江宁知县时与四方学人士夫闲谈时所得,故而每条后又载有所说之人姓名,以示征信。其次是内容极为广泛,如王世贞的《觚不觚录》就是"大而朝典,细而乡俗,以至一器一物之微,无不可概叹",④ 钱希言《狯园》的编撰特点则为"采遗献,食旧闻,核是非,该幽灵,大小必识,雅俗并陈,参往

---

① 程涓:《贤博编序》。
② 朱孟震:《汾上续谈引》。
③ 周晖:《金陵琐事序》。
④ 王世贞:《觚不觚录题记》。

考来,品分胪列,而成是书"。① 在这类作品中,甚至"郡国之繁简,关梁之厄塞,山川之雄胜,文物之巨丽"② 等均载录入编也是常见的现象。再次,不少作者都有感于世事而作,屠本畯编撰《山林经济籍》时声称,"夫挽颓风而维末俗者,敉宁宇宙之经纶;怀独行而履狂狷者,展错山林之经籍,此籍之所由以定名也",③ 刘元卿编撰《贤弈编》时亦云:"宣、正、成、弘间民物殷盛,闾阎熙熙。由时一二元宰哲臣,器局宏深,质行方正,故里风朴略,古意盎然。今民舍无不有愁叹声,而尚习日侈,则士节之不立;士节之不立,则器不足居之。总其本原暗于学,斯所由不能行古之道也与。"于是正时尚、拯风俗便成了他们创作的重要目的之一。最后,娱乐也是一些作者的编撰动机,或自娱,"聊舒闷怀",④ "以寄岑寂逍遥之况"⑤;或娱人,"可资抵掌",⑥ "猥杂街谈巷语,以资杯酒谐谑之用",令"厌常喜新者读之欣然"。⑦

在杂俎笔记类作品中,传统的宣扬因果报应,意在劝善惩恶主题的显赫一如以往,而由于上述原因,特别是后两个创作宗旨,颇显时代特征的传闻也时常可见,其中产生于工商业日益繁荣发达过程中的故事也受到了作者们的重视。万历间曾官居吏部尚书的张瀚在追述自己家族先人创业经历时写道:

> 毅庵祖家道中微,以酤酒为业。成化末年值水灾,时祖居傍河,水洊入室,所酿酒尽败,每夜出倾败酒濯瓮。一夕归,忽有人自后而呼,祖回首应之,授以热物,忽不见。至家燃灯烛之,乃白金一锭也。因罢酤酒业,购机一张,织诸色

---

① 钱希言:《狯园序》。
② 朱孟震:《游宦余谈引》。
③ 屠本畯:《叙籍原起》。
④ 叶权:《贤博编题记》。
⑤ 朱国祯:《涌幢小品序》。
⑥ 朱孟震:《汾上续谈引》。
⑦ 李维桢:《耳谈序》。

纻币,被极精工。每一下机,人争鬻之,计获利当五之一。积两旬,复增一机,后增至二十余。商贾所货者,常满户外,尚不能应。自是家业大饶。后四祖继业,各富至数万金。夫暮夜授金,其事甚怪。然吾祖以来,世传此语。岂神授之以开吾祖家业耶?①

神人夜授银锭的传说像是对资本来历不明的一种掩饰,但张家从一张织机发展到拥有数万两银资本的实业家却是事实。身为富贾四世孙的张瀚官至显赫的吏部尚书,这实际上显示了商贾势力对封建政权的渗透,而如果追问那些织机由谁来操作,那么由此又可以看到孕育在封建社会内部的新型的雇佣生产关系,这也是张瀚的描绘常被治经济史者引用的原因。

从明中后期迅速发展起来的海外贸易在当时的杂俎笔记中也有所反映,在周玄晖编撰的《泾林续记》中,就可以读到这样一则故事:

> 闽广奸商惯习通番,每一舶推豪富者为主,中载重货,余各以己资市物,往牟利恒百余倍。有苏和,本微,不能置贵重物,见福桔每百价五分,遂多市之。至泊处,用碟数十,各盛四桔,布舶面上。夷人登舟,竞取而食。食竟后,取置袖中,每碟酬银钱一文。苏意嫌少,夷复增一文。计所得殆万钱,每钱重一钱余,盖已千金矣。

从每百价五分到每四桔售银二钱有余,其牟利确为百余倍。其后苏和又拾得特大龟壳,回福建后胡商置酒邀客,以货多寡排坐次,苏和居末席。胡商登舟视货,见龟壳后又重置酒宴客,尊苏和居首席,并出银五万两购得龟壳。原来,龟壳实为鼍龙遗蜕,内藏夜明珠若干,价值逾十万两。苏和因此次出海而骤成富翁。这篇小说反映了商人的幻想与他们开拓对外贸易的要求,

---

① 张瀚:《松窗梦语》卷之六"异闻纪"。

463

所蕴含的海外冒险精神在明代小说中也不多见。就艺术而言，其篇幅虽仅五百余字，但作者的叙述却跌宕有致，特别是胡商再三礼敬苏和，众商几度惊讶，在逐层皴染、数掀波澜后再说明缘由的情节安排十分引人入胜，这恐怕也是后来凌濛初经改编敷演后将它列为《拍案惊奇》的第一则故事的原因。

纵观万历朝杂俎笔记类作品的排列，其创作呈现为由低到高的发展态势。在前期，由于承认小说地位的观念被广为接受尚需时日，也由于政府力图控制知识阶层思想动向的严禁私刻等措施所造成的障碍，其时作品数量并不很多，各书中也常常只是掺杂了些许小说类文字，而后期的情形与之恰正相反。这种发展态势与本阶段通俗小说的创作状况大体相应，而更值得注意的是，随着整个文坛的变化以及社会基本矛盾的日益尖锐，杂俎笔记类的创作出现了两个互相关联的重要转化，即由重视记述古事到着意于当代见闻的载录，以及从书本中摘编到直接描摹眼前的现实生活。这种变化在其他创作流派中都有程度不同的反映，它们汇成了整个明代小说创作发展的大趋势，而促使作家们面对现实的最强大的动力，其实也正是现实生活本身。

第二节 传奇小说创作传统的重新恢复

传奇小说是文言小说中最重要的一个流派，它重视人物形象的刻画，具有完整的情节，故事又往往带有传奇色彩，即使用严格的现代定义衡量，也仍是标准的小说，不像杂俎笔记中的那些作品，一般只能称为小说类的文字。明初《剪灯新话》与《剪灯余话》的问世改变了自宋以降传奇小说创作几乎断绝的局面，可是随着朱明王朝对意识形态控制的逐渐加强，传奇小说的倾向从反映战乱时的苦难现实转至"多讲古事"与"多教训"，后来这一体裁的创作在森严文网的威慑下干脆销声匿迹了。从弘治、正德朝开始，文言小说创作逐渐复苏，但此时流行的主要是志怪小说和记载琐事轶闻类的作品，即使在唐传奇中的名篇纷纷刊行之后，由于作家们追求实录（与传奇创作必不可少的虚构、夸张与捏合等艺术手法相排斥），以及受创作须"俾名教"、"昭劝戒"的观念的羁绊（与传奇小说中的重点题材，即缠绵悱恻的爱情故事相排斥），故而其时如《辽阳海神传》等较优秀作品的出现只是个别的现象，传奇小说的发展就总体而言显得较为迟缓。不过，唐宋传奇以及明初的《剪灯新话》等作的流行毕竟拓宽了人们的创作视野，其他体裁的文言小说创作的日益繁盛也起了刺激推动与提供素材的作用，于是到了万历朝，传奇小说的创作开始出现了较明显的变化。

《鸳渚志余雪窗谈异》是本阶段较早出现的一部传奇小说集，它约问世于万历初年，[①] 故而显示出较明显的承上启下的特点。这里所谓的"承上"具有两层含义，其一是直接继承明初传奇小说创作的传统，如讲究文采，行文骈散相间，喜好用典，也常羼入诗词文赋是其表征之一，有些篇章还干脆模仿《剪灯新话》中的作品，如在《大士诛邪记》与《申阳洞记》、《崏山遇故录》与《修文舍人传》以及《天王冥会录》与《龙堂灵会录》之间就很容易找出它们的对应关系。其二是情节简单而又好作因果报应之谈，劝戒意味较为浓厚，在某种意义上颇像对上阶段志怪小说作丰满式的演化。这部小说集参与了万历朝传奇小说创作风气的开创是其"启下"的含意，而该书有十余篇作品后来被《国色天香》、《广艳异编》、《万锦情林》、《燕居笔记》与《情史》等流行较广的类书所收录，这就保证了它确实能影响后来传奇小说的创作。

这部小说集共含三十篇作品（有两篇存目无文），它们的故事所述基本上未超出嘉兴府一带，极富地方色彩，这也是作者钧

---

① 书中《天王冥会录》、《鬻柑老人录》、《海变录》等篇已叙及万历三、四年间事，而刊于万历十五年的《国色天香》已收录该书中的一些作品，因此它的成书当在万历十年前后。

鸳湖客在书名中嵌入嘉兴名胜"鸳渚"与"雪窗"原因。然而,尽管所描述的故事多发生于一地,其内容却是既有对官场上倾轧争斗的揭露,也有对损人利己、放荡堕落的世风的批判,涉及的社会生活面相当广泛,又终以劝善惩恶为旨归。不过,书中所表现出的思想较为复杂,如《卖妇化蛇记》中,张鉴"日惟买笑缠头,纵情曲蘖",家计全靠妻子纺织维持,可是张鉴却以高价将妻子卖与"江南人"。妻子设计逃回呼冤,官府审断时张鉴却遁逸不至,终于使其妻又落"江南人"之手,备受折磨而死,但她冤魂不散,寻觅报复时机:

> 时遇医人经其处草际,见蛇蜕一条,腮红鳞白,异而收于囊,将为药饵之料。是夜,即梦少妇拜于前,曰:"妾秀水人也,被人卖至此地,不愿忍辱偷生,已致沉珠碎玉。但关山迢递,冤魂趑趄。今公有龙舌之游,妾敢效骥尾之托,万弗疑拒为幸。"言讫大恸。医人遂觉,反复思之,莫晓梦妇所谓。及至嘉兴东栅外,少憩白莲寺前。药囊中闻阁阁之声,极力不能举。怪而启之,见蛇蜕化为白蛇,奋迅越湖而去。伫望间隔车水人倏然拥沸,急往其处,则蛇将一人噬其咽喉而难释。久之,人蛇俱死矣。审知其人即张鉴,昔尝卖妻于江南,其地即龙舌头上。始悟梦妇变幻之灵,报复之速。呜呼,可不惧哉!

尽管冤魂借人力跋涉寻觅仇人的格式未必是钓鸳湖客的首创,后来不少作品的袭用却当与本篇的流传不无关系。钓鸳湖客一方面鼓吹三纲五常的强化,同时在本篇中又同情妻子对丈夫的报仇,这种复杂性正是现实矛盾在创作中的表现。当然,作者描述这则故事的本意是劝戒人们切勿"积冤",故而他在篇末又议论道:"张鉴贪财薄幸,竟以野死偿之,无足怪矣。但积冤之魂且能化物报复,而况未死者乎?甚哉今有放利多怨者,慎毋为极冤所积也。愚因述此事而并及。"本篇明显地由两部分组成,张鉴妻的悲惨遭遇是实写,她死后化蛇报仇则似志怪,其间的转折是官府的胡乱判案。此时,作者插入一首二百五十余字的长律,并称:"余适遇鉴妻道掠人之事,因作《卖妇叹》一篇,欲献执政而不果,并载此集以警世云。"有意羼入辞赋以增添作品文采是作者爱用的艺术手法,"欲献执政而不果"一语则表达了他对官府昏庸的批判,而由此又可以知道,故事的前半段是作者据自己亲眼目睹之事写成,这种现实主义的创作精神后来在万历朝成了传奇小说的主流。

稍后,有《觅灯因话》的问世。作者邵景詹自称是读了瞿佑的《剪灯新话》,又闻"古今奇秘"后而作此书,书中的主要内容是"非幽冥果报之事,则至道名理之谈;怪而不欺,正而不腐;妍足以感,丑可以思",① 即以宣扬封建教化为创作主旨。不过,作者虽以劝善惩恶为主旨,但他在展开故事时,却揭示了当时社会上种种败德恶行。如《卧法师入定记》篇末不脱因果报应的老套,但读者随着情节的进展却看到了当时社会道德沦丧的图景;《贞烈墓记》固然在表彰节义,但作者着重描写的却是贪图美色的李奇如何步步威逼陷害,郭氏终于被迫以死抗争的过程令人惊心动魄,官员的阴险残忍也因此得到了充分的暴露。在那八篇作品中,《桂迁梦感录》描写得最为细致与深刻,作者假托故事的背景是元大德年间,实际上反映的却是当时社会上常见的人情世态。在作品中,施济代还债务,赠送十亩庄田的义举将桂迁从妻离子散的逆境中解救出来,可是桂迁不仅暗中地占有施济的埋金,而且当施家有难向他求助时,他竟毫不顾念昔年的救命之恩:

(施子)候久不出,俄履声自内闻,乃逡巡却立,再整衣冠。而桂生未遽见也,憩中庭,处分童仆,呼喏,语剌剌不可了。又久之,始出,心知为施氏子也,故不为识。施子备道

---

① 邵景詹:《觅灯因话小引》。

467

其颠末,且云:"老母在旅次。"桂乃延之西斋,留一饭,吐词简重,矜色尊严。徐问曰:"子今年几何?"对曰:"昔先生垂吊时,不肖方三龄,今别先生十五年矣。"桂颔之,别无他语。饭已,更不问其母及家事。施子计穷,因微露其意。桂即变色曰:"吾知尔之来也。顾吾力亦能办此,尔毋多言,令他人闻之,为吾辱。"

桂迁凭借财势盛气凌人,其妻更是否认当年施家之恩,扬言要有债券为凭方能给钱。作者极写桂府的豪富气派,以其外表的显赫反衬桂迁夫妇内心的卑鄙狠毒。鞭挞见利忘义、以怨报德确是作者的创作本意,但若将施、桂两家的恩怨置于广阔的社会背景中考察,这篇作品便显示出了更丰富的内涵。当时在商品大潮的冲击下,原先的封建尊卑关系发生急剧动荡:"胥原栾郤之族,未几降为皂隶;瓮牖绳枢之子,忽而戟列高门。氓隶之人,幸邀誉命;朱门之鬼,或类若敖。"① 施家从恩施的富翁沦落为求助者,桂家却迅速摆脱"坐无所食"的困境而跃至一方巨富,正是其时社会上普遍发生的现象的缩影。在这种动荡中,原先种种繁琐复杂的封建尊卑秩序的规定被打乱了,逐渐取而代之的是简单明了的以金钱与权势为标准的人际关系,正是遵循这一准则行事,傲慢地拒绝施子与奴颜婢色地夤缘钻营才如此和谐地统一于桂迁一身。由此可以看出,作者在陈旧的因果报应的外衣下写出了富有时代特征的故事,而紧接在这篇之后的《姚公子传》,又从另一角度展现了贫富与尊卑不断转化的图景以及认钱不认人的处世准则,这就证明了作者的创作确实是对现实生活的概括与提炼。

邵景詹自称受《剪灯因话》影响而创作,但其艺术表现形式却有所不同,最醒目的区别之一,是《觅灯因话》中除《唐义士传》

---

① 叶梦珠:《阅世编》卷五"门祚一"。

与《姚公子传》外，其余作品均是朴实地叙事，并无诗赋的羼入，而《姚公子传》中的两首诗是出自姚公子心境的自然流露，也并无镶嵌之嫌。从《剪灯新话》、《剪灯余话》、《花影集》一直到《鸳渚志余雪窗谈异》，较多地羼入诗文已成传统的表现手法，在万历朝之前虽也有些文言小说中诗文羼入甚少，但还没有一部文言小说集如此集中地体现出这一特点。此后，创作时不再有意羼入诗文逐渐成为较普遍的现象；叙事朴实，不假雕饰，重视情节交代的清晰与人物形象的刻画，并不有意追求文采斐然，这同样是《觅灯因话》艺术上的特点之一，而明后期多数文言小说创作也显示出避免"述遇合之奇而无补于正，逞文字之藻而不免于诬"① 的倾向。单纯的搜奇志异与驰骋文笔开始让出了主流地位，进入万历朝以后，文言小说的创作风格开始发生变化，《觅灯因话》则可视为转折的表现之一。随着封建统治者对意识形态控制的强化，从《剪灯新话》到《剪灯余话》及《效颦集》，传奇小说创作逐渐由描摹现实转至叙述古事；在本阶段，呈现出的却是相反的行进路程，其原因则是社会基本矛盾的日益尖锐、新兴思潮的冲击以及封建统治阶级控制的力不从心。邵景詹自称创作受《剪灯新话》影响正应从这一角度理解，其艺术风格虽明显有异，但却表现出重新面对现实的归趋，而开始以社会上的普通人为作品主角（如孙恭人、郭雉真、李翠娥等），则比《剪灯新话》基本囿于士人圈又前进了一步。

自入明以来，传奇小说的创作还从未有过如万历朝这般繁盛的状况，其作者也是骤然增多。在这支创作队伍中，著名文士甚至是官居显位者占了多数，不过他们的创作因其经历、地位、社会接触面以及思想状况的差异而显示出不同风格。陈继儒《李公子传》的写法模拟唐宋传奇，传叙李泌之子卓有文采，他谢绝了肃宗的封官，放情于山水之间；娶郭子仪之女为妻，又置妾

---

① 邵景詹：《觅灯因话小引》。

数人;最后受仙人点化,遍散家财,与妻入山修道。篇中着重描写了李公子游苏州时遇众进士与名妓的经过:

> 时有新进士选名妓百人,浮于荷花荡中。众进士本措大骨相,骤得此,足高志扬,毕露丑态。公子更布衣坐小舟往来觇之,有进士呼曰:"是小船中秀才何为者?汝能饮酒乎?"曰:"能。""能赋诗乎?"曰:"能。""若是,汝且过我。"公子岸然据其上座,执酒卮,瞠视云霄不为礼。众进士以为狂生也。俟其酒干,欲以诗困之。及分韵,公子谢不能,曰:"顷固以谩语诳君一杯酒耳,实不知诗为何物。"众进士顾诸妓大笑曰:"吾故料狂奴未必谙此,吾辈且自作诗。"诗许久,沉吟不成一语,语出,又村鄙可笑者。乃手舞足蹈,互相传示,叹赞不已。已而悉出金玉宝器,以陈富贵。

继而公子显露真相,诗才与钱财均压倒那些新进士,众名妓也竞相趋奉公子。作者陈继儒是享誉全国的大名士,他年未满三十时就自绝科举之途,焚弃儒衣冠,又多次婉拒朝廷征用,以此经历与心态斥责那些沿科举之途攀爬的进士"措大骨相"与"村鄙可笑",其描写也有一定的现实意义,然而最后又以所谓的诗才与钱财压倒他们,立意却未能脱俗。

沿袭唐宋传奇旧有格式进行创作的又有胡汝嘉,他描写女侠出神入化的剑术与非凡经历的《韦十一娘传》,就仍保持了叙述奇异故事的风格,而创作从个人感慨出发则与陈继儒作《李公子传》相似,在当时已有人认为胡汝嘉撰写此作是愤于官场的黑暗与感喟自己遭遇的坎坷。[①]联系这位翰林编修因言事遭贬的

---

① 顾起元《客座赘语》卷八"秋宇先生著述"条云:"秋宇先生在翰林日,以言忤政府,出为藩参。先生文雅风流,不操常律,所诸小说书数种,多奇艳,间亦有闺阁之靡,人所不忍言,如《兰牙》等传者,今皆秘不传。所著《女侠韦十一娘传》,记程德渝云云,托以诉当事者也。传后,闻蜀中某官暴卒,心疑十一娘婢青霞之所为,然某者好诡激饰名,阴挤人而夺之位耳云云,似有所指。"

经历,此言或不无道理,但这篇作品所蕴含的现实意义其实还更为广泛。在嘉靖间,王世贞曾编辑一部《剑侠传》;在本阶段则有周诗雅先后编辑了《剑侠传》五卷与《续剑侠传》五卷;大约同时又有徐广编辑的《二侠传》二十卷问世,所谓"二侠",是"盖取男之磔然于忠孝,女之铮然于节义。"① 作者与读者对该题材的喜爱是促使这些作品集的相继出现与行销的直接动因,但编者其实并不相信剑侠的神奇本领,王世贞编辑《剑侠传》时就曾声明"若乃好事者流,务神其说,谓得此术不试,可立致冲举,此非余所敢信也。"② 至于读者们爱读剑侠故事,其情节离奇曲折固然是因素之一,但更重要原因是作品中那些铲暴除奸,扶贫济难的侠义行为引起了他们的强烈共鸣,而产生共鸣的背景则是恶人横行、好人遭难的现象的普遍存在。现有的社会机制无力消除这种种黑暗与腐败,它甚至还是产生的根源,于是愤懑与无奈的人们便转而故思念侠客了,诚如王世贞所言:"然欲快天下之志,司败不能清,而请之一夫,亦可以观世矣。"③ 正是在这样的时代背景下,《韦十一娘传》流传相当广泛,它先是被收入《文苑楂橘》,后来凌濛初编撰《拍案惊奇》时,其卷四"程元玉店肆代偿钱,十一娘云岗纵谭侠"就是根据本篇改写而成,从此它更成为大家所熟悉的故事。

　　沿用前人手法显示了传统影响的力量,但万历朝时的社会环境与思想氛围毕竟都有鲜明而独特的时代特征,因而传奇小说的创作也随之发生了相应的变化,其中最重要的显示则是一些作者开始将目光从帝王将相、名儒名妓或神仙佛祖转至一般的普通百姓。耿定向的《二孝子传》就以两个极普通的人为传主,其一甚至是"椎鲁人",即鲁钝之人。他家境贫困但事母极

---

① 徐广:《二侠传序》。
② 王世贞:《剑侠传小序》。
③ 王世贞:《剑侠传小序》。

孝,而他的叔父却是个大富翁。有次叔父宴请一些"豪贵人",唤来孝子作陪:

> 孝子未及举即私念曰:"令何缘得致我母前耶?"则时时目左右盼,每伺宾所不顾,急摘诸甘脆品裹纸纳袖中,未见一再御,即御若未尝旨焉,纸尽而袂已盈盈矣,缩缩逡巡。席间复私念曰:"今何缘客罢即致我母前耶?"会席阑酒酣,主人出金卮酒贵客,贵客不胜酒,以卮置楼檐间,复以瓦,先间归。俄侍者报亡其卮,众客欲自明,约曰:"请急扃户,令人人袒,检之必得乃已。"孝子两手扪袖中,至羞涩也。仓卒不得计,即谬曰:"由我。"诘出之,则曰:"匿他所矣。"至后再诘之,则又谬曰:"求诸所不得,或为他人乘也,奈何?然当卒偿之耳。"诘辰,从父责所偿,孝子愿鬻其屋,且曰:"幸稍宽我,俾先傤屋奉母居,令无诉也,不尔惧伤母心。"

后来,那位"贵客"回家后想起此事,致函说明金卮所在,这时孝子在叔父的追问下,才说出他屈认偷金卮的原因:"比诸贵客在,设令把我袖,将大诟我,且重为叔父羞,故宁尔尔。"故事的结局是喜剧性的:受感动的叔父将家产的三分之一赠与孝子养母。耿定向著此文的目的无疑地是为了弘扬孝道,故而篇末又云"闻其族里至今多礼让",这与他的《权子杂俎》所收笑话着重体现儒家教化的思想相一致。在作品中,有身为富豪的叔父竟忍心要占据孝子仅有的房屋以抵偿金卮之价的细节,作者的本意是借此衬托孝子的尊长与至孝,但他在无意中却透露了当时社会贫富的两极分化以及人情淡薄乃至骨肉相残的事实。

自唐代以来,传奇小说常借用人物传记的写法,即虽重点叙述某几个突出事件,但作品也概括地介绍了传主的一生经历。可是在《二孝子传》中,作者却只是描述了一个典型故事,其情节并无特别的奇异之处,但给人以强烈的真实感;与此相关联,传主也并非显赫或知名的人物,而只是社会上极普通的人。不过,这又不能算是耿定向在创作上的创新,如袁宏道《拙效传》的传主就是他家中四个钝朴的仆人,作者通过日常生活中的普通小事刻画其拙朴之态,笔调虽调侃,却丝毫不见居高临下的鄙薄之情。在袁宏道的《醉叟传》与袁中道的《一瓢道士传》中,传主甚至是连姓名都不清楚的普通人。这些作品因相同的特点可归为一类,它们的组合构成了万历朝传奇小说创作中的新动向,蕴含于其间的意义已不仅是作家的面对现实,而且还意味着他们的目光已渗透到社会生活的细微深处。

文士们撰写传奇在本阶段开始渐成风尚,而其中作品数量最多,影响也最大的当数宋懋澄。宋懋澄早年因海疆倭乱,曾有过一段习研兵法的经历,他纵情诗酒,放浪形骸的行为则很为正统士人所不满。宋懋澄在三十余岁时曾入北京国子监就学,但他在科举方面很不顺利,多次应试方得中举人,此后又屡试不第。与此相对照的是,他在小说创作方面却是收获甚丰,《九籥集》与《九籥别集》两书中均辟稗类,去重复者不计,共收文言小说四十四篇,作品数量如此之多,有明一代实不多见。

宋懋澄的创作题材涉及社会生活的许多方面,有的描述了嘉靖时明世宗耽迷方术,结果道士"播弄人主如婴儿,奔走卿相如仆隶"的情景;有的记载了海瑞、徐阶等当代名士的轶闻;有的是民间流传的故事的记录与加工,于中也颇可见当时世态;有的则刻画了封建末世的知识分子的精神状态与行为。在这些作品中,成就最高的则是直接取材于现实生活且时代特色极为鲜明的篇章。如《葛道人传》从正面描写了万历二十二年(1594)苏州市民反抗矿使税监的声势浩大的群众斗争场面,而葛成的出场则是在官府欲缉拿首倡人物,百姓又环聚不散,眼看流血冲突不可避免之际:

当是时,事起仓卒,姑苏守暨长、吴二令,欲问主者为谁,卒不可得,蚁聚五日,榜示万端,无一人解散。越八日,忽有壮夫,袒肩播蕉扇,突众而出,长揖太守朱前曰:"余为葛成,实倡是举,请戮成以伸国法,余人乞置勿问。"太守惊愕起谢,顾司理称叹者久之,遂以名闻之藩司,抚台曹公方欲得罪人,亟以成名上闻。然事起月之初弦,道人尚居昆山,七日闻变,始偕兄入郡观奇事,不觉为义所激,挺身以应上官之求,非戎首也。

葛成舍身救众,被逮入狱,"兵使者杖之濒死"。这位"不忍姑苏之遂为战场"的壮士羁狱十余年后才得到释放,但他始终不为自己的行为而后悔。

当苏州事件刚发生时,宋懋澄就已为葛成的壮举而感动,曾赋《葛成谣》四章表达自己的敬仰之情;十七年后,他有机会直接与葛成晤谈,继而创作了《葛道人传》。宋懋澄不惜笔墨地描写了轰轰烈烈的群众斗争,以及当时情况的危急,在此背景的衬托下完成了葛成形象的塑造。在叙述时,作者并不掩饰他同情葛成与苏州市民的感情,而作品独特的布局又使这一情感显得越发鲜明强烈:开篇之处即写"开矿"是出于天子的决策,点明了苏州事件发生的根源;篇末则叙万历帝的惊呼:"三吴亦复骚动耶?"于是"矿采亦竟绝迹",交代了事件所产生的效果。批判的矛头直指朝廷与皇帝,宋懋澄的这一笔法可谓极为大胆,而葛成的形象则因此显得更为高大,作品的最后一句话"一夫语难,万里帖席,厥绩丕矣"既是作者的赞叹,也是对葛成历史功绩的充分肯定。在古代传奇小说创作的历程中,还从来没有过如《葛道人传》这般正面描写市民的政治斗争,并具有鲜明的政治倾向和时代气氛的作品,这是市民力量的强大在文学创作中的醒目反映,同时它又直接启迪了明末清初《警世阴阳梦》、《魏忠贤小说斥奸书》等时事小说,以及《清忠谱》等时事剧的创作。

宋懋澄描写爱情、婚姻的作品《珠衫》与《负情侬传》也同样脍炙人口。《珠衫》写了一则商人家庭破裂与重新团圆的故事:楚商某外出经商,其妻在家受一徽商勾引成奸。楚商因一件珠衫而知实情,愤而休妻。其妻改嫁某知县为妾,后来楚商遇上人

命案,全靠前妻苦求知县方免于难:

> (知县)夜深张灯检状,妾侍于旁,见前夫名氏,哭曰:"是妾舅氏,今遭不幸,愿怜箕帚,丐以生还。"官曰:"狱将成矣。"妇人长跪请死,官曰:"起,徐当处分。"明日欲出,复泣曰:"事若不谐,生勿得见矣。"……事毕,官乃召楚人与妾相见,男女合抱,痛哭逾情。官察其有异,曰:"若非舅甥,当以实告。"同辞对曰:"前夫前妇。"官垂泪谓楚人曰:"我不忍见若状,可便携归。"出前所携十六厢(箱)还妇,且护之出境。

传奇小说中大团圆结局的作品已不鲜见,但宋懋澄的故事却给人全新的感觉,其原因就在于作品是以明中后期繁忙的商业活动为背景,来展开人物的矛盾冲突以及商人家庭生活的状况。楚商家庭生活的动荡与变化,使人看到了迅速发展的商品经济对传统家庭结构以及道德人伦的冲击与腐蚀,而当宋懋澄写到楚商家庭瓦解时,并没有像以往许多作者那样以封建纲常与道德风化的维护者自居,对失贞者口诛笔伐,作品中的楚商是内心痛苦却又顾念往日的恩爱,他将妻子送回娘家却不点破原因,只是含蓄地说"第还珠衫,则复相见";当闻知前妻再嫁时,他又"检妇人房中大小十六厢(箱),皆金帛宝珠,封畀妻去"。与此相仿,其妻得知前夫有难,也竭尽全力相救,随后则是两人重成夫妻。在这则故事中,受珍视的是真情实感,贞操守节之类的观念显得较为淡薄,而这种与传统道德有异的行为规范的表现,正体现出了作品的时代特色。

《负情侬传》同样也是一篇突破原有创作格局的作品。自唐宋以来的同类题材的作品中,其结局或是女子被抛弃,如《霍小玉传》等,或是夫荣妻贵,如《李娃传》等,而无论哪一种结局,都是封建权势、门第在其间起了决定性的作用。在《负情侬传》中,封建势力的压迫依然是酿成杜十娘悲剧的重要因素,可是关键时刻致她于死地的却是金钱的力量:新安盐商子愿出千金换取丽人。其实,杜十娘从良计划的基础也是金钱:"蕴藏奇货,将资李郎归见父母也。"这些情节的描写透露了明中期后商品经济的发达所引起的人们思想观念的变化,而杜十娘的抗争与终于失败在客观上又说明了这样一个事实,即在金钱势力的左右下,妇女仍然难以摆脱悲剧的命运。当得知新安盐商子的计划时,杜十娘如果展示她的财宝就足以使李生回心转意,但她丝毫不考虑如此卑辱的选择:"一朝弃捐,轻于残汁,顾乃婪此残膏,欲收覆水,妾更何颜而听其挽鼻!"她虽作了充分的钱财上的准备,但渴望企求的却是人格上的平等,一旦理想破灭,她就毅然地弃珠投江,维护了自己的尊严。

据宋懋澄自己介绍说,他分两次,历时八年方写成了《负情侬传》:

  余自庚子秋闻其事于友人,岁暮多暇,援笔叙事,至"妆毕而已就曙矣",时夜将分,困惫就寝,梦被发而其音妇人者谓余曰:"妾自恨不识人,羞令人间知有此事。近幸冥司见怜,令妾稍司风波,间豫人间祸福,若郎君为妾传奇,妾将使君病作。"明日果然,几十日而间,因弃置箧中。丁未携家南归,舟中检笥稿,见此事尚存,不忍湮没,急捉笔足之,惟恐其复祟,使我更捧腹也,既书之纸尾,以纪其异,复寄语女郎,传已成矣,它日过瓜洲,幸勿作恶风波相虐,倘不见谅,渡江后必当复作,宁肯折笔同盲人乎!时丁未秋七月二日,去庚子盖八年矣。舟行卫河道中,拒沧州约百余里,不数日而女奴露桃忽堕河死。

作者所叙虚实不必深究,但他这样描写却达到了三个目的。首先,杜十娘刚烈的形象被进一步突出,并以她死后的耿耿于怀反衬生前的伤心之极;其次,以这样的文字结尾已别具一格,而篇末又突见波澜,足显创作之功力;最后,作者又借此申明自己一贯的创作主张,即偏重于纪实。在阅读宋懋澄的其他小说时,常可见到"盖实录也"一语的插入，而在《葛道人传》等作品中，又可见到"事载《幼于传》中"之类的话语，显然是在模仿司马迁《史记》中的"互见法"。种种现象都在表明，作者是取材于现实，并以史传与古文笔法描写人物故事。在明末清初时，这是一种相当流行的写作方式，而宋懋澄创作的影响对于该特色的形成显然是起了不可忽视的作用。

第三节　专题性类书与小说合刻集

与万历朝小说创作的逐渐繁荣成正比，此时专题性类书与小说合刻集的编辑与流传也日益增多。这两者都是本阶段小说兴旺发达景象的组成部分，但它们的性质与意义却并不相同。前者主要出自可号称博学之士的文人之手，他们以博采群书为编纂的主要方式，但又程度不等地含有一定数量的自创的作品，而专题的选择与编排方式的确定往往都含有针对社会现实的特定考虑；后者的编选者有相当一部分是书坊主或与书坊关系密切的文人，其编辑不是从群书中筛滤摘录与某专题有关的文字，而往往只是将现有的小说整篇甚至整部地汇集于一书，编选那些作品时固然也含有编者文学爱好侧重面的因素，但主要是适应读者群的迅速膨胀以及他们阅读面不断扩展的要求，因而与前者相比，它又较偏于通俗。不过，专题性类书与小说合刻集并非是泾渭分明，迥然不同，在这两者之间有一个交叉的模糊地带，有时很难对一部兼有两者性质的书籍作出严格的归属界定。

专题性类书与第一节中所论述的杂俎笔记之间也有难以界定之处。一般地说，专题性类书多为对前人作品的辑选，而杂俎笔记主要是作者自己的创作；前者的内容基本上集中于某一专题，而后者往往是作者信笔所至，六合之内的奇闻轶事均可载录。然而在实际上，有不少作品集既有辑选又含创作，似有专题却羼杂许多其他内容，因此对这两种作品又常常只能作大概的区分。在万历朝,具有浓厚地方色彩的某些作品就较典型地居于那两者之间。如周晖的《金陵琐事》、《续金陵琐事》与《二续金陵琐事》就专述南京一带的传闻故事,顾起元的《客座赘语》也以记载金陵掌故为主;李本固编撰的《汝南遗事》集中介绍历代汝南人氏轶闻,其内容始于上古颛顼氏时,而迄于万历朝;何宇都的《益部谈资》专叙四川风物特产及与之相关的故事传说,为作者在蜀任职时采撷整理而成;魏濬的《峤南琐记》则记载两广之风土、人情、物产、传说等。这些作品专叙一地之事,可谓有一专题,但讲述该地轶闻故事时,却是各种内容无所不有,而且叙述时又是摘录与自创并见。前面所述的"世说"类作品,特别是明代与前朝内容杂见者,其性质也同样如此。

在本阶段中,较纯粹的专题性类书大致有以下几类:摘编历朝剑侠故事如周诗雅的《剑侠传》与《续剑侠传》等;广采道教、佛教典籍以及汉魏六朝小说、唐代传奇等而编成的洪应明的《仙佛奇踪》与有罗懋登作引的《搜神记》;有笑话集如江盈科的《雪涛谐史》、许自昌的《捧腹编》与冯梦龙的《古今谭概》等;集中为妓女立传的梅鼎祚的《清泥莲花记》;以及反映病态世情的张应瑜的《杜骗新书》与托名唐寅的《僧尼孽海》等等。在这些专题中,有的是上一阶段业已出现的旧题,但万历朝的作者编纂时所寄寓的对社会的感慨却使这类作品多少显示出时代的特色。如徐广的《二侠传》采摘历代止史与说部中男女侠烈人物事迹,所录女子数超过男子50%强,而且这是作者有意为之:"古有男侠而未闻以女侠。呜呼!兹其捐生就义,杀身成仁者续于简后,殊见妾妇可为丈夫,丈夫可愧于妾妇乎!"① 这似可视为当时要求男女平等思想的一种曲折的反映。又如笑话集在先前已有数种问世,万历朝的编撰者则更多,其中尤以意在指摘时弊的冯梦龙的《古今谭概》最为出色。书中酬嘲部的"王清"条云:

---

① 徐广:《二侠传凡例》。

> 王清系掾吏,初授卑官,有异才,累迁嘉兴府同知。以督责海塘有功,擢两淮盐宪。逾半年,请告归。在嘉时,偕太守行香文庙,太守戏指先师谓公曰:"认得此位老先生否?"清曰:"认得。这老先生人品极高,只是不曾发科。"太守默然。

这条的选入固然含有作者屡试不第的愤懑,但毕竟是对埋没甚至扼杀人材的科举取士制度的批判。又如塞语部中的"举人大帽"条:

> 祖制,京官三品始乘轿,科道多骑马,后来皆私用轿矣。王化按浙,一举人大帽入谒。按君不悦,因问曰:"举人戴大帽,始于何年?"答曰:"始于老大人乘轿之年。"

明初的统治者为强化封建等级制度,曾在衣食住行方面制定了一系列相应的严格规定,但自明中叶后,市民阶层力量的壮大使这些规定受到了越来越猛烈的冲击。冯梦龙以王化为讽刺对象,显然是主张各种规定应随着时代的发展而变化,而出言训人者自己也在违反祖制,正说明了这是一股无法阻挡的潮流。

在沿袭旧有专题的作品集里,对时代风尚的反映一般只是间杂于其中,而新出的专题则多直接描摹当时世态。托名唐寅编撰的《僧尼孽海》是一部揭露僧尼淫行孽迹的作品集,[①] 它虽多取材于以往各书,但由于汇集成编,便十分醒目地反映了当时僧尼为患的社会现象。不过编撰者立意不高,趣味不雅,对于僧尼的淫行多满足于展览,描写时的语言且又猥亵,即使含有些许批判意味,也早已被宣淫的内容所淹没。张应瑜编著的《江湖历览杜骗新书》也是着意于社会病态的展示,介绍了世上流行的形形色色的骗术,世道的败坏与人心的险恶在这部书中得到了集

[①] 该书中最迟纪年为万历四十六年(1618),而崇祯四年(1631)所刊之《鼓掌绝尘》已引此书,因此其问世当在万历末至崇祯初的十年间。

中而充分的展现。万历时的世态诚如该书卷首之序所言:"今之时,去古既远;俗之坏,作伪日滋。巧乘拙,智欺愚,人含舌锋腹剑之险;此挟诈,彼怀猜,世无披心吐胆之交。"《杜骗新书》就是在这样的社会背景下应运而出:"故名'江湖奇闻',志末世之弊窦也;曰'杜骗新书',示救世之良策也"。① 作品分脱剥骗、丢包骗、换银骗、诈哄骗等二十四类,每类中含一至八则故事不等,其中所展列的骗术,有不少是明中叶以后随着商品经济的发展而出现的,如"伪交骗"类的"累算友财倾其家"篇叙述了这样一则事例:金从宇与洪起予同是南京的店主,"各有资本千余金",店铺且又相邻。于是,金从宇处心积虑地要兼并竞争对手:

> 从宇思曰:"人言慈不掌兵,义不掌财。我观起予慈善好义,诚直无智。何彼铺买卖与我相并也?当以智术笼络之。"以故伪相交密,时节以物相馈送,有庆贺礼,皆相请召。起予只以金为好意,皆薄来厚往以答之。从宇曰:"此人好酒,须以酒误之。"乃时时饮月福、打平和、邀庆纲,招饮殆无虚日。有芳辰佳景,邀与同游;夜月清凉,私谈竟夕。起予果中其奸,日在醉乡,不事买卖。从宇虽日伴起予游饮,彼有第济宇在店,凡事皆能代理。起予一向闲游,店中虚无人守。有客来店者,寻之不在,多往济宇铺买。由是金铺日盛,洪铺日替,起予渐穷于用。

接着,金从宇又大方地借钱给洪起予,等积至一定数量,便翻脸催逼索讨。"起予推延不过,只得将产业尽数写契填还之。他债主知其落寞,都来逼取。千余金家,不两三载,一旦罄空。"此后,金从宇不再与洪起予来往,又重施旧计,以全力去结交邻近的"杨店之子"。作者叙述的本意是谴责金从宇的奸贪与为富不仁,并提醒商贾警惕身边出现这样的伙伴,但他在客观上却展

---

① 熊振骥:《杜骗新书序》。

现了明中叶后商业激烈竞争的图景。

在每则故事后用按语的形式分析骗局的机窍,以帮助读者提高识别能力,这是《杜骗新书》的一大特色。如在"假银骗"类故事后的按语中,作者详细地列举了近三十种低银、假银的制作过程,以及鉴别的要领与步骤。这则按语的篇幅长于故事正文七八倍,然而它所介绍的却是大众迫切需要了解与掌握的知识,对于今日的经济史研究来说,也提供了一份极为珍贵的资料。这些按语显示了作者的创作动机,他实际上是将此书当作防骗教科书来编撰:"是集之作,非云小补。揭季世之伪芽,清其萌孽;发奸人之胆魄,密为关防。使居家长者,执此以启儿孙,不落巨奸之股掌;即壮游年少,守此以防奸宄,岂落老棍之牢笼。任他机变千般巧,不越徯囊一卷书。"①《杜骗新书》在当时能流传的原因正在于此,但作者毕竟无法穷尽社会上的各种骗局,正如他在介绍了近三十种假银后,又不得不加上一句:"其余奇巧假银数十样,非言语笔舌所能形容",其时世风败坏到何种地步,由此也可窥见一斑了。

梅鼎祚纂辑的《青泥莲花记》专叙妓女故事,这也是当时新出现的一个专题。作者在篇首的序言中论及妓女的起源与发展时有"旷古皆然,于今为烈尔"之语,可见是有感于现实而作;又云"观者毋以仅以录烟花于南部,志狎游于北里而已",表明其编纂并非单纯地汇集妓女故事,而是含有针砭现实的目的在内,因此各类的排列次序也有讲究:"首以禅玄,经以节义,要以皈从。若忠若孝,则君臣父子之道备矣。"② 其卷六"高三"条云:

> 天顺中,昌平与范都督广为石亨所构诛,以正统十四年大驾陷土木,昌平坐视不救为不忠。二人赴市,英气不挫,杨尤挺劲,但云:"陷驾者谁,今何在?吾提军救驾,杀之固

---

① 熊振骥:《杜骗新书序》。
② 梅鼎祚:《青泥莲花记序》。

宜！"亲戚故吏，无一往者。俄有一妇人缟而来，乃娼也。杨顾谓曰："若来何为？"娼曰："来事公死。"因大呼曰："天乎，忠良死矣！"观者骇然。杨止之曰："已矣，无益于我，更累若耳。"娼曰："我已办矣。公先往，妾随至。"杨既丧其元，娼恸哭，吮其颈血，以针线纽接，著于颈，顾杨氏家人曰："去葬之。"即自取练，经于旁。

英宗复辟，石亨当朝，他先杀害于谦，继而又大肆排斥异己。杨俊被杀时，"亲戚故吏，无一往者"，惟有妓女高三赶来殉难。①这一义举，羞煞满口忠孝节义的正人君子，编纂者采入此则故事的目的灼然可见，这也是本书以《青泥莲花记》命名的原因，盖取意于出于污泥而不染也。

《青泥莲花记》辑列了自汉魏直至元明的二百多妓女的事迹，除少量为梅鼎祚自撰外，其余的均采自历代的正史、野史、诗话、笔记、传奇以及佛经与道家传记，书首的"采用书目"计列二百零三种之多；各则故事后又注明出处，若同见数书而说法不一者，还往往附有考证。这部作品集在编纂方面提供了一个范例，即作品多为前人所作，但梅鼎祚通过设定采录标准与编排方式，以及以"女史氏曰"的方式直接阐述自己的观点，从而使该书显示出鲜明的时代特色与强烈的反道学的思想倾向。也正因为如此，这部作品集也为封建卫道士们所不容，《四库全书总目提要》斥它为"使倚门者得以藉口，狎邪者弥为倾心"，以至于它在明末后的二百余年里一直不见流传。除《青泥莲花记》外，梅鼎祚还以同样的方式编纂了《才鬼记》、《才妖记》与《才神记》，三书合称为《三才灵记》。后两书今不传，《才鬼记》尚存，该书中上起周秦，下迄明代的各则故事汇于一编，凸现了"非怜鬼才，正惜人才

---

① 这则视杨俊为忠良的故事采自王锜的《寓圃杂记》与祝允明的《野记》，但《明史》卷一百七十三称杨俊"贪侈"、"冒功"、"轻躁"、"跋扈"，评价明显不同。

之不终,置天地英华于无用耳"① 的主题,而它与《青泥莲花记》所表现的思想正相一致。

在万历朝,新问世的小说合刻集的数量也相当丰富,其中流传最广的当数吴敬所编辑的《国色天香》与赤心子汇辑的《绣谷春容》,前者初刻于万历十五年(1587),后者的成书略稍后,②它们在体例与内容上都有相同之处,刊刻格式也都是每页分上下两层。《国色天香》的下层共有《龙会兰池录》、《刘生觅莲记》与《寻芳雅集》等七种中篇传奇小说,其下层除十二篇文言短篇小说外,诗词歌赋、诏帖铭箴、行序书文与状赞录论等各种文体无所不包,多为流行的时文,间也有古文的辑录。《绣谷春容》的上层收有《天缘奇遇》与《李生六一天缘》等十二篇中短篇传奇小说,其下层则是寓言、传闻、小说以及诗词赋曲乃至朝廷公文如诏诰奏疏等各种文体的作品。话本小说与语言较浅显的中篇传奇小说占据了这两部书中的大半篇幅,它们的收入主要是供普通大众阅读,而兼收诗话、琐记、笑林、书翰之类,意在吸引一般文士赏玩,编辑这种可使雅俗共赏的类书,显然是力图争取最广泛的读者群。赤心子汇辑《绣谷春容》多半是受到了《国色天香》的启发,但吴敬所也并不是首创者,在此之前已有类似的作品集,他由于"恶其杂且乱",才重作编辑。据说,吴敬所编选时标准还甚严,"忽群玑尺箭之不顾",仅采录"明月"、"豫章","名曰《国色天香》,盖珍之也";③ 稍后的《绣谷春容》也被称为"装点最工,写照最巧,模拟最肖,绝不以女子柔肠弱态,遂认为没骨气

---

① 闵景贤:《才鬼题辞》。
② 《绣谷春容》卷十二选有申时行"恭谢天恩表",内有"一品六年考满"之语,六年考满,当为万历十五年(1587);万历二十二年(1594)刊行的《百家公案》中的《辨心如金石之冤》实为《心坚金石传》的搬用,但细观其文字,却并非抄自原载此篇的《花影集》,而是《绣谷春容》中已有若干修改的转载。由是可知,《绣谷春容》之问世当在万历十五年至万历二十二年之间。
③ 谢友可:《国色天香序》。

483

辈也"。①

《国色天香》与《绣谷春容》是现在所能见到的万历朝最早出现的两部小说合刻集，而推动它们问世的直接动因却是牟利。先前行世的类似的作品集尽管"杂且乱"，但却是"悬之五都之市，日不给应"，②受此刺激，万卷楼与世德堂才会相继推出《国色天香》与《绣谷春容》。这两部作品集也是匆匆编就，如《绣谷春容》中所收的《柳耆卿诗酒玩江楼记》中，竟将南唐李煜的《虞美人》词"春花秋月何时了"，归在宋代词人柳永的名下。虽然原载此篇的《清平山堂话本》已有此错误，但《绣谷春容》收入时不作任何纠正或说明，正暴露了其编辑的粗糙与水平不高。然而即使如此，小说合刻集仍然畅销于世，以至于万卷楼后来又重刊《国色天香》，而其后各种类似的小说合刻集相继问世，也有力地证明了广大读者对这类书籍的欢迎。

绝大多数小说合刻集问世于《国色天香》与《绣谷春容》之后，可以说是在它们影响下的产物，而周近泉绣梓的《万选清谈》、余象斗编纂的《万锦情林》、林近阳以及何大抡编辑的两种《燕居笔记》连内容与形式都与它们相类则更证明了这一点。不过，有相当多的小说合刻集显示出了自己的特色：有的是文言小说的专辑，如自好子选录历代作品一百三十七篇汇成《剪灯丛话》，汪云程杂采汉唐以来小说共一百四十种编辑成《逸史搜奇》，而范钦编辑的《烟霞小说》则整部地辑入明人小说集，收有陆粲《庚巳编》、祝允明《语怪》、杨仪《高坡异纂》、陆采《艾子后语》、陆延枝《说听》等共十三种二十三卷；有的是专收唐宋以来传奇小说，如编者不详的《文苑楂橘》，题汤显祖评选的《续虞初志》以及继此书之后邓乔林编辑的《广虞初志》；有的专收中篇传奇小说，如陈继儒编辑的《闲情野史》；有的是以篇幅巨大而引人

---

① 鲁连居士：《绣谷春容序》。
② 谢友可：《国色天香序》。

注目,如在程荣编辑的《汉魏丛书》之后,何允中编辑的《广汉魏丛书》收历代著作共八十种四百五十一卷,商濬编辑的《稗海》收自晋迄元之历代稗史、小说七十四种,共三百六十八卷,沈节甫编辑的《纪录汇编》收入明人著作一百二十三种,全书共二百二十一卷,而题王世贞撰、汤显祖评的《艳异编》正编四十卷续编十九卷,正编四十卷分十七部,共三百六十一篇,续编十九卷分二十三部,共一百六十三篇。这些作品集所含小说的文字一般都较多,分类趋于规范,搜罗也都较为广泛。此外,兼收小说的类书如吴琯编辑的《古今逸史》,赵标编辑的《三代遗书》,胡文焕编辑的《格致丛书》与编者不详的《稗乘》等等。那些编纂者又多半自负,盛赞自己所编之书,或以补正史记事缺略自任:"其人则一时巨公,其文则千载鸿笔,入正史则可补其缺,出正史则可拾其遗";① 或仗内容丰富而夸耀:"诸凡神仙妖怪、国士名姝、风流得意、慷慷情深等语,千转万变,靡不错陈于前";② 或自称胜于他书:"几令《齐谐》无所置喙,《夏革》无所藏奇";③ 或以有益于读者而标榜:"此不独为古人扬其芳,标其奇,而凡宇宙间稍税俗骨者,朝夕吟咏,且使见日扩,闻日新,识日开,而藏日富矣"。④ 然而,编纂者虽是勇于夸耀,书中错漏、伪托处却不少见。如冰华居士编辑了专收志怪小说的《合刻三志》,他解释该书命名原因时说:"稗官家无虑什百,唯《虞初》、《齐谐》、《夷坚》三志称焉",⑤ 似乎此书就是将上述三书合刻而成,但事实却远非如此。《合刻三志》分志奇、志怪、志异等八类,实际上共收书八十种,而收录时,编者又往往妄制篇目,改题撰人。鲁迅先生论及明末小说丛书的编纂时曾云:"书估往往刺取《太平广记》中文,

---

① 吴琯:《古今逸史凡例》。
② 汤显祖:《艳异序》。此序现在一般认为是伪托。
③ 延陵生:《广艳异编凡例》。
④ 何大抡:《重刻增补燕居笔记行》。
⑤ 冰华居士:《合刻三志序》。

杂以他书,刻为丛集,真伪错杂,而颇盛行"。① 这一评价可谓是击中了那些小说合刻集的要害。

小说合刻集的纷纷问世是万历时文坛的一大景观,同时它们也不可避免地受到当时文学思潮的影响。各种文学思想在万历朝极为活跃,它主要表现为复古主义与反复古主义的激烈斗争。前者言必称秦汉,后者则强调面对现实。吴琯编辑《古今逸史》时,在"凡例"中声称其编选标准为"六朝之上,不厌其多,六朝之下,更严其选",书中所收均为汉至宋时人著作,尤以汉魏时为多,显然是奉复古为圭臬;有的则突出反映现实为主的意图,如《轮回醒世》共收作品一百八十三篇,明代历朝故事一百二十五篇,占三分之二,其中以万历朝为背景的故事就多达五十三篇,至于万历时人创作的作品,其数量恐怕还要多得多。在这部文言小说与话本小说的合集的扉页上有"识语"云:"'今生受,今生造'二语可括轮回大旨,习矣不察,遂世多梦梦。欲使世醒,须仗轮回,故为是刻。"这里的"轮回"并非通常渲染的阴司阴森恐怖的惩罚,而是强调善恶在当世即受报应,所谓"阴司即在阳世";作者编纂的目的在于"醒世",即劝戒人们规范自己在现实生活中的立身行事。这部作品集的编排分以下十八类:廉慈贪酷、嗣息配偶鳏寡孤独、慷慨悭吝、悲欢离合、侠豪卑污、贞淫、贵贱贫富、公平刻剥成败勤惰、救援盗拐、人伦顺逆、嫡妾继庶、施济吞谋、智愚寿夭、忠奸、矜骄奉承、屠杀生全、妖魔与伢行衙役。仅从分类就可看出作品题材涉及社会生活方方面面,而在那些故事中,上自王公贵族、达官显贵,下至寒儒贫士、贩夫走卒,各色人等均现身于纸上。于是,那一百多篇各自独立的作品网织成了明末社会的全息图景,欲海之横流,人性的扭曲,当道者的贪鄙与凶残,芸芸众生的痛苦与希冀,这些在那风俗画卷中都一一展现。《轮回醒世》虽是编辑他人之作,但编纂者主题明确,爱

---

① 鲁迅:《中国小说史略》第二十二篇"清之拟晋唐小说及其支流"。

憎倾向分明，作品集对现实生活的反映如此全面深入，这部小说合刻集中因果报应的说教意味相比之下就显得淡薄得多。

《轮回醒世》中兼收文言小说与话本小说，而文言小说的文字也较为浅显，由此可窥见编纂者对世俗阅读市场的努力争取。其实，现已知万历朝刊刻的二十余种小说合刻集都程度不等地表现出沟通文言与通俗的趋向。若个别而论，每种的编纂中书坊主牟利的动机显而易见，但对于它们所合成的群体现象的出现，就还应进一步从小说发展的历程中寻找原因。小说合刻集在此时的大量出现，实际上与万历朝通俗小说创作繁荣局面的逐步形成密切相关。在万历二十年（1592）之前，本阶段新问世的通俗小说还寥寥无几，可是随着《三国演义》与《水浒传》在上阶段的刊刻行世，社会大众已被激起强烈的阅读欲望。在文士们尚未投入这一创作领域，以致书稿严重青黄不接之际，书坊主为开辟新的广袤的市场，有的是自己动手编创新作品，熊大木等人的小说就是在这样的形势下相继问世；有的则是另辟蹊径，编选较浅显易懂的小说集推向市场。《国色天香》之前那些"杂而乱"的小说集大约问世于嘉靖后期，而"悬之五都之市，日不给应"则表明，它们与熊大木等人的作品一起填补了阅读市场的巨大空白，如南京世德堂在万历二十年左右，除了《西游记》外，就接连刊出了《绣谷春容》、《唐书志传通俗演义》与《宋传·宋传续集》等作品。这一事实说明，是小说发展过程中的特殊状况导致了小说合刻集的大量出现，而它们在实际上也构成了小说发展构成中的承上启下的重要一环。这些小说合刻集广泛搜罗了前代与本朝的各种作品，其流传无疑地扩大了小说的影响，提高了小说的地位；如此之多的作品集中在一起分类展示，无论是对文言小说还是通俗小说的创作都起了积极的刺激作用，而且它们又构成了巨大的素材库，后来天启、崇祯两朝拟话本中许多改编前人之作而成的故事，往往都不是直接取材于原本，而是根据小说合刻集中的载录进行改写。在万历朝之后，小说合刻集呈现为逐步减少的趋势,入清后更是难得一见,从高潮到低谷的事实也证明这是小说发展历程中顺应填补阅读市场空白的产物,它们促进了当时文言小说与通俗小说创作的繁荣,而这一历史任务一旦完结,这类作品集的淡出也就不可避免了。

第五编　明末的小说创作

(天启、崇祯二朝与南明弘光朝　1621—1645)

小　引

　　明末的最后二十五年,是阶级矛盾与民族矛盾空前尖锐的时期,当时有三大事件贯穿于天启、崇祯两朝始终。首先是关外后金(清)势力的膨胀与南侵,崇祯二年(1629)与崇祯十二年(1639),清军两次越过长城,一次直逼京师城下,一次攻陷河北、山东诸地;而崇祯十七年(1644)的清军入关,则标志着明王朝的灭亡与满清王朝的建立。天启七年(1627),陕西澄城饥民王二因岁饥政苛率数百人起义,杀知县张斗耀,这是明末农民大起义的开始。此后,陕北的连年旱饥又使义军蜂拥而起,渐渐形成李自成、张献忠两大部。他们转战于北方与西南,并于崇祯十七年攻入北京,崇祯帝自缢。阶级矛盾与民族矛盾的空前尖锐,又引起了统治集团内部争斗的激化。明熹宗登基后,宦官魏忠贤操纵朝政,群臣中趋附者日众,形成权势熏天的阉党,它与以叶向高、赵南星、高攀龙为首的东林党人为朝中争斗不休的两大派系。阉党得势,榜东林党人姓名于天下,其时被指为东林受拷掠死者甚多,东林党领袖或被罢官削籍,或被捕受酷刑而死。崇祯帝登基后,迅速消除阉党势力,魏忠贤自缢身亡,其余的主要人物受到从立斩到流放等程度不等的处分。然而,阉党势力并未被彻底铲除,它与东林党人的争斗一直持续到明亡。朝中两党的争斗又与前两大事件相联系,无论关外或是关内,每一次战事的胜败都会成为两派争斗的口实,而争斗的结果也都影响到关

489

内外战事的发展。这互相联系的三大事件的起伏发展，既使得统治者无法像原来那样继续统治下去，也使得被统治者无法像原来那样被统治下去，于是，延续了二百七十七年的明王朝终于灭亡了。

就在国势败坏到无可收拾之际，小说创作在这期间却获得了空前未有的丰收，这特别显著地表现于通俗小说的创作。首先是作品的大量出现，即使将明末清初之际难以断代的小说全都略去不计，新出小说尚有近70种，即平均每年将近有三部新作品问世，这是自通俗小说诞生以来从未有过的出书速度。其次是创作流派的增加。除去原先已有的讲史演义、神魔小说、人情小说与公案小说等流派在这一阶段中继续有着态势不一的发展变化，此时拟话本与时事小说又引人注目地迅速崛起，而且这两个流派的作品数量还相当多。第三是编创手法有了明显的进步。随着作者对创作与现实生活关系的认识的深化，作品的独创成分大为增加，甚至还出现了某些独创的作品。在本阶段之前的嘉靖、万历朝，绝大多数作品都是有所依据改编而成长篇小说；在本阶段之后的清初，文人独立创作的中短篇小说占据了主流地位；而在夹于两者之间的天启、崇祯朝，已开始出现一些文人独立创作的短篇小说，同时相当多作品的创作方式正处于由改编转向独创的过程中，很难将这些作品简单地归于改编或独创。第四是作品质量在整体上的提高，无论是艺术水准或是思想倾向，与先前相比都有较明显的进步，导致这一局面形成的重要因素是文人开始参与通俗小说的创作以及相应的创作经验的理论总结。

国势败坏与小说创作的长足进步形成鲜明的反差，前者又恰是促成后者的催化剂。就通俗小说的创作方式而言，它迟早要从依据旧本改编演进到独立创作，文人参与创作并逐渐取代书坊主的主宰也是迟早必然会发生的事。在万历朝的半个世纪里，转向过渡的各种准备条件已逐渐基本完成，而天启、崇祯两朝时激烈的阶级矛盾与民族矛盾则促使这种转向变成为现实。在这一时期里,拟话本与时事小说在当时作品中占了相当大的比例,创作呈过渡形态的特征在这两类作品中也表现得尤为突出。如果联系本阶段前后的创作态势,可以发现拟话本与时事小说都集中地出现在明末清初,在以前的嘉靖、万历时期内几乎没有出现,而在清初以后,这两个流派又逐渐消亡,不像讲史演义、人情小说等流派的作品始终绵绵不绝。直接描摹明末的社会生活是拟话本与时事小说的主要内容,当尖锐的社会矛盾逼迫作家们面对现实时,其创作也就逐渐地摆脱了依据旧本改编的方式,而一旦明白现实生活是创作取之不尽的源泉,那么即使拟话本与时事小说因历史环境的变化而逐渐消亡,直接概括提炼生活素材,构思情节的创作方式也仍会被越来越多的作家所接受,独立创作的作品的篇幅也越来越长,并终于出现了《红楼梦》、《儒林外史》这样文人独创的优秀巨著。从这一角度反过来考察,更可看出天启、崇祯两朝在小说发展史上的地位的重要。

与通俗小说创作的繁盛相比,天启、崇祯两朝的文言小说的创作显得较为冷落。作品数量已明显不如万历朝,也不见有《负情侬传》这般的杰作,较突出的作品则是本阶段前期冯梦龙编纂的小说类书《智囊》与《情史》,而这两部作品集又常常被通俗小说作家视为可供参考的素材库。自明开国以来,虽然通俗小说中出现了如《三国演义》、《水浒传》这样的杰作,但就影响与声势而言,特别是对文人关注的程度来说,到明中叶为止一直是文言小说超过了通俗小说,万历朝时可以说是两者平分秋色,而到了本阶段,则是通俗小说已占据了绝对的优势。到清初时,《聊斋志异》的问世标志着文言小说创作的最后一个高峰的出现,此后则是一步步地走向衰亡,而通俗小说的主流地位却是一直持续到清亡。从文言小说与通俗小说势力消长的历程来看,本阶段同样是重要的转化时期,也正因为此,本编主要论述通俗小说的创作及其变化,而小说创作环境的状况、小说地位在理论上的被肯定、创作经验的总结、作者队伍成分的改变以及小说对社会的影响程度与方式等等,则是首先需要讨论的问题。

第十五章　文人的参与及小说理论的总结

明代的通俗小说创作重新起步于嘉靖年间，而自万历二十年（1592）后，特别是在天启、崇祯两朝，它更是得到了迅速的发展。到明亡时，已刊印行世的通俗小说约有一百五十余种，其中包括《三国演义》、《水浒传》、《西游记》与《金瓶梅》等不朽的巨著，真可谓是卷帙浩繁，厥观伟矣。可是，当通俗小说创作在嘉靖、万历朝重新起步时，大多数作者的创作没有在明初《三国演义》与《水浒传》的基础上继续向前发展。这些人缺乏必要的艺术修养且又急于牟利，因而选择了简单改编式的快速编写法。在他们的作品中经常只能看到对已有故事的改写，而且那些作者的主观意识中本来就很少有，甚至没有反映现实生活的目的。这种状况在七八十年的创作发展过程中逐渐发生变化。小说的地位在持续上升，传播面也不断地扩大，而文人阶层的态度转变在其中起了关键的作用。他们首先是开始认可与参与文言小说的创作，继而又赞赏通俗小说中如《三国演义》、《金瓶梅》等名作，最后则是干脆自己动手创作通俗小说。一些士人还在理论上对这一文学体裁进行探讨，既为小说正名，同时也总结了近一个世纪以来的创作经验。在正德、嘉靖朝时，肯定小说的只是极少量的士人，而到了天启、崇祯朝时，鄙薄小说者虽不乏其人，但他们对于小说普遍流传的局面也只能无可奈何地接受现实，在士人中，对小说表示肯定与赞赏已是较普遍的舆论。

士人阶层的舆论变化与明中后期部分统治者对小说的宽容乃至倡导的态度密切相关。尽管在公开的场合官方排斥小说的立场未变，但实际上统治者们同样有娱乐的要求，通俗小说在他们之间也十分流行,明末几桩与通俗小说相关的政治大案的发生,正可说明流行的程度。在这样的环境中,文人的创作便自然地从文言小说延伸到了通俗小说,相应地则是书坊主退出了主宰创作的地位,但他们此时在出版发行方面的种种努力,仍继续扩大着小说的声势与影响。这些因素的汇合,终于使明王朝的最后二十余年,成为明代小说创作最为繁盛的年代。

第一节 明末小说创作的舆论环境

从明初开始的很长时间内,封建统治者对通俗文学的态度是仇视并严厉地加以禁毁;而入清以后,自顺治朝直到清亡,几乎历朝都颁布或重申了禁毁小说的法令,写、印、卖、读小说都是违法的并应受到惩办的行为。明清两朝历时近六个世纪,通俗小说在其中大部分时间里都处于遭封建统治者与正统士人鄙薄的卑微地位,这就是鲁迅先生之所以说"小说和戏曲,中国向来是看作邪宗的"[①] 原因之一。鲁迅先生这里指的主要是封建正统人士对小说的评价,而且是相对于诗文等其他文学体裁而言。因此,并不能由先生的这段论述演绎出这样的结论:小说的地位在明清六百年间都一律绝对地低下。事实上,在明亡前的一个多世纪里,通俗小说曾一度上升到较高的地位,就是在封建统治者中它也受到了相当一部分人的欢迎。他们阅读欣赏小说,并且还十分推崇其中的某些作品。当通俗小说已长成参天大树时,无论怎样的禁毁风暴都动摇不了它的根基,反过来,一些官僚或大名士的赞许也不会对它的发展产生过大的影响。然而,当它处于难以抵御粗暴行政压力的嫩弱幼芽状态时,一些官僚或名士对它的欣赏与称赞却可以起到很关键的作用:不仅向通俗小说提供了能较顺利发展的环境,而且他们实际上所起的号

---

① 鲁迅:《且介亭杂文集·徐懋庸作〈打杂集〉序》。

召与示范作用,又成了刺激通俗小说发展的因素。自嘉靖朝《三国演义》、《水浒传》刊行开始,这种现象业已出现,并像涟漪般地不断扩展,到了天启、崇祯朝时,这已是司空见惯的寻常事。

其实,官方对通俗小说从明中叶开始的重新发展还起了直接的推动作用。正如前文所提及,我国第一部通俗小说的刊本出于皇家,那就是司礼监经厂刊印的《三国演义》。随后,武定侯郭勋与都察院分别刊印了《三国演义》与《水浒传》,就连明王朝的最高学府之一,即南京的国子监也出版了一部《三国演义》。此外,南京的齐府刊印过《皇明开运英武传》,而夏履先说他所印的《禅真逸史》的底本也是"出自内府"。① 天都外臣曾经说过,《水浒传》自郭勋刻印后,"自此版者渐多",② 这正是官方率先刊印,民间紧紧跟上的一例。有些书坊在刊印通俗小说时,还特意注明是据官方的底本翻刻。书林郑以桢与夏振宇刊刻的《三国演义》书封面或板心上,就注有"金陵国学本"与"官本三国传"的字样,书林杨明峰与余应诏刊印《皇明开运英武传》时,也分别注明"南京齐府刊行"或"原板南京齐府刊行"。这些都不是过分的小心,也不能单纯地将其视为书坊招徕顾客的手段。书坊主如此强调自己按官板翻刻,是因为尽管世上已有不少通俗小说在流行,但书坊私刻小说仍属违法行为。崇祯年间,江西参议提督学政侯峒曾颁布的《江西学政申约》中就曾写道:

> 私刻之禁,屡奉申饬。……多有射利棍徒,刊刻淫秽邪僻之书,如《金瓶梅》、《情闻别记》等项,迷乱心志,败坏风俗,害人不小。今后但有卖者,提调官即时严拿书坊,究问何人成稿?何人发刻?申解提学官将正身从重治罪,原板当堂烧毁;如系生员,革退枷示。

---

① 夏履先:《禅真逸史凡例》。
② 天都外臣:《水浒传序》。

侯峒曾的《江西学政申约》是根据万历三十九年（1611）礼部颁布的《钦定教条》制定的，可见直到明亡时，官方公开的正式立场始终是禁止书坊私刻小说，尽管这一禁令后来在许多地区已成了一纸空文。如果严格地实行禁令，通俗小说的发展必将受到严重的阻碍。可是封建统治集团中的一些人率先打破了它，他们的举动不仅成了民间书坊堂而皇之刊印通俗小说的掩护，而且还刺激了那些书坊去以此牟利。当自己的娱乐需求与国家颁布的禁令发生冲突时，统治集团中的一些人采取了选择前者但又企图维持后者的矛盾立场，这就在实际上给通俗小说造成了一个较为宽松的发展环境。因此可以这样认为，通俗小说从重新起步到逐步繁荣，实际上是官方在其中起了某种倡导作用。

官方实际上的倡导作用，还表现在推动阅读通俗小说风气的形成上，而推动力有时还来自最高封建统治者——皇帝，如明武宗半夜里要看《金统残唐记》、明神宗爱读《水浒传》都是较著名的事例。可能是为了满足圣上的需要，皇宫内还备有一些小说的精美抄本，其中如《列国志传》、《大宋演义中兴英烈传》等抄本至今犹存。在官方的文件中，有时小说的故事也被当作典故在运用，如万历二十年宁夏哱拜之乱被平定后，皇家的布告中就形容他"仿佛禄山之强，不减宋江之勇"。① 在陈宗的《天启宫词原注》中，关于明熹宗听魏忠贤讲述水浒故事的记载也很能说明通俗小说在皇宫内受到的欢迎：

  或有用《水浒传》罡煞星名配东林诸人以供谈谑之资，如托搭天王则李三才也，及时雨则叶向高也。崔呈秀得之，名曰《点将录》，佳纸细书，与《天鉴录》、《同志录》同付魏忠贤。忠贤乘间以达御览，上不解托塔天王为何语，忠贤详述溴东西移塔事，意欲使上知东林强暴有如此徒，所当翦也。

---

① 沈德符：《万历野获编》卷十"四六"。

上倾听啧啧,若恨不同时者。忠贤计阻,匿其书,逡巡而退。

魏忠贤的本意是"欲使上知东林强暴有如此徒,所当蕲也",他没料到这位小皇帝听水浒故事竟会着了迷,以至于奸计一时未能得逞。这段文字生动地表明,即使贵为皇帝,他也仍是一个具有娱乐需求的人,故而同样会为通俗小说所吸引。

最高封建统治者的行为,理所当然地会被臣民们模仿,何况他们自己也已被通俗小说生动曲折的故事所打动。于是,当时许多朝廷大臣、文坛名士都成了通俗小说,特别是《三国演义》与《水浒传》的爱好者。天都外臣序《水浒传》时曾称,"雅士之赏此书者,甚以为太史公演义",而这位天都外臣,就是官至兵部侍郎的汪道昆;[①]胡应麟也曾提到其时一位大名士极其爱读《水浒传》,以致他的案头别无他书,"仅左置《南华经》,右置《水浒传》各一部",[②]《水浒传》在这些官员、名士心目中的地位之高不难想见。因受旧有传统观念影响较深,胡应麟本人对通俗小说仍甚表鄙薄,他甚至惋惜极有才华的施耐庵竟去创作不登大雅之堂的通俗小说:"余每惜斯人,以如是心,用于至下之技"。可是他也不得不对《水浒传》的笔法表示赞赏:"第此书中间用意,非仓卒可窥,世但知其形容曲尽而已。至其排比一百八人,分量重轻,纤毫不爽,而中间抑扬映带,回护咏叹之工,真有超出语言之外者。"[③] 此时,通俗小说在社会上层的流传已相当普遍,憨憨子曾说自己在书肆中,"见冠冕人物与夫学士少年行,往往諏咨不绝。"[④] 这是他亲眼所见通俗小说传播盛况,所说当为不妄。

其实,明中后叶小说发展历程中的每一次较大的进步,都与文人,特别是官员或名士的参与有相当大的关系。弘治、正德时

---

① 沈德符《万历野获编》记云:"今新安所刻《水浒传》善本,即其家所传,前有汪太函序,托名天都外臣。"
② 胡应麟:《少室山房笔丛》卷四十一"庄岳委谈下"。
③ 胡应麟:《少室山房笔丛》卷四十一"庄岳委谈下"。
④ 憨憨子:《绣榻野史序》。

文言小说的复苏就是完成于他们之手,而通俗小说在天启、崇祯两朝的飞跃发展,也离不开他们的积极支持与鼓吹。本章附录排列了三个明中后叶文言小说作者情况简表、明中后叶序、刻前代小说者简况以及官员、名士与通俗小说关系简表,据此可以清楚地看出那些官员、名士在小说发展历程中的作用。在明中后叶文言小说作者情况简表中,共列有作者165人,涉及约二百部作品。这些作者中有进士76人(含状元2人),举人19人,即有举人以上功名者占58%,已查明官职的有97人(其中尚书7人,侍郎8人,另有多人为都御史、布政使一级的官僚),占59%,而沈周、陈继儒等人虽然功名不显,不曾出仕,但却是名重一时的大名士。整理校勘出版前代小说的都是较著名的文士,其中有举人以上功名者约占半数。最后一张表排列了与通俗小说有关的66位文人的简况,其中进士40人,举人6人,即有人以上功名之占70%,有官职者50人,占76%。以上三表的排列肯定还有疏漏,某些人的身份也有待以查明,但仅据目前的统计,已足以说明文士在明代小说发展中的重要性。

  明中后叶的那些官员或名士不只是赞赏通俗小说,其中有些人还直接动手编纂了通俗小说或与通俗小说相类的读物。现存的某些明刊小说,封面上常刊有某官员或名士编辑等字样,过去人们往往认为这是书坊作伪假托,但导致这结论的却是一个不那么可靠的前提,即官员或名士不屑于做这种事。不能否认,书坊为了招徕顾客,扩大销路,确实采用过作伪假托的手法,而且这伎俩的使用还相当广泛与频繁,但如果凡是见作品上有官员或名士的题署就一概视为书坊作伪却未必妥当。如题为"邹元标编订"的《岳武穆王精忠传》,历来被认为是"当系假托",[①]而之所以会有这一判断,就是因为邹元标官至吏部左侍郎,并且又是东林党领袖的缘故。其实,岳飞的凛凛正气与东林党人的

---

① 孙楷第:《中国通俗小说书目》。

标榜正相合,而且此书又为前中央研究院历史语言研究所整理明清内阁大库档案时所得,邹元标编订这本书的可能性应该说是相当大的。当然,这毕竟只是一个未能肯定的推测,但政府高级官员编订类似通俗小说的读物却是确有其事,并为史书所载。隆庆六年(1572),明穆宗驾崩,继位的明神宗此时只是一个十岁的孩童。如何才能让这个小皇帝懂得为君之道呢?身为首辅并兼任皇帝老师的张居正,煞费苦心地从历代帝王的言行中选录了"善为可法者八十一事","恶为可戒者三十六事",① 合计一百二十七条,并"绘图,以俗语解之",② 以此为明神宗的启蒙教材。这种配以图画,用俗语解释的读物,与上图下文的通俗讲史演义十分相类,而且也同样起到了讲史演义所具有的"一开卷,千百载之事豁然于心胸"③ 的效果。年幼的明神宗十分喜爱这部语言通俗、配有图画的读物,初见这部书时,他便"喜动颜色",上课时,张居正"从旁指陈大义,上应如响"。④ 明神宗长大后爱读《水浒传》,当与他从小就受到了这种熏陶不无关系。

不过,张居正此举也不是什么新发明,明代后期的各朝帝王,除了明毅宗以藩王身份继位时年岁已大外,从正德到天启,那几个皇帝小时几乎都读过这类读物。弘治时,国子监祭酒郑纪"采文王以来嘉言善行凡百条,各绘图作赞,名曰《圣功图》以进",⑤ 以此教诲当时还是太子的明武宗。嘉靖时,南京礼部尚书霍韬、吏部郎中邹守益认为太子年幼,"未可以文词陈说",于是他们就"自文王为世子而下,绘图为十三事,且各有说"。⑥ 此

---

① 张居正:《张太岳集》卷七"进帝鉴图说述语"。
② 《明史》卷二百三。
③ 庸愚子:《三国志通俗演义序》。
④ 谷应泰:《明史纪事本末》卷六十一"江陵柄政"。
⑤ 焦竑:《玉堂丛语》卷四"献替"。
⑥ 沈德符:《万历野获编》卷四"圣功图"。

书也取名为《圣功图》。万历时,焦竑根据王世贞的"元子① 冲龄,典学当引诱以图史故事"的意见,"采辑成书,绘图演义",②编了一本《养正图解》作为元子的教科书。王世贞与焦竑都是与明代通俗小说较有关系的人物。王世贞家藏《金瓶梅》抄本,并被一些学者怀疑为该书的作者;焦竑则家藏《水浒传》原本,李贽评点《水浒传》时还曾特意写信向他索借。他们"绘图演义",编纂类似通俗讲史演义的读物,其间通俗小说的影响显而易见,而在另一方面,这批皇家通俗读物的问世,对通俗小说的发展也在一定程度上起了推波助澜的作用。明神宗见到《帝鉴图说》后,"即宣付史馆",③ 此举影响之大是不难想象的。

明末时,各种社会矛盾十分尖锐,朝中各派政治力量间的排挤倾轧也异常激烈,此时朝廷大臣或文士阅读通俗小说已很普遍,他们还将小说当作了政治斗争的工具。胡应麟在《少室山房笔丛·九流绪论》中分析唐传奇时曾写道:"乃若私怀不逞,假手铅椠,如《周秦行记》、《东轩笔录》之类,同于武夫之刃,谗人之舌者,此大弊也。"胡应麟万万没想到,就在他写这段文字的二三十年后,借小说而掀起的大案相继发生,其残酷程度远非唐时牛李党争所能相比。《明史·熊廷弼传》记其事云:

> 魏忠贤欲速杀廷弼,其党门克新、郭兴治、石三畏、卓迈等希指趣之。会冯铨亦憾廷弼,与顾秉谦等侍讲筵,出市刊《辽东传》谮于帝曰:"此廷弼所作,希脱罪耳。"帝怒,遂以五年八月弃市,传首九边。

冯铨之所以如此痛恨《辽东传》,是因为"其四十八回内有冯布政父子奔逃一节"。④ 这部小说今已失传,但据当时见过此书

---

① 因万历帝迟迟不肯立储,皇长子朱常洛此时称"元子"。
② 钱谦益:《列朝诗集小传》丁集下"焦修撰竑"。
③ 谷应泰:《明史纪事本末》卷六十一"江陵柄政"。
④ 刘若愚:《酌中志》卷二十四。

的李清说,该作品"最俚浅不根",① 显然是一部通俗小说。几个朝廷大臣拿了部通俗小说与皇帝一起讨论处死一位高级将领的事项,这可是有史以来从未有过的事。当熊廷弼被处决的消息以及他的"罪状"向全国公布时,无论人们对通俗小说的态度是好是恶,至少恐怕不会再小视这一新兴的文学体裁了。与小说有关的第二件大案也发生在天启年间,魏忠贤集团与东林党人斗争时,阉党韩敬编造《东林点将录》以陷害东林党人(或云为王绍徽所作②),以"开山元帅托塔天王南京户部尚书李三才"为首,总兵都头领二员为"天魁星及时雨大学士叶向高"与"天罡星玉麒麟吏部尚书赵南星",掌管机密军师二员为"天机星智多星左谕德缪昌期"与"天闲星入云龙左都御史高攀龙",马军五虎将五员为"天勇星大刀手左副都御史杨涟"、"天雄星青面兽左佥都御史左光斗"、"天猛星霹雳火大理寺少卿惠世扬"、"天威星双枪将太仆寺少卿周朝瑞"与"天立星双鞭将河南道御史袁化中",共开列一百零八位东林党人。魏忠贤集团按"点将录"这类黑名单迫害、逮捕甚至杀害东林党人,演出了政治斗争史上极为惨烈的一幕。第三件大案是崇祯年间郑鄤被杀。郑鄤因与文震孟、黄道周友善,为宰辅温体仁等所忌,温便授意人弹劾他杖母、惑父披剃等事。温体仁的党羽又作小说《放郑小史》四十回、《大英雄传》四十回攻击郑鄤,其中就有奸媳奸妹之类的描写。郑鄤自叙年谱中谓"曦等更进一步,串成秽恶小说,嵌入姓名",③ 即是指这两部作品。据《甲申朝小纪》四编卷九"郑谦止狱始末"载:"(温体仁)必欲杀鄤,属曦与陆完学编造秽亵歌辞,使阉寺上闻,

---

① 李清:《三垣笔记》"附识"上卷。
② 文秉《先拨志始》论及此事云:"杨、左既逐,奸党益无忌惮,遂肆行诬陷。……绍徽复造《东林同志录》,罗列诸贤姓名。又韩敬造《东林点将录》,计一百八人。"又云:"《点将录》,旧传王绍徽所作,而《同志录》未见抄传,或是韩敬因绍徽原本而增改之者耶?"
③ 转引自孙楷第《中国通俗小说书目》。

上既闻,而怒不可回矣",于是郑鄤最后于崇祯十二年(1639)被凌迟处死。在明清两朝间,只有明末时才出现以小说为政治斗争工具的特殊现象,而其背景与前提,则是通俗小说在政府官员中的普及。值得注意的是,他们这时只是在政治斗争中对小说加以利用,丝毫没有想要禁毁的意思,也并没有对它加以歧视。明遗民查继佐在论及小说与明末政局的关系时曾感叹地写道:

> 自施耐庵作《水浒传》,罗贯中续成之,笔□贻祸者三而未已也。一则万历末年,徐鸿儒以郓城人创白莲教,巢于梁家楼,直欲亲见梁山泊故事。一则天启中《点将录》,以天罡星仿佛分署李三才等三十六人,以地煞星分署顾大章等七十二人,逆魏与崔,借以尽残善类。一则崇祯中流贼初起,□为指名,亦辄如传中各立诨号,如托天王、一丈青等□勇出相,作梁山泊好汉,其为数十倍于天罡、地煞不止。前七年为《水浒》第一演义,而元气全澌,后十七年为《水浒》第二演义,而国命随尽。

将明亡的原因归诸小说,这显然是一种错误的见解,但看到小说能产生巨大的社会影响,这却是查继佐议论中正确的一面。当皇帝与政府官员们欣赏、称赞《水浒传》时,他们恐怕并未虑及这一点。那位后来任徐州通判的凌濛初曾写过一首歌颂水浒英雄的诗:"每讶衣冠多盗贼,谁知盗贼有英豪?试观当日及时雨,千古流传义气高。"① 可是如果他知道十七年后水浒式的英雄将遍地皆是,而且自己又将与他们交战,并终因不敌,呕血身亡的话,那么即使他对明末的世风败坏是如何痛心疾首,也决不会因痛斥"衣冠"而再称颂"及时雨"了。

当崇祯末年农民起义由星星之火迅猛地演成燎原之势时,封建统治者终于意识到了通俗小说与农民起义之间的联系:他

---

① 凌濛初:《拍案惊奇》卷八《乌将军一饭必酬 陈大郎三人重会》。

们群起造反是仿效梁山聚义,攻城略地、伏险设防则又以《三国演义》"为帐内唯一之秘本"。① 刘銮在《五色瓠》中也曾提到张献忠"日使人说《水浒》、《三国》诸书,凡埋伏攻袭皆效之",农民起义军的领袖们还往往模仿梁山好汉给自己起绰号,或干脆以梁山好汉的绰号为自己的绰号。在各支起义军中,山东的李青山更是有意识地步步模仿水浒英雄的行动与策略。崇祯十四年(1641),李青山聚众数万,"据梁山泺,遣其党分据韩庄等八闸,运道为梗"。② 有些大臣开始很不理解:郓城、梁山一带并非崇山峻岭,有险可凭,李青山为何在此处起事?后来他们明白了,这是在模仿《水浒传》中的故事。然而,李青山的失败同样也是因为一心想模仿宋江的招安:

> 山东贼李青山据梁山泊,诸生王某为谋主,分遣其众,据八闸,梗运道。周辅延儒北上,二贼以门生名刺来谒,众惊怖。延儒命入见,两贼自云:"非敢为乱,以护漕耳。"延儒曰:"如漕粟无梗无失,当言之朝,授汝官,以卫漕船。"及岁终,青山塞安山闸,凿河十里,通梁山,驱漕舟,并系漕卒去,焚掠近临清,意在胁招。张漕督国维惧,适内臣刘元斌率剿寇京军还,合镇兵击之,诱青山降,执送京师献俘。上率太子、永定二王御门受之,凡三十余人,贷一人,磔青山及王,余斩首。方缚付西市,众贼云:"许我做官,乃缚我耶?"至市,青山奋起,所缚之桩立拔,王诟骂当事负约,死乃绝声。③

拜谒周延儒是学《水浒传》中宋江拦截宿太尉诉说招安心愿的故事,"驱漕舟"与"焚掠近临清"也是学宋江采取军事行动逼朝廷招安。最后李青山等人是招安了,然而其结局却是被斩尽

---

① 黄人:《小说小话》。
② 《明史》卷二百七十六。
③ 李清:《三垣笔记·附识上·崇祯》。

杀绝。到了法场上才惊呼"许我做官,乃缚我耶?"这实是可悲,而此时"诟骂当事负约"已是悔之不及了。

李青山事件给朝廷以很大的刺激,刑科给事中左懋第在奏章中写道,《水浒传》在教诲人"如何聚众竖旗,如何破城劫狱,如何杀人放火,如何讲招安,明明开载,且预为逆贼策算矣",因此他明确要求禁毁《水浒传》:

> 臣请自京师始,《水浒传》一书,书坊不许卖,士大夫及小民之家俱不许藏,令各自焚之。乃传天下,凡藏《水浒传》书及板者,与藏妖书同罪。市有卖纸牌及家藏纸牌并牌模者、并以纸牌赌财物者,皆以藏《水浒传》之罪罪。而梁山一地,仍请皇上更其名,或以灭寇荡氛名其山,勒石其巅,庶漕河之畔,人望其山而知贼之必不可为,又知《水浒传》之为妖书也。①

在农民义军蜂起的形势下,"《水浒传》一书,贻害人心,岂不可恨哉"② 成了朝廷的共识,左懋第的请求自然得到了批准。于是在崇祯十五年(1642)六月,即明亡前二年,兵部奉旨知令都察院并"通行各省直巡按及五城御史",要他们"大张榜示,凡坊间家藏《水浒传》并原板,速令尽行烧毁,不许隐匿"。③ 这一份明确而严厉的禁毁小说的公告,标志着官方对通俗小说的容忍甚至是倡导的时代的结束,通俗小说从此将进入一个较为艰难的发展阶段。然而,在长达一个多世纪的宽松时期里,通俗小说已迅速成长、壮大,官府的禁毁令已无法将其斩尽杀绝。将拿官

---

① 中央研究院历史语言研究所:《明清史料乙编》。转引自朱一玄、刘毓忱《水浒传资料汇编》。
② 中央研究院历史语言研究所:《明清史料乙编》。转引自朱一玄、刘毓忱《水浒传资料汇编》。
③ 东北图书馆编《明清内阁大库史料》,转引自王晓传辑《元明清三代禁毁小说戏曲史料》。

府点名禁毁的《水浒传》来说,金圣叹批点的《水浒传》刊于崇祯十四年(1641),其后又有二刻本,二刻的时间当为禁毁令下达之际或稍后。此外,雄飞馆将《水浒传》与《三国演义》合刻为一部《英雄谱》,此书在崇祯末也连续再版,这些都表明书坊并没有认真理会官府的禁毁小说令。尽管此时世上流传的《水浒传》颇多,但上述两书却仍需重刻,由此不难看出它们是多么受广大群众的欢迎,而这正是封建统治者贯彻禁毁小说令所遇到的最大障碍。在某种意义上可以说,他们就像《水浒传》里的洪太尉搬开了那块镇魔碑,可是再也没有力量能使其恢复原状了。

第二节 小说理论的逐渐成熟

有关小说创作理论的逐渐成熟,也是明末的通俗小说创作能够较迅速地走向繁盛的重要原因之一。在中国古代各种文学体裁中,通俗小说可算是最迟出现的一种,而且由于创作刚起步就陷入了长时期的停滞状态,从理论上对创作经验的总结也就相应地被推迟了。对通俗小说作较系统的理论探讨发轫于万历时,这是因为随着数十种作品的问世与传播,已有的创作经验要求能得到及时的总结,创作中遇到的问题也需要在理论上指出解决的方向。同时,以李贽为代表的思想解放潮流又给予了人们以新的理论眼界与理论勇气。正是在这样的背景下,人们对通俗小说这种非正统的文学样式开始进行理论上的研究与探讨。从事这一工作的有李贽、袁宏道、胡应麟、谢肇淛与陈继儒等颇有声望的名士,这一事实本身就已壮大了通俗小说的声势,而一旦寻得理论基础的支持,通俗小说在随后的天启、崇祯朝便以更快的速度发展,并呈现出题材丰富,反映现实生活广泛而深入,编创方法则开始由改编向独创过渡的新态势,这与万历二十年(1592)前的七十年内作品种数少,而且清一色的讲史演义始终在正史的笼罩下徘徊恰成鲜明的对照。不过,明代的通俗小说理论并不是直线般地向前发展。由于形式为评点与序跋,因此虽有行笔灵活多样,且直接诉诸读者的特点与长处,但就单个的论者而言,却明显地缺乏系统性。再加上论者又受本人阅读的限制,常不能统观全局,传统的偏见也不时地干扰,这些都使得小说理论的发展表现出一定程度的摇摆。有时后人的见解反不如前人,即使在同一人的论述中,精辟与陈腐并存也是常有的事。但尽管如此,如果能结合当时的创作实际从整体上着眼,那么仍可勾勒出明代通俗小说理论发展的脉络,并观察到它对于创作的反作用。

万历中期是通俗小说的创作由少到多的转折点,小说理论受到较多人的关注也始于此时。评论家们首先需要解决的问题是为小说"正名":界定它的概念与明确它的地位。萌生于魏晋时的小说发展至明已有一千多年的历史,但"小说"这一语词却曾被用来指称多种性质并不相同的文字著述,而作为文学体裁之一的小说,又先后有传奇、讲史、话本等不同名称,诚如胡应麟所言"最易混淆者,小说也",而这一问题之所以过了一千多年尚不得解决,是因为人们瞧不起小说,"优伶遇之,故不能精"。[①] 胡应麟细致地分析了《汉书·艺文志》中关于小说家的论述,梳理了古今小说概念的差别,于是综核大凡,将小说规定为志怪、传奇、杂录、丛谈、辨订与箴规六类。这一分类仍混入了非小说的文字,但比以往的芜杂要整洁得多,并为进一步的讨论提供了基础。胡应麟还从史的观念出发,扼要地概括了小说发展的脉络:

> 凡变异之谈,盛于六朝,然多是传录舛讹,未必尽幻设语。至唐人乃作意好奇,假小说以寄笔端。……宋人所记乃多有近实者,而文采无足观。本朝《新》、《余》等话,本出名流,以皆幻设,而时益以俚俗,又在数家下。[②]

[①] 胡应麟:《少室山房笔丛》卷二十八"九流绪论(下)"。
[②] 胡应麟:《少室山房笔丛》卷三十六"二酉缀遗(中)"。

这实际上是把小说发展分为六朝萌芽期、唐传奇勃兴期、近实而文采不足的宋代以及他所处的明代这四个阶段。冯梦龙的见解与他相仿:"史统散而小说兴,始于周季,盛于唐,寖淫于宋",① 而沈德符则认为:"夫小说家盛于唐而滥于宋,溯其初,则萧梁殷芸,始有小说行世",② 这里沈德符对小说的理解,已与今日相同。总之,经过分析、探源,人们对小说及其发展过程的看法已较一致,在这基础上,通俗小说的含意也就容易明确了。无论是袁宏道在《西汉演义传序》中所说的"文不能通,而俗可通",或是陈继儒在《唐书演义序》提及的"演义,以通俗为义也者",都指明这是小说的通俗形式,而它出现的原因,则是"天下之文心少而里耳多"。③ 不难看出,这些论述者对通俗小说的地位都比较肯定,但这却是经过相当长的时间才获得的认识。

通俗小说创作刚刚重新起步时的地位并不高,肯定它的人也只是说"牛溲马勃,良医所诊,孰谓稗官小说,不足为世道所重哉!"④ 与认为讲史小说的出现"不几近乎赘"的看法相比,这自然是前进了一大步,但喻以"牛溲马勃"却含有通俗小说无法与可比为人参鹿茸的经史诗词相提并论的意思。小说之所以被允许存在,是因为它可以补正史不足,后来人们因而也称小说为"正史之余"。这里的"正史之余"有两层含意,其一是"稗官野史实记正史之未备",这是熊大木于通俗小说创作刚起步的嘉靖年间在《大宋演义中兴英烈传序》中提出的,而后来陈继儒在《叙列国传》中就此又作了发挥:

> 顾以世远人湮,事如棋局,《左》、《国》之旧,文采陆离,中间故实,若存若灭,若晦若明。有学士大夫不及详者,而

---

① 绿天馆主人:《古今小说序》。
② 沈德符:《万历野获编序》。
③ 绿天馆主人:《古今小说序》。
④ 修髯子:《三国志通俗演义引》。

稗官野史述之；有铜螭木简不及断者，而渔歌牧唱能案之。此不可执经而遗史，信史而略传也。

其二是能扩大正史的影响，因为"史氏所志，事详而文古，义微而旨深，非通儒夙学，展卷间，鲜不便思困睡"，① 但通俗小说却如许多评论家指出的那样，能使历史故事迅速地传遍民间。这种认为小说是正史之余的观点，既肯定了小说存在的必要，同时又规定了它必须从属于正史，作正史的辅助读物。在这种观念束缚下，作家的创作方法只能困于对正史改编而难以取得进展，因而自嘉靖朝到万历前期的七十年间，作品均属讲史，且都是据正史等改编。这充分地表明，正确认识小说的地位对于创作有着极为重要的关系。

通俗小说在明代的地位，是随着它的功能逐一被发现而渐渐提高的，人们最先强调的是教育，特别是道德教育的功能。由于通俗，人们阅读时不必研精覃思便可懂得"忠孝节义必当师，奸贪谀佞必当去"。② 后来，随着创作的丰富与题材的扩大，人们又认识到通俗小说可使"怯者勇，淫者贞，薄者敦，顽钝者汗下"，③ 并能起到"触性性通，导情情出"④ 的效果。一旦发现通俗小说有如此之功效，显然就不能再简单地将它归于正史之余了。通俗小说的娱乐功能也开始为人们注意。酉阳野史说它可使人"消遣于长夜永昼，或解闷于烦剧忧愁，以豁一时之情怀"，⑤ 不过这只停留在单纯娱乐的意义上。稍后的欣欣子为《金瓶梅词话》作序时对此作了补充，既指出作品"使观者庶几可一哂而忘忧"，同时又强调它的"明人伦，戒淫奔，分淑慝，化善恶"的效果，而甄伟则将人们的阅读过程归纳为"始而爱乐以遣

---

① 修髯子：《三国志通俗演义引》。
② 修髯子：《三国志通俗演义引》。
③ 绿天馆主人：《古今小说序》。
④ 无碍居士：《警世通言序》。
⑤ 酉阳野史：《新刻续编三国志引》。

兴,既而缘史以求义,终而博物以通志"。① 他们都将酉阳野史的娱乐观上升为寓教于乐。这确是通俗小说的重要特性,而正史却并不具备这一功能。

较早给予通俗小说以很高评价的是嘉靖时的李开先,他在《词谑》中称《水浒传》"委曲详尽,血脉贯通",并认为"《史记》而下,便是此书"。但他肯定的依据却是作文章法,脱离了小说的特性,因而也缺乏说服力,如后来也称赞《水浒传》"述情叙事,针工密致"的胡应麟,就认为通俗小说的创作是"至下之技"。② 因此,最先既充分肯定小说的地位,同时又结合小说功能特性提出有力理由的,应是万历十七年(1589)天都外臣的那篇《水浒传序》,该序关于小说的功能与特性有段十分重要的论述:

  载观此书,其地则秦、晋、燕、赵、齐、楚、吴、越,名都荒落,绝塞遐方,无所不通;其人则王侯将相,官师士农,工贾方技,吏胥厮养,驵侩舆台,粉黛缁黄,赭衣左衽,无所不有;其事则天地时令,山川草木,鸟兽虫鱼,刑名法律,韬略甲兵,支干风角,图书珍玩,市语方言,无所不解;其情则上下同异,欣戚合离,捭阖纵横,揣摩挥霍,寒暄嚬笑,谑浪排调,行役献酬,歌舞诙怪,以至大乘之偈,《真诰》之文,少年之场,宵人之态,无所不该。

的确,任何文学体裁都不能像小说那样广泛地反映生活,将社会生活的整体画面重新展现在人们的眼前,单凭这一点,小说的地位就不可低估。天都外臣还进一步指出,小说不仅能反映现实,同时又能针砭现实,起到有如"国医"的作用。这种从反映现实、批判现实角度出发的论证,为小说地位的迅速提高提供了有力的理论依据。

---

① 甄伟:《西汉通俗演义序》。
② 胡应麟:《少室山房笔丛》卷四十一"庄岳委谈(下)"。

越三年,明代最勇敢的思想家李贽开始评点《水浒传》。他首先从批判现实的创作动机上肯定此书是发愤之作,并认为无论是"有国者"还是"贤宰相",或是"兵部掌军国之枢"与"督府专阃外之寄",都"不可以不读"《水浒传》。① 同时,他又从文体应随着时代的变化而发展的观点出发,称赞这部作品是"古今至文":

> 诗何必古选,文何必先秦。降而为六朝,变而为近体,又变而为传奇,变而为院本,为杂剧,为《西厢记》,为《水浒传》,为今举子业。大贤言圣人之道皆古今至文,不可得而时势先后论也。②

李贽将通俗小说与经史相提并论的见解得到了其他评论家的呼应。被誉为"山中宰相"的陈继儒在《叙列国传》中也说通俗小说"与经史并传可也";而公安派领袖袁宏道则在《听朱生说〈水浒传〉》中说,若与《水浒传》相比,那么是"六经非至文,马迁失组练",即将《水浒传》置于古往今来的最高位置。李贽等人当时的声望极高,具有相当的号召力,而他们关于小说的见解又建立在理论分析的基础上,因此到了万历后期,小说可与经史并传的评价得到了广泛承认,这是通俗小说地位在明清两朝近六百年间曾经上升到的最高点。随此而来的直接后果是天启、崇祯朝创作的繁荣,文士投身于通俗小说创作也始于此。这就改变了书坊主主宰文坛的格局,提高了创作队伍的素质,并为创作方法由改编转向独创创造了良好的条件。

当然,这里关于通俗小说地位的论述是就整体而言的,至于各部作品的艺术成就与思想水准,则正如谢肇淛所言:"其间文笔之高下,既与世变,而笔力之醇杂,又以人分"。③ 那么,怎样

---

① 李贽:《忠义水浒传叙》。
② 李贽:《焚书》卷三。
③ 谢肇淛:《五杂俎》卷十三。

才能创作出较好的作品呢？评论家们在讨论小说地位的同时，于此也发表了不少意见，时而所见略同，时而又针锋相对，而且论及的范围较为广泛，内容也十分繁杂。不过，小说理论毕竟是随着创作实践的深入而发展的，因而沿着创作行进的轨迹分析评论家们相应发表的意见，仍可理出创作理论逐渐成熟过程中的逻辑次序。

从嘉靖朝开始，很长时期内的作品都属讲史，因此人们讨论的焦点是历史小说与正史的关系。这虽与什么是小说的探讨有所交叉，但就创作方法而言，侧重的却是历史小说能否允许虚构。开始时，历史小说的创作应"羽翼信史而不违"① 的意见较占上风，然而这混淆历史与小说区别的要求根本无法办到，就连被誉为"事纪其实，亦庶近乎史"② 的典范《三国演义》，也完全没按这准则办事。在这里，传统偏见与创作实践实际上构成了一对不可调和的矛盾。有些作家真心诚意地想"羽翼信史"，他们的作品往往只是将正史译成白话，但光这样实在写不成小说，因此他们在不得已处仍然作了某些虚饰。有些作家对此则干脆阳奉阴违。余邵鱼的《列国志》中不见于信史的无稽之谈甚多，他在该书的《引》中照样宣称"编年取法麟经，记事一据实录"，并且还大言不惭地说："继群史之退纵者，舍兹传其谁归？"其实，这部作品直到被冯梦龙改编成《新列国志》后，也才只是"大要不敢尽违其实"。然而，改编后作品的成功之处与精彩之笔并不在于此，而恰恰是那些"敷衍不无增添，形容不无润色"③ 的地方。通过创作实践中的摸索，作家们终于认识到虚构是小说创作中必不可少的手段，就连强调"考史以广义"的甄伟，也悟出了"若谓字字句句与史尽合，则此书又不必作矣"④ 的道理。与此同

---

① 修髯子：《三国志通俗演义引》。
② 庸愚子：《三国志通俗演义序》。
③ 可观道人：《新列国志叙》。
④ 甄伟：《西汉通俗演义序》。

511

时,一些评论家开始从正面肯定虚构的必要与合理。天都外臣为《水浒传》作序时曾将小说内容与正史作了比较,发现两者并不一致。但他并未因此责难小说家,反而为其辩解说:"此其虚实,不必深辨,要自可喜",而谢肇淛则进一步肯定说:"凡为小说及杂剧戏文,须是虚实相半,方为游戏三昧之笔。亦要情景造极而止,不必问其有无也"。① 崇祯末年,金圣叹批点《水浒传》时发表了既肯定小说创作中的合理虚构,又区分了小说与史传差别的著名论断:

> 《史记》是以文运事,《水浒》是因文生事。以文运事,是先有事生成如此如此,却要算计出一篇文字来,虽是史公高才,也毕竟是吃苦事。因文生事即不然,只是顺着笔性去,削高补低都由我。②

历史著作的"文"应服从于记"事",因此叫"以文运事",而小说创作时故事情节的"事"则应服从于艺术形象的"文",故言"因文生事",所谓"生",即是指虚构,它必须服从艺术形象本身的规律,所以金圣叹又主张要"顺着笔性去"。金圣叹的意见,可看作是一个世纪来关于虚构讨论的总结。对创作方法的转变来说,合理虚构被肯定的意义极为重要,否则小说创作就将永远停留在改编正史或话本的阶段上。当明末的作家与评论家关于这问题的看法基本统一时,也正是创作开始由改编向独创过渡之际,而理论上的最后肯定,又反过来加速了这一过渡的进程。

当然,意见基本统一并不意味着人们不再关心虚构问题,不过后来讨论的重点,则是转至如何把握虚构的分寸,处理历史真实与艺术真实的关系。这一讨论并不是等虚构的地位得到完全肯定后才开始,实际上当创作题材由讲史扩展到神魔、人情等类

---

① 谢肇淛:《五杂俎》卷十五。
② 金人瑞:《读第五才子书法》。

时,人们对此就给予了关注,并将其扩展为如何处理生活真实与艺术真实关系的问题。

万历二十年(1592)《西游记》刊行后,神魔小说迅速崛起。这些作品中的人物往往是上天入地、呼风唤雨无所不能,虚构与夸张在作品中也几乎随处可见。可是这些作品中的大多数都写得十分拙劣,而究其原因,则是那些作家将虚构与胡编乱造等同视之。就在神魔小说盛行了十余年后开始衰落时,叶昼托名怀林对什么是合理虚构作了细致的分析:

> 《水浒传》文字原是假的,只为他描写得真情出,所以便可以与天地相始终。即此回中李小二夫妻两人情事,咄咄如画。若到后来混天阵处,都假了,费尽苦心亦不好看。①

在这里,叶昼提出了异于史家的文学创作的真假概念。若按史家标准判断,"《水浒传》文字原是假的",因为作品的内容与史实不符,但叶昼却肯定作品"描写得真情出"。他在第一回还曾批道:"《水浒传》事节都是假的,说来却似逼真,所以为妙"。这两处的"真",指的都是文学创作的"真"。对于书中写得十分离奇热闹的破混天阵等处,叶昼的评价是"都假了"。这里的"假",指的则是文学创作的"假"。在第九十七回的批语中,叶昼进一步提出了判别文学创作中"真"与"假"的标准,即作家的描写是否符合"人情物理":

> 《水浒传》文字不好处只在说梦、说怪、说阵处,其妙处都在人情物理上,人亦知之否?

稍后的冯梦龙又将这层意思概括得更明确,他说创作时"人不必有其事,事不必丽其人",但应做到"事真而理不赝,即事赝而理亦真"。② 这里的"理"与叶昼说的"人情物理"是同一个意

---

① 《容与堂本忠义水浒传》第十回末总评。
② 无碍居士:《警世通言序》。

思,而"理亦真"则是指符合生活发展的逻辑。只要能做到这一点,那么史家眼中的"假",也就转化成了小说创作中的"真"了,但如果创作不合"人情物理",那便是真正的"假"。在这文学创作的真假观基础上,有的评论家还进一步指出,艺术真实可以而且应该高于生活真实:

> 尝记《博物志》云:"汉刘褒画云汉图,见者觉热,又画北风图,见者觉寒。"窃疑画本非真,何缘至是?……是将执画为真,则既不可,若云赝也,不已胜于真者乎?然则操觚之家,亦若是焉则已矣。①

怎样才能达到艺术的真实呢?评论家们通过对作品成败得失的具体分析,终于认识到它来源于对现实生活的正确概括与提炼。叶昼在《水浒传一百回文字优劣》中指出:

> 世上先有《水浒传》一部,然后施耐庵、罗贯中借笔墨拈出。……非世上先有是事,即令文人面壁九年,呕血十石,亦何能至此哉?此《水浒传》之所以与天地相终始也。

这是明代通俗小说理论发展史上具有里程碑意义的重要论述。通俗小说创作自嘉靖年间重新起步以来已有近一个世纪的历史,直到此时才由叶昼精辟而完备地阐述了创作与生活的关系。他明确地提出"世上先有是事",然后作家才能"借笔墨拈出",即生活是第一性,艺术创作是第二性的唯物主义命题。他还指出,小说家的虚构必须以现实生活为基础,否则即使"面壁九年,呕血十石",也决写不出好作品。如果说合理虚构的被肯定为创作摆脱束缚,从而走向独创提供了手段,那么明确生活是创作的唯一源泉则为创作方法的这一改变提供了坚实的基础。就在叶昼发表这些见解的十多年后,冯梦龙等人反映现实生活

---

① 睡乡居士:《二刻拍案惊奇序》。

的独创的短篇小说便开始出现,而冯梦龙在小说理论方面受叶昼的影响又是显而易见的。到了崇祯年间,金圣叹又提出了"十年格物而一朝物格"的命题,这意味着叶昼的理论不仅得到了创作的响应,而且在理论界也开始为较多的人所接受。

然而,从认识到生活是创作的唯一源泉固然为极大的进步,但并不等于问题的全部解决,因为主张创作必须反映社会生活的同时,还应明确地反对简单地摹写生活。欣欣子曾说笑笑生创作《金瓶梅》时是"罄平日所蕴者",即充分地调动了他的生活积累,可是这部作品对细节的描写常缺乏提炼与选择。作者醉心于对实际生活中偶然琐细现象的描绘,结果不免失诸头绪芜杂拖沓,所表现的生活也时常缺乏次序感与节奏感。尽管这与作品的成就相比只属于次要的方面,但毕竟给这部巨著造成了伤害。这一缺点不同程度地存在于其他作品之中,而评论家们除了从原则上提出"事赝而理亦真"或从道德角度出发主张"苟有补于人心世道者,即微讹何妨;有坏于人心世道者,虽真亦置"[①] 之外,也没对应如何提炼、概括生活素材作具体而深入的分析与论述。这确实是当时创作与理论上的一个缺陷,但指出这点的同时也应看到,那时肯定小说的地位,论证虚构的合理以及创作应反映生活等理论问题更急需解决,要求作家们在意识到创作与生活的关系后便立即在提炼、概括生活素材方面取得很高的成就也不现实。这需要有一个过程,而且明末那些独创的短篇小说,实际上也已体现出作家们在这方面的努力。

提炼、概括生活素材的目的在于塑造典型,并由此反映生活的本质。虽然评论家们跃过了如何塑造典型这一环节,但他们对已有的优秀作品中典型人物的塑造却是赞不绝口。睡乡居士评论《西游记》时说:"师弟四人,各一性情,各一动止,试摘其一

[①] 吟啸主人:《平虏传序》。

言一事,遂使暗中摩索,亦知其出自何人",①而金圣叹则以"人有其性情,人有其气质,人有其形状,人有其声口"② 概括了水浒英雄们各自的典型性格。他分析史进与鲁达同样粗糙、爽利与剀直,但性格又各不相同时说道:"读者亦当处处看他所以定是两个人,定不是一个人处",这正是后来黑格尔所说的"这一个"的意思,而他称水浒英雄"任凭提起一个,都似旧时熟识",③也与别林斯基的"熟悉的陌生人"是同一含义,但比后者早提出两个世纪。可以说,明代小说理论家在典型性格的分析上已达到很高的水准,不过他们都偏重于典型性格独特性的研究,对塑造典型应反映社会生活本质的一面却较为忽略。这一课题的解决,也同样地留给了后人。

根据以上的分析,可以对明代通俗小说理论的发展脉络大致概括如下:自通俗小说创作在嘉靖朝重新起步以来,人们首先关注的是界定小说的概念以及明确它的地位。而在讨论具体的创作理论时,评论家们先从讲史演义的虚实问题着手,肯定了虚构的必要,并把这一结论推广至一切题材的创作。在区分合理虚构与胡编乱造的差别时,他们认识到应遵循"人情物理"的原则,并指出社会生活是创作的唯一源泉。最后,他们意识到了创作必须塑造典型,不过对如何提炼、概括生活素材,如何在这基础上塑造典型等问题却没展开讨论。另外,一些评论家在评点作品时从作文章法的角度较多地分析了一些细节或情节的安排与描写,但很少从宏观上去讨论一部作品,特别是长篇小说的结构设置。这一方面是因为明代独创的作品还正处于短篇小说的阶段,如何设置宏大规模的结构框架并不是迫切需要解决的问题;而在另一方面,这一问题也需要在微观上对细节或情节的安

---

① 睡乡居士:《二刻拍案惊奇序》。
② 金人瑞:《〈水浒传〉序三》。
③ 金人瑞:《第五才子书施耐庵水浒传》第二回批语。

排与描写详尽讨论的基础上才能提出并得到解决。这就使人又一次看到了小说理论与创作实践之间相互依赖、相互促进的关系。明代小说理论之所以呈现出今日见到的这样面目，小说的创作实践起了决定性作用，而反过来也可以说，明代通俗小说创作的状态之所以如此，小说理论对它的促进或制约是其中极为重要的因素。

第三节　文人的推动与书坊扩大销路的努力

当考察通俗小说的发展时，可以发现从嘉靖朝到万历前期时，创作与出版的中心是福建，准确地说是福建的建阳地区，而不是经济文化高度发展的江浙地区。这一状态与弘治、正德年间文言小说创作复苏时大不相同。当时，最重要的作家如都穆、祝允明、陆粲等人都居住于经济、文化极为发达的苏州地区，而且这些著名文士之间的联系又相当密切。都穆自己撰写了《玉壶冰》、《都公谈纂》等作，还为刘恒刻《越绝书》、贺志同刻《博物志》、《续博物志》作跋或后记，都穆的女婿陆采撰写了《冶城客论》、《艾子后语》等作，还编辑了《虞初志》，陆采的哥哥陆粲撰写了《庚巳编》，至于编撰《说听》的陆延枝则是陆粲儿子。都穆的朋友祝允明创作过《语怪四编》、《猥谈》，撰写《西樵野记》的侯甸是祝允明与都穆的门生，而创作《高坡异纂》与《金姬传》的杨仪，也是与他们关系密切的学生辈人物。与都穆、祝允明齐名且又友善的文征明整理过他父亲的《琅琊漫抄》，他与明代首先刊刻《世说新语》的袁褧、创作《辽阳海神传》的蔡羽是好朋友，又为何良俊的《语林》作序，向人们推荐这部作品。此外，如沈周、杨循吉、徐祯卿等人，也都是这一松散的小说创作团体中的重要成员。这些人在明中叶的文坛上十分活跃，他们的创作与鼓吹，是文言小说得以复苏并能较快地形成一定声势的重要原因，同时也表明小说创作的复苏并非孤立的现象，而是与当时当地社会生活的发展水准紧密联系。

可是通俗小说在嘉靖至万历前期重新起步时,它的创作中心却在福建。福建建阳自南宋以来便是全国的刻书中心固然是重要原因,但关键的因素却是书坊主对通俗小说创作领域的主宰。当高雅的文人尚不屑于通俗小说创作之时,主要的作者是书坊主熊大木、余邵鱼与余象斗等人,以及与书坊关系密切的下层文人如邓志谟等人,这时福建自然成了创作的中心。然而,市民阶层的力量在经济文化发达的江浙一带最为强大,他们是通俗小说的主要读者群,同时,这儿的文人也较早地对通俗小说发生兴趣,并开始参与创作。于是,越来越多的新作品问世于江浙一带,万历后期时数量已逐渐超出福建,到了天启、崇祯朝时,已占据了绝对优势,这正意味着通俗小说的创作中心转移到了江浙地区。下表排列了目前可以明确判定年代的通俗小说出版地区分布数,它显示了创作中心的转移状况,而转移的发生则是在万历后期:

	福建	江浙	其他地区	地区不详
嘉靖、隆庆51年	5	1	3	0
万历、泰昌48年	26	21	4	1
天启至弘光25年	6	52	3	6

创作中心的转移是个渐变的过程,越来越多的江浙一带的文人开始参与通俗小说的创作以及赞赏或支持这一文学体裁的发展,是导致这一过程发生的关键原因,而李贽在其中起了极为重要的作用。万历二十一年(1593),公安派的袁氏兄弟去拜访李贽,此时这位明末最勇敢也最杰出的思想家正在批点《水浒传》,①他给焦竑写信时曾言:"《水浒传》批点得甚快活人",② 此

---

① 袁中道《游居柿录》卷之九追记云:"记万历壬辰夏中,李龙湖方居武昌朱邸。予往访之,正明僧常志抄写此书,逐字批点。"
② 李贽:《续焚书》卷一"与焦弱侯"。

时遇见袁氏兄弟来访,开谈怎能不说《水浒传》？袁氏兄弟,特别是袁宏道与袁中道受李贽影响甚大,他们也几乎是全盘接受了李贽关于通俗小说的见解。袁氏兄弟其后又结识或影响了不少与明末通俗小说相关的重要文人,因此在某种意义上可以说,这次袁氏兄弟与李贽的会晤,是明末围绕通俗小说创作与评论的松散的文学团体形成的起点。这里所谓的"松散",一是指他们并未曾为通俗小说的创作与评论而结社,也未开展过有组织的活动;二是指该团体的活动从万历中期一直延伸到清初,其人数虽不少,但在这样长的时间跨度里的排列毕竟显得较为松散。这些文人实际上是由共同的爱好联系在一起,而在万历二三十年代,他们的主要活动是互相借阅、抄录《金瓶梅》。

大约在万历二十三年(1595)或稍前,袁宏道从董其昌那儿借到《金瓶梅》的上半部,他读后极表称赞,并在抄录后写信给董其昌,希望能读到下半部。董其昌的这半部抄本显然不只是借给袁宏道一人,至少他的挚友陈继儒应是有缘得见。陈继儒自己曾创作过多部文言小说,编纂过中篇传奇小说集《风流十传》,并为通俗小说《唐书志传》、《列国志传》作过序,实为明末小说史上的重要人物。此外,董其昌的学生丁耀亢著有《续金瓶梅》一书,他的创作与老师爱好《金瓶梅》当不无关系。袁宏道抄录的《金瓶梅》上半部也开始在文士间流传,他将抄本借给了谢肇淛,后来还因谢日久不还,特地去信催讨:"《金瓶梅》料已成诵,何久不见还也？"[①] 而官至广西右布政使的谢肇淛曾对《西游记》、《金瓶梅》等通俗小说发表过精辟的见解,是明末重要的小说评论家。袁宏道的另一位好友汤显祖同样是赞赏小说的著名文士,他曾编纂过传奇小说集《续虞初志》,而根据话本《杜十娘慕色还魂》改编而成的《牡丹亭》更是中国戏曲史上不朽的杰作。汤显祖也十分赞赏《金瓶梅》,而从他与袁宏道交往的时间与密

---

① 袁宏道:《与谢在杭书》。

切程度来看,他所读到的抄本可能就是来自袁宏道。① 汤显祖还另有些关注小说的好友,如明末重要的小说理论家胡应麟就是其中之一。

若从袁中道的交往出发,又可发现一些与通俗小说关系十分重要的人物,前所述的袁宏道的朋友如董其昌、汤显祖等人,与袁中道也都有来往,曾与汤显祖在书信中讨论文学问题的凌濛初,和袁中道也有接触。袁中道同样是《金瓶梅》的爱好者,他先在袁宏道处读到半部《金瓶梅》,后来又设法抄录了全本,并还将它借给了另一位小说评论家沈德符抄录,而沈德符抄录后又将自己的抄本借给了另一位小说评论家李日华。当沈德符将抄本带到苏州时,他的朋友冯梦龙见到后极为惊喜,并怂恿书坊以重价购刻。冯梦龙与袁无涯又极推崇李贽对《水浒传》的评点,而著名的小说理论家叶昼则将自藏的《癸辛杂志》、《宣和遗事》借与他们供校刻时参考,②书刻成后,袁无涯又很快就赠送给袁中道一部。冯梦龙是明末重要的通俗小说作家与评论家,他除了自己创作多部作品外,还为天然痴叟的《石点头》写过序,并审阅过抱瓮老人编辑的《今古奇观》。冯梦龙与《隋史遗文》的作者袁于令交情也甚好,据说袁于令的传奇《西楼记》中"错梦"一折就是由冯梦龙代其增写的,而袁于令与另一位小说评论家张岱也颇有来往。

崇祯时,浙江也出现了一个松散的文学团体。方汝浩是这

---

① 听石居士崇祯二年(1629)所写的《幽怪诗谭小引》中有"不观李温陵赏《水浒》、《西游》,汤临川赏《金瓶梅词话》乎"之语,而汤显祖在《金瓶梅》刊本行世前即已去世,他读到的只能是抄本。万历二十三年(1595)至二十五年间,袁宏道为吴县知县,汤显祖为江浙遂昌知县,两人见解相似,感情厚笃,汤显祖读到《金瓶梅》抄本或即在此时。

② 许自昌《樗斋漫录》卷六论及刻印李贽所批《水浒传》时云:"李有门人,携至吴中,吴士人袁无涯、冯犹龙辈,酷嗜李氏之学,奉为蓍蔡,见而爱之,相与校对再三,删削讹缪,附以余所示《杂志》、《遗事》。精书妙刻,费凡不赀,开卷琅然,心目沁爽,即此刻也。"

个团体中的重要成员,他接连创作了《禅真逸史》、《禅真后史》与《扫魅敦伦东度记》三部作品,他的籍贯虽时署"莱阳"、"瀫水",但他的小说却创作于杭州。《禅真逸史》除自序外,尚有署名为"仁和诸某"与"古越徐良辅"两序,这诸某与徐良辅显然都是浙江人。方汝浩的《禅真后史》由翠娱阁主人陆云龙作序,陆云龙本人则创作了《清夜钟》,《魏忠贤小说斥奸书》可能也出自其手,他的弟弟陆人龙撰写了《型世言》,《辽海丹忠录》也是陆云龙的弟弟所写。此外,据一些专家考证,陆云龙的老师李清则是长篇小说《梼杌闲评》的作者。浙江的这个文学团体与前所述的文学团体并非互相隔绝。曾有人认为《魏忠贤小说斥奸书》为冯梦龙所著,若此说能得到证实,那么这两个文学团体便直接联系起来了,因为这部作品与《禅真后史》同为峥霄馆所刊,而峥霄馆又正是陆云龙刻书的馆名。方汝浩的另一部作品《禅真逸史》与冯梦龙的《喻世明言》、《警世通言》均为同一个刻工刘素明所刻,这或许也是可以证实两个团体间联系的一条线索。此外,陆云龙的好友冯元仲与陈继儒交情甚契,陆云龙的老师李清又与冯梦龙相识,而且这两个文学团体的成员与复社、几社都有较密切的联系。因此,不妨将这两者看作是一个文学团体。在这个团体中,除李贽、谢肇淛、袁宏道、袁中道、汤显祖与方汝浩外,其余诸人均为江浙人氏,而李贽等前五人都在江浙一带做过官,方汝浩的创作活动也是在杭州。所以可以说,这是一个江浙地区的文学团体。

这个江浙文学团体对明末通俗小说的繁荣作出了直接的重要贡献。首先,这个团体的成员创作了近二十部通俗小说,约占天启、崇祯朝作品总数的三分之一,而且当时拟话本、时事小说、讲史演义与神魔小说诸流派的重要作品基本上都已包括在内;其次,对创作有积极促进作用的通俗小说理论,相当大的一部分是由这团体的成员建立的;第三,这团体中的大部分人都是当时颇有声望的名士,不少人还担任了官职,他们对通俗小说的创作与评论,在客观上也起到了提高其地位,扩大其影响的作用。在天启、崇祯两朝,通俗小说中约五分之四的新作品均出自江浙地区,这局面的形成明显地与该团体的创作、评论活动有关,而受该团体影响评点《水浒传》的金圣叹正是江苏苏州人。此外,清初的一些重要作家与评论家如李渔、陈忱、褚人获、天花藏主人、烟水散人以及毛宗岗、张竹坡等人也都是江浙人氏,其中有的人与明末江浙文学团体的某些成员还有直接的联系。由此不难发现,明末江浙文学团体创作与评论活动的影响还一直延续到清初,甚至中国古典小说中最优秀的杰作《红楼梦》,也与此有一脉相承的联系。①

　　江浙文学团体的出现,导致了通俗小说中心的转移。在通俗小说创造刚重新起步时,由于它须得靠出版方能广泛传播的特性所约束,那时一些重要的作家与许多作品的刊印都集中于

---

① 入清以后,江浙文学团体互为相传的联系并未立即断裂,如袁于令入清后就与杜濬、王士禛、褚人获、洪昇等人的关系较为密切,而且,从万历间李贽开始的一脉相承的联系,还一直通到了江宁织造府。清初当曹玺任江宁织造时,李渔正居住于金陵芥子园,并以该园名义刊刻小说多种。在《笠翁文集》卷四中有李渔所写的"题曹完璧司空"一联:"天子垂裳,念有功先从君始;大臣补衮,愁无阙始见公高。"这证明了李渔与曹府的来往。李渔的朋友杜濬清初时也曾寓居金陵,他评点过拟话本集《连城璧》与《十二楼》,又与《续金瓶梅》的作者丁耀亢交善,他曾在曹寅的《楝亭图》上题诗四首,并谓"应荔轩(曹寅之号)、筠石两先生之教,兼求正字"云云。又如王士禛,他是由明入清的作家袁于令以及《聊斋志异》的作者蒲松龄的好友,自己也著有文言小说。王士禛与曹寅的交往,则可由他的《楝亭诗曹工部索赋》一诗为证。反过来,脂砚斋评点《红楼梦》时提及的作家作品极少,但李渔等人却恰在其中,这就证实了影响的确实存在。据此可以排出这样的联系:李贽——袁宏道、袁中道——冯梦龙、凌濛初——袁于令、杜濬、李渔——曹寅。入清以后,这种前后相传的联系日趋微弱,进入乾隆朝后更是难以寻得踪影。因此,曹雪芹可被认为是这一文学脉系的最后一位继承人与集大成者。由于在接受这一文学传统影响方面比别的作家幸运,曹雪芹的《红楼梦》便能将几辈人的心血与创造熔于一炉,同时他又在这基础上作出了自己的卓越贡献,也正因为此,《红楼梦》才能成为中国小说史上最伟大的作品。

福建，因为这里自南宋以来便是全国的出版中心。然而，通俗小说归根到底又是城市经济发展的产物，其中心必然地要向经济发达地区转移。万历中期以来，印刷业在当时商品经济发达的江浙一带迅速普及，终于与该地区的经济发展状况相一致，并取代了福建在出版界的领导地位。清初的王士禛在《居易录》中曾写道："今则金陵、苏杭书坊刻本流行，建本已不复过岭。""建本"是指福建建阳的刊本，其实从明末开始，建本的优势已逐渐消失。这一事实意味着通俗小说中心转移的物质条件已经具备，江浙文学团体的出现则使这一转移成为现实，而且这一团体中的不少人又与书坊有着十分密切的联系。袁宏道等人与苏州种德堂主人袁无涯的关系都很好，李贽评点的《水浒传》就是由袁无涯刻印发行的。曾怂恿书坊重价购刻《金瓶梅》的冯梦龙与好几个书坊主都颇有交情，他的作品分别由天许斋、兼善堂、衍庆堂以及书林叶敬池、叶敬溪刊印。至于凌濛初，他的《二刻拍案惊奇》可以说是在书坊主尚友堂主人恳请催促下写成的，而凌濛初本人与他的父亲凌迪知、兄弟凌瀛初也主持过不少书的刻印，在明末的出版界，吴兴凌家可算是佼佼者之一。在杭州方面，曾撰有通俗小说的陆云龙也是著名的刻书家。在通俗小说重新起步阶段，像《西游记》这样优秀作品的出版被耽搁了许多年，而在天启、崇祯时，由于与书坊有密切的联系，作家们大多能做到随写随刊，作品也能及时地产生影响。这是明末通俗小说迅速繁荣的原因，同时也是这繁荣的显著特色。

随着文士开始加入通俗小说的创作队伍，嘉靖、万历时特有的书坊主为牟利自己动手编写作品的现象便渐渐消失。虽然前所述的凌濛初、陆云龙也同时经营刻书业，但他们首先是有一定声望的名士，艺术修养也较高，这与嘉靖、万历时熊大木、余邵鱼、余象斗等人首先是书坊主，为了赚钱才编创作品的情形明显不同。不过，退出创作领域的书坊主们仍然是推动通俗小说发展的重要力量，他们想方设法扩大影响的种种措施，是明末通俗小说繁荣局面形成的不可忽略的因素。

登载广告是书坊主打开销路、扩大影响的手段之一。不少作品刊印行世时,封面或扉页上都印有书坊主的介绍该书特点的"识语",以求争取更多的读者,如余象斗编纂的《万锦情林》的扉页上就有识语云:"更有汇集诗词歌赋、诸家小说甚多,难以全录于票上,海内士子买者,一展而知之";《禅真逸史》刊出时,书首翼圣斋主人之语:"此本爽阁主人搜寻海内,得此南北朝秘笈,真乃通俗演义,精梓以公赏玩。既工,雠刊更密。文犀夜光,世所共宝",该书"凡例"又声称"故其剞劂也,取梨极精,染纸极洁,镂刻必抡高手,雠刊必悉虎鱼,诚海内之奇观,国门之赤旗也",即以质量上乘来打动读者;而仁寿堂主周曰校刊印《三国演义》时,所拟的广告突出该版能满足不同文化层次读者的需要:

> 是书也刻已数种,悉皆伪舛。辄购求古本,敦请名士,按鉴参考,再三仇校,俾句读有圈点,难字有音注,地里有释义,典故有考证,缺略有增补,节目有全像。

对于文士,是特别强调别的刊本"悉皆伪舛",而该堂是据"古本"刊刻,且又请名士校阅过;对文化程度较低者,则突出书中有圈点、音注、释义等,而且还有插图,真可谓是雅俗咸宜。

龚绍山版的《春秋列国志传批评》则在广告中抬出陈继儒的大名以作号召:

> 本坊新镌《春秋列国志传批评》,皆出自陈眉公手阅。删繁补缺,而正讹谬,精工绘像,灿烂之观。是刻与京阁旧版不同,有玉石之分,□□之□。下顾君子幸鉴焉。

陈继儒是名重一时的大名士,皇上屡次诏征皆以疾辞,连朝中大臣都时常要向他讨教。这部《列国志传》由陈继儒写了序,而且还经他"删繁补缺",读者自然是欲购从速了。与此类似的,舒载阳版的《封神演义》的广告则强调此书是根据经著名文学家钟惺"考订批评"的"善本"翻刻的。此外,唐寅、徐渭、汤显祖、袁宏道等人的大名,也都曾被书坊用作吸引读者的广告。天启初年,冯梦龙完成了《古今小说》的编撰。当时世上流行的主要是长篇小说,为了使读者能够接受这部短篇小说集,天许斋刊印时的广告,就着重于介绍短篇小说的特点与长处,并且还预告后面还有两部短篇小说集即将出版:

> 小说如《三国志》、《水浒传》称巨观矣。其有一人一事足资谈笑者,尤杂剧之于传奇,不可偏废也。本斋购得古今名人演义一百二十种,先以三之一为初刻云。

后来,《古今小说》的版权归于衍庆堂,改名为《喻世明言》重新刊行,书坊主自然要著"识语"声明此事,同时也指出作品有助于世道人心的意义:

> 绿天馆初刻古今小说□十种,见者侈为奇观,闻者争为击节。而流传未广,搁置可惜。今版归本坊,重加校订,刊误补遗,题曰《喻世明言》,取其明言显易,可以开□人心,相劝于善,未必世道之一助也。

当"三言"的最后一部《醒世恒言》出版时,衍庆堂又以"识语"的形式做广告,告诉读者此书与前两部作品实为一套,一旦疏忽未购,则会有不成"完璧"的遗憾:

> 本坊重价购求古今通俗演义一百二十种,初刻为《喻世明言》,二刻为《警世通言》,海内均奉为邺架玩奇矣。兹三刻为《醒世恒言》,种种典实,事事奇观。总取木铎醒世之意,并前刻共成完璧云。

当冯梦龙编创通俗小说出了名后,各书坊又都纷纷拿他的大名作广告。刊印《醒世恒言》的衍庆堂、刊印《新列国志传》的叶敬池等均是如此,而出版《今古奇观》与《石点头》的书坊,则干脆在书的封面印上"墨憨斋手定"的字样。虽是极为简明扼要,却也同样起到了吸引读者的效果。

在作品里加插图,也是书坊借以吸引读者的措施之一。有的是图集中于卷前,有的是插在每一回之前或正文中间。现存的明版《水浒传》与《三国演义》中,有的插图竟达200多幅。当时还有不少作品干脆以上图下文的形式刊印,犹如今日的连环画。鲁迅先生在论及会文堂刊印《历史演义》注意加插图时曾说,这种方法"帮他销路不少",① 明代的书坊主在通俗小说中加插图的目的也正在于此。《禅真逸史》刊出时,夏履先在"凡例"中就郑重其事地介绍了该书的插图:

> 图像似作儿态。然《史》中炎凉好丑,辞绘之,辞所不到,图绘之。昔人云:诗中有画。余亦云:画中有诗。俾观者展卷,而人情物理,城市山林,胜败穷通,皇畿野店,无不一览而尽。其间仿景必真,传神必肖,可称写照妙手,奚徒铅椠为工。

所谓"辞绘之,辞所不到,图绘之",指的就是插图能帮助读者更形象地理解作品。开始时,书坊主此举主要是想争取文化程度不高的读者,但到后来,他们想以此引起文化艺术修养较高的文士的注意。崇祯四年(1631)刊印的《隋炀帝艳史》有插图80幅,每幅均配以"古人佳句与事符合者,以为题咏证左",所引诗句"皆制锦为栏",而"锦栏之式,其制皆与绣像关合"。如此精心制作,显然是为了迎合士人们的雅趣,正如书坊主所言:"岂非词家韵事,案头珍赏哉!"②

书坊扩大销路的又一手段是推出小说的评点本。我国的诗文等历来有评点注释本,明末时这类评点本出得更多,所谓"时尚批点,以便初学观览",③ 即是指这现象而言。有评点注释的书籍尽管价格略高,但由于便于阅读理解,因而销得更快。因

---

① 鲁迅:《致孟十还》(1935.6.22)。
② 《隋炀帝艳史凡例》。
③ 陈邦俊:《广谐史凡例》。

此,书坊主也就很自然地将这方法用于小说的出版。最早的评点本是书坊主自己或请别人搞的,内容无非是"难字有音注,地里有释义,典故有考证"之类,并不涉及文学的创作。自万历三十八年(1610)李贽评点的《水浒传》出版后,文士评点通俗小说逐渐成了一种风气,而评点的重点,则转为对作品的分析、创作经验的探讨或借题发挥阐述自己的思想。评点的方式十分灵活,有总批、眉批、双行夹注等,使读者阅读时似有名师指点,益友切磋,从而不仅是关注故事的紧张与情节的曲折,而且开始对作者的创作意图与艺术匠心也多少有所领略。书坊主刊印评点本的初衷只是想扩大销路,但客观上却为小说理论的发展与读者鉴赏能力的提高创造了条件。后来,书坊还用套色刊印有评点的作品,正文用墨,评点用朱,而凌瀛初刻刘应登、刘辰翁与王世懋三家批注《世说新语》时,甚至还采用了四色套印的工艺,除正文用墨外,又分别用三种颜色刊印三家的评点,"耘庐缀以黄,须溪缀以蓝,敬美缀以朱,分次井然,庶览者便于识别云"。① 在推出评点本的同时,书坊主还于正文旁配以不同的圈点符号,如《禅真逸史》就用了")"、"○"、"("三种,其作用则各不相同:

  《史》中圈点,岂曰饰观,特为阐奥。其关目照应、血脉联络、过接印证、典核要害处,则用);或清新俊逸、秀雅透露、菁华奇幻、摹写有趣之处,则用○;或明醒警拔、拾适条妥、有致动人处,则用(。至于品题揭旁通之妙,批评总月旦之精,乃理窟抽灵,非寻常剿袭。②

  书坊主在这方面确是动足了脑筋,他们的努力也没有落空,这类款式不一的评点本由于便于大众阅读和欣赏,因而受到了广泛的欢迎。

---

① 凌瀛初:《世说新语跋》。
② 夏履先:《禅真逸史凡例》。

以上所述的种种措施，都是为了扫除某些正统文人看不起小说以及不少读者文化程度较低这两大障碍，但通俗小说在传播过程中，还有一个迫切的问题急需解决，那就是书价。舒载阳刊印的《封神演义》每部售价为银二两，龚绍山的《春秋列国志传》售价为银一两，如此昂贵的价格，使得一般读者都望而却步。书坊要改变销路不广的局面，就必须设法降低书价，最容易想到的方法，就是改变刻印的格式。上述《封神演义》等两书的刻印都是每半页10行，每行20字，即每半页有200字，这是一般古籍的标准刻印格式，直到明亡，新出的通俗小说大多也这样刻印。可是，别的书坊为了降低书价，在翻刻那些作品时就往往每半页多刻几行，每行多刻些字。如诚德堂主熊清波刻印的《三国演义》，就是每半页14行，每行28字，共392字，与标准格式相比，每半页的字数增加了一倍。虽然刻工的费用没有减少，但书版、纸张、印刷等费用的支出均可降低一半，书价也就相应地降低了。有的刊本每半页的字数刻得更多。天启间黄正甫刊印的《三国演义》尽管是上图下文，但格式却是每半页15行，图下大行34字，小行26字，即每半页不仅有图，而且还印上了400—500字。崇祯时雄飞馆主人熊飞是个较会动脑筋的书坊主，他看到《水浒传》与《三国演义》都很畅销，就把这两部作品印成一本书，题名为《英雄谱》出版。其刻印格式是每半页上三分之一处印《水浒传》，半页17行，每行14字；下三分之二印《三国演义》，半页14行，每行22字，即每半页共印546字。这样，读者只需花不到一部书的价钱，就可以同时买到两部优秀的名著。熊飞并不因书价较低而粗制滥造，他还在书前加了一百幅精美的插图，并请当时的名士张采等人题咏，力图以此兼顾各方面读者的要求。这一特点，熊飞在刊售此书的广告上说得很清楚：

> 《三国》、《水浒》二传，智勇忠义，迭出不穷，而两刻不合，购者恨之。本馆上下其驷，判合其圭。回各为图，括画家之妙染；图各为论，搜翰苑之大乘。校仇精工，精墨致洁，

诚耳目之奇玩,军国之秘宝也。

熊飞合刻《三国演义》与《水浒传》很可能是受了万历间《初潭集》的启发,①而这部《英雄谱》在崇祯末刊行后,很快又需重刻,可见读者对它是如何地欢迎。

可是,不管书坊怎样降低书价,总还是有相当多的读者买不起书,或是自己不想买书,却希望能花较少的钱读到较多的作品。为了争取这部分读者,书坊又开辟了租书这一新的经营业务。现已无从考察明末时租书的具体情形,但清代的一些材料可供我们参考。诸明斋在《生涯百咏》卷一"租书"条中写到:"藏书何必多,《西游》、《水浒》架上铺;借非一瓯,还则需青蚨。喜人家记性无,昨日看完,明日又租。真个诗书不负我,拥此数卷腹果。"阿英在《小说三谈·小说搜奇录》中还记载了清道光年间四宜斋在小说《铁冠图》上所印的租书启事的印记:

  书业生涯,本大利细。涂抹撕扯,全部赔抵。勤换早还,轮流更替。三日为期,过期倍计。诸祈鉴原,特此告启。

明末时租书的规矩,估计与此是大同小异。康熙二十六年(1687),刑科给事中刘楷曾向康熙帝报告说:"臣见一二书肆刊单出赁小说,上列一百五十种。……一二小店如此,其余尚不知几何?"② 此时距明亡不过四十余年,其间书坊又经过战争的劫难,但租书业仍如此普及兴旺,其在明末时的盛行自不难想见。与降低书价相比,租书业的出现显然在更大的范围内扩大了通俗小说的影响。

书坊主为扩大通俗小说影响的种种努力应该肯定,但他们毕竟是商人,这样做的目的是赚钱,而且他们为扩大销路,还曾

---

① 万历间李贽《初潭集》封面有"识语"云:"卓吾先生以《世说》、《类林》各成其书,而不相连贯,分之则双珠,合之则连璧。复广以《语林》诸书,裒为三十卷,手自丹铅,一一品骘,观之洞心悦目,真海内奇书也。……"
② 琴川居士:《皇亲奏议》卷二十二。

采用过不少不正当的手段。嘉靖时郎瑛论及福建书坊时曾说："闽专以货利为计,但遇各省所刻好书,闻价高即便翻刻,卷数目录相同,而于篇中多所减去,使人不知。故一部止货半部之价,人争购之。"① 这种欺人的伎俩,也被用于通俗小说的刊印。胡应麟在《少室山房笔丛》中曾描述过《水浒传》在不断被翻刻过程中的遭遇:

> 余二十年前所见《水浒传》本,尚极足寻味,十数载来,为闽中坊贾刊落,止录事实,中间游词余韵、神情寄寓处,一概删之,遂几不堪复瓿。复数十年,无原本印证,此书将永废。

其实,有如此遭遇的作品又何止《水浒传》。使今日版本学家们大为头疼的某些问题,实际上有不少都与当时书坊为了节缩纸板,降低书价有关。此外,伪称作品是某名士撰写或评点也是书坊用的伎俩。据孙楷第先生的《中国通俗小说书目》,题名李贽评点的作品竟有13种,题名钟惺评点的则有9种,还有一些是题名为玉茗堂(汤显祖)、杨慎、徐渭等人的。其中虽有真的,但估计相当一部分都是书坊的伪托。当时,互相抄袭剽窃作品的现象也屡见不鲜,常有书坊将别人刻印的作品略作修改,换个书名便算是本坊新书。这些自然都属于应予批判的不正之风,但书坊的这些做法在客观上也起到了扩大通俗小说影响的作用。

总之,由于明末时各方面的因素都较有利于通俗小说的发展,使它能迅速地繁荣壮大,并在广大群众中扎下了根。因此,通俗小说在随即而来的席卷全国的大风暴中不仅没有被摧残灭绝。相反,它从中吸取了充分的养料,从而以更成熟的面貌继续向前发展。

---

① 郎瑛:《七修类稿》卷四十五"书册"。

附 录

明中后叶文言小说作者情况简表

姓名	籍贯	功名	官职	与小说关系
姚福	江苏江宁		南京羽林卫千户	著《清溪暇笔》
沈周	江苏长洲	名士		著《石田杂记》等
都穆	江苏吴县	进士	太仆寺少卿	著《听雨记谈》等
叶盛	江苏昆山	进士	吏部侍郎	著《水东日记》
刘昌	江苏长洲	进士	广东参政	著《悬笥琐谭》
祝允明	江苏长洲	举人	应天府通判	著《志怪录》等
周礼	浙江余姚			著《湖海奇闻集》等
黄瑜	广东香山	举人	长乐知县	著《双槐岁钞》
陆容	江苏太仓	进士	浙江参政	著《菽园杂记》
刘玉	江西吉安	进士	刑部左侍郎	撰《已虐编》
文林	江苏长洲	进士	温州知府	著《琅琊漫钞》
王锜	江苏长洲			著《寓圃杂记》
雷燮	福建建安			著《奇见异闻笔坡丛脞》
陆奎章	江苏武进	举人	武康知县	著《香奁四友传》
许浩	浙江余姚	贡生	桐城教谕	著《复斋日记》
尹直	江西泰和	进士	兵部尚书	著《謇斋琐缀录》
萧韶				著《桑寄生传》
黄昕	江苏吴县	进士	刑部郎中	著《蓬窗类记》
杨循吉	江苏吴县	进士	礼部主事	著《吴中故语》等
徐祯卿	江苏吴县	进士	大理寺左寺副	著《异林》
游潜	江西丰城	举人	宾州知州	著《博物志补》

姓名	籍贯	功名	官职	与小说关系
梅纯	河南夏邑	进士	孝陵卫指挥使	著《损斋备忘录》
吴瓒	浙江仁和	进士	南通州知州	著《纂异集》
陆深	上海	进士	詹事府詹事	著《金台纪闻》
伍余福	江苏吴郡	进士	陕西按察司副使	著《苹野纂闻》
董玘	浙江绍兴	进士	吏部侍郎	著《东游记异》
马中锡	河北故城	进士	兵部侍郎	著《中山狼传》
陆采	江苏长洲	监生		著《艾子后语》等
顾元庆	江苏长洲			编刊《顾氏文房小说》、著《檐曝偶谈》等
陆粲	江苏长洲	进士	工科给事中	著《庚巳编》
徐昌龄	江苏吴门			著《如意君传》
梁亿	广东顺德	进士		著《尊闻录》
陈沂	浙江鄞县	进士	太仆寺卿	著《蓄德录》
陶辅			应天亲卫昭勇	著《花影集》
杨仪	江苏常熟	进士	山东按察副使	著《高坡异纂》等
闵文振	江西浮梁			著《涉异志》等
邵宝	江苏无锡	进士	南京礼部尚书	著《对客燕谈》
蔡羽	江苏吴县	监生	南京翰林孔目	著《辽阳海神传》
陈霆	浙江德清	进士	山西提学佥事	著《两山墨谈》
侯甸	江苏吴郡			著《西樵野记》
杨慎	四川新都	状元	翰林修撰	著《丽情集》等
徐咸	浙江海盐	进士	襄阳知府	著《西园杂记》
陆楫	上海			著《蒹葭堂杂著》
王文禄	浙江海盐	举人		著《机警》等
郎瑛	浙江仁和	生员		著《七修类稿》等
田汝成	浙江钱塘	进士	福建提学副使	著《西湖游览志余》等
李濂	河南祥符	进士	山西按察司佥事	著《汴京鸠异记》

姓名	籍贯	功名	官职	与小说关系
胡侍	陕西咸宁	进士	鸿胪少卿	著《真珠船》
万表	浙江鄞县	武进士	佥事南京中军都督府	著《灼艾集》
何良俊	松江	贡生	南京国子监翰林院孔目	著《语林》等
王稚登	江苏武进			著《虎苑》
赵釴	安徽桐城	进士	右佥都御史	著《鹨林子》
陈全之	福建闽县	进士		著《蓬窗日录》
陈良谟	浙江安吉	进士	贵州布政司参政	著《见闻纪训》
孙继芳	湖广华容	进士	云南提学副使	著《矶园稗史》
董谷	浙江海盐	举人	汉阳太守	著《碧里杂存》
陆釴	浙江鄞县	进士	山东按察副使	著《贤识录》
刘仕义			桐城知县	著《新知录》
余永麟	浙江鄞县	举人	苏州通判	著《北窗琐语》
黄姬水	江苏吴郡			著《贫士传》
丘燧				著《剪灯奇录》
王世贞	江苏太仓	进士	南京刑部尚书	编著《剑侠传》等
刘元卿	江西安福	举人	礼部主事	著《应谐录》
田艺蘅	浙江钱塘	贡生	徽州教授	著《留青日札》
冯汝弼	浙江平湖	进士	工科给事中	著《祐山杂说》
耿定向	湖北黄安	进士	南京右都御史	著《权子杂俎》等
胡应麟	浙江兰溪	举人		编撰《百家异苑》等
施显卿	江苏无锡	举人	新昌知县	著《古今奇闻类记》
叶权	安徽休宁	生员		著《贤博编》
徐常吉	江苏武进	进士	浙江按察司佥事	著《谐史》
汤显祖	江西临川	进士	遂昌知县	编辑《续虞初志》
王世懋	江苏太仓	进士	南京太常寺少卿	著《二酉委谭》
吴承恩	江苏山阳	监生	浙江长兴县丞	著《禹鼎记》

533

姓名	籍贯	功名	官职	与小说关系
朱震孟	江西新淦	进士	右副都御史	著《汾上续谈》等作
吴琯	福建漳浦	进士	婺源知县	编辑《古今逸史》
焦竑	江苏上元	状元	翰林院修撰	著《玉堂丛语》等
李贽	福建晋江	举人	姚安知府	著《初潭集》等
屠隆	浙江鄞县	进士	礼部郎中	著《冥寥子游》
范钦	浙江鄞县	进士	兵部右侍郎	辑刊《烟霞小说》
陆延枝	江苏长洲			著《说听》
邵景詹				著《觅灯因话》
倪绾	福建晋安			著《群谈采余》
程荣	安徽歙县			辑刊《汉魏丛书》
何允中	浙江仁和	进士		辑刊《广汉魏丛书》
刘元卿	江西安福	举人	礼部主事	著《贤弈编》
张瀚	浙江仁和	进士	吏部尚书	著《松窗梦语》
陈继儒	松江华亭	生员		著《珍珠船》等
赵标	山西解州	进士		辑刊《三代遗书》
袁宏道	湖北公安	进士	吏部稽勋郎中	著《醉叟传》等
袁中道	湖北公安	进士	南京礼部郎中	辑录《稗海》等
梅鼎祚	安徽宣城			编著《青泥莲花记》等
李诩	江苏江阴			著《戒庵老人漫笔》
王同轨	湖北黄冈	贡生	江宁知县	著《耳谈》
江盈科	湖南桃源	进士	四川按察司佥事	撰《雪涛谐史》等
洪应明				撰《仙佛奇踪》
徐昌祚	江苏常熟		刑部任职	撰《燕山丛录》
薛朝选				撰《外史志异》
胡文焕	浙江钱塘			辑《格致丛书》
吴大震	安徽歙县			辑《广艳异编》
胡汝嘉	江苏南京	进士	翰林编修	撰《韦十一娘传》等

姓名	籍贯	功名	官职	与小说关系
宋懋澄	上海松江	举人		著《九龠集》
余懋学	江西婺源	进士	南京户部右侍郎	撰《说颐》
李本固	河南汝南	进士	南京大理寺卿	撰《汝南遗事》
李绍文	上海松江			撰《明世说新语》
郭良翰	福建莆田		太仆寺丞	撰《问奇类林》等
周诗雅	江苏武进	进士		辑《剑侠传》等
周晖	江苏上元	生员		撰《金陵琐事》等
周玄暐	江苏昆山	进士	云南道御史	撰《泾林续记》
马大壮	安徽歙县			撰《天都载》
魏濬	福建松溪	进士	湖广按察使	撰《峤南琐记》
许自昌	江苏吴县	监生	中书舍人	撰《樗斋漫录》等
潘之恒	安徽歙县		中书舍人	撰《亘史》等
钱希言	江苏常熟			撰《狯园》等
于慎行	山东东阿	进士	礼部尚书	著《谷山笔麈》
钱一本	江苏武进	进士	福建道监察御史	撰《四不如类钞》
徐广	陕西蒲城			辑《二侠传》
吴从先	安徽歙县			撰《小窗自纪》
陈良卿				辑《广谐史》
陈禹谟	江苏常熟	举人	四川按察司佥事	编《广滑稽》
曹臣	安徽歙县			撰《舌华录》
陈诗教				编《花里活》
沈德符	浙江嘉兴	举人		撰《敝帚轩剩语》等
郑仲夔	江西上饶	举人		撰《清言》等
钟惺	湖北天门	进士	福建提学佥事	撰《谐丛》等
沈节甫	浙江乌程	进士	工部左侍郎	辑《纪录汇编》
顾起元	江苏江宁	进士	吏部左侍郎	撰《客座赘语》等
朱国祯	浙江乌程	进士	礼部尚书	撰《涌幢小品》
冯梦龙	江苏长洲	贡生	福建寿宁知县	辑《古今谭概》等

姓名	籍贯	功名	官职	与小说关系
朱谋垏		皇戚	镇国中尉	纂《异林》
张凤翼	江苏长洲	举人		撰《谈辂》等
张鼎思	河南安阳	进士		撰《琅邪代醉编》
邹迪光	江苏无锡	进士	湖广学政	撰《良常仙系记》
张谊	江苏江阴			撰《宦游纪闻》
冯梦祯	浙江嘉兴	进士	南京国子监祭酒	撰《快雪堂漫录》
何宇都	江西德安		夔州通判	撰《益部谈资》
陈士元	湖北应城	进士	滦州知县	撰《江汉丛谈》
慎蒙	浙江归安	进士	监察御史	撰《山栖志》
虞淳熙	浙江钱塘	进士	吏部稽勋郎中	撰《孝经集灵》
焦周	江苏上元	举人		撰《焦氏说楛》
蔡善继	浙江乌程	进士	福建左布政使	撰《前定录》
赵南星	河北高邑	进士	吏部尚书	撰《笑赞》
邓乔林	湖北宜昌			编辑《广虞初志》
汪云程	安徽徽州			编辑《逸史搜奇》
王兆云	湖北麻城			撰《王氏杂记》
王象晋	山东新城	进士	浙江右布政司使	撰《剪桐载笔》
江东伟	浙江开化	举人		撰《芙蓉镜孟浪言》
徐复祚	江苏常熟			撰《三家村老委谈》
薛冈	浙江鄞县			撰《大嚼堂笔余》
唐琳				辑《快阁藏书》
朱长祚				辑《玉镜新谭》
张大复	江苏昆山			撰《梅花草堂笔谈》
支允坚				撰《异林》
樊维城	湖北黄冈	进士	福建按察副使	编《见只编》
张墉	浙江钱塘			撰《廿一史识余》
魏矩斌	福建蒲溪			撰《药房偶记》
郑瑄	福建侯官	进士	应天巡抚	撰《昨非庵日纂》

姓名	籍贯	功名	官职	与小说关系
高承埏	浙江嘉兴	进士	工部主事	编《稽古堂新镌群书秘简》
邹之麟	江苏武进	进士	都御史	撰《女侠传》
冯可宾	山东益都	进士	湖州司理	辑《广百川学海》
黎从	江西临川			撰《未斋杂言》
张定	山东泗水			撰《大四录》
滑惟善	浙江余姚			撰《宝椟记》
马生龙	湖南			撰《凤凰台纪事》
赵瑜	甘肃天水			撰《儿世说》

明中后叶序、刻前代小说者简况

姓名	籍贯	功名	官职	与小说关系
江沂	福建建安	进士		刊宋岳珂《桯史》
郁文博	上海	进士	湖广副使	序元陶宗仪《说郛》
李瀚	山西沁水	进士	吏部侍郎	刊序宋洪迈《容斋随笔》
钱福	松江华亭	状元	翰林修撰	序《吴越春秋》
贺志同				刻晋张华《博物志》、宋李石《续博物志》
刘恒	江西吉水	进士	吴县知县	刻《越绝书》
都穆	江苏吴县	进士	太仆寺少卿	跋《博物志》、《续博物志》、《越绝书》
胡文璧	湖广耒阳	进士	四川按察使	刻宋周密《齐东野语》
赵士亨				刻宋赵令畤《侯鲭录》

姓名	籍贯	功名	官职	与小说关系
顿锐	河北涿州	进士	代府右长史	序宋赵令畤《侯鲭录》
齐之鸾	浙江桐城	进士	河南按察使	刻序宋王谠《唐语林》
陆采	江苏长洲	监生		辑刊《虞初志》
潘旦	江西婺源	进士	兵部侍郎	跋宋岳珂《桯史》
柳佥	江苏吴县			校录唐范摅《云溪友议》
崔世节				刻跋晋张华《博物志》、宋李石《续博物志》
顾春				跋前秦王嘉《拾遗记》
袁褧	江苏吴县	监生		刻宋刘义庆《世说新语》
伍光忠	江苏吴门			跋宋吴淑《江淮异人录》
陆楫	上海			编辑《古今说海》
杨慎	四川新都	状元	翰林修撰	补注《山海经》
洪楩	浙江杭州		詹事府主簿	刻宋洪迈《新编分类夷坚志》
田汝成	浙江钱塘	进士	福建提学副使	序宋洪迈《新编分类夷坚志》
孔天胤	山西汾州	进士		刻跋晋葛洪《西京杂记》
杨仪	江苏常熟	进士	山东按察副使	校序唐袁郊《甘泽谣》
姚咨	江苏无锡			跋唐皇甫枚《三水小牍》

姓名	籍贯	功名	官职	与小说关系
谈恺	江苏无锡	进士	兵部右侍郎	刊序《太平广记》
黄省曾	江苏吴郡	举人		刻《山海经》
王世贞	江苏太仓	进士	南京刑部尚书	刻唐刘肃《大唐新语》
王世懋	江苏太仓	进士	南京太常寺少卿	刊《世说新语》
张梦锡				校刊宋刘斧《青琐高议》
赵用贤	江苏常熟	进士	吏部侍郎	序《东坡志林》
赵开美	江苏常熟			刻《东坡志林》等
梅鼎祚	安徽宣城			校刻元陶宗仪《说郛》
胡震亨	浙江海盐	举人	兵部员外郎	序《搜神记》等
潘玄度				刻唐刘肃《大唐新语》
李云鹄	河南内乡	进士	南京监察御史	序刻唐段成式《酉阳杂俎》
赵琦美	江苏常熟		刑部郎中	校序唐段成式《酉阳杂俎》
俞安期	江苏吴江			刊宋李垕《南北史续世说》刻唐刘肃《唐世说新语》
商濬	浙江绍兴			编刊《稗海》
吴琯	福建漳浦	进士		刊《虞初志》
凌瀛初	浙江乌程			刻《世说新语》
许自昌	江苏吴县	监生	中书舍人	刻《太平广记》
张丑	江苏昆山			刻唐段成式《酉阳杂俎》
冯梦龙	江苏长洲	贡生	福建寿宁知县	辑《太平广记钞》
李长庚	湖北麻城	进士	南京刑部尚书	序《太平广记钞》

姓名	籍贯	功名	官职	与小说关系
岳钟秀				序刊宋曾慥《类说》
马元调	江苏嘉定	生员		刻宋洪迈《容斋随笔》等
毛晋	江苏常熟			刻唐段成式《酉阳杂俎》等
陆贻典				抄录唐封演《封氏闻见记》

明中后叶官员、名士与通俗小说关系简表

姓名	籍贯	功名	官职	与小说关系
文徵明	江苏长洲	贡生	翰林院待诏	誊录《水浒传》
郭勋		武定侯	掌五军团营	刻《三国演义》、《水浒传》，作《皇明开运英武传》
崔铣	河南安阳	进士	南京礼部右侍郎	赞扬《水浒传》
李开先	山东章丘	进士	太常寺少卿	赞扬《水浒传》
唐顺之	江苏武进	进士	右佥都御史	赞扬《水浒传》
王慎中	福建晋江	进士	河南参政	赞扬《水浒传》
陈束	浙江鄞县	进士	河南提学副使	赞扬《水浒传》
黄训	安徽歙县	进士	副都御史	读《如意君传》并作笔记
田汝成	浙江钱塘	进士	福建提学副使	评论《水浒传》等作
周弘祖	湖北麻城	进士	南京光禄寺	著录《三国演义》等
徐渭	浙江绍兴	生员	客胡宗宪幕	著述中论及小说
陈耀文	河南确山	进士	陕西行太仆卿	《花草粹编》收小说中诗词
张凤翼	江苏长洲	举人		序《水浒传》

姓名	籍贯	功名	官职	与小说关系
郎瑛	浙江仁和	生员		论及多种小说
莫是龙	松江华亭	贡生		论及多种小说
王圻	上海	进士	陕西布政司参议	考评多种小说
王世贞	江苏太仓	进士	南京刑部尚书	藏《金瓶梅》抄本
徐阶	松江华亭	进士	礼部尚书	藏《金瓶梅》抄本
王衡	江苏太仓	进士	翰林院编修	赞扬《三遂平妖传》等作
汪道昆	安徽歙县	进士	兵部侍郎	序《水浒传》
王肯堂	江苏金坛	进士	福建参政	藏《金瓶梅》部分抄本
刘承禧	湖北麻城	武进士	锦衣卫千户	藏《金瓶梅》抄本
董其昌	松江华亭	进士	南京礼部尚书	藏《金瓶梅》部分抄本
谢肇淛	福建长乐	进士	广西右布政使	作《金瓶梅跋》等
袁宏道	湖北公安	进士	吏部稽勋郎中	盛赞《金瓶梅》《水浒传》
袁中道	湖北公安	进士	南京礼部郎中	藏《金瓶梅》抄本,论及多种小说
李贽	福建晋江	举人	姚安知府	批点《水浒传》等
沈德符	浙江嘉兴	举人		藏《金瓶梅》抄本,论及多种小说
屠本畯	浙江鄞县		辰州知府	作《金瓶梅跋》等
沈璟	江苏吴江	进士	光禄寺丞	据《水浒传》作传奇
顾充	浙江上虞	举人	南京工部郎中	序《三国志演义》
丘志充	山东诸城	进士	山西右布政使	藏《金瓶梅》半部抄本

姓名	籍贯	功名	官职	与小说关系
文在兹		进士	翰林院庶吉士	藏《金瓶梅》部分抄本
马之骏	河南新野	进士	户部主事	怂恿刊刻《金瓶梅》
陆世科	浙江宁波	进士		序《大唐秦王词话》
陈继儒	松江华亭	生员		为多种小说作序并作评
胡应麟	浙江兰溪	举人		评考多种小说
汤显祖	江西临川	进士	遂昌知县	赞赏《金瓶梅》并评论小说
虞淳熙	浙江钱塘	进士	吏部稽勋郎中	序《西湖一集》
李日华	浙江嘉兴	进士	太仆寺少卿	读《金瓶梅》与评论小说
徐如翰	浙江上虞	进士	边关备兵观察使	序《云合奇踪》
焦竑	江苏上元	状元	翰林院修撰	借《水浒传》与李贽
潘镜若		武举人	于无锡为官	著《三教开迷归正演义》
朱之蕃	江苏上元	状元	吏部右侍郎	序《三教开迷归正演义》
林梓	浙江仁和	进士	云南金腾副使	序《于少保萃忠全传》
邹元标	江西吉水	进士	刑部右侍郎	作《岳武穆王精忠传》
钟惺	湖北天门	进士	福建提学佥事	多种小说题钟惺作或有其序
朱国祯	浙江乌程	进士	礼部尚书	评论多种小说
许自昌	江苏吴县		中书舍人	批点《水浒传》
叶昼	江苏无锡			批评《水浒传》
钱希言	江苏常熟			评论多种小说

姓名	籍贯	功名	官职	与小说关系
吕天成	浙江余姚	生员		撰《绣榻野史》
熊廷弼	湖北江夏	进士	辽东经略	论及多种小说
韩敬	浙江归安	进士	翰林院修撰	编造《东林点将录》
王绍徽	陕西咸宁	进士	吏部尚书	编造《东林同志录》
魏忠贤	河北肃宁		司礼秉笔太监	给天启讲《水浒》故事
冯梦龙	江苏长洲	贡生	福建寿宁知县	编撰《古今小说》等
凌濛初	浙江乌程	贡生	徐州通判	著《拍案惊奇》等
袁于令	江苏吴县	生员		著《隋史遗文》等
温体仁	浙江乌程	进士	礼部尚书	嘱人撰《放郑小史》与《大英雄传》
董说	浙江乌程	生员		著《西游补》等
金圣叹	江苏长洲	生员		评点《水浒传》等
于华玉	江苏金坛	进士	浙江西安知县	著《岳武穆尽忠报国传》

第十六章　拟话本与编创手法的过渡

天启初年,天许斋刊出的冯梦龙的短篇小说集《古今小说》(后来衍庆堂再刊时改名为《喻世明言》)。此时,通俗小说约有百种在世上流行,但短篇小说集却是首次问世。为了使人们能较顺利地接受这种新形式的小说,天许斋还特地以"识语"的方式作广告向读者推荐:相对于《三国演义》、《水浒传》这样的"巨观"而言,对于"其有一人一事足资谈笑者"的短篇小说也"不可偏废"。天启四年(1624)与七年(1627),冯梦龙的《警世通言》与《醒世恒言》又分别刊行于世,至此他的"三言"全部出齐。从后来衍庆堂、兼善堂等书坊再版"三言",以及凌濛初效仿而创作的《拍案惊奇》与《二刻拍案惊奇》的畅销来看,短篇小说集进入阅读市场时显得相当顺利,此后模仿者日众,终于形成了一个新的创作流派,这就是拟话本。

拟话本是集中地出现于明末清初的创作流派,经专家们长时期的搜寻、考订,现在已知的明代拟话本集共有 20 种,可按其刊刻先后大致排列如下:①

天启元年至四年间	《古今小说》	冯梦龙
四年	《警世通言》	冯梦龙
七年	《醒世恒言》	冯梦龙
崇祯元年	《初刻拍案惊奇》	凌濛初
四年	《鼓掌绝尘》	金木散人

---

① "三言"、"二拍"的选本《今古奇观》未列在其中。

五年	《二刻拍案惊奇》	凌濛初
	《龙阳逸史》	醉竹居士
十三年	《欢喜冤家》	西湖渔隐主人
十六年前①	《型世言》	陆人龙
崇祯间	《西湖二集》	周清源
	《十二笑》	?
	《笔獬豸》	独醒道人
	《壶中天》	?
	《一片情》	?
	《石点头》	天然痴叟
	《弁而钗》	醉西湖心月主人
	《宜春香质》	醉西湖心月主人
弘光、隆武间	《清夜钟》	陆云龙
	《贪欣误》②	罗浮散客
	《天凑巧》	罗浮散客

以上20种拟话本集共含作品400余篇,其中绝大多数为短篇小说,也有少量的中篇小说。在具体研究这些作品之前,有必要首先明确何谓拟话本。弄清对象的含意与范围,这本来就是研究工作不可或缺的步骤,而由于专家们对清初某些作品究竟是不是拟话本还有分歧,这一讨论也就显得更有实际的意义。

---

① 《型世言》有二十四回被并入别本《二刻拍案惊奇》(后改名为《幻影》),该书有崇祯十六年序。

② 《贪欣误》与《天凑巧》过去一直被学者们认作是清初作品。但《贪欣误》中有"我朝有了总兵姓纪名光"、"我朝神庙"等语,且有痛斥夷虏与降臣之议论,书中语及"皇朝"时又提行书写,《天凑巧》中也书中称明为"国朝",故而两书并非清初时所刊。又由于《贪欣误》中最迟的明确纪年为崇祯庚辰(1640),但崇祯、弘光时当避之"由"字却屡见,故其刊行当在隆武时。

第一节　拟话本的形式特征及其蜕变

最先提出拟话本概念的是鲁迅先生,他的《中国小说史略》中有题为"宋元之拟话本"的专章(第十三篇),该书第二十一篇义题为"明之拟宋市人小说及后来选本"。虽然鲁迅先生并未以定义的方式界定拟话本的内涵与外延,但由各篇中的相关论述可以看出,他实际上是将模拟话本而写成的作品称为拟话本。在第十二篇"宋之话本"的篇末,鲁迅先生还明确地分析了后来拟话本出现的原因与特征,"南宋亡,杂剧消歇,说话遂不复行,然话本盖颇有存在,后人目染,仿以为书,虽已非口谈,而犹存囊体"。所谓"话本盖颇有存在",既是指明成化年间以来各种宋元话本单行本的刊行,如熊龙峰所刻的《张生彩鸾灯传》等四种小说至今犹存,同时也是指各种话本合集的问世,其中嘉靖时杭州洪楩的整理刊刻活动尤为突出。洪楩接连汇刻了《雨窗集》、《长灯集》、《随航集》、《欹枕集》、《解闲集》与《醒梦集》共六种话本合集,每集收话本小说十种,共计为六十种,故而又以《六十家小说》为总名,它是现存最早的一部话本小说总集。① 从以上六种话本合集的命名可以看出,它们主要是供人们消遣时阅读,而商贾则是这类通俗读物的重要读者群,篇名中的"随航"二字,也很容易使人联想到这一点。话本单行本或合集的广泛流传,既使后来的作家萌生仿效之念,同时也使读者逐渐形成了欣赏模式,而后者又是制约作家创作的强有力的因素。于是,明末的拟话本创作便出现了"犹存囊体"的现象,对于这一"囊体",鲁迅先生后来又将其归纳为三个"必要条件":"1、须讲近世事;2、什九须

---

① 此书现存小说二十七种,另有《翡翠轩》、《梅杏争春》两篇的残页。因各篇板心刻有"清平山堂"字样,故现存各篇的汇刻本命名为《清平山堂话本》。

有'得胜头回';3、须引证诗词。"① 前一条是指作品的内容,后两条则是指形式上的特征,鲁迅先生的这三条实际上是提出了判断一部作品的创作是否属于模拟话本的标准。下面,我们就按这三条依次考察明代拟话本的情形。

是否以"近世事"为创作题材,这历来是对一部古代小说或创作流派作考察时的重要内容,而对于不同的时代或不同的创作流派来说,其考察结果经常是大不相同。如鲁迅先生在《中国小说的历史的变迁》中比较唐宋两代传奇的区别时就曾经指出:"唐人大抵描写时事,而宋人则多讲古事",这是因为"唐时讲话自由些,虽写时事,不至于得祸;而宋时则讳忌渐多,所以文人便设法回避,去讲古事。"但宋时有些说话艺人并不像文人那样有种种顾忌,他们抓住人们爱听自己所生活的时代中的人与事的心理,有意演说发生在眼前的故事。这一特点在南渡之后显示得尤为明显,因为金人铁骑的南侵所引起的人世间许许多多悲欢离合的感人故事,更能吸引广大亲身经历过或熟悉靖康之变的听众。鲁迅先生曾将《京本通俗小说》② 中各篇故事发生的年代逐一排列,并得出这样的结论:"所说故事发生的年代,则多在南宋之初,北宋已少,何况汉唐。又可知小说取材,须在近时;因为演说古事,范围即属讲史。"③ 正是基于这一考察,鲁迅先生方将"须讲近世事"作为话本小说的"必要条件"之一。然而,宋时话本的这一特征在明末的拟话本中却表现得并不突出,下面这张对明末一些拟话本集作品故事发生年代的统计表可以证

---

① 鲁迅:《坟·宋民间之所谓小说及其后来》。
② 《京本通俗小说》由缪荃孙于1915年刊行,内收《碾玉观音》等七篇话本小说,缪氏跋语称此书"的是影宋人写本"。其时,学者们都接受了缪氏跋语的说法,故而鲁迅据此研究宋代话本。现据学者考证,此书并非宋人话本合集,而是缪氏作伪,据冯梦龙的"三言"选编而成。不过,此书所选基本上确为宋人话本小说,只不过它们已经过冯梦龙程度不同的改写。
③ 鲁迅:《坟·宋民间之所谓小说及其后来》。

实这一点。[1] 下表以嘉靖朝为界将明代分为两部分,这是因为考虑到"近世事"一般当在百年之内,而对天启、崇祯时的作者来说,上溯百年正是嘉靖朝。[2]

	古今小说	警世通言	醒世恒言	西湖二集	拍案惊奇	二刻拍案惊奇	石点头	型世言	合计
唐以前	7	3	5	0	0	1	0	0	16
唐	3	4	7	4	9	0	3	0	30
五代	3	0	1	1	0	0	0	0	5
宋	20	19	11	15	7	15	5	0	92
元	2	1	1	6	5	2	0	2	19
明 嘉靖前	4	8	7	7	9	8	3	18	64
明 自嘉靖后	1	3	6	1	5	5	0	10	31
明 不详	0	1	1	0	2	5	2	9	20
明 合计	5	12	14	8	16	18	5	37	115
不详	0	1	1	0	3	2	1	1	9
合计	40	40	40	34	40	38	14	40	286

从这张表可以清楚地看出,明末的拟话本中演述宋元时故事的作品相当多,这由于一些拟话本集,特别是冯梦龙的"三言"着重改编宋元以来话本的缘故;而演述明代的故事虽多,但描写近世

---

[1] 过去鲁迅、王古鲁先生等学者也做过类似的统计,但可惜并不准确。如王古鲁先生在附于《拍案惊奇》之后《本书的介绍》一文中,将卷十二《陶家翁大雨留宾　蒋震卿片言得妇》的故事发生年代定为元代,但该作品正话开始时已明言:"这一本话文,乃是国朝成化年间",当为明代。类似情形还有,此处不赘。
[2] 《二刻拍案惊奇》卷四十《宋公明闹元宵》为杂剧,卷二十三《大姊魂游完宿愿　小姨病起续前缘》全同于《拍案惊奇》之卷二十三,故统计时该作品集按含短篇小说三十八篇计。以下各表均同此。

事，即嘉靖以来的故事的作品却相当少，只占总数的十分之一强，可见演述近世事并不是拟话本的特征。造成这种状况有两个原因：首先，宋元小说基本上只演述近世事，因为"演说古事，范围即属讲史"，但到了明代的天启、崇祯时，"小说"这一概念的内涵与外延已不像宋时那样狭隘，讲史、神魔等作品均被称为小说，因此明代拟话本的作者在改编或创作时当然不再受宋时小说分类的限制。其次，那些作者创作的重要目的之一是针砭现实，他们在创作中发现，这并不意味着一定要描写近世事，即使是演述古事，只要处理得当，同样也可以达到针砭现实的目的。入清以后，由于满清统治者文网的严酷，拟话本的作者们更不便多言近世事。如果说明代拟话本中演述本朝的故事毕竟还占了49%左右，多少有些演述近世事的意味，那么对清初的拟话本来说，这种残存的痕迹也几乎消失殆尽了。但这并不表示那些作者有意远离现实。如《豆棚闲话》第七则《首阳山叔齐变节》的故事年代应为周初，可谓古矣，但作者改写历史，说叔齐不堪饥饿，弃兄下山企图向新朝谋取功名，这正是对由明入清的那些假清高、真污浊的小人的辛辣讽刺，虽是假托远古时候的事，但于现实却有强烈的针对性。因此，不应简单地认为"演说近世事"的特征在拟话本中消失了，而是应当承认它是被更为进步的有意针砭现实这一特色所取代，并且在这两者之间，又有着明显的承袭与扬弃的关系。

鲁迅先生所归纳的宋时话本的第二个特征是"什九须有'得胜头回'"，这里所说的"得胜头回"，实际上是对作品在篇首诗词与正话之间那段文字的统称，若进一步细分，则可看出它往往由两个部分组成。第一是"入话"，它是解释、议论性的，因为如果仅有简短的篇首诗词，还不能把正话的意义点明，而且在引证诗词后立即演述故事，在章法上也显得有些突然。于是入话便对所引证的诗词略作解释，或发议论，或叙背景为引入正话作准备。如《古今小说》第一卷《蒋兴哥重会珍珠衫》在篇首诗词后便是作者的一段解释、发挥性的议论：

> 这首词，名为《西江月》，是劝人安分守己，随缘作乐，莫为"酒"、"色"、"财"、"气"四字，亏了行止。求快活时非快活，得便宜处失便宜。说起那四字中，总到不得那"色"字利害。眼是情媒，心为欲种。起手时，牵肠挂肚；过后去，丧魄销魂。假如墙花路柳，偶然适兴，无损于事；若是生心设计，败俗伤风，只图自己一时欢乐，却不顾他人的百年恩义，——假如你有娇妻爱妾，别人调戏上了，你心下如何？

这种承上启下的入话可长可短，较为灵活，有的比上面的引文还要长得多，有的则是三言两语，也有甚至没有入话就直接进入正文的。第二是"头回"，它一般一则或二、三则小故事组成。头回虽然在情节上与正话没有必然的逻辑联系，但它可以从正面或反面映衬正话，正如鲁迅先生所说，"取不同者由反入正，取相类者较有深浅，忽而相牵，转入本事，故叙述方始，而主意已明。"[①] 如《醒世恒言》中大家所熟悉的据宋时话本《错斩崔宁》改编而成的《十五贯戏言成巧祸》，作者在讲述正文故事前，先叙述了魏鹏举"一句戏言，撒漫了一个美官"的小故事，它映衬了正话，从一开始就向读者点明了"劝君出话须诚实，口舌从来是祸基"的"主意"。

含有入话或头回是拟话本模拟话本的主要表现之一，下表是对明代一些拟话本含有入话或头回情形作考察的结果，同时附上对清初《十二楼》的考察以帮助了解这方面的变化状况。

---

① 鲁迅：《中国小说史略》第十二篇"宋之话本"。

	古今小说	警世通言	醒世恒言	西湖二集	拍案惊奇	二刻拍案惊奇	石点头	型世言	十二楼
入话、头回均有	5	9	5	27	30	24	7	19	3
仅有入话	21	11	18	2	2	4	7	17	9
仅有头回	9	9	9	4	8	10	0	4	0
入话、头回均无	5	11	8	1	0	0	0	0	0
合计	40	40	40	34	40	38	14	40	12

很明显,在早期的拟话本"三言"中,入话与头回含有的情形很不整齐,其主要原因,是冯梦龙并没有在概念上将入话与头回严格区分。如《醒世恒言》卷三十五《徐老仆义愤成家》中,作者论及正话前萧颖士的故事时说:"适来小子道这段小故事,原是入话,还未曾说到正传。"可是这里冯梦龙所说的"入话",其实正应该称为"头回"。到了周清源的《西湖二集》与凌濛初那两部《拍案惊奇》时,作者已将入话与头回这两个概念区分开来。这三部拟话本集的作品大部分都既有头回同时也有入话,它们都由五个部分组成:1、篇首诗词;2、入话;3、头回;4、正话;5、篇尾诗词。然而,这种拟话本的标准格式又很快被打破。如崇祯年间较迟出现的《型世言》,虽然在上表中有19则故事是入话、头回均有,但这部拟话本集中的头回基本上都与入话连在一起,而且仅仅只作为例子被极简略地提及,与"三言"、"二拍"中头回的详尽铺叙大不相同,再加上该作品集中仅有入话的又有17则故事,因此实际上编著者是重视入话,而将头回看作是可以省略的。到了清初时,许多拟话本集也都是重入话而轻头回,甚至常常将头回干脆省略。李渔创作《连城璧》时不仅省略了头回,而且还特地写下一段文字介绍如此处理的理由:"别回小说,都要

在本事之前,另说一桩小事,做个引子",但他却认为"不须为主邀宾,只消借母形子,就从粪土之中,说到灵芝上,也觉得文法一新。"①

在拟话本创作中,头回逐渐被省略实际上是一种必然现象。"头回"在话本中的出现主要并不是创作上的需要,而是商业上的考虑。对说书艺人来说,听众的多寡直接影响到他的生计,故而总是希望来听讲故事的人越多越好,可是到了约定的时间他又必须开讲。于是,作为两全之法的"头回"便出现了:已入场的听众的注意力为"头回"所吸引,他们不会因开讲不准时而烦躁喧闹,而场外的人因为"正话"尚未开始,他们这时也愿意进场听讲。久而久之,"头回"便成了话本小说在形式上的重要标志。可是在文人创作的拟话本中,头回的存在纯粹是出于对话本的模仿,那些作者不仅没有说话人那样迫切的商业需求,而且构想与设置头回还往往会成为创作的累赘。既然头回存在的必要性已经不复存在,于是它在拟话本中出现的频数也就慢慢地减少,而这又意味着拟话本的一个重要特征的逐渐消失。在话本中,入话的作用与头回大抵相似,它之所以后来在拟话本中还常被保留着,其主要原因并不是作者刻意模拟话本,而是他们往往爱发一些劝善惩恶的议论。正因为出现的原因不一样,所以后来有些作品的入话形式也走了样。最典型的可算是清初的拟话本集《豆棚闲话》,它用在豆棚下聚谈的方式串联了十二则故事,颇有点像薄伽丘《十日谈》的写作格式。以描绘豆棚的变化引入正文,这实在不大像是我们讨论的入话,但又确实是由此发展变化而来的,而且作者叙及的豆棚的变化,又多少含有些与作品内容相关的某种象征意义。总之,含有入话与头回是拟话本的重要特征,但由于它们逐渐丧失了存在的必要性,因此在拟话本的发展过程中或是被省略,或是走了样,以致最终在后期的一些拟话

---

① 李渔:《连城璧》子集《谭楚玉戏里传情　刘藐姑曲终死节》。

本中,这一特征已依稀难辨,与其他的作品也无严格的差别了。

最后,我们再考察拟话本"引证诗词"的特征。鲁迅先生在论及宋市人小说引证诗词时曾作过这样的分析:

> 《通俗小说》每篇引用诗词之多,实远过于讲史(《五代史平话》、《三国志传》、《水浒传》等),开篇引首,中间铺叙与证明,临末断结咏叹,无不征引诗词,……唐人小说中也多半有诗,即使妖魔鬼怪,也每能互相酬和,或者做几句即兴诗,此等风雅举动,则与宋市人小说不无关系,但因为宋小说多是市井间事,人物少有物魅及诗人,于是自不得不由吟咏而变为引证,使事状虽殊,而诗气不脱;吴自牧记讲史高手,为"讲得字真不俗,记问渊源甚广"(《梦粱录》二十)即可移来解释小说之所以多用诗词的缘故的。[①]

鲁迅先生的分析,解释了宋时话本征引了相当多的诗词的原因,而明末模仿宋时话本而创作的拟话本也承袭了征引诗词的特征,不过在从明末至清初的半个多世纪里,这一特征在拟话本的发展过程中同样慢慢地发生了变化。一般地说,前期作品中诗词引证得较多,而后期则较少,如问世于明崇祯时周清源的《西湖二集》,其卷七《觉阇黎一念错投胎》全文不足万字,而文中仅是完整的诗词就征引了39首,相反,在清初艾衲居士的《豆棚闲话》中,除了第四则《藩伯子破产兴家》征引了一首,第十则《虎丘山贾清客联盟》为了介绍苏州风俗而征引了22首外,其余的十则故事中竟无一首诗词,作者甚至将篇首与篇尾的诗词也都省略了。下面是明代拟话本各篇征引诗词数量表,为了比较方便也附上了清初顺治、康熙间刊行的《十二楼》与《连城璧》等作,由此表可以看出拟话本征引诗词数量由多到少的变化趋势。

---

① 鲁迅:《坟·宋民间之所谓小说及其后来》。

	篇数	作品集含诗词总数	篇中收诗词最低数	篇中收诗词最高数	平均每篇所收诗词数
古今小说	40	448	3	30	11.2
警世通言	40	454	2	47	11.35
醒世恒言	40	409	3	22	10.23
西湖二集	34	500	6	40	14.71
拍案惊奇	40	266	2	15	6.65
二刻拍案惊奇	38	323	5	17	8.5
石点头	14	136	5	19	9.71
欢喜冤家	24	221	3	20	9.21
型世言	40	348	3	21	8.7
醉醒石	15	286	7	28	19.07
十二楼	12	50	1	10	4.17
连城璧	18	39	1	8	2.17
豆棚闲话	12	25	0	22	2.08

在冯梦龙的"三言"中,相当一部分作品是根据宋元话本改编的,因此征引的诗词较多,而《西湖二集》的作者周清源是"抵掌而谈古今也,波涛汹涌,雷震霆发"的人,蹭蹬厄穷的遭遇又使他"愿为优伶,手琵琶以求知于世",① 看来是曾有过一段说书的生涯,因而以上这四部作品中征引的诗词特别多也容易理解。宋时话本中大量征引诗词的重要原因是说话人为了显示"讲得字真不俗,记问渊源甚广",而明清时与说书并无什么关系的文人撰写拟话本时,其创造力主要显示于人物形象的塑造与情节的安排,他们一般都是有一定声望的名士,完全没有必要以大量引证诗词的方式来表明自己的不俗或学问渊博。由于是遵循话本的格式,他们的作品中也多少出现了一些诗词,但这往往是出

---

① 湖海士:《西湖二集序》。

于刻画人物与情节发展的需要,而并非是有意的嵌入。凌濛初两部《拍案惊奇》的情形正是如此,李渔的《十二楼》也是如此。谁也不会怀疑李渔作诗赋曲的水平,但书中《夺锦楼》与《奉先楼》这两篇都只是在篇首征引了一首诗,而除了《三与楼》与《生我楼》这两篇外,其余十篇竟然连篇尾都未征引诗词。

除征引整首诗词外,拟话本中还常在一小节结束时用二句韵语作概括或提示,这也是承袭宋时话本而来的。这两句韵文通常是七言或五言,但也有六言与四言的。其中有一些被使用的频率相当高,几乎成了套语,如"猪羊送屠户之家,一脚脚来寻死路","分开八块顶阳骨,倾下半桶冰雪来","天有不测风云,人有旦夕祸福"等等。由下表可以看出,这种两句韵文的运用与整首诗词的征引一样,也经历了一个由多到少的变化过程。

	古今小说	警世通言	醒世恒言	西湖二集	拍案惊奇	二刻拍案惊奇	石点头	十二楼
未引	7	5	3	3	18	12	1	6
1—3次	17	13	10	16	20	26	2	6
4—6次	10	7	15	7	2	0	9	0
7—9次	4	8	6	7	0	0	1	0
10次以上	2	7	6	1	0	0	1	0
合计	40	40	40	34	40	38	14	12

征引诗词以及概括性的两句韵语的运用,是话本小说在形式上的重要特征,而它们在拟话本中出现次数的逐渐减少,则意味着这一特征也是慢慢地变得模糊不清。如果单以征引诗词与运用两句韵语这标准来衡量,那么《十二楼》中相当多的作品与其他非拟话本的通俗小说已没有什么严格的区别了。

通过上面的考察与分析,现在可以对拟话本作出一个概括性的描述:拟话本是模拟宋元话本的形式而创作的作品,是明清通俗小说中唯一的以形式为划分标准的创作流派,其形式特征是有入话或得胜头回,并征引较多的诗词。但话本是说话人的底本,而拟话本则是为案头阅读而创作,两者性质有别,适合于话本的那些形式就逐渐失去了存在的必要性,于是随着拟话本创作的发展,这些特征也就模糊淡化。这表明此时作者创作时重视的是根据作品的实际内容进行构思,已不再把注意力放在如何模拟话本的形式上。这种独创意识的抬头,决定了拟话本在形式方面的过渡性,而这种过渡性又恰与作者编创方式的演变相一致。

第二节 过渡性拟话本的编创方式

由于资料的缺乏,现在已很难确切地知道明代最早的拟话本究竟诞生于何时,不过从整个通俗小说创作的发展趋势来看,其上限不会早于万历末年,而根据现存的作品作排列,那么最早的拟话本是问世于天启年间的冯梦龙的"三言"。冯梦龙是明代通俗小说发展史上极重要的人物,当时拟话本作品创作的数量以他为最多,共三种一百二十篇;所产生的影响也最大,稍后的凌濛初与天然痴叟实际上都是在他的带动下才去撰写"二拍"与《石点头》。以拟话本为形式的短篇小说的出现,打破了长期以来长篇小说在通俗小说创作中占绝对垄断地位的格局,而冯梦龙有意识的积极推动,又使得拟话本迅速地发展成为一个重要的小说流派。冯梦龙的功绩并不止于此,他还在理论上就作品的通俗化、如何处理创作与现实生活关系等问题提出了较正确的主张。在通俗小说的创作由改编向独创过渡的关键时期,冯梦龙的创作实践与理论主张都起了相当重要的作用。

冯梦龙的工作是从有计划地收集、整理与改编宋元以来的话本开始的,他曾在第一部拟话本集《古今小说》的序言中讲述了自己从事这一工作的原因与意义。首先,他认为这些话本具有易于收效的教育功用:"试令说话人当场描写,可喜可愕,可悲可涕,可歌可舞;……怯者勇,淫者贞,薄者敦,顽钝者汗下。虽小诵《孝经》、《论语》,其感人未必如是之捷且深也";其次,冯梦龙将唐传奇与宋时的话本作比较后得出这样的结论:"唐人选言,入于文心,宋人通俗,谐于里耳。天下之文心少而里耳多,则小说之资于选言者少,而资于通俗者多",即通俗的话本可在最大的范围内传播并发挥其娱心与劝戒的作用;第三,冯梦龙有意于通俗文学的整理工作。宋时话本"多浮沈内庭,其传布民间者,什不一二",若任其自流,这些篇幅短小的作品很可能逐渐散佚湮灭。在孙楷第的《中国通俗小说书目》中,所著录的已散佚的宋元话本就有百余篇,亏得冯梦龙有心地搜寻与整理,宋元以来的一些话本才得以在"三言"中保存着。就这类作品而言,冯梦龙所做的主要是一些文字编辑工作,如将《古今小说》第三十五卷《简帖僧巧骗皇甫妻》与收入《清平山堂话本》的《简帖和尚》互作对勘就可以看出,两者之间只有个别文字上的差别。也有一些是简单的改编,因此这样编成的拟话本中所含的独创成分,即作者根据对现实生活的概括提炼而增添的内容,总的说来是相对较少。

然而,可供整理或改编的话本毕竟有限,流传在民间的已是"什不一二",同时又正如冯梦龙所说,流传的作品中"如《玩江楼》、《双鱼坠记》等类,又皆鄙俚浅薄,齿牙弗馨焉"。[①] 因此在《警世通言》中,据拟话本整理或改编的作品已略有减少,在《醒世恒言》中更降为只有7篇,而到了凌濛初编撰那两部《拍案惊奇》时,面临的已是"宋元旧种,亦被搜括殆尽","一二遗者,皆其沟中之断芜"的局面了。冯梦龙并没有因为宋元以来的话本被

---

① 绿天馆主人:《古今小说序》。

改编殆尽就停止拟话本的创作,但要继续编创,他所采用的方法就必然要有所改变。冯梦龙意识到了这一点,并在据话本整理或改编的作品最少的《醒世恒言》的序中写道:"六经国史而外,凡著述皆小说也,而尚理或病于艰深,修词或伤于藻绘,则不足以触里耳而振恒心,此《醒世恒言》四十种所以继《明言》、《通言》而刻也。"这里将六经国史以外的著述均称为小说显然并不恰当,但联系冯梦龙创作的实际情形,可以理解到他的本意是想说明各种杂著笔记中的内容都可取为小说创作的素材,只是它们修词藻绘,病于艰深,须用通俗语言演述并丰富之,方能"触里耳而振恒心"。借用凌濛初的话可将这层意思表达得更明白些:"取古今来杂碎事,可新听睹,佐诙谐者,演而畅之。"① 当冯梦龙用这样的方式编创作品时,他的创作应算是跃上了一个新的台阶,因为这些作品并不是由整理或极简单的改编而写成的,其中已多少含有一些独创的成分,而各单篇作品中独创成分的多少是随着改编所依据的原始材料丰满程度而有所不同。个别的作品基本上应属于较简单的改编,如《警世通言》卷二十一《赵太祖千里送京娘》便是一例。在这作品之前,元人彭伯城有杂剧《京娘怨》,罗贯中又有杂剧《龙虎风云会》,主要的人物、情节在这些剧作中均已基本定型,冯梦龙所做的主要工作显然是将戏曲改编为小说。又如同书卷二十五《桂员外途穷忏悔》,是据文言小说集《觅灯因话》卷之一《桂迁梦感录》改写的。由于原作是文言小说,因此尽管只有三千余字,但已相当细致地描述了完整的故事,除结尾处的改动之外,两篇作品的主要差别,也只是表述用文言或白话而已。但这仅仅是个别的现象,这类作品中大多数的编创方式正与此相反,《醒世恒言》卷九《陈多寿生死夫妻》便是其中较典型的一例。这篇作品的资料来源是许浩《复斋日记》中这样一段记载:

---

① 即空观主人:《拍案惊奇序》。

陈寿,分宜人。聘某氏,未成婚而寿得癞疾。其父令媒辞绝。女泣不从,竟归。寿以己恶疾,不敢近,女事之,三年不懈。寿念恶疾不可瘳,而苟延旦夕以负其妇,不如死,乃私市砒,欲自尽。妇觇知之,窃饮其半,冀与俱殒。寿服砒大吐,而癞顿愈,妇一吐不死。夫妇皆老,生二子,家道日隆。人皆以为妇贞烈之报。

　　冯梦龙编辑的《情史》卷十"陈寿"条的文字与此完全相同,可以证明许浩的描述确实是他创作时所依据的原始材料。这条记载虽然描述了完整的故事,但只是极为简略的梗概式叙述,一共只有115字,可是冯梦龙的作品却洋洋洒洒地近万言,其间矛盾迭起,情节曲折,人情世故也表现得淋漓尽致,正如鲁迅先生所称赞的那样:"不务装点,而情态反如画",[①]即十分逼真地描绘了一幅明代市民生活风俗画。这篇作品的成功,主要应归功于冯梦龙对生活的细致观察与体验,这样的创作显然不能说是改编。可是,若归于独创也同样地不妥,因为冯梦龙毕竟袭用了原有的故事框架,情节与人物都没有变。这种既非改编又非独创的手法,实际上正是通俗小说由改编向独创发展途中融合两者的过渡型编创方式。尽管这一类作品在"三言"中并没有占绝对的优势,但从明末整个拟话本创作来看,它的创作基本上是以此为主。一般地说,所依据的原始资料越是简略概括,其对应作品所含的独创成分也就越多,反之亦然。谭正璧先生曾对"三言"、"二拍"各作品的资料来源作过极为认真细致的搜寻,若根据他编纂的《三言二拍资料》一书中所列各作品正话原始材料的字数多少进行统计排比,便可得下表:[②]

[①] 鲁迅:《中国小说史略》第二十一篇"明之拟宋市人小说及后来选本"。
[②] 统计时依据下述原则:1、当同一故事有数种记载时,按明以前的且字数较多的统计;2、故事中不同情节有不同的资料来源时,按这些资料字数的总和进行统计。

	无，或出处不详	400字以下	401—1,000字	1,001—2,000字	2,001—3,000字	>3,000字	合计
古今小说	1	6	2	7	4	20	40
警世通言	7	6	3	4	1	19	40
醒世恒言	6	7	10	8	1	8	40
拍案惊奇	7	9	9	9	1	5	40
二刻拍案惊奇	9	8	14	3	2	2	38
合计	30	36	38	31	9	54	198

在上表中，原始资料中字数多于3,000的作品，基本上是宋元以来的话本，它们所对应的拟话本是由整理或简单地改编而成的。从上表还可以看出，"三言"中这类作品比较多，约占40%，而在"二拍"中，这却是较个别的现象。一般地说，对应资料来源字数在3,000字以下的作品，其创作应归于融合改编与独创的过渡型，这类作品在"三言"、"二拍"中均占三分之二以上。若划分标准取得更苛严些，只考察资料来源在千字以下的作品(无资料来源或出处不详者包括在内)，那么它们仍有104篇，而"三言"、"二拍"所含的短篇小说一共只有198篇，这表明在冯梦龙与凌濛初的创作中，应归于融合改编与独创的过渡型的作品占了多数。若将"三言"与"二拍"分开作考察，那么前者120篇短篇小说中，资料来源在千字以下的作品(无资料来源或出处不详者包括在内)有48篇，而后者78篇中却有56篇，两者所占的比例分别为40%与72%。很显然，"二拍"中所含的独创成分远高于"三言"，这才造成了这两个百分比的明显差异。另一对百分比的差异也证实了这一判断：上表左面第一栏是资料来源不详或干脆没有资料来源的作品篇数，这样的作品在"三言"中仅占7%，而在"二拍"中却超过了20%。当未查到作品故

事的资料来源时,谭正璧先生往往都注明"本篇正话资料,尚待发现,俟有所得,当为续辑"。① 可是如果其中含有冯梦龙、凌濛初自己独创的作品,那么对于这些作品恐怕不会再发现有较完整故事情节的资料来源了。

在"三言"中究竟有多少冯梦龙自己独立创作的作品,目前学术界关于这问题尚有争论,② 但与"二拍"相比,凌濛初独立创作的作品较多却已得到大家的公认。前面我们曾提到,凌濛初对自己创作方法的介绍是"取古今来杂碎事,可新听睹,佐诙谐者,演而畅之"。这一概括性的介绍中实际上包含了三种创作方法:如果原始材料中情节已相当完整,人物性格已基本定型,那么相应的创作只是简单的改编;如果依据的材料只是十分简略的梗概,全靠作者根据自己的生活积累与艺术创作经验来"演而畅之",那么这样写成的作品既不能归于改编,也不宜说成是独立创作,只能认为这是融合两者的过渡型创作;最后,如果作者依据的只是一些点滴的琐碎材料,其中有的还直接或间接地来自现实生活(即凌濛初所说的"古今来杂碎事"中的"今"),经过作者的构思设计才组织成一个故事并塑造出某些人物形象,那么这样的作品应归于独创。以冯梦龙与凌濛初对小说作用与地位的认识以及他们的艺术修养,写出一些这样的作品应该说是合乎情理的事。因此,在"三言"中已开始出现文人独立创作的短篇小说,"二拍"中这类作品似更多一些。不过从"三言"、"二拍"的整体创作来看,占主导地位的仍应是融合改编与独创

---

① 谭正璧先生曾对少量作品的正话资料来源作了某些解释,但未能指出与作品有直接渊源关系的资料及其出处,这类作品仍归于"资料来源不详或无资料来源"。

② 现在一般认为《警世通言》卷十八《老门生三世报恩》为冯梦龙独创的作品,冯梦龙在为《三报恩》传奇作序时称:"余向作《老门生》小说,政谓少不足矜,而老未可慢,为目前短算者开一眼孔。"此语可为判断之佐证。

的过渡型的编创方式。

拟话本的作者放弃简单的改编,逐步采用过渡型的编创方式,甚至有时还写出了独创的短篇小说,这在某种意义上可以说是被逼出来的。正如各朝各代的大事被演述完后,讲史演义的作者就被逼着另寻出路一样,当供改编的宋元以来的话本"被搜括殆尽"时,拟话本的作者就很自然地要将目光转向文言小说、野史与各种杂著笔记。依据这类资料创作时,其间或许曾有过一个从完整到片断、由详尽丰满到简略概括的递补式的选择过程,但不管怎样,要根据这些原始素材敷衍成形式完整、情节曲折的作品,作者们势必都要充分调动自己的生活积累,从而刻画鲜明的人物性格,补充丰富的生活细节,使情节能合乎逻辑地发展,而人物间的关系与矛盾则需酣畅地铺写。这时,合理的虚构已是创作过程中不可或离的必要手段,因此冯梦龙的《警世通言序》开篇即言:"野史尽真乎?曰:不必也。尽赝乎?曰:不必也。然则,去其赝而存其真乎?曰:不必也。"接着,他又从理论上作了进一步的阐发:

> 人不必有其事,事不必丽其人,其真者可以补金匮石室之遗,而赝者亦必有一番激扬劝诱,悲歌感慨之意。事真而理不赝,即事赝而理亦真,不害于风化,不谬于圣贤,不戾于诗书经史,若此者其可废乎?

所谓"事真而理不赝",是说作家虚构的故事只要反映出生活的真实,合乎生活发展的逻辑,那么它就是真实的。在"按鉴演义"还占优势的情况下,冯梦龙为小说家争得艺术虚构的权利而提出这一主张,并大声疾呼"若此者其可废乎",这确实是难能可贵的。凌濛初也发表了类似的见解,他在介绍自己的创作方法时还曾直截了当地说:"其事之真与饰,名之实与赝,各参半。文不足征,意殊有属",①而睡乡居士评论凌濛初的作品时则强调其"正以幻中有真,乃为传神阿堵"。②虽然此话是针对人物性格的塑造而发,但实际上也适合于整个的艺术虚构的方法。伴随着过渡型的编创方式的出现,艺术虚构的手法得到了肯定并逐渐被广泛运用,如果说作家的创作难以从改编一跃而至独创,那么对具有过渡型编创方式的经验,对生活真实与艺术真实关系有较正确理解的拟话本作者来说,迈入独创的门槛已是顺理成章的事,这也是在"三言"、"二拍"中会出现一些作家独立创作的作品的原因之一。

独立创作的成分在拟话本中的逐渐增强,是与作品内容开始直接贴近现实生活的特点紧密相联系。在此以前的嘉靖、万历朝,主要的创作流派是讲史演义与神魔小说,作品中挂牌领衔的不是帝王将相,便是神仙佛祖,可是在天启、崇祯时问世的拟话本中,相当多作品的主角却是市井细民,如下层文人、商人、妓女、工匠乃至极为普通的贩夫走卒。当然,拟话本中也有以讲史、神魔为题材的作品,但从下表可以看出,它们所占的比例很小,其发展趋势也是在不断地减少。③后来清初的拟话本虽也常描写历史故事,但这是在文网森严的情况下的不得已之举,而其旨归仍在针砭现实,如《豆棚闲话》等,采用的是"莽将二十一史掀翻,另数芝麻帐目"④的写作方法,这与嘉靖、万历时"按鉴演义"的讲史类作品相比,显然是性质完全不同的两码事。

---

① 即空观主人:《拍案惊奇序》。
② 睡乡居士:《二刻拍案惊奇序》。
③ 表中附列对清初李渔《十二楼》的统计数以便作比较。
④ 天空啸鹤:《豆棚闲话序》。

563

	古今小说	警世通言	醒世恒言	拍案惊奇	二刻拍案惊奇	石点头	型世言	十二楼
讲史	8	6	2	1	0	0	6	0
灵怪	8	9	9	8	7	1	5	0
说经	3	1	1	1	2	0	0	0
公案	2	3	3	5	2	0	4	0
恋情	10	12	11	8	7	6	0	6
世情	8	9	13	14	19	7	25	6
侠义	1	0	1	3	1	0	0	0

　　表中的统计数据表明,拟话本的创作越来越集中于反映现实生活的男女恋情或世情这两类题材上,而且这还是作者自觉选择的结果。凌濛初就曾说过:"今人但知耳目之外,牛鬼蛇神之为奇,而不知耳目之内,日用起居,其为谲诡幻怪,非可以常理测者固多也。……所谓必向耳目之外索谲诡幻怪以为奇,赘矣。"① 这一见解远远高出了那些脱离现实生活,片面追求情节离奇曲折的编创者,因而他的某些作品也达到了相当高的水准。从上表的统计可以看出,他所选择的题材较明显地偏重于现实生活,这也是"二拍"中独创成分较强的重要原因。凌濛初的理论阐发与创作实践都给后来者以很大启发。尤其值得注意的是,在"二拍"中出现了几则才子佳人一见钟情,丫鬟传诗,私授信物,后又几经波折,最终以才子及第,有情人终成眷属而告结束的故事。这是大家所熟悉的清初大量才子佳人小说的标准模式,所不同的只是凌濛初的故事篇幅较短而已。虽然明代的中篇传奇中已有这类故事,但对于通俗小说创作来说,凌濛初可谓是始作俑者,而拟话本中的这些作品,又可以看作是该题材创作从中篇传奇到清初才子佳人小说的过渡环节。清初的这类小说

---

① 即空观主人:《拍案惊奇序》。

后来泛滥成千篇一律的公式化作品,不过这自有其特定的历史原因,并不能将责任归于凌濛初的那几篇在当时还显得较清新活泼的作品。总之。在嘉靖、万历朝,是讲史演义、神魔小说为主流,清初则是人情小说占上风,其间题材重点逐步转移的任务,主要是由拟话本在承担。这就是说,拟话本创作在题材选择方面也起着承上启下的作用,而这种作用的体现,归根结底是由编创方式的转向,即直接描绘现实生活的独创意识抬头,而依据古本改编的手法被逐渐抛弃所决定。当然,论及此问题时也须说明,并非独立创作的作品的艺术品位就必定高于依据旧本改编者。如醉竹居士的《龙阳逸史》、醉西湖心月主人的《弁而钗》与《宜春香质》,都是独立创作的直接描摹明末社会现实的作品,它们也对"个个都是财上紧的"的世态炎凉,以及伤风败俗、糜烂腐朽的晚明世风有所揭露与批评,但三部作品集所含各篇小说的重点,却是对同性淫乱的男风的津津乐道。虽然醉竹居士等人独立创作的编创手法值得肯定,但那些作品无论在思想上还是艺术上都远不能与"三言"中如《杜十娘怒沉百宝箱》等改编而成的作品相比,它们因庸俗淫秽而理所当然地遭到人们的排斥。清初的刘廷玑在《在园杂志》中就写道:"《宜春香质》、《弁而钗》、《龙阳逸史》,悉当斧碎枣梨,遍取已印行世者尽付祖龙一炬,庶快人心。"这几部作品集后来几近失传,也实是情理中的事。

　　明末拟话本编创方式的改变开始于"三言"、"二拍"的创作,而明王朝即将灭亡时问世的那些作品更明显地显示出了这一点。其实,上节所述的拟话本形式特征的过渡性,同样也决定于编创方式的改变,如在《拍案惊奇》中,只有两篇作品没有得胜头回,而其中就有一篇被谭正璧先生《三言二拍资料》列入无资料来源类;《二刻拍案惊奇》中没有头回的作品有四篇,而无资料来源的竟占了三篇。而且,那些没有资料来源的作品征引诗词一般也较少,其中特别引人注目的是《二刻拍案惊奇》卷四《青楼市探人踪　红花场假鬼闹》,这篇作品不但没有头回,而且篇首的诗词也都被省略了。正如作品题材的转移一样,拟话本形式特征的逐渐消失也是一种表象,产生这两种过渡性的根本原因,就在于作家的编创方式正处于过渡状态。若联系清初的拟话本及人情小说创作还可以看出,这种编创方式的过渡状态,同样又导致了独创的通俗小说在篇幅长短上的过渡性。

供案头阅读的明清通俗小说的发展,始于在民间创作基础上再创作而成的《三国演义》与《水浒传》,而在这两部巨著问世之前,民间的说唱文学已经历过一个由短篇逐渐发展到长篇的漫长过程,正因为有这比较扎实的基础,通俗小说才能最先以长篇小说的形态问世。由于第二编中所述的种种原因,章回体通俗小说的创作在随后出现了近两个世纪的空白,而通俗小说创作在嘉靖朝重新起步后的一个世纪里,出现的几乎都是依傍于话本、正史、戏曲或民间传说的改编式的作品。对作家们来说,结构的设置,情节的安排,人物性格的刻画及其连续性的体现,以及人物间关系与矛盾发展的处理等,这些创作经验都需要有个逐渐积累与提高的过程。因此,通俗小说的创作要在整体上走上独创的正轨,自然也就得先从短篇小说的尝试开始,这正是我们在明末拟话本中所看到的。后来,拟话本的创作又突破了"三言"、"二拍"那样的一则故事篇幅仅为一回的格式,逐渐增至四、五回甚至更长,即逐渐演变为中篇小说。到了清初前期(顺治初年至康熙三十年左右)通俗小说创作在整体上迈入了独创阶段,而下表显示的统计数字表明,此时作品的长度正好接上并继续了独创作品的篇幅逐渐变长的发展趋势。

短篇拟话本集	10回以下	11—20回	21—30回	31—40回	41—60回	61—80回	80回以上
28	4	44	4	5	4	2	2

到目前为止,可确定为清初前期的作品约有百种,在可知篇幅长

短的93种中,40回以上的只有8种,而20回以下的作品(包括拟话本集)却有76种,所占比例超过了80%。这些作品基本上都属人情类,因此可以说清初前期是以中短篇人情小说为主的创作阶段。此后,开始出现了些较长的独创作品,直至乾隆朝时,才有《儒林外史》、《红楼梦》与《绿野仙踪》、《歧路灯》等文人独立创作的长篇小说的成批问世,这就是从明末到清中叶时通俗小说循序渐进地向前发展的一条线索。

这里还须提及的是,从明末到清初前期的创作中,一方面是拟话本的形式特征正在逐渐消失,在另一方面却是那些中篇小说还保留着某些拟话本形式特征的残痕。如明末《警世阴阳梦》的《阴梦》篇开始处,作者一口气讲述了三则正文之外的小故事,清初《赛花铃》、《五凤吟》、《梧桐影》、《世无匹》与《梦月楼情史》等作品中,正文前也都有类似得胜头回的故事,而《吴江雪》、《肉蒲团》的第一回全是议论,也很容易使人想起话本中的入话。这一事实显然也在支持拟话本是那些中篇小说创作的直接基础的论点。

总之,拟话本是继承话本反映社会现实的传统,但又逐渐摆脱其形式束缚,从以改写显示创作技巧、经过融合改编与独创两种创作方式的尝试后,进而转至完全独立创作的小说流派。它是对宋元话本在更高层次上的回归,又是整个通俗小说独创时代到来的预前准备。

第三节 拟话本创作中的三大主题

拟话本创作在发展过程中,它的题材逐渐集中于对当时世态人情的反映。作品展现的画面几乎显示出社会生活各个角落的状况,其中尤以爱情婚姻、商贾力量的膨胀与金钱势力对社会生活的冲击,以及中下层知识分子的命运等方面的内容为最多,而这些方面的描写,又都鲜明地显露出明末社会生活的时代特色。

爱情婚姻始终是社会生活中最敏感的问题之一,几乎从小说这一文学体裁刚刚萌生开始,青年男女对幸福的追求与向往就是作家们时常描写的内容。唐传奇中已出现了《莺莺传》、《霍小玉传》与《李娃传》等名篇,虽然这些作品仅限于描写仕宦子女或士人与妓女间的爱情故事,但它们创立的爱情故事的模式在很长的时间里一直影响着后来的创作。宋元时,说书艺人开始按市民意识和市民原则处理爱情婚姻这一古老的主题,如《碾玉观音》、《闹樊楼多情周胜仙》等作中的女主人公与先前温柔矜持、或自怨自艾地任凭命运摆布的女性形象大不相同,她们突破了封建礼教的束缚,主动地表示自己的爱情或对异性的爱慕,这种对爱情的追求与执着,在一定程度上反映了当时市井女性民主意识的觉醒。明代拟话本继承了唐传奇与宋元话本的创作传统,同时也显示出自己的时代特色。《警世通言》卷三十四《王娇鸾百年长恨》是典型地沿袭以往创作模式但又有所改造的作品。① 故事中男女主人公从私自结合一直到周廷章负情变心,情节基本同于《莺莺传》,但在故事的结尾,王娇鸾得知周廷章背盟,另娶有十万之富的魏同知女儿时,却表现出强烈的反抗精神:她自缢身亡前制绝命诗三十二首及《长恨歌》一篇寄到当地官府,揭发周廷章调戏职官家子女与停妻再娶,终使周廷章被官府乱棒打杀。"相思债满还九泉,九泉之下不饶汝",虽然文静柔弱似崔莺莺,但王娇鸾又具有宋元话本中女性强悍泼辣的性格特征。同书卷三十二《杜十娘怒沉百宝箱》中,主人公市井女性的强悍泼辣性格特征表现得更为强烈。"久有从良之志"的杜十娘曾为跳出火坑与贪酷的鸨母展开了激烈斗争,当得知李甲竟因惧怕老父而将她出卖给富商孙富为妾后,她又痛斥李甲、孙富,抱持卖身积蓄的宝匣投江自尽,用青春和生命对罪恶的封建社会发出了最强烈的控诉!这篇据宋懋澄《负情侬传》改编的小

---

① 这篇作品的男女主人公姓名同于中篇传奇《寻芳雅集》,只是"吴廷璋"改为"周廷章",故事的前半段也多有相似,但结局却由喜剧改成了悲剧。

说增写了李甲以"老父位居方面,拘于礼法"等理由辩解自己丑恶行径的内容,又描写了当杜十娘说这是"发乎情,止乎礼"的"两便之策"时李甲的当即"收泪",这就揭示了造成悲剧的罪魁主要是封建礼法,而不只是李甲、孙富两人,而李甲由"含泪"到"收泪"的表情急剧变化,则暴露了他那虚伪卑劣的灵魂。这些改写处,都使作品在思想和艺术境界上有很大提高。

在明末的拟话本中,像《王娇鸾百年长恨》这般沿袭唐传奇爱情故事格局的作品并不多,而较多地表现出与宋元话本的相似,不过那些作品多半是在更广阔的社会背景下展开情节,因而所显示的明末社会的时代特色与社会思潮的影响相当鲜明。特别是一些作家对"情"与"欲"的肯定,完全悖逆了传统的道学观念。《拍案惊奇》卷二十九《通闺闼坚心灯火 闹图圄捷报旗铃》写到一对情人即将被活活拆散时,罗惜惜在绝望中约张幼谦来闺房幽会,并说:"我此身早晚拼是死的,且尽着快活。就败露了,也只是一死,怕他什么?"《古今小说》第二十三卷《张舜美灯宵得丽女》中的刘素香看中张舜美是心头的"可意人儿"之后,就留下姓名地址,接他到家谈情作爱,并主动提出:"你我莫若私奔他所,免得两地永抱相思之苦"。与以往向往爱情却又背负着沉重的礼教精神包袱的崔莺莺等人迥然不同,罗惜惜、刘素香敢于反叛"存天理,灭人欲"的道学戒律,大胆主动地追求爱情乃至去满足自己的情欲,而作者描述这些故事时又极表同情与赞赏,并未硬派她们以荡妇的角色。由《醒世恒言》第八卷《乔太守乱点鸳鸯谱》的故事还可以看出,那些男女主人公的举动以及作者的态度已得到社会上相当多的人的认可:"无媒苟合,节行已亏"的玉郎与慧娘本将受到封建法规的严厉惩罚,可是乔太守却对他们表示理解,作判词说"移干柴近烈火,无怪其燃;以美玉配明珠,适获其偶",并亲自出面为他们主婚。结案后,"街坊上当做一件美事传说,不以为丑","此事闹动杭州府,都说好个行方便的太守,人人诵德,个个称贤"。

与对"情"与"欲"的肯定相应,那些作品人物的贞操观念也淡薄多了。《警世通言》第二十八卷《白娘子永镇雷峰塔》中的白娘子自称死了丈夫,欲嫁许宣,而许宣听后则认为"真是一段好姻缘",他们都认为寡妇再嫁是很自然的事。又如《拍案惊奇》卷二《姚滴珠避羞惹羞　郑月娥将错就错》中的姚滴珠,卷六《酒下酒赵尼媪迷花　机中机贾秀才报怨》中的巫娘子以及《二刻拍案惊奇》卷六《李将军错认舅　刘氏女诡从夫》中的刘翠翠,卷二十五《徐茶酒乘闹劫新人　郑蕊珠鸣冤完旧案》中的郑蕊珠,她们都曾被迫失身,可是那些丈夫都没有嫌弃她们。当巫娘子意欲自尽时,她丈夫贾秀才还安慰她说:"不要短见,此非娘子自肯失身,这是所遭不幸,娘子立志自明。"贞操观念的淡薄在《古今小说》第一卷《蒋兴哥重会珍珠衫》中显示得更为明显。蒋兴哥知道妻子有了外遇时心情极端痛苦,但他并没有棍棒相加,只是不声不响送去一纸休书。王三巧被休后要自缢,她母亲就这样开导:"你好短见,二十多岁的人,一朵花还没有开足,怎做这下梢的事?莫说你丈夫还有回心转意的日子,你真休了,恁般容貌怕没人要你?少不得别选良缘,图个下世受用。你且放心过日子去,休得愁闷。"完全摆脱了一女不嫁二夫、三从四德等封建礼教的羁绊。蒋兴哥得知三巧改嫁时,更作出了与世俗偏见完全不同的举动:"将楼上十六个箱笼,原封不动,连钥匙送到吴知县船上,交割与三巧儿,当作陪嫁。"拟话本中的这类爱情婚姻故事,都表现了随商品经济发达而产生的时代思潮对社会生活的影响。

　　有些爱情婚姻故事还表现出了十分可贵的反对封建尊卑等级制度,主张平等的民主思想。《醒世恒言》第三卷《卖油郎独占花魁》的男主人公秦重是以肩挑油担卖油为生的小商贩,但作者并未按封建的等级观念视其为卑贱,而是着力描写他"又忠厚,又老实,又且知情识趣,隐恶扬善,千百中难遇此一人"。名妓莘瑶琴考虑从良对象时,起先因秦重是"市井之辈"而非"衣冠子弟"将他排斥在外,可是后来在事实的教育下,她不再考虑那些

"豪华之辈",而是选择了秦重这样一个"志诚君子";反过来,秦重也并不因为莘瑶琴属"烟花贱质"就鄙视她,而是始终以民主、平等的态度对她表示尊重与关怀。因此,男女主人公的结合实际上显示出了民主平等的思想战胜了封建等级观念,尽管这种思想在当时还显得较为朦胧。在《二刻拍案惊奇》卷十一《满少卿饥附饱扬　焦文姬生仇死报》中,作者叙述故事时更是明确地提出了在爱情婚姻上男女应有平等地位的思想:

> 天下事有好些不平的所在,假如男人死了,女人再嫁,便道是失了节,玷了名,污了身子,是个行不得的事,万口訾议。及至男人家死了妻子,却又凭他续弦再娶,置妾买婢,做出若干的勾当,把死的丢在脑后,不提起了,并没人道他薄幸负心,做一场说话。就是生前房室之中,女人少有外情,便是老大的丑事,人世羞言;及至男人家撇了妻子,贪淫好色,宿娼养妓,无所不为,总有议论不是的,不为十分大害。所以女子愈加可怜,男人愈加放肆。这些也是伏不得女娘们心里的所在。

与凌濛初的这一思想相呼应,《欢喜冤家》第一回《花二娘巧智认情郎》写了这样一则故事:花二娘因丈夫不问家事,赌博游荡,败尽产业,她便与任龙私通。但花二娘并非是荡妇的形象,她拒绝了李二白的非礼要求,当任龙的未婚妻有难时,她又挺身而出,设计解救。作者实际上通过具体的故事提出了这样的主张:当妇女在丈夫那儿得不到起码的夫妻感情时,她从别的男子处获得慰藉甚至满足情欲都是值得同情的。

拟话本小说中涉及爱情婚姻的作品相当丰富,仅就"三言"、"二拍"而言,《古今小说》中的《金玉奴棒打薄情郎》,《警世通言》中的《宋小官团圆破毡笠》、《玉堂春落难逢夫》与《唐解元一笑姻缘》,《醒世恒言》中的《钱秀才错占凤凰俦》、《陈多寿生死夫妻》与《刘小官雌雄兄弟》,《拍案惊奇》中的《韩秀才乘乱聘娇妻　吴太守怜才主姻簿》、《二刻拍案惊奇》中的《小道人一着饶天下 女棋童两局注终生》、《同窗友认假作真 女秀才移花接木》等等,都是描写爱情婚姻故事的佳作。无庸讳言,作者在描述这些故事时经常流露出小市民的庸俗低级趣味,羼杂着从一而终、三从四德的封建观念,但对青年男女向往幸福与争取婚姻自主的歌颂,以及对民主平等思想的肯定毕竟是这些作品的主流。而且,这类作品的综合又从各方面展现出明末爱情婚姻生活的全景,较全面地折射出明末初步的民主主义思潮对当时社会生活的影响与渗透,即它们所构成的有机整体的价值与意义,要远高于散见于各小说集中的单篇作品。

商贾力量的膨胀与金钱势力对社会生活的冲击是明末拟话本创作的另一重要主题,其时大部分作品都涉及这一内容,仅集中描写商人生活的作品也有数十篇之多,它们反映了明代中后期社会商人的心理、愿望与追求,而首先引人注目的是当时商人社会地位的变化。明初时,实行重农抑商基本国策的封建统治者严厉地控制商贾的经营活动,并制定了许多带歧视性的法令以压低他们的社会地位。然而,在追逐利润的冲动的驱使下,这个遭到沉重打击的社会阶层的力量在一百多年里又慢慢地复苏、膨胀,因此在明末的拟话本中,商贾们一般已不再有昔日自卑自贱的心态,同时社会也已认可了他们地位的上升。在《二刻拍案惊奇》卷二十九《赠芝麻识破假形 撷草药巧谐真偶》中,仕宦马少卿就乐意接纳客商蒋生为女婿,并还说"经商亦是善业,不是贱流"。《醒世恒言》第十卷《张孝基陈留认舅》的篇首诗则写道:"士子攻书农种田,工商勤苦挣家园"。作者接着所叙述的故事是某尚书有五个儿子,"只教长子读书,以下四子农工商贾,各执一艺",对于商贾也毫无鄙视之意。在《二刻拍案惊奇》卷三十七《叠居奇程客得助 三救厄海神显灵》中,可以看到当时徽州地区甚至是"以商贾为第一等生业,科第反在次着"。可是,商贾们并不以摆脱"贱流"地位而满足,他们还进一步地要求分享政治权力。明末的拟话本时常写到商贾子弟登第当官的故事。布商褚卫的义子褚嗣茂不仅中了进士,而且还"考选了庶吉士,入在翰林",而此人的生父也是布商;① "买卖中通透"的吕玉着意培养后代读书,,结果子孙"多有出仕显贵者"。② 有的商贾则是以此为标准挑选女婿,开玉器铺的王员外因张廷秀"做的文字人人都称赞,说他定有科甲之分"而选中他,几年后王员外的理想终于成了现实;③ 贩粮起家且又"开起两个解库"的高赞横挑竖拣,最后选中钱青为婿,而钱青后来也果然"一举成名"。④ 小说中有的商人还干脆自己捐钱当官,凌濛初笔下的郭七郎就像对待一桩生意似的盘算过谋官的得失:"家里有的是钱,没的是官","做了官,怕少钱财?而今那个做官的家里不是千万百万,连地皮多卷了归家的?"⑤ 商人是钱多了想当官,而反过来官员们也卷入了经商大潮。在《警世通言》第十一卷《苏知县罗衫再合》中,就可以看到那位王尚书打造了只大客船"赁租用度",让租船者"每年纳还船租银两"。此外,拟话本中还有不少官与商的勾结,权与钱的结合的故事,这些作品都反映了明末时特有的时代风貌。

有些拟话本小说详细地描绘了商贾的发家历程。这类作品虽不甚多,但由于正史中类似的记载十分罕见,故而其价值极高,而就文学角度来看,它们也是创作相当成功的佳作。《醒世恒言》第三十五卷《徐老仆义愤成家》,是根据嘉靖年间浙江淳安发生的一桩真实事件写成的小说。故事的起因是徐家的两个哥哥嫌老三病死后留下的寡妇与子女是累赘,便执意分家,而且是"只留不好的留与侄子",另加五十多岁的老仆阿寄。他们没想

---

① 冯梦龙:《醒世恒言》第二十卷《张廷秀逃生救父》。
② 冯梦龙:《警世通言》第五卷《吕大郎还金完骨肉》。
③ 冯梦龙:《醒世恒言》第二十卷《张廷秀逃生救父》。
④ 冯梦龙:《醒世恒言》第七卷《钱秀才错占凤凰俦》。
⑤ 凌濛初:《拍案惊奇》第二十二卷《钱多处白丁横带　运退时刺史当艄》。

到,阿寄以主妇首饰变卖得到的十二两银子为本钱,来往穿梭于苏州、杭州、兴化等地,根据行情的变化贩卖米、漆等物品,最后竟成了一方巨富。冯梦龙创作这篇小说的主要目的是歌颂阿寄尽管挣下了偌大家财,自己却一文不取,也从未试图逾越主奴的界线,可是作者根据对许多商贾经历作概括、提炼所写成的阿寄经营逐步走向成功的故事,不仅艺术上十分出色,且又真实可信,成为经济史研究的重要参考材料。同书第十八卷《施润泽滩阙遇友》则介绍了另一种发家典型:施复原先和盛泽镇上的许多人一样是"家中开张绸机,每年养几筐蚕儿,妻络夫织",后来他在竞争中脱颖而出,攒足了钱购买了第二张绸机,开始步入扩大再生产的轨道,而若干年后,又终于成为拥有三四十张绸机的大富翁。描述施复发家故事时,作品也提及了盛泽镇那些"连年因蚕桑失利"而破产的织户,他们正是施复工场中雇工的来源。冯梦龙叙述施复的发家是为了赞颂他拾金不昧的美德和宣扬因果报应的应验,但这则故事却展示了一种完全异于封建生产的新的生产关系,一些经济史学者论及明代中后叶资本主义萌芽的产生时,常爱援引施复故事的原因也正在于此。

阿寄与施复都经过多年的惨淡经营方挣出较为可观的产业,可是在有的小说中,商人却在极短的时间内就发了大笔横财,《二刻拍案惊奇》卷三十七《叠居奇程客得助 三救厄海神显灵》中的程宰就是极为突出的例子。经商失利的程宰在辽阳得到海神的青睐,他按海神指示买进卖出,很快就聚敛了五七万两银子。《拍案惊奇》卷一《转运汉遇巧洞庭红 波斯胡指破鼍龙壳》叙述的故事更离奇,经商屡屡亏本的文若虚带了百斤洞庭红橘出海,不料海外吉零国人争以银钱购买,便意外地发了一笔财。回程时他在荒岛上拾得一特大败龟壳,带回国后,波斯商人识得其中藏有夜明珠二十四颗,出五万两银购去,文若虚顿时成为巨商。这两则故事都反映了明中后叶商人迅速暴富的幻想,但又各有特色:前者希望能掌握商品交换的规律,通过准确而及时地预测市场需求牟取高额利润,作品中清灵莹洁的女神俯身相就于满身铜臭味的商贾是历来小说中从来未有的现象,它从一个侧面反映了其时商贾地位的迅速提高;后者反映了商人开拓对外贸易的要求,就目前所知,如此表现海外冒险精神的作品,在明代通俗小说中仅此一篇。

随着商贾力量的膨胀与商品交换的发达,金钱的势力开始冲击着明末社会生活的各个方面,其中最能说明冲击程度的莫若在世风侵染下的家庭人伦关系的变化,而这正是拟话本作家重点描述的内容之一。《型世言》第三回《悍妇计去孀姑　孝子生还老母》描写了这样一则故事:周于伦外出经商,母亲与妻子在家经营一家小酒店。婆媳两人常为银钱出入等事发生矛盾,后来媳妇竟然设计将婆婆骗卖到外地嫁人。并不是婆媳间没有血缘关系而发生这般违逆人伦的事件,在小说中可以看到,明末时亲生子女对待长辈也常有如此行径。凌濛初曾就此题材写过两篇小说,《二刻拍案惊奇》卷二十六《懵教官爱女不受报　穷庠士助师得令终》中,三个女儿因父亲高愚溪身边有钱,便"争来亲热,一个赛一个的好",高愚溪误以为女儿真心孝顺,将银子全分给了她们,于是没钱的老人立即成了三个女儿"推来攘去"的"老厌物";后来高愚溪意外地得到一笔钱,女儿们又"个个多撮得笑起"地争着来接父亲了。与这篇喜剧结局相对应,《拍案惊奇》卷十三《赵六老舔犊丧残生　张知县诛枭成铁案》讲述了一个悲惨的故事。作品中赵聪对其父亲赵六老事事都要作赤裸裸的现金交易,就连老人要一件御寒的冬衣,也得拿了夏衣抵当给儿子,换了钱后自己添置。儿子明知父亲无钱赎回,竟还"写一短押,上写限五月没",明摆着是乘父之危,强行贱买。最后,赵六老为还替儿子办婚事的欠债,不得已到儿子房中偷盗,结果被儿子一斧头劈死。类似的故事在其他作家的笔下也曾出现,如《古今小说》第二十六卷《沈小官一鸟害七命》中写道,官府为破无头命案而悬赏,有的儿子竟会割下父亲的头去冒领赏钱。如此忤逆凶暴,简直是骇人听闻!金钱腐蚀了父子间的亲情关系,兄弟、姐妹之间自然也不例外。在《古今小说》第十卷《滕大尹鬼断家私》中,倪善继见父亲娶妾生子,不仅"不肯认做兄弟",而且还生谋害之心,"一心只怕小孩子长大起来,分了他一股家私"。《醒世恒言》第二十卷《张廷秀逃生救父》中的王瑞姐听说妹妹玉姐的未婚夫遭难,她非但不同情,反而与丈夫一起制定了"算计死了玉姐,独吞家业"的计划,玉姐自杀获救后,这位姐姐"又悄悄地将钱钞买嘱玉姐身边丫鬟,吩咐如再上吊,由他自死,不要声张"。金钱使最亲密的人都变得如此薄情寡义,甚至如同敌国,整个社会的世风浇薄与道德沦丧的状况也就不难想见了。

知识分子问题也是拟话本小说作者相当关注的题材,这与他们本人不得意的状况很有关系,因而创作时也就常将自己的感情倾注于作品之中。如《警世通言》第十七卷《钝秀才一朝交泰》中的马德称,他家庭受奸臣迫害,自己又屡试不第,在势利的世俗之见的包围中受尽屈辱。可是被讥为"是个降祸的太岁,耗气的鹤神,所到之处,必有灾殃"的他一旦考上进士,便得到高官厚禄,门庭若市。作者通过对马德称发迹前后的世情冷暖的刻意描绘,倾吐了自己胸中一腔酸楚。如果说这篇小说的重点还在于描写一个知识分子所感受到的世态炎凉,那么同书第十八卷《老门生三世报恩》就已对科举制度有所抨击。作品写考官蒯遇时爱少贱老,为了排斥老者,他屡次变换试题和取上标准,不料偏偏几次都录取了"鬓发都苍然"的鲜于同。鲜于同当官后两次排解了蒯家的危难,还培养蒯遇时的孙子完成学业。这篇小说有冯梦龙自况的意味,而其中对蒯遇时故意将"嫩嫩的口气,乱乱的文法,歪歪的四六,怯怯的策论,馈馈的判语"取为第一名的描写也是对科举考试的辛辣讽刺。深受科名压抑的凌濛初也写过类似的作品,他在《拍案惊奇》卷二十九《通闺闱坚心灯火 闹图圄捷报旗铃》中还对科举取士制度提出了批评:"(无功名的人内)尽有英雄豪杰在里头,也无处展布","及至是个进士出身,便贪如柳盗跖,酷如周兴、来俊臣"。

　　拟话本作家们不仅批评了科举制度对人才的埋没、扼杀,同时还描写了这一貌似神圣的制度在金钱腐蚀下的变形。《型世言》第二十七回《贪花郎累及慈亲　利财奴祸贻至戚》揭露了富商子弟在场屋中顺利高中的原因:只要有钱,到时自会找到"有才、有胆、不怕事的秀才"前去冒名代考,付出三百两银子便可稳稳地当上秀才。在《醉醒石》第七回《失燕翼作法于贪　堕箕裘不肖惟后》中,那位主人公更是公然宣称:"读什么书!读什么书!只要有银子,凭着我的银子,三百两就买个秀才,四百是个监生,三千是个举人,一万是个进士。"行情如此,难怪《警世通言》第十一卷《苏知县罗衫再合》中的李生会感叹道:"世间所敬者财也。我若有财,取科第如反掌耳。"钱财叩开了神圣殿堂的大门,由这些作家悲愤的描述可以看出,明末时金钱的势力已泛滥到了何种地步。

　　既然书生说出的圣贤大道已敌不过金银的神通,他们长年累月的朝吟暮诵也比不上掏出银子的爽利捷便,于是读书人社会地位的急剧下降便不可避免,而这在婚姻问题上又表现得尤为敏感突出。《拍案惊奇》卷之十《韩秀才乘乱聘娇妻　吴太守怜才主姻簿》是有关书生娶亲方面颇有代表性的例子。作者在故事开始时便介绍了当时社会上对这个问题的普遍看法:"贫苦的书生,向富贵人家求婚,便笑他阴沟洞里思量天鹅肉吃",而书生自己也不敢有什么奢望:"家下贫穷,不敢仰攀富户,但得一样儒家儿女,可备中馈,延子嗣,足矣。"正是在这样的背景之下,那位韩师愈"虽是满腹文章,却当不过家道消乏",一直未能成亲。嘉靖初年,民间谣传朝廷要在浙江点秀女,一时间慌得许多人家匆匆忙忙地送女儿出嫁或与人定亲,正在路上散步的韩师愈也被徽商金朝奉一把抓住,硬要将女儿嫁给他。一直无力娶妻的韩师愈"心中甚是快活",可是等谣言平息后,金朝奉却"不舍得把女儿嫁与穷儒,渐渐的懊悔起来",饶是曾亲笔立下婚约,但仗

577

着"我们有的是银子",仍要赖婚,而面对这背信弃义的行径,韩师愈竟然表示,只要给他五十两银子,他便同意退亲。就是已经成婚的穷儒,他们的家庭在金钱势力的冲击下也面临着破裂的危险。《醉醒石》第十四回《等不得重新羞慕 穷不了连掇巍科》叙述了这样一则故事:苏秀才早年算过命,道是"少年科第,居官极品",于是莫财主将女儿嫁给了他。谁知结婚后苏秀才三年一考,总是名落孙山。急于当诰命夫人的莫氏不由得发火了:"三年三年,哄了几个三年!"再看到自己的姐夫靠银子当上了官,莫氏更下定决心要离婚:"如何!不读书的,偏会做官,恋你这酸丁做甚?"说来真要让书生们掉眼泪,那莫氏抛弃了苏秀才后就去嫁给了开酒店的老板。诸如韩师愈、苏秀才之类的故事对穷秀才身陷困境、遭受欺辱的描写大多都很逼真,有感情,作品的前半部分也总是笼罩着压抑的悲剧气氛,可是到了后来,穷秀才却或是大多赢了官司,或是突然登第做官,全都扬眉吐气了。喜剧性的结局写得热闹非凡,但给人的印象却是生硬与虚假。出现这种现象的原因其实也不难理解,作者硬栽光明的尾巴主要倒不是想宽慰正在苦难之中的穷书生,他们实是想借此发泄自己的悲愤不平之气。

金钱势力的泛滥改变了人们的价值观念,虽然此时决意固守白首穷经之途的书生仍然还有,但拟话本中的描述告诉人们,此时中华大地上正在兴起一股弃儒经商的大潮。如杨复"读书不就,家事日渐消乏",他就"凑些资本,买办货物,往漳州商贩,图几分利息,以为赡家之资";[1] 刘奇"自幼攻书,博通今古,指望致身青云",可是后来却"无心于此",开起了布店,"挣下一个老大家业";[2] 自幼读书的王禄"自往山东做盐商去",而"世代儒门"的程宰则千里迢迢地"到辽阳地方为商,贩卖人参、松子、

---

[1] 冯梦龙:《古今小说》第十八卷《杨八老越国奇逢》。
[2] 冯梦龙:《醒世恒言》第十卷《刘小官雌雄兄弟》。

貂皮、东珠之类"。① 在弃儒经商的浪潮中,确实有人因经营有方而发了财,不过经商时遇上诸多烦恼的书生也许要更多些。上面提到的那位程宰在辽东就因"耗折了资本"归乡不得,而另一位潘甲做完买卖回家,却发现新婚的妻子已被人拐走了。②亲身经商的士人自然开始以商人眼光看待世界,而未经商的士人由于身受金钱势力的猛烈冲击,他们的价值观念在不长的时间内也发生了极大的变化。借用周清源在《西湖二集》第二十卷《巧妓佐夫成名》中的话来说,是"如今'孔圣'二字尽数置之高阁。若依那三十年前古法而行,一些也行不去,只要有钱,事事都好做"。正是在这样的社会背景下,明末的拟话本中才会出现这许多斯文扫地、道德沦丧的故事。

除上述三大主题之外,明末那数百篇拟话本小说还涉及当时社会生活的方方面面,无论是封建统治集团的骄奢淫佚、忠奸斗争,还是市井芸芸众生的声情画貌、情趣心态,拟话本作家们都使之一一现身纸上,而在描述这些故事时,作家们一般也都突出了明末社会腐败、政治黑暗的时代特征。努力反映现实生活的创作动机,由改编过渡到独创的编创手法,从故事内容直到语言表述都有意向俚俗化方向发展的市井风格,这些都对后来的通俗小说创作产生了极大的影响。就这个意义可以说,拟话本是最直接也最全面地反映明末社会生活的创作流派,同时它也是从世代累积型的《三国演义》、《水浒传》等作过渡到成熟的文人独创的《红楼梦》之间的最重要的中介环节。

---

① 凌濛初:《二刻拍案惊奇》卷三十七《叠居奇程客得助　三救厄海神显灵》。
② 凌濛初:《拍案惊奇》卷之二《姚滴珠避羞惹羞　郑月娥将错就错》。

第十七章　时事小说的崛起与明末其他小说创作

明天启五年(1625)八月二十一日，内阁大臣冯铨利用讲读的机会向明熹宗呈上了一部小说《绣像辽东传》，并说："此廷弼所作，希脱罪耳"。① 熊廷弼是明末的名将，曾领兵部尚书衔出关抵御后金政权的南侵，但因受王化贞牵制而兵败，后被逮入京，此时关在狱中已二年多了。起先，权宦魏忠贤向熊廷弼索银四万两作为免罪的条件，可是未能达到目的。后来，听说熊廷弼与东林党人交好，便顿起杀心，并想借此打击陷害东林党，小说《辽东传》就是他们发难的一个借口。冯铨积极参与此事又有其个人原因，他曾在后金兵迫近时弃土鼠窜南奔，而《辽东传》中对这丑闻有着详尽描述，这很使他恼羞成怒。明熹宗在他们的怂恿下传旨处死熊廷弼并传首九边，阉党随即又以此为突破口，大兴冤狱，残酷迫害东林党人。

天子与内阁大臣们一起讨论一部小说，并因此决定处死一位高级将领，这可是历史上从未有过的事。《辽东传》后来因遭禁毁而失传了，但历史记载仍能使人窥见它的一些特点。辽东兵败发生于天启二年(1623)，而天启五年此书已传入内廷，即它从创作到出版最多也只花了二年左右的时间。更引人注目的是，这部小说正面描述了刚刚结束的朝野关注的重大事件，它出版后又引起了更大的政治事件。在《辽东传》之后，与它相类的作品又陆续问世，从而在小说史上形成了一个新的创作流派

---

① 《明史》卷二百五十九。

——时事小说。

第一节 时事小说的产生原因与归类标准

自鲁迅先生的《中国小说史略》以降,研究者都是按作品的题材对明清通俗小说进行分类(拟话本除外),而在很长的时间里,所列出的各创作流派中并没有本章将论述的时事小说这一门类,那些作品基本上都被包括在讲史演义之中。这是因为分类者以自己所处的时代为标准,即凡是在今天看来是演述历史故事的作品,就全都归入了讲史演义。可是,如果以当年作者的创作时代为标准,那么他们的创作实际上可分成两种类型。如《三国演义》描写的事件与作者罗贯中生活的时代相距一千余年,这部作品就是纯粹的"讲史",而且作者的目的就是讲述历史故事,并通过对历史事件或人物的描述较间接地反映现实或发表自己对现实的看法。可是诸如前面所说的《辽东传》一类作品,作者却是在描述眼前刚刚发生的事,而其创作的目的则是让人们了解刚结束或正在发生的国家大事的来龙去脉,他们叙述时表现出的倾向、好恶,既是当时的社会舆论在文学作品的反映,同时也影响着广大读者。若将《辽东传》这类作品与诸如《三国演义》等纯粹的讲史演义相较,两者的创作目的、方式以及作品在社会上产生的影响都迥然不同,同时前一类作品也有相当的数量。因此,它们与讲史演义混列于同一流派显然并不妥当,而是应该被看作是独立的创作流派,所谓"时事小说",正是与其内容、性质相应的命名。

时事小说的数量不能算少,它发轫于明末,终结于清王朝的灭亡,发展的时间也不能算短,然而在"明代小说史"的讨论范围内,明末时事小说的作品数毕竟不多,仅就这些作品作研究,该流派的许多规律与特点均不能得到较充分的显示,因此本章虽以明末的时事小说为主,但论述时常须涉及清初与清末时的作品。在展开讨论时,最先需要解决的问题是正名,即怎样的作品才能称为时事小说。根据明清两代那些作品的创作实际,似可定出以下的标准:

首先,作品的内容须与时代相平行,即具有一定的新闻性。时事小说以讲述故事的形式描写眼前正在发生的国家大事,那些作者一般都较自觉地承担起及时并系统地介绍事件经过与真相的责任,而这又相应地要求创作与出版在尽可能短的时间内完成。如同是揭露阉党劣迹,《警世阴阳梦》刊于崇祯元年(1628)六月,与魏忠贤自缢只差七个月,而《梼杌闲评》却刊于入清之后,与作品所描述的事件在时间上至少相距二三十年以上。显然,能起到传播新闻作用的前书是一部时事小说,而后者则只能归诸讲史演义。事件结束与作品问世之间时间差长短是作此判断的依据,然而这里却不能用现代的理解对"时事"一词作诠释。由于古代并没有如同今日这般发达的信息传播手段,作者较全面地搜集相关素材并使之条理化,是一项既费时日且难度较大的工作,同时古代的印刷条件又使得作品的出版周期较长,因此界定作品所描述的事件的结束与作品问世之间的最大时间差时既不能过于宽松,但也不宜太短。根据实际的创作情况来看,这一时间差的最大范围一般似以十年左右为宜。

其次是作品的通俗性。那些作者创作时事小说的目的不仅是系统全面地讲述刚刚结束甚至正在发生的国家大事,而且还希望作品广泛传播,在最大范围内使人们了解事件经过与结局的同时,也以自己的政见引导广大读者的倾向,从而形成有可能影响朝政的社会舆论。这一期望必然导致作品的通俗化,而这同样是判断一部作品是否时事小说的标准之一。如崇祯元年(1628)朱长祚编辑出版了《玉镜新谭》十卷(书又名《逆珰事略》),该书揭露批判了魏忠贤宦官集团倒行逆施与残害忠良的罪行,其问世与魏阉败亡相距不到一年,符合前面所说的新闻性,但由于作品是由文言写成,语言的障碍使它与广大的读者无缘,因此它便不属于本章所讨论的时事小说。《玉镜新谭》问世后不久,描写相同内容的《魏忠贤小说斥奸书》、《皇明中兴圣烈传》等通俗小说相继刊行,那些作者都有意识地将"以通世俗","使庸夫凡民,亦能披阅而识其事"① 作为创作的主要目的。其实,直到清末,这仍然是时事小说创作的宗旨之一,如贾生介绍创作《辽天鹤唳记》的动因时曾说,虽然已有专门论述发生于中国东北的日俄战争之书,但是它们"词旨深邃,不能普及国民之观念",于是他才特意"用浅显语句,仿章回体裁,编成是书,务令通国国民,周知普及,易入脑筋,尽能解释,知日俄两国之战争,实缘中国积弱之所致"。② 由此可见,从明末直至清亡,通俗性始终是时事小说整个创作流派的特点。

再次是真实性。时事小说描述的内容是刚刚结束或正在发生的国家大事,采用的表现形式却是小说,因此内容与所表现的形式之间便不可避免地存在着一定的矛盾。对小说创作来说,虚构手法的运用不可或缺,可是时事小说作家创作的重要目的之一,却是如实地向大众报告重大时事的发生、发展与最后的结局。在处理这对矛盾时,时事小说作家一般都倾向于后者,以"事之宁核而不诞"③ 为原则,即强调作品的真实性。尽管倾向的程度各不相同,但至少在描写事件的主要过程和结局以及其间主要人物的参与态度和命运时,那些作者都较自觉地不因主观上的好恶而擅作篡改。有时作者因种种原因未用事件中人物的真名,如晚清时曾朴在《孽海花》中用翁和甫代翁同龢,以唐常肃代康有为,但由于事件过程与人物经历都照原样写来,当时的读者也都知道是写何人,这时就仍应承认其真实性。时事小说

---

① 乐舜日:《皇明中兴圣烈传序》。
② 贾生:《辽天鹤唳记叙》。
③ 翠娱阁主人:《辽海丹忠录序》。

作者也意识到并设法解决小说创作须得虚构但时事小说应力求真实这对矛盾,其中《警世阴阳梦》作者长安道人的解决方法较为别致,他将作品分为《阳梦》与《阴梦》两部分,书封面题识则称:"长安道人与魏监微时莫逆,忠贤既贵,曾规劝之,不从。六年受用,转头万事皆空,是云'阳梦'。及既服天刑,道人复梦游阴司,见诸奸党受地狱之苦,是云'阴梦'。"读者一见便可以知道,揭露批判魏忠贤倒行逆施罪行的《阳梦》篇是基本写实,而《阴梦》篇则纯属作者虚构了。不过对多数作者来说,他们创作时宁愿强调事实叙述的不走样,这当然并不意味着作品中就毫无虚构手法的运用,但那些悬想事势,自作增饰的内容被小心地限制在细节描写中。就力求真实而言,力图"按鉴演义"的讲史演义与时事小说有相似之处,但前者主要是靠羽翼信史来保证这点,而后者虽也利用了邸报等书面资料,同时却又写入了不少作者耳闻目睹的真情实景,从而为后人保存了史料,这与讲史演义作者从史料中撷取素材的做法正好相反。

最后,时事小说必须是描写当时的重大政治事件,表现出"动关政务,事系章疏"①的特点,具有政治性与轰动性。如明清鼎革之变、清末庚子国变等都是当时时事小说的重要内容,这些事件不仅吸引了大众的注意力,而且几乎对所有的人都产生了程度不同的影响。按此标准,有些虽是相当真实地描写了当时的实事,并且也具有新闻性的作品就不能归于时事小说。如康熙六年(1667)正月常州发生了海无暇抗拒恶霸强暴,不屈自缢的事件,此案查明后哄传四方,当地政府为之建祠,一时名士题挽联作诗文者甚众。墨浪仙主人与嗤嗤道人都曾以海烈妇案件始末为素材,分别撰写了小说《百炼真海烈妇传》与《海烈女米樟流芳》。海烈妇案件虽是轰动一时的社会新闻,但终究不是重大的政治事件;那些作品反映生活虽较及时,但其描写毕竟偏重

---

① 峥霄主人:《魏忠贤小说斥奸书凡例》。

于世俗人情,因此它们并不属于时事小说,而只能归于世情小说。

根据上述标准,明清之际的时事小说按以往的分类都被包含在讲史演义之中,约占其数量的五分之一,其中一部分现已失传,尚存世的或能知其概况的作品则如下表所列(短篇小说不包括在内):

篇名	作者	作品内容	问世或刊出时间	时间差
征播奏捷传	栖真斋名道狂客	平播州杨应龙叛	万历三十一年	3年
辽东传	佚名	后金攻占辽东事	天启四年前	2年
七曜平妖传	沈会极	平白莲教徐鸿儒	天启四年	2年
警世阴阳梦	长安道人国清	揭露魏阉劣迹	崇祯元年	7月
魏忠贤小说斥奸书	吴越草莽臣	揭露魏阉劣迹	崇祯元年	9月
皇明中兴圣烈传	西湖义士	揭露魏阉劣迹	崇祯初	约3年
近报丛谭平虏传	吟啸主人	后金犯京师事	崇祯三年	1年
辽海丹忠录	平原孤愤生	辽东战事	崇祯三年	1年
镇海春秋	佚名	辽东战事	崇祯间	少于10年
剿闯通俗小说	西吴懒道人	李自成事	弘光元年	数月

为便于比较,现将清初与清末时的时事小说也排列于下:

篇名	作者	作品内容	问世或刊出时间	时间差
七峰遗编	七峰樵道人	明清鼎革之变	顺治五年	3年
新世宏勋	蓬蒿子	明清鼎革之变	顺治八年	6年
海角遗篇	漫游野史	明清鼎革之变	顺治十四年	12年
樵史演义	江左樵子	明清鼎革之变	顺治间	少于10年
台湾巾帼英雄传	古盐官伴逸史	台湾义军抗日事	光绪二十一年	同时
台战演义	佚名	台湾义军抗日事	光绪二十一年	同时
中东大战演义	洪兴全	甲午中日战争	光绪二十六年	5年
中东和战本末纪略	平情客	甲午中日战争	光绪二十八年	7年
捉拿康梁二逆演义	古润野道人	戊戌变法	光绪二十五年	1年
大马扁	黄小配	戊戌变法	光绪三十四年	10年
救劫传	艮庐居士	庚子国变	光绪二十八年	1年
邻女语	忧患余生	庚子国变	光绪二十九年	2年
轰天雷	藤谷古香	庚子国变	光绪二十九年	2年

篇名	作者	作品内容	问世或刊出时间	时间差
孽海花	曾朴	庚子国变	光绪三十年	3年
白话痛史	夷则子	庚子国变	宣统元年	8年
镜中影	黄小配	清末诸政事	光绪三十三年前	少于6年
辽天鹤唳记	气凌霄汉者	东北日俄战事	光绪三十年底	同时
五使瀛环略	二十世纪小新民爱东氏	五大臣出国考察事	光绪间	少于2年
六月霜	静观子	秋瑾遇难事	宣统三年	4年
宦海升沉录	黄小配	晚清诸政事	宣统元年	数月

由以上两表中可以明显地看出时事小说在问世时间上的两个特点。以上两表的最后一列表明，这些作品的问世出版与事件的发展在时间上的差距非常小，半数以上作品的时间差不超过两年，有的甚至不超过一年，如《魏忠贤小说斥奸书》刊行之日与魏忠贤自缢之间仅相差九个月，而《警世阴阳梦》的这一时间差更只有七个月。在短短的几个月的时间里既要写作，又要雕板印刷，这样的创作、出版速度，即使在今日也不多见。更有甚者如《台湾巾帼英雄传》与《台战演义》，它们都是将尚在进行之中的事件写成小说，抢先刊行于世。相比之下，清初几部时事小说的时间差显得较长，但其中却有着较特殊的原因，这是因为那些作者亲身实受战乱之苦，他们须等到环境较为安定时方能动笔。

第二个特点由表中"问世或刊出时间"一列所显示。明清之

587

际的时事小说都集中地出现在明清鼎革之际与清亡前夕这两个时间段落里,并不像讲史演义、人情小说等其他创作流派那样,自形成之后在各个时期里一直陆续不断地有新作问世。明清鼎革之际与清亡前夕是明清两朝社会动荡范围最广、程度最激烈的时期,而以上两表则直观地提醒人们注意时事小说与社会动荡之间的关系,事实上当时导致时局动荡的重大事件,正是那些作品所描述的主要内容。在明清鼎革前后,魏阉的残暴统治与东林党人的抗争、明末的农民大起义以及明、清两政权长时期的军事较量是震动朝野的最重大的事件,也是导致明王朝灭亡的直接原因。这时的时事小说有的是着重铺叙其中的一件事(如《警世阴阳梦》等),有的则将三事综合起来描述(如《樵史演义》等),至于晚清那些作品的内容,几乎都是在围绕甲午中日战争、戊戌变法、义和团运动与八国联军入侵、清廷宣布预备立宪以及爱国志士的反满革命等展开,完全与中国近代史的后半部分相合。

　　时事小说产生于社会动荡之时,但反过来社会动荡时却并非必定产生时事小说。鸦片战争也曾导致了社会动荡,其历史意义又十分深远,可是最早的描写这一历史事件的通俗小说《林文忠公中西战纪》直到半个世纪后的光绪二十五年(1899)才出现。又如顺治间时事小说还在继续出版,可是进入康熙朝后却渐渐绝迹。造成这种现象的原因是满清统治者在平定了南明政权的反抗后,已能腾出手来加强对意识形态领域的控制。尽管清初前期时社会尚未安定,至少三藩之乱曾波及近半个中国,但广大士人却已开始为森严文网的阴影所笼罩,正如鲁迅所说,"为了文字狱,使士子不敢治史,尤不敢言近代事"。[①] 而时事小说产生的那两段时期,都是统治者已无力严密控制意识形态领域的年代,更何况晚清时有些作品问世于租界或香港、日本等地,清政府也根本无法干预它们的创作与出版。分析至此已可

---

① 鲁迅:《且介亭杂文·买〈小学大全〉记》。

得出这样的结论:社会动荡与统治者无力控制,这是时事小说产生的必要条件,同时也是保证它能显示政治社会学意义的充分条件。

以上两表中的第二列是作者,他们的创作思想与编创手法与一般的通俗小说作家有相通之处,同时也具有自己的特点。时事小说的作者对于国家政治、军事等领域各种重要事件的发展极为关注,然而并不具备参与朝政的条件,用他们自己的话来说,是"在野之忧亦久矣"①的士人。这些自号"草莽臣"、"孤愤生"、"西湖义士"的作者具有强烈的使命感与社会责任感,但又没有条件或机遇施展自己的政治抱负,于是他们便将对国事发展的忧虑以及无法对此干预的愤懑寄托于创作之中,同时也希望广大百姓一起来关心国家的前途与命运。因此,明末清初与清末时的时事小说在创作上有两个共同的特点表现得十分突出:其一是尽力反映这些事件发展的全过程,为此他们作了较充分的准备工作,如峥霄主人创作时就"阅过邸报,自万历四十八年至崇祯元年,不下丈许";② 其二是要让广大群众了解事件的经过与真相,因此作者都以通俗语言演述故事,以便作品能迅速地"传至海偶"。③ 不过由于作者们立场、观点与所处环境的差异,他们具体的创作原因与目的又大致可分成以下四类:

一种是意在歌颂忠孝之士的正气,暴露奸诈小人的丑态。如魏阉的倒行逆施早已使峥霄主人"不禁短发支髻立也",但他在政治高压下敢怒不敢言。魏阉败亡后,他很为自己前几年"不获出一言暴其奸"的懦弱而自责,于是立即作小说系统地揭露魏阉劣迹,借此荡扫那些违背民意、称颂魏阉的舆论:"以易称功颂德之口,更次其奸之负辜,……俾奸谀之徒缩舌,知奸之不可

---

① 乐舜日:《皇明中兴圣烈传序》。
② 峥霄主人:《魏忠贤小说斥奸书凡例》。
③ 吴越草莽臣:《魏忠贤小说斥奸书自序》。

为"。① 当然,那些作者所说的"忠义"是按地主阶级士人的标准作衡量。如果说峥霄主人对东林党人忠义的称颂在今日仍有一定的积极作用,那么西吴懒道人创作《剿闯通俗小说》的"用以激发忠义,惩创叛逆"② 就无法得到今人的认同,因为他笔下的"叛逆"是指明末李自成、张献忠的农民义军,而所谓"忠义"者则是指镇压农民义军的朝廷官员。

另一种是借小说创作批评朝政,如崇祯二年(1629)袁崇焕斩杀毛文龙,由于辽东战事此时全倚仗袁崇焕,崇祯帝便"传谕暴文龙罪",③ 然而朝野内外为毛文龙鸣冤叫屈者一时颇多。平原孤愤生还特意撰写了小说《辽海丹忠录》,其书虽是叙述辽东战事,但着重点却在称颂毛文龙的功绩,而作者创作的动机,则是"忠臣饮恨九原,傍睹者亦为之愤懑也。……顾铄金之口,能死豪杰于舌端;而如椽之笔,亦能生忠贞于毫下"。④ 又如清廷于光绪末年被迫宣布预备立宪,并派五大臣出国考察,可是《五使瀛环略》却渲染了尚其亨在天津攀花折柳,到日本又沉湎于妓馆,而国书却被丢失的种种丑态。不管作者的主观意图如何,但读者却不难明白,所谓的预备立宪在如此腐败的大臣手中会有什么结果。清末时事小说中这类作品颇多,如《台战演义》等歌颂了台湾军民的抗日斗争,这实际上也是表现了作者对清政府割让台湾的卖国投降政策的极大愤慨。

与上一类相反,有的作者写小说是为了拥护朝政,其中最典型的莫过于那部在戊戌变法失败后迅速出版的《捉拿康梁二逆演义》。此书对戊戌变法经过的描述倒也颇详尽,但作者古润野道人的立场却是对维新派的反对与仇恨。由于无法篡改康有为、梁启超在旧党捕杀维新派时幸免于难的事实,作者只好在篇

---

① 吴越草莽臣:《魏忠贤小说斥奸书自序》。
② 无竞氏:《新编剿闯小说序》。
③ 《明史》卷二百五十九。
④ 翠娱阁主人:《辽海丹忠录序》。

末杜撰了孔子、如来与原始天尊聚议捉拿他俩的荒诞情节聊以自慰。清初的《新世宏勋》也属此类。在各地爱国志士正高举义旗抗击清军时,小说作者却歌功颂德道:"天应人顺,大清鼎新,迅扫豺狼。顿清海宇"。① 谁知满清统治者根本不愿人们提及自己在血与火中夺得政权的事实,这部小说也未逃脱被禁毁的厄运。

最后一类作者较偏重于保存史实与总结历史教训,他们大多为清初时不愿奉大清为正朔的明遗民。《樵史演义》的作者在卷首自诩为刘知几,该书描述了明末清初各大事件,有些重要的奏章也全数载入。《七峰遗编》详尽地记载了清军攻占常熟、福山并大肆杀戮的实事,因为作者清楚地知道,"后之考国史者,不过曰某日破常熟,某月定福山,其间人事反复,祸乱相寻,岂能悉数而论列之哉!"②《海角遗篇》的作者在跋中写道,他是幸免于难后"细访于所见所闻",才写下了记录清军血腥暴行的作品,其真实性也是相当可靠的(由于作者亲身实受战乱之苦,在环境较为安定时方能动笔,因而作品问世距事件发生的时间差就偏长,但这样却有利于反思)。而且,他们创作时是"或悄焉以悲,或戚焉以哀,或勃焉以怒,或抚焉以惜",③ 其心情之消沉,已不能与明末那些作家虽悲愤,但激昂,总还希望大明朝有所振作所相比了。

以上的讨论实际上是从作者方面探寻时事小说崛起的原因,而该流派的出现同时又与读者有关。古代的普通百姓一般并不关心政治,潜意识里"肉食者谋之,又何间焉"的古训是根深蒂固,统治者也不希望甚至是禁止百姓去关心政治。如魏忠贤专权时,监视群众的特务就遍于四处,正如《警世阴阳梦》第十六

---

① 蓬蒿子:《新世宏勋小引》。
② 七峰樵道人:《七峰遗编序》。
③ 江左樵子:《樵史演义序》。

回所言,"那时北京城里说了一个'魏'字,拿去一瓜槌便打死了。"然而,社会的急剧动荡毕竟要影响到广大百姓的日常生活,在这种情况下他们又不能不关心政治,各种里巷琐语也在悄悄流传。一旦条件允许时事小说问世,那些作品自然要受到广大读者的青睐,这便是揭露魏阉的作品能以极快的速度创作、出版与传播的背景。在信息交流不发达的古代,书坊主最清楚广大读者的需求,他们也急于赶在欢庆魏阉覆灭的氛围里,把读者的欢迎转换为丰厚的利润。清末曾朴的《孽海花》也是类似的例子,它在出版后的短短两年里竟连续再版了十五次。很显然,广大群众在非常时期的需求,同样是刺激时事小说崛起的重要原因。

在进一步追寻作者与读者背后的原因时,社会方面的因素便被突出至首位。明清两朝长达五个半世纪,而时事小说只在明清鼎革时与清亡前夕两个短暂的阶段中出现。这是阶级矛盾与民族矛盾都已尖锐到白炽化地步的时期,正是社会的剧烈动荡刺激了作家去创作,同时也使广大民众在此刺激下成为这类作品热心的读者。而且,时局的剧烈动荡又给创作提供了极为生动的素材。东林党人不屈于淫威的感人事迹本身就可歌可泣,权势熏天的魏阉突然瓦解于顷刻又颇具戏剧性,至于那些战争进展的曲折起伏,则更是扣人心弦了。时事小说作者往往是亲身经历了事件的变化,不仅明了整体的发展脉络,并且对各种细节也十分熟悉,这样优越的条件是遵奉羽翼信史原则的讲史演义作者无法相比的,因为他们只能根据简略的史料,通过遥体人情,悬想事势来做到"敷演不无增添,形容不无润色",同时还必须"大要不敢尽违其实"。[①] 然而可惜的是,时事小说一般都是急就章,生动的素材往往未能得到较好的概括和提炼。

通过以上简明扼要的介绍分析,可以看出时事小说产生的

---

① 可观道人:《新列国志序》。

条件、出现的原因、创作上的特色、对于社会的影响以及在小说史上的地位都不同于纯粹的讲史演义,将两种性质不同的作品硬置于一类,又必然会妨碍某些创作规律的显示。因此,将时事小说从讲史演义中分离出来,视其为独立的创作流派,这不仅是合理的,而且也是必要的。

第二节 时事小说的特色与价值

《征播奏捷传通俗演义》是目前所知的最早的时事小说,但它的问世却有点特殊性。万历二十八年(1600),四川巡抚李化龙与贵州巡抚郭子章平定了播州宣慰使杨应龙的叛乱,三年后刊出的这部作品即是描述该事件的。但小说左袒李化龙,这使得郭子章很不高兴,他后来还特地写了《平播始末》以示辨正。①在小说史上,这部作品首开描述时事的风气,但作者主观上似将此书当作了官场上争功夺利的政治工具,因此它又成了时事小说中较为特殊的作品。

栖真斋名道狂客的《征播奏捷传通俗演义》虽在描述时事,但它的叙述方式却如同讲史演义,若纵观后来的时事小说创作,也都可或多或少地在其间看出模仿讲史演义的痕迹。其实,这两个流派都在叙述军国大事,而最先流传的讲史演义又已对通俗小说创作产生了巨大影响,这种相似的出现是不可避免的。对栖真斋名道狂客来说,他创作时神魔小说流派还刚刚兴起,世上常见的也主要是讲史演义,他的选取更容易出现单向性。然而到了天启年间,《七曜平妖传》的创作却开始出现了变化。作者沈会极亲眼目睹了徐鸿儒起事与被镇压的全过程,他在事件

---

① 《四库全书总目》为郭子章《平播始末》作题解云:"万历间播州宣慰使杨应龙叛,郭子章方巡抚贵州,被命与李化龙同讨平之。……晚年退休家居,闻一二武弁造作平话,左袒化龙,饰张功绩,多乖事实,乃仿记事本末之例,以诸奏疏稍加诠次,复为此书,以辨其诬。"

刚结束就立即撰写这部小说,其目的不仅是让人们及时了解"白莲为祟之梗概",而且还希望能起到"维世匡时,感发惩创"[①]的效果。文光斗为这部小说作序时,指出了它"秉史氏之笔而错以时务,参以运筹"的特点,即沿袭讲史演义的编创方式,内容却是写时事。由于《七曜平妖传》问世于神魔小说已盛行于世之际,其创作明显地受到了影响,这就是文光斗在序中所分析的"设宿以灭祟,用术以平妖,此又以幻易幻,藉假发真之义"的手法。小说中,两军对垒时各显法术的描写甚多,其情节既似《封神演义》,又似《水浒传》中公孙胜与高廉斗法。作品结束时,作者先写天师建坛超拔交战双方所有死者的冤魂,"众魂皆呼万岁";继而则是天启帝大封功臣,将士们"欢声动地,齐祝山呼万寿无疆",这明显是搬用《封神演义》结尾处先封神,后封功臣模式。不过,尽管掺杂了神怪描写,小说的主要内容毕竟是在叙述事件的发生、发展与结束,该书虽以仇视、丑化的笔法描绘徐鸿儒起义,但作者在第八回借起义者之口,较客观地揭示了事件发生的原因:

> 淮徐水灾,浙中火变,处处官司催科,加添辽饷愈急,民不撩(聊)生,山东尤甚。山东膏腴之地,贵者八两一百亩,少次五两一百亩,甚有地亩,无人耕种。大量辽饷,差人一次到集镇,动要钱四五十串。穷民无钱,卖地无人要,先卖儿女次典地。八十文一亩典与人,不勾买酒与差人吃。一年两次下乡,差人逼索,官粮又不能完,田地儿女都卖了,还要送仓比较,只得借贷使用坐辖牢。十室九空,望无烟火。就是纳了粮的,在家食用不过是树叶草根,略略放些豆沫秫糁而已。穿又没的穿,吃又没的吃,钱粮又被公差把白地都弄尽了,况有本地乡官土豪侵占欺骗。如此光景,人心

[①] 文光斗:《七曜平妖传序》。

思乱,主公一呼,揭竿而起,无不响应。

在作品中,作者据耳目所染写来的重要情节也多真实,与当时赵彦《平妖奏议》、王一中《靖匪录》等史书记载大体吻合。而且,当事件结束后还不到两年时作品已问世流行,故而《七曜平妖传》中尽管羼入了不少神怪描写,但它仍应归于时事小说。

随着阶级斗争与民族斗争的日益尖锐,时事小说在崇祯朝开始明显增多,而那些作品按所叙内容可分为三个群落。首先是崇祯初年相继问世的《警世阴阳梦》、《魏忠贤小说斥奸书》与《皇明中兴圣烈传》。崇祯帝登基后即着手铲除魏忠贤集团势力,而以揭露魏忠贤一生劣迹以及歌颂东林党人与魏阉的抗争为主要内容的那三部作品,则是在魏阉败亡后不久即迅速推向市场。不过,叙述的虽是同一内容,但作者的写法却不一样。《警世阴阳梦》是以小说家笔法演述魏忠贤一生经历以及死后在阴司的遭遇,其开卷第一回引出魏忠贤时写道:

> 这太监姓魏,名唤进忠,原籍河间府肃县人。是一个浮浪的破落户,没信行的人。专好帮闲,引诱良家子弟。自小不成家业,单学得些游荡本事,吹弹歌舞绝伦,又好走马射箭,蹴球着棋。若问文书,一字不识。这些里中少年,爱他会顽耍、会诣趣,个个喜欢他的。常在涿州泰山神祠游玩歇息,结成一党,荒淫无度。这些都是干隔涝汉子,无籍之徒。

这段描写与《水浒传》第二回中高俅出场时的介绍十分相似,作者也就用此笔调依次叙述魏忠贤从落魄到发迹的经历。在层层展开故事时,作者揭露了魏忠贤奸诈下劣的本性,刻画了他乖巧伶俐的性格,但又未作面谱化处理。特别是叙及魏忠贤落魄时的挣扎,他的某些遭遇颇能引起读者同情,其升沉荣辱以及相应的悲喜哀乐也较真实可信。作者塑造了一个活生生的社会下层无赖的形象,不过这是作者的艺术创造,他并不等同于作为历史人物的魏忠贤。孙楷第先生曾批评这部作品"多里巷琐语,无关文献",①　就魏忠贤发迹前经历而言,此批评确与作品情形相符。但《警世阴阳梦》毕竟是一部以时事为主要内容的小说,不仅所叙各重要事件与史实并无出入,而且由于是当时人以小说的形式写时事,异于史家的视角与手法使此书具有独特的史学价值。史家惜墨如金,如对魏阉高压统治时的恐怖气氛,史书仅以寥寥数语概括:"民间偶语,或触忠贤,辄被擒戮,甚至剥皮、刲舌,所杀不可胜数,道路以目。"②　可是在作品中,关于这方面却有较丰富的描写,虽然可能多采自"里巷琐语",然而自有其真实性在,可为了解当时社会气氛的参考。可补史载简略的例子还有一些,第二十九回《合疏锄奸》中所详细开列的二十四名官员的官衔、姓名与奏本题目,也有一定的史料价值。此外,记述东林党人与魏阉的抗争以及苏州市民的抗暴义举,《警世阴阳梦》在有明一代也似为最早。

与《警世阴阳梦》重传奇色彩的风格不同,《魏忠贤小说斥奸书》与《皇明中兴圣烈传》采用的是重史实记载的创作方法。峥霄主人在《凡例》中称:"是书纪自忠贤生长之时,而终于忠贤结案之日。其间纪各有序,事各有论,宜详者详,略者略,盖将位一代之耳目,非炫一时之听闻。"在某种意义上可以说,作者吴越草莽臣的创作实际上是资料整理工作,他读过的邸报从万历四十八年(1620)至崇祯元年(1628)约有一丈高,此外又阅读了"朝野之史,如正续《清朝圣政》两集、《太平洪业》、《三朝要典》、《钦颁爱书》、《玉镜新谭》,凡数十种",③　在这基础上再作归类综合,梳理出一条故事发展线索。该书共八卷四十回,每回的回目后都醒目地标明系年,如第五回回目后注明"天启二年事",第六回注明"天启三年事",第七至十回均注明"天启四年事"等等。叙

---

① 孙楷第:《大连图书馆所见小说书目》,载《日本东京所见小说书目》,人民文学出版社 1981 年 10 月版。
② 《明史》卷三百五。
③ 峥霄主人:《魏忠贤小说斥奸书凡例》。

事时,作者"非敢妄意点缀,以坠之戒"① 的意识非常强烈,故而有意不描摹世态,不布置幻景,称作品为编年史似也未尝不可。至于描写同一题材的《皇明中兴圣烈传》,作者只是根据邸报与传闻敷演,他将自己所能收罗到的素材一事一段地排列成书,而作品的最后一卷即第五卷几无故事内容,能见到的基本上是大量的奏章诏旨,查抄魏忠贤、客氏家产的清单以及一百余名曾遭魏阉迫害现又重新起用的官员的名单。作者拙于形容渲染,仅是平淡叙事,可是在拘泥事实时却羼入魏忠贤是其母刁氏与狐狸交合而生的文字,颇显得不伦不类。孙楷第先生批评此书"仅具小说形式,而文理殊拙",② 此确为的论。

明末时事小说的第二个群落是以明王朝与关外新兴的后金(清)政权的战事为题材的《近报丛谭平虏传》、《辽海丹忠录》与《镇海春秋》。崇祯二年(1629)秋冬,后金兵大举入关,破喜峰口,陷遵化,过蓟州,直逼京师城下。明督师袁崇焕千里赴援,次年正月后金兵撤走,吟啸主人的《近报丛谭平虏传》即描写这段时事。作者在卷首序中解释书名时曾说:"近报者,邸报;丛谭者,传闻语也。"与此相应,这部小说在形式上有一别致之处,即在每回的回目下用小字注明"邸报"或"丛谭"。全书二卷共十九回,③ 其中注明"丛谭"者七回,主要内容为叙述当时的社会传闻;注明"邸报"者六回,主要是根据邸报按时间顺序排比大事记。此外,另有六回注为"报合丛谭",即将上两者内容穿插叙述。作者将各回一一分类注明,看来似有这样的目的,即注明"邸报"者可满足想了解事件的真实发展经过的需求,而若要阅读事件中各种传闻故事,则注明"丛谭"者可供阅览。至于注明"报合丛谭"者,虽两类合为一回,但其中大事记的排比与传闻的

---

① 峥霄主人:《魏忠贤小说斥奸书凡例》。
② 孙楷第:《日本东京所见小说书目》,人民文学出版社1981年10月版。
③ 该书卷之二卷首所列回目十则,但首回《兵部查恤阵亡将》仅有目而无正文,故卷之二实为九回。

叙述仍可清楚地分辨。这一分类手法与目的与《警世阴阳梦》分《阳梦》篇与《阴梦》篇相似,然而其中仍有混淆不清者。如卷之一中《袁督师帅兵入卫》一回,作者注明是"邸报",但就在这一回里,可以读到这样一段文字:

> 督师亲冒矢石,催兵进前。忽城中有许多百姓,在关庙内见泥马土人,遍身流汗,大呼:"关帝已显圣助阵!"合城军民没一个不欢声四震。城外正在喊杀,闻此亦倍加贾勇。奴贼败走,祖、满追袭。忽见奴贼边,半空出现一员神将,隐隐云中阻住贼兵。贼兵大溃。祖大寿、满桂兵杀贼首以千计,贼自相践踏者死无数。威声大震。

虽然这回是注明据邸报写成,但在现实生活中显然不可能发生这种神异怪事。吟啸主人看来是有意羼入上述描写,他希望读者相信这是真实的,从而树立起天佑大明的信念。

《近报丛谭平虏传》集中描写崇祯二年(1629)秋冬时后金兵的入侵,而《辽海丹忠录》则是从努尔哈赤出生与后金政权的来历叙起,一直写到作者创作之际,以明王朝与后金政权长期的军事抗衡与势力消长为背景,着重称颂驻守皮岛的左都督毛文龙的战绩。为清晰显示战事发展的时间线索,作者在作品卷首的目录中,各卷后都注明了该卷所叙故事的时间范围,如首卷为"万历四十七年至万历四十七年秋",末卷即卷之八则为"崇祯元年至崇祯三年春",这种标明纪年的方式,与《魏忠贤小说斥奸书》颇有点相类。

时事小说之所以有传播新闻的功用,这与当时社会信息渠道少且又不通畅有关。古时主要靠官方的邸报发布消息,但它的发行量却相当小。《金瓶梅》中曾提到西门庆花了五两银子方抄得份邸报,这可能有点夸张,但正因为当时看、抄邸报都较不易,作者才会很自然地写上这一细节。而且,邸报上都是用文言写成的诏旨、奏章之类,艰深难读的语言障碍远非普通百姓所能逾越,何况光凭这些内容又很难理清事件的头绪。峥霄主人说自己曾系统地阅读了九年的邸报,其本意是想说明作品言之有据、描述准确,但要理清事件发展经过恐怕也非如此不可。晚清时报纸开始在通商港埠出现,情形略胜于以往,然而其数量与范围都不很大,语言障碍也仍然存在。时事小说则不然,语言的通俗使它能在最大范围内传播,其叙述系统而有条理,既交代来龙去脉,勾勒出清晰的发展线索,同时又有细节的刻画,在读者眼前展现较丰满的形象,并使他们感受到随事件发展的气氛的变化。两相比较,孰优孰劣是一目了然的。

时事小说有时还打破了封建统治者的新闻封锁。光绪二十一年(1895),清廷割让台湾给日本,还严令沿海诸省不得接济台湾军民,当然也不愿意让世人知道那儿发生了什么事。可是就在台湾鏖战最激烈之际,热情歌颂台湾军民抗击日寇侵略的《台湾巾帼英雄传》与《台战演义》接连问世,这不仅打破了新闻封锁,而且也是在号召人们支援正在艰苦奋战的台湾军民。全面反映甲午中日战争的《中东大战演义》问世略迟些,但书中将清廷官吏昏庸无能、冒功吞饷、贪生怕死的种种丑态悉数道来,而这些又是封建统治者想竭力遮盖的。在中华民族日益觉醒的革命前夜,这些作品的揭露显然有较积极的一面,但晚清一些作家以为只要揭露谴责,便可"伸大义于天下,使若辈凛乎不敢犯清议",① 这又未免太天真了。

时事小说具有某些实录的性质,它的史学价值也由此而产生,不过创作时就已怀有较明显的为后世保存史实目的的作家,恐怕只是明亡后的那些遗民。《樵史演义》的作者在第八回开篇诗中曾云:"昔在京师曾目睹,非关传说赘闲词",这些作品又出现在正史修撰之前,因而后世史家对它们较为重视,并从中录取了不少资料。时事小说的史学价值主要表现在三个方面:一是

---

① 无名氏:《官场现形记序》。

提供了独家史料,如《明史》等对魏忠贤的年岁生辰均无记载,而《警世阴阳梦》第二十七回写魏忠贤庆寿时却载明他"在天启七年三月十六日六十岁"。此书刊于庆寿的次年,记载当较可靠。又如史书与笔记都提及各地官吏为魏忠贤建生祠事,但唯有上书第二十六回介绍了鲜为人知的"循环簿",即每月朔望拜祠者都登记在一本簿册上,由司礼监负责循环倒换,而魏忠贤则"照簿升降赏罚"。二是保存了一批历史文献的真实面貌。时事小说常载入当时的诏旨、奏章与书信等,如《樵史演义》中就有二十八篇之多,而且都是事态发展关键处的历史文献。入清后,统治者为了扼杀士人的民族意识,曾大规模地删毁或篡改历史文献,在这种情况下,时事小说又起了"当时案牍文移,亦赖之以传"①的作用。三是较详细地介绍了事件发展过程中的细节与当时的气氛,而这些往往是正史略过不录的,不过时事小说毕竟是文学作品,其中也有不少虚构处,因此这类记载并非都是可直接引用的史料,只有在分析、考证之后,它们才能恰如其分地显示自己的史学价值。

时事小说以上两方面的作用是其他创作流派无法相比的,然而这些成就的取得,却又是以牺牲文学价值为代价。为了保证新闻性,这些作品一般都在较短的时间里完成,作家们往往来不及对眼前发生的事件作认真的反思与咀嚼,虽是照事件发展的原样写来,揭示却嫌肤浅。正因为写作过于仓猝,作者对于生活素材时常缺乏应有的概括与提炼,结构的设置安排也较粗率。而史学价值方面的考虑,又造成了时事小说的一个十分明显的缺陷,那就是"文"、"史"混杂,体例不纯,当作者刻意追求实录时尤其如此。《樵史演义》第二十四回是个非常突出的例子,该回载录了倪元璐的三本奏章,崇祯帝的一道诏旨,计有 3,566 字,可是这回一共也只有 4,822 字,这样的写法简直令人难以卒读。

---

① 谢国桢:《增订晚明史籍考》。

"动关政务,事系章疏"是许多时事小说的特点,有的作者过于强调这点,提出了"不学《水浒》之组织世态,不效《西游》之布置幻境,不习《金瓶梅》之闺情,不祖《三国》诸志之机诈"① 的原则,而奉行的结果,又必然导致艺术上的粗糙乃至失败。如为保存史实而创作的《七峰遗编》,全书没有固定的主人公或贯穿性的人物,仅按时间顺序串联各事件,或一回一事,或一事数回,各回篇幅也不平衡,长者数千言,短则二三百字。似小说而非纯小说,似实录又非纯实录,这也是许多时事小说的通病。

当明末时事小说崛起之时,有些讲史演义作者已经开始力图摆脱羽翼信史的束缚,若从这一角度比较,那么应该承认时事小说在创作上呈现出某种倒退,尽管这一流派将人们的注意力从遥远的古代拉回到现实的贡献不应抹煞。有些时事小说作者也意识到这点,吟啸主人在创作时就遵循了"苟有补于人心世道者,即微讹何妨;有坏于人心世道者,虽真亦置"② 的原则,虽然作品仍甚粗糙,但毕竟明白了剪裁素材与艺术虚构的必要性,这表明时事小说在创作实践中也在逐步向前发展。

从整体上看,时事小说的艺术成就并不高,但其中也有个别较成功的作品。曾朴的《孽海花》可算是独占鳌头之作,它以赛金花的经历为主线,巧妙地用小说的形式统摄了各种时事内容。曾朴在谈到自己创作设想时曾说,他是一面"尽量容纳近三十年来的历史",同时又注意组织流传于社会的种种有趣的琐闻逸事以"烘托出大事的背景",这样便"合拢了它的侧影或远景和相联系的一些细事,收摄在我笔头的摄影机上,叫他自然的一幕一幕的展现,印象上不啻目击了大事全景一般"。③ 作品确实体现出了曾朴的创作设想,连鲁迅先生也称赞《孽海花》是"结构工巧,

---

① 峥霄主人:《魏忠贤小说斥奸书凡例》。
② 吟啸主人:《平虏传序》。
③ 曾朴:《孽海花代序》。

文采斐然"。① 就是在早期的时事小说中,也有描写较为精彩的片断。《剿闯通俗小说》、《新世宏勋》与《樵史演义》都写到了李岩投奔闯王的故事,而且是越写越丰满、逼真。这一故事的成功之处,在于它较令人信服地概括了地主阶级阵营中的知识分子参加农民起义军的历程。可是没想到,史学家们竟然信以为真了。清初的计六奇将此事载入了《明季北略》,后世史家又以讹传讹,纷纷沿用此说,直到本世纪四十年代,郭沫若先生还在《甲申三百年祭》中认真地总结李岩悲剧结局的历史教训,然而李岩其人其事却全是小说家的虚构,纯属子虚乌有。史学家的失察固然使人惋惜,但这正好反衬了时事小说创作在艺术上的某些成功,只是这成功是以牺牲史学价值换来的。明清时的时事小说作家力图使自己的作品兼有新闻价值、史学价值与文学价值,可是从整个创作状况来看,他们又始终未能寻得最佳的结合点。就这个意义而言,一身而三任是该流派的优点,同时也正是它的缺点。

第三节　明末的其他小说创作

拟话本与时事小说是天启、崇祯朝时通俗小说中最令人瞩目的创作流派,与此同时,讲史演义与神魔小说也在继续发展,并呈现出新的创作动向,而若依作品数量而言,讲史演义此时仍高居榜首。讲史演义是明代通俗小说创作中数量最多,历史也最为长久的流派,到了万历朝结束时,它已有作品近三十种,而且从《列国志传》到描写明代史实的那些作品,它们已将自周朝以来的各朝大事演述完毕,形成了一个讲史演义体系,其浩瀚几与正史分签并架。在这一体系中,对自春秋战国以下的各朝史实都常不止是一部作品在作描述,可是对于东周以前,特别是商

---

① 鲁迅:《中国小说史略》第二十八篇"清末之谴责小说"。

亡以前那段远古历史却仅有余象斗的那部《列国前编十二朝传》。很少有人去涉足这段历史是可以理解的,因为嘉靖、万历朝的讲史演义的创作方法是"按鉴演义",而有关商亡以前的史实甚少,并且只言片语的记载又很少有什么故事性,简直无法去"按鉴演义"。

本阶段的创作改变了对应于商亡以前历史的演义只有一部的局面,大约在崇祯年间,先后出现了《盘古至唐虞传》、《有夏志传》、《有商志传》以及《开辟衍绎通俗志传》等四部作品。可是远古事迹毕竟难以稽考,因而这几部作品的篇幅都比较短。《盘古至唐虞志传》只有寥寥的二卷十四则,《有夏志传》与《有商志传》分别是十九则与十二则。《开辟衍绎通俗志传》虽有八十回,但此书从盘古开天地一直写到了周初,按其内容衡量,它的篇幅也不能算长。① 纵观这几部描写商亡以前历史的演义,其中按正史编写的内容实在不多,如《有夏志传》卷一中四则故事的标题分别为"禹王伊水捉蛇怪,玄扈诸山服神妖"、"神禹南山示白猿,黑水河射鲊鱼精"、"华山冢卖弄神通,昆仑穷鬼盗少棠"与"西王母迎觞禹王,常羊山形天神怪",在第二卷中,又有"嫦娥窃药奔月宫"之类。这哪里是什么"按鉴演义"?倒煞似神魔小说。不过这些神话也并不是作者的臆造,而是出诸《山海经》诸书,勉强可算是言之有据。也许是自己也感到这样做并不规范的缘故,这些作者还特地作了辩解:从开天辟地到西周的故事,"因民附相訛传,寥寥无实。惟看鉴士子,亦只识其大略,更有不干正事者,未入鉴中,失录甚多",因而他们才"搜辑各书,若各传式,按

---

① 王黉为该作作序时称:自东周以下各朝均有演义,"然未有开天辟地,三皇五帝、夏、商、周诸代事迹",完全抹煞了余象斗《列国前编十二朝传》的存在。但只要将两书作一对照就可发现,《开辟衍绎通俗志传》实是在抄袭《列国前编十二朝传》,只是原目被删去数字,内容略作窜删改而已。余象斗之作后来未再刊行,《开辟衍绎通俗志传》却一再付梓,故而后人对王黉的声称往往信以为真。

鉴参演,补入遗缺。"①

严格地说,在讲史演义"羽翼信史而不违"的创作年代,《山海经》这类书并不能成为编创的依据。由这些作者声称的创作方法可看出,他们不愿放弃原先的必须有所依据进行改编的手法,如果正史无记载,那么就用《山海经》之类的杂书来充数。同时,这些作者创作的实际情形又表明,他们都极端地缺乏想象力,根本没有想到一个作家可以而且应该进行独创。如《有商志传》描写商殷三十一朝六百余年的故事,可是全书四卷十二则,竟有三卷九则在演述纣王时的事,并且这九则故事又都是依据《武王伐纣平话》等书改写的。而面对纣王以前史料既少,又无平话或其他通俗小说可供参考的情形,作者不敢并且也没有能力按照生活、历史发展的逻辑,充分展开自己的想象力进行独创。于是从成汤到帝乙三十朝帝王的故事总共只占了三则,使全书的结构显得极不均衡。"按鉴演义"式的讲史演义发展到这几部作品,可以说是路已走到尽头了。

待到《有夏志传》等几部作品问世后,从盘古开天地开始的各朝基本上都有了相应的演义,而且往往还不止是一部,这时讲史演义若要继续向前发展,就只能别寻他路。联系崇祯年间的创作实际情形来看,当时的讲史演义出现了两类作品,一种是像万历后期某些讲史演义的作者那样对已有的演义进行改写,冯梦龙的《新列国志》可看作是这一类型的代表。由于余邵鱼的《列国志传》中,"铺叙之疏漏,人物之颠倒,制度之失考,词句之恶劣,有不可胜言者矣",于是冯梦龙便"本诸《左》《史》,旁及诸书,考核甚详,搜罗极富。"② 将原书中叙事与史无征、详略失宜、身世姓名谬误处一一改正,并删去了诸如秦哀公临潼斗宝之类不合情理的民间传说。讲史演义在基本史实方面应与历史相

---

① 王黉:《开辟衍绎通俗志传序》。
② 可观道人:《新列国志序》。

符,从这点看,冯梦龙的改写有合理的一面,而且也是成功的,但过分地强调依傍正史,容易限制作者想象力的施展,妨碍作者无拘束地追求高于历史真实的艺术真实,讲史演义也容易变成正史材料的联缀与解释,即只"讲史",而似非"小说"了。

这部《新列国志》无疑应归于改编式的作品,但冯梦龙毕竟是编写过"三言"这样杰出作品的作者,他在描绘头绪纷繁的历史事件与人物时,同样显示出了自己的创造力。尽管这一创造力受到了不得违背史实这原则的笼罩,难以充分施展。可观道人称这本书"虽敷演不无增饰,形容不无润色"。① 冯梦龙自己也认为是"描写摹神处,能令人击节起舞"。② 这些都是恰如其分的评价。只要将"郑庄公掘地见母","围下宫程婴匿孤"等章节与史籍对照便可发现,虽然是"大要不敢尽违其实",但冯梦龙在允许范围内的合理虚构获得了很大成功。这些故事被描绘得有声有色,曲折生动,书中的不少人物,也由于冯梦龙的着力刻画而显得栩栩如生,给人留下了难忘的印象。这些都是冯梦龙成功的独创之处,并不能因为《新列国志》属于改编式作品而将其抹煞。这部作品的问世为后来讲史演义的发展开辟了一条新路,清代褚人获的《隋唐演义》、钱彩的《说岳全传》在某种意义上都可以说是在它的影响下产生的。由于它们的艺术成就均高于原书,因而在出版后,原先的《隋唐两朝志传》、《唐书志传通俗演义》以及《大宋演义中兴英烈传》等作品就像《列国志传》一样不再行世,以致今日都已很难见到了。

讲史演义发展的另一动向,是出现了对历史人物或事件进行深入而具体的描写的作品,齐东野人的《隋炀帝艳史》与袁于令的《隋史遗文》便是这一类型的代表作。这类作品的出现是必然的,因为当各朝大事均演述完毕后,人们的注意力很自然地要

---

① 可观道人:《新列国志序》。
② 冯梦龙:《新列国志凡例》。

转移到集中并细致地描绘某一历史事件或人物上来。但在另一方面,这类作品的出现又很不容易,因为正史对历史人物或事件的记载,一般都是要而不详地简洁勾勒,要生动、具体地铺写或刻画这些事件或人物,那么各种细节的描写乃至某些情节的发展,都不可能指望从正史那儿得到支持,只能由作者凭借自己对生活本质与发展规律的认识,充分调动厚实的生活积累来进行合理的想象与艺术的虚构,即作者在很大程度上要进行独立创作。齐东野人可谓是最先尝试者,可是他对隋炀帝荒淫奢侈的着重渲染给人以浮艳在肤之感,而编创时又过于依赖正史以及《迷楼记》、《海山记》、《开河记》等以往之作的描述,仍明显地显示出受有所依据而改编的手法的束缚。《隋炀帝艳史》的创作从反面证实,要集中并细致地描绘某一历史事件或人物,就不仅要求作者具有扎实的艺术功底,而且他还必须得有打破依据正史改编这传统模式的见识与勇气。两年后推出《隋史遗文》的袁于令正是这样的作者,他甚至还公然宣称自己作品中的内容"什之七皆史所未备者"。如此明确的理论见解,足证袁于令这样创作并非是一时的心血来潮。

袁于令首先将正史与小说各自的性质和作用严格地加以界定:"正史以纪事,纪事者何,传信也;遗史以搜逸,搜逸者何,传奇也。"由此出发,他又得到两个重要的命题:"传信者贵真"与"传奇者贵幻",而所谓"贵幻",则意味着不仅是允许,而且是必须在创作中运用合理的虚构、夸张、想象等艺术手法。在这里,正史的记载不再是创作时的主要依据,重要的倒是作家能否以及如何"凭己",即靠作家本人的艺术修养,其中也包括他对生活的认识与体验。在这一创作思想的指导下,作者追求的是将人物与事件描写的"凛凛生气",因而他对原始材料采取了"可仍则仍,可削则削,宜增者大为增之"的处理方法。在这基础上,袁于令还更进一步地提出了"顾个中有慷慨足惊里耳,而不必谐于情;奇幻足快俗人,而不必根于理"的论点,主张只要能在教育性与娱乐性上满足广大读者的需求,就不必过于追究描写的内容是否合于历史人物与事件原有的"情"与"理"。袁于令的可贵之处在于他突破了史学家的框框,完全站在小说家的立场上来看待讲史演义。他的创作实际上已踏上了独创的门槛,并对清代有些性质类似的讲史演义起了首辟新路的示范作用。

正如人们永远要从历史中获得知识,吸取教益,借助历史来观照现实一样,历史小说大概也会是永存的,只是它的主题、内容、创作方法和艺术表现手段将不断地发生变换。但神魔小说的情形却完全不同,在明清通俗小说的发展过程中,它只是在万历后期突然风靡了一阵,随后便很快地进入了衰退状态。尽管天启、崇祯时不少作品中都或多或少地含有些灵怪内容,但确应归于神魔小说的作品,却只有屈指可数的寥寥几部。天启三年(1623)刊印的杨尔曾的《韩湘子全传》,完全是承袭万历间神魔小说的旧套,无须多论,不过问世于崇祯八年(1635)的《扫魅敦伦东度记》却颇有新意。

方汝浩的这部作品虽以达摩老祖"往震旦国阐化"为情节发展的主线,但其重点却在于现实生活的描写,并相当广泛地揭露了当时社会和家庭的矛盾,如父子争斗,兄弟冲突,夫妻不睦,婆媳摩擦,朋友倾轧等无所不有,真实地描绘出明末时家庭、道德、伦理的全面大崩溃,这样的内容在神魔小说中实属罕见。作品序言声称:"此记借酒色财气,逞邪弄怪之谈。一魅恣,则以一伦扫。扫魅还伦,盖归实理",即作者将世间的一切罪恶,均归诸陶情(酒)、王阳(色)、艾多(财)与分心魔(气)四魔的播弄,这种对生活的观察与理解都比较表面与肤浅,但将自己所见所闻的世情风俗概括提炼,组织在一部神魔小说之中,并使其成为作品的主要内容,这却是作者独具匠心的一种创作。而且,方汝浩笔下的妖魔,完全不同于以往《西游记》等书中的山精水怪。除酒色财气四魔外,作者还着重描写了情魔与意魔,并精心塑造了诸如不悌邪迷、不逊妖魔、反目妖魔、欺心怪、懒妖等千奇百怪的妖魔形象。在《西游记》中,尽管作者采用了拟人化手法,使得"神魔皆有人情,精魅亦通世故",但妖魔毕竟还是实实在在的妖魔,而在这部作品中,妖魔却是人们在现实生活中所产生的悖于伦理道德的思想或意念的化身。虽然在此之前已有《三教开迷归正演义》相类似的设计,但方汝浩有意沿此方向发展而不去遵循神魔小说创作的传统模式,显示出其创作宗旨是较广泛地反映明末的社会生活,其作品则体现出现实主义与浪漫主义的结合,并较富有哲理性。

与《扫魅敦伦东度记》相类似,在董说的《西游补》中现身的也不是实在的妖精,而是所谓的"情魔"。作者声称这十六回故事应补插在唐僧师徒"火焰芭蕉之后,洗心扫塔之先",① 但这部小说的格调却与《西游记》大不相同。《西游记》中的故事虽是千奇百怪,但读者都还易于理解,因为作品的情节严格地按人们所习惯的时空次序演进,并且它们在作者所展现的神话世界中都是合情合理的。《西游补》却正相反,全书没有贯穿始终的事件,甚至各事件发生的时间与空间都无法确定,读者见到的是一幅幅变幻模糊、扑朔迷离的画面。有人称这部小说是意识流式的作品,但以今律古,总嫌不妥,而且"鲭鱼世界"内的各种事件,均为孙悟空本人所见所历,并非仅是他的意识在窜流。作者曾说:"大圣在鲭鱼肚中,不知鲭鱼;跳出鲭鱼之外,而知鲭鱼也。"他还特意声明:"迷人悟人,非有两人也。"② 即早已说明书中所写的并不是悟空意识流动所产生的故事。故事发生的时间与空间之所以频繁更迭,是因为作者在按照"走入情内,见得世界情根之虚,然后走出情外,认得道根之实"③ 这一佛理安排情节的走向,而这一设置,是为心境澄澈,必先摒弃"情障"这一主题思

---

① 静啸斋主人:《西游补答问》。
② 静啸斋主人:《西游补答问》。
③ 静啸斋主人:《西游补答问》。

想服务的。

这种对佛家思想的宣扬在今日看来当然并不可取,但作者在表现时所调动的种种艺术手段却令人刮目相看。情节发展违背常态,人物面目又扑朔迷离,这一切都无法靠逻辑来理解,但对宣扬佛理来说,这种飘忽不定的写法却确能产生一种强烈的效果。不过,这部作品并不只是宣扬佛理,透过那些光怪陆离的荒诞故事,人们还可以看到作者对明末上自宫廷,下至民间的世态人情的辛辣讽刺。如唐代的人看见宋代的秦桧在阴间受审,这太违背常理了,但作者借孙悟空之口说,秦桧是"现今的师长,后边秦桧的规模",正表明他是有意识地借此讽刺、抨击现实生活中弄权卖国的奸臣。这部"全书实于讥弹明季世风之意多"的作品,在某种意义上可算作我国讽刺小说的先声。总之,《西游补》的艺术成就诚如鲁迅先生所概括:"造事遣辞,则丰赡多姿,恍惚善幻,奇突之处,时足惊人,间以俳谐,亦常俊绝,殊非同时作手所敢望也。"[①] 先生实际上已推董说为明末通俗小说作者中的第一人,而从董说所采用的创作方法,以及在作品中所表现出的艺术才能来看,他受到鲁迅此赞许可谓当之无愧。

综合上一章与本章所述,可知在天启、崇祯两朝的二十余年里,无论是拟话本还是时事小说,也无论是讲史演义或是神魔类作品,它们都或多或少地逐步地摆脱了改编方法的束缚,开始走上了向独创迈进的历程。不同的创作流派走上这条道路的具体动因各有不同,但从中也可归纳出若干共同的规律。首先,它们在客观上都面临着可供改编且又较有价值的旧作越来越少的局面。讲史演义是列朝大事均已演述完毕,神魔小说正处于难以寻得尚未改编、但又较有价值的记载与传说的境地,而对拟话本来说,则是"宋元旧种,亦被搜括殆尽"。因此,简单改编式的编创方式至此已如同无米之炊,难以为继了。其次,明末的阶级矛

---

① 鲁迅:《中国小说史略》第十八篇"明之神魔小说(下)"。

盾与民族矛盾异常激烈，作家们在创作时无法对此无动于衷，即使在题材与现实生活关系似不甚密切的作品中，仍时常可见他们通过某些人物的刻画或情节的描写来寄寓对现实生活的见解或抒发自己的理想，他们在现实生活中的所见所闻也或多或少地被概括、提炼，融入到作品中。这样，他们就渐渐认识到现实生活是取之不尽的创作源泉，从而能较顺利地摆脱改编手法的束缚。第三，在天启、崇祯时，通俗小说作者的文化层次一般都比较高，远非嘉靖、万历时那些书坊老板或专为书坊服务的下层文人所能相比。创作动机也比书坊老板等人的急欲赚钱高尚得多，他们不愿粗制滥造。由于他们的文化层次较高，因而有能力，并且也能自觉地总结一个世纪以来通俗小说在创作上的成败得失，使自己的作品进入新的艺术境界。

正是由于上述这些原因，各小说流派的创作在天启、崇祯时都显示出了向独创过渡的特征，而这些相互影响，遥相呼应的各流派创作变化所汇合成的总体，正表明明末时整个通俗小说的创作进入了由改编向独创转变的过渡阶段。对通俗小说的创作来说，这意味着一个新的发展阶段即将开始，并且此时实际上已经出现了一些独创的中、短篇作品。不过，在天启、崇祯两朝这短短的二十余年里，通俗小说还来不及结束这一过渡阶段，只有当独创的作品在创作中占据了主要地位，并且出现了成熟的、独创的长篇巨著时，才可以说由改编向独创转变的过程完全结束。具体地说，这一转变过程的结束，是以清乾隆朝《红楼梦》等一批文人独立创作的长篇小说问世为标志，因此要最后达到这一水平高度，通俗小说面前还有一段百余年的漫长道路要走。

通俗小说的创作在明末最后的二十余年里呈现出十分繁盛的景象，与此相比，文言小说的创作却并没有突出的表现。若论数量，天启、崇祯朝新问世的作品似不能算少，可是出色的佳篇却难以寻觅。就传奇小说而言，本阶段中竟无可以与《中山狼传》、《辽阳海神传》、《珍珠衫》、《负情侬传》等比肩的作品，即使较出名者如王象晋的《剪桐载笔》,集中作品既注重记奇闻异事,又强调劝善惩恶的说教;湖碧山卧樵的《幽怪诗谭》从整体上看是展示了一个奇幻多姿的狐鬼世界,于后来的《聊斋志异》当不无影响,但各单篇情节简单,作者编撰时又强调诗的插入,有意使作品集成为"晋魏来一部'诗谭'"。① 在逸事小说创作中,郑仲夔编撰的《耳新》、《隽区》与《偶记》可谓是名重一时。② 这些作品仿《世说新语》体例编排,虽被时人赞为"远追临川,近掩贞山诸公,业已纸贵艺苑",③ "致使当代不愧晋人赖有此也",④ 但与以往何良俊的《语林》、焦竑的《玉堂丛语》相较,它们在创作上却并无特别之处,只是《耳新》中记载东林党人与魏忠贤宦官集团的斗争较显锋芒。

  本阶段文言小说的创作较为平庸,相比之下,小说选集编纂的成就则因冯梦龙的《情史》与《智囊》接连问世而几与万历后期相埒。《情史》一书共收作品八百七十余篇,除个别篇章为编者自撰外,其余均辑自历代的笔记、小说等各种著述。诸作品的汇编虽难免封建伦理道德的说教,但作品集总的倾向却是赞颂纯洁高尚者与鞭挞丑恶卑劣者,而冯梦龙以"情"为编选主题,并通过对素材的分类编排以及某些故事后的批语,突出了自己编纂的宗旨:"无情化有,私情化公,庶乡国天下,蔼然以情相与,于浇俗冀有更焉。"⑤ 冯梦龙响亮地提出了"我欲立情教,教诲诸众生"⑥ 的口号,并将批判的矛头直指程朱理学:"世儒但知理为情之范,孰知情为理之维乎?"⑦ 冯梦龙的这些思想与万历时李

---

① 听石居士:《幽怪诗谭小引》。
② 此三书后与郑仲夔万历间编撰的《清言》合刊为《玉麈新谭》。
③ 文震孟:《隽区序》。
④ 朱谋㙔:《偶记序》。
⑤ 龙子犹:《情史序》。
⑥ 龙子犹:《情史序》。
⑦ 《情史》卷一《情贞类·朱葵》后"情主人"的批语。

611

贽的"童心说"、汤显祖的"至情说"与袁宏道的"性灵说"相通,实为同一社会思潮在小说领域中的反映。

冯梦龙编辑的《智囊》(编者修订后名《智囊补》)也是一部大型小说专题选集,他从明代以前子史经传与野史丛谈中摘录出与"智"相关之故事近两千则,其编纂宗旨则如梅之焕《智囊补序》所言,是"感时事之棼丝,叹当局之束手,因思古才智之才,必有说而处此,惩溺计援,视症发药",而与《情史》相仿,编纂者通过分类与在某些故事后加批语来表明自己的观点,只不过本书较偏重于政治见解而已。冯梦龙的议论多针对明末政治的弊病而发,虽主要表现了中小地主阶级知识分子的政治思想倾向,但诸如"下下人有上上智",①"妇人中有大见识者"② 等见解,却是对封建尊卑制度与等级观念的批判。《智囊》与《情史》体例相仿,而且它们在小说发展过程中也起过类似的作用,即为冯梦龙自己编撰"三言",以及凌濛初编撰"二拍"、周清源编撰《西湖二集》等都提供了丰富的素材。

除《情史》、《智囊》之外,本阶段新出的小说选集还有不少,如江东伟摘录前人书中神仙鬼怪之事编成一部《芙蓉镜孟浪言》,支允坚用类似的手法编成了《异林》,钟惺收集唐宋以来各类书中笑话故事编成《谐丛》。此时,又有编辑者不详的文言小说丛书《五朝小说》刊出,是书分魏晋小说,唐人百家小说、宋人百家小说、皇明百家小说四部分,③ 每一部分又分传奇、志怪、偏录、杂传等门类,共选录传奇、志怪及杂史笔记近五百种,是本阶段新出的大型作品集。这一时期另一值得注意的文言小说丛书是秦淮寓客编辑的《绿窗女史》,这部收录历代有关妇女之作品的丛书共分十部四十五门,除最后的著撰部收历代才女所撰

---

① 冯梦龙:《智囊补·上智部总序》。
② 冯梦龙:《智囊补》卷二十六《闺智部·雄略·李景让母》后批语。
③ 因魏晋小说含两朝作品,故合称为"五朝小说"。

诗文外,前九部收历代著作一百五十种,既含大量唐宋元时的传奇小说,也有明代人如陈继儒之《杨幽妍别传》、戈戈居士之《小青传》等作。尽管书中各篇的主旨与思想各不相同,但集中围绕妇女题材编纂大型丛书,这一事实本身就表明了在明末启蒙思潮的影响下,人们已经开始对妇女问题表示重视与关注。

  总之,无论与上一阶段的文言小说创作,或是与同时期的通俗小说创作相比,天启、崇祯朝的文言小说创作都显得较为平淡,仿佛它在万历朝登上了高峰之后,突然失去了继续攀登的动力与热情。如果综合文言小说与通俗小说两大系列作整体考察,那么这一现象也不难得到解释。在万历朝后期,通俗小说的地位迅速上升,一些文人摆脱了传统观念的束缚,同时也出于对传播面与社会影响的考虑,他们创作时便以通俗小说这一体裁为首选对象。其实,从明万历朝到清王朝灭亡的三百年里,在小说创作内部基本上都维持着文言小说不敌通俗小说的态势,唯一的例外是清初《聊斋志异》的问世。很显然,这是明清鼎革之变时剧烈的社会动荡转化而来的强大动力所致,才会有这样的特例出现。随着通俗小说的发展,它是广大民众的文学体裁的这一优势越发强劲,而文言小说由于本身的局限,其式微则是不可避免之事。因此,本阶段文言小说创作的平淡并非偶然,它其实是此后两大系列小说创作长时期的一强一弱态势的开始,若结合清代的小说创作进行考察,这一情形将显示得更为清晰,不过囿于《明代小说史》的研究范围,本书也就不展开这方面内容的具体论述了。

结　语

　　本书第一章论述的是在元末明初战乱刺激下的小说创作的新局面：专供案头阅读的通俗小说首次出现，文言小说的创作也终于结束了百年的萧条期；本书的最后一章，即第十七章论述的则是又一次全国战乱前夕的小说创作状况。在某种意义上可以说，明代小说史是在两次大战乱之间的小说发展历程，不过两次战乱对于小说创作的意义各不相同。前者开创了小说创作的全新局面，后者则发生于通俗小说创作由改编过渡到独创的关键时刻，即这一过程横跨了两个朝代。在火与血中夺得政权的朱明王朝终于也在火与血中灭亡了，对于史学家来说，这意味着一个历史阶段的结束，相应的，以考察与勾勒明代小说创作盛衰起伏的轨迹，分析与归纳其间特点与规律为旨归的《明代小说史》，其论述自然也以明王朝的灭亡为终点，入清以后的小说创作状况并不在本书的研究范围之内。然而，小说创作却又是具有相对独立性的发展实体，各种创作流派或文学现象发展变化并不会随着朝代的更迭而立即终止，按朝代更迭作划分又影响了对发展变化全过程的考察。因此，有必要在"结语"部分对清初的小说状况作扼要介绍，以帮助把握与理解那些跨越朝代的创作流派或文学现象。

　　虽然鼎革之变对小说创作产生了重大影响，但清初时的重要流派却仍是在明末创作的基础上发展而来。首先应该提及的是与时局关系最为密切的时事小说。异常激烈的改朝换代的大搏斗给它提供了丰富而生动的素材，而忙于在政治上与军事上镇压反抗力量的清朝统治者一时也无暇顾及对意识形态的控制,于是发轫于明末的时事小说,此时仍能继续成为创作中的重要流派之一。《樵史通俗演义》、《新世宏勋》与《七峰遗编》等作一般出于顺治朝或稍后,而由于见大势已不可逆转,那些作品的基调又多显得较为凄凉悲哀。后来,随着社会的安定与统治者对意识形态领域控制的加强,自明末开始出现的时事小说便开始逐渐退出了创作领域。

拟话本也是在清初仍继续流行的重要创作流派,但与明末时的作品相比,其形式与内容都发生了些变化。形式的变化主要表现于得胜头回的省略、引征诗词数量的大为减少以及作品篇幅开始向中篇发展。形式特征的变化表明此时拟话本已极少残存诉诸听觉的痕迹,而篇幅的扩增则意味着其时独创经验的逐渐成熟,作家们开始能够驾驭规模较大的故事的叙述。内容的变化集中地体现于题材的选择。在明天启、崇祯年间的"三言"、"二拍"中,讲史、神魔、公案、人情与侠义等各类作品均有,其后各作品的描写则逐渐偏重于人情类,而入清后又几乎都是清一色地在描摹人情世态。内容与形式的变化都表明拟话本在从改编过渡到独创的过程中承担了重要作用,而随着这一历史任务的完成,该流派也就不可避免地逐渐走向消亡。自康熙后期以降,新作已只有零星的几部,问世于乾隆五十七年(1792)的《娱目醒心编》则是目前所知的最后一部拟话本集。

在清初前期拟话本行世的同时,还出现了一批数量十分可观的人情小说,这些作品大约可以分为三类:名曰戒淫实为宣淫的色情小说,描摹世情见其炎凉的世情小说与描述青年男女悲欢离合故事的才子佳人小说,它们都受到了人情小说开山之作《金瓶梅》的影响,同时又明显地显示出承袭拟话本发展而来的痕迹。除《续金瓶梅》与《醒世姻缘传》外,此时的人情小说多为篇幅在二十回左右的中篇小说,这一作品群是从短篇拟话本到文人独立创作的长篇小说之间的最重要的中介环节,其中才子佳人小说尤引人注目。自清顺治间天花藏主人的《玉娇梨》、《平山冷燕》首开风气以来,仿效者日众,可是后来那些作家写来写去总跳不出一见钟情,私订终身,小人拨乱,最终团圆的格局,而有意避免内容雷同者又片面追求情节的曲折离奇,其结果则是脱离了生活的真实。清初人情小说作品数量最多,其间思想上艺术上均属上乘的佳作却很少,但这些成就不甚高的作品所组成的整体,在编创方式的演进过程中却有着不可忽视的作用。首先,虽然那些作品在艺术上多为幼稚粗糙,但大多数作家能较自觉地独立创作,这意味着通俗小说的创作已开始迈入独创的时代;其次,那些在数量上占压倒优势的作品的出现,标志着通俗小说的创作题材在总体上实现了向现实人生的转移,这也是独创意识普遍觉醒的一种表现;最后,清初的人情小说作家开始有意识并较全面地进行了创作技巧方面的尝试与探索,而由于创作时较少依傍,他们就不像创作以改编为主时的作家那般,将注意力较多地置于对已有材料的剪裁与组织,而是偏重于独立地构思情节的发展与安排全书的结构。尽管存在着因过分追求情节曲折离奇而导致创作脱离生活的弊端,但这些探索与逐渐积累的创作经验,从正反两方面为日后成熟的独创的长篇小说的出现作了准备。

在入清后不久,讲史演义创作出现了诸如《隋唐演义》、《说岳全传》等长篇小说,这些作品大多描写了战乱与社会动荡,有的甚至以北宋末年金兵南侵为故事发生的背景,这显然是明亡清兴之际席卷全国的大风暴在创作中的曲折反映。《说岳全传序》所宣称的"苟事事皆虚,则过于诞妄,而无以服考古之心;事事皆实,则失于平庸,而无以动一时之听",可以视为当时具有代表性的讲史演义的编创手法,它在明末讲史演义创作的基础上发展而来,可是清朝统治者的文字狱却使之未能继续发展下去。讲史演义的创作在人们不敢谈论历史的氛围中很快地陷入萧条,直到乾隆朝才重又显示出生机。不过,此时问世的讲史演义不再像入清不久时的作品主要是在抒发亡国之痛,而是着重渲染开国之兴,歌颂唐宗宋祖等应天顺人,澄清海宇而得有天下的"真命天子"。正是在完成由反抗讥讽到称颂赞美的转折之后,讲史演义才重新振作起来。而且自乾隆朝以降,"羽翼信史"的作品虽然还有,但更多的却是如《征西演义全传》那般讲述英雄传奇故事。民间故事色彩极为浓重的英雄传奇支派的勃兴,典型地体现出讲史演义创作更贴近普通大众的趋势。

至于在明末即已显示出创作衰退态势的神魔小说与公案小说,入清后基本上没有新作问世,但这并不意味着再也无人描写这类题材的故事。如在英雄传奇小说中,就可以看到神仙佛祖们匆匆忙忙地飞进飞出,几近绝迹的神魔小说在这里寻得了安身之地;为突出主人公不平凡的成长过程,作者也会设计一些离奇公案让他们遭受不白之冤,但终于又平反,这表明公案小说题材的创作实际上仍在延续;而书中那些英雄美女的情节在一定意义上又可看作是才子佳人故事的变种,因为他们也往往是一见钟情,经过一番曲折之后又终于迎来了大团圆的结局。尽管这类糅杂各题材的作品在思想上与艺术上的成就都不甚高,但它们的出现毕竟是当时通俗小说创作中值得注意的新动向。

若以康熙三十年为界将清初顺治、康熙、雍正三朝分为时间跨度大致相等的两个阶段,那么就不难看出清初前后期小说创作态势的明显不同。在前期,小说创作的繁荣并不亚于明末,那是因为明清鼎革之变这场全国性的战乱为创作提供了极为丰富而生动的素材,同时也使一些不愿与新朝合作的士人投身于创作,从而不仅扩大了创作队伍,而且还在总体上提高了创作水平。可是在清初后期,封建统治者严厉的禁毁小说政策使作品数量顿然锐减,而此时的作者也不像他们的前辈那样或亲眼目睹了故国的沦亡,或亲身体验了颠沛流离之苦,其思想又是在封建正统教育的禁锢下形成,于是创作的整体水平也相应地急剧下降。不过,就在这约半个世纪的萧条时期,克服创作危机的力量也正在慢慢地积聚。广大群众对通俗小说的喜爱,是打破封建统治者的禁毁、推动创作克服危机并继续向前发展的最强大的力量；一些作家意识到了创作的困境，并以具体的作品显示了他们克服危机的努力；评论家又从理论上论述了创作对生活的依赖性，讨论了典型化原则与运用规律并对结构安排等问题作了探索。这些克服危机力量积聚的结果，便是乾隆朝时《红楼梦》、《儒林外史》、《歧路灯》、《绿野仙踪》与《野叟曝言》等作接连而出，而这些成熟或较成熟的文人独立创作的长篇小说成批地问世，正标志着通俗小说创作从改编到独创的演变过程至此终于宣告结束。

清初文言小说的创作态势与通俗小说有相似之处。在明清鼎革之变的刺激下，明末时较为平庸的文言小说创作显示出了生机，一时间传奇小说纷纷问世，而这些多与战乱相关的故事生动曲折，其内容丰满，感情也真实动人。正是在这一创作基础上，蒲松龄的《聊斋志异》于康熙前期问世。这部文言小说集中的作品或批判封建礼教，歌颂青年男女对爱情幸福的追求，或抨击科举制度埋没人才的罪恶，或揭露现实政治的腐败与统治阶级对人民的残酷压迫，并赞扬被压迫人民的反抗斗争。蒲松龄将花妖狐魅和幽冥世界组织到现实生活中，又使之人格化与社会化，通过人鬼相杂、幽明相间的生活画面深刻地反映现实矛盾。作品既继承六朝志怪与唐传奇的传统，又有所创造发展，形成想象丰富奇特，故事变幻莫测，境界神异迷人的风格。可以说，《聊斋志异》达到了我国文言小说史上创作的最高峰。在清初后期，封建统治者禁毁小说的政策同样使文言小说的创作跌入低谷，到了乾隆朝，《阅微草堂笔记》、《子不语》等作品集的问世才使其稍显繁荣，再往后，则又表现为不断式微的趋势，从此也不再有振作之态。在某种意义上可以说，自乾隆朝以降，小说创作领域基本上是通俗小说的一统天下。

如果没有明末清初这场全国性的战乱发生，小说创作的发展又将是何种状况？这一问题恐怕是永远无法寻得答案了。不过通过上面对清初小说创作的概括介绍不难看出，在这将近百年的时期里，小说创作的形态与走向不仅受到了当时政治、经济与文化等各方面社会因素的制约，同时它在很大程度上也取决于明代小说发展所提供的创作基础。倘若鼎革之变早发生一百年，甚至只是五十年，则完全可以断言，小说创作的状况与走向将与今日所见到的迥然不同。对清初小说创作的了解可以帮助对明代小说创作的理解，而反过来，对明代小说创作的系统考察，则是研究清代小说创作发展的必要前提。

研究明代小说发展历程的意义还不仅于此。纵观有明一代小说创作的进程并将它置于整个古代小说发展史上考察，可以发现明代是小说发展形态最为丰富的历史阶段。在这二百七十七年中，既有长时期的创作空白，也有作品成批问世的创作繁盛；既出现过将小说压至最底层的社会舆论，也有过认为小说地位甚至超过经传的理论见解；既有封建统治者动用国家机器禁毁小说的险恶环境，也形成过政府官员在实际上作倡导的局面。若就作品数量而言，虽然通俗小说种数尚不及清代，但文言小说的数量却是历朝之最，而各种小说专题选集与小说丛书之繁多，则是任何一个朝代都不能望其项背；若考察创作流派，则可以发现小说史上最重要者如讲史演义、神魔小说、公案小说、人情小说、拟话本与时事小说等在此时都已形成，至于在清代新形成的创作流派如讽刺小说、侠义小说与狭邪小说等，其实在明代或已有同类作品先行问世，或已有铺垫性的准备；如果从思想、理论方面探讨，又可以发现清代小说中初步民主主义思想的流露实际上是渊源于明末的小说创作，而毛宗岗、张竹坡等人通过评点而建立的小说理论，也与崇祯时金圣叹对《水浒传》的评点一脉相承。

任何历史阶段的小说创作都是小说史上承上启下的一个环节，也都有其独特的价值与意义，魏晋六朝时的志人与志怪、唐代的传奇与宋元时的话本均是如此，而明代小说创作不可取代的价值与意义,首先在于它从诉诸听觉的话本跃至专供案头阅读的通俗小说,并使其变成无贤无愚,无不能读的文学体裁,也就是说,使小说成为最广大的民众能够接受与喜爱的文学读物。无论在中国古代文学史上还是在中国古代小说史上,这都是具有首创意义的事件,也正是这种传播的普及性,使得小说在明清两代对社会生活产生了巨大的影响。其次,通俗小说走进千家万户是始于明代中后期,它的宏大篇幅以及传播普及的需要,突出了作品对物质载体的依赖,嘉靖、万历年间书坊主对小说创作领域的主宰,更是典型而明显地显示出明清时小说既是精神产品又是文化商品的双重品格,而对这一特性的把握,则是理解明清小说发展历程的重要前提之一。

　　对明代小说创作发展的考察与论述至此应是划上了句号,但在最后仍想不厌其烦地再重申一点,即我们研究的对象是由明代各作家、作品、流派与文学现象组成的有机整体的运动过程,我们的任务是勾勒其发展线索,归纳其间的规律与特点,而有明一代二百七十七年间那许多作家、作品、流派与文学现象决非是杂乱无章堆积成的集合,而是一个有规律的,由种种联系与相互作用交织在一起的发展序列,只不过由于笔者识力的俭陋与观览的不周洽,使预定的作全面而准确论述的目标并未能圆满地实现而已。正因为如此,本书又附上了《明代小说编年史》。这是本书研究的基础,将它与论述正文参照对看,也有助于更全面地了解明代小说创作的发展;而且,本书的论述难免会有疏漏或偏颇,但《编年史》却是较丰富的原始材料的摘编,对有志于对明代小说作深入研究的读者来说,它也许能减轻基础工作的压力,或提供进一步探索的线索。倘若《明代小说编年史》真能起到如此作用,笔者将足感欣慰。

明代小说编年史

1368年　戊申　明太祖洪武元年

正月,朱元璋在应天府即皇帝位,国号明,年号洪武,是为太祖高皇帝。

1370年　庚戌　洪武三年

孙蕡作《朝云传》(此题为编者自拟)。弘治间黄瑜《双槐岁钞》卷一"朝云集句"条云:"(孙蕡)工于集句,叙所作朝云诗一百韵,语多不录,录其叙,盖传奇体,以资谈谑尔。"故孙蕡之作得以保存。其文叙与宋苏轼妾朝云相遇故事,然大段嵌入诗句,其意在显己诗才耳。此文之首云:"庚戌十月,余与二客自五仙城泛舟游罗浮",故知作于本年。孙蕡,字仲衍,南海(今属广东)人,明初著名诗人,后因蓝玉案牵连被杀。

施耐庵或于本年去世。王道生《施耐庵墓志》云:"公殁于洪武庚戌岁,享年七十有五。"然杨新《故处士施公墓志铭》(署景泰四年)则曰,施耐庵之子施让"生于洪武癸丑(六年,1373)"。对于施耐庵洪武三年去世,而其子生于洪武六年的矛盾,有人解释为施让系施耐庵死后的过继子,但并无依据。也有人以为王道生之述或杨新之述不可靠,或两人之述均不可靠。

1378年　戊午　洪武十一年

瞿佑《剪灯新话》成书于本年,共四卷二十一篇。作者本年作序云:"既成,又自以为涉于语怪,近于诲淫,藏之书笥,不欲传出"。但又云:"《诗》、《书》、《易》、《春秋》,皆圣笔之所述作,以为万世大经大法者也;然而《易》言龙战于野,《书》载雉雊于鼎,《国风》取淫奔之诗,《春秋》纪乱贼之事,是又不可执一论也。今余此编,虽于世教民彝,莫之或补,而劝善惩恶,哀穷悼屈,其亦庶乎言者无罪,闻者足以戒之一义云尔。"瞿佑(1347—1433),字宗吉,钱塘(今浙江杭州)人,洪武中以荐历仁和、临安、宜阳训导,升周府右长史,永乐间下诏狱,谪戍保安十年。

1381年　辛酉　洪武十四年

吴植为《剪灯新话》作序,称此书"其词则传奇之流,其意则子氏之寓言也";又赞瞿佑云:"余尝接其论议,观其著述,如开武库,如游宝坊,无非惊人之奇,稀世之珍;是编特武库、宝坊中之一耳。"序末又云:"然则观是编者,于宗吉之学之博,尚有愍也。"吴植,字子立,自号白玉壶,严州(今属浙江)人,以处士征授藤州知州。

1389年　己巳　洪武二十二年

桂衡应瞿佑之请为《剪灯新话》作序,言瞿佑作此书乃是"取其事之尤可以感发、可以惩创者,汇次成编,藏之箧笥,以自怡悦"。又言韩愈作《毛颖传》、柳宗元作《谪龙说》与《河间传》等,均未闻后人有妄议,而《剪灯新话》之作,"其所志怪,有过于马孺子所言,而淫则无若河间之甚者",故而批评时人之非议,"沾沾然置喙于其间,何俗之不古也如是"。桂衡,字孟平,仁和(今浙江杭州)人,曾著有小说《柔柔传》,但今已失传。

清董含《三冈识略》引《遯园赘语》云:"洪武二十二年三月二十五日,榜文云:在京军官军人,但有学唱的,割了舌头。娼优演剧,除神仙、义夫节妇、孝子顺孙、劝人为善及欢乐太平不禁外,如有亵渎帝王圣贤,法司拿究。下棋打双陆的断手,蹴圆的卸脚。"此法令对小说创作亦当极有影响,故系于此。

1391年　辛未　洪武二十四年

《周颠仙人传》一卷,朱元璋撰。是书叙与周颠相与故事,称自己有仙人相佑,以证确为真命天子。书从元末群雄争夺天下时叙起,已叙至洪武二十四年时事,其撰写不可能早于本年,现暂系于此。

1397年　丁丑　洪武三十年

凌云翰为瞿佑《剪灯新话》作序。序将此书与陈鸿之《长恨歌传》、《东城老父传》,牛僧孺之《幽怪录》,刘斧之《青琐集》相较,认为同样可见"史才",且"其制作之体,则亦工矣"。又赞瞿佑"志确而勤"、"学也博"、"才充而敏"并"审于事",其作方能"造意"见"奇"、"措词"显"妙",且又"劝善惩恶,动存鉴戒",故而"粲然自成一家言,读之使人喜而手舞足蹈,悲而掩卷堕泪"。凌云翰,字彦翀,钱塘(今浙江杭州)人。元至正举人,洪武初以荐授成都府学教授。

《御制大明律》刊行,其中有云:"凡乐人搬做杂剧戏文,不许妆扮历代帝王后妃、忠臣烈士、先圣先贤神像,违者杖一百;官民之家,容令妆扮者与同罪。其神仙道扮,及义夫节妇、孝子顺孙、劝人为善者,不在禁限。"此法令对小说创作亦当有影响,故系于此。

洪武间(1368—1398)与小说有关但无法确定年份之事,均排列于下:

罗贯中撰《三国志通俗演义》,其分卷、则之情形当与嘉靖本同。罗贯中名本,贯中为其字,号湖海散人。杭州人,祖籍山西太原。明初贾仲明《录鬼簿续编》称罗贯中"与人寡合。乐府、隐语,极为清新。与余为忘年交,遭时多故,各天一方。至正甲辰(二十四年,1364)复会,别来又六十余年,竟不知其所终。"可知罗贯中活动于元末明初之际,又有传说称其曾入吴王张士诚幕。王道生《施耐庵墓志》中云,曾与罗贯中相识于福建,又言施耐庵《水浒传》等作,"每成一稿,必与门人校对,以正亥鱼,其得力于罗贯中者为尤多"。然王道生之述真伪,尚无法确定。田汝成《西湖游览志余》卷二十五称罗贯中"编撰小说数十种",今存署罗贯中之名的小说计有《三国志通俗演义》、《隋唐两朝志传》、《残唐五代史演义传》与《三遂平妖传》,若属实,其出当均在洪武间。此外,《百川书志》卷六录《忠义水浒传》一百卷,题"钱塘施耐庵的本,罗贯中编次";天都外臣叙本与袁无涯刊本则并署施耐庵与罗贯中之名;而《七修类稿》、《西湖游览志余》、《续文献通考》以及明清多种刻本《水浒传》均题为罗贯中"编辑"或"纂修"。据此观之,罗贯中似也参与了《水浒传》的创作。

施耐庵撰《忠义水浒传》,其作品原貌,似应同于嘉靖时刊本。施耐庵生平不详,现有各种传说。王道生《施耐庵墓志》云:"公讳子安,字耐庵。生于元贞丙申岁(二年,1296),为至顺辛未(二年,1331)进士,曾官钱塘二载,以不合当道权贵,弃官归里,闭门著述,追溯旧闻,郁郁不得志,赍恨以终。"杨新《故处士施公墓志铭》则称,施耐庵"元至顺辛未进士,高尚不仕。国初,征书下至,坚辞不出。隐居著《水浒》自遣。积德累行,乡邻以贤德称"。《兴化县续志》卷十三"补遗·施耐庵传"言施耐庵"与张士诚部将卞元亨友善",并云:元亨以耐庵之才荐士诚,屡聘不至。追据吴称王,乃造其门,家人不与见。士诚入内,至耐庵室,见耐庵正命笔为文,所著为《江湖豪客传》,即《水浒传》也。张士诚诚意聘请,而耐庵以"奈母老不能远离,一旦舍去,则母失所依"为由婉拒。士诚不悦,拂袖而去。耐庵恐祸至,乃举家迁淮安。明洪武初,征书数下,坚辞不赴。未几,以天年终。顾公燮《丹午笔记》"施耐庵"条则云:"施耐庵与刘青田相契。明太祖收罗人才,刘归荐耐庵,命访之。适耐庵作《水浒传》甫竣,刘阅之,遂不言荐。报太祖曰:'此人心思才力已耗尽于一部小说矣,用之何益。'"以上诸条所言,似非无据,但又互为矛盾,各有破绽,今姑录于此,以供参考。

顾起元《客座赘语》卷六"平话"条记朱元璋迫害说书艺人事云:"太祖令乐人张良才说平话,良才因做场,擅写省委教坊司招子,贴市门柱上。有近侍人言太祖,曰:贱人小辈,不宜宠用。令小先锋张焕缚投于水。"顾起元又言,此事原载刘辰《国初事迹》。

都穆《都公谈纂》卷一记洪武间说书艺人事云:"陈君佐,扬州人,善滑稽,太祖爱之。尝令说一字笑话,请俟一日,上许之。君佐出寻瞽人善词话者十数人,诈传上命。明日,诸瞽毕集,背负琵琶。君佐引之见上,至金水桥,大喝曰:'拜!'诸瞽仓皇下跪,多堕水者,上不觉大笑。"

《虾蟆传》,陆容《菽园杂记》卷二著录:"洪武中,京民史某与一友为火计。史妻有美姿,友心图之。尝同商于外,史溺水死,其妻无子女,寡居。持服既终,其友求为配,许之。居数年,与生二子。一日雨骤至,积潦满庭,一虾蟆避水上阶,其子戏之,杖抵之落水。后夫语妻云:史某死时,亦犹是耳。妻问故,乃知后夫图之也。翌日,俟其出,即杀其二子,走诉于朝。高皇赏其烈,乃置后夫于法而旌异之。好事者为作《虾蟆传》以扬其事,今不传。"崇祯间西湖渔隐主人《欢喜冤家》第七回故事,即据此而敷演。

姜南《墨畲钱镈》称:"太祖皇帝立法虽尚严,然皆为扶植善良,摧抑奸顽,故奸顽之徒合编充军者有二十二种",作小书亦在严禁之列。

1399 年　己卯　明惠帝建文元年

洪武三十一年(1398)闰五月,明太祖朱元璋死,皇太孙朱允炆即位,本年改年号为建文。

1403 年　癸未　明成祖永乐元年

建文四年(1402)六月,燕京攻至京师,建文帝在宫中自焚死。燕王朱棣入城即位,是为明成祖。本年改年号为永乐。

1411 年　辛卯　永乐九年

顾起元《客座赘语》卷十"国初榜文"条载:"永乐九年七月初一日,该刑科署给事中曹润等乞敕下法司,今后人民、倡优装扮杂剧,除依律神仙道扮、义夫节妇、孝子顺孙、劝人为善及欢乐太平者不禁外,但有亵渎帝王圣贤之词曲、驾头、杂剧,非律所该载者,敢有收藏、传诵、印卖,一时拿送法司究治。奉圣旨,但这等词曲,出榜后,限他五日都要干净将赴官烧毁了,敢有收藏的,全家杀了。"

1412 年　壬辰　永乐十年

桂衡之《柔柔传》至迟作于本年。李昌祺《剪灯余话序》云:"往年余董役长干寺,获见睦人桂衡所制《柔柔传》,爱其才思俊逸,意婉词工,因述《还魂记》拟之。后七年,又役房山"。李昌祺至房山为永乐十七年(1419)事,上推七年,正为本年。《柔柔传》已失传,今观李昌祺模拟之作《贾云华还魂记》,其情节构思与人物塑造等均与元人宋梅洞所著之《娇红传》相类,故《柔柔传》也应为同类作品。又据上引李昌祺所述,《贾云华还魂记》当作于本年或稍前。

1419 年　己亥　永乐十七年

《剪灯余话》四卷二十篇,又附《贾云华还魂记》,共二十一篇,李昌祺著。作者自序中有"既释徽缠,寓顺城门客舍,学士曾公子棨过余,偶见焉"之语,而曾棨为《剪灯余话》作序署"永乐庚子春闰正月",又王英、罗汝敬之序均署永乐十八年正月,故此书之完成当在永乐十七年。李祯

(1376—1451),字昌祺,以字行。庐陵(今属江西)人。永乐二年(1404)进士,历官广西布政使、河南布政使。

1420年　庚子　永乐十八年

曾棨为《剪灯余话》作序,称瞿佑之《剪灯新话》"率皆新奇希异之事,人多喜传而乐道之,由是其说盛行于世",而李祯之《剪灯余话》则"秾丽丰蔚,文采烂然,读之者莫不为之喜见须眉,而欣然不厌也。又何其快哉!"又为李祯作此书辩解曰:"夫圣贤之大经大法,载之于书者,盖已家传人诵;有不可思议,有足以广材识、资谈论者,亦所不废。"曾棨,字子启,永丰(今属江西)人,永乐二年(1404)状元,历官少詹事。

王英为《剪灯余话》作序,赞李祯此书"博闻广见,才高识伟,而文词制作之工且丽也",并驳"幽昧恍惚,君子所未言"之论曰:"经以载道,史以纪事;其他有诸子焉,托词比事,纷纷藉藉,著之为书;又有百家之说焉,以志载古昔遗事,与时之丛谈、诙语、神怪之说,并传与世;是非得失,固有不同,然亦岂无所可取者哉!在审择之而已。是故言之泛溢无据者置之;事核而其言不诬,有关于世教者录之。余于是编,盖亦有所取也。"但又言作序目的为"俾世之士皆知昌祺才识之广,而勿讶其所著之为异也。昌祺所作之诗词甚多,此特其游戏耳"。王英,字时彦,金溪(今属浙江)人,永乐二年(1404)进士,历仕四朝,正统间任南京礼部尚书。

罗汝敬为《剪灯余话》作序,驳"所载多神异,吾儒所未信"之论曰:"夫圣贤之垂宪立范,以维持世道者,固不可尚矣。其稗官、小说、卜筮、农圃,与凡捭阖笼罩,纵横术数之书,亦莫不有裨于时",而李祯此书"举有关于风化,而足为世劝者",且"征诸事则有验,揆诸理则不诬"。又言:"彼《齐谐》之记,《幽冥》之录,《搜神》、《夷坚》之志述,务为荒唐虚幻者,岂得一经于言议哉?"罗汝敬,名简,以字行,吉水(今属江西)人,永乐二年(1404)进士,历官工部右侍郎。

李昌祺自序《剪灯余话》。言早年读桂衡之《柔柔传》,"因述《还魂记》拟之",后七年读瞿佑《剪灯新话》,"复爱之,锐欲效颦",乃成此书,但其作"出于记忆,无书籍质证,虑多抵牾,不敢示人"。后"稍稍人知,竞求抄录,亟欲焚去以绝迹,而索者踵至,势不容拒矣"。又自辩云:"余两涉忧患,饱食之日少,且性不好博弈,非藉楮墨吟弄,则何以豁怀抱,宣郁闷乎?……

《高唐》、《洛神》，意在言外，皆闲暇时作，宜其考事精详，修辞缛丽，千载之下，脍炙人口；若余者，则负谴无聊，姑假此以自遣，初非平居有意为之，以取讥大雅，较诸饱食、博弈，或者其庶乎？"序末则云："好事者观之，可以一笑而已，又何必泥其事之有无也哉？"

胡子昂作《剪灯新话后记》，称该书"多近代事实，横写情意，酝酿文辞，浓郁艳丽，委蛇曲折，流出肺腑，恍然若目击耳闻，惩劝善恶，妙冠今古，诵之令人感慨沾襟者多矣。"又言本年春赴保安访瞿佑，"因谈及《剪灯新话》，今失其本，喜余存是稿"。后唐岳抵边城，胡子昂"以斯集奉寄，又得先生(指瞿佑)亲笔校正，出于一手。不二旬，唐守仍缄回原稿，展玩久之，不能释卷。就中舛误颇多，特为旁注详明，遂俾旧述传记，如珠联玉贯，焕然一新"。《后记》末又赋诗一首云："《剪灯》携得至兴和，传写辞疑冢渡河。远托郡侯亲寄奉，又经国相订差讹。牡丹灯下花妖丽，桂子亭前月色多。读到三山恩负处，令人两泪自滂沱。"胡子昂，号竹雪翁，旴江(今属江西)人，曾任四川蒲江知县。

唐岳作《剪灯新话卷后志》，称该书"纪事有善恶，有悲喜，可劝惩。虽涉怪奇，而善形容寓意，文赡而词工，可诛奸谀，励贞节"。又言及本年与胡子昂同访瞿佑事，"子昂告以昔尹蜀之蒲江，文学掾田以和出示先生所著《剪灯新话》。令人誊录，多鱼鲁亥豕之失，稿今留侨寓。先生喜甚。"后得胡子昂所藏抄本，"遂暇以归求先生为正其讹谬，誊本收藏，缄原本还子昂"。唐岳，字孟高，金华(今属浙江)人，曾任江西瑞州知府。

晏璧作《秋香亭记跋》，云："夫妇，人之大伦。然天缘有分，人事难齐，虽苟合于一时，贻讥嘲于千古"。据此，嘲司马相如、卓文君诸人，而赞瞿佑所撰之《秋香亭记》。晏璧，字彦文，庐陵(今属江西)人，永乐间为徐州判官，累迁至山东按察司佥事。

1421年　辛丑　永乐十九年

瞿佑作《重校剪灯新话后序》，自言昔日著述甚多，"自戊子岁(永乐六年，1406)获谴以来，散亡零落，略无存者，投弃山后，与农圃为徒。念夙志之乖违，怜旧学之荒废，书中默坐，付之长太息而已。间遇一二士友，求索旧闻，心倦神疲，不能记忆，茫然无以应也。"又云："近会胡君子昂，以《剪灯新话》四卷见示，则得之于四川之蒲江。子昂请为校正，而唐君孟高、汪君彦龄皆亲为誊录之。字划端楷,极为精致。盖是集为好事者传之四方,抄写失真,舛误颇多,或有镂板者,则又脱略弥甚。故特记之卷后,俾舛误脱略者见之,知是本之为真确,或可从而改正云。"序末则云:"抑是集成于洪武戊午(十一年,1378),距今四十四祀矣。彼时年富力强,锐于立言。或传闻未详,或铺张太过,未免有所疏率。今老矣,虽欲追悔,不可及也。览者宜识之。"序后署"永乐十九年岁次辛丑正月灯夕,七十五岁翁钱塘瞿佑宗吉甫书于保安城南寓舍"。

瞿佑于《重校剪灯新话后序》后又录《题剪灯录后》绝句四首。其一云:"午酒初醒啜茗余,香消金鸭夜窗虚。剪灯濡笔清无寐,录得人间未见书。"其二云:"风动疏帘月满苔,敲棋不见可人来。只消几纸闲文字,待得灯花半夜开。"其三云:"花落银釭半夜深,手书细字苦推寻。不知异日灯窗下,还有人能识此心?"其四云:"辛苦编书百不能,搜奇述异费溪藤。近来徒觉虚名著,往往逢人问《剪灯》。"诗后又有小字云:"昔在乡里编辑《剪灯录》前、后、续、别四集,每集自甲至癸,分为十卷。又自为一诗,题于集后。今此集不存,而诗尚能记忆,因阅《新话》,遂附写于卷末云。"此注署名"存斋"。由此注可知,《剪灯录》四十卷在瞿佑生前即已亡佚。

永乐间(1403—1424)与小说有关但无法确定年份之事,均排列于下:

《剪灯新话》四卷经瞿佑校订后刊出,新增胡子昂《剪灯新话卷后记》、晏璧《秋香亭记跋》、唐岳《剪灯新话卷后志》、瞿佑《重校剪灯新话后序》,末附《题剪灯录后》绝句四首。此本由瞿佑之侄瞿暹刊行,时间当在瞿佑作《后序》之永乐十九年(1421)后不久,至迟也应在宣德初年。

《群书类编故事》二十四卷,王罃编。是书为小型类书,分天文至鸟兽十八类,其中以人伦、仙佛、人事等类引事为多,对《搜神记》、《世说新语》、《夷坚志》等小说笔记多有采撷。然该书缺注引书处,且大多据唐宋类书转录。王罃,字宗器,鄞县(今属浙江)人。永乐六年(1408)举人,授睢宁教谕,历官礼科给事中、西安知府。

1425年　乙巳　明仁宗洪熙元年

永乐二十二年七月,明成祖朱棣死。八月,皇太子朱高炽即位,是为明仁宗。本年改年号为洪熙。

1426年　丙午　明宣宗宣德元年

洪熙元年五月，明仁宗朱高炽死。六月，皇太子朱瞻基即位，是为明宣宗。本年改年号为宣德。

1428年　戊申　宣德三年

《效颦集》三卷，赵弼著。作者"后序"言此书命名缘由时云："余尝效洪景庐、瞿宗吉编述传记二十六篇，皆闻先辈硕老所谈与己目之所击者。初但以为暇中之戏，不意好事者雅传于士林中。每愧不经之言，恐贻大方之诮，欲弃毁其稿，业已流传，放无及矣。因题其名曰《效颦集》，所谓西施之捧心而不觉自炫其陋也。"对于"幽冥鬼神之类岂非荒唐之事乎？荒唐之事，儒者不言也，子独乐而言之何耶"等责难则答曰："《春秋》所书灾异非常之事，以为万世僭逆之戒；《诗》存郑卫之风，以示后来淫奔之警，大经之中，未尝无焉。韩柳《送穷》、《虐鬼》、《乞巧》、《李赤》诸文皆寓箴规之意以其中：先贤之作，何尝泯焉？孔子曰：不有博弈者犹贤。予之所作，奚过焉？"赵弼，字辅之，号雪航，巴县（今属四川）人，曾官翰林院教谕、汉阳县教谕。

1433年　癸丑　宣德八年

建宁知县张光启刊刻《剪灯余话》并作序。序言李昌祺读瞿佑之《剪灯新话》，"惜其措词美而风教少关，于是搜寻古今神异之事，人伦节义之实"而著成此书，然"藏诸笈笥，江湖好事者，咸欲观而未能"。又称："是编之作，虽非本于经传之旨，然其善可法，恶可戒，表节义，砺风俗，敦尚人伦之事多有之，未必无补于世也"，故而"命工刻梓，广其所传"。

刘敬为《剪灯余话》刊本作序，赞此书"皆湖海之奇事，今昔之异闻；漱艺苑之芳润，畅词林之风月，锦心绣口，绘句饰章；于以美善，于以刺恶；或凛若斧钺，或褒若华衮；可以感发人之善心，可以惩创人之佚志，省之者足以兴，闻之者足以戒"。又言："伏惟皇上宵旰图志，九重万几，日昃不遑；异时斯言倘获上闻，一尘圣聪，亦未必不知《太平御览》之一端，以少资五云天畔之怡颜也。"刘敬，字子钦。吉水（今属江西）人。永乐二年（1404）

进士,曾官承直郎秋官主事。

1436年　丙辰　明英宗正统元年

宣德十年(1435)正月,明宣宗死,太子朱祁镇即位,是为明英宗。本年改年号为正统。

1442年　壬戌　正统七年

二月,国子监祭酒李时勉奏请禁毁《剪灯新话》等小说:"近有俗儒,假托怪异之事,饰以无根之言,如《剪灯新话》之类,不惟市井轻浮之徒,争相诵习,至于经生儒士,多舍正学不讲,日夜记忆,以资谈论。若不严禁,恐邪说异端,日新月盛,惑乱人心。乞敕礼部,行文内外衙门,及提调学校佥事御史,并按察司官,巡历去处,凡遇此等书籍,即令焚毁,有印卖及藏习者,问罪如律,庶俾人知正道,不为邪妄所惑。"明英宗采纳其言。李时勉,名懋,以字行,安福(今属江西)人。永乐二年(1404)进士,官至国子监祭酒。

1450年　庚午　明代宗景泰元年

正统十四年(1449)八月,明英宗亲征兵败,身陷瓦剌,皇太后命郕王朱祁钰监国。九月,朱祁钰即位,是为明代宗。本年改年号为景泰。

1451年　辛未　景泰二年

《剪灯余话》作者李昌祺卒。殁后,因曾著《剪灯余话》而遭非议,不得入乡祠。陆容《菽园杂记》卷十三记其事云:"闻都御史韩公雍巡抚江西时,尝进庐陵国初以来诸名公于乡贤祠,李公素耿介廉慎之称,特以此书见黜,清议之严,亦可畏矣。"叶盛《水东日记》卷十四、都穆《听雨记谈》、徐三重《牗景录》卷下等均曾记载此事。

1457年　丁丑　景泰八年　明英宗天顺元年

正月,石亨、曹吉祥、徐有贞等人乘明代宗患病,迎上皇朱祁镇入宫复位,改元天顺。

1459年　己卯　天顺三年

《马氏日钞》一卷,马愈撰。书中所叙多为明宣德、正统、景泰与天顺等朝琐事异闻,时有志怪类记载,其中"石斗"条所记石臼与碌碡相斗故事别具一格,似异于以往志怪小说,然作者却是作实事载录。书中"胡宗伯"条云:"大宗伯胡公源洁与先君子莫逆,余少时长得侍左右。"胡濙于宣德元年(1426)至天顺元年(1457)任礼部尚书,文中"少时"当指宣德、正统间。"李廷珪墨"条中有"至我朝又八十余年"之语,此时当为景泰朝,而书中最后纪年为"天顺己卯",即天顺三年,可知本年为此书成书上限,故系于此。马愈,字抑之,嘉定(今属上海)人,天顺八年(1464)进士,官至南京刑部主事。

天顺间(1457—1464)与小说有关但无法确定年份之事,现排列于下:

《谰言长语》二卷,曹安撰。书首作者"题记"云:"予少游乡塾,见先生长者嘉言善行,即笔于楮,或于载籍中间见异人异事,亦录之。长而奔走四方,所得居多,凡三四帙。因去滇南,道远难将,留于松,今不知何在。滇中重录所见闻者,携来武邑。及承乏安丘,老而弥勤,人皆哂之,予独不倦,暇日一一手录,以备遗忘。率皆零碎之辞,何益于事,因名曰《谰言长语》。谰言,逸言也;长语,剩语也。何益于事,徒资达人君子一笑云。"书中所叙卖婆之子冒秀才名与某女私通事,后为《醒世恒言》中《陆五汉硬留合色鞋》素材之一。书论及"文人辞胜于理者多"时称:曹植《七夕咏》、张文潜《七夕歌》、白居易《长恨歌》传世后,"人读之不觉可喜","世人遂实其事";"今《剪灯新话》、《余话》等一切鬼话,启蒙故事收之,后人遂以为然。"曹安,字以宁,号蓼庄,华亭(今属上海)人,正统九年(1444)举人,官安丘教谕。据"题记",此书之撰始于滇中,官安丘教谕时自称"老而弥勤",书之成当在天顺间,故系于此。

1465年　乙酉　明宪宗成化元年

天顺八年(1464)正月,明英宗死,太子朱见深即位,是为明宪宗。本年改年号为成化。

1467 年　丁亥　成化三年

某氏刊明初瞿佑所撰《剪灯新话》四卷附录一卷。

某氏刊明初李昌祺所撰《剪灯余话》四卷。

1468 年　戊子　成化四年

国子监刊《山海经》十八卷。

1471 年　辛卯　成化七年

北京永顺堂刊《新刊全相唐薛仁贵跨海征辽故事》与《新编说唱全相石驸马传》。

1472 年　壬辰　成化八年

北京永顺堂刊《新编说唱包龙图断歪乌盆案》。

1473 年　癸巳　成化九年

《清溪暇笔》二卷，姚福撰。书首作者本年自序。作者于书中除记读书所得外，又据耳目闻见记载明代朝野逸闻，于洪武时为详，也兼及永乐、成化诸朝。又记有民间传说，某些公案故事常为后来笔记小说撷取。姚福，字世昌，号守素道人，江宁（今属江苏）人，成化中为南京羽林卫千户。

1474 年　甲午　成化十年

元末陶宗仪所著《辍耕录》三十卷刊出。书附邵亨贞"疏"，称该书"凡六合之内，朝野之间，天理人事，有关风化者，皆采而录之，非徒作也"。书后有彭玮跋，跋末称唐珏、林景熙葬宋陵遗骨事各书所载有异，"今据史臣宋景濂、高季迪并先儒杨维桢、王逢原诸集，以订补其未备"云。

1475 年　乙未　成化十一年

江沂刊宋人岳珂所著之《桯史》十五卷，并作"题记"称："所载皆当时史书不及收者,暨贤达诗文,世俗谑语,或倔奇峻怪之事,不纯于史体,故曰《桯史》。"又云:"旧板刻于浙之嘉兴,脱落既多,读辄中废,访求每恨未见其全者。近奉朝命,来按广东。太参姑苏刘公钦谟,问学该博,良山富蓄,忽出善本,尝经云间陈璧文先生批点者。为之欣然,若攻值玉。初志竟得遂,命翻登诸梓,与同好者共之。"江沂,建安(今属福建)人,成化二年(1466)进士。

1477年　丁酉　成化十三年

北京永顺堂刊《新刊全相说唱开宗义富贵孝义传》上下两卷。

1478年　戊戌　成化十四年

北京永顺堂刊《新编全相说唱足本花关索传》,分为四集:前集《新编全相说唱足本花关索出身传》、后集《新编全相说唱足本花关索认父传》、续集《新编全相说唱足本花关索下西川传》、别集《新编全相说唱足本花关索贬云南传》。永顺堂所刊之《花关索传》,为《三国志平话》之外的又一部关于三国故事的民间传说,其前集末有"成化戊戌仲春永顺堂重刊"的长方木记。既云"重刊",当应有初刊本。或以为重刊本上图下文,风格绝类元至治间所刊的《全相平话五种》,很可能是据元刊本翻刻。

永顺堂于成化七年(1471)至十四年间,又刊有其他通俗说唱本,其中公案类有《新刊全相说唱包待制出身传》、《新刊全相说唱包龙图陈州粜米记》、《新刊全相说唱足本仁宗认母传》、《新刊说唱包龙图断曹国舅公案传》、《新编说唱包龙图赵皇亲孙文仪案传》、《新编说唱包龙图断白虎精传》,传奇灵怪类有《新刊全相莺哥孝义传》与《新刊全相说唱张文贵传》上下两卷。

1483年　癸卯　成化十九年

《石田杂记》一卷,沈周撰。是书作者所闻见之琐事杂闻,并有介绍酿酒、制醋之类,然亦含小说故事,如奸人谋人妻致被虎吞噬事,后被《醒世恒言》采入。书中所记多为成化年间事,最后纪年为成化十九年,且多处径称"十九年"而省略"成化"二字,其余纪事均无此现象,故疑书或成于本年。沈周(1427—1509),字启南,号石田,又号白石翁,长洲(今江苏苏州)人,为当时著名文士,但隐遁不仕。

1486年　丙午　成化二十二年

《钟情丽集》四卷,署玉峰主人著。首本年序,序署"南通州乐庵中人书",故是书之出,应不迟于本年。陶辅《桑榆漫志》称玉峰主人即为邱濬,但联系邱濬为人,又疑书系"他人伪作"。张志淳《南园漫录》称该书为邱濬所作,吕天成《曲品》、沈德符《万历野获编》等称书为"邱少年之作"。万历间《风流十传》收录本书,后有金镜跋语云:"或者曰:邱玉峰幼随父见黎公,因请婚于黎焉。黎意不许。玉峰不悦,遂作此书梓行。余不敢证,姑志之以待观者",似持保留意见。今学者多以为非邱濬所作。此书实为模仿宋梅洞《娇红传》、李昌祺《贾云华还魂记》之作,然而插入诗文极多,竟已超过叙述之正文。邱濬(1421—1495),字仲山,号琼台,琼山(今属海南)人。景泰五年(1454)进士,官至文渊阁大学士。

1487年　丁未　成化二十三年

《钟情丽集》于"南通州乐庵中人"序后,又有简庵居士本年序,称"余友玉峰生……暇日所作《钟情丽集》以示余",又言:"弱冠之士,有如是之才华,有如是之笔力,其可量乎?"故知此书为"玉峰生"二十岁左右所作,然其姓名、生平不详。简庵居士称此作为"游戏翰墨",但又言:"大丈夫生于世也,达则抽金匮石室之书,大书特书,以备一代之实录;未达则泄思风月湖海之气,长咏短咏,以写一时之情状。是虽有大小之殊,其所以垂后之深意则一而已。"

《听雨记谈》一卷,都穆撰。书首有作者题记,云:"成化丁未,自夏入秋不雨,至九月淫雨洽旬。斋居无事,客有过我,清言竟日,漫尔笔之,得数十则,命之曰《听雨记谈》。既而以其琐杂无补,亟欲毁弃,而客以为可惜,聊复存之。"都穆(1458—1525),字玄敬,吴县(今属江苏)人。弘治十二年(1499)进士,正德时官至礼部郎中,加太仆寺少卿致仕归。

成化间(1465—1487)与小说有关但无法确定年份之事,均排列于下:

《水东日记》三十八卷,叶盛撰。是书记明代制度及遗闻轶事,引据诸书以博洽见称,内间有小说史料。叶盛,字与中,昆山(今属江苏)人。正统十年(1445)进士,官至吏部侍郎。

《悬笥琐谭》一卷,刘昌撰。全书共三十五条,可分为志人与志物两类。志人者多记成化前著名文人轶事,志物则多叙奇闻异见。刘昌(1424—1480),字钦谟,号棕园,长洲(今江苏苏州)人,正统十年(1445)进士,官至广东参政。

1488 年　戊申　明孝宗弘治元年

成化二十三年八月,明宪宗死,九月,太子朱祐樘即位,是为明孝宗。本年改年号为弘治。

1489 年　己酉　弘治二年

《志怪录》五卷,祝允明撰。首作者本年自序,称:"志怪虽不若志常之为益,然幽诡之事,固宇宙之不能无,而变异之来,非人寻常念虑所及。今苟得其实而纪之,则卒然之,顷而值之者,固知所以趋避、所以劝惩,是亦不为无益矣。况恍语惚说,夺目惊耳,又吾侪之喜谈而乐闻之者也。"又将书与宋人洪迈之《夷坚志》并论,云:"吾以此知吾书虽芜鄙,不敢班洪,亦姑从吾所好耳!若有高论者罪其缪悠,而一委之以不语常之失,则洪书当先吾而废,吾何忧哉!"祝允明(1460—1526),字希哲,号枝山,又号枝指生,长洲(今江苏苏州)人。弘治五年(1492)举人,后屡试不第。曾官兴宁知县、应天府通判。

1493 年　癸丑　弘治六年

徐霖《绣襦记》传奇作于本年或稍早,此剧乃据唐人小说《李娃传》改编而成。徐霖(1462—1538),字子仁,号九峰道人,一号快园叟,长洲(今江苏苏州)人。

《湖海奇闻集》六卷,周礼撰,双桂堂刊。书前五卷为正文,末一卷为附录。《百川书志》卷六记此书云:"余杭周礼德恭著。聚人品、脂粉、禽兽、木石、器皿五类灵怪,七十二事。"是书首柏昂序,序署"弘治癸丑闰五月",故知书成于本年或稍前。柏昂序云:"幽冥怪异,虽非儒者所宜谈,而□情翰墨,实乃君子之高致。矧操觚执翰,以著述为任者,人之所难能也。

635

余宦游闽中,适会乡人执周生所著《湖海奇闻》一帙,且丐余为序。余阅之喜而不寐,亹亹忘倦。盖周生,予之表侄也,谦恭孝悌,博学聪明,自幼著述甚多,而《续纲目发明》为尤,斯集乃翰墨之游戏耳。"周礼,字德恭,号静轩,弘治前后余姚(今属浙江)人。因累试不第,隐居于南京护国山。

《秉烛清谈》五卷,周礼撰。此书未见传本,《百川书志》认为是仿《剪灯新话》之作,共二十七篇。欣欣子《金瓶梅词话序》论及"前代骚人"之小说时,此书列于《剪灯新话》、《效颦集》、《钟情丽集》、《如意君传》等书之后。胡应麟《少室山房笔丛》卷四十一则云"效二书(指《剪灯新话》与《剪灯余话》)而益下者,有《秉烛清谈》等,言之则点牙颊。而撰人周礼尝著《纲目发明》,杨用修喜道之。"周礼之《湖海奇闻》著于弘治六年,本书之出当在此前后,暂故系于此。

《嵩阳杂识》一卷,撰者不详。该书中"状元"、"感梦"、"后身"诸条似志怪小说。"试题"条中有纪年为"癸丑",而"诗讽"条所叙为成化年间事,故此"癸丑"似应为弘治六年,可视为本书之成书上限,现暂系于此。

1494年　甲寅　弘治七年

庸愚子作《三国志通俗演义序》,赞此书"事纪其实,亦庶几乎史","一开卷,千百载之事豁然于心胸矣",虽然"其间亦未免一二过与不及",但由于其"文不甚深,言不甚俗"的特点,故在传播普及历史知识方面能胜于"理微义奥"的正史。此序又强调讲史演义的教育作用:"读到古人忠处,便思自己忠与不忠;孝处,便思自己孝与不孝。至于善恶可否,皆当如此。"序中另有"士君子之好事者,争相誊录,以便观览"等语,《三国演义》在当时显然尚无刊本行世。由序后印章可知,庸愚子即金华蒋大器,其生平不详。

1495年　乙卯　弘治八年

《双槐岁钞》十卷,黄瑜撰。首作者自序,云:"昔者成式《杂俎》,志怪过于《齐谐》,宗仪《辍耕》,纪事奢于《白帖》,然而君子弗之取。何则?多闻不能以阙疑,多识不足以蓄德故也。今予此书,得诸朝野舆言,必证以陈编确论,采诸郡乘文集;必质以广座端人,如其新且异也。可疑者阙之,可厌者削之,虽郁于性命之理,若不足为蓄德之助,而语及古今事变,或于道庶几弗畔云。"故是书所记洪武至成化事二百二十余条中,惟卷八"名公诗谶"、"夜见前身"数条属志怪类,余皆非小说。然卷四"陈御史断狱"与卷十"木兰复见"两条分别为后来《喻世明言》卷二《陈御史巧勘金钗钿》与卷二十八《李秀卿义结黄贞女》所本,卷一"朝云集句"条完整地保存了明初孙蕡所作之传奇,亦为难得之资料。黄瑜(1426—1497),字廷美,号双槐老人,香山(今属广东)人。景泰七年(1456)举人,曾官长乐知县。

会通馆刊宋洪迈所撰《容斋随笔》五集七十四卷,活字排印。

1496年　丙辰　弘治九年

陆容卒(1436—1496)。陆容字文量,号式斋,太仓(今属江苏)人,成化二年(1466)进士,累官兵部职方郎中、浙江参政。其作《菽园杂记》十五卷作于成化末弘治初,其间时有小说戏曲史料,《四库全书提要》称此书"于明代朝野故实,叙述颇详,多可与史相参证;旁及谈谐杂事,皆并列简编"。

郁文博作《说郛序》,称其于成化十一年(1475)罢官归乡时,曾借得《说郛》,抄录一部,加以校正,删去出自《百川学海》的六十三种书,又取各种书籍校勘,正讹补缺,仍编成一百卷。郁文博,上海人。景泰五年(1454)进士,官至湖广副使。

1498年　戊午　弘治十一年

李瀚刊宋洪迈所撰《容斋随笔》五集七十四卷,并作序,称洪迈此书"比作《夷坚志》、《支志》、《盘州集》,踔有正趣,可劝可戒,可喜可愕,可以广见闻,可以证讹谬,可以祛疑贰,其于世教未尝无所裨补。予得而览之,大豁襟抱,洞归正理,如跻明堂,而胸中楼阁四通八达也。"又云:此书"惜乎传之未广,不得人挟而家置。因命纹梓,播之方舆,以弘博雅之君子,而凡志于格物致知者,资之亦可以穷天下之理云。"李瀚,沁水(今属山西)人,成化十七年(1481)进士,官至吏部侍郎,刊书时为巡按河南监察御史。

1500年　庚申　弘治十三年

《琅琊漫钞》一卷,文林撰。是书杂记琐闻逸事,间亦考证经史,凡四十八则。书有文璧(文徵明)跋,署"弘治庚申十月"。跋云:"先公官太仆时,政事之余,楮笔在前,即信手草一二纸,或当时见闻,或考订经史,间命璧录置册中,而一时逸亡多矣,且皆漫言,未尝修改。璧每以请,则叹曰:此岂著书时也,他日闭门十年,当毕吾志。呜呼,岂谓竟不俟矣。"又称:"自公少时,即有志著述,有日程故录甚富,在滁失之,此编盖百分之一耳,姑存之以著公志。"文林,字宗儒,长洲(今江苏苏州)人。成化八年(1472)进士,官至温州府知府。

《寓圃杂记》十卷,王锜撰。首祝允明本年序。序论正史与稗官野史关系云:"盖史之初为专官,事不以朝野,申惩劝则书。以后,官乃自局,事必属朝署出章牒则书。格格著令式,劝惩以衰。又以后,野者不胜,欲救之,乃自附于裨虞,史以野名出焉。又以后,复渐弛。国初殆绝,中叶又渐作。美哉!彬彬乎可以观矣。"是书载洪武至正统间朝野事迹,于吴中故实尤详,其中多有似小说梗概者。书卷五"剪灯新话"条提出杨维桢作此书之说:"《剪灯新话》固非可传之书,亦非瞿宗吉所作。廉夫杨先生,阻雪于钱塘西湖之富氏,不两宵而成。富乃文忠之后也。后宗吉偶得其稿,窜入三篇,遂终窃其名。此周伯器之言,得之审者。"伯器为周鼎之字,成化十六年(1480)住王锜家时年已八十,所谓"得之审者",当是听国初时人所言。此可备为一说。王锜(1433—1499),字元禹,号苇庵处士,一号梦苏道人,长洲(今江苏苏州)人,一生隐居不仕。

1501年　辛酉　弘治十四年

钱福序《吴越春秋》明首刻本,其序叙该书刊刻缘由云:"去年秋,监察御史宁乡袁公大伦奉命来接吴,体正而鬶剔,威加而惠流,乃本古观风之法,访吴之故于吴邑侯邝廷瑞。侯素称稽古尚文,历举郡乘所载者以对,公问其所本始,侯辞焉。公乃手出是编授之,侯读之,曰:'命之矣,古者使于其国,仕于其邦,不能举其地之故,君子耻焉。吾乃今知封疆因革之所始也,吾乃今知民情土俗之所由也,吾不忍自私,当重梓以行,于吴人俾无忘厥本。'乃属郡史冯弋等录而刻之。"序末则云:"至于司职方、掌外史,地理所在,必有所因而名,附会以成其说者,多不可辩验。然与其信乎今,不若传诸古;与其征诸远,不若考乎近。是又今日邝侯崇信此书之意,而袁公博古之功不可诬也。"钱福,字与谦,松江华亭(今属上海)人。弘治三年(1490)试礼部廷对皆第一,授翰林修撰。

1503年　癸亥　弘治十六年

《钟情丽集》四卷刊出，题"玉峰主人编辑"、"南辕通州门人校正"，末卷木记题"金台晏氏校正新刊"。首乐庵中人成化丙午（二十二年，1486）序，次简庵居士成化丁未（二十三年，1487）序。

1504年　甲子　弘治十七年

《奇见异闻笔坡丛脞》一卷，雷燮撰。是书现存梅轩刻本，无序跋目录，第一页第一行题"卷之一"，但未见第二卷，当是残本。现存作品二十四篇，篇末有"南谷曰"的评论，或疑南谷即为作者。作品故事多以元末明初为背景，情景较为平淡简直，且穿插诗词较多。书末有弘治甲子书坊牌记，故系于此。雷燮，生平不详，仅知为建安（今属福建）人。

1505年　乙丑　弘治十八年

《香奁四友传》二卷，陆奎章撰。书分前后传，作者为前传作序云，每欲仿韩愈作《毛颖传》，"后览唐司空图为镜立《金㷆传》，窃谓其于镜意尚有遗，不揆作《金亮传》补之，而复取镜所牵连者并为立传，题曰《香奁四友》。"又云"益者四友，损者四友，而女德之成败系之矣。盖必鉴镜也。思其心之当正用梳也，思其心之当理传脂也，思其心之当美加粉也，思其心当洁饰其容而性之饰寓焉。去其所以损者，以就其所以益者，则于纪纲之首，风化之端，尚亦有功焉。吾将取以附于昔贤《女戒》、《女典》、《女箴》之义，岂但藉是以娱文乎哉！"陆奎章，字子翰，武进（今属江苏）人，生卒年不详。曾领嘉靖乡荐，除武康知县，不乐为官，乞改宁波教授。

贺志同刻晋代张华所著《博物志》十卷，书有都穆之跋，称："夫覆载之间，何所不有？人以耳目之不接，一切疑之而不信，非也。《论语》记子不语怪，怪固未尝无也，圣人特不语以示人耳。"又言："予同年贺君志同为衢州推官，宝爱是书，刻梓以传。夫仕与学一道，君之好古若是，推之于政，殆必有过人者，而不俟予之言也。"

贺志同又刻宋代李石所撰《续博物志》十卷，都穆作"后记"云："山珍海错无补于养生，而饮食者往往取之而不弃，盖饱饮之余，异味忽陈，则不觉齿舌之爽，亦人情然也。小说杂记，饮食之珍也，有之不为大益，而无之不可，岂非以其能资人之多识而乖僻不足论邪！是书在宋尝有板刻，而今罕传。予同年贺君志同近刻《博物志》讫工,复取而刻之,俾与前志并行,好古之士知其一染指也。"

弘治间(1488—1505)与小说有关但无法确定年份之事,均排列于下:

《复斋日记》二卷,许浩撰。是书叙明初以来朝野事迹,多有小说类故事,天启间冯梦龙所撰之《陈多寿生死夫妻》,即据此书载录敷演。首作者自序云:"予尝慕司马公日记,遇事有可记,随笔记录,先翁间或见之,谬赐与可,自是益勤。然向不得志,不以为意,多或散失。今春教谕弟携叶文庄公《水东日记》回,与予记事者多相同。因与弟辈究竟录出,凡若干条。心迹卑远,不得居迩京师,而恒与大人君子相接,□□与论大夫事,书大夫德,而区区□□传闻,与遐方下邑鄙细之事。管窥蠡测,浅见薄口,□□讵能免耶。"序所署年月字样已残缺,然书已叙至弘治八年黄河缺口事,其出似在弘治间。许浩,字复斋,余姚(今属浙江)人,弘治中以贡生官桐城县教谕。

《客坐新闻》二十二卷,沈周撰。是书叙明代朝野之轶闻杂事,亦有诗话等类记载,其内容多取自与朋辈闲谈时所得,故名。沈周卒于正德四年(1509),而书中已叙及弘治年间事,据此,是书似当出于弘治末年。

《謇斋琐缀录》八卷,尹直撰。是书以人立题,叙明代各名臣事迹。书中所载掌故甚多,于内阁尤详。尹直(1427—1511),字正言,泰和(今属江西)人。景泰五年(1454)进士,官至兵部尚书、翰林学士。尹直于成化二十二年至二十三年间入内阁,是书叙内阁掌故甚详,当是离内阁后所撰,即出于弘治间。

《前闻记》一卷,祝允明撰。书中载有多种社会异闻,情节完整,且较生动,其中"床下义气"、"奸狱"、"义虎传"、"戏语得妇"、"娼冤"诸条均为后来"三言"、"二拍"与《西湖二集》等拟话本集采用敷演。书中最迟纪年为弘治朝,书或出于此时,故系于此。

《桑寄生传》,萧韶撰。萧韶字观澜,三十余岁去世,余不详。此文原载萧韶遗集,后李诩《戒庵老人漫笔》卷四"药名传文"条载录,并称此文"乃余少时业师益斋赵公所校录者"。据李诩介绍,此文"取药名成文,足称工巧,殊可资玩",又云:"或曰,因其同邑有桑姓者,所行多不谨,故特为此传,语多含讥刺,似其人,今远不可详矣,意者其然与?"李诩生于弘治十八年(1505),但该文初由其师赵益斋校录,且"观澜三十余卒,此传又其初年作"。据此判断,《桑寄生传》之出似应在弘治间,故系于此。

《吴中故语》一卷,杨循吉撰。是书共收文七篇,均为苏州一带旧闻,或叙元明之际张士诚据苏州与明军的抗衡,或叙入明苏州一带的吏治故事。杨循吉(1458—1546),字君谦,吴县(今属江苏)人。成化二十年(1484)进士,曾官礼部主事,辞官时年方三十一。

《苏谈》一卷,杨循吉撰。是书叙苏州一带轶闻,其中描写姚广孝雅量故事后来为凌濛初《二刻拍案惊奇》的《杨抽马甘请杖　富家郎浪受惊》用为入话。

《蓬窗类记》五卷,黄暐撰。是书共分怪异、灾异等二十八门类,书中桑仲男扮女装,奸骗妇女,以及燕贫家女奉佛不嫁,后被坐以妖人惑众罪等均为当时轰动案件。作者叙其始末,明末一些小说曾据此敷演。如桑仲男扮女装淫人妻女事,即为冯梦龙《醒世恒言》中《刘小官雌雄兄弟》之入话所本。书前有王鏊题记,称此书"上自国家勋德,下及闾阎委巷,方技、滑稽、灾祥、神怪,可喜可愕,罔不具焉"。黄暐,字日升,号东楼,吴县(今属江苏)人,弘治三年(1490)进士,官至刑部郎中。

《蓬轩别记》一卷,此书实据黄暐《蓬窗类记》抄录而成,也有题杨循吉撰者。

《异林》一卷,徐祯卿撰。是书分"九仙神"、"异人"、"艺术"等七门类叙各种怪异故事。书已叙至弘治十四年事,又疑为作者中进士前所作,故暂系于此。徐祯卿(1479—1511),字昌谷,吴县(今属江苏)人,弘治十八年(1505)进士,任大理寺左寺副,后因囚犯走失,贬为国子监博士。

《博物志补》二卷,游潜撰。是书补晋代张华所著之《博物志》,体例略如宋代李石所撰之《续博物志》。《四库全书总目》称此书"猥杂冗滥,无一异闻,又出石书之下"。游潜,字用之,丰城(今属江西)人。弘治十四年(1501)举人,官云南宾州知州。

《损斋备忘录》一卷,梅纯撰。书中多为纪事、格物、说诗、论文之类,但从《潜溪文集》中所摘波斯人相古墓故事、从《程氏遗书》中所摘见风化石等故事颇似小说。梅纯,字一之,夏邑(今属河南)人。成化十七年(1481)进士,官至孝陵卫指挥使。

《巳虐编》一卷,题"藜阁生刘玉记"。书中所记多为明初时故事,亦有涉及元末者,其中冷谦作法、于梓人焚牒擒虎、穆敬之与女鬼恋爱、朱元璋与晋卜壶妻交谈等故事均生动可读。刘玉,字咸栗,万安(今江西吉安)人,弘治九年(1496)进士,官至刑部左侍郎。据此,书或出于弘治间。

《纂异集》四卷,吴瓒撰。此书今已佚,据其书名,似当为志怪类作品。吴瓒,字器之,仁和(今浙江杭州)人,弘治三年(1490)进士,授弋阳县,调永新,知南通州。

常熟徐氏刻叶盛之《水东日记》二十八卷。

1506年 丙寅 明武宗正德元年

弘治十八年(1505)五月,明孝宗死,太子朱厚照即位,是为明武宗。本年改元为正德元年。

1508年 戊辰 正德三年

万历四十七年(1619)姑苏龚绍山刊本《隋唐两朝志传》首有林瀚正德三年序,言"隋唐独未有传志,予每憾焉。前寓京师,访有此书,求而阅之,知实亦罗氏原本。第其间尚多阙略,因于退食之暇,遍阅隋唐著书所载英君名将忠臣义士凡有关于风化者悉为编入,名曰《隋唐志传通俗演义》。"又言:"后之君子能体予此意,以是编为正史之补,勿第以稗官野乘目之,是盖予之至愿也夫。"据序,此书当为林瀚据罗贯中原本重编,但龚绍山刊本仅题"东原贯中罗本编辑","西蜀升庵杨慎批评",林瀚之序也置于杨慎序后,且林序中"隋唐独未有传志"一语,又与当时讲史演义创作之实情不符。或言林序为后人伪托,此说似非无据。

《金台纪闻》一卷,陆深著。书为杂述类,多为琐记轶闻,亦有语及风俗与"偷桃"一类故事之考述。书首作者题记,云:"予忝登朝为史官,记载职也。偶有所得,辄漫书之,盖自乙丑之夏,讫于戊辰九月,录为一卷,题曰《金台记闻》,藏之庶以便自考焉尔。"此即作书之旨。据题记,知书成于本年。陆深(1477—1544),字子渊,号俨山,上海人。弘治十八年(1505)进士,累官至詹事府詹事。

1509年 己巳 正德四年

徐淮为陆奎章作《题香奁四友传后》,云:"自韩昌黎为毛颖作传,文人因之,往往争新出奇,以为游戏翰墨之具。然非问学宏深,笔力精到,虽有撰作，终非本色语。……余友陆君子翰举业之余，著《香奁四友传》，前后凡八篇，其说理明白，遣辞高古，真若韩信将兵，多多益善；又若春蚕作茧，随物成形。为文至是，可谓光前绝后者矣。"又，邵天和为《香奁四友传》作序云："盖虽寓言于物，而实托义于人焉"，"毋徒视为游情翰墨之具而已，则未必无补云"。明正德前后有三徐淮，一为武城(今属山东)人，弘治六年(1493)进士；一为临桂(今属广西)人，弘治九年(1496)进士；一为武定州(今属山东)人，嘉靖二年(1523)进士。现不详作序者究为何人。

都穆为《越绝书》明首刻本作跋，云："是书宋嘉定庚辰尝刻于夔门，后四年，知绍兴府汪纲仲举再以蜀本刻置郡斋。历世既远，皆不复见。予家旧藏录本，颇为完善。吉水刘君，以名进士来知吴县，谓是书之古，而吴中罕传，遂割俸刻之。君名恒，字以贞，观此可以知其政矣。"刘恒，字以贞，吉水(今属江西)人，弘治十八年(1505)进士，官吴县知县。

1510年　庚午　正德五年

《苹野纂闻》一卷，伍余福撰。书中所记仅二十条，间有论史评诗者，然多为吴中故实，琐记轶闻一类，其中"终南勇士"、"叶湘尸"诸条，已似较完整的小说。书中有"正德己巳冬十二月，吴中大雪"等语，当为作者亲身经历之记录，最后纪年则为"正德庚午"，即正德五年。本年当为成书上限，故系于此。《四库全书总目》论及本书作者时称："余福字天锡，临川人，正德丁丑(十二年，1517)进士，官陕西按察司副使。"然本书题署为"吴郡伍余福君求述"，即应为江苏吴郡人，并非江西临川，其字则应为"君求"。《明清进士题名碑录》也称伍余福为吴县人。或《四库全书总目》未及细察，而作误载。

《东游记异》，董玘撰。是篇叙雾日误入皇宫旁狐穴故事。时老狐死，吊客甚多，"绳绳然来者尽衣冠也"，又有白额虎，"不狐吊者，辄噬之"。故事一开始就交代时间为"正德庚午六月"，即刘瑾被诛前不久，末尾则云"积雾开，初日旭"，"狐穴隐灭"，可知狐穴为喻指刘瑾势力，吊狐者，附刘瑾之众官也，白额虎似讥明武宗。本年为作品创作之上限，故系于此。董玘，字文玉，绍兴(今属浙江)人。弘治十八年(1505)进士，官至吏部侍郎。

1512年　壬申　正德七年

《玉壶冰》一卷，都穆撰。是书记汉至明历代名士言动，取清逸者叙

643

之,笔法仿《世说新语》,甚有直接抄录者。此书当为都穆晚年家居时所作,有本年序。

马中锡卒于本年。马中锡字天禄,号东田,故城(今属河北)人。成化十一年(1475)进士,历官右副都御史、兵部侍郎等,为文言小说《中山狼传》作者。或谓《中山狼传》为讽刺李梦阳负康海救命之恩而作,若果是如此,则此文应作于正德五、六年间。

1513年　癸酉　正德八年

《语怪四编》一卷,祝允明撰。首作者"癸酉秋日"之"题识",云:"三编倦矣,复继之,何伎痒既发,宁忍不爬搔乎!然无意必焉。凡闻时暇书之,有兴书之,事奇警热闹不落莫书之。"据"题识",此书前当应有一、二、三编,然今未见。

《猥谈》一卷,祝允明撰。是书叙轶闻杂事,间以议论、考述之类,其中"无故之死"、"妒奸"、"新人"等条则似小说故事。书中"李公"条称"近成化末","智耆"条叙弘治时事,"驴奸"条又有"阃媪事予记在《语怪》"之语。由此观之,是书当为陆续笔录,积累而成。现暂系于《语怪》之后。

1514年　甲戌　正德九年

华阳散人序《如意君传》,其序云:"《如意君传》者何?则天武后中冓之言也。虽则言之丑也,亦足以监(鉴)乎?昔者四皓翼太子,汉祚以安,实赖留忠矣。则天武后强暴无纪,荒淫日盛,昺乃至废太子而自立,众莫之能正焉。而中宗之后也,实敖曹氏之侯之力如留侯,可谓社稷力也。此虽以淫行得进,亦非社稷忠耶?当此之时,留侯卢(?)之,四皓翼之,且焉能乎?《易》曰:纳约自牖。敖曹氏用之。由是观之,虽则言之丑也,亦足监(鉴)乎?"

1515年　乙亥　正德十年

凤阳府知府胡文璧命凤阳府临淮县知县盛果刻宋人周密之《齐东野语》二十卷,并作"后序",称此书"多载南渡以后时事,据其耳目闻见,与实录互有同异。予得而细阅之,中间可喜可愕可慨可惩业殊甚。即欲寿梓,与远识者评之。"又驳斥因该书语涉朱熹诸人,"书似不必刻,刻则请去数事何如"之论，云："尝怪实录，一朝臣相列传，多就其家取行状、碑铭、赠记、赞述，稍加粉饰，即为直笔。夫即文字之褒扬，尽士夫之称述，则其人品制行，皆古圣贤所不能为而独为之。而圣贤光明俊伟事业，独不见于后世，岂非纪事之不足凭哉。"书又有盛果所作之"后序"，称："是书正以补史传之缺，不溢美，不隐恶。国家之盛衰，人才之进退，斯文之兴丧，议论之是非，种种可辨。阐幽微于既往，示惩劝于将来，其有裨于世教也，岂小小哉！"又云："(是书)顾传写既久，鱼鲁滋多，我郡伯石亭胡公惧夫愈久而愈失其真也，命果姑锓诸梓，将与有志于世教者共订焉。"胡文璧，字汝重，耒阳(今属湖南)人。弘治十二年(1499)进士，嘉靖初累官四川按察使。

赵士亨刻宋人赵令畤所撰《侯鲭录》八卷，首顿锐序。序称："余未第时，每以不获一经目，追今深置恨焉。正德岁乙亥冬，乃以应天之高淳令有政于府，过南都。前义乌尹赵士亨时以母忧家居，酒闲入取是编授余使阅，恍若登李膺之门而揖宋纤之面目也。"序中又有"士亨因告余以且将被诸木，俾见于世，子盍一言以弁厥首"等语，故知此书当刻成于本年末或稍后。顿锐，字叔养，涿州(今属河北)人。正德六年(1511)进士，官代府右长史。

1516年　丙子　正德十一年

张孟敬序《花影集》，云："夫文词必须关世教、正人心、扶纲常，斯得理气之正者矣。不然，虽风云其态，月露其形，掷地而金玉其声，犹昔人所谓虚车无庸也。"序又介绍集中各篇旨趣，如论其首篇云："首之以《退逸子传》，公自道也。虽有绝世自高之言，卒章不忘躬自厚而薄责于人之意，此固伟矣。"张孟敬时为浙江安吉州学正。

《艾子后语》一卷，陆灼撰，即陆采。首作者本年九月自序，云："余幼有谑僻，有所得必志之。岁丙子，游金陵，客居无聊，因取其尤雅者，纂而成编"。是书模仿苏轼之《艾子》而续之，然所叙皆诙谐笑话一类，不似《艾子》针砭时弊，寓庄于谐，有所为而作，故序末又云：此书"以附于坡翁之后，直用为戏耳。若谓其意有所寓者，则吾岂敢。"陆采(1497—1537)，《庚巳编》作者陆粲之弟，初名灼，字子玄，号天池(一作天奇)，别署清痴叟，长洲(今江苏苏州)人。南京国子监就学二十年，屡试不第。

645

1517年　丁丑　正德十二年

《顾氏文房小说》中的《诗品》于本年刊出,故知这套丛书的编辑、刊印最迟在此时业已开始。《顾氏文房小说》共四十种,其中《松窗杂录》刊于嘉靖十年,即此丛书前后历时十余年方告完成。编者顾元庆(1487—?),字大有,号大石山人,长洲(今江苏苏州)人,约卒于隆庆前后。

1519年　己卯　正德十四年

《庚巳编》十卷,陆粲撰。书中出现正德纪年凡八,曰:庚午、辛未、壬申、癸酉、丙子、丁丑、戊寅、己卯,且出现次序整齐,《纪录汇编》本中上述纪年又作"今年"或"是岁",故此书应是陆粲随时记录神怪传说、民间故事积累而成。最后一纪年为己卯,即正德十四年,本书约成于此时或稍后。或《庚巳编》之命名,取始于庚午,终于辛巳之意,此说若能成立,则书成于正德十六年也。陆粲(1494—1551),字子余,长洲(今江苏苏州)人。嘉靖五年(1526)进士,官工科给事中。

1520年　庚辰　正德十五年

明武宗阅《金统残唐记》。钱希言《桐薪》卷三云:"《金统残唐记》载其(指黄巢)事甚详,而中间极夸李存孝之勇,复称其冤,为此书者,全为存孝而作也。后来词话悉俑于此。武宗南幸,夜忽传旨,取《金统残唐记》善本。中官重价购之,肆中一部售五十金。今人耽嗜《水浒》、《三国》而不传《金统》,是未尝见其书耳。"售价五十金,当为抄本,疑此书即为《残唐五代史演义传》。

相阳柳伯生为《如意君传》作跋,云:"史之有小说,犹经有注解乎?经所蕴,注解散之。乃如汉武飞燕内外之传,闺阁密款,犹视之于今,而足以发史之所蕴,则果犹经有注解耳。顷得则天后《如意君传》,其叙事委悉,错言奇叙,比诸诸传,快活相倍,因刊于家,以与好事之人云。"据其末"因刊于家"等语,该书似于是年刊出。明刻本题"吴门徐昌龄著",又署"东都青闷阁"。

正德间(1506—1521)与小说有关但无法确定年份之事,均排列于下:

《尊闻录》一卷,梁亿撰。是书叙国初轶闻,多为诗话类,但也有刘伯温掐算之类故事。梁亿,顺德(今属广东)人,正德六年(1511)进士。另著有《洪武辑遗》二卷,可知为有心搜集国初轶闻者。

《都公谈纂》二卷,都穆撰。卷首下署"门人陆采编次",即书由都穆女婿陆采编辑而成,书中《张仙》等三篇又注明为陆采所作。书中所记,多为明代嘉靖以前各朝之野史、逸闻及怪异等事,书已叙及正德四、五年间事,故知是都穆致仕归乡后所作。

《天缘奇遇》二卷,作者佚名。是书叙祁羽狄的艳情及功名勋业事,全篇二万余字,为中篇文言小说。万历十五年(1587)所刊之《国色天香》已收录此篇,该书所收录的另一篇作品《刘生觅莲记》中已提及此篇,云:"因至书坊,觅得话本,特特与生观之。见《天缘奇遇》,鄙之曰:兽行狗行,丧尽天真,为此话者,其无后乎?"《刘生觅莲记》约出于嘉靖间,《天缘奇遇》之创作应前于此书,且作品中多有猥亵细节,与正德时风气相应,故暂系于此。

《虾蟆牡丹记》,短篇文言小说,作者佚名。万历十五年(1587)所刊之《国色天香》已收录此篇。本篇叙天顺间孔天祐学道故事,篇末云:"弘治十八年,邻人张四老见其与黄冠道士在太(泰)山游"。故本篇当出于正德、嘉靖朝,现暂系于此。

《蓄德录》一卷,陈沂撰。书共三十条,记明初至正德间蹇义、夏元吉等诸前辈德行故事,基本上是人各一条。书首作者"题记",云:"沂儿时侍外祖金静虚公,时公年九十余,道宣德、正统间事甚悉。弱冠接夏太常公崇文,出其祖忠靖公所纪,又述丘文庄公言前辈之可法者,多忘去,仅追忆得数事。后奉吴文定、李文正二公教,及沂所目及者,著之成篇,用以自警,名《蓄德录》。虽有不伦,而取善之意不以人废,有信以终齿者,虽细亦书正,孔子所谓有所试之矣。惜闻见不广,尚有望于同志焉。"陈沂(1469—1538),字宗鲁,后字鲁南,号石亭,鄞县(今属浙江)人。正德十二年(1517)进士,官至太仆寺卿。

《语怪录》,陈沂撰。此书已佚,顾起元《客座赘语》卷三中征引其佚文四则。

1522年　壬午　明世宗嘉靖元年

正德十六年(1521)三月,明武宗死。四月,武宗从弟、兴献王子朱厚熜即位,是为明世宗。本年起改年号为嘉靖。

《三国志通俗演义》二十四卷二百四十则,司礼监刊。题"晋平阳侯陈寿史传","后学罗本贯中编次"。首庸愚子序,次修髯子引。该引提出"羽翼信史而不违"之说,又云:"史氏所志,事详而文古,义微而旨深,非通儒夙学,展卷间,鲜不思困睡。故好事者以俗近语,檃括成编,欲天下之人,入耳而通其事,因事而悟其义,因义而兴乎感,不待研精覃思,知正统必当扶,窃位必当诛,忠孝节义必当师,奸贪谀佞必当去,是是非非,了然于心目之下,俾益风教,广且大焉","牛溲马勃,良医所诊,孰谓稗官小说,不足为世道重轻哉!"引中又言:"简帙浩瀚,善本甚艰,请寿诸梓,公之四方。"可知此为首次刊出。

《耳抄秘录》一卷,撰者佚名。原书已佚。《四库全书总目提要》论及此书时云:"皆明代杂事,然无一非委巷之谈。如谓明成祖发刘基之墓,得一朱匣,中有《贺永乐元年登极表》;元顺帝为明所败,匿于古寺而死,即以寺梁为棺;宁王权为许逊后身;邱濬为蛤蟆精;凡孔氏袭衍圣公者,其相必口露双齿如孔子;明太祖以公主嫁朝鲜国世子;刘基对明太祖称白胡子变红胡子;明孝宗为牟尼佛降生,故年号上下二字皆取牟字字头",又称该书文字粗陋,多有别字,如以危素姓魏,于谦为姓余等,皆浅薄无知者所为。四库馆臣据其内容考证,作者当为嘉靖中人,其书旧本题"上元壬午南赡部洲二十八年林之乐无名氏撰述"。"壬午"即本年,故书系于此,然"二十八年"不知何意。

顾元庆刻唐代书张固所著之《幽闲鼓吹》一卷,并作跋语,称此书为张固"在懿、僖间采摭宣宗遗事,简当精核,诚可以补史氏之阙"。此书为《顾氏文房小说》中之一种,顾元庆据家藏宋本而刻。

1523年　癸未　嘉靖二年

《花影集》四卷,陶辅撰。书中已叙及弘治十一年(1498)事,卷首又有张孟敬正德十一年(1516)序,故该书完稿当在弘治十二年(1499)至正德十一年这十余年间。又有作者嘉靖二年所作之引,引中自称早年耽读《剪灯新话》、《剪灯余话》与《效颦集》,后"较三家得失之端,约繁补略",而作是书。陶辅,字廷弼,号夕川,又号安理斋、海萍道人。荫袭应天亲卫昭勇之爵,因不苟合于时,乞休致。陶辅作此引时已八十三岁。该书有高丽刻

648

本，其跋语云："尹斯文溪于嘉靖丙午（二十五年，1546）奉使中朝，购得此集"，故知此书于嘉靖时即已传入朝鲜。

齐之鸾刊宋代王谠所著之《唐语林》，并作序。其序赞该书为"艺苑之奇珍"且与《世说新语》相提并论："《世说》清旷简远，而《语林》精博典质；《世说》情胜，《语林》实胜"。序末云："惜予所得本多谬，稍尝正之，而县令剧俗，莫能详也。复庠顾应时、沈维俾加校勘焉。又有不能意晓者，并令阙疑承误，以俟善本。二生遽请梓行，因诺而僭书其端。"齐之鸾（《明清进士题名碑录》作"徐之鸾"），字瑞卿，桐城（今属浙江）人。正德六年（1511）进士，官至河南按察使。

1525 年　乙酉　嘉靖四年

《虞初志》八卷，共收作品三十一种，其中《续齐谐记》末有跋语云："惟外舅都公家藏有之，命余锓梓焉。"故学术界多判定此书为陆采所辑。"都公"者，陆采之岳丈都穆也。都穆卒于本年，此书之出似在嘉靖初年或更早，本年则为下限。书中所收小说除南朝梁吴均之《续齐谐记》外，其余三十种均为唐代传奇作品。

潘旦为刊行宋代岳珂之《桯史》十五卷而作"书《桯史》后"，称："秦桧矫杀武穆，复监国史，史氏殆失职矣"，而此书"公是公非，昭人文，予忠节，诛乱贼，明尊主攘夷之义。凡图谶、神怪、诙谐类，漫书之，若有深意寓焉，岂亦不得其平而鸣欤？"潘旦，字希周，婺源（今属江西）人。弘治十八年（1505）进士，历官浙江左布政使、兵部侍郎。

顾氏思玄堂刊前秦王嘉所撰之《拾遗记》十卷。

1527 年　丁亥　嘉靖六年

《双溪杂记》二卷，王琼撰。此书非小说，但其作者自序却论及小说笔记优劣之标准：《史记》之后，"山林隐逸之士有所纪述，若无统理，然即事寓言，亦足以广见闻而资智识，其所纪时事得于耳闻目击，有出于史册所不载者，亦足以示劝惩，而垂永久。……然其所纪载，闻见或不实，毁誉或失真，甚至杂以诙谐之语、怪诞之事者亦有之矣。若是者虽传于世，读者何益焉"，惟有"事核而词简，理明而论公，大而有关于治者，小而切于日用，虽曰信手杂录，而举一事，寓一理，使读者忘倦"者方为有益之作。序中又云;"予所居岩穴,在双溪之间,怡神养气之余,忽有所思,辄录于册,久而成帙。"王琼嘉靖五年尚在绥得成所,七年重被起用,赴陕西督三边军务,惟有嘉靖六年在家乡养病,故是书当成于本年。王琼,字德华,太原(今属山西)人。成化二十年(1484)进士,先后任户部、兵部尚书。

郑若庸之《玉玦记》传奇作于本年或稍后,其前半部分借用唐人小说《李娃传》中的情节,后半部分则借用王魁负桂英的故事。郑若庸(1489—1577),字中伯,号虚舟,昆山(今属江苏)人。

1530年 庚寅 嘉靖九年

柳佥校录唐人范摅所著之《云溪友议》十卷,并于书后作跋云:"唐贤小说家,若云溪子《友议》最可观者。摅子七岁能诗,世传家学,见《郡阁雅谭》。兹本传约斋俞先生家藏本,后远九霞飞卿得宋刻本,止三卷上中下编者。洞庭山人陆元大借校,因其讹舛反戾俞本。予将参校未果,嘉靖庚寅稍愈,因置二本,力疾重录一过。俞本为佳,陆本次之,是知金银鱼鲁,在宋已然,览者自得之矣。东吴柳佥谨志。"柳佥,字大中,号安愚,又号味茶居士,吴县(今属江苏)人。隐居不仕。

1531年 辛卯 嘉靖十年

李开先《一笑散·时调》云:"崔后渠、熊南沙、王遵岩、陈后冈谓:《水浒传》委曲详尽,血脉贯通,《史记》而下,便是此书。且古来更未有一事而二十册者。倘以奸盗诈伪病之,不知序事之法,学史之妙者也。"此为关于《水浒传》最早的确实可靠的记载,至迟在本年前后,此书已开始流传,并引起"嘉靖八才子"等文人学士的浓厚兴趣。李开先(1502—1568),字伯华,号中麓,章丘(今属山东)人。嘉靖八年(1529)进士,历官吏部郎中、太常寺少卿,因抨击夏言内阁被罢官。

崔世节刻晋代张华《博物志》十卷与宋代李石《续博物志》十卷,并作跋称,嘉靖七年(1528)购得《博物志》与《续博物志》,"居闲处独,披览再三","然尚以未获广布,未与人共之为嫌",本年出按湖南时,命人刊刻。又云:"世之博雅君子,如沈之《笔谈》、段之《杂俎》参而考之,则其于研察众理何多哉!"

《顾氏文房小说》中之《松窗杂录》刊出。本丛书有署纪年的各种中,

《松窗杂录》刊印年代最迟,距正德十二年(1517)所刊之《诗品》已有十四年。估计《顾氏文房小说》各种于本年或稍迟已陆续出齐。

1532 年　壬辰　嘉靖十一年

《高坡异纂》三卷,杨仪撰。首作者自序,称"少日读书,凡简编中所载神仙诡怪之说,心窃厌之,一见即弃去,虽读之亦多不能终其辞。正德、嘉靖间,两见邑中怪事,始叹古人纪载未必皆妄"。居京师病时,友人"日来问讯,每举所闻以解予病怀,因以新旧所得,去其鄙亵凡陋荒昧难凭者十之五六,录成三卷,题曰《高坡异纂》,聊以著造物之难测,证古人之不诬也。高坡者,予京邸之里名;异纂者,琐屑谰谈,不足于立言云耳。"杨仪(1488—1558),字梦羽,常熟(今属江苏)人,嘉靖五年(1526)进士,历官兵部郎中、山东按察副使。

《陇起杂事》一卷,杨仪撰。是书叙元末诸雄争夺天下之轶闻故事,其出或在《高坡异纂》前后,故暂系于此。

1534 年　甲午　嘉靖十三年

世德堂刊前秦王嘉所撰之《拾遗记》十卷,书末有顾春之跋,称此书"上溯羲、农,下沿典午,旁及海外瑰奇诡异之说,无不具载。萧绮复节为之录,搜抉典坟,符证秘隐,词藻灿然。"又云:"予因刻置家塾,或有讶其怪诞无稽者。噫!邵伯温有云:四海九洲之外,何物不有,特人耳目未及,辄谓之妄。矧邃古之事,何可必其为无耶?博洽者固将有取矣。"

陆粲完成传奇《明珠记》,此剧乃据唐人薛调之小说《无双传》改编而成。剧中末出下场诗中有"三年奔走荒山道"、"相逢尽道休官去"等句,于剧中情节无涉,却与陆粲事略吻合,故此剧当成于本年陆粲休官时。或云此剧为陆粲与其弟陆采合作完成。

1535 年　乙未　嘉靖十四年

《览胜纪谈》十卷,陆采撰。是书为神怪笔记小说,间及轶事掌故。首作者本年重阳日自序,云:"比游武夷,客三山,旅建安,皆暑且病。长日无聊,追怀旧事,并新得于闽浙者又百余条。厘为十卷,俾小史书之,以代口述。清斋佳客,未必不逾于俎醢之杂陈也。"

《天池声隽》,陆采撰。此书已佚,清初褚人获《坚瓠集》中尚有个别引文。

袁褧于吴郡翻刻陆游本《世说新语》,并作序云:"余以琅琊之渡江,诸贤弘赞之力为多,非强说也。夫诸晤言,率遇藻裁,遂为终身品目。故类以标格相高,玄虚成习。一时雅尚,有东京厨俊之流风焉。然旷达拓落,滥觞莫拯,取讥世教,抚卷惜之,此于诸贤不无遗憾焉耳矣。"袁褧,字尚之,吴县(今属江苏)人。生员,后入太学。袁褧又辑有《金声玉振集》,嘉靖中吴郡袁氏嘉趣堂刊。书分"皇览"、"征讨"等九门,收著作四十九种,五十六卷,除一种外,均为明人所撰,内有《水东日记》、《寓圃杂记》等作。

1536年　丙申　嘉靖十五年

《涉异志》一卷,闵文振撰。书叙明历朝鬼神变异之事,各故事按时间顺序排列,其中以成化、弘治、正德、嘉靖四朝事为多,所叙篇幅虽简短,然情节较完整。黄虞稷《千顷堂书目》著录此书时云:"(闵文振)字道充,浮梁(今属江西)人,嘉靖丙申序。"嘉靖丙申为本年,然是书末实已叙嘉靖丁酉(十六年,1537)时事,或序成后又补叙一事耶? 故是书仍系于此。

《异识资谐》八卷,闵文振撰。此书今已佚,清初褚人获《坚瓠续集》至《坚瓠广集》共引本书佚文十一条,均为志怪故事。本书当出于嘉靖间,现附于《涉异志》后。

《异物汇苑》十八卷,闵文振撰。是书分二十七部,杂采传记奇异之事。现暂系于此。

《对客燕谈》一卷,邵宝撰。是书叙作者平生见闻,各条后均系年号,自成化己丑(五年,1469)至弘治丙辰(九年,1496)。书后有本年姚咨跋,当刻于本年,但成书当在弘治末至嘉靖初之间。邵宝(1460—1527),字国宝,号二泉,无锡(今属江苏)人。成化二十年(1484)进士,累官江西提学副使、右副都御史、户部侍郎、南京礼部尚书。

蔡羽撰《辽阳海神传》。该篇为后来凌濛初《二刻拍案惊奇》中《叠居奇程客得助　三救厄海神显灵》所本。蔡羽于篇末云:"戊子(嘉靖七年,1528)夏,余在京师闻其事,然犹未闻大同以后事。今年丙申在南院,客有言程来游雨花台者,遂令邀与偕至,询其始末",因信"昔闻不谬",故作是传。蔡羽,字九逵,号林屋山人、左虚子,吴县(今属江苏)人。嘉靖初由国

652

子生授南京翰林孔目。

1537年　丁酉　嘉靖十六年

《冶城客论》二卷，陆采撰。冶城，南京城内之地名也。是书记作者肄业南京国子监时之闻见。以杂史轶闻为多，多有神仙、道术之谈，而书中《鸳鸯记》，则是一篇情节完整的传奇小说。书已叙至嘉靖五、六年间事，似为未完稿，未刊行，长期流传过程中已有散佚，今存一卷零六篇，共九十一篇。陆采卒于本年，故是书暂系于此。

《皇明开运英武传》八卷六十则，郭勋（或其门客）撰。郑晓《今言》卷一云："嘉靖十六年，郭勋欲进祀其立功之祖武定侯郭英于太庙，乃仿《三国志俗说》及《水浒传》为《国朝英烈记》，言生擒士诚，射死友谅，皆英之功。传说宫禁，动人听闻。已乃疏乞祀英于庙庑。"郑晓为嘉靖二年（1523）进士，嘉靖十五年（1536）时任考功郎中，继调文选，故郑晓所言郭勋事，当为可信。沈德符《万历野获编》与陈建《皇明从信录》言郭勋撰写《英烈传》事，似均依据郑晓之《今言》。

1538年　戊戌　嘉靖十七年

《西墅杂记》一卷，撰人题"无为子杨穆"，其生平不详。书叙明代各朝之轶闻杂事，其中"胡希颜打鬼"、"骆堂送鬼"、"梓人魇镇"诸条所记则为志怪小说。书中最后纪年为"冰雹"条中之"嘉靖戊戌"，此当为成书上限，故暂系于此。

1539年　己亥　嘉靖十八年

《两山墨谈》十八卷，陈霆撰。书为考辨类，书首李檠序，称此书"大则根经据史，订疑考误，小则别事与物，穷情尽变"，"采之足以备史，资之足以宏识，存之足以稽实录而众言"。书中论及小说处甚多，如《迷楼记》（卷三），毛宝放龟故事（卷四），《世说新语》、《淮南子》（卷六）、《汉武故事》、《天宝遗事》（卷七），苏小妹故事（卷八），龙伯康故事（卷九）、《效颦集》、《酉阳杂俎》（卷十四）等，论述仍偏重于考辨，然时有信小说而非史传者。《四库全书总目》称此书"持论每涉偏驳"，或亦指此而言。陈霆，字声伯，号水南，德清（今属浙江）人。弘治十五年（1502）进士，历官刑科给事中、山西提学佥事。

1540年　庚子　嘉靖十九年

《西樵野记》十卷,侯甸撰。首作者自序云:"幽怪之事,固孔子所不语,然而使人可惊、可异、可忧、可畏,明显箴规而有补风教者,此博洽君子不可不知也。余尝得前代数事,第恐涉于虚远,且记载者居多,固弗敢赘。自国朝迄今,其有得于见闻者,辄随笔识之,凡一百七十余事,名曰《野记》。噫! 余性孔鲁,然每见小说,窃甚爱之,亦性之一偏也。"立意如此,故书中多为明时传闻之幽怪故事,但仅叙至弘治时事。书后又有作者本年跋,书或刻于本年,故系于此。现仅知作者侯甸号西樵山人,吴郡(今江苏苏州)人,祝允明与都穆的门生。

《百川书志》二十卷,高儒编。是书为著录高儒私人藏书之目录,其卷六史部的野史、外史与小史三门论及元明小说与戏曲,野史门著录《三国演义》时称此书"据正史,采小说,证文辞,通好尚,非俗非虚,易观易入。非史氏苍古之文,去瞽传诙谐之气。陈叙百年,赅括万事。"小史门著录了瞿佑《剪灯新话》等十二种文言小说,并评论《娇红记》等六种作品云:"皆本《莺莺传》而作,语带烟花,气含脂粉,凿穴穿墙之期,越礼伤身之事,不为庄人所取,但备一体,为解睡之具耳。"高儒,字子醇,号百川子,涿州(今属河北)人,武弁。

1541年　辛丑　嘉靖二十年

《檐曝偶谈》　卷,顾元庆撰。书首作者题记,云:"嘉靖辛丑,新正五日,大雪。越三日,又大雪,既而快雪时晴。相与二三子负暄于东檐之下,拥膝联趾,清言竟日,与夫师友之所闻,传记之所载,就日赘笔,寝复成篇,不知奇温之可献,白醉之可乐也,遂名为《檐曝偶谈》云。"

《燃犀集》四卷,树瓠子撰。原书已佚。《四库全书总目提要》称该书摘取小说家所录神怪之事汇录成编,书首作者本年自序。

1542年　壬寅　嘉靖二十一年

杨慎撰成《谭苑醍醐》,有作者本年序。书卷七"小说"条为比较汉、唐、宋小说之论述,由此可见其阅读小说的眼光与评判的标准:"说者云:

宋人小说,不及唐人,是也。殊不知唐人小说,不及汉人。如华峤《明妃传》云:'丰容靓饰,光明汉宫,顾影徘徊,耸动左右。'伶云《飞燕外传》云:'以辅属体,无所不靡。'郭子横《丽娟传》云:'玉肤柔软,吹气胜兰,不欲衣缨拂之,恐体痕也。'此岂唐人可及。"杨慎(1488—1559),字用修,号升庵,新都(今属四川)人。正德六年(1511)试进士第一,授翰林修撰,充经筵讲官,后以议礼忤世宗,谪戍云南。

《丽情集》一卷床集一卷,杨慎撰。正集凡十一条床集凡十六条。清时李调元序此书云:是书"皆升庵采取古之名媛故事,间加考证而成者也。以缘情而靡丽故名之"。清人周中孚则言此书为杨慎"在戍所遣怀随意作耳"。然不知具体撰写年代,现暂与《谭苑醍醐》系于一处。

《杂事秘辛》一卷,旧题汉佚名氏撰。书后有杨慎跋,称此书"得于安宁州士知州董氏,前有义乌王子充印,盖子充使云南时箧中书也";又云:"此特载汉桓帝懿献梁皇后被选及六礼册立事,而吴姁入燕后审视一段最为奇艳,但太秽亵耳。"沈德符《万历野获编》卷二十三云:"此书本杨用修伪撰,托名王忠文得之土酋家者,杨不过一时游戏,后人信书太过,遂为所惑耳。"《四库全书总目提要》则称此书"亦类传奇,汉人无是体裁也"。该书不详撰于何时,现暂系于此。

《仓庚传》一卷,杨慎撰。此书叙梁武帝代齐后,为治郗后之妒,捕食仓庚但未见效事。具体撰写年代不详,现暂系于此。

《西园杂记》上下卷,徐咸撰。是书所记多为杂记轶闻,时亦有小说故事,甚至有极怪诞诡异者,然而作者均作为实事记载。该书卷下言及马中锡与《中山狼传》事,似可注意,现录于此:"《中山狼传》世传为故城马中锡所作,大旨谓施恩于人,人不惟不之报而反仇之。词意愤激,亦足以警世。正德中,流贼起河朔,势甚猖獗。朝廷以中锡素有才望,命以都御史督大军往平之,委任重矣。中锡抵家,迁延观望,受贼厚赂,不速进兵,以至贼肆意屠掠,如入无人之境,祸延列省。迹其所为,忍心负国,与狼何异。中锡坐是,死于狱。君子不以言取人,观此益信。"是书称明世宗为"今上",书中最迟年份为本年,故本年为成书上限,现暂系于此。徐咸,字子正,海盐(今属浙江)人。正德六年(1511)进士,历官襄阳知府。

1543年 癸卯 嘉靖二十二年

伍光忠跋宋人小说集《江淮异人录》,云:"异常惊骇之事,世所罕睹,而稗官者流往往形诸简册,连篇累牍,罔克殚纪。然其间亦有得于见闻之真者,若曼倩之于汉武,左慈之于魏武,载在信史,尤为昭著。二帝皆英雄豪侠之才,岂独不能察于此耶?该宇宙内事,何所不有,局于一偶者,辄以宣尼不语为证,多见其陋也已。"跋署"吴门伍光忠"。

1544年 甲辰 嘉靖二十三年

《古今说海》一百四十三卷,陆楫、姜南、顾定芳等人编辑,陆楫刊。该书从汉唐至明代的稗官野史及唐宋人小说中,选书一百三十五种,分说选、说渊、说略、说纂四部。书首唐锦《古今说海引》,言陆楫等人讲习学问之余,"又相与剧谈,旁采冥搜,凡古今野史、外记、丛说、脞语、艺书、怪录、虞初、稗官之流,其间有可以裨名教、资政理、备法制、广见闻、考同异、昭劝戒者,靡不品骘抉择,区别汇分,勒成一书……虽曰用以舒疲宣滞,澡濯郁伊,然学者反约之道端,于是乎基焉。好古雅博之士闻而慕之,就观请录,殆无虚日,譬之厌饫八珍之后,而海错继进,不胜其嗜之者之众也。陆子乃集梓鸠工,刻置家塾,俾永为士林之公器云。"唐锦,编辑者之一唐赟之父。次陆楫识语,列参与编辑者名单,包括陆楫在内共十四人。陆楫,字思豫,上海人。

《兼暇堂杂著》一卷,陆楫撰。书所载多为琐闻、诗话、典故之类,然其中沈云梦妇人囚服再拜事颇类志怪小说。陆楫于本年辑成《古今说海》,是书之出或在此前后,故暂系于此。

杨慎撰《山海经补注》成,并作序,叙《山海经》流传历程,其末云:"汉刘歆《七略》所上,其文古矣,晋郭璞注释所序,其说奇矣,此书之传,二子之功与!但其著作之源,后学或忽诸,故著其说,附之策尾。"序署"嘉靖甲辰"。

芸窗书院刊宋代赵令畤所著之《侯鲭录》八卷。

1545年 乙巳 嘉靖二十四年

杨慎撰《跋山海经》,文中透露了当时人对稗官小说的看法以及杨慎自己的意见:"昔者,吾友亳州薛氏君寀来,雅以同好,相过从数焉。一日广坐中,君寀诵《文选》、《山海经》,相与订疑。旁有薛之同官一人,颦眉曰:'二书吾不暇观,吾有暇则观六经耳。'君寀笑曰:'待有暇始观书,恐六经亦不暇观矣。'余为之解曰：'某公之言亦是。六经，五谷也，岂有人而不食五谷者乎？虽然，六经之外，如《文选》《山海经》，食品之山珍海错也，徒食谷而却奇品，亦村疃之富农，苟诋者或以蠃牸老牴目之矣。"

《金姬传》一卷，杨仪撰。是书通过金姬与张士诚的关系和纠葛，描写了张士诚由起事至败亡的过程。此书又有题名为《李姬传》者。

张凤翼之传奇《红拂记》成于本年。此剧乃据唐人杜光庭之小说《虬髯客传》改编而成。张凤翼(1527—1613)，字伯起，号灵墟，别署泠然居士，长洲(今江苏苏州)人，嘉靖四十三年(1564)举人。

1546年　丙午　嘉靖二十五年

《机警》一卷，王文禄撰。书叙历朝有关机警的故事，各条末均有评语。书首作者"题记"云："予生也朴室，见事每迟，阅书史中应变神速、转败为功者，录以开予心云。"王文禄，字世廉，海盐(今属浙江)人，嘉靖间举人。

洪楩翻刻宋人叶祖荣所刊《新编分类夷坚志》五十一卷。首田汝成序，云："人之为治也，显而易见；天之为治也，幽而难明。略其易见而表其难明，此《夷坚志》之所由作也。"又称此书功用云："故知忠孝节义之有报，则人伦笃矣；知杀生之有报，则暴殄弭矣；知冤对之有报，则世仇解矣；知贪谋之有报，则并吞者惕矣；知功名之前定，则奔竞者息矣；知婚姻之前定，则逾墙相从者恧矣。其他赈饥拯溺，扶颠拥孺，与夫医卜小技，仙释傍流，凡所登录，皆可以惩凶人而奖吉士，世教不无补焉，未可置为冗籍也。"序末赞洪楩"秀雅而文"，"刻是书而传之，庶几乎不堕手泽之遗者。后昆绳绳，则洪氏之食报犹未艾也。"

1547年　丁未　嘉靖二十六年

《七修类稿》五十一卷，郎瑛撰。首陈仕贤序，云："夫经载道，史载事，所以阐泄人文，宣昭训典，期明圣人之述作，标准百世者也。然其旨极于宏纲要领，而纤微肤末未悉焉。故执翰操觚之士，或摭所见闻，摅其衷臆，自托于稗官野史以见志。要于君子之多识，庸有助焉，亦蓄德者所不废也。"次闽中幻老人序，称是书"上关典常，微及俶诡，包前脩之往行，具名流之佳话，下而街谈巷议与座人所不语者，往往在焉。读之可以辨风俗，徵善败,国史郡乘,或稗其阙,非徒小说之靡而已。"是书载有关于《世说新语》、宋代话本、《三国演义》、《水浒传》等多种重要小说史料,其卷四十八至五十一的奇谑类中又多为小说志怪类记载。书中最后纪年为嘉靖二十四年(1545),卷三"天目山"条有"近嘉靖己亥(十八年)"之语,卷十三"状元入阁"条又称"本朝百八十年",故该书之出当在本年或稍后。郎瑛,字仁宝,仁和(今浙江杭州)人,生于成化二十三年(1487),卒年不详,但嘉靖四十五年(1566)尚在世。

《续巳编》一卷,郎瑛撰。是书仿《庚巳编》,故名《续巳编》,内容则为记载社会上各异闻怪事,虽是据传闻而撰,但其中"黑厮"、"蝎魔"诸条却已为情节完整的志怪小说。此书之成或在《七修类稿》前后,故一并暂系于此。

《西湖游览志余》二十六卷,田汝成撰。田汝成曾撰《西湖游览志》,漫记西湖各大名胜来历及传说,是书为其续书,以记载有关的掌故轶闻为主,主要取材于前代史传与笔记,也有部分为作者耳闻。其中卷二十一至二十五"委巷丛谈"记杭州街道桥衢沿革及民间传闻,极具小说意味,卷二十六"幽怪传疑"则为志怪传奇故事。后来通俗小说如《古今小说》、《西湖二集》等均曾从本书中撷取素材。该书卷二十提及嘉靖二十六年三月杭州李氏开茶坊事,此为书中最迟之年份,当为本书成书之上限,故暂系于此。田汝成,字叔禾,钱塘(今浙江杭州)人。嘉靖五年(1526)进士,累官至广西右参议,福建提学副使。

《汴京鸠异记》八卷,李濂撰。该书取材宋代史传及野史笔记,分异人、异僧、道士、女冠、神仙、鬼怪等十六类,所取皆为与汴京有关之奇诡怪异之事,各条多注以出处。此书有本年自刻本,故系于此。李濂,字川父,号嵩渚,祥符(今河南开封)人,正德九年(1514)进士,官至山西按察司佥事。

李开先作传奇《宝剑记》。是剧取材于《水浒传》中林冲被逼上梁山故事但有所改动,作者借此发泄其悲悌慷慨抑郁不平之衷。

1548年　戊申　嘉靖二十七年

《真珠船》八卷,胡侍撰。是书杂采经史故事及小说家言,作者自序云:"每开卷有得及他值异闻,辄喜而笔之,遂总谥曰《真珠船》。"胡侍,字承之,号濛溪,咸宁(今属陕西)人。正德十二年(1517)进士,历官刑部主事、鸿胪少卿。

《野谈》六卷,胡侍撰。今传本为一卷,题《墅谈》。该书从前代典籍中摘取怪异事物,加以辨证疏解,《四库全书总目提要》称其"多及怪异不根之语"。此书之出当在《真珠船》前后不久,故暂系于此。

叶逢春刊《新刊通俗演义三国志史传》十卷。

1549年 己酉 嘉靖二十八年

《灼艾集》八卷,分正、余、续、别四集,每集分上下卷,万表辑。是书采辑六朝以来七十余种笔记杂书而编成,每书摘数条至数十条不等。张寿镛刊刻并作序。万表,字民望,号鹿园、九沙山人,鄞县(今属浙江)人。正德间武会试及第,官至漕运总兵,佥事南京中军都督府。

1551年 辛亥 嘉靖三十年

《语林》三十卷,何良俊撰,清森阁刊。首文徵明序,称《世说新语》"特为隽永,精深奇逸,莫或继之",而《语林》"原情执要,是惟语言为宗,单词只句,往往令人意消。思致渊永,足深唱叹,诚亦至理,攸寓文学行义之渊也"。又云:"元朗贯综深博,文词粹精,见诸论撰,伟丽渊宏,足自名世,此书特其绪余耳。辅谈式艺,要以不可以无传也。"书分三十八门记事,每门前均有小序,其言语篇序云:"余撰《语林》,颇仿刘义庆《世说》。然《世说》之诠事也,以玄虚标准;其选言也,以简远为宗,非此弗录。余惧后世典籍渐亡,旧闻放失,苟或泥此,所遗实多,故披览群籍,随事疏记,不得尽如《世说》。其或辞多浮长,则稍为删润云耳。"书又有陆师道序,称:"元朗著述大方,已详文序,予独论其与《世说》所以同异者著之,亦以白作者之苦心云尔。"何良俊(1506—1573),字元朗,号柘湖,松江(今属上海)人。嘉靖中以岁贡生入国子监,后特授南京国子监翰林院孔目,不久因对现实不满,厌倦仕途,引疾归里。

《龙兴慈记》一卷,王文禄撰。书叙明太祖朱元璋出生至起兵夺天下之各轶闻杂事,兼及刘基等功臣故事。书首作者"题记",言书中各故事来源云:"自幼闻慈淑母氏言国初遗事。子虽幼喜问,以故始末甚详,惜岁久多忘也。盖外祖陆公源生国初时,寿逾耋,好学多闻。授母氏,母氏授子。

子今儿艾，母氏违养已十有三秋。追书幼闻，恍然如睹。悲哉！邈矣忘者，曷能尽书邪。""题记"署"嘉靖辛亥冬十月"。

1552年　壬子　嘉靖三十一年

《大宋中兴通俗演义》八卷八十则，熊大木撰，建阳清白堂刊。首熊大木自序。该序驳斥了"小说不可紊后以正史"之说，认为"稗官野史实记正史之未备，若使的以事迹不泯者得录，则是书竟难以成野史之余意矣"；言作此书之目的"庶使愚夫愚妇亦识其意思之一二"，而编创方式为"以王本传行状之实迹，按《通鉴纲目》而取义，至于小说与本传互有同异者，两存之以备参考"。熊大木，即熊福镇，大木为其字，号钟谷，福建建阳人，书坊忠正堂主人。或有据本书题"鳌峰熊大木编辑"而指"鳌峰"为熊大木之字者，实误。鳌峰乃建阳崇泰里山峰名，自唐末起，鳌峰熊氏即为建阳大族。

晋代葛洪（托名汉代刘歆）之《西京杂记》刊出，末有孔天胤跋，云："缘其书罕传，故关中称多古图籍，亦独阙之。余携有旧本在巾笥中，会左史百川张公下车宣条，敦修古艺宪之事，余因出其书商之，遂命工锓梓，置省阁中，以存旧而广传，不知好古者视之果如何也？"孔天胤，汾州（今属山西）人，嘉靖十一年（1532）进士。

1553年　癸丑　嘉靖三十二年

《唐书志传通俗演义》八卷九十节，熊大木撰，建阳清江堂刊。题"金陵薛居士的本"，"鳌峰熊钟谷编集"。首李大年序。该序认为此书"全文有欠，历年实迹，未克显明其事实"，"似有紊乱《通鉴纲目》之非"，但并不同意"若然则是书不足以行世"的说法，所举理由为："虽出其一臆之见，于坊间《三国志》、《水浒传》相仿，未必无可取。且词话中诗词檄书颇据文理，使俗人骚客披之自亦得诸欢慕，岂以其全谬而忽之耶？"

《南北两宋志传》二十卷，现存三台馆本，卷首三台馆主人序称："昔大本先生，建邑之博洽士也，偏览群书，涉猎诸史，乃综核宋事，汇为一书，名曰《南北宋两传演义》。事取其真，辞取其明，以便士民观览，其用力亦勤矣。"三台馆主人为余象斗之号，文中"大本"当为"大木"之笔误。熊大木分别于嘉靖三十一年（1552）与三十二年（1553）编撰《大宋中兴通俗演义》与《唐书志传通俗演义》，故此书之出，似当在本年后不久，现暂系于此。

《全汉志传》十二卷。现存万历十六年清白堂刻本,题"鳌峰熊钟谷编次"、"书林文台余世腾梓"。熊钟谷即熊大木。此书现也暂系于此。

《虎苑》二卷,王稚登撰。首作者自序,言吴郡竹坞有虎出没,食人不去,后终被擒,为轰动一时之新闻,"山人竞来谈虎,王子忆古书中及人间所闻虎事,往往酬答之。客好事者命牍笺记,又趣王子梓。王子谓:'虎猛兽,谈者色变,不当梓。'客曰:'奚害?夫六经,圣人之文,皆谈虎,谈虎奚害?'王子乃因类成篇,分为十四。"是书记历代与虎有关之轶闻故事,分"德政"、"孝感"、"贞符"等十四门叙之,各门类末均有赞语。该书虽名《虎苑》,然所叙各故事实以虎为宾,而人为主。竹坞虎被擒为嘉靖三十二年事,故此书当成于本年或稍后。王稚登(1535—1612),字百谷,武进(今属江苏)人,后移居苏州。布衣,然文名甚盛。

叶盛玄孙叶恭焕购常熟徐氏旧板刊印《水东日记》,据家藏本补二卷,共四十卷。首俞允文序,言叶盛"著述之所诣,匪若闳诞破碎以广异闻而已"。次叶恭焕识语,云:"记中凡事关军国及前辈遗文轶事,足为史家徵信,即片言琐语可助谈麈者,亦复采录,宜为海内所珍赏,非他小说家比也。"

杨仪校毕唐人袁郊之《甘泽谣》,并作序,称:"濮阳李尚书家积书甚富,余自少出公门下,尽得观览,独以未得《甘泽谣》为恨。知予心同此好,每进见,必属访之。余奔走南北三十载,交游缙绅之士,殆遍海内,并未有收藏此书者。"直到嘉靖二十七年(1548),方意外得此书,但"原书抄写讹谬,杂取他载录文字校之",至本年方校毕。

1554年 甲寅 嘉靖三十三年

周奭刻杨慎补注之《山海经》,首刘大昌《刻山海经补注序》,序中云:"世之庸目,妄自菲薄,苦古书难读,乃束而不观,以为是《齐谐》、《夷坚》所志,诙诡幻怪,侈然自附于'不语',不知已堕于孤陋矣。"又称:"太史升庵补其遗逸,考古以证今,言近而指远,其事核,其论明,疑辞隐义,旷然发蒙,而文学大夫益知崇信矣。"书末有周奭《山海经补注跋》,称杨慎之作为"吾蜀之盛事,斯文之庆幸"云云。

姚咨跋唐人皇甫枚传奇小说集《三水小牍》,云:"余正德辛巳春,偶于暨阳叶潜夫处得数则,已疑其《说郛》中剿出。今年夏五月,倭夷入寇,顾山周汝学氏避寇侨居吾邑城之南,仓黄邂逅,遽云:'家虽残毁,幸而图籍无恙。'即出一编,即《三水小牍》也。盖为海虞杨正郎家藏。余欣然假归,冒暑录之。"当时前代小说流传情况由此可见一斑。姚咨,字舜咨,又字潜坤,号茶梦主人,又号皇象山人,无锡(今属江苏)人。

1556年　丙辰　嘉靖三十五年

《世说新语补》二十卷,此本即何良俊《语林》,托名王世贞删定,并改题新名。书首序署"嘉靖丙辰季夏琅琊王世贞撰",云:"余少时,得《世说新语》善本吴中,私心已好之。每读辄患其易竟,又怪是书仅自后汉终于晋,以为六朝诸君子,即所持论风旨,宁无一二可称者?最后得《何氏语林》,大抵规摹《世说》,而稍衍之元末。然其事词错出,不雅驯,要以影响而已。至于《世说》之所长,或造微于单辞,或徵巧于只行,或因美以见风,或因刺以通赞,往往使人短咏而跃然,长而未罄,何氏盖未知也。余治燕赵郡国口少闲无事,探囊中所藏,则二书在焉。因稍为删定,合而见其类。盖《世说》之所言,不过十之二,而何氏之所采,则不过十之三耳。"

1558年　戊午　嘉靖三十七年

《鹨林子》五卷,赵钑撰。书所记为历代轶闻琐事与小说故事,亦有评述史事、典故者,以涉及唐宋两代事为多。首作者引,叙其编撰缘由云:"鹨林子退耕山中五年,因避俗驾,日把书坐茂林,见尺鹨往来飞鸣,声如互答,辄辗然大笑曰:'此吾忘形友也。'意有所得,取木叶书之,渐至数筐,儿子辈易以刿藤,复穴败叶树下,留此笥中。昔戴颙持柑听黄鹂,以为俗耳针砭,诗肠鼓吹。此吾与尺鹨论事耳,故曰《鹨林子》云"。赵钑,字子举,一字鼎卿,桐城(今属安徽)人,嘉靖二十三年(1544)进士,官至右佥都御史,巡抚贵州。

徐渭杂剧《四声猿》于本年前完成,其中《玉禅师》完成较早,此剧乃是据宋人话本小说《五戒禅师私红莲记》改编而成。徐渭(1521—1593),字文长,号青藤,山阴(今属浙江)人,曾客总督胡宗宪幕。

1562年　壬戌　嘉靖四十一年

黄训《读书一得》刊出,其卷二有《读如意君传》一文,内云:"如意君,薛敖曹其人也。武氏九年,改元如意,不知果为敖曹否？敖曹曰如意者,盖淫之也,武氏果有敖曹其人乎？可读武氏传,殆绝幸僧怀义者欤？不然,何伟岸淫毒佯狂等语似敖曹也。不曰怀义曰敖曹者,嫪毐之谓欤？鸣呼！传之者淫之也,甚之也已。"又云:"史外谁传如意君矣！言之污口舌,书之污简册,可焚也已然。"黄训,字学古,号鉴塘,歙县(今属安徽)人,嘉靖八年(1529)进士,官至兵部侍郎。

1563年　癸亥　嘉靖四十二年

《保孤记》一卷,撰者不详,卷末云"叙州府同知周宗正叙其事"。书叙夏言遗腹子出生后数遭暗算,但终得保全,长大成人事。故事自嘉靖二十年(1541)夏言六十岁叙起,止于嘉靖四十一年(1562)遗腹子重归夏门,其间曲折,颇似赵氏孤儿然。《明史·夏言传》云:"言始无子。妾有身,妻忌而嫁之,生一子。言死,妻逆之归,貌甚类言。且得官矣,忽病死。"《保孤记》所言,与《明史》所载不甚相符。夏言平反于隆庆初,书或出于此时；又,书中所言遗腹子重归夏门为"壬戌冬八日",故书成之上限不超过本年,现暂系于此。

1565年　乙丑　嘉靖四十四年

《蓬窗日录》八卷,陈全之撰。是书分"寰宇"、"世务"、"事纪"、"诗谈"四门,门各二卷,"诗谈"一门内含不少与诗有关的轶闻故事。书首朱绘序,书末有作者之"后语",称"晨途夕舟,风江雨湖,历睹时事,遍窥陈迹,凡得见闻,雅喜抄录,或搜之遗编断简,或采之往行前言",而成此书。又自称此书"略比稗史","此糟粕耳,于身心果何益"云。陈全之,字粹仲,闽县(今属福建)人,嘉靖二十二年(1543)进士。

1566年　丙寅　嘉靖四十五年

《见闻纪训》上下二卷,陈良谟撰。是书以人为主纪事,均得之见闻,多为正德、嘉靖年间事,时有怪异类描述。书首作者之引,云:"夫经传子史之所纪载尚矣,其大要无非垂鉴万世,俾人为善去恶而已。然其辞文,其旨深,其事博以远,自文人学士外鲜习焉。如《论》、《孟》、小学之书,里巷小生虽尝授读,率皆口耳占毕,卒无以警动其心,而俚俗常谈一入于耳,辄终身不忘。何则？无徵弗信，近事易感，人之恒情也。"又云："顷于山居多暇，因追忆平生耳目之所睹，记略有关于世教者。……近而有徵，庶几有所警动其心，而于为善去恶，也未必无小补云。"据题署，知作者时年八十五岁。陈良谟，字忠夫，号栋塘。安吉（今属浙江）人，正德十二年（1517）进士，官至贵州布政司参政，年四十即乞休。

谈恺刊《太平广记》五百卷，并作序称：宋人编《太平御览》与《太平广记》，"言者以《广记》非后学所急，收板藏太清楼，于是《御览》盛传而《广记》之传鲜矣。"又云："余归田多暇，稗官野史，手抄目览，匪曰小道可观，盖欲贤于博弈云尔。近得《太平广记》观之，传写已久，亥豕鲁鱼，甚至不能以句。因与二三知己秦次山、强绮朕、唐石东互相仇校，寒暑再更，字义稍定。尚有阙文阙卷，以俟海内藏书之家慨然嘉惠，补成全书，庶几博物洽闻之士，得少裨益焉。"谈恺，字守教，无锡（今属江苏）人，嘉靖五年（1526）进士，累官兵部右侍郎。

太仓曹氏刻刘义庆所撰《世说新语》八卷。

嘉靖间（1522—1566）与小说有关但无法确定年份之事，均排列于下：

《矶园稗史》三卷，孙继芳撰。书中所叙，多为正德、嘉靖间遗闻掌故，某些篇章之描摹，一如传奇小说。孙继芳，字世其，华容（今属湖北）人，正德六年（1511）进士，累官至云南提学副使。

《碧里杂存》一卷，董谷撰。是书所叙为明初君臣之逸闻传说。董谷，字硕甫，海盐（今属浙江）人，正德举人，官至汉阳太守。罢官后，自号碧里山樵、汉阳归叟。

《贤识录》一卷，陆釴撰。书叙国初轶闻杂事，间及典章制度。书首作者"题记"云："洪惟我国朝，太祖开基，胡天无终运，乾坤再整，日月重明，而其应天顺人，创业垂统，立纲陈纪，尽制尽伦。巍乎成功，焕乎文章，一时臣工，仰名言之，莫尽幸亲见之。有知贤者识其大者，不贤者识其小者，莫不有作。类而述之，涵泳之余，庶得以知识乎盛美云。"陆釴，字举之，号少石子，鄞县（今属浙江）人，正德十六年（1521）进士，官至山东按察副使。此书似作者任翰林编修、修撰时所作，当出于嘉靖初年。

《新知录》二十四卷，刘仕义撰。是书所叙多为作者闻见之琐事杂闻，其中"妖孽"、"冥司"、"轮回"诸条则可视为志怪小说。卷十九"处世当知"条论及《水浒传》，云："有言《水浒传》可长见识者，曾借观之。其中皆倾险变诈之术，兵家用诡之道也。"顾起元《客座赘语》卷三"新知录"条云："广文刘时卿，名仕义，官桐城，著《新知录》二十四卷，上下古今，掎摭臧否，具有依据"，并介绍其中"躁心濯旧"、"察政"二条。

《北窗琐语》一卷，余永麟撰。书叙明各朝轶闻，间言及宋、元时事。关于日本贡使宋素卿即原为鄞县朱吴之描述，与《明史·日本传》有异，作者亦为鄞县人，所述或据耳闻。书又详细记述嘉靖初陶时仿韩愈《毛颖传》所著之《铜壶翁传》，此作品未见各家有著录。余永麟，鄞县（今属浙江）人，嘉靖七年（1528）举人，曾官苏州通判。

《云林遗事》一卷，顾元庆撰。是书叙元末画家倪瓒之轶闻故事，分"高逸"、"诗画"、"洁癖"、"游寓"、"饮食"五目。此书当出于嘉靖间。

《贫士传》二卷，黄姬水撰。是书叙历代自甘清贫、高风亮节轶事，以人名为篇目，篇后各有赞语。黄姬水，吴郡（今属江苏）人。

《剪灯奇录》，丘燧撰。高儒《百川书志》小说类著录云："凡二十类，前三卷凡九十四事，续三卷一百三事。俱载鬼神奇怪之事。"丘燧生平不详，该书为高儒著录，其出至迟当在嘉靖朝，故暂系于此。

《六十家小说》，洪楩编刻。是书为现存最早的话本小说总集，分《雨窗集》、《长灯集》、《随航集》、《欹枕集》、《解闲集》、《醒梦集》六集，每集收小说十种，共六十种，故田汝成等称之为《六十家小说》。现此书存二十七种，被名为《清平山堂话本》。清平山堂，洪楩刻书之堂名也。以洪楩所刻其他书观之，《六十家小说》似刻于嘉靖二十至三十年间。洪楩，字子美，荫詹事府主簿。据沈德符《万历野获编》载，胡宗宪总督江浙海防至杭州时，洪楩曾以女妾之。

《张子房归山诗选》，话本小说，叙汉代张良辞官修道事，内容同《清平山堂话本》中之《张子房慕道记》，但多最后张良功成升仙一段情节。或疑此为《张子房慕道记》的改写本，故系于此。

《花神三妙传》一卷，作者佚名。是书叙白景云与赵锦娘、李琼姐、陈奇姐三表姐妹艳情事。全篇二万余字，为文言中篇小说。全篇分为十三节，每节均有单句标题，形式接近宋元话本，异于明代其他文言中篇小说。本书开篇即云"至正辛酉"，文中又重复提及，但元至正朝并未逢辛酉年，此"辛酉"或与作者创作年代相近，可视为探索成书时间之线索。万历十

665

五年(1587)所刊之《国色天香》已收录此书,书出当在此之前,疑出于嘉靖间,现暂系于此。

《相思记》,短篇文言小说,作者佚名。本篇叙冯琛与刘云琼爱情姻缘故事,篇中刘云琼恐冯琛得官后变心为大段重要内容,描摹甚细腻。作品篇末诗之末句云:"《关雎》风化今重见,特为殷勤著简编",据此可见作者对有猥亵内容作品的不满,其出似当在《花神三妙传》、《天缘奇遇》等作之后。是篇言洪武七年(1374)冯琛死后封王,此为当时决不可能之事,故作者年代距明初恐较久远。篇中平倭一段插入生硬,似为作者年代之透露,即倭乱严重之嘉靖朝。又,《清平山堂话本》已收录本篇,故嘉靖朝亦为本篇问世之下限。

《春梦琐言》一卷,撰者不详。是书叙韩仲琏遇二树精李姐、棠姐事,作者驾驭文辞技巧甚高,但又着力于描摹交合之态。书首沃焦山人序,内云:"或曰:是记嘉靖朝南宁侯之弟,私丁陵园事,内监胡永禧者所作也。"故疑此书出于嘉靖间,现系于此。

《寻芳雅集》一卷,作者佚名。是书叙吴廷璋追逐王士龙二女一妾故事,吴廷璋号寻芳主人,故名。全篇约二万余字,为中篇文言小说。篇中有云:"昔相如窃文君以亡,辜生挟瑜娘而去,古人于事之难处者,有迹而已。"辜生与瑜娘为弘治十六年(1503)所刊之《钟情丽集》中主人公,称之为"古人",可知本篇之创作与该书之出已相距久远,而本篇又被万历十五年(1587)所刊之《国色天香》收录,故其出当在嘉靖后期至万历初,现暂系于此。

《双卿笔记》一卷,作者佚名,全篇一万余字,为文言中篇小说。是书叙华国文娶张正卿后,又娶正卿之妹顺卿之故事,其篇末云:"时无以知其事者,惟兰备得其详。逮后事人,以语其夫,始扬于外。予得与闻,以笔记之,不揣愚陋,以传其美,名之曰《双卿笔记》云。"明代中篇文言小说中,所嵌诗文占篇幅比例呈逐渐下降趋势,本书与他篇相较,含诗文数甚少,其出应较后,而万历十五年(1587)所刊之《国色天香》已收录此篇,故成书当在嘉靖至万历初,现暂系于此。

《刘生觅莲记》二卷,作者佚名。是书叙刘一春与孙碧莲、苗灵秀爱情故事,全篇约三万字,为中篇文言小说。本书已提及《钟情丽集》、《天缘奇遇》等作品,又被载录于万历十五年(1587)刊行的《国色天香》,故成书当在嘉靖至万历初,现暂系于此。

《剑侠传》四卷,原不详纂辑人,后余嘉锡《四库提要辨正》云:王世贞《弇州山人四部稿》中有《剑侠传小序》,可知书为王世贞所辑。序中有"时一展之,以摅愉其郁"等语,此当指王世贞因其父王忬为权奸严嵩所害,故思有剑侠一流人物出而快天下之志;然而序中又有"然欲快天下之志,司败不能清,而请之一夫,亦可以观世矣"等语,颇显对奸权当道之感喟。《小序》中又云:"若乃好事者流,务神其说,谓得此术不试,可立致冲举,此非余所敢信也。"书中所收多为唐宋时有关剑侠之名篇。王忬遇害为嘉靖三十九年(1560)事,故书成似在嘉靖末年。王世贞(1526—1590),字元美,号凤洲,又号弇州山人,太仓(今属江苏)人,嘉靖二十六年(1547)进士,历官太仆寺卿、南京大理寺卿、南京刑部尚书等职。

《艳异编》三十五卷,题王世贞撰,首息庵居士序。是书杂采古今说部,分类编次,录自《太平广记》者甚多,对宋人洪迈《夷坚志》、明人瞿佑《剪灯新话》等,亦往往有所采辑。或云息庵居士即王世贞,但早已有人疑此书非王世贞所辑;也有人据《梅花草堂笔谈》中"予所居息庵"一语,疑息庵居士为张大复,但亦无确证。

《应谐录》一卷,刘元卿撰。是书所叙皆诙谐笑话故事,有撷自前人著作者,也有据本朝传闻所编撰,内容似有寓指,含劝惩之意,其中"多忧"条又可见当时说书人之影响。刘元卿,字调父,安福(今属江西)人,隆庆四年(1570)举人,会试对策,极陈时弊,主者不敢录,后以累荐召为国子博士,擢礼部主事,寻引疾归。

《列国志传》八卷,余邵鱼撰。原本未见,余象斗万历三十四年(1606)翻刻本题"后学畏斋余邵鱼编集",且首余邵鱼引。该引对小说地位作了肯定:"董丘以下,作者叠出,是故三国有志,水浒有传,原非假设一种孟浪议论以惑世诬民也。设骚人墨客,沉郁草莽。故对酒长歌,逸兴每飞云汉;而扣瓬谈古,壮心动涉江湖。是以往往有所托而作焉。凡以写其胸中蕴蓄之奇,庶几不至湮没焉耳。"自称此书之作,"编年取法麟经,记事一据实录。凡英君良将,七雄五霸,平生履历,莫不谨按《五经》并《左传》、《十七史纲目》、《通鉴》、《战国策》、《吴越春秋》等书,而逐类分纪。且又惧齐民不能悉达经传微辞奥旨,复又改为演义,以便人观览。"引末所言极自负:"继群史之遐纵者,舍兹传其谁归。"余邵鱼生平不详,余象斗翻刻时识语中称其为"先族叔翁",当为嘉、隆时人。又,余邵鱼之同乡人熊大木于嘉靖三十年(1551)后接连撰写《大宋演义中兴英烈传》等四部长篇小说,而余引称"自《三国》、《水浒传》外,奇书不复多见",引中言《列国志传》"善则知劝,恶则知戒,其视徒凿为空言以炫人听闻者,信天渊相隔矣"等语,似也针对熊大木书"有紊乱《通鉴纲目》之非"而言,故此书之出,应在嘉靖后期。

据晁瑮《晁氏宝文堂书目》,知《三遂平妖传》已有两种版本在流传,一为分上下卷的两卷木,一为不分卷的南京刻本,但今均未见。

何镗搜集古今逸史、稗官野乘上百种,以作经书正史之羽翼,然未能刊出。何镗,字振卿,处州(今属浙江)人,嘉靖二十六年(1547)进士,官至江西提学佥事。

《广四十家小说》四十卷,袁褧编,亦有题顾元庆辑者,现存顾氏夷白斋刊本。是书收作品四十种,其中有《神异经》、《绿珠内传》、《杜阳杂编》等小说。

都察院刊《三国演义》、《水浒传》,见周弘祖《古今书刻》著录,余不详。

武定侯郭勋家刻《三国演义》、《水浒传》,晁瑮《宝文堂书目》著录,也见于明人笔记记载。其刻本之出,当在郭勋败亡之嘉靖二十年(1541)前。

吴郡黄省曾刻《山海经》十八卷。

毛氏金亭刻刘义庆所撰《世说新语》八卷。

王世贞刻唐刘肃所撰《大唐新语》十三卷。

王济作传奇《连环记》,此剧乃依据《三国演义》中王允、貂蝉与吕布等故事改编而成。王济,字伯雨,号雨舟,桐乡(今属浙江)人,曾任广西横州通判。

1567年 丁卯 明穆宗隆庆元年

嘉靖四十五年(1566)十二月,明世宗死,其子朱载垕即位,是为明穆宗,本年改元隆庆。

《宝文堂书目》三卷,晁瑮编。是书为嘉靖元年(1522)至隆庆元年晁瑮及其子晁东吴的藏书目录,其中"子杂"、"乐府"二门类载录了大量小说戏曲目录,其他门类中于此亦间有载录。书名下多注明版刻,《三国演义》与《水浒传》即注明为"武定版",武定侯郭勋所刊也。晁瑮,字君石,号春陵,开州(今属河北)人,嘉靖二十年(1541)进士,官至国子监司业。

1569年　己巳　隆庆三年

《四友斋丛说》三十八卷,何良俊撰。书首作者本年自序,后有朱大韶序,称此书"可称大雅一家之言,非琐录稗说者类也"。书中多处论及小说,其史、杂记、子等部中,亦有众多传闻轶事之记载。书卷之十五云:"余最喜寻前辈旧事,盖其立身大节,炳如日星,人人能言之,独细小者人之所忽,故或至于遗忘耳。……尝观先儒,如司马文正公《涑水纪闻》、范蜀公《东斋日记》、《邵氏闻见录》、朱弁《曲洧旧闻》,与诸家小说,其所记亦皆一时细事也。故余于前辈之食息言动虽极委琐者,凡遇其子弟亲旧,必细审而详扣之,必欲得其情实。"故书载传闻轶事,乃作者有意为之,且较可靠。万历七年(1579),何良俊从侄张仲颐又重刻此书,并作序。

《钱塘渔隐济颠禅师语录》一卷,题"仁和沈孟柈述"。书中称师为天台李氏子,时人称为"湖隐",故有人疑"渔隐"为"湖隐"之误。书卷末有长方木记云:"隆庆己巳四香高斋平石监刻"。

屡谦子翻刻王世贞所辑《剑侠传》四卷,并作跋,称此书"舒懑决愤而呈心于负义者,亦孝子所不废也"。

1570年　庚午　隆庆四年

高濂作传奇《玉簪记》,此剧乃据话本小说《张于湖误宿女真观》改编而成,然前亦有以此为名的无名氏杂剧。高濂,字深甫,号瑞南,钱塘(今浙江杭州)人。

1571年　辛未　隆庆五年

叶氏菉竹堂刊唐冯贽所撰《云仙散录》一卷。

1572年　壬申　隆庆六年

《留青日札》三十九卷,田艺蘅撰。其"叙目"云:"因思古人汗简,皆炙青而后书,余独不忍,以为频摹绿润,胜弄绀珠,得镌琅玕,何减琬琰,故遂命之曰《留青日札》焉。"书中间有小说史料记载。书前有隆庆六年作者自画像及"自赞",该年庞嵩等人书信中亦有"如《留青日札》,则学问该博,考据精详,叙事有条,笔力高古,不徒可广见闻,抑亦有关世教,不可少也"诸语,故知此书刊于隆庆六年或稍前。田艺蘅(？—约1574),田汝成之子,字子艺,号品嵒子,钱塘(今浙江杭州)人,以贡举教授徽州,旋即罢归,放浪西湖,优游山林。

叶氏箓竹堂刊宋陶谷所撰《清异录》三卷。

隆庆间(1567—1572)与小说有关但无法确定年份之事,均排列于下:

《祐山杂说》一卷,冯汝弼撰。此为自己生平琐事之书,故所载多为嘉靖朝事,其中"谪仙诗谶"、"迟速有命"、"火中人"诸条则为耳闻目睹之怪异故事。"明目方"条中有"余七旬外,每患目眩"之句,可知书为晚年之作,似当出于隆庆间。冯汝弼(1499—1577),字惟良,号祐山,平湖(今属浙江)人,嘉靖十一年(1532)进士,曾官工科给事中,后以言事谪潜山县丞,迁知太仓州,调扬州府同知,不赴,卒于家。

《权子杂俎》一卷,耿定向撰。是书所叙多为寓言故事,时含针砭时弊之意,同时诙谐色彩亦较浓厚。耿定向(1524—1596),字在伦,黄安(今属湖北)人,嘉靖三十五年(1556)进士,累官至南京右都御史,后授户部尚书督仓场,力辞而罢。隆庆间,高拱执政,耿定向讥其偏浅无大臣度,因而遭排挤贬谪。疑是书为此时有感而作,故暂系于此。

《百家异苑》卷数不详,胡应麟辑。胡应麟《少室山房笔丛》卷三十六"二酉缀遗"中称:"幼尝戏辑诸小说,为《百家异苑》",并录其序云:"自汉人驾名东方朔作《神异经》,而魏文《列异传》继之,六朝唐宋,凡小说以'异'名者甚众。……余屏居丘壑,却扫杜门,无鼎臣野处之宾,以遣余日,辄命颖生,以类钞合,各完本书,不惟前哲流风,藉以不泯,而遗编故佚,亦因概见大都,遂统命之曰《百家异苑》。作劳经史之暇,辄一披阅,当抵掌扣虱之欢。昔苏子瞻好语怪,客不能则使妄言之。庄周曰:'余故以妄言之,而汝姑妄听之。'知庄氏之旨,则知苏氏之旨矣。"胡氏称"幼尝戏辑诸小说",故此书之辑当在弱冠前后,现系于此。胡应麟(1551—1602),字元瑞,更字明瑞,号石羊生,又号少室山人,兰溪(今属浙江)人,万历四年(1576)举人。

《九朝野记》四卷,一名《野记》,因书叙明初至嘉靖共九朝事迹,故以为名。此书历来著录为祝允明撰,然细观书中所载,此说实误。祝允明卒于嘉靖五年(1526)，书中却已叙及嘉靖十七年(1538)事，非祝允明所撰甚明。其书所载时有与史实相左者，如王守仁平广西瑶、壮等族民乱为嘉靖七年(1528)事，该书却误记为嘉靖五年。《四库全书总目》论及祝允明《志怪录》时云："观所著《野记》诸书，记人事尚多不实，则说鬼者可知矣"，祝氏因《野记》而顶记事不实之名，冤哉。书中时载史外之琐屑传闻，后人拟话本多有从中取材者；言及李昌祺因著《剪灯余话》，死后不得入乡贤祠时则称："此公大节高明，安得以笔墨疵戏累之"，见解亦异于时论。是书部分内容与祝允明《前闻记》所载相重，故疑为后人据《前闻记》等书编辑而成，书又名《九朝野记》，其出当在隆庆间，故系于此。

《古今书刻》上下卷，周弘祖编。是书为明代各公私机构刊刻书籍及各地保存石刻的目录，其中对《三国演义》和《水浒传》都察院刊本的著录，是关于这两部小说早期流传情况的重要记载。是书似当出于隆、万间，现暂系于此。周弘祖，麻城(今属湖北)人，嘉靖三十八年(1559)进士，历官福建提学副使，南京光禄卿。

活字印本《太平广记》五百卷印成行世。

1573年　癸酉　明神宗万历元年

隆庆六年(1572)五月，明穆宗死，六月，太子朱翊钧即位，是为明神宗。本年改元为万历。

1576年　丙子　万历四年

《古今奇闻类记》十卷，施显卿撰。书分天文、地理、五行、神佑、前知等十六门，均取材明人笔记及方志杂传，每条下均注明出处。书中所叙虽人神兼有，而以怪异之事居多。据书前自序，知书成于本年。施显卿，字纯甫，无锡(今属江苏)人，嘉靖三十一年(1552)举人，曾官新昌知县。

1578年　戊寅　万历六年

《贤博编》不分卷，叶权撰。书首程涓序，称叶权"于文苑奋自雄，以记则尚实，以引志则尚达。体有所裁，必不斥意以束法；情有所纵，必不抑过以避格"。又称是书云："兹编则事核而情近，直致纤悉不可穷，而其指固谆谆然取则而炯戒者不爽也。"叶权书前"题记"则称："以其暇追忆江湖琐事,辄草一篇,本无意见,聊舒闷怀耳。窃又怪农谈野记,率多荒诞不经,自非实见真闻,不为古今增妄。孔子曰:'不有博弈者乎?为之,犹贤乎己。'夫博弈既贤于无所用心,是虽无关世道,彼善于此,其有之乎?因名曰《贤博编》。"叶权(1522—1578),字中甫,休宁(今属安徽)人,诸生。程涓序称叶权书成后即去世,故系于此。

1579年 己卯 万历七年

《谐史》四卷,徐常吉撰,石泉堂本作六卷。首撰者自序,言将木石、禽兽以至服食器用等"饰之以言动举止,灵觉应变,又举所谓须眉面目、衣冠革带者而与之相酬酢",各敷衍成完整的传论文字,共七十二篇。其序又自辩云:"天地之间,神奇为臭腐,臭腐复为神奇,何所不化,何所不育。……今吾安知须眉直回者之不幻而为物乎?吾安知块然蠢然者之不幻而为人乎?吾又安知真者之非幻、而幻者之非真乎?是其怪也不足怪,而即其谑也为善谑矣,于是刻所谓《谐史》者而书之。"徐常吉,字士彰,武进(今属江苏)人,万历十一年(1583)进士,官至浙江按察司佥事。

汤显祖至迟于本年北上赴试前作传奇《紫箫记》(未成稿),此剧乃是据唐人蒋防之小说《霍小玉传》改编而成。汤显祖(1550—1616),字义仍,号若士,又号海若,临川(今属江西)人,万历十一年(1583)进士,历官礼部主事、遂昌知县。

1580年 庚辰 万历八年

王世懋刊南朝宋刘义庆所著之《世说新语》,并作序称:"余幼血酷嗜此书,中年弥甚,恒著巾箱,铅椠数易,韦编欲绝"。又云:"初虽秘之帐中,既欲公之炙嗜,而参知乔公见之,亟相赏誉,即授梓人。爰缀末章,叙所繇梓。"王世懋(1536—1588),字敬美,王世贞之弟,嘉靖三十八年(1559)进士,历官陕西、福建提学副使、南京太常寺少卿。

1581年 辛巳 万历九年

《万选清谈》四卷,题"金陵周近泉绣梓",或云周近泉即为编辑者。是书卷一卷二凡载"人品灵异"三十一条,卷三卷四"物汇精凝"三十六条,所选均是唐以来传奇,文字有删节,有评释,每故事插图一帧。书首泰华山人序,云:"夫'谈',谭也,言也。《六经》之言尚矣,道明矣。汉《天人》、《治安》、《王命》、《出师》,晋、魏、唐、宋若《洛神》、《高唐》。不可殚记,未闻重清谈。选谈曰'清',去道相燕、越,倘亦晋司徒乎?窃疑焉。而详其简策,见人品、物品。有谈物生幻杳、有谈长处余律,有谈阴阳变化、屈伸往来,幽明隐显、损益劝惩,言言缕缕,井井条条。未必非觉民之铎响,未必非载道之乘卫;道在是,《六经》在是,汉、魏、唐、宋在是,万选万中,讵三窟者之足云。嗟嗟!丝毫挈石,驽骀道远,清谈累圣化哉?启笥而毫芒傍紫薇之舍。"书卷二"昙阳仙师"条记万历八年(1580)九月昙阳化去事,本年当为是书编刊之上限,故暂系于此。

1582年　壬午　万历十年

吴承恩卒。赵景深《吴承恩年谱》云:"陈文烛万历庚寅《吴射阳先生存稿叙》:'吴汝忠卒几十年矣。'按,庚寅为万历十八年(1590);由此上推九年,为万历十年,与'卒几十年'相合,故知吴承恩卒年为一五八二。"吴承恩,字汝忠,号射阳山人,祖籍涟水,后徙山阳。肄业于南京之南监,曾任浙江长兴县丞。天启《淮安府志》言其曾著有《西游记》,据此,学术界一般认为吴承恩为《西游记》作者。但《淮安府志》未言及吴著《西游记》为何种性质之书,故也有学者对上说表示怀疑。

《汾上续谈》一卷,朱孟震撰。书首作者《汾上续谈引》,称此书作于本年汾上任职时,为《河上楮谈》之续编。引言称其书除"存故实,阐幽微,补逸漏,纠讹谬,托讽喻,考文辞"外,余为"隐僻怪异,可资抵掌者"。其叙事平淡,但情节别致,如"襐亭虎"条言生崔奇古夜宿土地祠,见虎脱皮化为美女,遂掷虎皮井中。虎不得复形,与崔结为夫妇。后崔泄掷虎皮事,妇取皮复形。后崔携子女寻至虎口,虎见子女又重化为人形。朱震孟,字秉器,新淦(今属江西)人,隆庆二年(1568)进士,官至右副都御史,巡抚山西。

《河上楮谈》一卷,朱孟震撰。该书追述旧闻轶事,虽含评论诗文、考证典籍等内容,但以描述神怪故事为多。《河上楮谈》成书于《汾上续谈》之前,现暂系于此。

陈耀文《花草粹编》收入小说中诗词多首,如卷三据《清湖三塔记》收入《缕缕金》"几回见你帘儿下"二阕,《卜算子》"幽花带露红"一阕,卷十据

《水浒传》收入金主亮《百字令·雪》一阕等。是书有本年序,故系于此。陈耀文,字晦伯,确山(今属河南)人。嘉靖二十九年(1550)进士,累官陕西行太仆卿。

1584年　甲申　万历十二年

《李生六一天缘》,撰者不详。是篇约长三万四千字,现存于通俗类书《绣谷春容》。书中主人公李春华系盐商之子,父死后遵小孤神"当先富后贵,利早而名迟"指示,先经商获大利,后又步入仕途,其间先后与叶鸣蝉、许芹娘、金月英等多名少女发生恋情,最后居高官,并与夫人六人一同白日飞升,故书名为《李生六一天缘》。该书提及皇上、太后,又言"时当朝首相,专权蠹国,嫉贤妒能,势倾内外"。"首相"即指首辅,此处显是指万历帝年幼、张居正秉政之时。作品叙至"奸党事败"(不言奸相事败,盖张居正是死后夺爵),李春华复职,故书出当在本年张居正家被籍没之后,现暂系于此。

《浣水续谈》一卷,朱孟震撰。本书亦为《河上楮谈》之续编,但议论文史文字较多。书首作者小引,称书作于万历十年(1582)至本年在蜀任官期间,故现系于此。

1585　乙酉　万历十三年

《觚不觚录》一卷,王世贞撰。是书所记多为明代杂事逸闻,书名取自孔子"觚不觚,觚哉觚哉"之语。书首作者题记,云:"余自舞象而小识人事,逾冠登朝,数蹶数起,以至归田,今垂六十矣。高岸为谷,江河下趣,觚之不为觚,几莫可辨识。闲居无事,偶忆其事而书之。大而朝典,细而乡俗,以至一器一物之微,无不可慨叹。若其今是昔非,不觚而觚者,目固不能二三也。既而目之曰《觚不觚录》。"据题记中"今垂六十矣"之语,系于此。

《世说新语补》四卷,此即何良俊《语林》之删节本,题王世贞删定,似为伪托。张文柱刻。有署"乙酉初春世懋再识"之题记,称:"家兄元美曾并《何氏语林》,删其无当,合为一编,久乃散落。友人张仲立,得而嗜之,次第备注,而更为订何氏之乖迕,与益其注之未备。铅椠经年,杀青满室。会余将之闽中,手以相示,且请序作者之意。"此题记恐为伪托。

1586年　丙戌　万历十四年

《世说新语补》二十卷,此即何良俊《语林》,托名王世贞删定之,并改题新名。首陈文烛序,云:"国朝何元朗博洽嗜古,上溯汉晋,下逮胜国,广为《语林》。王元美删其冗杂,存其雅驯者,为《世说新语补》。敬美自幼酷好是书,钻厉有日,于字句勾棘难通者疏明之,于旧注为俗子搀入者标出之,自谓洗卯金氏之冤。"序又称:是书"曾刻于豫章,续有正者,复刻吴郡,张仲立校之,已为善本。……再刻闽中,王汝存校之,问序于不佞",即此为福建刻本,并可知嘉靖二十九年(1550)何良俊《语林》成书后,三十余年间已数次被易名翻刻。

《古今逸史》丛书,吴琯编辑。书首自叙及"凡例",其"凡例"云:"是编以《古今逸史》称名,必备举古今之逸,始为全业,而诸书方在构集,一时未得竣事,故先刻数种,聊急副海内之望云。"是书有二十六种本、四十种本、四十二种本,最后定为五十五种本,名《增订古今逸史》,二百二十三卷。书依循《史记》体例编排,分"逸志"、"逸记"两大类。"逸志"又细分为"合志"、"分志"二门,收《拾遗记》、《山海经》等二十七种一百二十七卷;"逸记"分"纪"、"世家"、"列传"三门,收《穆天子传》、《剑侠传》等二十八种九十六卷。"凡例"言及编纂宗旨时云:"其人则一时巨公,其文则千载鸿笔,入正史则可补其缺,出正史则可拾其遗",即意在补正史记事有缺之憾。"凡例"又称:"六朝之上,不厌其多,六朝之下,更严其选,盖不专论纪事,实重资摛辞也。"故此书所收均为汉至宋时人著作,尤以汉魏时为多。吴琯,字孟白,漳浦(今属福建)人,隆庆五年(1571)进士,曾官婺源县令。吴琯于万历十三年(1585)前校刻《诗纪》,万历十四年刻《唐诗纪》与《水经注》,然后辑刻本丛书,故辑刻上限为本年,现暂系于此。

1587年　丁亥　万历十五年

《焦氏类林》八卷,焦竑撰。该书形式仿《世说新语》,共分五十九类,采录各书片段编纂而成。书首李登序,称:"焦弱侯于书无所不读,而钩玄提要,动侔古人。每披书当赏会与夫自有所见,欲以阐幽正词者,辄手裂赫蹄,细书而贮之,纷纷总总,如禁脔在厨,碎锦在笥,未有秩叙。最后除自言者别为《笔乘》,其第辑录备览观者,特付愚诠次,命愚弟子录之,乃取

《世说》标目,稍稍衷益其间,成帙时以余同版一印,行之未广也。兹王孟起氏,博雅嗜古,爰寿诸梓,以广其传,复微引其端。"又云:"《世说》一书,超超玄致,吾士林雅尚旧矣。是编搜百代之菁华,掇群书之芳润,乃详于伦纪而略于玼颣,该及品汇而结局于仙释,其于名理心宗,往往而在,指示历然,此其于《世说》,又不知为孰多。"又有姚汝绍与王元贞序,所言与李登相类。

李贽批点《世说新语补》(即何良俊之《语林》),并作序云:"晋人乐旷多奇情,故其言语文章,别是一色,《世说》可睹已。《说》为晋作,及于汉、魏者其余耳。虽典雅不如《左氏国语》,驰骛不如诸《国策》,而清微简远,居然玄胜;概举如卫虎度江,安石教儿,机锋似沉,滑稽又冷,类入人梦思。有味有情,咽之愈多,嚼之不见。"又云:"丙戌长夏,病思无聊,因手校家本,精划其长注,间疏其滞义,明年以授梓,乃五月既望,梓成。"李贽(1527—1602),字宏甫,又字思斋,号卓吾,又号温陵居士,晋江(今属福建)人。嘉靖三十一年(1552)举人,曾任姚安知府,后因反对宋儒道学,逮死狱中。书又有焦竑序,云:"宋刘义庆作《世说新语》,而孝标、辰翁二刘先生为之批注。迨我明何良俊增补,有删释,而卓吾李翁又从而批点之,夫批注删什,特解之云耳。至于批点,则直探心髓而推极究竟,笔则笔,削则削,简远幽邃,又在《世语》之上,亦深远矣。李翁具默成不言之识,有海外之见一言一字之间,特尔移神人所不到,亦以今世文明尽泄,理学大彰,士多脱落之思,人皆域外之识,亦世使之然也。是以论其世也。"

《冥寥子游》二卷,题"四明纬真屠隆著","云间士抑何三畏评"。是书以仙人冥寥子为主人公,叙其云游诸故事。首作者自序,言是书得自四明山某道人,"道人其冥寥子乎?"又云:"余观是编,浑形骸,忘物我,齐得丧,一死生。须弥非大,芥子非小,轩冕非华,鹑结非渺,彭篯非寿,殇子非夭。泯色空以合其迹,忽于有而得于玄,释二名之同出,消一无于三幡。抱其一,处其和,游神于庭,同于大顺。"是书主旨由此可观,冥寥子者,即作者托名自谓也。序中有"岁疆圉大渊献"之语,故知书出于本年。屠隆(1542—1605),字长卿,一字纬真,号赤水,鄞县(今属浙江)人,万历五年(1577)进士,先后任颍上、清浦知县,官至礼部郎中,后被人指责为"淫纵"而罢职。

《二酉委谭》一卷,王世懋撰。书中有"迩来怪事不可胜书"等语,故时可见怪异故事之记载。是书为作者平时笔记积累而成,已叙至万历十五年(1587)事,而王世懋于该年去世,故疑此书为后人编辑刊出,现系于此。

《国色天香》十卷,题"抚金养纯子吴敬所编辑","书林万卷楼周对峰绣锲"。是书分上下两层,下层收《龙会兰池录》、《刘生觅莲记》、《寻芳雅集》、《双卿笔记》、《花神三妙传》、《天缘奇遇》与《钟情丽集》等七种中篇文言小说,上层收文言小说多种,并兼收诗话、琐记、笑林、书翰之类,多抄撮旧文,其间删略亦多。观是书所收作品之体裁与内容,易知编者意在雅俗共赏。书首九紫山人谢友可本年序。据序,知原先已有类似作品集,然"养纯吴子恶其杂且乱,乃大搜词苑",辑成是书,"名曰《国色天香》,盖珍之也。"谢友可称吴敬所编选时标准甚严,"忽群玑尺箭之不顾"仅采录"明月"、"豫章"。序论及原先之作品集时云:"毋论江湖散逸需之笑谭,即缙绅家辄藉为悦目耳。具厥氏揭其本,悬之五都之市,日不给应",此种通俗类书畅销之情形由此可见。

《鸳渚志余雪窗谈异》,书分上下二帙,共三十篇(有两篇存目无文),题"钓鸳湖客评述"、"卧云幽士批句"、"奇奇狂叟赏阅"。"鸳渚"、"雪窗"均为嘉兴名胜,书中故事所述基本上未超出嘉兴府一带,故书名如此。书中《天王冥会录》、《鹭柑老人录》、《海变录》等篇已叙及万历三、四年间事,书出当在此之后。书中有十余篇作品后被《国色天香》、《万锦情林》、《燕居笔记》等书收录,《国色天香》刊于万历十五年,故本年为成书下限,现暂系于此。

汤显祖之传奇《紫钗记》作于本年前后。是剧为《紫箫记》之改作,所据乃唐人蒋防之小说《霍小玉传》。

1588年　戊子　万历十六年

《绣谷春容》十二卷,题"羊洛敕里起北赤心子汇辑","建业大中世德堂主人校锲"。是书分上下两层,上层收《寻芳雅集》、《龙会兰池录》等文言小说,多为中篇,篇目多同于《国色天香》等书,但卷七、八之《李生六一天缘》却为其他通俗类书所未收。下层收有短篇小说近二百篇,且收有嘉言、寓言、微言、奇联等。书首鲁连居士序,称此书"装点最工,写照最巧,模拟最肖,绝不以女子柔肠弱态,遂认为没骨气辈也"。刊是书之世德堂曾于万历二十年(1592)、二十一年(1593)接连刊出《西游记》、《唐书志传通俗演义》与《宋传·宋传续集》等小说,是书之刊出,或亦在此时前后。

677

又,该书卷十二选有申时行《恭谢天恩表》,其内有"一品六年考满"之语。申时行于万历十年(1582)晋太子太保,从一品,六年考满当在本年,故本年为此集成书之上限,现暂系于此。

《女丈夫》,鲁连居士撰。此书未见刊本,也未见著录。鲁连居士《绣谷春容序》称:"予有《女丈夫》小说,将欲行世。"故知有此作品。

《张凤翼序刻武定版忠义水浒传》一百回。此本今未见,序载《处世堂集续集》卷六十四。其序云:"即其事未必悉如传所言,而令读者快心,要非徒《虞初》谬悠之论矣。乃知庄生寓言于盗跖,李涉寄咏于被盗,非偶然也。"又言:"兹传也,将谓诲盗耶?将谓弭盗耶?斯人也,果为寇者耶?御寇者耶?彼名非盗而实则盗者,独不当弭耶?传行而称雄稗家,宜矣。"据序中"刻本惟郭武定为佳,坊间杂以王庆、田虎,便成添足,赏音者当辨之"等语,知此为文繁事简百回本,其刻当与天都外臣序本同时或稍早,现暂系于此。

1589年　己丑　万历十七年

《天都外臣序本水浒传》一百卷一百回,题"施耐庵集撰","罗贯中纂修"。首天都外臣序,该序强调小说能广泛生动地反映社会生活的特点,赞《水浒传》"纪载有章,烦简有则。发凡起例,不杂易于。如良史善绘,浓淡远近,点染尽工;又如百尺之锦,玄黄经纬,一丝不纰",又喻其"如国医然",并言"此其虚实,不必深辨,要之可喜"。但序对罗贯中及其《三国演义》颇有贬斥,且言:"罗氏又有《三遂平妖传》,亦皆系风捕影之谈。盖荒村鬼才,惯作此伎俩也。三世子孙俱喑,当亦是口业报耳。"

沈璟作传奇《红蕖记》,此剧乃据唐人裴铏之小说《郑德璘传》改编而成。沈璟(1553—1610),字伯英,号宁庵,吴江(今属江苏)人,万历二年(1574)进士,历任吏部各司员外郎。

1590年　庚寅　万历十八年

《先进遗风》二卷,题"耿定向撰","毛在增补"。本书内容如《四库全书总目提要》所云:"是书略仿宋人典型之体,载明代名臣遗闻琐事,大抵严操守,砺品行,存忠厚者为多。"作者集中收集这类故事,其意在匡正时弊。

《烟霞小说》丛书刊出,范钦辑。书分八帙,收陆粲《庚巳编》、祝允明《语怪》、杨仪《高坡异纂》、陆采《艾子后语》、陆延枝《说听》等,共十三种二十三卷。范钦,字尧卿,一字安卿,号东明,鄞县(今属浙江)人,嘉靖十一年(1532)进士,累官兵部右侍郎。

1591年　辛卯　万历十九年

《说听》四卷刊出,陆延枝撰。书附作者外甥王禹声跋,云:"先生雅喜稗官家言,每有奇文,辄随笔识焉。久而成帙,帙成而毁于火,于时太常殁且五稔矣。先生作而叹曰:'嘻,斯可不成吾初业乎?'乃追惟曩时所记,益以后记者编为是编。"又称此书"足备《庚巳》之遗","直可补正史之亡,而裨掌故之阙"。跋署"万历辛卯秋月"。陆延枝,字贻孙,长洲(今江苏苏州)人,文学家陆粲之子。

金陵万卷楼刊《三国志通俗演义》十二卷二百四十则(板心下题"仁寿堂"刊)。封面上方有周曰校识语,谓"是书也刻已数种,悉皆伪舛。辄购求古本,敦请名士,按鉴参考,再三雠校,俾句读有圈点,难字有音注,地里有释义,典故有考证,缺略有增补,节目有全像"云云。

书林杨明峰刊《英烈传》八卷六十则,书全称为《新锲龙兴名世录皇明开运英武传》,别题《皇明英武传》。书卷一题"原板南京齐府刊行","书林明峰杨氏重梓"。是书乃据旧本改编,凡增加部分均以"附增"标出,所谓旧本,当是出于嘉靖间的《皇明开运英武传》。

余象斗自本年起弃儒业,专事编书刻书。该年所刻《新锓朱状元芸窗汇辑百大家评注史记品粹》之"书目"云:"辛卯之秋,不佞斗始辍儒家业。家世书坊,锓笈为事。"余象斗,字仰止,一字文台,号三台山人,福建建阳书坊主,曾编撰、刊行多种通俗小说。

1592年　壬辰　万历二十年

《觅灯因话》二卷八篇,邵景詹撰。作者小引称:此书为读瞿佑《剪灯新话》,又闻"古今奇秘"后而作,书中"非幽冥果报之事,则至道名理之谈;怪而不欺,正而不腐;妍足以感,丑可以思;视他逸史述遇合之奇而无补于正,逞文字之藻而不免于诬,抑亦远矣"。邵景詹,号自好子,生平不详。

《剪灯丛话》十二卷,据书前虞淳熙题辞知编者为自好子。是书选录

679

历代文言小说一百三十七篇，多为妄制篇目，改题撰人，但也有一部分作品为本书所独有。《觅灯因话》作者邵景詹号自好子，疑即为本书之编者，是书之出或略早于《觅灯因话》，现暂系于此。

《群谈采余》十卷，倪绾撰。书末有倪绾之子倪思益本年所撰之跋，云："家大人性最嗜学，中岁即谢诸生，寄敖泉石。于书无所不窥，无论名家，即稗官野史、技术方言，咸究心焉。有当意者，随手纪之，久而成帙，名曰《群谈采余》。顾卷帙繁多，姑先摘其半锓之，余尚有待也。"倪绾，字惟绥，晋安（今属福建）人，似未进学。

《游宦余谈》一卷，朱孟震撰。书首作者小引，称"郡国之繁简，关梁之厄塞，山川之雄胜，文物之巨丽"等均载录入编。本书亦为《河上楮谈》之续编，成于本年作者致仕后，故系于此。

《西游记》二十卷一百回，金陵世德堂刊。题"华阳洞天主人校"。首陈元之序。序称此书"旧有序，余读一过。亦不著其姓氏作者之名。岂嫌其丘里之言与？其叙以为孙，狲也；以为心之神。马，马也，以为意之驰。八戒，其所八戒也；以为肝气之木。沙，流沙；以为肾气之水。三藏，藏神藏身藏气之藏；以为郛郭之主。魔，魔；以为口耳鼻舌身意恐怖颠倒幻想之障。故魔以心生，亦以心摄。是故摄心以摄魔，摄魔以还理。还理以归之太初，即心无可摄。"然此旧序似已残，故陈序又言："书奇之，益俾好事者为之订校，校其卷目梓之，凡二十卷数千万言有余，而充叙于余。余维太史、漆园之意，道道所存，不欲尽废，况中虑者哉？故聊为缀其轶叙叙之。不欲其志之尽湮，而使后之人有览，得其意忘其言也。"

《二遂平妖传》四卷二十回，题"东原罗贯中编次"，"钱塘王慎修校梓"。卷一至卷三正文前所题同上，然卷四正文前则题"东原罗贯中编次"，"金陵世德堂校梓"。首武胜童昌祚益开甫撰"重刊平妖传引"，内有"慎修王君奈何掇拾唾余，更为木灾，而分贯中氏讥也"，"慎修愿卑，扬罗氏之波，而涉其末流也哉"等语。

《汉魏丛书》刊出，程荣辑。是书分"经籍"、"史籍"与"子籍"三门，收汉至宋时人著作三十八种，其中"史籍"中收《穆天子传》、《西京杂记》等作，"子籍"中收录《述异记》、《赵飞燕外传》等作。书首屠隆本年序。程荣字伯仁，歙县（今属安徽）人。

《广汉魏丛书》，何允中辑。是书分"经翼"、"别史"、"子余"、"载籍"四门，收历代著作共八十种四百五十一卷，与《汉魏丛书》所收有相重复者。

"别史"中收有《汉武帝内传》、《神仙传》等作,"载籍"中收有《搜神记》、《述异记》等作。书首屠隆万历二十年(1592)《汉魏丛书序》,故有人据此认定是书刊出年代,然书末何允中之跋语云:"何氏旧目百种,程氏仅梓三十七,兹搜盖其半。"何氏指何镗,程氏指程荣,故此书之刊当在万历二十年之后,现暂仍系于此。何允中,仁和(今浙江杭州)人,天启二年(1622)进士。

李贽开始批点《水浒传》。袁中道《游居柿录》卷之九追记云:"记万历壬辰夏中,李龙湖方居武昌朱邸。予往访之,正明僧常志抄写此书,逐字批点。"李贽《续焚书》卷一《与焦弱侯》亦提及此事:"《水浒传》批点得甚快活人"。此为当时文人批点通俗小说之始,李贽《焚书》卷三中又称《水浒传》为"至文",可见批点非为消遣也。

余象斗刊刻《批评三国志传》,此或为余象斗弃儒继承祖业后,从事通俗小说编撰、出版的第一桩工作。书中《三国辩》云:"坊间所梓《三国》,何止数十家矣"。由此可推知当时刊刻《三国演义》的盛况。

1593年 癸巳 万历二十一年

《搜神记》六卷一百六十则,不题撰人,金陵富春堂刊。首罗懋登"引搜神记首",称"岁万历纪元之癸巳,来止陪京,为披阅书记,得《搜神记》于三山富春堂。读之,见其列以卷,别以类,且绘以像。质之不肖前日所周览者,而一墨而不袭于旧,能得于意,发于未明,增于所未备。卓哉神也,要在造民福而拱翼我皇图以亿万斯永者。不有愧非刘君,能无董狐之赏于心耶。嗟嗟幽明一也,神惟灵而后传记,记传而之灵益传。世有峨大冠,拖长绅,呼呵挤卫,既自赫然称神矣,乃复身世与草木同腐朽,而令史册阒无闻述,可乎。"或疑罗懋登即为撰者。该引对罗懋登身世亦有所透露。

《贤弈编》四卷,刘元卿撰。书叙历代至明之轶闻掌故,分十六门记载。第一卷为怀古、廉谈、德器、方正、证学五门,第二卷为叙伦、家闲、官正、广仁、干局、达命六门,第三卷为仙释、观物、警喻、应谐四门,第四卷则专收志怪一门,书末又有附录,分为闲钞上、下。首作者自序,言:"类凡十有六,盖余尝从田墅间,闻读长龙谭宣、正、成、弘间民物殷盛,闾阎熙熙。由时一二元宰哲臣,器局宏深,质行方正,故里风朴略,古意盎然。今民舍无不有愁叹声,而尚习日侈,则士节之不立;士节之不立,则器不足居之。总其本原暗于学,斯所由不能行古之道也与。"故知作者感慨事势,为正时尚、拯风俗而作是书。书末有作者门人贺应甲之跋,称此书"言论猷为各呈心精,巷说街谭乃见天则,然后而今知腐朽神奇在所化耳,富哉言乎,以言乎来者之计则备矣。"据跋,知此书为贺应甲所刊。刘元卿,字调文,安福(今属江西)人。隆庆举人,万历中官礼部主事。

《松窗梦语》八卷,张瀚撰。首作者引,署"万历癸巳",云:"或静思往昔,即四五年前事,恍惚如梦,忆记纷纭,百感皆为陈迹,谓既往为梦幻,而此时为暂寤矣。自今以后,安知他日之忆今,不犹今日之忆昔乎!梦喜则喜,梦忧则忧,既觉而遇忧喜,亦复忧喜。安知梦时非觉,觉时非梦乎!松窗长昼,随笔述事,既以自省,且以贻吾后人。"张瀚(1513—1595),字子文,号元洲,仁和(今浙江杭州)人,嘉靖十四年(1535)进士,累官至吏部尚书,后因忤张居正而被勒令致仕,此书即归乡后所作。

陈继儒为金陵世德堂所刊《唐书志传通俗演义》作序并作评,该刊本题"姑孰陈氏尺蠖斋评释","绣谷唐氏世德堂校定"。陈序试图为通俗小说下定义:"演义,以通俗为义也者",因其能广为传播,故又言:"演义故喻俗书哉,义意远矣!"序中还说明了评点此书的原因:"载揽演义,亦颇能得意。独其文词,时传正史,于流俗或不尽通;其事实,时采谲狂,于正史或不尽合",即通过评点使作品内容更通俗,并指出其与正史不符之处。陈继儒(1558—1639),字仲醇,号眉公,又号麋公,松江华亭(今属上海)人,诸生,长期隐居,屡奉诏征用,皆以疾辞。

世德堂刊《南北两宋志传》,题"姑孰陈氏尺蠖斋评释","绣谷唐氏世德堂校订"。南、北宋各十卷五十回,分别有泛雪斋序,其南宋卷序云:"史载宋太祖行事,类多儒行翩翩,五代以来宜主,开宋辟亶君王哉。及揽《五代传志》,太祖于斯,馨同任侠杀人亡命、作奸犯科,不异朱家之为,于正史乃不尽符,岂帝王微行,故多跅弛,不尽中道,史无称稍讳哉。"

1594年　甲午　万历二十二年

《包龙图判百家公案》十卷一百回,题"钱塘散人安遇时编集","书林与耕堂朱仁斋绣梓"。书末刻"万历甲午岁朱氏与耕堂梓行"。书无序跋。卷首刊《国史本传》,次载《包待制出身源流》。

余象斗双峰堂刊《忠义水浒志传评林》,其端首《水浒辨》云:"《水浒》一书,坊间梓者纷纷,偏像者十余幅,全像者只一家。前像版字中差讹,其版像旧惟三槐堂一幅,省诗去词,不便观诵。今双峰堂余子,改正增评,有不便观览者芟之,有漏者删之,内有失韵诗词,欲削去恐观者言其省陋,皆记上层,前后廿余卷,一画一句,并无差错,士子买者,可认双峰堂为记。"首天海藏之《题水浒传叙》,其末云:"昔人谓《春秋》者,史外传心之要典,愚则谓此传者,纪外叙事之要览也。岂可曰此非圣经,此非贤传,而可藐之哉?"

《三代遗书》刊出,赵标辑。该书收汉至元时著作六种共二十八卷,内含小说《穆天子传》。赵标,解州(今属山西)人,万历十四年(1586)进士。

1595年　乙未　万历二十三年

袁宏道致书董其昌论及《金瓶梅》云:"《金瓶梅》从何得来?伏枕略观,云霞满纸,胜于枚生《七发》多矣。后段在何处抄竟,当于何处倒换,幸一的示。"此为现所知明代文人论及《金瓶梅》最早者。袁宏道(1568—1610),字中郎,号石公,又号六休,湖北公安人,万历二十年(1592)进士,官至吏部稽勋郎中。

《香案牍》一卷,陈继儒撰。是书取材于《列仙传》、《集仙传》诸书,记自轩辕以下七十二神仙故事。书首作者万历二十二年(1594)自序,末有王衡本年跋。王衡跋称,作者撰此书,意在解友人王衡病中愁闷。

宋人刘斧所著《青琐高议》二十卷刊出,题"元刘斧著,明张梦锡校"。

赵开美刻宋代苏轼所著之《东坡志林》五卷,首其父赵用贤序。序云:"余友汤君云孙博学好古,其文词甚类长公,尝手录是编,刻未竟而会病卒。余子开美因拾其遗,复梓而卒其业,且为校定讹谬,得数百言。庶几汤君之志不孤,而坡翁之在当时越趄于世途,軏缚于穷者,亦略可见云。"赵用贤,字汝师,常熟(今属江苏)人,隆庆五年(1571)进士,官至吏部侍郎。

梅鼎祚于南京校刻元人陶宗仪所编之《说郛》,其《答姚叙卿使君》称:"此书虽不尽雅驯,有可永日。"梅鼎祚(1549—1615),字禹金,号胜乐道人,宣城(今属安徽)人。

熊清波诚德堂刊刻《新刻京本补遗通俗演义三国全传》二十卷。

683

1597年　丁酉　万历二十五年

《戒庵老人漫笔》八卷,李诩撰。是书由李诩之孙李如一于本年初刻,四卷本,附于《藏说小萃》中,有李如一序及王稚登序。书中载录了一定数量的小说故事,其中有关妇女题材的作品较多,卷四中《唐孝烈女》尤为出色,另也有描写公案故事与文人轶闻之作。李诩(1505—1593),字厚德,自号戒庵老人,江阴(今属江苏)人。屡试不第,后居家读书著述自适。

《耳谈》十五卷,王同轨撰,其友李维桢之序云:"行父所谈自本朝以来传闻之世而止……出于稗官,其指非在褒贬。厌常喜新者读之欣然,脍炙适口,而无所虞罪。故事不必尽核,理不必尽合,而文亦不必尽讳。荀卿有言:入乎耳,出乎口,口耳之间四寸耳,何足以类七尺之躯?是行父称名意也。"又云:"夫太上立德,其次立功,其次立言,舍德与功又何足言者!世有能言之士,尚不得坐而论道,谋王断国;下不得总览人物,囊括古今,修辞赋之业,而第猥杂街谈巷语,以资杯酒谐谑之用,其言可谓不遇矣。"王同轨,字行父,黄冈(今属湖北)人,曾以贡生除江宁知县,生卒年不详。李维桢,字本宁,号大泌山人,京山(今属湖北)人,隆庆二年(1568)进士,累官至礼部尚书。

袁宏道作《听朱生说〈水浒传〉》诗,盛赞《水浒传》云:"少年工谐谑,颇溺《滑稽传》。后来读《水浒》,文字益奇变。六经非至文,马迁失组练。"

《三宝太监西洋记通俗演义》二十卷一百回。罗懋登著,三山道人刊。题"二南里人著","闲闲道人编辑"。首作者自序,序中"今日东事倥偬,何如西戎即序,不得比西戎即序,何可令王、郑二公见,当事者尚兴抚髀之思乎"等语,透露了作者创作与当时形势之关系。罗懋登,字澄之,万历间人,生平无考。曾著有传奇《香山记》,注释过邱濬的《投笔记》,并为高明的《琵琶记》、施惠的《拜月亭》与王实甫的《西厢记》作过音释。

万卷楼刊《包龙图判百家公案》六卷一百回,首饶安完熙生丁酉年序,云:"孝肃包公自天圣以来,剖断疑狱,匪翅两造五词;鄪部奸谲,分其枉直皂白,即山花木石之妖,鳞甲羽毛之怪,及冢道伏尸之爽,罔不一一火观,毫无跋盭,至今人共神之。愚窃恐神之者知其神而神,不知其不神而所以神也,爰集百家成断,汇为六卷,号曰《公案》。"又云:"此《公案》者,岂孝肃公之所留也! 孝肃之心,惟冲然(太)虚而已,湛然止水而已。其□(有)讼之时,亦惟以无讼之□(应)之而已。彼固不知所以讼,又奚知何以断? 彼固不知所以断,又奚知何以案? 则信乎此《公案》者,民自以不冤神之耳,记且传之耳! 然要其传之之心,民亦不自知也。溯乃谣曰:'关节不到,有阎罗包老。'此神之神,民之所以传者。又曰:'笑比黄河清。'夫一笑貌,且难之乎河清,则包公之声(身)两忘,色相俱泯,即《易》之所谴雷若电者,亦过而不留。此不神之神,民之所以传于昔而□□者。故愚亦乐于传于今而□□于不知者也。"此书与万历二十二年(1594)与耕堂本《包龙图判百家公案》大同小异,恐为同一祖本所出。

袁中道于真州袁宏道处读得《金瓶梅》,其《游居柿录》卷之九追记云:"往晤董太史思白,共说诸小说之佳者。思白曰:'近有一小说,名《金瓶梅》,极佳。'余私识之。后从中郎真州,见此书之半,大约模写儿女情态俱备,乃从《水浒传》潘金莲演出一支。……旧时京师,有一西门千户,延一绍兴老儒于家。老儒无事,逐日记其家淫荡风月之事,以西门庆影其主人,以余影其诸姬。琐碎中有无限烟波,亦非慧人不能。追忆思白言及此书曰:'决当焚之。'"董其昌与袁宏道谈论《金瓶梅》显然在本年之前。董其昌(1555—1636),字玄宰,松江华亭(今属上海)人,万历十七年(1589)进士,累官至南京礼部尚书。

金陵书林周氏万卷楼重刊《国色天香》十卷。

1598年　戊戌　万历二十六年

《皇明诸司廉明奇判公案传》四卷一百零五则,双峰堂刊,同年又有余氏建泉堂刊本。题"三台山人仰止余象斗集"。首作者戊戌年序,称本书"非如《包公案》之扑鬼锁神、幻妄不经之说也"。

《皇明诸司公案传》六卷五十九则,三台馆刊,题"山人仰止余象斗编述","书林文台余氏梓行",内封题"续廉明公案",即本书为《皇明诸司廉明奇判公案传》之续书,其出显在前书之后,但似不会相距太久,现暂系于前书之后。

《万锦情林》六卷,题"三台馆山人仰止余象斗纂","书林双峰堂文台余氏梓",尾记"万历戊戌冬余文台绣梓"。书分上下两栏刻印,收小说二十八篇,其扉页又有识语云:"更有汇集诗词歌赋、诸家小说甚多,难以全录于票上,海内士子买者,一展而知之。"

汤显祖作传奇《牡丹亭》,是剧乃据话本小说《杜丽娘慕色还魂》改编而成。

1599年　己亥　万历二十七年

胡震亨为南朝宋刘敬叔所著《异苑》作题辞,云:"戊子岁,余就试临安,同友人姚叔祥、吕锡侯诣徐贾检书。废册山积,每抽一编,则飞尘嘒人,最后得刘敬叔《异苑》,是宋纸所抄。三人目顾色飞,即罄酒贳易归,各录一通,随各证实讹漏,互录简端。未几,锡侯物故,叔祥游塞,余亦兀兀诸生间,此书遂置为蠹丛又十年。为戊戌下第南归,与友人沈汝纳同舟,出示之,复共证定百余字,遂称善本。余间语叔祥,何当令锡侯见之不更快耶? 相与泫然久之。"胡震亨,字孝辕,晚自号遁叟,海盐(今属浙江)人,万历五年(1577)举人,历官定州知州、兵部员外郎。

胡震亨又曾为晋人干宝《搜神记》作"引",云:"令升遘门闱之异,爰撮史传杂说,参所知见,冀扩人于耳目之外。顾世局故常,适以说怪视之。不知刘昭《补汉志》、沈约《宋志》与《晋志》、《五行》,皆取录于此。盖以其尝为史官,即怪亦可证信耳。"亦曾为五代人杜光庭之《录异记》作"题记",内云:"及见《录异记》所载巧工刘万余计诱黄巢大修城隍,阴匿其钱谷,巢亦竟用此败;又乐工邓慢儿至死不肯为巢一奏琵琶,兹二人即优伶乎! 忠皆可录,而万余不在桂娘下,乃《唐书》绝不见收。盖以桂娘为杜牧所记,光庭羽流,人忽以为诞,不足信,故欧、宋取彼削此,亦所托有幸有不幸也。"胡震亨以史家眼光读小说,此两文即为明证。《搜神记引》与《题录异记》两文均未署年,其出似当在胡震亨为《异苑》作题辞前后不久,现暂系于此。

1600年　庚子　万历二十八年

《清泥莲花记》十三卷,梅鼎祚纂辑。是书前八卷为正编,分记禅、记玄、记忠、记义、记孝、记节、记从七门,后五卷为外编,分记藻、记用、记豪、记遇、记戒五门。书首作者本年序,云:"乐曰烂漫,昉自夏季,倡自黄门,署在汉宫。此风一煽,女伎递兴,遥历有唐,以逮胜国。上焉具瞻赫赫,时襮带而绝缨;下焉胥溺滔滔,恒濡足而湎首。旷古皆然,于今为烈尔。"又云:"记凡如千卷,首以禅玄,经以节义,要以皈从。若忠若孝,则君臣父子之道备矣。外编非是记本指,即参女士之目,撷彤管之遗,弗贵。"其末则云:"观者毋以仅以录烟花于南部,志狎游于北里而已。"又有"凡例",自叙其体例,其内有云:"尚名行而略声色,然专以娟论古",此为纂辑之宗旨也。

或云梅鼎祚又撰有《双双传》。是书叙高氏兄弟二人与秦氏姐妹故事,兄爱其妹,弟恋其姐,最后终成夫妇,故曰《双双传》。万历间五湖老人《忠义水浒全传序》论及此书时云:"尝见夫《西洋》、《平妖》及《痴婆子》、《双双小传》,甚者《浪史》诸书,非不纷借其名,人函户缄,滋读而味说之以为愉快,不知滥觞启窦,只导人韜淫耳。"是书后为刊于万历四十八年(1620)之《风流十传》收录,篇末有跋云:"此汝南姬邦命识之,江都梅禹金撰之。予阅其前半,窃谓此果传中之白眉,及其后半,大不相似。予为之校其错乱,理其词脉,去其尘语,寻其点缀,然后觉此传之可以观也。因是付梓,以待后之观者。"跋中有误,梅鼎祚为宣城人,非江都人。梅鼎祚撰此书或在《清泥莲花记》前后,现暂系于此。

汤显祖作传奇《南柯记》,是剧乃据唐人李公佐之小说《南柯太守传》改编而成。

1601年　辛丑　万历二十九年

赵开美继《东坡志林》刊出后,又于本年刊《东坡佛印问答录》,书首其"题辞"云:"东坡以世法戏佛法,佛印以佛法游世法,二公心本无法,故不为法缚,而诙谐谑浪,不以顺逆为利钝,直是滑稽之雄也。彼优髡视之,失所据矣。"

万邦孚据嘉靖二十八年(1549)本重刊万表之《灼艾集》,又增新集二卷,故全书共为十卷。万邦孚,万表之表孙。

冯琦"为尊奉明旨开陈条例以维世教疏"云:"近日非圣叛道之书盛行,有误后学。已奉明旨,一切邪说伪书,尽行烧毁。但与其焚其既往,不如慎其将来。以后书坊刊刻书籍,俱照万历二十九年明旨,送提学官查阅,果有裨圣贤经传者,方许刊行;如有敢倡异说,违背经传,及借口著述,创为私史,颠倒是非,用泄私愤者,俱不许擅刊。如有不遵提学查阅,径自刻行者,抚、按、提学官及有司将卖书刊书人等,严行究治,追板烧毁,等因。奉圣旨,俱依拟著实行……坊间私刻,举发重治,勿饶。"由此可知,本年朝廷曾严禁私刻,此禁令对小说创作、刊刻同样适用。冯琦(1559—

687

1604），字用韫，临朐（今属山东）人，万历五年（1577）进士，官至礼部尚书。

汤显祖作传奇《邯郸记》，是剧乃据唐人沈既济之小说《枕中记》改编而成。

1602年　壬寅　万历三十年

《雪涛谈丛》二卷，江盈科撰。是书既论朝廷军国大事，又及社会轶闻杂事，其中"冤狱"、"断子葬母"等条则为完整故事。书中"将功"条称万历二十八年（1600）、二十九年（1601）平播州、克皮林为"近日"之事，"相议"条中则有"昨年震位大定"之语。朱常洛即太子位为万历二十九年（1601）事，故知此书成于本年。江盈科，字进之，号绿萝山人，桃源（今属湖南）人，万历二十年（1592）进士，官至四川按察司佥事，视蜀学政。

江盈科又撰有《雪涛谐史》二卷，今存明刊本不分卷，共一百六十则，前有校梓人冰华居士《谐史引》，云："善乎李君实先生之言曰：'孔父大圣，不废莞尔；武公抑畏，犹资善谑。'仁义素张，何妨一弛，郁陶不开，非以涤性。唯达者坐空万象，恣玩太虚，深不隐机，浅不触也；犹夫竹林森峙，外直中通，清风忽来，枝叶披亚。有无穷之笑焉，岂复有禁哉？"冰华居士即潘之恒。是书为笑话集，内容多针砭时弊，其中揭露科举之弊与昏官庸吏欺压百姓酷行者尤多，亦有反映家庭与社会关系中发生的种种笑谈。是书之出时间当与《雪涛谈丛》相近，现暂系于此。

《仙佛奇踪》八卷，洪应明撰。书首有了凡道人袁黄所题之"仙引"，及真实居士冯梦祯所题之"佛引"。该书广采道教、佛教典籍以及汉魏六朝小说、唐代传奇等，加以剪辑敷演而成。洪应明，字自诚，号还初道人，生平、籍贯不详。

《甲乙剩言》一卷，胡应麟撰。首傅光宅序，序作于得胡应麟讣音时。傅序称此书"钜丽者足以关国是，微琐者足以资谈谐，即不越稗，亦杂家之鼓吹也。"

《燕山丛录》二十二卷，徐昌祚撰。该书现已佚，《四库全书总目提要》称系作者于刑部任职时所撰。书首作者自序称因辑《太常寺志》得征州县志书，遂采录成书；因多关京畿之事，故以燕山名篇。书分二十二类，每类为一卷，内含志怪故事。徐昌祚，字伯昌，常熟（今属江苏）人。

《北方真武玄天上帝出身志传》四卷二十四则，题"三台山人仰止余象斗双峰堂"。末叶牌记"壬寅岁季春月书林雄仰台梓"。此壬寅当指万历三十年,故余氏双峰堂原刊本当出于万历三十年之前。

鹿角山房刊《清泥莲花记》十三卷,题"江东梅禹金纂辑","从弟梅诞生校"。除作者自序及"凡例"外,又有梅膺祚(诞生)之识语,云"是记寓维风于谐末,奏大雅于曲终。昔司马长卿赋词艳冶,咸归讽劝;苏子瞻嬉笑怒骂,无非文章,殆为似之"。识语署"万历壬寅"。

赵开美刻宋代苏轼所著之《仇池笔记》二卷,并作序云:"《笔记》与《志林》,表里书也。先大夫既已序《志林》而刻之矣。兹于曾公《类说》中复得此两卷,其与《志林》并见者,得三十六则。去其文而存其题,庶无复辞,亦不废若原书,此余刻《笔记》之意也。"

万历三十年十二月己未,礼部题,……臣等以为皆宜禁,如作字必依正韵,不得间写古字,用语必出经史,不得引用子书,及杂以小说俚语。……诏是之,曰:本章字画,令查嘉靖八年(1529)体式刊印颁行,余依拟严行申饬,违者参究。

1603年　癸卯　万历三十一年

《耳谈增类》五十四卷,王同轨撰。作者曾于万历二十五年(1597)刊出《耳谈》十五卷,《耳谈增类》则在此基础上增广而成。书首张文光、江盈科等人序及作者自序。据自序,知其书增订于本年。书载正德至万历间奇诡幻怪之事,市井传闻居多,为作者任江宁知县时与四方学人士夫闲谈时所得,故每条后又载有所说之人姓名,以示征信。书中故事曲折生动,有不少为后来小说、戏曲家所采撷、敷演。

《外史志异》八卷,薛朝选撰。书首德江主人序,称薛朝选"尤爱读稗官小说",十五年前曾作《多识录》几百二十卷,舟泛宝应时遇大风,遗于湖。后又作《外史志异》。书所记皆神奇怪异之事。薛朝选,号思贞子,余不详。

曹时聘等刊刻王圻之《续文献通考》。该书著录《水浒传》云:"罗贯著。贯字本中,杭州人,编撰小说数十种,而《水浒传》叙宋江事,奸盗脱骗机械甚详。然变诈百端,坏人心术,说者谓子孙三代皆哑,天道好还之报如此!"王圻,字元翰,上海人,嘉靖四十四年(1565)进士,官至陕西布政司参政。

王圻又撰有《稗史汇编》一百七十五卷，书中曾将《水浒传》与《西厢记》作比较："是二梦语，殆同机局。总之，惟虚故活耳。"又云："志西湖者遂曰罗后三世患瘖，谓其导人以贼云。噫！无人非贼，惟贼有人，吾儒中顾安得有是贼子哉！此《水浒》之所为作也。""志西湖者"指著《西湖游览志余》之田汝成，《续文献通考》中论及《水浒传》之语均从该书中引来。《稗史汇编》中的评论显然已不同于此。疑王圻先前未曾读《水浒传》，故著述中引用他人之语，读后有自己观感，评论自异于前。

　　《征播奏捷传通俗演义》六卷一百回，佳丽书林刊。题"清虚居吉瞻仙客考"，"巫峡岩道听野史纪略"，"栖真斋名道狂客演"，"凌云阁镇宇儒生音诠"，其姓名，生平均不可考。首九一居主人引，称此书"言事论略，皆有根由实迹，悉同之蜀院发刊《平播事略》并秋渊路人《平西凯歌》，道听山人《平播集》中来，又非抵虚架空者埒。吁。是集也询足以昭宣国宪，显扬威灵，绝反荫，褫贼魄，振士气也"。又有栖真斋玄真子后序，云："西蜀省院刊有《平播事略》备载敕奏文表，风示天下。道听子纪其耳聆目瞩之颠末，积成一帙。不佞因合二书之所叙事迹敷演其义，而以通俗命名，令人之易晓也。即未必言言中窾，事事协真，大抵皆彰善殚恶，非假设一种孟浪议论以惑世诬民"。

　　《铁树记》二卷十五回，题"云锦竹溪散人邓氏编"，"萃庆堂余泗泉刊"。邓氏即邓志谟，字景南，号百拙生，一号竹溪散人，疑为江西人。生平不详，惟知曾游闽，为萃庆堂塾师。首竹溪散人《豫章铁树记引》。引概述许逊经历功绩，末云："我明距晋，世虽多历，而都仙屡出护国，是当代之铁树栾叶且重光矣"，故而"为之作记"。

　　《咒枣记》二卷十四回，题"安邑竹溪散人邓氏编"，"闽书林萃庆堂余氏梓"，即邓志谟所撰。首作者所作引，云："仙凡非蹊径，在自撤藩篱。藩篱撤则克念圣，藩篱未撤则罔念狂，仙之与凡，固人心管钥之欤。余暇日考《搜神》一集，慕萨君之油然仁风，摭其遗事，演以《咒枣记》。'咒枣'云者，举法术一事该其余也，是匪徒为仙家阐玉笈，亦将为修心者尊神明矣。"

　　《飞剑记》二卷十三回，邓志谟撰，题"安邑竹溪散人邓氏编"，"闽书林萃庆堂余氏梓"。首作者自引，云："慕吕祖以幻想，未若慕吕祖以故实，玩吕祖之诗，则如见吕祖也。故此集不可不披阅之也。"邓志谟之《铁树记》、《咒枣记》与本书均为余氏萃庆堂所刊，前二书均刊于万历三十一年，本书之出,亦当于此时,故系于此。

《达摩出身传灯传》四卷七十则,卷一、卷二、卷四不署撰人,卷三署"逸士朱开泰修撰",各卷均题有"书林清白堂杨丽泉梓行"等字样。清白堂曾于万历三十一年刊《二十四尊得道罗汉传》,后似发生变故,翌年该书板即转归聚奎堂,故本书之刊当在万历三十一年或略早,现系于此。

《二十四尊得道罗汉传》六卷二十二则,建阳杨氏清白堂刊,题"抚临朱星祚编"。现存为万历三十二年(1604)聚奎堂刊本,似以清白堂书板翻印,故本年为是书成书之下限,现系于此。

《格致丛书》四百五十卷,胡文焕辑。丛书收历代著作一百六十八种,内含《山海经》、《述异记》等少量小说。胡文焕,字德甫,号全庵,一号抱琴居士,钱塘(今浙江杭州)人。

潘玄度刻唐人刘肃所撰《大唐新语》十三卷。

熊东涧忠正堂刊刻《新锲音释评林演义合相三国志史传》二十卷。

1604年　甲辰　万历三十二年

《才鬼记》十六卷,梅鼎祚辑。卷首有作者自序,内云:"又闻以道治天下者,其鬼不神,故要以理则人鬼合,综其用则人神分。是编予聊以极隐颐标卓诡于世外,而祥妖自召,讽戒具存。"唐代郑贤曾纂有《才鬼记》,仅十三则,梅氏则扩成十六卷,"其间或由好事,或互讹传,若《剪灯》、《耳谈》之属,亡是乌有,聊亦兼收"(梅氏《题记》)。《四库全书总目提要》中《才鬼记》条称梅鼎祚有《三才灵记》,含《才鬼记》、《才幻记》(即《才妖记》)与《才神记》。

沙门袾宏撰《自知录》,其卷下云:"著撰脂粉词章传记等,一篇为一过,传布一人为二过,自己记诵一篇为一过。"又云:"做造野史小说戏文歌曲诬污善良者,一事为二十过。"袾宏,字佛慧,别号莲池,仁和(今浙江杭州)人,十七岁为诸生,二十二岁剃发为僧。

杨宗吾刻杨慎之《山海经补注》,并作跋云:"此注本,先太史自序,花甲且一周矣,刻亦五十余祀,岁久板缺不传。嗜古好学者来乞,又苦抄录之艰,无以应,因同云间王季高校正,重梓之。"杨宗吾,杨慎之孙。

陈与郊序其所作传奇《诊痴符》四种,其一《樱桃梦》据《太平广记》所载小说《樱桃青衣》改编,其二《鹦鹉洲》据唐人范摅小说笔记《云溪友议》

691

中《玉箫化》、《苗夫人》以及元人有关杂剧改编,其四《灵宝刀》则是据李开先的叙述水浒故事的《宝剑记》改编。陈与郊(1544—1611),字广野,号玉阳仙史,海宁(今属浙江)人,万历二年(1574)进士,官至太常少卿。

1605年　乙巳　万历三十三年

《广艳异编》三十五卷,吴大震辑,各卷均题"印月轩主人汇次",首题署为"东宇小人吴大震书于印月轩"之序,序末云:"倘谓微言可以解纷,何惭庄论;神道由以设教,旁赞圣谟,则是得鱼免于鉴蹄,悟神奇于糟粕。是编虽广非所敢期请,俟郢斤以备臣质。"次延陵生之"凡例",云:"《艳异》之作,仿于琅琊,剔隐搜玄,探微猎怪,几令《齐谐》无所置喙,《夏革》无所藏奇,可谓珠缀群琲,玉登众玨者矣。说者谓是胜国名儒,夙存副墨,弇山第以枕中之秘,为架上之书耳。……是编复以新裁,准其故例,微函殊旨,特著其凡。"或疑"延陵生"亦为吴大震之化名。吴大震字东宇,号长孺,又号市隐生、印月轩主人等,歙县(今属安徽)人。其传奇《龙剑记》成书于万历三十三年,是编之辑,当在此前后,故暂系于此。

《两汉开国中兴志传》六卷四十二则,题"抚宜黄化宇校正","书林詹秀闽绣梓"。不题撰人,亦无序跋。全书依《全汉志传》敷衍成篇,稍有增饰。

《新民公案》四卷四十三则,书卷一题"建州震晦杨百明发刊","书林仙源金成章绣梓"。"金成章"当为"余成章"之误抄。首《新民录引》,署"南州延陵还初吴迁拜题",其引云:"但甘棠存召绩,镌石垂不朽,故纪公六省理人之政,每每概揭其一二于篇什,非贡谀也,欲俾公今日新民之公案,为万世牧林总者法程也。"据此,本书作者似即为吴迁。

《牛郎织女传》四卷,题"儒林太仪朱名世编","书林仙源余成章梓"。余成章曾于万历三十三年刊出《新民公案》,故是书之出,当在此前后,现暂系于此。

《天妃济世出身传》三卷三十二则,题"南州散人吴还初编","昌江逸士涂德□校","潭邑书林熊龙峰梓",有牌号题"万历新春之岁忠正堂熊氏龙峰梓行"。吴还初即吴迁,其所撰之《新民公案》于万历三十三年由余成章刊行,本书之出,当在此前后,现暂系于此。

郑少垣联辉堂刊《三国志传》二十卷,首顾充序。顾充,字回澜,上虞

(今属浙江)人,隆庆举人,官至南京工部都水司郎中。

1606年　丙午　万历三十四年

沈德符《万历野获编》撰成。首作者自序,序中云:"夫小说家盛于唐而滥于宋,溯其初,则萧梁殷芸,始有小说行世。芸字灌蔬,盖有取于退耕之义,谅非朝市人所能参也。余以退耕而谈朝市,非僭则迂,然谋野则获,古人已有之,因以署吾录。"书中时有关于小说之记载。沈德符(1578—1642),字景倩,嘉兴(今属浙江)人,万历四十五年(1617)举人。

《少室山房笔丛》三十二卷续十六卷,胡应麟著。是书为作者生平考据杂说之汇编,其中对古代小说也多有论述,如称其"纪述见闻,无所回忌;覃研理道,多极幽深","有补于世,无害于时","备经解之异同,存史官之讨核"。又云:"古今著述,小说家特盛,而古今书籍,小说家独传","好者弥多,传者弥众,则作者日繁","(大雅君子)心知其妄,而口竞传之,且斥其非,而暮引用之"。是书对小说的界定分类、小说的艺术特点等也作了论述。

《海刚峰先生居官公案传》四卷七十一回,金陵万卷楼刊,题"晋人羲斋李春芳编次"。首李春芳序,云:"余偶过金陵,虚舟生为予道其(按:指海瑞)事若此,欲付梓而乞言于予。余亦建言得罪者,忽有感于中,因喜,为之序。"据序,作者当为"虚舟生",万卷楼题"李春芳编次",似为招徕读者之技。

《玉娇李》,已失传。沈德符《万历野获编》卷二十五言:"中郎又云,尚有名《玉娇李》者,亦出此名士手,与前书所设报应因果。武大后世化为淫夫,上烝下报;潘金莲亦作河间妇,终以极刑;西门庆则呆憨男子,坐视妻妾外遇,以见轮回不爽。中郎亦耳剽,未之见也。去年抵辇下,从邱工部六区志充得寓目焉。仅首卷耳,而秽黩百端,背伦灭理,几不忍读。其帝则称完颜大定,而贵溪、分宜相构,亦暗寓焉。至嘉靖辛丑(二十年,1541)庶常诸公,则直书姓名,尤可骇怪。因弃置不复再展。然笔锋恣横酣畅,似尤胜《金瓶梅》。邱旋出守去,此书不知落何所。"邱志充离京出守为万历四十七年(1619)事,然袁宏道论及此书时为万历三十四年,故本年可视为是书成书下限,现暂系于此。

《杨家府演义》八卷五十八则,题"秦淮墨客校阅","烟波钓叟参订"。

首秦淮墨客序,序末云:"贤才出处,关国运盛衰,不佞于斯传,不三致慨云。剞劂告成,敬掇俚语于简首,以遗世之博古者。"据序,秦淮墨客似非作者,故题署仅言"校阅"。此书前半部本于嘉靖间熊大木之《北宋志传》,但后半部中十二寡妇征西以及杨文广、杨怀玉等人故事,却为《北宋志传》所无。序作者秦淮墨客即纪振伦,字春华,南京人,生平无考。此书为卧松阁所刊。

余象斗重刊余邵鱼之《列国志传》八卷,每卷题"后学畏斋余邵鱼编集","书林文台余象斗评释"。首余象斗之序。序赞余邵鱼之作此书,"旁搜列国之事实,载阅诸家之笔记,条之以理,演之以文,编之以序,胤商室之式微,泊周朝之不腊,炯若日星,灿若指掌。譬之治丝者理绪而分比类,而其毫无舛错,是诚诸史之司南,吊古之骏鹘也。"又有余象斗之识语:"《列国》一书,乃先族叔翁余邵鱼按鉴演义纂集。惟板一付,重刊数次,其板蒙旧。象斗校正重刻全像批判,以便海内君子一览。买者须认双峰堂为记。"

《列国前编十二朝传》四卷五十章,题"三台山人仰止余象斗编集","闽双峰堂西一三台馆梓行"。书上图下文,书首识语云:"斯集为人民不识天开地辟、三皇五帝、夏商诸事迹,皆附相讹传。固不佞搜采各书,如前诸传式,按鉴演义,自天开地辟起,至夏(商)王宠妲己止,将天道星象,草木禽兽,并天下民用之物,婚配饮食药石等出处始制,今皆实考,所不至于附相讹传,以便观览云"。书末则云:"至武王伐纣而有天下,《列国传》上载得明白可观,四方君子买《列国》一览尽识。"余象斗刻余邵鱼之《列国志传》为万历三十四年,故此书当刊于是年稍后,兹暂系于此。

袁宏道向谢肇淛催讨《金瓶梅》抄本,其《与谢在杭书》云:"仁兄近况何似?《金瓶梅》料已成诵,何久不见还也?"此或为与沈德符谈论《金瓶梅》后,起催讨之念。信中又云:"不知佳晤何时?葡萄社光景,便已八年,欢场数人,如云逐海风,倏尔天末,亦有化为异物者,可感也!"据此,两人似已八年未见面,袁宏道借出抄本,当在万历二十七年(1599)于北京遇谢肇淛之时也。谢肇淛(1567—1624),字在杭,长乐(今属福建)人,万历二十年(1592)进士,官至广西右布政使。

袁宏道与沈德符在北京谈论《金瓶梅》。沈德符《万历野获编》卷二十五记云:"丙午,遇中郎京邸,问:'曾有全帙否?'曰:'第睹数卷,甚奇快。今惟麻城刘涎白承禧家有全本,盖从其妻家徐文贞录得者。'"刘承禧,号延白,麻城(今属湖北)人,万历八年(1580)武进士,袭父职锦衣卫千户。徐文贞即徐阶,字子升,松江华亭(今属上海)人,嘉靖二年(1523)进士,历官礼部尚书、东阁大学士,卒谥文贞。

1607年　丁未　万历三十五年

《文苑楂橘》,编者不详。是书现存高丽活字本与高丽抄本,日本与韩国有藏本,抄本名为《增删文苑楂橘》,二卷。书中收作品十九篇,有《虬髯客》等唐人传奇,亦有《负情侬》等明人之作。《负情侬》出自宋懋澄所撰《九籥集》,且文中有丁未,即万历三十五年(1607)之纪年,故本书之编辑,最早不会超过本年,现暂系于此。

《韦十一娘传》,胡汝嘉撰。是篇现存于《文苑楂橘》,明代人笔记中也有论及此篇者,顾起元《客座赘语》卷八"秋宇先生著述"条云:"秋宇先生在翰林日,以言忤政府,出为藩参。先生文雅风流,不操常律,所诸小说书数种,多奇艳,间亦有闺阁之靡,人所不忍言,如《兰牙》等传者,今皆秘不传。所著《女侠韦十一娘传》,记程德渝云云,托以诟当事者也。传后,传闻蜀中某官暴卒,心疑十一娘婢青霞之所为,然某者好诡激饰名,阴挤人而夺之位耳云云,似有所指。"《文苑楂橘》之编辑不早于本年,故本篇亦暂系于此。据顾起元之记载,可知胡汝嘉尚撰有《兰牙传》等小说。胡汝嘉,字懋礼(又作茂禧),号秋宇,南京鹰扬卫人,嘉靖三十二年(1553)进士。曾官翰林编修,因言事遭贬,出为河南布政使参议。

《九籥集》,宋懋澄著,清初吴伟业又曾编选《九籥别集》,两书均辟稗类,去重复者不计,共收文言小说四十四篇,其中《负情侬传》、《珠衫》等篇尤为著名。《负情侬传》中有丁未纪年,故是书之撰不会早于本年,现暂系于此。宋懋澄(1569—1622),字幼清,号稚源,松江(今属上海)人,万历四十年(1612)举人,后三赴进士试,皆不第。

屠本畯为《金瓶梅》作跋,云:"《金瓶梅》流传海内甚少,书帙与《水浒传》相埒。相传为嘉靖时,有人为陆都督炳诬奏,朝廷籍其家,其人沉冤,托之《金瓶梅》。王大司寇凤洲先生家藏全书,今已失散。往年,予过金坛,王太史宇泰出此,云以重赀购抄本二帙。予读之,语句宛似罗贯中笔。复从王征君百谷家,又见抄本二帙,恨不得睹其全。如石公而存是书,不为托之空言也。否则,石公未免保面瓮肠。"明代有关《金瓶梅》诸史料中,此则跋语写作时间较早，记载也较全面。屠本畯(1542—?)，字田叔，号汉陂，鄞县(今属浙江)人，历官两淮运司、辰州知府等，八十余岁仍在世。文中王太史宇泰指王肯堂。王肯堂(1549—1613)，字宇泰，号念西居士，金坛(今属江苏)人，万历十七年(1589)年进士，历官福建参政、分守宁绍台道。

沈璟之传奇《义侠记》刊出，此剧乃是据《水浒传》中武松故事改编而成。书首吕天成序，据序，知沈璟已刊出的传奇尚有据小说《吴保安传》改编而成的《埋剑记》等。序中未提及据明初瞿佑《剪灯新话》卷一《金凤钗记》改编而成的《坠钗记》，故此剧之出当在稍后。

1608年　戊申　万历三十六年

南京四川道监察御史李云鹄刻唐代段成式所著《酉阳杂俎》二十卷续十卷。首南京都察院照磨所照磨赵琦美序，序称"吴中廛市闹处，辄有书籍列入檐蔀下，谓之书摊子，所鬻者悉小说、门事、唱本之类。所谓门事，皆闺中儿女子所唱说也，或有一二遗编断简，如玄珠落地，间为罔象得之。美每从吴门过，必于书摊子觅书一遍。岁戊子，偶一摊见《杂俎》续集十卷，宛然具存，乃以铢金易归"，后又从堂兄处借得录自俞质夫所藏宋刻本之《杂俎》前集，以后"又为收《广记》、类书及杂说所引，随类续补"。又云："美每欲刻之，而患力不胜。丁未，官留台侍御内乡李公，有士安、元凯之僻，与美同好，自美案头见之，欣然欲刻焉。"又有李云鹄序，云："昔斫轮说剑，谲浪于蒙庄；佞幸滑稽，诙谐于司马。苟小道之可观，亦大方之不弃。况柯古擅武库于临淄，识时铁于太常，固唐代博古多闻之士，而所传仅此三十篇，忍使方平之麟脯，劈而不尝；茂先之龙炙，辨而弗咀哉！"袁行霈、侯忠义《中国文言小说书目》据赵琦美序中"丁未"署年，著录为"明万历三十五年李云鹄刻本"，然李云鹄序实署"万历戊申中秋日"，即万历三十六年也。李云鹄，字黄羽，内乡(今属河南)人，万历二十年(1592)进士，官至南京监察御史。赵琦美，字元度，号清常道人。常熟(今属江苏)人，以荫官刑部郎中。

《说颐》八卷，余懋学撰。是书共三百五十二条，每条征引历代史传稗乘中相类或相反二事，每条均有作者自拟四字标题，末又附以论断。书首任家相本年序，又有作者万历四十七年(1619)自序，当是书成于本年，刻于万历四十七年(1619)。余懋学,字行之,婺源(今属江西)人。隆庆二年(1568)进士,官至南京户部右侍郎。

许自昌作传奇《水浒传》。此剧据小说《水浒传》改编而成,但在此前也已有同名南戏传世。许自昌(1578—1623),字玄祐,江苏苏州人。屡试不第,捐赀为文华殿中书舍人,旋退休回乡。

梅鼎祚作传奇《长命缕记》,是剧乃据宋人王明清《摭青杂说》中"夫妻续旧约"故事改编而成,后冯梦龙《古今小说》中"单符郎全州佳偶"亦演此故事。

1609年　己酉　万历三十七年

《文海披抄》八卷,谢肇淛撰。是书为作者读书笔记,其中事理掌故、文坛逸闻所载甚丰,间有小说戏曲史料,如卷七"西游记"条,对"读者皆嗤其俚妄"提出了不同看法,指出神魔故事在古代神话传说中早已有之,前代小说中亦时常可见。

《汝南遗事》二卷,李本固编。首作者自序,称久有编撰郡志之念,"凡载籍之所经见,家庭之所闻见,率以札记藏之箧中,岁月悠悠,未及就绪"。削籍归乡后,此念愈坚,"越岁戊申,适郡伯黄邻初公,下车问故,感慨阙典,乃重以属不佞。不佞受简操觚,殚精从事,殆八九月,而汝南之志成矣。"然而"杀青既竟,检笥中尚有遗草,虽匪侯鲭,颇类鸡肋,弃之不无可惜。且时贤循吏,拘于格而未收者,亦复有人,久之恐湮灭而不彰也,乃撰次成帙,曰《汝南遗事》。"书叙历代汝南人氏轶闻,约半数辑自正史,余则辑自历代小说,如《搜神记》、《世说新语》、《太平广记》、《夷坚志》等,间有辑自当世人之作,如屠隆之《义士传》,其内容始于上古颛顼氏时,而迄于万历朝。李本固,字叔茂,汝南(今属河南)人,万历八年(1580)进士,累官南京大理寺卿。

《三国志后传》十卷一百四十回,题"晋平阳侯陈寿史余杂记","西蜀酉阳野史编次"。首万历三十七年某氏之序(姓名剜去),序中言"比授梓,分为十一卷,通计一百回",与此书实情不符。序后又有引,似为作者所作,言小说之功用,"无过消遣于长夜永昼,或解闷于烦剧忧愁,以豁一时之情怀耳";承认书中所叙汉室重兴之事"固可快一时,但事迹欠实",因而要求读者"宜作小说而览,毋执正史而观"。作品结尾处有"此书原计共二十卷,今分作二集而刊,庶使刻者易完,而买者轻易,以成两便,……幸吝青蚨而弃后史也"等语,可见此书内容有意迎合读者兴趣,实出于牟利之动机。然所谓"下集",今日未见著录。酉阳野史为万历时人,姓名、生平均无考。

俞安期翏翏阁刊《南北史续世说》十卷,题"陇西李垕撰",首俞安期本年序,称:"梁溪安茂卿,世藏宋之刻本。取传坚梨,刻既竟,见其字且多讹,条落亦混,尚俟手校印发。逡巡年岁,遘先朝露。余过存诸孤,见之架上,已为蠹蚀者几半。痛良友之早逝,惜是书之久湮,遂载其蠹余,行求全本,冀足成之。既越三年,顷得之焦弱侯太史,始补其阙,订其讹,截其条落,遂成完书,亦艺林快睹矣。"然《四库全书总目》称此书"盖即安期辈依托为之,诡言宋本,……明代伪书,往往如是。"俞安期,初名策,字公临,更名后,改字羡长,吴江(今属江苏)人,因王世贞为之延誉而成名士。

俞安期本年又刻唐人刘肃所撰之《唐世说新语》十三卷。

1610年　庚戌　万历三十八年

《明世说新语》八卷,李绍文撰,云间李氏刊。书前有沈懋孝、王圻、陆从平及陈继儒序。该书记明代朝野逸闻琐语,自明初迄于嘉靖、隆庆,取材于诸种明季稗家说部,并旁及正史、郡志、文集等,所分门数类名,均同刘义庆之《世说新语》。陆从平序称作者以文学受知于熊剑化,熊剑化复为厘其谬误。然书中传闻异词,未能尽确,其释名亦颇多舛误。李绍文,字节之,松江(今属上海)人,天启三年(1623)时还曾编刊类书《艺林累百》八卷。

《问奇类林》三十六卷,郭良翰撰。作者搜集古今轶事,按君德、宫闱、储贰、忧时等三十类排比。是书有本年刻本,但不知初刻于何时,现暂系于此。郭良翰,字道宪,莆田(今属福建)人,万历中以荫官太仆寺丞。

《问奇类林续》三十卷,郭良翰撰。是书有本年刊本,现系于此。

《剑侠传》五卷,周诗雅辑。此书今已佚。万历四十年(1612),周诗雅又辑刻《续剑侠传》五卷,即为本书之补编。周诗雅,字廷吹,武进(今属江苏)人,万历四十七年(1619)进士。

《金陵琐事》四卷,题"漫士周晖吉父撰","矩所何湛之公露校"。首作者自序,言早年撰有《尚白斋客谈》数卷,麻城王元祯借录后,要求转送,载入己集。周不允，"因思既已付之抄录，能强其不灾于木乎？但性不近道，未能忘情，乃取《客谈》中切于金陵者，录成四帙，名曰'琐事'，该国史之所未暇，郡乘所不能备者，不过细琐之事而已。"序署"万历庚戌"。后有《续金陵琐事》二卷，题"漫士周晖吉甫著"，"乾室陈桂林孟芳校"，"寄宇顾端祥孝直校"。又有《二续金陵琐事》，题"漫士周晖吉甫著"，"古歙方时俊求仲校"，"江浦藤维正一之校"。周晖，字吉甫，上元（今属江苏）人，生员。

《泾林续记》不分卷，周玄暐撰。书记弘治、正德以来见闻，描述如小说，语涉神怪之处甚多。凌濛初《拍案惊奇》卷一所演文若虚海外贸易故事，或即本于此书之记载。书叙至严东楼事有云：世藩诸不法状，详载于祖记中。有以为周玄暐另先著有《泾林祖记》者，实为误解。所谓"祖记"，是指其祖周复俊所著之《泾林杂记》。周玄暐，字叔懋，号缄吾，昆山（今属江苏）人。万历十四年（1586）进士，曾任广东电白知县、云南道御史，后坐事瘐死狱中。书中最后纪年为"万历庚戌"，即万历三十八年，故本年为成书之上限，现暂系于此。

《天都载》六卷，马大壮撰。该书采摭历代史籍中怪异故事，间附考证而成，刻于本年。马大壮，字仲复，徽州（今属安徽）人，罗汝芳之门人。

杭州容与堂刊《忠义水浒传》一百卷一百回。首李贽序，称"《水浒传》者，发愤之所作也"，又言国君、宰相与兵部将领均不可不读此书；次怀林《批评水浒传述语》，称"和尚一肚皮不合时宜，而独《水浒传》足以发抒其愤懑，故评之为尤详"，末有"本衙已精刻《黑旋风集》、《清风史》将成矣，不日即公海内"之附识；次《梁山泊一百单八人优劣》，极推崇李逵，而斥宋江为"假道学，真强盗"；次《水浒传一百回文字之优劣》，言"世上先有《水浒传》一部，然后施耐庵、罗贯中借笔墨拈出。……非世上先有是事，即令文人面壁九年，呕血十石，亦何能至此哉"；次《又论水浒传文字》，言"《水浒传》虽小说家也，实泛滥百家，贯串三教。……至于战法阵图，人情土俗，百工技艺，无所不有，真搜罗殆尽，一无遗漏者也"。一般认为，上所述李贽、怀林等名，均为叶昼所托。叶昼，字文通，又自称锦翁、不夜、阳开、叶五叶、梁无知等，无锡人。据钱希言《戏瑕》、盛于斯《休庵影语》、周亮工《因树屋书影》记载，托名李卓吾批点的《水浒传》、《三国志》、《西游记》、《皇明英烈传》等，均出自叶昼之手。

袁中道入京赴试，携《金瓶梅》全本，沈德符据此抄录，其《万历野获编》卷二十五记云："又三年，小修上公车，已携有其书，因与借抄挈归。"

699

1611年　辛亥　万历三十九年

《清风史》与《寿张县令黑旋风集》,未见传本。容与堂本《水浒传》卷首《批评水浒传》述语云:"和尚又有《清风史》一部。此则和尚手自删削而成文者,与原本《水浒传》绝不同矣,所谓太史公之豆腐帐非乎？和尚读《水浒传》,第一当意黑旋风李逵,谓为梁山泊第一尊活佛,特为手订《寿张县令黑旋风集》。此则令人绝倒者也,不让《世说》诸书矣。"该文末有附语云:"本衙已精刻《黑旋风集》、《清风史》将成矣,不日即公海内。"万历四十年(1612)袁无涯所刊《忠义水浒全书》之"发凡"云:"传中李逵已有题为《寿张传》者矣",成书于万历四十一年(1613)的钱希言《戏瑕》中则有"(叶昼)近又辑《黑旋风集》以讥刺进贤"等语。容与堂《水浒传》序署"庚戌仲夏",故上述两书之出当在万历三十九年,似均为水浒故事改写本。崇祯十四年(1641),金圣叹于《读第五才子书法》中也论及《寿张传》,云:"近世不知何人,不晓此意,故节出李逵事来,另作一册,题曰《寿张文集》。可谓咬人屎橛,不是好狗。"

商氏半野堂刊《稗海》丛书正、续两集,共三百六十八卷,商濬编。是书收自晋迄元之历代稗史、小说共七十四种(亦有七十种、七十一种本),内有《搜神记》、《博物志》、《西京杂记》等作品。书首商濬序,内称:"吾乡黄门钮石溪先生,锐情稽古,广构穷搜,藏书世学楼者,积至数千函百万卷。余为先生长公馆甥,故时得纵观焉。每苦卷帙浩繁,又书皆手录,不无鱼鲁之讹,因于暇日,撮其纪载有体,议论的确者,重加订正,更旁收缙绅家遗书,校付剞劂,以永其传,以终先生惓惓之夙心。凡若干卷,总而名之曰《稗海》。"商濬,一作商维濬,字景哲(一作初阳),会稽(今属浙江)人。或云此书为陶望龄所编选。袁中道《游居柿录》卷之七云:"述之侄处乞得《稗海》一部,凡六套,吾友陶石篑选,会稽商氏刻也。"此条记于万历四十年(1612)正月至三月间,《稗海》之出,当稍早于此时,现暂系于此。陶望龄(1562—?),字周望,号石篑,晚号歇庵居士,会稽(今属浙江)人,万历十七年(1589)会试第一,殿试一甲第三,授编修,后晋国子监祭酒,因母老辞归未任。

1612年　壬子　万历四十年

《峤南琐记》上下二卷,魏濬撰。书所记为两广之风土、人情、物产、传说等,多有怪异类记载,间亦有似小说者,然甚简略,某些记载则摘自《朝野佥载》、《鹤林玉露》、《博物志》、《异物志》等作。首作者题记,称作《西事珥》后,"尚有碎事及续闻者百余种,因复理而存之,名曰《峤南琐记》。"魏濬,字禹卿,号苍水,松溪(今属福建)人,万历三十二年(1604)进士,累官湖广按察使。

《樗斋漫录》十二卷,许自昌撰,首作者本年自序。是书卷六论及刻印李贽所批《水浒传》时云:"李有门人,携至吴中,吴士人袁无涯、冯犹龙等,酷嗜李氏之学,奉为蓍蔡,见而爱之,相与校对再三,删削讹缪,附于余所示《杂志》、《遗事》。精书妙刻,费凡不资,开卷琅然,心目沁爽,即此刻也。其大旨具李公序中,余屑屑辨驳,亦痴人前说梦云尔。"

《续剑侠传》五卷,周诗雅辑。周诗雅于万历三十八年(1610)曾辑刻《剑侠传》五卷,是书则为《剑侠传》之补编。全书共收作品一百二十篇,其内容上起春秋,下止明代,各篇基本上按年代先后排列,然均未注明出处,文字亦有更动,各篇主人公且并非全为剑侠。

《亘史》九十三卷,潘之恒撰。是书分"内纪"十二卷,设孝、贞两部;"内编"二十三卷,设贞、懿、闺、寿、忠五部;"外纪"四十五卷,设侠、宠、艳、方四部;"外编"二卷,设方一部;"杂记"五卷,设生一部;"杂编"六卷,设文一部。所收皆为前代各类文言小说。书首顾起元本年序,概况其书内容云:"内纪内篇以内之,而忠孝节义、懿行名言之要举;外纪外篇以外之,而豪杰奇伟、技术艳异、山川名胜之事彰;杂记杂篇以杂之,而草木鸟兽、鬼怪琐屑、诙谐隐僻之用别。"潘之恒,字景升,歙县(今属安徽)人,侨居金陵(今江苏南京)。嘉靖间官中书舍人。

《曲中志》一卷,潘之恒撰。是书以人名为条,记载明代行院歌妓事迹,对明代青楼面貌、社会风俗以及世态人心等均有所反映。此书成于何时不详,现暂与《亘史》系于一处。

《合刻三志》不分卷,冰华居士编。首编者自序云:"稗官家无虑数百,唯《虞初》、《齐谐》、《夷坚》三志称焉。何也?猥谈鄙事,田舍翁村学究多好为之;而雅俗之辨,真薰莸之别,以三书裁自才手,而又出自唐、宋诸词人墨卿,不得行其胸怀所寓作也。矧如《广陵妖乱志》、《周秦行纪》、《集异记》,当时《涑水》、《通鉴》,尚藉采摭焉,何怪诞不语之有?余姑汇三家,多弃彼就此,为世人消忧破梦之一助,岂第比于博弈而已。"然书中只有少部分作品出自《虞初志》与《夷坚志》,而所收吴均《齐谐记》一种,实当作《续齐谐记》。是书分志奇、志怪等八类,收作品八十种,但伪托者居多,不少作品又被妄改篇名。冰华居士疑即潘之恒,故现暂与《亘史》系于一处。

袁中道读《稗海》,并从中辑出四集,其《游居杮录》卷之七云:"闭门阅《稗海》,命小童及一佣书者随阅随抄。可效法者为一集,事关因果助发道心者为一集,救妄者为一集,可惩戒者为一集。"

《东西两晋志传》十二卷,金陵大业堂刊,首雉衡山人,即杨尔曾序。序称:"一代肇兴,必有一代之史,而有信史,有野史,好事者丛取而演之,以通俗喻人,名曰演义,盖自罗贯中《水浒传》、《三国传》始也";"是编也,严华裔之防,尊君臣之分,标统系之正闰,声猾夏之罪愆,当与《三国演义》并传,非若《水浒传》之指摘朝纲,《金瓶梅》之借事含讽,《痴婆子》痴里撒奸也。"又言:"余爱是标题甲乙,稍加铅椠,殆仲秋而杀青。竟间有姓氏之错谬,岁月之参差,郡邑之变更,官阶之讹误,先后之倒置,章法之紊乱,皆非我意也,仍旧文而稍加润色耳。"据此,知杨尔曾为编订者。大业堂又有刊本题"秣陵陈氏尺蠖斋评释","绣谷周氏大业堂校梓",序同前,但未署名。

《东西晋演义》十二卷五十回,武林刊本,题"武林夷白主人重修","泰和堂主人参订"。夷白主人似即杨尔曾。序同大业堂本《东西两晋志传》,但未署名。本书似为《东西两晋志传》之改编本,现暂系于此。

《痴婆子传》上下卷,题"情痴子批校","芙蓉主人辑"。著者姓名、生平不可考。是书叙痴婆子年轻时诸风流事,以第一人称口吻回忆,此种叙事方式在中国古代小说史上似是首次运用。书出于何时已不详,崇祯时五湖老人《忠义水浒全传序》曾批评《痴婆子》等书"只导人慆淫耳",刊于万历四十年的《东西两晋志传》之序则称此书"痴里撒奸",故此书之出不会迟于本年,现暂系于此。

《西汉通俗演义》八卷一百零一则,甄伟编著,大业堂刊。题"钟山居士建邺甄伟演义","绣谷后学敬弦周世用订讹","金陵书林敬素周希旦校锓"。首甄伟自序,自誉此书"言虽俗而不失其正,义虽浅而不乖于理","使刘项之强弱,楚汉之兴亡,一展卷而悉在目中",且可令读者"始而爱乐以遣兴,既而缘史以求义,终而博物以通志"。甄伟嫌熊大木之《全汉志传》"多牵强附会,支离鄙俚"而作此书,自称其创作方法为"因略而致详,考史以广义",但又言:"若谓字字句句与史尽合,则此书又不必作矣。"甄伟,号钟山居士,南京人,生平无考。

《东汉十二帝通俗演义》十卷一百四十六则,题"金陵西湖谢诏编集","金陵周氏大业堂评订"。首陈继儒序,其末云:"有好事者为之演义,名曰《东汉志传》,颇为世赏鉴。奈岁久字湮,不便览阅,唐贞予复梓而新之,且属不佞稍增评释。其中有称谓不协及字句之讹舛者,亦悉为之改窜焉。或可无亥豕帝虎之误,而览者亦庶免于攒眉赘齿之苦云。"或疑此序为伪托。大业堂于万历四十年刊出《西汉通俗演义》与《东西晋演义》,此书之出,似亦应于其时,故系于此。

1613年　癸丑　万历四十一年

《狯园》十六卷,钱希言撰,马之骏刻。作者于卷首序其创作主旨云:"采遗献,食旧闻,核是非,该幽灵,大小必识,雅俗并陈,参往考来,品分胪列,而成是书。"书分仙幻、释异、影响、报缘、冥迹、灵祇、淫祀、奇鬼、妖孽、魂闻十门,其以"狯园"名书者,狯者狡狯之意,狡狯者戏弄之意也。书中又载若干小说史料。钱希言,字简栖,常熟(今属江苏)人,一作吴县人,生卒年不详。

《戏瑕》三卷,钱希言撰。书成于本年,马之骏付刻。书首作者自序云:"见有沿袭舛误者,随事辄摘,随摘辄记。初订事理字义,兼举礼仪称谓。"书中时有关小说之史料,如卷三"赝籍"条指出叶昼托名李卓吾评点小说数种,卷一"水浒传"条则称《水浒传》原先各回均有头回,而"今坊间刻本,是郭武定删后书矣"。

《桐薪》三卷,钱希言撰。是书写于本年,其间时论及小说。卷二"造物忌才"条赞《水浒传》"其文章独立一代",然其作者如同左丘明、司马迁、屈原,"夺造物之微权,故罹祸最惨。呜呼!天道何其酷钦?"卷二、卷三中关于《灯花婆婆》、《金统残唐记》的记载也极为珍贵。

《山林经济籍》三十四卷,屠本畯编次,惇德堂刊。书分山、林、经、济、籍五部,首李维桢诸人序,又有屠本畯所撰之《叙籍原起》,署"万历戊申",云:"夫挽颓风而维末俗者,敉宁宇宙之经纶;怀独行而履狂狷者,展错山林之经籍,此籍之所由以定名也。"论及《金瓶梅》作者以及抄本流传与收藏情形的跋语,则在该书辑录袁宏道的《觞政》后。

《谷山笔麈》十八卷,于慎行著,由其门人郭应宠整理付梓。是书记述明万历朝以前的典章、人物、兵刑、财赋、礼乐、释道、边塞诸事,考溯源流,并兼及诸朝史实,其卷十五杂记类中,多似小说故事。书首冯琦之《笔麈题辞》,末为郭应宠之《笔麈跋》,内有"即间杂《齐谐》,亦属劝百耳"之语。天启五年(1625),沈城据其家藏抄本再刊此书,并作《刻笔麈小引》。于慎行(1545—1608),字可远,又字无垢,东阿(今属山东)人,隆庆二年(1568)进士,官至礼部尚书、东阁大学士。

《四不如类钞》四种十二卷,钱一本撰。书首作者自序,序中假托艾庵居士述事云:"余少不如人,今老矣,而惟恐不如人。……尝拟集《四愧》以自警。四愧者,愧人类不如禽兽也,君子不如小人也,须眉丈夫不如妇寺也,中国不如夷狄也。"是书之名,即由此而来。次于孔兼序,称作者"挺丈夫之志,厌流俗之鄙,而尚品格之高。谓士而不闻道非士也,欲闻道而不力自刻、甘为他类之下者,是人面而兽心者也。乃于读礼之暇,勒成稽古之钞。"又有史孟麟、吴亮序(是书又有注吴亮辑者)。书分《不如异类钞》、《不如贱类钞》、《不如妇寺钞》、《不如夷狄钞》四种,每种三卷,均收录大量故事传说,并分门类编次。钱一本(1539—1613),字国瑞,学者称启新先生,武进(今属江苏)人,万历十一年(1583)进士,官至福建道监察御史。

《二侠传》二十卷,徐广辑。书首编者自序,释书以"二侠"为名之由云:"盖取男之磔然于忠孝,女之铮然于节义。"该书采摘历代正史与说部中男女侠烈人物事迹,始于周,讫于元,共一百七十八人,其中男七十人,女一百零八人。编者较重女侠,故其"凡例"又称:"古有男侠而未闻以女侠。呜呼!兹其捐生就义,杀身成仁者续于简后,殊见妾妇可为丈夫,丈夫可愧于妾妇乎!"徐广,蒲城(今属陕西)人,余不详。

《于少保萃忠全传》十卷七十回,"题钱塘孙高亮明卿父纂述","檇李沈国元飞仲父批评"。首林梓序,言作者"哀采演辑,凡七历寒暑,为《旌功萃忠传》。夫萃者,聚也,聚公之精神德业,种种丛备,与夫国事及他人之交涉干公者,首尾纪之,而后公之事业无弗完也。盖雅俗兼焉,庶田夫墅叟,粉黛笄袆,三尺童竖,一览了了。悲泣感动,行且遍四方矣。"清道光本序署"万历辛巳",现多据此定该书成于万历九年(1581)者,然书中"凡例"有《续藏书》载于公事,系李卓翁搜求秘史,记事成篇,兹采十之二"之语,而《续藏书》刊于万历三十九年(1611);又,该书第六十九回又提及万历四十一年郎兆玉祈梦登进士事,本书成书上限可据此而定,故现暂系于此。

沈德符携《金瓶梅》抄本至苏州,冯梦龙见欲刻之,但被拒绝。沈德符《万历野获编》卷二十五"金瓶梅"条记此事云:"吴友冯犹龙见之惊喜,怂恿书坊以重价购刻;马仲良时榷吴关,亦劝予应梓人之求,可以疗饥。予曰:'此等书必遂有人板行,但一刻则家传户到,坏人心术,他日阎罗究诘始祸,何辞置对?吾岂以刀锥博泥犁哉!'仲良大以为然,遂固箧之。"马之骏,字仲良,新野(今属河南)人。万历三十八年(1610)进士,官至户部主事。

1614年 甲寅 万历四十二年

《小窗自纪》四卷《艳纪》十四卷《清纪》五卷《别纪》四卷,吴从先撰。是书之《清纪》仿《世说新语》分清语、清事、清韵、清学四门,《别纪》兼涉志怪,而《自纪》皆俳谐杂说及游戏诗赋类,其卷三《读水浒传》为作者之读后感,云:"及读稗史《水浒传》,其词轧札不雅,怪诡不经。独其叙宋江以罪亡之躯,能当推戴,而诸人以穷窘之合,能听约束,不觉抚卷叹曰:'天下有道,其气伸于朝;天下无道,其气磔于野,信哉!'"又云:"虽然,江可死已,江也而与司马光等三百九人俱以碑传,则不朽之骨,非蔡京、童贯所能望见者,何必身处小朝廷间而后活哉?他日书纲目者,曰:'宋江平。'则江之非贼明矣。江何幸而又得此也?可以死已。"吴从先,字宁野,歙县(今属安徽)人。曾从冯梦祯受业,终身未仕。

袁无涯刊《忠义水浒全传》一百二十回,题"施耐庵集撰","罗贯中纂修"。首李贽《读忠义水浒全传序》,同容与堂本,次杨定见之小引,极推崇李贽,且云:"吾探吾行笥,而卓吾先生所批定《忠义水浒传》及《杨升庵集》二书与俱,挈以付之。无涯欣然如获至宝,愿公诸世。……非卓老不能发《水浒》之精神,非无涯不能发卓老之精神。"又有伪托李贽之名之"发凡",云:"今世小说家杂出,多离经叛道,不可为训。间有借题说法,以杀盗淫妄,行警醒之意者;或钉拾而非全书,或捏饰而非习见,虽动喜新之目,实伤雅道之亡,何若此书之为正耶?"又言:"是书盖本情以造事者也,原不必取证他书",即肯定作品中的虚构,然未作论证发挥。

袁无涯以新刻《水浒传》赠送袁中道。《游居柿录》卷之九云:"袁无涯来,以新刻卓吾批点《水浒传》见遗,予病中草草视之。"袁中道又由此忆及万历二十年(1592)拜访李贽,见其"逐字批点"《水浒传》事,以及与董其昌谈论《金瓶梅》事。末云:"(《金瓶梅》)不必焚,不必崇,听之而已。焚之亦自有存之者,非人之力所能消除。但《水浒》,崇之则诲盗,此书诲淫,有名教之思者,何必务为新奇,以惊愚而蠹俗乎?"

1615年　乙卯　万历四十三年

《广谐史》十卷二百四十二篇,陈良卿辑,沈应魁刊。首李日华序,云:"因记载而可思者,实也,而未必一一可按者,不能不属之虚;借形以托者,虚也,而反若一一可按者,不能不属之实。古至人之治心,虚者实之,实者虚之。实者虚之故不系,虚者实之故不托,不托不系,生机灵趣泼泼然,以坐挥万象将无望筌蹄之极,而向所仇校研摩之未尝有者耶。"又称此书"不徒广谐,亦可广史吏部徒外史,亦可广读史者之心"。次辑者"凡例",云:"《谐史》旧刻乃武进徐儆弦先生所集也,篇止七十有三。今广询博访,或散见文集,或杂见类书,或得之友之私抄,或得之坊间别本,搜录濡选,甘易寒暑,增至二百四十二篇,因名曰《广谐史》。"

《广滑稽》三十六卷,陈禹谟编。书首李维桢序,称司马迁设《滑稽列传》于《史记》,"赞其不流世俗,不争势力,上下无所凝滞,人莫之害",实乃遭祸后"郁结不通,而寄思于滑稽",而陈禹谟"采两汉以来至宋元本朝人稗官小说家数十百种语类滑稽者"辑成是书,"可本原太史公之意而更广之乎?"陈禹谟(1548—1618),字锡玄,常熟(今属江苏)人,万历间由举人官至四川按察司佥事。

《舌华录》九卷,曹臣撰。曹臣字荩之,歙县(今属安徽)人,一说苏州人。该书从历代笔记、史籍共九十九种书中采清言隽语,分十八门编辑。首万历四十三年潘之恒序,次"凡例"六条,似为作者自撰,云:"所采诸书,惟取语,不取事,即语涉鄙俚不甚佳者亦弃去,此舌华本义";"所取在仓促口谈,不取往来邮笔,以其乃笔华而非舌华";"吴鹿长参订后,经袁小修评点,其中分类有小出入者,袁已笔端拈出,今仍不移,一以见小修目力之高,一以不伤鹿长前意";"古今书籍如牛毛,天下语言如蚊响,以此小帙,遂名舌华,是以蠡指海耳,盖所取在一案之书,所闻在一隅之口,同志者不妨重广。"

陈继儒为龚绍山所刊《春秋列国志传》作序。该刊本题"云间陈继儒重校","姑苏龚绍山梓行"。陈序因讲史演义的特点而称其为"宇宙间一大帐簿",认为它与正史的主要差别在于"事核而详,语俚而显",但又言"有学士大夫不及详者,而稗官野史述之;有铜螭木简不及断者,而渔歌牧唱能案之"。序末指出小说可以"与经史并传",对它的社会地位作了充分肯定。

沈德符之侄沈伯远将《金瓶梅》借与李日华。李日华《味水轩日记》本年十一月五日条记云:"沈伯远携其伯景倩所藏《金瓶梅》小说来,大抵市诨之极秽者耳,而锋焰远逊《水浒传》。袁中郎极口赞之,亦好奇之过。"李日华(1565—1635),字君实,号竹懒居士,又号九疑、六研斋,嘉兴(今属浙江)人,万历二十年(1592)进士,官至太仆寺少卿。

1616年　丙辰　万历四十四年

《五杂俎》十六卷,谢肇淛撰。书分五部,天、地部各二卷,人、物、事各四卷,故名《五杂俎》,其论述范围相当广泛,其中有不少小说故事。作者在书中还对小说的发展历史、社会价值、艺术虚构等问题提出了颇有价值的见解。书首李维桢序,云:"班言可观者九家,意在黜小说。后代小说极盛,其中无所不有,则小说与杂相似。在杭此编,总九流而出之,言天下之至赜而不可恶也,即目之杂家可矣。龙门六家儒次阴阳,殊失本末。兰台首儒,议者犹以并列艺文为非。语曰:'通天、地、人,曰儒。'在杭此编,兼三才而用之,即目之儒家可矣。"序无署年,但序末有"友人潘方凯见而好之,不敢秘诸帐中,亟授剞劂,与天下共宝焉"之句。潘方凯《刻〈五杂俎〉小跋》署"丙辰仲夏",而"李右丞公以都水谢公此书见贻。且属绣梓"则为"去秋"之事,故知是书刻于本年,而李维桢之序当作于嘱潘方凯绣梓之时,即万历四十三年也。

谢肇淛作《金瓶梅跋》,云:"相传永陵中有金吾戚里,凭怙奢汰,纵欲无度,而其门客病之,采摭日逐行事,汇以成编,而托之西门庆也。"又云:"其中朝野之政务,官私之晋接,闺闼之媟语,市里之猥谈,与夫势交利合之态,心输背笑之局,桑中濮上之期,尊罍枕席之语,驵狯之机械意智,粉黛之自媚争妍,狎客之从臾逢迎,奴怡之稽唇淬语,穷极境象,骇意快心。譬之范公抟泥,妍媸老少,人鬼万殊,不徒肖其貌,且并其神传之。信稗官上乘、炉锤之妙手也。其不及《水浒传》者,以其猥琐淫媟,无关名理。而或以为过之者,彼犹机轴相放,而此之面貌各别,聚有自来,散有自去,读者意想不到,唯恐易尽。此岂可与褒儒俗士见哉?"此段议论与天都外臣《水浒传序》中关于小说功用的论述有相似之处。该跋又云:"此书向无镂

707

板,钞写流传,参差散失。唯弇州家藏者最为完好。余于袁中郎得其十三,于丘诸城得其十五,稍为厘正,而阙所未备,以俟他日。"跋之末则言及《金瓶梅》之仿书:"仿此者,有《玉娇丽》,然乖彝败度,君子无取焉。"

《花里活》三卷,陈诗教编。首编者短序,云:"余性爱看花,年来为病魔所困,不能出游。小庭颇饶佳卉,红紫纷敷,日与游蜂浪蝶相为伴侣,觉此中亦自有真乐,忘其身之委顿也。李昌谷诗有'花里活'之句,余非秦宫其人,窃喜三字之有契余心,遂以名篇。"是书从各种典籍中摘出与花有关之故事,编为一册,其内容按时间顺序排列,上卷为五帝时至南北朝,中卷为唐,下卷则为五代至明。

《云合奇踪》二十卷八十则,题署为"徐渭文长甫编","玉茗堂批点",似为伪托。此书实以《皇明开运英武传》为底本而加以剪裁,间有装点处。首徐如翰序,其序云:"天地间有奇人始有奇事,有奇事乃有奇文。夫所谓奇者,非奇袤奇怪奇诡奇僻之奇,正惟奇正相生,足为英雄吐气豪杰壮谭,非若惊世骇俗咋指而不可方物者",而徐渭"顾其肮脏之气,无所发舒,而盖奇于文,乃举英烈诸公,溯其从来,摭其履历,演为通俗肤谭而杂以诗歌赋调"。序又批评道:"《三国》偏而弗全,《水浒》杂而多秽,孰有若斯之春容博大者哉。"徐如翰,字伯鹰,上虞(今属浙江)人,万历二十九年(1601)进士,曾官边关备兵观察使。

《续英烈传》五卷三十四回,题"空谷老人编次"。书首秦淮墨客序,空谷老人、秦淮墨客均为纪振伦之别号。该序称"尝综建文、永乐故实,汇为续传",序中又有"有明文长徐先生,负轶才,郁郁不得志,……著《英烈传》一书"之语。此处《英烈传》即指托名徐渭之《云合奇踪》,故本书之出,应在其后,现暂系于此。

1617年 丁巳 万历四十五年

《清言》十卷,郑仲夔撰。首曹徵庸序,云:"自王元美《世说补》出,而始知有所谓《世说》,然已非晋、宋之《世说》矣。夫以不知有所谓《世说》者,而哆口谈清言之祸可笑也。已吾友郑龙如氏,踵《世说》、《语林》诸书之后,而葺《清言》一编。虽晚出而旨微不同。大抵《世说》在因事以傅言,其言精;《清言》在因事以徵事,其事核。《世说》之精,使人流想于片言;《清言》之核,期以示的以千古。"郑仲夔《偶记》卷一"徵刻《清言》疏"云:

"寅卯间,余《清言》告成,贫无锲资,遂久存笥中。余友费文孙慨然疏告同人,共襄此举。丙辰秋,得付杀青。"故此书之写成,当在万历三十年(1602)、三十一年(1603)间。郑仲夔,生卒年不详,字甹师,号龙如,上饶(今属江西)人,天启七年(1627)举人,或云崇祯举人。

《金瓶梅词话》十卷一百回。首欣欣子序,谓其友兰陵笑笑生因"寄意于时俗",而"罄平日所蕴者,著斯传",书中内容"无非明人伦,戒淫奔,分淑慝,化善恶,知盛衰消长之机,取报应轮回之事"。又为该书"语涉俚俗,气含脂粉"辩解,认为此亦是"关系世道风化,惩戒善恶,涤虑洗心,无不小补"。又有东吴弄珠客序,称:"《金瓶梅》,秽书也。……然作者亦自有意,盖为世戒,非为世劝也。"又言:"读《金瓶梅》而生怜悯心者,菩萨也;生畏惧心者,君子也;生欢喜心者,小人也;生效法心者,乃禽兽耳。……若有人识得此意,方许他读《金瓶梅》也。"其后又有廿公跋云:"《金瓶梅传》为世庙时一钜公寓言,盖有所刺也。然曲尽人间丑态,其亦先师不删郑卫之旨乎?中间处处埋伏因果,作者亦大慈悲矣。今后流行此书,功德无量矣。不知者竟目为淫书,不惟不知作者之旨,并亦冤屈流行者之心矣。"据欣欣子序,本书作者似应为兰陵笑笑生。目前关于兰陵笑笑生有多种说法,然均无确证。此外,兰陵笑笑生为本书作者能否成立,也大可怀疑。

《轮回醒世》十八部,聚奎楼刊,不题撰人。扉页有聚奎楼识语,云:"'今生受,今生造'二语可括轮回大旨,习矣不察,遂世多梦梦。欲使世醒,须仗轮回,故为是刻。"首秣陵也闲居士序,有"阴司即在阳世,而轮回之事不出'今生受,今生造'之两言,使作善得福,作恶得祸,万一不爽"等语。书为文言小说与话本小说合集,收作品一百八十三篇,明代历朝故事一百二十五篇,其中万历朝五十三篇。现存日本蓬左文库藏本,注明为宽永十一年买本。宽永十一年,即明崇祯七年(1634)。聚奎楼为万历时书坊,其书又有"丁巳孟冬书林聚奎楼李少泉梓"之题语,故知此书刊于本年。

《杜骗新书》四卷八十四则,书全称为《江湖历览杜骗新书》。陈怀轩存仁堂刊,题"浙江夔衷张应瑜著"。书中所叙骗术分脱剥、丢包、换银、诈哄等二十四类。每类所含则数不等,每则叙一事。书首三岭山人熊振骥本年序。序云"今之时,去古既远;俗之坏,作伪日滋。巧乘拙,智欺愚,人含舌锋腹剑之险;此挟诈,彼怀猜,世无披心吐胆之交。"又云:"是集之作,非云小补。揭季世之伪芽,清其萌蘖;发奸人之胆魄,密为关防。使居家长者,执此以启儿孙,不落巨奸之股掌;即壮游年少,守此以防奸宄,岂落老棍之牢笼。任他机变千般巧,不越篋囊一卷书。故名'江湖奇闻',志末世之弊窦也;曰'杜骗新书',示救世之良策也。其裨世也甚大,其流后也必远",即视此书为防骗教科书。

《三注钞》刊出,钟惺辑。是书收入《三国志注钞》八卷、《世说新语注钞》二卷与《水经注钞》二卷,全书共十二卷。钟惺(1574—1624),字伯敬,号退谷,竟陵(今属湖北)人,万历三十八年(1610)进士,官至福建提学佥事。

《纪录汇编》二百二十一卷,沈节甫辑,阳羡陈于廷刊。是书共收入明人著作一百二十三种,其中含有《涉异志》、《庚巳编》等多种小说。沈节甫,字以安,号锦宇,乌程(今属浙江)人,嘉靖三十八年(1559)进士,历官祠祭郎中、工部左侍郎。

1618年　戊午　万历四十六年

《客座赘语》十卷,顾起元撰,戴惟孝刊。首作者万历四十五年(1617)自序,云:"余顷年多愁多病,客之常在座者,熟余生平好访桑梓间故事,则争语往迹近闻以相娱,间出一二惊奇怪诞者以助欢笑,至可裨益地方与夫考订载籍者,亦往往有之。余恕置于耳,不忍遽忘于心,时命侍者笔诸赫蹏,然什不能一二也。既成帙,因命之曰《客座赘语》。"书以记载金陵掌故为主,内时有小说故事或有关小说史料。顾起元(1565—1628),字太初,一作璘初、邻初,号遯园居士,江宁(今江苏南京)人。万历二十六年(1598)进士,由编修累官南京国子监祭酒、吏部左侍郎。

《玉堂丛语》八卷,焦竑撰,曼山馆刊。首顾起元序,称此书及焦竑"以其腹笥所贮词林往哲之行实,仿临川《世说》而记之者也。其官则自阁部元僚,而下逮于待诏应奉之冗从;其人则自鼎甲馆选,而旁及于徵辟荐举之遗贤;其事则自德行、政事、文学、言语,而微摭于谐谑、排抵之卮言;其书则自金馈石室、典册高文、而博采于稗官野史之余论。义例精而权量审,闻见博而取舍严,词林一代得失之林,煌煌乎可考镜矣。"次郭一鹗序,称此书"体裁仍之《世说》,区分准之《类林》,而中所取裁抽扬,宛然成馆阁诸君子一小史然。"次作者自序,言"自束发,好览观国朝名公卿事迹。追滥竽词林,尤欲综核其行事,以待异日之参考","每有所得,辄以片纸志之,储之巾箱",年八十,方辑成是书云。

《明世说》八卷,焦竑撰。《千顷堂书目》、《明史·艺文志》著录,但是书今已佚,现暂与《玉堂丛语》系于一处。

《艳异编》正编四十卷续编十九卷,题王世贞撰,汤显祖评。正编四十卷分十七部,共三百六十一篇,续编十九卷分二十三部,共一百六十三篇。首汤显祖序,称此书"诸凡神仙妖怪、国士名姝、风流得意、慷慨情深等语,千转万变,靡不错陈于前";又云:"是集也,奇而法,正而葩,秾纤合度,修短中程,才情妙敏,踪迹幽玄,其为物也多姿,其为态也屡迁,斯亦小言中之白眉者矣。"然序中有戊午,即万历四十六年纪年,此时汤显祖去世已有二年,故知序为伪托。

《稗乘》四十六卷,编者不详。书首李维桢本年所作序称:"是书编葺不得主名,孙幼安得之,校正以传"。是书分史略、训诂、说家、二氏四类,收书四十二种,其中有《因话录》、《汉武故事》(改名为《汉武事略》)等小说。

《谑浪》四卷,作者署"东海闲民郁履行"。是书为取材于前人笑话书的选编本,书前有本年延陵缪尊素序,故系于此。

《僧尼孽海》不分卷,署"南陵风魔解元唐伯虎选辑",书首署名为"吴趋唐寅字子畏撰"之序。该书文中多有万历纪年,故所谓唐伯虎选辑,显为伪托。是书撦拾流行的小说中有关僧尼淫行之内容汇辑而成,僧部二十五则,附辑尼部十一则,共三十六则。崇祯四年(1631)所刊之《鼓掌绝尘》已引此书,而本书中最迟纪年为万历四十六年,故书当出于此十余年间,本年则可视为成书上限,现暂系于此。

叶崐池刊《南北两宋志传》,题"研石山樵订正"、"织里畸人校阅"。南、北宋各十卷五十回,序均同世德堂版泛雪斋序,然题署分别改为"织里畸人书于玉茗堂"、"万历戊午玉茗主人题"。所谓"玉茗堂"与"玉茗主人",均是有意假托汤显祖之名。

1619年　己未　万历四十七年

《捧腹编》十卷,许自昌辑。首辑者自序,云:"夫稗官野史,盛于开元、天宝间,或据实纪异,或加空缀说,口绣笔彩,用以资清麈消雄心。而宋元诸公,皆称述朝家耳目之事,略涉谐部,有关风教。迨我明兴,寥寥无几,独杨用修、祝希哲、王元美数公,富有纂著,丹铅所历,累累充籍。其他藏书之家,签轴相望,多埋之蠹窟,毁之鼠乡,落东家之醢瓿,作寡妇之袜材,传于时者,不数数见。"又云,读书每遇"解颐捧腹之事,恍忽诡异之语,可以涤尘襟,醒睡目者,不以无益而不存,舌录掌记,投积敝箧。……今岁园居消夏,略取敝箧中什一,命童子笔出,不暇伦次,不计妍媸,分为十卷,署曰《捧腹编》。"

《涌幢小品》三十二卷,朱国祯撰。首作者自序,称:"浅近之说,人所勿去,且为可弄可笑者,入目便记,记辄录出,约略一日内必存数则,而时时默坐,有所窥测,间亦手疏,以寄岑寂逍遥之况。……执笔自韵,仰视容斋。欣然有窃附之意焉。"次"涌幢说",署"己未八月题于黄洋墩之品水斋"。朱国祯(?—1632),一作国桢,字文宁,号虬庵居士,乌程(今属浙江)人,万历十七年(1589)进士,天启初拜礼部尚书,兼文渊阁大学士。

继《万历野获编》前编之后,沈德符于本年撰成《万历野获编》续编十二卷,并作"续编小引",内有"咏歌太平,无非圣朝佳话","或比于玄怪潇湘诸录,差不为妄"诸语。《续编》内有关于小说如《金瓶梅》、《玉娇李》等重要记载。《万历野获编》之前编与续编,后由清人钱枋于康熙三十九年(1700)"割袭排缵,都为三十卷,分四十八门"。是书又有《补遗》四卷,系沈德符后人沈振于康熙五十二年(1713)辑成。

《敝帚轩剩语》三卷,补遗一卷,沈德符撰。是书记明代朝野遗闻,时含神怪故事,对明末浇薄世风也有所批评。是书成于何时不详,现暂系于此。

《残唐五代史演义传》八卷六十回,龚绍山刊,题"贯中罗本编辑"、"卓吾李贽批评"。首周之标序,言"大五代自有五代之史,附于残唐后者野史,非正史也。正史略略,则论之似难,野史详之,则论之反易。何也?略者犹存阙文之遗,而详者特小说而已。"又云:"五代纷更,朝成暮改,如儿童演戏,胡乱妆粉,便尔登场",故"五代之史,虽谓野史非正史也亦可"。龚绍山万历四十七年所刊《隋唐两朝志传》第十二卷后"木记"云:"书起隋公杨坚,至僖宗乾符五年而止。继此者则有《残唐五代志传》,读者不可不并为涉猎。"孙楷第《日本东京所见小说书目》录此"木记"后言:"今《残唐五代传》,每回亦多附丽泉诗,与此正同。显系同时编次二书,而丽泉亦参与其事之人。……附丽泉诗之《残唐》,必与此附丽泉诗之万历己未(四十七年,1619)刊本《隋唐两朝志传》时代相去不远,则可断言耳。"今从此说,系于本年。又，万历时人钱希言之《桐薪》卷三称："今人耽嗜《水浒》、《三国》而不传《金统》，是未尝见其书耳。"《残唐五代史演义传》当据《金统残唐记》加工而成，按万历时人尚不知残唐五代亦有相应小说之语判断，此刊本似应为初刻。

1620年　庚申　万历四十八年

《古今谭概》三十六卷，冯梦龙辑。是书取材历代正史，兼收多种稗官野史、笔记丛谈，按内容分为迂腐、怪诞、痴绝等三十六部，每部各一卷，每部前有辑者评语。书首梅之熉序，云："谭何容易，不有学也不足谭，不有识也不能谭，不有胆也不敢谭，不有牢骚郁积于中而无路发撼也亦不欲谭。夫罗古今于掌上，寄春秋于舌端，美可以代舆人之诵，而刺亦不违乡校之公，此诚士君子不得志于时者之快事也。"又引辑者之语云："子不见夫鹦鹉乎？学语不成，亦足自娱。吾无学无语，且胆销而志冷矣，世何可深谭？谭其一二无害者，是谓概"。梅之熉，字惠连，湖北麻城人。由梅之熉作序事可知，是书当成于本年冯梦龙游麻城时，故系于此。冯梦龙，字犹龙，又字子犹、耳犹，号龙子犹，自称冯仲子，室名墨憨斋，长洲（今江苏苏州）人，崇祯中由贡生选授福建寿宁知县。

《雅谑》，题"浮白斋主人述"，作者真实姓名不详。是书取历代野史笔记中笑话编辑而成，冯梦龙本年之《古今谭概》已征引此书，其出当在此之前，现暂系于此。

《闲情野史》八卷，陈继儒编。书首陈继儒、顾廷宠及韩敬后序。陈序称"客座所述闲情野史风流十传"，顾序则云"陈仲醇所删八传，其笔陈不减于汉，其风采不让于唐"，而是书实为八卷。书中共收八篇中篇传奇，每篇为一卷，依次为《钟情丽集》、《双双传》、《三妙传》、《天缘奇遇》、《娇红传》、《三奇传》、《融春集》（即《怀春雅集》）与《五金鱼传》。

万历间(1573—1620)与小说有关但无法确定年份之事，均排列于下：

《异林》十六卷，朱谋㙔纂。书首帅廷镆序，称："先生《水经注》、《文心雕龙校本》皆已盛行，独《金海》百二十卷尚未脱草，因《异林》之成寄镆桐城，即桐城梓焉。"是书十六卷分四十二目，记古今中外人世间与自然界中各种奇闻异事,内容选自群籍,非为作者臆撰,各条之尾,均注有出处,标明书名。朱谋㙔,字郁仪,宁王朱权七世孙,封镇国中尉。

《谈辂》三卷,张凤翼撰。书中所载各种传闻轶事及议论采自前代史书与小说,但在前人所叙故事后附以近闻则为本书之特色。如引《晋书》中晋人及难前壁间长出八尺巨手事后,又附以作者近闻妇人采蔬时为地中长出长手所牵事。

《琅邪代醉编》一卷,张鼎思撰。是书叙历代轶闻杂事,为笔记小说类,其中"奇节"诸条之情节已相当完整。张鼎思,字慎吾,安阳(今属河南)人,万历五年(1577)进士。

《良常仙系记》一卷,邹迪光撰。书叙历代于茅山得道之士之故事,始于汉代茅盈,止于唐代张孝威,共十六人。书首作者"题记"云:"华阳多仙,其所为仙者,类多摛词掞藻,博通延览,与夫执圭担爵,纡金曳紫之士。故余与兹山,辄低徊眷念有深思焉。曰:'此等皆吾辈人,竟以仙去。吾安得千载而下列一姓氏其间也。'爰自司命、定录、保命君而下,得十六人,具于左,以志向遗。"邹迪光,字彦吉,号愚谷,无锡(今属江苏)人,万历二年(1574)进士,历官湖广学政。

《宦游纪闻》一卷,张谊撰。书叙朝野轶事杂闻,其中"梦幼同科"、"馆俸有数"等条似志怪小说;"试师得侄"条叙李旦春自幼亡失,后中举与母团聚故事;"伶人眩骗"条记伶人诈骗团伙案,可窥见当时世态。书已叙至嘉靖四十四年(1565)事,疑其出于万历初年,暂系于此。张谊,生平不详,惟知为江苏江阴人。

《快雪堂漫录》一卷,冯梦祯撰。是书记明代轶闻杂事,含志怪志人内容,志怪者则多言因果报应。冯梦祯(1546—1605),字开之,秀水(今浙江嘉兴)人。万历五年(1577)会试第一,官至南京国子监祭酒。

《见闻录》八卷,陈继儒撰。是书记明代朝野遗闻,兼及典章制度,又记有若干志怪故事。

《珍珠船》四卷,陈继儒撰。是书叙奇闻异事及朝野传说轶事,故事来源则为汉魏以来小说家言及各种史传杂书,注明出处者约占半数。

莫是龙著《笔麈》,其中论及小说云:"经史子集之外,博闻多知,不可无诸杂记录。今人读书,而全不观小说家言,终是寡陋俗说。宇宙之变,名物之烦,多出于此。第如鬼物妖魅之说,如今之《燃犀录》、《暌车志》、《幽怪录》等书,野史芜秽之谈,如《水浒传》、《三国演义》等书,焚之可也。"

莫是龙,字云卿,后以字行,更字廷韩,号秋水,松江(今属上海)人,有文名,以贡生终。

《益部谈资》三卷,何宇都撰。是书专叙四川风物特产及与之相关的故事传说,为作者在蜀任职时采撷整理而成。何宇都,字仁仲,德安(今属江西)人,万历间官夔州通判。

《江汉丛谈》二卷,陈士元撰。书首作者自序,称年老家居时,有友人校《楚志》,叩问楚中古昔奇事,于是引经据典,予以陈述,集而成此书。书上卷含风后、舜陵等十篇,下卷含子文、孟宗等十篇。各篇围绕篇题罗列众说,如上卷"随珠"引《淮南子》言其出于山渊之精之说,以及隋侯见大蛇伤断,为其敷药而得蛇珠之报之传说,并征引《搜神记》、《隋志》、《三秦志》、《韵府》诸书中关于蛇池丘珠蚁桥等传说加以附会。《四库全书总目提要》称其"持论皆极精确","引据赅博,论断明晰,则非明人地志所及"。陈士元,字心叔,应城(今属湖北)人。嘉靖二十三年(1544)进士,曾官滦州知县。

《山栖志》一卷,慎蒙撰。是书记历代名士言动,写法仿《世说新语》,却未分门类记叙,诸条编排也未按年代先后顺序。已叙至明杨慎、顾璘、孙一元诸人事。慎蒙,字山泉,归安(今属浙江)人,嘉靖三十二年(1553)进士,官至监察御史。此书当成于万历初年。

《孝经集灵》一卷,虞淳熙撰。是书收集《孝经》中有关的故事传说,多为行孝而得善报之事,道德说教意味较浓。虞淳熙,字长孺,号德园,钱塘(今浙江杭州)人。万历十一年(1583)进士,授兵部主事,历官吏部稽勋郎中,称疾归。

《焦氏说楛》七卷,焦周撰。是书从《汉书》、《淮南子》、《公羊传》、《风俗通》、《酉阳杂俎》、《考工记》等前人史传杂书中采撷新颖之语,及闻见故事可资谈噱者,杂载成编,未分门类。焦周,焦竑之子,字茂叔,上元(今江苏南京)人,万历二十八年(1600)举人。

《前定录》二卷,蔡善继撰。原书已佚。据《四库全书总目提要》介绍,该书皆载古来前定之事。上卷七十八事,下卷九十三事。前有作者自序,后有泉州府训导张启睿跋。但该书内容全剽《太平广记》卷一四六至一六零"定数"一门,名姓次序全同,惟上卷末增延陵包隙一人,下卷首增窦易直至刘逸等二十人,是移至《太平广记》的其他门类。蔡善继,字伯达,乌程(今属浙江)人。万历二十九年(1601)进士,官至福建左布政使。

《笑赞》,赵南星撰。是书取唐宋以来野史笔记中笑话故事编辑而成。书首作者"题词",云:"书传之所记,目前之所见,不乏可笑者,世所传笑谈,乃其影子耳。时或忆及,为之解颐,此孤居无聊之一助也。然亦可以谈名理,可以通世故,染翰舒文者。能知其解,其为机锋之助,良非浅鲜。"赵南星(1550—1627),字梦白,号侪鹤,高邑(今属河北)人。万历二年(1574)进士,官至吏部尚书,为东林党领袖人物。

《初潭集》三十卷,李贽撰。该书辑六朝以来志人故事,仿《世说新语》体例,分夫妇、父子、兄弟、君臣、朋友五大类,各类又细分若干小类。李贽在故事后常附以评点,阐发其反对传统理学,主张尊重个人及其情感的思想。《初潭集》封面有"识语"云:"卓吾先生以《世说》、《类林》各成其书,而不相连贯,分之则双珠,合之则连璧也。复广以《语林》诸书,裒为三十卷,手自丹铅,一一品骘,观之洞心悦目,真海内奇书也。久则中郎《论衡》,识者恨之,谓隋珠和璧,岂可终在泥涂,爰授诸梓,以公当世。买者请认京陵原版。"

《笑府》十三卷,墨憨斋主人冯梦龙编。书首编者序,云:"古今来莫非话也,话莫非笑也。两仪之混沌开辟,列圣之揖让征诛,见者其谁耶?夫亦话之而已耳。后之话今,亦犹之今之话昔。话之而疑之,可笑也;话之而信之,尤可笑也。经书子史,鬼话也,而争传焉。诗赋文章,淡话也,而争工焉。褒讥伸抑,乱话也,而争趋避焉。或笑人,或笑于人,笑人者亦复笑于人,笑于人者亦复笑人,人之相笑宁有已时?"

《广笑府》十三卷,墨憨斋主人冯梦龙编纂。是书除第七、九、十一、十二等四卷外,其余九卷后半部均见于现通行本《笑府》。书首之序亦多同于《笑府》,但多出以下一段:"尧与舜,你让天子,我笑那汤与武,你夺天子,他道是没有个傍人儿觑,觑破了这意思儿也不过是个十字街头小经纪。还有什么龙逢、比干、伊和吕,也有什么巢父、许由、夷与齐,只这般唧唧哝哝的,我也那里工夫笑着你。我笑那李老聃五千言的《道德》,我笑那释迦佛五千卷的文字,干惹得那些道士们去打云锣,和尚们去打木鱼,弄儿穷活计;那曾有什么青牛的道理,白象的滋味?怪的又惹出那达磨老臊胡来,把这些干屎橛的渣儿,嚼了又嚼,洗了又洗。又笑那孔子的老头儿,你絮叨叨说什么道学文章,也平白地把好些活人都弄死。又笑那张道陵、许旌阳,你便白日升天也成何济,只这些未了精精儿到底来也只是一淘冤苦的鬼。住住住!"

《封神演义》二十卷一百回,金阊舒载阳刊。封面舒载阳识语云:"此书久系传说,苦无善本,语多俚秽,事半荒唐,评古愚今,名教之所必斥。兹集乃(此处削去名字)先生考订批评,家藏秘册,余不惜重赀,购求锓行,以供海内奇赏。"首刊江李云翔序,序首即言:"古今有可信者,经史《纲鉴》之书是也;有不可信者,《齐谐》、《虞初》、《山海》之书是也;若可信若不可信者,诸子小说阴阳方技术数之书是也。"又言因"史臣为之粉过饰非",正史中亦多有不可信者。序末则云:"余友舒仲甫自楚中重资购有钟伯敬先生批阅《封神》一册,尚未竟其业,乃托余终其事。余不愧续貂,删其荒谬,去其鄙俚,而于每回之后或正词,或反说,或以嘲谑之语以写其忠贞侠烈之品,奸邪顽顿之态,于世道人心不无唤醒耳。"据此,李云翔至少当为编辑者。该书卷二题"钟山逸叟许仲琳编辑",故今人多判许为作者,且又有陆西星著此书之说。

《唐三藏西游释厄传》十卷,题"羊城冲怀朱鼎臣编辑","书林莲台刘永茂绣梓"。万历刊本《鼎镌徽池雅调南北官腔乐府点板曲响大明春》题"后学庠生冲怀朱鼎臣集",故朱鼎臣字冲怀,广州人,且为庠生,但其生平不详。郑振铎认为此书之出"其时代似不能后于万历初元",孙楷第则言"朱鼎臣者当为万历间人"。此书所叙唐僧出世的内容为杨致和本、世德堂本所无,三本之关系目前学术界意见不一。

《西游记传》四卷四十一回,杨致和编。关于此书成书年代,学术界意见不一。或以为是《西游记》之祖本,甚至有明以前成书之说,或以为是《西游记》之节本,现姑系于此。

《东游记》二卷五十六则,题"兰江吴元泰著","社友凌元龙校"。首余象斗引,当为三台馆所刊。其引曰:"不佞斗自刊《华光》等传,皆出予心胸之编集,其劳鞅掌矣!其费弘钜矣!乃多为射利者刊,甚诸传照本堂样式,践人辙迹而逐人尘后也。今本坊亦有自立者,固多,而亦有逐利之无耻,与异方之浪棍,迁徙之逃奴,专欲翻人已成之刻者。袭人唾余,得无垂首而汗颜,无耻之甚乎?"当时小说翻刻之风,由此可见。

《南海观世音菩萨出身修行传》四卷二十五则,焕文堂刊,题"南州西大午辰走人订著","羊城冲怀朱鼎臣编辑","浑城泰斋杨春荣绣梓"。该书末以"自古修善以来,自如以下,未有如我慈圣之显灵显圣者,是故表面杨(扬)之,以为劝善之戒"为结语,由此可见作者创作之宗旨。

《唐钟馗全传》四卷三十五则,撰人不详,题"书林安正堂补正"、"后街刘双松梓行"。

《五显灵官大帝华光天王传》四卷十八回,余象斗编。此书之出,应与余象斗所编之《北方真武祖师玄天上帝出身志传》,以及余象斗作引并刊印的《八仙出处东游记》相去不远,当在万历三十年(1602)前后。现存最早刊本题"三台馆山人仰止余象斗编"、"书林昌远堂仕弘李氏梓",末叶有牌记"辛未岁孟冬月书林昌远堂梓"。此"辛未"当为崇祯四年(1631),昌远堂本为翻刻本也。

《三教开迷归正演义》二十卷一百回,卷一题"九华潘镜若编次,兰嵎朱之蕃评订,白门万卷楼梓行。"首朱之蕃序,称:"夫书关世教风化,则为作不徒作,作不徒作则可长久,可长久则又与世教风化相关,系于不朽,其今《三教破迷正俗演义》之谓乎。"次作者自序,言"传中浪游三吴齐鲁之区,见履人情物理之事,真实不妄,而慷慨以发宏议,实开诚布讽之私,杂以诙谐,乃驱睡魔,消白昼。"又次浙湖居士顾起鹤引,言"是传开迷心,归正路,欲以举世尽归王道之中,乃参三教而合一,立意其在兹耶"。朱之蕃,字元介,号兰嵎,上元(今江苏南京)人。万历二十三年(1595)状元,授翰林修撰,历官吏部右侍郎,协理詹事府事兼翰林侍读学士。该书末又有未署名之跋,称书中所叙,皆作者"生平经历所遇,实有其事与人者。除怪诞不根者十之三,以妆点作传之花样,其余借名托姓,总之不扬人恶,亦不隐人善,种种着是迷者自相警戒焉。"据书中第二回、第三十六、七回,可知作者潘镜若年龄与万历间名妓马湘兰相若或略小,据此,此书约出于万历后期。

《绣榻野史》四卷,王骥德谓吕天成撰。有万历醉眠阁刻本,题"卓吾李贽批评","醉阁憨憨子校阅"。首憨憨子序。序将小说与止史相较,云:"正史所载,或以避权贵当时,不敢刺讥,孰知草莽不识忌讳,得抒实录",又为"评品批抹"此书作辩解:"余将止天下之淫,而天下已趋矣,人必不受;余以海之者止之,因其势而利导焉,人不必不变也。"序中"间通书肆中,见冠冕人物与夫学士少年行,往往诹咨不绝"等语,透露了通俗小说在当时畅销之情形。憨憨子,或疑为王承父,盖其号憨憨人也。

《玉妃媚史》二卷,题"古杭艳艳生著","古杭情痴生批"。天启元年(1621)之《昭阳趣史》亦为艳艳生所著,其序中有"向刻《玉妃媚史》"之语,故知此书出于万历后期。艳艳生当为杭州人,姓名生平无考。

《浪史》四十回,题"风月轩又玄子著"。首又玄子序,云:"《浪史》风月,正使无情者见之还为有情。情先笃于闺房,扩而充之,为真忠臣、真孝子,未始不在是也。《西游》之放而博,《水浒》之曲而谋,于情无当,总不如《浪史》之情而切也。"《西游记》首刊于万历二十年(1592),而泰昌元年(1620)张无咎《平妖传序》已提及《浪史》,故是书之出,当在万历二十年(1592)至四十八年(1620)之间。书序后有"凡例",称:"此书疑是元人手笔,以其文情绝韵似《西厢》也。"此实为作者故作玄虚之语。

《素娥篇》,不分回,亦不题撰人。首方壶仙客《刻逸史素娥篇序》,云:"予过邺华生卒业,骤疑此身落在巫山雨云中,遂抽笔为之,咄咄作数百言,稍仿《高唐赋》故事耳。"故知书邺华生所著,然其人姓名、生平无考。

《青楼传》,未见。孙能传所撰《剡溪漫笔》卷五"字秽媒"条云:"至于俗传《如意君》等传,及近日吴下《青楼传》所记松陵善战,尤污辱翰墨。赢泰一炬,焉可无也。"《剡溪漫笔》为万历四十一年(1613)刊本,孙能传为万历十年(1582)举人,故疑《青楼传》出于万历间。

《祈禹传》一百回,茅镳撰,未见。清人陈尚古《簪云楼杂说》云:茅镳曾语其友辈曰:有"一人而百遇,尽属妙丽"之书,"然镳实无此书,暮归,即鸠工匠及内外誊写者百余人。广厦列炬如昼,镳危坐其中,或以口语,或以手授,随笔随刊,苏学士手腕欲脱,亦不顾也。天将曙,而百回已竣,序目评阅俱备。因戒阍人曰:'昨诸人来,第言宿醒未解,俟装钉既就,乃报我。'遂入内浓睡。阍人如镳指,而诸友悉肩书阁。午后始晤。镳投以书五帙,题《祈禹传》,结构精妙,不可名状,而千载韵事,一人编写。诸友曰:'才人妙手,如万斛明珠,从空散落,可谓风流之董狐矣。'……后闻镳一夕草就,莫不惊叹。而镳屡踬棘闱,曾不得博一第,或以口过所致云。"清乾隆四十七年(1782),水箬散人为《驻春园小史》作序时称:"昔人一夕而作《祈禹传》,诗歌曲调,色色精工,今虽不存,《燕居笔记》尚采摘大略,但用情非正,总属淫词。"据此,《祈禹传》似又为《天缘奇遇》之别名。茅镳,字右鸾,茅坤之第三子。茅坤生于正德七年(1512),卒于万历二十九年(1601),据此推算,是书当出于万历间。

《国朝名公神断详刑公案》八卷四十则,题"京南归正宁静子辑","吴中匡直淡薄子订",书末牌记为"南闽潭邑莪林刘氏太华刊行"。疑书出于万历后期,现暂系于此。

《神明公案》,残存二卷十二则,书全名为《鼎雕国朝宪台折狱苏冤神明公案》。撰人不详。明代公案小说多刊于万历朝,疑本书亦出于斯时,故暂系于此。

《五鼠闹东京传》二卷一百二十七则，封面书题中刻"书林"二字，但无梓行书林名。书不分章回，有四字小题标目，若干结尾处有"且听下回分解"句。书中内容据刊于万历二十二年(1594)《包龙图判百家公案》第五十八回"决战五鼠闹东京"敷演，其出恐在此书之后。

《承运传》四卷不分回，未题撰人。书以演明成祖靖难事为主，现存万历福建坊本。

《戚南塘剿平倭寇志传》，残存一至三卷。书分回但不标回次。因书牌记、一卷卷首均缺，故不知撰人。现存福建建阳所刊残本。

大涤余人序《忠义水浒传》。大涤余人，姓名、生平无考。其序云："百年树人，匪伊朝夕。急则治标，莫若用俗以易俗，反经以正经。故特评此传行世，使览者易晓。亦知《水浒》惟以招安为心，而名始传，其人忠义也；施、罗惟以人情为辞，而书始传，其言忠义也。所杀奸贪淫秽皆不忠不义者也。"又云："正史不能摄下流，而稗说可以醒通国。化血气为德性，转鄙俚为菁华，其于人文之治，未必无小补。"此为新安黄诚之刻本。

三台馆刊《南北两宋志传》，卷首三台馆主人序称，该书为建邑"大本"先生(当为"大木"之笔误)所撰，又称："是集也，虽外史而不紊于朝章，虽外传而不乘于正纪，用以传今古，昭法戒，可也。"书分二十卷，《南宋》十卷题"陈继儒编次"，《北宋》十卷不题撰人。

《燕居笔记》卷，题"芝士林近阳增编"，"书林余泗泉梓行"，又署"萃庆堂余泗泉梓行"。林近阳生平无考，既云"增编"，似尚有原本。萃庆堂余泗泉于万历三十一年(1603)刊出《铁树记》与《咒枣记》，《飞剑记》亦刊于其时，故本书之出，当在此前后。

《燕居笔记》十卷，何大抡编。正文下栏卷一署"金陵书林李澄源新□"，末一字不清，似为"梓"字。封面标明"□盛堂梓"，哈佛大学哈佛燕京图书馆藏本作"大盛堂梓"，空格处或应为"大"字。首何大抡《重刻增补燕居笔记行》，云："爰从幽窗，稍悟冷致，有一事焉，堪脍炙人口者则笔之，有一词焉，堪耸动人听者则笔之。而且，为记耶，为传耶，为铭耶，为联耶，为赞为集耶，为歌为疏耶，靡不备载。一开卷间，而灿若指掌，烂若列眉，天下之美，尽在此矣。燕居时之所得，不既多乎。此不独为古人扬其芳，标其奇，而凡宇宙间稍税俗骨者，朝夕吟咏，且使见日扩，闻日新，识日开，而藏日富矣。"何本《燕居笔记》之出应在林近阳增编本之后，且不避"由"字，亦万历时所出也。

《虞初志》七卷，吴琯刊。书首王稚登序，称："自野史毓芜，家倭市锾，好奇大夫，购求百出，于是巷语街谈，山言海说之流，一时充肆，非不纷然盛矣，奈何嚼蜡铺糟，愈趋而愈不竟，使夫目未下，而恨秦灰之既尽；卷乍披，而思汉瓿之堪覆，盈箱积案，徒多奚为？"然赞本书云："其事核，其旨隽，其文烂漫而陆离，可以代捉麈之谭，资扪虱之论"，"长篇短牍，灿然可观。鼎染者涎垂，管窥者目眩，奚藉说诗，居然颐解，不有博弈云尔犹贤，既克免于木灾，宁不增其纸价乎？"次欧大任序，称自秦汉以降，"诸家鼓吹，百氏簧鸣，艳奇闻以资话柄，则野老毕其长；希怪见以茂谈丛，则稗官穷其巧，于是小说之繁，莫可殚纪，支言琐语，铿锵之若洪钟；委巷深闺，掺挝之如雷鼓；盖亦艺林之剩枝，而文苑之余葩也。"又赞本书云："其婉柔者，可以解颐；其诡异者，可以发冲，苟别具只眼而翻，必令枵腹而果矣。"王稚登序中有"吾友仲虚吴君，……乃于游艺之暇，删厥舛讹，授之剞劂"等语，故知是书为吴琯所刻。吴琯，字仲虚，漳浦（今属福建）人，隆庆五年（1571）进士。此吴琯非刻《古今逸史》之吴琯。

《续虞初志》八卷，汤显祖编辑，题"临川汤显祖若士评选"，"钱塘钟人杰瑞先核阅"。书中所收唐人传奇小说均为《虞初志》所未收，如《雷民传》、《独孤遐叔传》等，各篇后附有署名汤显祖等人的评语。

《广虞初志》四卷，邓乔林编辑。书首编者自序，称汤显祖有《续虞初志》，本书则为广汤书之作。全书共收传奇小说二十篇，除《中山狼传》为明人作品外，余皆为前代人所撰。邓乔林，字迁甫，西陵（今属湖北）人。

《逸史搜奇》，汪云程编辑。是书不分卷，依天干分为十集。《四库全书总目提要》论及此书时云："其书杂采汉唐以来传奇小说共一百四十种，汇为一册。中分十集，大抵皆猥亵荒唐之言。"汪云程，生平不详，仅知为徽州（今属安徽）人。

《王氏杂记》（又名《惊座新书》）十四卷，王兆云撰。是书含《湖海搜奇》二卷，《挥麈新谭》二卷，《白醉琐言》二卷，《说圃识余》二卷，《漱石闲谈》二卷，《乌衣佳话》八卷。原书已佚，《坚瓠集》等书中有引文，"三言"、"二拍"中某些作品似取材于此。王兆云，字元桢，麻城（今属湖北）人。

凌濛初刻《世说新语》六卷，并作跋云："余弱冠时幸睹王次公批点《世说》一书，发明详备，可称钜观，以刻自豫章藩司，不能家传户诵为恨。壬午（万历十年，1582）秋，尝命之梓，杀青无几，惜板忽星火，余惟是有志而未逮也。嗣后家弟补成,得冯开之先生所秘辰翁、应登两家批注本,刻之为鼓吹。欣然曰:向年蠹残编,已成煨烬,今获捃摭其全,良为快事。行之已久,独失载圈点,未免有遗珠之叹。余复合三先生手泽,耘庐缀以黄,须溪缀以蓝,敬美缀以朱,分次并然,庶览者便于识别云。"据跋知,凌濛初初刻《世说》,不载圈点,凌瀛初后又用套板印入三家评语。

某氏刊宋刘斧所撰《青琐高议》十八卷。

许自昌刻大字本《太平广记》五百卷。

1620年　庚申　明光宗泰昌元年

本年七月,明神宗死。八月,太子朱常洛即位,是为明光宗。九月朔,明光宗死。本年八月前为万历四十八年,八月后为泰昌元年。

《三遂平妖传》四十回,题"宋东原罗贯中编","明陇西张无咎校",天许斋刊。首张无咎序,提出"以真为正,以幻为奇","兼真幻之长"等论点,并批判《续三国志》、《封神演义》、《浪史》、《野史》等作。崇祯间嘉会堂版亦首张无咎序,但与天许斋版之序有异,如天许斋版称《金瓶梅》"如慧婢作夫人,只会记日用帐簿,全不曾学得处分家政",嘉会堂版序则言《金瓶梅》"另辟幽蹊,曲终奏雅";前者称"及观兹刻,回数倍前,始终结构,备人鬼之态,兼真幻之长,猴山先生所称,或在斯乎?"后者则言"兹刻回数倍前,盖吾友龙子犹所补也。始终结构,有原有委,备人鬼之态,兼真幻之长。"或疑嘉会堂版为原序之翻刻,天许斋版序为篡改作伪,但也有相反意见。

张丑刻唐代段成式《酉阳杂俎》二十卷续十卷,并作跋云:此书续集不传,"虽以胡元瑞之广收博取,卒未遇其原本,仅于《太平广记》录出一册,亦莫能完十卷之旧。语具《二酉缀遗》中。"又称友人所赠此书续集十卷,"的系宋人写本",故刻之。

1621年　辛酉　明熹宗天启元年

泰昌元年(1620)九月,明光宗死,同月,皇长子朱由校即位,是为明熹宗,本年改元为天启。

《古今小说》四十卷,冯梦龙编辑,天许斋刊。书扉页识语云:"小说如《三国志》、《水浒传》称巨观矣。其有一人一事,足资谈笑者,犹杂剧之于传奇,不可偏废也。本斋购得古今名人演义一百二十种,先以三之一为初刻云。"目录行首又题"古今小说一刻总目",可见"古今小说"原计划为"三言"之总名。书首绿天馆主人序,叙小说发展历史,并云:"唐人选言,入于文心;宋人通俗,谐于里耳。天下之文心少而里耳多,则小说之资于选言者少,而资于通俗者多。试令说话人当场描写,可喜可愕,可悲可涕,可歌可舞;再欲捉刀,再欲下拜,再欲决脰,再欲捐金;怯者勇,淫者贞,薄者敦,顽钝者汗下。虽小诵《孝经》、《论语》,其感人未必如是之捷且深也。嘻,不通俗而能之乎?"该序还透露了此书之作有"因贾人之请"的商业因素。学术界均认为该书初刻于昌启间或天启初,现暂系于此。

《名公案断法林灼见》二卷四十则,题"湖海散人清虚子编"、"闽建书林高阳生刊",内容多抄自《详刑公案》与《律条公案》。

《昭阳趣史》二卷,题"古杭艳艳生编,情痴子批",有玩花斋刊本。首作者自序,云:"向刻《玉妃媚史》,足为玉妃知己,若不屑工以写昭阳之趣,昭阳于九泉宁不遗恨君耶?乃爱辑其外纪,题曰《昭阳趣史》。"图有题"辛酉孟秋写于有况居",此"辛酉"当为天启元年。

1622年 壬戌 天启二年

熊廷弼兵败被逮入狱,于狱中撰《气性先生传》自述生平,其中论及小说时云:"幼时聪颖强记,自就乡塾后,家益贫,废而事樵牧,拾野谷,负《列国》、《秦汉》、《三国》、《唐》、《宋》各演义及《水浒传》,挂牛角读之。"小说于当时之影响,由此可见一斑。熊廷弼(1569—1625),字飞百,江夏(今属湖北)人,万历二十六年(1598)进士,被逮入狱前为辽东经略。

1623年 癸亥 天启三年

《韩湘子全传》八卷三十回,杨尔曾著,金陵九如堂刊。题"钱塘雉衡山人编次","武林泰和仙客评阅"。首烟霞外史序,序中"析卓韦沐目之秘文,穷人天水陆之幻境,阐道德性命之奥旨,昭幽明神鬼之异闻"等语,可视为此书创作之宗旨。序叙是书创作经过云:"仿模外史,引用方言,编辑成书,扬榷故实。阅历疏窗,三载搜罗传往迹;标分绮帙,如干目次布新编。"又赞是书"有《三国志》之森严,《水浒传》之奇变;无《西游记》之谑虐,《金瓶梅》之亵淫。"杨尔曾,字圣鲁,号雉衡山人、卧游道人、夷白主人,曾

723

编刻《东西晋演义》。杨所刻书版心署"夷白堂",夷白堂似为杨氏书坊之名。杨尔曾万历三十七年(1609)曾辑刻《新镌海内奇观》,其书陈邦瞻序赞杨尔曾云:"武林杨子,博雅多奇,神情散逸,虽生长湖山之会,而尤杭志天游之表,妙抒心灵,先穷目界,寄兴盘礴,假技丹青。灵山异境,略存仿佛;福地洞天,尽人形容。万象缩之毫端,千嶂叠之尺幅。丹崖翠壁,依稀若睹;猿啼鹤唳,倘况如闻。"据此,又可知杨尔曾擅于丹青。

建阳黄正甫刊《三国志传》二十卷二百四十段。首博古生序,其末为该本张扬云:"第坊刻不遵原本,妄为增损者有之;不详考核,字至鱼鲁者有之。予阅是传,校阅不紊,剞劂极工,庶不失本志原来面目,实足开斯世聋瞽心花。"

1624年　甲子　天启四年

《警世通言》四十卷,冯梦龙编著,金陵兼善堂刊出。是书为"三言"之第二部。书首无碍居士序,称:"(经书史传)理著而世不皆切磋之彦,事述而世不皆博雅之儒。于是乎村夫稚子,里妇估儿,以甲是乙非为喜怒,以前因后果为劝惩,以道听途说为学问,而通俗演义一种,遂足以佐经书史传之穷。"序论及创作虚构时云:"人不必有其事,事不必丽其人。其真者可以补金匮石室之遗,而赝者亦必有一番激扬劝诱,悲歌感慨之意。事真而理不赝,即事赝而理亦真,不害于风化,不谬于圣贤,不戾于诗书经史,若此者其可废乎!"序末则释是书命名之意:"大抵如僧家因果说法度世之语,譬如村醪市脯,所济者众,遂名之《警世通言》。"

《七曜平妖传》六卷七十二回,题"吴兴会极清隐道士编次","洪都瀛海嫩仙居士参阅","彭城双龙延平处士订证"。首文光斗序,称:"会极,吴兴氏,为淮南十洲沈太史公孙",故知本书著者清隐道士名沈会极。书演徐鸿儒之乱。徐鸿儒兵败被逮在天启二年(1622)十月,而本书文光斗序署"天启甲子春月",故书成与所叙事件仅相距一年有余。

《游居杮录》二十卷,袁中道撰。作者家居出游,见闻琐事,随笔札录,后按年月排列,辑成是书。书中间涉小说戏曲史料,关于李贽批点《水浒传》,以及围绕《金瓶梅》及其作者的论述更是极有价值的记载。袁中道(1570—1623),字小修,公安(今属湖北)人,万历四十四年(1616)进士,历官国子监博士,南京礼部郎中。

韩敬编造《东林点将录》以陷害东林党人，以"开山元帅托塔天王南京户部尚书李三才"为首，总兵都头领二员为"天魁星及时雨大学士叶向高"与"天罡星玉麒麟吏部尚书赵南星"，掌管机密军师二员为"天机星智多星左谕缪昌期"与"天闲星入云龙左都御史高攀龙"，马军五虎将五员为"天勇星大刀手左副都御史杨涟"、"天雄星青面兽左金都御史左光斗"、"天猛星霹雳火大理寺少卿惠世扬"、"天威星双枪将太仆寺少卿周朝瑞"与"天立星双鞭将河南道御史袁化中"。共开列一百零八位东林党人，署"天启四年甲子冬归安韩敬造"。文秉《先拨志始》论及此事云："杨、左既逐，奸党益无忌惮，遂肆行诬陷。……绍徽复造《东林同志录》，罗列诸贤姓名。又韩敬造《东林点将录》，计一百八人。"又云："《点将录》，旧传王绍徽所作，而《同志录》未见抄传，或是韩敬因绍徽原本而增改之者耶？"韩敬，归安（今属浙江）人，万历三十八年（1610）进士，官修撰。王绍徽，咸宁（今属陕西）人，万历二十六年（1598）进士，官至吏部尚书。

又，陈宗《天启宫词原注》云："或有用《水浒传》罡煞星名配东林诸人以供谈谑之资，如托搭天王则李三才也，及时雨则叶向高也。崔呈秀得之，名曰《点将录》，佳纸细书，与《天鉴录》、《同志录》同付魏忠贤。忠贤乘间以达御览，上不解托塔天王为何语，忠贤详述溪东西移塔事，意欲使上知东林强暴有如此徒，所当蓻也。上倾听啧啧，若恨不同时者。忠贤计阻，匿其书，逡巡而退。"

1625年　乙丑　天启五年

以《辽东传》为起因，导致熊廷弼被杀。刘若愚《酌中志》卷二十四云："冯铨害经略熊廷弼者，因书坊卖《辽东传》，其四十八回内有冯布政父子奔逃一节，极耻而恨之，令妖弁蒋应旸发其事于讲筵，以此传出袖中，而奏致熊正法。"《明史·熊廷弼传》，李逊之《三朝野记》卷三上、李清《三垣笔记》附识卷上所载类此。此书篇幅应在四十八回外，其出当在本年初或略早。由《小说小话》知，此书清代犹传。

1626年　丙寅　天启六年

《耳新》八卷，郑仲夔撰。首邓泰序。然郑氏以为邓序"未明作者之旨"，故崇祯七年（1634）此书重刊时，又增自序，"志其缘起，以告夫世之有耳者"。

《智囊》二十七卷，冯梦龙辑。辑者《智囊补自叙》云："忆丙寅岁，余坐蒋氏三经斋小楼近两月，辑成《智囊》二十七卷。"故知书成于天启六年，但今所见均为二十八卷本。首辑者自叙，言："人有智犹地有水，地无水为焦土，人无智为行尸。智用于人，犹水行于地，地势坳则水满之，人事坳则智满之。周览古今成败得失之林，蔑不由此。……举大则细可见，斯《智囊》所为述也。"又言辑录标准云："吾品智非品人也。不唯其人而唯其事，不唯其事唯其智"。次张明弼序，又次沈几序。又，梅之焕《智囊补序》言冯梦龙编辑《智囊》，是"感时事之棼丝，叹当局之束手，因思古才智之才，必有说而处此，惩溺计援，视症发药"而为。

《太平广记钞》八十卷，冯梦龙辑，沈仲飞刻。有辑者小引云："予自少涉猎，辄喜其博奥，厌其芜秽，为之去同存异，芟繁就简，类可并者并之，事可合者合之，前后宜更置者更置之，大约削简什三，减句字复什二，所留才半，定为八十卷。……沈飞仲力学好古之士，得予所评纂，爱而刻之，亦迥乎与俗不谋矣。"又有李长庚序，序署"天启六年九月重阳日楚黄友人李长庚书"。李长庚，字酉卿，麻城（今属湖北）人，万历二十三年（1595）进士，历官南京刑部尚书。

潘弼亮刻其父潘之恒之《亘史》九十三卷，扉页题"潘景升先生辑"，正文前署"天都逸史冰华生辑"。书首万历四十年（1612）顾起元序，卷末有本年潘弼亮跋。

岳钟秀刊宋曾慥所编《类说》六十卷，并作序。序叙此书刊行经过云："余治新之暇，每从马康庄先生问奇字，以先生读书中秘见人之所未见者多矣。一日以所参阅宋人《类说》俾余订正而刊焉，命之曰：'是编以藏笥中，每以家弟仲良扬榷今古，取以印证，独憾写本未刊，难公诸众。因谋汗竹鸠工于前令司公，一时群情踊跃。有郡伯赵公偕内乡董公、浙川饶公、叶县王公俱欲捐俸赞成，竟以司公转官甫杀青而止，子是之来若有待也。'余受简以订正自任。丙夜政暇，次第取而读之，悉加考核。虽不能辨蹲鸱之羊，庶或驱渡河之豕，随肆梓人而忔廩之，殚精一载，始告成矣。"

《快书》五十卷刊出，闵景贤辑。是书收明人著作五十种，每种各一卷，内含《草木子》、《十处士传》、《才鬼记》等少量小说。

1627年　丁卯　天启七年

《剪桐载笔》一卷,王象晋撰。是书分传、赋、解、说、记五类,每类由若干故事组成,所记多为奇闻异事,又加以铺张渲染,主旨则为劝善惩恶。是书因奉使册封途中所作,故取义于剪桐。书首有《贺惠王升位》一启,惠王朱常润之藩荆州为本年事,是书之作当在此前后,故系于此。王象晋,字荩臣,一字康宇,新城(今属山东)人,万历三十二年(1604)进士,官至浙江右布政司使。

《芙蓉镜孟浪言》四卷,江东伟撰。书首潘汝桢、但宗皋序与作者本年自序。是书仿《世说新语》体例,分玄部、幻部、灵部、幽部四集,借摘录前人书中神仙鬼怪之事。江东伟,字青来,号壶公,开化(今属浙江)人,万历三十四年(1606)举人。

《醒世恒言》四十卷,冯梦龙编著,金阊叶敬池刊。首可一居士序,称"六经国史而外,凡著述皆小说也。而尚理或病于艰深,修词或伤于藻绘,则不足以触里耳而振恒心,此《醒世恒言》四十种所以继《明言》、《通言》而刻也。明者,取其可以导愚也;通者,取其可以适俗也;恒则习之而不厌,传之而可久。三刻殊名,其义一耳。"序末则云:"以《明言》、《通言》、《恒言》为六经国史之辅不亦可乎?若夫淫谭亵语,取快一时,贻秽百世。夫先自醉也,而又以狂药饮人,吾不知视此'三言'者得失何如也?"

凌濛初开始创作《拍案惊奇》,其《二刻拍案惊奇小引》记云:"丁卯之秋,事附肤落毛,失诸正鹄。迟徊白门,偶戏取古今所闻一二奇局可纪者,演而成说,聊舒胸中磊块。"凌濛初(1580—1644),字玄房,号初成,亦名凌波,一字波厈,别号即空观主人,浙江乌程人,官至徐州通判并分署房村。

徐复祚《三家村老委谈》(又名《花当阁丛谈》)或成于本年。是书论及《水浒传》等小说,答"《水浒》谬乎"时云:"征辽、征腊,后人增入,不尽君美笔也。即君美之传《水浒》,意欲供人说唱,耸人观听也,原非欲传信作也。"答"宋江之事可复为乎,何近来士大夫誉之甚也"时云:"此李长者也,此有激之言也,非教人为江也。江,盗魁也,王法所不赦,何可复为也?朝廷清明,京、贯不作,敢越厥志乎?"徐复祚(1560—1629或略后),原名笃孺,字阳初,号三家村老,别署破悭道人,常熟(今属江苏)人。

天启间(1621—1627)与小说有关但无法确定年份之事,均排列于下:

《情史》二十四卷,题"江南詹詹外史评辑"。首冯梦龙序,署"吴人龙子犹"。序云:"天地若无情,不生一切物。一切物无情,不能环相生。生生而不灭,由情不灭故。四大皆幻设,惟情不虚假","我欲立情教,教诲诸众生",而此书编撰之目的,则是"使人知情之可久,于是乎无情化有,私情化公,庶乡国天下,蔼然以情相与,于浇俗冀有更焉"。次詹詹外史序,言此书主旨云:"情始于男女,凡民之所必开者,圣人亦因与导之,俾勿作于凉,于是流注于君臣、父子、兄弟、朋友之间而汪然有余乎"。该书卷六"情爱类·丘长孺"跋云:"子犹氏云:余昔年游楚,与刘金吾、丘长孺俱有交"。冯梦龙游楚为万历四十八年(1620)事,故此书之出,当在天启间。

《偶记》八卷,郑仲夔撰,首朱谋㙔序,云:"郑龙如禀圭璋之资,具经纬之学,性好著术,闻见绝人,尝拟刘氏《世说》,作《清言》十卷,该括古今无逸美矣。并又撰《偶记》八卷,似洪景庐《随笔》,多识近世嘉言懿行,杂以古昔奇奥之闻,其纠是与非,可资千古针砭,功不细矣。"序又赞此书"典正精约,可讽可劝,有益世教多矣,使景庐而在,必且避席以谢不敏"。其序仅及《清言》而不提刊于天启六年(1626)的《耳新》与崇祯三年(1630)的《隽区》,可知该书出于《清言》之后,但在《耳新》之前。又,该书卷八"黄河清"条已言及"今岁庚申八月"光宗登基事,"讹言闰十二月"条又言及"庚申冬",故此书之出,当在天启初年。

《天爵堂笔余》三卷,薛冈撰。其自序云,自万历二十三年(1595)至四十一年(1613),"其间触于目,腾于耳而欲宣泄于口者,辄以条纸笔而箧之,……十九年中,积之不下数千条"。万历四十二年(1614)交周野王付刻,但周窣然夫世,原稿已残缺不全,后"遂取存者,刻于都下"。书中有小说戏曲,特别是关于《金瓶梅》的史料。该书又论当时笔记小说创作云:"《世说》片语只词,讽之有味,但可资口谭。近日修辞之士,多翕然宗之,掇舍其咳唾之余以饰文,而亦斯小矣。"薛冈,初字伯起,更字千仞,鄞县(今属浙江)人。

《禅真逸史》八集四十回,题"清溪道人编次","心心仙侣评订"。卷首有众人序,方汝浩序列于末,署"瀔水方汝浩清溪道人识",当为作者。有题"古杭爽阁主人履先甫识"之《凡例》,称此书"大导小说稗编,事有据,言有论,主持风教,范围人心","当与《水浒传》、《三国演义》并垂不朽,《西游》、《金瓶梅》等方之劣矣。"书扉页有题"本衙爽阁藏板"之识语:"此南北朝秘笈,爽阁主人而得之,精梓以公海内。刀笔既工,仇勘更密,文犀夜光,世所共赏,嗣此续刻种种奇书,皆脍炙人口。倘有棍徒,滥翻射利,虽远必治,断不假贷。具眼者当自鉴之。"

《古今律条公案》七卷首一卷四十六则,现存本缺卷二。题"金陵陈玉秀选校","书林师俭堂梓行",书末牌记题"书林萧少衢梓行"。本书选辑者应为陈玉秀,但书全名却为《新刻海若汤先生汇集古今律条公案》,目录页又题"海若汤先生汇集",显是伪托汤显祖之名,其书之出,似应在汤显祖去世之后,现暂系于此。

《名镜公案》七卷五十八则,现存一至四卷,题"葛天民吴沛泉汇编","三槐堂王昆源梓行"。书中所叙多有取《皇明诸司廉明公案》等作者,又叙邹元标"德化群盗"诸事。邹氏万历朝被贬,闲居三十年,泰昌元年(1620)始复官,天启元年(1621)始大用,本书之出当在此之后,故系于此。

《大唐秦王词话》八卷六十四回,澹园主人编次。澹园主人为诸圣邻之号,其人生平不详。书首陆世科所撰《唐秦王本传叙》,内云:"吾友诸圣邻氏,以风流命世,狎剑术纵横,雅意投弋,游情讲艺,羡秦封之雄烈,挥霍遗编,汇成巨丽。"据此可略知诸圣邻为人,以及其书成书过程。陆世科序署"四明通家陆世科从先甫题",则诸圣邻当亦为浙江宁波人。陆世科为万历三十五年(1607)进士,据此可略知诸圣邻活动年代。

《快阁藏书》丛书刊出,唐琳辑。是书收历代著作十种,共五十八卷,内有《穆天子传》、《博物志》等小说。

1628年　戊辰　明思宗崇祯元年

天启七年(1627)八月,明熹宗朱由校死,其弟信王朱由检嗣位,是为明思宗(南明谥)。本年改元为崇祯。

《谐丛》,钟惺撰。是书收集唐宋以来各类书中笑话故事编辑而成。书前有本年叶舟凌虚文题辞,故系于此。

《拍案惊奇》四十卷,凌濛初编著,尚友堂刊。书首作者自序,序署"即空观主人"。序叙创作经过、特点时云:"龙子犹氏所辑《喻言》等诸言,颇存雅道,时著良规,一破今日陋习,而宋元旧种,亦被搜括殆尽。肆中人见其行世颇捷,意余当别有秘本,图出而衡之,不知一二遗者,皆其沟中之断芜,略不足陈已。因取古今来杂碎事,可新听睹,佐诙谐者,演而畅之,得若干卷。其事之真与饰,名之实与赝,各参半。文不足征,意殊有属,凡耳

729

目前怪怪奇奇,当亦无所不有。总以言之者无罪,闻之者足以为戒,可谓云尔矣。"序中反对创作中故意搜奇猎异之倾向:"耳目之内,日用起居,其为谲诡幻怪,非可以常理测者固多也。……所谓必向耳目之外索谲诡幻怪以为奇,赘矣。"序又批判"非荒诞不足信,则亵秽不忍闻"之创作,并云:"得罪名教,种业来生,莫此为甚。而且纸为之贵,无翼飞,不胫走,有识者为世道忧之,以功令厉禁,宜其然也。"

《魏忠贤小说斥奸书》四十回不分卷,峥霄馆刊。题"吴越草莽臣撰"。作者真实姓名无考,或疑为冯梦龙,或疑为翠娱阁主人陆云龙。首作者自序,序称:"越在草莽,不胜欣快,终以在草莽,不获出一言暴其奸,良有隐恨。然使大奸既拔,又何必斥之自我。唯次其奸状,传之海隅,以易称功颂德者之口,更次其奸之负辜,以著我圣天子英明,神于除奸,诸臣工之忠鲠,勇于击奸,俾奸谀之徒缩舌,知奸之不可为,则犹之持一疏而叩阙下也,是则予立言之意。"又有峥霄主人之《凡例》,言"是书自春徂秋,历三时而始成。阅过邸报,自万历四十八年至崇祯元年,不下丈许。"又称:"是书动关政务,事系章疏,故不学《水浒》之组织世态,不效《西游》之布置幻景,不习《金瓶梅》之闺情,不祖《三国》诸志之机诈。"魏忠贤自缢于天启七年(1627)十一月,是书至迟于本年冬即已刊出,创作加上刻印,历时仅一年而已。陆云龙,字雨侯,号翠娱阁主人,钱塘(今浙江杭州)人,书坊峥霄馆主。

《警世阴阳梦》十卷四十回,题"长安道人国清编次"。作者姓名、生平无考。封面有识语云:"长安道人与魏监微时莫逆,忠贤既贵,曾规劝之,不从。六年受用,转头万事皆空,是云阳梦。及既服天刑,道人复梦游阴司,见诸奸党受地狱之苦,是云阴梦。"显为书贾招徕顾客,以求速售之语。首砚山樵元九序,其末云:"长安道人知忠贤颠末,详志其可羞、可鄙、可畏、可恨、可痛、可怜情事,演作阴阳二梦,并摹其图像以发诸丑,使见者、闻者人人惕励其良心。则是刻不止为忠贤点化,实野史之醒语也。"是书刊于本年六月,距魏忠贤自缢仅七个月。

《玉镜新谭》十卷,题"京都浪仙朱长祚永寿编辑"。是书又名《逆珰事略》,专记魏珰恶迹,其卷八叙魏忠贤投环后论云:"我以草莽中人,不能效杨都宪之论汝于凶锋烈焰之时,而骂汝于千刀万剐之后,我亦自愧矣。第编此帙,以昭万恶,供世之笑骂云尔。"其意与吴越草莽臣《魏忠贤小说斥奸书自序》同。朱长祚事迹无考,长安道人称其"株守田间,持三寸管于茅檐瓮牖之下，以纪时事盈牍”。此长安道人或即为同题材小说《警世阴阳梦》之作者。又，朱长祚号浪仙，不知与著《石点头》之“浪仙”可为一人否？

《皇明中兴圣烈传》五卷四十八则，题“西湖义士述”。首作者自序，言其创作方法与目的：“逆珰恶迹，罄竹难尽，特从邸报中，与一二旧闻，演成小传，以通世俗，使庸夫凡民，亦能披阅而识其事，共畅快奸逆之殛，歌舞尧舜之天矣。”末署“西湖野臣乐舜曰”，似亦为作者之化名。此书文理殊拙，仅具小说形式，书贾急于牟利之动机显甚，当刊于魏阉垮台后不久，类崇祯元年所刊之《魏忠贤小说斥奸书》与《警世阴阳梦》，故系于此。

《水浒传》二十五卷百十五回，富沙（福建建阳）刘兴我刊。首汪子深序，云：“不佞癖嗜诸传记，忽一日阅《水浒传》，不觉跃然起，而愤然慨。跃者何？盖以一刀笔保义，率三十五人，虎视眈眈，借‘忠义’两字以震世，其侠力殆有大过人者。独愤其弄兵潢池，伏戎蓁莽，而勿克奋庸，以熙帝之载耳。向令早克致力王室，力扶宋祚之倾，则亦麟台、云阁之选也。然究能以讨方腊等赎愆，卒不愧‘忠义’两字，则亦世间奇男子也。乌得目之以寇？”

三台馆余应诏刊《英烈传》六卷，每卷十段。书首无名氏序，云：“惟是录纂集当时经纬之绩，庶几为备，惜其文辞繁冗，叙事舛错，不足以翊扬其盛而垂古之实。某故不揣博采昭代之事迹，因旧本而修饬之，补其所遗，文其所陋，正其所讹，集以成编，分为六卷，名之曰《皇明开运传》，盖取‘明良昌期’之意也。”序中所称“旧本”，似当指出于嘉靖间的《皇明开运英武传》。

1629 年　己巳　崇祯二年

《禅真后史》十集六十回，方汝浩著，峥霄馆刊。题“清溪道人编次”，“冲和居士评校”。首翠娱阁主人序，翠娱阁主人即陆云龙。序称：“揉叛盗于忠良，祛奸慝于禁近，后史皆所以补逸史未备，所以继之而起也。若夫清溪道人，试提醒于前茅，已作南车之指；猛钳锤于后进，允为暗室之灯。衷以屡注而逾热，识以久历而逾沉，奇以弥触而弥吐。禹鼎不足铭其怪，溟海不足方其灏，时花不足斗其艳，朝霞不足侔其鲜。”

《幽怪诗谭》六卷，题“西湖碧山卧樵纂辑”，“栩庵居士评阅”。首听石居士“小引”，云：“曷言幽？蝉噪深林，鸥眠古涧，各各带有生意，不似古木寒鸦。曷言怪？白狼衔钩，黄鳞出玉，每现在人间，非同龟毛兔角。以此谭诗，真堪捉麈耳。诗自晋魏以至唐宋，号称钜匠七十余家，或开旺气于先，或维颓风于后。雅韵深情，谭何容易……总之以百回小说作七十余家之语，不观李温陵赏《水浒》、《西游》，汤临川赏《金瓶梅词话》乎！《水浒传》，一部'阴符'也；《西游记》，一部'黄庭'也；《金瓶梅》，一部'世说'也，然而此集邮传于世，即谓晋魏来一部'诗谭'亦可。"

1630年　庚午　崇祯三年

《辽海丹忠录》八卷四十回，题"平原孤愤生戏笔"，"铁崖热肠人偶评"。首翠娱阁主人序。序云："顾铄金之口，能死豪杰于舌端，而如椽之笔，亦能生忠贞于毫下，此予弟《丹忠录》所繇录也。"又称此书"词之宁雅而不俚，事之宁核而不诞；不剽袭于陈言，不借吻于俗笔，议论发抒其经纬，好恶一本于大公，具眼者自鉴之，而亦何敢阿所好乎？"序署"崇祯之重午"，"重午"似为"庚午"之误，又据书所叙之事件及明末时事小说出书之速度，此书之出当在崇祯三年，故系于此。翠娱阁主人即陆云龙，此书应为峥霄馆所刊。序中称"予弟《丹忠录》"，或疑作者即为作《型世言》之陆人龙，然陆云龙曾言"予生母身生予弟凡五人"，且又有嫡母倪氏，故序中"予弟"尚不能确认为陆人龙。

《隽区》八卷，郑仲夔撰。文震孟为之作序，云："胄师名高望伟，所著有《清言》、《耳新》等书，远追临川，近掩贞山诸公，业已纸贵艺苑。今又新辑《隽区》一编，著述之富，盖日新月盛，且骎骎南北诸史而超乘矣。"文震孟，字文起，号湛持，长洲（今江苏苏州）人，天启二年（1622）殿试第一，官至礼部左侍郎兼东阁大学士。

《梅花草堂笔谈》十四卷，张大复撰。是书颇为庞杂，既有论钱谷、屯田、漕河、海运等经世之事，又有谈茶说酒、吟风弄月之文，书中多有万历以降之文人琐事轶闻，且又时见小说故事。书首陈继儒序，云："六经之支流余裔，散而为九家，自稗官出，而九家之散者始合，盖其说靡所不载故也。小说独盛于唐，唐科额岁一举行，才子下第，白首滞长安不得归，则与四方同侣，架空成文，以此磨耗壮心而荡涤旅况。故其文恍忽吊诡多不经。而宋之士大夫则不然，家居退闲，往往能称说朝家故实，及交游名贤之言行而籍记之，有国史漏而野史独详者。王荆公云：'不读小说，不知天下大体。'非虚语也。……我朝文集孤行,而野史独诎,惟杨用修、王元美说部最为宏肆辩博,而文亦雅驯,余不能望宋,而况唐与六朝诸君子乎。比得我友张元长《闻雁斋笔谈》,其流便尔雅似子瞻,而物情名理,往往与甘言冷语相错而出,刘义庆、段成式所不恒见也。"序中所言之《闻雁斋笔谈》,即本书之别名。书又有许伯衡"题辞",内有"先生之为《笔谈》数岁矣,至庚午而刻始成"等语,故知其初刻于本年。张大复(1554—1630),字元长,昆山(今属江苏)人。

马元调刻宋人洪迈所著之《容斋随笔》五集七十四卷,并作"纪事",叙其重刻之故,云:少时即以千钱购得《容斋随笔》,读之受益匪浅,后"每逢同侪,必劝令读是书,而传本甚少,慨然欲重梓以公同好。去年春,明府勾章谢公刻子柔先生等集,工匠稿不应手,屡欲散去。元调实董校勘,始谋翻刻,以寓羁縻,而所蓄本,未免舛讹。适丘子成先生家鬻旧书,得向不全本,考其序,乃弘治中沁水侍御李公瀚所刻。又从友人沈子梅借得残落数卷,会之良合。然舛讹较所蓄本尤多。参五是正,为改定千余字,仍阙其疑。明府公遂为之序,复记其重刻之故,以告我后人。"马元调,嘉定(今属江苏)人,明末诸生。清兵攻嘉定,与侯峒曾誓死固守,城陷死之。

1631年　辛未　崇祯四年

《近报丛谭平虏传》二卷二十回。不题撰人,卷首有吟啸主人序,据序文意,吟啸主人当为本书作者。书叙崇祯二年(1629)秋后金兵犯京师事,至崇祯三年(1630)正月袁崇焕被逮下狱止,按明末时事小说撰写、出版之速度,此书之出当不迟于崇祯四年,故系于此。吟啸主人于序中云:"苟有补于人心世道者,即微讹何妨;有坏于人心世道者,虽真亦置",即主张对事实作剪裁或作必要的艺术虚构。但此书名为小说,却实为合邸报与丛谭(即传闻语)的混编,或疑为书贾杂凑而成。吟啸主人之姓名、生平均无考。

《隋炀帝艳史》八卷四十回,人瑞堂刊,题"齐东野人编演","不经先生批评"。首笑痴子序与作者自序(署野史主人)。其《凡例》云:"著书立言,无论大小,必有关于人心世道者为贵",而《三国》、《水浒》、《西游》诸小说"与廿一史并传不朽"。自称其作"虽云小说,然引用故实,悉遵正史,并不巧借一事,妄设一语,以滋世人之惑。故有源有委,可征可据,不独脍炙一时,允足传信千古",创作主旨,由此可见。又言其裁剪标准:"必有幽情雅韵者方采入","平平无奇"者则"略而不载"。齐东野人,姓名、生平均无考。

《关帝历代显圣志传》四卷,书前署穆氏编辑。现存刊本之牌记、原序均缺。是书叙历代关羽显圣故事,言及朱元璋时称"我太祖高皇帝",且空一格刻写,显为明时所出之书。全书所记最晚为崇祯三年(1630)十二月事,其卷四末则云:"崇祯三年十一月内,奴□□破遵化、固安等城,十二月初九日,直逼都□,二十日满桂、祖大寿与贼交战,贼败,次日□战,奴大败,城中稍安。"又,祖大寿后于崇祯十五年降清,故是书之出,当在崇祯四年至十五年(1642)之间,现暂系于此。

《鼓掌绝尘》四集四十回,集分风、花、雪、月,每集十回演一故事。题"古吴金木散人编"。首闭户先生题辞,口气似为作者,言"世事短如春梦,人情薄似秋云",故而"于酒酣耳热之际,掀我之髯,按君之剑,弄笔墨而谱风流,写宫商而翻情致","无意撩人,有心嘲世。"题辞对此书评价极高,其末云:"吾为鼓掌,香韵金瓶之梅;君试拂尘,味共梁山之水。"又有赤城临逸叟叙。叙首云:"余主人龚君延选经文诗画,嗣后房稿行世";叙末则云:"兹吴君纂其篇,开帙则满幅香浮,掩卷而余香勾引,入手不能释者什九,遂名之《鼓掌绝尘》云。"据此,可知金木散人姓吴,刻书者当是书林龚某。又,风、花、雪、月四集前各有闭户先生短序。

《玉闺红》六卷三十回,撰人题"东鲁落落平生",首湘阴白眉老人崇祯四年序,称:"吾友东鲁落落平生,幼秉天资,才华素茂,弱冠走京师,遍交时下名士,互为唱和。而立至江南,文倾一时,遂得识荆。君为人豪放任侠,急人之急。第困于场屋,久不得售,遂弃去之。"又赞曰:"今春间君以近作《玉闺红》六卷见示。一夜读竟,叹为绝响,文字之瑰奇,用语之绮丽,亘古所未之见。"是书由金陵文润山房刊出。

马元调刊宋沈括所撰《梦溪笔谈》二十六卷。

1632年 壬申 崇祯五年

《二刻拍案惊奇》四十卷,凌濛初著,尚友堂刊。书首睡乡居士序,云:"今小说之行世者,无虑百种,然而失真之病,起于好奇。知奇之不奇,而不知无奇之所以为奇。舍目前可纪之事,而驰骛于不论不议之乡。"论本书之创作则曰:"即空观主人者,其人奇,其文奇,其遇亦奇,因取其抑塞磊落之才,出绪余以为传奇,又降而为演义,此《拍案惊奇》之所以两刻也。"又云:"主人之言固曰:'使世有能得吾说者,以为忠臣孝子无难,而不能者,不至为宣淫而已矣。'"次即空观主人之"小引",叙创作缘起时论及小说畅销之情形:"支言俚说,不足供酱瓿,而翼飞胫走,较拈髭呕血,笔冢砚穿者,售不售反霄壤隔也。""小引"中又有"为书贾所侦,因以梓传请,遂为钞撮成编,得四十种",以及"贾人一试之而效,谋再试之,……聊复缀为四十则"等语,可知书贾为牟利而敦请,亦为作者创作"二拍"动因之一。

《型世言》十二卷四十回,陆人龙著,峥霄馆刊。今存十一卷,缺首卷序、目录与插图。每回回首题"钱塘陆人龙君翼甫演"等字样。书中第二十五回提及崇祯元年(1628)浙江遭台风海啸事,此为成书上限;崇祯六年(1633)峥霄馆刊本《皇明十六家小品》中有"刊《型世言二集》,征海内异闻"之"征文启事",此为成书下限。书中第三十八回所述与《二刻拍案惊奇》卷二十九事同言异,均本之《耳谈》卷七"大别山狐"。陆人龙不会在"二刻"刊行后再改编此故事,反之凌氏亦然,故此书系于此。

《龙阳逸史》二十回,题"京江醉竹居士浪编"。首蔗道人题辞,有"闻之前鱼之涕,骚泪满龙阳之船,余桃之甘,爱我唉弥瑕之口"等语。次新安程侠所作之叙,亦署"崇祯壬申"。

1633年　癸酉　崇祯六年

《隋史遗文》十二卷六十回,名山聚藏板本,首吉衣主人崇祯癸酉,即本年自序,吉衣主人即袁于令。其序首先为正史与历史小说作界定:"正史以纪事,纪事者何,传信也;遗史以搜逸,搜逸者何,传奇也。"自言此书"什之七皆史所未备者",主张小说创作追求的应是"凛凛生气,溢于毫楮","顾个中有慷慨足惊里耳,而不必谐于情;奇幻足快俗人,而不必根于理。"袁于令(1592—1674),一名韫玉,又名晋,字令昭。其号甚多,如白宾、箨庵、凫公、吉衣主人等。吴县(今属江苏)人,明末诸生。入清后曾任荆州知府。

峥霄馆刊《皇明十六家小品》,附征文启事云:"见惠瑶章,在杭付花市陆雨侯家中;在金陵付承恩寺中林季芳、汪复初寓",征启内拟刻书名中有"刊《型世言二集》(征海内异闻)"。

毛晋刻唐代段成式《酉阳杂俎》二十卷续十卷。续集跋语称:"癸酉嘉平月,镌工告竣",又有"《酉阳杂俎》前集,余既已梓之矣,兹续集也"之语。前集跋语则云:"予向欲梓其全集,与温飞卿诸公并行,而姑先以此为嚆矢云。"故知此书前集与续集乃分别刊出,前集之刻,或稍先于本年。毛晋,原名凤苞,字子晋,常熟(今属江苏)人。家有汲古阁,传刻古书,流布天下。

毛晋又曾为数种笔记小说作跋,但未署纪年,其时当在刻《酉阳杂俎》之前,故亦暂系于此:

其《桯史跋》云:"唐迨宋、元,稗官野史,盈箱溢箧,最著若《朝野佥载》、《桯史》、《辍耕录》者,不过数种。人尤脍炙《桯史》,命予刻入史外函中,以补正史之缺。予意不然。亦斋提笔,岂不能如欧阳永叔别立一番公案?乃图谶、神怪、街衢琐屑之类,都率笔书之,正欲后之读是书者,于游戏谑浪时,不忘忠孝本性。其一种深情妙手可以意逆而不忍明言者,意或有在矣。"

其《搜神记跋》中云:"子不语神,亦近于怪也。顾宇宙之大,何所不有,令计感圹婢一事,信纪载不诬,采录宜矣。元亮悠然忘世,饮酒赋诗之外,绝少著述,而顾为令升嚆矢耶?语云:'叩盆拊瓴,相和而歌。'自以为乐矣。"

其《南村辍耕录跋》评价该书云:"《辍耕录》三十卷,上自廊庙实录,下逮村里肤言,诗话小说,种种错见。其谱靖节、贞白世系,尤简韵可喜。意自负为陶氏两公后一人耶?"

1634年 甲戌 崇祯七年

金阊书林刊《异林》(又名《梅花流异林》)十卷,支允坚撰。其书为《铁史随笔》二卷、《时事漫笔》三卷、《铁语考镜》三卷、《艺苑闲评》二卷。首王孝峙崇祯六年(1634)所撰之序,又有作者本年所作之引,称:"六朝、唐宋,凡小说以'异'名者甚众,⋯⋯大概近六十家","今世行者,仅《神异》、《述异》数家,余俱弗传。"又批评曰:"昔徐铉好言怪,宾客之不能自通与失意见斥绝者,皆托言以求合,遂著《稽神录》。洪迈好志怪,晚岁急于成书,客多取《广记》中旧事,改窜首尾,别为名字以投之,至有数卷者,洪不复删润,皆入《夷坚》;而王质景文,又有《别志》二十四卷。何古今怪事,尽出于南渡之世也？"又自云："余从作劳经史之暇，偶因披览，辄命颖生，随时钞合，以当抵掌扪虱之欢，年世愈遐，存录愈简，不敢导人于诬，如子瞻所云姑妄言之也。"作者于《轶史随笔》、《时事漫笔》、《轶语考镜》与《艺苑闲评》前又各撰有短序。

《智囊补》二十八卷，冯梦龙辑。辑者自序云《智囊》刊行后，"往往滥蒙嘉许，而嗜痂者遂冀余有续刻。……顾数年以来，闻见所触，苟邻于智，未尝不存诸胸臆，以此补前辑所未备，庶几其可"，"兹补或亦海内明哲之所不弃，不止塞嗜痂之请而已也。"此序作于赴闽途中，序中又有"书成，值余将赴闽中"之语，故知书成于是年。

《耳新》八卷重刊，作者自序云："余少贱耽奇，南北东西之所经，同人法侣之所述，与夫星轺使者，商贩老成之错陈，非一耳涉之而成新，殊不忍其流通而湮没也，随闻而随笔之，……以是为可以质今准后也。庶几窃比于子骏之义，以待夫他日之为孟坚、元美者，岂曰小说云乎哉。"

《明人百家小说》一百八卷。卷首有编辑者沈延松之序，署"甲戌小寒日"，即本年。有疑是书出于清初者，然王重民《中国善本书提要》云："余颇疑其书(指《续说郛》)成于万历间，杭贾之辑《五朝小说》，全从《说郛》采出，此《明人百家》、又《五朝》之一部分也。"沈延松，号石闾，余不详。

1635年　乙亥　崇祯八年

《开辟衍绎通俗志传》六卷八十回，王黉撰，麟瑞堂刊。题"五岳山人周游仰止集"，"靖竹居士王黉子承释"。首作者自序，言春秋以下，列代均有演义，"然未有开天辟地、三皇、五帝、夏、商、周诸代事迹，因民附相讹传，寥寥无实。惟看鉴士子，亦只识其大略，更有不干正事者，未入鉴中，失录甚多。今搜辑各书，若各传式，按鉴参演，补入遗缺"，从而可使人"知有出处，而识开辟，至今有所考，使民不至于互相讹传矣"。然此书实为对余象斗《列国前编十二朝传》略作改编而成。王黉，字子承，号靖竹居士，生平不详。

《扫魅敦伦东度记》二十卷一百回，方汝浩著，万卷楼刊。题"荥阳清溪道人著"，"华山九九老人述"。首世裕堂主人序。称作者创作主旨为，"假圣僧东游，而发明人伦。昔人撰《西游》，借金公木母意马心猿之义，而此记，借酒色财气逞邪弄怪之谈。一魅姿，则以一伦扫，扫魅还伦，尽归实理"。又言："说魅扫魅，观者有感，愿为忠良，愿为孝友，莫谓天道人伦不孚，试看善人获福。"序末则云，此书"徵诸通载者一，矢谈无稽者九，总皆描写人情，发明因果，以期砭世，勿谓设于牛鬼蛇神之诞，信为劝善之一助云"。

《见只编》上中下三卷，题"黄冈友人樊维城汇编"，"社弟郑端胤、胡震亨、刘祖钟订阅"。书记杂事轶闻或史实等，卷中有某些记载似小说故事，首项鼎铉序，次屠中孚序。屠序中言："捷见新只总借人言，汇炒可喜可愕可玩可思之境，不翅屐与行席与谈也。"又云："此吾甥孟璜刻于乙亥，几十年矣。"故知书初刻于本年，樊维城，字紫盖，黄冈(今属湖北)人。万历四十七年(1619)进士，官至福建按察副使。

1636年 丙子 崇祯九年

《廿一史识余》(又名《竹香斋类书》)三十七卷，张埔撰。是书取《史记》以下二十一史中之佳隽雋语，分父子、君臣及草木、鸟兽等五十九类编撰成书。书前作者"发凡"称："余家鲜藏书，性耽成癖。庚午(崇祯三年，1630)杪秋读《两汉》，遇快意，辄截绁尾疏之。或言《世说》止详汉晋，《语林》滥及稗官，盍遍收廿一史，撷其芳华，以振贫赝乎？"于是从朋友处广借诸史，自《史记》至《元史》，"口讽掌钞，合采数百则"，历时三年，始告完工。张埔，字石宗，钱塘(今浙江杭州)人。

《孙庞斗志演义》二十卷二十目，题"吴门啸客述"，作者姓名、生平无考。首望古主人序，称此书，"其事节之大者，每每与列传无抵牾"，"当多事之秋，岂必无小补。"又有戴民主序，言"是编之出也，诚贾害酿灾，藏谋畜蠹者之良药矣。"后有锦城居士跋，其末云："总之，人性本善，所习不同，故能一念之微疵，即基百行之祸福，是集一出，使奸人顶上猛着一针。"

1637年 丁丑 崇祯十年

沃焦山人序《春梦琐言》，称："古礼曰：'男女之交，谓之阴礼。'以其寝席之间，有阴私之事也。故郑、卫桑间之诗，圣人不删，谐谑秘戏，王者容之：以贵和贱固也。"又赞《春梦琐言》"叙事次第，亦曲折抑扬。光景行止言语之际，饮食娱乐之状，一一写出得焉。其诗风调，乃是有唐朝诸家余韵：华而不靡，艳而不淫。至若其床席欢娱之状，则妙随手而生，情循辞而兴,宛然如自房栊伺窥观者。……五寸之管,一寸之锋,至能动人者,实文之妙也乎哉!"班马复生,亦不必猥亵损其辞矣!"序末又云:"或曰:是记嘉靖朝南宁侯之弟,私丁陵园事,内监胡永禧者所作也。未知果然乎否?"

1638年　戊寅　崇祯十一年

《放郑小史》四十回与《大英雄传》四十回。郑鄤《天山自叙年谱》崇祯十一年戊寅四十五岁:"(许)曦等更深一步,则串成秽恶小说,嵌入姓名,此乃极古今以来未有之事,而陆完学七十四岁之翁,深狎诸恶少而成之"。汤猊石《郑峚阳冤狱辨》之四则曰:"然则俗传《放郑小史》谁为之也? 曰:即许曦辈为之也。"此为温体仁、许曦等人攻击郑鄤而编撰,其出当在崇祯十一年或稍前,故郑鄤生前犹得见之。此二书今俱不传。温体仁,字长卿,乌程(今属浙江)人,万历二十六年(1598)进士,官至礼部尚书。

侯峒曾颁布《江西学政申约》其中"禁私刻"条云:"私刻之禁,屡奉申饬,……有射利棍徒,刊刻淫秽邪僻之书,如《金瓶梅》、《情闻别记》等项,迷乱心志,败坏风俗,害人不小。今后但有卖者,提调官即时严拿书坊,究问何人成稿? 何人发刻? 申解提学官将正身从重治罪,原板当堂烧毁;如系生员,革退枷示。"侯峒曾于崇祯十年(1637)九月迁任江西右参议学政,次年三月抵南昌受事,《申约》之颁布当在本年。侯峒曾,字豫瞻,嘉定(今属上海)人,天启五年(1625)进士,官至江西提学参议。

1639年　己卯　崇祯十二年

《药房偶记》四卷,魏矩斌撰。书首作者本年自序,称本书所载为闲暇时从亲友处所闻闽中异事,"虽非《齐谐》之续,不愧《拾遗》之编"。魏矩斌,字元方,蒲溪(今属福建)人。

《今古奇观》四十卷,抱瓮老人编辑,卷首有姑苏笑花主人序。此书为"三言二拍"之选本,书中"皇明"二字提行,故其书之出当在凌濛初为《二刻拍案惊奇》作引的"壬申冬日"之后至崇祯十七年(1644)之间。笑花主人在序中对冯梦龙极表推崇,赞"其技在《水浒》、《三国》之间",又赞"三言"是"极摹人情世态之歧,备写悲欢离合之致,可钦异拔新,洞心骇目,而曲终奏雅,归于厚俗",但对凌濛初的"二拍",却仅言"颇费搜获,只供谈麈"八字而已。据此,原刻本题页上,"墨憨斋手定"一语似不为妄。"壬申

739

冬日"为崇祯五年(1632)冬天,《二刻拍案惊奇》广行于世至早为崇祯六年(1633)事,《今古奇观》之选当在其后。又冯梦龙崇祯七年(1634)至十一年于福建寿宁任县令,故此书之出至早在崇祯十二年,故系于此。抱瓮老人与笑花主人,姓名、生平均不详。

《醋葫芦》四卷二十回,笔耕山房刊。卷一题"西子湖伏雌教主编"、"且笑广芙蓉癖者评",卷二署"伏雌教主编"、"心月主人评",卷三署"大堤游冶评",卷四署"弄月主人、竹醉山人同评"。首醉西湖心月主人序,有"当拔剑而起,斩断妒根,为莽男儿开方便法门"诸语,次且笑广主人"说原",书末回总评则云:"无德不酬,无怨不复,天道昭昭,焉可诬也。观都飚冷姐结末一段,教主岂专为醋海说法,亦为天下小人忏悔多多矣。阅者希勿以小说而忽之,庶乎不失作者之本意。"书避"由"为"繇"(第十三回"引首"),《殴父行》注出《禅真后史》,故书实出于明末,当在崇祯二年(1630)之后。第四回后有"附录"一则,下注"己卯花朝"此"己卯"即崇祯十二年也。

《宜春香质》四集二十回,笔耕山房刊。是书分风、花、雪、月四集,每集五回,叙一故事。题"醉西湖心月主人著"、"且笑广芙蓉癖者评"、"般若天不不山人参"。四集均叙男风故事,但也有所批评,如花集中云:"市井小子,借此为骗钱营生,利身活计。以皮肉为招牌,以色笑为媒灼。卖弄风骚,勾引情窍。坑了多少才人,陷了无数浪子。"月集中又有"弄得一个世界衣冠虽存,阳明剥尽,妾妇载道,阴霾烛天,膏沐日工,愈觉腌臜可厌"等语,然此书终属色情一类。是书作者、评者与刊者均同《醋葫芦》,其出当在本年前后,现暂系于此。

《弁而钗》四卷二十回,笔耕山房刊。书每卷五回,叙一故事,分别名为"情贞记"、"情侠记"、"情烈记"与"情奇记",然均描写男风故事。卷前署"醉西湖心月主人著"、"奈何天呵呵道人评"。是书作者、刊者均同《醋葫芦》,其出当在本年前后,现暂系于此。

1640年　庚辰　崇祯十三年

《西游补》十六回不分卷,董说著,题"静啸斋主人著"。首静啸斋主人之《西游补答问》。文曰:"四万八千年俱是情根团结。悟通大道,必光空破情根;空破情根,必先走入情内;走入情内,见得世界情根之虚,然后走出情外，认得道根之实。"又言："情之魔人，无形无声，不识不知，或从悲惨而入，或从逸乐而入，或一念疑摇而入，或从所见闻而入。其所入境，若不可已，若不可改，若不可忽，若一人而决不可出。知情是魔，便是出头地步。"其作主旨，由此可知。董说(1620—1686)，字若雨，号西庵。乌程(今属浙江)人。诸生。曾参加复社，系张溥之学生，又曾师从黄道周。明亡后改姓林，名蹇，字远游，号南村；为僧后，更名南潜，字月涵，号补樵，又号枫庵。顺治七年(1650)董说作《漫兴诗》十首，第三首有句云："西游曾补虞初笔，万镜楼空及第归。"自注云："余十年前曾补《西游》，有《万镜楼》一则。"上推十年即为崇祯十三年，故此书系于此。

《欢喜冤家》二集二十四回，西湖渔隐主人著，山水邻刊。首作者自序，称"作小说者，游心于风月之乡"，又言"世俗俚词，偏入名贤之目；有怀倩笔，能舒幽怨之心"，且自评其作云："其间嬉笑怒骂，离合悲欢，庄列所不备，屈宋所未传。使慧者读之，可资谈柄，愚者读之，可涤腐肠，稚者读之，可知世情，壮者读之，可知变态。至趣无穷，足驾唐人杂说；恢谐有窍，不让晋士清谈。"

《七十二朝人物演义》四十卷，题"李卓吾先生秘本"，"诸名家汇评写像"。首磊道人序，称："今世于四子之书，有讲习者，则纯乎理而寡趣。学士之常编几纯，书生之听诵如卧，叩其事理之源流，圣贤之本末，影猜响觅，有如射复，所谓理已不备也，安得有趣哉。"又称此书"从理则理，从趣则趣，无泥之理而趣乖，泥之趣而理阻也"。序署"庚辰秋仲(应为仲秋)磊道人撰于西子湖之萍席"，即撰于崇祯十三年。

《积庆堂藏板钟伯敬评忠义水浒传》一百卷一百回。首钟惺序，显为伪托。序中多抄袭容与堂本李贽序中语，其末云："噫！世无李逵、吴用，令哈赤猖獗辽东。每诵秋风思猛士，为之狂呼叫绝，安得张、韩、岳、刘五六辈，扫清辽蜀妖氛，剪灭此而后朝食也！"前人有云：《序》特言"哈赤"，且书以钟评标榜，则书刻当在天启乙丑(五年，1625)、丁卯(七年，1627)间。此说非是。序中言蜀之"妖氛"而不提陕，当是李自成兵败微弱，而张献忠强盛之时。崇祯十二年(1639)，张献忠谷城起事。翌年，与罗汝才合兵攻四川各地，破绵州，逼成都。序中之"哈赤"，非特指努尔哈赤个人，而为清之代词。崇祯十二年，清兵南下陷济南，前后破畿辅州县四十三，山东州县十八。崇祯十四年(1641)，李自成军大发展，破洛阳，杀福王常洵。故而此书之刻当在崇祯十三年。

741

1641年　辛巳　崇祯十四年

《金圣叹批评第五才子书施耐庵水浒传》七十五卷七十回。卷一目为"圣叹外书",其序一叙述"古今经书兴废之大略",序二则云:"彼一百八人而得幸免于宋朝者,恶知不将有若干百千万人思得复试于后世者乎？耐庵有忧之,于是奋笔作传,题曰《水浒》,意若以为之一百八人,即得逃于及身之诛戮,而必不得逃于身后之放逐者","所以诛前人既死之心者,所以防后人未然之心也"。序三言:"天下之文章,无有出《水浒》右者","《水浒》之文精严,读之即得读一切书之法也"。又称:"吾犹自记十一岁读《水浒》后,便有于书无所不窥之势","十二岁便得贯华堂所藏古本。吾日夜手钞,谬自评释,历四五六七八月,而其事方竣,即今此本是已。"

陆贻典抄录唐代封演之《封氏闻见记》,并作跋语云:"原本系吾吴吴方山家藏物也,向为邑中前辈孙伏生所得。孙复从酉岩秦假别本细勘,不可谓不加详矣。余与伏生孙岷自善,乃得假而录之"。

1642年　壬午　崇祯十五年

《岳武穆尽忠报国传》七卷二十八则。首金世俊序,次于华玉"凡例",称熊大木《大宋中兴通俗演义》荒诞鄙野,乃"正厥体制,芟其繁芜,一与正史相符",且"痛为剪剔,务期简雅"。书不署撰人名氏,然金序中有"金沙辉山于候初令信安"之语,"凡例"则署"金沙辉山于华玉",于是编者可知。于华玉,字辉山,金坛(今属江苏)人,崇祯十三年(1640)进士,是书为其崇祯十五年任浙江西安知县时所编。据"凡例",于华玉门人余邦缙亦为编者。

四月十七日,刑科给事中左懋第奏请焚毁《水浒传》,云:"李青山诸贼啸聚梁山,破城焚漕,咽喉梗塞,二京鼎沸。诸贼以梁山为归,而山左前此莲妖之变,亦自郓城、梁山一带起。臣往来舟过其下数矣,非崇山峻岭,有险可凭,而贼必因以为名,据以为薮泽者,其说始于《水浒传》一书。以宋江等为梁山啸聚之徒,其中以破城劫狱为能事,以杀人放火为豪举,日日破城劫狱,杀人放火,而日日讲招安,为玩弄将吏之口实。不但邪说乱世,以作贼为无伤,而如何聚众竖旗,如何破城劫狱,如何杀人放火,如何讲招安,明明开载,且预为逆贼策算矣。臣故曰:此贼书也。李青山等向据梁山而讲招安,同日而破东平、张秋二处,犹一一仿行之。青山虽灭,而郓城、钜、寿、范诸处、梁山一带,恐尚有伏莽未尽解散者。《水浒传》一书,贻害人心,岂不可恨哉!"

六月十五日,崇祯帝就兵部题奏梁山寇成擒等事下圣旨,内有"着地方官没法清察本内,严禁《浒传》"等语。为此,兵部拟条例咨都察院、东抚登抚及九边省各督抚,其中要求"大张榜示,凡坊间家藏《浒传》并原板,尽令速行烧毁,不许隐匿。"

1643年　癸未　崇祯十六年

《新列国志》一百零八回,冯梦龙编著,叶敬池刊。首可观道人叙。叙称自罗贯中"以国史演为通俗演义"以来,效鞶几众,形成了"浩瀚几与正史分签并架"之讲史演义体系,"然悉出村学究杜撰,仵儜砑磔,识者欲呕",其中余邵鱼之《列国志传》"铺叙之疏漏、人物之颠倒、制度之失考、词句之恶劣,有不可胜言者矣"。故而"墨憨氏重加辑演","本诸《左》、《史》,旁及诸书,考核甚详,搜罗极富,虽敷演不无增添,形容不无润色,而大要不敢尽违其实"。叙末则云:"兹编更有功于学者,浸假两汉以下以次成编,与《三国志》汇成一家言,称历代之全书,为雅俗之巨览,即与《二十一史》并列邺架,亦复何愧,余且日夜从臾其成,拭目俟之矣。"据此,冯梦龙似有意编撰全史演义,叙中所批评之《夏书》、《商书》,应为余季岳所编刊的《有夏志传》与《有商志传》,此书之出,当在其后,余氏书所题"古吴冯梦龙犹父鉴定"显为伪托。余季岳有编刊全史演义的计划,可观道人称冯梦龙亦有此意,似是知被伪托后的针锋相对之举。本书叶敬池识语云:"墨憨斋向纂《新平妖传》,及《明言》、《恒言》诸刻,脍炙人口。今复订补二书,本坊恳请先镌《列国》,次当及《两汉》。与凡刻迥别,识者辨之。"此语似亦可作为证明。祁彪佳崇祯十七年日记中有舟中读冯梦龙《列国志》之语,徐朔方《冯梦龙年谱》分析冯、祁交往,疑是书刊于今年。现从此说。

《幻影》八卷三十回,题"梦觉道人西湖居士同辑"。此书即陆人龙所著之《型世言》,但少十回,回目及其次序亦有异。首梦觉道人序,云:"天下之乱,皆人贪生好利,背君亲,负德义;所至变幻如此,焉有兵不讧于内,而刃不横于外者乎?……余策在以此救之,使人睹之,可以理顺,可以正情,可以悟真;觉君父师友自有定分,富贵利达自有大义。今者叙说古人,虽属影响,以之喻俗,实获我心,孰谓无补于世哉!"序署"时□□□未仲夏",据序文之意,"未"字前三字前为"崇祯癸",即书刊于本年。

崇祯间(1628—1644)与小说有关但无法确定年份之事,均排列于下:

《盘古至唐虞传》二卷七则,余季岳刊。题"景陵钟惺景伯父编辑"、"古吴冯梦龙犹龙父鉴定"。首钟惺序,言"今依鉴史,自盘古以迄唐虞,事迹可稽者,为之演义,总编为一传,以通时目。"又自辩解云:"虽治甚荒忽,井鱼听通,事无足征,理有固然,王充曰:'古之水火,今之水火也;今之声色,后之声色也。鸟兽竹林,人民好恶,以今而见古,繇此而知来,千古之前,万世之后,无以异也。'则予是编,不几与庐陵并志不朽乎?"书尾有余季岳识语:"是集出自钟、冯二先生著辑,自盘古以迄我朝,悉遵鉴史通纪为演义,一代编为一传,以通俗谕人,总名之曰《帝王御世志传》,不比世之纪传小说无补世道人心者也。"此书伪托钟惺之名,或疑余季岳即为编者。据识语及书前所列《历代统系图》及《历代帝王歌》,余氏似有编刊全史演义之计划,然今止见与本书相衔接的《有夏志传》与《有商志传》。书中避"由"为"繇",故知崇祯时所刊。

《有夏志传》四卷十九则,余季岳刊。题"景陵钟惺景伯父编辑","古吴冯梦龙犹龙父鉴定"。首钟惺序,序末云:"此篇益补孟子所括言'代作'两字之解,为千古治乱法戒之。先粗而语之,村市之谈;精而求之,圣贤之学也。孟夫子如复起,其我哉!"此书伪托钟惺之名,书中"后人余季岳"之赞语数见,或疑余氏即为编者。书与《盘古至唐虞传》相衔接,当为余氏计划中的全史演义的第二种。

《有商志传》四卷十二则,余季岳刊。题"景陵钟惺伯敬父编辑"、"古吴冯梦龙犹龙父鉴定"。此书伪托钟惺之名。书中卷三第三则录有余季岳诗一首,《有夏志传》书末有"不知后事如何,看下商传再说"之语,可见此书为余季岳计划编刊的全史演义的第三种。

《镇海春秋》存十至二十回。因首尾残缺,故不详全书回数及撰人,书叙毛文龙抗清及被袁崇焕斩杀事。内容与倾向均同《辽海丹忠录》,其出不可能早于崇祯初年,且又称奴儿哈赤为奴酋,并避崇祯讳,故书应刊于崇祯年间。

《武穆精忠传》八卷八十则,天德堂刊,封面题"李卓吾评宋精忠传"。是书实为嘉靖间熊大木之《大宋演义中兴英烈传》之改编本,但删去原书所附《精忠录》,却将海阳李春芳之《叙岳鄂武穆王精忠录后》移至书首,改题为《岳鄂武穆王精忠传叙》,下款原署官衔"赐进士巡按浙江清戎监察御史",亦改为"赐进士及第特进光禄大夫左柱国少师兼太子太师吏部尚书中极殿大学士",即有意使人误以为本书作者为一代宰辅、兴化李春芳。所谓"李卓吾评"云云,与天德堂所刊《三国演义》题"李卓吾先生评"相类,亦为坊主欺人伎俩。

《岳武穆王精忠传》六卷六十八回,封面题"玉茗堂原本",署"邹元标编订",或以为是伪托。是书亦同为嘉靖间熊大木《大宋演义中兴英烈传》之删节归并本。书出时间,似当在汤显祖、邹元标去世之后,故现系于此。

《三教偶拈》三卷,卷一题"墨憨斋新编",书前序署"东吴畸人七乐生"。冯梦龙曾著有《七乐斋稿》,"墨憨斋"则为其号,故此书当为冯梦龙编撰。其序云:"余于三教既未有得,然终不敢有所去取。其间,于释教吾取其慈悲,于道教吾取其清净,于儒教吾取其平实,所谓得其意皆可以治世者,此也。偶阅《王文成公年谱》,窃叹谓文事武备,儒家第一流人物,暇日演为小传,使天下之学儒者,知学问必如文成,方为有用。因思向济颠、旌阳小说,合之而三教备焉。"此为编创宗旨,此书卷一避由、检二字讳,当刊于崇祯时。

《西湖二集》三十四卷,周楫撰,题"武林济川子清源甫纂"、"武林抱膝老人讦谟甫评"。首湖海士序,言"周子间气所钟,才情浩翰,博物洽闻,举世无双,不得已而借他人之酒杯,浇自己之磊块,以小说见,其亦嗣宗之恸子昂之琴、唐山人之诗瓢也哉!"该书卷十七云:"《西湖一集》中'占庆云刘诚意佐命'大概已曾说过,如今这一回补前说未尽之事"。可知前尚有《西湖一集》。湖海士序中有"(西湖)流风遗韵,古迹奇闻,史不胜书,而独未有译为俚语,以劝化世人者"等语,故疑此当为《西湖一集》之序;其序又云:"清原唯唯而去,逾时而以《西湖说》见示,予读其序而悲之"。据此,《西湖一集》似又有作者自序。

《国朝名公神断详情公案》八卷,残存二至四卷,二十二则,不题撰人。存仁堂刊。所存二十二则故事,全部重见于明代其他公案短篇小说,其中录自《详刑公案》者尤多,故书名亦类似,仅改"刑"为"情"而已。由广录其他公案小说的情形可知,此书之出较晚,或疑为崇祯初年,现暂系于此。

《石点头》十四卷,叶敬池刊。题"天然痴叟著"、"墨憨主人评"。首龙子犹即冯梦龙序。序首言小说功用:"石点头者,生公在虎丘说法故事也。小说家推因及果,劝人作善,开清净方便法门,能使顽夫佗子,积迷顿悟,此与高僧悟石何异。"序末则云:"浪仙氏撰小说十四种,以此名编。若曰生公不可作,吾代为说法,所不点头会意翻然皈依清净方便法门者,是石之不如者也。"据序,知天然痴叟即浪仙氏,冯梦龙之友,然其姓名、生平不可考。

《续西游记》一百回,作者不详。首真复居士序,称:"前记谬悠谲诳,滑稽之雄。大概以心降魔,设七十二种变化,以究习之用。上穷碧落,下极阴幽,三界贤圣,搜罗几尽。杂取丹铅婴姹之说,以求合乎金丹之旨,世多爱而传之。作者犹以荒唐毁亵为忧。兼之机变太熟,扰攘日生,理舛虚无,道乖平等。继撰是编一归铲削。"董说《西游补杂记》言:"《续西游》摹拟逼真,失于拘滞,添出比丘、灵虚,尤为蛇足"。此语足证《续西游记》曾在崇祯间流传。康熙间刘廷玑《在园杂志》云,"若《续西游》则诚狗尾矣",可见此书清初时仍在流传。毛奇龄《西何全集》中《季诡小品制文引》言季诡为作者:"至今读《西游续记》,犹舌拆然不下也。"又有言明初人兰茂为作者,所续的自然也不是今日通行的《西施记》,然此说仅以清嘉庆时人袁文典《明滇南诗略》为据,难成确论。现此书暂系于此。

雄飞馆刊《英雄谱》(又名《三国水浒全传》)二十一卷。首熊飞弁言,称"夫热肠既不肯自吞,而宇宙寥落,托胆复尔,无人则不得不取《水浒》、《三国》诸人而尸祝之,聚大蠹大白于前,每快读一过,赏爵罚爵交加,而且以正告于天下曰:此《英雄谱》也,庶有以夺毛锥子之魄,而鼓肝胆之灵乎!"又有杨明琅序,称"此谱一合,而遂使两日英雄之士,不同时不同地而同谱。则寒烟凉月凄风苦雨之下,焉必无英雄豪之士之相与慷慨悲歌,以共吐其牢骚不平之气耶?"又言为君者、为相者、为将者均"不可以不读此谱"。此书有熊飞识语,称:"《三国》、《水浒》二传,智勇忠义,迭出不穷,而两刻不合,购者恨之。本馆上下其驷,判合其圭。回各为图,括画家之妙染;图各为论,搜翰苑之大乘。校仇精工,精墨致洁,诚耳目之奇玩,军国之秘宝也。"

雄飞馆再刊《英雄谱》,全称为《二刻名公批点合刻三国水浒全传英雄谱》。此刊本之出,当在崇祯末年。

宝翰楼刊《忠义水浒全传》三十卷,题"李卓吾原评忠义《水浒传》"。

首五湖老人序。序称："余近岁得《水浒》正本一集，较旧刻颇精简可嗜，而其映合关生，倍有深情，开示良剂。因与同社，略商其丹铅，而佐以评语，洵名山久藏之书，尚与宇宙共之。今而后安知全本显而赝本不晦，全本行而繁本不止乎？果尔，则余之诠次有功，而纸贵决可翘俟，庶不负耐庵、贯中良意。"又批评其他诸小说云："尝见夫《西洋》、《平妖》及《痴婆子》、《双双小传》，甚者《浪史》诸书，非不纷借其名，人函户缄，滋读而味说之为愉快，不知滥觞启窦，只导人惛淫耳。"此书绣像复容与堂本，文省十之五六，正文中诗词均删落，应分段处仅以"⌐"划分。宝翰楼崇祯间曾刊《今古奇观》诸书，故系于此。

苏州刊本《李卓吾先生批评西游记》一百回，首幔亭过客，即袁于令题辞，称："至于文章之妙，《西游》、《水浒》实并驰中原。今日雕空凿影，画脂镂冰，呕心沥血，断数茎髭而不得惊人只字者，何如此书驾虚游刃，洋洋纚纚数百万言，而不复一境，不离本宗；日见闻之，厌饫不起；日诵读之，颖悟自开也！"此实为对《西游记》之后诸神魔小说之批评。该题辞劈首即言："文不幻不文，幻不极不幻。是知天下极幻之事，乃极真之事；极幻之理，乃极真之理。"论点与袁于令崇祯六年（1633）所作《隋史遗文序》相近，故题辞亦当作于该时期。

《剑啸阁批评两汉演义传》，系甄伟《西汉通俗演义》与谢诏《东汉十二帝通俗演义》之合刊。首袁宏道序，言"每检《十三经》或二十一史，一展卷，即忽忽欲睡去，未有若《水浒》之明白晓畅，语语家常，使我捧玩不能释手者也。若无卓老揭出一段精神，则作者与读者，千古俱成梦境"；又言："文不能通而俗可通，则又通俗演义之所由名也。"或疑此序为伪托。剑啸阁为袁于令之室名，故系于此。

《花阵绮言》十二卷，题"楚江仙叟石公纂辑"、"吴门翰史茂生评选"，封面则镌"仙隐石公编次"。全书七种十二卷，系辑自《风流十传》、《国色天香》、《万锦情林》、《燕居笔记》。编首有序，不纪年月，末署"楚人中郎袁宏道题"，曰："是编也，或神随目注，意马先驰；或情引眉梢，心猿不锁；或怀春来诱，词恋恋于褰裳；或冗隙相窥，愁紫萦于多露，丽词绮言，种种魂消，暇日抽一卷，佐一觞，其胜三坟五典，秦碑汉篆，何啻万万。"此序似为伪托。孙楷第云："仙隐石公及吴门翰史为明末时人，殆无可疑"，但也有人以为是书刻于清初，现暂系于此。

《虞初志》七卷，凌性德刊，书总目题"石公袁宏道参评"、"赤水屠隆点阅"。首王稚登序,此序为万历间吴琯西爽堂刊本所原有。次汤显祖序,以"稗官小说,奚害于经传子史,游戏墨花,又奚害于涵养性情"立论,赞此书"以奇僻荒诞,若灭若没,可喜可愕之事,读之使人心开神释、骨飞眉舞。虽雄高不如《史》《汉》,简澹不如《世说》,而婉缛流丽,洵小说家之珍珠船也。"序末则云:"使呫呫读古,而不知此味,即且垂衣执笏,陈宝列俎,终是三馆画手,一堂木偶耳,何所讨真趣哉!"又次欧大任序,末为刊者凌性德之序,其间有"《虞初》之成旧矣,梓《虞初》之家亦伙矣"之语,可见本书在当时风行之情状。凌又序其刊刻动因云:"去年游吴门,过友人朱白民斋头,其案上所读则《虞初》也。标目鉴赏,如嗜古家评骘骨董,凿凿不爽毛发。……友人曰:'是予令吴石公所手识也。公退食之暇,辄游目是书,曰:特以涤秽耳。故不靳目精一一为之标揭,珍之为枕中藏,而《虞初》之精神面目益显。'""是刊也,非刊《虞初》也,刊其所以鉴识《虞初》者耳。"然汤显祖序与袁宏道参评,屠隆点阅云云,后人多以为是凌氏作伪。

《五朝小说》刊出,编辑者不详。是书为自魏晋至明文言小说丛书,分魏晋小说、唐人百家小说、宋人百家小说、皇明百家小说四部分,因魏晋小说含有两朝的小说,故合称为"五朝小说"。每一部分又分传奇、志怪、偏录、杂传等门类,共选录传奇、志怪及杂史笔记近五百种,但其中有一部分为裁篇别出、巧立名目者。

刘宗周《人谱类记》卷下录张缵孙《戒人作淫词》文云:"今世文字之祸,百怪俱兴,往往倡淫秽之词,撰造小说,以为风流佳话,使观者魂摇色夺,毁性易心,其意不过网取蝇头耳。在有识者,固知为海市蜃楼,寓言幻影。其如天下高明特达者少,随俗波靡者多;彼见当时义人才士,已俨然笔之为书,昭布天下,则闺房丑行,未尝不为文人才士之所许;平日天良一线,或犹畏鬼畏人,至此则公然心雄胆泼矣。若夫幼男童女,血气未定,见此等词说,必致凿破混沌,抛舍躯命,小则灭身,大则灭家。呜呼,谁实使之然耶!况吾辈既以含齿戴发,更复身列士林,不思遏之禁之,何忍驱迫齐民,尽入禽兽一路哉?祸天下而害人心,莫此之甚已。倘谓四壁相如,不妨长门卖赋,则何不取古今来忠孝节义之事,编为稗官野史,未尝不可骋才,未尝不可射利,何苦必欲为此。开口定是佳人才子,密约偷期,绝不新奇,颇为落套;而且绮语为殃,虚言折福,不独误人,兼亦自误,吾实为作者危之惜之,故不惮与天下共质之也。"

郑暄《昨非庵日纂》三集刊出,其卷十二中云:"《水浒》一编,倡市井萑符之首,《会真》诸记,导闺房桑濮之尤,安得磬付祖龙,永塞愚民祸本。"郑暄,字汉奉,侯官(今属福建)人,崇祯四年(1631)进士,官至应天巡抚。

《绿窗女史》丛书刊出,秦淮寓客辑。据署名,当是南京刊本,辑者为客居南京者,但不详究竟为何人。是书分闺阁、宫闱、缘偶等部收录历代有关妇女之著述,每部中又分若干门,书共十部四十五门。除最后的著撰部收历代才女所撰诗文四十四篇外,前九部收历代著作一百五十种共一百五十二卷,内含大量唐宋元明时人所著之传奇小说。所收明人作品中,有茅元仪之《西玄青鸟记》、陈继儒之《杨幽妍别传》、戈戈居士之《小青传》等作,故疑此丛书编辑似应在崇祯时,现暂系于此。

《稽古堂新镌群书秘笥》,高承埏编。是丛书收作品二十一种,内有《集异记》、《博异记》、《续齐谐记》等小说。高承埏,字寓公,一字泽外,嘉兴(今属浙江)人,崇祯十三年(1640)进士,官至工部主事,入清后隐居不出。

1645年　乙酉　南明福王弘光元年　唐王隆武元年

崇祯十七年(1644)三月,李自成军攻破北京,明思宗自缢死。五月,福王朱由崧于南京即帝位,本年改元弘光。五月,清兵至南京。弘光帝出逃,旋被俘。闰六月,唐王朱聿键于福州即帝位,改元隆武。

《剿闯通俗小说》十回,兴文馆刊。题"西吴懒道人口述"。首西吴九十翁无竞氏序。序云:"甲申三月之变,天摧地裂,日月无光,……吴三桂舍孝取忠,弃家急国,效申胥依墙之泣,以遂秦哀逐吴之功,真正奇男子大丈夫作用,虽匡扶之局未结,而中兴之业已肇,是恶可无传。余结夏半月泉精舍,遇懒道人从吴下来,口述此事甚详,因及平西剿贼一事,娓娓可听,大快人意,命童子援笔录之,可怒可喜,具在编中,用以激发忠义,惩创叛逆,其于天理人心,大有关系,非泛常因果平话比。"

《清夜钟》十六回,每回演一故事,现存两残本,共十回。书题"薇园主人述"。或谓作者为陆云龙(陆号薇园主人)。首作者自序,云:"世人梦梦,锢利囚名。撇不去贫贱,定要推开;诞不到荣华,硬图捉着。美色他人,强羡杀偷香窃玉;意气自己,是只知踯胜争雄。将以明忠孝之铎,唤省奸回;振贤哲之铃,惊回顽薄。名之曰《清夜钟》,著觉人意也。"书中多叙及崇祯末与南明弘光朝事件,最迟事件为南明弘光元年五月弘光帝君臣出逃事,或云此书成于南明隆武间,故现系于此。

《贪欣误》六回,每回演一则故事,题"罗浮散客鉴定"。书中所叙故事已涉及崇祯年事(最迟的明确纪年为崇祯庚辰),又有"我朝有了总兵姓纪名光"、"我朝神庙"等语,且有痛斥夷虏与降臣之议论。书中语及"皇朝"时提行书写,但崇祯、弘光时当避之"由"字却屡见,故其刊行当在隆武时,现暂系于此。

《天凑巧》三回,每回演一则故事,题"罗浮散客鉴定"。书中称明为"国朝",但不避"由"与"检"字,此书创作,刊刻年代,当与罗浮散客所作之《贪欣误》相同,现亦系于此。

《女侠传》一卷,邹之麟撰。是书分"豪侠"、"义侠"、"铮侠"诸门,叙历代女侠故事。每门类前各有题记,"义侠"之题记赞"鲁连之不帝秦与夷、齐叩马"事,故疑此书作于明亡之际或稍后。邹之麟字臣虎,号衣白山人,武进(今属江苏)人。万历三十八年(1610)进士,福王时官至都御史。明亡,自号逸老又号昧庵。

《广百川学海》十集,冯可宾辑。书分甲至癸共十集,收著作一百四十七种,一百五十二卷,除十九种明以前著作外,余皆明人所作。冯可宾,字正卿,益都(今属山东)人,天启二年(1622)进士,官湖州司理,入清后隐居不仕。

除以上所列之外,尚有少量作品问世,刊刻年代无法确定,甚至无法断定它们大致出于何朝。此类作品,现列于下:

《古杭红梅记》一卷,作者佚名。本篇叙王鹗与梅花仙子爱情姻缘故事,其故事年代则拟为唐贞观年间。全篇约八千余字,为中篇文言小说。万历十五年(1587)所刊之《国色天香》已收录本作品,故其创作年代应不迟于万历初年,但未能判断究竟为何时。

《怀春雅集》,卢民表撰。书叙元代苏道春与潘玉贞爱情故事。高儒《百川书志》著录二卷,注云:"国朝三山凤池卢民表著,又称秋月著",《金瓶梅词话》欣欣子序则置"卢梅湖之《怀春雅集》"于"前代骚人"之列。据此可知书出于嘉靖朝以前,卢民表似字凤池,号梅湖,别署秋月,闽县(今属福建)人。

《西轩客谈》一卷,此书撰人不详,故不知出于何时。书所叙多为杂记类,但作者描写的唐太和间荆南松滋县士人入蜥蜴国故事,以及明初承天寺舍银被盗故事则为典型的小说。

《未斋杂言》一卷,黎从撰,书首作者"题记"云:"予屏居京师,以天下事行之理,多有可疑。故每欲求益于人,然未及终篇。今欲易其未安,补其不足而未暇,姑存其略。"书载鼠啮猫、缆精、以器聚宝、耳内有人与语诸怪异事,然本意为存其异求其理耳。黎从生平不详,仅知为临川(今属江西)人;书亦不详出于何时,但"缆精"条内有"癸丑之夏"之语。明逢癸丑有四:宣德八年(1433)、弘治六年(1493)、嘉靖三十二年(1553)、万历四十一年(1613),现无法确定,故暂系于此。

《大四录》一卷,张定撰,书叙明太祖朱元璋微时诸轶闻故事,未必与史实相符,但生动可读,作者生平不详,惟知为泗水(今属山东)人,故亦不详此书出于何时。

《宝椟记》一卷,题"明余姚滑惟善"。是书载上古至周之神话故事,但作者生平不详。

《凤凰台纪事》一卷,题"三湘马生龙"。是书载明初朱元璋、马皇后等人轶闻故事,其中某校尉与邻妇私通,后见妇负其夫太甚而杀之,朱元璋嘉而释之一事,为明末多种小说采用敷演。

《儿世说》一卷,赵瑜撰。是书为仿《世说新语》之作,分"属对"、"言语"、"排调"等十七门,简述历代神童轶事,明人入选者有王鏊、李东阳等四人。此书之出当在《世说新语》重刊流传之后,即不会早于嘉靖朝,但无法确定究竟出于何时,作者赵瑜生平亦不详。

《解学士诗》,明徐梁成刻本作《学士诗》,但未见,郑象文刻本书名作《汇纂较正解学士选》。书依诗歌内容编造故事,似话本,情节缺乏连贯性,后半部分犹如诗选。书遇"君王"句时多另行抬头,足证为明人所刻,但已不详出自何朝。

《孔圣宗师出身全传》四卷十九回,撰人不详。书末附李东阳《诗礼堂铭》、《金丝堂铭》,此两文著于弘治十七年(1504)奉诏代祭阙里孔庙后。又此书所附"圣代源流"孔氏世系止于六十二代衍圣公,可知本书据弘治十七年李东阳发起修撰,而刻成于正德元年(1506)之《阙里志》演述而成。此书之创作必在正德之后,然不能定为确是正德间作品。

《百缘传》,未见,阿英《小说闲谈》中《小说零话》著录:"北平某先生

(傅惜华),藏有《百缘传》一种,最为孤本。书系明刊,演述淫秽故事一百则,各系一图,刊刻极精。惟主人甚秘此书,故知者不多,得见者尤少。"孙楷第之《中国通俗小说书目》疑此书可能即为《祈禹传》。

《双峰记》,未见,阿英《小说闲谈》中《小说零话》著录:"刘大杰先生亦有孤本一种,书名《双峰记》。双峰者,两乳峰也。书盖以女性乳峰为中心,艺术地描写性心理,与一般淫秽之作不同。书亦明刊,图数十幅。"或有云此书为日本人所作者。

《春秋配》四卷十六回,未署撰人,亦无序,其第一回开篇云:"话说大明天启年间",显为明人或明遗民口吻,其出当在明末或清初,戏曲《春秋配》即据此改编而成。

《混唐后传》作卷三十二回,封面题《绣像薛家将平西演传》,目录页题《绣像混唐平西演传》,署"竟陵钟惺伯敬编次"、"温陵李卓吾参订",当为伪托。书中称明朝为"我明",似为明人或明遗民所作,然卷首署"竟陵钟惺伯敬题"之序,却又同于康熙三十四年(1695)褚人获《隋唐演义》之自序,而该书并不避"玄"字。书出于何时,一时难以判定。

《怡情阵》十回,题"江西野人编演"。书结尾处云:"白琨(即书中主人公)又遇江西野人,不记姓名,叫他作一部小说。教人看见,也有笑的,也有骂的。或曰:'六人皆畜牲也,而传者未免以此为省。'而野人曰:'其事可考,其事则托,劝世良言,何罪之有也。'"作者主旨由此可见,然此书实据《绣榻野史》改写而成。

《词坛飞艳》,撰人不详,现残存卷三第二十一回与卷四第二十二回,为色情类作品。或谓此书板刻行款酷似明代,似为明末作品。

《金粉惜》十二卷十二回,题"梵香阁逸史搜辑"、"湖上客蠡庵评润",书每回演一故事,所记多为明事,官秩与习俗亦为明代,或谓书成于明末。现存清初古吴梵香阁写刻本。

《钟情艳史》,残存第五十六至第六十回,阿英《小说闲谈》著录,云:"回约万言,字小如蚁,且极工整,删改处甚多,系出一手,颇疑是原稿本子。约计此书,多则有百成万言,少亦不在八十万言下。淫秽书除《金瓶梅》外,当以此为巨制。"又云:"此书不知作于何时,然至迟当亦是清初作品"。

明代小说编年史人名书名索引

A

艾子后语,645,679

安遇时,682

B

百川书志,623,635,636,654,665,750

百家异苑,670

百缘传,751

稗乘,711

稗海,700,702

包龙图判百家公案,682,684,685,720

宝椟记,751

宝文堂书目,668

保孤记,663

抱瓮老人,739

北窗琐语,665

北方真武玄天上帝出身志传,688

笔麈,703,704,714

敝帚轩剩语,712

碧里杂存,664

弁而钗,740

汴京鸠异记,658

冰华居士,688,701

博古生,724

博物志补,641

C

才鬼记,691,726

才幻记,691

才神记,691

蔡善继,715

蔡羽,652

残唐五代史演义传,712,713

仓庚传,655

曹臣,706

曹徵庸,708

禅真后史,731,740

禅真逸史,728

长安道人国清,730

753

晁瑮,668
朝云传,621
陈邦瞻,724
陈继儒,682,683,698,703,706,713,714,720,732,749
陈良谟,663
陈良卿,706
陈全之,663
陈诗教,708
陈士元,715
陈氏尺蠖斋,682,702
陈仕贤,657
陈霆,653
陈文烛,673,675
陈耀文,673,674
陈沂,647

陈与郊,691
陈禹谟,706
陈玉秀,729
陈元之,680
陈宗,725
承运传,720
程荣,680
痴婆子传,702
初潭集,716
樗斋漫录,701
春梦琐言,738
春秋配,752
词坛飞艳,752
醋葫芦,740
崔世节,650

D

达摩出身传灯传,691
大涤余人,720
大四录,751
大宋中兴通俗演义,660,742
大唐秦王词话,729
大英雄传,739
戴民主人,738
邓志谟,690
钓鸳湖客,677
东汉十二帝通俗演义,703,747
东鲁落落平生,734
东吴弄珠客,709
东西晋演义,702,703,724

东西两晋志传,702
东游记,717
东游记异,643
董玘,643
董谷,664
董其昌,683,685,705
董说,740,741,746
都公谈纂,624,647
都穆,624,647,649,654
杜骗新书,709,710
对客燕谈,652
顿锐,645

E

儿世说,751
耳抄秘录,648
耳谈,684,689,691,735
耳谈增类,689
耳新,725,728,732,737
二刻拍案惊奇,641,652,734,739,
740
二十四尊得道罗汉传,691
二侠传,704
二续金陵琐事,699
二酉委谭,676

F

樊维城,738
范钦,679
梵香阁逸史,752
方壶仙客,719
方汝浩,728,731,737
放郑小史,739
飞剑记,690,720
汾上续谈,673
风流十传,634,687,713,747
封神演义,717,722
冯可宾,750
冯梦龙,640,641,697,704,713,
716,722,724,726,727,728,730,
737,739,740,743,744,745,746
冯梦祯,705,714
冯琦,687,704
冯汝弼,670
凤凰台纪事,751
芙蓉镜孟浪言,727
芙蓉主人,702
浮白斋主人,713
复斋日记,640

G

高承埏,749
高坡异纂,651,679
高儒,654,665,750
格致丛书,691
亘史,701,726
庚巳编,645,646,658,679,710
耿定向,670,678
觚不觚录,674
古杭红梅记,750
古杭艳艳生,718,723
古今律条公案,729
古今奇闻类记,671
古今书刻,668,671
古今说海,656
古今谭概,713
古今小说,658,697,722

古今逸史,675,721
谷山笔麈,703
鼓掌绝尘,711,734
顾春,651
顾起元,624,625,647,665,695,701,710,726
顾氏文房小说,646,648,650
顾元庆,646,648,654,665,668
关帝历代显圣志传,734
广百川学海,750
广汉魏丛书,680
广滑稽,706
广四十家小说,668
广谐史,706
广艳异编,692
广虞初志,721
桂衡,622,625,626
郭良翰,698
郭勋,653,668
国朝名公神断详情公案,745
国朝名公神断详刑公案,719
国色天香,647,666,667,685,747,750

H

海刚峰先生居官公案传,693
韩敬,713,725
韩湘子全传,723
汉魏丛书,680
合刻三志,701
何大抡,720
何良俊,659,662,669,674,675,676
何镗,668,681
何宇都,715
何允中,680,681
河上楮谈,673,674,680
黑旋风集,699,700
洪楩,657,665
洪应明,688
侯甸,654
侯峒曾,739

胡汝嘉,695
胡侍,658
胡文璧,644
胡文焕,691
胡应麟,636,670,688,693
胡震亨,686,738
胡子昂,627,628
湖海奇闻集,635
湖海散人清虚子,723
虎苑,661
花草粹编,673
花里活,708
花神三妙传,665,666,677
花影集,645,648
花阵绮言,747
华阳散人,644
滑惟善,751

怀春雅集,713,750
欢喜冤家,624,741
幻影,743
宦游纪闻,714
皇明开运英武传,653,679,708,731
皇明中兴圣烈传,731
皇明诸司公案传,685
皇明诸司廉明奇判公案传,685
黄化宇,692
黄姬水,665
黄昕,641
黄训,662,663
黄瑜,621,636,637
混唐后传,752

J

机警,657
矶园稗史,664
稽古堂新镌群书秘简,749
纪录汇编,646,710
纪振伦,694,708
甲乙剩言,688
贾云华还魂记,625,634
兼暇堂杂著,656
剪灯丛话,679
剪灯奇录,665
剪灯新话,621,622,626,627,628,629,630,631,632,636,638,648,654,667,679,696
剪灯余话,625,626,629,630,632,636,648,671
剪桐载笔,727
简庵居士,634,639
寒斋琐缀录,640
见闻纪训,663
见闻录,714
见只编,738
剑侠传,667,669,675,698,701
江东伟,727
江汉丛谈,715
江西野人,752
江沂,632,633
江盈科,688,689
姜南,624,656
焦竑,675,676,710,711,715
焦氏类林,675
焦氏说楛,715
焦周,715
剿闯通俗小说,749
峤南琐记,700,701
解学士诗,751
戒庵老人漫笔,640,684
今古奇观,739,747
金粉惜,752
金姬传,657
金陵琐事,698
金木散人,734
金瓶梅,683,685,693,694,695,

757

699,702,703,704,705,707,708,
709,712,722,723,724,728,730,
732,739,752
金圣叹,700
金台纪闻,642
金统残唐记,646,703,713
锦城居士,738
近报丛谭平虏传,733

京江醉竹居士,735
京南归正宁静子,719
泾林续记,699
警世通言,724
警世阴阳梦,730,731
九朝野记,670
九龠集,695
隽区,728,732

K

开辟衍绎通俗志传,737
可观道人,743
客坐新闻,640
客座赘语,624,625,647,665,695,710
孔圣宗师出身全传,751

孔天胤,660
快阁藏书,729
快书,726
快雪堂漫录,714
狯园,703

L

兰陵笑笑生,709
兰茂,746
兰牙传,695
谰言长语,631
览胜纪谈,651
懒道人,749
郎瑛,657,658
琅邪代醉编,714
琅琊漫钞,637
浪史,687,718,719,722,747
乐庵中人,634,639
雷燮,639
磊道人,741

黎从,751
李本固,697
李昌祺,625,626,629,630,632,634,671
李长庚,726
李春芳,693,745
李大年,660
李瀚,637
李濂,658
李日华,706,707
李绍文,698
李生六一天缘,674,677
李时勉,630

李维桢,684,703,706,707,711

李诩,640,684

李云鹄,696

李云翔,717

李贽,676,681,699,701,705,712,716,718,724,741

丽情集,655

良常仙系记,714

梁亿,647

两汉开国中兴志传,692

两汉演义传,747

两山墨谈,653

辽东传,725

辽海丹忠录,732,744

辽阳海神传,652

列国前编十二朝传,694,737

列国志传,667,668,694,743

林瀚,642

林近阳,720

林梓,704

凌濛初,641,652,699,727,729,734,739

凌瀛初,721

凌云翰,622,623

刘昌,635

刘承禧,694

刘大昌,661

刘敬,629

刘生觅莲记,647,666,677

刘仕义,664

刘玉,641,642

刘元卿,667,681

留青日札,669

柳金,650

六十家小说,665

龙会兰池录,677

龙兴慈记,659

龙阳逸史,735

陇起杂事,651

鲁连居士,677,678

陆采,645,647,649,651,652,653,679

陆粲,645,646,651,679

陆楫,656

陆奎章,639,642

陆人龙,732,735,743

陆容,624,630,637

陆深,642

陆世科,729

陆西星,717

陆延枝,679

陆钎,664

陆云龙,730,731,732,749

吕天成,634,696,718

绿窗女史,749

轮回醒世,709

罗浮散客,750

罗贯中,623,642,678,680,695,699,702,705,722,743

罗懋登,681,684

759

M

马大壮,699
马氏日钞,631
马愈,631
马元调,733,734
马中锡,644,655
毛晋,736
茅镰,719
梅纯,641
梅鼎祚,683,686,687,691,697
梅花草堂笔谈,667,732
梅之熉,713
梦觉道人,743

觅灯因话,679,680
闵景贤,726
闵文振,652
名公案断法林灼见,723
名镜公案,729
明人百家小说,737
明世说,711
明世说新语,698
冥寥子游,676
莫是龙,714,715
穆氏,734

N

南北两宋志传,660,682,711,720
南海观世音菩萨出身修行传,717
南园漫录,634
倪绾,680
廿公,709

廿一史识余,738
牛郎织女传,692
女侠传,750
女丈夫,678

O

偶记,708,728

P

拍案惊奇,699,727,729,735
潘旦,649
潘镜若,718
潘之恒,688,701,702,706,726
盘古至唐虞传,744

蓬窗类记,641
蓬窗日录,663
蓬轩别记,641
捧腹编,711
贫士传,665

平原孤愤生,732

苹野纂闻,643

Q

七十二朝人物演义,741
七修类稿,623,657,658
七曜平妖传,724
栖真斋名道狂客,690
戚南塘剿平倭寇志传,720
齐东野人,733
齐之鸾,649
奇见异闻笔坡丛脞,639
祈禹传,719,752
前定录,715
前闻记,640,671
钱福,638
钱塘渔隐济颠禅师语录,669
钱希言,646,699,700,703
钱一本,704
秦淮寓客,749
青楼传,719
清风史,700

清泥莲花记,686,687,689
清平山堂话本,665
清溪暇笔,632
清言,708,709,728,732
清夜钟,749
情史,728
情闻别记,739
丘燧,665
邱濬,634,648,684
邱志充,693
瞿佑,621,622,623,626,627,628,629,632,654,667,679,696
曲中志,701
全汉志传,661,692,702
权子杂俎,670
群书类编故事,628
群谈采余,680

R

燃犀集,654
柔柔传,622,625,626

如意君传,636,644,646
汝南遗事,697

S

三宝太监西洋记通俗演义,684
三才灵记,691
三代遗书,683
三国演义,623,636,646,648,654,658,668,671,678,679,681,702,708,713,714,723,728,730,733,739,745,746
三国志后传,697

三家村老委谈,727
三教开迷归正演义,718
三教偶拈,745
三奇传,713
三遂平妖传,623,668,678,680,722
三台馆主人,660,720
三注钞,710
桑寄生传,640,641
桑榆漫志,634
扫魅敦伦东度记,737
僧尼孽海,711
山林经济籍,703
山栖志,715
商濬,700
少室山房笔丛,636,670,693
邵宝,652
邵景詹,679
舌华录,706
涉异志,652,710
神明公案,719
沈德符,634,653,655,665,693,694,699,704,707,712
沈会极,724
沈节甫,710
沈璟,678,696
沈孟桦,669
沈延松,737
沈周,633,640
慎蒙,715
施耐庵,621,623,624,678,699,705

施显卿,671
石点头,731,746
石田杂记,633
世说新语补,662,674,675,676
世裕堂主人,737
菽园杂记,624,630,637
树瓠子,654
双峰记,752
双槐岁钞,621,636
双卿笔记,666,677
双双传,687,713
双溪杂记,649
水东日记,630,634,640,642,652,661
水浒传,623,624,650,653,658,660,665,668,671,674,678,681,684,685,689,690,695,696,697,699,700,701,702,703,705,707,714,720,722,723,724,725,727,728,731,732,741,742,746,747
睡乡居士,734
说听,679
说颐,696
巳虐编,641
四不如类钞,704
四友斋丛说,669
松窗梦语,682
嵩阳杂识,636
宋懋澄,695
搜神记,628,681,686,697,700,715
苏谈,641

素娥篇,719

隋史遗文,735

隋炀帝艳史,535

孙贲,444

孙高亮,511

孙继芳,479

孙庞斗志演义,538

损斋备忘录,460

T

太平广记钞,726

泰华山人,672

贪欣误,750

谈恺,664

谈铬,714

谭苑醍醐,654,655

汤显祖,672,677,685,687,688,711,721,729,745,748

唐琳,729

唐三藏西游释厄传,717

唐书志传通俗演义,660,677,682

唐寅,711

唐岳,627,628,

唐钟馗全传,717

陶辅,634,648

陶望龄,700

天池声隽,652

天凑巧,750

天都外臣,623,678,707

天都载,699

天爵堂笔余,728

天然痴叟,746

天缘奇遇,647,666,677,713,719

田汝成,623,657,658,665,670,690

田艺蘅,670

铁树记,690,720

听石居士,731

听雨记谈,630,634

桐薪,646,703,713

屠本畯,695,696,703

屠隆,676,680,681,697,747,748

屠中孚,738

W

外史志异,689

完熙生,684

万表,659,687

万锦情林,677,685,747

万历野获编,634,653,655,665,693,694,699,704,712

万选清谈,672

汪云程,721

汪子深,731

王黉,737

王肯堂,696

王圻,689,690,698

763

王锜,638

王琼,649

王绍徽,725

王氏杂记,721

王世懋,672,676

王世贞,662,667,668,669,672,674,675,698,711

王同轨,684,689

王文禄,657,659

王象晋,727

王罄,628

王兆云,721

王稚登,661,684,721,748

望古主人,738

薇园主人,749

韦十一娘传,695

猥谈,644

未斋杂言,751

魏矩斌,739

魏濬,700,701

魏忠贤小说斥奸书,730,731

文海披抄,697

文林,637,638

文苑楂橘,695

文徵明,637,659

问奇类林,698

沃焦山人,666,738

无竞氏,749

吴承恩,673

吴从先,705

吴大震,692

吴琯,675,721,748

吴敬所,677

吴门啸客,738

吴沛泉,729

吴迁,692

吴元泰,717

吴越草莽臣,730

吴瓒,642

吴植,622

吴中故语,641

五朝小说,737,748

五湖老人,687,702,747

五金鱼传,713

五鼠闹东京传,720

五显灵官大帝华光天王传,718

五杂俎,707

伍光忠,655

伍余福,643

武穆精忠传,745

X

西汉通俗演义,702,747

西湖碧山卧樵,731

西湖二集,640,658,745

西湖居士,743

西湖一集,745

西湖义士,731

西湖游览志,623,658

西湖游览志余,623,658,690

764

西湖渔隐主人,624,741
西樵野记,654
西墅杂记,653
西轩客谈,751
西游记,673,677,680,699,717,719,723,732,747
西游补,740
西游记传,717
西园杂记,655
西子湖伏雌教主,740
戏瑕,703
虾蟆传,624
虾蟆牝丹记,647
仙佛奇踪,688
仙叟石公,747
先进遗风,678
闲情野史,713
贤博编,671
贤识录,664
贤弈编,681
相思记,666
相阳柳伯生,646
香案牍,683
香奁四友传,639,643
萧韶,640
小窗自纪,705
孝经集灵,715
效颦集,629,636,648,653
笑府,716
笑花主人,739
笑赞,716
谐丛,729

谐史,672,706
谢友可,677
谢诏,703,747
谢肇淛,694,697,707
欣欣子,636,709,750
新编全相说唱足本花关索传,633
新编说唱包龙图断白虎精传,633
新编说唱包龙图断歪乌盆案,632
新编说唱包龙图赵皇亲孙文仪案传,633
新编说唱全相石驸马传,632
新刊全相说唱包待制出身传,633
新刊全相说唱包龙图陈州粜米记,633
新刊全相说唱开宗义富贵孝义传,633
新刊全相说唱张文贵传,633
新刊全相说唱足本仁宗认母传,633
新刊全相唐薛仁贵跨海征辽故事,632
新刊全相莺哥孝义传,633
新刊说唱包龙图断曹国舅公案传,633
新列国志,743
新民公案,692
新知录,664
型世言,732,735,743
醒世恒言,631,633,641,727
熊大木,660,661,667,668,694,702,742,745
熊飞,746

765

熊廷弼,723,725
熊振骥,709
修髯子,648
绣谷春容,674,677,678
绣榻野史,718,752
徐昌龄,646
徐昌祚,688
徐常吉,672
徐复祚,727
徐广,704
徐淮,642
徐阶,695
徐如翰,708
徐三重,630
徐渭,662,708
徐咸,655
徐祯卿,641
许浩,640

许曦,739
许仲琳,717
许自昌,697,701,711,722
续剑侠传,698,701
续金陵琐事,699
续巳编,658
续西游记,746
续英烈传,708
续虞初志,721
蓄德录,647
悬笥琐谭,635
薛朝选,689
薛冈,728
雪涛谈丛,688
雪涛谐史,688
谑浪,711
寻芳雅集,666,677

Y

雅谑,713
烟霞小说,679
檐曝偶谈,654
晏璧,627
艳异编,667,711
燕居笔记,677,719,720,747
燕山丛录,688
鹦林子,662
杨尔曾,702,723
杨家府演义,693
杨穆,653

杨慎,642,654,655,656,661,691,715
杨循吉,641
杨仪,651,657,661,679
杨致和,717
姚福,632
姚咨,652,661
药房偶记,739
冶城客论,653
野谈,659
叶权,671

叶盛,630,634,642,661

叶昼,699,700,703

宜春香质,740

怡情阵,752

异林,641,713,736

异识资谐,652

异物汇苑,652

益部谈资,715

逸史搜奇,721

吟啸主人,733

尹直,640

应谐录,667

英烈传,653,679,708,731

英雄谱,746

庸愚子,636,648

涌幢小品,712

幽怪诗谭,731

游宦余谈,680

游居柿录,681,685,700,702,705,724

游潜,641

有商志传,,744

有夏志传,744

西阳野史,697

牖景录,630

又玄子,718

祐山杂说,670

于华玉,742

于少保萃忠全传,704

于慎行,703

余季岳,743,744

余懋学,696

余邵鱼,667,694,743

余象斗,660,667,681,683,685,688,694,717,718,737

余永麟,665

俞安期,698

虞初志,649,701,721,747

虞淳熙,679,715

语怪,644,679

语林,649,659,662,674,675,676,708,716,738

玉妃媚史,718,723

玉峰主人,634,639

玉闺红,734

玉壶冰,643

玉娇李,693,712

玉镜新谭,730

玉堂丛语,710

郁履行,711

郁文博,637

喻世明言,637

寓圃杂记,638,652

鸳渚志余雪窗谈异,677

袁宏道,683,684,685,693,694,703,747,748

袁褧,652,668

袁无涯,623,700,701,705

袁于令,735,747

袁中道,681,685,699,700,702,705,724

岳武穆尽忠报国传,742

岳武穆王精忠传,745

云合奇踪,708

767

云林遗事, 665

Z

杂事秘辛, 655
张大复, 667, 732
张鼎思, 714
张定, 751
张凤翼, 657, 714
张瀚, 682
张孟敬, 645, 648
张无咎, 719, 722
张谊, 714
张应瑜, 709
张埔, 738
张志淳, 634
张子房归山诗选, 665
张缵孙, 748
赵弼, 629
赵标, 683
赵开美, 683, 687, 689
赵南星, 716, 725
赵琦美, 696
赵钊, 662
赵用贤, 683
赵瑜, 751
珍珠船, 714
真复居士, 746
真珠船, 658
甄伟, 702, 747
镇海春秋, 744
征播奏捷传通俗演义, 690

郑鄤, 739
郑暄, 748
郑仲夔, 708, 709, 725, 728, 732
支允坚, 736
志怪录, 635, 671
智囊, 726, 737
智囊补, 737
中山狼传, 644, 655, 721
钟情丽集, 634, 636, 639, 666, 677, 713
钟情艳史, 752
钟惺, 710, 729, 741, 744, 752
周颠仙人传, 622
周弘祖, 668, 671
周晖, 698, 699
周楫, 745
周近泉, 672
周礼, 635, 636
周诗雅, 698, 701
周玄暐, 699
周曰校, 679
周之标, 712
咒枣记, 690, 720
朱长祚, 730
朱鼎臣, 717
朱国祯, 712
朱开泰, 691
朱孟震, 673, 674, 680

朱名世,692

朱谋㙔,713,728

朱星祚,691

朱元璋,621,622,624,625,641,659,734,751

朱之蕃,718

诸圣邻,729

祝允明,635,638,640,644,654,670,671,679

袾宏,691

灼艾集,659,687

自好子,679

邹迪光,714

邹元标,729,745

邹之麟,750

篡异集,642

醉西湖心月主人,740

尊闻录,647

昨非庵日纂,748

左懋第,742

小说史的叙述视角、叙述体例和叙述方法

——兼评陈大康《明代小说史》

郭英德

"重写文学史"的呼声已经充耳有年,"重写小说史"的实践也已经果实累累。仅就我近五年书架所插,耳目所及,仅中国古代小说史新著就有 17 种之多[①]。我们在 1998 年曾经对 20 世纪 90 年代以来"重写小说史"的热潮作过一个基本的估价:"这一时期的古代小说研究给人总的印象是在一个平面上的扩张,小说史作为'书'的规模不断扩大,但却并没有给人带来量变引起质变的现实或期盼。甚至连有些所谓'填补空白'的研究也并没有成为新的学术生长点,充其量只是'跑马占地'。学术研究多元化的格局,仍有待于从学术与非学术错位的混乱局面中凸

[①] 《中国小说史丛书》(杭州:浙江古籍出版社,1998),包括断代史六种:王枝忠《汉魏六朝小说史》、侯忠义《隋唐五代小说史》、萧相恺《宋元小说史》、齐裕焜《明代小说史》、张俊《清代小说史》、欧阳健《晚清小说史》;体裁史三种:苗壮《笔记小说史》、薛洪勣《传奇小说史》、陈美林等《章回小说史》;流派史三种:林辰《神怪小说史》、向楷《世情小说史》、曹亦冰《侠义公案小说史》。此外还有李悔吾《中国小说史漫稿》(武汉:湖北教育出版社,1996),蒋松源、谭邦和《明清小说史》(武汉:长江文艺出版社,1996),胡益民、李汉秋《清代小说》(合肥:安徽教育出版社,1997),王增斌《明清世态人情小说史稿》(北京:中国文联出版公司,1998),陈节《中国人情小说通史》(南京:江苏教育出版社,1998)等。

现出来。如何在研究规模的无限膨胀中寻找新的突破口,这是我们需要认真思考的问题。"①

当我们还在认真思考小说史撰著的新的突破口的时候,当我们还在深入反思小说史研究的成败得失的时候,当我们还在热忱期盼黄钟大吕式的小说史著作出现的时候,华东师范大学文学院陈大康教授《明代小说史》(上海文艺出版社2000年10月版)一书以其独特的历史审视角度、学术研究模型和历史叙事风格,异军突起,格外令人瞩目。

《明代小说史》一书内涵甚丰,值得提出讨论的话题也很多。本文无意于全面评说《明代小说史》的优劣长短,只想以此书为例证,兼及近年来的小说史著述,集中就小说史的叙述视角、叙述体例和叙述方法三个方面谈些看法,抛砖献芹,与学界同仁讨论。

一、小说史的叙述视角

小说史的叙述视角,指的是小说史家选择、审视和叙述小说史现象的独特角度。历史上的小说现象如恒河沙数,而小说史家要"观古今于须臾,抚四海于一瞬"(陆机《文赋》),总是根据自身对小说历史构成的独特认识和态度,选择、审视和叙述不同的小说现象。于是,由不同的叙述视角所折射出的小说史,便呈现出各自不同的面貌,或繁复,或单纯,或深邃,或浅显,或斑斓多彩,或线条明快。

我认为,《明代小说史》最为突出、也最富创意的叙述特色,是从历史现象之间复杂而密切的有机联系这一独特的角度,去选择、审视和叙述小说史现象。陈大康明确地表述说:"宏观研

---

① 郭英德、刘勇强、竺青《学术研究范式的嬗变轨迹——关于20世纪中国古代白话小说研究的谈话》,《文学遗产》1998年第2期,第11页。

究却必须遵循整体大于部分之和的原则,即古代小说的整体并不等于历史上所有作家作品的简单叠加,它还应该包含构成整体的各部分之间的种种有机联系。"仅就小说史而言,我认为,这些有机联系至少应该包括四个方面:(一)作家作品之间的联系,(二)作家创作与作品传播之间的联系,(三)作品的文学艺术价值与作品在历史发展上的价值之间的联系,(四)历史发展的结局与过程之间的联系。

首先是作家作品之间的联系。陈大康说:"当涉及某一具体的作家作品或事件现象时,一般都应将它置于'竖'与'横'的交叉点上显示价值与意义。所谓'竖',是指考察它所受先前小说创作的影响,以及它对后来小说创作的推动作用;而所谓'横',则是指把握它与当时的小说创作以及时代、环境之间的联系。"简单地说,研究历史上的作家作品,必须上挂下连,左顾右盼。新近出版的大多数小说史著作往往只着眼于具体的作家作品,当谈到一部小说的思想内容或艺术特点的时候,习惯于"悬空"地、孤立地分析或评价作家作品的所谓"特色"。要知道,有比较才有鉴别,作家作品的特色只能以同时代和其他时代的作家作品作为参照系,才能真正地得以凸现,并得以确定价值坐标。鲁迅《中国小说史略》对一些作家作品的经典评论,虽然只有三言两语,却几乎成为不刊之论,就是因为鲁迅善于通览全局,抉发特色。当然,这一点说来容易,但是如果没有对上下左右的小说史现象的通观和沉潜,恐怕很难做到。而《明代小说史》却自觉地将它作为一种理想目标,并努力地付诸实践。

其次,新近出版的大多数小说史著作往往将作家创作与作品传播分割为两个不相关联的部分,要么仅仅注目于作家创作而忽视作品传播,要么仅仅将作品传播方式或接受程度作为作家创作的背景或影响单独地加以论述。这种叙述视角,把互相联系的历史现象割裂成各不相干的碎片,无疑不利于对历史的整体把握。有鉴于此,《明代小说史》明确地提出"将研究范围由作家创作延展至作品传播"的研究思路,认为"创作与传播实为不可分割的完整过程,所谓小说发展史其实就是众多作品该过程交融性的组合"。这一思路建立在两个基本认识的基础上:第一,"在小说发展史的研究中,'出版'意义的重要性更甚于'问世'。"第二,"从整体上看,还是得承认小说在明清时的既是精神产品,同时又是文化商品的双重品格。"基于这两个基本认识,该书不仅延续陈大康的博士论文《通俗小说的历史轨迹》(长沙:湖南文艺出版社,1993)的路数,对于小说作品的出版、发行、传播、接受等给予了异乎寻常的重视,更重要的是,该书始终关注作家创作与作品传播之间的密切联系和互动关系,由此构筑崭新的小说作品阐释模式。小而言之如对嘉靖元年司礼监刊刻《三国志通俗演义》的意义的探讨,大而言之如对"熊大木模式"及其意义的论述,对嘉靖、隆庆间文言小说刊刻与创作的互动的发微,对明代中篇传奇小说的兴亡的探究,对明末文人推动与书坊扩大销路的努力的描述等,这些举重若轻的叙述,使我们深深感到,叙述视角一变,果然境界全新。

正因为关注作品创作与作品传播的有机联系,《明代小说史》对作品的文学艺术价值与作品在历史发展上的价值之间的联系往往独具慧识。陈大康指出:"至少在某些历史阶段,平庸之作迭出是小说创作演进的主要表现方式"。因此,该书着眼于"广大读者的迫切需求"与"书稿的严重匮缺"这一对尖锐的矛盾,重新审视嘉靖年间以熊大木为代表的书坊主编创小说的实践活动及其历史意义,论定其"有着扩大通俗小说影响,减少其传播障碍的作用"。尤其是该书第十章《明代的中篇传奇小说》,从研究明代中篇传奇小说多运用羼入诗文的创作手法切入,精深地分析了当时小说观念和创作实践的变迁,指出中篇传奇在整个明代小说史乃至整个小说史上的地位与意义:它体现了小说创作羼入诗文由多到少的变化,是小说体裁从糅杂趋于纯粹的重要的中介过渡;它从多模仿前作到逐渐增添独创成分的创作方式,构成明代小说编创手法演进过程中重要的一环;它努力融合唐宋传奇与宋元话本的创作传统,提供了介于两者之间的小说创作模式;它应急式地填补了通俗读物阅读市场的空白,促进了通俗小说的崛起与繁荣。由此得出结论:"在小说史上,某些创作流派无甚佳作,可是那些平庸之作构成的整体却具有承接以往启迪后来的意义,甚至某些转折过渡也由它们完成"。

如果说,《明代小说史》对书坊主小说和中篇传奇的研究还是就"有"立说,从史实出发,重新论定这批小说作品的价值与意义;那么,该书更为精到之处,还在于就"无"立论,透视小说历史发展的结局与过程之间的联系。陈大康说:"对于'小说'决不可只狭隘地理解为作品,它的确切含义是指小说创作,即使某阶段作家作品甚少乃至全无,它同样也是小说创作的一种态势。"的确,小说创作的停滞,并不等于小说史的停滞。某个时期小说新作可以甚少乃至全无,但是历史之流却不会因此中断或干涸。在小说新作一片空白的局面中,我们只要仔细谛视,仍然能够辨认出历史蹒跚迈进的脚印。《明代小说史》的第二编用了整整四章的篇幅,专门讨论宣德至正德七朝(1426—1521)近一百年小说创作的萧条与复苏,认为封建统治者的高压控制、印刷业的落后与抑商政策的伤害是造成近一百年通俗小说创作空白的三大阻碍因素,并对这三大阻碍因素的形成及其消解作了精细的分析。能够在小说创作空白中写作如此精彩的小说史篇章,这完全得力于作者与众不同的叙述视角。

二、小说史的叙述体例

叙述视角的变化,使《明代小说史》关注的现象和问题都发生了变化,原有的小说史体例已显得过于掣肘拘牵了,于是该书便不得不独创一种新的叙述体例。

该书实际上包括两部史著,即《明代小说编年史》和《明代小说史》，分别采用了编年体和纪事本末体两种不同的叙述体例。《明代小说编年史》以时间为主，将有明一代的小说史现象，包括作家编创、作品抄刻传播、评论家序跋评点、书商刊刻采购销售、艺人说书以及政府有关小说法规等，逐年著录，尽可能地征引原始资料，并略作考辨，它基本上是小说史现象的梳理和缕述。而《明代小说史》则以小说创作作为核心的叙述要素，将明代小说创作分为五个阶段，分别展开对各阶段小说的创作环境、创作内容、创作方式、创作旨趣、创作格局、创作流派等"事件"的叙述，从而构成纪事本末式的历史叙事。二者相辉相映，相辅相成，为读者展示了两幅气势宏大的明代小说历史长卷。

陈大康对该书的写作提出了这样的要求："《明代小说史》的任务并不是用具体创作事例证实已知的古代小说发展通则为不妄，而是应对有明一代小说行进轨迹作更为准确的勾勒，对其独特的发展态势、规律与特点作更为精细的论述"，"考察重点是具有相对独立性的小说创作在各种错综复杂因素的影响与约束下行进的历程，发展变化的动因、方式与它的各种表现形态及其过渡转换。"因为，任何一种历史景观都有其不可替代的独特发展状貌，都有其自身的发展规律。这种发展规律不是普遍的文学规律的演绎或印证，而是由个别的历史景观自身的叙述对象和叙述内容所决定的。有鉴于此，《明代小说史》采取了"一个中心，两个基本点，五个因素"的叙述体例。

所谓"一个中心"，指的是《明代小说史》认定"小说"的"确切含意是指小说创作"。因此，小说史实际上就是小说创作史，小说编创方式的变迁便成为该书历史叙事的聚焦点，小说作品的结构设置、情节安排、人物形象刻画等各方面都聚集于小说作品的编创方式。这一点在明代通俗小说的演变中格外引人注目，"宏观考察明代通俗小说的发展时，就必须去梳理与分析它的编创方式的变化，即它从改编转向独创的具体形态与途径，并探讨导致这一过程发生与变化的动因。"改编与独创是两个端点，"在联系改编与独创这两个端点的中介过渡阶段中,各部作品都可有一个相应的位置,它们形成了一个序列"。从总体上看,明代"通俗小说编创的发展呈现出这样的趋势:作品中改编的成分慢慢地减弱,而独创的成分却在逐渐增强"。持此以衡,《明代小说史》对"熊大木模式"的历史意义、中篇传奇小说的历史作用、《金瓶梅》小说的编创特点、万历年间文言小说集的编撰、拟话本小说的过渡型编创方式等,都作了精彩纷呈的论述。这种从具体的历史现象中总结出来的文学发展规律,既有着很强的历史针对性,又有着很高的理论价值。

所谓"两个基本点",指的是在叙述对象上,《明代小说史》采取了通俗小说与文言小说的二分法。与文言小说相对称的一般是白话小说,该书却宁取"通俗小说"一词,并对这一选择作了雄辩有力的说明。迄今为止的小说史著作,除了鲁迅的《中国小说史略》以外,无论是小说史通史、小说断代史、小说流派史还是小说艺术史,绝大多数都是通俗小说独霸天下、叱咤风云的疆场,文言小说顶多只能"叨陪末座",充当"跑龙套"的角色。这实际上是一种"瘸腿的"小说史。在中国小说历史发展中,文言小说与通俗小说犹如鸟之双翼、车之双轮,缺一不可,这是历史的事实,怎能不加以正视,予以重视呢?《明代小说史》将几乎三分之一的篇幅留给了义言小说的叙述,在中国小说史编纂史上,不仅第一次全面地考察了有明一代文言小说发展变迁的生动状貌,而且也是第一次精细地勾勒出文言小说与通俗小说之间相因相成的密切联系。例如羼入诗文的写作手法,"教化为先"的传统,逐渐贴近现实的创作路数,才子佳人故事的写作,文言小说选编本与拟话本写作等等,这些擘肌入理、新意迭出的篇章,给我们留下了深刻的印象。从这里,我们同样可以看到《明代小说史》独特的叙述视角的叙事功能。

在叙述内容上,《明代小说史》认为推动或制约小说发展有五大因素,即作者、书坊主、小说评论者、读者和统治阶级的文化政策,这"实际上是构造了一个明清小说在作者、书坊主、评论者、读者以及统治阶级的文化政策这五者共同作用下发展的研究模型"。对明代小说史上的诸种现象,该书都尽可能地运用这一研究模型进行论述,运用得相当娴熟,相当精巧。例如,谈到明末小说创作的繁荣局面时,该书从明末小说创作的舆论环境切入,首先说明当时官方对通俗小说的容忍甚至是倡导的文化政策,其次分析小说理论逐渐成熟的情况,再次说明围绕通俗小说创作与评论的若干松散的文学团体的形成与作用,最后描述退出小说创作领域的书坊主是如何努力扩大销路、吸引读者的。这几个方面的合力,便形成明末小说创作的良好环境,使小说创作趋于空前的繁荣。这一研究模式的成功运作,大大拓展了《明代小说史》的历史叙事空间。

任何一部历史著作都有自身的叙述体例。俗话说:"没有规矩,不成方圆。"历史著作的撰述实质上是一种历史叙事,而历史著作的叙述体例就是一套历史叙事的"规矩"。概括地说,历史著作的叙述体例有着三个主要的构成因素:一是叙述要素,包括时间、地点、人物、事件,以时间为主的是编年体,以地点为主的是国别体,以人物为主的是纪传体,以事件为主的是纪事本末体;二是叙述线索,包括历史著作以何种规律审察历史和以何种方式连接历史,于是有因果链接式、螺旋曲线式、历史进化式等叙述线索;三是叙述板块,即历史著作中叙述对象、叙述时间、叙述内容等的设置与结构方式。历史家对这三个构成因素不同的选择与处理,使历史著作体现出不同的叙述体例。

综观20世纪以来中国小说史著作的叙述体例,无不笼罩在鲁迅的《中国小说史略》的耀眼光芒之下。《中国小说史略》的叙述体例可作如下归纳:综合时间、体裁、类型(或流派)、作家作品几种叙述要素,以历史进化为基本叙述线索,采取以时代为框架、兼顾体裁、类型(或流派)、作家作品的叙述板块,展开小说史的叙述。鲁迅犹如木匠的祖师爷鲁班,奠定了中国小说史叙述体例典范的"规矩",竟使后人唯有附骥之作,少有突破之举。虽然在近年来小说通史演变为小说断代史、小说体裁史、小说流派史、小说艺术史等等,但是稍作抽绎,略为归纳,不难看出,这些林林总总的小说史著作,绝大多数在叙述体例上与《中国小说史略》亦步亦趋。

如果说,"因体为文"是一切文字书写的常规惯例,那么,"变体为文"或"创体为文"则应是一切书写者的努力追求。变则立,创则生,文字书写正是在"变"与"创"的推动下生生不息的。《明代小说史》便向世人展示了"变"和"创"的气魄和胆略。陈大康在分析明代通俗小说结构时,曾经指出,并联型结构和串联型结构是通俗小说的两大结构模式,前者注重空间上的展开性,后者注重时间上的延伸性;而从《金瓶梅》发端,出现了"将这两种结构基本单元交织为初步网络型的结构"。《明代小说史》正是成功地将小说发展的空间展开性和时间延伸性交织在一起,构成相当精致、相当成熟的网络型结构,为我们提供了一种崭新的历史叙事范式。

三、小说史的叙述方法

综观古今中外,历史著作至少有三种叙述方法:一种是罗列式的,一种是描述式的,一种是评价式的。罗列式的历史著作,即人们常说的"长编体",是将历史资料按照一定的纲目加以排列,历史家略作说明,按而不断。描述式的历史著作,即历史家采用叙述的语言,比较客观地描述历史人物的生平事迹、历史事件的来龙去脉和历史现象的基本状况。而评价式的历史著作,历史家往往采用某一种世界观、历史观、人生观,居高临下地评判历史人物、历史事件和历史现象。

自从20世纪初"西学东渐"以来,人们对中国古代传统的历史叙述方法进行反思,认为中国古代的历史著作有着过多的史料堆积和史料辨证,而缺乏史观、史识,缺乏对历史规律的深刻认识,更缺乏对历史的理性批判。于是评价式的历史叙述方法便以科学方法的面貌出现,在历史界影响广泛。再加上大学教育的普及,几乎非评价就无以成历史了。章太炎在《征信论下》中批评说:"近世鄙倍之说,谓史有平议者合于科学,无平议者不合科学。案史本错杂之书,事之因果,亦非尽随定则,纵多施平议,亦乌能合科学邪? 若夫制度变迁,推其沿革;学术异化,求其本师;风俗殊尚,寻其作始,如班固、沈约、李淳风所志,亦可谓善于平议矣。而今日之平议者,其情异是。上者守社会学之说而不能变,下者犹近苏轼《志林》、吕祖谦《博议》之流,但词句有异尔。盖学校讲授,徒陈事状,则近于优戏,不得已乃多施平议而已。不能自知其故,藉科学之号以自尊,斯所谓大愚不灵者矣。"① 但章太炎在当时是作为"保守派"人物而居于学界边缘的,他的批评只能适足以反证评价史学的进步,而不可能引起人们对评价史学弊病的警惕。与此同步,在小说史研究中,研究者致力于用比较系统的文学批评理论和文学批评方法取代传统的评点式的小说批评形式,表现出浓厚的理论色彩和明晰的思辨特征,但却同时滋生出先验的理论模式和僵化的思维方法②。

20世纪50年代以来,由于强调"以论带史"的撰史原则,评价式的历史叙述方法几乎成为中国大陆地区历史著作编撰的惟一方法。尤其是当人们以教条主义的态度将马克思主义的社会—历史批评方法应用于古代小说史研究时,评价式的历史叙述方法更走上了简单化的歧途。在这一时期,大多数的古代小说史著作严格恪守"政治标准第一,艺术标准第二"的批评原则,用

---

① 《章氏丛书·太炎文录初编》卷一,页51A,民国初上海右文社印本。
② 参见郭英德、刘勇强、竺青《学术研究范式的嬗变轨迹——关于20世纪中国古代白话小说研究的谈话》,《文学遗产》1998年第2期,第8页。

来衡量和评判古代小说作品,注重对古代小说作家的阶级属性及其世界观的分析,并以此为准则评定其作品的思想价值。更有甚者,人们还将"以论带史"作为一种科学的历史研究方法,藉以贬低所谓"以史代论"。于是,主观武断地抽绎出某种"历史规律",不负责任地用曲解的小说史事实去印证所谓"历史规律",就成为小说史著述的普遍现象。

对这种"规律先行"的撰史方法,《明代小说史》有着清醒的认识。该书列举了明代小说史的事实,对一些人云亦云的规律进行了清醒的反思。这些规律包括:"凡能揭示时代本质、反映人们意愿的作品,一般都能在问世后迅速传播";"优秀作品的问世往往会刺激创作的繁荣";"新流派的产生一般都得力于功底深厚且有创见的文人";"文学贵在独创"等等。该书以确凿的事实证明:"文学发展规律"至少在明清小说领域里"似乎常要走样变形"。如果我们拿这些"文学发展规律"去衡度明清小说史的事实,或拿明清小说史的事实去印证这些"文学发展规律",这不是削足适履,就是胶柱鼓瑟。

正是有见于此,近年来学术界倡导用描述史学去取代评价史学。袁行霈在《中国文学史·总绪论》中说:"文学史著作既然是'史',就要靠描述,要将过去惯用的评价式的语言,换成描述式的语言。评价式的语言重在定性,描述式的语言重在说明情况、现象、倾向、风格、流派、特点,并予以解释,说明创作的得失及其原因,说明文学发展的前因后果。描述和评价不仅是两种不同的语言习惯,而且是两种不同的思维方式。描述并不排斥评价,在描述中自然包含着评价。文学史著作既然是'史',就要寻绎'史'的规律,而不满足于事实的罗列。但规律存在于文学史事实的联系之中,是自然而然的结论,而不是从外面贴上去的标签。"[①]

的确,寓史识于描述之中,这是历史著作的最佳叙述方法。

---

① 《中国文学史》第一卷,北京:高等教育出版社,1999,第5页。

鲁迅的《中国小说史略》之所以彪炳史坛,在某种意义上正得力于这种叙述方法。该书清晰地描述了每一种小说类型、小说流派的产生、演进与变异、合流过程,辨析了每一种小说类型、小说流派的构成特征,并有针对性地透视小说变迁背后的历史原因,在"辨章学术,考镜源流"的同时,对小说作家、小说作品、小说现象进行精微独到的评论,往往一语中的,发人深思。

　　在这一点上,《明代小说史》与《中国小说史略》一脉相承。该书对描述式语言的运用不仅相当自觉,而且相当娴熟。前述该书对明代通俗小说从改编转向独创的规律的认识,就是明显的例证。尤其值得称道的是,该书经常运用"提问—解答"的叙述策略,先就历史上的小说现象提出问题,然后仔细地爬梳史实,抉发关节,勾勒脉络,最终圆满地解答问题。例如在"拟话本的形式特征及其蜕变"一节中,首先就鲁迅的归纳,提出话本的三个"必要条件":"1、须讲近世事;2、什九须有'得胜头回';3、须引证诗词。"① 然后依次就这三个"必要条件",以明末拟话本作品为实例,一一列表分析,雄辩地说明:"演述近事并不是拟话本的特征";"含有入话与头回是拟话本的重要特征,但由于它们逐渐丧失了存在的必要性,因此在拟话本的发展过程中或是被省略,或是走了样,以致最终在后期的一些拟话本中,这一特征已依稀难辨";拟话本征引诗词和两句韵文运用的数量经历了一个由多到少的变化过程。通过细致的考察与分析,该书最后得出对拟话本的"概括性描述"。这种"提问—解答"的叙述策略,在《明代小说史》的许多章节中都运用自如,构成该书一以贯之的叙述语言风格。

　　由于坚持描述式的历史叙述话语,即使对一些自古至今都被打入另册的小说史现象,《明代小说史》也能秉持一种实事求

---

① 鲁迅《坟·宋民间之所谓小说及其后来》,《鲁迅全集》第一卷,北京:人民文学出版社,1973,第138页。

是的治史态度,进行鞭辟入里的历史分析。研究明代小说,谁也无法回避万历朝前后风靡一时的色情小说。对此,《明代小说史》同样采取了描述式的历史叙述话语,因此得以超越道德评价,对色情小说在小说发展历程中的地位与作用做出相当细致的分析和较为准确的定位:在明代通俗小说"从以改编旧作的方式描述历史或神魔故事出发,逐渐走上以独立创作反映现实人生的道路"的转折之际,色情小说的出现具有不可抹煞的历史意义,"这现象表明了小说发展进程的曲折与复杂,以及文学规律的显现不可避免地要受到时代风尚的摄动"。这不正是寓史识于描述之中,从现象描述中得出历史规律吗?

我们常说,科学的研究方法是"实事求是"。在历史研究中,"实事求是"应该是在选择、认知、考察、描述、分析具体历史现象的过程中,去求得历史规律之"是",而不应该拿着先验的所谓"历史规律"之"是",去选择、认知、考察、描述、分析历史现象。前者是追根溯源,后者是舍本求末。在历史叙事中,描述远比评价更为困难,但是也更有价值,其原因正在于此。

最后要说明的是,本文并非旨在褒扬《明代小说史》达到了历史叙事的尽善尽美的境界,也不愿附和时尚流行的书评,在文末不关痛痒地评说一番该书的"不足之处"或"瑕不掩瑜",做出"劝百讽一"姿态,虽然该书的确有些可议之处。本文旨在以《明代小说史》为例证,揭橥一种理想的小说史的叙述视角、叙述体例和叙述方法,与陈大康共勉,也与学界同仁"奇文共欣赏,疑义相与析"。哲人有言:科学植根于对话之中。与学界同仁输诚对话,这正是我的希望。

2001 年 6 月 9 日

[**作者简介**]郭英德,1954 年生,1986 年毕业于北京师范大学中文系,获博士学位。现为该系教授。著有《中国古典文学研究史》(合著)、《明清传奇史》、《明清传奇综录》等。

后　　记

　　时间倏忽，自2000年《明代小说史》出版以来，竟然已过了六个年头。现书已告罄，承蒙人民文学出版社厚爱，打算重印此书，原出版该书的上海文艺出版社也慨然允诺，这是很使人高兴的事，在写《后记》时，我首先想到的是对两家出版社及各位编辑先生们的感激。

　　既然书将重印，照例得有一篇《后记》。其实，六年前初次出版时，从体例上说似该有《后记》，但当时自以为该说的话书里已都有，硬要写也只是将一些话换个形式作表述，于是便没有拘泥于形式而另增赘言。过了六年，自己与写过的书有了一段可充分反省的时间距离，同时又知道该书读者中相当大的一部分是年轻的研究生，因此现在感到《后记》倒有些内容可写。

　　读一本书时，我们会钦佩作者表述时的思路清晰、逻辑严密以及论述畅达，但成果的光彩实际上已掩盖了研究过程中的混乱、困惑、挫折与一时的沮丧。这有点像做几何题，最后看到的证明总是流利痛快，但解题时曾有过许多次的摸索与尝试，这些不会写入最后证明中的内容，恰恰可对人有许多启发。与此相类似，研究并不是像写作那样从第一章开始直到最末一页，因为研究对象关联到许多复杂因素，它们又犬牙交错、盘根错节甚至互相渗透。在未弄清楚之前，第一章会根本无从着手，即使先写了，在写了后几章之后，也非得回过头来重作审视，补充、修订，甚至推倒重来都是常有的事。

　　本书先是导言与五编十七章的正文，其后则是明代小说的编年，而实际研究却是先从编年做起。这项工作本以为可以跃过或只要在已有基础上做点增补即可,因为自"五四"至我做编年,古代小说研究成为一门独立的学科已有七十年的历史,作为基础工作的小说编年肯定早已有人做过。然而作了各种检索之后,却发现事实恰非如此,这使初入小说研究领域的我甚感惊讶。对于小说史研究来说,尽可能准确地按本来的时间顺序展示与小说有关的各事件、现象,是从史的角度进行考察、分析的必要前提,倘若缺乏清晰的时间概念,或仅据多有颠倒错位的序列作臆测,其论述必然含糊,判断难免失误,而各事件、现象不依时间测度的纠缠混淆,也势必使一些规律、特点的发现受到严重妨碍。面对此情形,研究的起点也只能定于明代小说编年的编纂。从搜集、梳理资料到筹划、编排甚耗时耗力,这是个坐冷板凳的活儿,但决非只是为他人作嫁衣裳,该编年的问世肯定会给后来的研究者带来许多便利,但最先得益其实还是自己的研究。编年的编纂可比作点的凸现与据此描绘曲线。根据若干个点可以描绘一条曲线,但它与实际曾有过的曲线很可能不甚吻合,甚至差距极大,只有取点足够多时,据此描绘出的曲线才较可能逼近原先实际有过的曲线。依据"四大奇书"以及"三言二拍"等一些较著名的作品固然也可对明代小说的发展作一番论述,但凭此就写出小说史,实际上是将这些优秀或较优秀作品视作点作连线,勾勒出一条高位运行的明代小说的发展轨迹,创作实际进程中的许多变化曲折势必被忽略,而它们很可能是非常重要的文学现象,或由此追索可发现一些重要的规律与特点。因此,认真做一部编年,可避免出现许多误判。

编年完成之后,我对明代二百七十余年小说创作的走向及其间的变化已有比较切合实际的较全面的了解,正文写作的框架与思路也开始较为明了。不过,此时仍无法按序一章章地撰写正文。在编年的编纂过程中,一条条资料在胸中逐渐融成互有联系的有机体,于是一些问题醒目地凸现,而其答案的寻找却非易事,换言之,甚费时力编成的编年反过来向后续研究提出严峻挑战。譬如说,编年表明,从明初的《三国演义》、《水浒传》一直到嘉靖中期,通俗小说创作出现了近二百年的空白(文言小说创作在成化年间后开始复苏,其空白期约半个世纪)。在这期间,不可能是曾有过大量作品而又全都散佚,且今日已寻找不到任何蛛丝马迹,而即使其间就算曾有过几部作品,不能称之为"空白",我们仍无法回避这样的问题:明代小说创作在出现高峰之后,为何会出现如此长时期的萧条? 又譬如说,由编年可立即明了,在优秀或较优秀的作品之间散布着大量的平庸之作,以往的文学史或小说史论及明代往往只是按时顺分析"四大奇书"及"三言二拍"等三十余部作品,对于它们出现的基础、对后来创作的影响,以及它们之间联系往往都是语焉不详,甚至付之阙如。编年清楚地显示出,平庸之作聚集在一起所产生的作用可决不平庸,在某些历史阶段,创作演进又甚至以平庸之作迭出为主要表现方式。缺少对它们研究的小说史本来就称不上是完备,并会使创作高峰变成莫名其妙的飞来峰,更何况那些平庸之作为何会大量出现,而且还颇受大众欢迎,这本身就是研究小说史时值得追索的大问题,而不动手做编年,这类问题甚至还不会被发现。对编年的内容作归类整理以及一些必要的分类统计后,还可以发现一些悖于文学常理的现象。如《三国演义》等如此优秀的小说竟未能刺激创作繁荣,它们自己从问世到广泛流传都有几十年甚至一二百年的时间差,在其影响下的创作流派竟也要在几十年甚至一二百年后才形成。在相当长的时间里,主宰小说创作领域的居然不是功底深厚且有创见的文人,而竟是些书坊老板。文学贵在独创,明代小说情形却正相反。作者们长时期地在改编正史、话本、戏曲与民间传说的圈子里徘徊,直到明末才出现少量文人独创的作品。至于通俗短篇小说,它在小说史上突然现身、繁荣,又突然消失得无影无踪,这同样也很使人困惑。那许多奇特现象汇合成一种责难,似在无声地发问,为什么在七十余年的研究中它们一直被搁置于一旁?

编年工作完成后,研究开始相应地面对许多未知的,甚至连解答都一时不知该从何讲起的现象与问题,这一客观存在逼着自己重新清理观念与思路。本书开卷第一句话,便是"何谓明代小说史",这是观念改变后感到有必要对此问题作认真思考。该词中的"小说"其实指的是小说创作,所有作家作品的总和无法与之相等同,即使某阶段作家作品甚少乃至全无,它同样也是小说创作的一种态势。一个新的观念由此而萌生,即"无"也是研究对象。我们不只是要对实在的作家作品作出分析,如果面对的是"无",那也须得对为何产生"空白"作出说明。很显然,与"有"相比,对"无"的分析会有不知从何说起的困难。当时"空白"的出现与前面所列种种反常现象一起,证明文学发展规律在小说创作领域常要走样变形,唯一合理的解释是还另有摄动力在。这就需要检测小说发展的各个环节,从创作一直追踪到读者的反响,包括作品到达读者手中的方法与途径;同时又考察读者群体的反响如何制约后来的创作。这一不断反复的盛衰起伏历程,可用公式"创作——传播——创作"概括。今日小说研究中引入传播学是很时髦的事,可是在20世纪80年代我在博士论文《通俗小说的历史轨迹》中刚开始作此尝试时,却被讥为不是文学研究。由于舍此无法作出较圆满的解释,即使遭讥刺也只能随他去。由对"无"的研究而引入了传播学,而由此再进一步,则是发现了小说的双重品格,即它既是精神产品,同时又是文化商品,它的发展既要服从文学发展的规律,同时又受到了商品交换法则的约束。直至今日,我仍认为"双重品格"的发现,是我研究中极重要的收获,而以这一全新的观念对小说创作进程重作审视,发现前所述小说史上许多奇特的现象都可得到较圆满的解释。

在清理观念时,有一个体会自以为相当重要,那就是我们是研究历史的主体,却生活在现代社会之中,几百年前信息闭塞的状况,是身处信息极为发达环境中的人难以想象的,与历史之间的时间距离，会使人不自觉地产生一些想当然的成见。如后世的人总能读到一些前代的作品，这似乎是理所当然的事，可是在编纂编年时发现，宋以前的子部小说类作品，除了有缘得见收藏了一二百年的宋版或抄本之外，明中叶的一般人并没有读到，《世说新语》、《夷坚志》与《太平广记》等重要的作品集都是在嘉靖年间才在明代首次刊行。尽管历史积蓄雄厚，可是明中叶文言小说创作的基础实是薄弱得很，其简陋稚嫩也就容易理解了，由此又可以知道，创作必定能受前人的影响并非是理所当然的命题，再由此进一步深想又可得到一个结论，即我们原先信奉的似是理所当然甚至是天经地义的判断或命题，都须逐一走上理性的审判台，或者声辩自己存在的理由，或者放弃自己的存在。

在观念重作清理后，一些概念随之也须作仔细辨析，如过去往往混同使用的"问世"与"出版"就应该严格区别。"问世"是精神产品完成的标志，"出版"意味着商品生产的结束，作品可以在较多读者中流传；前者表明小说史上增添了新作，而惟有后者方能保证产生与该作品相称的社会反响，从而影响后来的创作。这两个概念被严格区分后，《西游记》与在它影响下形成的神魔小说流派之间半个世纪时间差的问题便迎刃而解：《西游记》直到万历二十年才首次由世德堂出版，其后神魔小说接连刊行，终于在万历三十年前后形成流派，其间并无令人诧异的时间差。关于作品的价值，也不能笼统地简单而论了，因为作品对创作发展的价值并非自然地与其文学价值相对应。熊大木的小说是典型一例。嘉靖时《三国演义》、《水浒传》刊行不久，读者热情欢迎通俗小说并要求读到新作，文人却囿于传统偏见不屑于创作，熊大木的四部长篇小说就相继问世于稿荒严重之时，它们出自书坊主之手，其文学价值可想而知，但读者的饥渴使它们问世后即不断被翻版盗印，并刺激了其他书坊主跟进。从嘉靖间仅有几部作品，到万历后期创作初步繁荣的过渡阶段中，这些作品壮大了通俗小说声势，并刺激后来者投身创作。否则，通俗小说在嘉靖中到万历初的五十余年里就几无新作可言,刚开始启动的创作连锁反应就又会出现较长时间停顿,这些几无文学价值可言的作品,对小说发展的贡献可谓大矣。

上述例子虽着眼于概念的辨析,但也涉及到思想方法的变更。过去在作家作品研究阶段,我们以对一部小说的圆满分析为旨归,却常忽视了其前提是从整体中抽取出作家作品,这不可避免地要伤害甚至割裂它们与整体间的筋络,因此所谓的"圆满分析"已是先天地不可能。指出这点并非是指责以往的作家作品研究,实际上这是研究中不可跃过的阶段,没有这方面的基础工作,后来所谓的宏观研究也就无从谈起。不过熊大木创作的意义又确实可给人以启发,即还须将那些作家作品重新置于小说发展的进程中作考察,小说史研究则更应特别注意那些曾被暂时舍弃的种种联系。当论及这点时,我们实际上已在阐述一个重要思想,即古代小说整体并不等于所有作家作品的简单叠加,宏观研究须遵循整体大于部分之和的原则,重点应是构成整体的各部分间种种有机联系。然而,很显然,只有把握诸种"联系",方可全面了解那些作品的价值与意义。在某种意义上可以说,所谓小说史,其实就是与小说创作各相关因素的联系与作用相交织的有序运动过程。

对"改编"与"独创"的考察,同样也是既着眼于概念的辨析,又涉及到思想方法的变更。这对概念在小说研究中经常使用,如《三国演义》被认为是改编而成的,又称之为"世代累积型";《红楼梦》则被认为是独创的作品。可是论及《金瓶梅》,事情就变得麻烦了,一些研究者认为它出自于文人独立创作,另一些研究者则坚决认为它也是改编而成的。双方都有许多理由,可是激烈的争论却无法取得统一。类似的作品还有,如冯梦龙据许浩《复斋日记》115字的记载写成近万言的《陈多寿生死夫妻》,这似不能称为改编,但称独创同样不妥,因为框架、情节与人物全依原作。若对概念作进一步追究,问题又变得更复杂:《三国演义》中何尝没有罗贯中的许多独创的内容,而与清初的小说作仔细对照,则最优秀的独创作品《红楼梦》中改编的内容也不能算少。我们根本找不到绝对的改编或绝对的独创的作品,那两个概念的外延本来就是模糊的,对此模糊概念套用只适用于精确概念的排中律,那就必然导致误判,或发生注定不可能有结果的激烈争论。从明初到清中叶,通俗小说在整体上完成了从改编到独创的历程,其间作品都有亦此亦彼性质,只是成分多少各有不同而已,我们只能对其作实事求是的分析。就文学史研究而言,对模糊概念有所了解是十分必要的,因为文学领域里诸如改编、独创一类内涵明确而外延不确定的模糊概念比比皆是,硬套排中律而引起的争论也因此时时可见。

由以上介绍不难得出这样的推论,即从改编到独创,是通过四百年的不断量变而完成。小说史上确有渐进过程的中断与质变,如《三国演义》与《水浒传》的问世,是通俗小说从诉诸听觉到供案头阅读的飞跃。然而在传统影响笼罩下,许多变化却是缓慢的渐进,如拟话本承担了从描写帝王将相或神仙佛祖到人间言动的过渡。最初"三言"里各种题材作品都有,随后"二拍"等中人情小说比例逐渐增加,到清初则已占绝对优势。文体上也有类似变化。明中叶风气是无诗文羼入不得言小说,《钟情丽集》等作中诗文篇幅比例已逾50%。随着对小说作用、地位及其创作方式的认识逐渐深化,非创作必需的诗文羼入相应减少。《刘生觅莲记》等已降至20%,而《丽史》等已只占10%。自明末以降,创作已不在意诗文的羼入。与此相类似,从明末到清初,拟话本中"头回"也是逐渐减少乃至消失。这些事例都证明了渐进是小说史上极重要的变化形式。

以上这些在撰写过程中观念与思路的变化,又都是服从"把历史的内容还给历史"的需要。当然,我们已不可能完全恢复小说创作进程的原样,但尽可能地逼近却应是努力的方向。为达此目的,我遵循的原则是只要能解决问题,什么方法管用就用什么方法。本书运用的研究模型,即作者、出版、小说理论、官方的文化政策以及读者这五个交叉影响、互相制约的因素,形成一股合力影响了小说的发展,它其实是在解决一个个问题的过程中逐步归纳综合而成的;书中之所以会出现模糊数学、突变论甚至数理统计等思想或方法的运用,同样也是出于有效地解决问题的追求。由于有复旦大学数学系四年本科训练的基础,借鉴运用时还不算生硬,不过写作时我也尽可能地用文学领域的传统方式作表述。本书的任务是描述与分析明代小说创作的发展历程,但较有意识地尝试各种方法的运用,也确是本人研究的目的之一。郭英德先生在《文学遗产》2001年第5期上发表了《小说史的叙述视角、叙述体例和叙述方法》一文,该文对本书多有称赞,那是在给我指出今后继续努力的方向,而文中关于方法论的分析,却可给人以启发,这也包括我本人在内,因为有些问题我考虑得并不周全,经郭英德先生一分析,顿觉对此应深思,今后研究中也应自觉地继续钻研。现经郭英德先生同意,将他的这篇文字作为本书的附录,并在此表示感谢。